Andrea De Carlo
Villa Metaphora
Roman
Aus dem Italienischen von
Maja Pflug

Diogenes

Titel der 2012 bei Bompiani, Mailand,
erschienenen Originalausgabe:
›Villa Metaphora‹
Copyright © 2012
by Bompiani/RCS Libri S.p.A.
Die deutsche Erstausgabe
erschien 2015 im Diogenes Verlag
Covermotiv: Illustration von Malika Favre
Copyright © Malika Favre
Mit freundlicher Genehmigung
von Handsome Frank Limited,
London

Die Publikation der Übersetzung erfolgt
mit freundlicher Unterstützung
des italienischen Außenministeriums

Die Übersetzerin dankt
dem Deutschen Übersetzerfonds
für die großzügige Förderung ihrer Arbeit
am vorliegenden Text

Veröffentlicht als Diogenes Taschenbuch, 2016
Alle deutschen Rechte vorbehalten
Copyright © 2015
Diogenes Verlag AG Zürich
www.diogenes.ch
20/19/36/2
ISBN 978 3 257 24371 0

ANDREA DE CARLO, geboren 1952 in Mailand, lebte nach einem Literaturstudium längere Zeit in den USA und Australien. Er war Fotograf, Maler und Rockmusiker, bevor ihm 1981 mit seinem ersten Roman, *Creamtrain*, der Durchbruch gelang. Acht Jahre später legte er den Roman *Zwei von zwei* vor, der zum Kultbuch einer ganzen Generation wurde. Andrea De Carlo lebt in Mailand und Ligurien.

Diogenes Taschenbuch 24371

Der Autor versichert, dass die Namen der Figuren dieses Romans nicht die der realen Personen sind, die sie auch nur teilweise inspiriert haben mögen. Da es jedoch möglich ist – und in einigen Fällen sogar wahrscheinlich –, dass es reale Personen mit dem gleichen Namen und einigen Eigenschaften der Figuren dieses Romans gibt, versichert der Autor, dass es sich um reinen Zufall handelt: Nicht von ihnen wird hier erzählt.

Erster Tag

I

Von der Schiffsbrücke blickt Lara Laremi auf die glitzernde Weite des Meeres. Das grelle Licht bricht sich vielfach auf der Wasserfläche, dringt durch die dunklen Gläser ihrer Sonnenbrille, überflutet ihre Gedanken. Es ist der einundzwanzigste Juni, Sommeranfang, der längste Tag des Jahres, der Tag, an dem die Sonne ihren Höchststand erreicht, und der einzige Tag, an dem die Sonne am nördlichen Polarkreis nie untergeht. Zwar sind das hier technisch gesehen italienische Gewässer, doch die geographische Breite ist afrikanisch, und das merkt man: Es sind etwa vierzig Grad, ihre alte Sonnenbrille und der in einem kleinen Geschäft am Hafen von Lampedusa erworbene Strohhut schützen sie nur ungenügend. Hier und da auf dem Schiff haben sich Leute mit Schirmmützen, Getränken, Brötchen, MP3-Playern, Zigaretten niedergelassen. Vier Kinder albern herum, rennen hin und her und schubsen sich, lauthals getadelt von Müttern, die jedoch keine ernsthaften Anstalten machen, die Sprösslinge zu zügeln. Zwei Männer in kurzen Hosen rauchen und blicken sich träge um, zwei von der Sonne schon krebsrote Frauen reiben sich ständig mit Cremes und Lotionen ein. Lara Laremi tritt in den Schatten eines Vordachs, setzt sich auf eine rostige weiße Metallkiste und zieht die Beine an. Ihre Mutter wirft ihr bei jedem Streit ihren »italienischen Charakter« vor, den sie rein genetisch von ihrem Vater geerbt habe, doch an der irischen Herkunft ihrer Haut besteht keine Zweifel. Selbst wenn sie sich der prallen Sonne aussetzte, würde sie wahrscheinlich eher einen Sonnenstich bekommen, als braun zu werden, und ihre Sommersprossen würden in wenigen Tagen so zunehmen, dass sie aussähe wie eine kleine Giraffe. Sie lässt ihren Blick schweifen, schnuppert in der Luft; je nach Windrichtung riecht es nach Salz, Schweiß, schlechtem Parfüm, Dieselabgasen aus dem rußigen Schlot.

Sie fragt sich, ob es eine gute Idee war, Lynn Lou Shaws Einladung anzunehmen, eine Woche mit ihr auf der Insel Tari zu verbringen, als Freundin, Vertraute und Stütze für deren schwankendes psychisches Gleichgewicht. Warum hat sie sich verpflichtet gefühlt, auf die Forderungen einer verwöhnten, labilen Schauspielerin einzugehen, die alle anderen Castmitglieder nicht ausstehen können oder sogar hassen? Nun, sie neigt dazu, Gelegenheiten, die das Schicksal ihr bietet, beim Schopf zu packen, da sie meint, sie könnten vielleicht einen verborgenen, tieferen Sinn haben. Außerdem ist Lynn Lou ihr auf gewisse Weise auch sympathisch und macht sie neugierig, denn sie ist gleich alt, hat aber einen völlig anderen Bezug zur Welt. Was immer Lara Laremi über sich sagen oder denken kann, sich in den Mittelpunkt zu stellen hat sie noch nie gereizt. Das weiß sie genau, seit sie die Theaterschule in Limerick besucht hat. Müsste sie sich mit einem Wort beschreiben, würde sie sagen, sie ist eine Beobachterin. Ihre Mutter dagegen charakterisiert sie so: »Du wirkst, als wärst du gerade vom Mond gefallen.« Wahrscheinlich bezieht sich das auf ihre Neigung, erst einmal grundsätzlich verwundert alles zu studieren, um es zu entschlüsseln.

Vielleicht hätte in diesem Fall doch das Misstrauen über die Neugier und die Ungeduld über ihre Empfänglichkeit für Zeichen siegen sollen. Sie hätte diese Drehpause dazu nutzen können, in anderen Teilen Italiens weiter nach ihren Ursprüngen zu forschen, anstatt von der Sonne geblendet in brütender Hitze hier auf diesem schwimmenden alten Kahn zu sitzen, mitten im scheinbar grenzenlosen Meer. Doch sie ist gerade an einem Punkt ihres Lebens, an dem sie aus dem Raster der rationalen

Entscheidungen herauskatapultiert worden oder herausgefallen ist; im Augenblick sind Zufall und Instinkt ihre einzigen Leitlinien. Vor einem Monat ist sie siebenundzwanzig geworden, und ihr scheint, dass sie lieber nachdenken als Entscheidungen treffen möchte. Nicht dass sie so etwas wie philosophischen Abstand gewonnen hätte: Sobald sie ihr Handy aus dem kleinen Rucksack holt und zum soundsovielten Mal die letzten drei SMS von Seamus wiederliest, hat sie den Beweis, dass es nicht so ist.

Ich antworte dir nicht persönlich zwischen uns ist schon alles gesagt du bist ein phantastischer mensch aber im moment muss ich mich auf das stück in dublin konzentrieren nicht aus egoismus, ich habe für nichts anderes zeit. Ehrlichkeit über alles wie du immer sagst tut mir leid lieber ein entschlossener schnitt als die sache hinzuziehen

Und:

Wenn du beruflich nach italien willst halte ich dich nicht auf sarah hat nichts damit zu tun zwischen uns lief es schon vorher schlecht auch wenn du es nicht sehen wolltest ich bin kein egoist und auch kein heuchler ich mag dich aber jetzt muss ich ans theater denken und an mich und an alles übrige

Und:

Ok also gute reise und viel glück

Sie denkt daran, wie sie diese Nachrichten in Irland gelesen hat, die erste nachts um zwei auf der Straße, die zweite zu Hause früh um sechs, die dritte im Bus zum Flughafen und dann noch mal beim Warten auf den Abflug und in dem hässlichen anonymen Hotelzimmer in Rom, das ihr die Filmproduktion besorgt hatte.

Sie denkt an ihre Fassungslosigkeit angesichts seiner geballten Abwehr und Banalität, seines Mangels an Einfühlsamkeit. Auch während der Arbeit am Set hat sie sie immer wieder gelesen, in den Drehpausen, auf der Toilette oder hinter den Kulissen, als bräuchte sie es, den Schmerz immer wieder neu zu schüren, die Wunde wieder aufzureißen, erneut in den Abgrund der Fragen ohne Antwort zu stürzen.

Sie steckt das Handy ein, beißt sich auf die Lippen, trocknet sich mit zwei Fingern die Augen unter der Sonnenbrille und blickt sich um. Sie hat alles satt, die Tränen, die Gedanken, diese ganze Reise; sie möchte endlich an irgendeinem Ufer landen, endlich etwas anderes denken und fühlen als Kummer oder Verzweiflung.

Erneut öffnet sie den Reißverschluss des Rucksacks, zieht die Seiten heraus, die sie aus dem Internet heruntergeladen und in einem Copyshop bei der Piazza del Pantheon ausgedruckt hat, damit sie wenigstens eine Ahnung davon bekommt, wohin sie eigentlich fährt.

Tari

Die Insel Tari liegt südlich von Sizilien zwischen Malta und Tunesien. Obgleich nur wenige Dutzend Seemeilen von Lampedusa, Linosa und Lampione entfernt, gehört sie nicht zum Archipel der Pelagischen Inseln. Mit einer Fläche von 7,7 Quadratkilometern und einer höchsten Erhebung von 313 Metern über dem Meeresspiegel (Monte Somnu) hat die Insel die Form eines sehr unregelmäßigen Ovals. Tari ist vulkanischen Ursprungs (der Vulkan schlummert seit 1916, dem Jahr des letzten Ausbruchs) und liegt näher an Afrika und Malta als an der Küste Italiens. Der Name der Insel kommt vom Türkischen tarih, *was »Geschichte« bedeutet. Im Jahr 1411 landete der türkische Kapitän Kudret Yıldırım mit der Schebecke Tesadüf an der Küste der Insel und verzeichnete das Ereignis in seinem Logbuch. Dennoch gelang es späteren türkischen Seefahrern nicht, sie anhand der von Yıldırım angegebenen Koordinaten wiederzufinden, deshalb gingen sie davon aus, dass es sich um eine Ausgeburt seiner Phantasie handeln müsse. Daher der Name Tarih, der dann, als die Insel 1501, fast ein Jahrhundert später, endlich »wiedergefunden« wurde, den vorherigen Namen Emfanise* (Εμψάνισε), *den ihr die Griechen (gemäß Strabon) gegeben hatten, und den nachfolgenden römischen Emfanis (so bei Plinius d. Ä., der sie in seiner* Naturalis Historia *erwähnt) verdrängen sollte. Das ›h‹ am Ende verlor Tarih erst mit dem Anschluss an Italien 1861 und wurde so zum heutigen Tari.*

Die kleine, rauhe Insel wurde immer wieder belagert und durch Handstreiche erobert: Zuerst kamen die Phönizier, dann die Griechen, Karthager, Römer, Türken, Malteserritter, Engländer (1625 wurde Lord Tarlington zum Gouverneur ernannt), Spanier, Russen (die Brüder Kontschakow brachten sie 1742 kurz in ihren Besitz), Franzosen, wieder Engländer, Malteser und schließlich Italiener. Diese kulturelle Abfolge spiegelt sich im taresischen Dialekt wider, der sich von den auf Linosa und Lampedusa gesprochenen Dialekten grundlegend unterscheidet. Die sizilianisch-arabische Basis wird von Fragmenten der Sprachen der nachfolgenden Herrscher überlagert, so dass das Taresische mit seinen lateinischen, sizilianischen, italienischen, englischen, spanischen, maltesischen und französischen Elementen schon von einigen Linguisten (L. De Anlans, C. Canistraterra, F. Rudiger) als »natürliches Esperanto« bezeichnet wurde.

Die weitab gelegene und fast unzugängliche, seit 1913 durch ein Untersee-Telegraphenkabel mit dem Festland verbundene Insel verfügt heute über Schiffsverbindungen mit Sizilien und den Pelagischen Inseln und besitzt seit 2005 auch einen Hub-

schrauberlandeplatz. Die 511 Einwohner leben alle in Bonarbor, dem Hafenort der Insel. In der Vergangenheit gab es einen beträchtlichen Anbau von Johannisbrot, heute konzentriert sich die Landwirtschaft mehr auf Kapern (capparis spinosa), Linsen (lens culinaris), Feigen (ficus carica) und Kaktusfeigen (opuntia ficus-india). Das im 19. Jahrhundert florierende Schwammtauchen hat sich erschöpft, da die Bänke durch übermäßige Ausbeutung verschwunden sind, während noch immer in beschränktem Maße Fettfischfang betrieben wird. Es gibt auf der Insel keine Hotels, doch kann man im Sommer bei den Bewohnern in Bonarbor Zimmer oder kleine Appartements an der Ostküste mieten. Die Westküste Taris besitzt keine Süßwasserquellen, sie ist in der kalten Jahreszeit Stürmen und hohem Seegang ausgesetzt und seit je unbewohnt.

Ungeduldig eilen Laras Augen über die Zeilen, aber sie kann sich einfach hier in dieser starken Sonne nicht konzentrieren, bei dieser elenden Warterei, sie kann an nichts anderes als an die SMS von Seamus denken und dass sie sie wie eine dumme Gans nun doch wiedergelesen hat. Außerdem ist ihr die Insel sowieso ziemlich egal, sie fährt ja nicht hin, um das Meer zu genießen oder den Dialekt zu studieren. Es ist nur ein zufälliges, zeitlich begrenztes Exil, eine Gelegenheit, die Gedanken und Gefühle abzuschütteln, die sie in den letzten Monaten beschäftigt haben, und ein Versuch, das Gewesene möglichst zu vergessen und nach vorn zu schauen.

Zunächst sollte sie wenigstens Seamus' SMS aus ihrem Handy löschen. Und aus ihrem Kopf die Bilder von Seamus, wie er breitbeinig auf der Bühne steht und eine Geste oder einen Tonfall erklärt – mit der ihm eigenen Mischung aus roher Energie und Empfindsamkeit, mit seiner aus Bühnenerfahrung und intellektuellem Spürsinn entwickelten Fähigkeit, genau zu wissen, was der Autor eines Textes bezwecken wollte. Sie fragt sich, ob sie sich nicht schlicht und einfach in ihn verknallt hat nach dem Muster: junge Bühnenbildnerin verliebt sich in talentierten, schwierigen Regisseur, der vom Alter her ihr Vater sein könnte und der von der Bewunderung und naiven Abhängigkeit seiner Schauspieler lebt. Wann wird sie es so sehen können, wann wird sie darüber hinwegkommen? Seit sie vor einem Monat aus Irland weggegangen ist, hat sie jedenfalls keine großen Fortschritte gemacht; jedes Mal, wenn sie glaubte, ein wenig Abstand gewonnen zu haben, genügte ein Erinnerungsfetzen, um sie wieder reinzuziehen. Wenn sie daran denkt, bekommt sie eine unheimliche Wut auf ihre dummen geistigen Eigenschaften, auf die selbstzerstörerischen Neigungen ihres Herzens.

Jetzt knurrt ihr Magen vor Hunger, doch in der Schiffsbar gibt es nichts Akzeptables zu essen, nur lasche, in Plastikfolie verpackte Brötchen, Tütchen mit Chips, Snacks für übergewichtige Kinder wie die, die mit klatschenden Sohlen auf dem Deck herumrennen, verfolgt von dem Gequengel ihrer Mütter. Lara Laremi zieht Bleistift und Zeichenblock aus ihrer verschossenen Leinentasche und beginnt, die zwei zigarettenrauchenden Männer mit kurzen Hosen und vorstehenden Bäuchen zu skizzieren, die hinter der Halterung eines Rettungsboots stehen und ihr verstohlene Blicke zuwerfen.

2

Gianluca Perusato geht auf der Hauptterrasse auf und ab, unter sich das unter der sengenden Sonne wogende kobaltblaue Meer. Der Tag ist fast perfekt: klare, warme, trockene, energiegeladene Luft. Manchmal kräuselt eine leichte Brise die glatte, dunkel schillernde Wasseroberfläche mit silbrigen Reflexen. Auch seine Kleidung ist fast perfekt: weißes Leinenhemd, am Hals zwei Knöpfe geöffnet, Ärmel sorgfältig dreimal schmal umgeschlagen bis zur Hälfte des Unterarms, hellbeige Hose aus Leinen, Mokassins aus naturfarbenem Kalbsleder, nach Maß gefertigt von einem Schuhmacher in Perugia, der wie ein Künstler arbeitet. Sein Schritt ist ausgewogen, und wenn er das weiße Umfassungsmäuerchen erreicht hat, kehrt er mit einer eleganten Drehung um. Seine Bewegungen drücken Klasse aus, findet er, Weltgewandtheit, Entschlossenheit, eine Selbstkontrolle, die man von außen für Gelassenheit halten könnte.

Doch gelassen ist er gar nicht, kein bisschen. Seit Beginn der Bauarbeiten an der Villa Metaphora vor sieben Jahren ist der Druck stetig gewachsen, in den letzten Monaten war er sogar kurz davor, alles hinzuschmeißen, da die Kosten offiziell aufs Doppelte angewachsen waren im Vergleich zum ursprünglichen Kostenvoranschlag, und er die Eröffnung von Ostern auf Mitte Mai, dann auf den 14. Juni und schließlich auf den 21. verschieben musste. Es war ein Ausbluten ohne Ende, nur aufgehalten durch die permanenten Geldspritzen, die aus seiner normalen Architektentätigkeit stammten. Dass er das überhaupt durchgezogen hatte, war seiner grimmigen Entschlossenheit und dem

Bewusstsein zu verdanken, dass es längst kein Zurück gab. Wie oft hat er sich nach dem unerhörten Privileg von einst gesehnt, sich nicht um die Kosten kümmern zu müssen, die durch jede Meinungsänderung, jeden irrationalen Wunsch oder neuen Anspruch verursacht wurden, als sich seine Verantwortung noch auf die Planung für Auftraggeber beschränkte, die keinerlei Budgetsorgen kannten. Unter der momentanen Last quälender Ängste kommt ihm das vor wie ein sagenhaftes, goldenes, unerklärlicherweise untergegangenes Zeitalter.

Wie oft hat er davon geträumt, zu dem Moment vor sieben Jahren zurückkehren zu können, als er vom Deck des eleganten Zweimasters seines Freundes Bomfrini-Cismari zum ersten Mal diese weißen (damals allerdings eher grauen) Terrassen zwischen Meer und Himmel schweben sah. Die Idee, ein kleines Resort zu schaffen, das im Angesicht des grandiosen Naturschauspiels wie ein Juwel in die Felsen eingebettet ist, summte ihm schon im Kopf herum, seit er begonnen hatte, die Inseln des südlichen Mittelmeers zu erkunden – sei es per Segelboot mit Freunden, sei es von einem der weißgekalkten Steinhäuschen aus, die zur Miete standen und so typisch für die Gegend waren. Er wusste, dass so etwas eine Quelle großer architektonischer und finanzieller Befriedigung sein könnte, hatte aber vorher nie den idealen Ort dafür gefunden. In jenem glühenden Juli 2005 entdeckte er dann zufällig vom Meer aus die Villa Metaphora, und obgleich sie jämmerlich heruntergekommen war, verliebte er sich sofort in sie – wie in eine schwierige Frau mit außergewöhnlichen Eigenschaften. Und so kam es zu dem Projekt: Ein Gefühl wird zu einer Idee, die Idee wird zur Tatsache, die weitere Tatsachen nach sich zieht und mit jeder Phase komplizierter und belastender wird. Hätte er sich nur mehr Zeit zum Nachdenken gelassen, auf die Ratschläge seines Steuerberaters gehört, realistischer eingeschätzt, wie schwierig es ist, mitten im Nichts ein Mehr-Sterne-Resort zu errichten, hätte er nur die bürokratischen Hürden, das Fehlen qualifizierter Arbeitskraft und geeigneter Materialien vor Ort samt den daraus erwachsenden Folgekosten bedacht. Doch nun war der Schritt längst getan: Nun ging es darum, seine neue Rolle als kreativer Unternehmer mit größter Überzeugung zu spielen und hundert Prozent aktiv zu gestalten. Außer seinem Ruf stehen diesmal auch seine Finanzen auf dem Spiel, seine ganze Zukunft; es gilt, immer nur vorwärtszugehen, Rückblicke sind verboten.

Gianluca Perusato kehrt in sein kleines Büro zurück, wo es noch stark nach Lack und Leim riecht, nach soeben beendeten oder noch fertigzustellenden Arbeiten. Zum Trost schnuppert er an seinem Handgelenk, atmet den Duft des Eau de Toilette Endymion von Penhaligon's ein, mit dem er sich heute Morgen nach der Dusche eingesprüht hat. Ja, ein wenig tröstet es ihn, ebenso wie der Blick aus dem Fenster und das helle, reine Licht, das ins Zimmer flutet. Er setzt sich an den Schreibtisch und vertieft sich noch einmal in den Text für die Website und den Prospekt, der in den letzten Monaten unzählige Male umgearbeitet wurde.

Villa Metaphora

Der ursprüngliche Komplex der Villa Metaphora wurde ab 1946 von Baron Carlo Ludovico Emarico von Canistraterra errichtet, einem in dem sizilianischen Städtchen Calitri geborenen Linguisten, Kosmopoliten, Schriftsteller und Gelehrten. Als er nach Tari kam, um Studien über den einmaligen Dialekt zu betreiben, der auf der Insel gesprochen wird, verfiel der Baron sogleich der wilden Schönheit des Ortes und insbesondere der unbewohnten Westküste. Nachdem er den Felsvorsprung entdeckt hatte, der über den spektakulärsten Meeresblick verfügte, beschloss er, dass hier sein Traumhaus entstehen solle, ungeachtet der Überzeugung der Lokalbevöl-

kerung, dass auf dieser Seite der Insel nichts gebaut werden könne. Der Baron widmete sich persönlich der Planung eines im traditionellen Tareser Baustil gehaltenen Gebäudes mit sieben Terrassen, die durch Treppen und gepflasterte Wege verbunden sind und die alle einen unterschiedlichen Blick auf die außerordentliche Landschaft bieten. (Die Zahl Sieben ist seit je ein magisches und religiöses Symbol für Perfektion, da sie mit dem Mondzyklus zusammenhängt, und stand im Altertum für Globalität, Universalität, vollkommenes Gleichgewicht.)

Die Schwierigkeiten, die auftraten, weil der Ort nicht auf dem Landweg erreichbar war und daher alle Materialien per Schiff transportiert werden mussten, sowie eine Reihe finanzieller Widrigkeiten führten dazu, dass das Gebäude erst nach über zehn Jahren fertig wurde. Deshalb taufte der Baron es Villa Metaphora, denn er betrachtete es als Allegorie dafür, dass sich das Objekt der Begierde stets demjenigen entzieht, der es verfolgt.

Nach dem tragischen Tod von Baron Canistraterra 1961 stand die Villa jahrzehntelang leer und befand sich im Zustand bedrohlichen Verfalls, bis der weltberühmte Architekt Gianluca Perusato – Träger hochangesehener Auszeichnungen wie dem Heyder-Hofstetter-Preis 2004, dem Huntington Award 2007 und dem Gustave Sommier 2010 – sich 2005 in sie verliebte und beschloss, sie zu erwerben. Sieben Jahre sorgfältiger Restaurierung und gleichzeitigen Ausbaus haben dem Hauptgebäude den alten Glanz zurückgegeben und es durch einige Nebengebäude ergänzt, die dem Originalstil treu bleiben und doch mit den jüngsten Entwicklungen der zeitgenössischen Architektur Schritt halten. Im Juni 2012 öffnet die neue Villa Metaphora ihre Pforten – als kleines Spitzenresort mit absolut einzigartigen Vorzügen. Die fünf Suiten, jede mit eigener Terrasse und modernstem Komfort ausgestattet, bie-

ten die Möglichkeit, die Natur in einem der malerischsten und unberührtesten Winkel des südlichen Mittelmeers zu erleben. Dank einer Solar-Entsalzungsanlage (SMCEC – Solar Multiple Condensation Evaporation Cycle) *und einer Klimaanlage mit Meerwasserkühlung* (SWAC – Seawater Air Conditioning), *die mit Sonnenkollektoren, Solarzellen und Windgeneratoren der jüngsten Generation betrieben werden, ist die Villa Metaphora ein Musterbeispiel in Sachen Umweltverträglichkeit und nachhaltiger Entwicklung. Die Einrichtung besorgte der Kunsthandwerker Paolo Zacomel mit eigenhändig angefertigten funktionalen Originalwerken. In der Küche regiert der junge spanische Starkoch Ramiro Juarez, Lieblingsschüler des legendären Hernán Xara, der mit unnachahmlicher Kreativität nur allerfrischste lokale Zutaten von höchster Qualität verarbeitet. Der ungehinderte Zugang zum Meer, das hier zu den unberührtesten Gewässern von ganz Europa gehört, und das Becken, in das direkt aus dem Felsen heißes schwefel-, jod-, brom- und salzhaltiges Thermalwasser sprudelt, die ungestörte Ruhe und absolute Wahrung der Privatsphäre (der Gebrauch von Mobiltelefonen und elektronischen Geräten ist nur auf dem Zimmer und einer dafür vorgesehenen Terrasse gestattet) sowie die besondere Energie, die dem vulkanischen Charakter der Insel zu verdanken ist, machen die Villa Metaphora zu einem einzigartigen Ort, der seinen Gästen die Erfahrung unvergleichlicher körperlicher und geistiger Erholung bieten kann.*

»Luciaaaa?!« Gianluca Perusato brüllt, um in dem kleinen mehrstöckigen Labyrinth gehört zu werden. Ja, der Geruch nach Mörtel und Fußbodenharz ist noch deutlich wahrnehmbar, obwohl die Fenster offen stehen und der Wind sie zuschlagen könnte, so dass die Scheiben zerbersten (allerdings ist es im Moment fast windstill). Da jedes Fenster inklusive Rahmen,

Scheiben und Jalousien etwa zweitausend Euro kostet, wäre das wirklich nicht wünschenswert. Tatsache ist, dass alles hier zuletzt viel teurer war, als er sich vorgestellt hatte: Es gibt keinen einzigen verdammten größeren oder kleineren Posten, der nicht den Kostenvoranschlag überzogen hätte. Als er beschloss, sich in dieses Unternehmen zu stürzen, wusste er, dass er sich damit eine Last aufhalste, denn dieses Projekt erforderte viel mehr Engagement als seine übliche, elitäre Architektentätigkeit. Gerade das Ausmaß der Herausforderung hatte ihn ja gereizt, das implizite Risiko, die Idee, einzig auf seine eigenen Fähigkeiten setzen zu müssen, einmal sein eigener Auftraggeber zu sein. Doch er hatte weder mit der unendlichen Problemvermehrung gerechnet noch mit der Angst, damit nicht zu Rande zu kommen ohne andere Mittel außer denen seines Berufes, noch mit der dumpfen Feindseligkeit der Tareser, die sich systematisch weigerten zu begreifen, dass die Villa Metaphora eine großartige Chance für die gesamte Insel darstellte. Auch die Schwierigkeiten und die Kosten, um das ganze Baumaterial von weit her zu holen, hatte er unterschätzt, ebenso wie die Notwendigkeit, Arbeiter und Handwerker anzuheuern, die im besten Fall aus Linosa oder Lampedusa stammten, da die Leute aus Tari sich als völlig untauglich erwiesen, und ihnen Kost und Logis zu bieten. Ganz zu schweigen von dem Verrat seitens Luigi Sintaris, den er aus seinem Mailänder Büro abgestellt hatte, um die Bauarbeiten zu überwachen, und der nach einigen Monaten anfing, praktisch von allem etwas für sich abzuzweigen, so dass ihm keine Wahl blieb, als den Mann mit Schimpf und Schande davonzujagen. Oder dem ungeheuerlichen Verhalten von Mario Cotella, den alle Welt als ausgezeichnete Wahl für den Posten des Resort-Managers hielt und der dann, einen Monat vor der Eröffnung, seine Lohnforderungen verdoppelte unter dem Vorwand der Entfernung von seinem Wohnort, als ob er plötzlich entdeckt hätte, dass Tari nicht direkt bei Verona um die Ecke liegt. Eine regelrechte Erpressung, die ihn dazu nötigte, den Mitarbeitern seines Architekturbüros weitgehende Vollmacht für die übrigen laufenden Projekte zu erteilen, um selbst *ad interim* die Leitung der Villa Metaphora zu übernehmen und sich mit Dingen zu beschäftigen, die er liebend gerne anderen überlassen hätte. Eigentlich hatte er nie den Ehrgeiz verspürt, das Resort persönlich zu leiten, doch die Zeit reichte einfach nicht mehr, um praktikable Alternativen zu finden. So sah er sich gezwungen, Anfang Juni hierherzuziehen, um die tausend Einzelheiten zu regeln, die unabdingbar sind für die Befriedigung höchster Ansprüche, die die Villa Metaphora bieten sollte.

Allerdings stellen ihn die Umstände auf eine harte Probe. Vorgeschwebt hatte ihm ein *soft opening*, eine langsame Eröffnung mit wenigen, nicht besonders anstrengenden Gästen (soweit es das hier überhaupt geben kann), um den Betrieb gemächlich anrollen zu lassen und langsam auf volle Touren hochzufahren. Das Ehepaar Cobanni und die Dame aus Frankreich schienen sich perfekt dazu zu eignen, und er hätte noch eine ganze Woche gehabt, um letzte Unvollkommenheiten zu beseitigen. Aber nein, durch eine Verkettung absurder Zufälle treffen gänzlich unerwartet nicht nur eine, sondern gleich *zwei* außergewöhnliche Buchungen ein – es wäre der reine Wahnsinn gewesen, sie abzulehnen. So hat er es nun mit zwei weiteren, sehr unterschiedlichen, im Umgang aber gleich schwierigen Gästepaaren zu tun, bei denen man sich nicht den kleinsten Fehler erlauben darf, ohne die Zukunft der Villa Metaphora aufs Spiel zu setzen. Außerdem wollte die Amerikanerin noch eine Freundin mitbringen: Das heißt, alle Suiten sind besetzt, und vom ersten Tag an herrscht höchster Druck (na gut, vom zweiten Tag an, aber das ändert kaum etwas).

Wie sollte Gianluca Perusato unter diesen Umständen ruhig bleiben? Jedes Vorrücken des Sekundenzeigers auf dem Zifferblatt seiner Rolex Sea Dweller bewirkt, dass ihm ein oder mehrere entscheidende Details einfallen, die noch nicht ganz stimmen. Die Last der Verantwortung erdrückt ihn schier: In manchen Augenblicken kann er kaum atmen, und er verspürt ein verzweifeltes Bedürfnis nach Bestätigung und Anerkennung.

Endlich kommt Lucia, mit zu laut klappernden Absätzen, die Augen zu stark geschminkt, die dichten, glänzenden Haare zu aufgebauscht, ihre Formen in einen zu engen Rock und eine zu enge Bluse gezwängt. »Was ist los?« Der pseudorömische Tonfall, den sie sich zugelegt hat, um ihren taresischen Akzent zu überdecken, klingt recht glaubhaft, aber ihre pseudomailändischen Versuche kann man vergessen.

»Der Text für die Broschüre und die Website muss geändert werden!« Als er sie so breitbeinig vor sich stehen sieht, empfindet Gianluca Perusato eine schwer erklärbare Gereiztheit.

»Warum denn?« Lucia schüttelt den Kopf auf eine Art, die ihn noch mehr aufbringt als ihr Mangel an Feingefühl.

»Darum!« Gleich darauf bedauert er seine aufbrausende Reaktion, aber andererseits schafft er es bei der Anspannung dieser Tage einfach nicht, so gelassen zu bleiben, wie er gern möchte. »Außerdem müssen wir die Broschüre sofort in Druck geben. Sonst haben wir nichts, was wir den Gästen überreichen können.«

»Die haben ja eh schon die Website gesehen.« Lucia versucht auf typisch taresische Art, die Sache herunterzuspielen.

»Eben, und auf der Website haben sie einen Text gelesen, der so nicht geht!« Dass sie ihre Fehler nicht sofort einsieht, sondern so cool bleibt, macht ihn noch wütender.

»Was soll denn daran nicht gehen?« Bodenständig und misstrauisch muss sie inzwischen alles hinterfragen, was er sagt, bevor sie es annimmt.

»Zum Beispiel die Formulierung, dass sich die Villa ›im Zustand bedrohlichen Verfalls befand‹!« Gianluca Perusato schreit, trotz aller guten Vorsätze. »Das vermittelt ein scheußliches, unheimliches Bild! Es muss heißen, dass sie jahrzehntelang dort schlummerte, wie im Märchen.«

»Oh, Verzeihung.« Lucia macht ein beleidigtes Gesicht, als fühlte sie sich in ihrer literarischen Ehre gekränkt.

»Und dann die ›finanziellen Widrigkeiten‹ des Barons. Was zum Teufel fällt dir eigentlich ein?«

»Na, so war's doch, oder nicht?« Sie verteidigt ihre Position mit der Sturheit einer Mauleselin.

»Oder ›der tragische Tod‹ des Barons!« Je öfter er den Text auf dem Bildschirm wieder liest, umso mehr regt Gianluca Perusato sich auf. »Wollen wir vielleicht noch in allen Einzelheiten den Sturz vom Felsenriff beschreiben? ›Der Tod‹ genügt vollauf, ohne irgendwelche Adjektive!«

»Hatten wir nicht besprochen, dass wir die Geschichte der Villa möglichst eindrucksvoll schildern wollen?« Lucias fleischige Lippen hatten von der ersten Begegnung an seine Lust geweckt, weil sie auf eine starke natürliche Sinnlichkeit hindeuteten und leidenschaftliche Küsse und potentiell phantastische Fellationes versprachen, doch im Moment findet er sie eher animalisch.

»Ja, eindrucksvoll, ganz genau!« Ihren Pygmalion zu spielen hat ihn lange erregt, doch in den letzten Wochen hat die Anziehungskraft ihr gegenüber im gleichen Maß abgenommen, in dem der Verantwortungsstress zunahm. »Was soll das für einen Eindruck machen, von Verfall und tragischem Tod zu reden? Wir wollen Bilder von Frieden, Stille, Licht und intensiver Beziehung zu den Elementen vermitteln! Und nicht von auf den Felsen herumliegenden Leichen, zerbrochenen Scheiben, zertrümmerten Möbeln, Spinnweben, Mäusekot, Rost und Schimmel!«

»Ich habe es genau so gemacht, wie wir es besprochen hatten.« Breitbeinig aufgepflanzt steht Lucia da, schüttelt erneut den Kopf und schwenkt dabei, *wumm, wumm*, ihre kompakte Mähne hin und her.

»Nein, so hatten wir es nicht besprochen.«

»Doch, genau so!«

»Okay, egal! Es muss geändert werden!« Gianluca Perusato dreht gleich durch. »Und nimm auch den Teil über die finanziellen Widrigkeiten raus, zum Donnerwetter!«

»Den auch?« Wieder mustert ihn Lucia mit finsterem Blick und überlegt, ob sie ihm recht geben soll oder nicht.

»Ja! Und auch den über das stete Sich-Entfernen des Objekts der Begierde!« Gianluca Perusatos Stimme hallt zwischen den frisch verputzten Wänden, kapiert sie denn gar nichts? »Die Villa Metaphora soll für unsere Gäste die *unmittelbare Erfüllung* eines Wunsches darstellen! Ist es möglich, dass du da nicht von allein draufkommst?!«

Lucia bläht die Backen auf, zieht eine Schnute und schnauft wie ein trotziges Kind, was ihn unter anderen Umständen vielleicht amüsiert hätte, doch jetzt verärgert es ihn noch mehr.

»Außerdem kannst du den metaphorischen Wert der Villa für den Baron nicht damit erklären, dass er sie als *Allegorie* betrachtete! Allegorie ist kein Synonym für Metapher, sie ist eine *erweiterte Metapher*!«

»Danke für die Belehrung, Herr Professor!« Die eigensinnige Inselbewohnerin ist taub für solche Nuancen und merkt gar nicht, wie sehr er sich in diesem Augenblick wünschte, sie wäre empfänglich und formbar.

»Auch die ganze Geschichte über den symbolischen Wert der Zahl Sieben muss man locker abhandeln, *en passant*, wir wenden uns ja nicht an Okkultisten!« Wie so oft bezweifelt Gianluca Perusato, dass seine Worte bei Lucia ankommen, dabei ist sie in Wirklichkeit gar nicht so unzugänglich, wie sie wirkt. Wenn sie will, lernt sie durchaus. Manchmal nur zu schnell. »Schreib einfach, dass es sieben Terrassen gibt, und basta. Nimm all diese nutzlosen spezifischen Daten raus. Es genügt zu schreiben, dass der Baron die Villa in den vierziger Jahren gebaut hat und dass ich sie 2005 gekauft habe, um sie zu restaurieren. Keiner unserer Gäste hat Lust, noch mehr Zahlen aufzunehmen, außer denen, mit denen er schon jeden Tag zu tun hat!«

»Dann darf ich auch nicht schreiben, dass es fünf Suiten gibt?« Lucia sieht ihn herausfordernd an.

»Warum?« Gianluca Perusato fühlt sich plötzlich todmüde.

»Weil dann auch fünf eine nutzlose spezifische Zahl ist!« Die Hand auf die volle Hüfte gestemmt, provoziert Lucia ihn ganz offen, mit dunklem, flammendem Blick, und dass sie gerade in einer sehr heiklen Phase stecken, kümmert sie kein bisschen.

Doch waren es nicht gerade diese körperlichen und psychischen Merkmale gewesen, die ihn angezogen hatten, als sie auf Empfehlung von irgendwem zu einem Vorstellungsgespräch in sein Mailänder Büro kam, als würde sie zu einer abgekarteten Universitätsprüfung erscheinen? War es nicht gerade ihre elementare Weiblichkeit (wie weit unbewusst und wie weit als Mittel zur Verführung eingesetzt, war nicht erkennbar), die ihn dazu bewegt hat, ihr eine Stelle als *assistant manager* anzubieten und gleich darauf mit ihr ins Bett zu steigen, wobei er ihr vorgaukelte, dass seine Ehe mit Ludovica am Ende sei und sie nur ihren kleinen Töchtern etwas vorspielten, um die beiden nicht zu verunsichern? (Im Moment macht Ludovica mit den Mädchen Ferien in Cortina d'Ampezzo, den ganzen Sommer lang, und wenn er mit ihnen telefoniert, reden sie nur über *Sachen* oder über das Geld, das man braucht, um sie sich zu besorgen. Kleider, Kosmetikbehandlungen, Sportausrüstungen, immer neuer elektronischer Schnickschnack, Tennis- und Reitstunden – nie zeigen Mutter oder Töchter je die geringste emotionale Anteilnahme an seinem fürchterlichen Stress. Er würde sie jeweils gerne daran erinnern, dass die Villa Metaphora nicht, wie sie zu glauben scheinen, ein kostspieliger Zeitvertreib ist, sondern der Beweis dafür, wie sehr er sich abrackert, um seiner Familie einen angemessenen Lebensstandard zu ermöglichen, der beispielsweise drei Monate Ferien in Cortina umfasst. Doch dann lässt er es bleiben, denn im Augenblick steht er schon genug unter Druck, und außerdem macht ihn die Anwesenheit von Lucia Moscatigno in seinem Leben objektiv verwundbarer an der Front der Familienforderungen. Es ist ein Teufelskreis, eine Schlange, die sich in den Schwanz beißt.)

»Dann schreib den Text doch selber um!« Lucia zieht die Schultern hoch und schiebt den Kopf vor, wie immer, wenn sie sich beleidigt fühlt. Diese potentiell aggressive Körperlichkeit verdankt sie ihren Vorfahren, lauter Bauern, Hirten und Schäfern, die erst Händler und dann Kleinunternehmer geworden sind. Jedes Mal, wenn diese Körperlichkeit aufscheint, empfindet Gianluca Perusato eine seltsame Mischung aus Belustigung und Alarmiertheit.

»Beruhige dich doch.« Er hat seinen Ärger schon überwunden und bemüht sich, die Wogen zu glätten. Er deutet ein Lächeln an, streckt die Hand aus, um ihr übers Haar zu streichen.

»Ich denke nicht daran!« Lucia ist wütend, ihre Bewegungen sind voll taresischer Heftigkeit, die nicht gespielt, sondern echt ist. »Lass doch die Mailänder Agentur den Text umschreiben! Dann darfst du wenigstens noch eine schöne Stange Geld dafür blechen!«

»Ach was, das kannst du wunderbar selber machen.« Gianluca Perusato will retten, was zu retten ist, bevor sich der Schaden noch ausweitet. »Wenn ich es dir nicht zutrauen würde, hätte ich dich doch niemals darum gebeten, den Text zu schreiben.«

»Hör schon auf mit der Schleimerei!« Sie will es nicht zeigen, aber sie ist schon leicht besänftigt, die Gesichtsmuskeln entspannen sich, wenn auch nur wenig.

»Es ist aber wahr. Ich habe größtes Vertrauen in deine Fähigkeiten, das weißt du. Hätte ich dich sonst zum *assistant manager* ernannt?« Am Anfang brauchte es viel weniger, um sie zu beeindrucken, denkt Gianluca Perusato: Es genügte, ihr die Tür eines schönen Autos zu öffnen, sie in die Suite eines großen Hotels mitzunehmen, ihr ein schmales Goldarmband ums Handgelenk zu legen oder auch einfach nur am Telefon mit einem seiner ausländischen Auftraggeber Englisch oder Deutsch oder Französisch oder Spanisch zu sprechen. Die Rolle, ihr neue Horizonte zu eröffnen, war für ihn erotisch so elektrisierend, wie er es bei früheren Seitensprüngen mit Frauen aus seinem eigenen Milieu noch nie erlebt hatte. In den ersten Monaten ihrer heimlichen Beziehung hatte er sich sexuell wie neugeboren gefühlt, Herr einer willigen, dankbaren, neugierigen, gelehrigen Sklavin. Es gefiel ihm unheimlich, sie mit einem Seidenschal an den Handgelenken ans Kopfteil des Bettes zu fesseln, ihr mit einem Eiswürfel aus dem Champagnerkühler über die Brustwarzen zu streichen, ihr obszöne Worte ins Ohr zu flüstern, sie umzudrehen, sie von hinten zu nehmen, sie in den Hals zu beißen und bei ihrem Anblick keuchend Vergleiche mit berühmten Gemälden und Skulpturen anzustellen, die sie nicht kannte. Er hatte entdeckt, dass die kulturelle Ungleichheit ein noch mächtigeres Aphrodisiakum war als der Altersunterschied, und gnadenlos auf eine Reihe erotischer Tricks aus zweiter und dritter Hand zurückgegriffen, die er bei seiner Frau oder seinen Freundinnen nie auszuprobieren gewagt hätte – aus Angst, zu übertreiben oder entlarvt zu werden. Lucia spielte das Spiel gerne mit und bot ihm ihren jungen, straffen Körper, ihre scheinbare Unerfahrenheit im Tausch für alles an, was er sie lehren konnte. Doch ab einem gewissen Punkt ihrer Beziehung, als ihre Weltkenntnis allmählich wuchs, begann die taresische Naive, sich mit überraschender Geschwindigkeit weiterzuentwickeln. Man kann zwar nicht behaupten, sie sei zu einer Dame geworden, aber es ist auch nicht zu leugnen, dass ein riesiger Unterschied zwischen der Lucia von vor drei Jahren und der heutigen besteht: Die Fortschritte sind beeindruckend. Leider wird dadurch der leicht perverse Genuss beeinträchtigt, den die Machtausübung des Wissenden über den Unwissenden bereitet.

»Wenn du wirklich Vertrauen zu mir hättest, würdest du dir nicht träumen lassen, so mit mir zu reden!« Lucias Stimmgewalt explodiert, ein Evolutionsergebnis zahlloser Generationen, die sich schreiend verständigten, von einem Boot zum anderen, von einem Felsen zum anderen. Sie hat diese etwas verschwommenen Gesichtszüge, diese glatte Haut, diesen dunklen, feuchten Blick, der ihn am Anfang an eine junge Kuh denken ließ, energisch, gesund, widerstandsfähig. Doch inzwischen ist die junge Kuh mit ihm in New York, London und Paris gewesen, hat in den besten Restaurants gegessen und in den luxuriösesten Hotels geschlafen, hat etliche steinreiche, sehr berühmte Menschen kennengelernt, einige davon ungewöhnlich begabt, andere ungewöhnlich eingebildet. Die Ungeschliffenheit ihrer Herkunft hat sie zu einem guten Teil abgelegt, doch die urwüchsige Energie der Enkelin taresischer Fischer hat sie sich bewahrt, genau wie den scharfen Blick, der ihr gestattet, Dinge zu sehen, die ihm womöglich entgehen. Sie war es zum Beispiel, die entdeckt hat, dass Luigi Sintari ihn bestahl; sie hat ihm die Augen geöffnet, indem sie ihm die gefälschten Quittungen zeigte, sie hat ihn gedrängt, den Mann noch am gleichen Tag hinauszuwerfen. Vielleicht wollte sie sich damit wichtigmachen, ihm zeigen, dass sie wachsam ist und Vertrauen verdient, aber bestimmt nicht nur: Ihrem Wesen nach ist sie zutiefst loyal, geradezu unbeirrbar clanverbunden.

»Ich wollte ja nur sagen, dass die Leute, an die wir uns wenden, ziemlich schwierig sind.« Gianluca Perusatos Tonfall ist jetzt ruhig, väterlich, nachsichtig.

»Ich weiß.«

»Diese Leute haben schon alles gesehen, alles gegessen, alles getrunken, alles ausprobiert.«

»Ich weiß.«

»Ich weiß, dass du es weißt.« Zweifellos hat Lucia unterdessen eine Vorstellung davon, welchen Unterschied es macht, ob man etwas anstrebt oder es fest im Besitz hat, ob man etwas beweisen muss oder sich den Luxus erlauben kann, es bleiben zu lassen. Sie ist aufgeweckt, empfänglich: Bereitwillig nimmt sie Informationen auf, macht selten den gleichen Fehler zweimal hintereinander. Andererseits braucht man nur zu sehen, wie sie sich schminkt und anzieht, um zu wissen, dass sie noch einen weiten Weg vor sich hat. Aber vielleicht liegt es auch an ihrem Körper, der einen unbotmäßigen Charakter ausdrückt, an ihren Formen, ihrem Blick. Selbst wenn die Entwicklung voranschreitet, wird es ihr wahrscheinlich nie gelingen, sich ganz von einigen Geschmacksverirrungen zu befreien, genauso wenig wie von ihren markanten Gesichtszügen oder von ihren Farben (nicht dass sie es nicht versuchte, etwa indem sie sich ständig die Augenbrauen zupft oder die Haare mahagonifarben tönt) oder von der geballten Sinnlichkeit ihrer Formen. Mit anderen Worten, es ist ziemlich sicher, dass sie nie so werden wird wie seine Frau – zum Glück, denkt er unwillkürlich.

»Ich weiß, dass unseren Gästen nichts an Prahlerei liegt.« Sie hat es verstanden, o ja.

»Mhm.« Gianluca Perusato fühlt sich geschmeichelt, dass er als ihr Coach gute Resultate erzielt, das muss er zugeben.

»Sie finden, weniger ist mehr.« Das Mädchen will klarstellen, dass er keinerlei Grund mehr hat, an ihr zu zweifeln.

»Genau, deshalb kommen sie hierher, anstatt sich für eines der tausend anderen Ziele zu entscheiden, die noch in Frage kämen.« Gianluca Perusato ist sich allerdings bewusst, wie riskant es ist, auf die minimalistische Karte zu setzen: wie schmal die Grenze ist, jenseits derer die Verfeinerung plötzlich zum Mangel wird, die Reduktion aufs Wesentliche zu Unbequemlichkeit, die Isolation zu Langeweile.

»Es dürfte aber echt schwierig sein, einen unberührteren Ort zu finden als diesen.« Lucia spricht mit wachsender Überzeugung. »An dem die Natur dich so überwältigt, *sbam*!«

»Allerdings.« Daran zweifelt selbst Gianluca Perusato nicht. »Doch wir dürfen nicht vergessen, dass diese Leute sich nie entspannen. Nicht einen Augenblick.«

»Ja, und?« Da ist er wieder, ihr naivster (und erotischster) Ausdruck: leicht geöffnete fleischige Lippen, dunkle, fragende Augen, ganz Ohr.

»Unsere Gäste waren schon auf jeder exklusiven kleinen Pazifikinsel, auf dem Gipfel des Himalaja, wo auch immer sie hinwollten. Kosten oder Entfernungen spielen bei denen keine Rolle.«

»Logo.« Bereitwillig macht sich Lucia jede neue Information sofort zu eigen.

»Aber dann haben sie in *Travel & Leisure* den Bericht über die Villa Metaphora gelesen oder meinen Namen gehört, weil ich das Haus ihrer Freunde gebaut habe, oder sie haben spontan den Rat von jemandem angenommen, dem sie vertrauen.«

»Wie viele Resorts von diesem Niveau es wohl in Europa gibt?« Darüber haben sie natürlich schon oft gesprochen, aber sie hat verstanden, dass bestimmte Themen unerschöpflich sind, solange man sie immer wieder unter einem anderen Blickwinkel betrachtet.

»Zehn, vielleicht auch zwanzig. Aber das genügt eben nicht, denn diese Leute haben die Ungeduld im Blut, wie eine Krankheit. Mir ist es schon mehr als einmal passiert, dass ich ein Haus umbauen musste, als die Auftraggeber gerade mal vierzehn Tage lang darin gewohnt hatten, weil sie es schon satt waren, noch bevor sie sich überhaupt richtig eingelebt hatten. Hunderttausende Euro zum Fenster hinausgeworfen, aus *präventiver* Langeweile.«

»Das heißt?« Sie mustert ihn aufmerksam.

»Man muss auf die Zeichen achten. Auf den Blick, der flackert, den Fuß, der auf den Boden klopft, das verhaltene Gähnen, die unauffällige Drehung des Handgelenks, um auf die Uhr zu sehen, auf zu hohe Ansprüche, auf die plötzlich gepocht wird.«

»Und wenn es passiert?« Lucia legt den Kopf schief.

»Dann muss man sich was einfallen lassen, sofort. Irgendetwas Unerwartetes.«

»Zum Beispiel?«

»Na ja, einen Delphin, der unter ihrer Terrasse aus dem Wasser springt.« Gianluca Perusato improvisiert jetzt, es sind nur Ideen, um die Sache möglichst lebensnah zu gestalten. »Eine Sirene, die gesichtet worden ist. Eine Diskussion über ein wichtiges Thema, einen wilden Volkstanz.«

Lucias lernwilliger Ausdruck weicht einer gewissen Skepsis.

»Und wer sollte da bitte tanzen?«

»Was weiß ich, Teresa und Amalia! Auch Carmine! Er wird doch tanzen können, dein Cousin, oder nicht?«

»Nein, dabei sehe ich ihn wirklich nicht.« Lucia schüttelt den Kopf.

»Na, egal! Ich habe es ja nur so gesagt!« Gianluca Perusato ärgert sich schon wieder, weil sie ihn zu wörtlich nimmt.

»Okay.« Lucia nickt, doch ob sie es tatsächlich verstanden hat, bleibt unklar.

»Man muss einfach vorbereitet sein.« Gianluca Perusato erhebt sich, klopft kurz seine Hose zurecht.

»Okay.« Wieder nickt Lucia, wahrscheinlich braucht sie keine Unterweisungen mehr.

»Gut.« Lucia hat entschieden schneller dazugelernt als vorhergesehen. Und als sie sich allmählich den Verhaltenskodex einer anfangs fremden Welt angeeignet hatte, wich ihre Schüchternheit einer gewissen Selbstsicherheit, und daraus entwickelte sich der Hang zu Forderungen. Nicht Kleider oder Schmuck oder andere wertvolle Geschenke, wie es ihm in einigen heimlichen Beziehungen davor passiert ist; nein, Lucia forderte immer beharrlicher eine offizielle Rolle in seinem Leben. Ihn überallhin zu begleiten, Freunden und Kunden vorgestellt zu werden, Projekte zu diskutieren, bei Mittag- und Abendessen, die sie für wichtig hält, neben ihm zu sitzen, auch wenn sie sich dabei langweilt; Selbstbeschränkung ist bei ihren Forderungen nicht vorgesehen. Und es fehlt ihr gewiss nicht an Temperament oder Energie, um sie durchzusetzen.

Mehr als einmal hat ihn ihre Fähigkeit erstaunt, schwierige Situationen zu meistern, ohne mit der Wimper zu zucken. Etwa bei einem Abendessen in Monte Carlo, bei dem ein argentinischer Formel-1-Fahrer, dessen Wohnung von ihm entworfen worden war, aus reiner Ignoranz den Bruder von Aga Khan beleidigt hatte und es Lucia mit einer gänzlich unerwarteten Bemerkung gelungen war, die allgemeine Verlegenheit in Belustigung zu verwandeln. Oder voriges Jahr, als die aus Catania angelieferten Basaltfliesen für die Bäder auf einem Kai in Bonarbor lagen und niemand bereit war, sie zur Villa zu transportieren (es war der soundsovielte Boykott gegen ihn, da er sich nicht der lokalen Zwischenhändler bediente), und sie es geschafft hatte, einige junge Männer aus ihrer Verwandtschaft zu überreden, mit ihren Fischerbooten auszuhelfen. So gesehen hat Gianluca Perusato manchmal fast den Eindruck, ihr gegenüber in eine Abhängigkeit geraten zu sein, jedenfalls hier auf Tari: als könnte er nicht mehr ohne ihre Unterstützung, Bewunderung und Zuneigung leben, lauter Dinge, die ihm seine Frau in der Vergangenheit nur sehr sparsam gegönnt hat und inzwischen gar nicht mehr.

»Na gut, bis später.« Mit entschiedenen Schritten und kräftigem Hüftschwung strebt Lucia zur Tür.

»Hey, wo gehst du hin?« Gianluca Perusatos Stimme wird leicht quengelig, wie immer in solchen Fällen. Er folgt ihr auf die Terrasse, in das gleißende Licht, und versucht, sie am Arm zu nehmen. »Entschuldige, wenn ich vorhin etwas ruppig war. Das ist einfach die Anspannung in dieser Phase, ich bin mit den Nerven am Ende. Das weißt du genau.«

»Du warst nicht etwas ruppig, du warst unverschämt.« Sie macht sich los, will sich nicht umarmen lassen.

»Ich habe mich entschuldigt, okay?« Gianluca Perusato bemüht sich um einen freundlichen Ton, doch am liebsten würde er sie schütteln. Sein Bedürfnis nach Unterstützung, Bewunderung und Zuneigung treibt ihn plötzlich fast zur Verzweiflung: Er braucht die Streicheleinheiten jetzt sofort, kann keine Minute mehr warten.

Lucia zuckt die Achseln, sieht ihn aus einem Schritt Entfernung abwartend an.

»Weißt du, dass du besonders umwerfend aussiehst, wenn du dich aufregst? Wirklich. Du bekommst diesen feurigen, edlen Ausdruck einer Nymphe aus dem tiefen, stürmischen Meer.« Er würde noch Dutzende solcher malerischer Bilder dafür rausziehen, nur um sofort eine Dosis Unterstützung Bewunderung Zuneigung zu bekommen.

Sie ist immer noch erbost, doch endlich entspannen sich ihre Lippen, öffnen sich zu einem halben Lächeln, entblößen ihre strahlend weißen, großen Zähne.

Er nimmt sie an beiden Armen und zieht sie an sich. »Ich fühle mich einfach überfordert in dieser Situation, weißt du, die Zeit rast.«

»Aber nein, Gian. Alles läuft doch wie geplant.« So aus nächster Nähe wirken ihre Augen sanftmütig, doch manchmal können sie eine furchterregende Entschlossenheit ausdrücken. Die Unterstützung Bewunderung Zuneigung, die sie zu geben bereit ist, wird er nicht gratis bekommen: In Kürze wird sie den Anspruch erheben, seine Frau und auch die Töchter aus seinem Leben zu verdrängen und in allem selbst zu entscheiden. Deshalb hat er sie gebeten, den Text für die Broschüre und die Website zu schreiben, mit dem Ergebnis, dass er zwar viel mehr Zeit verloren hat, als wenn er ihn bei der Mailänder Agentur in Auftrag gegeben hätte, aber zugegebenermaßen eine Menge Geld und wer weiß wie viele Telefongespräche mit uneinsichtigen, aufgeblasenen Berufsschreibern gespart hat. In Wirklichkeit ist das Resultat gar nicht so schlecht, wenn man die Stellen, die er ihr genannt hat, ein bisschen umformuliert. Es lohnt sich, sie weiter zu erziehen, diese junge Tareserin, ihr die Wahrnehmung des feinen Unterschieds zwischen gewöhnlich und herausragend einzuimpfen und, zwischen herausragend *tout court* und herausragend als Möglichkeit, anständigen Profit zu machen.

»Ich habe einfach zehntausend Probleme auf einmal im Kopf.« Gianluca Perusato benutzt wieder seinen leicht quengeligen Ton, er hofft auf eine kräftigere Dosis Unterstützung Bewunderung Zuneigung.

»Ich weiß.«

»Die Kosten sind explodiert, die Bankdarlehen müssen zurückgezahlt werden, und dazu noch das Damoklesschwert des Gesundheitsamts, das fehlende Küchenpersonal, das Holz für die Möbel, das diesem fanatischen Schreiner nicht passt, die gerade erst eingetroffenen wichtigen Buchungen, der ganze Mechanismus, der hochgefahren werden muss, aber nicht irgendwie, sondern mit absoluter Perfektion.«

»Ich weiß, Gian.«

»Es ist nicht leicht.« Gianluca Perusato überläuft ein wohliger Schauer, da er sich unterstützt bewundert geliebt fühlt, doch es genügt ihm noch nicht.

»Du bist ein Held.«

»Nun, Held ist vielleicht zu viel gesagt.« Gianluca Perusato saugt Zuneigung Verständnis Bewunderung auf wie ein Schwamm.

»O nein, Gian.« Lucia schüttelt den Kopf. »Bei allem, was du gemacht hast, wirklich. Ich habe es ja gesehen.« Liegt ein zweideutiger Schatten in ihrem Blick? Vielleicht nicht, aber falls, gehört er zu ihrem tiefsten Wesen, zu ihrer angeborenen Neigung, mit der gleichen Intensität zu geben und zu fordern, ohne Kompromisse.

»Na gut, sagen wir, man braucht in solchen Momenten starke Schultern und Nerven wie Drahtseile.« Gianluca Perusato fühlt sich schon etwas gekräftigt, etwas bewundernswerter, etwas mehr Herr der Lage.

»Ich weiß, Schnuckilein.«

Dieses Wort, oder auch bloß die Art, wie sie es ausspricht, genügt, um ihn plötzlich in Panik zu versetzen, weil er bei einer kulturell und gesellschaftlich unterlegenen Frau Halt gesucht hat und vielleicht demnächst allein mit unerfüllbaren Erwartungen und Verpflichtungen kämpfen muss. Er möchte nur noch schreiend davonlaufen, zur Mole hinuntereilen, in das Motorboot springen und so schnell wie möglich abhauen, bevor es zu spät ist.

Doch dann schaut er sich um und gewahrt das blendende Weiß der Terrassen und Gebäude mit den abgerundeten Kanten, das schwarzgeäderte Rot der wilden und schroffen Felsen, die blaue Tiefe des Meeres, die außergewöhnliche Durchsichtigkeit der Luft, den Duft der Zistrosen und Myrtensträucher, die junge Südländerin, die ihn bebend beobachtet. Schlagartig ist ihm, als sei die Lage doch nicht so schrecklich, weder kurz- noch mittelfristig gesehen. Er atmet tief durch, gibt Lucia einen Klaps auf den prallen Hintern. »Los, an die Arbeit.« Die Angst ist wie weggeblasen, die Zweifel fast alle verflogen. Plötzlich fühlt sich Gianluca Perusato euphorisch, voller Tatendrang.

3

Einen sonnengebleichten, vom Meer glattgeschliffenen Holzstamm auf der Schulter, springt Paolo Zacomel von Fels zu Fels. Es ist anstrengend, klar, aber ein befriedigendes Gefühl, wenn er mit nackten Fußsohlen auf dem rauhen Stein nach Halt sucht und sich geschickt auf den schrägen Klippen im Gleichgewicht hält. Er genießt es, ohne Hemd herumzulaufen, nur mit dieser alten, verwaschenen Hose, sonnenverbrannt wie ein Wilder, im Einklang mit dem Ort und sich selbst. Als er das an einem Felsen verankerte Boot erreicht, legt er den Stamm neben die anderen Hölzer, die er in ungefähr zwei Stunden an der Küste gesammelt hat. Wer weiß, woher sie kommen. Von der tunesischen Küste? Aus Libyen? Malta? Sizilien? Und wer weiß, wie lange sie im Wasser waren, von den Strömungen hierhin und dorthin getragen. Zuerst sind sie vermutlich noch mit Laub und Zweigen irgendwo in einen Fluss gefallen, der sie bis zur Mündung und von dort ins Meer mitgeschleift und unterwegs allmählich von ihrem Ballast befreit und gesäubert hat, bis nur noch das Wesentliche übrig blieb. Deshalb versucht Paolo Zacomel, sich zu jedem Stück Holz, das er findet, die Geschichte vorzustellen: um es besser zu verstehen und im Dialog eine Idee dafür zu entwickeln, wie er es mit anderen Hölzern kombinieren und schließlich zu einem nützlichen, dauerhaften, schönen Möbelstück verarbeiten kann.

Er geht in die Hocke und betrachtet das durchsichtige Wasser, zögert kurz, kann aber nicht widerstehen: Er zieht die Hose aus, wirft sie auf einen Stein, springt mit einem schwungvollen Kopfsprung ins Wasser. Die Abkühlung ist herrlich, genau wie die unmittelbare Schwerelosigkeit. Mit kräftigen Zügen und offenen Augen schwimmt er nach unten: Das Blau wird mit zunehmender Tiefe immer dunkler, bis der Grund nicht mehr sichtbar ist. Dann kehrt er um, zurück ans Licht, kommt erst keuchend an die Oberfläche, als ihm die Luft ausgeht; er atmet tief ein, taucht wieder unter, schwimmt mit ein paar ruhigen Zügen zu den Klippen zurück und fühlt sich unglaublich frei, als Teil des Ganzen.

Das Wasser ist so kristallklar, dass man an den Felsen der Küste jeden einzelnen Seeigel erkennt und leicht die Stellen findet, wo man sich mit Händen und Füßen festhalten kann, ohne sich zu stechen. Doch Paolo Zacomel möchte noch gar nicht raus; er dreht sich auf den Rücken, dann wieder auf den Bauch, taucht den Kopf nach unten und beobachtet die kleinen silbrigen Fische und die größeren gelbgestreiften, die zwischen den in der Strömung treibenden Algen weiden, die winzigen Krabben und kleinen Krebse, die in die Ritzen kriechen.

Schließlich klettert er hinaus, steigt auf einen Felsen, lässt sich von der Sonne trocknen und denkt, wie weit sich seine sowieso schon bescheidenen Bedürfnisse noch verringert haben, seit er auf der Insel lebt. Monatelang hat er sich von kleinen Mengen Käse und Tomaten ernährt, ab und zu hat er ein bisschen Pasta auf seinem Campingkocher zubereitet, ohne sich je mehr oder etwas Besseres zu wünschen. Sein Abendvergnügen besteht in der Betrachtung der Sterne und der Lektüre von Čechovs gesammelten Erzählungen bei Kerzenschein. Er ist noch hagerer geworden als zuvor, noch leichter und gewandter, seine Fußsohlen haben eine dicke Hornhaut entwickelt vom vielen Barfußgehen auf den spitzen Felsen. Er kann sich nicht erinnern, sich je freier gefühlt zu haben, unabhängiger vom großen Supermarkt der sogenannten zivilisierten Welt. Ist seine Haltung die eines Primitivisten aus dem 18. Jahrhundert? Ist er unbewusst zum

Anhänger von Jean-Jacques Rousseaus Mythos vom edlen Wilden geworden? Wer weiß. Damals jedenfalls, als er als unzufriedener, entmutigter Student die *Abhandlung über den Ursprung und die Grundlagen der Ungleichheit unter den Menschen* gelesen hatte, war die Definition des Menschen im Naturzustand eine Offenbarung für ihn gewesen. Er kann sich noch gut an gewisse Passagen des Textes erinnern, eine lautet in etwa so: *Der Wilde lebte ohne Sprache, ohne Wohnstätte, ohne Krieg und ohne jedes Bedürfnis nach konstanter Gesellschaft, er wollte seinen Mitmenschen nicht schaden, ja vielleicht unterschied er nicht einmal den einen vom anderen. Er schweifte in den Wäldern umher, genügte sich selbst und hatte nur die Gefühle und Erkenntnisse, die für ihn wichtig waren. Er verspürte nur seine wirklichen Bedürfnisse, sah nur das an, was ihm von Interesse schien, und seine Intelligenz machte keine größeren Fortschritte als seine Eitelkeit…*

Ehrlich gesagt kommt es Paolo Zacomel nicht so vor, als hätte seine Intelligenz in den letzten Monaten geringe Fortschritte gemacht. Doch an der frischen Luft im Wechselspiel der Elemente fast ohne menschlichen Kontakt zu leben und sich, abgesehen von der abendlichen Lektüre, rein praktischen Tätigkeiten zu widmen, hat eine gewisse Ausdünnung seiner Gedanken bewirkt, das schon. Was allerdings gewiss nicht bedeutet, dass er nicht denkt, sondern nur, dass er auf eine wesentlichere Art denkt, näher an den Gefühlen, weiter weg von den Wörtern. Er schlüpft wieder in die Hose, löst das Bugseil, springt ins Boot. Mit einem Fuß stößt er sich von den Felsen ab, zieht den Anker hoch und lässt ihn über dem Meer abtropfen, bevor er ihn im Heck auf die sorgfältig aufgerollte Kette legt. Dann startet er den Innenbordmotor, der mit einem tiefen Brummen anspringt, greift nach dem Ruder und setzt sich auf das Bänkchen. Mit wegen der Sonne zugekniffenen Augen fährt er die Küste entlang, versunken in die mechanische Vibration und das Rauschen des

Wassers zu beiden Seiten des Boots, aber nicht ohne den Blick weiterhin auf der Suche nach verwendbaren Holzstücken über die Felsen schweifen zu lassen. Seine Beute ist schon recht ansehnlich, Stämme verschiedener Länge und Dicke, in Formen, die ihn zu interessanten Kombinationen für Bänke, kleine Tische, Stühle, vielleicht sogar Lampen anregen. Wenn nur die Zeit nicht so drängte, weil die ersten Gäste schon heute eintreffen, würde er gern in aller Ruhe die idealen Steckverbindungen, die überraschende Harmonie von Form und Funktion finden. Er betrachtet es als Herausforderung, sich einzig auf die vor Ort verfügbaren Ressourcen zu stützen und die Not in schöpferischen Antrieb zu verwandeln.

Doch Architekt Perusato ist nach den mehrfachen Verzögerungen, Komplikationen und unterbrochenen Materiallieferungen so gestresst, dass es manchmal an Panik grenzt. Im Vergleich zum Beginn hat sich sein Verhalten sehr geändert: Damals hatte er im Tonfall eines Mäzens der Künste eine Reihe von Einzelstücken bei ihm bestellt, um sein megaexklusives Resort im südlichen Mittelmeer damit zu schmücken. Er hatte einige Möbel gesehen, die Paolo für einen befreundeten Maler in Venedig angefertigt hatte, und ihn danach angerufen; zwar war ihm der Architekt bei diesem Gespräch und auch bei den ersten persönlichen Treffen nicht besonders sympathisch, doch hatte ihn die Idee begeistert, Möbel zu bauen (abgesehen von den Betten und den Tischen auf der Hauptterrasse, die gemauert waren) für einen Ort, an dem die Leute sich nur vorübergehend aufhielten. Normalerweise versuchte er, Ensembles aus Stühlen, Tischen und Sofas zu erfinden, die zum Charakter bestimmter Personen passten; der Gedanke, dass seine Möbel von wechselnden, ihm unbekannten Gästen benutzt würden, eröffnete ihm eine Vielfalt unbekannter Perspektiven. Außerdem hatte er schon bei anderen Gelegenheiten entdeckt, dass ein nicht befreundeter oder sogar unsympathischer Auftraggeber ihn zu überraschenden

Lösungen anregen kann. Bei solchen Herausforderungen verschwimmt die Trennlinie zwischen der Denkweise des Handwerkers und der des Künstlers, selbst wenn er Möbel und Skulpturen weiterhin als etwas Unterschiedliches ansieht. Sosehr sich die beiden Ebenen auch annähern, überlagern werden sie sich nie. Möbel zu bauen ermöglicht ihm, seine Skulpturen zu bezahlen, denn die kauft keiner, und in Wirklichkeit möchte er sie auch gar nicht verkaufen. Wenn er Möbel herstellt, sollen sie funktional sein; nie wäre es ihm eingefallen, einen Stuhl zu bauen, auf dem man nicht (bequem) sitzen kann, oder einen Tisch, auf dem man nichts abstellen kann.

Paolo Zacomel taucht eine Hand ins Wasser, genießt, wie es Handfläche und Handgelenk umschließt, die Kühle, die allmählich den Arm hinaufsteigt bis zur schon wieder glühenden Schulter. Er denkt immer noch darüber nach, wie sehr sich in den drei Monaten seit seiner Ankunft die Situation in der Villa Metaphora verändert hat: wie die anfängliche Idee, ohne Rücksicht auf die Kosten nur das Beste vom Besten zu wollen, nach und nach verblasste, während die Ausgaben unaufhaltsam stiegen. Jedes Mal, wenn Perusato von den verschiedenen Orten, wo er seine anderen Baustellen als Architekt überwachte, hierher zurückkehrte, war er etwas vorsichtiger und sorgenvoller, etwas weiter entfernt von der Großspurigkeit, mit der er ihm die Arbeit ursprünglich angetragen hatte. Er hat das angeforderte Kirsch-, Nuss- und Olivenholz für ihn kommen lassen, das ja, wenn auch weniger als benötigt. Und ihm war es gelungen, eine beträchtliche Anzahl von Stühlen, Tischen, Sesseln und Sofas daraus zu machen. Doch dann war das Holz ausgegangen, und er hatte kein Material mehr, um die noch fehlenden Möbel zu bauen. Im Lauf der Wochen wurde Perusato immer vager und ausweichender und begann, seine Nachfragen als exzentrische Forderungen abzutun. Daher ist das Schwemmholz jetzt der einzige Rohstoff, auf den er zählen kann; das würde ihm keineswegs missfallen, wenn der Druck nicht jeden Tag größer würde, als hinge es allein von ihm ab, dass die Villa Metaphora noch nicht bis ins kleinste Detail so ist, wie man sie gerne hätte. Andere hätten an seiner Stelle vielleicht schon das Schiff genommen und wären nach Hause zurückgekehrt, um sich anderen Arbeiten zu widmen, doch er ist einfach nicht der Typ, der einen übernommenen Auftrag nur halb erfüllt, so schwierig die Situation auch sein mag. Denn er fühlt sich viel mehr den *Gegenständen* verpflichtet, die er herzustellen versprochen hat, als dem Auftraggeber. Es ist, als zählten die schon angefangenen oder noch nicht existenten Bänke und Tische auf ihn, um sich zu materialisieren, als sprächen sie zu ihm durch die Formen und die Beschaffenheit der einzelnen Hölzer, die Wind und Wellen hergetragen haben.

Natürlich spielt es auch eine Rolle, dass er mittlerweile seit Anfang März hier arbeitet und das Geld für die geleistete Arbeit gut gebrauchen könnte. Außerdem gefällt ihm die Natur auf Tari, und ganz besonders diese verlassene Küste: die starke Sonne, die Tiefe des Meeres, der kräftige Wind, die duftenden wilden Sträucher. Es gefällt ihm, wie er sich hier fühlt, abseits der vielen Menschen und der Zwänge der bewohnten Welt, sogar frei von der Pflicht zu essen (manchmal allerdings nicht freiwillig), Herr über seine Hände zu sein und das, was sie hervorbringen können. Einen großen Teil der dreieinhalb Monate, die er auf der Insel verbracht hat, war er praktisch allein, abgesehen von einigen Zulieferern und gelegentlichen Kontrollbesuchen von Perusato und Lucia. Ungestört konnte er die Reinheit des Lichts und Intensität der Dunkelheit würdigen, die Stille und das schöne Gefühl, einem Gedanken nachhängen zu können, ohne unterbrochen zu werden. In den letzten Wochen haben sich die Dinge etwas geändert, seit sich der Architekt mit Lucia und Carmine – Bootsmann und Faktotum – auf Dauer hier eingerichtet hat. Doch auch jetzt braucht er sich nur auf die dem

Meer am nächsten gelegene Terrasse oder in seine Werkstatt an der Rückseite des Hauptgebäudes zurückzuziehen, schon könnte er der einzige Bewohner von Tari sein.

Einige Meter vor dem Landesteg stellt er den Motor ab, wirft den Anker, lässt das Boot gleiten, springt mit dem Seil in der Hand auf den Steg und befestigt es rasch mit einem Palstek am Poller. Dann lädt er die Hölzer aus, die er gesammelt hat, und lauscht dabei dem dumpfen Klacken, das sich je nach Holzart und Zelldichte beim Aneinanderstoßen unterschiedlich anhört.

Hoch oben, auf einer der Terrassen, unterhält sich Lucia angeregt mit Amalia und der jungen Teresa, die seit ein paar Tagen auf Probe als Zimmermädchen und Bedienung arbeiten. Alle drei gestikulieren heftig, schütteln den Kopf, beugen sich vor und zurück, gehen hin und her. Es könnte sich um einen heftigen Streit oder um einen einfachen Meinungsaustausch handeln, vielleicht sogar um ein Ballett; von hier unten ist keine Stimme, kein Wort zu hören.

Carmine kommt auf die Mole, wie immer ganz auf seine praktische Tätigkeit konzentriert, und schiebt einen Karren vor sich her, den er gerade aus dem Lastenaufzug ausgeladen hat. »Fertig damit?« Er deutet auf das Boot, als werfe er ihm vor, es ohne Erlaubnis gebraucht zu haben. Doch es ist nur die typische Schroffheit der Bewohner von Tari und das nur allzu verständliche Misstrauen gegenüber einem Eindringling.

»Ja.« Paolo Zacomel legt die letzten zwei Schwemmhölzer auf den Steg und lächelt.

Carmine antwortet mit einem knappen Nicken; er hievt den Wagen vorne ins Boot, rollt ihn hinein, springt an Bord und lässt den Motor an, der sofort wieder qualmend zu tuckern beginnt.

4

Ramiro Juarez macht einen Erkundungsgang durch die (abgesehen von den Proben) noch unbenutzte Küche, schaut aus einem der kleinen Fenster, durch die man das Meer sieht; er versucht sich zu beruhigen, aber es gelingt ihm nicht. Er hat nicht gewusst, wie so eine Insel auf sein Nervensystem wirkt: das horizontale Schwindelgefühl, das sich unkontrollierbar im weiten Raum ausdehnt. Er fragt sich, ob es sich um ein offiziell klassifiziertes Syndrom handelt, für das es a) einen speziellen Namen, b) Präzedenzfälle und c) mögliche Therapien gibt. Wenn er ins Internet dürfte, könnte er wenigstens unter dem Stichwort ›Inselphobie‹ die Symptome nachlesen, wie er es gewöhnlich auch bei geringeren Beschwerden macht. Doch damit muss er warten, bis er wieder in sein Zimmer kann, und unterdessen würde er am liebsten laut schreien und alles zertrampeln.

Als Architekt Perusato ihm anbot, als Chefkoch in seinem ultraexklusiven Resort zu arbeiten, waren in seinem Kopf Bilder aufgetaucht, die dummerweise wenig mit der Realität zu tun hatten, eine automatische Collage der schönsten Inseln, die er kannte: Formentera, Mykonos und Capri zusammen! Das sind zwar auch Inseln, ja, aber nicht so unendlich weit von der Zivilisation entfernt, und dort gibt es Leben bei Tag und bei Nacht, zumindest in der Sommersaison, und Leute, mit denen man a) reden, b) trinken, c) tanzen und d) Freundschaft schließen kann. Das hier dagegen ist ein öder Vulkanfelsen mitten im grenzenlosen Meer: ein wüster, brutaler, ungastlicher Ort.

Perusato war sehr geschickt vorgegangen, als er ihm in Aussicht stellte, er bekomme a) die Chance, seine Fähigkeiten als Starkoch im *Showcase* einer Location zu zeigen, die von exquisiten, internationalen Gästen frequentiert werde, und b) ein doppelt so hohes Gehalt wie das, was er als Souschef unter Xara verdiente. Aber er hat ihn auch reingelegt, denn er hat ihm erzählt, die Villa Metaphora liege nur eine halbe Stunde Bootsfahrt vom Haupthafen Taris entfernt, ohne hinzuzufügen, dass a) das schicke Oldtimer-Motorboot, das eine halbe Stunde braucht, ausschließlich für die Gäste da ist, weil es zu wertvoll ist und zu viel Benzin verbraucht, dass b) das normale Boot fast eine Stunde schlingernd, schaukelnd und stampfend eine herbe, schroffe, der Marsoberfläche gleichende Küste entlangfährt, oft bei hohem und spritzendem Wellengang und einem Wind, der dich schier davonweht, und c) es keine Alternative zu Fuß gibt, weil hinter den Gebäuden eine Felsbarriere aufragt, die selbst einen Dinosaurier das Fürchten lehren könnte. Weitere Fakten, die Perusato bei ihrer Abmachung wohlweislich verschwiegen hat, sind: a) der Haupthafen ist auch der einzige bewohnte Ort auf der Insel, b) der Ort ist in den letzten Jahren mit trostlosen Betonklötzen zugebaut worden, c) die Bewohner des Ortes hassen jeden, der nicht ihren sexuellen Klischees entspricht, d) im Ort gibt es nur drei Bars, keine davon mit einem Nachtleben, das diesen Namen verdient, e) angenommen, es gelingt einem, abends ins Dorf zu gelangen, so kommt man bestimmt nicht zurück, außer man nimmt das Risiko in Kauf, nachts an den Felsen zu zerschellen oder an irgendwelche weit entfernte Küsten abgetrieben zu werden, f) außer Fisch, Schalentieren und Meeresfrüchten sind kaum Zutaten erhältlich, die man für eine Küche auf Sterneniveau benötigt, g) das zur Verfügung gestellte Personal besteht einzig aus einem unglaublich ungehobelten Jungen, der keine Ahnung hat und außerdem nicht die geringste Ehrfurcht, ja nicht einmal Respekt vor dem

Chef hat, h) auf Anordnung von Perusato darf man in der Villa Metaphora nur im eigenen Zimmer oder auf seiner privaten Terrasse mit dem Handy telefonieren, was den Gästen bestimmt als Garantie für ihre Ruhe verkauft wird, aber denen, die hier arbeiten müssen, das Leben gewaltig erschwert. Er würde ja gern über all das lachen, wenn er nicht so von dieser Angst gebeutelt würde, die sicherlich einen klinischen Namen hat (wenn er ihn nur finden könnte), und nicht noch wer weiß welche anderen schwerwiegenden Komplikationen im Hinterhalt lauerten.

Das Schlimmste allerdings – das, was ihn immer wieder fast dazu treibt, zu den Klippen laufen, sich ins Meer zu stürzen und zu ertränken – ist die Art, wie sein Exfreund Miguel ihn zwei volle Monate lang dazu ermutigt, ja gedrängt hat, die Arbeit hier anzunehmen: Die Villa Metaphora sei a) eine einzigartige Chance für seine Karriere als Starkoch, b) die Gäste dort wären die kultiviertesten, einflussreichsten Leute, die man sich vorstellen könnte, c) der Ort wäre bestimmt ganz traumhaft, d) er würde ihn nach Tari begleiten und als Souschef für ihn arbeiten, e) sie würden unglaublich kreative und amüsante Tage und Nächte zusammen verbringen und in vier Monaten genug verdienen, um damit in Spanien ein eigenes Restaurant zu eröffnen. Sie diskutierten sogar darüber, in welcher Stadt oder welchem Dorf das hypothetische Restaurant eröffnet werden sollte, welche Art Küche sie anbieten würden, welche Einrichtung sie wählen und welche Werbestrategien sie einsetzen würden. Dann, als Ramiro den Vertrag mit Perusato schon unterschrieben hatte (voller bedrohlicher Klauseln für den Fall, dass die Verpflichtungen nicht eingehalten würden) und nur noch drei Tage bis zur Abreise fehlten, teilte Miguel ihm plötzlich mit, dass er keine Absicht habe mitzukommen. Als Ramiro ihn entsetzt und völlig außer sich fragte, warum, offenbarte Miguel ihm, dass er a) nie daran gedacht habe, ihn wirklich nach Tari zu begleiten, b) ihn seit mindestens einem Jahr nicht mehr liebe, c) seit sechs Monaten eine Beziehung mit einem holländischen Gaststättenunternehmer namens Korneel angefangen habe, d) Korneels Angebot angenommen habe, als Chefkoch in dessen Touristenrestaurant im Carrer de la Marina in Barcelona anzufangen, e) ihm bis jetzt nichts davon gesagt habe, weil er keine Szenen oder Konflikte auslösen wollte in einem Moment, in dem doch gerade für alle drei große Entscheidungen anstünden. (»Für alle *drei*?«, hatte Ramiro mehrmals kopfschüttelnd wiederholt, wie ein unerfahrener Boxer, der sich, benommen von den mörderischen Schlägen eines Killer-Boxers, lächerlich, bedauernswert und dumm vorkommt, ahnungslos und ohne Beobachtungsgabe. »Für alle *drei*?«)

Seine zwanghafte Leidenschaft für die Sterneküche hat ihn blind gemacht, denkt er jetzt: die manische Art, wie er sich von Hernán Xara in die endlose Suche nach der immer feineren Nuance hat hineinziehen lassen, der immer flüchtigeren Andeutung, der Wahrnehmung, die zwischen drei oder zwei Adjektiven schwankt, ohne sich festlegen zu können. Wäre es ihm wenigstens ab und zu gelungen, wieder mit beiden Beinen auf den Boden zu kommen und sich umzusehen, hätte er wahrscheinlich gemerkt, wie es mit ihm und Miguel bergab ging. Aber nein, auch zu Hause hatte er den Kopf in den Wolken und war in Gedanken bei der Idee für einen Hummerschaum mit einem Hauch von Myrthe und Dill, der den Gaumen überraschen könnte mit seiner von der Konsistenz losgelösten Essenz, einem nie ganz befriedigten Kitzel, einem in der Schwebe gehaltenen Begehren. Nicht nur die Abstraktheit seiner Arbeit hatte ihn daran gehindert zu begreifen, was in seinem wirklichen Leben vorging, sondern auch die Scheuklappen, mit denen er einem Genie auf seinen verschlungenen Wegen gefolgt war und dabei sogar gedacht hatte, er könne es eines Tages noch übertreffen in dem Versuch, das Essen zu entmaterialisieren.

Bei diesem Traum, der sich natürlich nicht verwirklichen ließ, hatte ihm der Ehrgeiz ein Schnippchen geschlagen: der Wille, sich durchzusetzen in einer schrecklich kompetitiven Branche, in der dein Gesicht und dein Name nur schwerlich groß herauskommen, wenn du keinen Sponsor oder Mentor hast (die allerdings freigebig sein müssen). Für Hernán Xara als Souschef zu arbeiten war natürlich ein Glücksfall gewesen, doch jetzt nach drei Jahren hatte sich deutlich gezeigt, dass der große Meister keinerlei Absicht hegte, seinem (wie er behauptete) Lieblingsschüler dabei zu helfen, aus der untergeordneten Rolle herauszukommen und auf eigenen Füßen zu stehen. Einer, der sowohl in seiner persönlichen Eitelkeit als auch in seiner Habgier schon derart viel Befriedigung erfahren konnte, sollte eigentlich, meinte man, die Großzügigkeit haben, jemandem, der es verdient, unter die Arme zu greifen, aber so ist es nicht. Erstaunlich, dass einer wie Xara hinter seinem Gehabe als Küchengott so unsicher sein kann, und so eifersüchtig, misstrauisch bis hin zur Paranoia. Weltweit als einer der drei größten Chefköche zu gelten verleiht ihm kein bisschen Gelassenheit; im Gegenteil, es schürt die permanente Angst um seinen Status, er fühlt sich durch seine Kollegen bedroht, ja selbst durch seinen Souschef, sobald der auch nur das geringste Verlangen nach Autonomie zeigt. Im Übrigen hätte er es nie so weit gebracht, wenn er nicht gnadenlos in seinen Entschlüssen wäre: Er hätte keine Warteliste von Kunden, die bereit sind, sich sechs Monate zu gedulden und ein Vermögen zu bezahlen für ein Abendessen, von dem sie hungriger aufstehen, als sie gekommen sind. Doch Talent allein genügt auch in der Kochkunst nicht, um an die Spitze zu gelangen; wie bei jeder künstlerischen Tätigkeit muss man ziemlich skrupellos und bereit sein, jedem, der auch nur im Entferntesten zum Rivalen werden könnte, ein Bein zu stellen. Jedes Mal, wenn Ramiro ein Gericht vorschlug, an dem er wochenlang herumgetüftelt und in seiner wenigen Freizeit experimentiert hatte, fand Xara unweigerlich etwas daran auszusetzen und behandelte ihn wie einen vorlauten, inkompetenten Grünschnabel. Dann aber, welch ein Zufall, erschien das Gericht, eventuell leicht abgewandelt, auf der Speisekarte des El camarón furioso, seines Restaurants und Tempels, der Perle von Cadaqués. Dazu kam noch Xaras Macho-Haltung, die häufigen ironischen Bemerkungen vor dem Küchenpersonal, die permanente Unterstellung, dass ein schwuler Koch ohnehin keine Chance hätte, sich im wilden Dschungel der internationalen Sterneküche einen Weg zu bahnen. Früher oder später hätte er sowieso von ihm weggehen müssen, keine Frage: Und die einzige Möglichkeit war, ohne Zögern das Angebot von jemandem anzunehmen, der bereit war, an ihn zu glauben und in seine Fähigkeiten zu investieren, ihm die Rolle des Protagonisten und eine passende Bühne anzubieten.

Dass die Villa Metaphora so gesehen eine einmalige Chance bot, kann man nicht leugnen, und sie nicht zu nutzen wäre geradezu schändlich gewesen, das stimmt. Auch seine Mutter hat das gesagt und es ein Dutzend Mal wiederholt, nachdem er ihr vom erschütternden Ende seiner Beziehung mit Miguel erzählt hat. Dennoch ist es grausam, sich so einer Herausforderung allein und unter den schlimmstmöglichen Bedingungen stellen zu müssen: mit a) gebrochenem Herzen, b) einem bodenlosen Verlassenheitsgefühl, c) einer Inselphobie, weil er hoch über der menschenleeren Küste auf einem einsamen Vulkanfelsen mitten im Meer gefangen ist, d) dem Risiko eines jederzeit zu erwartenden Nervenzusammenbruchs.

Ramiro Juarez setzt sich auf einen hohen Aluminiumhocker und versucht sich auf ein Rezept für Muschelschaum zu konzentrieren, an dem er seit drei Tagen feilt. Er kontrolliert die Angaben, die er sich bezüglich Mengen und Kochzeiten auf einer kleinen Tafel notiert hat, und wiederholt unterdessen wie ein Mantra alle Gründe, aus denen er hier ist und bis September bleiben muss. Er bemüht sich, die aufsteigende Panik einzudämmen und nicht an die grenzenlose Weite des leeren Raums zu denken, die ihn außerhalb dieser weißen Wände umgibt, gleich hinter den rötlichen, scharfen Felskanten der Küste.

5

Tiziana Cobanni sitzt in der hintersten von drei Plichten, auf dem äußersten Platz im Heck des großen Motorboots, das über das leicht gekräuselte Meer saust, die Augen geschützt von der Sonnenbrille, das Gesicht im Wind, der ihr in die straff zum Pferdeschwanz gebundenen Haare fährt. Natürlich hat ihr Mann Giulio schon längst das alte Lederköfferchen mit den Ferngläsern geöffnet und ihr angeboten, sich eines auszusuchen. Sie hat dankend abgelehnt, also hat er sein Lieblingsfernglas herausgenommen und betrachtet nun schon ziemlich lange gedankenverloren die Küste, ganz vertieft in den Anblick einzelner Details, von denen er ihr vielleicht später erzählen wird, vielleicht auch nicht.

Sie lässt sich im Moment lieber von der blendenden Helle des Lichts überwältigen, von der blauen Tiefe des Meeres, von der grenzenlosen Weite des Horizonts und den rauhen Felsen, die zu ihrer Rechten vorbeiziehen. Doch gleichzeitig beobachtet sie auch interessiert die nähere Umgebung und die zwei anderen Personen, die noch auf dem Boot sind. Die junge Frau, die sich am Hafen einfach als Lara vorgestellt hat, sieht auf den ersten Blick nicht wie der typische Gast eines exklusiven Resorts aus: Sie ist zu jung, zu informell gekleidet, mit fast buddhistischer Schlichtheit, ohne eine Spur von Schmuck oder anderen Accessoires, auf die eine Urlauberin, die fünftausend Euro pro Nacht bezahlen kann, schwerlich verzichten würde. Aber sie wirkt auch nicht, als würde sie im Resort arbeiten, jedenfalls nicht im Dienstleistungsbereich. Dazu ist sie zu verträumt, nachdenklich und intellektuell. Aufrecht, gerade, mit nüchternem Kurzhaarschnitt sitzt sie in der mittleren Plicht, betrachtet ebenfalls die Küste und hält mit der Hand ihren kleinen Strohhut fest, damit er nicht davonfliegt. Nach einer Weile nimmt sie ihn ab, legt ihn auf den Boden, holt einen Block und einen Bleistift aus einer kleinen Leinentasche und macht ein paar Skizzen, die jedoch von ihrem Platz aus nicht zu erkennen sind. Eine junge Künstlerin, zum Nulltarif engagiert, die den Gästen Aquarelltechniken beibringt, bevor sie anfangen, sich zu langweilen? Kost und Logis und die Gelegenheit, sich an einem bezaubernden Ort am Meer aufzuhalten, im Tausch gegen eine Arbeit, die vor allem Geduld und Nachsicht für die Zerstreutheit der anderen erfordert?

Der Bootsmann Carmine steht selbstbewusst in der vordersten Plicht am Steuerrad, den Oberkörper zur Windschutzscheibe geneigt. Ein entschieden gutaussehender Bursche, zweifellos ein Einheimischer: schwarzhaarig, athletisch, dunkler, stechender Blick, sehr würdevoll in der eleganten, makellos weißen Uniform. Am Hafen hat er ihr Gepäck genommen und ihnen beim Einsteigen geholfen, mit einer Mischung aus inseltypischer Schroffheit, Höflichkeit und Stolz auf das Boot, das tatsächlich sehr schön und außerdem perfekt restauriert ist. Eine Art funktionale Skulptur aus den fünfziger Jahren, ganz glänzendes Mahagoni und Teakholz, und auf allen Polstern und Kissen prangt der Schriftzug *Villa Metaphora* in gelben Lettern gestickt. Giulio hat es natürlich sofort bewundert, denn es entspricht der gleichen konstruktiven, wunderbaren, aber unaufhaltsam von der Zeit überholten Philosophie seiner Feldstecher und Ferngläser.

»Die Schlangengrotteee!« Carmine zeigt auf einen Einschnitt zwischen den Küstenfelsen. Das Mädchen Lara dreht den Kopf, um besser zu sehen, rasch huscht ihr Bleistift über den Zeichenblock.

»Und das da?« Giulio deutet auf ein Felsengebilde weiter vorn, das einer ägyptischen Sphinx ähnelt.

»Waaas?« Carmine dreht sich halb um, eine Hand muschelförmig ans Ohr gelegt.

Giulio deutet bloß rhythmisch mit dem Zeigefinger in Richtung des Felsen. Sein malvenfarbenes T-Shirt von Lacoste und die grauen Haare flattern im Wind, dadurch wirkt er magerer und zugleich aufgeblähter, als er ist.

»Die Sphiiinx!« Carmines vom Wind verwehter Akzent ist von alter, faszinierender Musikalität.

Giulio, der weiter durchs Fernglas schaut, nickt, als wollte er bestätigen, ja, der Name passt, da kann man nichts sagen. Lächelnd dreht er sich zu ihr um, die alte Persol-Sonnenbrille, die er seit zwanzig Jahren trägt, in die Stirn geschoben.

Tiziana Cobanni lächelt zurück und schaut aufs offene Meer. Mindestens fünf Jahre ist es her, seit sie ihren letzten echten Urlaub gemacht haben, abgesehen von den wenigen Wochenenden im Haus auf dem Hügel und ein paar Tagen im Gebirge. Die Idee, nach Tari zu fahren, kam ihr Mitte April, an einem Abend bei Freunden, sie hatten in einer Zeitschrift einen Artikel gelesen, in dem die Villa Metaphora als außerordentlich stimmungsvoller Ort beschrieben wurde. Am nächsten Tag suchte sie im Internet nach Informationen, aber die Website war noch nicht aufgeschaltet, und bei der angegebenen Telefonnummer hob niemand ab. Doch sie gab nicht auf, und Ende Mai gelang es ihr schließlich, mit einer höflichen Signorina zu sprechen und gleich in der ersten Woche nach Eröffnung eine Suite zu buchen. Es schien ihr eine gute Sache, Giulio ein paar Tage aus allem herauszuholen, ohne sechzehn Stunden Flug und Zeitverschiebung und Jahreszeitenwechsel auf sich nehmen zu müssen. Außerdem lockte sie die Vorstellung, an einem Ort mit ungewöhnlicher Geschichte die Natur erleben zu können, ohne gleich auf jeden Komfort verzichten zu müssen. Giulio war sofort einverstanden, als sie mit ihm darüber sprach, sagte »ausgezeichnet« und fragte weder nach tausend Einzelheiten, noch stellte er Bedingungen, wie er es gewiss noch vor ein paar Jahren getan hätte. So sind sie jetzt hier auf diesem Boot, das übers kobaltblaue Meer hüpft, im salzigen Wind und gleißenden Licht, ermattet von der Gegenwart und ohne zu wissen, was die Zukunft bringt.

Der Bootsmann Carmine weist auf die Felsen vor ihnen, wo ziemlich hoch über dem Meer einige weiße Gebäude zu erkennen sind.

Da sind die Terrassen: vier, fünf, sechs, sieben, wie es auf der Website steht, auch sie strahlend weiß, alle in verschiedene Richtungen blickend. Hinter dem Hauptgebäude stehen ein paar Eukalyptusbäume mit staubgrünem Laub, die einzigen Bäume in dieser Landschaft, die ansonsten herb und kahl ist.

Giulio erkundet jede Einzelheit mit dem Fernglas und hält es ihr hin.

»Nein danke.« Tiziana Cobanni schüttelt den Kopf. Er nickt, eine Spur Enttäuschung im Blick. Darüber waren sie sich noch nie einig: Ob es besser ist, die Dinge aus der Ferne zu betrachten oder sie zu entdecken, wenn man mit ihnen in Berührung kommt. Doch wenn du es mit einem Mann zu tun hast, der sein Leben damit verbracht hat, die besten Ferngläser der Welt zu entwerfen und zu produzieren, ist es dann nicht unvermeidlich, dass sich diese Frage beinahe täglich stellt, in all ihren Facetten und Konsequenzen?

6

Lara Laremi springt auf den Landesteg, ihre Zeichentasche umgehängt und den kleinen Rucksack auf der Schulter, ohne die helfende Hand in Anspruch zu nehmen, die Carmine ihr hinstreckt. Links besteht die Küste aus einer Reihe rötlicher, schwarzgeäderter Felsblöcke, rechts ragt der Felsen beinahe senkrecht in die Höhe.

Von der steinernen Mole, an die der Landesteg T-förmig angebaut ist, kommt ihr eine schwarzhaarige, ziemlich üppige Frau entgegen und reicht ihr mit einem leicht misstrauischen Blick die Hand: »Guten Tag.«

»Lara Laremi.« Wie jedes Mal, wenn sie jemanden nicht kennt, stürmen gleichzeitig mehrere, noch unklare Eindrücke auf sie ein.

»Lucia Moscatigno, angenehm. Ich bin *assistant manager*, willkommen in der Villa Metaphora.« Der Händedruck ist ziemlich energisch, aber das Misstrauen in Ausdruck und Stimme bleibt.

»Danke.« Lara betrachtet die halbgeschützte Bucht, in der sich der Landeplatz befindet, die schroffe, unregelmäßige Küste, das unendliche Meer rundherum. In der Luft liegt der Geruch nach Salz, nach Felsen, nach Zistrosen und Myrthe.

Lucia, die Assistentin des Architekten, beobachtet sie immer noch. »Sie wissen, dass Mrs. Shaw erst morgen eintrifft, nicht wahr?«

»Ja, ich weiß.« Lara schaut zu den weißen Terrassen hinauf, die oben über dem Steilhang thronen, umgeben von vereinzelten

Agaven, Kakteen und wilden Sträuchern. Die Sonne brennt erbarmungslos aufs Meer herunter, auf die Felsen, auf die Mole, auf die Menschen.

Lucia strebt nun auf das ältere Ehepaar zu, das gerade mit Carmines Hilfe aus dem Boot steigt. »Herr und Frau Cobanni, vermute ich?«

»Ja, guten Tag.« Er ist um die fünfundsiebzig, recht steif in den Bewegungen, aber aufrecht und elegant. Sie ist ein paar Jahre jünger: beide kultiviert, gepflegt, von altmodischer Freundlichkeit.

»Lucia Moscatigno, angenehm. Ich bin *assistant manager*, willkommen in der Villa Metaphora!« Sie schüttelt dem Paar die Hand, lächelt mit eindeutig mehr Elan als vorher bei Lara.

Die Cobannis lächeln ebenfalls und sehen sich nach Carmine um, der ihre Koffer von Bord holt, sie auf den Landesteg stellt, einen athletischen Sprung vorführt und die Fender am Motorboot zurechtrückt.

»Architekt Perusato wird gleich hier sein.« Lucia zeigt auf eine steinerne Treppe, die den Steilhang hinaufführt.

Ein hochgewachsener Mann mit kastanienbraunem Haar, einem maßgeschneiderten Leinenanzug und hellen Mokassins steigt die letzten Stufen herunter. Er drückt Lara die Hand. »Gianluca Perusato. Willkommen in der Villa Metaphora.«

Lara registriert den anhaltenden, etwas weichlichen Händedruck, die Langsamkeit des Blicks, den Duft nach Eau de Toilette.

Gleich darauf wiederholt Perusato die Zeremonie mit den Cobannis. Er hat einen norditalienischen Akzent, den Ton eines Mannes von Welt, und es bereitet ihm sichtlich Vergnügen, seine Gäste an einem so phantastischen und exklusiven Ort zu empfangen.

Die Cobannis schauen sich lächelnd um, liebenswert, beruhigend in ihrer wohlerzogenen Art.

Perusato deutet auf das Fernglas, das der Ingenieur um den Hals hängen hat. »Das ist bestimmt eines aus Ihrer Produktion, Ingegnere.«

»Ja.« Signor Cobanni nimmt es ab, hält es dem Architekten hin. »Es ist ein Capri Classico 7×50 mit Porroprismen. Für Landschaftsbeobachtung ziehe ich es immer noch denen mit Dachkantprismen vor.«

»Klar.« Perusato nickt, auch wenn seine Miene verrät, dass er sich kaum mit diesen technischen Einzelheiten auskennt. Er wiegt das Fernglas in der Hand, dreht es hin und her. »Ein Juwel, Ingegnere. Die Verarbeitung ist phantastisch. Perfekt ausgewogen!« In der Tat, ein schöner Gegenstand, Messing und Leder, nicht so rein funktional und leicht unheimlich wie die Ferngläser, die Lara bisher zu Gesicht bekommen hat.

Cobanni ist unverhohlen stolz darauf, aber auf eine gelassene Art, Angeberei liegt ihm fern. »Schauen Sie ruhig mal durch, Architetto. Im Vergleich zu einem Fernglas mit Dachkantprismen sind die Rohre natürlich weniger kompakt, und das Scharfstellen dauert länger. Aber was die optische Leistung betrifft, sagen Sie selbst…«

Seine Frau macht eine resignierte Handbewegung und lächelt. »Sie hätten ihm nicht das Stichwort geben dürfen, Architetto.«

Perusato hebt das Fernglas an die Augen, richtet es auf einige Möwen, die am Himmel kreisen. »Unglaublich, Ingegnere. Diese Leuchtkraft und Klarheit, wirklich erstaunlich.«

Signor Cobanni deutet mit der Hand auf das Rädchen zwischen den zwei Zylindern mit den Linsen. »Hier können Sie es schärfer stellen.«

Perusato dreht an dem Rädchen, schaut noch ein wenig und gibt das Fernglas zurück. »Gigantisch. Mein Kompliment, Ingegnere. Oben haben wir auch eins, aber es ist längst nicht so gut.«

»Ein deutsches oder ein japanisches?«

»Japanisch, glaube ich, aber ich gestehe, dass ich es nicht genau weiß, Ingegnere.«

»Wenn es nur kein chinesisches ist.« Cobanni hängt sich das Fernglas wieder um.

»Fang jetzt bloß nicht damit an, Giulio, um Himmels willen.« Obwohl Signora Cobanni einen scherzhaften Ton anschlägt, meint sie es ziemlich ernst.

»Ich habe nichts gegen China, es ist ein großartiges Land.« Signor Cobanni breitet die Arme aus. »Ich sage nur, dass ihre Fernrohre nichts wert sind, jedenfalls die, die sie uns hierherschicken.«

»Kann ich mir vorstellen, Ingegnere.« Perusato hat schon jegliches Interesse an Ferngläsern verloren.

Lucia nutzt den Moment, um sich einzubringen. »Sie sind die ersten Gäste in der Villa Metaphora. Sie weihen die Saison ein!«

Perusato wirft ihr einen schiefen Blick zu, als wollte er sagen, sie solle ihren Überschwang etwas bremsen. »Das ist absolut richtig!«

»Wie schön.« Signora Cobanni wirkt erleichtert über den Themenwechsel.

»Ja.« Ihr Mann sieht sich um.

Perusato kehrt zu Lara zurück, deutet eine Verbeugung an. »Wir freuen uns natürlich sehr, dass wir Mrs. Shaw unter unseren Gästen haben.«

»Hm.« Lara weiß nicht recht, was sie sagen soll, denn sie fühlt sich in keiner Weise als offizielle Vertreterin von Lynn Lou Shaw.

Lucia beobachtet sie immer noch, um sie irgendwie einzuordnen: ein Gast, der nicht aus eigener Tasche bezahlt, aber doch immerhin ein Gast.

Perusato lässt seinen Blick über ihren Rucksack, ihre Umhängetasche, ihre Beine wandern. Er dreht sich zu den Cobannis um und zeigt nach oben. »Wollen wir hinaufgehen?«

»*Carriale super, quo wait?*«, sagt Lucia zu Carmine und deutet auf das Gepäck.

Widerstrebend löst sich Carmine von dem Motorboot, nimmt die Koffer und trägt sie zum Metallkorb eines Lastenaufzugs, dessen Schienen parallel zur Treppe steil den Hang hinaufführen.

»Entschuldigen Sie, Signorina, haben Sie eben taresischen Dialekt gesprochen?« Signor Cobanni wirkt sehr neugierig.

»Ja…« Sichtlich verlegen wendet Lucia den Blick ab.

»Faszinierend, nicht wahr?« Cobanni dreht sich zu seiner Frau um, die zurückhaltend nickt. »Es stimmt also, was wir gelesen haben, es klingt wirklich wie eine Art Esperanto!«

»Ganz genau, Ingegnere.« Perusato scheint stolz zu sein, dass er seinen Gästen diese Kuriosität bieten kann. »Der Baron Canistraterra kam tatsächlich nach Tari, um die Sprache zu studieren. Er hat ein äußerst interessantes Traktat über das Taresische geschrieben. Leider ist es seit Jahrzehnten vergriffen, aber wir besitzen ein Exemplar. Wenn Sie möchten, leihe ich es Ihnen gern.«

»Mit Vergnügen, Architetto.« Auf seine liebenswürdige Art wendet sich Cobanni wieder an Lucia: »Könnten Sie uns nicht noch etwas auf Taresisch sagen?«

»Also… Jetzt…« Lucia fühlt sich entschieden unwohl.

»Sie müssen verstehen, lieber Ingegnere, dass Lucia alles tut, um sich von ihren Ursprüngen zu lösen.« Perusato hat einen leicht spöttischen Unterton. »Sie hat in Rom studiert und möchte auf dem Festland leben. Tari ist ihr zu eng geworden.«

Lucia wirft ihm einen irritierten Blick zu, dreht sich um und macht Carmine ein Zeichen.

»Nun, das ist ja begreiflich für einen jungen Menschen wie Sie.« Signora Cobanni hat sichtlich Verständnis, ihre Freundlichkeit klingt nicht aufgesetzt.

»Ja, aber es ist schade.« Signor Cobanni sieht Lucia immer noch erwartungsvoll an. »Eine so einzigartige Sprache!«

»Wirklich.« Perusato nickt. »Außerdem verändert sie sich auch ständig, da sie ja nicht schriftlich gebraucht wird, und natürlich hat sie keine klare Grammatik, kein System fester Regeln.«

»Das denke ich mir.« Cobanni ist ganz fasziniert. »Im Lauf der Jahrhunderte hat wahrscheinlich jede Invasion und jede Fremdherrschaft neue lexikalische Einflüsse auf die Insel gebracht.«

»Allerdings, Ingegnere. Mit dem Ergebnis, dass praktisch jede Familie ihre eigene Form von Taresisch hat und dass jeder es wieder anders spricht, man kann sagen, je nach Laune und Gelegenheit.«

»Unglaublich.« Signora Cobanni ist ebenso beeindruckt wie ihr Mann.

»Auf jeden Fall spricht Carmine den Dialekt viel besser als Lucia.« Perusato winkt Carmine, der das Gepäck verstaut hat und auf Anordnungen wartet. »Carmine, sag etwas auf Taresisch.«

»Na ja, was soll ich sagen, Architetto...« Man sieht genau, dass es auch ihm eher peinlich ist.

»Los, mach schon!« Perusato lächelt den Cobannis zu, als wolle er sein Amüsement über die Verhaltensweisen der Einheimischen mit ihnen teilen. »Sag: ›Willkommen auf Tari, verehrte Herrschaften. Wir schätzen uns glücklich, Sie hier zu empfangen.‹«

Carmine zögert. »Architetto, ein richtiges Wort für Willkommen gibt es auf Taresisch nicht...«

»Aber Carmine, was sagst du da?« Perusato lacht, aber es schwingt ein wenig Verärgerung mit.

»Nein, wir haben über Jahrhunderte so viele Invasionen erlebt, wenn einer von auswärts kommt, ist er auf Tari nie willkommen...«

»Das ist ja phantastisch!« Cobanni ist begeistert. »Und absolut verständlich! Jede Sprache spiegelt die Geschichte dessen wider, der sie spricht.«

Perusato wirkt durch diese Interpretation nur teilweise besänftigt. »Na gut, aber irgendeinen Ausdruck muss es doch geben. Zum Beispiel, wenn Verwandte oder Freunde kommen?«

»Alle unsere Verwandten und Freunde sind hier, auf Tari.« Carmine lässt sich nicht beirren. »Und die, die weggehen, kommen nicht zurück.«

»Schluss jetzt, finde irgendeine Redewendung, um den Sachverhalt auszudrücken!« Für Perusato handelt es sich nun eindeutig um eine Frage des Prinzips.

Schließlich gibt Carmine nach, wenn auch widerwillig: »*Bon pervenidos, kindi monsieri. Nos complace vos giva a welcomma.*«

»Nicht zu fassen!« Cobanni dreht sich zu Perusato, seiner Frau und Lara um. »Es ist eine Verschmelzung von Latein, Spanisch, Englisch, Französisch, sogar Portugiesisch!«

»In der Tat war ein gewisser Aníbal da Silva Anfang des neunzehnten Jahrhunderts in Bonarbor sehr erfolgreich im Schwammhandel tätig.« Perusato freut sich sichtlich, seinen Gästen dieses echte Kuriosum erzählen zu können. »Außerdem gibt es auch noch maltesische und natürlich sizilianische Elemente. Der Baron sprach von sieben Muttersprachen, womit er eine lokale Definition aufgriff. Sie müssen unbedingt sein Traktat lesen, Ingegnere, ich gebe es Ihnen.«

»Sehr, sehr gern.« Cobannis Begeisterung steht in einem geradezu rührenden Gegensatz zu seiner körperlichen Gebrechlichkeit: Er ist ein gutes Beispiel für jemanden, dessen Geist dem Körper überlegen ist, findet Lara.

Unterdessen nimmt ihr Carmine ihren kleinen Rucksack ab, obwohl sie ihn lieber behalten hätte, und legt ihn zu dem übrigen Gepäck in den Aufzug. Er drückt auf einen Knopf, und der Metallkorb fährt langsam nach oben.

Perusato geht gemächlich auf den Stufen voran. Damit die betagten Gäste nicht ermüden, bleibt er ab und zu stehen und erläutert eine Besonderheit des Ortes, um ihnen unauffällig eine Verschnaufpause zu gönnen. »Die Herrschaften wissen ja schon, dass die Villa Metaphora sieben Terrassen hat, nicht wahr? Wie die sieben Weltwunder.«

»Ich habe es auf der Website gelesen.« Signora Cobanni blickt nach oben, obwohl man von hier aus zwischen den Felsen, Sträuchern und Sukkulenten nur ein paar weiße Flecken erkennt.

»Weißt du noch, welches die sieben Weltwunder sind, Tiziana?« Der Ausdruck ihres Mannes ist scherzhaft herausfordernd, obwohl der Aufstieg eine beträchtliche Anstrengung bedeutet, jedenfalls für ihn.

»Warte mal...« Signora Cobanni überlegt. »Die ägyptischen Pyramiden...«

»Die große Pyramide von Gizeh.« Signor Cobanni korrigiert sie ohne Besserwisserei.

»Na gut. Dann die Hängenden Gärten von Babylon, der Koloss von Rhodos...«

»Der Leuchtturm vor Alexandria.«

»Das Mausoleum von Halikarnassos...«

»Der Artemistempel von Ephesus und die Zeusstatue von Olympia...« Signor Cobanni atmet ein wenig keuchend, zählt aber an den Fingern nach. »Nur ein Einziges von den sieben hat überlebt, die Pyramide von Gizeh, alle anderen wurden durch Erdbeben, Überschwemmungen oder Brände zerstört.«

»Erlauben Sie, Ingegnere, das waren aber die sieben Weltwunder der *Antike*.« Perusato genießt es offensichtlich, mit seinen frisch angekommenen Gästen dieses Spiel zu spielen. »Jetzt gibt es auch die sieben neuen Weltwunder.«

»Ach, das sind doch reine Marketing-Geschichten.« Signor Cobanni lächelt, er schnauft wegen des Aufstiegs.

»Warum meinst du?« Auch Signora Cobanni ist ein wenig außer Atem, sie macht ihrem Mann ein Zeichen, sich ruhig Zeit zu lassen.

»Nun, 2001 hat eine gewinnorientierte Schweizer Organisation eine internationale Abstimmung organisiert, um darüber zu entscheiden.« Trotz seiner immer deutlicheren Atemnot klingt Cobannis Stimme weiter angenehm.

»Und was ist dabei herausgekommen?« Seine Frau bleibt stehen, die anderen ebenfalls.

»Die Pyramiden von Chichén Itzá, das Kolosseum, die Chinesische Mauer, das Tadsch Mahal, Petra in Jordanien...« Cobanni setzt sich wieder in Bewegung, die anderen folgen ihm.

»Stand der Schiefe Turm von Pisa auch zur Diskussion?« Lucia hat keine Probleme mit dem Atem, ihre starken Beine sind wie gemacht fürs Treppensteigen.

»Ja, aber man kann sich leicht vorstellen, wie schwierig es war, überhaupt auf die Liste zu kommen.« Zu sprechen und gleichzeitig die Stufen hinaufzugehen übersteigt eindeutig Cobannis Kräfte, doch er gibt nicht auf und fügt hinzu: »Jedes Land wollte mit etwas aufgenommen werden. Bald war es eine politische Frage, und die Liste konnte erst nach 2007 geschlossen werden. Merkwürdigerweise nach sieben Jahren.«

Wie willkürlich darüber entschieden wird, was zu den sieben Weltwundern zählt, denkt Lara; von der Zahl selbst ganz abgesehen.

»Die Renovierung der Villa Metaphora hat auch sieben Jahre gedauert«, wirft Lucia ein.

»Tatsächlich?« Cobanni atmet schwer.

»Ja, das stimmt.« Perusato bleibt stehen, damit sein Gast ausruhen kann. »Aber die Schwierigkeiten waren so groß, dass es mir wie siebzig Jahre vorkam.«

»Das kann ich mir denken.« Cobanni zieht ein Taschentuch heraus und trocknet sich die Stirn.

Seine Frau sieht ihn besorgt an, sagt jedoch nichts, wahrscheinlich, um ihn nicht vor den anderen zu demütigen.

»Dann gibt es noch die sieben Wunder der *Natur,* Ingegnere.« Perusato bemüht sich, das Gespräch zu beleben, verleiht seinen Worten den Schwung intellektueller Brillanz.

»Ja, gewiss.« Cobanni ist vom Aufstieg sehr mitgenommen, zählt aber erneut an den Fingern auf: »Mount Everest, Great Barrier Reef, Grand Canyon, Victoria Falls ...«

»Die Bucht von Rio de Janeiro.« Seine Frau legt ihm ängstlich eine Hand auf den Arm.

Er schiebt sie freundlich weg, möchte nicht in die Rolle des Invaliden gedrängt werden. »Und der Paricutín.«

»Was ist der Paricutín, Ingegnere?« Lucia wirft Perusato einen Blick zu. Schon seit einer ganzen Weile kommunizieren sie insgeheim mit Gesten, Mimik und Blicken.

»Ein Vulkan in Mexiko.«

»Genau.« Perusato nickt, doch aus seinem Ausdruck kann man schließen, dass er es vermutlich nicht wusste.

»Eins fehlt noch ...« Cobanni keucht, wischt sich mit einem Taschentuch den Schweiß von der Stirn, will sich aber dennoch unbedingt an das siebte Naturwunder erinnern.

Perusato hebt die Hände. »Lassen wir uns ruhig Zeit für den Aufstieg. Niemand hetzt uns.«

»Wer weiß, wie sie entstanden ist, diese Geschichte um die Zahl Sieben?« Nervös sieht Signora Cobanni ihren Mann an.

»Nun, die Sieben war immer eine mystische oder heilige Zahl.« Langsam kommt Signor Cobanni wieder zu Atem. »Sie setzt sich zusammen aus der Vier und der Drei, die für alle Völker der Antike glückbringende Zahlen waren.«

»Jedenfalls haben wir noch nicht alle sieben aufgezählt.« Tiziana Cobanni versucht, die Pause zu verlängern.

»Das siebte will mir einfach nicht einfallen.« Ihr Mann schüttelt den Kopf. »Wissen Sie es, Architetto?«

»Ehrlich gesagt, Ingegnere, im Moment nicht… ich könnte höchstens sagen: die Insel Tari.«

»Die Aurora borealis.« Plötzlich ist es Lara in den Sinn gekommen, sie muss es irgendwann mal irgendwo gehört oder gelesen haben.

»Bravo!« Giulio Cobanni dreht sich mit einem bewundernden Ausdruck zu ihr um. »Die Aurora borealis, ja.«

Auch seine Frau ist beeindruckt. Perusato dagegen wirkt pikiert, weil er nicht selbst darauf gekommen ist.

»Aber das ist doch keine *Sache*!« Lucia runzelt die Augenbrauen. »Das ist doch eine Art Licht am Himmel, oder?«

»Hier ist nicht von *Sachen* die Rede, Signorina.« Cobanni korrigiert sie freundlich, aber unnachgiebig. »Wir sprechen von *Wundern*!«

Lucia schweigt, keineswegs überzeugt, und geht weiter die Stufen hinauf.

Nach drei Viertel des Aufstiegs bleibt Perusato erneut stehen, zeigt auf das weite, bis hin zum Horizont von Licht und Farben schillernde Meer unter ihnen. »Man kann gut nachvollziehen, dass Baron Canistraterra sich unsterblich in diesen Ort verliebt hat, finden Sie nicht?«

»Wirklich.« Signora Cobanni ist hingerissen von dem Anblick.

»Sehr schön.« Signor Cobanni zückt das Fernglas, vertieft sich einige Minuten in der Betrachtung und kommt unterdessen wieder zu Atem. »Was war das eigentlich für ein Typ, dieser Baron?«

»Eine perfekte Mischung aus Humanist und Wissenschaftler.« Diese Frage hatte Perusato nicht erwartet. »Ein Renaissancemensch, der ein paar Jahrhunderte zu spät auf die Welt kam, könnte man sagen.«

»Stimmt es, dass er viele Sprachen beherrschte?« Signora Cobanni streckt die Hand aus, um den Kragen ihres Mannes zurechtzurücken, doch er weist sie mit höflicher Geste zurück.

»Ja, er war überaus sprachbegabt und ein hervorragender Linguist, Signora.« Perusato rühmt die Verdienste des Barons, als gehörten sie zu den *special offers* des Resorts für die Gäste. »Er sprach fließend vierundzwanzig Sprachen, einschließlich einiger Kunstsprachen wie Esperanto, Ido und Volapük.«

»O Gott, was ist denn Volapük?« Signora Cobanni ist ratlos.

»Eine Art künstliche Hilfssprache«, antwortet ihr Mann ohne Zögern. »Ein deutscher katholischer Priester aus Baden hat sie in der zweiten Hälfte des 19. Jahrhunderts erfunden, ein gewisser Schleyer. Er behauptete, Gott sei ihm im Schlaf erschienen und habe ihm befohlen, eine internationale Sprache zu erfinden. Leider hatte sie einen abscheulichen Klang.«

»Sicherlich.« Es ist klar, dass Perusato lieber beim Thema des Barons bleiben würde, als sich auf solche Nebenschauplätze zu begeben. »Wie ich vorher sagte, war es die Leidenschaft für die Linguistik, die den Baron wegen der Besonderheiten des hiesigen Dialekts nach Tari führte. Doch bei einer Bootsfahrt um die Insel entdeckte er diese unbewohnte Westküste und verliebte sich unsterblich in sie.«

»Er verliebte sich genau in dieses Kap.« Lucia spricht beinahe im Tonfall einer Fremdenführerin. »Und beschloss, hier sein Adlernest zu bauen.«

»Ja.« Perusato wirkt leicht ungehalten über die Einmischung. »Die Idee, an einem so abgeschiedenen Ort seine Studien zu betreiben, gefiel ihm ungemein. In einem erhalten gebliebenen Brief an Tomasi di Lampedusa schreibt er: ›Auf der Suche nach dem Unerreichbaren ziehe ich mich ins Unzugängliche zurück.‹«

»Tomasi di Lampedusa, der Autor des *Gattopardo*?« Cobanni scheint beeindruckt zu sein.

»Ja, sie standen in Briefverkehr.« Perusato genießt es, dem sowieso schon wirkungsmächtigen Bild des Barons diese vornehmen literarischen Kontakte hinzufügen zu können. »Zu behaupten, sie seien Freunde gewesen, ist vielleicht übertrieben, angesichts der beiden Charaktere. Sagen wir, sie schätzten einander. Sie konversierten regelmäßig über verschiedenste Themen. Voriges Jahr konnte ich auf einer Versteigerung in Rom vier Originalbriefe erwerben, zwei von Canistraterra und zwei von Lampedusa. Wenn Sie möchten, zeige ich sie Ihnen.«

»Mit größtem Vergnügen.« Giulio Cobanni hat sich einigermaßen erholt, doch seine Grundanfälligkeit bleibt. Er setzt sich wieder in Bewegung, auch die anderen gehen weiter.

Endlich haben sie das Ende der Treppe erreicht, mittlerweile alle ein wenig außer Atem und verschwitzt. Von hier oben ist der Blick auf das glitzernde Meer und die rötliche Küste spektakulär, das Licht ist so grell, dass es sogar durch die Sonnenbrille blendet. Perusato zeigt auf die verschiedenen Gebäude der Villa Metaphora, die durch einen schmalen auf und ab führenden gepflasterten Weg miteinander verbunden sind. Die Fensterrahmen sind lackiert, die Terrassen an den Ecken mit Säulen ausgestattet und von schattenspendenden Sonnensegeln überdacht; einige verfügen auch über eine Holzpergola, an der noch recht spärliche Bougainvillearanken hochklettern.

Perusato führt die Gäste ins Hauptgebäude, in einen großen, lichtdurchfluteten Raum, der sparsam mit unregelmäßig geformten Möbeln, gelben und orangefarbenen Kissen und Teppichen und einigen abstrakten Gemälden aus den vierziger und fünfziger Jahren eingerichtet ist. »Dies war einst das Wohnhaus des Barons Canistraterra, der auch die sieben Terrassen angelegt hat. Die Gebäude mit den Suiten dagegen habe ich entworfen.«

»Ausgezeichnete Arbeit, Architetto«, lobt ihn Cobanni. »Sehr harmonisch und gelungen, finde ich.«

»Danke, Ingegnere. Das war die Herausforderung: harmonische Integration.« Perusato macht eine Handbewegung. »Die neuen Gebäude nicht nur unter Einbeziehung der Originalarchitektur, sondern auch des *genius loci* zu entwickeln.«

»Mir scheint, das ist Ihnen geglückt.« Signor Cobanni nickt. »Kompliment.«

Signora Cobanni betrachtet ein Sofa und ein niedriges Tischchen aus unbehandelten Hölzern, die einfallsreich ineinandergesteckt sind, ohne Nägel oder Schrauben. »Schön, diese Möbel.«

»Alles Einzelstücke.« Perusato zeigt in die Runde. »Gefertigt von einem außergewöhnlichen Handwerker und Künstler, Paolo Zacomel. Er ist im Moment noch hier, um einige Arbeiten zu beenden.«

»Er ist auch Bildhauer.« Lucia liegt daran, das Bild zu vervollständigen.

Erneut wirkt es, als wolle Perusato seiner Assistentin nicht zu viel Raum geben. »Wenn die Herrschaften mir folgen wollen.« Er geht voran auf die große Terrasse mit den gemauerten Tischen aus dunklem Vulkangestein. »Der Salon und diese Terrasse sind Räume, die den Gästen gemeinsam zur Verfügung stehen. Die Suiten sind unabhängig und haben alle eine eigene Terrasse.«

»Das Frühstück wird auf den Privatterrassen serviert«, präzisiert Lucia rasch.

Perusato weist mit einer ausladenden Handbewegung auf das gesamte Panorama: »Wie Sie sehen, sind dies die einzigen Gebäude an der ganzen Westküste.«

»Ja, und außerdem ist die Villa Metaphora nur per Schiff zu erreichen.« Lucia legt eindeutig großen Wert auf ihre Rolle als *assistant manager* und reagiert entschlossen auf jeden Versuch Perusatos, sie in die Schranken zu weisen.

»Auf dem Landweg ist der Hafen überhaupt nicht zu erreichen?« Signora Cobanni wirkt leicht beunruhigt.

»Das wäre selbst für einen geübten Bergsteiger schwierig, Signora.« Perusato lächelt. »Wenn Sie mir folgen wollen, können Sie es selbst sehen.«

Die kleine Gruppe folgt ihm hinters Haupthaus und den gepflasterten Weg entlang zu den neuen Gebäuden mit den Suiten, die ebenfalls weiß sind und etwas weniger abgerundete Kanten und größere Fenster haben. Dahinter liegt ein nackter Hang, der noch einige Dutzend Meter ansteigt, bis er von einer Reihe schräger rötlicher Felsen unterbrochen wird, die den Blick aufs Innere der Insel versperren. Man sieht nur einen Berggipfel, der darüber hinausragt.

»Du lieber Himmel!« Erschrocken dreht sich Signora Cobanni zu Perusato um.

»Deshalb können wir unseren Gästen hundert Prozent Privacy garantieren, Signora.«

Signor Cobanni mustert die schrägen Felsen mit dem Fernglas. »Das ist wirklich eine gewaltige Barriere.«

»Trutziger als eine mittelalterliche Festung, nicht wahr?« Perusato redet, als hätte er die Felsen selbst geplant und dort hingesetzt. »Sie als Ingenieur können besser als jeder andere ermessen, wie wirksam sie den Zugang vom Land her blockieren.«

»Darum hat der Baron die Villa auch sein Adlernest genannt«, fügt Lucia an.

»Genau.« Perusato wirft ihr wieder einen ungehaltenen Blick zu.

»Und das ist der Vulkan?« Cobanni deutet auf die zerklüftete Bergspitze hinter der Felsbarriere.

»Ja, Ingegnere.« Perusato nickt. »Baron Canistraterra pflegte ihn als ›den weisen Vater von Tari‹ zu bezeichnen.«

»Schönes Bild, sehr poetisch.« Cobanni muss unter der Oberfläche seiner konventionellen Art ein durchaus empfindsamer Mensch sein.

»Die Einheimischen betrachteten den Berg allerdings als eine weibliche Gottheit.« Perusato lächelt mit der Nachsicht eines Kolonisators. »*Muntagna Matri*, nannten sie ihn. Mutterberg.«

»Aha.« Cobanni richtet sein Fernglas auf den Gipfel des Vulkans. »Übrigens wird auch der Everest von den Tibetern als

Gottheit verehrt. Und die Kikuyu verehren den Mount Kenya, den sie Kirinyaga nennen, als Thron ihres allmächtigen Gottes Ngai. Weltweit gibt es da viele Beispiele.«

»Ja, absolut.« Perusato nickt.

»Der Baron hat auch ein Gedicht über den Vulkan verfasst«, wirft Lucia ein. »Wir besitzen seine gesammelten Schriften, falls Sie sie einsehen möchten.«

»Gewiss.« Perusato schneidet ihr das Wort ab. »Jetzt möchten sich die Herrschaften sicherlich gern in ihren Suiten einrichten, nehme ich an.«

»Ehrlich gesagt, ja, gern.« Signora Cobanni sieht ihren Mann leicht ängstlich an. »Die Reise war recht lang.«

»Aber später will ich sie mir anschauen, diese gesammelten Schriften des Barons.« Signor Cobanni macht Lucia ein Zeichen.

»Selbstverständlich, Ingegnere.« Lucia wirft Perusato einen schiefen Blick zu, als wollte sie sagen: Siehst du?

»Dann begleite ich die Herrschaften.« Das lässt Perusato sich nicht nehmen. »Kümmerst du dich um die Signorina?«

Lucia nickt, doch man sieht, dass sie sich durch diese zweitrangige Aufgabe zurückgesetzt fühlt. Ohne große Begeisterung führt sie Lara zu einem Gebäude, das ein wenig kleiner ist als die anderen. Sie öffnet die Tür: »Bitte sehr.«

Der Innenraum ist weiß wie das Äußere, luftig und ohne Möbel, abgesehen von einem großen, gemauerten Bett. Lara legt den Strohhut, die Umhängetasche und den Rucksack ab, sieht sich in dem Zimmer um, es riecht nach Kalk. Ihr Herz schlägt ein wenig schneller wie jedes Mal, wenn sie einen Raum betritt, der vorübergehend ihrer sein wird.

Lucia durchquert mit energischem und zugleich trägem Hüftschwung den Raum. Sie öffnet die Fenstertür und zeigt Lara die Terrasse, die genauso weiß und kahl ist wie das Zimmer und deren Einfassungsmäuerchen im grellen Licht leuchtet. Sie hat keine Aussicht aufs Meer, aber zum Ausgleich einen schönen

Blick auf die Felsen. »Die Möbel sind leider noch in Arbeit. Der Schreiner hatte etliche Schwierigkeiten, und alles Material muss vom Festland geliefert werden, das dauert manchmal eine Ewigkeit.«

»Kein Problem.« In Wirklichkeit ist Lara sogar glücklich, dass sie keine Möbel um sich hat. Wenn es nach ihr ginge, würde sie immer in leeren Räumen leben.

Lucia geht wieder hinein, nimmt eine irgendwie förmliche Haltung an: »Das Essen wird ab dreizehn Uhr und ab zwanzig Uhr dreißig serviert. Bei Wind benutzen wir den Salon als Speisesaal. Die Gäste werden gebeten, Fenster und Terrassentüren zu schließen, wenn sie ihre Suiten verlassen.« Sie muss sich echt bemüht haben, ihren ursprünglichen taresischen Akzent abzulegen, denn er klingt nur noch hier und da durch, in ein, zwei Vokalen, die etwas breiter oder geschlossener sind. Sie öffnet die Tür zum Bad, deutet auf das Waschbecken. »Das Wasser aus dem Hahn kommt aus der Entsalzungsanlage, man kann es trinken, aber vom Geschmack her empfiehlt sich Mineralwasser aus Flaschen. Aus Rücksicht auf die Umwelt bitten wir die Gäste, ihren Verbrauch möglichst gering zu halten, hier steht es.« Sie weist auf ein kleines Schild in eleganter Schrift, das an der Wand hängt, und wendet sich zum Gehen. Vorher sieht sie Lara noch einmal an, wahrscheinlich ein weiterer, aber nicht sehr erfolgreicher Versuch, sie irgendwie einzuordnen. »Ich wünsche Ihnen einen schönen Aufenthalt in der Villa Metaphora.«

»Danke.« Lara schließt die Tür hinter ihr, schüttelt die verschwitzten, von der Reise schmutzigen Sandalen von den Füßen, nimmt Hut und Sonnenbrille ab. Dann öffnet sie Fenster und Fenstertür weit, lässt gesunde, salzige Luft herein. Im Bad wäscht sie sich die Hände, pinkelt, wäscht sich das Gesicht und trinkt in großen Schlucken Wasser aus dem Hahn. Es schmeckt vielleicht nicht besonders gut, aber auch nicht schlecht, und die Vorstellung, direkt aus dem Meer trinken zu können, gefällt ihr.

Sie tritt auf die Terrasse hinaus, betrachtet die Sträucher, die rötlichen Steine, die Kakteen. So ohne Hut brennt ihr die Sonne auf den Kopf. Sie setzt sich auf das Mäuerchen, atmet tief durch. Ein paar Dutzend Meter weiter, hinter einem der anderen Gebäude, steht ein Typ mit nacktem Oberkörper, sehr braun und mit Bart, der aus einigen rohen Hölzern ein Tischchen baut. Er ist mager wie einer, der wenig isst, hat aber Muskeln wie einer, der mit den Händen arbeitet. Er scheint ganz in sein Tun vertieft zu sein und nicht zu bemerken, dass er beobachtet wird, doch dann dreht er sich zu ihr um, hebt eine Hand zum Gruß, lächelt. Sie winkt und lächelt ebenfalls. Für einen kurzen Moment erstarren sie in dieser Begegnung ihres Lächelns, wie auf einer merkwürdigen Fotografie. Dann kehrt er zu seinen Hölzern zurück, sie geht wieder hinein. Aus ihrer Leinentasche holt sie Zeichenblock und Bleistift, eilt wieder auf die Terrasse, setzt sich aufs Mäuerchen, diesmal in die Ecke gegenüber, und beginnt die Felsen zu skizzieren, die etwas weiter hinten schroff in den Himmel ragen.

7

Lucia Moscatigno bleibt stehen und betrachtet sich im schmalen langen Spiegel des Salons. Das weiße Kleid, das Gianluca ihr in der Boutique in der Via Sant'Andrea in Mailand gekauft hat, steht ihr wirklich gut, es wirkt kein bisschen gewöhnlich, sondern elegant, findet sie. Auch die Halskette aus feinen Goldmaschen, die blattförmigen Ohrringe im kretischen Stil und die Ledersandalen mit den schnurgeflochtenen, nicht übertrieben hohen Keilabsätzen sind nicht ordinär. Höchstens ihre großen dunklen Augen, ihre vollen Lippen und die üppigen Kurven ihres Busens, ihres Hinterns und ihrer Hüften könnten ordinär wirken, aber dagegen kann man eben nichts machen. Außerdem, lieber ordinär als so dünn und sehnig wie Gianlucas Frau Ludovica. Lucia hat sie nur einmal undeutlich auf seinem iPhone gesehen, denn er tut alles, damit sie sie nicht zu Gesicht bekommt, aber nach dem flüchtigen Eindruck zu urteilen, ist sie die typische Mailänderin, die kaum den Mund aufkriegt, um zu essen – so gekünstelt, beherrscht, aufmerksam, elegant und eiskalt, wie sie ist.

Nicht dass man bei Ramiros Küche den Mund weit aufsperren müsste, da ist sowieso alles in winzige Würfel oder hauchdünne Scheibchen geschnitten, verflüssigt oder zu Schaum geschlagen, so dass man gar nicht mehr weiß, was man eigentlich auf dem Teller hat, es sieht aus wie ein Gemälde mit Pinselstrichen von grünen, gelben oder roten Sößchen, und man fragt sich, ob man es nun mit der Gabel oder mit dem Löffel essen soll. Gianluca behauptet, Ramiro sei ein Genie und seine Küche die erlesenste, die es gibt, doch Tatsache ist, dass sie in den letzten Tagen bei den Proben einige Gerichte gekostet hat und die Sachen zwar gut schmecken, aber weder gehaltvoll noch befriedigend waren. Gleich danach musste sie sich heimlich eine Panzanella mit Öl und Tomate machen, weil ihr Hunger nicht etwa gestillt, sondern stimuliert worden war. Doch Gianluca sagt, das sei genau der Punkt: weniger anzubieten statt mehr, einen Reiz zu erzeugen, aber keine Befriedigung, alle immer ein bisschen auf die Folter zu spannen. Sicherlich hat er recht, er kennt die Art von Leuten, die sich einen Urlaub in der Villa Metaphora leisten können, besser als jeder andere. Wenn die übrigen Gäste genauso sind wie das Ehepaar Cobanni, interessiert es sie bestimmt nicht, sich den Bauch vollzuschlagen. Im Gegenteil, vermutlich sind sie froh, wenn sie im Urlaub ein paar Kilo abnehmen und noch abgezehrter heimkehren, als sie hergekommen sind.

Lara, die junge Frau, die Lynn Lou Shaw hierher eingeladen hat, ist gar nicht erst zum Essen erschienen, vermutlich hat sie überhaupt keinen Hunger, oder sie fastet, damit sie so leichtfüßig und wendig bleibt, wie sie ist, das luftige Ding. Sie wird schon ihre Macken haben, oder es handelt sich um eine ausländische Extravaganz, wer weiß. Ihr Akzent ist jedenfalls merkwürdig, obwohl sie einen italienischen Namen hat, und sie spricht zwar nicht wie eine Ausländerin, doch ab und zu sucht sie nach Wörtern, na ja, man kapiert es nicht. Null Busen, schnurgerade abgeschnittene Haare, einfach mit der Schere, zack, und wie sie sich bewegt und umschaut. Lucia fühlt sich ein bisschen verunsichert von dieser Art, alles und alle zu beobachten. Man versteht auch nicht, warum Lynn Lou Shaw sie einladen wollte, ob sie wirklich ihre Freundin ist oder ihre persönliche Assistentin oder was, bei einer so berühmten Schauspielerin weiß man ja nie. Jedenfalls hat die Sekretärin ihres Mannes am Telefon ausdrücklich erklärt, dass das Ehepaar Shaw alles für sie bezahlt, auch eventuelle Extras. Klar, wenn man ein so berühmter amerikanischer Filmstar ist, denkt man ja nicht wie die normalen Menschen, die auf alles Mögliche achten müssen. *Iunciti cum li mehori et lusaci li spisi,* sagt ihre Großmutter (von Moscatigno-Seite) immer, umgib dich nur mit den besten Leuten und lass es dich ruhig etwas kosten (denn du gewinnst auf jeden Fall wichtige Bekanntschaften hinzu, das ist damit gemeint).

Wie auch immer, es ist ein überwältigender Moment: Das Resort erwacht endlich zum Leben, mit den Öllampen und den flackernden Kerzen auf der Terrasse, den Gästen, die beim Essen sitzen, wenn es auch vorerst nur zwei sind, dem Klappern von Geschirr, das nur ganz, ganz leise zu vernehmen ist, weil die beiden so gute Manieren haben. Nach all den Monaten, in denen sie geschuftet und Schwierigkeiten überwunden und nicht enden wollende Ängste ausgestanden haben, gleicht es einem Wunder, echt. Sie selbst ist ja erst seit drei Jahren dabei – seit ihre Beziehung mit Gianluca angefangen hat. Doch er schlägt sich schon sieben Jahre lang damit herum, mit den Genehmigungen, den Bauarbeiten, den Bestellungen, den Lieferungen und den Taresern, die ihm ständig Steine in den Weg legen, weil sie es nicht ertragen, einen Unternehmer vom Festland auf ihrer Insel zu haben, und noch dazu einen aus Norditalien. Auch seit sie eingestiegen ist, gab es Ärger mit falsch oder schlecht ausgeführten Arbeiten und jedes Mal Diskussionen und Streit, wenn sie zu zweit in Tari auftauchten, um zu sehen, wie die Arbeiten vorankamen. Als sie schließlich auch noch (durch aufmerksame Durchsicht aller Quittungen und Rechnungen) entdeckte, dass Luigi Sintari, dem Gianluca blind vertraute, ihn nach Strich und Faden betrogen hatte, feuerte ihn Gianluca auf ihr Anraten hin, und sie mussten noch häufiger kommen. Es war irre anstrengend gewesen, an einem so schwer erreichbaren Ort alle Einzelheiten zu überwachen, auf einer Insel, die sowieso schon weitab von allem liegt. Schließlich wollten sie die Sache gut machen und den letzten Schliff anbringen, damit jedes Detail so war, wie es sein sollte. Kurz und gut, ein Dauerstress, es gab wirklich schwierige Augenblicke. Manchmal befürchtete sie, Gianluca könnte einen Herzinfarkt kriegen, so sehr regte er sich über alles und alle auf, auch über sie. Am schlimmsten fand sie es, wenn er sie für die ganze Insel und alle ihre Bewohner verantwortlich machte, obwohl sie doch mit achtzehn zum Studieren nach Rom gegangen war, eben weil sie es auf Tari nicht mehr ausgehalten hatte, und wenn sie nicht Gianluca getroffen hätte, wäre sie bestimmt nur noch zu Ostern und zu Weihnachten heimgekommen. Nie hätte sie gedacht, aus beruflichen Gründen hierher zurückzukehren, das ist wirklich der Gipfel, seinetwegen wieder hier zu sein und sich dann Vorwürfe anhören zu müssen, was hier alles schrecklich ist, der atavistische Fatalismus, die Faulheit, das Misstrauen, die Pfuscherei, die Unwissenheit, die Grobheit und alles Übrige. Aus genau diesen Gründen war sie ja damals aufs Festland gezogen, um als moderne Frau in einer modernen Welt zu leben, anstatt sie nur im Fernsehen zu betrachten (wenn nicht der Empfang mal wieder durch einen Sturm gestört war). In Tari gibt es ein Sprichwort, das heißt: *Qui sorta, arresorta,* wer weggeht, wird neu geboren – genau so hat sie sich gefühlt.

Jetzt aber hat die Villa Metaphora ihre Pforten geöffnet, und die ganze Sache ist in Bewegung, die Dinge, über die sie und Gianluca seit drei Jahren sprechen, werden wahr, eins nach dem anderen. Es ist unglaublich zu sehen, wie Leben in die Räume kommt, echte Gäste, wenn auch bisher nur zwei (plus die Dritte, die sich in ihrem Zimmer eingeschlossen hat, um zu meditieren oder irgend so was). Es wird wirklich alles wahr, morgen reisen die übrigen superbedeutenden Gäste an, und zack, ist das Resort voll. Einfach unglaublich.

Lucia Moscatigno geht auf die Terrasse hinaus, tritt mit leichtem Schritt (wie Gianluca es ihr eingetrichtert hat) an den Tisch der Cobannis, die gleichmütig Blütenblatt für Blütenblatt der aus fast durchsichtigen Schwertfischscheibchen hergestellten Röschen essen, als wäre es das Normalste von der Welt. Wer weiß, wie oft sie schon solche Sachen gegessen und sich dabei mit so gedämpfter Stimme unterhalten haben, dass man nichts versteht, auch wenn man ganz in der Nähe ist.

»Alles in Ordnung?« Sie spricht in dem Tonfall, den Gianluca, in der Rolle des Gastes am Tisch sitzend, tausendmal mit ihr geübt hat. (In Wirklichkeit hat sich daraus ein erotisches Spiel zwischen ihnen entwickelt – wenn sie sich im Gang oder im Ton irrte, packte er sie, legte sie übers Knie, zog ihr den Slip herunter und versohlte sie. »Du verkaufst doch keinen Fisch auf dem Markt! Mehr Leichtigkeit! Deine Stimme muss weicher klingen! Misch eine Prise Gleichgültigkeit in die Aufmerksamkeit! Sei nicht zu überschwenglich! Mach nicht diese Glutaugen! Hör auf, so ängstlich oder so begeistert zu tun! Wann kapierst du endlich, dass du nicht über-, sondern *unter*treiben sollst?« Manchmal war ihr klar, was er meinte, manchmal auch nicht, jedenfalls wurde sie ganz feucht zwischen den Schenkeln, während ihr Hintern von den Schlägen brannte. Meistens endete es damit, dass sie sich küssten und abknutschten und sich ins Büro oder eine der leeren Suiten zurückzogen, um Sex zu haben. Danach probten sie die Szene am Tisch noch einmal, und er meinte, sie mache es schon viel besser.) Nach drei Jahren kann sie sagen, dass sie gelernt hat, ihren kommunikativen Überschwang zu bremsen: Gesten und Stimme zu dämpfen, wenn es nötig ist, und etwas weniger gute Absicht in ihren Blick zu legen.

»Alles bestens, Signorina.« Ingenieur Cobanni hebt den Blick vom Teller zum Sternenhimmel, sieht Lucia an, lächelt.

»Ja, danke der Nachfrage.« Auch Signora Cobanni lächelt. Die beiden sind schon ein bisschen rätselhaft, wie die meisten Norditaliener, aber auch nicht allzu seltsam. Eigentlich sind sie freundlich, aufmerksam und auch recht herzlich.

Lucia Moscatigno dreht sich einmal um sich selbst, ziemlich geschmeidig, mit einer ziemlich gelungenen Mischung aus Aufmerksamkeit und Gleichmut, das heißt, mit Stil oder Klasse oder wie zum Teufel man es nennen will. Es ist sowieso alles Theater, denn letztlich tun die Cobannis auch nichts anderes als essen, und was sie da auf dem Teller haben, selbst wenn es roh und in ultrafeine Scheiben geschnitten und in Rosenform arrangiert ist, ist doch nichts anderes als Schwertfisch, wie sie ihn schon von klein auf kennt. Niemand in ihrer Familie und auf ganz Tari hat diesen Fisch je als etwas Besonderes angesehen, er muss einfach frisch aus dem Meer kommen, ist ja klar.

Da es bei nur zwei Gästen nicht viel zu tun gibt, geht Lucia in die Küche, um die Lage zu checken. Gianluca hat schon mehrmals zu ihr gesagt, er möchte, dass sie die Leitung übernimmt, wenn der Betrieb ins Rollen gekommen ist. Sie hat sich bisher nicht festgelegt, denn einerseits wäre es natürlich eine bedeutende Stellung, andererseits hat sie aber keine Lust, von Mai bis Ende September auf Tari festzusitzen, während er für prestigeträchtige Projekte und berühmte Auftraggeber durch die Welt gondelt und Gast in eleganten Salons und bei schicken Frauen ist. Vielleicht hat er es ihr ja auch vorgeschlagen, um sie hier abzustellen und sich nicht mit ihr befassen zu müssen, um tun und lassen zu können, was ihm passt, während sich jemand um die Villa Metaphora kümmert, auf den er sich hundert Prozent verlassen kann. Kurz und gut, sie hat ihm gesagt, sie muss es sich noch überlegen, und außerdem war sein Vorschlag ziemlich vage, vielleicht traut er es ihr doch nicht richtig zu oder will ihr nicht zu viel Macht geben, wer weiß. Doch wie das hiesige Sprichwort bemerkt: *Saia o vermo au nuci: givame tempore que te perfore,* sagte der Wurm zur Walnuss, gib mir Zeit, dass ich dich durchbohre. So rum oder so rum.

In der Küche schimpft Ramiro mit seinem Hilfskoch Federico, weil er es nicht hinkriegt, die Minzblättchen so zu zerkleinern, wie Ramiro es verlangt hat. »*¡Eres una cabra! ¡Ni siquiera tratar de entenderme!*«

»Ich hab's schon kapiert!« Federico, als Ziege beschimpft, zieht trotzig die kräftigen Schultern hoch, den Kopf über das Hackbrett gesenkt: »*O sapio, saccamusu do kabotschi.*«

»*¡No sabes nada!*« Nichts weißt du, Dummkopf!

Allerdings handelt es sich hier keineswegs um ein Spiel mit möglichen erotischen Auswirkungen wie bei ihr und Gianluca, denn die zwei passten von Anfang an nicht zusammen, Ramiro, der aufsteigende Starkoch, und Federico, der verzogene, sture, neunzehnjährige Bubi aus Tari, der die Insel in seinem ganzen Leben höchstens dreimal verlassen hat und unter der Schürze eine Maori-Tätowierung auf seinem Bizeps zur Schau trägt (wofür er die T-Shirt-Ärmel abgeschnitten hat), er begreift einfach nicht, wie heikel seine Aufgabe ist, und von Ramiro lässt er sich nichts sagen, weil er Spanier und schwul ist und auf eine Art kocht, die ihm vorkommen muss wie Science-Fiction. Lucia Moscatigno fühlt sich für ihn verantwortlich, weil er ihr Cousin zweiten Grades ist und sie ihn Gianluca empfohlen hat, denn immerhin hat Federico schon einige Sommer lang im Restaurant von Onkel Trovato am Hafen gearbeitet. Lichtjahre von dieser hochgradig verfeinerten Küche entfernt, doch im Grunde geht es ja um dasselbe – ums Kochen. Außerdem hat der Hilfskoch, den Ramiro aus Spanien mitbringen sollte, in letzter Minute gekniffen. Gianluca ist fast ausgeflippt, so kurz vor der Eröffnung. Und auf Tari stehen die Jungs nicht dutzendweise Schlange, um in der Küche zu jobben, am allerwenigsten hier auf den Felsen der unbewohnten Westküste. Die, die nicht weggegangen sind, um so zu tun, als würden sie studieren oder arbeiten, treiben sich lieber im Spielsalon Morabito am Hafen herum oder lassen sich daheim von der Mama verwöhnen. Von daher müssten Gianluca und Ramiro Juarez eigentlich froh sein, dass sie zumindest einen auftreiben konnte, der schon mal am Herd gestanden hat.

Gianluca betritt die Küche, angespannt wie immer, und schaut sich um, als erwarte er jederzeit eine neue Katastrophe. »Wie geht's?«

»Wie soll's schon gehen? Der Kerl hier hat keine Ahnung!« Wenn er will, spricht Ramiro hervorragend Italienisch, wenn auch mit starkem spanischen Akzent. »Und er hört nicht! Null! *¡Me vuelve loco!*«

»Tu bitte, was Signor Juarez von dir verlangt.« Gianluca übt sich in Geduld, aber gleich darunter brodelt spürbar die Wut über die endlosen Probleme, die diese verdammte Villa ihm aufhalst. »Du hast hier die Chance, bei einem Meister zu lernen, nutze sie.«

Federico nickt mit gesenktem Kopf, die Stirn mit den buschigen Brauen gerunzelt, die Haare kraus und dicht wie Schafwolle.

Ramiro schiebt ihn beiseite. »*¡Mira aquí, mira!*« Wie ein Zauberer streut er mit leichter Hand einige Minzblättchen auf ein Brett, nimmt ein Messer und schneidet sie in feinste Streifen, so schnell und präzise wie im Zeitraffer. In kürzester Zeit verwandelt sich die Minze in ein duftendes grünes Pulver, und Ramiro hält es unter eine Lampe, damit man es besser sieht.

Federico murmelt etwas vor sich hin und schnaubt dabei wie ein junger Maulesel; obwohl er von dem Resultat beeindruckt ist, würde er es nie zugeben, selbst wenn man ihn verprügelte.

Gianluca dreht sich zu Lucia um und sieht sie an, als wolle er sagen: Wenigstens haben wir den bestmöglichen Chefkoch für die Villa Metaphora, auch wenn er uns viel Geld und Geduld kostet. Er wirft einen Blick auf Herde, Abzugshauben, Töpfe, Pfannen, Rührlöffel, Schneebesen, Kühlschränke, Eiskühler, Gefriertruhen, Spülbecken, Autoklav und all die anderen Geräte, die er hierher hat liefern lassen, wozu er am Telefon Streit, Gefeilsche, Drohungen, Erpressungen in Kauf nehmen und Händlern, Spediteuren, Transporteuren und Schiffern mächtig Druck machen musste; dann verlässt er die Küche.

Lucia Moscatigno wartet ein, zwei Minuten, dann folgt sie ihm auf die Terrasse. Das Ehepaar Cobanni hat die Schwertfischröschen aufgegessen, und sie räumt mit ziemlich eleganten Bewegungen die Teller ab. Die Fenster des Büros sind erleuchtet, wahrscheinlich überprüft Gianluca noch einmal den Ankunftskalender oder die Summen der noch offenen Rechnungen oder die Liste der noch unfertigen Arbeiten. Sie schaut zum tiefschwarzen Himmel hinauf, die Sterne scheinen vor ihren Augen immer größer und immer mehr zu werden. Es weht eine ganz leichte Brise, die sanft den Geruch des Meeres mit dem der Eukalyptusbäume und der Myrte vermischt. Im Moment bedauert sie es kein bisschen, in dieser dichten, samtigen, vielversprechenden Nacht wieder auf der Insel zu sein, auf der sie geboren ist.

Zweiter Tag

8

Carmine Alcuanti checkt mehrmals die Verankerung des Chris Craft zwischen den Booten im Hafen und die Fender, die er angebracht hat, damit nicht irgendwelche Wellenrutscher vom Kontinent die Außenseiten verschrammerieren. Dann skippt er auf die Mole, jumpt auf den Landungssteg, stoppt, um noch mal einen Blick auf das Transaqua zu werfen. Es ähnelt einem Riva, ist aber hundertmal luxierender und verschlankter, ein echtes Wunder, drei Plichten hintereinander, ein Juwel aus superabgelagertem, superglänzendem Mahagoni. Ein Transaqua für amerikanische Präsidenten, für weltgewaltige Hyperbosse, ein Meerespflüger für Superreiche von ehedem. So was Sensationelles gibt's sonst nirgends: Man muss nur mal drauf achten, wie die Leute es von den anderen Kähnen und vom Ufer admirieren. Wie sie den Kopf törnen, mit dem Finger zeigen, kommentieren. Architekt Perusato hat es einer verstaubten Gräfin abgekauft, die es in ihrer Villa am Comer See im Schuppen aufgebockt hatte, oben im Norden next den verschneiten Alpen. Seit sich ihr Gemahl vor zwanzig Jahren verdünnisiert hatte, stand es unbenutzt da herum. Der Architekt bekam es mit Rabatt, aber dann musste er brutal viel Geld löhnen, um es in der Werft in Viareggio, oben in der Toskana, neu herrichten zu lassen. Schade nur, dass sie nachher hier in Tari so ein Bohei gemacht haben um das kleine Hafenbecken unterhalb der Villa Metaphora, in dem das Transaqua ursprünglich liegen sollte, ein einziges Bohei von wegen Naturschutz und Verschandelung der Küste. Der Bürgermeister, der sich schon oft mit dem Architekten gefetzt hatte, nutzte stante pede die Gelegenheit und zwang ihn, das Schelterchen für das Chris Craft wieder plattzumachen, obwohl man es doch kaum sah, so schön war es Stein für Stein in die Landschaft genestet und außerdem vor Wind und Meer geschützt. Der Architekt musste nachgeben, und als Notlösung bestellte er am anderen Ende der Welt einen Elevator, um das Transaqua nachts aus dem Water zu heben, wenn das Meer tobt, da kann man es ja nicht unverankert den Wellen überlassen, damit es womöglich an den Felsen verkratzert oder gar zermetzelt und so deep in den Abschlund sinkt, dass man es dann nie mehr raufpullen kann.

Wie auch immer, jetzt ist das Chris Craft in Forma Maxima, die dunklen Mahagonipaneele spiegelblank, die neuen Teakteile samtig hellgrau, ganz leicht porös, die grünen Kattunsofas alle handbestickt, Stich für Stich. Allein mit dem Materialwert könnte man drei von den Wellenrutschern kaufen, mit denen die ignoranten Transmaristen aus Mailand, Turin und Rom in Bonarbor herumdümpeln, um sich in der Augustsonne zu rösten, ohne den blassesten Dunst von Transwater, Meer, Felsen, Inseln oder irgendwas.

Ganz gewiss ist das Chris Craft wie die sieben Weltmirakel zusammen, doch im Moment gelten Carmine Alcuantis Gedanken, seine Schwärmereien, sein Herzklopfen nur der Einen, die er hier abholen soll. Architekt Perusato hatte ihm schon vorige Woche angedeutet, dass er ganz in finis noch eine Reservation bekommen hat, von einem ultraimportanten amerikanischen Ehepaar, der Mann schon hyperprominent, aber vor allem sie omniberühmt, ultragefeiert vom großen Publikum. So weit der Architekt, aber in der Villa Metaphora geht Diskretion über alles, die Privatsphäre der Gäste ist heilig, deswegen durfte man den Namen nicht offenbaren. Carmine spitzte gleich die Ohren, wer wäre nicht tantalisiert bei so einer Nachricht, klaro, dass du sofort kuriosierst, wer und wie, ein reißender Strudel von

Vermutungen, Namen und Gesichtern. Ihm sayt der Architekt prinzipiell nichts Vertrauliches, aber Lucia schon, sie haben ja diese heimliche Liaison, nennen wir's große Nähe, nichts weiter, in der Familie Moscatigno/Alcuanti in Bonarbor regt sich sowieso allmählich Unwille, und es gibt böses Blut. Denn der Architekt ist vermählt und hat zwei Töchter, die aber alle drei in Norditalien wohnen und noch nie einen Fuß auf die Insel Tari gesetzt haben. Man muss ihn nur mit Lucia observieren, es ist unverkennlich, dass da mehr läuft als bloß eine enge Zusammenarbeit, wir sind ja keine Kiddos mehr, man checkt sofort, dass der Architekt ein Weiberheld ist. Schon dieses schleimige Schneckenauge, was er hat, diese Haltung, so aufrecht, wie er tut, tief innen ist er schamlos, verweichlicht, ein Busenglotzer, lüstern bis zum Gehtnichtmehr.

Jedenfalls sayt der Architekt Lucia allweil alles, deshalb hängt sich Carmine Alcuanti an sie, schließlich sind sie doch Cousin und Cousine, sie schnaken und bekakeln seit je alles, wozu wäre Familie sonst gut (und ihre Matris sind doch Schwestern). Er askte und bohrte, los, verrate mir, wer diese ultragefeierte Amerikanerin ist, oder wenigstens, ob sie Sängerin ist, Fernsehschauspielerin, Tennisspielerin, damit man das Feld etwas eingrenzen kann. Und Lucia, nein, nichts darf ich dir sayen, ich unterliege der Schweigepflicht, ach was, Schweigepflicht, deinem Cousin kannst du ruhig mal was verraten. Nicht einen Tag gab er Ruhe, askte und nagte, echt vexant, bis Lucia irgendwann herausrückte, Schauspielerin ist sie, aber jetzt Schluss, so viel hab ich dir verraten, mehr gibt's nicht. Leicht gesayt, aber schwer zu machen, nachdem du einmal weißt, dass sie Schauspielerin ist, willst du brennend gern wissen, welche. Die Neugier hat dich im Griff, durchkreuzt deine Gedanken, killt den Schlaf, ganz besonders bei einem wie Carmine Alcuanti, der schon, seit er ein Kiddo in kurzen Hosen war, eine fanatistische Admiration für das amerikanische Kino hegt. Also bedrängte er sie Tag und

Nacht, wirklich vexant, jedes Mal, wenn er und Lucia allein waren, ein Schwarm von Namen, von Hypothesen, verrate mir wenigstens, ob es per Zufall Natalie Portman ist oder Reese Witherspoon oder Keira Knightley, Lindsay Lohan, was weiß ich, Scarlett Johansson vielleicht oder Hilary Swank oder etwa Kirsten Dunst oder gar Emma Stone? Und Lucia, nein nein nein, schüttelt stur den Kopf, nie mal ein Nicken, so dass piano piano ein furioser Zorn in ihm hochkommt. Die unaufhörliche Kuriosiererei, die abschlündige Unrast machten ihn echt wahnsinnig. Die ganze Zeit phantasierte er innerlich über die Spektakulärste von allen, über DIE, die für ihn keine Diva ist, sondern eine Divina, eine Göttin, und trotzdem phantasierte er wie im Traum, hatte aber nie den Kurasch zu asken, ob eventuell wirklich Sie als Gast in der Villa Metaphora erwartet wird. Permanent stand ihm Ihr Gesicht vor Augen, Ihr Name lag ihm auf der Zunge, auch wenn er nicht wagte, ihn laut zu sayen, um ihn nicht zu profanieren. Also redete er darum herum und herum, nannte die Namen aller anderen, die im Vergleich zu Ihr weniger als nichts sind, admirable Mädels, keine Frage, aber nicht wert, Ihr den Staub von den Schossüren zu pusten, sich auch nur in Ihrem Dunstzirkulus zu bewegen. Jedenfalls hatte die Furie der Kuriosiererei sein Blut in finis so vergiftet, dass er schlagplötzlich herausplatzte: »Es ist doch nicht etwa Lynn Lou Shaw?«

Immer noch kribbeln seine Arme, wenn er dran denkt, der Rücken schuddert, und der Kopf ist elektrisiert unter den Haaren. Was für ein Gesicht sie gemacht hat, Lucia, als er den Namen nannte, der ihm genauso sanct ist wie der der Madonna, der Venus, der Muntagna Matri. Kaum prononcierte er den geheiligten Namen der Lynn Lou Shaw, brauste Lucia lautstark auf, nein nein nein, aber in ihren Augen flickerte Verunsicherung, die Wimpern flatterten, eine Mikroreaktion, die ihn ahnen ließ, dass er ins Schwarze getroffen hatte. Ja, aber das ist doch nicht zu fassen, da meinst du doch, du bist halb dingdong im Kopf, hast in der Tana zu viele Dämpfe eingeatmet. Darum bedrängte er Lucia noch tausendmal mehr als zuvor, eine einzige Vexation, bis sie keine Luft mehr bekam und ihre sture Negiererei aufgab: »Okay, sie ist es, aber wenn du es weitersayst, bringe ich dich um, weil ich dem Architekten geschworen habe, es nicht zu verraten.« Sein Herz stand still, sein Atem stockte, es fulminierte ihn aus heiterem Himmel. Wenn sie nicht auf den Klippen gestanden hätten, als Lucia es ihm offenbarte, wäre er glatt umgefallen, er brauchte seine maximale Kraft, um sich auf den Beinen zu halten und nicht platsch ins Meer zu plumpsen.

Jetzt jumpt er mit Gusto vor den Augen der teils bekannten, teils unbekannten Zugucker von dem blitzblanken Chris Craft hinunter, in weißem Pantalon und makellos weißem Hemd, mit strahlend weißen Schossüren und weißer, fresh gestärkter Kapitänskappe, das Minimum für so einen Maxievent. Architekt Perusato sayt zu Recht, auf die Details kommt es an, denn so ein Transaqua kann man gewisslich nicht barfuß und in ordinärem Pantalon und schlabbrigem T-Shirt lenken, das ist eine Frage des Stils, der Klasse, des Tons. Man braucht nur die Gesichter der Kiddos und der Mamas auf dem Steg zu observieren. Es genügt, die Admiration zu kassieren, die Kommentare der Gaffer auf der Straße zu hören. Und dabei ahnen sie noch nullo von Ihr, die in Kürze eintreffen wird. Das ist das supremste Geschenk für seine Arbeit, es entschädigt ihn tausendmal für die Monde, in denen er in der Villa Metaphora als Faktotum herhalten musste, als Lastenträger, Maurer, Fuhrmann, Gärtner, Elektriker, Kellner, Fischer, Steinhauer, Abflussreiniger, Spinnenterminator, Ameisenkiller und Skorpionjäger. Vor vierzehn Tagen hat er dann den Architekten daran erinnert, dass die originale Vereinbarung vorsieht, er soll die Gäste abholen und vom Hafen zur Villa und zurück transmarieren und sie eventuell bei Nachfrage auf Exkursionen begleiten, außerdem soll er patrouillieren und binokulieren, damit kein Fremder sich auf dem Grundstück einschleicht und spioniert. Er hat ja nicht nach Palermo transmariert und am nautischen Institut sein Diplom einschließlich Sprachkurs gemacht, um dann als Knecht für niederste Jobs in der Villa zu landen. Daraufhin hat ihm der Architekt geschworen, dass er ihn selbstverständlich gerade wegen seiner Professionalität wollte, dass er für das Resort einen Mehrwert darstellt, dass die Arbeit nicht mehr so schwer sein wird, wenn der Betrieb erst regulär läuft. Er hat sich für die Schwerarbeit der letzten Monate entschuldigt, es ist ihm wichtig, im Resort einen jungen Mann zu haben, der auf Draht ist und aus Tari stammt und schon auf dem Festland gelebt hat und gut aussieht und Englisch spricht, der vernünftig ist und mit einem historischen Motorboot umgehen und die Gäste gebührend empfangen kann, denn es ist der erste Eindruck, der zählt, und die Gäste sind ja nicht irgendwer, sondern sehr, aber wirklich sehr, sehr spezielle Leute. Also sprach der Architekt, testuali verba. Alles in Ordnung, alles paletti, aber jetzt verdampft, denn jetzt muss er hier die herrlichste, wundervollste, maximal angebetetste Diva der Welt abholen.

Als er es seiner Matri verriet (unter Stillschweigeschwur, denn der Architekt hat ihm hundertmal eingebleut, dass die Namen der Gäste ungenannt bleiben müssen, und Lucia hat es noch tausendmal wiederholt, aber wie hätte er seiner Matri eine so umwerfende Nachricht vorenthalten können?), askte sie ihn: »Die aus dem Fernsehen?« – »Die vom *Film*, Matri!«, donnerte er, ganz in Flammen vor Indignation. Doch ehrlich gesayt, hat es auf Tari nie ein Filmtheater gegeben, nur einmal hat seine Mama, die Ärmste, einen Fuß in ein Kino gesetzt, als sie mit seinem Vater ihre Flitterwochen auf dem Kontinent verbrachte. Was in der Welt passiert, weiß sie nur aus dem Fernsehen, wie jeder hier auf Tari.

Aber egal, jetzt fühlt er sich selbst wie in einem Film, wo er Lynn Lou Shaw leibhaftig in Person abholen und in die Villa schiffen soll. Er hat alle Ihre Filme mindestens zehnmal auf DVD angeschaut, manche Szenen sogar noch zwölf- bis zwanzigmal. Er verehrt Sie so maßlos, dass er nicht ein, sondern *drei* Poster von Ihr in seinem Kubikulum bei den Eltern an die Wand gepinnt hat. Denn Lynn Lou Shaw ist für ihn nicht nur superadmirabel schön, nicht nur nonplusultra hypergefeiert. Sie ist *jenseits,* sie ist wie die Morgenröte, so makellos, so weich, aber zugleich glitzernd, so omnikomprensiv vor unendlicher Zärtlichkeit und doch sparkling von supremer vitaler Weiblichkeit. Sie ist Eine, die entflammt, wenn es zu entflammen gilt, mit diesen paradieswasserblauen Augen, mit diesem strahlenden und faszinosen Lächeln. Je länger er sich die Begrüßung ausmalt, umso unglaulicher kommt es ihm vor, dass er faktament hier ist, um Sie zu empfangen, Ihr vielleicht die Hand zu drücken, Ihre Koffer zu nehmen und in das Chris Craft zu transimieren, Ihr an Bord zu helfen, Sie wie eine Königin auf dem Glückssofa in der zweiten Plicht, dem Nonplusultra, Platz nehmen zu lassen. Er stellt sich schon vor, wie Sie dort sitzt, und gleichzeitig kann er es immer noch nicht ganz bilieven. Wer könnte das?

Lucia wartet seit über einer Stunde am Heliport. Lynn Lou Shaw wird samt Gemahl aus Lampedusa herüberpropellern, wo sie von Rom aus mit Privataeromobil gelandet sind. Als er die Cousine hier auf der Mole abgesetzt hat, war sie ganz hibbelig, so als wäre Ostern, Weihnachten und Silvester in einem, perpetament zupfte sie an ihren Haaren, strich sich über die Kleider und askte: »Bin ich okay so? Wie sehe ich aus? Alles gebongt?« Dabei hat sie doch seit ihrer Liaison mit Architekt Perusato, oder eigentlich schon, seit sie zum Studieren nach Rom entschwunden ist, den Stil de vie einer Frau vom Kontinent angenommen, einer Frau von Welt, so dass die Verwandten allmählich murren, was sie sich einbildet. Manchmal wirkt es, als schämte sie sich geradezu, in Tari geboren zu sein, Akzent und Benehmensart hat sie schon quasi komplettament abgelegt.

Zwar ist sie seine Cousine und hat ihn auch für den Job in der Villa Metaphora empfohlen, und er hat sie von Herzen gern, aber er würde ihr doch raten, lieber wieder auf den Teppich zu kommen, was soll das, sich so aufzumanteln, bloß weil man für eine Weile zum Kontinent transmariert ist.

Aber selber ist er auch gar nicht ruhig, sein Herz ticktackt superschnell vor Lampenfieber, und er blickt unentwegt mit zusammengekniffenen Augen in alle Richtungen, um das leibhaftige Erscheinen der Göttin in Person ja nicht zu verpassen. Der Architekt hat schon recht, es ist absolut important, hyperzelebrierte Gäste wie Lynn Lou Shaw und ihren Gemahl so diskret wie möglich an Bord zu geleiten, ohne dass Massen von Spektatoren und Stalkatoren zuglotzen. Selbstverständlich drängen sich hier in Bonarbor nicht wer weiß welche Massen, die Population ist überschaubar, die Kapazitäten der Insel begrenzt, im Juli und August kommen manchmal ein paar Segler und Sonnenröster aus Linosa und Lampedusa herüber, aber nicht der Rede wert. Außerdem reisen Lynn Lou Shaw und ihr Gemahl bestimmt mit Bodyguards, obwohl der Architekt gesayt hat, dass nur diese beiden ohne Personenschutz in der Villa Metaphora wohnen werden, da die Lage ja supersicher ist. Darum flüchten sich solche megagefeierten Leute ja hierher, damit sie sich einige Tage nicht perpetament in Acht nehmen müssen vor Fans, Fotografen, Journalisten und Stalkern, die perpetament kuriosieren und einen belästigen. Wenn hier in Bonarbor jemand die beiden dabei observiert, wie sie aufs Boot wechseln, macht es nichts, Hauptsache, alles geht rasant, und sie werden mit allem Komfort an ihr Ziel transmariert.

Doch während er in alle Richtungen schaut, ob die ersehnte Göttin herannext, und sein Herz bei jeder Fehlzündung revoltiert, erkennt er schlagplötzlich auf der anderen Straßenseite seine Matri, seinen Cousin Salvato, seinen Amigo Toni, seine Exverlobte Madda, alle unter der Marquise des Krämershops von Tante Siriana. Alle mit erwartungsvollem, ungläubigem Blick. Mama hatte wohl einfach nicht die Kraft gehabt, die Nachricht für sich zu behalten, obwohl sie ihm Geheimhaltung geschworen hatte, die Ärmste, halb nerviert es ihn, halb rührt es ihn, wann passiert schon auf Tari mal etwas so Großes, dass man es bechattern kann? Jedenfalls winkt er nur kurz heyhey und tut, als kennt er sie nicht weiter, der Moment ist zu important zum Familisieren, er muss seine Rolle als offizieller Begrüßer, für die er so viel exerziert hat, seriös nehmen, passend zu der mit so viel Sorgfalt gebügelten Uniform.

Schlagplötzlich törnen seine Matri und die übrigen Familiaren und Freunde auf der anderen Straßenseite gleichzeitig den Kopf nach rechts, und da erscheint hinten auf der Mole Lucia mit einem riesigen Louis-Vuitton-Trolley. Hinter ihr folgt eine weibliche Gestalt im spitzenbesetzten Plisseekleid. Maximalstrohhut, Maximalsonnenbrille, schreitet sie mit magischer Langsamkeit, wie in Zeitlupe, lichtumflossen. Carmine Alcuantis Herz macht *stonk*, steht still, schlimmer als in dem Moment, als er von Lucia von ihrer Ankunft erfuhr, und er fühlt, wie sein Atem stockt. Trotz aller Exerzierung für die Begrüßung und An-Bord-Geleitung, kann er die Schossüren nicht vom Boden heben, so hibbelig ist er bei dem Gedanken, gleich Lynn Lou Shaw leibhaftig in Person zu treffen. Noch dazu ist Sie allein, kein Mann, kein Bodyguard weit und breit, Sie geht nur zwei Schritte hinter Lucia, wie eine normale Frau, obwohl Sie eine Göttin ist, unfassbar.

Lucia und Lynn Lou Shaw nexen mit vertiginösem Tempo heran, begafft von seiner Matri, seinen Familiaren und Freunden auf der anderen Straßenseite plus einigen zufällig herumschluufenden Passanten und Ninotto vor seinem Anglershop. Carmine Alcuanti hat das Gefühl, gleich zu fainten, sein Blick verschwimmt. Er kann sich nicht entscheiden, ob er, wenn Lynn Lou Shaw vor ihm steht, nur »GOOD MORNING« sayen und einen Diener machen soll, wie der Architekt vorgeschrieben hat, oder einen Handkuss und ein Lächeln wagen, vielleicht auch ein *»Welcome, Miss Lynn Lou«*. Oder sie sogar asken, ob sie die zweite Plicht präferiert oder eventuell das Sofa im Bug neben ihm, wo sie die ungetrübteste Sicht und maximalen Wind in ihrem Goldschopf enjoyen kann. Sancta Matri, das wäre, als gäbe es nur ihn und sie auf dem Transaqua, wirklich wie im Film, ihre weißen Kleider und ihr Lächeln würden im Licht erstrahlen, Geigenmusik, die schwillt und schwillt, während sich die Augen der Spektatoren mit Tränen füllen.

Aber jetzt, wo nur noch drei, vier Meter fehlen bis zur Begegnung, wirkt Lucia fast frevelhaft locker für eine, die zwei Schritte vor Lynn Lou Shaw hergeht. Ein Zeichen, dass sie sich noch mehr einbildet als vermutet, dass sie vor den Familiaren und Freunden unter der Marquise von Tante Siriana frech bluffen will, was nicht nur maximal respektlos, sondern auch ridikül wäre? Allerdings muss man auch admitten, dass Lynn Lou Shaw aus der Nähe sehr viel kleiner wirkt als im Kino und auf Fotos, faktament fast gedätscht, fast schon wie dreißig, vierzig, fünfzig, trotz der Maximalsonnenbrille und dem Maximalstrohhut auf dem Kopf! Ja, sie sieht aus wie eine andere, weil sie eine andere *ist*! Sie ist es nicht! Das Disappuntment könnte nicht zermetzelnder sein, sie macht ihn taub, sprach- und atemlos. Soll das eine grandiose Tromperie sein? Wollten Lucia und der Architekt ihn einfach reinlegen, ohne Rücksicht darauf, ihm seinen maximalen Dream zu destroyen?

»Carmine, mi intendi?« Lucias Stimme ist herrisch. Die Spektatoren auf der anderen Straßenseite registrieren ebenfalls mit abschlündigem Disappuntment die erstaunliche Tromperie der Lynn Lou Shaw, die gar nicht Lynn Lou Shaw ist.

»Quo?« Carmine Alcuanti schuddert unter der sengenden Sonne, seine Beine fainten.

»Signora Poulanc ist früher angekommen als vorgesehen. Sie

hat das Tragflügelboot genommen anstelle der Fähre am Nachmittag.«

»*Signora Poulanc?*« Carmine Alcuanti ist erlöst, alles kommt wieder ins Lot, Signora Poulanc wird wieder zu der, die sie war, bevor er sie vor lauter Admiration in eine Göttin metamorphiert hat. Wie kann man nur so blöd sein, geschieht ihm recht, dieser eiskalte Reinfall, aber simultan fühlt er sich maximal erleichtert: Er muss lachen, auch wenn er das nicht darf, er muss husten, er weiß nicht mehr, wie er schauen soll, und muss sich zum stinkenden Water des Hafens törnen.

»*Y a-t-il un problème?*« Die Poulanc hat eine hässliche Krächzstimme und auch ein hässliches giftiges Gesicht, nicht zu bilieven, dass er sie auch nur für einen einzigen Augenblick mit der Göttin Lynn Lou Shaw verwechseln konnte. Wahrscheinlich ist er etwas lädiert von der Hyperanstrengung, dem Tohuwabohu und Stress der letzten Woche, und dann noch die Predigten und Forderungen des Architekten und so weiter, aber das ist faktament keine Entschuldigung.

»Nein, nein, Signora Poulanc, ich muss jetzt bloß schnell zum Heliport.« Lucia ist schon auf dem Skip. »Wir erwarten noch zwei Gäste, sie müssten jeden Augenblick eintreffen.« Sie stellt den großen Koffer von Vuitton ab, wedelt mit ihrem Smartphone, als wollte sie ein Trillern oder Vibrieren herausshaken.

»*Et alors?*« Die Poulanc törnt rum und wirft einen echt miesen Blick auf Carmines Matri, die Ärmste, die sie verständnislos anstarrt.

Als das Smartphone in ihrer Hand zu trillern und zu vibrieren anfängt, jumpt Lucia los wie eine übergeschnappte Ziege. »Pronto? *Yes? Where? Hello, hello?*« Unentwegt törnt sie den Kopf, jumpt den Steg entlang, das Smartphone ans Ohr gepresst, während ihre superhohen Absätze in den Asphaltritzen stecken bleiben.

Carmine Alcuanti nickt seiner Matri, den Familiaren und

Freunden zu, sie sollen sich verdünnisieren, doch sie rühren sich nicht und observieren von der anderen Straßenseite weiter kopfschüttelnd die Poulanc, als sayten sie: Das ist gar nicht Lynn Lou Shaw, Carmine hat uns trompiert, er wollte bluffen mit seiner Arbeit in der Villa Metaphora und der Superberühmtheit der Gäste. Wenn er könnte, würde er sofort transimieren, um die Sache zu klären, aber er hat diese hibbelige Poulanc neben sich. Also kann er nur den Vuitton-Koffer nehmen und auf das Chris Craft hieven, ebenso wie die Signora, die wenig Balance hat, stolpert und beinahe ins dreckige Water platscht.

»*Combien de temps faut-il attendre?*« Verärgert rümpft die Poulanc die Nase, squirmt unzufrieden auf dem Sofa in der hintersten Plicht herum.

»Nur noch wenige Minuten, Madame.« Carmine Alcuanti scannt mit den Augen Straße und Steg, sieht Matri, Familiare und Freunde, die immer noch fiebernd, wenn auch disappuntet dastehen, und die Tagediebe, die verstohlen die Poulanc im weißen Kleid mit Maximalsonnenbrille und Maximalstrohhut in dem suprem polierten Chris Craft observieren und sich den Kopf zerbrechen, welche Superberühmtheit die wohl sein könnte.

Die Poulanc wedelt schlaff mit der geäderten Hand. »*Je suis très fatiguée, je veux aller à l'hôtel!*«

»*Madame, un moment, please.*« Minimal Französisch hat er bei seinem Kurs gelernt, doch die einzige Sprache, die sich ihm wirklich maximal eingeprägt hat, ist Englisch, um Lynn Lou Shaw in den Filmen mit Ihrer eigenen Stimme verstehen und davon träumen zu können, Ihr eines Tages leibhaftig in Person zu begegnen und ihr wenigstens ein paar Worte zu sayen.

Jetzt kommt Lucia ganz aufgeregt die Mole heruntergeskippt, hinter ihr ein zwei Meter großer Gorilla mit rasierter Glatze, finsterem Gesicht, verspiegelter Brille, der schützend den Arm vor ein blondes Mädchen hält: lange Beine, verwaschene zerfetzte Jeans, blaue Kappe mit rotem Schirm der New York Rangers über superdunkler maximalmodischer Sonnenbrille. Obwohl man ihr Gesicht nicht erkennt, besteht kein Zweifel, diesmal ist Sie es faktament, leibhaftig in Person.

Carmine Alcuanti fühlt, wie sein Herzschlag aussetzt, ihm bleibt die Luft weg. Muntagna Matri, da muss man ja die Balance verlieren, Bewegungsfähigkeit, Sehvermögen, Wörter, alles futsch. Hinter Ihr ein Mann, ebenfalls mit Baseballkappe, kurze graue Haare, schmale Sonnenbrille, vermutlich Ihr Gemahl, das heißt, der glücklichste Mann der Welt, der Mann, der die Göttin ehelichte, wer weiß, ob er es irgendwie verdient hat oder alles der unkonfigurierbaren Fortuna verdankt und ob er in jedem Augenblick dafür dankbar ist. Hinter ihm kommt Cousin Turilio mit einem Gepäckkarren voller Koffer und Taschen, er pullt und pusht mit aller Kraft, um nicht zurückzubleiben.

In finis gelingt es Carmine Alcuanti, die Schossüren vom Boden zu lösen, um der Göttin entgegenzutreten, obwohl sein Herz in der Brust bongt, dass er fast keine Luft kriegt und alles verschwimmt, weil dieser Augenblick so überwältigend ist. Rundum hat sich sofort ein kleiner Mob aus Matri, Freunden, Familiaren, Shopinhabern, Schluufern und Fischern gebildet, noch nie hat man im Juni in Bonarbor so viele Leute gesehen, aber das ist die übernatürliche Macht der Göttin. Alle drängeln, schubsen, asken. »Was ist los? Wer ist das? Die Lynn Lou Shaw!«

Lucia geht resolut voraus, der Bodyguard-Gorilla hinter ihr bahnt mit Armen, Ellbogen und Schultern den Weg, als wären wir im Hafen von Marseille oder Miami anstatt in Bonarbor, doch alles ist gerechtfertigt, wenn es um das Transbordieren einer Göttin geht. Da kann man nie vorsichtig, nie streng genug sein.

Benebelt und hibbelig zeigt Carmine Alcuanti dem Gorilla die Stufen. »*Down here, down here!*« Die Wörter kommen flüssig, auch der Akzent stimmt, falls die Göttin zuhört, macht er keine schlechte Figur. Doch die maximale Konzentration braucht er, um Sie auf das Chris Craft zu lotsen, indem er Ihr die Hand reicht, auch wenn er es menschlich kaum fassen kann, einen Fuß auf dem Transaqua und einen auf der Mole, Arm ausgestreckt, Hand zum Geleit.

Die Göttin skippt erstaunlich gewandt an Bord, fast wie ein langbeiniges Kiddo, wenn man nicht weiß, was für unsaybar harmonische und perfekte Beine sich unter dem Stoff kaschieren. Ohne ein Wort und ohne ihn auch nur anzuschauen, stützt Sie sich ganz leicht auf seine Schulter (die Berührung trifft ihn mitten ins Herz), und *hopp* ist Sie schon an Bord, sitzt schon auf dem Glückssofa, rutscht schon beiseite, um Ihrem Glücksgemahl Platz zu machen. Der jumpt an Bord wie ein Jaguar, sehr muskulös, obwohl er nicht besonders groß und gute zwanzig Jahre älter ist als Sie, aber mit den Bewegungen eines Kriegers. Sofort erkennt er den *Runabout,* wendet sich an Lynn Lou. »*It's a Chris Craft Triple Cockpit Barrel Back!*«

»*Yes, sir.*« Carmine Alcuanti will gewiss nicht dazwischenfunken, aber es ist sofort klaro, dass eine maskuline Rivalität mit dem anderen besteht. Er lässt sich von Turilio und dem Bodyguard Koffer und Taschen given, verstaut sie in der ersten und dritten Plicht neben der Poulanc, die das gar nicht schätzt. Danach streckt der Bodyguard die Arme aus, um die Mole abzusperren, obwohl gar keiner das Chris Craft stürmen oder die Göttin beharassen will, schließlich sind wir hier auf Tari, hier gibt es nur Familiare, Freunde, Händler, Schluufer und Fischer, die sich mit inkuriosierten Blicken begnügen, nur ein Teenie versucht mit dem Handy ein Foto zu knipsen, aber das wird sowieso nichts, weil es zu weit weg ist (außerdem ist Lynn Lou Shaw mit Baseballkappe und Sonnenbrille so vermummt, dass man Sie gar nicht als Star erkennt, wenn man nicht wüsste, dass Sie es ist).

Carmine Alcuanti hilft auch Lucia beim Einsteigen, und unterdessen steckt Lynn Lou Shaws Gemahl Turilio einen Fünfzig-Euro-Schein zu. »*Okay, let's go!*« Er gibt ein Zeichen zum Aufbruch und bedeutet dem Bodyguard mit einer Handbewegung: Wir bleiben in Kontakt.

»*Move it, man!*« Lynn Lou Shaws Stimme ist wirklich genau wie in den Originalfilmen, die er sich immer wieder reingezogen hat, bloß noch magischer, noch melodiöser, noch träumerischer, nicht leicht, Sie so aus der Nähe zu hören und einen kühlen Kopf zu behalten.

Oben von der Mole grölt jemand: »*Lin-Lu! Lin-Lu! Schau! Olha! Look here!*« Doch Lynn Lou Shaw törnt sich nicht, das hätte noch gefehlt, eine Göttin törnt sich nicht, wenn die Spektatoren grölen.

»*Depèchati, Cammine, hekk!*« Lucia gestikuliert, als wolle sie das Chris Craft eigenhändig von der Mole wegpushen.

Er törnt den Zündschlüssel, der Chrysler Marine V8 blubbert und röhrt, spuckt nach unten, pustet aus den zwei Auspuffrohren knapp über der Wasserlinie kleine Rauchwolken aus. Herrliche Geräusche, eine schöne Show für die Spektatoren auf der Mole. Carmine Alcuanti setzt zurück, törnt das Steuer, gleitet piano piano vorwärts, während sie sich noch den Hals verrenken und Kommentare abgeben, wenn auch unhörbar. Nach und nach pusht er den Gashebel, das Chris Craft durchpflügt grandios die Wellen, passend zur Göttin, die sich darin niedergelassen hat.

Rasch und elegant defilieren sie an den weißen Wellenrutschern der Sonnenröster aus Mailand, Turin und Rom, an den Transwater von Onkeln und Cousins vorbei und nehmen Kurs aufs offene Meer. Zwar ist es nicht ganz die Filmszene mit Lynn Lou Shaw und ihm allein, die er sich kurz erträumt hatte, aber auch nicht ganz disappuntend. Er steht am Steuer des supermaximierten, auf Hochglanz polierten historischen Meeresflügers, und in der zweiten Plicht sitzt der schönste, sexyste Filmstar des Planeten, der faktament eine Göttin ist. Insgesamt ein so unfassliches Mirakel, dass du dich kaum auf den Beinen halten kannst, die Gedanken spinning round, die Gefühle außer Rand und Band, du weißt nicht mehr, ob du wach bist oder in einem hypersupererstaunlichen Dream.

9

Gianluca Perusato schaut von der Terrasse vor dem Büro hinunter auf die steinerne Treppe, die Mole, die Küstenfelsen, das Meer. Er hebt den Blick zur Sonne, die fast im Zenit steht, und sieht auf dem Handy nach, um wie viel Uhr ihm Lucia die SMS geschickt hat, dass das Chris Craft mit dem Ehepaar Shaw-Neckhart und der Poulanc an Bord den Hafen verlassen hat. Vor sechs Minuten. Also brauchen sie noch mindestens zwanzig, bis sie hier ankommen. Ehrlich gesagt kann er es kaum glauben, dass das Ehepaar Shaw-Neckhart tatsächlich zu der von der Sekretärin in ihrer E-Mail angegebenen Zeit in Bonarbor gelandet ist. Er hatte befürchtet, es könnte sich um eine eher nachlässig hingeworfene Angabe handeln und das berühmte Paar würde seine Meinung ändern und wer weiß wohin fliegen, nach Los Angeles oder auf die Turks und Caicos, oder vielleicht an die französische Riviera zum Segeln, ohne sich überhaupt noch daran zu erinnern, dass sie eine Suite auf der abgelegenen Insel Tari gebucht hatten. Aus seiner langjährigen Erfahrung als Architekt weiß er genau, wie unvorhersehbar und wankelmütig Kunden dieser Art sein können. Und er weiß ebenso, wie riskant es ist, die Anlage von einem Tag auf den anderen voll in Betrieb zu nehmen, wie ein Schiff, das ohne die geringste Probezeit mit Volldampf losrauscht. Doch für diesen fast garantierten Imagegewinn geht er das Risiko gerne ein. Seit er sich in diese Unternehmung gestürzt hat, musste er schon so viele Wagnisse eingehen, und ohne die Bereitschaft zum Risiko wird die Villa Metaphora nie zu einem Ort, wo die Leute um jeden Preis hinwollen. Die einzigartige Lage, weitab von allem, die mit Vulkanenergie aufgeladene Luft, das saubere Meer, die Gourmet-Küche, die modernste umweltverträgliche Technologie reichen dafür allein nicht aus. Die Aura macht den Unterschied, und die entsteht erst durch die Namen der Gäste und die entsprechenden Bilder, die mit diesen Namen einhergehen. Nicht dass er beabsichtigte, die Namen eigennützig auszuposaunen, o nein, er wird sein Versprechen in Sachen Privatsphäre halten und seine Gäste auf jede nur erdenkliche Weise abschirmen, sie müssen in ihrem Alltag schon genug Belästigungen durch die Allgemeinheit aushalten. Aber die Insel ist klein, es gibt nur einen Hafen, die Einheimischen sind neugierig und schwatzhaft, und man kann ja nicht bei jeder An- oder Abreise eine Ausgangssperre verhängen. Wenn es sich herumspricht, dass die Villa Metaphora von glanzvollen berühmten Leuten besucht wird, ist es nicht seine Schuld, niemand wird ihm vorwerfen können, das kaltblütig auszunützen.

Das Ehepaar Cobanni liegt jetzt auf seiner Privatterrasse in der Sonne, entspannt auf den Chaiselongues ausgestreckt (sechs davon fehlen noch, Zacomel hat kein Holz mehr, um sie zu bauen, noch so ein leidiges Problem), und von hier aus wirken sie hochzufrieden. Signorina Laremi dagegen muss in ihrer Suite oder irgendwo unterwegs sein, heute Morgen hat er sie mit einem Zeichenblock auf den Knien auf einem Felsen unten am Meer sitzen sehen. Auf dem gepflasterten Weg gibt das Zimmermädchen Amalia der neuen Putzhilfe Teresa noch Anweisungen, hat aber offenbar Schwierigkeiten, die unverzichtbaren Mindeststandards zu erreichen.

Gianluca Perusato überquert die Terrasse und geht durch den Vorraum in die Küche, um sich zu versichern, dass man bei ihrer Ankunft für die Wünsche der neuen Gäste gerüstet ist.

Der Küchenjunge Federico nickt ihm zu, ohne zu lächeln (der lächelt einfach nie), schlüpft hinaus, als wolle er nicht stören.

Ramiro Juarez, der Jungstar der techno-emotionalen Küche, hantiert gerade mit dem Mixer Wabash XE 360 aus gehärtetem Stahl und Polycarbonat mit schallgedämmtem Asynchronmotor, fünfundzwanzigtausend Umdrehungen pro Minute, der laut Ramiro total unentbehrlich ist (2700 Euro und ein paar Zerquetschte, nur ein Tropfen in der allgemeinen Ausblutung). Mit der Miene eines mitten im Schaffensprozess gestörten Künstlers hebt er den Kopf.

»Alles in Ordnung, Ramiro?« Gianluca Perusato schaut sich um und wird den Eindruck nicht los, dass an jeder Küchenkomponente noch das Preisschild klebt.

»*Bien, bien.*« Ramiro konzentriert sich wieder auf sein teures Spielzeug, wie um zu zeigen, dass er in Ruhe gelassen werden möchte.

»Wie sieht's mit den Weinen aus?« Wehmütig denkt Gianluca Perusato daran, dass er früher in seiner Rolle als reiner, freier Architekt bei Installationen, Möbeln und Küchengeräten immer nur das Beste orderte, ohne sich auch nur eine Sekunde um die Kosten zu scheren. Sein eigener Auftraggeber zu sein versetzt ihn in eine vollkommen andere Lage.

»Okay.« In Ramiros Ton klingt an, dass der Rest nicht ebenso okay ist. Er zeigt auf die zwei gewerblichen Liebherr Weintemperierschränke GWTes 4677 mit dynamischer Kühlung und drei unabhängig regelbaren Temperaturzonen, Aktivkohlefilter und vibrationsarmen Kompressoren, Fassungsvermögen vierhundertdreißig Liter (*je* 3370 Euro und ein paar Zerquetschte).

Gianluca Perusato wirft einen Blick durch die Tür aus getöntem Isolierglas mit UV-Filter und betrachtet die Champagnerflaschen und Weißweine, die auf Eichenholzböden mit Teleskopschiene lagern. Einige der Flaschen sind unerlässlich, banale, aber stets gültige Statussymbole, aber es gibt auch andere, viel interessantere, für Leute, die etwas mehr suchen als nur die Vergewisserung durch einen irrsinnig hohen Preis. Die französischen und italienischen Roten sind in den eingebauten *caves à vin* (je 1800 Euro und ein paar Zerquetschte, doch wenn man ein Vermögen für die Weine ausgegeben hat, muss man seine Investition schließlich schützen, da beißt sich die verdammte Schlange in den Schwanz). »Und für die Cocktails hast du auch alles?«

»*Mhm.*« Ramiro antwortet, als sei es eine Zumutung, Erklärungen von ihm zu verlangen.

»Fürs Abendessen alles klar?« Gianluca Perusato ist keiner, der sich so einfach abspeisen lässt, schließlich ist der Koch sein Angestellter, wenn auch mit Spitzengehalt und höchst schwierig im Umgang. Zum Beispiel musste er sich auf ermüdende Diskussionen einlassen, bevor er Ramiro überzeugen konnte, dass man Sterneküche auch auf Induktionsherden kochen kann anstatt nur auf Gas, denn Propangasflaschen bis hierherauf zu schleppen, wäre nicht nur wahnsinnig unbequem gewesen, sondern hätte auch nicht ins allgemeine Konzept des Resorts gepasst. Natürlich hat Señor Juarez, um sein Einverständnis zu geben, auf den teuersten Glaskeramikfeldern bestanden, die es gibt (an den Preis will er sich lieber gar nicht erinnern, es schmerzt zu sehr).

»*Más o menos.*« Ramiro lässt endlich den Mixer stehen und geht mit leicht theatralischen Schritten zu dem zweitürigen tropikalisierten Umluft-Kühlschrank aus mattiertem Edelstahl mit eintausendvierhundert Liter Fassungsvermögen (3500 und soundso viel Euro). Er öffnet ihn und zeigt Perusato drei große Zahnbrassen, einige Goldstriemen und Meerpfauen und zwei recht große Tintenfische, die er heute frühmorgens von Federico am Hafen hat kaufen lassen (die Kosten, um ihn selbst mit dem Chris Craft hinzuschicken, wie er anfänglich verlangt hatte, wären untragbar, und mit den richtigen Anweisungen kann Federico ausgezeichnet das Nötige besorgen, bevor er morgens mit Amalia und Teresa in dem Fischerboot herüberkommt, das immerhin einen Dieselmotor hat).

»Das müsste reichen, oder? Für acht Gäste?« Auch der Fisch ist nicht geschenkt, wenn es gilt, jemanden auszunehmen, sind die lieben Tareser Fischer gleich zur Stelle.

»Ja.« Ramiro verweigert ihm jede Genugtuung, seine unzufriedene Miene macht die Sache nicht einfacher.

Gianluca Perusato überlegt, ob er ihn bitten soll, sich zu benehmen, aber lieber nicht, interne Konflikte um jeden Preis zu vermeiden hat im Augenblick höchste Priorität. »Meinst du, ich könnte einen Kaffee bekommen?«

»*De hecho, estaba a punto de hacerlo.*« Ramiro wechselt vom Italienischen ins Spanische, wie es ihm gerade passt, um je nach Laune die Verständigung zu erleichtern oder zu erschweren.

Doch Gianluca Perusato hat Wohnungen und Häuser in der halben Welt geplant und antwortet nonchalant: »*¡Genial!*«

Ramiro hantiert erneut mit seinem Science-Fiction-Mixer, der ein hohes, schallgedämpftes Surren von sich gibt, wie eine große, in einer Flasche gefangene Wespe. Er holt ein dickwandiges kleines Glas aus dem Schrank, füllt es mit der Flüssigkeit aus dem Mixer, gibt eine Prise grünes Pistazienpulver hinzu und hält es seinem Arbeitgeber hin.

Gianluca Perusato schnuppert daran, atmet das intensive Aroma von sachkundig geröstetem, unendlich sorgfältig gemahlenem Jamaika Blue Mountain Bio Grand Cru ein (der Preis pro Kilo ist astronomisch). Doch selbst, als er das Gläschen ansetzt, hat er Mühe, durch den duftigen Schaum bis zur Flüssigkeit vorzudringen: Seine Zunge verliert sich in einer undefinierbar vielfältigen Wolke, in der Likör- und Blumendüfte anklingen, dazu ein zarter Hauch von gebrannten Mandeln und karibischem Rum. Aber seine Geschmackserwartungen werden lange hingehalten und irregeführt und schließlich nur zu einem winzigen Teil befriedigt.

»*¿Entonces?*« Einen Moment lang ist Ramiros Blick echt neugierig, fast kindlich.

»*Interesante.*« Andererseits ist es genau der Punkt bei der techno-emotiven Küche, für die Ramiro berühmt ist, dass man immer halb unbefriedigt bleibt: als werde man der Gnade teilhaftig und verliere sie gleichzeitig. Metaphorisch interessant und zweifellos die richtige Entscheidung für Gäste, die überall schon das Beste vom Besten gegessen haben; aber ein richtiger guter Espresso wäre ihm in diesem Moment lieber gewesen. Gianluca Perusato stellt das leere Gläschen ab und verabschiedet sich mit einem Kopfnicken.

»*Hasta luego.*« Nach seinem Blick zu urteilen, hat Ramiro wahrscheinlich einen ausführlicheren, schmeichelhafteren Kommentar erwartet.

Gianluca Perusato verlässt die Küche, geht über die Terrasse und dann den von Kaktusfeigen gesäumten Weg entlang. Es macht ihn nervös, dass er immer noch nicht weiß, wann genau die Deutschen ankommen. Niemand kann die Sicherheitsbedürfnisse von Gästen dieser Art besser verstehen als er, dennoch liegt offensichtlich ein gewisses Misstrauen in ihrer Weigerung, eine präzise Zeit anzugeben. Als sei grundsätzlich kein Italiener hundert Prozent verlässlich, so viele internationale Referenzen er auch haben mag. Nicht einmal, wenn man beschlossen hat, sich ihm für ein paar stressfreie Tage Urlaub anzuvertrauen. Andererseits ist das Ehepaar Reitt im Vergleich zu den Shaw-Neckhart genau auf der anderen Seite des Spektrums, was die öffentliche Zurschaustellung betrifft, und für die Zukunft der Villa Metaphora ebenso unverzichtbar. Es ist schon absurd, wenn man bedenkt, dass die zwei wichtigsten Buchungen beide völlig unvorhergesehen im letzten Augenblick eingetroffen sind, während die Anlage doch noch gar nicht voll betriebsfähig ist. Aber eine so einzigartige Gelegenheit konnte man sich einfach nicht entgehen lassen, selbst wenn ihm die Sache jetzt den Schlaf raubt.

Er steigt die Stufen zur unteren, nach Osten ausgerichteten

Terrasse hinunter, dem einzigen gemeinsamen Bereich, wo es den Gästen (zumindest theoretisch) gestattet ist, das Handy zu benützen. In dem x-mal korrigierten, nun endgültigen Text für die Broschüre und die Website ist es ihm gelungen, findet er, die Idee der akustischen Atempause, der Erholung von den pausenlosen alltäglichen Störungen, ziemlich gut zu verkaufen. Auch Lucia hat ihr Bestes getan, indem sie an beiden Seiten der Terrasse kleine bunte Stofffähnchen im tibetischen Stil und ein blaues Schild aufgehängt hat, auf dem in gelben Buchstaben auf Italienisch, Englisch, Französisch und Deutsch steht: *Lass hier den Lärm der Welt und kehre zurück zur Melodie deiner Gedanken.* Ein bisschen New Age, zugegeben, aber in Einklang mit dem umweltverträglichen Geist der Villa Metaphora. Ein netter, lockerer Hinweis. Manchmal hat sie durchaus gute Einfälle, das muss man zugeben; doch gleichzeitig muss man ihr auch auf die Finger schauen, denn ihre Fortschritte in Geschmacksfragen sind noch ziemlich frisch und nicht sehr gefestigt.

Wie auch immer, man wird ja sehen, ob die Gäste sich damit zufriedengeben, nur von ihren Suiten oder von hier aus mobil zu telefonieren, denn selbst wenn man die Idee, die Kommunikationsintensität ein paar Tage lang zu drosseln, faszinierend findet, ist nicht gesagt, dass man es durchhält. Schließlich handelt es sich um Leute, die unablässig Informationsaustausch brauchen und gewöhnlich die Hälfte ihres Lebens am Telefon oder im Netz verbringen, egal, wo sie sind. Deshalb hat er in den besten Wi-Fi-Signalverstärker mit Hochleistungs-Rundstrahl-WLAN-Antenne investiert, der auf dem Markt zu finden ist (die Antenne ist grün gestrichen und auf dem Steilhang zwischen Felsen, Agaven und Kaktusfeigen platziert, man sieht sie kaum). Falls sie es also nicht schaffen sollten, sich von ihren Smartphones und Tablets loszureißen, ist der Empfang im Umkreis von einem Kilometer rund um das Resort gesichert.

Zum dritten Mal schaut Gianluca Perusato auf sein Handy: nichts. Eigentlich müssten das Ehepaar Shaw-Neckhart jeden Moment hier sein, falls Carmine vor Begeisterung, so berühmte Gäste zu transportieren, das Chris Craft nicht gegen einen Felsen gelenkt oder sich unerlaubterweise zu einem Hochseeausflug hat verführen lassen. Bei all den bisherigen Pannen und Komplikationen und allem, was auf dem Spiel steht, fällt es schwer, Ruhe zu bewahren. Jeder einzelne Gast bietet genügend Gründe zur Sorge, die sich in seinem Kopf verbinden, überschneiden und verflechten, so dass seine Gedanken wie aufgeregte Wachhunde hin und her laufen. Wenn sämtliche Gäste ihre Suiten bezogen haben und alles reibungslos funktioniert, wird er sich vielleicht entspannen, vorerst kann er nur versuchen, ohne Durchhänger so aufmerksam und reaktiv wie möglich zu sein. Jetzt zum Beispiel spürt er eine Bewegung hinter sich und dreht sich ruckartig um.

Paolo Zacomel, der Schreiner, kommt mit mehreren, vom Meer gebleichten Holzstücken auf der Schulter die Stufen herunter. Barfuß, mit nacktem Oberkörper, sonnenverbrannt, gleicht er mit seinem langen Bart und den verwaschenen Leinenhosen einem Schiffbrüchigen à la Robinson Crusoe. Monatelang hat er sich allein hier auf der Insel durchgeschlagen, mit einem Schlafsack, einem Campingkocher und wenig Werkzeug, ohne je etwas zu fordern außer gelegentlichem Nachschub von Käse, Tomaten und Trinkwasser.

»Wie geht's?« Gianluca Perusato fragt sich, welchen Eindruck der Handwerker auf die Gäste machen mag: ob das Malerische an seinem Aussehen das eventuell ästhetisch Abstoßende ausgleicht oder gar übertönt.

»Gut.« Zacomel legt die Hölzer auf den Steinplatten der Terrasse ab. Unabhängig, anpassungsfähig, fleißig, aber mit einem latenten Hang zum Wahnsinn, wie leider alle Künstler.

»Was haben Sie vor?« Gianluca Perusato fragt sich, ob er ihn bitten soll, sich in seine improvisierte Schreinerei hinter dem Haupthaus zurückzuziehen, oder ob er ihn ruhig hier vor aller Augen arbeiten lassen kann, als Beweis für die Authentizität des ganzen Unternehmens.

»Ich mache ein oder zwei Bänke.« Zacomel bewegt die Hände, als wolle er die Möglichkeiten abmessen, die hier in der Luft liegen.

»Und was ist mit den Suiten? Wir brauchen noch ein Sofa und einen Tisch in Nummer vier, in fünf steht sogar nur das gemauerte Bett, außerdem fehlen sechs Liegestühle, die niedrigen Tischchen und die Kleiderständer, die wir besprochen hatten. Mal abgesehen von den Tischen im Salon. Wir können nur hoffen, dass das Wetter mitspielt und nur die Tische auf der Terrasse benötigt werden...«

»Ich weiß.« Zacomel kneift die Augen zusammen wegen der Sonne. »Aber wenn ich kein Holz habe, kann ich's mir nicht aus den Rippen schneiden.« Sein Ton klingt weder fordernd noch anklagend: Es ist eine einfache Feststellung, als sage er, heute ist der zweite Sommertag, oder von hier oben ist das Meer besonders blau.

»Holz gäbe es genug, Paolo, das wissen Sie genau.« Gianluca Perusato versucht, seine Autorität nicht durch pedantische Rechthaberei zu gefährden, aber wie kann man so tun, als wäre dieses Holz nicht vorhanden? »Sehr schönes sogar, bestes brasilianisches Mahagoni!«

»Ich verwende kein illegal geschlagenes Holz.« Zacomel schüttelt den Kopf, mit der Überzeugung eines frühchristlichen Märtyrers. »Ich trage nicht zur Vernichtung einer vom Aussterben bedrohten Art bei.«

»Hören Sie, ich verstehe und achte Ihre Einstellung, aber dieses Mahagoniholz ist ja schon da.« Gianluca Perusato merkt, dass er einen entnervten Ton draufhat; seit Monaten diskutieren sie schon darüber, und er konnte den Schreiner noch immer nicht überreden. »Wenn es schon *daliegt,* kann man es doch auch nehmen, finden Sie nicht?«

»Nein, keineswegs.« Zacomel hat den Blick eines Moralisten, eines Fanatikers. »Dieses Mahagoni kommt aus Pará, wo der Regenwald unwiederbringlich zerstört wird, trotz CITES und allem Übrigen.«

»Woher wollen Sie wissen, dass es ausgerechnet aus Pará stammt?«

»Ich weiß es. Ich sehe es.«

»Sie schauen ein Stück Holz an und wissen, wo es herkommt?«

»Ja.«

Gianluca Perusato fände das zum Lachen, käme dieses Theater nicht zu den tausend anderen Scherereien hinzu, die ihn sowieso schon zermürben. Da macht ihm ein Händler aus Treviso einen hervorragenden Preis für einen Posten brasilianisches Mahagoniholz bester Qualität, das theoretisch einen Haufen Geld wert wäre, aber wegen der jüngsten internationalen Abkommen eigentlich nicht verwendet werden dürfte, und dann entpuppt sich dieser Paolo Zacomel als fundamentalistischer Umweltschützer und weigert sich, Möbel daraus zu bauen. Obwohl er inzwischen das andere Holz, das ihm zur Verfügung stand, aufgebraucht hat und Tari der letzte Ort auf der Welt ist, wo jemand erscheinen könnte, um zu kontrollieren, ob irgendein Mahagonimöbel aus legal geschlagenem Holz gefertigt wurde oder nicht. Was soll das überhaupt, wenn man bedenkt, dass die guten Tareser im Lauf der letzten vier Generationen jeden einzelnen Baum umgelegt haben, den es auf der Insel gab?

»Meinen Sie nicht auch, dass Sie sich etwas konsequenter verhalten sollten?« Da ist er, der Fundamentalist in Aktion, der Moralapostel. »Bei dem ganzen Gerede darüber, wie umweltverträglich et cetera diese Anlage hier ist?«

»Lassen Sie bitte meine Konsequenz aus dem Spiel.« Gianluca Perusato beherrscht sich nur mühsam. »Diesbezüglich brauche ich nichts zu beweisen, weder Ihnen noch sonst irgendwem!« Niemand kann in Frage stellen, dass die Villa Metaphora ein absolut vorbildliches Projekt ist, was den Einsatz erneuerbarer Energien und die Achtung der Landschaft betrifft. Allerdings beruhen diese Entscheidungen nicht auf der pseudoromantischen Naturauffassung von Leuten, die mit Blumen im Haar die Bäume umarmen, sondern auf der rein rationalen Überlegung, dass Sonne, Wind und Meer auf Tari unerschöpfliche Ressourcen sind und jede auf fossilem Brennstoff basierende Lösung langfristig teurer und außerdem auch viel hässlicher wäre. Und natürlich werden die Gäste der Villa Metaphora auch froh sein, dass sie wegen ihres Urlaubs in diesem Resort keine Schuldgefühle vor der Welt haben müssen (was zwar selten der Fall ist, auch wenn sie genug andere Gründe dafür hätten). Was sonst als Quadratur des Kreises gilt, gelingt: Der wirtschaftliche Vorteil (der daraus erwächst, dass die mit Meerwasser betriebene Klimatisierung neunzig Prozent weniger Energie als eine konventionelle Anlage benötigt) schließt die Nutzung der EU-Förderungsgelder nicht aus, genauso wenig wie das coole Image das gute Gewissen. Und all den fanatischen Umweltschützern, die trotzdem immer noch was zu meckern haben, würde er ein fünfstöckiges, an den Felsen geklebtes Ökomonster aus Beton gönnen, wirklich wahr!

Zacomel weicht keinen Millimeter zurück, sein Starrsinn ist nervenaufreibend. »Ich brauche das Birken-, Nuss- und Kirschholz mit FSC-Zertifikat, um das ich Sie gebeten hatte.«

»Das dauert noch eine Weile. Aber die Möbel brauche ich jetzt.« Gianluca Perusato fällt es schwer, Ruhe zu bewahren. Denn die letzte Materiallieferung kam Anfang Mai, danach musste er die Zahlungen an sämtliche Lieferfirmen aussetzen, einfach weil die Arbeiten an der Villa (zusammen mit den rachsüchtigen Ausgaben seiner Frau) seine Girokonten geleert hatten. Ihm bleibt gerade noch das Nötigste, um die laufenden Kosten zu decken (nicht einmal alle), aber bald wird es auch damit vorbei sein. Er wartet zwar auf das Honorar für zwei wichtige Projekte, eine Wohnung am East River in New York und die Restaurierung eines Gutshofs bei Orvieto, aber er weiß aus Erfahrung: Je reicher der Kunde, umso säumiger die Bezahlung. Seine langfristigen Ersparnisse (nicht viel, das Leben ist teuer) sind in Aktienfonds angelegt, und so, wie der Markt gerade läuft, wäre es glatter Selbstmord, sie jetzt abzustoßen, das predigt ihm sein Finanzberater in Mailand pausenlos. Was das Nummernkonto in der Schweiz betrifft, das kann er nicht anrühren, weil es seine Notreserve für den Katastrophenfall darstellt, etwa im Falle eines Zusammenbruchs des Systems in Italien oder für die Flucht ins Ausland, aus welchem Grund auch immer. Seine Frau weiß zum Glück nichts von dessen Existenz, aber dafür hatte er voriges Jahr die glorreiche Idee, Lucia zu einem seiner sporadischen Besuche bei der UBS in Lugano mitzunehmen. Es hatte ihm einen erotischen Kick gegeben, sie zu beeindrucken mit der wattierten Stille der Büros, dem Nummerncode, den er der jungen Bankangestellten zuflüsterte, der ausgesuchten Höflichkeit des stellvertretenden Direktors, der ihnen im Flur entgegenkam. Der Mann von Welt, der das Mädchen von der Insel verblüfft, sein Lieblingsspiel, diesmal noch gewürzt mit dem erregenden Gebaren eines Geheimagenten. Hinterher hatte er es natürlich tausendmal bereut, nicht, weil er an Lucias Loyalität zweifelt, sondern, weil er sich vor ihrer emotionalen Seite fürchtet, davor, was sie tun könnte, falls ihre Beziehung in die Brüche ginge.

Zacomel zuckt die Achseln; die unaufschiebbaren Erfordernisse der Villa Metaphora scheinen ihn nicht zu jucken. Er arbeitet viel, keine Frage, und auch mit großem Engagement und überraschendem Einfallsreichtum. Faszinierend, wie er Holzstücke natürlich und elegant kombiniert, sie in hundertprozentig funktionale Möbel verwandelt. Auch ohne das Material, das er verlangt hat. Er beklagt sich nicht, trödelt nicht herum, sondern sucht sich an der Küste angeschwemmte Stämme, aus denen er Wunderwerke zaubert. Er ist das genaue Gegenteil von Ramiro Juarez mit seinen ewigen Forderungen und Nörgeleien, dem anklagenden Gejammer, das beim geringsten Anlass zu einer Nervenkrise ausartet. Doch während der Koch auf dem besten Weg ist, ein Star der internationalen Küche zu werden, ist Zacomel eine Art selbstgenügsamer Schiffbrüchiger, der gar keinen Wert drauf legt, gefeiert zu werden. Eine Folge ihrer gegensätzlichen Beziehung zur Welt ist, dass Ramiro Juarez sein erstes Supergehalt schon Anfang Juni im Voraus bezogen hat, während der Schreiner seit mehr als drei Monaten hier ist und noch keinen Cent gesehen hat (selbstverständlich wird er alles bekommen, sobald etwas Geld hereinkommt, außerdem sah die Abmachung sowieso vor, dass er nach Beendigung der Arbeit bezahlt wird). Aber es ist ein Beweis dafür, dass bei gleichem Wert der im Vorteil ist, der es versteht, sich wichtigzumachen, und nicht der, der sich uneigennützig gibt.

»Na gut, dann bauen Sie eben die zwei Bänke.« Gianluca Perusato redet, als gäbe es Alternativen. »Aber bitte ziehen Sie sich ein Hemd über, wenn Sie hier draußen arbeiten.«

Zacomel mustert ihn erstaunt, irgendwie traurig.

»Inzwischen sind Gäste eingetroffen, wir sind nicht mehr unter uns.« Perusato versucht, einen nachdrücklichen, aber nicht beleidigenden Ton anzuschlagen, um Paolos Gefühle nicht zu verletzen. »Ich glaube, Sie verstehen, was ich meine.«

Zacomel dreht sich zum Meer um, macht Perusato ein Zeichen.

Das Chris Craft ist in Sicht: Seine schlanke Silhouette hat den Felsvorsprung von Punta Elefante umrundet und kommt mit mittlerer Geschwindigkeit auf die Küste zu, so wie Perusato es Carmine eingetrichtert hat, damit die Gäste nicht zu sehr durchgeschüttelt werden und der sowieso schrecklich gefräßige V8-Motor nicht zu viel Benzin verschlingt.

Gianluca Perusato fährt sich mit den Fingern ordnend durch die Haare, klopft seine Leinenjacke ab, um eventuelle Falten zu glätten. Dann nickt er Zacomel zu: »Frohes Schaffen.« Er geht die Stufen wieder hinauf, wendet sich zur Haupttreppe und steigt so elastisch wie möglich hinunter Richtung Mole.

10

Simone Poulanc ist aus mehreren Gründen verärgert – sehr verärgert. Wegen des unaufmerksamen Empfangs am Hafen, wegen des unerhörten Gedränges der Einheimischen beim Erscheinen der amerikanischen Schauspielerin – wir sind doch nicht in Burundi –, wegen der untertänigen Haltung, mit der die sogenannte *assistant manager* sich immer wieder an die beiden Amerikaner wendet, wegen der kriecherischen Liebedienerei, mit der der Bootsmann die kindischen Wünsche der oben erwähnten Diva erfüllt. Irgendwann – etwa auf halber Strecke – hat er sogar den Motor angehalten, und sie war kichernd durchs Boot bis zum Cockpit im Bug gekrabbelt, wo sie das Kommando übernehmen durfte. Mein Gott, und dazu noch seine ekstatischen Jubelrufe – »*Wonderful, Miss Lynn Lou! Perfect!*« –, nur weil die Schauspielerin es irgendwie schaffte, das Steuer in die richtige Richtung zu drehen.

Nun, offenbar sind sie jetzt endlich am Ziel. Die Gegend ist karg, nur rötliches und schwärzliches Gestein, und aus der Bucht ragt der Fels beinahe senkrecht in die Höhe. Der weißgekleidete Bootsmann springt keck auf den Landesteg – er muss sich vorkommen wie im Film –, wickelt das Tau mit demonstrativem Geschick um einen Pfahl. Danach reicht er der amerikanischen Schauspielerin den Arm – selbstverständlich, sie geht vor! –, um ihr beim Aussteigen zu helfen. Er deutet eine alberne Verbeugung an, lächelt blöde, ungläubig, dass ihm das Glück vergönnt ist, diese Verkörperung eines von den westlichen Massenmedien verbreiteten Mythos berühren zu dürfen. Anschließend hilft er – jetzt mit der Schroffheit von Macho zu Macho – dem Gatten der Schauspielerin, dann der sogenannten *assistant manager,* die bestimmt aus demselben Dorf stammt wie er, nach der Physiognomie zu urteilen vielleicht sogar aus derselben Familie. Erst als alle anderen auf der Mole stehen, lässt er sich mit unverzeihlicher Verspätung herab, auch ihr seinen Beistand anzubieten.

Die Poulanc springt fast ohne seine Hilfe vom Boot, obwohl sie befürchtet, sich den Knöchel zu verstauchen. Wenigstens spürt sie wieder festen Boden unter den Füßen – falls man diese Mole als festen Boden bezeichnen kann, denn sie hängt an einem Vulkanfelsen mitten im Meer, das unweit der Küste – so hat sie es gestern Abend auf Wikipedia gelesen – rasch eine Tiefe von mehr als tausend Metern erreicht. Schon das allein macht aus dieser aus dem südlichen Mittelmeer ragenden Klippe einen beängstigenden Ort, auch ohne all die falschen und anmaßenden Eingriffe der Menschen. Eine Falle für reiche Idioten – schon jetzt nervt sie jedes Detail: das Bronzegeländer am Steg, die albernen blühenden Kakteen, und ihre Verärgerung nimmt mit jedem Schritt zu, je weiter sie die steile und unverhältnismäßig lange Treppe hinaufsteigt.

Zum Glück erlaubt ihr ihre Arbeit – deswegen hat sie sie ja gewählt –, den Ärger in präziserer Form auszudrücken als nur in einer giftigen Bemerkung oder der kategorischen Forderung, umgehend wieder zum Hafen zurückgebracht zu werden. Im Gegenteil, je ungehaltener sie jetzt ist, umso schneidender wird der Text sein, den sie dann schreibt, mit hoffentlich konkreten und dauerhaften Folgen. Die Reaktionen auf ihren späteren Artikel vorherzusehen bereitet ihr ein diebisches Vergnügen, das muss sie zugeben. Übrigens war der Auslöser für ihre erste Besprechung unter dem *nom de plume* Simone du Jardin ein Abendessen in einem unverdient gerühmten Restaurant in der Nähe der Place de l'Odéon im Jahr 1992 – die Arroganz des Besitzers war einfach unerträglich gewesen. Seither vertrauen die Leser ihrer Kolumne in der *Libération* ihrem Urteil, gerade weil sie wissen, dass sie sich nicht von Inszenierungen oder Maskeraden beeindrucken lässt. Ihre Glaubwürdigkeit besteht – nur keine falsche Bescheidenheit – in ihrer Fähigkeit, blitzschnell die Schwachpunkte hinter der Fassade zu sehen, die Schlamperei hinter der scheinbaren Vollkommenheit, die Dummheit hinter dem Kompetenzgehabe aufzuspüren, ohne je zu fürchten, sie könne ungerecht oder böse wirken. Vorhandene Vorzüge erkennt sie an, das ist klar; sie kann wohl sagen, dass sie einer stattlichen Anzahl von kaum bekannten oder nicht hinreichend gewürdigten Restaurants und Hotels einen guten Ruf und gute Geschäfte beschert hat. Doch zweifellos macht ein gezielter Verriss nicht nur ihr selbst, sondern auch ihren Lesern mehr Spaß als eine positive Besprechung. Da kann sie ihre kreativen Krallen voll ausfahren: Fassaden einreißen, Haltungen entlarven, Klischees aufdecken oder sogar – wenn sie wirklich inspiriert ist – einen Küchen- oder Hoteltest als Märchen entlarven.

Ein großer, gutaussehender und deutlich selbstzufriedener Mann ist auf dem Steg angekommen: maßgeschneiderter Leinenanzug, blütenweißes Hemd, tadellose Mokassins ohne Socken. Aller Wahrscheinlichkeit nach – sein Äußeres und seine Verhaltensweisen sprechen für sich – ist er der Planer und Besitzer der Villa Metaphora, Architekt Gianluca Perusato. Wie vorauszusehen, streift sein Blick sie nur, obwohl sie näher bei ihm steht als die anderen, und wendet sich dann mit gezierten Begrüßungsfloskeln der amerikanischen Schauspielerin und deren Mann zu – sein Englisch ist fließend, aber Theater wie alles andere: »*Welcome to Villa Metaphora, I hope you had a good trip.*« Er lächelt, weist auf das Panorama, worauf die Amerikaner mit der Nachsicht von Stars höflich die Mundwinkel hochziehen, so dass die blendend weißen Zähne unter den Schirmen ihrer blödsinnigen Baseballkappen zur Geltung kommen.

Es dauert einen Augenblick, bis der Architekt sein Geflöte mit dem trashigen Imperialistenpaar unterbricht, sich rasch von seiner schwarzhaarigen sogenannten *assistant manager* vertreten lässt und auch sie begrüßt: »*Enchanté, Madame, Gianluca Perusato. Bienvenue à Villa Metaphora.*« Honigsüß, total verliebt in seine Rolle als Mann von Welt. Unvermeidlich – zum Glück ohne Lippenkontakt – der Handkuss. Seine blauen Augen mustern kurz die Accessoires, die Simone Poulanc mit der Treffsicherheit eines Scharfschützen ausgewählt hat: die minimalistische Goldkette mit kleinem Kelchanhänger und schwarzer Perle von Jean Boltrin, den Ring von Odda Selkus mit Brillanten und Saphiren, Plateausandalen von Luis Nuñez. Höchstwahrscheinlich findet er ihre Person oder ihren Namen nicht attraktiv genug – den Namen, der in diesem Fall zählt, kennt er nicht, der Ärmste –, aber daran, dass sie reich genug ist, um in seinem exklusiven Resort zu logieren, zweifelt er nicht.

Mit einer Mischung aus Langeweile und Ungeduld sieht sie sich um – gut versteckt hinter ihrer riesigen Sonnenbrille und dem großen Strohhut. In diese Rolle zu schlüpfen macht ihr Spaß. Jahrelange Beobachtungen aus nächster Nähe erlauben ihr, mit Verhaltensweisen, Gewohnheiten und Sprache zu spielen, wie es ihr gefällt. Sie ist absolut glaubwürdig als schwerreiche Frau – Unternehmerin, Witwe, Frischgeschiedene, sollen sie nur raten! –, die ihren Urlaub als Statussymbol kultiviert. Hier muss man hinter der feindlichen Linie arbeiten, niemand von den anderen Gästen oder vom Personal darf die wahren Gründe ihres Aufenthalts auch nur ahnen. Das ist die abenteuerliche Seite ihres Jobs, manchmal fühlt sie sich dabei wie eine Kreuzung aus Sarah Bernhardt und Mata Hari.

»*Est-ce que nous voulons monter?*« Perusato deutet auf die Treppe und fügt sogleich auf Englisch für die Amerikaner hinzu: »*Shall we go up?*«

»*Sure.*« Die zwei Amerikaner beobachten leicht neugierig,

wie der Bootsmann die Koffer in den Korb eines elektrischen Lastenaufzugs befördert.

Der elegante Architekt geht auf der dunklen Steintreppe voran, die Amerikaner folgen ihm – der Mann mit schneidigem Kommandoschritt, sie affektierter, wie es sich für einen Star ihres Ranges gehört. Die sogenannte *assistant manager* begleitet sie und ergänzt die brillanten Ausführungen des Architekten, auch wenn ihr Englisch sich längst nicht mit seinem messen kann. In gebührendem Abstand – er ist gut abgerichtet worden – folgt der Bootsmann, der seiner Pop-Göttin anbetende Blicke zuwirft.

Die Treppe ist endlos und ermüdend, auf halbem Weg schmerzen ihre Beine, sie hat Herzjagen und ist schweißgebadet. Die Poulanc betrachtet den Korb des Lastenaufzugs, der auf seiner Schiene mit dem Gepäck an ihnen vorbeigleitet, und fragt sich, warum zum Teufel die Gäste kein Anrecht auf eine ebensolche Bequemlichkeit haben. Abgesehen von den Kaktusfeigen, Agaven und anderen Kakteen gibt es hier nur niedrige, zwischen die Felsen geduckte dürre Sträucher – die Winde müssen an einem so ungeschützten Ort sehr heftig sein. Auf einer Terrasse links von der Treppe sieht ihnen eine Art halbnackter Schiffbrüchiger mit langem Bart eine Weile beim Aufstieg zu, dann hantiert er wieder mit irgendwelchen Hölzern. Vielleicht – es wäre nur zu verständlich – baut er sich gerade ein Floß, um hier wegzukommen.

»*That's our carpenter.*« Perusato beeilt sich, die erstaunten amerikanischen Gäste über die Rolle des bärtigen Mannes aufzuklären. »*C'est notre charpentier.*« Er lächelt, als wäre der Handwerker extra dort platziert, um den Gästen ein wenig hübsche Folklore zu bieten.

Die Poulanc dreht natürlich den Kopf weg: Eine Dame wie die, die sie gerade spielt, interessiert sich nicht für Schreiner.

Nach vielen weiteren anstrengenden Stufen kommen sie endlich zu einigen weißen Gebäuden, die in bewusster Asymmetrie dem unebenen Gelände angepasst und durch Fußwege und noch mehr Stufen miteinander verbunden sind. Hinter dem größten Gebäude stehen einige zerzauste Eukalyptusbäume – die einzigen Bäume weit und breit – mit hängenden, leicht in der Brise schaukelnden Blättern. Ein Gefühl von Exil liegt in der Luft, der Geist von St. Helena; die Ferne zur bewohnten Welt ist sozusagen mit Händen greifbar.

Perusato zeigt strahlend auf eine große weiße Terrasse mit Tischen aus dunklen, auf kleinen gemauerten weißen Säulen ruhenden Lavasteinplatten, über die schattenspendende Sonnensegel gespannt sind: »*This is where lunches and dinners are served. C'est ici que les repas sont servis.*«

Die beiden Amerikaner nicken, obwohl klar ist, dass sie ganz andere Dinge im Kopf haben. Beobachtet man sie genauer, spürt man – in Gesten und Körperhaltung – eine beträchtliche negative Spannung zwischen den beiden. Er tut sein Bestes, um es zu überspielen – gibt sich sogar als besorgter Ehemann –, doch wenn er sein berühmtes Frauchen unterhaken will, zieht sie ihren Arm feindselig weg. Der Architekt merkt nichts, er ist zu sehr mit seiner Rolle als Gastgeber beschäftigt. Er spricht über den exzentrischen Baron Canistraterra, dem der geniale Einfall zu verdanken ist, an diesem zu Recht über Jahrtausende selbst von den durchaus barbarischen Insulanern gemiedenen Ort ein Haus zu errichten. Mit breitem, selbstgefälligem Lächeln deutet Perusato auf einige marokkanische Kupferlaternen, die zwischen den Säulen der Terrasse hängen. »*The seven lamps of architecture!*«

»*Yeah, John Ruskin's essay.*« Der Amerikaner ist glücklich – man merkt es an der raschen Reaktion –, unter seiner Baseballkappe einen unerwarteten Bildungsgrad zur Schau zu stellen. Ob er das Werk John Ruskins dann wirklich kennt, wäre noch zu prüfen, aber zumindest an den Titel erinnert er sich.

»*Sacrifice, Truth, Power.*« Der Architekt zeigt mit dem Finger auf eine Laterne nach der anderen.

»*Beauty, Life, Memory.*« Offensichtlich muss der Amerikaner wirklich etwas von Ruskin gelesen haben, vermutlich im *Reader's Digest*.

»*And Obedience.*« Die Poulanc kommt den beiden zuvor: Sie ist nicht gewillt, sich anzuhören, wie diese Gockel ausgerechnet ihr gegenüber ihre Bildung herauskehren.

Perusato nickt – ah, welche Genugtuung, so erlesene Gäste zu haben! »*Like the seven terraces of Villa Metaphora.*« Er erklärt, dass Baron Canistraterra die Sieben als Leitzahl betrachtete – was immer das bedeutet –, betont, dass es im Umkreis von mehreren Dutzend Kilometern keinerlei menschliche Aktivität gibt, rühmt die vollständige Unabhängigkeit des Resorts, was die Strom- und Wasserversorgung betrifft, und unterstreicht, dass die megatechnologischen Anlagen angemessen verborgen und von den Suiten aus nicht sichtbar sind.

Dann verkündet er den Amerikanern – die ihm gegenüber immer unaufmerksamer und untereinander immer giftiger sind –, dass er sie nun zu ihrer Behausung führen werde. Er gibt der üppigen Schwarzhaarigen – anscheinend heißt sie Lucia – Anweisung, das Gleiche mit dem französischen Gast zu tun: Offenbar ist eine Simone Poulanc der Aufmerksamkeit des Planers und Bauherrn eines so prächtigen Projekts weniger würdig.

Lucia geht – sich energisch und zugleich träge in den Hüften wiegend – auf dem gepflasterten Weg voraus, der vor lauter Sauberkeit künstlich wirkt wie alles Übrige. Sie öffnet die Tür eines der wie von Kinderhand gezeichneten Gebäude und bittet sie zeremoniös – auf Italienisch, Französisch kann sie nicht – einzutreten: »*Signora, prego.*«

Ein korpulentes Zimmermädchen und eine jüngere, dünnere Hilfskraft, beide in lächerlicher Pseudoinseltracht mit weißroten Rüschchen, schlüpfen mit gesenktem Kopf heraus, einen Gruß murmelnd, Schaufel und Besen in der Hand. Abgesehen von einem gemauerten Bett und einem gar nicht hässlichen Stuhl aus rohen Hölzern an einer Wand ist die sogenannte Suite völlig leer, wie eine große weißgestrichene Zelle.

»Gibt es hier nicht mal einen Tisch?« Poulancs Italienisch ist nicht übel – nach dem Urteil einiger römischer Freunde sogar ausgezeichnet –, obwohl sie es nicht oft braucht. »Und auch kein Nachtschränkchen?«

»Einige Möbel sind leider noch im Bau...« Lucia windet sich verlegen. »In ein paar Wochen werden sie fertig sein.«

»In ein paar Wochen bin ich wieder zu Hause in Paris, Signorina.« Schon haben wir sie bei einem schweren Mangel ertappt, buchstäblich wenige Minuten nach der Ankunft. »Ich brauche einen Tisch, und zwar jetzt.«

»Ich werde sehen, was ich tun kann...« Lucia traut sich nicht, ihr in die Augen zu schauen. Sie öffnet die Fenstertür zur Terrasse, die noch kahler ist als das Zimmer, mit einer armen kleinen Bougainvillea, die sich, kläglich an eine Säule geklammert, Erwartungen gegenübersieht, die sie überfordern.

»Hier gibt es auch nichts, keinen Sessel, keinen Liegestuhl, kein *canapé*!« Die afrikanische Hitze und das durch all das Weiß noch grellere Licht bringen die Poulanc zum Kochen. »Soll ich mich etwa auf die Steine legen, wenn ich mich sonnen will?«

»Tut mir leid...« Lucia schaut sich kuhäugig um.

»Und mir erst!« Die Poulanc ist sehr befriedigt, dass sie sich – die Kleider, das Zubehör, der Ton, nichts fehlt ihr – einen kleinen Vorschuss auf den Verriss gestatten kann. »Lassen Sie mir wenigstens eine *chaiselongue* bringen! Und einen Tisch!«

»Ich werde versuchen, den Architekten zu fragen.« Lucia schwitzt, sie weiß nicht, was sie tun soll.

»Wann?« Die Poulanc piesackt sie gnadenlos, denn schließlich ist sie im Recht. »Wann?«

»So bald wie möglich.« Lucia versucht auszuweichen, wendet sich zur Fenstertür.

»Geben Sie mir doch gleich die Suite da drüben, das geht schneller!« Sie deutet auf ein Gebäude etwas weiter oben – noch dazu hat man von dort einen schöneren Meerblick –, auf dessen Terrasse zwei Chaiselongues und sogar ein Tischchen stehen.

»Das geht nicht, Signora, die ist reserviert.« Lucia schüttelt so energisch den Kopf, dass der Architekt es bestimmt nicht gutgeheißen hätte.

»Für wen?«

»Gäste aus Deutschland.« Mit feierlich geheimniskrämerischer Miene sagt sie das jetzt: die Datenschützerin der Gäste, die Hüterin des geopolitisch-linguistischen Gleichgewichts.

»Und wann haben diese Deutschen reserviert?«

»Ich weiß es nicht.« Lucia ist verlegen, errötet sogar ein wenig wegen der bewussten Lüge.

»Sehr merkwürdig!« Die Poulanc hat nicht die Absicht, ihr etwas durchgehen zu lassen. Außerdem – das nur nebenbei – dient die Verbissenheit dazu, die grässliche Dame, die sie verkörpern muss, noch glaubhafter zu gestalten. »Arbeiten Sie hier nicht als *assistant manager*, Signorina?«

»Ja, aber jetzt erinnere ich mich nicht mehr genau, wann die Reservierung erfolgt ist…«

»Vor oder *nach* meiner? Raus mit der Sprache!« Wenn man vorübergehend in eine andere Identität schlüpft, kann man – jedenfalls zeitweise – Impulsen nachgeben, die man normalerweise unterdrückt, das ist das Schöne.

»O Gott, ich wüsste jetzt nicht, Signora…« Die Dunkelhaarige verhaspelt sich immer mehr, sie stottert, weiß nicht mehr weiter.

»Sagen Sie es mir!«

»Ich werde mich erkundigen, Signora, und es Sie wissen lassen...« Lucia nützt die Situation, geht wieder ins Zimmer und will zur Tür.

Die Poulanc folgt ihr. »Wenn Sie meine Frage nicht beantworten können, geben Sie mir gefälligst sofort die Suite da drüben!«

Vielleicht von einem sechsten Sinn geleitet, erscheint Architekt Perusato in der Tür, erfasst auf einen Blick den gestressten Gesichtsausdruck seiner Assistentin. »*Tout va bien, Madame?*«

»Nein, kein bisschen!« Poulancs Empörung – zu Beginn noch halb gespielt – wird immer echter, sie ist langsam allergisch auf all die Nachlässigkeiten und Schäbigkeiten, die sie nun schon seit Jahren mit scharfem Auge an den anspruchsvollsten Orten Europas feststellt.

»*Calmez-vous, Madame.*« Der Architekt versucht seinen Botschafterton beizubehalten, aber in seinen Augen flackert Besorgnis. »*Dites-moi quel est le problème, s'il vous plaît.*«

»Signora Poulanc ist nicht ganz zufrieden, weil die Möbel fehlen«, erklärt Lucia hastig, zumindest teilweise erleichtert durch die Anwesenheit des Bosses, der – wenn man sie so nebeneinander betrachtet – höchstwahrscheinlich auch ihr Liebhaber ist.

»Nicht ganz zufrieden?! Ich bin *empört*!«

»Die Signora möchte in die Suite der deutschen Herrschaften umziehen, aber ich habe ihr schon gesagt...« Lucia senkt die Stimme, so groß ist ihre Ehrfurcht vor den deutschen Gästen, deren Namen sie gar nicht auszusprechen wagt.

»Leider sind alle Suiten besetzt.« Perusato breitet die Arme aus, als wollte er sagen: »Höhere Gewalt.«

»Noch nicht.« Die Poulanc ist zu keinem Zugeständnis bereit. »Die da ist frei und hat schöne Terrassenmöbel.«

»Sie ist reserviert, Madame.« Perusato regt einen auf mit seinem Getue. »Tut mir leid.«

Das dünnere Zimmermädchen bringt ein wenig unsicher eine Flasche Wein in einem Eiskühler herein.

»Un petit hommage, Madame. C'est un vin sicilien de grande qualité.« Perusato hofft, den unverzeihlichen Mangel an Möbeln mit erlesenen kleinen Aufmerksamkeiten wiedergutzumachen.

»Ja, ein weißer Etna Jahrgang 2009.« Die sogenannte *assistant manager* muss auf solche Zusatzinfos dressiert sein. »Es handelt sich um eine einheimische Rebe, die nur am Osthang des Vulkans wächst...«

»Wie läuft das hier?« Die Poulanc gönnt dem Wein keinen Blick. »Haben die Deutschen eine Art Vorrecht? Selbst wenn ihre Buchung nach meiner eingegangen ist?«

»Selbstverständlich nicht, Madame.« Perusato spielt immer noch den untadeligen Gastgeber, doch die Härte in seinem Blick nimmt zu.

»So sieht es aber aus. Das ist doch sonnenklar! Und peinlich!«

Der Architekt schüttelt den Kopf, deutet ein Lächeln an: Der Ärger – vielleicht auch schon Hass – lauert direkt unter der Oberfläche.

»Unsere Gäste sind alle gleich wichtig.« Lucia wirft ihrem Chef einen raschen, beifallsheischenden Blick zu.

»Aber gewiss doch«, bestätigt Perusato.

»Nun, so sollte es auch sein, Sie kassieren ja auch von allen die gleichen fünftausend Euro pro Nacht. Aber mir scheint, es ist nicht so!«

»Wir werden dafür sorgen, dass Sie baldmöglichst Ihren Tisch bekommen, Madame.« Mit einem Blick zur Tür berührt Perusato seine Assistentin am Arm. Dort steht immer noch unschlüssig das Zimmermädchen mit dem Weinkühler in der Hand. Wo hätte sie ihn auch hinstellen sollen, außer auf den Boden?

»Nehmen Sie ihn ruhig wieder mit.« Die Poulanc bebt vor Empörung. »Ich trinke ihn sowieso nicht!«

Perusato bedeutet dem Zimmermädchen zu gehorchen, aber

die junge Frau begreift seinen Wink nicht, so dass Lucia sie schier gewaltsam hinausziehen muss.

Bevor er ebenfalls geht, zögert Perusato noch einmal: »*Est-ce que je peux vous faire apporter quelque chose d'autre, Madame? Quelques fruits, une boisson froide?*«

»Lassen Sie mir einen Tisch bringen, ein Holzbrett, eine Plastikplatte, irgendetwas Festes, Glattes, worauf ich schreiben kann!« Ihre Empörung verwandelt sich rasch – zum Glück, sie hätte sich nichts Besseres wünschen können – in den Brennstoff, der einen wahrhaftig denkwürdigen Verriss schüren wird.

II

Im Schneidersitz auf dem Fußboden checkt Brian Neckhart, nur mit seiner Tai-Chi-Hose bekleidet, seine E-Mails auf dem iPad. Lynn steht seit mindestens einer Viertelstunde unter der Dusche, trotz des Schildchens an der Badezimmerwand, auf dem in vier Sprachen steht: *Wasser ist in der Villa Metaphora ein kostbarer Rohstoff, mäßigen wir uns im Verbrauch.* Doch Lynn Lou um Mäßigung zu bitten ist, als verlangte man von einem Fisch, so wenig wie möglich zu schwimmen; der Begriff ist ihrem Wesen grundsätzlich fremd.

Brian Neckhart scrollt die Liste der E-Mails hinunter, kann sich aber nicht konzentrieren. Wenn er ganz ehrlich ist, hat ihn ja genau diese Seite von Lynn Lou gleich bei ihrer ersten Begegnung unwiderstehlich angezogen: der Mangel an Gleichgewicht, die fehlende Vorsicht, die bloßliegende Sensibilität, die extreme Verletzlichkeit. Zum ersten Mal, seit er LifeSolving™ gegründet hat, nach Tausenden von wirksamen (und gutbezahlten) Eingriffen in das Leben von anderen, hatte er sich über die Grenze gezogen gefühlt, die stets (das hat er wer weiß wie oft gesagt und geschrieben, es ist eine Banalität) die professionelle Anteilnahme von der persönlichen Betroffenheit trennen müsste. Schon bei der zweiten Sitzung wurde der für seine Rolle unverzichtbare Abstand zunichtegemacht durch den unkontrollierbaren Wunsch, Lynn Lou vor den Anforderungen der Welt zu beschützen, sie vor dem ständigen, verheerenden Ausgestelltsein zu retten, Ordnung in ihr konfuses Dasein zu bringen. Hat die Tatsache, dass es sich um eine sehr attraktive (und zwanzig Jahre jüngere) Frau und einen Superstar handelte, dazu beigetragen, seinen Blick zu trüben? Ja, das lässt sich nicht leugnen. Die Vorstellung, legal, mit Heiratsurkunde und allem, eine junge Frau heimführen zu können, die so sexy und unreif ist (und sich ihm außerdem anvertraut hat, um ihr Leben in den Griff zu bekommen), hatte zweifellos einen gewissen sexuellen Beutetrieb in ihm geweckt. Ganz zu schweigen von der (dummen, aber deshalb nicht weniger realen) Genugtuung, die ihm die ersten öffentlichen Auftritte mit ihr bereiteten, mit den auf der Straße lauernden Paparazzi, dem Blitzlichtgewitter, der aufgeregten Menge von Fans und Schaulustigen, den in Illustrierten und auf Webseiten veröffentlichten Fotos. Auch kann er nicht behaupten, er hätte keinerlei beruflichen Vorteil aus dieser Heirat gezogen: Seine Bekanntheit nach Jahren hartnäckiger Arbeit mit LifeSolving™ hat sich schlicht exponentiell vervielfacht, seit er der Mann einer Ikone der Popkultur ist. Selbstverständlich hat er sie nicht deshalb geheiratet, aber diese Auswirkungen gab es, und wie.

Die Phase des sexuellen Rausches hat allerdings nicht lange angehalten, ebenso wenig wie die Begeisterung über das extreme Medieninteresse. Sosehr er sich auch jeden Morgen und jeden Abend bemühte, in ihr die von Millionen von Männern auf dem gesamten Planeten bewunderte und begehrte Lynn Lou Shaw zu sehen – was er vor Augen hatte, war mehr und mehr eine leidende, egozentrische, pathologisch unsichere Göre, die dauernd Bestätigung durch die Außenwelt brauchte. Sehr bald drängten die ständigen Reibereien jede Genugtuung in den Hintergrund, und die Anstrengung und das Verantwortungsgefühl machten den Besitzerstolz ebenso zunichte wie die eitle Befriedigung darüber, auf der Titelseite von *Rolling Stone* und *Vanity Fair* zu erscheinen. Worüber reden sie denn, wenn sie allein sind? Über nichts, denn sie will (und kann) sich einfach nicht auf Gespräche über Psychologie oder Philosophie einlassen, und er hat keine

Absicht, sich für den Klatsch über Kolleginnen oder Kollegen oder Regisseure oder Modeschöpfer oder Friseure, für Shampoos und frivole Tätowierungen und *hair extensions* und die Schlager und MTV-Programme zu interessieren, mit denen sich seine Frau fast ausschließlich zu beschäftigen scheint. Wie oft hat er versucht, sie in Analysen und Betrachtungen über die politische Weltlage zu verwickeln, nur um zu erleben, dass sie nach einem halben Satz gähnt (oder rülpst) oder auf ein dummes Filmchen auf YouTube klickt, etwa der Esel, der dem Schwachsinnigen hinterherläuft, die Katze, die sprechen kann, der Papagei, der sich im Rap-Rhythmus bewegt? Jeder Versuch, sie zur Weiterentwicklung anzuregen, ist kläglich gescheitert, seine Beharrlichkeit hat bei Lynn Lou nur wachsende Feindseligkeit geweckt, so kindisch wie alle ihre Gefühle.

Brian Neckhart schaut sich in dem grellweißen Raum der Suite um, und sein Blick bleibt an dem Eiskühler auf dem Tisch hängen: Der sizilianische Wein, den Perusato und seine Assistentin so hoch gelobt haben, ist weg. Er springt auf, wirft das iPad aufs Bett, klopft an die Badezimmertür. »Lynn Lou?«

Keine Antwort, nur das Rauschen des Wassers und ihre vor sich hin trällernde Stimme.

Er klopft noch einmal, wartet, öffnet die Tür.

Hinter der beschlagenen Glasscheibe der Duschkabine zeichnen sich Lynn Lous rosig weiße Formen ab: ihr berühmter Hintern, ihr berühmter Busen, ihre berühmten blonden Haare. Aus größerer Nähe erkennt er das gelbe Kästchen des wasserdichten MP3-Players und die Flasche Wein, die sie in der Hand hält.

»Lynn Lou?« Brian Neckhart klopft an die Scheibe. »Du weißt doch, dass du nicht trinken darfst! Noch dazu nach den Tabletten, die du genommen hast! Lynn Lou?«

Sie legt den Kopf in den Nacken, kippt die Flasche, um die letzten Tropfen herauszuschütteln. Dann beugt sie sich herunter, stellt sie ab, fängt wieder an zu trällern, wiegt sich hin und her und denkt gar nicht daran zu antworten.

»Lynn Lou?« Brian Neckhart versucht, das Wasserrauschen und die Musik aus dem MP3-Player zu übertönen.

Sie tut so, als hörte sie nichts, oder hört ihn wirklich nicht, letztlich ist es egal.

Am liebsten würde er die Glastür öffnen, den Hahn abdrehen, ihr das Headset herunterreißen und sie schütteln, damit sie ihm zuhört, aber er beherrscht sich. »Es gibt hier nicht unbegrenzt fließendes Wasser!« Er weiß, dass er sie nicht unter Druck setzen dürfte, um weitere Abwehrreaktionen zu vermeiden, doch es ist stärker als er: »Sie müssen dafür Meerwasser entsalzen, eine ziemlich komplizierte Angelegenheit!«

Lynn Lou nickt, möglicherweise, oder wippt vermutlich nur im Rhythmus der Musik, die ihr direkt ins Hirn dringt. Jedenfalls scheint sie kein bisschen geneigt zu sein, sich für die Wasserprobleme des Ortes oder so was zu interessieren.

»Du stehst schon eine halbe Stunde da drunter! Warum kommst du nicht mal raus? Tankst ein bisschen Licht und Luft?«

Sie denkt nicht daran, dreht weder den Kopf, um ihn anzusehen, noch stellt sie den Wasserhahn ab oder nimmt die Ohrhörer raus. Stattdessen zeigt sie ihm den Stinkefinger, hält ihn demonstrativ an die Glasscheibe.

Brian Neckhart verlässt das Bad, durchquert das Zimmer und tritt auf die Terrasse. Sich auf die gleiche Ebene wie Lynn Lou zu begeben wäre absolut verkehrt, es würde nur weitere regressive Verhaltensweisen hervorrufen. Ein unlösbarer Knoten: Man kann sie nicht einfach machen lassen, weil sie am Ende sich selbst und jeden, der ihr nahe ist, zerstören würde, und man kann sie nicht ändern, weil die Menschen sich nicht ändern. Er blickt auf das tiefblaue Meer, das bis zum Horizont, bis zur Erdkrümmung reicht. Das Gefühl von Raum ist kolossal, das muss man zugeben.

Auf die Idee, nach Tari zu fahren, ist er erst vor zwei Tagen gekommen, als er fieberhaft nach einem Ort suchte, wo er Lynn Lou nach ihrer Krise hinbringen könnte, deretwegen die Filmaufnahmen mittendrin unterbrochen werden mussten. Das Wellnesscenter bei Orvieto, wohin er sie gleich nach seiner Ankunft in Italien geschleppt hatte, war rasch zu eng geworden: Innerhalb von zwei Tagen hatte Lynn Lou zwei Pflegerinnen angespuckt und den Direktor, der eine Kur mit Moorbädern, Massagen und Kräutertees vorschlug, mit unwiederholbaren Beleidigungen angebrüllt. Was sie brauchte, war ein abgeschiedener Ort, der möglichst wenig nach Klinik aussah, in geschützter Lage, aber nicht zu schwierig zu erreichen. Und zwar sofort, denn am ersten Juli muss Lynn Lou wieder in Rom am Set sein, sonst riskiert sie eine Schadenersatzklage in Millionenhöhe seitens der Produzenten. Zum Glück hatte Jack Roberts über seinen Freund, den Textilfabrikanten Bortoloni, von der Villa Metaphora gehört und ohne jede Voranmeldung noch eine freie Suite buchen können. Das kleine Resort an der menschenleeren Küste einer gottverlassenen Insel schien die ideale Lösung zu sein; für den Privatflug Rom–Lampedusa brauchten sie nur eineinhalb Stunden und dann noch eine gute halbe Stunde mit dem Hubschrauber von Lampedusa nach Bonarbor. Beim Umsteigen in das Motorboot waren zwar ein paar Schaulustige zu sehen, aber hier hat man den Eindruck, vor der Außenwelt sicher zu sein. Ob eine Woche genügt, um Lynn Lou wieder fit zu machen? Im Moment scheint das verdammt unwahrscheinlich.

Brian Neckhart setzt einen Fuß auf das weiße Mäuerchen und beugt langsam den Oberkörper nach vorn. In Los Angeles alles liegen- und stehenzulassen, um Hals über Kopf zur soundsovielten Rettungsaktion nach Italien zu stürzen, hat ihm eine Menge Probleme eingebrockt, das kann er nicht leugnen. Vermutlich kann er sich zwar um das meiste auch aus der Ferne via Internet kümmern, aber eine Woche auf einer Insel am anderen

Ende der Welt festzusitzen (mit neun Stunden Zeitverschiebung dazwischen), um einer Klientin zu helfen, die schon längst keine Klientin mehr ist und nicht die geringste Absicht hat, sich helfen zu lassen, war das Letzte, was er jetzt brauchte.

Das zeigt, dass die Methoden von LifeSolving™ eine präzise Rollenaufteilung brauchen, um zu greifen: Auf der einen Seite ist der, der zahlt, um sich ein Problem lösen zu lassen, und auf der anderen der, der für die Lösung bezahlt wird (wie Psychoanalytiker, Therapeuten, Personal Coaches, Zauberer und Scharlatane seit je wissen). Mit Lynn Lou begannen die Unklarheiten an dem Tag, an dem er beschlossen hat, sich gratis um ihr Leben zu kümmern, mit der Hochzeit verschlimmerte sich die Lage zusehends, und seither geht es immer rascher bergab.

Brian Neckhart stellt den linken Fuß auf den Boden, den rechten auf das Mäuerchen und wiederholt die Dehnübungen auf dem anderen Bein. Noch nie hat er sich als Heiligen gesehen oder dargestellt, als Missionar, als Doktor; er betrachtet sich einfach als jemanden, der die ungewöhnliche Fähigkeit besitzt, die Probleme der anderen deutlich zu sehen und wirksame Strategien zu deren Lösung zu finden. Früher gab es wahrscheinlich genug Menschen (Ehefrauen, Ehemänner, Großmütter, Brüder, Schwestern, Freunde, Nachbarn), die anderen, wenn sie es brauchten, gratis mit Rat und Tat beistanden. Bestimmt hörten sie zu, beobachteten, versuchten zu verstehen und schlugen Lösungen vor. Schließlich sind die beiden Hauptgründe für jede menschliche Gemeinschaft das Bedürfnis nach Gesellschaft und gegenseitigem Schutz. L. J. Hanifan, der Erfinder des Ausdrucks »Sozialkapital«, hat den Sachverhalt sehr gut beschrieben: »Das Individuum ist sozial untauglich, wenn es sich selbst überlassen bleibt... Wenn es aber mit einem Mitmenschen in Kontakt kommt und beide mit weiteren Mitmenschen, entsteht eine Akkumulation von Sozialkapital, die zu einer substantiellen Verbesserung der Lebensbedingungen der ganzen Gemeinschaft führt. Die Gemeinschaft in ihrer Gesamtheit zieht Nutzen aus der Zusammenarbeit aller ihrer Teile, während das Individuum durch seine Zusammenschlüsse die Vorteile genießt, die aus der Hilfe, dem Verständnis und der Anteilnahme seiner Mitmenschen erwachsen...« Ja, aber so fortschrittlich diese philosophischen Gedanken im 19. Jahrhunderts waren – sie wurden von der Geschichte weggefegt und sind im Jahr 2012 definitiv out. Heute hat niemand mehr die geringste Lust, sich um jemand anderen zu kümmern, auch dann nicht, wenn er Tisch und Bett mit ihm teilt; niemand bringt mehr genug Aufmerksamkeit, Geduld oder Zeit auf, um sich anderen zu widmen und nicht nur sich selbst. Höchstens ein paar Minuten, mehr ist nicht drin. Wenn du mehr brauchst, geh und suche dir professionelle Hilfe. Kein Wunder, dass der Markt für Angebote wie LifeSolving™ boomt und expandiert. Letztes Jahr hat er eine (natürlich geplante) Riesenkontroverse ausgelöst, als er bei der *Harry Pullman Show* gesagt hat, wenn Jesus Christus heute auf die Erde zurückkehrte, würde er sich vermutlich bezahlen lassen. Doch das war keineswegs blasphemisch gemeint, wie einige Fundamentalisten meinten, sondern als Aufforderung zum Nachdenken. Wenn Gottes Sohn durch die Gegend zöge und auf Straßen und Plätzen predigte, ohne etwas dafür zu verlangen, würde er nicht nur wegen Landstreicherei und öffentlicher Ruhestörung verhaftet, sondern fände schlicht keine Zuhörer. Mietet ihm dagegen das Moscone Center in San Francisco oder lasst ihn in Edinburgh oder Long Beach eine TED-Konferenz mit Eintrittspreisen zwischen sechs- und sechseinhalbtausend Dollar pro Person veranstalten, und schon hat er einen überfüllten Saal und ein superaufmerksames Publikum, das seine Vorgaben anschließend sofort in die Praxis umsetzen will. Wir befinden uns schon seit längerem in der Ära der bezahlten Propheten, das muss mal gesagt werden. Bekanntlich haben auch John Lennon oder Steve Jobs nicht gratis gearbeitet.

Wie auch immer, ein Prophet zu sein gehört nicht zu Brian Neckharts Bestrebungen. Die Probleme der anderen zu lösen findet er als Mission schon anspruchsvoll genug. Natürlich ist es auch eine einträgliche Tätigkeit, sicher, aber Geld war nie seine einzige Motivation und auch nicht die wichtigste. Wird er (was häufig vorkommt) gefragt, warum er tut, was er tut, antwortet er: um die Welt etwas konfliktfreier zu machen. Fragt man ihn nach dem Schlüssel seines Erfolgs, antwortet er: Optimismus. Die Vorstellung, jedes zwischenmenschliche Problem, vom Streit der Hausgemeinschaft bis zum Krieg zwischen Nachbarländern, sei lösbar, könnte ohne Optimismus gar nicht aufrechterhalten werden. So erklärt sich die Kraft von LifeSolving™: positive Einstellung, pragmatische Logik, maßgeschneidertes Vorgehen, Ergebnisse in kürzester Zeit. Brian Neckhart hat oft gedacht, wenn er nicht als einziger Sohn ständig streitender Eltern aufgewachsen wäre, hätte er es vielleicht nie geschafft, ein millionenschweres Unternehmen aufzubauen, in dem neunundfünfzig Menschen arbeiten. Allein wenn er versucht, im Geist eine Gesamtaufnahme der Fälle zu machen, die er gelöst hat, ziehen Hunderte von Namen, Gesichtern, Berufen, Städten an seinem inneren Auge vorbei. Liebesbeziehungen, Verwandtschaftsbeziehungen, Arbeitsbeziehungen: Die unvollkommene Maschinerie der sozialen Beziehungen hakt unentwegt, und die Reparaturversuche seitens der sogenannten Spezialisten tragen nur zu oft und manchmal auf irreparable Weise zur Verschlechterung der Lage bei. Seine Methode unterscheidet sich von den anderen dadurch, dass sie keine Dogmen, Terminologien und Rituale hat; es geht einfach darum, die Ursachen des Problems aufzuspüren, es scharf zu analysieren, es mit adäquaten Mitteln anzupacken und zu lösen.

Wenn er auf dieser sonnendurchglühten, gleißenden Terrasse daran denkt, kann er es kaum fassen, dass er bei Lynn Lou alles vergessen hat, was er seit Jahren praktiziert und lehrt. Jedenfalls besteht kein Zweifel, dass ihm Scharfsinn, Übersicht und Kontrolle abhandengekommen sind. Er hat sich in Lynn Lous emotionales Labyrinth hineinziehen lassen wie einer von diesen Scharlatanen, die er jeden Tag anprangert, er hat das Ziel aus den Augen verloren, hat zugelassen, dass sich seine Autorität auflöst. Anstatt Aufmerksamkeit zu schenken, hat er um Antworten gebettelt, gefangen in einem Netz aus zu vielen Wörtern, Gesten und Forderungen nach Kontakt. Und je mehr ihm bewusst wurde, was geschah, umso mehr hat er sich angestrengt und zuletzt nur gänzlich unwirksame Übersättigung erreicht. Natürlich hilft auch das Sortiment legaler Drogen nicht, das der Arzt Lynn Lou so freizügig verschreibt, dieser Cocktail aus Beruhigungsmitteln, Schlafmitteln, Aufputschmitteln und Stimmungsaufhellern. In den ersten zwei bis drei Monaten hatte er sie fast überzeugt, damit aufzuhören, danach ist der Verbrauch wieder gestiegen. Und auch Alkohol und Marihuana, auf die Lynn Lou sich wie ein ausgeflippter Teenager stürzt, sobald sich eine Gelegenheit bietet, helfen ihr kein bisschen.

Brian Neckhart verschränkt die Hände im Nacken und geht zu seitlichen Dehnübungen über. Er atmet aus, wenn er die linke Grenze erreicht, atmet ein, wenn er wieder zur Mitte zurückkehrt, atmet aus, wenn er die rechte Grenze erreicht. Die Symmetrie ist wesentlich, ebenso wie Regelmäßigkeit und Rhythmus des Atems. Der wahre Grund, weshalb er diese Tätigkeit angefangen hat, lange bevor dann eine einträgliche Arbeit daraus wurde, ist sein persönliches Bedürfnis nach Gleichgewicht. Jede Disharmonie hat ihn von klein auf tief beunruhigt: ob es sich um einen kaputten Gegenstand handelt, um die verkehrte Anordnung der Möbel in einem Wohnzimmer oder um die falsche Beziehung zwischen zwei Menschen. Seit je hat er diesen Instinkt, alles zu reparieren, zu lösen, wieder zum Laufen zu bringen.

Ein Handtuch um den Kopf gewickelt, kommt Lynn Lou splitternackt auf die Terrasse. Mit ausgebreiteten Armen setzt sie einen Fuß vor den anderen wie eine Seiltänzerin. Helle Haut, beinahe kindliche Gesichtszüge, schlank, aber keineswegs ohne Kurven. Es ist diese seltene Kombination von Weichheit und Biegsamkeit, Unschuld und Sinnlichkeit, die sie zum Sexsymbol macht, seit ihrem Durchbruch im Alter von neunzehn Jahren, als Lathia in *The Misunderstanding.*

»Was machst du da?« Brian Neckhart sucht nach einem ruhigen, neutralen Ton.

»Nichts.« Lynn Lou hält die Hand über die Augen, um in die Ferne zu schauen, Beine gerade, Hintern herausgestreckt.

Er nähert sich nicht. »Ich würde dir raten, etwas anzuziehen oder im Zimmer zu bleiben.«

»Ich mache, was mir passt, okay?« Sie lächelt ihr verwöhntes, pseudoschelmisches, unschuldiges Kleinmädchenlächeln. »Wir sind hier auf einer gottverdammten Insel.«

»Aber die Insel ist ja nicht menschenleer.« Brian Neckhart muss sich beherrschen, um nicht hinzugehen und sie am Arm ins Zimmer zu zerren. »Die Leute müssen dich ja nicht nackt sehen, oder?«

Als hätte sie einen elektrischen Schlag bekommen, tritt sie vom Rand der Terrasse zurück, bleibt wenige Zentimeter vor ihm stehen, starrt ihn mit vor Wut verengten Pupillen an. »Leck mich am Aaaaarsch!« Sie spuckt ihm kleine Speichelspritzer ins Gesicht.

»Danke. Sehr freundlich.« Brian wischt sich mit dem Handrücken ab und verscheucht nur mit allergrößter Mühe die lebhafte Vorstellung davon, wie er ihr eine schmiert, ihr nachrennt und sie mit Fußtritten traktiert.

12

Paolo Zacomel baut gerade die zweite Bank aus den angeschwemmten Hölzern, er sägt, feilt, schabt, meißelt und hämmert, um die verschiedenen Teile vorzubereiten. Er benutzt niemals Schrauben oder Metallverbindungen für seine Möbel, auch Leim versucht er möglichst sparsam einzusetzen. Er fügt Holz gern mit Holz zusammen und verwendet je nachdem unterschiedliche Techniken, Dübel, Schlitz und Zapfen, Nut und Feder, Fingerzinkung, Stegverbindung, Überplattung, Schwalbenschwanzverbindung. Dafür braucht man mehr Zeit und muss die einzelnen Teile aufmerksam studieren, doch erhält man nur so organische, homogene, konsequente Resultate. Wann immer ihm geschraubte oder gar schlecht zusammengenagelte Möbel oder andere Holzgegenstände unter die Augen kommen, fühlt er sich beleidigt, als handelte es sich um einen Betrug, eine Schändung. Ganz zu schweigen von der Trauer, die Pressspanplatten, Laminate, Sperrholz, Schichtholz, Furnierholz und pvc bei ihm auslösen. Nicht nur aus ästhetischen oder funktionalen, sondern auch aus spirituellen Gründen. Er ist überzeugt, dass jedes Stück Holz einen Charakter, bestimmte Veranlagungen, eine Seele und eine Erinnerung an den Baum hat, dem es einmal angehörte. Und diese Eigenschaften ändern sich jedes Mal je nach Spezies, individueller Geschichte und der Form, die es angenommen hat. Man muss die Unebenheiten verstehen und interpretieren, die Knoten, die Porosität, die Rohdichte, den Klang, den es beim Klopfen von sich gibt, die Farbe, das Gewicht, die Biegsamkeit, die Widerstandsfähigkeit oder Nachgiebigkeit der Faser, den

Geruch. Nur so unterstützt es den Schreiner bei seiner Tätigkeit, rät ihm Formen und Funktionen. Die Arbeit mit Holz erfordert größten Respekt. Größte Wertschätzung.

Doch seit er sich auf Perusatos Veranlassung ein T-Shirt übergezogen hat, fühlt er sich gefangen und schwitzt viel mehr als vorher mit nacktem Oberkörper. Haben diese verwilderten Monate auf Tari etwa Auswirkungen gezeitigt, die sich nicht mehr rückgängig machen lassen? Und falls ja, wie soll er dann am Ende des Auftrags hier in die sogenannte zivilisierte Welt zurückkehren?

Er blickt auf, und da kommt die junge Frau, die er gestern auf der Terrasse eines Zimmers gesehen hat, den gepflasterten Weg herunter. Strohhütchen auf dem Kopf, Leinentasche über der Schulter, leichter Schritt. Ihre Blicke begegnen sich, wie auch schon gestern.

Paolo Zacomel nimmt innerlich eine seltsame Verlangsamung wahr, winkt zum Gruß und lächelt.

Sie hebt die Hand, lächelt zurück. Ein schönes, leuchtendes, offenes Lächeln. Anscheinend ist sie unschlüssig, ob sie stehen bleiben soll.

Er sieht sie unverwandt an, auf ein Knie gestützt vor der Bank, die er gerade begonnen hat. Eigentlich müsste er weiterarbeiten, denkt er, ist aber völlig blockiert. Selbst seine Hand ist noch erhoben.

Die junge Frau wendet leicht den Kopf, betrachtet die herumliegenden Hölzer, kneift die Augen zusammen, um im Gegenlicht schärfer zu sehen.

»Suchst du Motive zum Zeichnen?« Paolo Zacomel bereut seine Frage sofort. So ein dummer Satz, denkt er, hätte er doch lieber geschwiegen.

Sie wirkt überrascht, verunsichert.

»Gestern habe ich dich auf der Terrasse zeichnen sehen, und heute früh auf den Klippen, nachdem du schwimmen warst.«

Sie drückt sich den kleinen Strohhut auf den Kopf, als wollte sie sich vor indiskreten Blicken schützen.

»Ich war nicht da, um dich zu *beobachten,* ich habe dich bloß *gesehen.*« Paolo Zacomel ist bestürzt, dass er keinen Satz hinkriegt, ohne als Dummkopf oder als Stalker dazustehen. Ein großer Redner war er nie, aber jetzt gerade scheint seine Kommunikationsfähigkeit völlig lahmgelegt, wirklich.

Die junge Frau schaut den Weg entlang, als wolle sie weitergehen, dann macht sie kehrt und kommt die Stufen zu ihm herunter. Er weiß nicht recht, ob er ihr entgegengehen soll, um sie in seinem zeitweiligen Reich willkommen zu heißen; schließlich bleibt er, wo er ist.

Sie beäugt die Terrasse: die von Lucia aufgehängten bunten Stoffstreifen, das Schild, auf dem in vier Sprachen steht: *Lass hier den Lärm der Welt und kehre zurück zur Melodie deiner Gedanken.*

Jetzt wendet sie sich ihm unsicher zu und streckt ihm dann die Hand hin: »Lara.«

»Paolo.« Er drückt zu fest, das merkt er, aber durch die Arbeit mit dem Holz und das Herumklettern auf den Felsen sind die Finger an kräftiges Zupacken gewöhnt. Auch ihr Händedruck ist keineswegs lasch.

Lara stellt sich an den Rand der Terrasse, schaut ins Weite.

Er tritt zu ihr, und beide betrachten das leise atmende Meer unter der sengenden Sonne.

Sie dreht sich um, mustert erneut die zu einem Drittel fertige Bank und das danebenliegende Schwemmholz.

»Das habe ich an der Küste zwischen den Felsen gefunden. Wer weiß, wo es herstammt, hier auf der Insel gibt es keine Bäume mehr. Abgesehen von ein paar mickrigen Oleanderbüschen und den beiden Palmen am Hafen.«

Sie schaut zu dem Steilhang, wo Thymian, Wolfsmilch, Linsen und Kapern wachsen.

»Was bringt dich hierher?« Wieder spricht Paolo Zacomel, ohne zu überlegen, umfasst mit einer Handbewegung die ganze Anlage, das Meer und die Küste um sie herum.

»Wieso?« Lara lächelt. »Sehe ich nicht aus wie ein Gast?«

»Nein.« Er würde ihr gern erklären, warum sie nicht so aussieht, stattdessen ballt er die Hände in den Hosentaschen. Was hemmt ihn bloß dauernd? Was löst diese seltsame Beklemmung in ihm aus?

»Du auch nicht.« Lara streicht mit den Fingern über den Trageriemen ihrer Leinentasche und blickt auf seine Füße.

»Sollst du hier Zeichenunterricht geben?« Schon wieder eine aufdringliche, noch dazu schlechtformulierte Frage.

Lara schüttelt den Kopf. »Ich zeichne für mich. Lynn Lou Shaw hat mich hierher eingeladen.«

Er hat keine Ahnung, wer das ist. »Eine Freundin von dir?«

»Mehr oder weniger.« Sie kneift wieder die Augen zusammen, sieht ihn forschend an. »Lynn Lou Shaw ist eine amerikanische Schauspielerin.«

»Die, die heute angekommen ist? Mit der Baseballkappe?«

Lara nickt. »Bis vor vier Tagen haben wir zusammen an einem Film gearbeitet. Dann mussten sie die Aufnahmen unterbrechen.«

»Bist du auch Schauspielerin?« Er mustert sie, ihre Gesichtszüge, ihre Bewegungen.

»Nein!« Sie lacht. Klar, sie ist viel zu natürlich dafür, zu nachdenklich, zu wenig selbstbezogen.

»Und was machst du?« Aufdringliche Fragen sind offenbar heute sein Fluch, sie kommen ihm einfach über die Lippen.

»Ich arbeite als Hilfsbühnenbildnerin. Am Theater. Aber eine Freundin hat mir den Job in Lynn Lous Film zugeschustert. Man hatte ihn ihr angeboten, aber sie musste nach Japan.«

»Interessant.« Paolo Zacomel hätte lieber etwas Gescheiteres gesagt, aber ihm fällt einfach nichts ein.

Lara wirkt belustigt, ihre Augen leuchten. »Wusstest du wirklich nicht, wer Lynn Lou Shaw ist?«

Er schüttelt den Kopf. »Ist das schlimm?«

Sie lacht. »Nein. Aber ungewöhnlich.«

»Warum?« Was fesselt ihn so an ihrem Lachen, ihrem Blick, ihren Bewegungen? Ist das auch eine Folge seines einsamen Lebens als Wilder, diese Ausdehnung der Empfindungen, diese maßlose Neugier?

»Weil sie weltberühmt ist.«

»Ach ja?«

»Du hättest die Leute in Rom auf der Straße sehen sollen, als wir ein einziges Mal versucht haben, einen Stadtbummel zu machen. Die Fotografen, die permanent vor ihrem Hotel lauerten. Die Journalisten, die vor ihr niederknieten.«

»Ich fürchte, ich bin nicht sehr auf dem Laufenden.« Paolo Zacomel denkt an all die Nachrichten jeden Tag, die er zum Glück nicht bekommen hat, an den Abstand zur Welt, den er bewusst gepflegt hat. Warum erschreckt ihn jetzt die Vorstellung, er könnte etwas verpasst haben? Woher diese Verwirrung, wenn er Lara anschaut?

»Ich bin auch nicht auf dem letzten Stand. Immer, wenn ich mit jemandem rede, merke ich, dass mir wesentliche Informationen fehlen.«

»Vielleicht sind sie nicht so wichtig.«

»Kann sein.«

»Woher stammt dein Akzent?« Wieder überlegt er nicht, bevor er spricht. Ist er denn wirklich ein guter Wilder à la Rousseau geworden, der seine Impulse nicht beherrscht? Stört sie das? Wieso sorgt er sich jetzt, was sie von ihm denken könnte?

»Warum?« Lara wendet den Blick ab, verlagert das Gewicht auf das andere Bein.

»Ich weiß nicht.« Ihm scheint, er hat Ohrensausen. »Es ist ein fast italienischer Akzent, aber nicht ganz.«

»Ich *bin* Italienerin. Zur Hälfte.«

»Und zur anderen Hälfte?« Er versucht es an ihren Gesichtszügen, ihren Farben zu erraten, ist aber verwirrt, abgelenkt davon, wie sie ihn anschaut. »Engländerin?«

»Nein!« Sie schneidet eine beleidigte Grimasse. Aus Spaß? Meint sie es ernst?

»Was dann?« Paolo Zacomel schwitzt, könnte er nur das T-Shirt ausziehen.

»Irin.«

»Beinahe hätte ich richtig geraten, verdammt.« Wirklich, es lag ihm schon auf der Zunge. Wieso eigentlich? Sind seine Wahrnehmungen verzerrt? Von der Sonne, von der Hitze? »Woher aus Irland?«

»Limerick. Im Südwesten.«

»*Luimneach.*« Ungebeten tauchen einige Bilder in seinem Kopf auf. »Am Shannon.«

Belustigt zieht Lara die Nase kraus. »Warst du schon mal da?«

»Ja, ein Mädchen besuchen. Ich hatte sie auf einer griechischen Insel kennengelernt. Zwei Abende in der Woche spielte sie im Dolans Warehouse, in der Dock Road. Wenn es so aussieht, als müsste mit jemandem was passieren, und dann passiert nichts, weißt du? Du bist ganz nah dran und wartest darauf, und dann passiert nichts.« Er begreift nicht, warum er ihr das alles erzählt: Die Wörter kommen von allein, angeschoben von Gedankenfetzen, ohne Zusammenhang und ohne Richtung.

Lara beobachtet ihn aufmerksam.

»Und was hast du in Limerick gemacht?«

Sie lacht. »Ich bin dort geboren.«

»Ja, aber dann?« Vielleicht müsste er aus der Sonne weg, damit er logischer denken kann, doch rundherum gibt es keinen Schutz, keinen Ausweg.

»Ich bin zur Schule gegangen und so weiter.« Zum Glück

scheint sie die Dummheit seiner Fragen nicht zu irritieren, ihre Augen funkeln neugierig.

»Und dann?« Warum hakt er bloß immer weiter nach, warum?

»Dann habe ich am Youth Theatre studiert.«

»Und was hat dich daran interessiert, am Theater?« Die Fragerei ist Spiegel seiner wachsenden Bestürzung: Deshalb kann er nicht aufhören.

»Alles. Auch Stücke zu schreiben.«

»Ach ja?« Die Bestürzung verwandelt sich in ein Verlustgefühl, das ihm den Atem nimmt, sein Ohrensausen schwillt an. Wo war er, während sie wurde, was sie jetzt ist, mit ihren Eigenheiten in Denken, Haltung, Benehmen, Gesten, Stimmlagen? Ist das nicht alles absurd?

»Ja.«

»Und hast du welche geschrieben?« Er fragt und fragt, um nicht übermannt zu werden von dem, was er empfindet, und mit jeder Frage verschlechtert sich die Lage, ein Teufelskreis.

»Verschiedene Sachen. Ich wollte etwas lernen.« Sie blickt nach oben: Am Himmel, von ferne, hört man ein Geräusch.

»Sag mal ein Beispiel.«

Sie legt den Kopf schief. »Letztes Jahr habe ich einen Zweiakter über die Gefangenschaft von Pjotr Kropotkin in der Peter-und-Paul-Festung in St. Petersburg und seine Flucht aus dem Militärhospital geschrieben.«

»*Pjotr Kropotkin?*« Paolo Zacomel gerät innerlich ins Wanken.

»Ja, warum?« Lara kneift die Augen zusammen und mustert ihn.

»Weil ich Kropotkin verehre. Er ist einer meiner *Mythen.*« Nicht einmal hier gelingt es ihm, sich ausdrücken, wie er es möchte, er ist zu gebannt von ihrem Gesicht, ihrem Blick, allem, was dahintersteckt. Er setzt noch einmal an, verhaspelt sich.

Schwierig. »Ich meine, er ist ein großer Geist, ein Aufklärer, ein wunderbarer Freund, der aus einer anderen Zeit zu dir spricht. Ich habe die *Memoiren eines Revolutionärs* gelesen, als ich siebzehn war, das hat mein Leben verändert.«

Sie nickt. »Ein Fürst, der sein Leben am Hof zwischen Bällen und Paraden in Uniform hätte verbringen können, und stattdessen wird er Anarchist und Revolutionär.«

»Abgesehen von allem, was er sonst noch war.« Paolo Zacomel hat den Eindruck, dass seine Gedanken wieder in Gang gekommen sind, aber jetzt rasen sie ihm so schnell durch den Kopf, dass er sie nicht anhalten kann.

»Ja, Forscher, Geograph, Geologe.« Laras Augen leuchten noch lebhafter. »Und Sozialanthropologe. Ein phantastischer Kopf.«

»Und ein abenteuerlicher Denker, der mit knapp über zwanzig im Boot den Fluss Amur hinauffährt. So hatte ich mir Sibirien nie vorgestellt. Und seine Seiten über das Gefängnis und die Flucht sind unglaublich, wirklich.«

»Ja. Da ist alles drin.«

»Die Vorstellung eines so freien Geistes, der von paranoiden Tyrannen mit dumpfer Polizeimentalität in diesen furchtbaren Mauern eingesperrt wird und dennoch in der Lage ist, glasklare Beobachtungen und Gedanken hervorzubringen, Welten zu dekonstruieren und zu rekonstruieren.«

Lara nickt, eine Welle von Blicken fließt zwischen ihnen hin und her.

»Und wie hast du deinen Theatertext aufgebaut?« Die eigentliche Frage lautet: Wie hast du es geschafft, so zu werden, wie du bist?

»Im ersten Teil ist Pjotr in der Festung. Da liest er trotz der entsetzlichen Bedingungen, der totalen Isolation, der eiskalten Nächte und der Hitze tagsüber weiterhin alle Bücher, die die Familie ihm schicken kann, und, vielleicht erinnerst du dich, da schreibt er auch die Texte für die Russische Geographische Gesellschaft.«

»Und trainiert seinen Körper, nicht wahr? Indem er auf den wenigen Quadratmetern auf und ab geht und dabei seinen Hocker stemmt?«

»Ja!« Diese spontane, wunderbare Kommunikation begeistert sie, rötet ihre Wangen. »Ganz genau, am Anfang des ersten Akts geht Pjotr in der Zelle auf und ab und nimmt dabei den Hocker immer von einer Hand in die andere, während er laut wiederholt, was er gerade für die Geographische Gesellschaft über die Eiszeit schreibt!«

»Und dann?«

»Dann folgt der Überraschungsbesuch des Bruders des Zaren, Fürst Nikolaj Nikolajewitsch, ein Jahr später. Wie er unangekündigt die Zelle betritt, um herauszufinden, wie es sein kann, dass ein so hochwohlgeborener Mann die ganze bestehende Ordnung in Frage stellt.«

»Zwei Männer, die der gleichen Welt entstammen und sich so verschieden entwickelt haben. Gegensätze, die sich umkreisen.«

»Das war nicht so einfach wiederzugeben. Die Beschreibung im Buch ist ganz innerlich, aber bei der Umsetzung in Bewegungen und Dialoge kann leicht etwas Klischeehaftes rauskommen.«

»Das ist dir bestimmt nicht passiert.« Darauf würde er wetten: Ganz instinktiv vertraut er ihrer Fähigkeit, Klischees zu vermeiden.

»Ich habe mein Bestes gegeben. Der Regisseur hatte eigene Vorstellungen und brachte auch die beiden Schauspieler mit. Der, der den Bruder des Zaren spielte, war sehr manieriert. So einer, der sagt, ich spiele jetzt den Bruder des Zaren, weißt du?«

Paolo Zacomel lacht bei der Vorstellung. »Und die Flucht aus dem Militärhospital?«

»Das ist für mich der schönste Teil der *Memoiren*.«

»Ja, aus jeder Seite spricht der reine, unberührte, romantische Idealismus.«

»Und die literarische Phantasie, obwohl es um wahre Erlebnisse geht.«

»Dieser ganze unglaublich ausgefeilte Plan, den seine Freunde für seine Befreiung ausgeheckt haben, als sie kapierten, dass er sonst sterben würde.«

»Jeder einzelne Schritt ist so erfindungsreich.« Lara blickt zum Himmel: Das Dröhnen kommt näher.

»Und die Gefahr so real. Sie wissen, dass Kropotkin, wenn ihm die Flucht nicht gelingt, wieder in die Festung gesperrt und nie mehr lebend herauskommen wird.«

»Das ganze System aufeinanderfolgender Zeichen, das seine Freunde erfinden, die Übergabe der Uhr, die den chiffrierten Plan enthält, der Geiger, der im Haus vor dem Tor zu spielen beginnt, die roten Luftballons, die aufsteigen, die Kutsche, die an der Ecke hält, die Offiziersuniform, die für Kropotkin bereitliegt, der Barbier, der wartet, um ihn zu rasieren.«

»Und dieser schwere, knöchellange Mantel, den Kropotkin trägt… Ich erinnere mich an die Beschreibung, wie er verzweifelt versucht, das Ding loszuwerden, während er von den Wachen verfolgt zum Tor läuft, und als es ihm endlich gelingt, hat er plötzlich das Gefühl zu fliegen, er weiß, dass ihn niemand mehr aufhalten kann.«

»Du hast es also tatsächlich gelesen.« Lara lächelt.

»Ja.« Er schaut sie an, sieht in sie hinein.

Sie blickt erneut zum Himmel: Das Geräusch wird immer lauter.

Auch Paolo Zacomel schaut nach oben, noch benommen von ihrem Gespräch, von dem Gefühl gefährlicher Nähe.

Hinter der felsigen Erhebung im Osten taucht ein silberner Hubschrauber auf, nimmt Kurs auf die Villa Metaphora. FTAP FTAP FTAP, die Propellerflügel sausen durch die Luft, produzieren ein dumpfes, rhythmisches Echo, das von den Felsen widerhallt.

Überall regt es sich zwischen den weißen Gebäuden, alle wollen wissen, was da so brutal die Ruhe stört: Das Zimmermädchen Amalia beugt sich aus einem Fenster, der Amerikaner, der zu der berühmten Schauspielerin gehört, deren Namen Paolo Zacomel schon wieder vergessen hat, tritt auf seine Terrasse, die Französin hält sich weiter oben auf dem gepflasterten Weg die Ohren zu, Carmine dagegen rennt Richtung Hauptgebäude, wo Perusato aufgeregt herumfuchtelt.

Wie ein großes flatterndes Insekt steigt und sinkt der Hubschrauber über den Gebäuden und Terrassen, offenbar sucht er eine Stelle zum Landen. Schräg fliegt er am schroffen Felsen entlang, nähert sich der unteren Terrasse, wo Paolo Zacomel und Lara stehen, geht etwas tiefer, zögert, steigt wieder auf, bleibt in der Schwebe, sinkt erneut.

Die Szene ist so unerwartet, dass Paolo Zacomel und Lara einige Sekunden wie gelähmt sind, dann nimmt er sie am Arm und zieht sie zu den Stufen. Von dort blicken sie in dem ohrenbetäubenden Lärm wieder nach oben.

Der Hubschrauber kommt näher, FTRAP FTRAP FTRAP. Die Druckluft der Propeller wirbelt roten Staub am Steilhang auf, die vereinzelten Sträucher ducken sich zum Boden. Als er noch tiefer fliegt, streift eine der Metallkufen das Mäuerchen der Terrasse. SKRAAAKT, eine Wolke von Kalk und Stein.

Perusato kommt hastig die Treppe herunter, gefolgt von Carmine, dem wiederum Lucia folgt; er wedelt mit den Armen, schreit etwas, doch das Getöse übertönt seine Stimme.

Der Hubschrauber steigt wieder auf, FTRAPT FTRAPT FTRAPT, sucht einen besseren Neigungswinkel, sinkt erneut, beharrlich, aufdringlich, bedrohlich.

»Hier kann man nicht landen!!!« Perusato hat die letzten Stufen über der Terrasse erreicht, wo Paolo Zacomel und Lara stehen. Er kreuzt die Arme, öffnet sie wieder, brüllt, so laut er kann. »Die Terrasse trägt niiicht!«

Im Hubschrauber scheint sich keiner um das Gefuchtel des Architekten zu scheren, denn das fette Biest senkt die Schnauze, hebt sie wieder, schwebt auf halber Höhe, senkt sich weiter, kommt endlich mit seinen Kufen auf den Steinplatten der Terrasse auf. FTUNK FTUNK FTUNK, der Lärm hallt dumpfer und tiefer wider. Eine Tür öffnet sich, ein aschblonder Typ im blauen Anzug mit Sonnenbrille springt heraus, mit gesenktem Kopf, den Oberkörper vorgebeugt, wie man es im Kino sieht, wenn Leute aus einem Hubschrauber steigen. Er sieht sich um, ignoriert aber Perusato, der wütend gestikuliert und schreit: »Das ist kein Landeplaaatz!«

Dann steigt ein größerer, hellgekleideter Typ mit an den Schläfen und im Nacken sehr kurz geschnittenen Haaren aus, hinter ihm eine fast ebenso große blonde Frau, die vorsichtig den Fuß auf den Boden setzt. Der Mann in Blau kriecht in die Kabine, holt mehrere Koffer und Taschen heraus und stellt sie neben den anderen beiden ab, die ein paar Meter weiter warten, die flache Hand über den Augen, um sich vor dem aufgewirbelten Staub zu schützen.

Perusato steht stocksteif und stumm am Rand der Terrasse, flankiert von Carmine und Lucia.

Der Mann in Blau spricht mit dem größeren in Weiß, dann wendet er sich zum Hubschrauber und winkt zum Abschied: »*Guten Aufenthalt!*«

»*Wir bleiben telefonisch in Kontakt!*« Die Stimme des Weißgekleideten ist metallisch, sie dringt durch den Lärm der Propeller.

»*Jawohl, Herr Reitt!*« Der Mann in Blau steigt in den Hubschrauber und schließt die Tür. FTRAP FTRAP FTRAP, das mechanische Getöse hallt von allen Seiten wider, und der künstliche Wind weht den Staub in alle Richtungen.

Die blonde Frau, die zusammen mit dem großen weißgekleideten Mann ausgestiegen ist, schaut um sich, hält sich schützend die Hand über die Haare. Ihre leichte Jacke und ihr Rock flattern in der Druckluft, während der Hubschrauber wieder zum Himmel aufsteigt. Der Mann sagt etwas, was sie nicht hört, mit verärgertem Gesicht sagt er es ihr noch einmal ins Ohr. Beide drehen sich um und mustern Perusato, der auf sie zukommt, gefolgt von Lucia und Carmine.

Der Hubschrauber ist schon hoch im Azur, geht in Schräglage, lässt andere ratternde Frequenzen von den Felsen des Vorgebirges widerhallen, entschwindet.

Paolo Zacomel und Lara beobachten die Szene von der dritten oder vierten Stufe der Treppe aus, teils neugierig, teils wütend. Sie dreht sich zu ihm um, ein kleines bitteres Lächeln auf den schön geschwungenen Lippen: »Schweine.«

13

Brigitte Reitt war die Ankunft noch peinlicher, als sie es schon beim Überfliegen der Insel befürchtet hatte; wirklich das Gegenteil der Unauffälligkeit, mit der Werner sich in der Öffentlichkeit bewegen sollte. Doch Kaultsheier hat darauf bestanden, um jeden Kontakt mit der Bevölkerung auszuschließen, und in diesem einen Punkt war Werner ausnahmsweise mit ihm einig. Der Pilot wurde buchstäblich gekauft: Denn eigentlich äußerte er große Vorbehalte gegen die Landung auf einer gefährlich nah am Abgrund gelegenen Terrasse, die außerdem das Gewicht des Hubschraubers vielleicht gar nicht aushielt. Matthias schob darauf einfach ein Bündel Hundert-Euro-Scheine in die Tasche des Piloten, und Werner ließ es zu – wahrlich ein Musterbeispiel für moralisches Handeln seitens eines Mannes, der tausendmal die Korruption in Italien angeprangert hat. Andererseits ist Werners Lage inzwischen so heikel, dass die Angst sein Tun stärker bestimmt als alle Empfehlungen der Logistikabteilung der PEB. Die überstürzte Fahrt von zu Hause zum Flughafen, die unablässigen nutzlosen Telefonate auf dem Flug mit dem Privatjet der Bank, die Eile beim Umsteigen vom Flugzeug in den Hubschrauber auf der Piste von Lampedusa – diese Ankunft von oben ist nur das letzte Glied einer Kette von äußerst unangenehmen Fehlentscheidungen.

Werner ist viel zu sehr mit ganz anderen Gedanken beschäftigt, um sich Sorgen darum zu machen, dass er den Frieden des Ortes brutal gestört hat. Er wäre sowieso tausendmal lieber in Frankfurt oder in ihrem Landhaus bei Kelkheim geblieben, anstatt sich im südlichsten Mittelmeer auf diese Insel zu flüchten, deren Namen er noch nie gehört hat. In den letzten Tagen sind die Optionen jedoch furchterregend schnell geschrumpft, und als Kaultsheier mit dieser Idee von dem kleinen Luxusresort auf Tari ankam, konnte niemand aus dem engeren Kreis bestreiten, dass das genau der richtige Ort sei. Für einige Tage aus dem Blickfeld des Publikums und der Medien verschwinden heißt die Parole, und abwarten, wie sich die Dinge entwickeln. Dass das Resort so spektakulär zwischen Sonne und Meer liegt, macht die Situation noch paradoxer. Sie selbst verhält sich im Namen des Gemeinwohls wie eine loyale Ehefrau, findet sie jedenfalls, fühlt sich aber immer öfter stark verunsichert, was ihre Laune und ihre Gewissheiten trübt.

Ein eleganter Mann kommt auf sie zu, gefolgt von einer jungen Frau mit schwarzen Haaren und einem jungen Mann in weißer Uniform. Weiter hinten auf den Stufen einer Treppe stehen ein Mädchen im Orient-Look und ein Mann mit langem Bart und braungebranntem Gesicht, die sie und Werner mit bemerkenswerter Feindseligkeit regungslos beobachten. Keiner von beiden sieht aus wie der typische Urlauber eines Luxusresorts. Vielleicht arbeiten sie hier, vielleicht sind es auch exzentrische Gäste.

Der Helikopter ist endlich zum Himmel aufgestiegen, der Wirbelwind, den er verursacht hatte, legt sich zusammen mit dem Lärm.

Der elegante Mann küsst ihr formvollendet die Hand und sagt auf Deutsch: »*Willkommen in der Villa Metaphora, Frau Reitt. Ich bin Gianluca Perusato.*« Dann wendet er sich Werner zu. »*Guten Tag, Herr Reitt. Willkommen in der Villa Metaphora.*«

Mürrisch erwidert Werner den Händedruck und blickt sich um wie in Feindesland.

Auch die junge dunkelhaarige Frau tritt zu ihnen und begrüßt sie eifrig. »Lucia Moscatigno, willkommen in der Villa Metaphora.«

»*Es tut mir leid.*« Architekt Perusato deutet sichtlich erregt auf den sich entfernenden Hubschrauber. »*Aber die Terrasse ist für Hubschrauberlandungen nicht geeignet.*«

»Das sehe ich ein, entschuldigen Sie vielmals.« Brigitte antwortet auf Italienisch, ein kleines Zeichen der Höflichkeit nach einer so arroganten Ankunft. »Aber es geschah aus Sicherheitsgründen, ich hoffe, das verstehen Sie.«

»*Natürlich, Frau Reitt.*« Architekt Perusato gibt sich sichtlich Mühe, als liebenswürdiger Gastgeber zu erscheinen, und winkt dem weißgekleideten jungen Mann, er solle sich ums Gepäck kümmern.

Werner ist so starr, dass er sich ruckartig bewegt und in die Landschaft späht, als erwarte er tatsächlich, hinter den Sträuchern und Kakteen Heckenschützen zu entdecken.

Brigitte macht eine Handbewegung. »Es tut uns aufrichtig leid, dass wir so viel Lärm und Aufruhr verursacht haben.«

Werner wirft ihr einen irritierten Blick zu; obgleich er kein Italienisch spricht, hat er den Sinn ihres Satzes erfasst, und Entschuldigungen gehörten noch nie zu seinem Vokabular.

»*Aber das macht doch nichts, Frau Reitt.*« Perusato lächelt höflich, vielleicht auch ein wenig gezwungen. Er zeigt auf die Treppe, die das steile Gelände hinaufführt. »*Wollen wir gehen?*« Anscheinend legt er Wert darauf, Deutsch zu sprechen, nicht nur aus Pflichtgefühl, sondern weil es ihm Spaß macht.

Nach Brigitte Reitts Erfahrung sprechen Italiener normalerweise keine Fremdsprachen, aber wenn, lassen sie keine Gelegenheit aus, um es zu beweisen. Ihr Vater behauptete, es handle sich um eine Art Unterwerfungsgeste, die von der Geschichte der wechselnden Fremdherrschaften im Land herrühre. Sie selbst sieht es lieber als Zeichen der Freundlichkeit und der Neugier für alles, was die langweiligen Grenzen des Gewohnten überschreitet. Sie mag Italien, schon als Kind verbrachte sie die Ferien mit ihren Eltern auf der Insel Elba oder in einem Landhaus bei Siena.

Architekt Perusato und die junge Frau namens Lucia gehen auf den dunklen Steinstufen voraus, sie und Werner folgen, der weißgekleidete junge Mann mit dem Gepäck kommt als Letzter. Sie gehen an dem Mädchen und dem Bärtigen vorbei, die sie mustern und etwas brummen.

Oben an der Treppe befindet sich eine größere Terrasse. Der Blick aufs Meer ist ein Fest aus Licht, Farbe, Weite.

Werner sieht sich zwar um, doch wahrscheinlich nur, um zu prüfen, ob an der unregelmäßigen Küste auch wirklich kein einziges Gebäude oder sonstige Zeichen menschlichen Lebens zu erkennen sind, wie sie schon vom Hubschrauber aus feststellen konnten. Karl Kaultsheier hat gute Arbeit geleistet, das muss man ihm hoch anrechnen.

Die Anwesenden wirken allerdings nicht besonders freundlich, höchstwahrscheinlich wegen dieser unverschämten, lärmenden Ankunft. Vom anderen Ende der Terrasse mustert sie eine Frau mit großem Strohhut und modischer Sonnenbrille. »*Voilà donc, il faut faire une grande entrée pour avoir une chambre décente!*«, sagt sie giftig. Ein Mann mit kurzen grauen Haaren in einem weißen Karateanzug schaut von einer höher gelegenen Terrasse herunter, auch er ziemlich ungehalten. Sogar die beiden Dienstmädchen in ihrer pittoresken Tracht huschen mit verschlossenen Gesichtern davon, als wollten sie den Invasoren aus dem Weg gehen.

Brigitte Reitt würde sich am liebsten gesten- und wortreich bei jedem einzeln entschuldigen und erklären, dass ihr absolut klar ist, wie taktlos ihr Verhalten war, und dass sie selbst auch viel lieber im Ruderboot angekommen wäre als auf diese Art. Doch würde sie damit die Lage wahrscheinlich nur verschlimmern, da sie unmöglich die Gründe für die Landung im Hubschrauber darlegen kann. Außerdem ist Werners Benehmen so grob, ja schier beleidigend, dass eine Entschuldigung gar nichts fruchten würde.

Architekt Perusato zeigt ihnen den Salon und Speisesaal, dann geht er mit seiner Assistentin voraus bis zum obersten Gebäude, wo er stehen bleibt, wartet, bis Lucia die Tür öffnet, und eine einladende Handbewegung macht.

Die Suite ist groß und hell, durch die Fenster und eine Fenstertür strömt Licht herein. Das Bett ist gemauert, die hölzernen Möbel sind asymmetrisch geformt, der Bettüberwurf und der Sofabezug sind in warmen Gelb- und Rottönen gehalten. Hier könnte man durchaus einige sehr angenehme Tage verbringen, denkt Brigitte Reitt, doch Werners Gesichtsausdruck erinnert sie sofort wieder an die Gründe, aus denen sie hier sind.

Der weißgekleidete junge Mann kommt mit ihrem Gepäck, deponiert es auf zwei Holzgestellen, zieht sich zur Tür zurück, geht hinaus.

Perusato streicht an einem Fenster den Vorhang glatt und verschiebt eine Nachttischlampe mit der Sicherheit dessen, der sich jedes Detail dieser Räume genau ausgedacht hat. Matthias hat gegoogelt, um die spärlichen Informationen, die sie aus Frankfurt über den Architekten bekommen hatten, etwas zu ergänzen. Er soll in verschiedenen Teilen der Welt für hochkarätige Kunden eindrucksvolle Häuser geplant und diverse Preise bekommen haben, und seine Arbeiten werden in bedeutenden Zeitschriften publiziert. Bei der Villa Metaphora zeichnet er zum ersten Mal nicht nur für das Projekt, sondern auch für dessen Realisierung: wahrscheinlich eine Art, das über Jahre angehäufte Barkapital gewinnbringend anzulegen, und vielleicht auch, sich einmal mit einer neuen Aufgabe zu verlustieren. Allem Anschein nach genießt er seine Rolle als Gastgeber nun, nachdem der Unmut über ihre militärische Ankunft etwas abgeflaut ist. Er erläutert die Merkmale der Klimaanlage auf Meerwasserbasis, die mit

Sonnenenergie betrieben wird, wie auch die Entsalzungsanlage, und erklärt, dass das Resort in Sachen Umweltschutz absolut wegweisend sei. Dann deutet er auf die Flasche in einem Eiskühler: »*Das ist ein herrlicher sizilianischer Wein.*«

»Es ist ein Etna bianco DOC 2009«, ergänzt die eifrige Assistentin Lucia. »Eine einheimische Rebsorte namens Carricante, die ausschließlich am Osthang des Ätnas gedeiht. Dank der mineralischen Zusammensetzung des Lavabodens und der Höhenlage, in der er angebaut wird, hat er eine interessante Struktur.«

»Vielen Dank, wirklich sehr nett.« Brigitte Reitt legt extra viel Begeisterung in ihre Stimme, um zu überspielen, dass Werner im Bad verschwindet, ohne sich im Geringsten für die Suite, die Anlagen und den Wein zu interessieren.

Perusato deutet hinaus: »*Wollen Sie die Terrasse sehen?*« Er bleibt hartnäckig beim Deutschen, wahrscheinlich will er Lucia beeindrucken, die ihn bewundernd anschaut.

»Ja, gern.« Brigitte Reitt ist ebenso entschlossen, Italienisch zu sprechen. Schon als Kind hatte sie in ihren Toskanaferien ein paar Brocken aufgeschnappt, dann hat sie in Frankfurt zwei Jahre lang einen Kurs besucht und zuletzt Privatstunden genommen. Jetzt kommt sie recht gut zurecht, obwohl sie weiß, dass ihre Aussprache immer noch etwas steif ist. Ihr gefällt der Klang der Sprache, die Musikalität, die mediterrane Weichheit der Worte.

Perusato öffnet die Glastür und tritt beiseite, um sie vorbeizulassen.

Der weite Blick ist noch atemberaubender als auf der Hauptterrasse.

»Herrlich!«

»*Ich kann es nicht leugnen, Frau Reitt.*« Der Architekt verbeugt sich leicht.

»Wirklich phantastisch.« Brigitte Reitt ist überwältigt von der blendenden Helle des Lichts, der Reinheit der Farben, der Sonnenhitze, der Vielfalt süßer und stechender Gerüche, die die leichte Brise herüberweht. Nach den letzten Tagen, die sie fast ununterbrochen in geschlossenen Räumen – Wohnungen, Autos, Büros – verbracht hat, wo sie Spannungen und Komplikationen aller Art ausgesetzt war, bringt die ungefilterte Kraft der Elemente sie schier aus dem Gleichgewicht.

»Das Abendessen servieren wir ab halb neun auf der Hauptterrasse.« Auch Lucia macht eine halbe Verbeugung, die sie eindeutig beim Architekten abgeschaut hat.

»*Bis später, Frau Reitt.*« Gefolgt von seiner Assistentin zieht Perusato sich zurück.

»Vielen Dank noch mal.« Von der Terrasse aus sieht Brigitte Reitt zu, wie die beiden die Suite durchqueren, hinausgehen und die Tür hinter sich schließen.

14

Giulio Cobanni zieht den Bademantel aus und steigt zu seiner Frau in den vulkanischen Pool. Das Wasser stammt aus unterirdischen Quellen, die von der glühenden Lava erhitzt werden, und das dunkle Lavagestein des Bodens und der Seitenwände des Beckens hält die Temperatur. Die Homepage der Villa Metaphora lässt sich ausführlich über die angenommenen oder realen Eigenschaften dieses schwefel-, chlorid-, natrium-, kalk-, magnesium-, bromid- und jodhaltigen Wassers aus. Wie auch immer, es gleicht der Ursuppe, von der Alexander Oparin, J. B. S. Haldane und Stanley Miller sprechen: dickflüssig, brodelnd vor Primärenergie. Genau das, was er braucht. Je weiter er eintaucht, umso mehr fällt alles von ihm ab. Absichten und Pläne lösen sich auf, und er empfindet echte Erleichterung. Würde er keinen Widerstand mehr leisten, könnte er einfach von der Steinstufe, auf der er sitzt, hinabgleiten, untergehen und seine Lungen volllaufen lassen. Er könnte aufgeben, verzichten, mit seinen organischen Molekülen den biochemischen Prozess bereichern. Womöglich käme eine interessantere Form von Leben dabei heraus als die, die es jetzt gibt, oder zumindest mit anderen Fehlern als denen, die schon bis zum Überdruss bekannt sind. Er fragt sich, ob es stimmt, dass die Erdatmosphäre am Anfang der des Jupiter glich, wie Urey behauptete. Und dann? Urey und Miller hatten für ihr berühmtes Experiment Wasser, Methan, Ammoniak, Wasserstoff und Kohlenstoffmonoxid in einen sterilen Kreislauf aus Röhren und Ampullen gegeben, das Wasser erhitzt, damit es verdampft, und mit elektrischen Entladungen Blitze in der Atmosphäre simuliert. Dann hatten sie das Gemisch abkühlen lassen, nach einem Tag hatte die Flüssigkeit eine rosa Färbung angenommen, und im Verlauf einer Woche hatten sich zwanzig Biomoleküle gebildet. Doch Nukleinsäuren waren natürlich nicht dabei. Natürlich? Ist das Leben also nicht nur ein biochemischer Prozess? Gibt es da noch etwas, das sich im Labor nicht herausfinden lässt?

»Ich weiß nicht, was die sich einbilden.« Seine Frau Tiziana schließt halb die Augen, den Kopf auf das akkurat vierfach gefaltete Handtuch gestützt.

»Wer?« Giulio Cobanni atmet extrem langsam.

»Die Deutschen. An einem Ort, der das Nonplusultra an Naturnähe und Ruhe sein sollte, eine solche Ankunft zu inszenieren.«

»Woher weißt du, dass es Deutsche sind?« Es kostet ihn beträchtliche Mühe, sich wieder auf solche Nebensächlichkeiten einzulassen.

»Ich habe sie reden hören. Und eines der zwei Zimmermädchen, das magere, hat es mir bestätigt. Offenbar war auch Perusato sehr verärgert. Schon allein wegen der Zumutung, die das für die anderen Gäste bedeutet. Wegen der unerhörten Arroganz.«

»Ja?«

»Aber sicher, na hör mal. Er preist die absolute Unzugänglichkeit der Villa Metaphora, die unvergleichliche Abgeschiedenheit, die unberührte Natur, und dann erlauben sich diese Leute anzureisen wie mit einer Militäroperation. Man sollte doch meinen, dass die Gäste so einer Anlage ein bisschen guten Geschmack mitbringen, oder? Wenigstens ein bisschen Anstand und Benimm.«

»Hmmm.« Guilio taucht bis zum Kinn, bis zur Nase in das heiße Wasser ein. Er könnte mühelos noch tiefer rutschen. Hinunter, ganz hinunter.

»Ein Ort wird besonders durch die Menschen, die ihn besuchen, nicht wahr?« Tiziana gibt nicht auf. »Nicht nur durch die Naturschönheiten oder seine Bauweise.«

»Tja.« Es ist das Einzige, was ihm einfällt, denn seine Gedanken sind anderswo, falls er überhaupt welche hat.

»Der gute Perusato sollte sich mal überlegen, ob er eine Luxusanlage von erlesener Eleganz haben will oder ein beliebiges Resort, wo jeder arrogante Schnösel hinkommen kann, wenn er nur zahlt. Findest du nicht?«

»Was meinst du, wer diese Deutschen sind?« Giulio versucht aus seinem halb weggetretenen Zustand herauszukommen, in den er abgedriftet war, und mindestens teilweise wieder präsent zu sein.

»Keine Ahnung.« Tiziana schüttelt den Kopf, atmet die Schwefeldämpfe ein, die von der Oberfläche aufsteigen.

Das ist eines ihrer Lieblingsspiele, Menschen zu beobachten, die sie nicht kennen, und aus den verfügbaren Hinweisen Berufe, Anlässe, Beziehungen, Herkunft und Ziele abzuleiten. Besonders an Frühlingssonntagen sitzen sie gern draußen vor einer Bar und beobachten Gesten und Verhaltensweisen, Tonlagen, Akzente, Kleidung, Frisuren der anwesenden Gäste, um herauszufinden, was sie wohl tun. Auch ihre Zug- oder Flugreisen gehen schneller vorbei, wenn sie die Sitznachbarn eingehend studieren. Es gibt dümmere Freizeitbeschäftigungen; das Interpretationsspiel ist eine geistige Übung, die stets amüsant bleibt.

»Jedenfalls Leute mit solidem Geld, ganz bestimmt.« Die Wassertemperatur scheint Tizianas Ton nicht zu beeinflussen.

»Solide, weil sie Deutsche sind? Ist das kein Klischee?«

»Aber nein, man merkt es an ihrem Auftreten. An ihrem totalen Mangel an Verunsicherung. An ihrer außerordentlichen Gleichgültigkeit gegenüber anderen.«

»Und ich sehe nicht aus wie ein Mann mit solidem Geld?« Giulio Cobanni lacht.

Tiziana dreht ihren Kopf, sieht ihn an und lacht ebenfalls.

»Das ist eine ernstgemeinte Frage. Also sag schon.«

»Du siehst aus wie ein Mann, der komplett in ein Becken mit Vulkanwasser eingetaucht ist.«

»Wirke ich wie ein Mann mit unsolidem Geld?«

»Du wirkst wie einer, der solides Geld *gehabt hat,* aber jetzt an einem anderen Punkt seines Lebens steht.«

»Wo genau?«

Tiziana antwortet nicht, lehnt sich zurück, bewegt die Beine in dem heißen, brodelnden Wasser.

Giulio Cobanni richtet sich auf, um sie mit einer Art vorrationaler Neugier zu betrachten. »Wie schaffst du es nur, hier drin deine Gedanken so zusammenzuhalten?«

Sie lächelt: Die Muskeln über ihrer Oberlippe ziehen sich zusammen und bilden ein paar kleine senkrechte Falten, die unendliche Zärtlichkeit in ihm wecken, weil sie ihn an das Vergehen der Zeit, an die Unvermeidlichkeit der Veränderungen erinnern.

»Dieses Wasser hat ungefähr achtunddreißig Grad, es kommt aus dem Bauch der Erde.« Gedehnt kommen die Worte aus seinem Mund, unzuverlässige Hüllen für unsichere Bedeutungen. »Es enthält eine unglaubliche Menge Mineralien.«

Tiziana sieht ihn nicht mehr an, schließt halb die Augen.

»Das versetzt einen zurück, oder? In die Vergangenheit?«

»Was meinst du?«

»Als es noch nicht galt, Besitz anzuhäufen, zusammenzuhalten, allem eine Ordnung, Bestand und einen Sinn zu geben. Daran zu glauben.«

Nun blickt Tiziana ihn erneut an, als wollte sie ihm gleich antworten. Doch sie schweigt, schaut weg.

15

Lara Laremi klopft bei Lynn Lou Shaw an die Tür, nachdem sie es schon mal um drei Uhr nachmittags erfolglos versucht hat. Sie möchte nicht aufdringlich sein, aber da sie auf die Insel eingeladen worden ist, fühlt sie sich verpflichtet, den ersten Schritt zu tun.

»Wer ist da?« Brians Stimme hinter der Holztür klingt abwehrend.

»Lara.« Es würde ihr nichts ausmachen, gleich wieder zu gehen, vielleicht hinunter zu den Klippen, um vor Sonnenuntergang noch zu baden.

Doch Brian reißt die Tür auf, lächelt sie voller Herzlichkeit an, geradezu erleichtert. »Hey, Lara, komm rein, komm rein!« Fest legt er ihr eine Hand auf die Schulter und schiebt sie in die Kälte der Klimaanlage – in ihrem Zimmer hat sie das Ding sofort abgestellt.

Sie sieht ihn zum zweiten Mal; das erste war in Rom, als Lynn Lou sich völlig außer Rand und Band mit einer Flasche Jack Daniel's in der Hand in ihrem Hotelzimmer verbarrikadiert hatte, wo überall Pillenfläschchen und Tablettenschachteln herumlagen. Lara war der einzige Mensch gewesen, den Lynn Lou hereinließ, was sie jedoch nicht vor Anklagen und Beleidigungen und herumgeschleuderten Gegenständen schützte. Brian Neckhart war aus Los Angeles angereist, mit der Entschlossenheit eines Soldaten des Spezialkorps, der auf psychologische Taktiken und Nahkampf gedrillt ist. Auf dem Flur hatte er die Lage sondiert, alle verfügbaren Informationen eingeholt, bei dem großen, schwerfälligen Bodyguard, bei den Zimmermädchen, beim Sicherheitschef des Hotels, beim Direktor. Dann hatte er Lara überredet, ihm zu helfen, in das Zimmer seiner jungen berühmten Frau zu gelangen, bevor diese nicht nur sich selbst, sondern auch dem Personal und der Einrichtung noch mehr Schaden zufügen konnte. Vermutlich war sein Eingreifen unerlässlich gewesen, doch als Lara sah, wie er Lynn Lou im Jiu-Jitsu-Griff mit dem Gesicht nach unten auf das breite Bett drückte, hatte sie sich gefühlt wie eine Verräterin. Auch sie hatte ja versucht, Lynn Lou zur Vernunft zu bringen, vor und während der Krise. Sie hatte sich fast heiser geredet, um jedes Thema von allen Seiten zu betrachten. Hätte sie sich noch mehr anstrengen können? Entschiedener für Lynn Lou Partei ergreifen gegen diejenigen, die behaupteten, sie wollten ihr helfen, ihren Mann eingeschlossen? Die Schuldgefühle quälten sie noch tagelang und waren auch der Hauptgrund dafür, dass sie die Einladung nach Tari angenommen hat.

Die Suite ist größer als ihre und mit Möbeln eingerichtet, die Paolo gebaut hat, bevor das Holz alle war. Sie haben etwas Poetisches, Künstlerisches.

»Na, wie geht's?« Brian mustert sie mit seinem Röntgenblick, ohne mit der Wimper zu zucken.

»Gut, danke.« Suchend sieht Lara sich nach Lynn Lou um.

»Warst du schwimmen?«

»Ja, das Wasser ist herrlich.« Immer noch lässt sie den Blick schweifen.

»Sie ist draußen.« Brian macht eine Handbewegung. Lynn Lou hat Lara von seiner Angewohnheit erzählt, möglichen Fragen seiner Gesprächspartner zuvorzukommen, eine seiner Manipulationstechniken.

Lara geht zu der Glastür.

Das Handy auf dem Tisch gibt ein rhythmisches Xylophonklimpern von sich, das kleine Display blinkt. Brian nimmt es, liest den Namen, antwortet. »Da bin ich, Frau Liebermann.« Er winkt Lara zu: *Geh nur, geh, geh.*

Sie tritt hinaus. Anders als ihre hat diese Terrasse eine unglaubliche Aussicht aufs glitzernde Meer.

Lynn Lou liegt auf einer Chaiselongue, modische Sonnenbrille, zu einem lockeren Knoten geschlungene Haare, rosa T-Shirt mit Paillettenkätzchen, weiße Shorts, in den Ohren die Stöpsel des iPods, den sie überallhin mitnimmt. Sie dreht sich um, als hätte sie nie erwartet, Lara hier zu sehen. »La-la-lara!« Sie schreit laut, wegen der Kopfhörer. »Fuck, was machst du denn hier?«

»Du hast mich eingeladen.«

»Waaas?« Lynn Lou schreit noch lauter. Ihr Gesicht mit der berühmten hellen Haut und den berühmten vollen Lippen ist leicht geschwollen.

Lara streckt die Hand aus, zieht ihr einen Stöpsel heraus. »Du hast mich eingeladen.«

»Ach ja. Ich weiß.«

Bei den wochenlangen Dreharbeiten hat Lara sich an Lynn Lous Art gewöhnt, Dingen größte Bedeutung beizumessen und sie dann komplett zu vergessen, bis sie ihr plötzlich wieder einfallen. Sie sprechen beide die gleiche Sprache (mit unterschiedlichem Akzent), sind gleich alt, beide irischer Herkunft (wenn auch verschiedener Generation, denn Lara ist in Irland geboren und aufgewachsen, während Lynns Vorfahren vor ein paar Jahrhunderten nach Amerika ausgewandert sind) und beide Außenseiterinnen. Das hat sie schon seit den ersten Tagen verbunden. In den endlosen Pausen zwischen einer Szene und der nächsten haben sie zusammen gelacht und gewitzelt, waren sich einig über den Regisseur, die anderen Schauspieler, das Aufnahmeteam und die Stadt Rom. Man hätte denken können, sie seien Freundinnen geworden, doch Lynn Lou ist eine der labilsten Personen, die Lara kennt. Sie kann witzig, freigiebig, brutal ehrlich gegenüber sich selbst und anderen sein und sich dann ohne jede Vorwarnung in den Superstar verwandeln: Fremdwahrnehmung null, Empfindlichkeit und Selbstbewusstsein auf tausend. Denkt man an ihre Geschichte als Wunderkind, das von seiner Mutter mit wenigen Jahren vor die Filmkamera geschubst wurde und von da an ein normales Leben, normale Beziehungen, normale Freundschaften vergessen konnte, versteht man das durchaus, dazu noch der ständige Druck des Weltruhms, die Last, ein Sexsymbol zu sein. Doch mit ihr umzugehen ist nicht leicht: Lara hat oft den Eindruck, zwei Lynn Lous vor sich zu sehen, die eine sympathisch und schutzbedürftig, die andere unerträglich nervig. Erneut fragt sie sich, ob sie in eine dumme Untergebenheitsrolle hineingeschlittert ist, indem sie die Einladung, Lynns Gast zu sein, angenommen hat; ob sie nicht lieber irgendeine Ausrede erfinden und allein hätte verreisen sollen.

Die Lynn Lou, die sie jetzt vor sich hat, scheint jedenfalls die bessere zu sein. Sie reißt sich auch den anderen Ohrstöpsel heraus, springt auf und fällt Lara um den Hals. »Heeey, schön, dich zu sehen! Du rettest mir buchstäblich das Leben!«

»Schön, *dich* zu sehen.« Es ist wahr, sie freut sich tatsächlich, Lynn Lou zu sehen, sosehr sie sich auch in diesem Resort für Reiche fehl am Platz fühlt.

Lynn Lou kratzt sich zwischen den Schenkeln: *scratch scratch scratch,* eine ihrer typischen absichtlichen Ungezogenheiten. Aus den Ohrhörern ihres iPod dringen leise kreischende Stimmen und gedämpftes Schlagzeug.

»Was hörst du?«

»Die Frantic Busboys… Ist doch scheißegal.« Sie stellt den iPod ab, steckt sich die Finger in die Ohren und schüttelt sie heftig.

Lara blickt aufs Meer, das im langsamen Sinken der Sonne allmählich wärmere Farbtöne annimmt.

»Deprimieren dich Sonnenuntergänge nicht zu Tode?« Lynn Lou zeigt zum Horizont.

»Warum? Es ist doch ein besonders schöner Augenblick.« Seit dem Ende der Geschichte mit Seamus stimmt sie allerdings jeder Augenblick des Tages traurig: Sonnenaufgang, Sonnenuntergang, Nacht, überall lauert ein Grund zu Verzweiflung und Wehmut. Heute vielleicht etwas weniger, wenn sie es sich genau überlegt, aber warum? Weil sie hier weit weg ist von allem? Wegen der Kraft der Sonne, die Gedanken und Gefühle aufweicht? Wegen der Begegnung mit Paolo, dem Schreiner?

»So ein Scheiß!« Lynn Lou macht ein angeekeltes Gesicht. »Als ich klein war, hieß Sonnenuntergang für mich: wieder ein Tag in dem verfickten Studio zu Ende, Lynn Lou ausgequetscht, ein Teller Tiefkühlkost vor dem Fernseher und ab ins Bett, morgen geht es weiter.«

»Ich kann's mir vorstellen.«

»Fuck, wie sollst du dir das verdammt noch mal vorstellen können?« Lynn Lou klingt plötzlich wütend, einer ihrer abrupten Stimmungsumschwünge. »Du hast dich um die Zeit auf dein gutes irisches Abendessen mit deiner wunderbaren Familie gefreut...«

»Mit welcher wunderbaren Familie?« Lara fühlt, wie ihr das Blut zu Kopf steigt wegen dieser ungerechten Unterstellung.

»Hattest du keine wunderbare Familie?« Lynn Lou schwankt zwischen Provokationslust und Zweifel.

»Wir waren nur meine Mutter und ich, in einer miesen kleinen Zweizimmerwohnung über einem Gemüseladen.«

»Und dein Vater?« Möglicherweise dämmert es Lynn Lou, dass sie in dem Monat ihres täglichen Zusammenseins in Rom ausschließlich von sich gesprochen hat, von ihren Problemen mit ihrem Ruhm, ihrem Beruf, ihrem Regisseur, ihren Schauspielerkollegen, ihrem Mann, bis das wachsende Selbstmitleid vor wenigen Tagen zu ihrem Nervenzusammenbruch geführt hat.

Lara schüttelt den Kopf. »Es heißt, er habe mich einmal besucht, als ich ein Jahr alt war, aber ich erinnere mich überhaupt nicht an ihn.«

»Und dann?«

»Dann ist er nach Italien zurückgegangen und gestorben.«

»Oh, Scheiße. Einfach so?« Nach ihrem Tonfall zu urteilen, tut es Lynn Lou vielleicht wenigstens jetzt ein wenig leid, nie nachgefragt zu haben.

Lara will es nicht ausnützen. »Nicht sofort, ein paar Jahre später.«

»Was war er von Beruf?«

»Utopist.« Gewöhnlich erzählt sie nie jemandem von ihrem Vater, am allerwenigsten Filmstars, die manchmal so tun, als würden sie dir ganz aufmerksam zuhören, und dann wieder gar nicht.

»Fuck, was soll denn das heißen?« Lynn Lou kratzt sich an der Spitze ihrer berühmten Nase, denn sie fühlt sich jedes Mal unwohl, wenn ausnahmsweise nicht sie der absolute Mittelpunkt ist.

»Einer, der sich eine andere Welt vorstellt als diese.«

»Aha. Und das war sein Beruf?«

»Nein, seine Berufung.« Doch was weiß sie eigentlich darüber? Und wenn sich das ihre Mutter nur schöngeredet und sie selbst alles geglaubt hat, ohne es überprüfen zu können? Was, wenn ihr Vater bloß ein egoistisches Schwein gewesen war? Einer, der Ideen nachlief wie Schmetterlingen und keinen Moment zögerte, seine Frau und sein Kind zu verlassen? Ist es nicht lächerlich, so die Erinnerung an jemanden zu pflegen, den man nie kennengelernt hat, Zeichen zu sammeln, Spuren zu folgen? Um was zu finden? Einen Teil seiner selbst?

Lynn Lou kratzt sich am Hintern, *scratch scratch scratch.* »Ich erinnere mich genau an meinen Vater, diesen Hurensohn. Er ist abgehauen, als ich sechs war, aber kaum war ich beim Film, ist er wiederaufgetaucht und hat Geld von meiner Mutter gefordert. Mein Analytiker behauptet, dass ich mir deswegen immer solche Schweine als Männer aussuche. Wiederholungszwang oder wie das heißt. Logisch, dass dieser verfickte Hurensohn von Brian mich nicht mehr hingehen lassen wollte, zum Analytiker.«

Lara dreht sich um und schaut aufs Meer, die Sonne sinkt immer tiefer. »Du kannst sagen, was du willst, aber es ist echt schön hier.«

»Brian hat mich bestimmt nicht hergebracht, weil es schön ist.« Lynn Lou schneidet eine Grimasse. »Sondern weil es hier verdammt schwierig ist abzuhauen.«

»Na, leicht ist es bestimmt nicht.« Lara lacht, während ihr Bilder von Fluchten durch den Kopf gehen, per Boot, schwimmend, zu Fuß über die Felsen, wie Szenen aus Filmen, die irgendwie hängengeblieben sind.

Mit einer Mischung aus Unruhe und Erwartung in den berühmten blauen Augen schaut sich Lynn Lou um. »Wie geht's jetzt weiter?«

»Abendessen gibt es ab halb neun, glaube ich.« Lara denkt an gestern, als sie gar nicht zum Essen hinuntergegangen ist, weil sie sich zu fremd gefühlt hat und lieber auf der Terrasse ihres Zimmers sitzen geblieben ist, um die Sterne zu betrachten und trübsinnig die von der Reise übrigen Mandeln und Cracker zu knabbern. »Wenn du willst, können wir vorher noch ein bisschen spazieren gehen.«

»Ich muss vorher etwas *trinken*.« Sie klingt trotzig. »In dieser beschissenen Suite gibt es nicht einmal eine verdammte Minibar.«

»Meinst du nicht, dass du für heute schon genug getrunken hast?« Plötzlich steht Brian neben ihnen, sie haben ihn gar nicht kommen hören. Er hat diese Art, sich lautlos zu bewegen und dann still und in sich ruhend dazustehen. Selbst in den schlimmsten Momenten der Krise im Hotel an der Via Veneto machte er nie den Eindruck, als wüsste er nicht, was er tun soll, oder könnte die Kontrolle über das Geschehen verlieren. Lara bekam mit, wie sich der Bodyguard, die Zimmermädchen, der Direktor und der Sicherheitsmann von seiner Gelassenheit beruhigen ließen, eine Art kollektiver Verzauberung.

»Fang nicht schon wieder an, verdammt!« Lynn Lou faucht, und dabei wirkt ihr Gesicht noch kindlicher: Sie bläst die Backen auf, das Kinn schrumpft, die Lippen stülpen sich nach außen, die Stirn tritt hervor. »Es war bloß eine beschissene Flasche Wein! Den hatten sie doch hingestellt, damit wir ihn trinken!«

»Ja, aber nicht unbedingt du allein.« Brians Worte klingen wie eine einfache Feststellung, nicht urteilend und noch viel weniger verurteilend, aber es ist klar, dass Tonfall und Blick sorgfältig kalkuliert sind. »Und nicht auf einen bunten Pillencocktail.«

»Leck mich!« Lynn Lou wendet sich Lara zu, lächelt sie breit an. »Gehen wir?«

»Willst du nicht etwas Dezenteres anziehen?« Brian spricht weiter ganz ruhig.

Lynn Lou schiebt ihn wortlos beiseite.

Lara folgt ihr durch die Fenstertür in die heruntergekühlte Suite und von dort erneut hinaus in die Hitze.

Lynn Lou läuft mit entschiedenen Schritten voraus, *slap slap slap* klatschen die nackten Fußsohlen auf die dunklen Pflastersteine, ihre Beinmuskeln eines sportlichen Mädchens aus Oklahoma spannen sich, ihre berühmten, perfekt halbrunden Pobacken bewegen sich unter den weißen Shorts aus leichter Baumwolle.

Sie kommen an Laras Zimmer vorbei, gehen weiter an Kaktusfeigen und Agaven entlang. Am höchsten Punkt des Wegs bleiben sie stehen, denn hier endet das gezähmte Stück Land. Dahinter steigt der rötliche, vereinzelt mit wilden Sträuchern bewachsene Hang weiter an bis zu der Reihe zerklüfteter Felsen, die den Zugang zum Inselinneren versperrt.

»Das ist ja eine verfickte Wüste hier.« Lynn Lou keucht wegen des rasanten Laufs und der Härte ihrer Erkenntnis. »Eine grauenhafte, miese Falle!«

»Es hat aber auch seinen Reiz.« Lara will keineswegs abwiegeln oder aufheitern: Der Ort *hat* etwas Besonderes, mal abgesehen von den Gebäuden und dem ganzen Getue in der Villa Metaphora. Die Luft, die Felsen, das Meer strahlen eine elementare Energie aus, die sich einem osmotisch mitteilt, die innere Landschaft reinigt, die lästigsten Gedanken entschärft.

Die Hände auf den Hüften, blickt Lynn Lou sich um. Wenn man sie so sieht, ungeschminkt und schlampig gekleidet, kann man sich kaum vorstellen, dass sie eine bewunderte, von Millionen Männern begehrte Diva ist.

»Der Gipfel, der da über die Felsen ragt, ist, glaube ich, der Vulkan.« Lara deutet hinauf.

Lynn Lou betrachtet ihn ohne viel Interesse. »Er raucht gar nicht.«

»Es ist ein schlafender Vulkan. Der letzte Ausbruch war im neunzehnten Jahrhundert.«

Lynn Lou denkt schon an anderes, beugt sich vor und kratzt sich am Knie, *scratch scratch scratch.* »Wo ist verdammt noch mal die Bar?«

Sie gehen weiter auf dem Weg, der nach einer Kurve wieder bergab führt, und kommen an dem großen dunklen Steinbecken mit Vulkanwasser vorbei. Es ist niemand drin, aber die Ränder sind nass, es muss jemand da gewesen sein.

»Ich habe gelesen, dass es eine Menge heilende Eigenschaften besitzt.« Lara beobachtet die kleinen Bläschen im Wasser. »Wenn du magst, können wir später drin baden.«

»Ich bin doch nicht achtzig!« Lynn Lou wendet den Blick ab und läuft mit klatschenden Fußsohlen die Stufen hinunter, die zur Hauptterrasse führen.

16

Hier mit seiner Frau in einem Zimmer zu sein ist wie ein Schachspiel ohne Ende, denkt Werner Reitt: Auf jeden Zug folgt ein Gegenzug auf dem Schachbrett des vorhandenen Raums, mit dauernden Justierungen der Perspektive. Bei ihrer überstürzten Abreise aus Frankfurt hatte wahrscheinlich keiner von beiden Zeit, sich vorzustellen, wie es werden würde, wenn sie plötzlich zu zweit aufeinandersaßen, ohne verfügbare Dritte oder leicht gangbare Auswege. Selbst wenn sie daran gedacht hätten, die Realität ist schlimmer als jede Vorstellung; Hochspannung liegt in der Luft, lädt jede noch so banale Geste mit unerträglicher Verantwortung auf.

Jetzt zum Beispiel entkorkt Brigitte die Flasche Wein, die sie aus dem Eiskühler genommen hat, und es wirkt wie ein falsches Ritual, ein verzweifelter, grausamer Versuch, ihn aus der Reserve zu locken. Wohl aus Zurückhaltung schenkt sie nur sich selbst ein Glas ein und nippt daran, geht aber nicht so weit, ihm das andere anzubieten. Er hält Abstand, als wäre es Gift, und geht zur Fenstertür. Brigitte macht ebenfalls ein paar Schritte, holt etwas aus dem Koffer, wahrscheinlich um ihn von weitem aus einem neuen Winkel beobachten zu können. Wie ein Verfolgter nimmt er diese Bewegungen am Rand seines Blickfelds wahr und flüchtet auf die Terrasse.

Draußen verschärft die Aussicht auf die steilen Felsen und das grenzenlose Meer das Gefühl, völlig aus der Welt zu sein, und erfüllt ihn mit namenlosem Grauen. Werner Reitt zieht das »sichere« Handy aus der Tasche, das Kaultsheier ihm gegeben hat und auf dem nur sie ihn anrufen können: keine SMS und keine verpassten Anrufe. Ausgerechnet jetzt, wo es darum ginge, eine flexible, jederzeit der Feindesbewegung anpassbare Strategie zu haben, ist der Informationsaustausch nicht mehr chaotisch wie zuvor, sondern schlichtweg nicht vorhanden. Alles wird kontrolliert, verlangsamt wie in einem Alptraum. Ihm ist, als wäre er blind und taub, so wenig kann er sehen und hören. Richter, Hartmann, Schneider, Frau Fischer, seine verlässlichsten Mitarbeiter, die bis vor zwei Tagen bereit zu sein schienen, für ihn durchs Feuer zu gehen, sind von der Bildfläche verschwunden. Nach all den rührenden Erklärungen und Schwüren, bis zuletzt an seiner Seite zu stehen, hat sich seit seiner Abreise keiner von ihnen gemeldet, nicht einmal mit einer einfachen SMS. Falls er versuchen würde, sie anzurufen, würden sie ziemlich sicher nicht antworten. Aus Rücksicht auf ihre Familien, selbstverständlich, zum Wohl der Bank. Nicht einmal von Fuchs, der ihn sonst mindestens zwanzigmal am Tag bestürmte, hört er noch was, noch von Frau Mayer, aus deren ständiger Präsenz seit Jahren mehr oder weniger wohlwollende Schlüsse gezogen wurden; ja nicht einmal von Kerstin, seiner Sekretärin, die jetzt wahrscheinlich furchtbar durcheinander ist. Doch ist das verwunderlich, nachdem er zugestimmt hat, sich Tausende Kilometer vom Epizentrum der Krise wegbringen zu lassen? Warum sollte ein Chef, der abhaut, auf die Loyalität seiner Mitarbeiter zählen können? Er begreift nicht, wie er sich bloß der feigen Logik der Flucht beugen konnte, anstatt sich auf die Schlacht vorzubereiten und die Waffen zu schärfen, die ihm noch zur Verfügung standen. Am liebsten würde er Matthias anrufen, dass er ihn sofort wieder abholen solle, sich per Hubschrauber nach Lampedusa bringen lassen und von dort schnellstmöglich nach Deutschland zurückkehren, um sich der Situation offen zu stellen, seine Feinde mit geballter Wucht anzugreifen und die jetzige tödliche Verwundbarkeit in einen Vorteil zu verwandeln.

Er hat die Vermutung (doch inzwischen ist es mehr als eine Vermutung), dass es ein unverzeihlich naiver Fehler war, mit Günter Kunze zu sprechen, den er stets als väterlichen Freund betrachtet hat, natürlich auch aus Verantwortungsgefühl der Bank gegenüber. Und da man es mit einem Koloss wie der PEB zu tun hat, ergab dann eins das andere: wachsende Angst vor möglichen Auswirkungen, eiligste Informationsbeschaffung, vorsorgliche Distanzierung (während man auf Klärung wartet, ohne jede Vorverurteilung, Gott bewahre), absicherndes Eingreifen der Rechtsabteilung, Übertragung des Krisenmanagements auf Kaultsheier und zuletzt die überstürzte Flucht aus Frankfurt, die man ihm nahelegte. Vor allem zu seinem Schutz natürlich, um ihn aus der Schusslinie der Presse zu nehmen, ihm eine Atempause zu gönnen, während sie alles in Ordnung bringen etc. etc. Dass es hauptsächlich darum ging, die PEB zu schützen, braucht nicht extra gesagt zu werden, der ehrenhafte Kommandant muss in jedem Augenblick bereit sein, sich widerspruchslos für seine Fahne zu opfern. Nachträglich betrachtet hätte er die Sache wohl besser für sich behalten, das Problem allein zu lösen versucht und für ein paar Tage den Dienstweg missachtet. Auf diese Weise hätte er sich seine Gewandtheit und Elastizität bewahren und mit subtilen psychologischen Mitteln Angebote und Versprechungen machen können; und er hätte die Versprechen sogar gehalten angesichts dessen, was auf dem Spiel steht. Zu spät, bereuen zwecklos: Nun läuft die Riesenmaschinerie der PanEuropaBank, die zu keinerlei Feinheiten in der Lage ist, ihre Reflexe sind schrecklich langsam. Er weiß es, er weiß es, er weiß es! Wie oft hat er mit einer gewissen Verbitterung über die Nebenwirkungen mancher für die Strategie der Bank notwendiger Aktionen nachgedacht. Über die sogenannten »zwangsläufigen Folgen für die Zivilbevölkerung«, wie Kunze gern sagt. Natürlich hatte ihn das nicht daran gehindert weiterzumachen, die Interessen der PEB hatten immer Vorrang.

Nur dass die »zwangsläufigen Folgen« nun ihn selbst betreffen, und er gehört keineswegs zur Zivilbevölkerung, oder jedenfalls ist er nicht bereit, sich so zu sehen!

Mit Brigitte über die Angelegenheit sprechen zu müssen war noch schlimmer als das Gespräch mit Kunze; der Versuch, ihr eine abgemilderte Version der Wahrheit unterzujubeln, hat ihre Reaktion verschärft. Er hat ihre Fähigkeit unterschätzt, aus dem Wortgeklingel intuitiv ihre Schlüsse zu ziehen, zwei und zwei zusammenzuzählen. Das Ergebnis ist steife Förmlichkeit, strenger Gesichtsausdruck, Missbilligung in jedem Blick. Werner Reitt fühlt sich wie ein Verbrecher, in Handschellen an einen Kerkermeister gekettet, der den Schlüssel verloren hat, und der Hass, den sie aufeinander empfinden, wächst durch den Zwang, das Schicksal des anderen teilen zu müssen.

Er geht wieder hinein, durchquert das Zimmer.

»Wo willst du hin?« Brigitte mustert ihn mit ihrem Glas Weißwein in der Hand.

»Laufen. Ich habe stundenlang gesessen.«

Sie folgt ihm mit dem Blick; die Hand, die das Glas hält, scheint leicht zu zittern, doch vielleicht liegt es auch am Licht, das durchs Fenster fällt.

Mit ungeduldigen Schritten geht er den Weg entlang, der hinter der Suite einen Bogen macht und zu den anderen weißen Gebäuden und Terrassen der kleinen Anlage führt, deren Baustil sich vermutlich an die ursprüngliche Architektur der Insel anlehnt. Nach ein paar Dutzend Metern erahnt man zwischen Kakteen und Steinen eine Solaranlage und die Rotorblätter eines Windgenerators, aber so gut getarnt, dass sie die malerische und scheinbar wilde Atmosphäre der Umgebung nicht stören. Links am steinigen Abhang, ebenfalls in gebührendem Abstand zu den Gebäuden, führen die Rohre der Entsalzungsanlage und der Klimaanlage vorbei, die Meerwasser zu den höher gelegenen Zentralen leiten, zwei weiteren, einfach und harmlos aussehenden, ebenfalls weißverputzten Häuschen mit abgeschrägten Kanten. Dahinter liegt noch etwas Ödland, das abrupt vor einem grauenhaften Haufen rötlich-schwarzer Felsen endet, die bei irgendeiner lange zurückliegenden Naturkatastrophe aufeinandergestürzt sein müssen.

Werner Reitt denkt, wie wenig er die ganze Initiative nachvollziehen kann, aus der die Villa Metaphora hervorgegangen ist. Nun gut, in den vierziger Jahren kam der sizilianische Baron, wie Matthias im Flugzeug vorgelesen hat, um hier zu leben: Das ist seine Sache, und nach seinem Tod ist er ja auch als obskurer Provinzexzentriker vom unaufhaltsamen Mahlstrom der Geschichte verschlungen worden und in keiner angesehenen wissenschaftlichen Enzyklopädie oder literarischen Anthologie verzeichnet. Aber wie einer im einundzwanzigsten Jahrhundert auf die Idee kommen kann, das Haupthaus zu restaurieren und mit neuen Bauten zu verbinden, anstatt alles den Elementen zu überlassen, das versteht Werner Reitt nicht. Und noch viel weniger, dass man sich freiwillig dafür entscheiden kann, an so einem Ort seinen Urlaub zu verbringen. Was kann man daran finden, mit von der Einsamkeit gemartertem Hirn, von der Sonne verbrannter Haut und von der eintönigen Leere beschädigter Seele hier sinnlose Tage zu verbringen? Was nur?

Wenn er seinen Geist stählen und die für den täglichen Kampf nötige Energie auftanken wollte, war er seit je in die Berge gegangen. Auf langen Wanderungen und anstrengenden Kletterpartien im Angesicht der makellosen Reinheit der Gletscher fand er mehr als einmal Inspiration und Motivation oder konnte einen lange verfolgten komplexen Gedanken genauer fassen. In der dünnen Luft eines Gipfels, den er mit zielgerichteter Ausdauer erreicht hatte, war ihm die Vulgarität der Leute, die lieber sinnlos halbnackt am flachen Strand verblödeten, noch viel unverständlicher. Wie er es hasst, dieses hirnlose Pack, das Jahrtausende menschlicher Evolution leugnet und nur danach giert, seine Stadtfrustrationen loszuwerden, um in den Zustand eben erst aus dem Wasser gekrochener Amphibien zurückzukehren. Unauslöschlich haben sich ihm die Bilder von den Ferien am Meer als Kind mit seinen Eltern in Italien und Spanien eingeprägt. Das groteske Bräunungsritual, die ewigen idiotischen Strandspiele, der Stumpfsinn feuchter Sandburgen, das kindische Gebaren mit Flossen und Schnorchel, die Kopfsprünge und die bescheuerte Spritzerei, die maßlosen Fress- und Saufgelage, die lächerlichen Tanzabende, die albernen Flirts, das peinliche, zermürbende Bemühen, sich bis spät in die Nacht zu amüsieren. Die allgemeine Trägheit, die Schlamperei, das widerliche exhibitionistische Gehabe, das Sandalengeschlurfe, das ewige Einschmieren mit Sonnenöl und Cremes, die je nachdem, was man verbergen oder zeigen will, absichtlich übergroßen oder winzigen Bikinis und Badehosen, die aufdringlichen, ordinären Blicke, die Bäuche und Hintern, aufgereiht wie auf der Theke einer Metzgerei. Für jemanden wie ihn, der die anderen immer mit größter (und berechtigter) Strenge auch nach ihrem Verhalten in der Freizeit beurteilt hat, ist es eine bittere Ironie des Schicksals, sich auf diese Klippe nahe der afrikanischen Küste verbannt zu sehen, da kann man sagen, was man will.

Auf jeden Fall ist der gepflasterte Weg zwischen den Gebäuden und Terrassen lächerlich kurz, wahrscheinlich abgestimmt auf die geistige und körperliche Trägheit der Gäste, die das Resort ansprechen möchte. Doch um sich zwischen Steinen und Sträuchern auf das Stückchen Hinterland vor den Felsen zu wagen, bräuchte man etwas Festeres als die Stadtschuhe, die er trägt. Wer weiß, ob Brigitte das Dienstmädchen angewiesen hat, ihm ein Paar Laufschuhe in den Koffer zu packen? Angesichts der Umstände wahrscheinlich nicht. Werner Reitt tritt nach einem Stein, sieht ihn durch den rötlichen Staub fliegen. Er dreht sich um und folgt weiter dem gepflasterten Weg, der in einem Bogen zu den weißen Gebäuden mit ihren Terrassen zurückführt. Dieser Weg ist eine Art Mäuselabyrinth, er bringt dich immer wieder zum Ausgangspunkt.

Schließlich hält er es nicht mehr aus: Er zieht das Handy aus der Jackentasche und ruft Matthias an.

Der Assistent antwortet erst nach drei- oder viermaligem Läuten, eine Frechheit. »Was ist los, Herr Reitt?« Als würde *er* auf Nachricht warten und nicht umgekehrt.

»Das müssen Sie *mir* sagen, Herr Baumgartner!« Werner Reitt explodiert, zu viel Spannung hat sich angestaut. Er hat sich noch nie sonderlich Mühe gegeben, zu seinen Untergebenen freundlich zu sein, teils weil es ihm nicht liegt, teils weil die Vertraulichkeit eines Vorgesetzten nur irritierend wirkt, wie Nietzsche gesagt hat, da sie nicht erwidert werden kann. Dann doch lieber ein streng funktionales hierarchisches Verhältnis mit klarer Rollenverteilung.

»Nichts Neues. Alles stabil.« In Matthias' Sprechweise klingt ein Rest bayrischer Gemütlichkeit an, den er nie ganz abstreifen konnte, sosehr er sich auch bemüht hat.

»Ach was!« Werner Reitt zwingt sich, die Wut in seiner Stimme zu dämpfen. »Im Gegenteil, es ist doch klar, dass es die Instabilität der Lage verschärft, wenn sich keine Entwicklung zeigt.«

»Ich bin im ständigen Kontakt mit Kaultsheier und der Lippke, wie ausgemacht.« Matthias versucht, die Oberflächlichkeit seiner vorherigen Bemerkung auszubügeln. »Bis jetzt ist nichts durchgesickert, weder bei den Presseagenturen noch über andere Kanäle.«

»Was meint Kaultsheier?«

»Wir sollen Geduld haben, die Stellung halten.«

»Was heißt hier Geduld?« Werner Reitt ringt um Beherrschung, aber vergeblich. »Welche Stellung sollen wir hier denn halten? Wir haben doch genau das Gegenteil getan, als wir auf die feigste Art, die man sich nur vorstellen kann, für die Flucht optiert haben!« Der Gedanke, dass er für alles Weitere von den

Informationen und Empfehlungen eines mittelmäßigen Mannes wie Kaultsheier abhängig ist, macht ihn rasend. Er stellt sich vor, wie Kaultsheier im zweiundzwanzigsten Stock des PEB-Turms sitzt, den breiten Hintern tief im Drehsessel, die Telefone auf dem Schreibtisch aufgereiht, das bläulich-graue Frankfurt unter sich, den Kopf voll mit logistischen Überlegungen, ohne die geringste Sorge um die Zukunft seines Privatlebens. Dieses Gefälle auszuhalten findet Reitt immer schwieriger: die Tatsache, dass er einem verheerenden Angriff praktisch allein entgegentreten muss, nachdem er so viele Jahre an der Spitze der stärksten Mannschaft der Welt gestanden hat. Du bist ein Feldherr, hast deine Rolle durch unbestreitbare Verdienste errungen und durch tausend Erfolge bestätigt, verfügst über eine großartige Kriegsmaschine, die bereit ist, mit Präzision und Effizienz auf deine Befehle zu reagieren, und von einem Tag zum anderen überlassen sie dich dir selbst, du hast nicht einmal mehr Zutritt zu den Oberen oder den Statthaltern. Aus dem Sattel geworfen, watest du in einer viel zu schweren Rüstung durch den Schlamm, mit einem einzigen erschrockenen und verunsicherten Knappen an deiner Seite. Im Augenblick ist er nur suspendiert, okay, in Quarantäne; aber er weiß genau, wie leicht und schnell er verstoßen wird, sobald das Wohl der Bank es verlangt.

»Es war das einzig Vernünftige, Herr Reitt.« Jetzt hat Matthias auch noch den lächerlichen Anspruch, ihn zu trösten. »Wir konnten unmöglich in Frankfurt bleiben und auf den Sturm warten – falls er überhaupt kommt.«

»Er kommt bestimmt, wenn wir nichts tun, um ihn aufzuhalten.«

»Die Rechtsabteilung tut, was sie kann, Herr Reitt. Schäfer und Hartmann haben schon zweimal mit der Rechtsabteilung von Facebook gesprochen.«

»Phänomenal, diese Geistesgegenwart, wirklich!« Seit Tagen drängt er sie schon genau dazu, aber es war, als versuchte man, einen Dinosaurier anzutreiben. Sie haben eine Unmenge kostbare Zeit verschwendet.

Matthias antwortet nicht, er weiß sehr gut, dass die PEB außerordentlich schnell reagieren kann, wenn von oben die richtigen Anweisungen kommen, oder eben unfassbar langsam.

»Und was die persönlichen Kontakte betrifft?« Werner Reitt fühlt sich elend, so neutral darüber zu reden, aber er schafft es nicht, in diesem Zusammenhang den Namen auszusprechen.

»Sie haben mehrere Versuche unternommen, aber umsonst...« Matthias windet sich vor Verlegenheit. »Im Gegenteil, um die Wahrheit zu sagen, der Schuss ist nach hinten losgegangen.«

»Ich kann mir vorstellen, mit wie viel Sensibilität und Taktgefühl Schäfer und Hartmann vorgegangen sind.« Warum hat er sich dann nicht selbst darum gekümmert? Warum hat er nicht den Mut gehabt, sich einer möglichen Demütigung zu stellen? War es wenigstens aus Stolz oder aus purer Feigheit?

»Die Lippke hat das übernommen, nicht Schäfer und Hartmann, sie ist über jeden Zweifel erhaben.« Warum das so sein soll, ist ihm schleierhaft. »Aber selbst sie hat nichts erreicht.«

»Ich kann mir vorstellen, wie man sie beschimpft hat.« Und wie er sich das vorstellen kann: Er sieht die Szene beeindruckend lebhaft vor sich. »Man hat sie zum Teufel gejagt, oder?«

»Ja.« Ausnahmsweise gelingt es Matthias, eine direkte Antwort zu geben.

Werner Reitt blickt um sich, registriert das Graugrün der Wüstenpflanzen mit ihren abscheulichen fleischigen Blättern voller Dornen, ihren grässlichen stacheligen Früchten. Er kann kaum glauben, dass er, anstatt auf dem Schlachtfeld in Deutschland zu sein, um die Sache selbst in die Hand zu nehmen und der Gefahr offen ins Auge zu sehen, hier vom einen Ende einer gottverlassenen Insel zum anderen mit jemandem telefoniert, der noch viel weniger weiß als er.

»Hierherzukommen war jedenfalls die beste Entscheidung, Herr Reitt.« Matthias greift erneut diese Formel auf, die er nun schon bis zum Überdruss wiederholt hat. »Um Sie vor einem möglichen Angriff der Medien zu schützen.«

»Für die Bank zweifellos.« Werner Reitt spricht mehr zu sich selbst als zu seinem fünfunddreißigjährigen Assistenten, der jetzt noch so eifrig ist, der jedoch, sobald die Dinge sich zum Schlimmsten wenden, sich rasch neu orientieren wird. »Eine Flucht nach Südeuropa eignet sich hervorragend dafür, mein Schicksal von dem des Mutterhauses zu trennen.«

»Es ist keine Flucht, Herr Reitt.«

»*Doch,* Herr Baumgartner. Anders kann man es einfach nicht nennen.«

Matthias weiß nicht mehr, was er sagen soll. Zwar ist er keine Intelligenzbestie, aber er ist auch nicht dumm, er ist durchaus in der Lage, die Situation zu erfassen. »Jedenfalls ist in der Presse noch nichts erschienen, das ist das Einzige, was zählt.«

»Eben, *noch nicht*!« Werner Reitt schreit, schier außer sich. »Wir suhlen uns immer weiter im *noch nicht,* was für ein unglaublicher Weitblick!«

»Herr Reitt...« Matthias stottert, findet kein Argument mehr.

Werner Reitt kappt die Verbindung und schiebt das Handy wieder in die Innentasche des Jacketts. Zwei Gören, die wahrscheinlich zur jüngeren Altersgruppe der Gäste des Hauses gehören, gehen kichernd die Stufen zur Restaurant-Terrasse hinauf, vielleicht beschwipst oder high von irgendeiner Modedroge, die gerade in ist; sie mustern ihn mit frecher Neugier, was seine Spannung noch verschärft.

17

Ihre Angewohnheit, ungeschminkt und nachlässig gekleidet herumzulaufen, treibt nicht nur diesen verfickten Hurensohn von Brian zum Wahnsinn, was er allerdings nie zeigen würde. Nein, *Millionen* von Scheißtypen fühlen sich berechtigt, ihren Senf dazuzugeben, wie sie herumzulaufen oder nicht herumzulaufen hat. Jedes Mal, wenn in *People* oder *Us* oder *Ok!* ein Foto von ihr erscheint, auf dem man sie im Jogginganzug oder in Schlappen oder barfuß aus dem Haus, aus einer Apotheke oder dem Whole-Foods-Supermarkt kommen sieht, rufen ihre Mutter, ihr Agent Ron Cartwell und ihre Pressefrau Deanna Lupino sie völlig hysterisch an, als hätte sie eben ihr öffentliches Image für immer ruiniert. Danach folgen auf Twitter und Facebook Ströme von Kommentaren paranoider Wichser, die sich fragen, was passiert ist, ob es ihr nicht gutgeht, ob sie magersüchtig oder fresssüchtig geworden ist, ob sie schwanger ist, ob sie in einer depressiven Krise steckt, ob sie jetzt harte Drogen nimmt, ob ihre Ehe mit Brian grade den Bach runtergeht. Alle voll falscher Besorgtheit, als würden sie sich nicht einen Dreck darum scheren, wie es ihr wirklich geht. Und alles nur, weil sie ungeschminkt im Jogginganzug mit Schlappen rausgegangen ist, womöglich einfach, um den verdammten Reportern nicht aufzufallen!

Sie macht es auch deshalb: um all den verfickten Hurensöhnen den Stinkefinger zu zeigen, die sie immer so perfekt geschminkt, frisiert und gekleidet sehen möchten wie in den Filmen und den Fotoreportagen der großen Zeitschriften, nachdem irgendein Arsch von Graphiker einen ganzen Tag damit zugebracht hat, mit Photoshop jedes winzige Ausdrucksfältchen wegzuretuschieren, jede kleinste Unebenheit zu beseitigen, und sie zu einer Art Superwoman gestylt hat. Manchmal zieht sie sich vor dem Ausgehen absichtlich *schlechter* an: wirft sich zum Beispiel eine viel zu große Winterjacke von Brian über oder schleudert die Schuhe weg oder schlüpft in ein Paar schwere Stiefel, auch wenn sie darüber Shorts trägt. (Das Schöne ist, dass ihre Kolleginnen, diese Miststücke, sie manchmal nachahmen, wie Sienna mit den Stiefeln und dem dünnen kurzen Rock, so dass sie jetzt in den Zeitschriften schreiben »Stiefel à la Sienna«, obwohl diese arme hirnlose Kuh noch nie in ihrem Leben etwas erfunden hat!) Sie macht es ja nicht, um zu provozieren oder wer weiß was, wie alle behaupten; sie hat einfach keine Lust, sich jedes Mal aufzubrezeln, wenn sie die Nase vor die Tür streckt, bloß weil hinter einer Hecke oder auf dem Parkplatz des Supermarkts irgendein Arsch von Fotograf lauern könnte. Es ist schon Tortur genug, dass sie, wenn sie einen Film dreht, jeden Morgen stundenlang in der Maske unter den Händen von Friseuren und Maskenbildnerinnen auf dem Sessel stillhalten muss. Die würden nie aufhören, ihr den letzten Schliff zu verpassen, wenn nicht irgendwann ein Regieassistent angerannt käme und brüllte, sie sollten endlich aufhören, da der Regisseur am Set allmählich durchdrehe. Wenigstens wenn sie nicht arbeitet, will sie in Ruhe gelassen werden und herumlaufen, wie es ihr passt, ohne dass irgendein verfickter Hurensohn sich erlaubt, sie zu nerven und ihr eine Predigt darüber zu halten, was sie anzuziehen oder nicht anzuziehen hat.

Außerdem sind wir hier auf einer gottverdammten einsamen Insel, einer Art Luxus-Alcatraz, wo das Schlimmste, was passieren könnte, höchstens ist, dass ihr eine hässliche alte Millionärin über den Weg läuft, die sich damit tröstet, dass selbst Lynn Lou Shaw, aus der Nähe und in vollem Sonnenlicht betrachtet, nicht so unerreichbar perfekt ist, sondern auch ihre Haut kleine Unvollkommenheiten aufweist, zum Beispiel einen kleinen Pickel während der Menstruation oder ein Härchen auf der Oberlippe, wenn man sie aus zwanzig Zentimetern Entfernung sieht, oder sogar Augenringe, wenn sie zu viel getrunken oder nicht geschlafen hat, vielleicht sogar einen Hauch von Zellulitis, wenn sie sich verkehrt hinstellt und die Schenkelmuskeln nicht perfekt anspannt. Das Schlimmste, was passieren kann, ist, dass der Mann der hässlichen alten Millionärin aufhört, sich mit ihren Fotos einen runterzuholen, die hässliche alte Millionärin müsste ihr dankbar sein, anstatt sie schief anzuschauen, echt.

Jedenfalls haben die zwei Gläser Amsterdam Cobbler, die sie zuvor geschlürft hat, ihre Laune entschieden verbessert (vier Fünftel Gin, ein Fünftel Ananassaft und ein Löffel Curaçao, das Rezept hat ihr Johnny vor zwei Jahren gegeben, als er noch mit der Französin zusammen war, aber schon seine Fühler ausstreckte und auch die Hände). Lara und sie haben sich schier kaputtgelacht bei der Erinnerung an diesen unfähigen, egomanen Scheißkerl von Regisseur Lucio Nuscardi am Set in Rom, der kein Wort Englisch kann, aber den Anspruch hat, einen bekackten internationalen Film zu drehen. Nie wusste er, was zum Teufel er eigentlich wollte, so dass er die Schauspieler jede verdammte Szene so oft wiederholen ließ, bis sie sich bewegten wie Marionetten. Schon komisch, wie man in einer Situation ausrasten kann, wenn man drinsteckt, wie man sie als eine Frage von Leben und Tod sehen kann und Lust kriegt, sämtliche verfügbaren Tabletten mit allem verfügbaren Alkohol runterzuspülen, und kaum betrachtet man die Dinge dann mit etwas Distanz, entdeckt man, dass einen nichts weniger kratzen könnte. Lara ist da ein gutes Vorbild, denn sie sieht immer so aus, als käme sie gerade von wer weiß woher, und hat diese beinahe außerirdische Art, Dinge zu beobachten und zu kommentieren. Als sie sie zum ersten Mal in Rom am Set gesehen hat, war Lynn Lou sofort klar, dass sie sich auf Anhieb verstehen würden. Deswegen hat sie sich Lara als Freundin ausgesucht, unter all diesen falschen, verlogenen Scheißleuten, die sie belagerten, ihr nachspionierten, mit ihr zusammen gesehen werden wollten, bloß weil sie ein gottverdammter amerikanischer Filmstar ist und die Filmemacher in Italien amerikanische Filmstars *vergöttern*.

Darum reisen auch mehrere Kolleginnen und Kollegen von ihr ab und zu einige Tage nach Italien, nur um einen Werbespot zu drehen; sie werden bezahlt wie für einen ganzen Film, behandelt wie Könige und Königinnen: Sieben-Sterne-Hotels, irre Restaurants, Einladungen, Partys, Geschenke, Huldigungen. Dann fahren sie wieder heim, haben praktisch keinen Finger gerührt, aber ein Milliönchen mehr auf ihrem Bankkonto und ein fürchterlich aufgeblähtes Ego wegen all der bekackten Aufmerksamkeiten, der Buckelei und Verehrung, die Produzenten, Regisseure und Auftraggeber ihnen erwiesen haben. George tut das, Julia tut das, Jennifer auch, John, Gwyneth, Richard und Charlize ebenfalls. Dieses Land ist für amerikanische Schauspieler ein bekacktes Eldorado! Auch wenn die Resultate fast immer megapeinlich sind (denn die Italiener lieben Spots, in denen sich der schöne Protagonist demütigen lässt und die schöne Protagonistin die Nutte gibt), die Verträge garantieren schwarz auf weiß, dass in den Vereinigten Staaten kein Aas diese Sachen je zu Gesicht bekommt. Also ist es völlig egal für was, Telefongesellschaften, Autos, Espresso, Spirituosen, Kekse, Schuhe. Sharon ist es sogar einmal gelungen, sich einen Haufen Geld von einem *Tür*fabrikanten bezahlen zu lassen. Ehrlich, scheißbekackte Türen! Das hat Ron ihr erzählt, der hatte es aus sicherer Quelle, und es war nicht einmal ein Spot, sondern eine Seite in einer Architekturzeitschrift. Auch sie selbst hat ein paar extrem gutbezahlte Werbesachen für Parfüms und Schmuck gemacht, und natürlich den Spot für den Wein der Firma Muffoni unter der Regie dieses Vollidioten Lucio Nuscardi, der sie daraufhin unbedingt als Hauptdarstellerin für seinen bekackten Film haben wollte (weshalb er sogar Ron am Telefon etwas vorheulte), und jetzt muss er eine Drehpause einlegen, weil sie die Krise gekriegt hat wegen der Unfähigkeit dieses Vollidioten, ihr zu erklären, was zum Teufel er von ihr will. Auf alle Fälle ist es das erste und letzte Mal, dass sie in einem verfickten italienischen Film mitspielt, das steht fest. Werbung, so viel sie wollen, aber vom Filmen in Italien hat sie die Schnauze voll, basta.

18

Ramiro Juarez überwacht den Dorfjungen Federico beim Garen der Tintenfische, die dieser früh am Morgen nach Ramiros strikten Anweisungen direkt bei dem gerade erst zurückgekommenen Fischerboot gekauft hat. Die Blicke der einheimischen Fischer fallen ihm ein, als er in den ersten Tagen selbst hinfuhr, um sich von den Kisten mit dem frischen Fang inspirieren zu lassen: die Vorurteile in ihren rohen Machoaugen, die halblauten Kommentare in unverständlichem Dialekt, das Grinsen. Sein Verdruss darüber wurde allerdings durch das prickelnde Gefühl wettgemacht, sich in seiner Rolle als Starkoch in Feindesland vorwagen zu können, und auch durch die unvergleichliche Genugtuung, die Früchte ihrer groben Arbeit zu benutzen, um Ergebnisse zu erzielen, die sie nie verstehen würden. Seine Motivation besteht nämlich darin: a) einen tierischen Instinkt (Hunger) durch Verfeinerung und Veredelung zu zähmen; b) eine bloße Überlebensfunktion (Essen) in eine komplexe sinnliche Erfahrung zu verwandeln; c) eine rein funktionale Tätigkeit (Kochen) zu einer intellektuellen Herausforderung zu machen; d) eine seiner Charakterschwächen (Helfersyndrom) in eine Stärke zu verwandeln (die Fähigkeit, andere in Staunen zu versetzen).

Er legt die Tintenfische auf das Schneidebrett, beginnt sie mit einer gewissen Befriedigung über die Schnelle und Präzision seines Tuns (gut so, ja) zu bearbeiten. Die Keramikklinge des superscharfen Messers durchtrennt die Fasern wie das Skalpell eines großen (und ungeduldigen) Chirurgen, seine Hände bewegen sich virtuos und sicher. Er versucht sich die Reaktion der Tareser Fischer vorzustellen, wenn sie sehen könnten, was er mit ihrem *octopus vulgaris* anstellt, den sie gewöhnlich in der ursprünglichsten gummiartigen Form verspeisen. Vom Schleim befreit, zu einer hauchfeinen Masse zerhackt, vermischt mit kleinen Mengen von (ebenfalls gehacktem) Lauch und Ziegenkäse, die in zwei Schälchen bereitstehen, würden sie ihn schon jetzt nicht mehr erkennen. Die halbkugelförmigen Vertiefungen der japanischen *Takoyaki*-Pfanne sind schon mit wenigen Tropfen Olivenöl vom Gardasee eingefettet, das so viel leichter ist als das herbe Industrieprodukt, das man in den zwei Lädchen auf Tari finden kann. Federicos misstrauisches Gesicht ist ein guter Indikator für die Miene, die seine Verwandten und Hafenfreunde machen würden, wenn sie in diesem Augenblick einen Blick in die Küche werfen könnten.

Natürlich ist das *Takoyaki* nur der Anfang: Alle bedeutenden künstlerischen Erfindungen gehen von festen Formen aus, bevor sie deren Prinzipien dann aushebeln, mit dem Vertrauten brechen, der Wahrnehmung neue Zugangswege eröffnen. Bei den kleinen Tintenfischbällchen, die er im Sinn hat (er erfindet sie im Moment, in seinem Kopf ist noch nichts festgelegt), sollen sich die Geschmacksknospen der Gäste in ein reizvolles Spiel von Gegensätzen und Überraschungen verwickeln. Aus der Sicht des Essers könnte die Abfolge so sein: a) das Salzige der rosa Himalaya-Kristalle auf der knusprigen Kruste (die im Moment noch ein einfacher Teig aus Kichererbsenmehl und Weißfischbrühe ist); b) das unerwartet Bittersüße eines Tropfens Erdbeerbaumhonig; c) die zarte Vertrautheit des gehackten Tintenfischs; d) die provozierende Säure des Kerns aus Kapern und Anchovis aus Tari, gewürzt mit einem Tropfen Aceto balsamico aus Modena, im Innern jeder der kleinen goldbraunen Kugel. Bis hierher ist alles gut, doch die Form verweist nur zu banal auf die Substanz. Wäre aber a) ein Tris von Tintenfischbällchen gewickelt in b) eine süßsaure, leicht frittierte Mispelhülle, diese wiederum gewickelt in c) eine *Norimaki*-Alge und diese umhüllt von d) einem Blatt aus Aprikosenfruchtfleisch in Form eines kleinen Goldfischs, dann könnte die Idee interessant werden. Dazu könnte man mit e) einigen Wellenlinien von gelber Safransauce ein Meer unter den Fisch malen, mit eventuell f) einem Klümpchen Seeigeleier als Klippe und g) zwei Pinselstrichen von Basilikumsauce mit Pistazien aus Bronte als Seegras, was dem Gericht eine täuschende naive Note verleihen würde, wie eine entwaffnende Einladung. Das ist die Herausforderung, die es zu bestehen gilt. Er verspürt eine wachsende subtile Erregung.

Für außergewöhnliche Menschen zu kochen ist ein zusätzlicher Ansporn, klar: ihre geistigen und sinnlichen Verbindungen zu unterlaufen und sie zu verwirren, die Erwartungen höherzuschrauben, Menschen zu überraschen, die überzeugt sind, dass sie nichts mehr überraschen kann. Hernán Xara hat immer wieder gesagt (die Formel hat dazu beigetragen, ihn auch unter Leuten bekannt zu machen, die es sich nie leisten könnten, bei ihm zu essen), dass es keinen Sinn hat, Restaurants mit Sternen, Hüten, Gabeln, Gläsern oder sonstigen albernen Symbolen aus Gastronomieführern einzuteilen, weil es normalerweise nur zwei Arten von Küche gibt: die Überlebensküche und die Beruhigungsküche. Erst dann betritt man das Reich, zu dem Dummköpfe keinen Zutritt mehr haben. Ramiro Juarez hat vor, sich ausschließlich in der dünnen Luft dieses Gebiets zu bewegen, und falls er es schafft, interessante Gesprächspartner mit einzubeziehen, könnte ihn die Abenteuerlust sogar für einige Stunden sein gebrochenes Herz und die akuten Anfälle von Inselphobie vergessen machen, die ihm nachts den Schlaf rauben.

Auf diesem Niveau der Kochkunst genügt es natürlich nicht, mit Küchengeräten gut umgehen zu können, einen Riecher für gelungene Zusammenstellungen zu haben, Dosierungen und

Kochzeiten zu kennen und neue Reize erfinden zu können. Es bedarf zahlloser Experimente und intensiven Studiums, einer immerwährenden Recherche. Außerdem braucht man die entsprechende geistige Unabhängigkeit, um nötigenfalls die erlernten Grundkenntnisse in Frage zu stellen. Zum Beispiel die Vorstellung, dass die Geschmacksknospen auf der Zunge von der Spitze nach hinten in vier genaue Bereiche unterteilt seien, von denen jeder ein anderes Element registriert: a) süß, b) sauer, c) salzig, d) bitter. Das gilt als gesicherte Erkenntnis, aber es stimmt überhaupt nicht. Die Wahrheit ist, dass die *gesamte* Zungenfläche *alle* Geschmackselemente unterscheiden kann. Ramiro Juarez hat das schon mit neun Jahren begriffen, gleich nachdem sein Großvater Carlos ihm anhand einer kleinen Zeichnung die Zungenkarte erklärt hatte. Er hatte sich damals unbändig über dieses neuerworbene Wissen gefreut: a) Spitze, b) Mitte, c) Seiten, d) Zungenwurzel. Welche Klarheit, welch wunderbare, geographische Einfachheit! Um die Sache zu überprüfen, hatte er sich sofort ein Prise Salz auf die Zungenspitze gestreut, wo man angeblich nur Süßes wahrnimmt, und zu seiner größten Enttäuschung deutlich das Salz geschmeckt! Als Gegenprobe hatte er sich etwas Zucker ganz hinten auf die Zunge getan, wo er nur das Bittere hätte erkennen sollen, und unmittelbar die ganze Süße empfunden. Daraufhin hatte er in typisch ramiresker Manier Großvater Carlos laut als »Lügner!« und »Betrüger!« beschimpft. Dem armen Großvater tat es furchtbar leid, er fand keine Worte, um etwas zu erwidern. Dabei war es ja nicht seine Schuld, armer, lieber Großvater Carlos (der Einzige in der Familie Juarez, der ihn nicht für krank hielt oder sich schämte, als er sich etwa zehn Jahre später endlich als Homosexueller outete). Ein deutscher Wissenschaftler namens D. P. Hanig hatte 1901 eine Studie veröffentlicht, derzufolge die Sensibilität der Zunge für die vier Geschmackselemente punktuell *variierte*. Sie *variierte*, das war alles. Hanig sprach weder von rigider

Unterteilung in Zonen noch von unüberschreitbaren Grenzen, die von uniformierten Geschmacksknospen bewacht wurden. Trotzdem waren alle von der Darstellung begeistert, denn sie gehörte zu jenen Ideen, die das Verständnis der Welt vereinfachen (und sich zudem als Metapher eignen). Die Karte ist bis heute verbreitet, in Schulen, in populärwissenschaftlichen Büchern, in den Köpfen der Leute. Wo man Süßes schmeckt, kann man nichts Salziges schmecken! Bitter und Sauer sind genau getrennt, jedem seinen exklusiven Kompetenzbereich! Phantastisch, eine natürliche *Apartheid* des Geschmacks! Schweine! Keine Ahnung von Nuancen! Komplexitätskiller! Terrorisiert von der Vorstellung, dass mehrere Empfindungen an einem Punkt zusammenleben können. Da musste erst 1974 Virginia Collins mit ihrer Studie kommen, um zu beweisen, dass die über die Zunge verteilten gustatorischen Variationen nur leicht, fast unbedeutend sind. Wir können jeden Geschmack überall auf der Zunge unterscheiden, das Leben ist nicht so einfach, wie ihr dachtet! Auch ist die Zunge nicht das einzige Organ, mit dem wir Geschmack wahrnehmen, sondern der harte Gaumen, der weiche Gaumen, sogar der Kehlkopfdeckel sind ebenfalls dafür empfänglich!

Außerdem gibt es nicht vier Geschmackselemente, sondern *fünf* (eigentlich sogar *sechs*, es gibt noch den Rezeptor für Fett, und auch wenn er noch nicht offiziell identifiziert wurde, er selbst schmeckt es ganz genau).

Umami, das fünfte Element, wurde Anfang des zwanzigsten Jahrhunderts von Kikunae Ikeda beschrieben, doch der Westen zog es vor, es beinahe ein Jahrhundert lang zu ignorieren. (Ikeda hat es dann in Form von Mononatriumglutamat isoliert und ein Patent darauf angemeldet, deshalb ist er für den gemeinen Nachgeschmack zahloser Abendessen in schlechten chinesischen und japanischen Restaurants verantwortlich, noch so ein Schwein!) Ach, und ein weiteres Lügenmärchen ist, dass die

Zunge der stärkste Muskel des menschlichen Körpers sei. Und der Kaumuskel? Und der Bizeps? Und der *Musculus quadriceps*? Und der *Gluteus maximus,* ist der etwa schwach? (Der einzige Muskel, der ununterbrochen funktionieren kann, ohne zu ermüden, ist sowieso das Herz. Dennoch braucht es dann, wie man gesehen hat, gar nicht so viel, um es zu brechen.)

Ramiro Juarez späht aus einer Ecke des Küchenvorraums auf die Terrasse, wie ein Opernsänger oder ein Theaterschauspieler durch den Vorhang ins Parkett linst, um einen Eindruck zu gewinnen, das Klima zu schnuppern, das Lampenfieber zu schüren. Die weißen Mäuerchen, die Sonnensegel, Laternen, Kerzen und Felsen, das Meer und die letzte Glut des Sonnenuntergangs bilden eine sehr malerische Kulisse. Das zumindest muss man Perusato lassen, dem aufgeblasenen, eingebildeten Perusón: Die Villa Metaphora ist wirklich kein x-beliebiger Ort. Lucia führt schon die ersten Gäste an die Tische, verschiedene Sprachen schwirren durch die Luft. Blicke werden getauscht, teils misstrauisch, teils erwartungsvoll, dazwischen gelegentlich gedämpftes, fragendes oder vorwegnehmendes Gelächter.

Der Augenblick der Premiere ist gekommen, nach der Generalprobe (Abend- und Mittagessen, nur für das Ehepaar Cobanni): Gleich geht der Vorhang auf. Ramiro Juarez kehrt zurück in die Küche, rückt Mütze und Schürze zurecht – beide schwarz, wie sie coole Köche tragen –, schaut den Küchenjungen Federico an und klatscht zweimal kurz in die Hände. »Los! Es ist so weit!«

19

Gianluca Perusato blickt aus dem Bürofenster auf die Terrasse, wo Lucia die letzten Gäste an ihre Tische geleitet. Von hier aus sieht es sehr gut aus: ein pulsierender Kern hochentwickelter Zivilisation, umgeben von unverfälschten Urelementen. Trotz aller Beherrschung ist er gerührt bei dem Gedanken, dass es ihm gelungen ist, eine Idee zu verwirklichen, die so lange unrealisierbar zu sein schien.

Er denkt an den Frust, die Wut und die Resignation angesichts all der Schwierigkeiten, die immer wiederauftauchten. Wie oft war er im Lauf dieser sieben Jahre versucht gewesen, die Flinte ins Korn zu werfen, die Verluste abzuschreiben, sich wieder ausschließlich seiner hochbezahlten, weltweit geschätzten Arbeit als Architekt zu widmen und endgültig die Idee aufzugeben, den einstigen Traum des Baron Canistraterra in eine edle und gleichzeitig gewinnträchtige Tätigkeit zu verwandeln. Und doch hat er dann jedes Mal mit vermehrter Entschlossenheit reagiert, die Hürden überwunden, die Hindernisse weggefegt, alle verfügbaren Ressourcen in das Unternehmen gesteckt – so dass irgendwann Aufgeben nicht mehr in Frage kam. Es war ein langes, risikoreiches Abenteuer gewesen, und noch sind die Gefahren keineswegs gebannt, im Gegenteil. Doch seit heute ist die Villa Metaphora offiziell eröffnet: Reges Leben erfüllt sie, die Vision ist Wirklichkeit geworden.

Gianluca Perusato tritt auf die Terrasse und geht zwischen den Tischen hindurch. Die Gäste haben sich nach und nach eingefunden, fast wie zufällig, was für Menschen ihres Schlags ganz normal ist. Nie würden solche Leute als Horde auftreten wie diese Schafe bei organisierten Reisen. Auch wenn sie einmal Platz genommen haben, ist deutlich, dass sie sich die Freiheit vorbehalten, jeden Augenblick aufzustehen und zu gehen, sobald das Essen oder die Gesellschaft oder die allgemeine Atmosphäre nicht ihren hohen Ansprüchen genügen: Man merkt es an ihrer provisorischen Art, auf den Stühlen zu sitzen, sich umzusehen. Zum Glück haben die Tische die richtige Größe, und auch der Abstand zwischen einem Tisch und dem nächsten stimmt; niemand fühlt sich beengt, es gibt keine Spur von vulgärem Gedränge. Die Hitze des Tages ist einer angenehmen Wärme gewichen. Laternen und Kerzen verströmen weiches Licht, der sanfte laue Sommerabend umhüllt und dämpft Bewegungen und Geräusche. Rund um diese winzige Oase übt die unberührte Natur mit unermesslicher Kraft ihre Herrschaft aus; jeder der Anwesenden besitzt genug Erfahrung und Urteilsvermögen, um zu wissen, welches Privileg es ist, hier zu sein.

Gianluca Perusato gesellt sich zu Lucia. »Alles in Ordnung?«

»Ja, bestens.« Ihr leichter taresischer Akzent offenbart ihre Anspannung.

»Wie steht es mit dem Wein?«

»Sehr gut.« Lucia schlüpft davon, um Teresa zu dirigieren, die gerade eine Flasche in einem Eiskübel bringt.

Gewiss, mit ihrem verschreckten Ausdruck und ihrer Unerfahrenheit in Sachen Luxusservice gehört Teresa zu den Schwachpunkten des Personals. Auch Amalia lässt viel zu wünschen übrig, was kultiviertes Benehmen angeht. Und was ihre Sprachkenntnisse betrifft, haben die beiden sogar Mühe mit Italienisch. Zum Glück verleiht ihnen die von Luciano Florenzani im pseudotraditionellen Stil entworfene Tracht ein folkloristisches Flair, das ihre Unwissenheit ein wenig wettmacht, aber man hätte mindestens noch zwei Wochen gebraucht, um sie einigermaßen akzeptabel anzulernen. Andererseits hat Tari in Sachen qualifiziertes Personal nicht viel zu bieten; es ist schon ein Wunder, dass sie zwei Frauen ohne bettlägerige Mutter oder extrem besitzergreifenden Ehemann oder unersättliche kleine Kinder gefunden haben, die bereit sind, jeden Tag frühmorgens und spätabends eine beträchtliche Strecke mit dem Boot auf sich zu nehmen, um hier zu arbeiten. Etwas, was er in seiner neuen Rolle als Unternehmer unter vielem anderen hatte erkennen müssen (auch wenn es eigentlich sonnenklar war), ist die Kluft zwischen einer Insel der Dritten Welt und einer Insel in Süditalien, was Kosten und Verfügbarkeit von Personal anbelangt. Nicht nur das Klima und die exotischen Landschaften veranlassen so viele Leute dazu, auf den Seychellen oder Mauritius oder Los Roques in Venezuela zu investieren anstatt im eigenen Land. Auf Tari die Standards eines solchen Resorts zu erreichen, erfordert sehr viel höhere Investitionen, das ist die harte Realität. Er hätte gleich daran denken und sich ein paar Kellner aus Bangladesch oder von den Philippinen besorgen sollen, anstatt sich darauf zu versteifen, die lokalen Ressourcen zu nutzen. Doch für diese Saison ist es nun zu spät, jetzt muss man weitermachen, so gut es geht.

Brian Neckhart scheint jedenfalls mit der Qualität der Bedienung nicht unzufrieden zu sein, nach seiner Miene zu urteilen. Vor allem bemüht er sich vergeblich, den Wein außer Reichweite seiner Frau Lynn Lou zu halten, die in einem ziemlich desolaten Outfit erschienen ist: zerzaust und ungeschminkt, infantiles T-Shirt, Shorts, barfuß. Große Divas (das weiß er aus eigener Erfahrung mit ein paar Kundinnen) neigen im Privatleben oft zur ärgsten Schlamperei, vermutlich eine Reaktion auf den Zwang, in der Öffentlichkeit immer ein superattraktives Image zu wahren. Selbstverständlich ist auch dieses Abendessen ein öffentliches Ereignis, und ein Minimum an Stil aus Achtung vor den anderen Gästen wäre durchaus wünschenswert. Bestimmt spielt auch die Lust an der Provokation mit, mal abgesehen von der natürlichen Ungezogenheit, mit der sie auf ihrem Stuhl lümmelt. (Ihre junge italo-irische Freundin benimmt sich viel gesitteter, auf ihre schlichte Weise beinahe elegant.) Dass andererseits eine weltberühmte Diva sich wohl genug fühlt, um so leger aufzutreten, ist zweifellos ein Zeichen, dass die Philosophie der Villa Metaphora funktioniert. Ebenso besteht kein Zweifel, dass die andere Gäste Lynn Lou Shaws Anwesenheit (hingelümmelt oder nicht) durchaus auch genießen, selbst wenn sie sich nie nach ihr umdrehen würden. Diese Leute geben ja gewöhnlich nicht einmal zu, dass sie einen Fernseher zu Hause haben oder irgendwelche Illustrierte lesen, außer beim Friseur. Doch ein Filmstar erster Güte verleiht der Gesellschaft unbestreitbar ein wenig Glanz. Im Grunde genommen passt es auch, dass der schon vor dem Essen getrunkene Alkohol ihre natürliche Ausgelassenheit betont und sie anregt, komische Faxen zu machen, die Arme kreisförmig vorzustrecken, um eine Person mit Bauch zu mimen. Sie schreit nicht herum, führt sich nicht zu ordinär auf, ihr Verhalten bleibt in den Grenzen dessen, was eine Diva ihres Niveaus sich leisten kann, ohne andere in Verlegenheit zu bringen.

Im Übrigen ergibt sich die richtige Atmosphäre an einem Ort wie der Villa Metaphora aus einer ausgewogenen Mischung lebhafterer, neutraler und eher schweigsamer Gäste. Die Reitts zum Beispiel sitzen starr wie Ölgötzen da und nippen an ihrem Wein, ohne ein Wort zu wechseln. Die Cobannis unterhalten sich halblaut, sehen sich um, schnappen Gesprächsfetzen auf, kommentieren. Auch die Französin, die allein da ist, scheint zu beobachten und zuzuhören, auch wenn sie eindeutig auf ihren Wein wartet. Die Alchemie insgesamt funktioniert: Das Angebot von Stimmen, Gesten, Typen und Verhaltensweisen auf der Terrasse ist gut sortiert. Die anwesenden Menschen fügen sich nahtlos ein in das Farbenspiel aus weißen Tischdecken, Laternen und orangefarbenen Kerzen vor dem violetten, dunkelnden Himmel und dem Meer, das allmählich schwarz wird. Das Klima ist international, erlesen und abwechslungsreich. Es läuft gut, wirklich gut.

Lucia bringt eine Flasche Wein an den Tisch der Cobannis, gefolgt von Teresa mit dem Eiskühler. Sie wartet, bis Teresa den Kühler im Ständer abgestellt hat und gegangen ist, dann entkorkt sie unbefangen die Flasche, sehr kompetent. Sie lernt schnell, man kann es nicht leugnen: Sie nimmt die Informationen auf, begreift die Codes, braucht immer weniger Zeit dafür. Jedes Mal, wenn er sie in ein schönes Hotel oder ein gutes Restaurant mitgenommen hat, ist ihm aufgefallen, wie sie beobachtete, zuhörte, Details registrierte, und jetzt zahlt es sich aus. Nur noch ganz selten wirkt sie etwas plump, aber das ist nicht mehr der Rede wert. Sie gießt einen Fingerbreit Wein in das Glas des Ingenieurs, tritt einen halben Schritt zurück, hält die Flasche leicht schräg und gut sichtbar in der Hand.

Cobanni nimmt das Glas am Stiel, lässt es behutsam kreisen, hält es an die Nase, nimmt einen kleinen Schluck, schmeckt ihn im Mund, schluckt, nickt.

Lucia schenkt erst Signora Cobannis Glas halbvoll, dann das des Ingenieurs, umhüllt die Flasche mit der Serviette, steckt sie in den Eiskühler und zieht sich mit einer angedeuteten Verbeugung zurück.

Die Cobannis stoßen an, trinken, lächeln, beginnen wieder sich umzusehen und Bemerkungen auszutauschen, aber diskret und vornehm.

Amalia bringt Eiskühler und Wein für die Poulanc. Lucia eilt herbei, öffnet die Flasche und gießt einen kleinen Probierschluck ein.

Die Poulanc schnuppert an dem Glas, kostet, schüttelt den Kopf.

Lucia lächelt, die Flasche schräg in der Hand; sie ist blockiert, plötzlich verunsichert, wie sie reagieren soll.

Gianluca Perusato nähert sich, deutet auf die Flasche Bianca di Valguarnera 2008: »*Ce n'est pas à votre goût, Madame?*«

»*C'est bouchonné.*« Die Poulanc kräuselt die Lippen, mit ihrem Gesicht einer ungnädigen Kröte.

Gianluca Perusato verneigt sich knapp, wirft Lucia einen Blick zu. »*Pas de problème, Madame.* Wir bringen sofort eine neue.« Er selbst greift nach dem Glas, in dem noch ein Rest des abgelehnten Weins schwappt, und nimmt Lucia die Flasche aus der Hand.

Lucia folgt ihm aufgeregt in die Küche. »Im ersten Moment wusste ich wirklich nicht, was ich machen soll.«

»Ich habe es gesehen. Du warst wie gelähmt, zum Donnerwetter.« Klar, Lücken gibt es noch. Sie muss sich beeilen, sie zu schließen, wenn sie will, dass er ihr zumindest teilweise die Verantwortung für die Villa überträgt.

Von seinem Posten, wo er Federico gerade nervös Anweisungen gibt, wirft Ramiro einen Blick herüber.

»Tut mir leid, Gian.« Lucia ist verlegen, sie nimmt sich die Lektion sichtlich zu Herzen.

»Wenn es nur nicht wieder vorkommt.« Mit einem gewissen Abscheu stellt Perusato das Glas ab, auf dem die Poulanc Lippenstiftspuren hinterlassen hat, nimmt ein frisches, gießt etwas Wein ein, probiert.

Lucia schaut ängstlich zu: »Schmeckt er nach Korken?«

Er schüttelt den Kopf. »Nein, er ist perfekt. Das war mir schon klar.« Obwohl er am liebsten hinausgehen und der Poulanc die ganze Flasche über den Kopf schütten würde, holt er eine zweite aus dem Weinschrank, reicht sie Lucia, schiebt sie auf die Terrasse, gibt ihr einen Klaps auf den Hintern. Oft genug hat er selbst das Spiel mit »er korkt« gespielt, um eine Frau zu beeindrucken, die er zum Essen eingeladen hatte, oder einen Sommelier in Schwierigkeiten zu bringen, der ihm unsympathisch war. Wie radikal sich die Dinge doch ändern, je nachdem, von welchem Standpunkt man sie betrachtet. Sobald Lucia alles gelernt hat, wird er ihr fast sicher die Leitung der Villa Metaphora anvertrauen oder sich einen guten Fachmann holen. Denn da er wählen kann, möchte er derjenige sein, der den Wein zurückgehen lässt, und nicht derjenige, der die Zurückweisung hinnehmen muss.

Unter Mithilfe von Federico, der zum Glück in Schürze und Mütze gar keine schlechte Figur abgibt, hat Ramiro einige Teller fertiggestellt, auf denen kleine Goldfische in Aquarien zu schwimmen scheinen.

»Alles in Ordnung?« Gianluca Perusato wendet sich an den Chefkoch im Ton eines Schiffskommandanten, der mit seinem Ersten Offizier spricht.

»Ich habe kein Personal und keine anständigen Zutaten, *pero hago lo mejor que puedo.*«

»Was soll das heißen, Sie haben keine Zutaten, Ramiro?« Man braucht schon ungewöhnlich viel Geduld, um bei diesen ewigen Nörgeleien nicht zu platzen. »Nirgendwo in Europa sind Fisch, Schalentiere oder Meeresfrüchte frischer als hier!«

»*¡No es todo, el pescado!*« Ramiro ist nie um ein Widerwort verlegen. »*Yo no tengo que cocinar para los pinguinos!*«

»Aber was gibt es denn hier nicht?« Gianluca Perusato hat Mühe, Ruhe zu bewahren.

»*¡Nada de nada!* Kein erstklassiges Gemüse, keinen erstklassigen Käse, kein erstklassiges Fleisch, keine erstklassigen Eier, kein erstklassiges Obst! Schauen Sie diesen Kopfsalat an, *mire!* Der ist mindestens fünf Tage alt, komplett unbrauchbar!«

»Und diese Sachen hier? Was ist daran verkehrt? Die scheinen sehr gut zu sein.« Gianluca Perusato zeigt auf verschiedene Lebensmittel, die noch roh oder halbverarbeitet auf den Arbeitsflächen ausgebreitet sind.

»*¡Parecen!* Alles Zeug, das per Schiff von wer weiß woher kommt! Auf Tari haben sie keine Ahnung, wie man was anbaut.

Und wenn sie was züchten, behalten sie die Sachen für sich! *¡Aunque calabacines decentes sí tienen!*«

»*¿Qué?*« Er hat keine Absicht, in die kleinen linguistischen Fallen des Kochs zu tappen, doch was *calabacines* sind, weiß er einfach nicht mehr.

»Zucchini! *¡Son pálidas, son feas!* Nicht einmal die kriegen sie hin, *estos cabrones vagos y incapaces de Tari*!«

Die Hand in die Seite gestemmt, hört Federico mit finsterer Miene zu, wie seine Landsleute als unfähige Ziegenböcke bezeichnet werden, so als wollte er gleich hitzig den Inselstolz verteidigen.

»Hören Sie, Ramiro, ich bin sicher, dass Sie trotzdem Hervorragendes leisten werden.« Gianluca Perusto beherrscht sich mit letzter Kraft. »Übrigens, in schwierigen Situationen gibt der wahre Künstler sein Bestes!«

»Schöner Trost, echt!« Ramiro schüttelt murrend den Kopf. Doch nun zerkleinert er wieder irgendetwas mit dem Wiegemesser auf einem Brett, umgeben von seinen Backöfen, Herdplatten und Hochgeschwindigkeitsmixern, und winkt Federico herrisch, ebenfalls wieder an die Arbeit zu gehen.

Gianluca Perusato beobachtet ihn noch einen Augenblick, dann nickt er ihm aufmunternd zu (ohne Reaktion seitens des Kochs) und geht zurück auf die Terrasse. Baldmöglichst wird er Lucia die Leitung übertragen, denkt er entschlossen, denn da er wählen kann, will er derjenige sein, der den hysterischen Koch zum Teufel jagt, und nicht derjenige, der ihn mit unendlicher Geduld beruhigt und motiviert.

20

Nou praisari a jurnata si nou darca a sirata, lautete ein anderes Lieblingssprichwort von Lucias Urgroßvater (von Moscatigno-Seite), man soll den Tag nicht vor dem Abend loben. Jetzt, wo es Nacht ist, darf man es endlich sagen, der Tag ist prima gelaufen, und der Abend war der krönende Abschluss. Alle Gäste sind inzwischen gegangen, Amalia und Teresa haben die Tische gesäubert, das Geschirr in die Spülmaschinen geräumt und den Boden gekehrt, sie haben sich umgezogen und steigen nun unten an der Mole mit Federico in das Boot, das sie alle drei für die Nacht nach Bonarbor bringt. Lucia Moscatigno fragt sich, ob sie nicht hätte behaupten müssen, sie wolle auch mitfahren, weil sie lieber zu Hause schlafe. Doch in Wirklichkeit will sie hier bei Gianluca bleiben und die Freude über den Start der Villa Metaphora mit ihm teilen, bevor dieser magische, unwiederholbare Augenblick verfliegt. Sie will ihn so lange wie möglich ausdehnen, ihn genießen, die Nacht mit Gianluca im Zimmer hinter dem Büro verbringen, mit ihm darüber reden, mit ihm schlafen. Sie dreht sich um und betrachtet ihn, ihr scheint, es bedarf keiner Worte.

Gianluca geht über die Terrasse, um sorgfältig die sieben marokkanischen Laternen zu löschen. Er öffnet ein Kupfertürchen nach dem anderen, schraubt den Docht herunter und schließt es wieder. Er spürt ihren Blick, lächelt. Sie nähert sich, möchte ihm um den Hals fallen, bremst sich aber, atmet tief ein, schaut sich zusammen mit ihm um. Es fühlt sich an wie das Ende einer Schlacht, wie eroberter Frieden. Der Himmel ist voller Sterne, mondlos. Die Nacht ist tief und schwarz, schwarz auch das Meer, das träge an die Felsen schwappt, das Plätschern vermischt sich mit der lauen Brise aus Südwest. Die einzigen von Menschen herrührenden Geräusche sind der tuckernde Motor des Bootes, das dort unten davonfährt, und das gelegentliche Gekicher, das von der Terrasse von Lynn Lous Freundin herüberdringt.

»Nun?« Gianluca dreht sich nicht um im bernsteinfarbenen Licht der beiden noch brennenden Laternen. »Was war dein Eindruck?«

»Es ist großartig gelaufen, Gian. Alle waren sehr zufrieden. Über das Essen, den Wein, die Atmosphäre, alles.«

»Außer die Poulanc, diese alte Kröte.«

»Ja, aber zuletzt war sie etwas gelöster. Sie hat die ganze Flasche geleert, wollte die Geschichte des Barons hören, hat nach den Arbeiten hier gefragt, nach den ökokompatiblen Anlagen, nach Ramiro, nach Zacomel.«

»Du wirst ihr doch nicht zu viel erzählt haben, hoffe ich?«

Lucia sieht ihn nur schief an, wie jedes Mal, wenn er sie unterschätzt. »Wofür hältst du mich?«

»Ich weiß, dass du aufpasst.« Gianluca versucht es wiedergutzumachen. »Aber speziell mit Leuten wie der Poulanc kann man nie vorsichtig genug sein. Carmine hat mir gesagt, dass er sie heute Nachmittag erwischt hat, wie sie in der Küche rumschnüffelte.«

»Na ja, die Ärmste. Mir tut sie irgendwie auch leid, eine, die so ganz allein hierherkommt, ohne Mann, ohne Freund, kein Wunder, dass sie ein bisschen verbittert ist.«

»Mir tut sie überhaupt nicht leid, ehrlich gesagt. Und die Reitts? Tun die dir auch leid?«

Lucia lacht. »Die? Wirklich nicht! Mamma mia, sie haben während des ganzen Essens keine drei Worte gewechselt. Und hast du gesehen, wie Neckhart an ihren Tisch gegangen ist, um sie zu begrüßen? Steif wie Stockfische, sie haben kaum geantwortet. Der Mann noch schlimmer als die Frau, sie hat wenigstens versucht zu lächeln.«

Gianluca öffnet das Türchen der vorletzten Laterne, schraubt den Docht herunter, löscht die Flamme. »Werner Reitt kommt in der PanEuropaBank gleich nach Günter Kunze. Ich weiß nicht, ob dir klar ist, wovon wir hier reden. Das ist keine Hochfinanz, es ist die *Stratosphäre* der internationalen Finanz.«

»Schon klar.« Jedes Mal, wenn er meint, sie könne etwas nicht richtig einschätzen, klingt ihre Stimme gepresst. »Aber auch Brian Neckhart ist nicht ganz unbedeutend, oder?«

»Ja, gut, aber ich glaube, dass Werner Reitt da ganz andere Maßstäbe hat. So einer wie Brian Neckhart muss ihm vorkommen wie eine Art Seiltänzer im Zirkus.«

Beide lachen leise, komplizenhaft, nah, eingehüllt in die laue Luft. Gianluca nimmt sie am Handgelenk, führt sie ans rechte Ende der Terrasse, nimmt auch ihr anderes Handgelenk und zieht sie an sich. »Ich bin stolz auf dich«, flüstert er ihr ins Ohr, eine Hand auf ihrem Hintern.

Sie fühlt, wie ihr ein Schauer die Wirbelsäule hinaufläuft bis zum Nacken und noch höher, bis unter die Haare. Sie schmiegt sich an ihn, ihre Haut glüht, ihre Säfte kreisen erhitzt. »Ich bin auch stolz auf dich. *Corazo forti prevali a mala sorti.*«

»Das heißt?« Gianluca neigt den Kopf leicht nach hinten, um sie anzuschauen, er macht das komische Gesicht, das er aufsetzt, wenn sie Dialekt spricht.

»Den Mutigen hilft das Glück.« Lucia lacht erregt.

»Aha.« Gianluca presst seine Lippen auf ihre, schiebt ihr heftig die Zunge in den Mund.

Auch sie streckt die Zunge vor, atmet durch die Nase. Ihre Handflächen, ihre Fußsohlen und ihre Achselhöhlen sind schweißnass, ihr Schneckchen ist feucht, ihr Herz klopft schnell.

Sie pressen sich aneinander, und Gianlucas Hand gleitet hinunter zum Rocksaum, hebt ihn hoch, macht kehrt, wandert an der Innenseite der Schenkel die nackte, hochsensible Haut wieder nach oben, höher, immer höher, bis der Mittelfinger auf dem feuchten Baumwollhöschen zu vibrieren beginnt.

Lucia spreizt die Schenkel, ihre Zunge spielt mit seiner, sie bewegt sich rückwärts, bis ihre Waden das Mäuerchen der Terrasse berühren. Sie streckt die linke Hand aus, hält sich am Pfosten des Sonnensegels fest, schiebt die rechte zwischen ihrem und Gianlucas Körper auf seiner weichen Leinenhose bis dahin, wo er ganz hart und heiß ist. Während sie ihn reibt, denkt sie an die Boxershorts unter der Hose, an den steifen Penis unter den Boxershorts. (Sie weiß nicht recht, wie sie sagen soll, alle Namen, die sie bisher gehört hat, sind irgendwie peinlich, entweder infantil oder vulgär oder wie aus einem wissenschaftlichen Buch. Na ja, Schneckchen klingt auch ein bisschen doof, aber das sagte ihre Großmutter, als sie klein war, und wie soll man denn sonst sagen?) Jedenfalls erinnert sie sich noch so gut an das erste Mal, als sie Gianlucas Boxershorts gesehen hat, als sie zum ersten Mal miteinander geschlafen haben in dem Hotel an der Via Veneto, wo er immer abstieg, wenn er in Rom war. Da hat sie auch zum ersten Mal eine Suite von innen gesehen, nicht nur im Kino oder im Fernsehen, und Gianluca bewegte sich völlig souverän, wie ein Herr aus dem Norden, der zahlt und fordert und nie ganz zufrieden ist, und wenn doch, achtet er darauf, es nicht zu zeigen. Das Marmorbad, die Teppiche auf dem dicken Teppichboden, die Brokatvorhänge, das Riesenbett, die Nachttische aus Tropenholz mit verschiedenfarbigen Intarsien: Alles gehörte ihm und gleichzeitig auch nicht, jede Geste war herrschaftlich und gleichzeitig die eines Menschen, der nur vorübergehend hier ist. Vieles hatte sie in der Situation beeindruckt und bewegt, aber die Boxershorts, die er trug, die waren die wahre Entdeckung. Aus Hemdenstoff gemacht und so perfekt gebügelt und geschnitten, dass er damit über den Flur hätte gehen können, ohne Anstoß zu erregen. Sie waren das intime Kennzeichen eines

Mannes, der einer anderen Kategorie angehörte als die Männer, die sie bisher in der Unterhose gesehen hatte, einschließlich Vater, Brüder und Cousins, mit ihren hässlichen, schlabbrigen, gerippten weißen Kinderunterhosen, die jedoch ausgebeult waren von dem, was ein erwachsener Mann da unten hat und ein kleiner Junge noch nicht. Gianlucas Boxershorts konnte man gar nicht als Unterhose bezeichnen (in der Tat heißen sie ja auch wirklich anders), er sah darin kein bisschen peinlich oder unehrenhaft aus. Sie hatten nichts gemein mit diesen beschämenden Dingern, die ihre Mutter zusammen mit den Unterhemden an der Wäscheleine vor dem Fenster zum Trocknen aufhängte. Gianlucas Boxershorts waren so elegant wie seine Anzüge, wie seine Art, im Restaurant zu bestellen, oder sein Ton, wenn er in einem Geschäft mit dem Verkäufer sprach. Es waren die Boxershorts eines Norditalieners mit hellbraunen Haaren und blauen Augen, der größer und unberechenbarer war als die Männer, mit denen sie bis dahin zu tun gehabt hatte; die Boxershorts eines weltgewandten, internationalen Architekten, der sich mit Frauen auskennt und weiß, wie man sie richtig küsst, wie man die Hand die Schenkel hinaufschiebt und den Finger hin und her bewegt, weder zu stark noch zu schwach. Mit dem richtigen Druck, der richtigen Ausdauer, bis er den Gummizug wegzieht, der den Schenkel umschließt, und hinunterrutscht, ein wenig anmaßend, aber auch zart, um in die feuchte Wärme einzudringen, aber nur ganz leicht, und dann allmählich weiter hinauf zu ihrer Erregung, begleitet von Zeigefinger und Ringfinger.

Sie keuchen im gleichen Rhythmus, pressen sich aneinander, reiben und rubbeln immer hitziger. Die kochenden, glitschigen Säfte fließen, Lucia fühlt, dass sie bereit ist, gleich verliert sie die Kontrolle, lässt sich überwältigen, hemmungslos mitreißen und entflammen; sie atmet noch tiefer, wirft den Kopf zurück, spannt alle Muskeln an, von den Fesseln bis zum Nacken, bis es beinahe schmerzt.

Doch in all dieses innerliche und äußerliche Beben mischt sich eine Vibration, die von Gianlucas Brust herkommt und zu regelmäßig, zu mechanisch ist: *vrrr-vrrr, vrrr-vrrr, vrrr-vrrr.*

»Oh, Mist.« Gianluca zieht den Mittelfinger aus der feuchten Wärme heraus, nimmt seine Hand von ihren Schenkeln, der Gummizug des Höschens schnalzt leise zurück. *Vrrr-vrrr, vrrr-vrrr,* sein Handy vibriert und surrt immer weiter, verdammt.

»Jetzt geh schon dran.« Lucia schiebt ihn mit beiden Händen weg. Sie holt tief Luft, bemüht sich, den Herzschlag zu verlangsamen, die Enttäuschung aufzuhalten, die sie wie eine kalte Welle überrollt, um die kochende Woge zu bändigen, die gerade so stark und überzeugt in ihr aufstieg.

»Entschuldige mich, nur einen Moment.« Er hat das Handy schon hervorgeholt, hält es ans Ohr, entfernt sich rasch in der Dunkelheit der Nacht.

»Schon gut, mach nur, rede, so lange du willst.« Sie weiß sowieso, wer es ist, er muss es ihr gar nicht sagen. Sie zupft den Rock zurecht, fährt sich mit der Hand durch die Haare, atmet durch die Nase ein, streicht die Bluse glatt. *Person se pigghia, si nou s'imiligghia,* Gleich und Gleich gesellt sich gern. In Ordnung, aber das stimmte vermutlich vor zwanzig Jahren, als Gianluca und seine Frau sich getroffen haben und sie die Tochter des Chefs und die echte Mailänderin war und so weiter und so weiter, wie er ihr in Fortsetzungen erzählt hat, wenn er bemitleidet werden wollte. Was kann er jetzt schon noch an so einer dürren Frau finden, die aussieht wie eine Bohnenstange im Armani-Look, mit dieser geraden Nase, diesem kalten Blick, diesen schmalen Lippen und dem Lächeln, das einem den Magen zusammenzieht. Keine Wärme, keine Leidenschaft, nur Vernunft und Berechnung. Aber den Riecher, genau am magischsten Punkt des unwiederholbaren Augenblicks anzurufen, den hat sie, diese Hyäne. Um damit die wunderbare Romantik der Nacht zu zerstören, zack, weg damit.

Gianluca spricht jetzt mit ihr, am anderen Ende der Terrasse, sein Ton ist verlegen und etwas streng, wie immer, wenn er mit seiner Frau telefoniert. »Ziemlich gut, würde ich sagen. Danke. Na ja, wir sind ja wirklich ganz am Anfang, aber doch, es sieht so aus...« Er versucht nie, sich zu verstecken, wenn sie anruft: Im Gegenteil, er tut so, als wäre es im Grund doch ganz normal, verheiratet zu sein und ein Verhältnis mit seiner Angestellten zu haben. Manchmal schaut er sie sogar an und macht ungeduldige Gesten, während er zuhört, schüttelt den Hörer, wedelt mit der Hand, zieht die Augenbrauen hoch, bewegt die Lippen, als wollte er sagen: *bla bla bla.*

Im leichten Südwestwind schließt Lucia halb die Augen und denkt, dass sie damit wahrscheinlich nie klarkommen wird, sosehr sie sich auch bemüht. Gianluca hat ihr tausendmal erklärt, dass eine nicht offizielle Beziehung viel erregender und amüsanter, sogar wahrer und liebevoller ist als eine offizielle. Sie sei sich nicht bewusst, hat er gesagt, dass sie so nur das Beste bekomme, ohne die ganzen Scherereien, die unvermeidlich jede Ehe begleiten. Er hat ihr eine Menge wichtiger Leute aufgezählt, die sich jahrelang, ja ein Leben lang zwischen offiziellen Beziehungen und heimlichen Liebschaften aufteilen. Er hat ihr gesagt, ihre maßlose Eifersucht sei das Überbleibsel einer archaischen Kultur, von der sie sich um jeden Preis befreien müsse, wenn sie wirklich eine moderne Frau werden wolle. Seine Töchter würden unter einer Trennung schrecklich leiden, hat er ihr erklärt, und sie würde sich doch sicher nie eine so schlimme Verantwortung aufladen wollen. Er empfinde für seine Frau vor allem Mitleid, da sie an einer schweren Neurose leide und an einer Trennung zugrunde gehen würde. Lucia hat diese Argumente überdacht wie alles, was er ihr in den drei Jahren ihrer Beziehung erklärt hat. Sie hat sich bemüht, die naiven Bilder zu löschen, die sich durch Märchen, Schlager, Romane und Kleinmädchenträume in ihrem Kopf eingenistet hatten, und emotionale Unabhängigkeit zu entwickeln, so wie sie auch die Art, sich zu bewegen, sich anzuziehen und zu sprechen, übernommen hat, die er sie lehrte. Doch in diesem Bereich hat sich keine wunderbare Wandlung vollzogen: Die Wut über die Ungerechtigkeit, ihren Mann mit einer anderen teilen zu müssen (die noch dazu viel mehr Rechte hat als sie), nagt weiter an ihr wie eine Krankheit. Und flammt wieder auf bei jeder neuen Vertraulichkeit, Gemeinheit oder Überheblichkeit dieser Hyäne, bei jedem Telefonat, das einen magischen, unwiederholbaren Augenblick zwischen ihnen beiden zerstört.

Er fragt gerade nach den Töchtern, wie immer leicht schuldbewusst. Als täte er nie genug für sie, als gäbe er nicht ein Vermögen aus, um sie wie zwei Prinzessinnen aufzuziehen. »Und Margherita? Und Elisabetta? Tatsächlich? Das ist ja phantastisch! Und die Tennisstunden? Wie viel? Wann?«

Lucia betrachtet die schmale Mondsichel, die scheu am Himmel erschienen ist, wahrscheinlich wäre es wirklich besser gewesen, sie hätte zu Haus bei ihrer Familie in Bonarbor übernachtet. Aber der Anruf wird ja bald zu Ende sein, denkt sie, dann kann sie sich ihren Mann aus dem Norden wieder schnappen, vielleicht ist er nach dem Gespräch mit seiner Gattin noch lüsterner als zuvor, oder aber völlig niedergeschlagen, eher auf Trost aus als auf Liebesspiele. So ist ihre Beziehung eben, jedenfalls bis jetzt: Also kann sie sie genauso gut genießen.

Dritter Tag

21

Um sechs Uhr morgens ist der Blick von hier oben wirklich gigantisch, die Sonne ist noch hinter dem Gipfel des Vulkans verborgen, das Meer spiegelt die Bläue des Himmels, und das Licht bricht sich silbrig funkelnd in den unendlichen, von der Brise gekräuselten kleinen Wellen. Schon lange freut sich Paolo Zacomel nun an dieser grenzenlosen wilden Szenerie, und dennoch staunt er jedes Mal, wenn er die Augen öffnet, schlüpft aus dem Schlafsack und schaut über den Felsvorsprung in die Weite.

Perusato war anfangs perplex, als er ihm sagte, er schlafe lieber in seiner kleinen, hinter der Küche eingerichteten Schreinerwerkstatt unter freiem Himmel als in dem Zimmer, das er mit Carmine teilen müsste, zwischen der Wäscherei und der Unterkunft des Kochs. Paolo versuchte ihm zu erklären, wie unvergleichlich es ist, die ganze Nacht die reine Luft und den Sternenhimmel zu genießen, anstatt in einem geschlossenen Raum zu sein, doch der Architekt sah ihn weiter kopfschüttelnd an, als hielte er ihn für leicht übergeschnappt. Was ja auch verständlich ist bei einem, der von Beruf Wände und Dächer entwirft.

Paolo Zacomel breitet den Schlafsack offen aus, um ihn zu lüften, dann geht er vorsichtig, damit er sich keine Dornen in den Fuß tritt, ein paar Dutzend Meter entfernt zwischen den Felsen und Sträuchern zum Pinkeln. Tief atmet er den aromatischen, leicht schwefeligen Geruch ein, nimmt die Strahlungen der Erde auf, die sich langsam erwärmt. Gewöhnlich wacht er noch früher auf, aber gestern Nacht ist er fast bis zwei Uhr mit

Lara, dem Koch Ramiro und dieser Amerikanerin Lynn Lou zusammengesessen, sie haben sich unterhalten und getrunken (und ein bisschen Gras geraucht).

Seltsam, mit Ramiro hat er in den vergangenen Tagen kaum ein Wort gewechselt, er fand ihn eingebildet und hysterisch. Dann ist Lara gekommen, die niemanden kannte, abgesehen von der berühmten Schauspielerin, ihrer Freundin, und hat sie alle nach dem Abendessen zum Plaudern auf ihre Terrasse eingeladen. Dabei hat sich herausgestellt, dass Ramiro alles andere als unsympathisch ist: nervös, ja, voller Phobien, ja, aber auch geistreich, ein brillanter, unruhiger Kopf. Er hat ihm einen Haufen sehr gezielter Fragen über seine Arbeit mit dem Holz, über die Suche nach dem Material, die Planungs- und Realisierungstechniken gestellt. Er wiederum hat ihn zur Welt der Kochkunst befragt, von der er so gut wie nichts wusste, und sehr interessante Sachen erfahren. Nach einer Weile debattierten sie hitzig, beinahe wie zwei Kollegen, weil sie sich uneins waren, welches das letzte Ziel jeder künstlerischen Schöpfung sei (Anregung/Verlockung oder Befriedigung, Unruhe oder Harmonie, oder eine Mischung aus beidem). Sogar Lynn Lou, die Diva, ist recht sympathisch, obwohl man gleich merkt, dass sie extrem egozentrisch und labil ist. Gestern Nacht trank sie pausenlos, rollte Joints und wechselte übergangslos von Zuständen eisiger Abwesenheit zu plötzlicher, sprühender Begeisterung, lachte, hüpfte herum und spielte den anderen Streiche, als wäre sie acht Jahre alt. Aber sie ist wenigstens lebhaft und witzig und ehrlich bis zur Brutalität, drei nicht zu verachtende Eigenschaften.

Doch die Speziellste war natürlich Lara. Das hatte er schon erkannt, als sie vor der Ankunft der Deutschen mit dem Hubschrauber stehen geblieben war, um mit ihm zu reden. Ihre anmutigen Bewegungen, das traumtänzerische Gleichgewicht, der aufmerksame Blick, ihre Art, die Augen zu Schlitzen zu verengen, um schärfer zu sehen, ihr schwer zu bestimmender Akzent.

Ziemlich geheimnisvoll alles, mit dieser Geschichte des italienischen Vaters, den sie nie gekannt hat und auf dessen Spuren sie jetzt wandelt. Sie wirkt, als brauche sie fast nichts, als könne sie, wenn sie etwas Besseres zu tun oder zu denken hat, durchaus auch das Essen vergessen. Jedes Mal, wenn sie sich beim Reden nähergekommen sind, hat eine geheimnisvolle Kraft seinen Herzschlag verändert. Warum? Er weiß es nicht, will es vielleicht gar nicht wissen; was er weiß, ist, dass gestern Nacht vor dem Einschlafen alle Bilder und Empfindungen etwas mit ihr zu tun hatten.

Paolo Zacomel kehrt in seine kleine Werkstatt hinter der Küche zurück. Er hat sie hier eingerichtet, um sich vor dem im März und April ziemlich grimmigen Wind zu schützen. Ein Glück, dass im Sommer nur noch eine laue Brise weht, wie Perusato sich ausdrückt, sonst wäre die Situation in der Villa Metaphora entschieden zu extrem für den Geschmack ihrer Gäste.

Da abgesehen von dem illegal geschlagenen Mahagoni, das er nie verwenden wird, kein Möbelholz mehr da ist, widmet er sich heute weiter den zwei Gartenbänken, die er aus dem gestern auf den Felsen zusammengesuchten Schwemmholz bauen will. Er zieht Perusato zuliebe ein T-Shirt über, geht zur unteren östlichen Terrasse hinunter, wo er die Arbeit stehengelassen hat, und freut sich auf den wunderbaren Tag, der vor ihm liegt, die Hände mit erprobtem Tun beschäftigt, die Betrachtung der Elemente von seinen neuen Gedanken durchzogen.

Draußen auf dem Meer taucht das Fischerboot mit Amalia, Teresa und Federico hinter den Felsen auf: Man hört das Blubbern des Dieselmotors, man sieht den Bug, der das Wasser teilt. Paolo Zacomel läuft rasch die Treppe hinunter, die zur Mole führt. Er spürt die freudige Energie in den Beinen, die nackten Fußsohlen genießen den flüchtigen Kontakt mit der Steinoberfläche.

Paolo Zacomel denkt an Laras Worte gestern Nacht über die

sieben Terrassen der Villa Metaphora, die für Baron Canistraterra eine symbolische Bedeutung besaßen, die mit den sieben Sinnen zusammenhing. »Sind es nicht *fünf* Sinne?«, hat er gefragt, ohne auch nur eine Sekunde nachzudenken. Sie hat ihm die antike Theorie über den heiligen inneren Körper erklärt, nach der es sieben vitale Eigenschaften unter dem Einfluss von sieben Planeten gibt. Sie zählte sie an den Fingern auf, mit halb scherzhafter, halb ernster Feierlichkeit: »Das Feuer belebt alle Dinge, die Erde gibt den Tastsinn, das Wasser gibt das Wort, die Luft gibt den Geschmack, der Nebel gibt die Sehkraft, die Blumen geben das Gehör, und der Süden gibt den Geruchssinn.« Ihn faszinierte, was und wie sie es sagte und welche Bilder es hervorrief. »Der Süden gibt den Geruchssinn?« Lara hat ihm direkt in die Augen geschaut, die Eindringlichkeit gemildert durch ihr Lächeln im Licht der Öllampe. Er hat sie ebenso eindringlich angesehen (wieder ein Stocken in der Herzgegend), vielleicht hat er irgendetwas geantwortet, was ihm jetzt nicht mehr einfällt, sosehr er sich auch bemüht, ihre Gespräche möglichst genau zu rekonstruieren.

Das Fischerboot legt jetzt am Steg an, Federico wirft ihm das Bugseil zu. Paolo Zacomel fängt es auf, schlingt es um einen Pflock, reicht Amalia und Teresa den Arm zum Aussteigen. Obwohl er nun schon zum dritten Mal morgens zum Helfen herkommt, ist das Misstrauen der Frauen noch nicht verflogen: Es steckt in ihrem Blick, in dem leise gemurmelten »Danke«, in der Hast, mit der sie nach den schweren Taschen greifen, die er sich von Federico reichen lässt und ihnen weitergibt. Mit Federico ist die Kommunikation noch schwieriger, vielleicht hält er Paolo für einen Eindringling, der den Inselbewohnern die Arbeit wegnimmt (auch wenn Perusato behauptet, auf Tari gebe es niemanden, der Möbel baut). Andererseits ist auch Paolo Zacomel nicht der kumpelhafte Typ, der Ablehnung durch lockere Bemerkungen, Witze und wahllose Freundschaftsangebote überwindet. Sein Charakter ist eher anarchisch-individualistisch, wenn er ihn unbedingt definieren soll, und das monatelange einsame Arbeiten hier hat diese Tendenz nur noch verschärft. Amalia, Teresa und Federico wissen nicht, dass er mindestens so sehr Insulaner ist wie sie, obgleich er nicht von einer Insel stammt. Oder vielleicht ahnen sie es auch und wissen deshalb nicht recht, wie sie mit ihm umgehen sollen.

Eilig stürmt Carmine in seinem weißen Anzug die Treppe herunter. Er begrüßt Amalia und Teresa, nickt Paolo Zacomel kurz zu, drängt sich rasch an ihm vorbei, um sich von Federico die Fischkisten und die Taschen mit Gemüse und anderen Vorräten reichen zu lassen, die dieser nach Ramiros Anweisungen am Hafen gekauft hat. Paolo Zacomel kann gerade noch eine Kiste Meerbarben nehmen, die mit sehr klaren Augen in dem gekörnten Eis liegen, und sie in den Lastenaufzug stellen. Carmine nimmt sie gleich wieder heraus und stapelt sie zusammen mit den anderen nach seinen eigenen Kriterien, es geht ihm offensichtlich ums Prinzip.

Paolo Zacomel ärgert sich nicht, er zuckt die Achseln. Er deutet auf das große, an einer Winde hochgezogene Motorboot: »Wann lässt du es heute zu Wasser?«

Carmine antwortet in typisch taresischer Manier, Augen und Kinn zeigen seitlich nach oben: »Demnächst.«

»Musst du mit den Gästen einen Ausflug machen?«

Ganz leicht bewegt Carmine den Kopf nach hinten, um zu bedeuten, dass er es noch nicht weiß. Er dreht sich nach Federico um, der schnell die Treppe hinaufläuft, Amalia und Teresa hinter ihm sind schon nach etwa zwanzig Stufen stehen geblieben, um zu verschnaufen.

Paolo Zacomel geht ans Ende der Mole, kniet hin, um sich die Hände zu waschen, die nach Fisch riechen. Direkt vor ihm ist das Wasser ganz durchsichtig, dann wird es mit zunehmender Tiefe himmelblau, azurblau, staubblau, hellblau, kornblumenblau, königsblau, indigoblau, pfauenblau, *electric blue,* ultramarinblau, nachtblau, preußischblau und schließlich rund um die Klippen fast schwarz. In solchen Augenblicken wird ihm deutlich bewusst, dass er über einem bodenlosen Abgrund schwebt, in den er jederzeit stürzen könnte, wenn er nicht von einigen lichterfüllten Empfindungen und Gedanken gehalten würde.

Er trocknet sich die Hände an der Hose ab, läuft auf der Mole zurück, winkt Carmine zu, der noch am Lastenaufzug hantiert, und eilt die Stufen hinauf zur Arbeit an den zwei Bänken, bei der er seine Gedanken und Empfindungen auf die Hände und über die Hände auf das vom Meer glattgeschliffene Holz übertragen kann.

22

Carmine Alcuanti schaut dem Schreiner Zacomel nach, der mit sonnengeröstetem Gesicht und struppigem Bart in seinem verwaschenen, ausgefransten Pantalon und dem schlabbrigen Shirt darüber wie ein Odysseus zur Terrasse hinaufwandert. Will er damit den Architekten Perusato motivieren, ihm endlich die Lohnung zu geben, die ihm zusteht, oder ist ihm sein Aussehen maximal egal, weil er nur an seine Hölzer und die Kunst, sie zu kombinieren, denkt? Obwohl er doch vom Kontinent kommt, könnte man ihn gelegentlich für einen halben Tareser halten, da er immer barfuß herumwalkt, wie die Ziegen von Fels zu Fels skippt, nichts fordert und eigensinnig denkt. Nie stellt er sich so an wie diese ungeschickten, tapsigen Touristen vom Kontinent mit ihrer ewigen Schlappheit und Jammerei über den unvermeidlichen Sonnenbrand. Nichtsdestotrotz hat er alles gute Möbelholz verbraucht, und Nachschub kommt sicher so bald keiner, weil in der Villa Metaphora die Monetas ausgegangen sind bis auf das Minimalnötigste für Amalia, Teresa und Federico, die sonst stante pede nach Hause retournieren (das weiß der Architekt, und ein paar Geldscheine musste er ihnen jedenfalls rüberschieben).

Aber wovon Carmine Alcuanti perpetament dreamt, ist, Lynn Lou Shaw wiederzubegegnen, vielleicht möchte Sie ja sogar einen Ausflug mit dem Chris Craft machen, zumal der Architekt erklärt hat, dass die Gäste über das Transaqua disponieren können. Womöglich will Sie sogar solo exkursionieren, falls ihr Mann überlastet ist mit Telefonaten und sonstiger Kommunikation mit den United States von Amerika, das wäre das Nonplusultra, einfach ein Dream. Gestern konnte er Sie gleich in zwei Versionen admirieren, die nicht informeller hätten sein können, ihm war ganz schwummerig vor Glück. Zuerst am Hafen, da materialisierte Sie sich mit Baseballkappe und Kiddo-Jeans, nicht zu fassen, dass sich darunter die Göttin verbarg. Dann am Abend erschien Sie mit ihrer Freundin auf der Terrasse zum Aperitifschlürfen mit kurzen Pants, Hemdchen und barfuß, auch da brauchte man, wenn man es nicht wusste, ein scharfes Auge, um den maximalsten Filmstar der Welt zu erkennen, noch dazu waren die Pants nicht hauteng wie im Film oder auf den Fotos, sondern im Minimum zwei Größen zu large, genau wie das Hemdchen. Und Ihr Gesicht war ganz Water und Savon, Natur pur, die Haare ungebürstet und ohne allen Glanz. Aber genau darin liegt die Gabe der Göttin, dass Sie sich mit maximaler Natürlichkeit den Blicken offerieren kann. Wusste man es aber, so wie er, hätte man niederknien können vor dieser puren, sancten Gestalt mit ihren admirablen Movements. Die anderen Gäste observierten Sie etwas vergrätzt und empört, aber Sie steht natürlich über solchen Lappalien und schert sich nicht darum. Vor Wochen, als er noch nicht minimal phantasierte, dass Lynn Lou Shaw in die Villa Metaphora kommen könnte, wollte sein Cousin Pescato ihm Fotos zeigen, die gegen Ihren Willen im Internet aufgetaucht waren, doch er hatte geknurrt, das interessiere ihn nicht, der Hacker, dieser Profanierer, solle nur hoffen, nie Carmine Alcuanti über den Weg zu laufen, sonst werde er seine Schandtat bitter bereuen. Nun hat er Sie gestern Abend in Ihrer magischen Einfachheit ganz hyperlumineszierend observiert, spektakulär, die schönste Frau der Welt leibhaftig in Person – faktament eine Göttin.

Carmine Alcuanti checkt zum zehnten Mal die Halterung unter dem Chris Craft, dann pusht er den Knopf des Hebekrans, lässt den Ausleger über die kleinen Wellen gleiten, pusht den

Knopf zum Runterlassen. Das Transaqua schwebt herab, ganz leicht pendelnd im Wind, der heute moderat stärker weht als die letzten Tage. Als das Transaqua schließlich im schwappenden Meer liegt, skippt er an Bord, löst die Haken der Halterung, macht das Heckseil an der Boje und das Bugseil am Steg fest, dann pusht er den nächsten Knopf, um den Ausleger wieder zu heben. Jedes Mal macht ihn diese ganze Prozedur stinkwütend, wo doch das Transaqua so gut geschützt in dem steinernen Hafenbecken lag, das der Architekt gebaut hatte, perpetament fahrbereit, wenn man es brauchte, wie ein King der Meere. Und dann das ganze Bohei um die Verschandelung der Landschaft, die Rache des Bürgermeisters, die über das Resort erbosten Tareser, die der Insel doch tausendmal mehr angetan hatten mit all dem Zement, den sie in Bonarbor für ihre hässlichen Häuser, die hässliche Straße und alle anderen Horroren in jedem Winkel des Dorfes verbaut haben. Hier dagegen wollte ein großartiger Architekt aus Norditalien als Unternehmer in Tari investieren, und selbst wenn sein deeperes Motiv die Ausplünderung der Inselschönheiten und des Meeres gewesen wäre, die gewiss nicht ihm gehören, so gebührt ihm doch die enorme Lohnung, Lynn Lou Shaw hierhergeholt zu haben, davor müssten sogar die den Chapeau ziehen, die nicht ahnen, dass Lynn Lou eine Göttin ist.

Auch dem Koch Ramiro erklärten die Tareser gleich nach seiner Ankunft den Krieg, weil er behauptete, abgesehen von Fisch und Meeresfruiten sei alles, was man in Bonarbor kaufen kann, absolut ungenießbar. Schon am ersten Tag hat er es geschafft, den Gemüsehändler und den Alimentarhändler zu vergrätzen mit der Bemerkung, ihr Zeug sei alt, welk und guste nach nichts. Er versprach, maximal was rauszurücken, wenn sie ihm das Gemüse aus ihren Jardinen und die Eier von ihren Gallinen brächten, statt dem vergilbten, saft- und kraftlosen Zeug, das mit dem Transwater von wer weiß woher kommt. Aber ihre freshen Jardinenprodukte wollen die Tareser selber essen, auch wenn der hergelaufene Fremde noch so viel Geld bietet. Daraufhin rastete Ramiro aus, warf mit Beleidigungen um sich, und sie beschimpften ihn als Schwuli. Der Architekt allerdings baut Ramiro goldene Brücken, schwul hin oder her, und preist ihn als einen Heros der Villa Metaphora. Gestern Abend waren die Gäste jedenfalls von seinen Creationes sehr angetan, das steht fest, ergo hat der Architekt recht, er kennt sich mit dieser Spezies aus, solche Leute sind ja nicht leicht zu kontentieren, sie kommen hierher, weil sie das Spezielle suchen, das Einzigartigste.

Ob das Resort für die Insel eine Chance darstellt, wie der Architekt behauptet, ist schwer zu sayen. Es stimmt, dass die jungen Leute aus Tari abhauen, ohne Lucia hätte auch er selbst sicher längst zum Kontinent rübergemacht (und die mirakulöse Begegnung mit der Göttin verpasst!). Doch was soll das ganze Blabla von Chance, Entwicklung und Wachstum faktament? Sind nicht sowieso schon zu viele Menschen auf dieser Klippe, so wenige sie auch sein mögen? Haben sie der Muntagna Matri nicht sowieso schon mehr als genug angetan mit ihrem brutalen Schaben und Graben, Erde, Fels und Meer umwälzen, ausheben, auftürmen, unrelentet und unersättlich? Was soll die Insel denn tun, sich maximal aufblasen wie die Kröte im Märchen, platzen und die Bruchstücke ins Meer shooten? Käme es nicht besser, das Originäre zu hegen und zu pflegen, den vielen Zement und die scheußlichen Gebäude in Bonarbor wegzusprengen, das Kalkweiß der Trockensteinmauern und die ursprünglichen Schönheiten wieder herzustellen, neue Johannisbrot-, Feigen- und Olivenbäume zu pflanzen, die Grandpatris und Patris aus myopischer Habsucht weggechoppt haben? Oder im Meer wieder Schwämme anzusiedeln, die Tari perpetament ein Auskommen schenkten, bis auch da gnadenlos die Gier zuschlug, bis sie mit Stumpf und Stiel destroyt waren, so dass heute kein einziger mehr übrig ist?

Erneut spektiert Carmine Alcuanti das auf den Wellen schaukelnde Chris Craft und denkt, dass ein solches Transaqua sich zu den normalen Transwater verhält wie Lynn Lou zu den normalen Frauen. Nur so als Hilfsimaginierung, weil es quasi blasphemisch ist, da sich ja weder ein Transaqua noch eine normale Frau mit einer Göttin vergleichen lässt. Nur um zu clearen, dass beide ähnlich weit vom Normalen entfernte Universen bilden, die man einfach nur schweigend mit maximaler Estimation admirieren kann. Bäte ihn Lynn Lou Shaw dann aus fortunosem Glücksfall heute oder in den nächsten Tagen, mit dem Chris Craft eine Exkursierung aufs Meer zu machen, wäre es ein so mirakulöser Event, dass ihm schon beim rein hypotheosen Gedanken angst und bang wird. Es könnte aber auch wahr werden, wenn nicht gar heute, so in den kommenden Tagen. Ja, manchmal darf man Mirakeln keine Limiten setzen.

Oben auf der Restaurant-Terrasse floatet eine Frau im weißen Kleid mit Maximalsonnenbrille und Maximalstrohhut, aber nicht Lynn Lou Shaw, diesmal fällt er nicht mehr drauf rein, er ist ja kein Esel. Es ist die Frenchfrau, die dort promeniert, obwohl es fürs Breakfast noch viel zu früh ist, und außerdem wird das Breakfast auf den Privatterrassen serviert, das steht klar und deutlich auf der Homepage und in der Broschüre. Als scharfe Observeurin müsste sie es wissen.

23

Morgens um diese Zeit ist das Licht entschieden erträglicher als später, wenn die Sonne mit afrikanischer Gewalt herunterknallt, denkt die Poulanc. Früh aufzustehen hat sie keine Mühe gekostet – sie hat sowieso hundsmiserabel geschlafen, da sie, als sie nach Mitternacht mit dem ersten Entwurf für einen Verriss dieses Etablissements fertig war, noch viel zu viel Adrenalin im Blut hatte. Außerdem ist um diese Stunde noch keiner der anderen Gäste unterwegs – Halleluja! –, was sie der Pflicht enthebt, Grüße und Höflichkeiten mit Leuten austauschen zu müssen, die sie nicht ausstehen kann. Die amerikanische Schauspielerin hat sich gestern Abend besonders nervig aufgeführt und gute zwei Stunden lang Fratzen geschnitten, Faxen gemacht und extralaut geredet, wahrscheinlich meinte sie, die übrige Tischgesellschaft schätze sich glücklich, einer Gratisvorstellung beizuwohnen. Die Gäste haben sie kaum beachtet – niemand von ihnen ist so unbedarft, dass er für einen jungen Hollywoodstar Interesse zeigt –, doch der Erfolg beim Personal war beachtlich. Die zwei Bedienungen waren entzückt, der Hilfskoch äugte ständig aus der Küche herüber, und der Bootsmann – der sie anbetet – kam immer wieder unter einem Vorwand auf die Terrasse, um ihr seine schwachsinnige Huldigung darzubringen. Andererseits locken Etablissements wie dieses genau damit eine Klientel von Parvenüs an, die darauf brennt, ihren Urlaub mit echt reichen und berühmten Leuten zu verbringen – oder das jedenfalls behaupten zu können. Es reicht, dass eine Kinogröße, ein Fußballer der ersten Liga oder ein bekannter Industrieller ein paar Tage hierherkommt, und schon ist das Spiel gewonnen. Dann braucht man die Nachricht nur noch auszustreuen – diskret, ohne Megaphon –, und sie wird sich herumsprechen.

Die Poulanc geht die Stufen vom gepflasterten Weg zur Restaurant-Terrasse hinunter. Sie hat leichte Kopfschmerzen – vom Wein von gestern Abend, Weißwein wirkt sich bei ihr immer so aus – und braucht dringend einen Espresso. Dennoch, der Blick von hier oben ist bemerkenswert, das muss man zugeben. *Sehr* sogar, um ehrlich zu sein – ohne damit den Idioten, die dieses abscheuliche Resort leiten und frequentieren, ein Verdienst zuzugestehen. Die Weite des Horizonts, die malerische Szenerie: So viel Meer und Himmel sieht man einfach nicht oft. Baron Canistraterra war höchstwahrscheinlich ein zweitrangiger Wissenschaftler, ein mittelmäßiger Literat und ein manierierter Exzentriker, doch die Idee, sich hier oben ein Haus zu bauen, hat etwas echt Grandioses. Ohne die störende Anwesenheit von Geschäftsführern und Urlaubern weckt dieser Ort maßlose Empfindungen, man könnte durchaus auch eine gefährliche – da grenzenlose – Beziehung zu den Elementen entwickeln. Die oberflächlichsten und verwöhntesten Gäste mögen sich dessen nicht bewusst sein, selbst Architekt Perusato nicht, doch hier handelt es sich sicher nicht nur um spektakuläre Aussicht und unverschmutzte Gewässer, wie der mit Klischees gespickte Text auf der Homepage der Villa Metaphora lautet. Luft, Felsen und Meer sind so fühlbar mit unaussprechlichen Bedeutungen aufgeladen, dass das Theater des gefeierten Superstars noch lächerlicher wird.

Sie möchte ihn abwehren, doch der Gedanke durchbricht mir nichts, dir nichts die Barrikade, die sie so mühevoll vor ihm aufgebaut hat: Jean-Émile hätte dieses Panorama zu schätzen gewusst. Und nicht nur das, nein, er hätte sich davon hinreißen, ja überwältigen lassen. Er wäre genau an dieser Stelle der Terrasse stehen geblieben – breitbeinig, den Blick auf den Horizont gerichtet, die weißen Haare vom Wind gezaust –, wortlos, fast ohne zu atmen. Hätte sie versucht, etwas zu ihm zu sagen, oder auch nur, sich ihm zu nähern, hätte er sofort abgewinkt – mit jener Schroffheit, zu der er fähig war, wenn er sich in Gegenwart des Absoluten fühlte. Später – besänftigt von einem Glas Pernod und vielleicht von dem Bewusstsein, dass er zu abweisend gewesen war – hätte er von der Zahlensymbolik der sieben Terrassen der Villa gesprochen, von den sieben Lämmern des Bundes zwischen Abraham und Abimelech zu Beerseba, von dem bei Herodot beschriebenen arabischen Eid, bei dem sieben Steine mit Blut beschmiert werden, von dem Pharao, der sieben Jahre lang jede seiner Ehefrauen träumte, und der Theorie Shakespeares über die sieben Lebensalter des Mannes in *Wie es euch gefällt*. Noch einmal hätte er seine faszinierende, unbegrenzte Bildung, seine außerordentliche Fähigkeit, eklektische Verbindungen zu erforschen – die Labyrinthe des Geistes zum Klingen zu bringen, wie er das nannte –, dazu benutzt, sie zu unterwerfen, sie daran zu hindern, sich aufzulehnen, und sie in einem Leben erlesener Unterlegenheit gefangen zu halten.

Ach, sie hätte diese Gedanken nicht zulassen dürfen, sie hätte viel größeren Widerstand leisten, viel nachdrücklicher die Gelassenheit – oder ist das zu viel gesagt? – verteidigen müssen, die sie in diesen Jahren so mühsam errungen hat. Die Poulanc kehrt Himmel und Meer den Rücken, wendet den Blick ab und geht einige Schritte. Sie taumelt, geblendet, erschüttert, die Kopfschmerzen haben zugenommen, sie braucht unbedingt einen Espresso, und zwar sofort. Sie schaut in den Küchenvorraum: »Ist da jemand?«

Die zwei Bedienungen und der Hilfskoch drehen sich um und sehen sie an, halb verborgen hinter den vielen hochmodernen Superküchenmaschinen, die der spanische Starkoch Perusato abgetrotzt hat.

»Könnte man nicht vielleicht einen Espresso bekommen?« Die Poulanc erschrickt über ihren flehentlichen Ton.

»Das Frühstück wird ab acht Uhr auf den Privatterrassen serviert.« Die jüngere, magere Bedienung plappert wie ein Papagei die Regeln des Hauses nach. Die zwei anderen mischen sich nicht ein, bleiben in ihren frisch umgebundenen Schürzen im Halbschatten.

»Ich weiß.« Die Poulanc versucht verzweifelt, ihre unerschöpfliche – aber in diesem Augenblick nicht zugängliche – Fähigkeit zur Empörung einzusetzen, um aus ihrem momentanen Zustand herauszukommen. »Aber ich habe jetzt einfach Lust auf einen Espresso. Ginge das?«

Die magere Bedienung dreht sich zum Hilfskoch um; er nickt, als wäre seine Großmut keineswegs selbstverständlich.

»Danke.« Unter normalen Umständen hätte sie ihm eine Szene gemacht, jetzt bringt sie nicht einmal eine ironische Bemerkung zustande. Sie geht auf die Terrasse zurück und setzt sich, fest entschlossen, sich nicht mehr von verklärenden Visionen verunsichern zu lassen, mit dem Rücken zum Meer auf eines der Kissen auf der gemauerten Bank, die das Umfassungsmäuerchen entlangläuft.

Doch nun – ein Unglück kommt selten allein – betritt noch jemand die Terrasse. Groß, mager, angespanntes Gesicht, gekleidet in einen Kaftan mit arabisch angehauchtem Muster, der schlecht zu ihren Zügen und ihrer Blässe passt. Es ist die Deutsche, die sich gestern Nachmittag – zusammen mit ihrem schrecklichen Ehemann – durch ihre Ankunft im Hubschrauber hervorgetan hat. Sie nickt zum Gruß: »*Buongiorno.*« Dass sie recht gut Italienisch spricht, war der Poulanc schon gestern aufgefallen.

»*Buongiorno.*« Die Poulanc hofft, ihr Ton möge signalisieren, dass sie absolut nicht gedenkt, ein morgendliches Gespräch über das Wetter, den Ort und die Aussicht zu führen.

Die Deutsche erfasst die Botschaft nicht, denn sie deutet auf die Landschaft, der die Poulanc den Rücken zuwendet. »Wunderbar, finden Sie nicht?«

»Hm.« Die Poulanc bleibt ungerührt sitzen.

»Diese unermessliche Weite.« In der Stimme der Deutschen schwingt Kummer oder vielleicht tiefe existentielle Trauer mit.

»Tja.« Die Poulanc blickt starr auf die Steinplatten unter ihren Füßen.

Die Deutsche gibt nicht auf: Sie streckt die Hand aus. »Entschuldigung, ich habe mich gar nicht vorgestellt. Brigitte Reitt.«

»Simone Poulanc.« Diesem Ritual kann sie sich nicht entziehen, leider. In der Nacht hat sie im Internet ein paar Informationen über die anderen Gäste der Villa Metaphora eingeholt – nachdem sie der sogenannten *assistant manager* die Namen entlockt hatte – und dabei entdeckt, dass Reitt einer der stellvertretenden Direktoren der PanEuropaBank ist, bestimmt ist dieser Rolle seine Vorliebe für Hubschrauber als Transportmittel zu verdanken, ebenso wie die untadelige Korrektheit seiner Gattin.

Die magere Bedienung kommt mit dem Espresso, stellt das Tablett zögernd auf das Mäuerchen und deutet ungeschickt einen Knicks an.

»Könnte ich nicht auch ein Tässchen bekommen?« Frau Reitts Höflichkeit steht in krassem Widerspruch zu ihrer gestrigen Ankunft.

Die Bedienung zögert, nickt resigniert und kehrt in die Küche zurück.

Und natürlich zeigt die Reitt an diesem Punkt auf eines der Kissen: »Haben Sie etwas dagegen, wenn ich mich zu Ihnen setze?« Sie macht sogar einen schwachen Versuch zu lächeln.

»Bitte sehr.« Der Poulanc bleibt keine andere Wahl. In kleinen Schlucken schlürft sie ihren kochend heißen Espresso, konzentriert sich auf den bitteren Nachgeschmack nach verbranntem Holz, der ihr zumindest für einen kurzen Moment eine gewisse Befriedigung bereitet.

Die Reitt seufzt, streckt die langen Beine aus, zieht eines an, dreht sich kurz zum Meer um und starrt dann ebenfalls auf den Steinboden der Terrasse. »Ich habe heute Nacht kaum geschlafen.«

»Ich auch nicht.« Die Poulanc antwortet völlig automatisch. Sie ist bemüht, gedanklich einen neuen Anti-Jean-Émile-Schutzwall zu errichten, zweifelt aber, ob er hält. Sie hört es schon knirschen, er beginnt schon nachzugeben.

»Darf ich fragen, warum?« Plötzlich macht die Reitt ein ängstliches, besorgtes Gesicht.

»Ich war zehn Jahre lang mit einem äußerst faszinierenden und absolut unmenschlichen Mann zusammen.« Die Poulanc ist bestürzt, ja entsetzt über die Worte, die gerade aus ihrem Mund gekommen sind.

Die Reitt neigt den Kopf wie eine Art vornehmer Stelzvogel, Staunen mischt sich in die Angst in ihrem Blick.

Simone Poulanc fragt sich, was zum Teufel mit ihr los ist: Kann der Bruch eines im Geist errichteten Damms etwa auch die Barriere zwischen Gedanken und Worten niederreißen und Sachen zum Vorschein bringen, von denen du glaubtest, sie seien in Sicherheit, in den tiefsten Schichten deines Herzens und Hirns vergraben?

»Ich dagegen bin mit einem absolut unmenschlichen Mann *verheiratet*. Und ich finde ihn überhaupt nicht faszinierend.« Die Reitt zuckt ebenfalls verblüfft zusammen und wirkt erschüttert. Die emotionale Kontrolle, die ihre Gesichtszüge starr und ihre Bewegungen hölzern machte, ist futsch, einfach weg. Sie schüttelt den Kopf: »*Keine Ahnung, warum, ganz ehrlich.*«

»*Mon Dieu, je suis désolée.*« Wieder ohne nachzudenken, streckt die Poulanc die Hand aus und klopft der Deutschen unbeholfen mehrmals leicht auf die Schulter, *pat pat pat*. Diese

Geste gehört überhaupt nicht zu ihrem Repertoire, schon gar nicht gegenüber einer Fremden, die sie bis vor wenigen Minuten äußerst unsympathisch fand. Ebenso verblüffend sind die Tränen, die ihr plötzlich unaufhaltsam über die Wangen rinnen. Schuld an alldem ist der destabilisierende Gedanke an Jean-Émile, vielleicht auch der schlummernde Vulkan im Zentrum dieser verdammten Insel oder das Licht – das schon zu grell wird –, das zu weite Meer, der zu hohe Himmel, der übermäßige Weingenuss gestern Abend – oder das zu tiefe Elend, das sie empfindet.

Auch Brigitte Reitts emotionale Mauer bröckelt: Auch ihre Augen füllen sich mit Tränen. Sie beugt sich vor, drückt der Poulanc den Arm: »*Es tut mir leid.*«

Genau in dem Moment – perfektes Timing – bringt die magere Bedienung den zweiten Espresso. Das Tablett in der Hand, steht sie wie gelähmt vor den zwei weinenden Ausländerinnen und weiß nicht, was sie tun soll.

»Stellen Sie es ruhig hier ab.« Brigitte Reitts Stimme zittert. Sie ringt um Fassung, trocknet sich mit dem Handrücken die Augen, schnieft durch die Nase.

Die Bedienung stellt das Tablett auf das Mäuerchen, möchte Poulancs leere Tasse mitnehmen, traut sich aber nicht. Sie bewegt sich ruckartig, sieht die beiden Frauen an, senkt den Blick. Zuletzt geht sie mit leeren Händen wieder Richtung Küche.

Simone Poulanc und Brigitte Reitt bleiben beide ratlos auf dem niedrigen Mäuerchen sitzen und betupfen sich die Augen, kauen wortlos auf ihren Lippen.

24

Eine der plebejischen Eigenschaften, die Lucia trotz ihrer erstaunlichen Entwicklung seit Beginn ihrer Beziehung vermutlich nie ablegen wird, ist ihr Schnarchen. Irgendwann mitten in der Nacht wacht Gianluca Perusato immer auf von diesem volltönenden, anhaltenden *rrrron, rrrron*, es klingt wie der Ruf eines Höhlentiers aus den dunklen Tiefen ihres taresischen Wesens. Ein Zungenschnalzen, ein Zwicken in den Arm oder ein kleiner Schubs in die Seite bringen sie gewöhnlich zum Schweigen, doch danach ist an Schlaf nicht mehr zu denken. In diesen Tagen ist es besonders arg: Kaum macht er die Augen zu, bricht eine Flut von Sorgen über ihn herein, füllt seinen Kopf mit Namen, Daten, Zahlen, Fristen, Forderungen, Problemen, Problemen, Problemen.

Nun ist es sowieso gleich sieben Uhr, Zeit zum Aufstehen. Gianluca Perusato springt mit leicht demonstrativer Gereiztheit aus dem Bett, schlüpft in seine Boxershorts, öffnet die Fensterläden, blickt hinaus. Auf der Hauptterrasse sitzen die Reitt und die Poulanc Seite an Seite auf dem Mäuerchen. Erstaunlich, dass so schwierige Gäste ein Kontaktbedürfnis zeigen: Da meint man, sie würden sich in ihren Suiten verbarrikadieren und mit Klauen und Zähnen ihre Privatsphäre verteidigen, und dann sitzen sie zusammen beim Kaffee. So ein Verhalten muss man sich merken, in den ersten Tagen ist das Monitoring ganz wesentlich.

»Was siehst du?« Lucia dreht sich zwischen den Laken auf die Seite, das Gesicht halb ins Kissen gedrückt, Augenlider leicht geschwollen, die dichten Haare zerrauft.

»Nichts.« Wie jeden Morgen wäre er lieber allein, damit er sich ungestört seiner Toilette widmen kann, ein für ihn unerlässliches Ritual, um sich für die unendlich vielen, dringenden, verantwortungsvollen Aufgaben des Tages zu wappnen. Doch Lucia ist entschlossen, dieses Zimmer mit ihm zu teilen, sie sieht es als Bestätigung ihrer sentimental-territorialen Ansprüche. Bald wird sie auch das Bad besetzen, wenn er sich nicht beeilt. Also geht er rasch hinein, schließt die Tür, öffnet den Haupthahn der Dusche, dreht den verstellbaren Duschkopf auf Maximum. Der Druck ist nicht schlecht, der Pumpmechanismus arbeitet einwandfrei. Auch die Entsalzungsanlage funktioniert gut, genau wie die meerwasserbasierte Klimaanlage, die in der Nacht eine sehr angenehme Temperatur gehalten hat. Gewiss, die Dinger waren teuer, es gab jede Menge Schwierigkeiten bei dem Transport, der Installation, der Justierung durch Techniker, die aus Holland und der Schweiz anreisen mussten. Ganz zu schweigen von dem absurden Widerstand des Bürgermeisters und der lokalen Stadträte, denen es in ihrer paramafiosen Kurzsichtigkeit gelungen ist, ein in Sachen Umweltschutz vorbildliches System als einen Versuch darzustellen, den armen Taresern ihr Meer wegzusaugen. Es war nicht leicht, den Gästen der Villa Metaphora in einem so primitiven Umfeld den gleichen Standard an Komfort zu bieten, den sie von zu Hause und von ihren Lieblingshotels gewohnt sind. Aber er hat es geschafft: Die Dusche, unter der er gerade steht, ist das Ergebnis seines Unternehmergeists und seiner Entschlossenheit, wirklich. Die Bewohner Taris müssten ihm ein Denkmal dafür setzen, dass er das einundzwanzigste Jahrhundert auf ihre Insel gebracht hat, anstatt sich weiter zu beklagen und passiven Widerstand zu leisten.

»Giaaaan!«, schreit Lucia vor der Tür und klopft heftig.

»Was iiiist?!« Jetzt wird er auch noch hier drinnen belagert! »Dürfte ich wenigstens mal in Ruhe duschen? Fünf Minuten, das ist doch nicht zu viel verlangt?!«

»Telefooon!«

»Wer zum Teufel ruft mich denn um diese Zeit an?!«

»Sandro Scandrola!«

Perusato dreht das Wasser ab, schnappt sich ein Handtuch, wickelt es um die Taille. Als er die Tür öffnet, würde er am liebsten vor Wut gegen die Wand treten. Hätte er eine Liste von Dingen, mit denen er gern seinen Tag beginnen möchte, käme ein Telefonat mit Sandro Scandrola wahrscheinlich an letzter oder vorletzter Stelle.

Splitternackt hält Lucia ihm mit ausgestrecktem Arm und zögernder Miene das Handy hin.

»O Schreh-eck! Aus Marokko?« Gianluca Perusato schaut zum Himmel und lässt die Arme sinken; beim bloßen Gedanken an Sandro Scandrolas Gesicht dreht sich ihm der Magen um.

Lucia fuchtelt weiter mit dem blinkenden, vibrierenden Handy herum, rollt die Augen und bewegt die Lippen, wie um zu sagen: Nimm schon, nimm schon.

Er überlegt, ob es eine Ausrede gibt, um nicht dranzugehen: nein. Mit nasser Hand greift er nach dem Handy, bemüht sich um einen halbwegs jovialen Ton. »Hallo?«

»Mein lieber Architetto!« Scandrolas Stimme klingt so abscheulich zweideutig wie immer: schmierige Berechnung unter der falschen Herzlichkeit, der gespielten Ehrerbietung. »Störe ich Sie?«

»Nein, nein.« Gianluca Perusato war kurz versucht zu erwidern, dass er allerdings stört, und wie, und dass er das auch genau weiß. Und falls nicht, würde das bedeuten, dass er nicht nur ein Halunke, sondern auch ein Trottel ist.

»Sie sind doch in diesen Tagen bestimmt superbeschäftigt, mein Lieber.« Scandrolas römischer Akzent ist mit leichten neapolitanischen Dehnungen durchsetzt, gemischt mit Mikroanteilen von Diensteifer, Tücke, Diskretion, Aufdringlichkeit, Herzlichkeit, Kälte, Eile, Nähe und Distanziertheit.

»Ja, allerdings.« Mit der freien Hand wickelt sich Perusato das Handtuch fester um die Taille, denn der Gedanke, halbnackt mit Scandrola zu sprechen, ist ihm unerträglich.

»Das kann ich mir denken, Archite'.« Da, diese unangebracht vertrauliche Verkürzung der Anrede, er hatte es schon erwartet. »Der Laden muss ja erst in Schwung gebracht werden, obwohl schon die ersten Gäste kommen!«

»Ganz genau.« Gianluca Perusto erstarrt innerlich. Lebhaft sieht er Scandrola noch vor sich, bei ihrem letzten Treffen in Rom: die flinken Augen in dem runden, fast kindlichen Gesicht, die buschigen Brauen, die glänzenden Haare, der gedrungene, trotz des Bäuchleins eines Pastaessers agile Körper.

»Nachdem man Ihnen jahrelang so viele Steine in den Weg gelegt hat. Sie haben eine biblische Geduld bewiesen, Architetto.«

»Nun, ohne Sie wäre der Bau wahrscheinlich erst halb fertig.« Genau das möchte Scandrola natürlich hören, doch leider ist es auch wahr. Gianluca Perusato denkt an ihre erste Begegnung vor einigen Jahren in Rom, wo er für Notar Tabart eine zweihundertfünfzig Quadratmeter große Wohnung mit Blick auf die Piazza Navona ausbaute. Als er Tabart darüber in Kenntnis setzte, wie schwierig es sei, die Erlaubnis zu erhalten, um an einem so berühmten historischen Ort einen winzigen Balkon in eine große Terrasse mit Fußboden aus Edelholz, Pavillon und Sonnenrollo zu verwandeln, antwortete der Notar fröhlich: »Ach, für die Genehmigungen haben wir jemanden, der an den richtigen Stellen die richtigen Leute kennt, lieber Architetto.« Am nächsten Tag kam Scandrola, um sich vor Ort umzusehen, machte ein paar Notizen und ging wieder, und innerhalb weniger Wochen trafen alle nötigen Genehmigungen ein.

»Zu gütig, Architetto«, schleimt Scandrola mit falscher Bescheidenheit. »Sie machen mich wichtiger, als ich bin.«

»Das glaube ich kaum.« Mit nervösen Schritten durchquert

Gianluca Perusato den Raum, Lucia folgt ihm mit ihrem Blick. Es stört ihn zunehmend, dass sie immer noch da steht, barbusig, mit ihrem enthaarten Venushügel (ja, darum hat er sie selbst gebeten, na und?), ihren globusrunden Pobacken. Er macht ihr ein Zeichen, sich anzuziehen, doch sie reagiert nicht, folgt ihm mit dunklem, ängstlichem Blick und versucht, sich die andere Hälfte des Telefongesprächs zusammenzureimen.

»Jedenfalls habe ich die Sache mit dem Hafenbecken und dem Meerwasser-Pool nicht vergessen, Archite'.« Scandrola spielt weiter die Rolle des guten, Anteil nehmenden, hilfsbereiten Jungen. »Wären nicht diese Deppen von Umweltschützern gewesen, hätte der Bürgermeister Ihnen die Genehmigungen längst ausgestellt. Ich habe auch mit Pocani im Ministerium gesprochen. Alles nur eine Frage der Zeit.«

»Na ja, hoffentlich. Danke.« Den Meerwasser-Pool hatten sie mit den üblichen Problemen praktisch in Handarbeit ausgehoben, das mit Lavastein ausgekleidete Becken war von der Küste her völlig unsichtbar, dazu gab es ein Recycling-System, das das Wasser in der gleichen Qualität, in der es entnommen wird, wieder zurück ins Meer leitet, und dann? Alles blockiert mit dem üblichen Vorwurf des Umweltschadens. Grotesk, wenn man an die Scheußlichkeiten denkt, die die lieben Tareser ungestraft in Bonarbor gebaut haben!

»Als hätten Sie mit den paar tausend Litern das Meer ausleeren können, Archite'. Wenn's nach denen ginge, die würden heute noch in der Steinzeit leben. In Höhlen.«

»Tja.« Obwohl er genau weiß, dass Scandrola nur aus Berechnung so daherredet, fühlt sich Gianluca Perusato von seiner Solidarität doch getröstet. Voriges Jahr, in einem Augenblick der Verzweiflung angesichts der unendlichen bürokratischen Hürden, die die Arbeiten an der Villa Metaphora dauernd behinderten, war ihm die Episode im Hause Tabart wieder eingefallen, worauf er Scandrola anrief. Dieser hatte sich den Stand der

Dinge detailliert schildern lassen und sich sogleich zur Verfügung gestellt. Sehr bald hatten sich die unüberwindlichen Hürden wie durch Zauberei in Wohlgefallen aufgelöst: Ministerien, Regional- und Provinzbehörden samt Stadtrat waren plötzlich kooperativ, nach und nach wurden alle nötigen Beschlüsse, Genehmigungen, Ermächtigungen, Bewilligungen und Ausnahmeregelungen erteilt.

»Aber diese zwei Sachen kriegen wir auch noch hin, Architetto. Man braucht nur ein bisschen Geduld. Ich kümmere mich auch von hier aus drum, okay?«

»Danke.« Gianluca Perusato fühlt sich miserabel, so einem Kerl danken zu müssen. Von einem nun auch noch untergetauchten Intriganten abhängig zu sein, um Sachen zu erreichen, die eigentlich sein gutes Recht wären!

»Ich versuche nur zu helfen, Architetto.« Das ist einer seiner Lieblingssätze. Obwohl er sehr enge Beziehungen zum Ex-Regierungschef Buscaratti pflegte (wie bei der Veröffentlichung der Abhörprotokolle in der Zeitung herauskam, telefonierten sie beinahe täglich, um verschiedenste Themen zu besprechen), hat er in dessen Regierung nie eine offizielle Rolle bekleidet, was jedoch seiner Möglichkeit zur Einflussnahme bei der öffentlichen Verwaltung keinen Abbruch tat. Kaum zu glauben, dass eine derart dumme und geradezu lächerlich oberflächliche Person auf höchster Ebene Kontakte schaffte, Übereinkünfte förderte, Absprachen erleichterte, alles nach dem Motto: Eine Hand wäscht die andere. Und doch gibt es Beweise, dass Minister, Staatssekretäre und Generäle ihn duzten und auf ihn hörten, wenn er ihnen Ratschläge gab. Das ist Italien, falls sich jemand fragen sollte, wieso die Dinge bloß so laufen, wie sie eben laufen.

Nachdem etliche gerichtliche Untersuchungen Scandrolas Machenschaften aufgedeckt hatten, riet Buscaratti ihm persönlich, einige Zeit in Tanger unterzutauchen, wo Scandrola ein Haus besitzt und es nicht lassen kann, gelegentlich einer Zeitung oder einem Fernsehprogramm ein Interview zu geben. Wie gut er aus der Ferne das Beziehungsnetz noch steuern kann, ist unklar, doch Perusato hat den Eindruck, dass sein Einfluss durchaus weiterbesteht. In jedem Fall bleibt die ganze Vorarbeit, die er schon geleistet hat, um die entsprechenden Beamten ausfindig zu machen, das Schmiergeld und verschiedene Geschenke zu platzieren, die tausend bürokratischen Fesseln zu lockern, die die Baustelle der Villa Metaphora blockierten. Bisher wollte er noch kein Geld für seine »Beratungen«, wie Perusato es von Anfang an genannt hat: Seine Forderungen beschränkten sich vorerst auf die Revision eines Renovierungsplans für eine Wohnung im Zentrum von Rom und ein paar Ratschläge für das Landhaus seines Schwagers in der Nähe von Viterbo. Glaubt man ihm, so war es ihm eine reine Freude, einem international bekannten Architekten behilflich sein zu können, und eine Befriedigung, so eine seltene exzellente unternehmerische Initiative auf einer Insel im armen, sich selbst überlassen Süden Italiens zu fördern. Gianluca Perusato weiß bestens, dass ein Typ wie Scandrola absolut nichts aus Freude und Hilfsbereitschaft tut; er hat nie bezweifelt, dass die Rechnung noch kommt.

»Ich möchte Sie um einen Riesengefallen bitten, Architetto.« Aha, da kommt sie, die Rechnung! Auch wenn man es erwartet hat, das Gefühl ist entsetzlich unangenehm und ekelhaft.

»Worum handelt es sich?« Gianluca Perusato versucht im Geist auszurechnen, wie viel er in diesem Augenblick lockermachen könnte, um Scandrolas Ansprüchen zu genügen: mehr oder weniger null, nach sieben Jahres des permanenten Ausblutens.

»Es gibt jemanden, der gern einen Ihrer Gäste treffen würde.«

»Und wer ist das, bitte?« Gianluca empfindet eine sonderbare Mischung aus Erleichterung (bei dem Gedanken, dass es nicht um Geld geht) und Entsetzen (bei der Vorstellung, jemand könnte die Privatsphäre eines seiner Gäste verletzen).

»Piero Gomi.« Scandrola senkt die Stimme, als wolle er die

Vertraulichkeit des Gesprächs schützen. Lächerlich, dass Leute seines Schlags es immer noch nicht kapiert haben: Wenn ein Telefon abgehört wird, wird jedes Wort registriert, ob laut gebrüllt oder geflüstert. Auch gibt es, wie man gesehen hat, weder Prepaid-Telefonkarten noch SIM-Karten, die sicher sind, egal, ob sie aus Panama oder Nicaragua stammen.

»Wer?« Gianluca Perusato bedeutet Lucia (die sich nun wenigstens ein Höschen angezogen hat) mit der Hand, sie solle endlich nicht mehr zuhören, weil ihn das noch nervöser macht.

»Der Abgeordnete Gomi, Architetto. Von der PdM.«

Jetzt erinnert er sich. Bilder der zahllosen Talkshows, bei denen Politiker Stammgäste sind, tauchen vor seinem inneren Auge auf. Das Gesicht eines braven Jungen, der auch mal schreien kann, wenn er sich dazu gezwungen sieht, dunkle, glänzende Augen, Schmollmund, unbestimmt norditalienischer Akzent, Kleidung zurückhaltend. Ehrgeizig, keine einzige originelle Idee im Kopf, diszipliniert in seiner Rolle in der zweiten/ersten Liga der Partei der Modernität, aber sprungbereit, falls Buscaratti beschließen sollte, sich bei der nächsten Wahl mehr im Hintergrund zu halten.

»Er ist ein wunderbarer Mensch, Architetto.« Scandrola fühlt sich offenbar berechtigt, jemandem moralische Qualitäten zuzuschreiben. »Wissen Sie, wie weit der es bei den nächsten Wahlen bringt? Er hat alle Trümpfe in der Hand. Jung, qualifiziert, guter Katholik, Liebling der Frauen.«

»Und was will er?« Gianluca Perusato unterdrückt mühsam den Impuls, einfach aufzulegen, sich anzuziehen, hinauszugehen und sich seinem Resort zu widmen. Was könnte Scandrola denn tun, wenn er sich weigerte, ihn weiter anzuhören? Auftragskiller schicken, um ihn zu erschießen? Lucia hat ihren Rock angezogen, steht aber immer noch barbusig da und macht ein fragendes Gesicht. Wütend bedeutet er ihr, sie solle sich fertig anziehen und aufhören, ihn zu beobachten.

»Ich habe es Ihnen schon gesagt, Architetto, er will einen Ihrer Gäste treffen. Ganz informell, nur um sich vorzustellen, Bekanntschaft zu machen, nicht wahr?« Scandrolas ernster Tonfall wird kindlich, gedehnt, er sucht eine Bresche.

»Wen denn?« Könnte der niederträchtige Intrigant die Villa Metaphora etwa in einem seiner Interviews voller chiffrierter Hinweise und Botschaften erwähnen? Ihn in den übelriechenden Sumpf hineinziehen, in dem er sich so gewandt bewegt?

»Na, diesen Deutschen.« Scandrola verschleift die Ränder der Wörter, damit sie harmloser klingen.

»Sie meinen Werner Reitt?« Gianluca Perusato ist echt empört.

»Den Namen haben Sie gesagt, Architetto.« Sofort greift Scandrola auf die verschleiernde paramafiose Sprache zurück, die er früher benutzte, um den staatlichen Bürokraten oder den örtlichen Kommunalbeamten zu bezeichnen, dem man einen Umschlag voller Hundert-Euro-Scheine oder eine wertvolle Uhr zukommen lassen musste, um eine Erlaubnis oder eine Genehmigung zu erhalten.

»Woher wissen Sie überhaupt, dass er hier ist?« Gianluca Perusato blickt um sich, als suchte er in den Ecken versteckte Mikrophone und Mikrokameras.

»Ach, Architetto, Tari ist klein.« Scandrola kichert selbstzufrieden. »Auf unsere bescheidene Art versuchen wir, uns auch aus der Ferne auf dem Laufenden zu halten, sonst wird das hier wirklich noch zum Exil.«

»Jedenfalls kommt es absolut nicht in Frage.« Gianluca Perusatos Stimme bebt vor Zorn. Lucia fixiert ihn immer noch. Er winkt ihr, das Zimmer zu verlassen, raus, raus!

»Architetto, ich bitte Sie um einen persönlichen Gefallen.« Scandrolas Ton klingt flehentlich, doch darunter schwingt deutlich hörbar Erpressung mit.

»Meine Gäste sind sehr besondere Menschen, Scandrola.«

Gianluca Perusato bemüht sich, ganz ruhig zu sprechen, obwohl es ihm schwerfällt. »Sie kommen her, um einige Tage in absoluter Ruhe zu verbringen und sicher zu sein, dass sie von niemandem gestört werden. Wenn ich nicht in der Lage wäre, ihnen das zu garantieren, würde mein Resort sofort jede Glaubwürdigkeit verlieren, da könnte ich morgen zumachen.«

»Aber Architetto, ich bitte Sie, wer will denn hier stören!« Scandrola tut, als schockierte ihn die Vorstellung, als wäre er die Unschuld in Person. »Unser Freund möchte nur die Gelegenheit bekommen, sich vorzustellen und ein wenig zu plaudern, das ist alles. Nur so, zur Kontaktaufnahme. Er kommt allein, ganz diskret, ohne jede Begleitung.«

»Das können Sie nicht von mir verlangen, Scandrola.« Gianluca Perusato atmet schwer, ihm ist, als funktioniere die meerwasserbasierte Klimaanlage jetzt nicht mehr so gut. Lucia bewegt die Lippen, um ihm etwas mitzuteilen, was er nicht versteht, ihre Einmischung macht die Lage nur noch schlimmer. Erneut wedelt er ungehalten mit dem freien Arm, dreht sich weg, damit er sie nicht mehr sieht.

»Sie können es mir nicht abschlagen, Architetto.« Scandrola hat wieder diesen infantilen Einschlag, dennoch ist klar, dass er sich absolut berechtigt fühlt zu erhalten, was er gerade gefordert hat.

»Ich bedaure, wirklich.« Perusato legt so viel Festigkeit in seinen Tonfall, wie er nur kann, aber seine Glaubwürdigkeit nimmt von Sekunde zu Sekunde ab, das ist ihm bewusst.

»Architetto, höchstwahrscheinlich wird unser Freund nächstes Jahr Regierungschef. Oder zumindest Minister. Er wird nicht vergessen, was Sie für ihn getan haben, versprochen.«

»Sehen Sie, wenn ich könnte, würde ich es gerne tun.« Gianluca Perusato schüttelt den Kopf, auch wenn ihn niemand sehen kann außer Lucia. »Aber es ist ausgeschlossen, glauben Sie mir.«

»Der löst Ihnen das Problem mit dem Hafenbecken und dem Pool im Handumdrehen, Architetto.« Scandrola hat sich bei der Planung seiner Telefonstrategie das entscheidende Argument offensichtlich bis zuletzt aufgehoben. »Wenn er erst sieht, was für ein schönes Plätzchen Sie da geschaffen haben, hilft er Ihnen bestimmt gern. Er ist ein wunderbarer Mensch, das versichere ich Ihnen.«

Gianluca Perusato versucht sich auf die Schnelle eine letzte Verteidigungslinie zurechtzulegen, weiß aber, dass es aussichtslos ist. Lucia starrt ihn weiter mit kugelrunden Augen an, hakt sich mit entnervender Langsamkeit den BH zu.

»Dieser Besuch trägt doch nur zum Prestige Ihres Traumresorts bei.« Scandrola klingt wie einer, der schon erreicht hat, was er wollte. »Glauben Sie mir.«

Gianluca Perusato seufzt, kratzt sich am Kopf. »Wann würde er denn kommen wollen, dieser Freund von Ihnen?«

»Morgen.« Scandrola zögert keine Sekunde.

»Was soll das heißen, morgen?« Instinktiv geht Gianluca Perusato zum Fenster, wie um nachzusehen, ob die Landetruppen schon im Anzug sind.

»Je früher, desto besser, Architetto. Sie wissen ja, was du heute kannst besorgen, das verschiebe nicht auf morgen.«

Bei dem abgedroschenen Gerede schaudert Perusato. Er fühlt sich wie ein Trottel, der nicht kapiert, wer ihn beißt, obwohl der Schakal ihn zehnmal umkreist hat.

»Es dauert ja nicht lange, um von Rom nach Lampedusa zu fliegen und von dort zu Ihnen zu kommen.« Scandrola kann sich kaum bremsen vor Begeisterung, das x-te Treffen arrangiert zu haben, das ihm in der Zukunft wer weiß welche Vorteile bringt.

Gianluca Perusato begreift, dass er sich jetzt nur noch um Schadensbegrenzung bemühen kann. »Aber nur ein kurzes Gespräch.«

»Aber natürlich, Architetto, ganz kurz! Wie gesagt, nur um

sich vorzustellen, zum Kennenlernen. Mit absoluter Diskretion.«

»Das ist ja wohl das mindeste. Sie haften dafür, Scandrola.« Schon während er die Worte ausspricht, fühlt sich Gianluca Perusato moralisch kompromittiert und intellektuell verseucht.

»Architetto, ich garantiere es Ihnen zu hundert Prozent. Sie werden sehen. Ich weiß wirklich nicht, wie ich Ihnen danken kann.« Scandrola kehrt zu seiner pseudo-unterwürfigen Ausdrucksweise zurück.

»Ich danke Ihnen.« Gianluca Perusato hofft, dass sein Sarkasmus beim Empfänger ankommt, ist sich aber keineswegs sicher.

»Bis bald, Architetto. Sie sind ein Schatz!« Jetzt fließt Scandrola geradezu über vor Wohlwollen.

»Auf Wiedersehen.« Gianluca Perusato legt auf und schleudert das Handy aufs Bett. Wieder schaut er aus dem Fenster: Die Deutsche und die Französin sind verschwunden, dafür sitzt jetzt das Mädchen Laremi mit verträumter Miene auf der Terrasse.

»Und?« Lucia folgt jeder seiner Bewegungen, immer noch glimmt ein ängstliches Licht in ihren großen dunklen Augen.

»Was, und? Wir befinden uns in einem Land der Dritten Welt und werden verfolgt von Schakalen und gewerbsmäßigen Erpressern! Und Spitzeln!«

»Wie meinst du das, Spitzel?« Lucia wirkt erschüttert.

»Ja, Spitzel! Wer hat herumerzählt, dass Werner Reitt hier ist? Carmine vielleicht?«

»Ja, bist du blöd?« Da ist er wieder, der Tareser Akzent, jetzt, wo sie unter Druck ist, kommt er heraus. »So etwas würde Carmine nie tun!«

»Ach ja? Du würdest natürlich die Hand ins Feuer legen, für deinen Cousin!«

»Ja, allerdings!« Sie schreit mit inseltypischer Heftigkeit.

»Und wer war es dann? Teresa? Amalia? Federico? Wir hätten allen die Handys abnehmen und sie daran hindern sollen, über Nacht nach Bonarbor zurückzukehren!«

»Gian, Tari ist klein, falls du es zufällig noch nicht gemerkt hast!«

»Das hat mir dieser Schakal auch schon gesagt! Mit genau den gleichen Worten!«

»Na ja, hier erzählen sie weiter, was sie sehen, und was sie nicht sehen, lassen sie sich erzählen! Irgendjemand wird den Hubschrauber gesehen haben, jemand anderer wird mit jemand in Lampedusa gesprochen haben, der den Piloten kennt! Noch jemand wird mit Reitts Assistenten in Bonarbor gesprochen haben! Der wohnt doch dort, oder?«

»Wie auch immer, ich hätte es mir ja denken müssen! Auf dieser verfluchten Insel kann man einfach keinem trauen, nicht mal für fünf Minuten!« Gianluca Perusato reißt sich das Handtuch herunter und duscht noch einmal, um sich den Schweiß und den Ekel abzuwaschen.

25

Lara Laremi findet es schade, dass jeder für sich frühstücken soll. Außerdem mag sie nicht mehr bis acht Uhr warten: Sie ist seit mindestens einer Stunde auf, hat schon auf ihrer Terrasse meditiert, gezeichnet, nachgedacht. Lynn Lou schläft bestimmt noch; Lara hat Lust, ein paar Gäste zu beobachten, ein paar Worte zu wechseln. Auf der Hauptterrasse ist niemand, also schaut sie in den Vorraum der Küche.

Noch bevor sie eintreten kann, taucht der Hilfskoch auf. »Sie wünschen?«

»Nichts.« Einen, der sie so böse anschaut, mag sie gleich gar nicht um etwas bitten. Eigentlich hat sie sowieso keinen großen Hunger; sie kann ebenso gut unten im Meer schwimmen gehen.

Der Hilfskoch leiert unfreundlich die Hausordnung herunter. »Das Frühstück wird ab acht Uhr auf den Privatterrassen serviert.«

Lara beobachtet ihn mit leicht geneigtem Kopf, schon halb auf dem Sprung.

»¡He, palurdo! Weißt du nicht, wie man mit einer Dame spricht?« Ramiro kommt aus der Küche, mit schwarzer Schürze und schwarzer Mütze.

Nach dem zwanglosen Abend gestern auf ihrer Terrasse ist Lara erstaunt, ihn jetzt in Chefkoch-Montur wiederzusehen.

»Vor allem, wenn sie sich mit so viel *elegancia natural* bewegt?« Ramiro macht eine herrische Geste: »Los, geh rein und kümmere dich um *la mezcla.*«

Der Hilfskoch schaut ihn grollend an und zieht sich in die Küche zurück.

»Entschuldige, aber wir haben es noch mit *machos primitivos* zu tun, *aquí*.« Ramiro lächelt. Gestern Nacht hat er lebhaft erzählt, wie er von Fischern und Ladenbesitzern in Bonarbor angeschaut und behandelt wurde, als er das Warenangebot für seine Küche inspizierte, und damit alle zum Lachen gebracht. Er sagte, er habe sich gefühlt wie Oscar Wilde im Jahr 1881, als er auf einer Vortragsreise durch Amerika in Leadville in den Rocky Mountains vor einem verblüfften Publikum von Grubenarbeitern über die florentinische Frührenaissance sprach. (Am Abend hatte Wilde dann in einem Saloon das berühmte Schild entdeckt: *Bitte nicht auf den Pianisten schießen, er gibt sein Bestes.*)

Lara lacht, balanciert auf einem Bein.

»Willst du hier frühstücken? Nicht in deinem Privatreich?«

»Ach, egal.«

»Nein, nein.« Ramiro geht ihr auf der Terrasse voraus zu einem Tisch. »Nimm Platz, gleich bringe ich dir ein paar Kleinigkeiten, die ich gerade zubereite.«

Zögernd setzt Lara sich hin. »Na gut, danke.«

»Ich bin in zwei Minuten wieder da.« Ramiro verschwindet wieder in der Küche.

Lara schaut sich um. Die Sonne steigt höher, bald werden die Sonnensegel dringend nötig sein. Doch heute weht eine angenehme Brise, die Schwüle ist weniger lastend als gestern. Nach Wochen voller Lärm und Gerede bei den Dreharbeiten des Films in Rom befremdet es Lara immer noch, sich zwischen so spärlich kommunizierenden Leuten in einer so überwältigenden Naturkulisse zu befinden. Aus Sicht der Möwen, die hoch am Himmel schweben, muss dieses kleine Resort wirken wie ein zerbrechlicher Vorposten menschlicher Ansprüche und Erwartungen, im Gesamtbild bedeutungslos. Sie würde gerne mit ebenso viel Abstand ihre Gefühle sehen, vielleicht gar darüber lächeln. Manchmal meint sie, das ginge, dann besetzt wieder ein Bild von Seamus, wie er über die Bühne schreitet, ihre Gedanken, drückt ihr aufs Herz und die anderen inneren Organe. Sie steht auf, um besser durchatmen zu können, geht bis zum Rand der Terrasse, stützt ihr Knie auf ein Kissen, versucht, sich auf das Flimmern des Meeres im Licht zu konzentrieren. Auf der unteren, nach Osten gelegenen Terrasse ist Paolo schon mit seinen Hölzern beschäftigt, vertieft wie ein Einsiedler, ein Künstler. Bestand wirklich ein besonderes Einvernehmen zwischen ihnen, gestern Abend? Was bedeutete das warme Leuchten in seinem Blick im Schein der Laterne? Und dieser weiche Klang in seiner Stimme? Und vorher, tagsüber, die plötzliche Übereinstimmung, als sie über Kropotkins Flucht sprachen? Hat sie sich das alles nur eingebildet, oder stimmt es? Oder will sie unbewusst etwas kompensieren? Den Verlust mit etwas ausgleichen, was es gar nicht gibt?

Unten an der Mole poliert Carmine mit einem Lappen das große, neben dem anderen Kahn festgemachte Motorboot. Er taucht den Lappen in einen Eimer, fährt mit Hingabe immer wieder über die glänzenden Planken. Es wirkt, als suchte er mit jeder Bewegung nach Bestätigung für die greifbare Existenz des Motorboots, als wären ihm die Form und der Zusammenhalt der eleganten geschwungenen Einzelteile eine Beruhigung. Rechts davon, etwas weiter weg an den Küstenfelsen, schaukelt ein von hier aus gesehen winziges Schlauchboot mit einem Mann darin, der vielleicht angelt oder sich zum Schwimmen fertigmacht. Perusato wäre sicherlich sehr verärgert, wenn er wüsste, dass ein Fremder es gewagt hat, sich den Grenzen dieses unzugänglichen Ortes zu nähern. Lara stellt sich plötzlich vor, wie es wäre, wenn der schlummernde Vulkan zufällig wieder aufwachte, dann wäre es der Insel ein Leichtes, die winzigen Menschlein abzuschütteln, die sich an sie klammern, sie selbst eingeschlossen, und sie ins Meer zu schleudern samt all ihrer winzigen Sorgen, die aus der Nähe gesehen so wichtig zu sein scheinen.

»Woran denkst du, *muchacha*?« Ein Tablett in der Hand, blickt Ramiro sie aufmerksam an.

»An nichts.« Lara schüttelt den Kopf. »Ich habe nur geschaut.«

»Komm, schau dir mal das hier an.« Er führt sie an den Tisch zurück, der nun schon zur Hälfte im Schatten des Sonnensegels steht. Dort nimmt er ein hohes dunkles, sich nach unten verjüngendes Gläschen vom Tablett, ein Schälchen mit weiß-rosa Inhalt, einen kleinen Seestern aus Blätterteig, drei Kügelchen, rot, weiß und gelb, ordnet alles auf dem dunklen Lavastein an und legt ebenso sorgfältig noch ein Gäbelchen und ein langstieliges Löffelchen daneben. Das leere Tablett übergibt er Amalia, die erstaunt hinter ihm aufgetaucht ist.

Lara bewundert die verschiedenen Farben vor ihr auf dem Tisch und sieht Ramiro erwartungsvoll an.

»Du kannst anfangen, womit du willst.« Ramiro nickt ihr aufmunternd zu. »Es gibt keine vorgegebene Reihenfolge.«

Sie zögert immer noch, das Arrangement ist zu perfekt. Dann nimmt sie das Gläschen und nippt daran: Das Kaffeearoma verliert sich in dem duftigen Schaum, der lange die konzentrierte Flüssigkeit unter sich verbirgt, bis sie nach und nach ihren Geschmack und ihre Hitze preisgibt.

»Das ist nichts für Leute, die den Espresso einfach so runterkippen.« Ramiro setzt sich ihr gegenüber. »Denen fehlt es an Aufmerksamkeit.«

»*Hmmmm.*« Lara nickt, überlegt.

»Sie sind zerstreut, weil sie Sklaven ihrer selbst, ihrer Chefs, ihrer Termine sind.« Ramiros Stimme bebt vor angestauter Empörung.

Lara leert das Gläschen ganz, ganz langsam, die Augen halb geschlossen im greller werdenden Licht.

»Zwei Sekunden und fertig.« Ramiro mimt die Geste, ein Tässchen auf einen Zug zu leeren. »*Ninguna emoción*, kein Nachspüren, *nada*. Unerträglich, diese Gleichgültigkeit.«

Lara nimmt mit dem kleinen Löffel etwas von dem weiß-rosa Inhalt des Schälchens und führt ihn an den Mund. Die Konsistenz ist weich, zart, frisch; die Geschmacksknospen ihrer Zunge vermitteln ihr eine Ahnung von Pfirsich, gefolgt von zuckrigen, säuerlichen, aromatischen Nuancen.

»Wildpfirsich von den Hängen des Ätna.« Ramiro deklamiert den Namen, als handelte es sich um den Titel eines Gedichts. »Er hat eine spezielle Form. Nach der Ernte hält er nur zwei bis drei Tage, ein Wunder, dass man ihn hier auf Tari bekommt.«

»Lecker.« Lara nimmt noch ein Löffelchen, fasziniert von den Bildern, die jede neue Geschmacksnote auslöst. »Sehr lecker.«

»Dieses Resort ist lächerlich.« Ramiro senkt die Stimme, aber nicht sehr: »Für lächerliche Leute.«

Lara lacht und schleckt weiter die schaumige Wildpfirsichcreme.

»Mal abgesehen von dir, der göttlichen Lynn Lou und Paolo, *el carpintero*.«

»Paolo ist nett.« Lara fühlt, wie sie errötet, und bereut schon, dass sie gesprochen hat.

»Wenn er dich interessiert, überlasse ich ihn dir, ich habe es schon aufgegeben. *Totalmente heterosexual.*« Ramiro lacht, beobachtet aber ihr Mienenspiel.

»Er interessiert mich nicht!« Ihre Stirn und ihre Wangen beginnen zu glühen.

»Oh, *perdon*, dann habe ich es wohl falsch interpretiert.« Ramiro lächelt.

Lara hat gar keine Lust, über solche Sachen zu reden; sie isst den letzten Rest Pfirsichschaum, leckt das Löffelchen ab und legt es auf den Tisch.

»Macht dir eine so kleine Insel keine Angst?« Ramiro hat

diese Art, von einem Thema zum anderen zu springen, vom Italienischen ins Spanische, doch diesmal liegt eine andere Dringlichkeit in seinem Blick.

»Nein, warum?«

»Weil es ein *exilio* ist.«

Lara möchte etwas Tröstliches antworten, aber ihr fällt nichts ein. »Ich fühle mich auch wie verbannt, aber nicht nur hier.«

»Von wo denn? Und von was?« Ramiro sieht sich um wie kurz vor einer Panikattacke.

Lara streckt die Hand aus und umfasst sein Handgelenk. »Ich glaube, es ist ein Dauerzustand.«

»Ja und?« Ramiro zittert, man merkt es an seinem Arm. »Müssen wir ihn hinnehmen? Damit leben?«

Lara nickt; sie fragt sich, ob es Alternativen gibt, kann sich aber nicht vorstellen, welche.

»*No es fácil.*« Ramiro schüttelt den Kopf.

»Nein, leicht ist es nicht. Aber besser, als uns immer weiter einzubilden, wir hätten ein Vaterland und könnten irgendwann dorthin zurückkehren.«

»Vielleicht haben wir eins.«

»Ein ganz kleines, vielleicht.« Lara denkt, dass sie beide nicht nur mit dem Vaterland, sondern auch mit ihren Vätern hadern. Und ist es nun besser, einen Vater zu haben, den man hasst, oder einen, den man nie kennengelernt hat? Einen, den man hasst, weil man ihn nie kennengelernt hat?

»*Eh, tal vez.*« Auf seine sprunghafte Art heitert sich Ramiro plötzlich wieder auf: Er rückt seine Mütze zurecht, zeigt mit dem Kinn auf den gebackenen kleinen Seestern auf dem Tisch.

Lara nimmt ihn, betrachtet ihn aus der Nähe, beißt hinein. Die knusprigen hauchdünnen Blätterteigschichten zerbrechen, setzen ein feines Aroma nach Orange und Zimt frei, und sie spürt auch die festeren Pistazien- und Mandelsplitter, die mit einem eher bitteren Honig überzogen sind.

»Ein neuerfundenes Baklava.« Ramiro lächelt.
»Köstlich.«
»Das ist eine der ältesten Süßspeisen der Geschichte.«
»Ach ja?«
»Das Rezept wurde im achten Jahrhundert vor Christus von *marineros,* die aus Mesopotamien zurückkamen, nach Griechenland mitgebracht.«

Lara ist begeistert von den feinen Unterschieden in der Konsistenz, vom Wechsel der Eindrücke und Empfindungen.

Ramiro scheint sich zu freuen über eine Gesprächspartnerin, die diese Nuancen zu schätzen weiß. »Die Griechen haben den anfänglich groben Teig zu dünnen Blättern verfeinert. Später ist die *versión refinada* in den Orient zurückgekehrt und hat sich beim Übergang vom Byzantinischen zum Osmanischen Reich in *muchas variantes* verbreitet.«

»Phantastisch.« Lara leckt sich die Finger.

»Wenn du es beschreiben müsstest?« Ramiro hat den Blick eines Wahrheitssuchers.

»Das würde mir schwerfallen.« Lara lacht. »Es ist knusprig und weich, süß und salzig und auch bitter.«

Ramiro nickt mit geweiteten Nasenflügeln. »Ich habe alles weggelassen, was zu viel war, die Butter, den Zucker, das Klebrige, das Langweilige.«

»Das ist dir gelungen.« Das Unnötige weglassen – das möchte auch sie, denkt Lara, oder es mindestens versuchen.

»Und du zeichnest also.« Ramiro zeigt auf die Gegend rundherum.

Lara nickt.

»Das habe ich gleich kapiert.«

»Wie denn?«

»Da hast die Augen einer Beobachterin. *El ojo vigilante.*«

»Du bist auch ein guter Beobachter.«

Ramiro lächelt. »Unter Beobachtern erkennt man sich, nicht

wahr? In einem Meer von Menschen, die schauen und nichts sehen...«

So ist es, denkt Lara und nickt.

Perusato kommt aus seinem Büro und geht mit seinen offiziellen Schritt auf die beiden zu. »Guten Morgen. Alles in Ordnung?«

»*Bien, bien.*« Ramiro sieht ihn kritisch an.

Lara bleibt steif: »Gut, danke.«

»War das Frühstück nach Ihrem Geschmack?« Man kann Perusato den Unwillen darüber ansehen, dass sie nicht im Stillen auf ihrer Terrasse gefrühstückt hat.

»Ja, sehr.« Lara hat keine Lust, freundlich zu sein, er ist ihr richtig unsympathisch.

»Wie steht's mit den anderen Gästen? Können wir denen das Frühstück jetzt auf ihren Privatterrassen servieren?« Perusato mustert Ramiro, als bezweifelte er es.

»*Claro que sí.*« Ramiro mag es gar nicht, bei der Arbeit gedrängt zu werden, dazu ist er viel zu perfektionistisch. »Dann also wieder an die Arbeit.« Er erhebt sich, zwinkert Lara zu, kehrt in die Küche zurück.

Perusato blickt ihm nach, bis er verschwunden ist, sieht sich um, verabschiedet sich mit einem Nicken und geht wieder in sein Büro.

Nacheinander isst Lara die drei farbigen Kügelchen: Sie schmecken nach Himbeere, Kiwi, Melone. Dann steht sie auf, überquert die Terrasse, steigt die Stufen zu dem gepflasterten Weg hinauf. Von dort schaut sie den Hang hinunter, der steil zum Meer hin abfällt: Paolo arbeitet auf der unteren Terrasse noch immer an seinen Bänken, Carmine ist nicht mehr auf dem Motorboot. Das graue Schlauchboot liegt immer noch an den Küstenfelsen, der Insasse beugt sich über den Rand, vielleicht, um die Meerestiefe zu studieren.

26

In so einer Situation ist es nicht verwunderlich, dass man schlecht schläft, denkt Werner Reitt. Tatsächlich hat er kein Auge zugetan und seine Frau wahrscheinlich auch nicht, obwohl sie die ganze Nacht kein einziges Wort gewechselt haben. Sobald Brigitte hinausgegangen ist, ist er aus dem Bett gesprungen, hat sich rasiert und mit größter Sorgfalt angezogen, um ja nicht dem Hang zur Schlamperei nachzugeben, der unter diesen Umständen auch bei den energischsten Menschen auftreten kann. Anschließend hat er auf dem BlackBerry seine E-Mails gecheckt: lauter unbrauchbare Arbeitsmails von Menschen aus aller Welt, die nicht über die neusten Vorfälle Bescheid wissen. Wobei es ja noch gar keine Vorfälle, sondern vielmehr Eventualitäten sind, was noch viel schlimmer ist. Jedenfalls hat er niemandem geantwortet. Was auch? Dass sie ihm nicht mehr schreiben sollen, zumindest vorerst?

Dann hat er noch die Webseite der Deutschen Presse-Agentur kontrolliert, wobei das auf dem kleinen Display einfach nervtötend ist, die Online-Ausgaben der *Frankfurter Allgemeinen,* der *Bild-Zeitung,* der *Süddeutschen Zeitung,* der *Welt:* nichts. Zuletzt hat er von dem »sicheren« Handy aus Matthias angerufen. Und was machte der verweichlichte bayerische Bub? Er schlief noch! Dabei war es schon nach sieben Uhr! Natürlich versuchte er es zu leugnen, aber man hörte es unmissverständlich am Ton seiner Stimme, an der allgemeinen Verlangsamung seiner Reflexe, an der Unfähigkeit, zusammenhängende Antworten zu geben. Vermutlich war er gestern Abend noch in irgendeiner

Hafenkneipe beim Saufen, hat mit irgendeiner Touristin oder Inselbewohnerin geflirtet und ist spät ins Bett gekommen. Als könnte die Welt, der er in den letzten Jahren angehört hat und ziemlich große persönliche Vorteile verdankt, nicht jeden Augenblick explodieren! Als kapierte er nicht die Notwendigkeit permanenter Alarmbereitschaft, um mit größter Entschlossenheit zu reagieren. Doch so geht es in dramatischen Momenten, das ist historisch belegt: Der Verlust an Klarheit ist direkt proportional zur Gefahr, die einem droht.

Um den schlechten Eindruck von vorher wiedergutzumachen, ruft Matthias nun alle Viertelstunden an, auch wenn er nichts Neues mitzuteilen hat. Die Büros in Frankfurt sind noch geschlossen, das Internet döst, die Webseiten der Zeitungen werden träge auf den letzten Stand gebracht. Dieser Schwebezustand zerrt mehr an Werner Reitts Nerven als alles Übrige, und das Fehlen von Signalen macht die halb-ohnmächtige Lage, in die man ihn gezwungen hat, noch tausendmal ärger. Nachdem er ein Leben lang die Initiative ergriffen, die Schritte des Gegners vorausgesehen und verheerende Präventivschläge ausgeteilt hat, kann er sich nichts Schlimmeres vorstellen, als zur Untätigkeit verurteilt zu sein. Könnte er sich von außen betrachten, hätte er keinerlei Mitleid mit sich selbst: Er empfände nur Verdruss und Verachtung.

Es klopft an der Tür. Widerstrebend steht er auf und stellt sich schon Brigittes Gesicht vor, ihren verschlossenen Ausdruck, die Mauer ihrer unausgesprochenen Verurteilung.

Doch draußen steht die korpulentere Bedienung mit einem Tablett in der Hand. Sie murmelt etwas Unverständliches, dann geht sie durch die Suite auf die Terrasse, deckt den Tisch und eilt mit dem leeren Tablett davon, als sei sie auf der Flucht.

Werner Reitt schaut, was es gibt, denn seine krampfhafte Anspannung verschlägt ihm keineswegs den Appetit. Im Gegenteil, er giert richtig danach, Kräfte zu sammeln. Vermutlich ein angeborener Reflex, um unter großem Stress die Überlebenschancen zu verbessern. In einer Abhandlung über Krieg hat er gelesen, dass die spartanischen Kämpfer vor einer Schlacht fasteten, doch der Grund war, dass bei vollem Bauch jede Unterleibsverletzung fatale Folgen gehabt hätte. Die Schlacht, die ihm bevorsteht, wird mit Waffen geschlagen, die viel zerstörerischer sind als die Lanzen der Hopliten, ein leerer Magen mildert ihre Wirkung gewiss nicht. Er beugt sich über den Tisch, hebt die Glocke aus matt glänzendem Edelstahl: Darunter befindet sich ein Sortiment zartfarbener Miniaturen, dem Anschein nach eher dekorativ als essbar. Er führt ein Gläschen an die Lippen, das dem Geruch nach Kaffee zu sein scheint, doch so wütend er auch schlürft und leckt, er erwischt bloß Schaum. Erst mit einem entschlossenen Ruck schafft er es, sich einen Schluck heiße Flüssigkeit einzuverleiben – zu wenig, als dass es ihn befriedigen könnte. Er knallt das leere Gläschen auf den Tisch, nimmt das zweite, kippt es sich in den Hals. Die Parodie eines Kaffees ist das, ein schlechter Witz! Er taucht das Löffelchen in ein Schälchen, und auch hier überwiegt die Leere eindeutig das Feste, der Eindruck die Substanz; keine Arbeit für die Zähne, nichts. Er nimmt einen sternförmigen Keks, kaut wütend darauf herum, doch seine Kiefer treffen kaum auf Widerstand, die Inkonsistenz ist nervtötend. Er stopft sich mit der Hand alles in den Mund, was er vor Augen hat, obwohl die Hälfte ja eigentlich Brigitte zustünde. Alles löst sich unter seiner Zunge auf wie ein flüchtiger, alberner Traum, das bringt ihn zur Raserei. Am liebsten würde er Gläschen, Tässchen und Tellerchen in alle Richtungen schleudern, sich über den Terrassenrand beugen und schreien, er denke nicht daran, sich mitten im moralischen und materiellen Zusammenbruch Südeuropas irgendwelche Gesellschaftsspielchen bieten zu lassen. Sie sollten ihm sofort ein anständiges Frühstück mit Eiern, Wurst, Käse, Brot und Butter und dazu ein Kännchen kochend heißen Kaffee bringen, sonst könnten sie was erleben!

Doch stattdessen geht er hinein, stopft Handy und Portemonnaie in die Hosentaschen, durchquert die Suite, lässt den Schlüssel im Schloss stecken, damit Brigitte zur Liste ihrer Anklagen nicht noch hinzufügen kann, dass er sie ausgeschlossen habe. Es gibt sowieso nichts zu stehlen, und außerdem wäre ein Diebstahl nichts im Vergleich zu der allgemeinen Plünderung, die seinem Privatleben droht. Die Barbaren rütteln schon an den Toren mit ihren Videokameras, ihren Fotoapparaten, ihren digitalen Aufnahmegeräten. Sie warten nur darauf, die Türen einzurennen, Schubladen aufzureißen, Schränke zu durchwühlen, sich jeden Namen, jedes Datum, jede Zahl, jede Geste, jeden Augenblick, jeden Gegenstand seines öffentlichen und privaten Lebens anzueignen, um alles durch ihre schrecklichen Mühlen zu drehen und es den Millionen von unfähigen und nachtragenden Deppen zum Fraß vorzuwerfen, die so auf Kosten von Werner Reitt kurz ihre eigene abscheuliche Mittelmäßigkeit vergessen können. Ganze Parteien werden über seinen Ruin jubeln, ganze Gewerkschaften und Berufsverbände, ganze *Staaten* am Rande eines mehr als verdienten Bankrotts. Alle bereit zu kreischen: »Habt ihr gesehen, wer da gepredigt hat? Jetzt zahlt er dafür.« Als könnten sie sich mit ihm vergleichen, elendes Pack!

Mit wütenden Schritten geht Werner Reitt den gepflasterten Weg dieses lächerlichen Resorts entlang; am höchsten Punkt angekommen, wagt er sich auf das wüste Stück Land voller Staub, Steine und Sträucher vor der Felsbarriere, die den Zugang zum Inselinneren versperrt. Er fragt sich, ob er einen letzten Versuch machen soll, mit Christiane zu sprechen, bevor die Lippke und Schäfer und Hartmann ihn dran hindern können; ob noch eine Chance besteht, das Wunder zwischen ihnen wenigstens ansatzweise wiederzubeleben, so dass es die ganze jetzige verheerende Sinnlosigkeit überstrahlen könnte.

Um diese Zeit schläft sie bestimmt noch in ihrem Zimmer eines zu schnell herangewachsenen Mädchens, zwischen Steiff-

Tieren und Schulbüchern, Postern von Sängern und Schauspielern; sie hatte ihm per Handy Fotos davon geschickt, zusammen mit den SMS, in denen sie schrieb, dass sie nur mit ihrem Höschen bekleidet auf dem Bett liege. Er denkt an die pulsierende Nähe, wenn er sie aus wenigen Zentimetern Abstand ansah, während sie im Schneidersitz im Gras saß oder auf der Seite lag: die arglose Verführung in ihrem Blick, ihre hinreißende, vollkommene Haut, die rührend vollen Lippen, die strahlend weißen Zähne. Er denkt an ihren Brotgeruch, an ihre klassischen und zugleich so jungen Formen, an ihre wunderbar elastischen Bewegungen. Er denkt an die unwiderstehliche Anziehungskraft, die von ihr ausging, so dass er jede Überlegung in den Wind schlug, die der gesunde Menschenverstand und die Schicklichkeit ihm aufdrängten. Ein Nichts genügt, schon fühlt er sich wieder wie elektrisiert, ein Stromstoß durchzuckt die Wirbelsäule, verkürzt seinen Atem, sein Herz klopft wie wild. Er wollte nie analysieren, was zwischen ihnen geschehen war, denn alle etwaigen Erklärungen schmecken für ihn nach Moralismus und Gemeinplätzen. Kontrollverlust wegen Überlastung? Degeneration? Midlife-Crisis? Fatale Zerstreutheit? Spiel mit bösem Ende? Moralischer Knacks? Strukturelle Schwäche? Wie viel Kleinlichkeit, wie viel emotionale Borniertheit liegt allein in dieser Aufzählung von Hypothesen! Wie unzulänglich sie dieses äußerste Wagnis beschreiben, den Eintritt in die grenzenlose Höhle des nicht wiedergutzumachenden Fehlers. Dafür gibt es keine möglichen Rechtfertigungen, keine Entschuldigungen? Aber er sucht ja gar keine, er will keine! Er bettelt nicht um Verständnis oder Sympathie, was soll er damit schon anfangen?! In der unerträglichen Wüste dieses Exils bereitet es ihm keinerlei Schwierigkeiten, sich selbst und seine Beweggründe zu verstehen. Keine.

Wie schon hundert-, ja schon tausendmal kehren seine Gedanken immer wieder zu dem Januar vor anderthalb Jahren zurück, als er Brigitte und den Kindern nach Garmisch nachgereist war, um drei Tage mit der Familie zu verbringen. Dieter wusste, dass er vor Ort auf eine kleine Bande Gleichaltriger zählen konnte, doch Agnethe hatte Christiane Drechsler mitgenommen, ihre beste Freundin seit Beginn des Gymnasiums. Natürlich bewunderte Werner Reitt nun nicht zum ersten Mal Christianes Schönheit und Anmut, ihren lebhaften Geist; doch bis zu dem Augenblick hatte er sie ausschließlich als beste Freundin seiner Tochter gesehen, geschützt von einem unüberwindlichen Wall aus Tabus. Schon öfter hatte er fröhlich mit ihr geplaudert und dabei die Vollkommenheit ihrer Gesichtszüge und die Harmonie ihrer Bewegungen bemerkt, die sie im Lauf der Jahre bei ihrer erstaunlichen Wandlung vom kleinen Mädchen zur jungen Frau erreicht hatte. Wenn Agnethe etwas über die schulischen und sentimentalen Angelegenheiten der Freundin erzählte, hörte er mit der matten Neugier zu, die ein schwerbeschäftigter Mann für das Leben seiner Kinder aufbringen kann. Mit einem wehmütigen Gefühl der Vertrautheit hatte er über die Chroniken einiger kleiner Liebesdramen gelächelt, so wie wenn man etwas für immer Verlorenes durch das umgedrehte Teleskop der Erinnerung betrachtet.

Dann war im Januar vor anderthalb Jahren in Garmisch etwas geschehen, was er nie für möglich gehalten hätte. In den ersten beiden Tagen seines kurzen Familienurlaubs hatten ihn einige unaufschiebbare Telefonate und E-Mails zu Hause festgehalten, einzige Abwechslung waren ein paar zackige einsame Spaziergänge. Brigitte, Agnethe und Dieter hatten versucht, ihn zu überreden, wenigstens einmal mit ihnen Skifahren zu gehen, doch dann hatten sie es enttäuscht aufgegeben. Mit einem titanischen Kraftakt war es ihm schließlich gelungen, den dritten Tag von allen Arbeitsverpflichtungen freizuschaufeln, und er hatte fürs Heliskiing einen Hubschrauber gebucht. Doch am Morgen musste er feststellen, dass kein Familienmitglied bereit war mitzukommen: Dieter war mit seinen Snowboard-Freunden verabredet, Agnethe unpässlich und schlechtester Laune, und Brigitte hatte einen Termin beim Friseur und im Wellnesscenter. War es eine Art Vergeltung für seine nicht gehaltenen Versprechungen? Vielleicht, oder einfach die automatische Anpassung an seine ständige Abwesenheit. Letztlich spielt das auch keine Rolle. Jedenfalls dachte er schon, er müsste allein Ski fahren, als Christiane plötzlich anbot, ihn zu begleiten. Er erinnert sich noch genau daran, wie sie mit Schwung aus dem Sessel aufsprang und sagte: »Ich komme mit!« Die kurze Überraschung in Brigittes Blick, die Enttäuschung auf Agnethes Gesicht, Dieters stumpfe Gleichgültigkeit. Doch niemand von ihnen maß der Episode in jenem Augenblick Bedeutung bei; selbst er nicht, denn er hatte sich schon auf herrlich einsame Abfahrten eingestellt. Aber gleichzeitig empfand er doch einen kleinen Schauer der Genugtuung, dass eine Siebzehnjährige, die gewiss Besseres zu tun hatte, sich entscheiden konnte, einen halben Tag ihres kostbaren, undurchschaubaren Lebens mit ihm zu teilen. Das war alles.

Er fand es weder sonderbar noch gar anstößig, ein paar Stunden auf Skiern mit der besten Freundin seiner Tochter zu verbringen. Als sie beim ersten Flug mit dem Hubschrauber auf die Zugspitze aus den Fenstern schauten, um sich eine mögliche Route für die Abfahrt zurechtzulegen, gab es, soweit er sich erinnert, keinerlei verstörende Unruhe. Nun ja, vielleicht blieb sein Blick kurz an ihrem glänzenden weizenblonden Haar hängen, an ihren Formen in dem blauen Skianzug, oder sogar an der bezaubernden, geheimen Wölbung ihres Schamhügels. Aber höchstens für den Bruchteil von Sekunden. Es war mehr eine unschuldige Würdigung, keine Rede von Wollust oder Begierde. Ansonsten schwankte die Situation zwischen leichtem Unbehagen und Sympathie, beruflichen Sorgen und der Freude, einem jungen Menschen eine neue Erfahrung bieten zu können.

Nachdem sie ausgestiegen waren, flog der Hubschrauber wieder ab, und er fuhr im Tiefschnee voraus. Dabei fühlte er sich, genauso wie wenn er mit seinen Kindern und seiner Frau unterwegs war, als Führer und Beschützer. Doch Christiane überholte ihn schon nach wenigen Sekunden und legte eine erstaunliche Technik und Promptheit der Reflexe an den Tag. Noch mehr jedoch beeindruckte ihn, wie waghalsig und ohne jede Vorsicht sie an Abgründen und Waldrändern entlangsauste, die Beine in schwingender Bewegung, Skier rigoros parallel, Knie elegant gebeugt, mit einer Natürlichkeit und einem Mut, zu denen weder Agnethe noch Brigitte je fähig gewesen wäre. Anstatt immer mal wieder anhalten und auf sie warten zu müssen, sah er sich plötzlich gezwungen, alle seine Reserven freizusetzen, um nicht hinter ihr abzufallen. Sein größeres Gewicht und seine größere Erfahrung reichten nur knapp, um Christianes Leichtigkeit und Elastizität auszugleichen. Bei dieser ersten Abfahrt waren sie wie übermütige Kinder, die sich gegenseitig herausforderten, besessen vom Rausch der Geschwindigkeit.

Ihr Wettstreit wurde allerdings von Abfahrt zu Abfahrt weniger unschuldig, wie jeder zufällige Beobachter leicht hätte bemerken können: Die erregende Geschwindigkeit hatte eine tiefere Erregung zur Folge, die kaum zu bändigen war. Wie besessen sausten sie die Hänge hinab, im Bewusstsein der keuchenden, gehetzten Gegenwart des anderen, ein stürmisches Spiel von Annäherung und Entfernung, ein unkontrollierbares Erwachen der Jagd- und Fluchtinstinkte. Schon auf der zweiten Abfahrt war der sportliche Wettkampf getrübt, nun handelte es sich um den reifen Mann, der völlig außer sich einer sexuell empfänglichen jungen Frau nachsetzt. Der ständige Ansporn durch Bewegungen und Blicke, das ständige, stumme Werben, das mit jedem Schwung, jedem Atemzug, jedem Weitergleiten deutlicher wird: Die Herzen klopfen immer schneller, Kilometer um Kilometer, das Blut zirkuliert, die Lungen pumpen.

Wenn sie unten ankamen, rief er den Piloten an, er solle sie abholen und gleich wieder hinaufbringen: Die Vorstellung, sich auch nur wenige Minuten im vernunftregierten, normalen Leben aufhalten zu müssen, war ihm unerträglich. Er wollte nur eins, weiter die Hänge hinabsausen, voller Adrenalin, mit Reflexen, die schneller als Gedanken waren. Christiane ging es ebenso, er sah es ihr an. Worte waren völlig überflüssig geworden zwischen ihnen: sowohl, wenn sie die Hänge hinabsausten, als auch, wenn der Hubschrauber sie wieder hinaufbrachte und sich die Atmosphäre zwischen ihnen spürbar elektrisch auflud. Wie durch ein verstörendes Wunder hatten sie beide genau gleiche Absichten und Empfindungen. Daran besteht kein Zweifel. Der unberührte weiße Schnee, die kristallklare Luft, der über ihnen aufragende Gletscher, kein Zeichen menschlicher Präsenz weit und breit, all das verlieh jeder Empfindung eine unermessliche ursprüngliche Kraft. Auf der dritten Abfahrt hatten sie angefangen zu schreien wie die Wilden, sich laut beim Namen zu rufen, einander herausfordernde Sätze zuzuwerfen, bis ihre Stimmen immer unartikulierter widerhallten.

Dann, auf der Hälfte der vierten Abfahrt, verlor Christiane nach einem waghalsigen Flug über eine Geländespalte die Kontrolle, kam mit der Kante des linken Skis auf, stürzte zur Seite und rutschte in einer weißen Wolke noch ein paar Dutzend Meter nach unten. Voller Angst, sie könnte sich schwer verletzt haben, raste er zu ihr, schnallte sich und auch ihr die Skier ab, beugte sich über sie und fragte keuchend, wie es ihr gehe. Sie blieb mit geschlossenen Augen reglos liegen, ihr Atem kaum wahrnehmbar; dann öffnete sie plötzlich die Augen, begann zu lachen und warf ihm Schnee ins Gesicht. Einen Moment lang war er starr vor Staunen, dann fegte er mit beiden Händen Schnee auf sie, erleichtert und zornig zugleich. Er schrie sie an, sie sei eine kriminelle Göre, Scherze dieser Art seien voll daneben, nie werde er ihr das verzeihen. Immer noch lachend drehte sie sich rasch auf die Seite und stellte ihm unerwartet ein Bein. Er plumpste hin, richtete sich wütend wieder auf, packte und schüttelte sie. Von Lachkrämpfen gebeutelt, fielen sie übereinander her, schubsten und stießen und rollten sich im Schnee, umarmten und küssten, küssten, küssten sich!

Diesen entscheidenden Moment kann er gar nicht zuverlässig rekonstruieren; die Sequenz lässt sich nicht in Einzelbilder zerlegen. Ehrlich gesagt, ist es auch keine echte Sequenz, er mag sich noch so sehr bemühen, eine lineare Abfolge in die Ereignisse zu bringen. Es gibt bloß ein geballtes Gemisch aus Empfindungen und Bildern, so dicht, dass Ursache und Wirkung nicht mehr zu unterscheiden sind. Zum Beispiel kann er sich absolut nicht mehr erinnern, ob er sie zuerst geküsst hat oder sie ihn; oder wann und durch wen das unschuldige Spiel auf einmal viel körperlicher, unendlich viel gefährlicher wurde, einfach nicht mehr aufzuhalten. Dafür kann er sehr lebhaft die emotionale Welle rekonstruieren, die ihn überrollte und jeden Versuch eines rationalen, doch vielleicht sowieso nie vorhandenen Widerstands wegfegte. Plötzlich war ihm alles egal, die möglichen, ja wahrscheinlichen Folgen, das Urteil der anderen, die Reaktionen, der Schaden: Was zählte, war einzig die bebende, subversive Intensität des Augenblicks, seine Leidenschaft, die Teile seines Wesens zum Vorschein brachte, die jahrzehntelang geschlummert hatten, begraben unter Schichten von erworbenen, überaus entschlossen und konsequent perfektionierten Verhaltensweisen. Reitt, der Mann der Zahlen, der unerbittliche Indexmesser, der unnachsichtige Wahrscheinlichkeitsberechner, der aggressive, aber disziplinierte Streiter im Dienst der Bank, war von einem Tag zum anderen zu Werner, dem Abtrünnigen, dem Gesetzlosen, dem Piraten geworden, besessen von maßloser, grenzenloser Leidenschaft. Hätte jemand versucht, ihn aufzuhalten oder auch nur zur Räson zu bringen, hätte er mit brutaler, nicht nur verbaler Gewalt reagiert: Er war bereit zu einem Kampf bis aufs

Messer, im Namen all dessen, was Christiane plötzlich darstellte und greifbar machte.

Alles Übrige gehört zu den unvermeidlichen Folgen, zu einem Sog, der stärker ist als jeder Wille. Die seltenen, exquisiten Treffen in dem Appartement in der Goethestraße (das er über mehrere Mittelsmänner als Gästewohnung gemietet hatte, damit es nicht so leicht auf ihn zurückführbar war), der tägliche Austausch von SMS und E-Mails, die Liebeserklärungen, die verbalen Ergüsse, die echte Besessenheit, die von so vielen Erkundungen und Entdeckungen herrührte. Das außerordentliche Gefühl, den Nektar des Lebens selbst kosten zu dürfen, freien Zugang zur Urenergie zu haben, sich an der Quelle eines Geistes zu laben, der noch nicht von der Kenntnis der Welt verseucht ist, die nackte Authentizität, das Fehlen von Filtern, das Wegfallen von Attitüden, die ungeschminkte Offenheit, das Eingeständnis von Bedürfnissen, das verzehrende Begehren, die unerträgliche Abwesenheit, das fiebrige Erwarten jedes Wiedersehens, die unerträgliche Traurigkeit jeder Trennung. Jedes Gefühl tausendmal verstärkt und vervielfacht, weil es verbotenen Ursprungs war, sozial unannehmbar, von der gängigen Moral geächtet. Zum ersten Mal in seinem Leben hatte sich Werner Reitt wie ein Rebell im Kampf gegen die Konventionen einer dekadenten Zivilisation gefühlt, wie ein Zerstörer von Werten, die so schäbig waren wie Pappkulissen. Er wurde fordernd, ja rabiat in seinen Arbeits- und Familienbeziehungen. Kollegen und Freunde, ganz zu schweigen von Brigitte, merkten, dass er sich veränderte, wussten jedoch nicht, warum; ihre Sorge darüber grenzte häufig an Entsetzen.

Bei der Interpretation des Geschehenen mochten Außenstehende (erst recht, wenn sie feindlich gesinnt waren) stereotype Muster erkennen, doch seine Beziehung zu Christiane war weit entfernt von der Banalität der schnöden, peinlichen Anziehung, die ein Mann mittleren Alters für ein naives junges Mädchen empfinden kann. Es war nichts Verächtliches, moralisch Verwerfliches in dem, was zwischen ihnen beiden passiert war. Nichts von all dem Schrott, den zweitrangige Journalisten und hergelaufene Psychologen zweifellos bald herausziehen werden, wenn sie erst anfangen, ihn in einer Orgie von Klischees in Stücke zu reißen. Seine Geschichte mit Christiane Drechsler war unendlich viel makelloser und authentischer als jede der tausend gemeinen Beziehungen, die Tag für Tag in alle vier Himmelsrichtungen ausposaunt werden, nur weil sie unter Gleichaltrigen stattfinden. Zugegeben, rein amtlich gesehen hätte er der Vater seiner Geliebten sein können (in der Tat ist er der Vater der besten Freundin seiner Geliebten), ja und? Er hat sich in ihrer Beziehung nie als der Erfahrenere und Abgebrühtere gefühlt; im Gegenteil, er fühlte sich von Anfang an emotional weniger gewappnet und verletzlicher. Sein Leben lang hatte er, bis zum Beginn dieser Geschichte, Gefühle stets verleugnet, was ihn objektiv ahnungsloser machte als diese Siebzehnjährige mit ihrer erstaunlichen Kenntnis aller Verführungskünste. Auch wenn es kein Mensch glauben wird, Christiane wusste in den anderthalb Jahren ihrer Beziehung stets viel besser als er, was zu tun war. Wer hat denn nach den ersten Wochen die Kontrolle verloren? Wer hat Fehler auf Fehler gehäuft, immer mehr riskiert, um ja nicht zu vorsichtig, langweilig, zerstreut, leidenschaftslos und alt zu wirken? Wer hat sich mit Tausenden von SMS und E-Mails mit schrecklich kompromittierendem Inhalt hervorgetan, ohne an die Gefahren zu denken, oder besser gesagt, ohne sich darum zu scheren, um im Namen der Gefühle das Glück herauszufordern?

Natürlich kann er darauf jetzt keine glaubwürdige Verteidigungsstrategie aufbauen, das weiß er genau; niemand da draußen ist bereit, seine Version als die richtige anzunehmen. Brigitte, der er ein teilweises, deutlich beschönigendes Geständnis gemacht hat, ist schon zu seiner unerbittlichsten Richterin geworden. Agnethe wird ihn sicher als Vater ablehnen und nur noch Abscheu und Scham vor ihm empfinden. Dieter wird vorwiegend schweigen und sich noch mehr von ihm entfernen. Und das ist erst der engste Familienkreis; was die erweiterte Familie der PEB betrifft, so wird sie ihn bei den ersten Signalen eines Angriffs bedenkenlos absägen, das weiß er genau. Er kann sich schon die Presseerklärung vorstellen, von Kunze persönlich abgesegnet: Sind erschüttert über die schockierenden Enthüllungen, wünschen rasche Klärung der Lage, bedauern, uns gezwungen zu sehen, vorerst alle beruflichen Beziehungen zu Herrn Dr. Werner Reitt suspendieren zu müssen, trotz hoher Wertschätzung der von ihm bisher geleisteten Arbeit, behalten uns vor, bei eventuellen Imageschäden der Bank rechtliche Schritte einzuleiten, *bla, bla, bla.*

Dennoch ist der Krieg noch nicht verloren, der Feind organisiert seine Truppen, hat aber noch nicht losgeschlagen; vielleicht gelingt es noch, den Angriff abzuwehren, wenn man unmittelbar und entschlossen handelt. Werner Reitt bleibt stehen, betrachtet den schwärzlich-roten Gipfel des Vulkans in der Inselmitte. Er war noch nie der Typ, der die Flinte ins Korn wirft, hat nie das geringste Mitleid für jemanden gehabt, der sich kampflos geschlagen gibt. Seine Lage ist äußerst prekär, das lässt sich nicht leugnen, aber ganz aussichtslos ist sie nicht.

Er macht kehrt, geht mit raschen Schritten auf die weißen Gebäude der Villa Metaphora zu. Sobald sein Handy wieder Empfang hat, ruft er Matthias an: Er solle sofort kommen und eine Strategie mit ihm planen, unabhängig davon, was der Feind und die Bank zu tun gedenken. Matthias scheint jetzt richtig wach zu sein, seine prompte Reaktion ist ermutigend. Also auf in den Kampf; es muss gekämpft werden, dazu ist Werner Reitt fest entschlossen, bis zum bitteren Ende.

27

Dieses verfickte Licht, das zum Fenster hereinfällt, tut in den Augen weh: Bestimmt hat Brian die Fensterläden geöffnet, um sie zu wecken, einer seiner verfluchten Tricks, um etwas zu erreichen, ohne zu drängen oder zu fordern, der Arsch. Lynn Lou Shaw schlüpft aus dem Bett, doch kaum dass sie auf den Beinen ist, zuckt stechender Schmerz durch ihren Kopf, sie krümmt sich wie vom Blitz getroffen, schöne Scheiße. Na ja, gestern Nacht hat sie nicht schlecht getrunken, erst Wein zum Abendessen, und dann Limoncello, Myrtenlikör und Wodka, den sie auf Laras Terrasse geschmuggelt hat, obwohl Brian sie unbedingt daran hindern wollte. Jetzt hockt der Arsch draußen auf der Terrasse, telefoniert unentwegt, schreibt gleichzeitig E-Mails und redet womöglich auch noch auf Skype mit irgendeinem Patienten in Los Angeles, wo es jetzt nach Mitternacht ist. Auf dem Tisch steht ein Frühstück, das er bestellt haben muss, als sie noch schlief, doch beim bloßen Gedanken an Essen kommt ihr das Kotzen, *yuck*! Sie setzt ihre Sonnenbrille auf, um das verfluchte Licht zu dämpfen, doch obwohl es die dunkelsten Gläser sind, die sie bei Eyetaylor Optical auf der Melrose Avenue finden konnte, lässt sich der verfickte Tag nicht abwehren.

Sie verschwindet im Bad, betrachtet sich im Spiegel, nimmt die Brille ab. Ihr Gesicht ist aufgedunsen wie eine gekochte Kartoffel, geschwollene Augen, Augenringe, geschwollene Backen, ekelhaft. Wenn sie jetzt einer ihrer Fans sehen könnte, wäre er wahrscheinlich angewidert, wahrscheinlich würde ihm schlecht, so wie ihr. Sie öffnet das Fläschchen mit Tylenol extrastrong, schüttet sich drei Tabletten in die Hand, wirft sie ein und trinkt am Wasserhahn, um sie runterzuspülen. Pfui Teufel, dieses Wasser ist ja ungenießbar, von wegen sorgsam damit umgehen, Arschlöcher! Sie spuckt ins Waschbecken. Wirklich phantastisch, Lynn Lou Shaw, die Unvergleichliche. Die Göttin der Leinwand, der Millionen von Männern auf der ganzen Welt hinterhergeifern, echt. Jetzt sollten sie sie sehen, diese Millionen von Wichsern, bleich und aufgedunsen mit diesem Kartoffelgesicht. Auch ihr Hintern ist unbedeutend, wenn sie den Kopf dreht und ihn im Spiegel betrachtet, er hat nichts von der spektakulären Rundung, die sie auf den Fotos hinkriegen, erst durch die Beleuchtung im Studio und hinterher noch mit Photoshop. Es ist bloß ein Hintern, unbedeutend wie ein Hintern, zwei Pobacken zum Draufsetzen, so wie sie sich jetzt aufs Klo setzt, um zu pinkeln, unbegreiflich, was daran so aufregend sein soll. Man muss schon echt krank sein, pervers und wahnsinnig muss man sein, um sich an so was aufzugeilen. Auch die ganzen Kerle, die schreiben, sie hätte den sexysten Mund des Planeten, diese Blödmänner, dabei hat sie einfach ein Paar dicke Lippen, als Kind sah sie damit aus wie ein Fisch, sie schämte sich fürchterlich. Schließlich ist es kein Verdienst, solche Lippen zu haben, und noch dazu hat sie sie von diesem Arsch von Vater, der in seiner Jugend fast genauso ein Fischmaul hatte wie sie, nach den Fotos zu urteilen, dieser egoistische Scheißkerl.

Ehrlich gesagt, hat sie dieses ganze Blabla mit dem Objekt der Begierde sowieso nie richtig kapiert. Sie hat auch nie kapiert, warum, sobald ihr mit dreizehn ein Busen gewachsen war, die Blicke sämtlicher Männer jeden Alters, denen sie begegnete, Journalisten, Agenten, Schauspieler, Leute von der Truppe, *zoom*, sofort davon angezogen wurden, als hätte sie zwei verdammte Magneten auf der Brust. Dabei waren es gar nicht wer weiß was für Titten, wie man später gesehen hat, und dennoch wanderten die Augen jedes bekackten Mannes, der ihr begegnete, sofort dahin, *zoom*, verdammt! Aber auch vorher, als sie zehn oder elf war und ausschließlich Töchter- oder Enkelinnenrollen spielte und alle behaupteten, was für eine phänomenale Schauspielerin sie sei, so jung und schon so außergewöhnlich reif, auch da lag immer etwas Fieses im Tonfall und im Blick der Männer, die sie ansahen, etwas Klebriges, Aufdringliches. Zu dreißig Prozent freute sie sich darüber, zu siebzig Prozent kam ihr das Kotzen. Um nicht von später zu reden, als sie zwölf war, gleich nachdem sie *The Neighbor's Window* gedreht hatte, was nach Jahren alberner, süßer kleiner Mädchen ihre erste interessantere und schwierigere Rolle war. Da war etwas *Super*schmieriges in den Kommentaren und Blicken aller Männer, mit denen sie zu tun hatte, etwas Dreckiges, selbst wenn sie mit ihr scherzten oder ihr ein beschissenes Kompliment machten.

Vielleicht steckt ja hinter diesem Mist von der meistbegehrten Frau der Welt, den Artie »Bastardy« Goldhaum erfunden hat, kaum dass er von Mutter als Agent eingesetzt wurde, und den alle geschluckt haben, tatsächlich die Idee von der Tochter des Nachbarn, mit der alle gern vögeln würden, wie in dem Artikel der Aprilausgabe von *Esquire* stand. Eine Art Inzestphantasie oder wie zum Teufel das heißt. Na, solange irgendwelche Wichser von Journalisten immer wieder schreiben, dass sie die neue Marilyn sei, und den Scheißzuschauern unentwegt erklären, dass sie gute, sogar noble, nein, geradezu respektable Gründe haben, um sexuell erregt zu sein, will sie sich nicht beklagen. Aber wenn sie sich vorstellt, dass Millionen von Schweinehunden sich an ihren Fotos und Filmen und sogar an ihrer Facebook-Seite aufgeilen, kommt ihr das Kotzen. Es ekelt sie vor dem ganzen anzüglichen Gelächel, dem ganzen Gegeifer und allem Übrigen, aber okay, es war immer ein gemischtes Gefühl. Manchmal bekommt sie selber Lust, die Kerle ein bisschen anzutörnen, indem sie zum Beispiel ein paar Fotos im Bikini oder im Höschen auf Twitter postet (aber gewiss nicht die, die dieser Hurensohn von Hacker ihr geklaut hat!). Jedenfalls liegt das Verhältnis von Geschmeicheltsein und Ekel je nach Augenblick, sagen wir, etwa fifty-fifty, aber variabel. Das Ganze ist sowieso ein idiotischer Wettbewerb, denn an einem Tag ist sie die sexyste Frau der Welt, am nächsten Tag ist es Rihanna, am übernächsten Kirsten, dann Bar, dann Kim, dann Mila, dann wieder Lynn Lou. Alle diese geifernden Wichser haben nichts Besseres zu tun, als herumzusitzen und Nasen, Lippen, Titten, Ärsche und Beine zu vergleichen, auf Webseiten und in Zeitschriften Foto an Foto zu reihen, um zu sehen, welches sie am meisten anmacht, wie auf dem Viehmarkt, die Dreckskerle!

Ob sie weiter als sexyste Frau der Welt angesehen wird, hängt natürlich auch davon ab, was aus dem Film von diesem unfähigen Arsch von Lucio Nuscardi wird, falls sie überhaupt je an das verdammte römische Set zurückkehrt, um ihn fertigzudrehen. Wie gewöhnlich kommt es beim Endergebnis nicht auf sie an, sondern auf den vefickten Regisseur, und was kann man schon erwarten bei so einem Weichei wie Lucio Nuscardi, der kaum zehn Wörter Englisch radebrecht und nicht einmal weiß, was für einen gottverdammten Film er überhaupt machen will. Stundenlang trödelt er am Set herum, probt und probt, tuschelt mit dem Kameramann, gibt den Schauspielern bescheuerte Anweisungen, ändert zehnmal hintereinander seine Meinung. Außerdem hängt sie natürlich auch von diesem Arsch von Produzenten mit seinem Frettchengesicht ab, sie vergisst immer, wie er heißt, Rastricciotti oder Rastricciozzi oder so ähnlich; als sie die Krise kriegte und die Dreharbeiten unterbrochen werden mussten, hat er angefangen, ihr wie ein verfickter Mafioso zu drohen, wenn sie nicht sofort ans Set zurückkäme, würde er ihre Karriere ruinieren und sie auf wer weiß wie viele Millionen Dollar verklagen. Aber sie kann sich auch auf den Kopf stellen, um die beste Interpretation der Welt aus sich rauszuholen, die Augen rollen, mit vorgestrecktem Kinn lustige Fratzen schneiden und ohne Tropfen oder Pülverchen oder Spray echte Tränen weinen – wenn der Film dann zum Kotzen ist, geht ihre phantastische Interpretation zusammen mit allem Übrigen den Bach runter. Denn am Ende ist ein Schauspieler nur ein verficktes kleines Rädchen, das regt sie so auf, dass es ihr an die Nieren geht.

Sie drückt die Spülung, wäscht sich das Gesicht mehrmals mit kaltem Wasser, das in Wirklichkeit lauwarm ist, wahrscheinlich wegen der Geschichte, die Brian erzählt hat, dass sie es aus dem Meer heraufpumpen und das Salz rausfiltern oder so ähnlich, jedenfalls schmeckt es abscheulich. Sie schneidet ihrem Spiegelbild ein paar Grimassen, schüttelt die Haare, lockert sie hektisch mit den Händen auf, *shake shake shake*, so wird wenigstens die Kopfhaut ein bisschen besser durchblutet, und das verfluchte Kopfweh geht zurück, auch wenn sie das vermutlich dem Tylenol extrastrong verdankt. Zur Sicherheit wirft sie noch eine Tablette ein, nimmt noch einen Schluck von dem ekligen Wasser und setzt die Sonnenbrille wieder auf. Sie schlüpft in den Bademantel, der an der Tür hängt, macht noch ein paar Grimassen vor dem Spiegel, geht ins Zimmer. Allerdings hat sie keine Lust, sich Brians Blick auszusetzen, seinen missbilligenden Gesichtsausdruck hinzunehmen und sich, wenn es ihm gelingt, seine Audio- und Videokommunikation mit Los Angeles zu beenden, womöglich auch noch eine Predigt darüber anzuhören, dass sie nicht trinken und nicht rauchen dürfe, dass sie ihr Gleichgewicht finden, den Geist von negativen Gedanken freimachen und die positive Energie des Ortes aufnehmen müsse, und all den übrigen Quatsch, den sie zu tun oder nicht zu tun habe. Deshalb kehrt sie ins Bad zurück, nimmt ihren Notfall-Joint und das Feuerzeug aus dem Necessaire, schiebt beides in die Bademanteltasche, öffnet die Eingangstür und schlüpft hinaus, barfuß und ohne was drunter. Herrlich, mal auf niemanden hören zu müssen und niemandem Rechenschaft schuldig zu sein, sich wenigstens für kurze Zeit alle Scherereien vom Hals zu halten, verdammt noch mal.

Die Häuschen mit ihrem im grellen Licht flimmernden Weiß und dem Meer, das dort unten blau schimmert, sehen eher aus wie eine Filmkulisse. Wenigstens hier darf man doch hoffentlich barfuß gehen, oder? Schließlich soll es ein wilder Ort sein, wo man natürlich lebt und die Schwingungen des Vulkans aufnimmt und den ganzen anderen Quatsch, den sie Brian erzählt haben, um ihn zu überzeugen, dass es der ideale Ort sei, wo er sie aufpäppeln könne, bevor er sie ans Set von diesem unfähigen, verweichlichten Schlappschwanz und Weichei von Lucio Nuscardi zurückschickt. Jedes Mal, wenn Fotos herauskommen, auf denen sie barfuß durch L.A. läuft, ziehen alle diese Wichser sofort über ihre schmutzigen, sogar klebrigen Füße her. Sie möchte wirklich mal sehen, wie deren Füße aussehen! Warum kümmern sie sich nicht um ihren eigenen Mist? Es ist doch was völlig anderes, als wenn sie bei einer Premiere oder einem Event der Academy auf dem roten Teppich steht oder auch bei einer Wohltätigkeitsveranstaltung oder so was, logisch freut es sie da, wenn sie Aufsehen erregt, klar, dass sie unzufrieden wäre, wenn sie nicht fotografiert würde. Aber selbst sie hat doch ein Recht auf ihr gottverdammtes Privatleben, oder nicht?

An einer bestimmten Stelle gabelt sich der Weg und führt in Stufen zu einer Art natürlichem Whirlpool. Vielleicht ist er gar nicht natürlich, sondern mit ungleichmäßigem Rand in den dunklen Stein gehauen, so dass er bloß natürlich wirkt. Wie auch immer, es muss das Becken mit vulkanischem Wasser sein, von dem ihr Brian gestern erzählt hat. Sie geht in die Hocke und schnuppert, es stinkt nach faulen Eiern, das törnt sie eher ab. Sie setzt sich auf einen Felsen daneben, schaut sich um, ob jemand in der Nähe ist, aber da ist niemand, wahrscheinlich frühstücken die anderen Gäste gerade oder sind unten am Meer, jedenfalls ist kein Schwanz zu sehen, in dieser verfluchten Wüste.

Lynn Lou Shaw zieht den Joint aus der Bademanteltasche, hält beim Anzünden schützend die Hand vor die Flamme des Feuerzeugs, atmet tief ein und behält den Rauch in der Lunge, so lange sie kann. Das Gras, das ihr der Kameraassistent am Set in Rom besorgt hat, kann mit dem kalifornischen zwar nicht mithalten, es schmeckt ein bisschen nach Stroh und Staub, aber es ist eben das, was man hier bekommt. Wenn man diesen Arsch von Brian hört, hat das Wasser dieses Pools wer weiß was für Eigenschaften, weil es aus dem Bauch des Vulkans stammt und sich mit den Energien des Erdinneren auflädt und so weiter und so fort. Sie glaubt wenig an diesen Quatsch, oder nur wenn und wann sie will. Man denke nur an die Wahrsagerin oder diese andere Betrügerin, die auf dem Wilshire Boulevard im Kaffeesatz las, oder an die mit der Kabbala, die auch nicht viel besser waren, obwohl die Hälfte ihrer Kolleginnen hinging, irgendwann ging halb Hollywood zu denen. In Wirklichkeit würde es ihr ab und zu schon gefallen, ein gesünderes Leben zu führen: mehr schlafen, weniger Alkohol trinken, jede Menge Obst und Gemüse essen, jeden Tag Gymnastik machen. Vielleicht sogar aufhören, Beruhigungsmittel, Schlafmittel und Stimmungsaufheller zu schlucken, sogar das Rauchen aufgeben. Doch wenn Brian sie dazu drängt, erreicht er nur das Gegenteil, und sowieso hat sie die guten Vorsätze bald wieder satt, was soll's. Vitamine und Mineralien nimmt sie ja in Tablettenform, und wenn sie unbedingt schlafen muss, nimmt sie ein paar Ambien oder Lunesta oder Rozerem oder Sonata oder Donormil oder Temazepam oder Zolpimist oder Indiplon oder Gaboxadol, lauter Zeug, das ihr Doktor Schlepinsky verschrieben hat, und gewöhnlich funktioniert es. Er ist kein inkompetenter Quacksalber, das behauptet dieser Arsch von Brian doch nur aus Eifersucht, weil er der einzige Guru in ihrem Leben sein möchte, es stört ihn, dass ihr noch jemand anderer Ratschläge gibt. Und es stimmt auch nicht, dass sie oberflächlich, infantil und verantwortungslos ist, wie

Brian behauptet, sondern sie hat einfach einen sehr stressigen Job, und den macht sie auch schon ihr ganzes Leben, auch wenn sie erst achtundzwanzig ist. Hat sie da nicht einmal ein bisschen Entspannung verdient oder auch ein bisschen Fun, verdammte Scheiße?

Lynn Lou Shaw taucht einen Zeh ins Wasser, um die Temperatur zu testen. Es ist heiß, aber nicht kochend. Nicht wie die verfluchten Bäder, die ihre Mutter ihr einließ, als sie klein war, wo sie manchmal wirklich verbrüht rausgekommen wäre, wenn sie nicht wie am Spieß geschrien hätte. Es wäre vielleicht gar nicht übel, sich eine Weile ungestört hineinzulegen und zu entspannen. Sie nimmt einen letzten Zug aus dem Joint, drückt den Stummel auf dem Stein aus und schiebt ihn in die Tasche. Erneut schaut sie sich um, ob sich irgendwo was bewegt, denn sie hat ja nichts drunter an, und ehrlich gesagt, hat sie sich schon oft genug nackt vor Millionen unbekannter Wichser gezeigt, aber es ist wirklich niemand da. Eine einzige verfluchte Wüste, öd und leer.

Sie schlüpft rasch aus dem Bademantel und lässt sich mit Sonnenbrille in den Pool gleiten. Sehr angenehm, wie das heiße, leicht prickelnde Wasser ihre Haut streichelt, sie leicht zwischen den Schenkeln an der Möse und in der Poritze kitzelt, unter den Achseln, unter den Titten, unterm Kinn, es gibt ihr das gleiche sexy Gefühl wie früher, wenn sie manchmal auf Partys nackt in den Swimmingpool sprang, bevor dieser Arsch von Brian in ihr Leben trat. Mit dem Unterschied, dass hier statt Dutzenden von johlenden, lachenden Wichsern, die ebenfalls reinspringen, spritzen, sich Streiche spielen und sich unter Wasser drücken, weit und breit kein Schwanz zu sehen ist, da ist bloß diese unglaubliche Stille und ein ganz leichter Windhauch. Den Beckenrand entlang ist genau auf der richtigen Höhe eine Art Bank in den Stein gehauen, echt bequem, denn man kann sich auch ein bisschen herausschieben, um die zusätzliche sexy Wirkung des Windes auszukosten, der über die nasse Haut streicht, sie trocknet und leicht abkühlt. Es ist angenehm, sich auszustrecken, von einer Seite zur anderen zu gleiten, mit dem Kopf unterzutauchen, wieder hochzukommen, knapp an der Oberfläche den Geruch nach faulen Eiern einzuatmen, der nach einer Weile gar nicht mehr so schlimm ist. Vor einigen Jahren hat sie in einer Zeitschrift von einem bescheuerten armen Pärchen gelesen, das nachts im Yellowstone Park in eines der heißen Wasserlöcher gesprungen war (sie hat die Quellen gesehen, als sie zu ihrem dreizehnten Geburtstag mit ihrer Mutter einen Ausflug in den Park gemacht hat, sie waren grünlich oder gelblich oder von einem wirklich unheimlichen Blau). Allerdings hatten die zwei nicht an die irre hohe Temperatur gedacht, echt am Siedepunkt, denn außer bescheuert waren sie anscheinend auch fürchterlich high. Am Morgen wurden sie von einem Ranger gefunden, gekocht auf dem dampfenden Wasser schwimmend. Sie weiß nicht recht, warum, aber dieses Bild hat sich ihr tief eingeprägt, jedes Mal, wenn sie in eine etwas heißere Sauna oder ins Dampfbad geht, fallen ihr die zwei armen, bescheuerten Gestalten wieder ein, die auf der dampfenden Oberfläche des Wasserlochs treiben, rosa und aufgebläht wie gekochte Schweine. Hier ist das Wasser zum Glück nicht so heiß (eigentlich sogar perfekt), aber komisch wäre es schon, wenn sie zuletzt ohnmächtig würde und unterginge und man sie in einigen Stunden fände, wie sie rosa und aufgebläht wie ein verdammtes gekochtes Schwein auf der Wasseroberfläche treibt. Sie stellt sich schon die Headline in der Presse vor: *Lynn Lou Shaw gekocht auf einer italienischen Insel aufgefunden.* Und die Kommentare im Internet, die Nachrichten auf Facebook und Twitter, die Erklärungen ihrer Kolleginnen und Kollegen. Von den Headlines in *People* und *US* und der übrigen verdammten Klatschpresse gar nicht zu reden. Die sind immer so verständnisvoll und feinfühlig, wenn Leute vom Film Beziehungs-, Geld- oder Karriereprobleme haben, wie sehr erst, wenn sie gekocht in einem heißen Wasserloch enden!

Sie muss lachen, ein bisschen von dem verdammten, nach faulen Eiern schmeckenden Wasser läuft ihr in den Hals. Sie hustet, richtet sich auf, um Luft zu holen, und sieht hinter einer Felskante einen Typen, der sie beobachtet. Sie braucht ein paar Sekunden, bis sie ganz sicher ist, denn der Typ verschwindet fast sofort und zeigt sich erst wieder, als sie den Kopf dreht und so tut, als schaute sie woanders hin. Dann, *plop*, taucht er gleich wieder hinter dem Felsen auf. In Wirklichkeit sieht sie ihn auch ohne den Kopf zu drehen, denn von Kindheit an hat sie diese ziemlich unglaubliche Fähigkeit, auch aus dem Augenwinkel zu sehen. Dieser Arsch von Brian sagt, bei ihr sei das periphere Sehen ungewöhnlich ausgeprägt oder so ähnlich. Er sagt, Frauen seien geübt in peripherer visueller Wahrnehmung, weil sie Beute sind, und Männer sähen zentral, weil sie Räuber sind, das sei biologisch, bei den Gazellen zum Beispiel sitzen die Augen seitlich am Kopf, und die Löwen haben die Augen vorn. Sie hat nicht genau verstanden, ob es sich um eine seiner bescheuerten Theorien handelt oder ob tatsächlich was Wissenschaftliches dran ist. Sie meint, dass ihre ungewöhnlich ausgeprägte Fähigkeit zum peripheren Sehen daher kommt, dass die Leute sie von klein auf immer angeschaut haben, während sie nicht zurückschauen durfte. Mit als Erstes hat Mama ihr nämlich beigebracht, dass eine Berühmtheit lernen muss, die Aufmerksamkeit der anderen wahrzunehmen und so zu tun, als sei nichts. »Völlig entspannt über ein Meer von Blicken kreuzen, das Segel im Wind geflüsterter Worte«, nennt sie das. Einer der seltenen Fälle, wo sie ihr recht geben muss, denn wenn sie sich bei jedem Lächeln, jedem Gruß, jeder Frage, jeder Autogrammbitte umdrehen und reagieren müsste, dann gute Nacht, da käme sie nirgends mehr hin. Sie könnte nicht einmal mehr mit diesem Arsch von Brian ein bekacktes Restaurant besuchen oder bei Philippe einen Milchshake trinken oder am Strand von Malibu mit den Hunden laufen gehen, falls sie mal Lust dazu hätte. (Apropos, wie es wohl Pluto und Horwitzer geht? Ob sie ihnen ein bisschen fehlt, oder reicht es ihnen, wenn Dolores ihren Napf füllt – und sie ist ihnen scheißegal?)

Wie auch immer, jetzt kann sie aus dem Augenwinkel nicht nur sehen, dass hinter dem Felsen einer steht, der sie beobachtet, sondern erkennt auch, wer es ist. Dunkle, stechende Augen, schwarze Haare, braungebrannt, weiß gekleidet, nicht schlecht, der Bootsmann, der sie mit dem Motorboot hierhergebracht hat und sie sogar zwischendurch mal das Steuer halten ließ, sein Name fällt ihr nicht mehr ein. Da ist er, wenige Meter entfernt, mit seiner wirklich drolligen Art, den Kopf vorzustrecken, wenn sie so tut, als schaute sie woanders hin, und zu verschwinden, sobald sie sich wieder umdreht. Wie einer dieser Präriehunde, die sie als Kind in einem Dokumentarfilm im Fernsehen gesehen hat, lauter Köpfchen, die *plop!* aus dem Nichts auftauchten und *plop!* wieder verschwanden, wirklich zum Schießen. Nur dass es sich hier um einen menschlichen Präriehund handelt, ganz weiß angezogen mit dunklen Glutaugen, der *plop!* auftaucht und *plop!* hinter dem Felsen verschwindet, um sie nackt in dem Pool mit Vulkanwasser zu beobachten. Viel kriegt er ja nicht zu sehen, denn sie sitzt die meiste Zeit bis zum Hals im Wasser, nur ab und zu rutscht sie ein bisschen heraus, wenn es ihr zu heiß wird und sie ein wenig Wind auf der Haut spüren möchte, aber auch da kann er höchstens den Busenansatz sehen, höchstens noch die Brustwarzen oder wenig mehr, bevor sie wieder eintaucht bis zum Hals.

Ja, sie überlegt sogar, ob sie ihm etwas zurufen oder die Hand nach dem Bademantel ausstrecken und sich damit zudecken sollte, selbst wenn das Ding dann klatschnass würde, das wäre ja egal, doch die Geschichte mit dem Typen, der *plop!* hinter dem Felsen rauskommt und *plop!* wieder verschwindet, ist einfach zu lustig, echt. Noch dazu ist er weder gefährlich noch ein Unbekannter, sondern bloß der Bootsmann, der hier im Resort arbeitet. Soweit sie es mitgekriegt hat, scheint er ein braver Junge zu sein. Als er sie das Motorboot ein Stück weit hat lenken lassen, hat er gesagt, dass er sie grenzenlos verehrt und drei Poster von ihr in seinem Zimmer an die Wand gepinnt hat. Kurz, dieser Arsch von Brian beschuldigt sie immer, sie habe einen Hang zum Exhibitionismus, er sagt, alle Schauspielerinnen hätten das, sonst würden sie diesen Beruf nicht ausüben, aber bei ihr sei es schon fast pathologisch. Als diese verdammten Fotos im Internet rausgekommen sind, konnte er es kaum fassen, verfluchte Scheiße, er wiederholte immerzu: »Siehst du? Siehst du?« Als hätte sie sich *absichtlich* vor Millionen von Wichsern auf der ganzen Welt nackt zeigen wollen. Dabei hat sie doch nur im Bad drei alberne Schnappschüsse mit dem iPhone von sich gemacht und die als Facebook-Message an ihre Freundin Maggie geschickt, nur so zum Spaß. Wie zum Teufel hätte sie sich vorstellen sollen, dass ein Hurensohn von Hacker sie knacken und in Umlauf bringen könnte? Schließlich sind von den sieben Milliarden Menschen, die auf der Erde leben, mindestens dreieinhalb Milliarden Frauen, also gibt es dreieinhalb Milliarden Titten und Ärsche oder vielmehr sieben Milliarden Titten und dreieinhalb Milliarden Ärsche, um genau zu sein. Und will man noch genauer sein und Kinder und alte Frauen abziehen, sind es wahrscheinlich um die zwei Milliarden Titten und Ärsche, immer noch eine Riesenmenge, verdammt! Aber nein, hört man all diese Wichser, ist sie die Einzige! Okay, vielleicht hat sie einen besonders gelungenen Hintern und Busen (Busen weniger), zumindest verglichen mit der Durchschnittshausfrau oder der Durchschnittsstudentin oder verglichen mit einem Knochengestell oder einem schwabbeligen Fleischkloß, aber trotzdem! Womöglich hat dieser Arsch von Brian recht, wenn er behauptet, dass das Image eines Stars durch die Dimensionen der Leinwand vergrößert und millionenfach aufgebauscht wird, bis eine Art Gottheit entsteht, aber sollte das wirklich der Grund für die

Fluten von Scheiße sein, die sie auf Webseiten und in Illustrierten und Zeitungen von sich gegeben haben wegen drei gottverdammten, winzigen Fotos, die dank einem Hurensohn von Hacker im Internet gelandet sind?!

Na, wie auch immer, im Moment amüsiert sie sich, ehrlich gesagt, prächtig mit dieser Geschichte vom schönen, glutäugigen, weißgekleideten Bootsmann, der *plop!* erscheint und *plop!* wieder verschwindet. Sie bekommt Lust, ihm ein bisschen mehr zu zeigen, da der Ärmste so bemüht ist, sie unbemerkt zu beobachten. Er scheint wirklich ein großer Fan zu sein, einer von denen, die Brian als arme unkritische Götzendiener bezeichnet. Sie dagegen ist solchen Leuten im Grund genommen dankbar, weil es schön ist, wenn man sich so unumschränkt anerkannt fühlt, das tut ihr gut und gibt ihr Selbstvertrauen. Es gibt ihr das Gefühl, etwas wert zu sein, weit über die falschen Komplimente eines Weicheis von Regisseur oder die positive Rezension eines Scheißfilmkritikers hinaus. Okay, es stimmt, dass ihre Fans sie nicht persönlich kennen, sondern nur das Bild, das sie in den Filmen vermittelt, aber ihre uneingeschränkte Anerkennung ist trotzdem echt, da kann dieser Arsch von Brian sagen, was er will. Genau deshalb hat sie Lust, das Spiel mit dem Bootsmann etwas weiterzutreiben, in aller Unschuld. Na, ein bisschen neckisch ist es wohl auch, okay, aber ganz *unschuldig* neckisch, das tut niemandem weh. Sie taucht etwas mehr aus dem heißen Wasser auf, schließt die Augen, die man unter der ultradunklen Brille sowieso nicht sieht, lässt den Kopf in einer dieser Posen wie bei Fotosessions nach hinten sinken, Kinn hochgereckt, auf den Rücken fallende tropfende Haare, Titten raus, Brustwarzen aufgerichtet durch den Windhauch auf der nassen Haut. So fühlt sie sich tatsächlich fast wie eine Gottheit, Brian hin oder her. Auch mit geschlossenen Augen kann sie die Welle von Bewunderung spüren, die Welle von Anbetung des weißgekleideten Bootsmanns, der *plop!* den Kopf vorstreckt, sobald sie sich zurücklehnt, und *plop!* verschwindet, sobald sie sich wieder ins Wasser sinken lässt. Ihr ist, als hätte sie schon als Kind manchmal solche Spielchen gemacht, aber höchstwahrscheinlich war es ein Film, in dem sie das kleine Mädchen *darstellte,* das solche Spielchen macht. Denn die verdammte Wahrheit ist doch, dass sie, während die anderen Kinder wirklich spielten, am Set das spielende Kind darstellte oder zu Hause die Rolle lernte oder sich als Privatschülerin auf Prüfungen vorbereitete, da auch von Schulbesuch keine Rede war. Praktisch hat ihre Mutter es ihr nie an etwas fehlen lassen, sie ist ja kein Ungeheuer und keine Ausbeuterin, wie dieser Arsch von Brian ab und zu behauptet, aber genau besehen hat sie ihr, selbst wenn sie nur ihr Bestes wollte, doch die ganze bekackte Kindheit und Jugend kaputtgemacht. Was schon eine verfickte Leistung ist, das muss man schon sagen.

Doch jetzt hat sie überhaupt keine Lust, über die verlorene Kindheit und Jugend oder ähnlichen Quatsch zu jammern. An ihrer heftigen Krise letzte Woche war bloß dieses beschissene Weichei von Lucio Nuscardi schuld, der sich einbildet, er könne sie am Set rumkommandieren, aber gar nicht weiß, was er will. Und natürlich auch Mr. Artie »Bastardy« Goldhaum, der sie praktisch gezwungen hat, den Film zu machen, weil der davor in Berlin den Goldenen Bären gewonnen hatte und er meinte, das würde ihr eine intellektuelle Aura verleihen, die ihrem Image guttäte, verdammter Scheißkerl. Na gut, aber auch an diesen Blödsinn will sie jetzt nicht denken. Sie möchte sich nur nackt im prickelnden heißen Wasser aalen und mit dem schönen Bootsmann ein bisschen Zeigen-und-Verstecken spielen. Sie lehnt sich noch etwas mehr zurück und spürt das elektrisierende Gefühl, unendlich bewundert und angebetet zu werden, wie der Arsch von Brian es ausdrückt. Nun, selbst wenn es so wäre, bis zum Gegenbeweis steht es ihr frei, ihren Körper zur Schau zu stellen, so viel sie will, zumindest, solange er so unendlich bewundernswert ist wie jetzt. Was zum Teufel ist schlecht daran, einem echten Fan ein bisschen was zu zeigen? Wäre er kein echter Fan, würde er sich bestimmt nicht da hinter dem Felsblock verstecken und riskieren, ertappt zu werden, er hat eindeutig nicht kapiert, dass sie ihn sieht, er weiß ja nichts von ihrem unglaublich hochentwickelten peripheren Sehen. Außerdem ist Sommer, und sie sind auf dieser verfluchten einsamen Insel, die reine Wüste hier, sie sind am äußersten Rand des wilden Südens, kurz vor der afrikanischen Küste. Und dieses Wasser kommt aus dem Vulkan, der Brian zufolge schlummert oder so ähnlich, jedenfalls ist er nicht ganz erloschen, kurzum, da ist was in dem Felsen, in der Luft und im Wasser, das ihre wilde Seite zum Vorschein bringt und sie ziemlich erregt.

Langsam lässt sie die Hand über ihre Brüste gleiten, als wäre sie völlig in ihre Empfindungen versunken, was auch stimmt, aber so, als hätte sie gar keine Ahnung, dass sie beobachtet wird. Noch langsamer gleitet die Hand weiter nach unten, während sie sich aus dem Wasser herausschiebt, um sich vom leichten Wind streicheln zu lassen und eine Gänsehaut zu bekommen, voll ein angenehmes Gefühl. Jede Empfindung wird verstärkt durch das Wissen, dass der schöne Bootsmann ihr verzückt zuschaut, dass er gleich überschnappt vor Begeisterung. Ihre Haut glüht, das Herz pocht ihr *tum tum tum* in den Ohren bei der Idee, ihn in die Stratosphäre der Bewunderung zu versetzen. Immer weiter rutscht ihre Hand hinunter auf dem Bauch, der schön straff und glatt ist (bis jetzt hilft die Genetik mehr als die Gymnastik), gleitet ganz langsam zwischen die Schenkel. Alles voll nach dem Motto Sehen-und-doch-nicht-sehen, denn sie kommt zwar aus dem Wasser, taucht aber gleich wieder unter, obwohl sie jedes Mal Lust kriegt, sich noch etwas höher raufzuschieben, die Füße auf den steinernen Sitz zu stemmen, um die Show fließender zu gestalten. Es macht Spaß, so nach und nach mal mehr, mal weniger zu zeigen, sich ein bisschen aufzubäumen, den Mund halb zu öffnen, die Haare auf die Schultern fallen zu lassen wie bei der Fotosession für GQ, wo sie die verdammte Sexgöttin spielte. Hier kann man durchaus noch etwas weitergehen, schließlich gibt es hier statt Millionen oberflächlicher, geifernder Wichser nur einen einzigen Zuschauer, der auch noch ein echter Fan und Bewunderer ist. Hier kann man *ganz klar* weitergehen, man kann die Hand tiefer zwischen die Schenkel schieben und gleichzeitig aus dem Wasser herauskommen, um besser gesehen zu werden. Sobald es etwas zu viel wird, kann man ja untertauchen, kann sich vom prickelnden Wasser einhüllen lassen, dessen Bläschen einen überall kitzeln, das ist auch erregend und sexy!

Ein sehr amüsantes Spiel, echt, sie fühlt sich ein bisschen verrucht, ein bisschen *bad girl,* ein bisschen frei, ein bisschen bewundert, ein bisschen angebetet. Außerdem hat sie den Eindruck, dass der schöne Bootsmann sie voll und ganz bewundert und verehrt, wirklich von Kopf bis Fuß. Und das erlebt sie ja nicht oft, so eine totale Bewunderung und Anbetung. Im Gegenteil. Denn die Millionen von Wichsern, die sich im Internet an ihren verfluchten Schnappschüssen aufgegeilt haben, haben über ihren *Einzelteilen* gesabbert! Über ihren Titten, ihrer Möse oder ihrem Arsch, losgelöst vom Rest! Scheiße, sie hat jahrelang gebraucht, um zu kapieren, wie sie ticken, die verfickten Männer. Auch wenn man sie untereinander reden hört, zum Beispiel, wenn man nach den Dreharbeiten unter Kollegen noch etwas trinken geht und sie lockerer werden und damit angeben, wen sie alles gevögelt haben. Sofort geht es los mit »Was die für Titten hatte«, oder »Den Arsch von der anderen hättest du sehen sollen«, solches Zeug. Dabei stellen sie auch gern Vergleiche an, kritisieren und lästern à la »Die Sowieso ist oben flach wie ein Brett«, oder »Die Sowieso hat kurze Beine«. Es macht den Schweinen fast mehr Spaß, Fehler zu finden als Vorzüge. Sie sehen die Frauen in *Einzelteilen,* verdammt. Und das ist alles nicht nur so dahingesagt, sie sehen die Frauen tatsächlich so. In gottverdammten *Einzelteilen*! Einfach grauenhaft! Auch ihr gefällt manchmal bei einem Typen der Hintern oder die gestählten Bauchmuskeln oder der Bizeps, aber es fiele ihr doch nie ein, diese Teile vom Rest zu *trennen,* verflucht! Was zum Teufel sollte sie mit einem gottverdammten Arsch ohne den Rest anfangen? Oder mit einem gottverdammten Schwanz? Aber diese Schweine von Männern sind so, sie sehen Einzelteile, reden über die Einzelteile, vergleichen die Einzelteile, lästern über Einzelteile, geifern nach Einzelteilen, holen sich einen runter über Einzelteilen. Wie oft ist es ihr passiert, mit einem Kerl ins Bett zu gehen und zu merken, wie er auf ihre Möse glotzt, stur auf diesen anatomischen Teil fixiert, mit geilen Augen und Schaum vor dem verfickten Mund? Und den Rest schaute er gar nicht an, nicht mal ihr Gesicht, die Möse war das Einzige, was ihn interessierte, der Zweck der Übung, das einzige Ziel des ganzen Theaters, das er veranstaltet hatte, um sie ins Bett zu kriegen, der Scheißkerl! Jahre hat sie gebraucht, um das zu kapieren, verdammt. Und um zu kapieren, dass sie ihre einzelnen Teile dosieren kann, um die gewünschte Wirkung zu erzielen, ein Zentimeter hier, ein Zentimeter da, schau her, nein, jetzt ist Schluss, je nachdem, wie viel Aufmerksamkeit du mir im Tausch gegen das Aufgeilen widmest. Irre, oder?, wenn du darüber nachdenkst, ist es einfach lächerlich und vollkommen gaga. Na, wie auch immer.

Sie schiebt sich erneut bis zur Taille aus dem Wasser, dreht sich zur Seite – mit diesem Profil bietet sie dem schönen Bootsmann bestimmt kein schlechtes Bild – und lehnt sich noch etwas weiter zurück, um die Wirkung zu verbessern. So bleibt sie eine Weile, eine tropfende Skulptur mit abgewandtem Kopf, damit der Bootsmann nicht, *plop,* sofort wieder verschwinden muss. Dann taucht sie unter, hat aber gleich Lust, *noch* weiterzugehen, wenn sie nun schon mal dabei ist, eine Situation wie diese, die wenigstens ein bisschen erregend ist, hat sie schon lange nicht mehr erlebt, echt. Sie taucht noch weiter aus dem

Wasser und dreht sich um, als wollte sie aus dem Pool steigen oder Stretching machen oder so was, was dem Bootsmann wahrscheinlich einen recht spektakulären Blick auf ihren Hintern gestattet. Mit durchgedrücktem Rücken, langgestreckt, um den Pobacken höchste Spannung zu verleihen und die Wirkung der »zwei perfekten Hemispären« zu erzeugen, wie dieser Depp von Sean Moffett im *Entertainment Weekly* über die Nacktszene in *Sisterly Love* geschrieben hat (aus der Kinoversion haben sie die ja rausgeschnitten, aber mindestens in der DVD-Version müsste sie drin sein). Nur dass es hier *live* auf einer verfluchten einsamen Insel vor einem einzigen Zuschauer, Bewunderer und Anbeter statt vor einer ganzen, halb gleichgültigen, halb aufgegeilten Truppe tausendmal besser ist, gar kein Vergleich.

Sie hält die Pose gute fünf bis sechs Sekunden lang, damit der schöne Bootsmann sich sattsehen, sich mit Bewunderung und Anbetung aufladen kann, bis sie den Widerschein spürt wie eine Art Ausstrahlung. Dann dreht sie sich ganz langsam um, damit er genug Zeit hat, erneut *plop* hinter dem Felsen zu verschwinden. Doch als sie zuletzt wieder untertaucht bis zum Hals und endlich die Augen öffnet, ist der Bootsmann zwar hinter dem Felsen verschwunden, aber mit ihrem peripheren Sehen nimmt sie einen komischen Reflex wahr. Irgendwie kennt sie dieses Funkeln, verdammte Scheiße, es passt aber so wenig zu Ort und Zeit, dass sie mehrere Sekunden braucht, bis sie kapiert, worum es sich handelt. Sie braucht mehrere Sekunden, bis sie die verfickte Linse des verfickten Teleobjektivs für Großwildjagd sieht, die auf ein verficktes Stativ montierte verfickte Kamera, den verfickten Fotografen im Khakianzug, diesen Scheißkerl, auf dem Boden liegend wie ein Heckenschütze, der sein verficktes Gewehr auf sie richtet. Automatisch zeigt sie den Mittelfinger und fuchtelt damit herum, wie immer, wenn einer dieser Schakale hinter einer Hecke, einer Mauer oder einem Auto auftaucht, obwohl sie doch genau weiß, dass die Hurensöhne nur darauf warten, es ist die Krönung ihres verdammten Scoops, weil es die übrigen Bilder noch authentischer, noch pikanter macht für die Wichser, die die Fotos später anschauen. Aber sie überlegt nicht lange, vielmehr schreit sie, so laut sie kann: »Hey?! Verfickter Hurensohn! Du bekackter Scheißschakal!«

Und *plop* kommt der Bootsmann mit bestürzter Miene hinter seinem Felsen vor, vielleicht meint er, dass sie das Versteckspiel erst jetzt entdeckt hätte und wütend auf ihn wäre. Sie starren sich aus einem Dutzend Meter Entfernung an, und derweil hat der verfickte Fotograf seine verfickte Kamera und sein verficktes Stativ genommen und rast zwischen Felsen und Sträuchern den Abhang hinunter.

Sie steigt aus dem Wasser, an diesem Punkt ist ihr scheißegal, ob der Bootsmann sie nackt sieht, wenn der verfickte Fotograf es schafft abzuhauen, werden in Kürze *Millionen* Leute sie nackt sehen, und zwar in viel anrüchigeren Posen als dieser. Sie nimmt den Bademantel, versucht ihn überzuziehen, deutet auf den verdammten Fotografen, der den Hang hinunterspringt wie ein verfickter Schakal. Ihre Hand zittert vor Wut, ihre Stimme zittert, Scheiße. »Fang diesen Scheißschakal, diesen verfickten, bekackten Hurensohn!«

Den Bootsmann scheint es restlos zu verstören, dass er sie, nach zwanzig Minuten Sehen-und-doch-nicht-sehen, plötzlich nackt und wütend vor sich sieht.

Sie schafft es endlich, den Bademantel zu schließen, und bindet den Gürtel zu. »Nun mach schon! Los, schnapp diesen Scheißschakal, diesen Hurensohn, bevor er entwischt!«

Endlich dreht der Bootsmann den Kopf, sieht den verfickten Fotografen, der den Steilhang hinunterhüpft, und saust wie der Blitz hinterher.

»Ihm nach!« Lynn Lou schreit so laut, dass ihr die Stimmbänder und die Ohren schmerzen. »Schnapp diesen Scheißschakal! Diesen verfickten Hurensohn!«

28

Manchmal fällt es nicht leicht, die Ruhe und Distanz zu wahren, die er den Kunden von LifeSolving™ jeden Tag predigt, denkt Brian Neckhart. Tatsache ist, dass fast die Hälfte von ihnen zwar bereitwillig beträchtliche Summen für seine Hilfe zahlen, aber die Grundvoraussetzung nicht voll akzeptieren können, nämlich ihm die gesamte Verantwortung zu übertragen, bis das Problem gelöst ist. Anstatt sich erleichtert und befreit ihrem Alltag zu widmen, mischen sie sich ununterbrochen auf jede vorstellbare Weise ein und erschweren ihm die Arbeit mit dem Risiko, alles zu vermasseln. Die andere Hälfte der Kunden verhält sich genau umgekehrt. Sobald sie den Vertrag unterschrieben haben, erwarten sie ein Wunder, noch bevor sie ihm alle nötigen Informationen geliefert haben, so als könnte er zaubern. Okay, es handelt sich fast immer um Personen, die mit außergewöhnlichen unternehmerischen Fähigkeiten gepaart mit außergewöhnlicher Ungeduld ihr Glück gemacht haben. Und zweifellos weckt der Name LifeSolving™ außergewöhnliche Erwartungen – doch schließlich macht er ja genau das, was sein Label so werbewirksam verspricht.

Wie auch immer, Jack Highgate (ja, der mit den Highgate-Supermärkten) gehört ganz klar zu der ersten Kategorie von Kunden. Am fünfzehnten Juni hat er einen Vertrag unterzeichnet, um sich von ihm das Problem mit seiner Tochter lösen zu lassen, die in Amherst, Massachusetts, mit einer Yoga-Lehrerin zusammenlebt und gerade ein Buch schreibt, in dem sie kein gutes Haar an ihrem Vater lässt. Trotz allem, was Brian ihm bei der Unterschrift erklärt hat, belästigt er sie offenbar weiter mit Drohanrufen, lässt ihr vom Rechtsanwalt Briefe schicken, bietet inakzeptable Vergleiche an und hat Privatdetektive auf sie angesetzt. Er lässt sich einfach nicht bremsen, nichts zu machen.

»Ich bin eben ein Mann der Tat.« Highgate krächzt ins Telefon mit seinem Brooklyn-Akzent. »Sonst hätte ich nie das aufbauen können, wofür mein Name heute steht.«

»Selbstverständlich, aber Sie haben sich doch aus einem bestimmten Grund an uns gewandt, oder?« Brian Neckhart betrachtet das Meer, atmet die von der Brise heraufgewehte, salzige Luft ein; die Aussicht hilft ihm, alles aus der Vogelperspektive zu betrachten. »Weil Ihre üblichen Methoden in diesem Fall nicht funktionieren, nicht wahr?«

»Was haben Sie gegen meine üblichen Methoden einzuwenden?« Highgate sucht immer einen Vorwand zum Streiten, das gehört zu seinem Wesen.

»Sie selbst haben mir erklärt, dass Sie damit bei Ihrer Tochter nichts ausrichten können, Mr. Highgate.«

»Ja, aber jetzt ist es schon über eine Woche her, dass ich den Vertrag unterschrieben habe, und ich sehe keinerlei Resultat!«

»Mr. Highgate, ich habe Ihnen gleich erklärt, dass wir etwas Zeit brauchen.« Brian Neckhart beugt den Kopf erst zur einen, dann zur anderen Seite, um die Halswirbel zu lockern. »Wir hatten abgemacht, dass Sie mich machen lassen, ohne selbst etwas zu unternehmen.«

»Sie verlangen von mir, dass ich nichts unternehmen soll?! Was bilden Sie sich eigentlich ein?« Highgate ist hochgradig aggressiv, wahrscheinlich schon von klein auf.

»Schließlich zahlen Sie mir zweihunderttausend Dollar dafür, dass ich das Problem für Sie löse, Mr. Highgate.« Nachdrücklich und gelassen betont Brian Neckhart jedes Wort. Und den Namen des Kunden zu wiederholen dient dazu, ihn auf seine Verantwortung hinzuweisen.

Highgate schweigt etwa eine Sekunde. »Dass ich Ihnen einen Haufen Geld zahle, gibt Ihnen kein Recht, mir vorzuschreiben, was ich mit dieser kriminellen Lesbe tun oder nicht tun soll!«

»Mr. Highgate, ich bin seit mehreren Tagen mit Ihrer Tochter in Kontakt.« Brian Neckhart dreht sich um und späht durch die Fenstertür ins Zimmer, um zu sehen, ob Lynn Lou immer noch schläft. »Und sie kriminelle Lesbe zu nennen ist nicht sehr produktiv, das kann ich Ihnen versichern.«

»Aber sie *ist* eine kriminelle Lesbe!« Highgate brüllt ins Telefon.

»Ich habe zweimal persönlich mit ihr gesprochen, mir kam sie gar nicht kriminell vor!«

»Ach nein? Ach nein?« Highgate erträgt es grundsätzlich nicht, dass man ihm widerspricht. »Wollen Sie mir erklären, wie meine Tochter ist?!«

»Wir suchen nach einer konfliktfreien Lösung, Mr. Highgate. Im Interesse aller Beteiligten.« Brian Neckhart kann Lynn Lou nicht im Bett entdecken, zumindest von hier aus, und das beunruhigt ihn zunehmend.

»Auf die Weise erreichen Sie nie etwas!« Mit genau dieser Art muss es Highgate gelungen sein, ausgehend von einem Lebensmittellädchen in der Van Brunt Street seine Supermarktkette aufzubauen und sich den Hass seiner Tochter zuzuziehen. »Meine Tochter provoziert mich, seit sie drei Jahre alt ist! Sie *genießt* es, mir den Krieg zu erklären! Mit einer konfliktfreien Lösung kann sie nichts anfangen, diese kriminelle Lesbe!«

»Bitte beruhigen Sie sich, Mr. Highgate.« Brian Neckhart bemüht sich, weiter so zu klingen, als habe er alles unter Kontrolle, doch jetzt steht er in der Tür zur Suite, und Lynn Lou ist nicht da. Ist sie im Bad und duscht mal wieder endlos? Oder ist sie rausgegangen, um etwas anzustellen?

»Nennen Sie mir einen einzigen Grund, warum ich mich beruhigen soll, Mr. Neckhart!« Highgate setzt die Namenstaktik jetzt gegen ihn ein. »Meine Tochter versucht, mit ihrem verdammten verlogenen Buch mein Image zu ruinieren, und ich bezahle einen Haufen Geld für eine Lösung, die nicht zustande kommt! Kein Wunder, dass ich mich aufrege!«

»Die Lösung ist in unserem Vertrag garantiert, Mr. Highgate.« Brian Neckhart durchquert die Suite auf der Suche nach Lynn Lous Spuren. »Sie müssen mir aber die nötige Zeit lassen, ohne dauernd dazwischenzufunken.«

»Sie meinen, ich soll tatenlos warten, Mr. Neckhart?«

»Genau das meine ich, Mr. Highgate.« Brian Neckhart horcht an der Badezimmertür: kein Geräusch von laufendem Wasser.

»Meine Tochter hat geschrieben, ich hätte meine Frau geschlagen, wissen Sie, was das heißt?« Highgate ist außer sich. »Ich hätte literweise Whisky getrunken und mit meinen Verkäuferinnen Orgien gefeiert! Sie hat geschrieben, ich hätte Kokain geschnupft und beim Poker Millionen von Dollar verloren, die ich aus den Kassen des Unternehmens abgezweigt hätte!«

»Und woher wissen Sie, dass Ihre Tochter diese Dinge geschrieben hat?« Brian Neckhart klopft an die Badezimmertür: keine Antwort.

»Von der Mitarbeiterin der Privatdetektei, die sich Zutritt zum Haus meiner Tochter verschafft hat! Sie hat die Dateien auf ihren Computer kopiert!«

»Ist Ihnen klar, dass Sie sich der Anstiftung zu einer Straftat schuldig gemacht haben, Mr. Highgate?« Brian Neckhart klopft erneut an die Tür. »Ist Ihnen klar, dass Sie eine Anzeige wegen Einbruchdiebstahls und Hausfriedensbruchs riskieren, abgesehen davon, dass Sie auch unsere Anstrengungen unwiderruflich zunichtemachen?«

»Und Ihnen, Mr. Neckhart, ist Ihnen klar, dass meine Tochter sich anschickt, *meine* Arbeit unwiderruflich zunichtezumachen? Mein *Leben* zu zerstören?!«

Brian Neckhart öffnet die Badezimmertür: Lynn Lou ist

nicht da. »Scheiße!« Ja, ein momentaner Kontrollverlust, aber der Druck von allen Seiten ist groß.

»Was haben Sie gesagt?« Highgates Stimme am Handy wird noch wütender.

»Nichts, Mr. Highgate.« Brian Neckharts Gedanken eilen Lynn Lou hinterher in mehrere hypothetische Richtungen, alle gleich besorgniserregend.

»Ich habe genau gehört, was Sie gesagt haben!« Highgate ist außer sich vor Empörung. »Sie haben Scheißkerl zu mir gesagt!«

»Nein, das habe ich nicht gesagt, Mr. Highgate. Das versichere ich Ihnen.« Brian Neckhart eilt zur Tür.

»Und ich versichere Ihnen, dass Sie es gesagt haben! Ich bin ja nicht taub! Noch nicht!«

»Entschuldigen Sie, aber ich muss jetzt Schluss machen.« Brian Neckhart schaut hinaus, nach rechts und links.

»Was soll das heißen, Sie müssen Schluss machen?!« Highgate brüllt wie von Sinnen. »Wir sind noch längst nicht fertig miteinander!«

»Ich rufe Sie baldmöglichst zurück, bitte entschuldigen Sie mich. Und hören Sie auf mit den Privatdetektiven, sofort.«

»Neckhart?! Hallo?!«

Brian Neckhart unterbricht die Verbindung, tritt hinaus auf den gepflasterten Weg, schaut Richtung Inselinneres, Richtung Meer. Nichts rührt sich in der steinigen Wüste zwischen den Kakteen und dürren Sträuchern, nur das Wasser glitzert im leichten Windhauch. Auf der unteren Terrasse zimmert der Schreiner irgendwelche Holzstücke zusammen; auf der Hauptterrasse ist niemand; auf der Terrasse einer Suite sitzen die Französin und die Deutsche auf dem weißen Mäuerchen und unterhalten sich. Dann lässt er seinen Blick über den Steilhang wandern und sieht zwei menschliche Gestalten, die hastig zu den Klippen hinunterstürmen, die eine im Khakianzug, mit etwas auf der Schulter, die zweite weiß gekleidet, ein paar Dutzend

Meter weiter hinten. Ihm ist, als hörte er auch Geschrei, aber auf diese Entfernung ist er sich nicht sicher. Der weißgekleidete Typ muss der Bootsmann sein, der sie gestern hergebracht hat, man könnte meinen, er verfolgte den anderen. Aber möglicherweise haben sie es einfach beide eilig und laufen hinunter, um Lebensmittel oder technische Geräte aus dem Schlauchboot zu holen, das noch an den Felsen schaukelt. Schwer zu sagen, von hier aus.

An der ersten Wegbiegung stößt er auf den Deutschen mit dem starren Gesicht, der ein Handy ans Ohr presst. *»Wir müssen so schnell wie möglich in die Offensive gehen. Ich kann nicht tatenlos abwarten!«* Der arrogante Typ ist so ins Gespräch vertieft, dass er nicht einmal einen Gruß andeutet. Brian Neckhart geht weiter und schaut in alle Richtungen. Vielleicht ist Lynn Lou in der Suite ihrer Freundin Lara oder mit ihr unterwegs. Auf die Idee hätte er auch gleich kommen können, doch er war zu abgelenkt von Highgates gleichzeitigem Anruf. Und jetzt denkt Highgate auch noch, er hätte ihn beleidigt, das ist lächerlich, als wäre sein Fall nicht so schon kompliziert genug. Aber wo zum Teufel steckt Lynn Lou? Warum hat er sie bloß gestern Abend mit ihren angeblichen neuen Freunden trinken und kiffen lassen und gedacht, das würde ihr guttun? Das Problem an dem Fall Highgate ist, dass die Tochter tatsächlich sehr wenig an konfliktfreien Lösungen interessiert ist, Zweck ihres Buches ist ja gerade, den Konflikt mit dem Vater auf die Spitze zu treiben, ihn aus der Reserve zu locken. Nach ihrem Ton bei den zwei Telefonaten zu urteilen, die er mit ihr geführt hat, ist sie selber auch kein leichter Brocken, doch Gelassenheit wurde ihr als Jack Highgates Tochter auch wohl kaum in die Wiege gelegt. Sollen sie ihn doch einfach in Ruhe arbeiten lassen, zum Donnerwetter.

Er folgt der Kurve des Wegs, geht wieder bergab auf die Gebäude zu, und da steht Lynn Lou vor ihm. Schrecklich aufgeregt, keuchend, barfuß, im Bademantel, mit Sonnenbrille und nassen Haaren. »Da war ein Scheißschakal, der mich fotografierte, so ein verfickter Hurensohn!«

»Wer? Der Deutsche?« Brian Neckhart dreht sich um, aber von hier ist der Deutsche nicht mehr zu sehen.

»Nein, so ein Scheißschakal von Fotograf!« Lynn Lou zittert am ganzen Leib, ringt nach Luft. »Er lauerte da hinter den Felsen wie ein Heckenschütze, mit einem verfickten Riesenobjektiv und einem verfickten Stativ!«

»Und was hast du da oben gemacht?« Es kostet ihn definitiv mehr Mühe, seinen Ton unter Kontrolle zu halten als vorher bei Highgate.

»Ich habe im Pool gebadet!« Mit zitternder Hand versucht sie, unter der Brille die Tränen abzuwischen.

»Nackt?« Er weiß es schon: mit hundertprozentiger Sicherheit, garantiert.

»Es war ja niemand da!« Lynn Lou schreit und weint wie ein unschuldiges Kind, das einer kolossalen Ungerechtigkeit zum Opfer gefallen ist.

»Gott im Himmel.« Brian Neckhart versucht, unmittelbar die möglichen Folgen abzuschätzen, tja, sie könnten katastrophal sein, so direkt nach der ganzen Geschichte mit Facebook. Er weiß nicht, ob auch er dem Fotografen hinterherrennen oder ob er sich zuerst um Lynn Lou kümmern soll. Lieber zuerst Lynn Lou beruhigen, denn sie ist in einem besorgniserregenden Zustand, er kann sie keinesfalls so hier stehenlassen.

»Da war niemand weit und breit, ich schwör's dir!« Lynn Lou fuchtelt mit den Armen. »Ich hab mich genau umgeschaut, verdammte Scheiße! Eine elende Wüste, wie ausgestorben!«

»Na ja, mindestens der Fotograf war jedenfalls da.« Brian Neckhart zupft an ihrem Bademantel, der bei ihrem Getobe halb aufgegangen ist.

»Lass mich in Ruhe, verdammt! Rühr mich nicht an!« Sie ist vollkommen durch den Wind, zittert, dreht fast durch.

»Nur Ruhe, Lynn Lou. Ru-he.« Er muss sich zusammenreißen, um selbst ruhig zu bleiben und dem Drang zu widerstehen, ihr eine zu schmieren. »Trug der Fotograf einen Khakianzug?«
»Was weiß ich, was der Scheißkerl anhatte!«
»Lag er schon lange da auf der Lauer?«
»Keine Ahnung, woher soll ich wissen, wie lang der schon da war!«
»Ich habe ihn vor zwei Minuten zu den Felsen runterstürmen sehen, zusammen mit dem Bootsmann. Waren die zwei zusammen?«
»Nein! Der Bootsmann ist ihm nachgerannt, um ihn aufzuhalten!« Lynn Lous Gesicht ist rot und fleckig, Tränen quellen unter der Brille hervor, die Nase tropft. »*Ich* habe ihm gesagt, dass er diesen verfickten Hurensohn verfolgen soll!«
»Und was wollte der Bootsmann da oben, wenn er nicht mit dem Fotografen zusammen war?«
»Was weiß iiiiiich!« Lynn Lou schreit so gellend wie bei ihrem Zusammenbruch in dem römischen Hotel.
»Hör zu, versuch tief zu atmen.« Spontan möchte er ihr die Hände auf die Schultern legen, lässt es aber, um noch schlimmere Reaktionen zu vermeiden; er bewegt nur seine offenen Hände demonstrativ langsam von oben nach unten.
»Atme doch selber tief, du Arsch! Geh mir nicht auf die Eier! Lass mich in Frieden, verfluchte Scheiße!« Sie holt ein Feuerzeug aus der Tasche, schleudert es ihm mit aller Kraft ins Gesicht, verfehlt ihn knapp.
»Lynn Lou.« Brian Neckhart macht weiter seine beruhigende Geste mit den Händen. »Ruhe.«
Sie schaut ihn an, als wollte sie ihn anspucken oder mit Beschimpfungen überhäufen, doch dann krümmt sie sich, schluchzt, noch mehr Tränen tropfen unter der Brille hervor, noch mehr Rotz läuft ihr aus den Nase.
Ausgerechnet jetzt kommen die beiden älteren italienischen

Gäste daher, der ehemalige Fernglashersteller mit Gattin. Gepflegt wie immer, in weißen Bademänteln und weißen Pantoffeln, mit Handtüchern unter dem Arm, sie noch mit einer Badetasche. Alarmiert bleiben sie stehen.

»Guten Tag.« Brian lächelt, nickt grüßend und streckt Lynn Lou die Hand hin, um sie wegzuführen.

Wütend schlägt Lynn Lou sie aus, zittert und schluchzt immer weiter.

Die beiden Italiener sehen sie an, wechseln einen Blick, sehen ihn an.

Brian Neckhart ist bewusst, dass es von außen so wirken könnte, als sei er für den Zustand seiner Frau verantwortlich, doch er hat nicht die Absicht, das Paar über das Geschehene aufzuklären, sondern lächelt nur zurückhaltend.

»Was gibt es da zu glotzen, hä?!« Lynn Lou sieht das Ehepaar herausfordernd an und schnieft.

Die beiden ziehen sich zurück, als fürchteten sie einen körperlichen Angriff.

Es gelingt Brian Neckhart, Lynn Lou am Arm zu nehmen und sie gewaltsam fortzuzerren. »Ruhe. Ruhe, Ruhe, Ru-he.«

Sie bohrt ihm ihre spitzen Fingernägel ins Handgelenk, zerfetzt ihm die Haut mit der übernatürlichen Kraft, die sie in solchen Momenten hat.

Er versucht den Schmerz zu überspielen, er dreht sich sogar noch um und lächelt erneut dem Paar zu, das ihnen konsterniert nachschaut.

Als sie fast ihre Suite erreicht haben, begegnen sie Lara, die versonnen den Weg heraufkommt, eine rosa Seeigelschale in der Hand. Als Lara ihn und Lynn Lou sieht, bleibt sie abrupt stehen und kneift die Augen zusammen, wie um besser zu verstehen.

»Ciao, Lara.« Brian Neckhart bemüht sich heroisch, normal zu wirken und nicht zu zeigen, dass Lynn Lou ihm das Handgelenk massakriert.

»Lass mich los, du Arsch.« Lynn Lou kratzt wie wild.

»Was ist denn passiert?« Erschrocken wandert Laras Blick zwischen ihrer Freundin und Neckhart hin und her.

»Ich erkläre es dir später.« Brian Neckhart zerrt Lynn Lou noch einige Meter weiter, während sie ihm wutschäumend die Haut zerfetzt, öffnet die Zimmertür, befreit sich mühsam aus dem Klammergriff, schiebt Lynn Lou hinein und winkt Lara mitzukommen. »Bitte bleib hier bei ihr. Und pass auf, dass sie keine Pillen nimmt und nichts trinkt.«

»Okay.« Lara wirkt sehr misstrauisch, wahrscheinlich aus falsch verstandener Solidarität mit Lynn Lou.

»Lass sie keinen Augenblick allein, ja? Kann ich mich auf dich verlassen?« Wieder schwankt Brian Neckhart, ob er besser doch bei Lynn Lou bleiben oder dem vermaledeiten Fotografen hinterherrennen soll, bevor der mit seinem Schlauchboot abhauen kann, falls er nicht schon weg ist.

»Ja.« Lara ist eher feindselig als misstrauisch, sie sieht ihn fast nicht an.

»Und du beruhige dich, okay? Be-ru-hi-ge dich.« Brian Neckhart übt sich seiner Frau gegenüber in größter Geduld, auch wenn sein Handgelenk höllisch brennt.

»Leck mich!« Lynn Lou spuckt in seine Richtung, verfehlt ihn aber zum Glück.

Brian Neckhart zögert noch einen Augenblick, dann stürzt er hinaus und rennt, so schnell er kann, den gepflasterten Weg hinunter.

29

Durch die geöffneten Bürofenster weht ab und zu eine sanfte Brise herein. Lucia Moscatigno schnuppert und atmet tief ein. Die zweitägige Wettervorhersage, die sie gerade gecheckt hat, lautet für heute und morgen: ruhiges Meer und schwache Winde aus Südwest, mit gelegentlichen Auffrischungen in der Nacht. Die Fünftagevorhersage hat sie nicht angeschaut, weil die fast nie stimmt, und außerdem bezieht sie sich auf Lampedusa und Linosa, denn hier in Tari gibt es (dem lieben Bürgermeister sei Dank) keine Wetterstation. Doch von Mai bis September gibt es auf Tari äußerst selten Probleme mit Wind oder Meer, es ist nicht wie im Herbst und Winter, wenn die Insel manchmal sogar wochenlang von der Welt abgeschnitten ist. Aber wie schon ihr Großvater (von Alcuanti-Seite) immer sagte, *Boni tempu et mauvo tempu nou lasta todu tempu*, gutes Wetter wie schlechtes Wetter dauert nicht ewig. Unter meteorologischen Gesichtspunkten hätte die Eröffnung der Villa Metaphora jedenfalls nicht besser sein können – schnell dreimal auf Holz klopfen. Gianluca könnte endlich ein bisschen aufatmen, anstatt weiter so angespannt zu sein, hierhin und dahin zu hasten vor Angst, dass vielleicht ein Detail noch nicht hundertprozentig stimmt. Andererseits wäre er, wenn er lockerer wäre, nicht der große Architekt und Unternehmer aus dem Norden, der er ist, und die Villa Metaphora wäre nicht das einzigartigste Resort der Welt. Sie weiß es ja, sie weiß es. Außerdem ist da die Sache mit dem Abgeordneten Gomi von der PdM, der Werner Reitt hier treffen will, aber man weiß noch nicht einmal, wann genau er kommt.

Doch das ist ja kein Weltuntergang, so einer hat bestimmt viel zu tun, er bleibt sicherlich nicht lange. Wenigstens ein *bisschen* könnte Gianluca schon aufatmen.

»Schnuckilein?« Es rührt Lucia, ihn so besorgt zu sehen.

»Könntest du bitte aufhören, mich so zu nennen?« Gianluca hebt nicht einmal den Blick von den Rechnungen, Quittungen, Lieferscheinen für Materialien, Apparaturen, Weine und Lebensmittel, die seinen Schreibtisch bedecken.

»Warum denn?« Sie kapiert nie, ob diese Reaktionen auf ihre Kosenamen kulturelle Ursachen haben, weil er eben ein Mann aus dem Norden ist, oder ob er Angst hat, sich gehenzulassen.

»Ich mag das nicht, das habe ich dir schon tausendmal gesagt.« Noch griesgrämiger, geradezu finster.

»Aber warum denn?« Lucia lässt nicht locker, früher oder später wird sie noch dahinterkommen.

»Weil es kindisch und dumm klingt, geschmacklos.«

»Ach ja?« Es wurmt sie, wenn er so etwas sagt. Zwar ist es wirklich nicht zum ersten Mal, aber es verletzt sie immer wieder. *Ama qui t'ama, qui nou t'ama livalu,* würde ihre Großmutter (von Moscatigno-Seite) sagen: Liebe den, der dich liebt, verlasse den, der dich nicht liebt. Na gut, aber irgendwie liebt er sie doch, auch wenn er es ihr nicht direkt mit Worten sagen kann. Gestern Abend, zum Beispiel, als er endlich das Telefongespräch mit seiner Frau beendet hatte und sich zärtlichkeitsbedürftig an sie schmiegte, war das etwa kein Liebesbeweis? Oder vor dem Telefonat, als er zu ihr gesagt hat, er sei stolz auf sie? Oder als er sie so leidenschaftlich streichelte? Vielleicht ist es einfach so, wie die andere Großmutter (von Alcuanti-Seite) sagt: *A lupu vieio, nou tici a tana,* einen alten Wolf kannst du nicht ändern. Im Umgang mit diesen ganzen reichen, verwöhnten, kalten, neurotischen, dürren Mailänderinnen hat er sich einfach daran gewöhnt, seine Gefühle nicht zu zeigen. Aber das heißt nicht, dass er sie nicht liebt.

»Ja.« Gianluca hebt den Blick, sieht sie an. Diesen weltgewandten hellen Augen wird sie niemals widerstehen können, da kann er sie noch so streng anschauen, so wie jetzt.

»Okay, dann sieh zu, wie du zurechtkommst. Ich sage nichts mehr.« Lucia Moscatigno durchquert mit wütenden Schritten das Büro, doch als sie die Hand auf die Klinke legt, öffnet sich die Tür vor ihrer Nase.

Brian Neckhart stürmt herein, und sein Blick ist so hart, dass Gianlucas Ausdruck im Vergleich schon fast sanft wirkt. »*Where's Mr. Perusato?*«

Sofort springt Gianluca auf. »*Is there a problem?*«

»*Yes, Mr. Perusato. There's a big problem.*« Kriegerisch steuert Neckhart auf den Schreibtisch zu. Sein rechtes Handgelenk blutet, er presst ein rotfleckiges Papiertaschentuch darauf.

»*What happened?*« Gianluca blickt beunruhigt auf Neckharts Handgelenk.

»*There's a photographer on these premises.*« Neckhart deutet nach draußen, man merkt, dass er um Gelassenheit ringt, aber er bebt vor Aggression.

»*A photographer?*« Gianluca schaut sich um, schaut sie an, schaut zum Fenster, als stünde der Fotograf auf der Terrasse.

»*Yes. And he's taken pictures of my wife.*« Neckhart tupft sich mit dem blutigen Papiertaschentuch das Handgelenk ab. Er ist nicht sonderlich groß oder dick, aber mit seinen breiten Schultern, den muskulösen Beinen und Armen wirkt er durchaus gefährlich.

»*But that's impossible!*« Erneut schaut Gianluca zum Fenster und dann zu Neckhart. »*Where did it happen?*«

»*By the hot pool.*« Neckhart fuchtelt wütend herum, kann sich kaum mehr beherrschen. »*He ran down towards the sea, but I couldn't find him.*«

»Das ist ja Wahnsinn.« Gianluca dreht sich zu Lucia um, als wolle er ihr irgendwie die Schuld geben.

»*She was naked.*« Neckhart senkt die Stimme. »*You realize what that means.*«

»*Oh my God.*« Gianluca fährt sich mit der Hand durch die Haare, auch er versucht gelassen zu wirken, aber es gelingt ihm viel schlechter als Neckhart. »Lucia!« Na, das hat sie ja geahnt. »Wo zum Teufel steckt Carmine?«

Sie breitet die Arme aus, keine Ahnung. »Vor einer Stunde habe ich gesehen, wie er Kisten mit Mineralwasser aus dem Lastenaufzug auslud –«

»Wo er vor einer Stunde war, interessiert mich nicht!« Vor Aufregung schnauzt er sie an wie eine Dienstbotin, obwohl dazu wirklich kein Anlass besteht. »Wo er *jetzt* ist, will ich wissen! Geh und hol ihn, er soll sofort herkommen!«

»*This is totally unacceptable.*« Neckhart geht weiter bebend auf und ab, er kann nicht stillhalten. »*I don't know if you realize it, Mr. Perusato.*«

»*I absolutely do, Mr. Neckhart.*« Gianluca ist so verzweifelt, dass er ihr fast leidtut, obwohl er gerade so gemein zu ihr war. »*I can guarantee we'll find that photographer.*«

»*How? When?*« Neckhart tigert hin und her wie ein Raubtier im Käfig und betupft sich das blutende Handgelenk. »*How can you guarantee anything, Mr. Perusato?*«

Lucia zieht ihr Handy heraus, um Carmine anzurufen, aber genau in dem Moment betritt Carmine das Büro. Rot im Gesicht, völlig verschwitzt, das weiße T-Shirt verdreckt, Blutergüsse am Hals und an den Armen.

Gianluca überfällt ihn sofort: »Erklärst du mir mal, was hier vorgeht, Carmine? Herr Neckhart sagt, dass ein Fotograf am Thermalpool war und Frau Shaw fotografiert hat!«

»Ich weiß!« Carmine atmet schwer und wischt sich mit der Hand den Schweiß von der Stirn. »Das wollte ich Ihnen gerade sagen!«

»Wie konnte er hier heraufkommen, ohne dass ihn jemand

aufgehalten hat?« Sofort schiebt Gianluca ihm die Schuld in die Schuhe.

»The security of this place is non-existent.« Neckhart knüllt das blutige Papiertaschentuch zusammen und saugt an seinen Wunden.

»Keine Ahnung, wie er das geschafft hat.« Carmine schüttelt immer noch schnaufend den Kopf, er ist wirklich schweißgebadet.

»Überleg mal! Du bist hier schließlich für die Sicherheit der Gäste verantwortlich! Das gehört genau zu deinen Aufgaben!«

»Entschuldigung, aber ich habe einfach zu viele Aufgaben, Architetto.« Carmine blickt zu Boden.

»Was soll das heißen?« Gianluca wird noch härter, obwohl er echt ungerecht ist. »Was willst du damit sagen?«

»This is ridiculous.« Neckhart schaut aus dem Fenster, bläht die Nasenflügel. *»This is pathetic.«*

»Nichts will ich sagen, Architetto.« Carmine hat ein ausgeprägtes Ehrgefühl, er lässt sich nicht ungerecht behandeln. »Er wird über die Felsen heraufgekrochen sein wie eine Schlange, der Kerl!«

Ein bisschen Italienisch kann Neckhart, auch wenn es ziemlich spanisch klingt: *»Nesesita absolutamente garantire controlo! Tuto tiempo!«*

»Of course, Mr. Neckhart. That's one of our priorities.« Gianluca ist wirklich bestürzt, das hätte nie passieren dürfen. Er schaut Lucia böse an und geht erneut auf Carmine los: »Die Privatsphäre und Sicherheit unserer Gäste haben absolute Priorität! Wo zum Teufel hast du gesteckt, während sich dieser Verbrecher ungestört bis zum Thermalpool geschlichen hat? Nun sag schon!«

»Ich war unterwegs, auf Kontrollgang, Architetto.« Carmine kratzt sich am Kopf, er wirkt sehr verlegen.

Als Gianluca ihn in Bedrängnis sieht, greift er ihn noch schärfer an. »Was ist das für eine Kontrolle, wenn der Kerl dir vor der Nase entwischt?«

»*Enough of this. Call the police.*« Neckhart macht eine abschließende Handbewegung. »*Telefona polizia, pronto!*«

»Er ist mir nicht entwischt!« Plötzlich wacht Carmine auf, hebt die Stimme: »Ich habe ihn gepackt, den Halunken, und ihm das hier abgejagt!« Er zieht einen kleinen blauweißen Gegenstand aus der Tasche, hält ihn hoch.

»Was ist das?« Gianluca tritt näher, beäugt das Ding misstrauisch.

»Die Fotos von Signorina Lynn Lou! Die Speicherkarte des Fotoapparats!«

»*You got the SD card!*« Neckhart ist wie umgewandelt. Mit einem Sprung nimmt er die Speicherkarte an sich, mustert sie aus der Nähe und klopft Carmine auf die Schulter. »*Bra-vo! Good job, man!*«

»Wirklich!« Gianluca weiß nicht mehr, wie er sich verhalten soll, mit Carmine, mit Neckhart, im Allgemeinen. »Und wo ist er jetzt, der Halunke?«

»Da unten.«

»Immer noch da unten?«

»Er rannte wie ein Hase davon und sprang auf sein Schlauchboot.« Carmine weist aufs Meer. »Wahrscheinlich nimmt er Kurs auf Bonarbor.«

»Konntest du auf dem Schlauchboot einen Namen oder eine Nummer lesen?« Gianluca kann sich einfach nicht beruhigen. »Irgendetwas, das wir der Polizei melden können?«

»Nein, aber der lässt sich hier nicht mehr blicken, Architetto.«

»*Faitasti a duri golpi?*« Lucia spricht leise, sie will wissen, ob sie sich geprügelt haben, die blauen Flecken an Carmines Hals und Armen, sein zerknittertes T-Shirt lassen sie das vermuten.

»Er weiß jetzt, dass er nicht noch mal hier auftauchen sollte.«

Carmine ist sichtlich stolz, auch wenn er es nicht an die große Glocke hängt.

Lucia drückt seinen Arm. »*Weldòn, Cammine.*« Schließlich hat sie ihn Gianluca für den Job empfohlen. Dass ihr Cousin so auf Draht ist, erfüllt sie mit Genugtuung.

Brian Neckhart steckt die Speicherkarte ein, zieht zwei Fünfzig-Euro-Scheine aus der Tasche, hält sie Carmine hin. »Hier, *grazia.*« Die Verletzungen an seinem Handgelenk sehen schlimm aus, bluten immer noch, wer weiß, wo er sich die geholt hat.

»Nein, nein, um Gottes willen.« Carmine schüttelt den Kopf und weicht zurück.

»*That's really not necessary, Mr. Neckhart.*« Gianluca ist noch ziemlich erschüttert, der Ärmste, versucht aber, sich zu fangen.

»*But he deserves it.*« Neckhart will Carmine unbedingt die hundert Euro aufdrängen. »*Fato buon lavoro.*«

Carmine geht noch einen Schritt zurück, hebt die Hände. »Auf keinen Fall. Ich habe nur meine Pflicht getan.«

Ungern steckt Neckhart die Scheine wieder ein und drückt Carmine mit beiden Händen die Hand. »*Grazie, de vero.*«

Carmine wirkt gerührt, seine Augen glänzen. »Mr. Neckhart, für Signorina Lynn Lou würde ich alles tun. Alles.«

»*Thank you!*« Neckhart lächelt ihm zu, klopft ihm noch mal auf den Arm.

»*All's well that ends well.*« Gianluca gibt sich heiter, doch wenn man ihn kennt, sieht man, dass er den Schrecken noch nicht wirklich überwunden hat.

»*Yes.*« Neckhart nickt, gönnt Gianluca aber kein Lächeln. »*See you.*« Und weg ist er.

Gianluca fährt sich mit der Hand über die Stirn, schließt halb die Augen. »Ist euch klar, was passiert wäre, wenn der Kerl es geschafft hätte, mit den Fotos abzuhauen? Wir hätten zumachen können, drei Tage nach der Eröffnung!«

»Na ja, aber im Grunde waren es doch nur Fotos einer Berühmtheit.« Lucia versucht, die Sache herunterzuspielen, vor allem, um Gianluca zu beruhigen. »Womöglich wäre es sogar ein bisschen Reklame für uns gewesen.«

»Sie war *nackt*, die Berühmtheit!« Gianluca fährt auf wie eine Furie. »Es wäre der Beweis gewesen, dass wir nicht im mindesten in der Lage sind, die Privatsphäre unserer Gäste zu schützen! Trotz allem, was wir behaupten! Schöne Reklame, wirklich!«

Lucia nickt betroffen. Carmine starrt auf den Boden, als sei er schrecklich beschämt.

»Bist du sicher, dass dieser Halunke von Fotograf wirklich weg ist? Dass er nicht noch irgendwo hier lauert?«

»Ganz sicher, Architetto.« Carmine wirkt überzeugt. »Kommen Sie mit, und sehen Sie selbst, wenn Sie mir nicht glauben.«

Alle drei treten auf die Terrasse in die Sonne hinaus, die schon erbarmungslos brennt, trotz der Brise. Das tiefblaue Meer glitzert silbrig bei jedem Hauch, *frrrr.*

Carmine schaut hinunter zu den Felsen an der Küste, hält sich die Hand über die Augen, deutet auf eine Stelle rechts. »Da drüben habe ich ihn stehenlassen.«

Alle drei lassen den Blick über die rötlich schwarzen Klippen schweifen und sehen vor einem größeren Felsen ein kleines weißes Motorboot mit einer Person drin.

»Er ist noch da!« Gianluca dreht sich zu Carmine um, seine Stimme bebt vor Wut.

Carmine ist bestürzt. »Das ist nicht das Boot des Fotografen, Architetto. Der hatte ein graues Schlauchboot.«

»Wie, ein graues Schlauchboot?«

»Ja, es war grau, Architetto. Ich habe es gesehen, ich bin mir hundert Prozent sicher!«

»Und wer zum Teufel ist dann der da in dem Boot?«

»Keine Ahnung, Architetto! Vielleicht ein Komplize!«

»Die müssen Verbindungen hierher haben, Gian.« Lucia findet es ungerecht, dass Carmine schon wieder schuld sein soll, der Ärmste. »Irgendwer wird erzählt haben, dass er Lynn Lou Shaw in Bonarbor gesehen hat, die kommen bestimmt von Linosa oder Lampedusa, womöglich sogar vom Festland.«

Doch Gianluca muss jemandem die Schuld geben (so ist er leider) und hackt weiter auf dem armen Carmine herum. »Warum hast du nicht nachgesehen, ob da noch jemand ist?«

»Architetto, ich wollte sofort die Karte mit den Fotos heraufbringen! Signorina Lynn Lou war außer sich!«

»Ein für alle Mal, Carmine, man sagt *Signora* Lynn Lou Shaw. Damit das klar ist.«

»Hm.« Carmine geht nicht darauf ein, seiner Meinung nach kann eine Göttin einfach nicht verheiratet sein. »Sie hätten sehen müssen, in welchem Zustand sie war! Sie schrie und weinte, die Ärmste!«

»Ein Grund mehr, um zehnmal zu kontrollieren, ob nicht noch weitere Schnüffler herumlungern!« Die Vorstellung, dass es so leicht ist, auf das Gelände der Villa Metaphora zu gelangen, macht ihn wahnsinnig. »Vermutlich arbeiten diese Halunken im Tandem! Einer tut so, als ob er abhaut, und derweil schleicht sich der andere ein!«

Alle drei schauen den Steilhang hinunter auf die Treppe, die Mole, die Felsen, die dürren Sträucher, die Kaktusfeigen, die Klippen an der Küste. Nichts, niemand zu sehen.

Gianluca geht ins Büro, kehrt mit zwei gelben Walkie-Talkies zurück, wirft Carmine eines davon zu. »Los, gehen wir nachschauen, worauf wartet ihr noch?«

Schnell eilen sie die Stufen hinab, Gianluca hält das Walkie-Talkie in der Hand, Carmine hat das andere an seinen Gürtel gehängt, in der Hand trägt er eine Hacke, die er noch schnell aus dem Geräteschuppen geholt hat. Lucia läuft hinterher, obwohl sie nicht die richtigen Schuhe anhat. Wo hätte sie die Zeit zum Wechseln hernehmen sollen?

Auf halber Höhe bleibt Carmine stehen, zeigt mit dem Finger aufs Meer. Soeben hat ein weißes Patrouillenboot den Sphinx-Felsen umrundet und steuert direkt auf die Mole zu.

»Himmel Herrgott Sakrament noch mal!« Gianluca platzt der Kragen, was zu viel ist, ist zu viel. »Das darf doch nicht wahr sein!«

»Ob der Amerikaner die gerufen hat?« Auch Carmine macht ein entsetztes Gesicht.

»Nein, das ist ein Geschenk von Sandro Scandrola, diesem Mistkerl!«

Carmine sieht ihn fragend an.

»Der Abgeordnete Gomi!« Plötzlich fällt es Lucia ein, in all dem Durcheinander hatte sie ihn ganz vergessen.

»Ein perfekteres Timing hätte er nicht finden können, dieser Parasit!«

Carmine bleibt der Mund offen. »Was soll das heißen, Architetto, der Abgeordnete Gomi? Der von der PdM?«

Gianluca antwortet nicht, sondern überlegt fieberhaft, was zu tun ist.

»Der aus dem Fernsehen, Lucia?« Carmine dreht sich zu ihr um.

»Mhm.« Lucia nickt.

Das Schnellboot kommt näher, nach und nach erkennt man auf dem weißen Schiffsrumpf außer einem breiten roten Streifen auch einen schmaleren grünen mit der Aufschrift KÜSTENWACHE in roten Großbuchstaben.

»Hört zu, wir machen es so.« Gianluca zeigt auf die Küstenfelsen rechts. »Ihr fahndet nach diesen Delinquenten. Ich kümmere mich um den anderen.«

»Soll ich dich nicht begleiten?« Trotz der Panne mit dem Fotografen wäre Lucia schon ein bisschen neugierig auf Piero Gomi. Schließlich hat sie ihn schon oft abends oder auch vormittags im Fernsehen gesehen, in allen nur möglichen Talkshows. Außerdem wirkt er im Vergleich zum Durchschnitt seiner Kollegen gar nicht übel, wenigstens ist er etwas jünger und hat einen norditalienischen Akzent (und auch eine gute Frisur).

»Nein, du gehst mit Carmine. Zu zweit habt ihr mehr Chancen, die Kerle aufzuspüren. Aber pass auf, man weiß nie, wie die reagieren. Carmine, gib Lucia das Walkie-Talkie, so bleibt sie mit mir in Kontakt.«

Mit leichtem Bedauern, wie ihr scheint, nimmt Carmine das Gerät vom Gürtel und reicht es ihr.

Sie drückt probeweise die Verbindungstaste: *squhhhvvvzzzk,* es krächzt, dass es in den Ohren schmerzt. Andererseits funktionieren die Handys da unten nicht, das ist wahr.

»Falls es ein Problem geben sollte, sagst du mir sofort Bescheid, okay?«

»Okay.« Lucia opponiert nicht mehr, obwohl sie viel lieber mitgegangen wäre, um den Abgeordneten Gomi zu empfangen und ihre kleine offizielle Rolle zu spielen.

»Und du, Carmine, keine Gewalt, bitte.« Allmählich wird Gianluca wieder zu dem Mann, den sie liebt und bewundert. Man muss etwas Geduld haben, dann kriegt er sich schon immer wieder ein. »Das sind Dreckskerle, die wären fähig, uns anzuzeigen. Sag ihnen, das hier ist Privatbesitz, und wenn sie nicht sofort verschwinden, übergeben wir sie der Küstenwache. Sag ihnen, die hätten *wir* gerufen.«

Carmine nickt, biegt rasch rechts in einen Weg ein. Nach kurzem Zögern folgt Lucia ihm. Die Espadrilles mit ihren hohen Keilabsätzen und Bändern um die Fesseln sind gewiss nicht ideal für Staub und Felsen, aber im Notfall muss es eben gehen.

Gianluca eilt elastisch die Stufen hinunter, die zur Mole führen: Er scheint fest entschlossen, diesen wunderbaren Ort zu verteidigen, den er mit so viel Eigenwillen aufgebaut hat.

Lucia folgt Carmine den Weg entlang, der kaum mehr ist als ein Trampelpfad. Carmine hat seine Hacke geschultert und kontrolliert mit Blicken den Hang und die Küste, er will diese Geschichte mit dem Fotografen ein für alle Mal erledigen. Sie versucht mit ihm Schritt zu halten, so gut sie kann, rutscht aber ständig seitlich auf den hohen Schuhen ab, ein paarmal sieht sie sich schon die Böschung hinunterschlittern.

Als sie die Felsen fast erreicht haben, die steil zur Küste abfallen, bleibt Carmine stehen und schirmt mit der Hand die Augen ab. Das weiße Boot ist nun wieder weiter draußen und mehr links, es macht einen Bogen, als steuerte es im Gefolge des Patrouillenboots die Mole an.

»*Quo happini, odie?*« Carmine fragt sich, was heute los ist.

»*A sapiri.*« Auch Lucia weiß es nicht.

Carmine kratzt sich am Hals, wo er den blauen Fleck hat, er wirkt verunsichert. Mit Blicken sucht er die Küste ab, dann zeigt er nach rechts: Dicht an den Klippen schaukelt sacht ein graues Schlauchboot auf den kleinen Wellen, die linke Außenseite scheuert am Felsen.

»*Eso?*«

Carmine nickt. »*Psssst.*«

Im Boot ist niemand, an Land auch nicht, aber ganz sicher kann man von hier aus nicht sein.

»*Situati achì.*« Mit einer herrischen Geste fordert Carmine sie zum Stehenbleiben auf, typisch Tareser Macho.

»*No, comu teco.*« Lucia denkt überhaupt nicht dran, sich von ihrem fünf Jahre jüngeren Cousin herumkommandieren zu lassen, der ihr seinen Job verdankt und nicht einmal ein Zehntel der Dinge gesehen hat, die sie gesehen hat, seit sie aus Tari weggegangen ist, von der Zeit mit Gianluca ganz zu schweigen.

Carmine schnauft ungehalten, geht wieder los, macht ihr ein Zeichen, sich zu ducken. Vorsichtig schleichen sie halb gebückt das letzte Stück des Wegs entlang. Der Fotograf oder *die* Fotografen könnten hinter jedem Felsen lauern, denn noch ist unklar, ob es mehrere sind. Und warum der Typ in dem weißen Boot gerade jetzt zur Mole fährt, als die Küstenwache dort anlegt, weiß auch keiner. Lucia kommt sich vor wie in einem Spionagefilm, das erschreckt sie ein wenig, ist aber auch aufregend. Allerdings kann so eine Situation der Villa Methaphora auch ernstlich schaden, wie Gianluca sagt, damit ist nicht zu spaßen. Und außerdem ist Carmine ein Hitzkopf wie alle Tareser und noch dazu doppelt in seiner Ehre gekränkt, weil es ihm nicht gelungen ist, sein Idol Lynn Lou Shaw zu beschützen, und weil ihm das von Gianluca auch noch vorgeworfen wird.

Sie pirschen sich an die rötlich-schwarzen Felsen heran, die zerklüftet bis zum Meer hin abfallen, noch leiser, noch geduckter, Lucia immer auf der Hut, wo sie den Fuß hinsetzt, damit sie nicht abstürzt, sich womöglich ein Bein oder das Genick bricht.

Auf einmal bleibt Carmine ruckartig stehen, geht in die Hocke, zieht auch sie mit der Hand runter. »*Accura!*«

Mit klopfendem Herzen presst sie sich flach an den Stein. Probeweise hebt sie ein wenig den Kopf, sieht aber nichts, nur Felsen und Felsen. »*Unni?*«

»*Psssst!*« Mit der linken Hand zeigt Carmine nach vorn, in der rechten hält er kampfbereit die Spitzhacke.

Lucia schaut genauer hin, ihr ist, als sähe sie ein Stück Stoff oder einen Schuh oder so etwas, das Herz klopft ihr bis zum Hals. Der Felsen ist rauh und spitz, Handflächen und Knie schmerzen, während sie so daliegt. Tatsächlich, etwa zehn bis fünfzehn Schritte von ihnen entfernt erkennt man undeutlich einen Schuh, ein Stück Bein, ein Stück von der Hose. Falls es der Fotograf ist, denkt er vielleicht, er habe sich gut versteckt, und rührt sich nicht; dass sie ihn von hier aus sehen können, ist ihm nicht klar. Die Spannung wird langsam unerträglich, was sollen sie jetzt machen? Mit dem Walkie-Talkie Gianluca verständigen, versuchen, den Fotografen zu fangen, ihn laufenlassen, ihn verfolgen? Was sollen sie tun?

Carmine dreht sich um und sieht sie mit flammenden Augen

an, dann springt er auf, mit dem Kriegsgeheul eines Höhlenmenschen, dass ihr das Blut in den Adern stockt: »*Aaaauuauuurrrgrrrfff!*«

»*Cammineee! Haltaaa!*« Sie will hinterher, beim Aufstehen stolpert sie vor Hast, fällt hin, quetscht sich den Busen, kriegt keine Luft mehr, schlägt beinahe mit dem Kopf auf dem Felsen auf, fällt beinahe in Ohnmacht.

Mit schmerzenden Händen rappelt sie sich wieder hoch, die Handflächen sind aufgeschürft und zerkratzt wie in ihrer Kindheit, wenn sie auf der Straße vor dem Haus hinfiel. Auch ihre Knie sind zerkratzt und brennen, sie fühlt sich rundherum elend und zerschlagen, ringt mühsam nach Atem. Wenn Gianluca sie jetzt bitten würde, den Abgeordneten Gomi durch die Villa Metaphora zu führen, wäre sie nicht vorzeigbar, denkt sie, außer sie würde sich eine Hose anziehen, eventuell den olivgrünen Leinenanzug, den Gianluca ihr vorigen Monat in Rom gekauft hat (er steht ihr recht gut, obwohl er leicht knittert, aber so ist das eben mit Leinen). Auch ihre Hände müsste sie verstecken, damit man die Schürfwunden nicht sieht, sonst würde der Abgeordnete meinen, dass hier wer weiß was los ist. Doch es hätte auch schlimmer ausgehen können, denkt sie, sie hätte mit dem Kopf aufschlagen und sich ernsthaft verletzen können. Es ist ganz schön viele Jahre her, seit sie auf den Felsen an der Mole von Bonarbor herumkletterte und ihr Vater sie danach ausschimpfte, sie benehme sich wie ein wilder Bub, und wenn sie noch einmal so nach Hause komme, werde er sie mit dem Gürtel verprügeln.

»*Lucia.*« Carmines Stimme klingt merkwürdig hohl im Vergleich zu dem schrecklichen Kriegsgeheul von vorher. Er steht auch komisch da und lässt mit gesenktem Blick die Spitzhacke fallen. Sie schlägt laut auf dem Felsboden auf.

Lucia bewegt sich ganz, ganz langsam, vor Angst, dass sie wieder ausrutschen könnte, aber auch vor Angst, was mit dem

Fotografen los ist. Von Felsbrocken zu Felsbrocken tastet sie sich auf wackeligen Beinen zu Carmine vor, der so komisch dasteht, sie braucht ewig für die paar Meter, ihr Atem wird immer kürzer statt länger, ihr Herzklopfen nimmt zu statt ab. Als sie bei Carmine angelangt ist, schaut sie dorthin, wo er hinschaut, ja, da sind zwei Schuhe mit robusten Profilsohlen, zwei khakifarbene Socken, zwei haarige Beine, zwei knochige Knie, eine kurze khakifarbene Hose mit aufgenähten Taschen, ein khakifarbenes Hemd, auch mit Taschen, eine Weste, auch mit Taschen, ein Halstuch, ein Hals, ein braungebranntes Gesicht, ein großer Kopf mit vorn leicht schütteren Haaren, da ist ein ganzer Mann, aber er rührt sich nicht, er ist halb schräg zwischen den Felsen eingeklemmt, regungslos, mit dem Kopf nach unten, die Arme verdreht, die Augen weit aufgerissen: Er ist tot.

30

Lara Laremi betrachtet Lynn Lou, die zusammengekauert auf dem Bett liegt und mehr oder weniger unverständlich vor sich hin murmelt, das Kissen mit beiden Händen auf den Kopf gepresst. Sie versucht sie anzusprechen, berührt sie am Arm, doch Lynn Lou schlägt und tritt sofort um sich, sie lässt nicht mit sich reden. Immerhin ist es Lara gelungen, ihr das Glas aus der Hand zu nehmen, in das Lynn Lou aus einem Fläschchen ohne Etikett zwanzig Tropfen geschüttet hatte, doch gleich danach ist Lynn Lou mit der Schlauheit und Geschwindigkeit eines Junkies ins Bad entwischt, um wer weiß welche Pillen oder Kapseln einzuwerfen, die sie stets in rauhen Mengen dabeihat.

Als Brian wiederkam und sie in diesem Zustand sah, hat er sich mit Lara angelegt, weil sie Lynn Lou nicht gut genug vor sich selbst geschützt hatte; dabei weiß er besser als sie, dass es schier unmöglich ist, Lynn Lou zu kontrollieren. Außerdem liegt es Lara nicht, andere zu beaufsichtigen, sie fühlt sich nicht dazu berufen.

Gemeinsam haben sie probiert, Lynn Lou wieder ins Bad zu schleifen, damit sie sich übergibt, aber selbst halbbetäubt besaß sie noch die Kraft und Geistesgegenwart, sich mit unüberwindlicher Entschlossenheit an der Tür festzuklammern, zu beißen und zu kratzen. Da das also nichts brachte, versuchten sie ihr Wasser einzuflößen, doch das spuckte sie wie ein Wal in hohem Bogen wieder aus, so dass sie es schließlich aufgaben.

Trotz seiner ständig zur Schau gestellten Gelassenheit wirkt Brian ziemlich fertig mit seinen von Lynn Lous Fingernägeln massakrierten Handgelenken – aber auch ziemlich besorgt. Jetzt wirft er alle Packungen mit Beruhigungsmitteln, Antidepressiva, Stimmungsaufhellern und Schlaftabletten, die er im Gepäck, im Schrank, auf Ablagen im Bad und auf dem Nachttisch finden kann, in eine Plastiktüte und stopft sie in einen Koffer. Diesen verschließt er mit dem Zahlenschloss und stellt ihn in den Schrank.

»Gib sofort meine Medikamente her, du Arsch«, knurrt Lynn Lou unter dem Kissen hervor.

Brian geht gar nicht darauf ein, sondern klappt das ultraleichte Notebook auf, das er auf dem Tisch liegen hat, sucht ein Stichwort im Internet und winkt Lara, näher zu kommen. »Lies mal das hier.«

Lara liest den Text auf dem Bildschirm:

Alprazolam (Handelsnamen Xanax, Tafil, Xanor), Anxiolytikum aus der Klasse der Benzodiazepine. Es wird zur Behandlung von Panikattacken und Angstzuständen eingesetzt. Eine Einnahme über längere Zeit sollte vermieden werden, da sie zu psychischer und physischer Abhängigkeit führt, die je nach Dosierung und Dauer der Behandlung zunimmt. Die vom behandelnden Arzt verschriebene Dosis und Einnahmehäufigkeit darf nicht überschritten werden. Alprazolam darf nicht angewendet werden bei Patienten mit Alkohol- oder Drogenabhängigkeit in der Anamnese. Patienten, die es einnehmen, sollten keinen Alkohol trinken, da dies die Wirkung verstärkt und unvorhersehbar beeinflusst. Kapseln oder Retard-Tabletten dürfen nicht gekaut oder zerteilt werden, um unkontrollierte Aufnahme zu vermeiden. Eine Überdosis Alprazolam kann tödlich sein. Hat sich eine Abhängigkeit entwickelt, kann der Abbruch der Einnahme zu Entzugserscheinungen wie Kopf- und Muskelschmerzen, Angstzuständen, Spannung, Unruhe, Verstörtheit und Reizbarkeit führen. In schwereren Fällen können Realitätsverlust, Persönlich-

keitsverlust, Hyperacusis, Taubheitsgefühl und Kribbeln in den Extremitäten, Überempfindlichkeitsreaktionen auf Licht, Lärm und körperlichen Kontakt, Konzentrationsschwäche, Gedächtnisverlust, Muskel- und Bauchkrämpfe, Übelkeit und Schweißausbrüche auftreten. Bei folgenden Symptomen muss das Medikament sofort abgesetzt und ein Arzt aufgesucht werden:
– bei Depression, Suizidgedanken, Selbstverstümmelungstendenzen, auffälliger Risikobereitschaft, Senkung der Hemmschwellen, veränderter Wahrnehmung von Gefahr;
– bei Verwirrung, Hyperaktivität, Erregungszuständen, Feindseligkeit, unkontrollierter Euphorie, Halluzinationen;
– bei Ohnmachtsgefühlen; zu häufiger oder ganz unterbleibender Harnentleerung; hämmerndem oder flatterndem Gefühl in der Brust; Muskelzuckungen, Tremor, Konvulsionen.

»O je.« Lara kratzt sich an der Nasenspitze.

»Wie du siehst, gehört der gute Doktor Schlepinsky ins Gefängnis.«

»*Du* gehörst ins Gefängnis!«, knurrt Lynn Lou unter ihrem Kissen hervor. »Du bist bloß eifersüchtig, weil du der Einzige sein möchtest, der mich behandelt, du mit deinen Scheißtheorien!«

Brian erwidert nichts, sondern wirft Lara einen Blick zu. Er zieht eine Speicherkarte aus der Hosentasche und steckt sie in den SD-Leser.

»Was ist das?« Lara schaut auf den Bildschirm.

»Lynn Lou nackt, fotografiert von dem Mistkerl, der sich hier eingeschlichen hat.«

»Ich will nicht, dass du die Bilder anschaust!« Mit unerwartet wiedergefundener Kraft setzt Lynn Lou sich auf und schleudert das Kissen durchs Zimmer.

Instinktiv zieht Brian den Kopf ein, aber das Kissen fliegt sowieso in die falsche Richtung. »Ich *muss* sie sehen, um sicherzugehen.« Er klickt auf das Icon, das auf dem Bildschirm erscheint.

»Gib die verfickte Karte her!« Lynn Lou springt vom Bett auf, stakt unsicher mit ausgestreckten Armen und fuchtelnden Händen quer durchs Zimmer wie ein wütendes Kind.

Brian schnappt sich den Laptop, weicht zurück. »Ru-he, Lynn Lou. Das bist nur du in einem Pool, da gibt es doch nichts, was ich nicht schon vorher gesehen hätte, oder?«

»Ich hab gesagt, du sollst sie hergeben, verdammt noch mal!« Lynn Lous Stimme ist unerträglich schrill.

»Ich versuche nur, den Schaden zu begrenzen, Lynn Lou.« Brian bemüht sich um einen sachlichen Ton, bleibt aber in Bewegung, um den Computer zu schützen; er sieht ziemlich fertig aus.

»Auf den Fotos bin *ich*, okay, du Arsch?! Also gehören sie *mir*, verdammte Scheiße!« Lynn Lou brüllt, halb zusammengekrümmt, mit Schaum in den Mundwinkeln.

»Genau, und wir wollen doch nicht, dass Millionen von Leuten sie zu sehen kriegen, so wie die anderen.« Mit beachtlichem Gleichgewichtssinn macht Brian eine Reihe von Pirouetten, um den Laptop außer Reichweite zu halten.

»Du hast kein Recht, sie anzuschauen, du Wichser!« Lynn Lou verfolgt ihn durchs Zimmer, doch ihre Bewegungen sind verlangsamt und unpräzise. »Ein Scheißschnüffler bist du! Ein verfickter Spanner!«

»Lara, könntest du bitte versuchen, sie festzuhalten?« Brian schaut angestrengt auf den Bildschirm, aber irgendwie gleicht dieser ganze Verfolgungstanz einer Zirkusnummer.

Lara nimmt Lynn Lou am Arm, doch die reißt sich mit einem heftigen Ruck los, läuft sofort wieder hinter Brian her. Von links, von rechts, von oben und unten versucht sie, Brian den Laptop zu entreißen; er bewegt ihn jeweils zur anderen Seite, hält ihn höher, hält ihn tiefer, geht rückwärts, dreht sich um, schleicht an der Wand entlang. Schnell, energisch, effizient, auch arrogant in seiner Kontrollausübung, aber dennoch: ein verzweifelter Mann.

Wenn man sie so sieht, denkt Lara, spinnen sie doch alle beide, besessen wie sie sind von diesem manischen Spiel. Ihr fallen die Hochzeitsbilder der beiden ein, die sie sich im Internet angeschaut hat, nachdem sie Lynn Lou am Filmset kennengelernt hatte: das unwirklich strahlende Lächeln, die perfekte Garderobe, der schöne junge Pastor, die berühmten Gäste, der elegante Pavillon, die Stühle mit verschnörkelten Lehnen, der samtige Rasen, das warme kalifornische Licht in den Zweigen einer Trauerweide. Und die Interviews mit ihr und ihm, die sie ebenfalls im Internet gelesen hat: die Aufzählungen der physischen und moralischen Qualitäten des anderen, die Bezeugungen ihrer gegenseitigen Dankbarkeit, die Beschreibungen von idyllischen gemeinsamen Morgenstunden, Abenden und Nächten, die feierlichen Absichtserklärungen, die ungeheuer langfristigen Pläne, die Beteuerungen, dass sie ihre so wunderbare Begegnung noch gar nicht fassen könnten. Lara fragt sich, ob es immer so ist, sobald man eine Geschichte nicht nur von außen, sondern von innen her kennt; ob jede Beziehung einfach viel schwieriger ist, als wir glauben und vorgeben. Ob wir immer ein wenig uns selbst und den anderen etwas vormachen, auch wenn wir keine professionellen Schauspieler sind wie Lynn Lou Shaw; ob wir die Wahrheit systematisch so verpacken, wie wir sie gern hätten, bis die Hülle zerbricht und die Wahrheit wieder zum Vorschein kommt, noch viel schlimmer, als wir dachten. Vermutlich ist es auch zwischen ihr und Seamus so gelaufen, obgleich die Hülle nicht laut krachend zerbrochen ist, sondern ganz ohne irgendwelches Geschrei, ohne wütende Rauferei. Wahrscheinlich hat auch sie in Seamus das gesehen, was sie sehen wollte, was sie brauchte, was ihr fehlte, was sie sich erträumte; auch in ihrem Fall muss wohl ein Verwechslungsspiel stattgefunden haben.

Aber vielleicht auch nicht, und dann sind der Verlust und ihr gebrochenes Herz endgültig.

Brian hat sich in eine Ecke verzogen, wo er den Bildschirm im Blick haben und sich gleichzeitig einigermaßen gut verteidigen kann, indem er Lynn Lou mit Bewegungen auf Abstand hält, die vielleicht zu seiner persönlichen Verschmelzung der Kampfsportarten gehören, von der er gestern Abend beim Essen erzählt hat. Es sind keine richtigen Tritte: Er hebt das Knie, setzt seine Fußsohle auf ihr Becken, streckt das Bein und schiebt sie weg, wobei er seine Kraft so dosiert, dass sie nicht hinfällt oder sich weh tut. Er benutzt abwechselnd den rechten und den linken Fuß, hält die Augen fest auf den Bildschirm gerichtet und lässt die Bilder durchlaufen.

Jedes Mal, wenn er sie wegschiebt, wird Lynn Lou noch wilder: Sie spuckt ihn an, streckt die Hände aus, um seine Abwehr zu durchbrechen und ihm die Arme zu zerkratzen. »Gib die verdammte Speicherkarte her, du Arsch! Ich hasse dich, ich hasse dich, ich *hasse* dich!«

Hartnäckig verteidigt Brian in seiner Ecke den Computer, schaut auf den Bildschirm, klopft mit dem Zeigefinger auf das Trackpad, seine Konzentration bildet einen surrealen Kontrast zu den Bewegungen seiner Beine. Nach einer Weile schüttelt er den Kopf. »Hier bist du nicht drauf.«

»Was sagst du da? Gib her! Gib das Ding her, du Arsch!« Lynn ist völlig außer sich, zuckt unkoordiniert mit Armen und Beinen.

»Du bist nicht drauf. Schau selbst.« Brian dreht das Gerät, zeigt ihr den Bildschirm.

Lynn Lou versucht ihm den Laptop aus der Hand zu reißen; er hält ihn fest; sie zieht; er lässt los; sie taumelt ein Stück zurück, kann sich nicht mehr auf den Beinen halten, setzt sich auf den Boden, tippt mit zitterndem Finger auf das Trackpad.

Lara beugt sich über sie: Auf dem Bildschirm erscheinen Innen- und Außenaufnahmen von Inselhäusern, Fotos von Sonnenuntergängen, von Meer und Felsenkämmen, von Platten mit Fischen und Meeresfrüchten auf prächtig gedeckten Tischen, ein Gastwirt mit Schnurrbart unter dem Schild seines Restaurants, ein Hummer in einer Reuse, Fischerboote, der Hafen von Lampedusa, Gruppen von nordafrikanischen Migranten bei der Landung, Großaufnahmen von Migranten, von unreifen Trauben, ein steiler Weinberg auf dunkler Erde, der Ätna aus halber Entfernung, der Ätna von weitem.

Hektisch haut Lynn Lou immer wieder mit dem Finger auf das Trackpad, lässt die Fotos vor und zurücklaufen: Häuser, Sonnenuntergänge, Meer, Felsen, Meeresfrüchte, Tisch, Gastwirt, Hummer, Boote, Lampedusa, Migranten, Trauben, Weinberg, Ätna, Weinberg, Trauben, Migranten, Lampedusa, Boote, Hummer, Gastwirt, Tisch, Meeresfrüchte, Tisch, Gastwirt, Tisch, Früchte, Felsen, Meer, Sonnenuntergänge, Häuser.

»Du bist nicht drauf, Lynn Lou.« Brian streckt die Hand aus, um den Computer wieder an sich zu nehmen.

»Wo zum Teufel bin ich dann?« Lynn Lou entfernt sich, spricht schleppend, immer noch mit Schaumspuren in den Mundwinkeln.

»Auf dieser Speicherkarte jedenfalls nicht.« Vorsichtig versucht Brian, sich den Computer wieder anzueignen, ohne ihn zu beschädigen oder einen neuen Kampf zu provozieren.

Lynn Lou springt auf, torkelt, fällt beinahe um. »Wo habt ihr meine verdammten Fotos hingetan?«

»Hier sind sie nicht, du hast es selbst gesehen. Gib mir den Computer, bitte.«

»Wo sind sie dann?!« Lynn Lous Stimme klingt heiser, zum Fürchten hohl. »Wo, woooo?!«

»Ich weiß es nicht, Lynn Lou.« Brian sucht Blickkontakt mit ihr, möchte sich ihr nähern. »Bist du denn überhaupt sicher, dass es dem Fotografen gelungen ist, dich aufzunehmen?«

»Was soll das, glaubst du mir etwa nicht, du Arsch?!« Lynn Lou schreit wie eine Verrückte, zittert am ganzen Körper. »Wie ein verfickter Scharfschütze lauerte er da am Boden mit seinem Teleobjektiv!«

»Vielleicht hatte er keine Zeit abzudrücken.« Lara sucht nach möglichen Erklärungen. »Oder er hat Carmine eine falsche Speicherkarte gegeben.«

»Oder er hat ihm die richtige Karte gegeben.« Brians Blick funkelt misstrauisch. »Und Carmine hat uns eine andere gegeben, weil er dachte, dass wir sie nicht kontrollieren.«

»Warum hätte er die Karte behalten sollen?« Lara legt den Kopf schief.

»Weil der liebe Carmine total in Lynn Lou verknallt ist.« Vorsichtig streckt Brian die Hand nach dem Computer aus. »Nacktfotos von ihr, die sonst niemand hat, sind für so einen Kerl doch das Höchste. Wie eine Reliquie der Heiligen Jungfrau.«

»Ich will meine verdammten Fotoooos! Sofooooort!« Lynn Lou stampft heulend mit den Füßen auf, Tränen laufen ihr über die Wangen.

»*Beruhige* dich, Lynn Lou. Und gib endlich den Computer her.« Brian greift nach dem Laptop.

Lynn Lou macht eine halbe Drehung, will den Computer voller Wut mit beiden Händen an die Wand schleudern.

Brian reagiert mit einem überraschenden, akrobatischen Sprung: Blitzschnell saust er durch die Luft, erwischt den Computer genau in dem Moment, als sie ihn loslässt. Er geht rückwärts bis zum Tisch, stellt das Gerät ab und klappt es zu.

Lynn Lou beobachtet ihn aus ein paar Metern Entfernung, keuchend an eine Wand gelehnt, mit halb herausforderndem, halb erschrecktem Gesichtsausdruck.

»Ist dir klar, was du beinahe angerichtet hättest, Lynn Lou?« Brian klingt fast emotionslos, doch unter der scheinbaren Neutralität seiner Stimme schwelt ein furchterregender Ton.

»Leck miiiiiiiiiich!« Lynn Lou schreit, bis ihr die Luft ausgeht, dann wirft sie sich aufs Bett, zieht das Laken hoch, presst sich die Kissen auf den Kopf und schluchzt krampfhaft.

Lara geht leise zum Bett, setzt sich auf den Rand, tätschelt ihr behutsam die Schulter.

Lynn Lou schüttelt sie ab, zittert, schluchzt.

Aus der Erfahrung mit der Krise am Set und danach im Hotel in Rom weiß Lara, dass man in dieser Situation nur eines tun kann, nämlich warten, ohne Lynn Lou anzusprechen oder in irgendeiner Weise Druck auf sie auszuüben.

Nach und nach wird Lynn Lou ruhiger, bis sie irgendwann tief atmet und zu schnarchen beginnt.

Brian sieht Lara an. »Kannst du bitte bei ihr bleiben, bis ich zurückkomme?«

Lara nickt. »Wohin gehst du?«

»Nachschauen, ob ich diesen verfluchten Fotografen erwische.« Brian strebt zur Tür, ohne seine Selbstkontrolle aufzugeben, so absurd sie an diesem Punkt auch sein mag.

Als sich die Tür hinter ihm schließt, denkt Lara, dass es im Grunde nicht schwerfällt, alle beide zu verstehen, wenn man sich in sie hineinversetzt. Sie denkt, wie verblüffend sich Recht und Unrecht verkehren, je nachdem, aus welcher Perspektive man die Dinge betrachtet. Dennoch ist das keine Entschuldigung, um alles zu rechtfertigen, findet sie, es hindert sie nicht, weiterhin in allem, was sie hört und sieht, nach dem Richtigen und dem Falschen zu suchen. Das gehört zu ihrem Wesen und hat auch mit ihrem angeborenen Gerechtigkeitssinn zu tun. Bei jedem Konflikt, ob groß oder klein, bedeutsam oder nicht, muss sie sich entscheiden, auf welcher Seite sie steht. So schwierig das manchmal auch sein mag.

31

Piero Gomi betrachtet die Felsenküste von Tari vom Patrouillenboot aus, das man ihm zur Verfügung gestellt hat, nachdem General Zancareddu in Rom zuvorkommenderweise einen Untergebenen in Agrigent angerufen hat, der wiederum einem Untergebenen in Lampedusa Bescheid gesagt hat. Gewiss, in diesem Klima wahlloser moralistischer Beschuldigungen gegen die sogenannte »Politiker-Kaste« würde sich, falls man von seiner Überfahrt erführe, schnell jemand finden, der ihm vorwirft, für private Zwecke ein staatliches Beförderungsmittel benutzt zu haben. Doch wie soll man denn bei einem (bei aller Bescheidenheit keineswegs zweitrangigen) Mitglied des Parlaments der Republik eine klare Trennungslinie zwischen privaten und öffentlichen Aktivitäten ziehen? Hätte es einen Sinn, seine Tage in einzelne Momente aufzuteilen und zu sagen, dies gehört zur Abgeordnetentätigkeit, dies nicht? Ein ganz einfaches Beispiel: Ist die morgendliche Rasur bei einem Mann, der im Fernsehen und bei unzähligen weiteren offiziellen Auftritten mit dem erforderlichen Stil seine Partei vertreten muss, ein privater oder ein öffentlicher Akt? Sollte er etwa zu einem x-beliebigen Herrenfriseur gehen anstatt zu den Friseuren der Abgeordnetenkammer, die alle sieben sehr gut sind und viertausendeinhundert Euro brutto im Monat verdienen, um genau diesen Service zu garantieren? Oder sollte er mit struppigem Bart und langen Haaren herumlaufen wie ein Clochard, um die Herren Moralisten zufriedenzustellen und eine unbedeutende Haushaltseinsparung zu ermöglichen? Es braucht wirklich nicht viel, um zu begreifen, wie absurd diese Polemiken sind. Und ehrlich gesagt, was sind schon die Kosten eines für einige Stunden beanspruchten Patrouillenboots gegenüber den zig Millionen Euro staatliche Parteienfinanzierung, die manche Schatzmeister für die Bedürfnisse dieser oder jener Parteigröße abzweigen, oder um für sich selbst, Frau und Kinder Villen und Wohnungen zu kaufen? (Ihm lägen mehrere Namen auf der Zunge, aus christlicher Barmherzigkeit nennt er sie nicht.) Bemühen wir uns um etwas Verhältnismäßigkeit, bitte. Darum, den Balken im eigenen Auge zu sehen, bevor wir die Splitter in den Augen der anderen anprangern. Vom Sicherheitsaspekt einmal abgesehen. Einer wie er kann ja nicht einfach mit Krethi und Plethi die Fähre besteigen und Gefahr laufen, dass er womöglich von einem Terroristen oder auch nur von einem Spinner angegriffen wird, der seine fünf Minuten Ruhm haben will, indem er einen Spitzenpolitiker der PdM ins Meer wirft. Schluss jetzt: Das Patrouillenboot der Küstenwache ist das schnellste und effizienteste und genau besehen sparsamste Mittel (jawohl, denn es erlaubt ihm, kostbare Zeit zu sparen, die er zugunsten des Bürgers verwenden kann). Und Gott weiß, dass er nicht zu seinem persönlichen Vergnügen entschieden hat, diese abgelegene Felseninsel aufzusuchen, ausgerechnet er, der schon immer seekrank wird, auch wenn das Meer spiegelglatt ist, und wie viel mehr erst, wenn auf hoher See ein wenig Wind aufkommt, *mamma mia*! Die Kraft, dieses Schnellboot zu besteigen, hat er nur aus einem einzigen Grund aufgebracht: um ein weitreichendes politisches Projekt voranzutreiben. Das ist ein absolut öffentlicher Grund, meine verehrten Herren Moralisten, die ihr allzeit bereit seid, wahllos Anklage zu erheben.

Jetzt legt der Kommandant langsam an der Mole an, wo neben einem ziemlich gewöhnlichen Boot ein prächtiges, langes und auf Hochglanz poliertes Motorboot vertäut ist. Oben auf den Felsen sieht man die weißen Gebäude blinken, die Scandrola erwähnt hat, als er ihm diesen spartanischen, aber exklusiven Erholungs- und Rückzugsort für reiche und berühmte Leute geschildert hat. Da sieht man mal wieder, wie groß der Unterschied zwischen den wahren Mächtigen und einem demokratisch gewählten Politiker ist: Offensichtlicher könnte es nicht sein. Er verbringt seinen Urlaub mit Frau und Kindern in Finale Ligure, wo er ein Haus hat, an einem bequemen Strand, da hat er seine drei Sonnenschirme in der vordersten Reihe in Marios Strandbad, seinen Kiosk, wo er morgens die Zeitungen kauft, seine Stammbar, wo er einen Espresso und ein Stück Focaccia zu sich nimmt, und in zwei oder drei Restaurants isst man auch ganz gut. Da interessiert es ihn nicht, wie viele seiner Kollegen auf die Malediven zu reisen, wo sie sich dann halb verstecken müssen vor Angst, dass ein Tourist sie mit dem Handy fotografiert und im Internet verbreitet, ihre Bungalows kosteten wer weiß wie viele tausend Euro pro Nacht, um das unerträgliche Anti-Politiker-Lynchjustiz-Klima dieser Tage weiter anzuheizen. Genauso wenig interessiert es ihn, seine Zeit auf den Yachten von Freunden und Gönnern zu verbringen, wie es viele seiner Kollegen tun, und so Gefahr zu laufen, früher oder später der öffentlichen Meinung in der Badehose zum Fraß vorgeworfen zu werden und in Krisenzeiten den Hass der gewöhnlichen Leute auf sich zu ziehen. Nein, danke, Piero Gomi verbringt seinen Urlaub mit Frau und Kindern, mit den Männern vom Personenschutz, die längst zur Familie gehören, umgeben von Leuten, die ihn kennen und schätzen, wo er jedes Mal, wenn sich am Strand oder in der Bar ein Gespräch ergibt, den Pulsschlag seiner Wählerschaft spüren kann. Kurz und gut, Urlaub muss für ihn angenehm und entspannend sein, eine Zeit heiterer Normalität.

Was ist dagegen dieses sogenannte Resort hier? Ist es nicht befremdlich, ja beinahe unheimlich zu meinen, dass Leute, die sich alles leisten könnten, an einen so unbequemen, einsamen, an einen felsigen Steilhang geklammerten Ort kommen, nur damit sie niemand sieht? Umgeben von einem Meer, das wenige

Dutzend Meter von der Küste entfernt die furchterregende Tiefe von eintausendfünfhundert Metern erreicht, wie ihm der Kommandant vorhin erklärt hat? Sollte sich die öffentliche Meinung nicht lieber über Persönlichkeiten aufregen, die ein Vermögen ausgeben, um derartige Orte aufzusuchen, anstatt die Politiker niederzumachen, als würden sie den Bürgern hinterrücks das Geld aus der Tasche ziehen, als wären sie daran schuld, dass das Land in die Krise geraten ist und es nicht schafft herauszukommen? Aber klar, die Politiker handeln vor aller Augen, stehen dafür ein mit Gesicht, Vor- und Nachnamen, morgens, mittags und abends, im Fernsehen, in der Presse, überall. Es ist leicht, sich mit ihnen anzulegen. Aber diese anderen, wer kennt die wirklich? Wer hat ihnen je ins Gesicht gesehen? Wer hat sie je reden hören? Sie bewegen sich im Schatten ihrer Macht wie hochgiftige Skorpione und bestimmen über alle Köpfe hinweg die Geschicke des Planeten. Und niemand lässt es sich je träumen, sie wegen irgendetwas anzuklagen, auch weil niemand wirklich weiß, wer sie sind. Nehmen wir zum Beispiel diesen Werner Reitt: Wer würde ihn erkennen, wenn er ihm auf der Straße begegnete? Selbst Piero Gomi wäre dazu nicht in der Lage, hätte er sich nicht von einem Assistenten das kleine Porträtfoto von der Website der PanEuropaBank ausdrucken lassen, das er jetzt in der Tasche hat. Genau deshalb hat er die einmalige Gelegenheit, die Scandrola ihm bot, beim Schopf gepackt: weil er weiß, dass sich so schnell keine zweite bieten wird, zumindest nicht in der jetzigen politischen Situation. Und wir sprechen von Piero Gomi, der in aller Bescheidenheit ja nicht zu den unbedeutendsten Hinterbänklern gehört, sondern in diesen Jahren sehr wichtige Kontakte geknüpft hat, in den letzten Monaten, in denen sich die Szenarien ständig gewandelt haben, sogar noch mehr als sonst.

»Da sind wir, Onorevole.« Der Kommandant deutet mit höflicher Geste auf den Matrosen, der das Schnellboot am Landesteg vertäut hat und Piero Gomi nun den Arm reicht, um ihm beim Aussteigen zu helfen.

»Danke, Comandante.« Piero Gomi legt immer Wert darauf, die Leute mit ihrem Titel anzureden und ihnen zu danken, selbst dem Leibwächter, der ihm dreißigmal am Tag die Tür seines Dienstwagens öffnet. Langfristig zahlt sich das aus, denn wenn einer Kommandant eines Patrouillenboots der Küstenwache geworden ist, bedeutet das, dass er viel Zeit und Mühe dafür aufgebracht hat und sich sicher über die Anerkennung freut. Neben zähem Kampf – wenn nötig mit Klauen und Zähnen! – gehört für ihn auch das zur Politik: gute Manieren und gesunder Menschenverstand. Höflichkeit im Auftreten und Wertschätzung seiner Gesprächspartner. Nehmen wir diesen Kommandanten der Küstenwache, den er wahrscheinlich (hoffentlich) nie wiedersehen wird: Von jetzt an wird der Abgeordnete Piero Gomi für ihn der freundliche Mensch sein, der sich bei ihm bedankt hat, dass er ihn von Lampedusa nach Tari und zurück gebracht hat, der ihn Kommandant genannt und ihm mehrere Fragen über sein Schnellboot und über die Probleme gestellt hat, die er in Lampedusa bewältigen muss, mit den Migranten, die beinahe täglich auf ihren Kähnen von der libyschen Küste herkommen und so weiter. Er wird ihn als freimütigen, sauberen Politiker im Gedächtnis behalten, wird sich seinen Untergebenen und Kollegen, seinen Angehörigen gegenüber positiv über ihn äußern. Möglicherweise wird er bei den nächsten Wahlen für ihn stimmen und auch andere dazu bewegen. Und wenn nicht bei den nächsten, vielleicht bei den übernächsten. Kurz und gut, wie es im Abschnitt aus dem Evangelium des heiligen Matthäus heißt, den Monsignor Covatta letzten Sonntag in der Messe zitiert hat: *Wer Ohren hat, der höre.*

»Gern geschehen, Onorevole.« Der Kommandant ist ehrlich erfreut, ihn hergebracht zu haben, man sieht es ihm an. Seine Antwort ist keine rein formale Floskel, sie drückt den Stolz aus, einem Parlamentarier dienlich gewesen zu sein, den er schon vorher schätzte und jetzt, nachdem er ihn kennengelernt hat, noch mehr.

»In höchstens zwei Stunden fahren wir zurück, Comandante.« Piero Gomi sagt zwei Stunden, weil es sich gehört, zumindest einen Hinweis zu geben. Nur Gott weiß, wie viele Stunden es dann wirklich sein werden, sieben, acht, alles hängt davon ab, wie es mit Werner Reitt läuft.

»Zu Ihren Diensten.« Der Kommandant grüßt militärisch, was immer angenehm ist, eine Art, dem Augenblick mehr Bedeutung zuzumessen als der Person, ihm eine institutionelle Würde zu verleihen. Denn das Patrouillenboot ist wirklich sehr klein, sowohl im Hinblick auf die Sicherheit als auch auf den Eindruck, den es bei Zuschauern hinterlässt. Außerdem konnte er leider seine Leibwächter nicht mitnehmen, weil an Bord kein Platz für sie war und weil er das Treffen möglichst informell gestalten wollte. Mit einem gewissen Unbehagen musste er sie in Lampedusa zurücklassen. Ein wenig einsam fühlt er sich schon ohne sie, das muss er zugeben; mittlerweile hat er sich so an ihre Anwesenheit gewöhnt, daran, mit einem Grüppchen treuer, beschützender Freunde unterwegs zu sein (ach, hätte er sie doch bloß in der Grundschule um sich gehabt, als er noch dünn und schmächtig war und die Klassenkameraden manchmal recht fies wurden).

Piero Gomi stützt sich kaum auf den Arm des Matrosen und landet mit einem ziemlich elastischen Sprung auf dem Steg. Falls der Kommandant ihm zuschaut (er schaut bestimmt), macht auch das einen guten Eindruck, ein Politiker, der keine ganz unbewegliche Larve ist, der nicht ständig mit dem Hintern an einem Sessel klebt. Sportlich kann man ihn zwar nicht nennen (wo sollte er die Zeit hernehmen?), doch abends eine Runde auf dem Heimtrainer und ein paar Kniebeugen vor dem Schlafengehen, das schafft er meistens. Auch solche Dinge zahlen sich aus, man bewahrt sich ein jugendliches Image und kann bei Gelegenheit burschikos auf einen Steg springen. Jedenfalls ist er sehr erleichtert, wieder festen Boden unter den Füßen zu haben, nicht mehr dauernd an den Abgrund unter sich denken zu müssen. Seine leichte Übelkeit verfliegt rasch, zusammen mit der Angst vor dem Meer, er fühlt sich schon besser.

Ein großer eleganter Herr im hellen Leinenanzug kommt auf ihn zu: Das muss der Architekt sein. In der Tat, er reicht ihm die Hand. »Gianluca Perusato, guten Tag.«

»Piero Gomi, sehr angenehm, Architetto.« Er antwortet mit einem kräftigen, freundlichen Händedruck. »Sie müssen entschuldigen, dass ich mir erlaubt habe, so fast ohne Vorwarnung hier hereinzuplatzen.« Er schaut ihm direkt in die Augen, ohne Verstellung. (Doch so ganz allein ohne wenigstens zwei von den Jungs vom Personenschutz fühlt er sich arg exponiert. Ein bisschen jämmerlich, fast nackt. Na gut, komm schon.)

»Ich bitte Sie.« Der Blick des Architekten ruht kurz auf ihm, wandert weiter zu dem Patrouillenboot und die Küste entlang.

Piero Gomi geht ein paar Schritte in Richtung der Treppe, die zwischen den beinahe senkrechten Felsen nach oben führt. »Unser gemeinsamer Freund hat Ihnen bestimmt erklärt, dass mein Besuch rein privat ist.« Nur äußerst ungern bezeichnet er jemanden wie Scandrola als »Freund« (er findet es auch ein bisschen unter seiner Würde), doch andererseits geht es hier darum, sich zu verständigen, und es ist immer besser, keine Namen zu nennen.

»Allerdings.« Perusato ist eindeutig keiner, der gern und häufig lächelt, und er begleitet ihn auch nur widerstrebend zur Treppe.

»Ich weiß also, dass ich mit Ihrer Diskretion rechnen kann, Architetto.« Einer, der sich so etwas wie diese Villa hier ausdenkt, wird vermutlich auch entsprechend Wert auf Diskretion legen.

»Absolut.« Perusato ist ein Mann von Welt, der seinen Unmut nicht offen zeigt, aber aus seiner Haltung spricht deutliches Missfallen.

Doch zu den Aufgaben eines Politikers mit weitreichenden Plänen gehört es auch, Widerstände zu überwinden, zu überzeugen, zu erobern. Wir missionieren zwar nicht wie die Kirche, aber dennoch, wenn man von den Werten ausgeht, sind wir gar nicht so weit voneinander entfernt *(si parva licet...)*. Mit breitem Lächeln zeigt Piero Gomi auf die weißen Gebäude oben am Steilhang. »Wirklich einzigartig, das Fleckchen, das Sie hier gefunden haben, Architetto. Einfach phantastisch.«

»Danke.« Perusato ringt sich ein kleines Lächeln ab, wenn auch aus purer Höflichkeit.

»Würden nur mehr solche erstrangigen Künstler und Unternehmer wie Sie in unseren Süden investieren.«

»Tja.« Ein bisschen geschmeichelt wirkt Perusato doch, obwohl man ihm ansieht, dass er ganz andere Sorgen im Kopf hat.

»Im Ernst. Leute, die den Mut und die Fähigkeit haben, auf internationaler Ebene solche hochkarätigen Projekte zu realisieren.« Piero Gomi glättet sich mit einer raschen Handbewegung die Haare.

»Ja, leicht war es nicht, glauben Sie mir.« Perusatos Mailänder Akzent klingt viel snobistischer als der von Piero Gomi, er hat einen leicht französischen Einschlag, man hört ihm an, dass er viel in der Welt herumgekommen ist und mit hochgestellten Persönlichkeiten zu tun hatte.

»Das kann ich mir vorstellen, Architetto. Die Bürokratie, der Widerstand gegen alles Neue hier im Süden... Von den logistischen Problemen ganz zu schweigen.«

»An Komplikationen hat es nicht gefehlt, das können Sie mir glauben.« Perusato ist sehr angespannt, er schaut sich um, als suchte er nach einem Vorwand, um Piero Gomi hier auf der

Mole festzuhalten, um ihn bloß nicht mit seinen wertvollen Gästen in Berührung kommen zu lassen. Wahrscheinlich hat auch er wie so viele Unternehmer aus Norditalien eine Menge Vorurteile gegen Politiker. Da sieht man wieder, wie viel Schaden gewisse Schundschreiberlinge anrichten.

Piero Gomi zeigt auf die Mole, den Steg, die Bucht. »Hier bräuchte es allerdings den kleinen Hafen, den Sie ja geplant hatten, Architetto. Ein perfekt in die Landschaft integriertes, anständig überdachtes Bassin.«

Endlich flammt ein Fünkchen echte Aufmerksamkeit in Perusatos Blick auf. Der Architekt gehört zwar vermutlich nicht zu seiner Wählerschaft, doch sag niemals nie. *Gutta cavat lapidem,* wie es so schön heißt, steter Tropfen höhlt den Stein.

»Wie schade, dass ein solches Prunkstück von Motorboot so ungeschützt da liegen muss.« Piero Gomi bemüht sich, die kleine Bresche zu erweitern, die er geschlagen hat: Wenn er erst den richtigen Ansatzpunkt gefunden hat, gelingt es ihm gewöhnlich recht gut. Schon auf dem Gymnasium hat er dieses Talent an sich entdeckt, selbst in den Beziehungen zu den schwierigsten Lehrern.

»Wem sagen Sie das.« Er hat einen wunden Punkt getroffen, man sieht es Perusato an.

»Außerdem, Architetto, bestünden ja bei Ihrem Geschmack und Ihren Fähigkeiten keinerlei Zweifel an der Qualität der Ergebnisse.«

»Die Umweltschützer behaupten, es würde die Küste verschandeln.« Perusato möchte einen ironischen Ton anschlagen, aber die Sache muss ihn schwer verbittert haben.

»Entschuldigen Sie, aber das ist doch der größte Unsinn.« Nicht dass er eine bestimmte Strategie verfolgte: Es geht einfach darum, Sympathie und Verständnis zu zeigen. »Genau wie die Sache mit dem Meerwasserpool, den Sie nicht bauen durften. Auch davon hat mir unser Freund erzählt.«

»Tja.« Noch ein wunder Punkt, Perusato verzieht das Gesicht, als fühlte er einen stechenden Schmerz.

»Man kann es nicht einfach hinnehmen, wenn hervorragenden Projekten solche Steine in den Weg gelegt werden.« Piero Gomi packt alles Wohlwollen eines (zukünftigen) freundlichen Amtsträgers in seine Stimme. »Das muss man sich noch mal anschauen, Architetto. Unbedingt.«

»Gern, lassen Sie mich wissen, wann. Nach Rom komme ich häufig.« Perusato wirkt schon etwas weniger feindselig, wenn auch weiter sehr nervös.

Am Fuß der steilen Treppe angelangt, dreht sich Perusato um und lässt den Blick noch einmal über die Mole und die Küste wandern, dann steigt er die ersten Stufen hinauf. Links befindet sich ein robuster Metallkorb, der auf ein Gleis montiert ist, aber offenbar ist er nicht für Personen gedacht.

Piero Gomi folgt dem Architekten, mustert die Felsen über ihnen. Beeindruckend, so rötlich und schroff. »Allein schon, das Material hierherzuschaffen, muss ein beachtliches Unternehmen gewesen sein, Architetto. Alles per Schiff, vermute ich?«

»Ja, und per Hubschrauber.« Nur zu schnell eilt Perusato nun die Stufen hinauf.

»Klar.« Ein Hubschrauber wäre wahrscheinlich das Beste gewesen, denkt Gomi, es hätte auch besser zu seiner Rolle gepasst (obwohl so ein Patrouillenboot mit Kommandant in Uniform, der beim Aussteigen salutiert, ja auch nicht zu verachten ist, wenn es doch bloß etwas größer gewesen wäre). Außerdem hatte die Dienststelle in Lampedusa keinen Hubschrauber zur Verfügung, und er wollte nicht übertreiben, nachdem General Zancareddu schon so zuvorkommend war. Aber auf diesem Meer herumzuschippern, ein Graus!, schon beim Hinsehen schaudert es ihn.

»Ehrlich gesagt, war ich manchmal nahe daran aufzugeben.«
Perusato macht eine resignierte Handbewegung.

»Zum Glück haben Sie durchgehalten, Architetto.« Gomi sieht sich um, nickt anerkennend und nutzt die Pause, um Atem zu schöpfen. In Wirklichkeit ängstigt ihn die Szenerie immer noch, weil sie so wild und ungastlich ist. Nur die Gestalt des Kommandanten der Küstenwache, der auf der Mole vor seinem Patrouillenboot auf und ab spaziert, beruhigt ihn ein wenig (leider ist das Boot wirklich klein, Mamma mia!).

»Irgendwann war es dann eine Frage des Prinzips.« Der Architekt zieht ein gelbes Walkie-Talkie aus der Tasche, das krächzende Töne von sich gibt, und schaut zur Küste hinunter. Seine Nervosität hat keineswegs abgenommen, er kann sie nicht verbergen.

»Es hat sich gelohnt, Architetto! Man darf nie aufgeben!« Piero Gomi denkt, dass jeder Politiker, von einigen unverbesserlichen Ignoranten abgesehen, an seiner Ausdrucksweise feilt, um ein bestimmtes Image zu vermitteln. Das gehört zum Repertoire, es dient dazu, sympathisch oder distanziert zu wirken, einfach oder kompliziert, offen oder verschlossen, aufrichtig oder geheimnisvoll – je nachdem, welche Absichten man verfolgt. Auch Identität kann man auf diese Weise ausstrahlen, um in seiner Wählerschaft gewisse Saiten zum Klingen zu bringen. Er hat sich für eine ausgewogene Sprache entschieden, vernünftig, überzeugend, normal. Weder zu hoch noch zu tief. Seine Stimme ist laut genug, vielleicht ein bisschen metallisch, aber bei Fernsehdebatten und im Parlament sehr nützlich, und wie. Sein nördlicher Akzent ist unüberhörbar, aber nicht so ungehobelt wie der seiner Kollegen von der Subalpinen Bewegung, die bei den untersten Schichten der regionalen Subkultur auf Stimmenfang gehen. (Und auch nicht so wie der (natürlich äußerst sympathische und absolut effektvolle) Ton des Präsidenten Buscaratti, dem Jahre der Sprecherziehung zugrunde liegen.) Seine

Vokale sind schön offen, ganz lombardische Ehrlichkeit und positive Lebenseinstellung. Mit diesem Akzent eines Politikers aus dem Norden (er ist in Crema geboren, doch als er sieben Jahre alt war, ist seine Familie nach Como umgezogen) kann er sich, ohne an Glaubwürdigkeit einzubüßen, auch an die Wähler Mittel- und Süditaliens wenden in dem Versuch, die vielen Seelen dieses wunderbaren und widersprüchlichen Landes zu einen. Man könnte fast sagen, es ist der Akzent eines möglichen, plausiblen zukünftigen Ministerratspräsidenten... Der Mensch denkt, Gott lenkt, wie das Sprichwort heißt.

»Hören Sie mal.« Perusato bleibt stehen.

»Schießen Sie los, Architetto.« Piero Gomi schaut hinauf und hinunter. Sie haben noch nicht einmal die Hälfte der Treppe bewältigt, aber der Blick aufs Meer ist schon hier beeindruckend: ein einziges Glitzern, ein Schillern von Tiefblau bis Silberglanz. Man könnte auch sagen, ein malerischer Anblick, wenn man nichts von dem schrecklichen Abgrund darunter wüsste.

»Die Villa Metaphora ist keine Begegnungsstätte.« Perusato äußert sich mit einer Direktheit, die zwar an sich bemerkenswert, aber doch ziemlich grob ist. »Unsere Gäste kommen hierher, um in vollkommener Ruhe ein paar ungestörte Tage zu verbringen, und wir tun alles, um es ihnen zu ermöglichen.«

»Das ist doch sonnenklar, Architetto.« Gomi betont seinen lombardischen Akzent, um ihre gemeinsame, wenn nicht kulturelle, so doch geographische Herkunft zu betonen. »Selbstverständlich.«

»Dann verstehen Sie ja, wie schwierig es für mich ist, dieses Treffen für Sie zu organisieren...« *Krrrzzz-krrrzzz*, das Walkie-Talkie in seiner Hand gibt weiter unangenehm krächzende Laute von sich, der Architekt versucht es zu überhören.

»Architetto, ich will doch nicht, dass Sie irgendetwas organisieren, um Gottes willen.« Piero Gomi sieht ihn treuherzig an. »Sie waren schon so freundlich, meinem Besuch zuzustimmen. Ich möchte nur, dass Sie mich Dr. Reitt vorstellen, den Rest mache ich alleine. Stimmt es, dass er ein bisschen Italienisch spricht?«

»Keine Ahnung.« Perusatos trockener Ton grenzt an Unhöflichkeit.

Aber davon lässt sich Piero Gomi nicht beeindrucken. Auf seinen ersten Kundgebungen der Organisation Katholisches Gewissen, als er noch ein Grünschnabel war, hat er vor Leuten geredet, die schliefen, aßen, quatschten, ihm Beschimpfungen an den Kopf warfen, und hat es doch immer geschafft, alles zu sagen, was er sagen wollte. »Ich kann nämlich keine Fremdsprachen, und leider durfte ich keinen Dolmetscher mitbringen, weil auf dem Patrouillenboot kein Platz war.«

»Seine Frau spricht Italienisch, aber Dr. Reitt weiß ich nicht. Er ist äußerst –« *Krrrzzz-krrrzzz-krrrzzzvzzz*, das Walkie-Talkie krächzt noch aufdringlicher. Endlich hält der Architekt es ans Ohr. »Entschuldigen Sie mich einen Augenblick. – Hallo?«

»Bitte sehr, bitte sehr.« Piero Gomi ist froh um eine weitere Verschnaufpause bei diesem Aufstieg unter der senkrechten Sonne. Zum Glück weht eine leichte Brise, denn er möchte auf keinen Fall völlig verschwitzt oben ankommen. (»Ein Staatsmann, der ins Schwitzen kommt, wirkt wie Judas der Verräter«, pflegte Don Tommassini mit typisch piemontesischem Scharfsinn zu sagen.) Manche seiner Kollegen wären bestimmt in Hemdsärmeln oder sogar im T-Shirt gekommen, mit der Ausrede, es sei Sommer, ein Badeort und so weiter. Doch für ihn ist es eine Frage der Rolle, des Anstands, und außerdem ist sein in Rom von Caraceni maßgefertigter hellblauer Anzug leicht. Erstklassige Baumwolle atmet, wie der Schneider immer sagt.

»Hallo?!« Perusato scheint sich nicht besonders gut mit dem Walkie-Talkie auszukennen, er versucht zu sprechen, aber die Stimme auf der anderen Seite wird von dem *Krrrzzz-krrrzzz-krrrzzzvzzz* übertönt. »Hörst du mich?! Hallo?! Wo seid ihr?!«

Erneut schaut Piero Gomi hinab. Jetzt raucht der Kommandant an der Spitze der Mole eine Zigarette, der zweite Offizier hantiert im Cockpit, der Matrose putzt mit einem Lappen die Flanke des Patrouillenboots. Ein viertes, weißes Boot mit einem Typen mit weißer Schirmmütze nähert sich dem Landesteg. Vermutlich einer, der hier arbeitet, obwohl Gomi kurz der lästige Gedanke durch den Kopf geht, dass es ein von wem auch immer verständigter Journalist sein könnte.

»Hallo?! Was?! Ich verstehe nichts!« Perusato presst das Walkie-Talkie ans Ohr, aber es gibt nur unverständliches Gekrächze von sich, auch wenn man dazwischen die schrillen Töne einer Frauenstimme durchzuhören meint.

Als Piero Gomi wieder hinaufschaut – das wird noch anstrengend, bis sie ganz oben sind! –, sieht er einen hochgewachsenen Herrn in Jackett und beigefarbener Hose, die Haare an den Schläfen fast abrasiert, harte Gesichtszüge, finstere Miene, der mit entschlossenen Schritten herunterkommt.

»Wo zum Teufel seid ihr?! Hörst du mich?! Hallo?!« In der Hoffnung auf besseren Empfang hält Perusato das Gerät zum Meer hin, sieht das weiße Boot, das am Steg unten anlegt, und wird aus unerfindlichen Gründen noch nervöser. »Hey?!« Wütend macht er dem Boot mit der freien Hand Zeichen. »Heeeey?!«

Der Kommandant des Patrouillenboots schaut herauf, der Matrose schaut herauf, der zweite Offizier streckt den Kopf aus der Kabine und schaut herauf. Der Typ mit der Schirmmütze klettert von dem weißen Boot auf den Steg und schaut ebenfalls herauf. Er ist jung, aber nach seinen Bewegungen zu urteilen Gott sei Dank kein Journalist.

Unterdessen kommt der hochgewachsene Herr die Treppe herunter immer näher, kalte blaue Augen, prominente Nase, schmaler Mund, und läuft grußlos vorbei.

Piero Gomi braucht einige Sekunden, bis er ihn erkennt, zwar hat er das kleine Foto gesehen, aber den Menschen in Fleisch

und Blut vor sich zu haben, ist doch etwas anderes; als ihm dämmert, dass es sich um Werner Reitt handelt, ist dieser schon etliche Stufen weiter. Gomi dreht sich zu Perusato um, halb aufgeregt, halb verblüfft, so überrumpelt worden zu sein, aber auch stolz darauf, dass er den Mann überhaupt erkannt hat. Andererseits muss sich ein Politiker unbedingt Gesichter samt Namen und Titel merken können, wie soll er sonst all die Parlamentskollegen, Regional-, Provinzial- und Kommunalpolitiker, Wahlmänner, Sympathisanten, Sponsoren, Journalisten und Co. auseinanderhalten, mit denen er den lieben langen Tag zu tun hat?
»Das war Dr. Reitt, nicht wahr?«

Perusato antwortet nicht, sondern starrt Werner Reitt nach, der schon unten an der Mole ist, dem jungen Mann mit Schirmmütze entgegengeht, sichtlich gereizt aus nächster Nähe auf ihn einspricht und zornig gestikuliert. Der junge Mann nimmt die Mütze ab und nickt, anscheinend sehr geknickt.

Etwas beunruhigt fühlt Piero Gomi sich schon, das muss er zugeben. Es ist ein tief verwurzelter kultureller Unterschied, wie Professor Coriante sagen würde, der fast alles gelesen hat, was je geschrieben wurde (wenn er die Zeit dazu hätte, würde er auch mehr lesen, aber wie soll das gehen), und nicht umsonst sein Kulturberater ist. Der Erste und Zweite Weltkrieg, der tausendjährige Gegensatz zwischen teutonischem und italischem Geist, Tiefe und Oberflächlichkeit, Systematik und Improvisation, Goethe auf der einen und Foscolo auf der anderen Seite, Ingenieure und Modeschöpfer, Porsche und Ferrari. Vielleicht sind das lauter Gemeinplätze, okay, aber dass ein Gegensatz besteht, ist unbestreitbar, und wenn du einen Herrn wie Werner Reitt vor dir hast, den designierten Nachfolger des Direktors der PanEuropaBank, die Verkörperung der Macht schlechthin, ist ein wenig Furcht durchaus verständlich. Zumindest bei der ersten Begegnung. Es handelt sich schließlich um die Nachkommen dieses Metternich, der gesagt hat: »Das Wort Italien ist ein rein geographischer Begriff«, ein Satz, der ihn im Gymnasium schwer beeindruckte. Er möchte zum Beispiel nicht an Stelle des Typs sein, den Werner Reitt gerade abkanzelt. Andererseits ist er selbst Hals über Kopf auf die öde kleine Insel mitten im Meer gerast, um diesen Mann zu treffen (und die Rückreise liegt noch vor ihm, einschließlich der Fahrt mit dem Patrouillenboot, auf der er bestimmt wieder seekrank wird). Das ist kein Vergnügungsausflug, bei dieser Begegnung steht sehr viel auf dem Spiel! Also Schluss mit der Furcht, und zwar sofort (heißt es nicht im Evangelium, dass man einzig Gott fürchten soll?). Piero Gomi wendet sich Perusato zu: »Architetto, gehen wir noch mal runter, damit Sie mich kurz vorstellen können?«

»Entschuldigen Sie, aber wie Sie sehen, ist die Situation grade nicht ideal.« Perusato kann seine Aufregung nicht verbergen, wer weiß, was mit ihm los ist. Vorher wirkte er zwar ein bisschen fahrig, spielte seine Rolle aber gut, perfekte Sprache, perfekte Gestik, perfekte Distanz, jetzt dagegen ist er völlig fertig, schaut ständig von Werner Reitt unten auf der Mole zur Felsenküste und dann auf das krächzende Walkie-Talkie, *kvrrrvzzzz-krrr-krr-rffvzzzzz*.

»Aber Architetto, es dauert doch nur einen Augenblick. Wir gehen runter, Sie stellen mich Dottore Reitt vor, dann komme ich allein zurecht und störe nicht mehr, das habe ich Ihnen doch gesagt.« Piero Gomi ist ja nicht geworden, was er ist, weil er sich mögliche Chancen durch die Lappen gehen lässt und es ihm an Ausdauer und Entschlossenheit fehlt. Mehrmals hat er gedacht – ein einprägsames Bild, vor zwei Monaten hat er es auch bei seiner *Lectio magistralis* in der Katholischen Universität in Mailand gebraucht –, wenn ein gewöhnlicher Politiker einer ist, der einen Karren zieht, dann ist ein Spitzenpolitiker ein Traktorfahrer: Kein Schlammloch, Graben oder Gefälle kann ihn aufhalten.

»Was?« Perusato hat offenbar Mühe, sich auf das Hier und

Jetzt zu konzentrieren; er schaltet das Walkie-Talkie aus und steckt es wieder ein.

»Könnten Sie mich nur ganz kurz Doktor Reitt vorstellen, Architetto?« Piero Gomi deutet auf Reitt. »Sehen Sie ihn da unten auf der Mole? Ich bitte Sie nur noch um fünf Minuten Ihrer kostbaren Zeit, Architetto, mehr nicht.« Wenn er jetzt die Jungs vom Personenschutz dabeihätte, würde er einfach hingehen und bräuchte niemanden, der ihn vorstellt, die Situation spräche sozusagen für sich.

Perusato antwortet nicht, es ist, als hätte er einen Kurzschluss erlitten. Wie verhext starrt er auf Werner Reitt, der unten auf der Mole den jungen Mann zusammenstaucht.

Dann zeigt Reitt nach oben, gemeinsam gehen die beiden auf die Treppe zu. Auf diese Weise könnte sich das Treffen ganz natürlich ergeben: Man begegnet sich auf der Treppe, kurze Vorstellung, Händedruck, und dann geht man den Rest des Aufstiegs zusammen. Spontaner kann man es sich kaum vorstellen. Doch Reitt schaut hinauf, bemerkt Piero Gomi und Perusato, und anstatt die Stufen zu nehmen, öffnet er den Korb des Lastenaufzugs, steigt hinein und bedeutet dem anderen, es ihm gleichzutun. Der zögert verunsichert, gehorcht aber. Reitt drückt irgendwo auf einen Knopf, und der Lastenaufzug setzt sich mit elektrischem Surren langsam auf dem Gleis in Bewegung.

»Was zum Teufel?!« Einen Moment lang verliert Perusato die Fassung. Er macht einen Satz, als wollte er sie aufhalten, dann gibt er auf (jetzt lässt es sich sowieso nicht mehr ändern).

Der Aufzug fährt ziemlich schnell, in kurzer Zeit sind Werner Reitt und der andere fast schon auf Piero Gomis Höhe. Die Situation ist nicht direkt ideal für eine Vorstellung von Gleich zu Gleich, die beiden Deutschen (auch der junge Mann ist unverkennbar Deutscher) stocksteif in dem motorisierten Transportmittel, die beiden Italiener regungslos auf der Treppe. Aber für

Piero Gomi ist klar, nur keine falsche Zurückhaltung, man wächst mit seinen Aufgaben, *per aspera ad astra*. Er wartet, wartet, bis der Korb mit Werner Reitt und dem jungen Mann ganz herangekommen ist, und beugt sich mit einem breiten, offenen Lächeln vor. »Doktor Reitt, *buongiorno*. Ich bin Piero Gomi, von der Partei der Modernität.«

»*Ich habe keine Zeit!*« Reitts Stimme ist streng, sein Blick eisern.

Egal, in der Politik muss man manchmal bittere Pillen schlucken (je höher die Politik, umso bitterer die Pillen). Man darf bloß das Ziel nicht aus den Augen verlieren, muss an das Gesamtvorhaben denken und wissen, dass die kleinen Demütigungen von heute die Triumphe von morgen sind. Piero Gomi macht mit erhobenem Zeigefinger eine rasche kreisende Geste nach oben. »Bis gleich!«

»*Ich sagte, ich habe keine Zeit!*«, bellt Reitt verächtlich, schon einige Meter höher. »*Lassen Sie mich gefälligst in Ruhe!*«

Mit Hilfe von Gesten und Mimik erklärt Piero Gomi, dass er kein Deutsch versteht, obwohl Reitts Gesichtsausdruck und Ton unmissverständlich sind, ehrlich gesagt. Er wirft Perusato einen fragenden Blick zu, denn eigentlich müsste der sich dafür einsetzen, dass ein Treffen zustande kommt.

Doch Perusato ist erneut mit seinem Walkie-Talkie beschäftigt, er hat es wieder angedreht: *kvrvzzzzz-krrr-krvzzzzzzz tiiituuuutuuuu, kvrvzzzzz-krrr-krvzzzzz, tiiituutuutuuu-krrrrrvzzzz.* »Hallo?! Hallo?! Ich höre nichts!« Entgegen allen guten Manieren schreit der Architekt laut. »Ich höre nichts! Hörst du mich?!«

»Architetto, könnten wir nicht einstweilen raufgehen, und dann lasse ich Sie in Ruhe?« Piero Gomi zeigt nach oben, doch jetzt kommt ein Kerl in einer Art weißem Pyjama mit Gürtel (vielleicht ist es ein Judoanzug, wer weiß) in großen Sprüngen die Treppe herunter.

Als er auf ihrer Höhe anlangt, sieht er Gomi unbegreiflich aggressiv an, so als wollte er gleich über ihn herfallen (deshalb ist ein Politiker gezwungen, mit Leibwächtern herumzulaufen, meine Herren Moralprediger, bestimmt nicht zum Vergnügen oder als Statussymbol!). Wütend schnauzt er Perusato an: »*Who's this?*«

»*I'm sorry, but I can't tell you, Mr. Neckhart.*« Perusato scheint in großen Schwierigkeiten zu stecken, er dreht und wendet sich nach allen Seiten, sein Walkie-Talkie krächzt und kreischt.

Piero Gomi würde sich auch selber vorstellen, hat aber nicht verstanden, wer dieser englischsprechende Herr ist und warum er ihn mit so viel geballter Wut betrachtet. Meine Güte, man kriegt so richtig Lust, mal einen schönen Erholungsurlaub hier zu verbringen, in dieser Villa Metaphora… Wenn die normalen Leute mal einen Blick auf solche Anlagen wie diese hier werfen könnten, würde es ihnen vergehen, sich mit dem Parlament und dessen vermeintlichen Privilegien anzulegen!

»*What do you mean, you can't tell me?*« Der Typ redet nicht nur breites Englisch, wahrscheinlich Amerikanisch, sondern zeigt auch noch mit unerhörter Respektlosigkeit mit dem Finger auf Piero Gomi. »*Is he some kind of middleman, asking money for my wife's pictures?*«

»*No, no, he's just paying us a short visit.*« Wenigstens schaltet Perusato endlich das Walkie-Talkie aus, und das unerträgliche Geknister verstummt.

Der Typ im Pyjama konzentriert sich auf Perusato. »*Carmine brought us the wrong SD card!*«

»*What do you mean?*« Perusato erstarrt, sieht ihn ungläubig an.

»*It's not the one with my wife's pictures! The photographer must have kept it! He must have fooled that idiot Carmine!*«

»*Are you sure?*« Perusato wirkt konsterniert.

»*Of course I am! I checked it twice!*« Der Typ ist wahnsinnig angespannt, unter dem weißen Stoff seines Anzugs zeichnen sich die Muskeln und Nerven ab. »*That damned photographer must still be around! We have to find him!*«

Gomi spricht kein Englisch, versteht aber doch hier und da ein Wort. *Photographer* zum Beispiel bedeutet Fotograf, und *pictures* wären die Filme, *one* heißt eins, nun, bis drei zählen, das kann er immerhin. Klar ist jedenfalls, dass es sich um irgendeinen Streit hier im Resort handeln muss, man kann sich ja vorstellen, wie viele Marotten die Leute haben, die hierherkommen. Dieser, zum Beispiel, wer weiß, worüber der sich beklagt, vielleicht will er einen größeren Bildschirm, um sich in seiner Suite Filme und Fotos anzuschauen. Wie auch immer, es ist ihm gelungen, den Architekten noch mehr aus der Fassung zu bringen, ausgerechnet jetzt, wo er dessen Hilfe braucht.

»*We are taking care of it, Mr. Neckhart.*« Mit Sprachen hat Perusato offenbar kein Problem.

»*How? How?*« Die Stimme dieses Mr. Neckhart ist vielleicht nicht so streng wie die von Reitt, aber unerbittlich bis zum Letzten.

»*Lucia and Carmine are looking for him.*« Perusato macht eine Handbewegung Richtung Küste.

»*What if he's no longer on the island?*« Der Typ scheint sich von den Antworten des Architekten nicht beruhigen zu lassen, worum es auch gehen mag.

»Entschuldigen Sie, Architetto?« Piero Gomi mischt sich ein, da er schließlich nicht hergekommen ist, um den Tag hier auf der Hälfte der Treppe herumzustehen und zu warten, dass diese Herren ihr unverständliches Hickhack beenden. »Könnten Sie nicht oben weiterdiskutieren, damit ich unterdessen mit Dr. Reitt Kontakt aufnehmen kann?«

Der Typ in der weißen Judo- oder Irrenanstaltskleidung wirft ihm erneut einen zornigen Blick zu. Perusato dagegen platzt endgültig der Kragen: »Also wirklich, dann gehen wir eben rauf! Damit Sie endlich Ruhe geben! *Let's all go up, come on, Mr. Neckhart!*«

»*No, I'm gonna find that bastard myself!*« Mit Riesensätzen rennt der Typ die Treppe hinunter, seine Hektik ist wirklich beunruhigend.

Perusato zögert kurz, als wollte er ihm nacheilen, dann deutet er hinauf. »Los, gehen wir! Aber dalli!« Sein ganzer Stil ist im Eimer, ungehalten stürmt er die Treppe hinauf.

Ohne mit der Wimper zu zucken, läuft Piero Gomi hinterher. Ein paar Dutzend Stufen werden seine Entschlossenheit nicht bremsen, und seien sie noch so steil, schließlich erfüllt er alle Voraussetzungen, um bald in die höchsten Sphären der Politik aufzusteigen. *Audaces fortuna iuvat,* wie man so sagt, wer wagt, gewinnt.

32

Werner erscheint in der Zimmertür, hinter ihm Matthias wie sein Schatten. Werner zeigt kämpferische Entschlossenheit, wie immer, wenn er in der Klemme steckt: eigensinniger Blick, verkrampfte Gesichtszüge, Schritt eines marschierenden Soldaten in Feindesland.

Brigitte Reitt beobachtet ihn vom Sessel aus, in den sie sich gesetzt hatte, um nachzudenken und ein wenig in dem vergilbten Bändchen über die Geschichte des Mittelmeers aus der Bibliothek der Villa Metaphora zu blättern. Wäre er nicht ihr Mann, würde er ihr vielleicht Angst einflößen. Doch sie hat ihn schon mehrmals in dieser Verfassung gesehen, so etwa kurz nach Beginn ihrer Beziehung, als er mit Professor Henninger heftig über einige Grundfragen in seiner Doktorarbeit aneinandergeraten war. Und im August 2000, als die Europäische Kommission formal das Verfahren wegen Übertretungen von Artikel 81 des Abkommens zur Währungsumstellung in der Eurozone eingeleitet hatte. Und im Herbst 2005, als Dohlmann mit der Unterstützung von Fischer und seinen Spezis bei der Bundesbank den Handstreich in der PEB versucht hatte. Nicht die kriegerische Haltung als solche erschüttert sie, sondern die Tatsache, dass sie diesmal nicht durch äußere Umstände bedingt ist, sondern aus der Tiefe dessen kommt, was einmal ihr Privatleben war.

»Wir sind hier auf einem öden Felsen im südlichen Mittelmeer, und trotzdem gibt es keinen Winkel, wo man in Ruhe reden kann!« Werner geht in der Suite auf und ab, schaut durch die

Fenstertür auf die leere Terrasse, als handelte es sich um eine Falle. »Vor ein paar Minuten hat eine unerträgliche Kanaille sogar versucht, uns auf der Treppe anzuhalten!«

Brigitte Reitt schweigt. Was erwartet ihr Mann von ihr? Sympathie? Verständnis? Anteilnahme? Denkt er wirklich, er könne weiterhin mit ihrem psychologischen Beistand rechnen, den er jahrzehntelang genossen hat bei seinen Berg-und-Tal-Fahrten? Hält er das für sein erworbenes Recht?

Selbst Matthias scheint nicht in bester Form zu sein, ehrlich gesagt. Verschwitzt, zerzaust, sehr bleich und mit zerknittertem Hemd, an dem einige Knöpfe fehlen, ist er heute ungewöhnlich schlampig für einen sonst so korrekten jungen Mann.

»Dabei musste ich schon eine Ewigkeit warten, bis seine Exzellenz mein Assistent sich entschlossen hat, endlich zu erscheinen!« Werner zeigt mit dem Finger auf ihn. »*Zwei Stunden* hat er vom Hafen bis hierher gebraucht, behauptet er! Als hätte er rudern müssen!«

»Es tut mir unendlich leid, Herr Reitt. Ich bitte Sie nochmals um Entschuldigung, auch vor Ihrer Frau.« Matthias' rechtes Auge zuckt, ein Tick, der ihn in Momenten höchster Anspannung plagt. Werner muss ihm eine schreckliche Szene gemacht haben, als sie allein waren, denn er wirkt sehr verstört, nicht mehr im Besitz seiner gewohnten Ruhe.

»Also, wie ist die Lage?« Brigitte Reitt ist gar nicht sicher, ob sie es wirklich wissen will. Aber sie sind nun mal alle drei auf der Flucht, da hat es keinen Sinn, die Augen zu verschließen oder sich zu distanzieren.

»Mehr oder weniger stabil, Frau Reitt.« Matthias bemüht sich um Optimismus, doch in seinen Augen liegt eine Bestürzung, die gestern noch nicht da war. Man könnte fast meinen, er kämpfte mit den Tränen.

»Ein idiotischer Ausdruck: ›mehr oder weniger‹!« Werner bemüht sich nicht im Geringsten, seine verbale Aggressivität zu zügeln. »Damit sagt man rein gar nichts aus! Außerdem ist die Situation kein bisschen stabil!«

»Was heißt das?« Brigitte Reitt fragt sich, warum sie beinahe ohne Widerrede eingewilligt hat, ihn auf diese Insel zu begleiten. Die Entscheidung wurde überstürzt getroffen, das stimmt, und nicht einmal von ihnen selbst, sie haben gewissermaßen einfach mitgespielt. Doch rechtfertigt das wirklich den Automatismus ihres Verhaltens? Ist es die Loyalität der Ehefrau? Geistige Trägheit? Blindes Festhalten an einer Vertrautheit, die sowieso gerade zerbricht?

»Das heißt, dass die Fotos weiter in Umlauf sind!« Werner spricht, als handelte es sich um eine Verleumdungskampagne, die außerordentlich gemeine, namenlose Feinde gegen ihn angezettelt haben. Es ist seine Gewohnheit, die Folgen von ihren Ursachen zu trennen, das Recht mit Gewalt auf seine Seite zu ziehen. Und die Möglichkeit, dass seine Frau ihren Bündnispakt brechen und sich weigern kann, an seiner Seite zu kämpfen, oder auch nur neutral bleiben will, zieht er natürlich gar nicht in Betracht.

»Ja, aber nur auf Facebook.« Matthias probiert erneut, die Realität zu beschönigen, doch widerspricht ihm seine eigene Blässe, sein zerzauster, schütterer Blondschopf, sein unsteter Blick.

»Dann brauchen wir uns ja nicht weiter aufzuregen!« Werners Sarkasmus klingt so bitter, dass es einem ins Herz schneidet. »Wir wissen doch, dass keine Sekretärin, kein Angestellter oder Manager der PEB sich je träumen lassen würde, auf Facebook zu gehen! O nein! Und selbst wenn sie zufällig reinschauten und dort meine Fotos entdeckten, würden sie es niemals ihren Kollegen weitersagen!«

»Was ich meinte, ist, dass die Presse noch nicht zugeschlagen hat...« Matthias fährt sich nervös mit der Hand über die Stirn.

»Wie sind sie denn in Umlauf, die Fotos?« Kaum sagt sie »die

Fotos«, sieht Brigitte Reitt mit unerträglicher Lebendigkeit die Bilder wieder vor sich, die Werner ihr schließlich nach tagelangen ausweichenden Antworten auf ihre immer drängenderen Fragen am Abend vor der Abreise gezeigt hat. Er halbnackt und ordinär geschminkt, das mit Eyeliner gemalte Euro-Symbol auf der Brust; er, immer noch halb entkleidet, wie er mit einem Plüschbären Walzer tanzt; er und Christiane Drechsler in ein Laken gewickelt, betrunken grinsend, mit Champagnerkelchen in der Hand; er und Christiane Drechsler mit herausgestreckter Zunge im Profil, Zungenspitze an Zungenspitze; er auf allen vieren mit Christiane Drechsler auf dem Rücken. Sie hat noch mehr gesehen (es sind Dutzende), doch sie verschwimmen alle mit den ersten, werden zu einer Abfolge von Gesichtern und Situationen, die in ihrer kindischen und zugleich obszönen Dummheit schockierend wirken. Handelte es sich um Aufnahmen von zwei gleichaltrigen Jugendlichen, hätte sie höchstens ein paar desolate Betrachtungen über die moralische Haltlosigkeit der heutigen Jugend angestellt, über deren gänzliche Unfähigkeit, die niedrigsten Impulse zu zügeln. Doch die zwei Personen auf den Fotos sind eine Siebzehnjährige, die beste Freundin ihrer Tochter, und ein achtundvierzigjähriger Mann, ihr Mann (und außerdem designierter Nachfolger des CEO der PanEuropaBank). Fragte man sie, was sie empfand, als Werner ihr schließlich diese Bilder gezeigt hat, wüsste sie nicht einmal genau, was sie antworten sollte. Ungläubigkeit, Entsetzen, das Gefühl, betrogen und beleidigt worden zu sein, Staunen, Wut, Verlegenheit? Ja, gewiss. Aber vor allem (und immer noch) eine grenzenlose Verwirrung, die alles betrifft, was sie in den letzten dreiundzwanzig Jahren zu kennen glaubte. Gesten, Blicke, Mienenspiel, Namen, Orte, Zeiten, Gewohnheiten, Erinnerungen, Erwartungen, Pläne: alles in die Luft gewirbelt und in winzigen Bruchstücken wieder heruntergefallen, unbrauchbar geworden, nicht mehr zu kitten.

»Anfangs zirkulierten sie im Freundeskreis des Mädchens, wie wir schon wussten.« Matthias meint, es sei diskreter, wenn er das Wort »Mädchen« benutzt; ihm ist nicht klar, dass die Wirkung auf diese Weise noch verheerender ist.

»Und dann?« Brigitte Reitt findet, dass in dieser verwüsteten Landschaft, die bis vor kurzem ihr Leben war, selbst ihre Stimme nicht mehr so klingt wie zuvor. Sie hätte ihm unendlich viele Fragen stellen müssen und hat es nicht getan: Was ihm fehlte, was ihm nicht genügte, was in seinem Kopf und seinem Herzen vorging, was in den niedersten Regionen seiner Männlichkeit los war, von denen sie offensichtlich nicht die geringste Ahnung hat.

»Dann haben sie sich wie ein Ölfleck ausgebreitet.« Matthias macht halbkreisförmige Bewegungen mit der rechten Hand, die sichtbar zittert. »Freunde von Freunden von Freunden von Freunden. So funktioniert Facebook.«

»*Sogenannte* Freunde.« Brigitte Reitt denkt, wie bestürzt sie jedes Mal ist, wenn ihre Kinder oder ihre Patienten von dem Netz halbfremder Menschen sprechen, mit denen sie täglich Informationen, Überlegungen, sogar Gefühle austauschen, als unterhielten sie mit diesen Leuten authentische, reale Beziehungen.

»Ja.« Matthias nickt, obwohl er vermutlich selbst einen guten Teil seiner Freizeit mit dem unablässigen Austausch von Details verbringt, die privat bleiben sollten und stattdessen mit gespenstischer Leichtigkeit und gedankenloser Schamlosigkeit mit anderen geteilt werden. Details über die Arbeit sind selbstverständlich tabu, denn er ist ein gewissenhafter junger Mann.

Werner tippt am Fenster auf seinem BlackBerry herum. Vielleicht hört er zu, vielleicht auch nicht, jedenfalls weiß er schon alles. War es eine inzestuöse Regung (wirklich, als ginge er mit ihrer beider Tochter ins Bett, die noch so unschuldig, optimistisch, ahnungslos, anmutig, linkisch und vom Leben unbeleckt ist)? War es die eheliche Langeweile? Die gegenseitige Zerstreutheit? Das Gefühl, dass ihm die Jugend für immer entrinnt? War es die zu lange, rationale Triebverdrängung? Ein Hilfeschrei? Ein Anfall von Wahnsinn (der eineinhalb Jahre gedauert hat)? Etwas, das sie übersehen hat? Etwas, das sie nicht sein oder tun konnte?

»Wie viele Leute haben denn seit unserer Abreise aus Frankfurt die Fotos noch gesehen? Kann man sich da eine Vorstellung machen?« Brigitte Reitt wird schmerzlich bewusst, wie unbedarft sie vor den Augen der Welt dastehen muss: die zu zerstreute oder zu schwache Ehefrau eines der mächtigsten Männer der Finanzwelt. Derart mit ihrer schönen Familie, ihren schönen Häusern und ihrer Arbeit als Logopädin beschäftigt, dass sie nicht merkt, dass ihr Mann es seit eineinhalb Jahren mit der besten Freundin ihrer Tochter treibt. Da brauchte es die Facebook-Gemeinde, um sie aus ihrer bürgerlichen Stumpfheit aufzurütteln und in die Wirklichkeit zurückzuholen. Grausame Wunder der modernen Kommunikation. Hätte sie selber ein Netz virtueller Freunde gehabt, oder sogar eine doppelte Identität, hätte sie vielleicht schon früher entdeckt, was im Gange war, oder zumindest nicht als Allerletzte. Manche Leute könnten jetzt denken, sie habe sowieso alles gewusst und ihren Mann gedeckt, gefangen in einer perversen Form von Konkurrenz zu ihrer Tochter. Das würde sie nicht erstaunen.

»Hm, viele.« Matthias weiß nicht mehr, wo er hinschauen, wie er sich bewegen soll.

»Wie viele?« Brigitte Reitt versucht sich zu erinnern, ob Werner ihr gegenüber je (auch nur flüchtig, in irgendeinem Moment ihrer Beziehung) einen Hauch dessen gezeigt hat, was auf den Fotos mit Christiane Drechsler aufscheint – mit dieser dummen, unreifen, wandalischen, euphorischen, ketzerischen Göre. Nein, nie. Als sie sich kennenlernten, wirkte er schon so reif, mit all der Verantwortung, den Verpflichtungen und Projekten, die er sich aufbürdete und für die er sich voll einsetzte, mit seinem

Ehrgeiz, die Welt zu erobern durch kontinuierliche Leistung und Verdienste, mit seinen immer höher gesteckten Zielen. Manchmal hatte sie sich im Vergleich zu ihm frivol gefühlt, nicht genug zielorientiert. Sie hatte lernen müssen, ihren Hang zur Ironie im Zaum zu halten, ihren Spaß an einer locker hingeworfenen Bemerkung, ihre Lust auf gelegentliche kleine Sünden wie ein bisschen unschuldige Faulheit, ab und zu ein zweites oder drittes Glas Wein, Freude an einem Tanz, einem Song. In kürzester Zeit war auch sie ganz Pflichtgefühl geworden, ganz Machen, Machen, Machen. Wirklich paradox, wenn sie es sich jetzt überlegt.

»Bei Facebook Berechnungen anzustellen ist schwierig, Frau Reitt. Doch grundsätzlich ist es eine exponentielle Multiplikation.« Matthias fährt sich mit den Fingern durch die schütteren Haare, vor und wieder zurück.

»Also reden wir von Hunderten von Menschen?« Brigitte Reitt denkt an ihre Mutter, ihren Vater, die Schulkameraden von Agnethe und Dieter, an die Lehrer, an Hermine und Bernd Drechsler, an ihre Schüler, ihre Arbeitskollegen, an Olcay, ihr türkisches Dienstmädchen, an die Nachbarn, an Emil, Werners Chauffeur, und Kerstin, seine Sekretärin. Seit zwei Tagen stürmen die Gesichter all dieser Leute in Gedanken auf sie ein, alle gleich bestürzt.

»Auch Tausende.« Matthias dreht sich um und wirft einen Blick auf Werner, der aufgehört hat, seinen BlackBerry zu checken oder zumindest so zu tun. »Auch *Zehn*tausende.«

Brigitte Reitt denkt: Arbeit: vorbei, Freunde und Nachbarn besuchen: vorbei, Orte aufsuchen, wo man sie kennt: vorbei, durch die Straßen gehen: vorbei. Sie denkt: öffentlich der Lächerlichkeit preisgegeben, brutal gedemütigt, unerträglich beschämt, von Blicken und Verurteilungen verfolgt. »Selbst wenn Christiane sich entscheiden sollte, die Fotos von ihrer Seite zu entfernen, würde es gar nichts mehr nützen?«

Matthias schüttelt untröstlich den Kopf; erneut beginnt sein rechtes Auge zu zucken.

Und der Sex, wie war der Sex mit Werner? Wenn sie miteinander schliefen, glich es mehr einer müden Übung gegenseitiger Befriedigung. Vielleicht nicht einmal das, es war mehr wie die Erfüllung einer gesellschaftlichen Pflicht, immer seltener, um behaupten zu können, dass ihre Ehe in jeder Hinsicht noch funktionierte. Aber auch am Anfang, als sie sich in der kleinen Wohnung in der Reinerstraße, die sie mit zwei Freundinnen teilte, auf dem schmalen Bett vereinigten, war es nichts Überwältigendes. Anziehung, ja, körperliches Drängen (vor allem seinerseits, ehrlich gesagt). Sogar damals jedoch haftete ihren kurzen Liebesspielen etwas rein Funktionales an. Wenige Minuten kräftiges Reiben, schnelle Befriedigung für Werner (vielleicht auch mal für sie, wenn er länger brauchte), und gleich danach sprachen sie wieder über die Zukunft, während sie dalagen und an die Decke starrten. Nicht im Entferntesten vergleichbar mit der glühenden Romantik, die sie mit ihren Lektüren aufgesogen hatte, angefangen bei Goethes *Werther* über Stendhals *Karthause von Parma* bis zur *Kameliendame* von Dumas. Kein noch so winziger Funke der wilden, amoralischen Fleischlichkeit, die die Fotos mit Christiane Drechsler auszustrahlen scheinen. Ist es erstaunlich, dass die schon schwache Leidenschaft des Anfangs im Lauf der Jahre noch weiter nachgelassen hat? Wer war daran schuld? Werner wirkte so erschöpft von seinen Tagen, so besetzt von Zahlen, Namen, Projekten, Strategien. Manchmal studierte er noch Dokumente und machte sich Notizen im Sessel im Wohnzimmer, wenn sie längst im Bett lag, als wartete er, bis sie das Licht ausmachte, um unter die Decke zu schlüpfen. Wenn ausnahmsweise sie versuchte, sich ihm zu nähern, wandte er sich ab. »Wenn die Anwälte der PEB die Rechtsabteilung von Facebook dazu bewegen könnten, Christianes Seite zu sperren, würde das nichts nützen, nicht wahr?«

Matthias nickt. »Die Fotos würden trotzdem auf allen anderen Seiten in Umlauf bleiben.«

»Und sich immer weiter vervielfältigen.« Zugegeben, auch sie selbst hatte in der letzten Zeit nicht viel Elan an den Tag gelegt, das war nicht zu leugnen. Aber was hätte sie denn tun sollen? Eine lächerliche Show abziehen, um die beinahe erloschene Flamme wieder zu entfachen? Sich zwingen, abends müde vom Tag in die Rolle des Tigers oder des Kätzchens zu schlüpfen, obwohl sie genauso gestresst war wie er, nach Arbeit, Kindern und Haushalt, einfach damit immer alles reibungslos funktionierte? Hätte sie sich Reizwäsche kaufen, die Verführungsstrategien der Frauenzeitschriften befolgen, sich überraschend eine neue Frisur zulegen, sich anders anziehen, sich einer Schönheitsoperation unterziehen sollen wie einige ihrer Bekannten, mit eher katastrophalen als peinlichen Ergebnissen? Ihm schmeicheln, ihn mit Komplimenten überhäufen, sein Ego kitzeln, sein Machtgefühl stärken oder gar ihn auf ein romantisches Wochenende entführen sollen? Wann denn? Und wohin?

Matthias beißt sich auf die Lippen und nickt noch einmal. Er hat es aufgegeben, Optimismus verbreiten zu wollen.

Es klopft an der Tür. Sie schauen sich an, wirklich wie drei gehetzte Flüchtige; die Spannung ist unerträglich.

Verunsichert steht Brigitte Reitt auf und fragt: »Wer ist da?«

»*Entschuldigung, Frau Reitt, hier ist Perusato.*« Die Stimme auf der anderen Seite der Tür klingt zögernd.

Werner gestikuliert wie wild, bewegt die Lippen, um zu sagen: »Geh nicht darauf ein.«

Doch Brigitte Reitt ist nicht danach; sie öffnet.

Draußen steht Perusato, verlegen, verschwitzt. »*Ich möchte nicht stören, aber ich muss etwas fragen...*«

»Sprechen Sie ruhig Italienisch.« Brigitte ist irritiert, dass er so beharrlich Deutsch spricht, obwohl es bestimmt höflich gemeint ist.

»Da ist ein wichtiger italienischer Politiker, der Ihren Mann sprechen möchte.« Voll Unbehagen beugt Perusato sich im Türrahmen vor, um sich direkt an Werner zu wenden. »*Herr Reitt, ein wichtiger italienischer Politiker möchte Sie sprechen –*«

»Ich habe keine Zeit, für niemanden!« Werner explodiert. »Am allerwenigsten für einen italienischen Politiker! Ich bin extra hierhergekommen, um ungestört zu sein! Ich dachte, das wäre klar!«

»*Es ist klar, Herr Reitt.*« Beschämt wendet sich Perusato wieder an Brigitte, als wollte er bei ihr Trost suchen. »Ich habe mir nur erlaubt zu fragen, weil die Bitte um ein Gespräch sehr dringlich vorgebracht wurde.«

»Es ist Ihre ausdrückliche Pflicht, Ihre Gäste vor Belästigung zu schützen!« Werner geht so aggressiv auf die Tür zu, dass Brigitte einen Augenblick lang fürchtet, er werde sich gleich auf Perusato stürzen. »Es ist eine Schande, dass Sie dazu nicht im Geringsten in der Lage sind!«

»*Es tut mir leid, Herr Reitt.*« Perusato weicht zurück. »Vergeben auch Sie mir, gnädige Frau. Guten Tag.«

Brigitte schließt die Tür, dreht sich um und sieht Werner an: Sein Blick ist voller Wut, aber sein Atem zeigt, dass er weder aus noch ein weiß.

Unerwartet fährt Matthias auf. »Der italienische Politiker hat uns gerade noch gefehlt!« Darauf lässt er sich in den Sessel fallen, schlägt die Hände vors Gesicht, es sieht aus, als würde er von Schluchzen geschüttelt.

»He, junger Mann, reißen Sie sich zusammen!« Werner fällt sofort über ihn her, gönnt ihm keine Atempause. »Das ist wirklich nicht der richtige Augenblick für Zimperlichkeiten!«

»Entschuldigen Sie, Herr Reitt.« Matthias stottert, steht auf, ringt verzweifelt um Fassung. »Die Situation ist einfach so schwierig…«

»Schwierigkeiten *bewältigt* man, zum Donnerwetter, Herr

Baumgartner!« Werner fährt ihn noch ungehaltener an. »Man lässt sie nicht über sich ergehen und flennt wie ein hilfloses Opfer!«

»Leg dich jetzt nicht mit ihm an.« Brigitte Reitt verteidigt den armen Assistenten. »Er kann bestimmt nichts dafür.«

»O doch, es ist *auch* seine Schuld!« Werner ist nicht bereit, irgendwem gegenüber das geringste Mitleid aufzubringen.

»Womöglich auch meine, oder?« Brigitte Reitt blickt ihn herausfordernd an, doch in Wirklichkeit fühlt sie sich äußerst verwundbar.

»Ja, auch!« Werners Ton wird noch schneidender, sein Blick noch feindseliger. »Hättet ihr nicht so eifrig den Plan dieses opportunistischen Verräters Kaultsheier unterstützt, würde ich jetzt nicht hier auf diesem verdammten Felsen hocken!«

Brigitte Reitt will etwas erwidern, doch die Ungerechtigkeit der Worte ihres Mannes ist so beleidigend, dass sie verstummt. Mit hängenden Armen schaut sie zur Fenstertür und seufzt.

»Was sagten Sie gerade, bevor wir unterbrochen wurden, Baumgartner?« Werner genießt es offenbar, zum Ausgleich den armen Matthias zu quälen.

»Ach, nichts.« Mit gesenktem Kopf blickt Matthias zu Boden.

»Was heißt nichts? Mir schien, als hielten Sie eine Art Vortrag über die Mechanismen des Internets!«

»Hör auf, Werner.« Dieses grausame Spiel will Brigitte Reitt nicht dulden. »Matthias hat mir erklärt, dass es nur eine Frage der Zeit ist, bis die Massenmedien Witterung aufnehmen.«

Werner antwortet nicht, geht auf und ab, seine Augen schleudern kalte Blitze.

»Er hat mir erklärt, dass die Lawine von Minute zu Minute größer wird und uns zweifellos bald überrollt.« Brigitte Reitt stützt sich auf die Klinke der Fenstertür; wie gern wäre sie an jedem anderen Punkt der Welt und auch der Zeit. Wie gern würde sie das Rad um vierundzwanzig Jahre zurückdrehen, denkt sie, als ihr Leben und das von Werner noch in völlig getrennten Bahnen verliefen. Was hätte sie gemacht? Mit wem wäre sie wohl jetzt zusammen? Oder hat jede Person ein Schicksal, dem sie nicht entrinnen kann, so sehr sie sich auch bemüht?

»Diese Lawine ist nur *Luft*!« Werner explodiert erneut. »Die Fotos enthalten keinen Beweis für irgendeine Straftat. Das einzige Verbrechen bei dieser Angelegenheit besteht darin, dass mein Privatleben an die Öffentlichkeit gezerrt wurde!« Wer weiß, wie oft Werner diese Ausbrüche bei der PEB in Versammlungen eingesetzt hat, wenn Entscheidungen gefällt wurden, die das Leben von Millionen Sparern in ganz Europa betrafen. Wer weiß, wie oft es ihm gelungen ist, seine Version der Wahrheit durchzusetzen, als wäre sie unanfechtbar. »Das dumme Geschwätz von ein paar Tausend Tagedieben kann meinem Leben gewiss nichts anhaben!«

»Die Rede ist von *unserem* Leben, Werner.« Der Satz rutscht Brigitte Reitt spontan heraus, doch sofort wird ihr bewusst, dass er ihn als Loyalitätserklärung verstehen könnte – als ob sie an einer gemeinsamen Front kämpften. »Ich meine, auch von *meinem* Leben. Und von dem der Kinder.«

Werner hört ihr gar nicht zu. »Ich denke nicht daran, wegen so einer Lappalie zurückzutreten. Das habe ich Kunze von vornherein klipp und klar gesagt, noch bevor ihm irgendwer diese brillante Idee einflüstern konnte! In solchen Zeiten muss das Private in den Hintergrund treten! Europa macht einen derart kritischen Moment durch, dass die gesamte Weltwirtschaft in Mitleidenschaft gezogen werden könnte, und zwar mit unvorstellbaren Konsequenzen! Portugal, Irland und Griechenland sind schon den Bach runtergegangen! Spanien steht kurz vor dem Default, trotz aller Mauscheleien der EZB! Italien ist auch nicht mehr weit entfernt! Meine Arbeit ist unendlich viel wichtiger als ein paar Dutzend dumme, lächerliche Fotos!«

»Daran hättest du denken sollen, bevor du sie hast machen

lassen, diese dummen, lächerlichen Fotos, Werner!« Brigitte Reitt schreit ihn an wie noch nie, obgleich das gar nichts ist verglichen mit der Wut ihres Mannes.

»Ist dir klar, dass das eine mit dem anderen nichts zu tun hat?!« Werner fällt über sie her, als hätte er sie gerade beim Paktieren mit dem Feind erwischt. »Meine Arbeit ist von einer Wichtigkeit, die sich diese elenden, lahmen Facebook-Idioten nicht einmal vorstellen können! Diese Fotos bedeuten absolut nichts!«

»Sie bedeuten, dass du eineinhalb Jahre lang mit der besten Freundin unserer Tochter ins Bett gegangen bist, die zu Beginn der Geschichte siebzehn Jahre alt war! Und dass du dich mit ihr zu Verhaltensweisen hast hinreißen lassen, die für einen Mann deiner Stellung absolut unwürdig sind!« Vor Entrüstung wird Brigitte Reitts Stimme noch lauter und schriller. Doch ist es nur moralische Entrüstung oder Schlimmeres? Regt sich da auch Eifersucht? Das Gefühl von Zurücksetzung, von Unfähigkeit, sich vom Leben das zu nehmen, was sie gewollt hätte? Nichts gewagt zu haben, in der einschläfernden Langeweile der Wiederholung versunken zu sein?

Werner ist fassungslos, auch wenn er es nie zugeben würde; in vierundzwanzig Jahren hat er sie nicht ein einziges Mal so heftig reagieren sehen. Um zurückzuschlagen, nimmt er gewissermaßen geistig Anlauf, man erkennt es genau an seinem Blick, dann faucht er: »Das ist völlig irrelevant, kapiert?!«

»Für mich nicht!« Brigitte Reitt schreit noch lauter, ihre Augen füllen sich mit Tränen.

»Aber für jeden, der ein gewisses intellektuelles Niveau besitzt und ein gewisses Gefühl für Verhältnismäßigkeit!« Werner brüllt so laut, dass die Wände der Suite beben wie ein Resonanzkasten. Es gleicht einem Wettbewerb, wer mit größerer Lautstärke die quälenderen Gefühle auskotzt. »Das ist doch bloß Müll für Minderbemittelte!«

»Dann bin ich wohl auch minderbemittelt, denn dieser Müll wurde über mein Leben gekippt und ist im Begriff, es zu zerstören!« Brigitte Reitt ist sich bewusst, dass sie jede Beherrschung verloren hat: Es ist ein völlig unbekannter Zustand, der sie gleichzeitig erschreckt und entzückt.

Der arme Matthias würde sicher gern gehen, weiß aber, dass er sich das niemals erlauben könnte, ohne des Verrats bezichtigt zu werden. Er setzt sich wieder in den Sessel, versucht, weder sie noch Werner anzuschauen, und kaut auf seinem Daumen herum.

»Niemand hat das Recht, die Bank in so etwas hineinzuziehen, das hat alles nichts mit uns zu tun.« Werner argumentiert nicht mehr rational, seine Behauptungen sind bodenlos.

»*Du* ziehst *mich* da hinein! Du begreifst einfach *nichts*!« Brigitte Reitt brüllt, dass ihr die Lungen schmerzen. »Diese Fotos bedeuten, dass du öffentlich und privat jeden Anspruch auf Glaubwürdigkeit und Vertrauenswürdigkeit verloren hast. Für immer! Bei deiner Bank, bei deinen großartigen internationalen Gesprächspartnern, bei deinen Kinder, bei *mir*!«

Werner schwankt, als wäre er hinterrücks getroffen worden. Er mustert sie, als wolle er gleich noch brutaler zurückschlagen. Auch Matthias erwartet das, denn er starrt seinen Chef beunruhigt an und bekommt wieder seinen Tick am Augenwinkel. Doch sein Chef schweigt, reckt herrisch das Kinn; sein Blick wird wieder eisig und abweisend.

Keiner rührt sich, sie schweigen alle drei in der lichtdurchfluteten Suite, den Streit noch im Ohr. Man könnte ihren Atem hören, wäre da nicht der Wind, der durchs Fenster pfeift und die hellen Baumwollvorhänge bauscht.

33

Tiziana Cobanni folgt ihrem Mann Giulio auf die Restaurant-Terrasse. Niemand empfängt sie, daher warten sie einige Minuten und setzen sich dann an denselben Tisch wie zu den Mahlzeiten davor. Das weiße Sonnensegel über ihren Köpfen wirft nur einen schmalen Schatten, doch die Brise hat eine angenehm kühlende Wirkung.

»Sind heute alle auf Diät, was meinst du?« Giulio legt das kleine Fernglas Torcello 10 x 25 auf den Tisch und schaut sich um.

Es ist halb zwei, und bisher ist noch niemand von den anderen Gästen zum Essen erschienen. Nur am äußersten Ende der Terrasse sitzt ein Mann im blassblauen Anzug, der sich einen Augenblick zu ihnen umdreht. Er trinkt Mineralwasser, telefoniert mit dem Handy trotz der mehrfach angebrachten höflichen Aufforderung, die Ruhe der Gäste nicht zu stören. »Was, eine Verbindlichkeit unsererseits?! Wir legen die Karten nicht auf den Tisch, bevor nicht die anderen Klartext reden! Das ist doch wohl das Minimum!« Nervös trommelt er mit den Fingern auf den Tisch, dreht den Kopf mit den dichten Haaren hin und her, schaut ein paarmal zur Mole hinunter.

Mit einem schrägen Blick weist Giulio auf ihn. »Neuer Gast oder Inspektor der Finanzwache?«

»Wieso das?«

»Weil unten an der Mole ein Patrouillenboot der Küstenwache liegt.«

»Was hat die Finanzwache mit der Küstenwache zu tun?« Tiziana Cobanni schüttelt den Kopf.

»Nichts. Aber vielleicht arbeiten sie zusammen, um die hintersten Schlupfwinkel der Reichen aufzuspüren.«

Tiziana Cobanni mustert den Typen genauer: Irgendwie kommt er ihr bekannt vor, aber vielleicht liegt das nur an seinem Allerweltsgesicht. Jedenfalls ist der Schnitt seines Jacketts zu elegant für einen Finanzpolizisten in Zivil, außer es handelt sich um ein hohes Tier. Er hat auch nichts von einem Ermittler an sich, nur die hektische Telefoniererei, das Fingergetrommel und die fahrigen Blicke verraten seine Nervosität.

»Nun?« Giulio wartet lächelnd auf ihre Schlussfolgerung.

»Die Schulterpartie des Jacketts ist zu gut geschnitten.« Tiziana Cobanni deutet mit dem Kinn hinüber. »Er wird ein Gast sein. Ein kleiner Industrieller aus der Brianza.«

»Der allein in Urlaub fährt, an so einen Ort? Mit einem Boot der Küstenwache?«

»Hm.« Tiziana gibt zu, dass sie auf dem Holzweg ist. »Aber er wartet auf jemanden, eindeutig. Etwa auf die Französin?«

Giulios Augen leuchten kurz bewundernd auf, die Hypothese ist interessant, doch sofort folgen Einwände. »Ist er für die nicht ein bisschen zu jung?«

»Das hängt davon ab, wer die Französin ist.«

»Stimmt.«

»Vielleicht ist sie außerordentlich interessant, oder besonders reich.«

»In dem Fall wäre er nicht jung *genug*.« Giulio lächelt, doch er meint es ernst. Das Rätselraten ist nur bis zu einem gewissen Punkt ein Spiel: Es verlangt zu viel Lebenserfahrung, um vollkommen unbeschwert zu sein.

»Und auch zu wenig intellektuell. Zu wenig Künstler.« Tiziana Cobanni beobachtet die Kopfbewegungen des Mannes.

Giulio gibt ihr recht. »Künstler schon gar nicht. Womöglich ist er ein Parfümeriemagnat.«

Die dickere Kellnerin tritt mit einem Körbchen sehr blasser

Cracker an ihren Tisch und erkundigt sich, welchen Wein sie aus der in eleganter Schreibschrift verfassten Karte ausgesucht haben.

»Bringen Sie uns diesen Schimmero.« Giulio tippt mit dem Zeigefinger auf den Namen.

»Schimmero?« Neugierig beugt Tiziana den Kopf herunter.

»Ein sizilianischer Weißwein.« Manchmal probiert Giulio gern einen Wein aus, den er nur vom Namen her kennt, meist weil er etwas darüber gelesen hat.

Wie gerufen erscheint auf einmal die Französin in einem ihrer affektierten weißen Kleidchen, mit dem üblichen breitkrempigen Strohhut auf dem Kopf und dem Schmuck, von dem sie sich nie zu trennen scheint. »Guten Tag.« Sie blickt um sich, erstaunt, dass sie nur sie beide und den Unbekannten vorfindet. Falls sie wirklich mit ihm verabredet ist, verheimlicht sie es sehr gut, denn sie würdigt ihn kaum eines Blickes.

Der Neuankömmling dreht sich bei ihrem Kommen ruckartig um, verliert aber sofort das Interesse und führt das x-te Telefongespräch. »Also? – Ja, aber wann? – Wo? – Und die anderen? – Was für eine Garantie sollte das sein? – Meiner Ansicht nach ist es bloß eine Falle, damit wir uns zuerst exponieren. – Ja, um uns zu linken, ganz klar!«

Tiziana und Giulio Cobanni beobachten ihn und die Französin möglichst unauffällig, studieren Gestik und Bewegungen, während sie auf Indizien warten.

Die Französin zögert noch, dann setzt sie sich an den gleichen Tisch wie tags zuvor und vertieft sich in die Karte.

Giulio beobachtet sie weiterhin, schirmt die Augen mit der Hand ab. Seit gestern versuchen sie zu erraten, wer diese Dame ist, haben aber noch keine überzeugende Antwort gefunden. Besitzerin einer Kunstgalerie? Unternehmerin im Schmucksektor? Dichterin aus gutem Hause? Witwe eines reichen Kaufmanns? Kürzlich von einem Waffenexporteur geschieden? Ihre Ratetechnik lässt breit gestreute Vermutungen zu, wonach sie das Feld wieder eingrenzen müssen. Manche Fälle sind einfacher als andere, doch irgendwann kommt immer der Punkt, an dem die Beobachtung mutig und schwungvoll zur Deutung ansetzen muss, wie ein Akrobat, der sich seinem Partner auf dem Trapez gegenüber entgegenwirft.

Die magere Bedienung serviert dem Typen im blassblauen Anzug ein Gläschen. Er beendet sein Telefonat, nimmt einen Schluck, wirkt ratlos. Erneut begegnet sein Blick dem von Tiziana; er bewegt die Lippen, um einen Gruß anzudeuten.

Sie antwortet mit einem Lächeln und einem Nicken. Ja, sein Gesicht ist ihr bekannt, wo hat sie ihn bloß schon gesehen? In der Zeitung? Im Fernsehen? Bei Freunden in Parma?

»Das ist doch dieser Politiker.« Giulio senkt den Kopf, wodurch er noch konspirativer aussieht.

»Welcher?«

»Der von der PdM, der dauernd im Fernsehen auftritt. Der mit der Megaphon-Stimme.«

»Piero Gomi!« Plötzlich taucht der Name aus der seltsamen Schublade des Gedächtnisses auf, in der sich Namen und Gesichter aus dem Fernsehen ablagern. Sie hält die Hand vor den Mund, aber vielleicht hat er sie gehört.

»Tja.« Giulio bedauert ein wenig, dass das Spiel so rasch mit einer zweifelsfreien Identifizierung endet.

Die korpulente Bedienung kehrt mit der Weinflasche zurück, entkorkt sie, gießt einen kleinen Schluck in Giulios Glas.

Er probiert, überlegt, nickt anerkennend. »Interessant. Grasig, blumig, mit einer Zitrusnote.«

Wie beruhigend sie dieses männlichen Benehmen findet, denkt Tiziana Cobanni: das Maßvolle, die Erfahrung. Das angehäufte Wissen, das schon an Weisheit grenzt.

Giulio wartet, bis die Kellnerin ihre Gläser zur Hälfte gefüllt hat, dann hebt er das seine, um anzustoßen. Wortlos nehmen sie einen Schluck Wein, genießen seine prickelnde, zart aromatische Kühle.

»Und was macht Piero Gomi hier?« Tiziana Cobanni wartet, bis die Kellnerin weg ist.

Giulio deutet mit den Augen auf die Französin am Nebentisch. »Und wer ist die Dame da?«

Tiziana schüttelt den Kopf. Beide knabbern an einem hauchdünnen Cracker. Aus Quinoamehl? Aus einem noch exotischeren Getreide? Auch das muss man erraten.

Plötzlich steckt Piero Gomi das Handy in die Tasche, erhebt sich und geht Architekt Perusato entgegen, der von der anderen Seite der Terrasse kommt. »Nun, Architetto?« Seine Stimme klingt blechern, wirklich wie in den Talkshows, in denen er mechanisch, stur und gegen jede Logik (sowie gegen seine mehrfachen Bekenntnisse zum christlichen Glauben) die orgiastischen Verhaltensweisen des Ex-Premierministers Buscaratti rechtfertigt.

Perusato blickt sich sichtlich befangen um und begrüßt seine Gäste: »*Bonjour Madame. Buongiorno signori.*« Sein Verhalten verrät eine Anspannung, die nicht zu seinen vollendeten Manieren passt.

Gomi bedrängt ihn. »Können Sie mir mal verraten, wie man Ihnen geantwortet hat, Architetto?«

»Die Antwort lautet nein.« Perusato dreht Tiziana und Giulio Cobannis Tisch den Rücken zu, er möchte nicht, dass sie mithören.

»Wie ist das möglich? Haben Sie ihm die Dringlichkeit meines Anliegens erläutert, Architetto?« Gomi schert sich keinen Deut darum, gehört zu werden.

»Selbstverständlich, aber da war nichts zu machen.« Der Architekt möchte die Sache abschließen, das ist klar, und den Störenfried loswerden. »Ich habe getan, was ich konnte. Bedaure.«

»Was meinen Sie damit, Architetto? Dass Sie nicht fähig sind, dieses verflixte Treffen zu organisieren?« Gomis Ausdauer ist unschlagbar: Kein Wunder, dass es ihm gelungen ist, eine Spitzenposition in der italienischen Politik einzunehmen.

»Ich meine genau das, was ich gerade gesagt habe.« Perusato kann seinen Ärger kaum noch verhehlen.

»Aber das gibt es doch nicht!« Gomi wippt vor Empörung nervös auf den Fersen. »Wahrscheinlich haben Sie nicht deutlich genug erklärt, wer ich bin, meine Stellung in der Partei!«

»Doch, doch, aber ohne den geringsten Erfolg. Ich würde sogar sagen, dass es geradezu hinderlich war.« Perusato platzt gleich vor Zorn, nur sein tief verwurzeltes *savoir faire* hält ihn zurück.

»Das ist ja unerhört, so eine Frechheit!« Vor Entrüstung klingt Gomis blecherne Stimme noch unangenehmer.

»Hören Sie, die Signora kommt in wenigen Minuten zum Essen auf die Terrasse.« Der Architekt deutet auf einen der unbesetzten Tische. »Wenn Sie unbedingt wollen, können Sie direkt mit ihr sprechen.«

»Gut, das tue ich.« Gomi ist zu allem bereit, es ist eine Frage des Prinzips, er hat keinerlei Absicht aufzugeben.

»Aber bitte nur eine Minute, nicht länger.« Perusato hatte vielleicht gehofft, dass Gomi nicht wagen würde, die Dame zu belästigen. »Wie schon gesagt, die Ruhe unserer Gäste ist uns heilig.«

»Keine Sorge, Architetto, ich störe niemanden.« Gomis Unverschämtheit ist nicht zu überbieten.

»Sehr gut, wie Sie möchten.« Der Architekt beherrscht seinen Zorn, doch man sieht es ihm an: Wenn er könnte, würde er den Typen mit Gewalt wegzerren. Gleichwohl will er den Schein wahren, lächelt gezwungen zu ihrem Tisch und dem der Dame aus Frankreich hinüber und geht Richtung Küche.

Gomi redet schon wieder laut und rücksichtslos am Handy. »Nein, nein, nein. Wir kaufen doch nicht die Katze im Sack. –

Es kommt darauf an, wie viel Spielraum sie mir einräumen. – Ja, aber das müssen sie uns schwarz auf weiß garantieren. Sag ihnen, dass wir verhandlungsbereit sind, aber nicht zu jeder Bedingung.« Er legt auf, tippt eine neue Nummer und führt sofort das nächste Gespräch. »Ich bin's. – Sicher. – O ja. – Es kommt darauf an, mein Lieber. – Ja, aber es wird alles auf ihn zurückfallen. *Iudex damnatur ubi nocens absolvitur,* nicht wahr? Der Richter wird verurteilt, wenn der Schuldige freigesprochen wird.«

Die dünne Kellnerin bringt Tiziana und Giulio Cobanni zwei Teller mit Zucchiniblüten, die bei näherem Hinsehen gar keine Zucchiniblüten sind, obwohl Farbe und Form stimmen. Beide betrachten ihren Teller, greifen zur Gabel und kosten ein wenig.

»Mmh.« Tiziana Cobanni lässt den Bissen auf der Zunge zergehen: Der Geschmack ist der von Zucchiniblüten, verfremdet durch einen Hauch Ingwer.

»Ja.« Giulio wirkt nicht sehr beeindruckt, Gomi zu beobachten interessiert ihn viel mehr. »Wieder eine Spielerei mit den einzelnen Bestandteilen.«

»Wen will er eigentlich deiner Meinung nach unbedingt treffen?« Tiziana Cobanni dämpft die Stimme, damit die Französin sie nicht hört, die ganz in der Nähe sitzt.

Doch diese hat die Frage aufgeschnappt, denn sie beugt sich mit komplizenhaftem Ausdruck von ihrem Tisch herüber: »Das habe ich mich auch gefragt.«

»Ach.« Vor Verlegenheit weiß Tiziana Cobanni nicht, was sie tun soll. Sie war überzeugt, die Dame könne kein Italienisch.

»Warum leisten Sie uns nicht Gesellschaft, Madame?« Mit liebenswürdigem Lächeln zeigt Giulio auf den freien Platz an ihrem Tisch.

Tiziana Cobanni wirft ihm einen verstimmten Blick zu, weil er sie nicht vorher gefragt hat. Aber so ist Giulio eben, sein Hang zur Geselligkeit äußert sich ohne Vorankündigung.

Die Französin zögert kurz, dann nimmt sie ihr Glas und kommt an ihren Tisch.

Giulio erhebt sich etwas schwerfällig, um ihr die Hand zu küssen. »Giulio Cobanni, sehr erfreut. Tiziana, meine Frau.«

»Marguerite Poulanc, *enchantée*.« Die Französin setzt sich und gestattet, dass Giulio ihr Wein einschenkt. Sie dreht sich so, dass Gomi, der sowieso ganz von seinem Telefonat in Anspruch genommen ist, sie weder sehen noch hören kann. »Er ist sicher ein zweitrangiger Filmproduzent, der die amerikanische Schauspielerin treffen will.«

»Nein, er ist ein Politiker.« Tiziana Cobanni gönnt Madame Poulancs Vermutung keinen Raum.

Madame Poulanc macht ein skeptisches Gesicht.

»Leider ist es so.« Giulio lächelt. »Sogar ein ziemlich hohes Tier.«

»Von welcher Partei?« Madame Poulanc dreht sich um und mustert ihn.

»Der Modernität.«

»Aha.« Die Poulanc nickt, als passe das ins dramatische und bunt schillernde Gesamtbild der politischen Lage Italiens. »Die Partei der *fraudeurs fiscaux*, oder? Wie sagt man?«

»Der Steuerhinterzieher.« Tiziana Cobanni macht eine vage Handbewegung.

»Ein Zögling Buscarattis, *bien sûr*. Die Partei gehört ihm, nicht wahr? Als wäre sie ein Fußballverein.«

Tiziana und Giulio Cobanni nicken so verlegen wie in den Jahren, als das Bild von Italien mit dem Gesicht Buscarattis gleichgesetzt wurde.

»Wie konnten Sie einen solchen *farceur* nur zwanzig Jahre lang aushalten, frage ich mich?« Madame Poulanc schüttelt den Kopf.

Giulio seufzt. »Es ist nicht das erste Mal in der Geschichte, dass wir zwanzig Jahre lang einen *farceur* an der Macht hatten, gnädige Frau. Wären sie bloß Witzbolde, wäre es ja nicht so tragisch. Aber sie haben eine Menge Schaden angerichtet, alle beide, in Italien und außerhalb.«

Architekt Perusato stürzt aufgeregt aus der Küche, als die Dame aus Deutschland die Restaurant-Terrasse betritt. Er geht ihr entgegen, will Gomi zuvorkommen. »*Frau Reitt, ich konnte ihn nicht wegschicken…*« Sein Ton spricht für sich, auch wenn man kein Deutsch versteht.

Doch Gomi verliert keine Zeit, beendet sofort sein Telefonat, nähert sich mit hastigen Schritten und hält der Deutschen die Hand hin. »Signora, gud morning. Piero Gomi, angenehm.«

Frau Reitt drückt ihm die Hand, wirkt aber ebenfalls sehr angespannt und blass.

»Io no spik German, aber…« Gomi dreht sich zu Perusato um. »Können Sie mir mal helfen, Architetto?«

»*Frau Reitt, dieser Herr ist der Politiker, von dem ich sprach.*« Der Architekt bewegt sich ganz eckig vor lauter unterdrückter Wut, seine Gesichtsmuskeln sind verkrampft.

»Sprechen Sie ruhig Italienisch.« Frau Reitt wendet sich direkt an Gomi, ihre lang erprobte Höflichkeit hilft ihr, den Ärger im Zaum zu halten.

»Ach, ein Glück. Danke, Signora.« Gomis kurzfristige linguistische Verlegenheit verfliegt schlagartig. »Sie müssen wissen: Ich bin ein Exponent der Partei der Modernität auf nationaler Ebene. Wir sind die Mehrheitspartei in Italien, auch wenn wir das Ruder zurzeit einer technischen Regierung überlassen mussten wegen der internationalen Wirtschaftslage, wie Sie gewiss von Ihrem Mann erfahren haben…«

Frau Reit sieht ihn ungeduldig an. Schmal, schlank, mehrere Zentimeter größer als er, gleicht sie einer Lehrerin, die von einem quengeligen Schüler genervt wird. »Und was wünschen Sie von mir?«

»Ich muss unbedingt mit Ihrem Mann sprechen, Signora. Mit

Dr. Reitt.« Gomis ganze elastische kleine Gestalt strahlt Aufdringlichkeit aus. »Als ich erfuhr, dass Dr. Reitt sich hier auf der Insel aufhält, bin ich sofort extra aus Rom hergekommen.«

»Mein Mann ist sehr beschäftigt.« Frau Reitt schüttelt langsam den Kopf.

»Das kann ich mir vorstellen, Signora, ein Mann wie er. Doch ich versichere Ihnen, dass ich keinerlei Absicht hege, ihn zu stören, das wäre ja noch schöner, ausgerechnet, wenn er ein paar Tage verdienter Ruhe genießen will.«

Perusato verfolgt die Szene mit Leidensmiene. Er blickt zu Tiziana und Giulio Cobanni hinüber, die mit Madame Poulanc zusammensitzen, und quält sich ein Lächeln ab.

»Ja und? Worüber möchten Sie denn mit meinem Mann sprechen?« Auch Frau Reitt scheint an die Grenzen ihrer Selbstbeherrschung zu stoßen.

»Vor allem möchte ich mich vorstellen, Signora. Kurz seine Bekanntschaft machen, ihm meine politischen Pläne im Rahmen der Partei, aber auch darüber hinaus, erläutern, gemeinsam die europäische Zukunft besprechen…«

Man sieht Frau Reitt an, dass sie ihm sagen möchte, er solle sie endlich in Ruhe lassen, doch überraschenderweise nickt sie: »Gut.«

»Meinen Sie, jetzt sofort, Signora?« Gomi macht ein ungläubiges Gesicht.

»Nein, nicht jetzt.« Frau Reitt schüttelt den Kopf. »Aber wenn Sie morgen Nachmittag wiederkommen, können Sie mit meinem Mann sprechen.«

Gomi ist überrumpelt, vermutlich stellt er im Geist irgendwelche Berechnungen an. »Hm, ich muss sehen, ob ich das einrichten kann, ich habe in Rom noch einige dringende Verpflichtungen. Aber wenn Ihr Mann heute nicht kann…«

»Nein, heute kann er nicht.«

»Nun, dann eben morgen.« Gomi denkt nach, sein Ausdruck

ist misstrauisch. »Müssen Sie vielleicht Rücksprache mit Ihrem Mann halten wegen der Zusage?«

»Nein, ich sage Ihnen jetzt schon zu. Morgen Nachmittag.«

»Um wie viel Uhr, Signora? Fünfzehn Uhr, sechzehn Uhr?«

»Fünfzehn Uhr.« Frau Reitt sieht völlig erschöpft aus.

»Soll ich Ihnen meine Telefonnummer dalassen, im Falle eines Falles?«

»Nein, nicht nötig.«

»Signora, ich weiß nicht, wie ich Ihnen danken soll.« Jetzt, da das Treffen mit Reitt zustande zu kommen scheint, kann Gomi seine Euphorie kaum verbergen: Er hat erreicht, was er wollte. »Das ist eine großartige Gelegenheit, ich hoffe, nicht nur für mich.«

Frau Reitt nickt müde, erwidert den Händedruck und setzt sich an ihren Tisch.

Madame Poulanc winkt ihr lächelnd zu. Auch Tiziana und Giulio Cobanni grüßen. Dann heftet sich ihr Blick wieder an Perusato, der Gomi von der Terrasse lotst, wahrscheinlich um ihn an die Mole zu begleiten. Er will offensichtlich sichergehen, dass der Politiker wenigstens für heute die Gäste der Villa Metaphora nicht mehr belästigt.

34

Auf der Mole sieht Gianluca Perusato dem davonfahrenden Patrouillenboot der Küstenwache nach. Piero Gomi steht aufrecht in seinem blassblauen Anzug neben dem Kommandanten im Cockpit und nervt ihn wahrscheinlich mit Fragen und Bemerkungen. Perusato ist es äußerst unangenehm, dass er Gomis unerträglichen Überfall begünstigt hat, und ihm wird ganz übel bei dem Gedanken, ihn morgen noch einmal ertragen zu müssen. Warum hat die Reitt bloß zugestimmt, ein Treffen mit ihrem Mann zu arrangieren? Er begreift es nicht. Aus Erschöpfung? Wohlerzogenheit? *Realpolitik?* (Kürzlich hat er entdeckt, dass der Ausdruck nicht aus den sechziger Jahren stammt, wie er angenommen hatte, sondern im 19. Jahrhundert von einem Schriftsteller namens von Rochau geprägt wurde, bezogen auf das Vorgehen Otto von Bismarcks.) Dass er genötigt war, Werner Reitt zu belästigen, und dieser ihn grob zurückgewiesen hat, ist eine schmerzliche Demütigung. Und geduldet zu haben, dass Gomi mit seinen Telefongesprächen und seiner Aufdringlichkeit den Cobannis und der Poulanc das Mittagessen verdarb, geht gegen alle seine Prinzipien. Die Rücksichtslosigkeit und Unverschämtheit dieser Politiker übersteigt wirklich jede Vorstellungskraft, einfach nicht zu glauben. Das ist gewiss nicht das Klima vollkommener Harmonie und erlesenen Umgangs, das er seinen Gästen bieten möchte. Doch was hätte er anderes tun sollen? Ohne Sandro Scandrolas wiederholtes Eingreifen wäre der Umbau der Villa Metaphora nie rechtzeitig fertig geworden, und er stünde jetzt nicht hier auf der Mole und zerbräche sich den

Kopf, wie er die Ruhe der hier weilenden Persönlichkeiten garantieren soll. Das ganze System ist faul, wenn man gezwungen ist, auf einen nichtswürdigen Intriganten zurückzugreifen, um ein Projekt zu realisieren, dem in einem zivilisierten Land keinerlei Hindernisse in den Weg gelegt würden. (Okay, er selbst hat auch dazu beigetragen mit seinen Geschenken in Form von Geld und Sammleruhren. Doch was blieb ihm anderes übrig? Jetzt mal ehrlich?)

Seit der Geschichte mit dem Fotografen, der sich angeschlichen und Lynn Lou Shaw nackt aufgenommen hat, ist Perusato in schrecklichem Aufruhr. Gomis Ankunft hat neuen Wirbel verursacht, doch jetzt, da er fort ist, stürmt das erste Problem wieder mit voller Wucht auf den Architekten ein. Vielleicht ist der Fotograf noch irgendwo versteckt oder hat es geschafft, mit den Fotos abzuhauen, was zur Folge hätte, dass sie demnächst in Illustrierten und auf Gossip-Webseiten auftauchen würden und die Villa Metaphora schon bald als ein Ort verschrien wäre, wo die Privatsphäre der Gäste nicht gewahrt wird. Dass Carmine und Lucia diesen Verbrecher nicht gefunden haben, ist klar. Sonst wären sie schon längst zurück. Außerdem ist auch Brian Neckhart hinter ihm her, verständlicherweise stocksauer wegen der möglichen Imageschädigung seiner Frau; und einer wie er kann verheerenden Schaden anrichten, wenn er es darauf anlegt. Das sieht man ihm an.

Das Patrouillenboot fährt mit seiner verhassten Ladung um die Spitze des Felsvorsprungs, verschwindet endlich außer Sicht. Gianluca Perusato blickt zur anderen Seite und entdeckt an der Küste rechts Lucia, die mit unwirklicher Langsamkeit über die Felsen auf ihn zukommt. Obwohl er wirklich nicht die passenden Schuhe trägt, geht er ihr mit klopfendem Herzen entgegen.

»Gian.« Von nahem ist Lucias Zustand noch schlimmer als von weitem vermutet: verstörter Blick, zerzauste Haare, aufgeschürfte Knie, sie gleicht einem Zombie.

»Was ist passiert?« Er hält sie an den Schultern, am liebsten würde er sie schütteln, beherrscht sich aber. »Ist es euch gelungen, den Fotografen aufzuspüren? Dieser Schurke hat Carmine die falsche Speicherkarte untergejubelt!«

Lucia antwortet nicht, sondern wirft sich schluchzend in seine Arme.

»Was ist denn los?« Perusato hat nun echt das Gefühl, gleich einen Herzinfarkt zu bekommen. »Habt ihr ihn gesehen? Ist er abgehauen? Wo ist Carmine?«

Lucia schluchzt immer weiter, sie kriegt kein Wort heraus. Auch ihre Handflächen sind aufgeschürft und zerkratzt.

Gianluca Perusato bietet ihr seine Schulter als Stütze, umfasst ihre Taille und führt sie mit beträchtlichem Muskeleinsatz Schritt für Schritt über die Felsen zur Mole. Sie ist schwer, die junge Frau, kein Federgewicht.

Kaum haben sie das schwache Bollwerk der Zivilisation inmitten der wilden Natur erreicht, bricht Lucia von Weinkrämpfen geschüttelt zusammen.

Er zieht sie mühsam, aber unerbittlich vom Boden hoch, stützt sie unter den schweißnassen Achseln, versucht sie ein paar Zentimeter von sich wegzuhalten, um ihr ins Gesicht zu sehen. »Erklärst du mir, was passiert ist? Lucia? Sprichst du bitte mit mir?!«

Tränen rinnen ihr übers Gesicht, und ihre Nase läuft, doch sie bringt kein Wort über die zitternden Lippen. Sie gibt eine Art kindliches Geheul von sich, das aber aus einer erwachsenen, robusten, schweren, sorgenvollen Frau herauskommt.

»Lucia? Antworte mir, bitte!« Er möchte jetzt verdammt noch mal wissen, was los ist, er schüttelt sie, um endlich etwas zu erfahren. Nicht zum ersten Mal entdeckt er, dass ihn ihre seltenen Äußerungen weiblicher Schwäche nicht rühren (im Gegensatz zu denen seiner Frau und Töchter, die sich nur zu gut auf diese Art von Erpressung verstehen). Vielleicht weil sie seiner

Meinung nach nicht zu Lucias im Grund stabilem, praktischem, verlässlichem Wesen passen?

Allmählich atmet sie wieder normal, trocknet sich mit dem Handrücken Nase und Wangen; sie schnieft und schaut ihn so dramatisch an, dass ihm ganz bange wird.

»Habt ihr den Fotografen gefunden?«

»Ja.« Lucia weint nicht mehr, doch ihre Lippen zittern immer noch.

»Wo? Wann?«, fragt er drängend.

»Er ist tot.«

»Wer?« Aus nächster Nähe sieht er ihr in die Augen: Er blickt in einen taresischen Abgrund, der ihn zu verschlingen droht.

»Der Fotograf.« Lucia presst sich schniefend eine Hand auf den Mund.

»Was zum Teufel redest du da? Was heißt tot?« Er schüttelt sie erneut, fragt sich, ob sie übergeschnappt ist oder was.

»Er ist tot. Lass mich los, du tust mir weh.«

Er hört auf, sie zu schütteln, dreht sich um, betrachtet die Küstenfelsen und die Böschung. Sein Herz klopft noch heftiger als zuvor, seine Gedanken rasen in zehn Richtungen gleichzeitig. Ist sie auf den Kopf gefallen und deshalb so verwirrt? Oder hat sie nicht richtig hingeschaut, falsche Schlüsse gezogen?

Lucia hat ihre Muskeln und Nerven allmählich wieder im Griff, wird wieder die Frau, die er kennt. Dabei wäre er froh, sie für unglaubwürdig halten zu können.

»Wie ist er umgekommen? Wann? Wo? Wo ist Carmine?«

Sie starrt ihn an, mit tiefen, unergründlichen Schatten in den Augen. »Komm mit, und sieh selbst.«

Schweigend gehen sie über die Lavafelsen, darunter hindurch oder darum herum, vorbei an den Steilhängen aus schwefelgelber Erde und weiter über Geröll. Lucia vorneweg, wacklig auf ihren verstaubten und schiefgetretenen Keilabsätzen, er hinterher in den weichen, handgenähten Marino-Zanoni-Mokassins, die allerdings auf diesem Untergrund sehr schnell kaputtgehen. Das Licht ist schwer auszuhalten, keiner der beiden trägt eine Sonnenbrille; die Brise aus Südwesten frischt auf, immer stärkere Böen wehen ihnen salzige Seeluft und Gesteinsbrösel ins Gesicht und in die Nase.

Je länger sie unterwegs sind, umso mehr fragt sich Gianluca Perusato, ob die Erscheinung des Fotografen nicht eine Erfindung von Lynn Lou Shaw ist, um ihren Mann zu ärgern oder was einem verrückten, alkoholabhängigen Filmstar sonst noch Verqueres einfallen kann, und ob Lucia und Carmine aus persönlichen Gründen beschlossen haben, die Sache weiterzuspinnen. Eine dieser Geschichten, die man manchmal in kleinen Provinzblättern liest: Cousin und Cousine aus Süditalien setzen sich in den Kopf, aus dem reichen Unternehmer aus Norditalien noch mehr herauszuholen, Geld für ihn, die Ernennung zur Managerin der Villa Metaphora für sie. Er betrachtet Lucia, die ein paar Meter vor ihm geht, ihre ausladenden Pobacken unter dem leichten Rock, die dichten, zerzausten Haare, die in der grellen Sonne glänzen, die junge Tareserin, die von Kindheit an gewohnt ist, sich auf diesen Felsen zu bewegen, selbst in solchen Schuhen, und er denkt, wie wenig er sie doch im Grunde kennt. Ja, sie haben in den letzten drei Jahren gemeinsame Reisen unternommen, Gespräche geführt, Sex gehabt, aber was bedeutet das schon? Sind sie etwa ehrlich, wenn sie Sex haben? Er jedenfalls nicht, und warum sollte sie es dann sein? Die Inszenierung, das Rollenspiel stehen immer im Vordergrund, keine Frage. Wer weiß, was sich in Lucias geheimsten Gedanken verbirgt, denen, die sie ihm nie anvertraut hat, aus Verlegenheit oder aus Angst, einen schlechten Eindruck zu machen? Wer weiß, was sie wirklich von ihm erwartet, abgesehen von dem, was er ihr schon spontan geboten hat und noch bieten würde? Wie enttäuscht ist sie zum Beispiel, dass er noch nie zu ihr gesagt hat, er wolle sich von seiner Frau trennen? Dass er noch nie, nicht einmal rein hypothetisch und auf eine ferne Zukunft bezogen, von Heirat gesprochen hat? Ist es nicht vorstellbar, dass die Angst, ihn eines Tages zu verlieren, gewisse primitive Mechanismen in ihr auslöst? Dass sie trotz ihrer erstaunlichen Fortschritte in Geschmack und Weltkenntnis ihm, dem Außenseiter gegenüber von der instinktiven Gier der Inselbewohner gepackt wird? War es nicht unklug, ihr diese drei Jahre lang zu vertrauen, sie so weit in sein Leben und seine Arbeit hineinzuholen? War es nicht unlogisch zu meinen, eine Frau, die auf einem näher an Afrika als an Italien gelegenen Vulkanfelsen geboren ist, könne für einen international berühmten Architekten uneigennützige Liebe empfinden? Hätte er es sich nicht genauer überlegen müssen, ob Carmine für derart wichtige Aufgaben in der Villa Metaphora wirklich der Richtige war, nur weil sie ihn empfohlen hatte? Hätte er nicht sofort begreifen müssen, dass diese Story vom toten Fotografen aller Wahrscheinlichkeit nach der groteske Einfall dieser beiden ist, um *die* Chance ihres Lebens am Schopf zu packen?

»Da liegt er, hinter dem Felsen, der aussieht wie ein Hund im Profil.« Keuchend deutet Lucia nach vorn.

»Ich sehe keinen Hund.« Gianluca Perusato fragt sich, ob er ihr nicht gleich sagen sollte, dass er ihr Spiel durchschaut hat, dass sie aufhören sollen, und Schluss.

»Da.« Lucia deutet erneut.

»Wo ist Carmine?«

»Das weiß ich nicht.« Lucia sieht sich um, als hätte sie keine Ahnung. »Als ich gegangen bin, war er noch hier.«

»Hör zu, was läuft hier eigentlich ab, kannst du mir das mal erklären?« Gianluca Perusato schafft es nicht, die unwillkürlich in ihm aufsteigende Abscheu vor der abergläubischen Arglist zu bremsen, die die Kultur aller Tareser prägt, mit denen er zu tun hatte. »Was zum Teufel habt ihr euch da ausgedacht, du und dein Cousin?«

Lucia schaut ihn fassungslos mit halboffenem Mund an; wahrscheinlich hat sie nicht erwartet, so rasch durchschaut zu werden.

Gianluca Perusato denkt, wie absurd es war anzunehmen, ihre beiden Welten könnten tatsächlich in einen Dialog treten: Sein und ihr Background sind unvereinbar, jenseits allen Geredes über die angebliche Anziehung der Gegensätze. Warum sollte Lucia denn anders sein als ihr Vater, ihre Mutter und ihre Großeltern, die allesamt eine parasitäre, ja erpresserische Haltung haben gegenüber einem fernen, fast als Ausland empfundenen Staat, den sie nie anerkannt haben?

Lucia geht von einem Felsen zum anderen, zeigt mit dem Finger nach vorn, wendet den Blick ab.

Er nähert sich, um diese Posse endlich zu beenden, den lächerlichen Bluff aufzudecken, und sieht anstelle des Nichts, das er erwartet, den großen Körper eines Mannes in kurzen Hosen, Khakihemd und Schuhen mit schweren Profilsohlen vor sich. Unerträglich real, dreidimensional, braungebrannt, knochige Knie, zerknitterter Stoff, schütteres Haar, das leicht von der Meeresbrise gezaust wird.

Lucia steht mit sonderbar fragendem, unbewegtem Gesicht knapp hinter ihm.

Gianluca Perusato fühlt eine Welle geballter Verzweiflung in sich aufsteigen: Sie drückt auf seinen Magen, seine Lunge, sein Herz. Ein Gefühl jenseits von Entsetzen oder Schrecken, jenseits aller praktischen Überlegungen (die natürlich auch da sind und sich rasch vermehren). Er muss sich gewaltig anstrengen, um weiterzuatmen, das Herz wieder zum Schlagen zu bringen, sich nicht zu übergeben.

Kein Zweifel, der Mann ist tot. Man braucht ihn nur da liegen zu sehen, Füße oben, Kopf unten, die Augen starr, der Mund leicht geöffnet. Auf seiner Stirn und auf den Knien spazieren etliche Fliegen und summen um ihn herum, mehr Beweise braucht es wohl nicht; man meint sogar schon, einen äußert unangenehmen Geruch wahrzunehmen.

»Wo ist der Fotoapparat?« Gianluca Perusato sucht neben der Leiche und auf den Felsen rundherum, findet aber nichts.

»Keine Ahnung.« Lucia schüttelt den Kopf, immer noch wie hypnotisiert.

»Architetto?« Vom Meer tönt eine männliche Stimme herauf.

Ruckartig dreht Gianluca Perusto sich um: Carmine klettert barfuß über die Felsen, die Schuhe in der Hand. Rot im Gesicht, verschwitzt, mit nassen Hosenbeinen.

»Was hast du getan?« Gianluca Perusato deutet auf die Leiche des Fotografen, es graust ihm so sehr, dass er keine Ahnung hat, was nun zu tun ist.

Carmine schüttelt langsam den Kopf: Anscheinend ist er nicht in der Lage, eine akzeptable Rechtfertigung zu erfinden, nicht einmal eine notdürftige Ausrede. Er sieht seine reglos und verloren dastehende Cousine an. Sie sind beide zu einem vorsprachlichen Zustand regrediert, die Vettern aus Tari.

»Wie konntest du nur, verdammt noch mal?!« Gianluca Perusato versucht, sich auf dem unebenen Felsen im Gleichgewicht zu halten, seine Gedanken in eine brauchbare Ordnung zu bringen.

Erneut schüttelt Carmine den Kopf: die einzige Form der Kommunikation, zu der sie offenbar noch fähig sind, diese zwei.

»Bist du dir auch nur ansatzweise klar über die Folgen?« Gianluca Perusatos Stimme wird allmählich wieder lauter, während sich seine praktischen Überlegungen in äußerst lebendige, einander überlagernde Bilder verwandeln: Landung der Carabinieri, rücksichtsloses Hereinstürmen, stümperhafte Ermittlungen, grob verhörte Gäste, Missverständnisse, Taktlosigkeit, Verletzung der Privatsphäre, zerstörte Atmosphäre, sofortige Abreise, entstellte Nachrichten, wild wuchernde Gerüchte, verzerrtes Image, ruiniertes Unternehmen, zerrüttete Finanzen – adieu Architektenkarriere, aus und vorbei.

»Ich war es nicht!« Endlich schreit Carmine auf, als würde ihm erst jetzt bewusst, dass er irgendwie über das Geschehen Rechenschaft ablegen muss.

»Wer dann?«

»Ich weiß es nicht, Architetto! Aber ich nicht!«

Gianluca Perusato dreht sich zu Lucia um. »Was hast du gesehen?«

Wieder schüttelt sie den Kopf, entweder unwillkürlich, aus Nervosität, oder um zu leugnen, dass sie irgendetwas gesehen habe.

»Sag mir endlich, was du gesehen hast!« Gianluca Perusato ist außer sich, die Bilder in seinem Kopf lösen sich auf in gleißende Stichflammen, Explosionen von weißem Licht. »Was hast du gesehen?!«

»Nichts.« Lucia schüttelt den Kopf. Jetzt gleicht sie einer Karikatur der typischen Tareserin, misstrauisch, verschwiegen, mit der festen Absicht, die Verbrechen der Familie um jeden Preis zu decken.

Das war ja zu erwarten, denkt Gianluca Perusato. Nicht unbedingt ein Mord, aber etwas Barbarisches musste doch früher oder später passieren. In der Leidenszeit des Umbaus hatte es schon genug Anzeichen dafür gegeben: sieben Jahre lang, eins nach dem anderen. Dieser Süden ist nicht mehr zu retten, ein Fass ohne Boden, ein Klotz am Bein, der das produktive Italien schwächt und es mit in den Untergang reißt. Sonderstatuten, Subventionen nach dem Gießkannenprinzip, Bereitstellung von Mitteln, nicht rückzahlbare Investitionen, verzweifelte Modernisierungsversuche, seit Jahrzehnten schiebt das Land Unsummen rüber, die fast immer in den Taschen der Mafia und der korrupten Politiker enden oder einfach versickern. Ein kürzlich in einer deutschen Zeitschrift erschienener Artikel schrieb zu Recht, wenn Kampanien, Kalabrien und Sizilien nicht zu Italien gehörten, würden sie als *failed states* betrachtet, Staaten, in denen jede gesetzliche Autorität ausgehöhlt ist und der ehrliche Bürger auf nichts bauen kann. Wie Somalia, der Sudan oder die Demokratische Republik Kongo. Nehmen wir zum Beispiel Sizilien, das hier in der Nähe ist: Es hat siebenundzwanzigtausend festangestellte Forstaufseher, die sich um die Pflege des öden Lands kümmern, mehr als British Columbia, ein Staat voller Wälder! Die Abgeordneten des sizilianischen Regionalparlaments beziehen ein höheres Gehalt als die schon schamlos überbezahlten Senatoren der Italienischen Republik! In dreizehn Jahren hat Sizilien von der EU zwanzig Milliarden Euro an Fördergeldern bekommen, wo sind die geblieben? In der Idee, hier auf diesen Felsen eine kleine Kolonie hochentwickelter Zivilisation anzusiedeln, war von Anfang an der Wurm drin; warum zum Teufel hat er sich nicht einen schönen malerischen Ort irgendwo in der Dritten Welt ausgesucht, wo die Arbeitskraft hundertmal günstiger und eifriger und die Lokalbehörden unendlich viel kooperativer gewesen wären? Nein, ausgerechnet Tari musste es sein, in dieses Projekt hat er alles investiert, was er hatte, und auch, was er nicht hatte, und als wäre das nicht genug, hat er sich noch dazu sexuell und beruflich mit einer Tareserin eingelassen. Blöder kann man sich nicht anstellen, wirklich: Er ist selber schuld.

»Architetto, ich war es nicht!« Wenn auch verspätet, bemüht Carmine sich um Überzeugung in der Stimme.

»Wer sollte es denn dann gewesen sein?« Ginaluca Perusato ist nicht bereit, sich für dumm verkaufen zu lassen, außer dem Schaden auch noch den Spott zu ertragen. »An dieser verdammten Küste ist weit und breit niemand, das weißt du besser als ich!«

»So habe ich ihn gefunden! Ich schwör's bei meiner Mutter!« Mit theatralischem Getue schüttelt er seine Cousine. »*Confirma! Nou potes appizzarme a blama!*«

»Io nou vidi aliqui, Cammine, o savi!« Natürlich, er war es nicht, und sie hat nichts gesehen. Sie kreischen beide wie die Adler, immer erregter: Würde sich keine Tragödie dahinter verbergen, könnte man es als pittoreskes Schauspiel sehen, so wie die aufgesetzte Hysterie bei der Prozession für den Schutzpatron der Insel. Nur der Chor der schwarzgekleideten alten Weiber fehlt.

»Hey?! Was soll das?!« Gianluca Perusato ist gezwungen, sie zu trennen, und zieht Carmine am Arm weg, bevor er und Lucia die Lage noch verschlimmern, falls das überhaupt möglich ist. »Hört auf damit! Schluss jetzt!«

Mit einer schroffen Bewegung der Schulter schüttelt Carmine den Architekten ab, starrt ihn mit flammenden Augen an. Kein Zweifel, körperlich hat er durchaus das Zeug zum Mörder; und was den Charakter betrifft, braucht man ihn nur anzusehen. Wahrscheinlich hat er sich dazu hinreißen lassen, weil er seine Rolle als Sicherheitsbeauftragter der Villa Metaphora zu primitiv aufgefasst hat. Der Fotograf wird sich gewehrt oder ihn beschimpft haben, als er ihn aufhalten wollte, und das war dann Carmines grausame Reaktion.

»Seid ihr jetzt zusammen hier angekommen, ja oder nein?« Gianluca Perusato versucht, Cousin und Cousine auf ihre gemeinsame Verantwortung festzunageln.

»Ja, aber ich bin hingefallen und habe nicht gesehen, wie es passierte.« Lucia wirkt vollkommen verstört.

»Er war schon tot!« Carmine wird lauter. »Ich habe ihn so vorgefunden, Architetto!«

»Woher wisst ihr überhaupt, dass es der Fotograf ist?«

Carmine hebt den Blick, als fände er die Frage absurd. »Es *ist* der Fotograf. Fragen Sie Signorina Lynn Lou, wenn Sie es nicht glauben.«

»*Signora* Lynn Lou Shaw, wie oft soll ich dir das noch sagen?! Und wage es ja nicht, sie in diese Sache zu verwickeln!« Perusato schaudert bei der Vorstellung, dass ein so berühmter Gast in diesen Inselhorror mit hineingezogen werden könnte. Doch wie lässt sich das jetzt noch vermeiden? Was könnte man erfinden? Und zwar schnell, am besten sofort?

»Das würde ich mir nie träumen lassen, Architetto!« Carmine schreit und fuchtelt mit den Armen, als hätte man ihn der Gotteslästerung bezichtigt. »Eher würde ich mich ins Meer schmeißen!«

Gianluca Perusato kann es kaum glauben, dass er Leuten mit dieser Art zu reden und zu denken jemals wichtige Aufgaben übertragen konnte. Im Ernst, was hat er denn von ihnen erwartet? »Ich sehe hier keinen Fotoapparat weit und breit!«

Carmine schüttelt den Kopf, wieder findet er keine plausible Erklärung. »Als ich ihm die Speicherkarte abgenommen habe, hatte er einen dabei. Einen ziemlich großen sogar, mit anmontiertem Stativ.«

»Hast du ihn gesucht? Hier auf den Felsen?«

Carmine nickt, verschlossene maurische Gesichtszüge, halb nahöstliche, halb nordafrikanische Verstocktheit, genau wie seine Cousine. »Überall.«

»Wie auch immer, außer dir kann es keiner gewesen sein. Ich habe nicht den Eindruck, dass hier sonderlich viele Fotografenmörder durch die Gegend laufen.« Gianluca Perusato fragt sich, wie hoch seine Überlebenschance wäre, wenn Carmine sich auf einmal gegen ihn wenden würde: sehr gering, wahrscheinlich. Vor ein paar Jahren, als er noch regelmäßig Tennis spielte, hätte er sich vielleicht mit ein paar gezielten Faustschlägen und Fußtritten einigermaßen verteidigen können. Aber heute, wie könnte er heute gegen die geballte Energie eines neunundzwanzigjährigen Taresers ankommen, der nicht zögern würde, jeden Anschein von Zivilisiertheit abzulegen (obwohl es ihm gewiss leidtun würde um das schöne weiße Outfit)?

Doch Carmine stürzt sich nicht auf ihn; er nähert sich der

Leiche des Fotografen, zeigt auf den großen, zurückgeworfenen Kopf. »Und die Spuren der Schläge, Architetto?! Zeigen Sie sie mir! Wo hätte ich ihn denn getroffen, wo?!«

»Das weiß ich nicht, das musst du mir sagen!«

»Der ist mit dem Kopf auf den Felsen geknallt! Das schwöre ich Ihnen bei der Muntagna, Architetto!« Zur Verstärkung seiner Argumente zieht Carmine sogar seinen hinterwäldlerischen Aberglauben heran.

Allerdings weist das Gesicht des Toten tatsächlich weder Blutergüsse noch andere sichtbare Verletzungen auf. Doch um das zu bestätigen, bräuchte man einen Gerichtsmediziner, und außerdem ändert es nicht viel. Selbst wenn es wahr wäre, dass der Fotograf gestorben ist, weil er mit dem Kopf aufgeschlagen ist, hat ihn doch jemand zu Fall gebracht. Vom technisch-juristischen Standpunkt her gesehen, wird es sich um Körperverletzung mit Todesfolge handeln, aber für die Villa Metaphora macht das keinen Unterschied, die Wirkung ist in jedem Fall fatal.

Carmine deutet auf den Hinterkopf; bei näherem Hinsehen sieht man Blut, sogar ziemlich viel, aber der rötliche Felsen hat es aufgesogen, Wind und Sonne haben es getrocknet, man erkennt den Fleck nur an einem dunkleren, schimmernden Reflex. »Sehen Sie es? Hier ist er mit dem Kopf aufgeschlagen!«

»Du wirst ihn gestoßen haben! Und da hat er das Gleichgewicht verloren!«

Carmine sinkt auf dem Felsen in die Knie, rauft sich die Haare. Plötzlich scheint er nicht mehr weiterzuwissen, vermutlich ist er, von Gewissensbissen geplagt, unfähig, sich zu äußern.

»Was hast du vorhin da unten am Meer gemacht?« Perusato deutet auf seine Hosenbeine, die in der Sonne schon halb getrocknet sind.

»Das Schlauchboot hab ich verschwinden lassen.«

Gianluca Perusato kann sich keine katastrophalere Entwicklung der Ereignisse vorstellen. Dennoch ist ihm völlig klar, dass er bald etwas entscheiden muss; die Zeit rast. Darüber hinaus könnte Brian Neckhart jeden Augenblick hier auftauchen, sie wie drei Komplizen neben dem Toten überraschen und absurde Schlüsse ziehen. Aber was soll er entscheiden? Die Carabinieri in Bonarbor anzurufen und sie aufzufordern, das, was er in sieben Jahren ungeheurer Anstrengung aufgebaut hat, in wenigen Stunden zu zerstören? Auch bei kühlem Kopf kann man sich gut vorstellen, wie grob sie vorgehen würden, wie inkompetent und unhöflich, ohne Sprachkenntnisse noch Manieren – eine unerträgliche Belästigung für die Gäste. Aber gibt es eine Alternative? So tun, als wäre nichts, die Leiche einfach liegenlassen in der Hoffnung, dass sie niemand findet? Carmine seine Aufgaben als Bootsmann und Sicherheitsbeauftragter weiter wahrnehmen lassen, als sei nichts geschehen? Die ahnungslosen Gäste potentiellen Angriffen aussetzen? Und das nach all seinen Investitionen und Mühen? Er kann es drehen und wenden, wie er will, er sieht keinen Ausweg: nichts. Er betrachtet den toten Fotografen auf dem Felsen, so sinnlos sperrig, nach hinten gekippt, die hässlichen Knie, das hässliche, zu einer Fratze verzogene Gesicht; er ist hin und her gerissen zwischen gegensätzlichen, aber gleich unannehmbaren Impulsen.

»Gian, was tun wir?« Lucia steht neben ihm, blickt ebenfalls auf den Toten.

»Ich weiß es nicht.« Gianluca Perusato schüttelt den Kopf. Das muss der taresische Einfluss sein: Kaum ist man lang genug hier, wird man zum Kopfschüttler.

»Dann weiß ich es.« Plötzlich strafft sich Lucias Gesicht, ein entschlossenes Leuchten tritt in ihre Augen. Er kennt diesen Ausdruck, hat ihn schon bei den vielen Pannen während des Umbaus gesehen, bei ein paar telefonischen Auseinandersetzungen mit seiner Frau Ludovica, auch kürzlich, als der spanische

Hilfskoch im letzten Moment absagte. Es ist ein Ausdruck, aus dem die Geschichte spricht, eine Vergangenheit voller Inseldramen, Jahrhunderte von Invasionen, Kämpfen, Wolkenbrüchen, Hungersnöten, Familienfehden, Fluchten, Verfolgungen, Entscheidungen zwischen Leben und Tod, die blitzschnell getroffen werden müssen, ohne sich den Luxus eines Schwankens erlauben zu können.

»Was?« Gianluca Perusato schaut sie an und merkt, wie sich das Machtverhältnis zwischen ihnen umkehrt. Eine Sekunde zuvor hat er noch auf diese Frau herabgesehen, jetzt klammert er sich an ihren Blick wie ein kleiner Junge, der auf Mamas Hilfe hofft. Das ist ein Grundzug ihrer Beziehung, auch wenn er es manchmal vergisst: die schubweise Abhängigkeit von ihrer mediterranen Weiblichkeit, von ihrem Charakter, der so viel kraftvoller ist als der seiner Frau (Jahrhunderte nordischen und großstädtischen Blutes, verdünnt von Nebel und Wohlstand, Mangel an Gefahren, Hunger, Notwendigkeit). Er fürchtet sich davor, was Lucia gleich sagen wird, und gleichzeitig wartet er sehnlich darauf; zugeben würde er es nie, aber er ist bereit, sich auf ihren praktischen gesunden Menschenverstand zu verlassen, der es der Familie Moscatigno ermöglicht hat, an einem der sowohl menschlich als auch landschaftlich abweisendsten Orte der Welt bis heute zu überleben und sogar zu gedeihen.

»Wir lassen ihn im Meer verschwinden.« Lucia zeigt auf die kleinen Wellen, die sacht an die Felsen schwappen. Ihre Stimme bebt nicht mehr, die dunklen Augen leuchten herausfordernd.

»Bist du verrückt?« Perusato blickt sich um, voller Panik, dass jemand sie hören könnte. Aber die steinige Mondlandschaft rundherum ist menschenleer; auch vom Resort aus kann sie niemand beobachten, da sie ein großer gezackter Felsblock verdeckt.

Carmine kreuzt den Blick seiner Cousine, scheint aus seiner tiefen Apathie zu erwachen.

Mit dem Kinn deutet Lucia auf den toten Fotografen. »Er hätte genauso gut ins Meer fallen können bei seinem Sturz.«

»Ist dir klar, dass es strafbar ist, eine Leiche verschwinden zu lassen?« Gianluca Perusato senkt die Stimme, schauerliche Bilder gehen ihm durch den Kopf. »Es handelt sich sogar um ein sehr schweres Vergehen. Verbergen einer Leiche ist die genaue Bezeichnung.«

»Architetto, Lucia hat recht.« Carmine zeigt jetzt die gleiche barbarische und erschütternde Entschlossenheit wie seine Cousine. »Er hätte auch von allein ins Wasser fallen können, der Typ.«

»Ja, aber so war es nicht! Das ist der Unterschied.« Gianluca Perusato zappelt wie ein Fisch im Netz im Kampf zwischen Recht und Unrecht, erwachsener Verantwortung und kindlicher Feigheit. »In dem Moment, in dem wir ihn ins Wasser schmeißen, werden wir zu deinen Komplizen!«

»Ich war es nicht, Architetto! Wollen Sie das endlich kapieren, heilige Muttergottes?!« Wieder dieser wilde Ton, der drohend funkelnde Blick.

Gianluca Perusato fühlt sich mittlerweile als Geisel dieser zwei Inselbewohner, ein Opfer des Ortes und der Umstände. Allerdings schwingt darin auch eine seltsame Form von Erleichterung mit, das süße Gefühl des Schwachwerdens. Die Kontrolle verlieren, das Kommando übergeben, die Befreiung von jeder Schuld genießen – diese Privilegien des Opfers werden zu einer wachsenden Versuchung.

»Gian, was vorbei ist, ist vorbei.« Allein schon dieser Satz gibt Aufschluss über Lucias Philosophie.

»*Qui tempore espera, tempore lusa.*« Wer auf Zeit hofft, verliert sie. Carmine weiß genau, wie empfänglich seine Cousine für die weisen Sprüche ihrer Vorfahren ist.

»Ja, aber es könnte noch schlimmer kommen. Wir könnten zum Beispiel alle drei im Gefängnis landen.« Aber Gianluca Perusato hört selbst, dass keine moralische Entrüstung in seiner Stimme liegt, keine Autorität. Er schämt sich zwar, aber der Vorschlag der beiden Tareser wird immer verlockender, so ungesetzlich er auch sein mag. Er will es nicht zugeben, aber es ist so.

»Es sind zwei, drei Meter, Gian.« Lucia misst mit dem Blick den Abstand zwischen dem toten Fotografen und dem Meer.

Carmine macht das Gleiche, wahrscheinlich schätzt er auch ab, wie viel Kraft man braucht, um die Leiche hinunterzubugsieren.

»Wir verbergen nichts, Gian. Wir lassen ihn bloß ins Meer gleiten.« Lucias Entschlossenheit ist unvergleichlich viel stärker als seine Unsicherheit; es ist kein Wettstreit.

»Aber sie werden ihn suchen!« Gianluca Perusato fühlt sich wie ein Schwimmer am Rand eines sehr hohen Sprungbretts, halb gelähmt vor Angst, halb von der Leere angezogen. »Wahrscheinlich hat ihn eine Agentur geschickt, oder? Sie werden wissen, wo er steckte.«

Carmine schüttelt den Kopf, als umfasste seine praktische Erfahrung auch die Welt der Skandalfotografen. »Der war Freiberufler, er ist bestimmt auf eigene Faust hergekommen. Machte Urlaub auf Linosa oder Lampedusa, da wird er irgendwas gehört haben.«

»Und wer hat ihm das Schlauchboot vermietet?!« Gianluca Perusato ist hin- und hergerissen zwischen Entsetzen und Versuchung. »Der Besitzer wird es wiederhaben wollen und überall danach suchen!«

Carmine schüttelt den Kopf. »Wo ich es versteckt habe, findet es niemand, Architetto.«

»Ach, dann suchen sie umso hartnäckiger.«

»Mein Onkel Rimasto hat es ihm geliehen, Architetto, es steht drauf.« Carmine scheint sich seiner Sache sehr sicher zu sein. »Ich werde ihm sagen, dass ich es übernehme, diesen Teil der Küste zu kontrollieren.«

»Außerdem verschwindet eine Leiche ja nicht so einfach im Meer.« Gianluca Perusato mustert den toten Fotografen. Grauenhaft, wie er da so sinnlos und sperrig im Weg liegt. Sein ganzer Widerstand ist zusammengeschmolzen auf logistische Überlegungen, aus einer schon komplizenhaften, schon verbrecherischen Perspektive. »Früher oder später wird man ihn finden, angespült an irgendeinem Ufer.«

»Wenn Sie wüssten, wie viele Leichen in diesem Teil des Meeres schwimmen, Architetto.« Carmine erlaubt sich einen beinahe herablassenden Ton, er hat Gianluca Perusatos innere Kapitulation längst gewittert. »Bei den vielen Migranten, die ständig zwischen Libyen und Lampedusa ertrinken. Erst vor zehn Tagen hat mein Cousin Sentito einen in seinem Netz gehabt, halb angefressen von den Fischen.«

»Der hier wird aber Papiere dabeihaben, eine Brieftasche, irgendwas. Sie werden ihn identifizieren können.«

»Das habe ich schon kontrolliert, Architetto.« Carmine zieht eine Brieftasche und ein Handy aus der Tasche. »Das hatte er dabei. Lucia hat es ihm abgenommen, weil ich Toten nichts wegnehme.«

Lucia nickt, als gehörte auch das Durchsuchen der Leiche eines Unbekannten zu den normalen Pflichten des Lebens.

Gianluca Perusato fühlt sich wie ausgeleert. »Wie hieß er?«

Carmine öffnet die Brieftasche, zieht einen Personalausweis heraus. »Trepolan Ezio, geboren 7. 6. 1971, Staatsangehörigkeit italienisch, wohnhaft in Montirone, Brescia, Via Gambara 4, Familienstand ledig, Beruf Fotograf, Größe...«

»Schon gut, schon gut, genug!« Gianluca wendet den Blick ab. Vielleicht sollte er sich jetzt, nachdem er Name, Alter und Adresse des Toten erfahren hat, schlechter fühlen, aber so ist es nicht. Er empfindet ihm gegenüber nur dumpfe Wut, weil der Mann auf sein Privatgrundstück eingedrungen ist. »Er hat bestimmt eine Familie, irgendwelche Verwandte!«

Lucia zuckt traurig die Schultern, als wollte sie am Schmerz der Familie teilnehmen. »Was können wir dafür, wenn ihm ein Unfall zugestoßen ist?«

»Es war aber kein Unfall!« Macht er wirklich einen letzten Versuch, Cousin und Cousine umzustimmen, oder sagt er es nur zur Entlastung seiner späteren Erinnerung?

Carmine und Lucia fixieren ihn schweigend, in ihren Augen liegt keinerlei Verurteilung.

Gianluca Perusato mustert erneut die Leiche, er weiß nicht mehr, was er denken soll. »Er ist auch viel korpulenter als ein Maghrebiner. Sie würden sofort merken, dass es kein Migrant ist.«

»Oh, bei den Migranten sind auch ganz verschiedene Typen dabei, Architetto.« Wieder spricht Carmine im Ton eines Mannes, der das Meer, die Welt und das Leben besser kennt als er. »Große, kleine, dünne, dicke.«

»Aber einen, der so angezogen ist, habe ich noch nie gesehen, mit knielangen Hosen, Weste, all diesen Taschen…«

»Wer schaut denn bei einem aus dem Meer gefischten Toten auf die Kleider, Architetto? Und der hier ist auch noch braungebrannt. Da sieht keiner den Unterschied. Und wenn er erst eine Weile im Wasser gelegen hat…«

»Ihr spinnt.« Perusato schüttelt den Kopf (der Ehrenkopfschüttler). Doch hütet er sich davor, sich unmissverständlich von ihrem kriminellen Plan zu distanzieren, eine deutliche Linie zwischen legal und illegal zu ziehen.

Lucia hält die Diskussion offenbar für abgeschlossen, denn sie geht hin und nimmt den Fotografen an den Fußgelenken. Carmine greift ihm unter die Achseln. Sie versuchen ihn hochzuheben, schaffen es aber nur, Oberkörper und Beine anzuheben, der Hintern bleibt am Boden. Beide drehen sich zu ihm um.

»Architetto, können Sie mal mit anfassen?« Die Frage klingt so harmlos, als würde er ihn um Hilfe bitten, eines von Paolo

Zacomels Möbeln zu verschieben oder Ramiro einen Sack Basmatireis zu bringen.

Gianluca Perusato presst die Hände an die Schläfen und atmet tief durch die Nase. Er durchforstet seine Gedanken nach einer ethisch vertretbaren Verhaltensregel und findet nichts. Ist es nicht immer so, dass bei interkulturellen Konflikten die primitivere Ethik über die höher entwickelte siegt? Je komplexer die Regeln, je subtiler und erhabener die Vorstellungen, desto größer die Wahrscheinlichkeit, dass der Mechanismus klemmt. Ist nicht der Westen oft wehrlos dem Druck derjenigen ausgesetzt, die viel weniger moralische Hemmungen haben? Gilt das nicht auf allen Ebenen, von der Religion bis zur Industrie? Geschieht es nicht vor aller Augen?

»Gian, kommst du?« Lucia, in der Hocke, fixiert ihn mit ihren dunklen Augen (zwischen den kräftigen, gebräunten Schenkeln blitzt das kleine weiße Dreieck ihres Höschens).

Perusato zögert noch kurz, dann stellt er sich neben Carmine, lässt sich sogar erklären, wie er den Fotografen am linken Arm und im Rücken anfassen soll. Jetzt sind wir genau an der Grenze zwischen einfacher Aufsichtspflichtverletzung und aktiver Beihilfe; eigentlich schon darüber hinaus, ehrlich gesagt. Die Leiche ist schwer, kalt und schlaff, ein lebloser Körper eben: Der Widerstand, den er bietet, könnte nicht passiver, rutschiger, ungleichmäßiger und hinderlicher sein. Zu dritt machen sie mehrere plumpe Versuche, ihn hochzuhieven, dann geben sie es auf. Die beiden Männer nehmen ihn an den Füßen, ziehen jeder an einem Bein. Es ist entsetzlich, denn der Körper schleift kratzend über den Stein, der Kopf schlägt mehrmals auf der rauhen Oberfläche auf und hinterlässt eine rötliche Spur. Lieber nicht hinschauen, einfach nur ziehen.

Lucia folgt ihnen und feuert sie Schritt für Schritt an, wie eine Trainerin ihre Athleten. »Weiter so. Bloß noch ein Stückchen. Gleich haben wir's.«

Es ist nicht weit, kostet aber beträchtliche Anstrengung, die Leiche bis an den Rand des Felsblocks zu schleifen, der direkt ins Meer ragt. »Noch ein bisschen«, drängt Lucia.

Carmine fasst fester an, zieht mit der Energie eines jungen Mannes, der gut in Form ist. Um mithalten zu können, muss Perusato all seine Muskelkraft aufbieten (er sollte wirklich wieder Tennis spielen oder sich in einem Fitnessstudio anmelden). Unvermeidlich wird es zu einer Art Wettkampf unter Männern, eine groteske kleine Machtprobe wie auf der Dorfkirmes.

»Schon fast geschafft!« Lucias Anfeuerungsruf klingt beinahe begeistert.

Gianluca Perusato und Carmine hieven die Leiche mit einem letzten, heftigen Ruck über die Kante: Der tote Fotograf rutscht über den Stein, klatscht überraschend laut ins Meer, geht unter, taucht mit dem Gesicht nach unten langsam wieder auf. Wenn man ihn so sieht, wirkt er wie ein obszöner, ohne Taucherbrille schnorchelnder Pfadfinder, Größe extra-large, mit seinen kurzen Hosen, seinem Khaki-Hemd, seiner Weste voller Taschen, dem angeschlagenen Kopf und den wie Algen hin- und herschwebenden Haaren. Dicht an den Felsen schaukelt er auf den Wellen.

Ganz fasziniert von dem Schauspiel starren die drei vom Felsrand hinunter. Sie sehen einander an, suchen mit dem Blick rechts und links die Küste ab und schauen dann wieder zu dem Toten.

»Er geht nicht unter.« Gianluca Perusato ist klar, dass seine Erwartungen absurd sind. Hat er sich wirklich eingebildet, die Leiche würde, kaum im Wasser, sofort verschwinden? Würde sich auflösen wie ein böser Traum?

»Lassen Sie ihm Zeit, Architetto.« Carmine scheint ein unerträgliches Repertoire an Volkswissen gespeichert zu haben. »Er wird schon untergehen.«

»Aber dann kommt er wieder hoch, oder?« Gianluca Perusato hat tatsächlich keine Ahnung, wie sich eine Leiche im Wasser verhält, abgesehen von dem, was er in Filmen und Fernsehserien gesehen hat.

»Er taucht auf, taucht wieder ab, lassen wir die Strömungen nur machen.« Bestätigung heischend sieht Carmine seine Cousine an.

»Ja.« Lucia nickt. »Jedenfalls ist er jetzt im Wasser.« Als hätten sie soeben eine notwendige gute Tat getan, auf die sie beinahe stolz sein könnten.

Gianluca Perusato empfindet Bestürzung und gleichzeitig eine schändliche Erleichterung. Er denkt an die Contessa Vacca Agusta, die vor Jahren von ihrer Villa hoch über dem Felsenriff von Portofino ins Meer gefallen ist und Wochen später an der Côte d'Azur gefunden wurde. Niemand hat je herausgefunden, ob sie vorher ermordet wurde, ob sie im Rausch hinuntergestürzt war oder ob sie sich umgebracht hatte. Das Meer vertuscht vieles, das muss man zugeben.

Er macht Carmine ein entnervtes Zeichen. »Gib mir die Brieftasche und das Handy, was wir damit machen, entscheiden wir später.«

Widerstrebend händigt Carmine ihm die Sachen aus.

Gianluca Perusato steckt sie angeekelt in die Hosentasche. Mit der persönlichen Habe eines Toten am Leib fühlt er sich verunreinigt. Und natürlich auch hoffnungslos kompromittiert. Nun, der Schritt ist getan, alle drei sind sie Komplizen eines Verbrechens, zusammengeschweißt durch einen scheußlichen Pakt. Aber es gab einfach keinen anderen Weg.

Sie treten aus dem Schutz des gezackten Felsblocks heraus, betrachten die steinige Böschung, die weißen Terrassen und Gebäude der Villa Metaphora weiter oben. Es ist niemand zu sehen, doch wie kann man sicher sein, dass es auch vor zwanzig Minuten so war? Und wo ist Brian Neckhart? Sucht er immer noch wütend die Gegend ab?

Sie kehren noch einmal hinter den gezackten Felsblock zurück, prüfen sehr aufmerksam die Stelle, wo der Tote lag, und das Stück, wo sie ihn entlanggezogen haben. Wüsste man von nichts, könnte man keine Spur erkennen. Das Blut hat fast die gleiche Farbe wie der Stein, das leichte Glänzen wirkt wie ein wenig getrockneter Meerschaum. Es ist, als breitete Tari sein undurchsichtiges Schweigen über das Vorgefallene, schluckte die Fakten und verwischte die Beweise – und bewahrte sie doch. Gianluca Perusato ist so verwirrt, dass ihm schwindelt und der Atem stockt; nur mühsam hält er sich auf dem Vulkanfelsen aufrecht.

35

Den Hang hinaufzuklettern ist intensives Training für Arme, Beine und das ganze Herz-Kreislauf-System, doch es dauert viel länger als über die Treppe. Als Brian Neckhart bei den Eukalyptusbäumen ankommt, ist er kaum außer Atem, aber Hemd und Hose sind schweißnass und mit rotem Staub verschmiert. Sein Adrenalinspiegel ist durch die Anstrengung des Aufstiegs keineswegs gesunken. Um etwas Abstand zu bekommen, betrachtet er das unermesslich weite Meer unten und atmet tief; leicht fällt es ihm nicht.

Carmine, der Bootsmann, steht ganz versunken am Rand der Restaurant-Terrasse und betrachtet forschend die Küste. Er bemerkt ihn erst, als er nur noch wenige Schritte entfernt ist, und fährt erschrocken herum: geweitete Augen, an der Stirn klebende Haare, schweißtriefendes weißes T-Shirt.

»Und?« Sofort greift Brian Neckhart ihn an, um ihn aus dem Konzept zu bringen. »Fotograf gefunden?«

»Nein.« Carmine versteht nicht, woher Brian Neckhart gekommen ist; er mustert den Staub an dessen Kleidung, dreht sich um und blickt über den Steilhang.

»Was soll das heißen, nein? Treibt er sich noch immer hier herum? Ist er abgehauen?« Neckhart will Carmine keine Zeit zum Luftholen lassen, ihn in die Ecke drängen, zu einer Antwort zwingen.

Carmine schüttelt den Kopf. Er benimmt sich ganz anders als der kecke Bootsmann, der ihn und Lynn Lou gestern mit dem Chris Craft am Hafen abgeholt hat, und auch ganz anders als der

Held, der triumphierend mit der falschen Speicherkarte in Perusatos Büro stürmte.

»Hast du an der Küste, am Hang, im Inneren irgendwas gesehen?« Augenkontakt ist das Wichtigste: stetig Druck ausüben, nur keine Spur von Freundlichkeit erkennen lassen.

»Nichts.« Carmine schaut ihn an, als wollte er ihm die gleichen Fragen stellen, aber er traut sich nicht, er ist zu verwirrt. Wie hilfesuchend dreht er sich zu den Fenstern von Perusatos Büro um.

»Auch kein Boot? Wie ist er denn hergekommen, der Fotograf? Und wie ist er weggekommen?«

Wieder schüttelt Carmine den Kopf. Mit seinen Englischkenntnissen hat seine Kommunikationsschwierigkeit nichts zu tun: Gestern auf dem Chris Craft, als es darum ging, mit Lynn Lou Süßholz zu raspeln, konnte er sich prima ausdrücken.

Die Bürotür öffnet sich, Perusato tritt heraus. Er wirkt aufgeregt, im Vergleich zu sonst sogar ein wenig zerzaust. Aber schon als er ihm mit diesem undurchsichtigen Burschen auf der Treppe begegnete, war sein Verhalten nicht gerade untadelig.

»Carmine sagt, er habe den Fotografen nicht aufspüren können.« Brian Neckhart greift Perusato mit der gleichen Taktik wie vorher den Bootsmann an. »Er sagt, er habe kein Boot gesehen. Gar nichts habe er gesehen.«

Seufzend breitet Perusato die Arme aus; trotz aller Bemühungen, es zu überspielen, ist er sichtlich gestresst. »Wir haben überall mit größter Sorgfalt gesucht, Mr. Neckhart.«

»Ehrlich gesagt, frage ich mich, was ›größte Sorgfalt‹ in diesem Haus hier bedeutet.« Brian Neckhart nagelt sie alle beide fest.

»Waren auch Sie auf den Felsen unten am Wasser?« Perusato mustert Neckharts vom Vulkanstaub verschmutzte Kleidung: Seine Gesichtszüge sind verkrampft, seine Augen voller Misstrauen.

»Ja, war ich.« Keine Lockerung der Spannung, kein Wanken des Blickes.

»Und haben Sie etwas oder jemanden gesehen?«

»*Ich* stelle hier die Fragen, Mr. Perusato.« Brian Neckhart spricht mit schneidender Ruhe, wie in einem militärischen Verhör, bevor der andere probiert, die Rollen umzukehren. »*Sie* müssen mir sagen, ob Sie jemanden oder etwas gesehen haben.«

Perusato wirft Carmine einen verstohlenen Blick zu: Wenn er meint, das bliebe unbemerkt, hat er sich getäuscht. »Leider nein.«

»Wunderbar, dann können wir sicher sein, dass der Fotograf mit den Fotos meiner Frau abgehauen ist.«

»Sicher nicht.« Carmine senkt rasch den Blick, weil Perusato sich umdreht und ihn ansieht.

»Was soll das heißen?« Brian Neckhart tritt dazwischen, um den Blickwechsel der beiden zu unterbrechen. »Wenn ihr weder ihn noch sein Boot gefunden habt, ist es doch sonnenklar, dass er entwischt ist.« Er schaut vom einen zum anderen, hält beide in Schach. Das ist die Grundregel der Löwenbändiger in der Zirkusarena: nie den Augenkontakt verlieren.

»Er könnte sich weiter drüben an der Küste versteckt haben.« Perusato klingt zu vage, um glaubwürdig zu sein.

»Der Schaden, der meiner Frau durch diese Geschichte zugefügt wird, ist unermesslich, Mr. Perusato.« Neckhart fixiert den Architekten mit einer jahrelang geübten Technik: geballte Konzentration, keine sichtbare Regung, null Flattern der Augenlider.

»Mr. Neckhart, wir bedauern zutiefst, was passiert ist.« Direkt unter Perusatos höflichem Getue lauert die Verzweiflung. »Dieser Vorfall war absolut unvorhersehbar, er wird sich nicht wiederholen.«

»Ich halte mich an das Motto: ›Wer den Frieden will, bereite den Krieg vor‹, Mr. Perusato.« Es ist einer der Leitsätze der

LifeSolving™-Methode und fasst seine Philosophie gut zusammen. »Es stammt von einem antiken Denker.«

»Natürlich, Vegetius. *Si vis pacem, para bellum.*« Eitel, wie er ist, kann Perusato dem Zitat nicht widerstehen. »Diese Erfahrung lehrt uns, unsere Sicherheitsmaßnahmen zu verstärken.«

»Welche Sicherheitsmaßnahmen?« Brian Neckhart verzieht die Lippen zu einem sarkastischen Lächeln.

Erneut will Perusato Carmine einen Blick zuwerfen, doch Neckhart behindert weiter die Kommunikation.

»Wir reisen ab, sobald meine Frau sich erholt hat.« Brian Neckhart deutet zu ihrer Suite hinüber.

»Mr. Neckhart, ich garantiere Ihnen bei meiner Ehre, dass Ihre Frau keine Belästigung mehr erdulden muss, solange sie unser Gast ist.«

»Ich fürchte, Ihre Versprechen sind nicht viel wert, Mr. Perusato.« Brian Neckhart weiß, dass er übertreibt, aber die geistigen Kampftechniken haben ihre Regeln, sie lassen keinen Raum für Mitgefühl.

36

Ihre Konzentration ist nicht mehr so gut, wie sie einmal war, und das Gedächtnis auch nicht. Simone Poulanc blickt auf den Bildschirm ihres Laptops und denkt, dass sich das Internet im Lauf der letzten Jahre eine Menge geistige Bereiche einverleibt habt. Gibt es zum Beispiel noch Leute, die ihren Kopf anstrengen, um sich an eine historische Begebenheit, die Form eines Gegenstands, die Farbe einer Blume oder sonst irgendetwas ihnen eigentlich Bekanntes zu erinnern? Falls ja, müssen sie schon recht alt sein oder an einer besonders schweren Form von Technophobie leiden. Gibt es noch jemanden, der überlegt, wie man einen Namen schreibt, bevor er ihn eintippt, wenn er weiß, dass die Suchmaschine selbsttätig die Orthographie verbessert, von den zahllosen Möglichkeiten die richtige vorschlägt? (Vor einigen Wochen, nach einem Streit über dieses Thema mit René, der sich gern im Internet tummelt, hat sie aus Trotz *oswell animal* bei Google eingegeben und sich dabei einen absoluten Esel vorgestellt, der aus unerfindlichen Gründen etwas über *Animal Farm* von George Orwell wissen will, sich aber weder an den Titel noch an den Namen des Autors erinnert. Und was geschah? Wie durch ein Wunder waren die ersten elf Resultate über Orwell und sein Buch: Die dienstbeflissene Suchmaschine hatte alles berichtigt und automatisch umgelenkt. »Ja, ist das nicht phantastisch?«, lautete Renés Kommentar, als gäbe der kleine Test ihm recht und nicht ihr.) Wer hat es noch nötig, weit zurückliegende Zusammenhänge aufzuspüren, Bruchstücke zu kitten, zeitliche Labyrinthe zu durchstreifen, Fragen zu stellen,

Feldforschung zu betreiben? Wer hat noch Lust, jemanden zu treffen, in den Regalen einer Bibliothek zu stöbern, sich die Hände mit Staub und die Sohlen mit Erde zu beschmutzen? Die Vorstellung, dass man warten muss – auf eine Person, einen Augenblick, einen Ort –, um etwas zu erfahren, ist unerträglich geworden, Informationen müssen unmittelbar und überall abrufbar sein, auf dem Laptop, dem Tablet, dem Handy, auf Reisen, beim Gehen, beim Lesen, bei der Arbeit, beim Essen, beim Pinkeln, während du dich mit jemandem unterhältst, dem du einen immer geringeren Teil deiner schon mangelhaften Aufmerksamkeit widmest. Warum sollte man sich die Mühe machen zu sammeln, zu entdecken, zu schürfen, zu gewinnen? Die Daten sprudeln doch auf Knopfdruck, so wie das Wasser in einer öffentlichen Toilette.

Sind das Betrachtungen einer nervigen Intellektuellen? Eines hoffnungslos unzeitgemäßen Snobs? Reden wir keinen Quatsch; ihr wichtigstes Arbeitsinstrument – es steht vor ihr auf dem wackeligen kleinen Tisch, den man ihr endlich nach mehreren Reklamationen gebracht hat – ist kein einfacher Laptop, sondern ein superelegantes dünnes Notebook der letzten Generation mit Dual-Core-Prozessor – was immer das bedeutet –, das unendlich viel mehr kann, als sie braucht. Sie würde nie behaupten, dass das Internet nutzlos sei: Ohne die blitzschnelle Möglichkeit der Überprüfung und Aktualisierung, die das Netz ihr bietet, könnte sie ihre Artikel wahrscheinlich gar nicht mehr schreiben. Sie gibt auch ohne weiteres zu, dass sie aufgeschmissen ist, wenn sie – im Ausland, irgendwo auf der Durchreise – mal ohne Wi-Fi-Verbindung auskommen muss. Ganz zu schweigen von dem demokratischen Potential eines Systems, das – zumindest theoretisch – der Kontrolle von Regierungen und Wirtschaftsmagnaten entzogen und beinahe gratis ist und auf das man selbst an den entlegensten Orten Zugriff hat – sogar auf Tari beispielsweise. Doch all dies hält sie nicht davon ab, die Verluste zu bedenken, die mit den Eroberungen einhergehen, die langfristigen Schäden, die mit den unmittelbaren Vorteilen verbunden sind. Reden wir in ein paar Jahren weiter, wenn unsere mnemonischen Fähigkeiten ganz verkümmert sind und wir uns nicht nur den Namen des amtierenden Premierministers nicht mehr merken können, sondern uns nicht einmal an den Titel eines gerade gesehenen Films erinnern oder daran, mit wem wir im Kino waren – außer wir nutzen irgendein winziges externes Speichergerät. Sind wir nicht schon so weit, dass wir keine Telefonnummer mehr auswendig wissen, nicht einmal die unserer Liebhaber und unserer engsten Freunde?

Da, jetzt kommt vielleicht doch die nervige Intellektuelle zum Vorschein. Aber was macht diese lästige Person nun schon seit gut einer Stunde? Sie stellt im Internet Recherchen an über die anderen Gäste der Villa Metaphora. Genau: Früher hätte sie Indizien sammeln, Gespräche belauschen, das Personal ausfragen und unter Umständen Freunde oder Bekannte anrufen müssen, die eventuell etwas über die betreffenden Personen wissen könnten. Dann hätte sie alle Elemente zusammenfügen, ihnen einen Sinn geben und sie mit Intuition und Phantasie verarbeiten müssen, und zum Schluss wären – wenn sie gute Arbeit geleistet hätte – ein paar interessante Porträts herausgekommen. Vielleicht ein wenig willkürlich, aber lebendig, und einzig und allein ihre. Jetzt dagegen muss sie nur die Namen eingeben, und schon spuckt die Suchmaschine in einer Sekunde seitenweise Biographien, Fotos, Erklärungen, Interviews und Videos aus. Mit dem Ergebnis, dass sie nun viel mehr über die einzelnen Personen weiß, als sie braucht, aber doch recht wenig, denn sämtliche verfügbaren Informationen sind so sehr Gemeingut und so vorgekaut, dass sie kaum noch einen Wert haben – geistiges Junkfood, wie Jean-Émile gesagt hätte.

Dann ist da natürlich noch die andere Seite dieser ganzen elektronischen Revolution: Während alle ununterbrochen über

Privacy reden, hat sich das Privatleben der Leute verflüchtigt, es existiert nicht mehr. Eingerannte Türen, aufgerissene Fenster, durchstoßene Mauern, Millionen von Menschen, die dem Blick von Millionen anderer Menschen ausgesetzt sind, in ihren Wohnzimmern, Küchen, Schlafzimmern und Badezimmern. Aus Egozentrik, Exhibitionismus, Langeweile, Mangel an besseren Beschäftigungen giert jeder danach, auf Facebook, bei Twitter, Tumblr, Instagram auch die intimsten und unbedeutendsten Einzelheiten seines Lebens auszubreiten: eine Flut von Geburtstagstorten, Bikinis, fröhlichen Freundesgruppen, Sonnenuntergängen, Küsschen, Tätowierungen, Weihnachtsbäumen und idiotischen Frisuren. Die Kommentare der Besucher – Freunde, Verwandte, Voyeure, Schnüffler, zerstreute Passanten, je nachdem – sind ebenso bedeutungslos: Millionen von »mag ich«, von kleinen, nach oben gestreckten Daumen, weinenden oder lächelnden Emoticons, »hihihihihi«, Gekicher wie im Kindergarten. Es gibt Leute, die Fotos ihres noch ungeborenen Kindes in der Gebärmutter einstellen, Leute, die das Bedürfnis haben, mit dem Rest der Welt jeden Cocktail zu teilen, den sie kippen, und jede noch so banale Postkarte aus fremden Städten, die sie besuchen. Es gibt populäre Künstler, Politiker und Gewerkschafter, die die Pflicht – oder das Recht – zu haben glauben, ihre oberflächlichsten Meinungen zu verbreiten, gänzlich unausgegorene Gedanken, die sofort von Fernsehsendern, Radios und Zeitungen aufgegriffen werden, eine exponentielle Vervielfältigung des medienwirksamen Nichts. Es ist ein geschlossener Kreislauf, der sich unendlich aus sich selbst speist. Die Frau eines Regierungschefs twittert irgendeinen Blödsinn, der Blödsinn löst Tausende von Kommentaren dafür oder dagegen aus, die Massenmedien konstruieren daraus einen total aufgebauschten Fall, der Regierungschef ist gezwungen einzugreifen – womöglich mit einem Tweet. Was bleibt an wirklich Privatem bei diesem pathologischen Kuriositätenkabinett der Gedankenlosigkeit? An rein Persönlichem, Einzigartigem? Praktisch nichts. Wie oft hat sie jemanden getroffen, von dem sie lange nichts gehört hatte, und entdeckt, dass er über alle ihre Reisen und Termine Bescheid wusste, bloß weil jemand anderer sie auf einem verdammten *social network* verbreitet hatte? Es gibt kein Abendessen, kein Fest und keine theoretisch private Zusammenkunft mehr, wo nicht irgendein Knallkopf – oder ein Dutzend Knallköpfe – einen Fotoapparat oder ein Handy zückt, um Gesichter und Namen festzuhalten und sie wenige Minuten später an die Öffentlichkeit zu bringen. Wofür eigentlich? Für nichts. Aber das Nichts – um noch einmal Jean-Émile zu zitieren – ist die einzige unerschöpfliche Quelle, über die unsere Gattung verfügt.

Um den Rest kümmern sich diejenigen, die systematisch alles registrieren, was wir kaufen, lesen, anschauen, uns wünschen, und die gesammelten Daten dann nutzen – oder an Dritte weiterverkaufen –, um uns mit Anregungen, Angeboten, Mahnungen, Verlockungen zu bombardieren. Und als wäre das nicht genug, gibt es auch noch die, die mit verbissener Entschlossenheit jeden Quadratzentimeter der Erde von oben – neuerlich auch von unten – fotografieren, jede Straße, jedes Haus, jeden Balkon und jedes Fenster identifizierbar und auffindbar machen und möglichst jedes Versteck, jeden schattigen Winkel auslöschen. Auf diese Weise sind wir letztlich – mehr oder weniger freiwillig – nackt ausgestellt, jeder mit der Illusion, Protagonist von irgendetwas zu sein, jeder mehr oder weniger bewusst, laufend überwacht zu werden, wenn er eine verdammte Taste drückt – oder jemand sie für ihn drückt. Mit Erschrecken wird ihr klar, dass sie selbst auch keine Ausnahme bildet: Man braucht sie ja nur jetzt gerade anzusehen.

Über den Architekten Gianluca Perusato hatte sie sich schon in Paris informiert, als sie beschloss hierherzukommen, doch da sie ihn nun persönlich kennt, macht es ihr Spaß, einige Fotos, die zu Artikeln über ihn in verschiedenen Zeitungen und Zeitschriften erschienen sind, noch einmal zu betrachten: Architekt Perusato mit dem Emir Hamad bin Khalifa Al Thani von Qatar, für den er ein Auditorium entworfen hat; Architekt Perusato mit Louis Bardignon bei der Übergabe des soeben fertiggestellten Landhauses in Biot; Architekt Perusato mit Donald Trump in New York auf der Terrasse über dem Central Park; Architekt Perusato mit dem Ehepaar Esselwig in Gstaad. Auch den Artikel mit dem Foto von Perusato vor dem Hauptgebäude der Villa Metaphora im Zustand von damals, als er sie gekauft hat, das verfallene Relikt eines exzentrischen Traums, der böse endete. Erneut liest sie seine Statements darüber, wie aufregend es sei, *die Liebeserklärung des Barons Canistraterra an einen auf der Welt einmaligen Ort mit neuem Leben zu erfüllen, indem man wenigen erlesenen Gästen die Gelegenheit bietet, eine unvergleichliche Beziehung zur Natur einzugehen.* Die Poulanc fragt sich, wie unvergleichlich zum Beispiel die Beziehung des deutschen Bankers – oder der amerikanischen Diva – zur Natur sein mag, die sich für die gesamte Umgebung hier einen Dreck zu interessieren scheinen. Doch die Sache wird zweifellos funktionieren: Es genügt, die Betonung weiter auf »einmalig« und »unvergleichlich« und »erlesen« zu legen.

Brian Neckhart und sein Frauchen Lynn Lou Shaw haben von allen Gästen der Villa Metaphora bei weitem die größte Anzahl von Einträgen bei Google, jeder einzeln und beide zusammen. Sie natürlich, weil sie seit ihrem sechsten Lebensjahr ein Filmstar ist: Ihre Mutter war eine zweitklassige Schauspielerin, die irgendwann auf das bisschen Ruhm beim Film gepfiffen hat und zusammen mit dem zukünftigen Vater nach Indien reiste. Aus der Liaison der beiden vermutlich ständig zugedröhnten Hippies ging die künftige Schauspielerin hervor, das Sexsymbol des gesamten Planeten. Die Auskünfte über ihr Leben und ihre Arbeit sind viel zu detailliert für jemanden, der nicht die Anbetung des Bootsmannes Carmine teilt. Zu den pikanteren Eintragungen gehören drei Fotos der jungen Diva *en déshabillé* – mit dem Handy geknipste Selbstporträts in schlampigen Posen, mit belemmertem Gesichtsausdruck –, die vor ein paar Monaten offenbar viel Wirbel im Netz verursacht haben. Die arme, naive junge Frau hatte sie – will man ihr glauben – zum rein privaten Gebrauch an eine Freundin geschickt, und einem bösartigen Hacker sei es gelungen, sie sich anzueignen und in Umlauf zu bringen, zur Freude von Millionen Fans. Die Shaw mag ja keine Leuchte sein, aber ehrlich gesagt wirkt ihre Arglosigkeit doch leicht verdächtig, das ist ja klar. Andererseits, sind nicht Unmengen Fotos von vollkommen öffentlichen Situationen in Umlauf, auf denen Lynn Lou Shaw – ebenso wie viele ihrer Kolleginnen, das ist nichts besonders Außergewöhnliches – ihr Höschen oder auch dessen Nichtvorhandensein zur Schau stellt, während sie aus der Limousine steigt? Auf wie vielen *red carpets* ist der Träger ihres Kleids verrutscht und ein Brustwarzenhof oder gar die ganze Brustwarze entblößt? Auch das kleine Missgeschicke? Oder Berechnung aufgrund ihres ziemlich ausgeprägten Sinns für Selbstvermarktung? Man muss dabei auch bedenken, wie schwierig es ist, das Bild des Sexsymbols mit dem der Protagonistin von Komödien und Melodramen für die ganze Familie in Einklang zu bringen; Produzenten und Verleiher achten bekanntlich auf so etwas. Eine Sache ist die augenzwinkernde Anspielung, eine andere die brutale Zurschaustellung, die einen in eine ganz andere Kategorie von Bekanntheit katapultieren kann. Kurz und gut, das Leben des Weltstars – samt seiner Manager und Agenten – ist alles andere als einfach, das Risiko eines falschen Schritts oder eines Unfalls lauert überall.

Was den Gatten betrifft, so hat der liebe Brian Neckhart dieses LifeSolving™ gegründet – man achte auf das ™, das an den Namen angehängt ist, wo immer er auftaucht –, das mit unverschämter Überzeugung versichert, jegliches persönliche oder berufliche Problem lösen zu können. Wenn man sich durch die

Lawine von Versprechungen und Erklärungen scrollt, möchte man beinahe lächeln – Jean-Émile hätte von typisch amerikanischer »pragmatischer Naivität« gesprochen –, wenn die Vorstellung, dass sich jemand an eine Organisation wendet, um eine Liebesgeschichte oder eine jahrzehntelange Freundschaft zu beenden, einen altgewordenen Hund loszuwerden oder einen Angestellten zu entlassen, nicht so besorgniserregend wäre. Es klingt übertrieben, aber hier steht es: *Warum mit konfliktträchtigen Emotionen leben, die eine Entscheidung schwierig, ja manchmal unmöglich machen? Warum zögern, ausweichen, hinausschieben? Warum den verkehrten Zeitpunkt, die verkehrte Art und Weise wählen und Gefahr laufen, die Lage zu verschlimmern, anstatt sie zu klären? Warum beträchtliche Summen für Prozesse, Rechtsstreite, Einsprüche, unverhältnismäßige Scheidungsfolgenvereinbarungen ausgeben? Lassen Sie LifeSolving™ das Problem für Sie lösen, mit dem Taktgefühl, der Sensibilität und Kompetenz, die sich aus einer erprobten Methode herleiten, deren Wirksamkeit von Tausenden zufriedener Kunden bestätigt wird...* etc. etc. Man muss schon sagen, dass dieser Neckhart seinen Kollegen einen Schritt voraus ist. Psychoanalytiker, Paartherapeuten, Selbsthilferatgeber voller Anleitungen zum Leben ade: Denn hier wird mühelos – und ohne das geringste Zutun seitens des Betroffenen – jede zwischenmenschliche Komplikation gelöst. Das Ergebnis wird im Voraus garantiert, die Erfolgsquote ist ungeheuer hoch.

Ach, wenn es tatsächlich funktionierte. Die Poulanc wäre sogar bereit, das nötige Kleingeld herauszurücken – wahrscheinlich ziemlich viel –, um sich ein paar Probleme lösen zu lassen. Zum Beispiel könnte sie Neckhart damit beauftragen, die Geschichte mit dem jungen René schmerzlos für sie zu beenden. Wie viele Szenen zu Hause und auf der Straße würde sie sich sparen, wie viele fürchterliche Telefongespräche, wie viele vergebliche Hoffnungen auf wunderbare Veränderungen, wie viele morgendliche feste Vorsätze, die die verzweifelte Einsamkeit im Schlafzimmer wieder zunichtemacht, wie viele Tränen, wie viele Zigaretten. Es genügte, Neckhart alle relevanten Daten zu liefern – Name, Alter (wie peinlich), Handynummer, Adresse der Mutter, Beruf (welcher?) –, auf der Bank die verlangte Überweisung zu tätigen und das Ganze ihm oder einem seiner kompetenten Mitarbeiter zu überlassen. Und wenn sie schon dabei ist, könnte sie ihn auch gleich noch beauftragen, ihren Vertrag mit der Zeitung neu zu verhandeln. Und die Sache mit Rahma, ihrer algerischen Haushaltshilfe, die miserabel arbeitet, die sie aber nicht rauszuwerfen wagt, weil Rahma zwei kleine Kinder hat und ihr leidtut. Donnerwetter, die Idee ist genial, wie kann man das bestreiten? Der Mann sollte in Paris eine Filiale eröffnen, man müsste es ihm sagen. Lieber nicht länger drüber nachdenken, sonst spricht sie ihn dieser Tage tatsächlich noch an.

Auch in Bezug auf die anderen Gäste der Villa Metaphora bietet das Netz eine Menge Resultate, allerdings kein Vergleich mit den beiden Amerikanern. Wahllos, wie das Internet so ist, kommt alles Mögliche heraus, auch Dinge, die die Betroffenen sicherlich gern für sich behalten hätten. Etwa dass Giulio Cobannis Firma für Präzisionsferngläser und Feldstecher – die dank der Qualität ihrer Produkte offenbar hochangesehene und jahrzehntelang blühende Cobglass – 2010 ihre Pforten geschlossen hat, wahrscheinlich wegen der gnadenlosen chinesischen Konkurrenz, vielleicht aber auch, weil ihr der Kundenstamm weggestorben ist. Auf ein paar Fotos sind Arbeiter und Handwerker mit Schildern und untröstlichen Gesichtern vor den Toren der unterdessen geschlossenen Fabrik zu sehen. Ohne Zweifel war der liebenswürdige Ingenieur Cobanni tieftraurig über den Konkurs, wie er in einem Interview erklärt. Aber Urlaub an einem der exklusivsten Orte des südlichen Mittelmeers in Begleitung seiner teuren Gattin kann er sich noch leisten, im Unterschied zu seinen ehemaligen Angestellten. Ein Beweis, dass der Reiche immer auf die Füße fällt wie die Katze, um Großmutter Fernande zu zitieren, die eine Menge solcher Sprüche kannte.

Über die junge Lara Laremi findet sich erwartungsgemäß wenig. Es gibt einige Resultate zu einem Schriftsteller Guido Laremi (verstorben), der hat aber nichts mit ihr zu tun. Dennoch erscheint ihr Name mehrmals (gibt es Namen, die nie vorkommen?) im Zusammenhang mit Theateraufführungen in verschiedenen irischen Städten – kleinere Produktionen –, bei denen sie als Bühnenbildnerin oder Assistentin mitgewirkt hat. Wenn man will, kann man wie immer weiter zurückgehen und findet sie zum Beispiel unter den Studenten der CenterStage, einer Theaterschule in Limerick. O Gott, das Wort erinnert sie urplötzlich an Jean-Émiles Schwärmerei für Edward Lear und seine Limericks. Schon klingt ihr wieder die faszinierende – hypnotisierende, schmeichlerische – Stimme im Ohr, die ihr die metrische Struktur des Anapästs erklärt, begleitet von rhythmischen Bewegungen der rechten Hand, »*ta-ta-TUM*« … Schluss, genug von Jean-Émile, reden wir von etwas anderem, bitte.

Zum Beispiel von Werner Reitt. Heute Morgen hat seine Gattin ihr mit elegantem Understatement nur gesagt, dass er eine »führende Stelle bei einer großen Bank« einnehme, doch hier kommt heraus, dass er sogar Zweiter Generaldirektor – selbstverständlich mit großem Z – der PanEuropaBank ist. Das heißt, einer der Halbgötter der internationalen Hochfinanz. Einer jener geheimnisvollen Drahtzieher, die im Verborgenen Strategien ausarbeiten und dabei zusehen, wie die Welt eine beispiellose Wirtschaftskrise durchmacht. Während sich alle fragen, wie es weitergehen soll, was aus ihrem Arbeitsplatz, aus ihren Renten, ihren Ersparnissen, ihren Wohnungen wird, weiß Werner Reitt es wahrscheinlich längst oder hat zumindest eine ziemlich genaue Vorstellung davon. So erklären sich auch die lärmende arrogante Ankunft im Hubschrauber und die Entschlossenheit, sich nicht unter die anderen gewöhnlicheren Sterblichen zu mischen, so »erlesen« die Gäste auch sein mögen. Ebenso wie der unglückliche Blick seiner Frau, ihr morgendlicher Zusammenbruch, ihre Tränen. Mit so einer Persönlichkeit verheiratet zu sein ist ganz gewiss kein Spaß.

Ein weiteres Paradox des Internets ist allerdings: Je bedeutender – im wahren Sinn, wir reden hier nicht von den sogenannten lächerlichen VIPS – die Persönlichkeit, über die man etwas wissen will, umso weniger kriegt man heraus. Gewiss, der Name Werner Reitt kommt x-mal vor, doch ertrinkt er immer in seitenlangen, entsetzlich öden Analysen und Berichten, Zusammenfassungen von Tagungen, offiziellen Erklärungen und Transkriptionen. Kein einziger farbiger, kritischer, amüsanter Artikel ist darunter; nichts, was einem Außenstehenden – und die, die zum inneren Kreis gehören, sind sehr, sehr wenige – begreiflich machen könnte, wer dieser Herr ist und was er wirklich tut. Seine Wikipedia-Seite ist knapp, nur karge, absolut unergiebige Daten. Studium an der Universität Hamburg, Doktorarbeit mit dem Titel *Der Dawes-Plan und die Stabilisierung der deutschen Mark von 1923 bis 1925* –, Cursus honorum, das war's. Das Foto oben rechts ist eindeutig ein Ausschnitt aus einem größeren, auf dem er mit anderen Finanzmagnaten abgebildet war, man erkennt ihn kaum. Die Anmerkungen und die Links am Ende der Seite sind unbrauchbar, führen nirgends hin.

Doch siehe da. Am Ende der folgenden Seite findet sich ein sehr vielversprechender Eintrag: *Werner Reitt Worse Than Nebukadnezar?* Das Foto ist das Gleiche, nur vergrößert – schlecht, mit miserabler Auflösung –, doch wenigstens sieht man das fahle Gesicht und den Blick eines Serienkillers etwas besser. Der Text klagt ihn an, von der Kommandobrücke der PEB aus gegen Großbritannien zu intrigieren, mit dem Ziel, es vor den Karren Deutschlands zu spannen oder aus der EU auszuschließen! Leider erkennt sie beim Weiterlesen, dass es sich um ein parareligiöses Delirium handelt, gespickt mit Zitaten aus dem Buch

Ezechiel, absurden Deutungen des Alten Testaments, breitgefächerten Angriffen auf politische Führungspersönlichkeiten und Währungsbehörden in halb Europa. Der Name der Website ist www.EzechielsHorn.com: Schon das hätte ihr sagen müssen, dass es sich bestimmt nicht um eine vertrauenswürdige Quelle handelte. Ansonsten gibt es nichts von Bedeutung über den illustren Mitgast. Drückt man bei der Suche auf »Bilder«, wiederholen sich endlos die gleichen drei oder vier Fotos. Nur eine nicht einmal sehr gelungene Karikatur aus dem *Spiegel* ist dabei, verloren zwischen den vielen identischen Gesichtern.

Da liest die Poulanc doch lieber noch etwas über den jungen spanischen Starkoch Ramiro Juarez, auch wenn sie über ihn schon genug Informationen hat. Vor fünf Jahren hat sie bereits einen recht gelungenen – ziemlich gemeinen und, nach den Reaktionen zu urteilen, treffsicheren – Artikel über das Capón Delgado in Barcelona verfasst, das gefeierte Restaurant seines Lehrmeisters Hernán Xara. Vielleicht ist der dann auch deshalb – doch schreiben wir der Presse um Gottes willen nicht zu viel Macht zu – mit Sack und Pack nach Cadaqués umgezogen, wo er El camarón furioso erfunden hat.

Moment mal: Fast ganz unten auf der »Bilder«-Seite von Werner Reitt, zwischen den Dutzenden immer gleicher, nur farblich leicht verschiedener Fotos fällt ihr die Aufnahme eines Mannes mit einem jungen Mädchen auf. Obwohl das Gesicht des Mannes eine vage Ähnlichkeit mit Reitt aufweist, ist es ziemlich sicher eine Aufnahme, die hier eigentlich nichts zu suchen hat. Es könnte sich um einen Namensvetter des mächtigen Bankers handeln oder – die Unzuverlässigkeit des Internets kennt keine Grenzen – um den schlechten Scherz eines leicht pubertären Verleumders. Klickt man es an, erscheint der Name der Homepage – Dadakangurblog –, und das Foto vergrößert sich, wodurch es noch unglaubwürdiger wird, denn man sieht den Mann mit nacktem Oberkörper, das Mädchen trägt BH und Höschen, und beide wirken sehr betrunken, mit Champagnergläsern in der Hand. Eine kleine Orgie, grotesk und peinlich wie jede Episode aus dem angeblichen – nicht mehr existierenden – Privatleben der anderen. Die Unterschrift lautet: *Der König der Finanzwelt hat Spaß.* Völlig absurd, aber einen kleinen Zweifel, ob es sich doch um den echten Reitt handelt, weckt es dennoch – das gehört zu den perversen Mechanismen des Internets. Aus der gesäten Unsicherheit wachsen sehr rasch sehr schwer auszumerzende Pflänzchen.

37

Gedämpft dringen ab und zu von den Terrassen der Suiten Fetzen von Gesprächen herüber. Meer und Felsenküste sind im tiefen Dunkel versunken, oben am Himmel funkeln hell die Sterne. Jedes Sternbild ist deutlich erkennbar. Die samtige grenzenlose Nacht umfängt die Insel, löscht alle Bilder und Betrachtungen des Tages aus. Paolo Zacomel geht langsam den gepflasterten Weg entlang, atmet mit geweiteten Nasenflügeln die wilden Düfte ein, lässt sich das Gesicht vom lauen Wind streicheln, der jetzt kräftiger vom Meer heraufweht.

Auf der Restaurant-Terrasse schaukeln die marokkanischen Lampen in ihrem warmen Lichtkreis, das weiße Sonnensegel knattert wie das Segel eines Schiffes, die Tische aus Lavagestein glänzen noch feucht, nachdem Teresa und Amalia sie abgeräumt und gesäubert haben, bevor sie zusammen mit Federico in dem Boot nach Hause gefahren sind. Die Fenster von Perusatos Büro sind geschlossen, durch die Lamellen der Rollos schimmert kein Licht. Im Salon brennt eine Lampe: Die Cobannis plaudern noch, beide mit einem Buch auf den Knien. Der Küchenvorraum ist erleuchtet, die Küche selbst noch mehr.

Paolo Zacomel schaut hinein: »Hey?«

»¡Hola!« Mit einem Glas Weißwein in der Hand kommt Ramiro sichtlich nervös hinter einem großen Kühlschrank aus satiniertem Edelstahl zum Vorschein. »¿Qué tal?«

»¿Qué más?« Paolo Zacomel spricht zwar kein Spanisch, doch wenigstens die Begrüßungsfloskeln kennt er.

»*Eh, angustia da isla.*« Ramiro trinkt einen Schluck.

»Wieso Inselangst, ist dir Tari zu eng?«

Ramiro fährt sich mit der Linken über die Augen. »Ich fühle mich wie im *exilio*. Schrecklich.«

»Aber sind denn Menschen wie wir nicht überall ein bisschen fremd? Wo immer sie sind?«

Ramiro überlegt und nickt.

»Außerdem ist die Welt da draußen auch nicht so berauschend. Ich sehne mich gar nicht zurück.«

»Nein?«

»Nein.«

Ramiro lächelt gezwungen. Er gießt ein zweites Glas Weißwein ein und reicht es Paolo.

Zacomel prostet ihm wortlos zu, nimmt einen großen Schluck. Kalt, trocken, stark rinnt der Wein durch die Kehle, mit einem leichten Hauch von Zitrusschalen, sehr befriedigend nach dem Tag voller Sonne, Wind, Salz, Schweiß, manueller und geistiger Anstrengung, Blicken aus näherer und weiterer Entfernung, Gedanken, die um sich selbst kreisen.

»Hast du mal wieder nichts gegessen, du Asket?« Ramiro sieht ihn fragend an.

»Wenn du was für mich hast, esse ich's.« Paolo Zacomel lacht.

»Schauen wir mal.« Ramiro kratzt sich am Kopf.

»Einfach, was da ist.« Paolo Zacomel trinkt noch einen Schluck. »Bloß keine Umstände.«

»*Déjame pensar.*« Ramiro bedeutet Paolo, ihn nicht abzulenken.

Zacomel hebt ergeben die linke Hand, trinkt noch einmal.

»*¿Y el Perusón?* Ist er noch unterwegs?«

»Perusato hat sich mit Lucia in seine Gemächer verzogen.« Paolo Zacomel deutet mit dem Kopf auf den Ausgang. »Den sehen wir bis morgen bestimmt nicht mehr.«

Es klopft an der Tür zum Küchenvorraum, beide wenden sich ruckartig um.

Lara kommt mit ihrem leichten Schritt herein, fast auf Zehenspitzen. »Störe ich?«

»*¡Claro que sí,* es war ein *momento muy íntimo*!« Ramiro kichert. »Schlechtes Timing!«

Auch Lara lacht: Ihre Augen funkeln, auf ihren Wangen bilden sich zwei Grübchen.

Paolo Zacomel fühlt sein Herz höherschlagen, seine Hände kribbeln. Er weiß nicht, was es ist: das warme, ironische Licht in ihrem Blick, ihre bewegliche Mimik, die geschärfte und zugleich behutsame Aufmerksamkeit? Ihre gesamte Präsenz, ihre Aura?

»Dann essen wir zu dritt, oder?« Ramiro schenkt auch Lara ein Glas Wein ein.

»Danke, gern.« Lara hebt ihr Glas, trinkt einen Schluck. Sie sieht sich weiter in der Küche um, verlagert das Gewicht von einem Fuß auf den anderen.

Ramiro füllt einen Topf mit Wasser, stellt ihn auf ein Kochfeld, drückt die Taste eines MP3-Players, der an zwei kleine Lautsprecher auf einem Regal angeschlossen ist. Dann öffnet er einen Kühlschrank, sucht eine Anregung für seine Phantasie. Aus der Stereoanlage kommt eine träumerische, weiche Musik, ein Banjo spielt die Melodie, eine Mandoline den Kontrapunkt, man hört das Zupfen des Kontrabasses, die langgezogenen Klänge einer Geige.

»Was ist das?« Zacomel deutet mit dem Glas auf die kleinen Lautsprecher.

»Béla Fleck and the Flecktones.« Lara kommt Ramiro zuvor. »*The Lights of Home.*«

»*Oye, chica,* du kennst dich aber aus.« Ramiro ist sichtlich beeindruckt, mustert sie mit hochgezogenen Brauen.

»Eines meiner Lieblingsstücke.« Lara trinkt noch einen Schluck Wein. »Jedes Mal, wenn ich es höre, bricht es mir das Herz.«

Sie hat eine so ausdrucksvolle Art zu sprechen, die Hände zu bewegen: Ihr Kommunikationsbedürfnis äußert sich ungefiltert in ihrer Stimme und ihren Gesten.

»Dann sind wir hier zu dritt mit gebrochenem Herzen, *perfecto*.« Ramiro holt einige Paprikaschoten aus dem Kühlschrank, legt sie auf ein Brett, entkernt sie mit einem Messer, überaus behutsam und mit erstaunlicher Präzision.

»Ich habe kein gebrochenes Herz.« Paolo Zacomel fragt sich, was wohl dann mit seinem Herzen los ist, denn irgendwas hat es.

»*Sí, claro.*« Ramiro sieht ihn schräg an.

»Was willst du mit diesem Gesicht sagen? Was weißt du denn schon?« Paolo Zacomel leert sein Glas und schenkt sich nach.

»*Nada, nada.*« Ramiro schüttelt den Kopf. Er holt aus dem Kühlschrank ein Tablett mit vielen kleinen Schälchen, die geheimnisvoll durchsichtig grün und rot schimmern.

Paolo Zacomel betrachtet die Schälchen, kann den Inhalt jedoch nicht identifizieren.

»Mousse aus *flores de capas* in Gelee.« Ramiro legt vorsichtig einen Löffel darauf, um die Festigkeit zu testen.

»Kapernblüten?« Auch Lara kommt näher. »Und die anderen Farben?«

»Rosa Grapefruit, Grünkohl, Granatapfel, Passionsfrucht... Aber die überlassen wir besser den Gästen.« Er schiebt das Tablett wieder in den Kühlschrank, zieht einen Topf und ein Schneidebrett heraus.

Lara beobachtet alles aufmerksam, dann holt sie ihren kleinen Zeichenblock und einen Bleistift aus der Leinentasche, von der sie sich nie trennt. Sie sieht Ramiro an: »Macht es dir was aus, wenn ich dich zeichne?«

»*¿A mi?*« Ramiro tippt sich mit dem Kochlöffel an die Brust. Lara nickt.

»Hauptsache, du machst mich nicht zu hässlich.« Ramiro holt aus einem anderen Kühlschrank einen Bund seltsam aussehendes Gemüse und legt ihn auf das Brett. »*Asparagos de mar.*«

»Meeresspargel?« Paulo Zacomel streckt einen Finger aus, um sie zu berühren. »Sind das Algen?«

»¿*Algas?*« Mit gespielter Empörung schüttelt Ramiro den Kopf. »Nein. Aber sie wachsen am Meer, auf den Felsen. Ich wusste, dass es hier welche geben müsste.«

Paolo Zacomel wirft Lara einen Blick zu, genau in dem Moment, als sie zu ihm hinsieht. Bei der Begegnung ihrer Blicke fühlt Paolo erneut eine warme Welle in der Herzgegend aufsteigen.

Ramiro öffnet den Kühlschrank erneut, nimmt Petersilie, Basilikum, Kerbel, Dill und Schnittlauch heraus. Er legt die Meeresspargel auf ein Brett, schneidet sie sorgfältig unten ab, als wollte er ihr empfindliches molekulares Gleichgewicht nicht verletzen.

Lara beobachtet ihn, rasch fliegt der Zeichenstift über den Block: Auf dem Papier entsteht ihre Version der Küchenecke. Dann blättert sie um, und unter den schnellen Strichen taucht ihre Version von Ramiro auf.

Paolo Zacomel schaut ihr zu, die Idee, eine Darstellung ihrer Wahrnehmung zu sehen, entzückt ihn.

»Seltsamer Tag heute, oder?« Lara hebt den Blick von ihrer Zeichnung zu Ramiro und senkt ihn wieder.

»Sehr seltsam.« Paolo spürt, dass er mit *allem* einverstanden ist, was sie fühlt und denkt. Nicht dass ihm das früher häufig passiert wäre, aber nach diesen Monaten völliger Abgeschiedenheit erscheint es ihm so seltsam, so geheimnisvoll.

»*La isla de la paz, de verdad.*« Ramiro nimmt eine Handvoll Mandeln aus einer Dose und zerstößt sie mit einem kleinen Mörser aus Olivenholz.

»Perusato und Lucia waren unglaublich nervös.« Lara wechselt zum nächsten Blatt, zeichnet die Hände, den Stößel, den Mörser.

»Der Amerikaner war auch nicht besonders gelassen!« Paolo Zacomel lacht. »Ich habe ihn unten an der Küste gesehen, wie ein Jaguar sprang er von Fels zu Fels. Und am Schluss rannte er wie eine Furie den Hang hinauf.«

»Was hat er denn da unten auf den Felsen gemacht?« Ramiro leert die Mandelpaste auf einen Teller, legt die Kräutersträußchen aufs Brett und hackt sie ganz fein, *tack, tack, tack.*

»Er schien etwas zu suchen... oder jemanden.« Paolo Zacomel könnte nicht dafür bürgen, dass seine Worte zu hundert Prozent stimmen, seine Wahrnehmungen sind zu sehr vom Wein, von Laras Nähe beeinflusst.

»Er suchte den Fotografen.« Lara senkt die Stimme.

»Welchen Fotografen?« Ramiro blickt auf, doch seine Hand arbeitet automatisch mit der Klinge weiter, *tack, tack, tack.*

»Einen, der Lynn Lou aufgelauert hat, um sie beim Baden im Vulkanpool zu fotografieren.«

»¿*Desnuda, tal vez?*«, fragt Ramiro neugierig. Er stellt eine Pfanne auf ein Kochfeld, gießt Öl hinein.

»Ob sie nackt war, weiß ich nicht.« Lara weicht aus, aus Loyalität gegenüber Lynn Lou.

»Ach, *dem* war Carmine auf den Fersen.« Paolo Zacomel klopft auf die Arbeitsplatte. »Ich habe ihn gesehen, als er wie verrückt hinter einem Typen die Böschung runterstürmte.«

»Und hat er ihn erwischt?«

»Irgendwann hat er ihn eingeholt, und sie haben sich geprügelt. Ich glaube, Carmine wollte ihm den Fotoapparat abnehmen.«

»Hat er es geschafft?« Ramiro kontrolliert das Öl in der Pfanne, holt einen Becher saure Sahne aus dem Kühlschrank.

»Keine Ahnung, sie sind hinter den Felsen verschwunden.«

»Und dann?« Laras Haare sind so unglaublich dicht, gerade geschnitten, sie unterstreichen ihre dynamische, unruhige, lebhafte Seite.

»Ich glaube, der Fotograf ist dann weggefahren.« Paolo Zacomel kann sich nicht sattsehen an Lara, er muss sich anstrengen, um an den Tag zurückzudenken.»Er hatte ein graues Schlauchboot, das ich später nicht mehr gesehen habe.«

»Und Carmine?« Lara schaut ihn mit ihren Haselnussaugen aufmerksam an. Dieses Hin und Her von Blicken zwischen ihnen reißt nicht ab.

»Er ist über die Treppe wieder nach oben gegangen, aber danach habe ich ihn noch mal mit Lucia runtergehen sehen.«

»¿*Y el Perusón?*« Mit der Messerklinge schiebt Ramiro die feingehackten Kräuter auf einen Teller, gibt Öl und und Mehl in eine Schüssel, verrührt sie zu einem dünnen Teig.

»Der war nicht dabei.«

»Ich hab ihn später gesehen, von der Terrasse aus.« Ramiro schwenkt die Pfanne, in der das Öl zu brutzeln beginnt.

»Das hast du geträumt.« Paolo Zacomel lacht. »Er war nicht dabei. Da bin ich sicher.«

»Du bist betrunken, *carpintero*. Er war da.« Ramiro taucht die Meeresspargel behutsam und rasch in den Teig.

»Nein, war er nicht.« In Wirklichkeit, denkt Paolo Zacomel, ist er sich gar nicht sicher, er weiß nur, dass diese magnetische Anziehung zwischen ihm und Lara besteht, dieser unstillbare Durst nach Nähe.

»¡*Estoy seguro, cien por cien, te digo!*« Ramiro leert die Spargel im Teigmantel in die Pfanne, streut weiße und schwarze Pfefferkörner darüber. Er dreht sich um, vermischt in der Glasschüssel die saure Sahne, den Joghurt, die zerstoßenen Mandeln und die Kräuter.

»Wann denn?« Paolo Zacomel fühlt, dass seine Gedanken immer mehr durcheinandergeraten.

»Zuerst hat er diesen Mann im blauen Anzug zu dem Militärboot hinunterbegleitet.«

»Piero Gomi, den Politiker.«

»*Qué cara más fea,* der Blödmann hat nicht mal meinen Kaffee ausgetrunken. Ein schrecklicher Typ.«

»Total.« Zacomel trinkt noch einen Schluck Wein, beobachtet Lara, die immer weiter zeichnet. »Und was hat Perusato dann gemacht?«

»Lucia ist ihm nachgegangen, und danach sind sie zusammen *a las rocas* zurückgekehrt.«

»Und Carmine?« Lara neigt den Kopf. Wodurch wird die einfachste Bewegung von jemandem bloß so wunderbar, der normalste Gesichtsausdruck so bedeutungsvoll?

»*No sé,* aber ich habe *los tres* die Treppe zusammen wieder hochkommen sehen.«

»Irgendwann war allerdings auch noch ein anderes Boot dort an den Felsen.« Paolo Zacomel versucht, einen Ablauf herzustellen, aber es ist zwecklos. Die menschlichen Figürchen, die in seinem Gedächtnis herumspazieren, sind zu weit von seinen jetzigen Gedanken und Empfindungen entfernt, er bringt sie nicht zusammen.

Lara verwirrt ihn mit ihrer Nähe.

»Du meinst, gleichzeitig?« Auch Ramiro scheint sich zu wundern.

»Ich weiß es nicht.« Es hat keinen Sinn, Paolo Zacomel erinnert sich nicht an die Abfolge der Ereignisse: Die Intensität der Gegenwart ist zu verwirrend. »Ich glaube, das Boot hat eine weite Runde gedreht, denn es hat kurz nach der Ankunft der Küstenwache an der Mole festgemacht.« Oder doch kurz davor?

»Ach, das war *el asistente del alemán.*« Ramiro nickt. »Ich habe ihn aussteigen sehen. *El muchachito rubio.*«

»Der war das auf dem Boot?«

»*Sí señor.*« Ramiro holt eine Packung dünne, dunkle Dinkelspaghetti aus einem Schrank.

»Was für ein Durcheinander, dieser Tag.« Lara lacht, legt den Stift hin, um einen Schluck Wein zu trinken.

»Echt.« Auch Paolo trinkt lachend. Es freut ihn unheimlich,

die gleichen Dinge zu tun wie sie, mehr oder weniger gleichzeitig. Unglaublich.

Sie trinken Weißwein, während Ramiro weiterkocht. Paolo Zacomel denkt, wie unendlich viel Lara und er sich zu sagen hätten, anstatt von diesen Dingen zu reden, aber es macht nichts, es ist sogar gut, nur die Gesten, die Blicke, die Atmosphäre sprechen zu lassen.

Lara wirft wieder Striche aufs Papier, unter ihrem Stift entsteht ihre Version von Paolo Zacomel, wie er ihr auf den Ellbogen gestützt beim Zeichnen zusieht.

»Es kommt mir vor wie Zauberei.« Die Wörter kommen aus seinem Mund, während er sie denkt, ohne jede Verzögerung.

»Was er macht, ist auch Zauberei.« Lara deutet auf Ramiro. »Und du zauberst aus dem Holz, das du vom Meer heraufbringst, Möbelstücke, auf die man sich setzen kann.«

Mit träumerischer Leichtigkeit, ähnlich wie Lara beim Zeichnen, nimmt Ramiro die Meeresspargel aus der Pfanne und legt sie zum Abtropfen auf ein Tuch. Seltsam, es wirkt, als spiegelten sie einander, als folgte einer den Gesten des anderen, als wetteiferten sie in der Zauberwirkung. Doch jede Zeichnung von Lara umfasst auch Lara, die zeichnet: Ihre Person ist nicht zu trennen von dem, was ihr Bleistift aufs Papier bannt, ihre Handbewegungen sind nicht von ihrem Blick zu trennen.

Mit leicht theatralischer Geste streut Ramiro drei Prisen grobes Salz in den Topf mit kochendem Wasser, gibt die richtige Menge Dinkelspaghetti hinein.

Lara zeichnet weiter. Die Perspektive ihrer Skizzen ist anders als die von Paolo Zacomel, daher hat er den Eindruck, alles aus zwei Blickwinkeln zugleich zu sehen, und ihrer gefällt ihm viel besser als seiner.

»Wie bist du eigentlich Koch geworden?« Lara fragt, ohne dabei den Stift auf dem Papier anzuhalten.

»Essen war für mich der Horror.«

Paolo Zacomel kichert, aber nur, weil ihn der wahrhaftige Ton von Ramiros Worten überrascht, nicht, weil er sie merkwürdig findet.

»Fürchterlich.« Ramiro hält einen Augenblick inne, tippt sich mit dem Kochlöffel an die Stirn.

»Du hast nicht gern gegessen?« Lara zeichnet Ramiros Hand mit dem Kochlöffel.

»Es war ein Horror, andere essen zu sehen.«

»Ach ja?«

»Ja!« Plötzlich wird Ramiro ungebremst von seinen Gedanken eingeholt. »Zu sehen, wie mein Vater heimkam, sich an den Tisch setzte, Messer und Gabel in der Hand, und meine Mutter anschrie: ›*¿Dónde está mi carne? ¡Tráeme la carne!*‹ Er stürzte sich auf sein Steak, zerfetzte es, stopfte es sich in den Mund, er verschmierte sich Gesicht, Hände und Hemd mit Sauce, mit Fett, mit Blut. Er spülte das Essen mit Wein runter, runter damit in den Hals, *whom*, runter in den Magen, das Glas ganz verschmiert von den fettigen Lippen. Einfach obszön, *abominable*, die Gier, ein Stück totes Tier zu verschlingen. Seine Serviette sah nach dem Essen aus *como la víctima de un terrible accidente automovilístico,* wie ein Unfallopfer ...«

»Um Himmels willen, Ramiro.« Lara hört zu zeichnen auf, betrachtet ihn mit tiefster Anteilnahme.

»Und wenn ich etwas kochen wollte, um nicht dasitzen und zuschauen zu müssen, schlug er mit der Faust auf den Tisch. ›*¿Qué eres, una señorita?* Ein Mann kocht nicht! Lass das deine Mutter machen, iss dein Fleisch, anstatt Flausen im Kopf zu haben! Setz dich hin!‹«

Paolo Zacomel und Lara sehen sich an, stellen sich den jungen Ramiro bei Tisch vor, erinnern sich an sich selbst als Heranwachsende, wie sie herausfinden wollten, wer sie wirklich sind und was sie von der Welt erwarten.

»Beim Essen zeigt sich immer die schlechteste Seite der Menschen, immer!« Das Thema hat Ramiro total gepackt, aber dennoch schält er weiter mit größter Sorgfalt die Paprikaschoten. »¡*La brutalidad, la frialdad, la codicia, el egoísmo, la indiferencia, la arrogancia, la inercia, la falta de sensibilidad, la falta de medición, la falta de atención!*«

»Dabei müsste Essen doch etwas ganz Natürliches sein.« Lara zeichnet einen Teller und ein Schüsselchen, mit wenigen schwungvollen Linien zeigt sie auf, wie normal und auch seltsam ein Teller und ein Schüsselchen sein können.

»Genau!« Wütend dreht Ramiro auf einer Edelstahlpresse eine Zitrone hin und her. »Auch Sex ist etwas Natürliches, aber keineswegs automatisch immer wunderbar, oder? Viel öfter ist er *sórdido, vulgar, egoísta, depredador, mercantilizado, recitado, estúpido, superficial, falso, repetitivo, insistente, maquinal, insignificante!*«

Lara lacht über Ramiros Heftigkeit, aber sie nickt, sie weiß, wovon er redet.

»Wahrscheinlich sind viele Menschen vom Wesen her nicht so besonders, das ist das Problem.« Paolo Zacomel trinkt noch einen Schluck Wein. Ihm ist, als schwebte er in einer Zwischenregion, zwischen dem, was er sucht, und dem, was er bisher gefunden hat, dem, was er sich als Möglichkeit ausmalt, und dem, was er nicht benennen kann, was aber da ist, hier und jetzt.

»¡*Escúchame!*« Ramiro kann sich immer noch nicht bremsen. »Manchmal sehe ich Leute essen, die sich viel, viel eleganter vorkommen als mein Vater, und ich könnte kotzen! Mit einer grässlichen Handbewegung stopfen sie sich mit Austern voll, mit Dutzenden, reißen den Mund auf, *monstruoso,* und schmatzen hemmungslos! Oder sie fressen löffelweise Kaviar oder weiße Trüffel, bloß weil das Zeug so teuer ist wie Gold, also muss es unbestreitbar köstlich sein!«

Paolo Zacomel denkt daran, dass auch er sich immer vor unmäßigen Essern, vor ihrer Maßlosigkeit, ihrer tierischen Gier, ihrer Verschwendung von Zutaten geekelt hat, so dass er schließlich beschlossen hat, nur noch das Allernötigste zu sich zu nehmen, die einfachsten Speisen, die es gibt.

Lara zeichnet einen Fisch mit geheimnisvollem Ausdruck. »Ach, deshalb verabreden sich zwei Menschen, die sich für einander interessieren, so oft als Erstes zum Essen? Um sofort zu sehen, was sich Hässliches in ihnen verbirgt?«

»Kann sein.« Ramiro schneidet die geschälten Paprikaschoten in lange Streifen. »Aber natürlich ist das Restaurant eine Art *teatro*. Da siehst du alle Typen dieser Welt: den genüsslichen Vielfraß, den Gierigen, den Jesuiten, *el super sofisticado, el cosmopolita, el amante de la tradición, el meticuloso obsesivo*...«

»Stört es dich nicht, dass sich das auch in deinem Restaurant abspielt?« Lara sieht ihn mit ihrer offenen Neugier an.

»*Tal vez.*« Ramiro überlegt. »Aber was ich mache, ist ja auch eine Inszenierung. Dazu brauche ich eine blühende Phantasie: Ich nehme eine Form oder einen Namen, den alle kennen, und versuche, die Vorhersehbarkeit zu durchbrechen, verstehst du? Ich will die Leute überraschen...«

»Wenn dir das gelingt, ist es schon viel.« Paolo Zacomel denkt, dass er es mit seinen Hölzern im Grunde genauso macht, egal, ob er sie in Möbelstücke oder Skulpturen verwandelt.

»Deswegen bin ich ja Koch geworden, *hombre*!« Ramiro trinkt rasch einen Schluck Wein, beträufelt ein paar Distelherzen mit Öl und Zitrone und legt sie auf eine ovale Platte.

Während sie warten, bis die Pasta gar ist, plaudern sie weiter über den Tag, den Abend, die Gäste, Perusato, die Villa Metaphora und Tari. Dann gießt Ramiro die Dinkelspaghetti ab, gibt sie in eine große Metallschüssel, streut die gehackten Kräuter darüber, fügt etwas Öl hinzu, rührt um, fügt die Meeresspargel im Teigmantel hinzu und als Krönung noch ein paar Blättchen dunkelgrünes, stark duftendes griechisches Basilikum. »*Et voilà.*«

Paolo Zacomel kichert. »Bist du sicher, dass du sie nicht erst entmaterialisieren und als hauchzarten Schaum wieder auferstehen lassen willst, mit ein wenig Dampf vom Wolgastör und einem Seufzer Vanille aus Madagaskar?«

»*Muy ingenioso, carpintero.*« Ramiro schneidet ihm eine ironische Fratze. Er verteilt die Pasta auf drei Teller, gibt je einen an Lara und Paolo Zacomel weiter.

Sie setzen sich zu dritt um die Edelstahlplatte, betrachten die grün gewordenen Dinkelspaghetti, die grüngoldenen Zweiglein der Meeresspargel im Teigmantel.

»Als stammten sie von einem anderen Stern.« Lara deutet darauf: Es sieht aus wie ein Miniatururwald im Nebel, mit Bäumen, Sträuchern und Wurzeln.

»Ja wirklich.« Paolo Zacomel fühlt sich wie in einem Traum, durcheinander, verlangsamt.

»Widmen wir ihnen unsere ungeteilte Aufmerksamkeit.« Ramiro rollt einen Bissen perfekt um die Gabel, als wäre es ein bedeutendes Ritual.

Lara macht es ihm nach, verwendet auf jede Handbewegung größte Sorgfalt. Auch Paolo Zacomel nimmt eine Gabel voll, schiebt sie in den Mund, kostet mit unerklärlicher Freude die warme, glitschige Konsistenz der Spaghetti, das ätherische Kräuteraroma, die kaum spürbare Rauheit der zerstoßenen Mandeln, die sogleich für die Feuchtigkeit empfängliche Knusprigkeit der Meeresspargel. Er sieht Lara zu, die es genauso macht, und es kommt ihm vor wie ein Wunder, dass er diese Empfindungen mit ihr teilen darf. Er fühlt sich wie in einer geschützten kleinen Oase von Anziehung und Licht und Wärme und tiefer Nähe, verborgen im undurchdringlichen Dunkel der Nacht. Zum ersten Mal, seit er auf Tari angekommen ist, freut es ihn, nachts ein Dach über dem Kopf und Wände um sich herum zu haben und nicht allein zu sein.

Vierter Tag

38

Die Matratze ist viel zu weich; wer weiß, warum selbstverständlich angenommen wird, die Gäste eines Luxusresorts müssten das dringende Bedürfnis haben, in einen Zustand unbestimmter Entspannung zu verfallen, anstatt einfach nur zu schlafen. Werner Reitt schlägt das Laken zurück und springt auf. Er hat kein Auge zugetan, nicht einmal fünf Minuten, noch schlimmer als die Nacht zuvor. Brigitte neben ihm war genauso wach wie er, genauso festgenagelt wie er auf der eigenen Seite des Bettes, genauso mit Gedanken und Regungen beschäftigt, die sich nicht abstellen lassen, nicht einmal für ein paar Stunden. Die Vorstellung, sie gleich offiziell wach vor sich zu haben, mit ihrem anklagenden Blick gegenüber dem Jungmädchenverführer, dem Familienzerstörer, dem Schänder der Institution Ehe als solcher, ist ihm unerträglich. Die Anwesenheit seiner Frau hier auf der Insel hilft ihm kein bisschen, im Gegenteil, sie schwächt ihn, reibt ihn auf, vermindert seine Reaktionsfähigkeit. Mit ihr gemeinsam wegzufahren hat diese ohnehin falsche Entscheidung noch unerträglicher gemacht, nun fühlt er sich doppelt gefangen.

Doch jetzt hat es keinen Zweck, über die begangenen Fehler zu jammern, diese Überlegungen führen nirgendwohin. Werner Reitt zieht sich rasch an, rasiert sich im Badezimmer, in das schon das erste Tageslicht fällt, und denkt an Kunze, der in Frankfurt sicher noch döst, in einem noch weicheren Bett als dem, das er hier gerade verlassen hat. Wenn Kunze dann endlich wach geworden ist und ein üppiges Frühstück verzehrt hat, wird er sich von seinen Beratern, Assistenten und Informationsaufbereitern über den letzten Stand unterrichten lassen, und sie werden ihn zweifellos ermutigen, die Sache, die zu einem ernsten Imageproblem für die Bank werden könnte, schnellstmöglich zu lösen. Dieser Aspekt ärgert ihn besonders: auf ein Imageproblem reduziert zu werden wie ein General, der eine Niederlage zu verantworten hat, die plötzlich zum Hindernis für den Führungsstab wird. Bloß dass der fragliche General für gar keine Niederlage verantwortlich ist, im Gegenteil, er hat eine beachtliche Reihe von Finanzschlachten gewonnen. Deshalb dürfte diese rein private Angelegenheit seine Rolle in der PanEuropa-Bank kein bisschen in Frage stellen. Aber natürlich ist es ein Leckerbissen für alle Leitartikler, Politiker und Gewerkschafter, die seit Jahren die dumpfe Feindseligkeit gegen die Banken schüren. Und auch ein Geschenk für die Obersten der PEB, die seit Jahren die Messer wetzen, um ihn im geeigneten Moment zu meucheln. Sie werden ihren Augen nicht trauen, wenn sie seine Achillesferse entdecken. Um solch eine Gelegenheit beim Schopf zu packen, braucht es keinen Mut (den sie nicht hätten) und auch keinen großen Ehrgeiz; nur die richtige Dosis Ressentiment. Er sieht sie schon vor sich, die solonischen Tugendwächter, wie sie sich aufspielen und behaupten, seine Leichtfertigkeit im Privatleben beeinträchtige unvermeidlich seine Glaubwürdigkeit innerhalb der Bank und damit die Glaubwürdigkeit der Bank selbst. Warum eigentlich »unvermeidlich«? Wären sie in der Lage, das vor einer unvoreingenommenen Jury überzeugend zu begründen? Hat sich die Tatsache, dass Julius Cäsar, Dschingis Khan und Napoleon kein makelloses Privatleben führten, jemals negativ auf ihre strategischen Fähigkeiten ausgewirkt? Oder auf ihren Einfluss auf ihre Truppen? Oder auf den Schrecken, den sie ihren Feinden einflößten? Gibt es einen einzigen ernsthaften Historiker, der je gewagt hätte, das zu behaupten? Hatte darüber hinaus der echte Solon, geboren 638 vor Christus, nicht erklärt: »Gesetze gleichen Spinnennetzen: Sie halten die Kleinen und Schwachen gefangen, die Größeren aber können sie zerreißen und freikommen«? Was würde ein Solon von heute dazu sagen? Abgesehen davon, dass es in diesem Fall völlig abwegig ist, von Justiz zu sprechen, hier geht es doch nicht um ein Verbrechen! Ja, Christiane war siebzehn, als sie zum ersten Mal zusammen ins Bett gegangen sind, na und? Das Alter für einvernehmlichen Beischlaf ist in Deutschland auf vierzehn Jahre festgesetzt, sechzehn, wenn einer der Partner irgendeine Form von Autorität oder Einfluss auf den jüngeren ausübt (das ist hier nicht der Fall). Wie auch immer, wenige Monate nach Beginn ihrer Beziehung war Christiane achtzehn, daher handelte es sich in jeder Hinsicht um eine Beziehung zwischen Erwachsenen. Und außerdem hat in Sachen Verführungsstrategien und Kontrolle über das Spiel mit den Gefühlen immer Christiane ihn beherrscht und nicht umgekehrt.

Werner Reitt kommt aus dem Bad, durchquert das Zimmer, tritt auf die Terrasse hinaus, um Brigitte zu ermöglichen, ebenfalls aus dem Bett zu schlüpfen, ins Bad zu gehen, sich anzuziehen, das Zimmer zu verlassen, eine Begegnung von Angesicht zu Angesicht zu vermeiden. Er checkt auf dem BlackBerry die Presseagenturen, die Online-Ausgaben der Tageszeitungen. Bisher noch nichts; wenn etwas durchgesickert wäre, stünde es bestimmt in den Schlagzeilen. Doch die Fotos verbreiten sich über ganz andere Kanäle, es wird noch etwas Zeit brauchen, bis die offiziellen Informationsmittel nachziehen. Hier liegt der Grund für seine verzehrende Ungeduld: in der Diskrepanz zwischen dem nutzlosen Vergehen der gewöhnlichen Zeit und der Geschwindigkeit, mit der seine Karriere und sein persönlicher Ruf auf die Katastrophe zusteuern. Die Lücke zwischen den beiden Zeiten bietet einen Handlungsspielraum, dennoch scheint niemand, nicht einmal er selber, in der Lage, daraus einen Vorteil zu ziehen. Alle sind wie gelähmt, unfähig, eine wirksame Strategie zu entwickeln, oder auch nur einen flotten Handstreich zu improvisieren; alle warten resigniert darauf, dass die Massenmedien sich des wie ein Virus um sich greifenden Klatsches bemächtigen und ihn mit katastrophalen Folgen ausposaunen.

Dabei stand ihm bis vor wenigen Tagen eine Kriegsmaschine ohnegleichen zur Verfügung, mit der er ganze Staaten hätte angreifen und in die Knie zwingen können. Dutzende von Offizieren und Tausende einfacher Soldaten, bereit, jeden seiner Befehle mit außerordentlicher Schlagkraft und Disziplin auszuführen. Der Korpsgeist war bewundernswert, jeder von ihnen hätte sich ohne Murren für ihn ins Feuer geworfen. Noch immer kann er nicht fassen, wie leicht er sich zu einer entehrenden Flucht hat überreden lassen, bevor die Schlacht überhaupt begonnen hatte. Der Gedanke lässt ihn nicht los und wird immer unerträglicher. Das war keine Niederlage, es war eine absurde Kapitulation. Man hat seine momentane Erschütterung ausgenutzt und ihn ausgetrickst. Mit immer drängenderen Ratschlägen und falschen Anstößen. Gewiss steckt eine Regie hinter dem Ganzen, das hätte er gleich erkennen müssen. Unter normalen Umständen, im Vollbesitz seiner geistigen Kräfte wäre es ihm leichtgefallen, das Komplott aufzudecken, die Komplotteure niederzuwerfen, sie bis in ihre Schlupfwinkel zu verfolgen und zur demütigenden Aufgabe zu zwingen, um am Schluss sogar stärker dazustehen als vorher. Stattdessen hat er wie ein Grünschnabel die Weisungen der anderen befolgt und sich kampflos von Positionen verdrängen lassen, die er hervorragend hätte verteidigen können. Dass Brigitte die parteiischen, so beharrlich vorgebrachten Ratschläge gutgeheißen hat, war fatal, das merkt er jetzt erst. Eine tief verletzte Frau an seiner Seite zu haben, die ihn trotz allem in dieser schwierigen Situation nicht allein lassen wollte, hat ihn destabilisiert und gehindert, angemessen zu handeln. Sagen wir es, wie es ist: Letztlich war sie es, die ihm die

Augen verbunden und ihn vor das Erschießungskommando geführt hat.

Werner Reitt ruft Matthias an, nicht so sehr in der Hoffnung, irgendetwas zu erfahren, sondern weil er das geradezu körperliche Bedürfnis hat, mit jemandem zu sprechen, der hierarchisch unter ihm steht, um wenigstens einen kleinen Teil der Spannung abreagieren zu können. Der feige junge Mann antwortet nicht, so unerhört das auch scheinen mag. Sein Telefon klingelt ins Leere, schließlich schaltet sich der Anrufbeantworter ein. Reitt legt auf, ruft erneut an und hinterlässt eine ätzende Nachricht.

Da er im Augenblick nichts tun kann, kehrt er ins Zimmer zurück. Brigitte müsste sich längst angezogen haben und hinausgegangen sein, aber nein, da steht sie und lauert an der Tür.

»Gibt es etwas Neues?« Ihr Blick ist noch moralischer, noch erpresserischer als gestern.

»Ich gehe laufen. Hier drin erstickt man ja.«

Brigitte rührt sich nicht, ihre Augen sind voll unerträglicher Reinheit und Traurigkeit. »Ich habe dir für heute einen Termin gemacht.«

»Was für einen Termin? Mit wem?« Wer ist diese Dame mittleren Alters mit dem vornehm kummervollen Gesicht überhaupt, die sich anmaßt, in seinem Bett zu schlafen, Termine für ihn zu machen, ihn sogar daran zu hindern, das Zimmer zu verlassen?

»Mit einem italienischen Politiker.«

»Machst du Witze?« Werner Reitt würde sie am liebsten wegstoßen oder ihr wenigstens ins Gesicht schreien, sie solle ihm aus dem Weg gehen. Wann hat er ihr je erlaubt, in seinem Namen lächerliche und peinliche Initiativen zu ergreifen? Wann hat er ihr je eine Generalvollmacht gegeben, um für ihn zu verhandeln? Wer sagt, dass sie eine permanente Rolle in seinem Leben spielen soll?

»Gestern ist er nach Tari gekommen, um dich zu treffen, aber du wolltest nicht mit ihm reden.« Jeder Vorwand ist ihr mittlerweile recht, um ihm Schuldgefühle zu machen, auch die impertinente Anfrage eines italienischen Politikers.

»Ich wollte nicht mit ihm reden, weil ich, wenn du gestattest, was anderes zu tun habe, als irgendwelche unbedeutenden Schwindler zu treffen.«

»Woher weißt du, dass er unbedeutend ist?« Brigitte macht sogar im Namen Dritter ein beleidigtes Gesicht: Ihre Lust, ihn anzuklagen, kennt wirklich keine Grenzen.

»Man braucht ihn nur anzuschauen. Ich habe ihn gestern auf der Treppe gesehen. Was fällt dir ein, ihm ein Treffen zu bewilligen?!« Wie ist es möglich, dass er auf ein blütenfrisches, duftendes, unbeschwertes, fröhliches junges Mädchen verzichtet hat, um an eine derart strenge Feindin gekettet zu bleiben? An eine so unversöhnliche Hüterin der Vergangenheit, der Gefühlskälte, der jahrzehntelang hingezogenen Langeweile? Wie konnte er nur die wahnsinnige Leidenschaft für Christiane gegen diese düstere Weisheit eintauschen? Was zum Teufel ist dabei in seinem Kopf vorgegangen? War es einfach die gewohnte Disziplin, sich den Regeln zu beugen?

»Er ist ein wichtiger Vertreter der Partei der Modernität, die in diesem Land immer noch die Mehrheit hat.« Brigittes Tonfall ist unendlich geduldig, sie stilisiert sich zum Opfer eines verabscheuungswürdigen Ehemanns, das sich mit unbeschreiblicher Großmut noch immer für ihn einsetzt. Bereit zu entscheiden, was angebracht ist und was nicht, und das Wie und Wann seines Bußganges zu erwägen.

»Worauf genau willst du hinaus?« Nun verabscheut er sie, seine Schuldgefühle schlagen in offenen Hass um. Auch ihr gegenüber hätte er gleich reagieren müssen, sobald die Geschichte mit den Fotos auf Facebook herausgekommen ist; er hätte aus seiner Ecke hervortreten und brutal zum Gegenangriff übergehen sollen.

»Du musst deine Position auf jede mögliche Weise festigen.« Sie klingt, als würde sie sich an einen kleinen Jungen wenden, der nicht einmal die einfachsten Regeln der Erwachsenenwelt kennt. »Es ist auf jeden Fall besser, einen hochrangigen ausländischen Politiker zu treffen, als den Eindruck zu erwecken, man sei abgehauen, um sich zu verstecken.«

»Ich bin nicht abgehauen, um mich zu verstecken!« Werner Reitts Heftigkeit entspricht seinen Gefühlen nur mangelhaft. »Ohne den Druck der anderen, dem du so eifrig beigepflichtet hast, wäre ich nie ins Flugzeug gestiegen, um auf diese entsetzliche Klippe zu reisen!«

»Na ja, aber jetzt bist du hier.« Die Gelassenheit in Brigittes Stimme ist eine schwer zu ertragende Provokation. »Tu einfach so, als seist du hergekommen, um dich über die politische Lage in Italien zu informieren.«

»Im Gespräch mit einem Vertreter einer der korruptesten, verrufensten Parteien Europas, die auf internationalen Druck zum Rückzug gezwungen war!« Unterdessen ist Werner Reitt sicher, dass seine Frau ihm nie wirklich helfen wollte, ihr wahres Ziel ist, ihn büßen zu lassen, indem sie ihn in eine möglichst demütigende Lage bringt. Je länger er sie ansieht, umso sicherer ist er. Wie unsäglich feige es war, dass er die Beziehung zu Christiane im Namen des angeblich höheren Werts seiner Ehe beendet hat. Um den Schein zu wahren, die Kinder zu schützen und so weiter und so fort. Dabei würden die Kinder seinetwegen niemals auch nur auf den läppischsten Schnickschnack verzichten! Sie leben abgeschottet in ihrer selbstbezogenen kleinen Welt junger superverwöhnter Konsumenten, stets bereit, sich je nachdem über die Abwesenheit des Vaters oder über seinen Despotismus zu beklagen und sich in echte Gegner zu verwandeln, sobald man ihnen widerspricht. In wenigen Jahren sind sie zweifellos auch so weit, ihn wegen seiner Arbeit und seiner Rolle in der Welt zu verurteilen!

Was ihm am meisten auf der Seele brennt, ist das Paradox, dass er jetzt nicht am Rande des Abgrunds stünde, wenn er nicht so scheinheilig und feige seiner Leidenschaft für Christiane abgeschworen hätte. Christiane wäre nicht beleidigt gewesen, es wäre ihr nicht eingefallen, aus kindischer Rache ihre Privatfotos auf Facebook zu stellen, niemand in der PEB hätte es je wagen können, auch nur daran zu denken, ihn von seinem Posten zu vertreiben. Stattdessen hat er sich wie ein Buchhalter den Gesetzen des allgemeinen Empfindens gebeugt, dem Konformismus einer in leblosen, leeren Konventionen gefangenen Gesellschaft. Und das, obwohl er sich doch als Banker nie von den pathetischen, moralistischen Betrachtungen von politischen Entscheidungsträgern und Kommentatoren über die manchmal harten, aber unvermeidlichen Folgen seiner Entscheidungen hat beirren lassen. Auch das Gejammer Portugals oder Griechenlands und das Geschrei Spaniens, das wegen unbestrittener Unfähigkeit zur Selbstkontrolle auf den Bankrott zusteuerte, hat ihn nicht aus dem Konzept gebracht. Warum hat er es dann nicht geschafft, ebenso aufzutreten, als es sich um sein Privatleben handelte? Anstatt sich in einen Sumpf von Ressentiments hineinziehen zu lassen, hätte er Brigitte sagen müssen, dass er gehen will, und zwar sofort! Er hätte herausschreien müssen, dass ihre Ehe schon längst tot war, dass er durch dieses Mädchen das Leben erst wieder entdeckt hatte! Sie anherrschen, ihm nicht im Weg zu stehen, ihn machen zu lassen! Er hätte sofort die Scheidung einreichen und seine Beziehung zu Christiane als freier Mann fortsetzen sollen. Vielleicht hätte er sie später sogar heiraten können, um sich ohne jede Angst vor Erpressung mit ihr zusammen vor der Welt zu zeigen. Außerdem ist sie eine Tochter aus gutem Haus und gewiss kein in irgendeiner Disko auf dem Land aufgelesenes armes Ding. Sie spricht mehrere Sprachen, bewegt sich selbstbewusst, elegant, unbefangen und geistreich in der Gesellschaft. Selbstverständlich hätte es wegen des Altersunterschieds ein paar strenge Blicke gegeben, ein paar vom Neid diktierte hämische Kommentare, na und? Das wäre ihm gar nicht peinlich gewesen, im Gegenteil, es hätte ihm geschmeichelt. Ein junges Mädchen sei einem reifen Mann wie ihm intellektuell nicht gewachsen? Einem wie ihm ist sowieso so schnell niemand gewachsen, egal, wer! Selbst wenn Brigitte beim Frühstück oder Abendessen ein paar Worte über Beethoven oder Thomas Mann mit ihm wechseln kann – in die einsamen Höhen seines Geistes konnte sie ihm noch nie folgen! Und letztlich hätte sich seine Eroberung eines strahlenden jungen Mädchens in einen Vorteil verwandelt, hätte sein Charisma noch erhöht. Wer sagt denn, dass eine Führungskraft als Neutrum auftreten muss, um den Beifall des Publikums zu erringen? Eine solche Auffassung ist lächerlich, ein Zeichen des kulturellen Niedergangs. Der Mann an der Spitze nimmt sich die Frau, die er will, das beweist die gesamte Menschheitsgeschichte! Es ist ja einer der Gründe, aus denen man ganz nach oben gelangt! Murrt zum Trost ruhig weiter vor euch hin und behaltet eure Ketten, ihr Sklaven, hätte der sexuell und emotional befriedigte Werner Reitt denken können, fest im Sattel bei der PEB, den Blick stets auf einen Horizont immer neuer Herausforderungen gerichtet.

»Dieser Gomi könnte der nächste Premierminister Italiens werden, Werner.« Brigitte gibt ihre nervige, unausstehlich vernünftige Haltung nicht auf. »Die Nachricht von einem Treffen mit ihm kann dir bestimmt nicht schaden.«

»Um wie viel Uhr hast du ihn bestellt?« Reitts Stimme klingt leise und fahl. Gefangener der Frau zu sein, die sein Leben zerstört hat: Das ist die gerechte Strafe für einen Mann, der es nicht verstanden hat, ein Wagnis einzugehen.

»Um drei.« Auf Brigittes trockenen, schmalen, nüchternen, weisen Lippen erscheint sogar die Andeutung eines wehmütigen Lächelns. Ach, wenn er dagegen an Christianes feuchte und paradiesisch volle Lippen denkt! Was war er doch für ein Feigling! Einfach unverzeihlich!

Werner Reitt schnaubt heftig durch die Nase. »Ich weiß wahrhaftig nicht, wie ich dir danken soll!« Er stürmt an ihr vorbei, öffnet die Tür, geht wütend hinaus.

39

Mit gespreizten Beinen und ausgebreiteten Armen schaukelt der Fotograf in seinem Khakianzug im Wasser, seine Augen sind geschlossen, das Gesicht fahl und aufgedunsen. Plötzlich taucht er ganz auf und öffnet die Augen, sie sind entsetzlich, mit grünlicher Iris und geweiteten Pupillen. Er öffnet auch den Mund, entblößt die gelben, spitzen Hundezähne. Lucia Moscatigno schreckt aus dem Schlaf hoch, setzt sich mit einem Ruck auf. »Iiiiiiih!«

»Ouaaaaah?!« Auch Gianluca fährt auf, schnappt nach Luft, sieht sich um. »Was zum Teufel ist hier los?«

»Ich habe schlecht geträumt.« Lucia ist schweißgebadet, atmet schwer, ihr Herz klopft heftig.

»Hast du mich erschreckt!« Gianluca wirft das Laken von sich, springt aus dem Bett. »Deine schlechten Träume haben uns gerade noch gefehlt.«

»Es ist ja nicht meine Schuld.« Lucia zieht die Knie an und legt die Arme darum.

»Was hast du denn geträumt?« Er schaut sie nicht an, sondern geht ins Bad: groß, blass, Sonne hat er bisher nur im Gesicht abbekommen.

»Da war der tote Fotograf, im Wasser.« Sie sieht das Bild noch genau vor sich, der Gedanke daran schnürt ihr die Kehle zu.

Gianluca dreht sich um, die Hand auf der Klinke der Badezimmertür. »Über diese Geschichte darfst du mit niemandem reden, niemals, hoffentlich ist dir das klar!«

»Ich weiß.« Sie wusste auch, dass er das sagen würde, aber

dennoch beleidigt es sie zutiefst, dass er sie für so unzuverlässig oder naiv hält. Es tut ihr richtig weh.

»Auch nicht mit deiner Mutter, deinem Vater, den verschiedenen Cousins und Cousinen. Mit niemandem.«

»Ich *weiß*. Ich bin ja nicht blöd.« Aber die Geschichte ist so grauenhaft und erst vor wenigen Stunden passiert: Sie ist noch präsent, auf den Felsen der Küste, in der Luft, im Wasser. Gianluca müsste sie umarmen, ihr einige tröstliche Worte zuflüstern, anstatt sie in diesem Ton zu ermahnen.

»Das gilt auch für deinen Cousin, diesen Verbrecher. Versuche ihm das einzuschärfen.«

»Er ist kein Verbrecher. Wenn er gesagt hat, er war es nicht, dann war er es nicht.« Obwohl ihr ein winziger Zweifel geblieben ist, klar, denn Carmine ist eben Tareser, und die Männer aus Tari sind Hitzköpfe, das weiß man. Sie sind nicht wie die aus Lampedusa oder Linosa, die Tareser. Einige fürchterliche Schlägereien in ihrer Kindheit unten am Hafen fallen ihr ein, und auch die wegen irgendeiner Dummheit drohend aufblitzenden Messer, eine unpassende Bemerkung, ein falscher Blick, ein Nichts genügte. In seiner Jugend war ihr Vater genauso (auch jetzt noch, ehrlich gesagt, wenn ihm der Geduldsfaden reißt). Einmal hatte er sich mit Onkel Alfio geprügelt wegen einer Sache, die ganz harmlos anfing, doch dann sagte Onkel Alfio zu Papa, er sei ein Schlappschwanz, und daraufhin hätte Papa ihn beinahe umgebracht. Wären nicht Mama und die Tante gekommen, hätten sich laut kreischend dazwischengeworfen und die Männer mit Klauen und Zähnen getrennt, hätte es böse enden können. *Li piri disputi sou intra relativi,* wie die Großmutter (von Moscatigno-Seite) zu sagen pflegt, die schlimmsten Fehden sind die unter Verwandten. Bis heute haben Papa und der Onkel einander nicht ganz verziehen, ein bisschen Gift ist immer noch da. So sind die Männer von Tari eben. Doch deshalb zu behaupten, dass Carmine den Fotografen umgebracht hat, das geht zu weit.

Er ist ein Goldjunge, Gianluca hat selbst gesehen, dass er beim Ausbau der Villa gearbeitet hat bis zum Umfallen. Wenn wirklich etwas passiert ist, dann war es vermutlich ein Unfall, vielleicht hat er ihm einen Stoß versetzt, und der andere ist hingefallen und mit dem Kopf aufgeschlagen. Das ist durchaus möglich, aber töten wollte er ihn bestimmt nicht. Und außerdem ist der Fotograf auch selber schuld, kommt hierher und schnüffelt in der Privatsphäre der Gäste herum. Sie mag es nicht, dass Gianluca Carmine beschuldigt, und noch weniger mag sie, selbst mit angeklagt zu werden, als fiele durch die bloße Verwandtschaft ein Teil der Schuld auf sie zurück.

»Schon gut, schon gut.« Gianluca verschwindet im Bad, dreht die Dusche an.

Sie steigt aus dem Bett, zieht Slip und BH an. Ihre zerkratzten Handflächen und Knie tun zwar nicht direkt weh, aber es juckt und sieht sehr hässlich aus. Sie holt ihre weiße Hose aus dem kleinen Teil des Schranks, in dem sie ihre wenigen Kleidungsstücke verstaut hat, damit Gianluca nicht meint, sie wolle seinen Lebensraum besetzen. Sie schlüpft in eine ärmellose weiße Bluse und öffnet die Fenster. Heute ist es windiger als gestern, aber nicht übertrieben, die Brise streicht ihr angenehm übers Gesicht. Beim Blick auf das sich kräuselnde Meer dagegen erschrickt sie von neuem, der schlimme Traum vermischt sich mit der Erinnerung an die gestrigen Ereignisse.

Ein Handtuch um die Taille gewickelt, kommt Gianluca wieder ins Zimmer, frottiert sich die Haare mit dem Haarwasser, das so gut riecht. Er sieht sie finster an. »Deine Alpträume sind fehl am Platz. Gestern warst du total entschieden und klar im Kopf.«

»Wie bitte?« Sie kann es nicht fassen, dass er sie gleich nach dem Aufstehen so anfährt.

»Du hattest nicht den geringsten Zweifel gestern.« Gianluca nimmt ein Paar frische Boxershorts aus der Schublade, schlüpft unter dem Handtuch hinein, als fühlte er sich ihr nicht nah genug, um sich nackt zu zeigen.

»Was hätten wir denn anderes tun können, Gian?« Sie schüttelt den Kopf, obwohl sie weiß, dass er das nicht mag, aber ihr fällt einfach nichts anderes ein.

»Wir hätten tun können, was das Gesetz vorschreibt. Aber das war uns zu unbequem.« Gianluca lässt das Handtuch fallen, holt ein Hemd und eine frische Hose aus dem Schrank.

»Ja, zu unbequem!« Jetzt kocht ihre Wut hoch: Die ganze Verantwortung ihr in die Schuhe zu schieben ist echt ungerecht, das hat sie wirklich nicht verdient. »Vor allem für dich, für die Gäste, für die Zukunft des Resorts, das weißt du genau!«

Er legt das Hemd aufs Bett, zieht wütend die Hose an, geht zurück ins Bad.

Sie folgt ihm. »Gian?« Ihr kommt ein Lieblingssprichwort ihres Großvaters (von Alcuanti-Seite) in den Sinn: *Qui haida quo face, signu es mali face,* wer versteckt, was er tut, zeigt, dass er Böses tut. Ja, aber in diesem Fall gilt das nicht, denn sie haben ja nicht versteckt, was sie getan haben, sie haben versteckt, was *da war.* Und noch dazu haben sie es gar nicht richtig versteckt (das ist ja das Problem), sondern nur ins Wasser bugsiert.

»Was ist?«, blafft Gianluca sie an. Er würdigt sie keines Blickes, sondern mustert sich im Spiegel.

»Wir haben nichts Böses getan. Der hätte auch von allein ins Wasser fallen können.«

»Natürlich, klar. Wir haben bloß ein bisschen nachgeholfen.« Er schüttelt die Dose mit dem Rasierschaum, sprüht sich eine kleine Menge auf die Hand, weiß und weich wie Schlagsahne, und verteilt sie auf seinem Gesicht.

»Ich meine es ernst, Gian.« Lucia versucht möglichst beruhigend zu klingen. Dabei bräuchte sie selbst Beruhigung, denn ihr Kopf ist voller beängstigender Gedanken, die sich zu verselbständigen drohen. Zum Beispiel: Ist der Fotograf noch dort, wo sie ihn zurückgelassen haben, im Meer, das gegen die Felsen schwappt? Haben die Fische schon begonnen, wenigstens ein bisschen an ihm zu knabbern? Oder ist er in ein Fischernetz geraten? Ist er untergegangen? Und wenn ja, wo? Dort direkt vor der Küste, wo es noch flach ist und man ihn sehen kann, oder dort, wo der Abgrund ist, der alles für immer verschlingt? Wird er früher oder später in der unendlichen Weite des Meeres verschwinden? Wann? Heute? Morgen? In einem Monat?

Gianluca hält den Fünf-Klingen-Rasierer an seinem Griff aus Horn und Messing und fährt sich damit über das Gesicht, zieht Pisten von glatter rosafarbener Haut durch den weißen Schaum, der nach Kakaobutter riecht. »Dann erkläre mir mal, warum der Fotoapparat nirgends zu finden war!«

»Vielleicht ist er ins Meer gefallen.« Ihm beim Rasieren zuzuschauen, fasziniert sie seit je: Es ist das beruhigende Ritual des reifen Mannes. Hastige oder ungenaue Bewegungen gibt es dabei nicht, Gianluca lässt sich Zeit, auch wenn er noch so viele, noch so ernste Sorgen hat. Welch ein Unterschied zu Alcide, ihrem früheren, römischen Freund, der sich mit dem brummenden Elektrorasierer aufs Geratewohl über die Wangen fuhr und am Ende mit geröteten oder noch stoppeligen Stellen im ungepflegten Gesicht seinen Tag vertrödelte.

»Wieso haben wir nicht genauer nachgeschaut?« Gianluca redet, fast ohne den Mund zu bewegen, damit die Haut über der Oberlippe angespannt bleibt.

»Weil wir nicht besonders gelassen waren, Gian! Ich weiß nicht, ob du dich erinnerst, in welchem Zustand wir waren!«

»Ja, aber wir hätten trotzdem daran denken müssen, zum Donnerwetter!« Durch die gespannten Lippen klingt seine Stimme merkwürdig verzerrt, es hört sich an wie *Doaweda*. »Die Speicherkarte mit den Fotos der Shaw war entweder in der Kamera, oder der Fotograf hatte sie in irgendeiner Tasche. Andere Möglichkeiten gibt es nicht.«

»Carmine hat gesagt, er hatte sonst nichts bei sich.«

»Carmine hat gesagt! Seine Worte sind doch nicht das Evangelium, verdammt!« Mit kleinen, raschen Bewegungen stutzt Gianluca sich die Koteletten. »Nach allem, was er angestellt hat!«

»Nichts hat Carmine angestellt, fang nicht wieder damit an!« Sein Mangel an Vertrauen beleidigt sie immer mehr und erhöht ihre Sorge.

»Wie auch immer, wir hätten besser noch mal kontrollieren sollen.« Gianluca hat sich fertigrasiert, spült den Rasierer unter fließendem Wasser ab und wäscht sein Gesicht. »Es war blöd von uns, nur so oberflächlich nachzusehen.«

»Na weißt du, wir waren auch geschockt!« Ihr schwindelt, wenn sie nur davon spricht. »Wer mag schon einen Toten durchsuchen?!«

»Psssst, schrei nicht so! Spinnst du?!« Gianluca wischt mit dem Handtuch die letzten Schaumspuren hinter den Ohren weg, tupft sich das Gesicht ab, legt den Kopf schief, um sich im Spiegel zu begutachten. Die Haut ist glatt, frisch, perfekt.

»Ich schreie doch nicht! Und außerdem ist es nicht meine Schuld!« Sie möchte ja leiser reden, aber sie fühlt sich unfair behandelt und hat Angst, das macht sie ganz verrückt. »Ich habe getan, was ich konnte!«

Gianluca wendet endlich den Blick vom Spiegel ab und dreht sich zu ihr um. Seine Augen sind nicht mehr so hart wie vorher, eher erschrocken. »Und wenn er noch hier unten im Wasser herumdümpelte und gefunden würde und sie kämen, um Rechenschaft von uns zu verlangen?«

»Wer?« Lucia schaudert innerlich. Nie in ihrem Leben hat sie etwas Verbotenes getan, höchstens mal als Achtjährige bei einer Schulaufgabe abgeschrieben oder im Geschäft von Zi' Rita ein Päckchen Kaugummi geklaut. (Und ja, okay, sie hat ein Verhältnis mit einem verheirateten Mann, aber das verstößt höchstens gegen die Moral, nicht gegen das Gesetz.) Aber ist das, was sie gestern auf den Felsen getan haben, denn wirklich ein Verbrechen, wie Gianluca behauptet hat? Obwohl der Fotograf schon tot dort lag und sie ihn nur um ein paar Meter verschoben haben? Schließlich sind wir hier auf einer von Gott und den Menschen verlassenen Insel, wie ihre Großmütter immer sagen (von Moscatigno- und Alcuanti-Seite), warum sollte da ausgerechnet jetzt einer von außen kommen und herumschnüffeln und ermitteln, ohne überhaupt zu wissen, was vorgefallen ist?

»Na ja, gestern zum Beispiel lag hier unten ein Patrouillenboot der Küstenwache an der Mole, falls dir das entgangen sein sollte.« Gianluca nimmt das blaugläserne Flakon von der Ablage, gießt sich ein bisschen milchiges Rasierwasser in die Hand. »Und heute kommt es höchstwahrscheinlich wieder, um diesen unsäglichen Gomi herzubringen.«

»Ja, aber die fahren bestimmt nicht rüber zu den Felsen.« Dabei sieht Lucia sie schon genau dort vor sich, wie sie mit langen Stangen herumstochern, mit ihren Haken den toten Fotografen herausfischen: aufgedunsen und scheußlich wie in ihrem Alptraum.

»Vermutlich nicht, aber wer weiß?« Gianluca verteilt das Rasierwasser auf seinem Gesicht und massiert es in die Haut ein.

Sie riecht den Duft nach Rosmarin, Hamamelis und Myrte, den sie so mag; einmal hat sie das Etikett gelesen, kann sich aber nicht mehr an alle Inhaltsstoffe erinnern. »Die nehmen immer den direktesten Weg. Sie fahren doch nicht einfach so die Küste ab.«

Er sieht Lucia an, ob sie wirklich hundert Prozent sicher ist.

Doch wie sollte sie? *Er* müsste sicher sein oder ihr gegenüber wenigstens so tun. Sie würde sich lieber noch weiter ungerecht beschuldigen lassen, als ihn so durcheinander zu sehen.

Er tupft sein Gesicht noch einmal vorsichtig mit dem Handtuch ab. Jetzt, da das Ritual der Rasur beendet ist, wächst seine

Besorgnis unentwegt. »Die Strömung könnte ihn auch Richtung Mole tragen oder schon getragen haben. Womöglich schwimmt er jetzt dort neben dem Chris Craft.«

»O Gott, Gian, hör auf.« Er macht ihr wirklich Angst mit seinem Gerede.

»Schick sofort Carmine runter, falls er nicht schon von allein gegangen ist.« Gianluca schlüpft in sein Hemd, knöpft es akkurat zu, doch seinen Bewegungen fehlt das gewohnte Selbstvertrauen, seine Finger rutschen mehrmals ab. Er wirft einen Blick aus dem Fenster, kommt zurück, schaut auf die Uhr, schaut sie an und dann wieder aus dem Fenster.

Lucia mag es überhaupt nicht, wenn ihm die Souveränität des Mannes von Welt, der Sprachen und Umgangsformen beherrscht und sich mit reichen, berühmten Leuten wohl fühlt, abhandenkommt. Dennoch passiert es genau dann, wenn er Stärke beweisen müsste: Plötzlich wirkt er fast wie ein Kind, fast wie eine Frau. Er beginnt sich das Schlimmste auszumalen, sieht überall böse Zeichen, erschrickt und jagt ihr Schrecken ein. Das ist die Kehrseite der Medaille, dieser Mann gehört einer anderen Kategorie an als der ihr bekannten, und auf einmal fühlt sie sich schutzlos. Sie wünschte, darin (aber nur darin!) würde er ein wenig mehr ihrem Vater, ihren Brüdern und Cousins ähneln, oder allgemein den Tareser Männern: Wenn die eine Entscheidung getroffen haben, legen sie sich einen Panzer von Überzeugungen an und halten daran fest, ohne zurückzublicken, ohne Fehler einzugestehen, ohne Schwäche oder Niedergeschlagenheit zu zeigen.

»Ruf ihn sofort an.« Es klingt eher nach Hilferuf als nach Befehl. »Sag ihm, er soll gleich mit dem Boot nachschauen fahren.«

»Was soll er denn nachschauen?« Sie weiß es genau, aber es zu benennen macht alles noch wahrer, noch schlimmer.

»Ob er noch da ist, wo wir ihn zurückgelassen haben, oder

irgendwo anders. Ob man ihn sieht.« Er sagt nicht »der Fotograf« oder »die Leiche«: Auch er fürchtet sich, es auszusprechen.

»Und wenn man ihn sieht?«

»Dann soll Carmine uns sofort verständigen.«

»Ja.« Sie sieht ihn prüfend an, ob er wieder ein bisschen Entschiedenheit zurückgewonnen hat, ein bisschen männlichen Mut.

»Ich hoffe, er begreift den Ernst der Lage. Wenn etwas rauskäme, würden wir alle drei im Gefängnis landen.«

»Ja, klar versteht er.« Wenigstens diesbezüglich ist sie sich sicher: Carmine ist ein ernsthafter junger Mann, mit echtem Ehrgefühl, echtem Verantwortungsgefühl. Dafür legt sie die Hand ins Feuer.

»Hoffentlich.« Gianluca verlässt das Zimmer, ohne ihr im Vorbeigehen einen Kuss zu geben, eine Liebkosung oder wenigstens einen Klaps auf den Hintern, wie er es gewöhnlich macht.

Lucia Moscatigno schließt sich im Bad ein und betrachtet sich im Spiegel: In ihren Augen sieht sie ein wenig Angst, aber das geht vorbei, es geht vorbei. Sie atmet tief durch, denkt, was geschehen ist, ist geschehen, jetzt muss man stark und entschlossen sein. Denn, wie ihr Vater immer sagt, *Qui pecura se hace, lupu el devoura,* wer sich zum Schaf macht, wird vom Wolf gefressen.

40

Die Schönheit des Morgens ist hier wirklich inspirierend, Tag für Tag reiner und intensiver. Durch das keplersche Fernglas Ustica 50x20 gesehen, das er sich wegen seiner leichten Eleganz umgehängt hat, bevor er die Suite verließ, sehen die Felsen an der Küste wie rätselhafte Skulpturen aus, das Meer ist bald tief durchsichtig, bald spiegelt es den lichten Himmel. Das ist der perfekte Ort, denkt Giulio Cobanni, um allmählich alle noch vorhandenen Alltagssorgen abzulegen und ganz natürlich ins Absolute zu gleiten. Auch Tiziana scheint das Klima der Insel ausgezeichnet zu bekommen, die Stille, das Licht, die jodhaltige Brise, die mineralische und magnetische Vulkanenergie. Schon lange hat er sie nicht mehr so positiv erlebt, auch wenn Fröhlichkeit wohl zu viel verlangt wäre. Die Beschränkung auf das Wesentliche tut gut, der Verzicht auf alles Überflüssige. *Hier beherrschen das Meer, der Himmel und die Sonne die Bühne, zur Ergötzung der Menschen im Parkett, die demütig schweigen,* wie Baron Canistraterra in seinem handgeschriebenen Brief an Tomasi di Lampedusa bemerkte, den er und Tiziana gestern Abend gelesen haben. Weder Perusatos Snobismus noch die Exzentrik der amerikanischen Schauspielerin, noch die Arroganz des deutschen Bankers, noch die Aufdringlichkeit des plötzlich aufgetauchten Politikers können hier Zeichen setzen. Im Gegenteil, die menschlichen Belanglosigkeiten unterstreichen nur die immense Kraft all dessen, was rundherum still steht und sich bewegt, seine grenzenlose Ausdehnung.

Das raffinierte, phantasievolle Frühstück, das der spanische

Koch zubereitet, sättigt zwar nicht unbedingt, aber Giulio Cobanni ist es zufrieden. Der leichte Hunger, der ihm bleibt, macht ihn empfänglicher für äußere Reize, weniger selbstbezogen. Und das gefällt ihm, denn sich selbst hat er unterdessen gründlich und endgültig satt: Sein persönliches Leben kommt ihm vor wie ein schon mehrfach gelesenes Buch, in dem er gar nicht mehr blättern mag. Jetzt genügt es ihm, die Bewegungen des Kosmos zu beobachten, ein nachdenklicher, vorübergehender Zeuge zu sein, mehr verlangt er gar nicht. Temperaturen, Farben und Formen festzuhalten, ohne die lächerliche Anmaßung, wer weiß welchen Gebrauch davon zu machen. Der *kosmos* als Antithese zum *kaos*, das harmonische, illusorische Gleichgewicht, das dem alles vermischenden Strudel, dem Verlust der Umrisse und der Zertrümmerung zu widerstehen sucht.

»Woran denkst du?« Tiziana steht neben ihm am Rand der Hauptterrasse und sieht ihn forschend an, die Haare leicht zerzaust von der Brise.

»Auf Mandarin heißt Kosmos *yuzhou*. *Yu* bedeutet Raum, *zhou* Zeit.«

Sie nickt leicht, den Blick hinter der dunklen Sonnenbrille verborgen.

»Das sichtbare Universum.« Giulio Cobanni nimmt das Fernglas und folgt der blauen Linie des Meeres, das mit seiner Masse in ständiger Bewegung gegen die rötlichen Küstenfelsen drückt. In der Nähe einer Klippe, die an ein Seelöwenprofil erinnert, sichtet er das Boot der Villa Metaphora mit dem Bootsmann Carmine. Carmine beugt sich über den Rand, vielleicht hält er Ausschau nach Fischen.

»Guten Morgen, Signora Cobanni. Ingegnere, guten Morgen.« Perusatos Stimme überrascht sie von hinten, so dass sie zusammenzucken. Weiße Hose, weißes Hemd, helle Mokassins, von Kopf bis Fuß gepflegt wie immer. Er muss gerade eben aus seinem Büro gekommen sein.

»Guten Morgen, Architetto. Sie haben mich aber erschreckt.« Tiziana Cobanni lächelt, legt sich eine Hand in die Halsbeuge.

Der Architekt lächelt zurück, wirkt aber irgendwie nervös, vielleicht ist er noch angeschlagen von dem unangenehmen Überfall dieses aufdringlichen Piero Gomi gestern. Er wirft einen raschen Blick aufs Meer. »Was haben Sie denn gerade mit Ihrem wundervollen Fernglas beobachtet, Ingegnere?«

»Das Sichtbare.«

Perusato schaut erneut hinunter und dann erschrocken auf das Fernglas, als handelte es sich um eine Waffe.

»Baron Canistraterra hatte recht.« Tiziana zeigt in die Runde. »Von diesen Terrassen sieht man alles. Was man von der einen nicht sehen kann, sieht man von der anderen.«

»Finden Sie?« Sonderbarerweise stimmt der Architekt diesmal kein neues Loblied auf den Baron an, sondern wirkt zunehmend beunruhigt.

»Ja, finden wir.« Giulio Cobanni nickt. »Jeder Winkel bietet eine andere Entdeckung.«

Der Architekt macht ein unerklärlich alarmiertes Gesicht. Er hält nach allen Seiten Ausschau, zeigt mit einladender Gebärde aufs Terrasseninnere: »Wenn Sie sich in den Schatten begeben möchten, kann ich Ihnen wunderbare rote Feigen von Tari bringen lassen. Eine sehr aromatische einheimische Sorte, süß und farbintensiv. Leider gibt es davon nur noch sehr wenige Bäume, eine Rarität.«

»Nein, danke.« Liebenswürdig schüttelt Tiziana den Kopf.

»Oder eine Malteser Mandelmilch, eine außergewöhnliche Köstlichkeit.« Der Architekt wirft erneut einen Blick aufs Meer und fährt fort: »Ganz anders als die sizilianische Mandelmilch, die außerdem, wie Sie vielleicht wissen, gar nicht aus Mandeln zubereitet wird, sondern mit blausäurefreiem, künstlichem Bittermandelöl, Vanille- und Orangenblütenaroma...!«

»Danke, Architetto, wir haben schon hervorragend gefrühstückt.« Giulio Cobanni geht einen Schritt zur Seite, um freie Sicht zu haben, und richtet sein Fernglas erneut auf die Küste. Carmine hat sich im Bug des Bootes vorgestreckt, sein Gesicht berührt fast das Wasser. Cobanni lässt das Fernglas sinken, und Mann und Boot werden wieder zu zwei winzigen Teilchen der Gesamtszenerie.

»Dann würde ich Ihnen ein Sorbet auf der Grundlage von Agavensaft vorschlagen, das Ramiro erfunden hat.« Aus welchem Grund auch immer scheint der Architekt seine vornehme Zurückhaltung im Umgang mit den Gästen vergessen zu haben, er ist geradezu aufdringlich. »Sehr ungewöhnlich, aber lecker, eins seiner genialsten Rezepte. Ich erlaube mir, Ihnen wärmstens zu empfehlen, es zu probieren.«

»Danke, wirklich.« Tiziana schüttelt noch einmal verneinend den Kopf.

»Schade, da verpassen Sie etwas.« Das Gehabe des Architekten wird immer merkwürdiger: Er redet ohne Punkt und Komma, bewegt sich unruhig, scheint ihnen die Aussicht aufs Meer verstellen zu wollen. »Wie Sie gewiss bemerkt haben, sind Ramiros Kreationen sehr leicht verdaulich...«

»O ja.« Tiziana spricht im höflich bestimmten Ton, den sie anschlägt, wenn sie belästigt wird, obwohl Perusatos Benehmen allmählich ihre Neugier weckt.

Der Architekt hebt die Hände: »Gut, ich will Sie nicht drängen.« Doch er lässt sie immer noch nicht in Ruhe, stellt sich störend zwischen sie und die Aussicht, sucht krampfhaft nach weiteren Gesprächsthemen. »Ich weiß nicht, ob Ihnen schon die zwei exzellenten Originaltafeln von Linné aufgefallen sind, die wir an der Rückwand im Salon hängen haben. Stellen Sie sich vor, wir haben sie am Anfang der Umbauarbeiten zwischen zertrümmerten Möbeln und anderem Schutt gefunden. Die Tareser haben zum Glück keine Ahnung, wer Linné ist...«

»Entschuldigen Sie, Architetto...« Giulio deutet auf das

kleine Boot an den Felsen. »Was, denken Sie, macht der Bootsmann da unten?«

»Carmine?« Perusato reagiert, als hätte ihn der Schlag getroffen. »Ehrlich gesagt, habe ich keine Ahnung, Ingegnere. Ich hatte mich schon gefragt, wo er abgeblieben ist...« Doch er versucht schon wieder, sich zwischen das Fernglas und das Meer zu stellen, jetzt sogar richtig auffällig.

»Vermutlich ist er beim Fischen, oder?« Tiziana bietet die logischste Erklärung, beobachtet aber weiter den Architekten. Ja, die Neugier will befriedigt sein.

»Das nehme ich auch an.« Hastig greift Perusato das Stichwort auf. »Bestimmt sucht er Tintenfische für Ramiro... erst gestern hat der sich nämlich beklagt, die vom Hafen seien ihm zu groß und zu zäh. Die Herrschaften werden ja bemerkt haben, wie wählerisch unser Koch mit den Zutaten ist...«

Tiziana staunt immer mehr über seine zwanghaft leutselige Art, die so weit von der minimalistischen Zurückhaltung der letzten Tage entfernt ist.

»Nein, wissen Sie, ich habe mich nämlich gerade gefragt, ob Carmine zufällig –« Giulio Cobanni richtet sein Fernglas wieder auf das kleine Boot und das Menschlein darinnen, die nun wieder vergrößert werden, bis sie sein ganzes Gesichtsfeld einnehmen.

»Nun ja, Carmine ist unvermeidlich ein eher grober Bursche, wie Sie sicherlich schon bemerkt haben...« Perusatos Benehmen ist wirklich unerhört: Er fällt Giulio einfach ins Wort, lächelt gezwungen, geht hin und her, spricht lauter, wie zur Ablenkung, und jetzt gestikuliert er auch noch. »Doch er hat von Anfang an viel guten Willen gezeigt, das muss ich sagen, er hat brav sein Navigationsdiplom gemacht, ein bisschen Englisch kann er auch. Bei den Schwierigkeiten, hier auf Tari auch nur minimal qualifiziertes Personal zu finden, ist es schon viel, dass es uns gelungen ist –«

»Ich habe mich gefragt, ob er nicht einen Ausflug im Motorboot mit uns machen könnte.« Giulio versucht, die absurde Wortbarrikade des Architekten auf höfliche Art zu durchbrechen.

»Ach so.« Einen Augenblick scheinen sich die Gesichtsmuskeln des Architekten vor Erleichterung zu lockern, aber kurz darauf ist sein Ausdruck wieder angespannt, ja geradezu panisch.

»Sie hatten doch angedeutet, dass das Motorboot den Gästen zur Verfügung steht, wenn ich mich nicht irre?« Giulio Cobanni ist nun fast mehr von Perusatos Verhalten fasziniert als von der Möglichkeit, einen Bootsausflug zu machen.

»Selbstverständlich, Ingegnere.« Architekt Perusato blickt die Küste entlang. »Das Problem ist nur, dass es heute etwas windig ist, die Bedingungen sind nicht ganz optimal ...«

»Ein wenig Wind stört uns nicht, oder?« Giulio Cobanni sieht Tiziana an.

»Nein, überhaupt nicht.« Tiziana beobachtet den Architekten mit der gleichen unauffälligen Technik, die sie bei ihrem Ratespiel anwenden.

»Weil, na ja, wissen Sie, draußen auf dem offenen Meer spürt man das viel stärker ...« Offensichtlich scheint ihm die Idee mit dem Ausflug gar nicht zu gefallen. »Ich sage es bloß Ihretwegen, nicht dass es Ihnen dann womöglich schlecht wird.«

»Wir müssen ja nicht sehr weit hinausfahren.« Giulio Cobanni spricht bedächtig, um zu sehen, ob das eine Wirkung zeitigt. »Uns genügt schon eine kleine Runde, auch direkt hier unten an der Küste entlang.«

»Aber nein, Ingegnere, es wäre schade, wenn Sie so nah am Ufer bleiben!« Wieder gibt sich der Architekt einen Ruck, noch deutlicher als vorher. »Wenn schon, müssen Sie den Sarazenerkopf sehen, eine ziemlich eindrucksvolle Lavaformation. Oder noch besser die Drachenhöhle. Sie ist eines der Geheimnisse von

Tari, ein unglaubliches Schauspiel von Licht und Farben. Es gibt keine Fotos davon, die Tareser hüten sie eifersüchtig und haben alle möglichen Legenden darumgesponnen.«

»Das hört sich ja sehr interessant an.« Giulio findet die Idee verlockend, obwohl er auch gern die Gründe für Perusatos Verhalten näher untersuchen würde.

Der Architekt nickt ziemlich mechanisch, als müsste er eine schwierige Entscheidung treffen. »Geben Sie mir nur die Zeit, Carmine Bescheid sagen, dann kann er das Motorboot startklar machen. Wenn Sie hier im Schatten warten möchten, kommt Lucia Sie holen, sobald alles bereit ist.«

»Einverstanden.« Giulio Cobanni lässt das Fernglas sinken, löst sich vom Rand der Terrasse.

»Perfekt, meine Herrschaften.« Der Architekt ist deutlich erleichtert: Er atmet tief durch, glättet sein Hemd.

Tiziana beobachtet das ebenso wie ihr Mann und wendet sich ihm zu, um es ihm mitzuteilen.

»Wenn Sie sich solange setzen und etwas Kaltes trinken möchten...« Perusato zeigt erneut auf die inneren Tische.

»Vielleicht ein Glas von dieser Mandelmilch, die Sie vorhin erwähnt haben.« Giulio Cobanni bewegt sich mit kalkulierter Langsamkeit.

Tiziana schließt sich an. »Für mich auch, danke.«

»Die aus Malta, gewiss.« Die Erleichterung des Architekten wird immer größer, je weiter sie sich vom Terrassenrand entfernen. »Das lohnt sich, Sie werden es schmecken. Die Mandeln werden noch von Hand geerntet und verarbeitet, es ist ein Produkt von ausgezeichneter Qualität. Die Einheimischen sagen *ruggata* dazu.« Er macht eine knappe Verbeugung und geht mit raschen Schritten zur Küche.

Giulio und Tiziana Cobanni setzen sich, sehen einander fragend an.

»Was hat er denn, deiner Meinung nach?« Fast lautlos bewegt

Tiziana die Lippen. »Er hat alles getan, damit wir nicht runterschauen. Einfach absurd.«

Giulio Cobanni schüttelt den Kopf und breitet die Arme aus, als wollte er sagen: keine Ahnung.

Perusato taucht gleich wieder aus der Küche auf, wirft noch einen Blick aufs Meer, bevor er an ihren Tisch tritt. »Die Mandelmilch kommt sofort. Guten Tag und schönen Ausflug wünsche ich.«

»Danke.« Beide lächeln ihm zu und beobachten, wie er sich quer über die Terrasse entfernt. Still sitzen sie im Schatten des Sonnensegels, das leicht im Wind schwankt.

»Was meinst du?« Tiziana nimmt die Sonnenbrille ab.

»Ich weiß es wirklich nicht.« Giulio Cobanni wiegt das Fernglas in der Hand.

»Vielleicht wegen diesem Piero Gomi? Er hat doch gesagt, er käme heute wieder, nicht wahr?«

»Vielleicht.«

»Oder was sonst?« Tiziana legt den Kopf schief.

»Oder seine Frau hat ihm am Telefon eine Szene gemacht.«

»Wegen Lucia? Meinst du, sie hat die Liebschaft entdeckt?«

»Hm.«

»Oder er hatte einfach Angst, wir könnten uns zu weit vorbeugen und in den Abgrund stürzen.« Tiziana lacht.

»Ja, das wäre keine gute Reklame für das Resort, zwei am Felsen zerschellte Gäste.«

Nur so zum Vergnügen stellen sie noch ein paar weitere Vermutungen an, dann erscheint Amalia, die dickere Bedienung, mit zwei Kelchgläsern maltesischer Mandelmilch, auf denen je ein leuchtend grünes Minzblättchen im Weißen schwimmt. Der Geschmack ist tatsächlich außerordentlich: süß, erfrischend, aromatisch. Ein wahres Geschenk des mediterranen Sommers an einem Tag wie diesem.

41

Die rechte Tasche seines Pantalons brennt Carmine Alcuanti auf der Haut, ab und zu blickt er runter, ob schon Rauch rausqualmt oder womöglich ein angekokeltes Loch in dem weißen Stoff entsteht und das, was drin ist, rausdroppt, denn hier geht es um Leben und Tod.

Außerdem hat er den Pantalon erst vor fünf Minuten gewechselt, weil er nach dem Kontrolltrip auf dem Meer komplettament schweiß- und salzverklebt war, so dass der Architekt mit seinem kratzigen r zu ihm gesayt hat, er würde wie ein »abgerissener Schiffsjunge« seemen, »*abgerrrissen*«. Andere zu blamieren enjoyt der Architekt sowieso, aber seit gestern ist er speziell erbost wegen dem Fakt mit dem Fotografen. Er selber, Carmine Alcuanti, ja genauso, und auch Lucia, die, als er unten auf dem Meer investigierte, rabiat ins Walkie-Talkie fauchte: »Komm sofort wieder rauf, der Architekt muss mit dir reden!« Faktament so, als würde sie einen Feigenklauer und Ziegenlutscher von Cousin anmotzen, dabei war er schließlich auf Anweisung unten.

Im Büro askte der Architekt nur, ob er im Meer das Gesuchte gefunden habe, was, wissen wir ja sowieso. Nein, nichts, erwiderte er, nullo, solo und in zwei Stunden kann man das Meer bestimmt nicht von oben bis unten durchkämmen. Da bräuchte man minimal einen kompletten Tag und eine komplette Mannschaft. Plus ist das keine glatte, leicht überschaubare Küste, hier muss man Felsen für Felsen absuchen, und das reicht noch nicht, da sind Myriaden von Spalten, Klüften, halben Höhlen, totalen

Höhlen. Ein einziges Geglimmer von Licht und Schatten zwischen Sonne und Himmel, beweg dich zwei Millimeter, und schlagplötzlich wird das Water transparent wie Kristall, dann wieder zwei Millimeter, und es trübt sich. Trotzdem hat der Architekt ihn weiter unter Druck gesetzt. »Bist du sicher, dass er nicht woanders wieder auftaucht? Kannst du hundert Pro garantieren, dass ihn niemand entdeckt?« Wie ein Verhör bei der Küstenwache, echt maximal vexant. Er respondierte, sicher sei es überhaupt nicht, dass die fiese Leiche nicht wieder hochkommt oder hierhin und dorthin abdriftet. Das Meer ist extrem launisch, ändert perpetament die Farbe und die Wellen, was unten liegt, kommt nach oben, und was oben ist, nach unten, da geht alles mixmax, was wäre es sonst für ein Meer. Ergo kann er nichts hundert Prozent garantieren, nicht einmal zehn Prozent, falls wir mit Zahlen weitermachen wollen, da genügt ja eine veränderte Strömung, wer weiß das schon?

Außerdem hat ihn der Architekt beschuldigt, er habe nicht aufgepasst, bei seinem Kontrolltrip mit dem Klapperkahn nicht von oben spektiert zu werden, aber wie hätte man das machen sollen? Man kann nicht ungesehen inspektionieren, der Baron hat doch die Terrassen extra so angeordnet, dass man alles observieren kann, was rundum geschieht. In der Tat ertappte der Architekt die Cobannis, wie sie ihr Fernrohr genau auf Carmine Alcuanti in seinem Wellenrutscher gerichtet hielten, und es kostete ihn konsiderable Mühe, sie abzulenken. Doch was konnte Carmine Alcuanti dafür, schließlich hat er ja keine Tarnkappe, oder?

Dann hat der Architekt ihm auch noch wegen dem aufblasbaren Untersatz des Fotografen zugesetzt. »Und das Schlauchboot? Hast du es wirklich sicher so verschwinden lassen, dass man es nicht findet?« Völlig zwecklos, ihm zu sayen, dass keiner je draufkommt, wo er es versteckt hat, nicht einmal mit den Spürhunden, die erst mit den Franzosen zur Zeit der Urgroßeltern nach Tari kamen. Darauf kann er sein Wort given, auf das mit dem Fotografen nicht. Aber der Architekt hat sich weder bedankt noch ihn zum Teufel geschasst dafür, dass er keinen Schweiß und keine Mühe gescheut hat, der hält alles für maximalevident, das hat man ja inzwischen kapiert, und nichts ist in toto zufriedenstellend. Nichtsdestotrotz beklagt sich Carmine Alcuanti bestimmt nicht über seine Pflichten oder den Umgangston in der Villa Metaphora, obwohl er außer Kost und Logis noch kein bisschen Entlohnung gesehen hat. Er ist dem Architekt in jeder Sekunde dankbar für das unschätzbare Geschenk, die mirakulöse Begegnung mit Lynn Lou Shaw leibhaftig in Person begünstigt zu haben. Und jetzt, so unglaubbar und spleenig es auch scheinen mag, jetzt darf er sie sogar im Transaqua exkursionieren!

Das kam so: Im Büro befahl ihm der Architekt, sich stante pede umzuziehen, um mit den Cobannis einen Trip aufs Meer zu machen, aber um Himmels willen bloß nicht direktament hier unten vor der Küste, logo! Daraufhin hat er aus einer fulminanten Idee seines elektrisierten Wesens heraus sofort ganz unschuldig geaskt: »Und falls noch andere Gäste mitwollen?« Worauf der Architekt meinte: »Wenn es nicht zu viele sind, ansonsten genügt es, wenn du weder zu nah noch zu weit weg, noch zu schnell fährst, weil das Benzin mittlerweile Unsummen kostet und das Chris Craft fürchterlich viel säuft.«

Carmine Alcuanti skippte das Herz im Hals: Er würde Lynn Lou Shaw vorschlagen mitzukommen! Er musste ihr ja sowieso dieses superimportante Ding übergeben, und jetzt bot sich auch noch die Chance, sie aus nexter Nähe zu admirieren und anzubeten. Falls es wahr würde, auch nur eine oder eventuell zwei Stunden in ihrer Gegenwart auf dem Transaqua zu verbringen, wäre es das maximal menschlich denkbare Geschenk! Falls dann hyperfortunoserweise der Mann nicht mitkäme, wäre die Gottesgnade megagroß, die schönste Exkursionierung in der Geschichte der Marine weltweit! Schon vorvorgestern, als er sie vom Hafen hierher transmariert hat, war er so hingerissen wie nie in seinem kompletten Leben, aber das hier wäre unermesslich, hyperstratosphärisch! Genau reflektiert, ist es eher besser, nicht daran zu bilieven, denn bilievt er daran, solange alles noch in der Schwebe ist, wird es bestimmt nicht wahr. Das ahnte er schon als Kiddo mit kurzem Pantalon, diesen Lauf des Schicksals. Manchmal dreamte er von einem kleinen Spielzeug als Geschenk, oder von einem schönen Fisch, den er catchen würde, und unweigerlich wurde nichts draus. Sah er dagegen was Schlimmes vorher, kam es faktament genau so, wie er vermutet hatte, manchmal auch noch ein bisschen schlimmer, wenn's denn schon sein musste. Wirklich traurig, aber an der Regel des Wahrwerdens gibt es nichts zu rütteln.

Also besser gleich alle megaphantastischen Visionen cancelen, die ihm durch den Kopf schwirren und girren. Nicht leicht, denn sie sind so grell, dass sein Hirn komplett elektrisiert ist und das Herz dreimal so schnell schlägt, *bum bum bum,* das Blut mit Volldampf kreist und die Ohren sausen, während er den Weg zur Unterkunft der Göttin hinaufjumpt. Wie soll man alle diese feurigen Visionen auslöschen oder wenigstens bändigen? Sie sind da und skippen herum wie die Wildkaninchen vom Monte Anxitudo, wer kann sie stoppen? Wer kann ihnen befehlen, still und stumm der Dinge zu harren, die da kommen, damit nicht das Schlimmste wahr wird, wie immer, wenn du was Schönes erhoffst?

Carmine Alcuanti steht an Lynn Lou Shaws Schwelle, holt andächtig tief Luft, denn schon hier umweht ihn Heiligkeit, richtet sich auf, um sich in Maximalform zu präsentieren, glättet mit den Händen sein Hemd, das schon maximalglatt ist. Ehrlich gesayt hat er sogar ultrarapid geduscht, sich ein wenig mit Deodorant und Eau de Toilette eingesprayt und rasch die Haare gestriegelt. Auch seine besten weißen Schossüren hat er angezogen, die, die er schon zu Ihrem Empfang am Hafen trug, aber da war diese ganze Verwechslung mit der Poulanc, weil er so hyperaufgeregt war, dass er das Offensichtliche nicht mehr sehen konnte. Ruhig ist er nun gewisslich nicht, außerdem brennt die Tasche seines Pantalons gleich lichterloh, das Herz frappt ihm im Hals, sich dieser Schwelle zu nexen heißt ja, sich dem Tempel der Göttin zu nähern, da kriegt man weiche Knie, und wenn die Beinmuskeln schlappmachen, läuft man Gefahr, hinzufallen und einen komplett unwürdigen Admirateur abzugeben.

Die Tür braucht sieben Jahre, bis sie sich öffnet, und derweil dröhnt sein Herz im Hals, *bum bum bum,* die Rippen dröhnen, *woom woom woom,* wie Bass und Schlagzeug in der Disko in Agrigent letzten Februar, als er die Vision, eines Tages an Lynn Lou Shaws Schwelle zu stehen, noch für pure Phantasterei gehalten hätte. In finis geht die Tür auf, doch es erscheint nicht die Göttin, sondern der Mann (mit aller Kraft hat er versucht, ihn nicht zu imaginieren, wegen der bösen Regel des Wahrwerdens, nichtsdestotrotz hatte er ihn sich automatisch trotzdem imaginiert, und faktament, da steht er, leibhaftig in Person, zur Bestätigung der Regel). Carmine Alcuanti verzieht aber keine Miene, sondern nickt leicht mit dem Kopf, »guten Tag«. Englisch hat er in primis gelernt, um in den downgeloadeten Filmen Lynn Lou Shaws authentische Originalstimme hören zu können, denn die unerträgliche Frevelei zu sehen, wie sie die Lippen bewegt, und statt Ihrer authentischen Originalstimme die grob verfälschte, ordinäre Stimme einer miesen römischen Synchronsprecherin zu hören, machte ihn rasend vor Wut und Scham.

»Ach, unser Held.« Brian Neckhart fletscht die Zähne wie ein bissiger Hund, tausend Meilen weit entfernt von dem Händeschütteln und Schulterklopfen, als er ihm die Speicherkarte aushändigte, leider die falsche.

»Wer ist da?« Aus der geheimnisvollen Tiefe des Raums erklingt Lynn Lou Shaws immens melodiöse Stimme, und *zatazack* durchzuckt ein Stromstoß sein Herz.

»Der Kerl, der sich die falsche Speicherkarte hat andrehen lassen.« Eventuell meint Neckhart, er verstehe schlecht Englisch, aber er versteht es, und wie!

»Was will er?« Ihre Stimme ist überwältigend, zauberhaft.

»Was wollen Sie?« Neckharts Stimme klingt wie das Kratzen von Stein auf Stein.

»Ich möchte Miss Lynn Lou sprechen.« Carmine Alcuanti bemüht sich, dass Sie ihn in der geheimnisvollen Tiefe des Raums direktament hören kann, doch Neckhart steht auf der Schwelle wie eine Barrikade.

»Meinen Sie *Mrs.* Lynn Lou? Meinen Sie meine Frau?« Neckhart starrt ihn mit grimmiger Schnauze an, der Körper in Jumpalarm, wirklich wie ein Hund, der dem anderen den Weg versperrt. Bebend beschnüffeln sie sich mit heiserem Knurren, belauern sich wie zwei Hunde, die gleich übereinander herfallen, geifernd zuschnappen, sich ineinander verbeißen und verknäulen und in wütendem Pfotenwirbel im Kreis törnen.

»Jedenfalls.« Carmine lässt sich bestimmt nicht beirren von solchen Provozierungen, obwohl er ihm schon gern eins hieben würde, nicht so sehr wegen seinem momentanen Behave, sondern weil er sich die maximalhöchste Frevelei erlaubt hat, eine Göttin wie Lynn Lou Shaw zu ehelichen.

»Jedenfalls was?« Neckhart spektiert ihn von oben herab, ganz der mit dem Cadillac, mit dem Privataeromobil, mit der protzigen Glitzerglas-und-Terrassen-Villa in Beverly Hills, aber vor aller Welt der mit Lynn Lou Shaw, auch wenn niemand eine Göttin besitzen kann, klaro, der bloße Gedanke ist eine Profanatur. Nichtsdestotrotz hat er sie zum Altar geführt, das steht fest, mit allem, was dazugehört, mit Fotos, Heiratsanzeigen und Kommentaren weltweit, so unfasslich es auch scheinen mag.

»Jedenfalls möchte ich mit Miss Lynn Lou sprechen.« Carmine Alcuanti lässt sich doch nicht von einem Menschen einschüchtern, der sich erlaubt hat, eine Göttin zu ehelichen, der Frevler.

»Lass ihn schon rein, verdammte Scheiße!« Erneut möchte er bei der knieerweichenden, herzschmelzenden Stimme der Göttin am liebsten auf allen vieren auf dem Boden zu ihr hinkriechen, wenn auch eventuell nicht vor ihrem Mann.

»Meine Frau kann niemanden empfangen.« Neckhart kümmert sich keinen Deut um die Worte der Göttin, so viel Gotteslästerung ist unerträglich. Finster und grimmig steht er da und versperrt die halbgeöffnete Tür.

»Ich habe genau gehört, was sie gesagt hat.« Mit dem Finger zeigt Carmine Alcuanti in die geheimnisvolle Tiefe des Kubikulums, wo die Göttin ist, richtet sich hoch auf, um deutlich zu machen, dass er größer ist als der Barrikadeur, auch jünger, aber vor allem, dass er weiß, dass Lynn Lou Shaw eine Göttin ist.

»Ich hab gesagt, du sollst ihn reinlassen, verdammte Scheiße!« Ihre Stimme ist wirklich superaudibel, genau so, wie er sie aus den Filmen kennt, von den Szenen, in denen sie jeweiliglich den männlichen Hauptdarsteller vexiert, der ihr nicht ebenbürtig ist (im wahren Leben wie auch im Film).

Dennoch tut Neckhart so, als audiere er sie nicht, und bleibt stur und grimmig in der Tür stehen.

Carmine Alcuanti hätte allmählich gute Lust, ihn da wegzupusten, eventuell sogar mit einem Kopfstoß. Doch er bremst sich aus Furcht, dass Sie es übelnehmen könnte, wenn Sie Ihren Mann halb zusammengeschlagen am Boden wiederfindet.

Hund gegen Hund belauern sie sich auf der Schwelle, die Spannung wächst, da kommt die zauberhafte Gestalt, pusht Neckhart beiseite, räumt ihn einfach auf die unwiderstehliche, aber harmonische Art der Göttin aus dem Weg. »Scheiße, lass mich durch!«

Carmine Alcuanti haut es schier um, als er sie so leibhaftig in

Person vor sich spektiert, puterrot, weil sie den weggepusht hat, der sich anmaßt, ihr Mann zu sein, und der sogar den Frevel gewagt hat, ihr das Transieren zu verweigern.

»Was wolltest du mir sagen?« Sie blickt ihm direktament in die Augen, nicht zu bilieven, ihre Augen sind wie die blauen Seen des Paradieses, in denen man Anima und Gedanken für immer verliert. Jetzt bleibt nur eins, sich zusammenreißen, um nicht umzufallen, das Einzige ist, das Herz vorzuschicken.

»Ich wollte Sie fragen, ob Sie einen kleinen Meeresausflug mit dem Chris Craft machen wollen?« Auf einen Atemzug stößt Carmine Alcuanti den englischen Satz hervor, gar nicht holperig und alle Verben an der richtigen Stelle.

»Kommt gar nicht in Frage.« Neckhart krächzt wie ein Rabe, *hra hra hra*, und schiebt röchelnd sein Kinn vor.

Lynn Lou Shaw beachtet ihn gar nicht, sondern schaut Carmine allweil in die Augen. Sie betrachtet auch seine Lippen, sein Gesicht, ein bisschen alles, dann törnt sie Ihr göttliches Haupt und wirft einen Blick auf das Meer unten. »Wann?«

»Jetzt.« Es braucht maximale Kurasch, denn er steht vor einer Göttin, um Ihr einen Bootsausflug vorzuschlagen, wenn auch nicht sie beide allein, das wäre ein Frevel, besser, es gleich klarzustellen, damit keine Missverständnisse aufkommen. »Ich soll mit Signor und Signora Cobanni eine Exkursion machen, und der Architekt hat gesagt, es können noch andere Gäste mitkommen.«

»Okay. Ich komme.« Die Göttin nickt und meint ihn, ihn leibhaftig in Person. Sie blickt ihm in die Augen, wirklich ihm, Carmine Alcuanti, leibhaftig in Person. Es besteht kein Zweifel, aber er kann es nichtsdestotrotz nicht bilieven.

»Augenblick mal, wovon redest du?« Neckhart kommandiert seine Frau herum, ohne zu begreifen, dass die Frau eine Göttin ist, die man nicht kommandieren kann (und heiraten auch nicht, du Frevler).

Lynn Lou Shaw würdigt ihn keines Blickes, Aug in Auge steht sie da mit Carmine, eindeutig. »Kann ich Lara mitbringen?«

»Na klar, na klar.« Unwillkürlich verdoppelt Carmine Alcuanti die Wörter, denn für ihn verdoppelt sich gerade alles, was er sieht oder denkt, er kann das nicht stoppen, obwohl er doch genau weiß, dass man sich nie zu viel Schönes ausmalen darf, weil es dann ganz bestimmt nie so kommt, nur das Schlechte wird wahr, wegen der bösen Regel des Wahrwerdens.

»Lynn Lou, du machst keinerlei Bootsausflug.« Neckhart gibt sich weiter superkontrolliert, aber man braucht nur seine zusammengebissenen Kiefer zu spektieren, um den inneren Erdrutsch zu ermessen. »Auf gar keinen Fall.«

Carmine Alcuanti starrt ihn an, echt wie Hund gegen Hund, die Spannung ist mit Händen greifbar, ein Nichts genügte, und es würde losgehen mit Beißen und Geifern und Sich-Winden in wütendem Pfotenwirbel.

Doch Lynn Lou Shaw törnt herum und fixiert Neckhart wie eine Göttin, mit solcher Bestimmtheit, dass einem die Knie zittern. »Ich mache, was ich will, du Arsch, klar?«

Man muss Neckharts Fresse observieren, um zu kapieren, was es heißt, den Zorn einer Göttin zu erregen, weil man ihr nicht die angemessene Achtung und Ehrerbietung bezeigt, sondern sich einbildet, man könne sie herumkommandieren. Da ist sie, die Antwort der Göttin, die dich, zack, klitzeklein macht, mit ein, zwei Worten. Neckhart versucht gar nicht zu antworten, er törnt zu Carmine herum, noch rabiater als vorher, macht auf dem Absatz kehrt und dampft rabiat ab ins Kubikulum, grollend, aber mit eingezogenem Schwanz.

»Sollen wir an die Mole runterkommen?« Lynn Lou Shaw, die Göttin, sieht Carmine Alcuanti erneut deep in die Augen und raubt ihm das bisschen Schnauf, das noch übrig war.

»Ja.« Carmine Alcuanti schafft es nicht, aus dem Göttlichen

Blick herauszuschwimmen, das Herz frappt und frappt in seiner Brust.

»Gib mir fünf Minuten, damit ich mich fertigmachen kann.« Lynn Lou Shaw öffnet ihre Göttinnenlippen zu einem Lächeln, zeigt die überirdisch strahlenden Zähne, schließt mit göttlicher Geste die Tür.

»Ich erwarte Sie an der Mole, Miss Lynn Lou.« Aber schlagplötzlich befürchtet Carmine, Neckhart könnte sie eventuell in diesen fünf Minuten von dem Transwatertrip abhalten, sie eventuell sogar in der Suite einsperren. Oder sie könnte womöglich selbst nicht mehr wollen, denn klaro bleibt eine Göttin nicht so lange ein und derselben Meinung. Nichtsdestotrotz muss man positiv denken, um nicht durchzudrehen. Die Göttin braucht bestimmt mehr als fünf Minuten für die Herrichtung, wie könnte eine Göttin anders, aber dann wird sie erscheinen. Dann müssen eben die Cobannis auch eine halbe Stunde warten, auch eine komplette. Außerdem darf man sich sowieso nichts Schönes imaginieren, weil es sonst nicht wahr wird. Vorrangig ist, die Gedanken niederzuringen, sie nicht herumskippen zu lassen wie die Kaninchen auf dem Monte Anxitudo, sie wirklich platt zu quetschen, bis man die Göttin ausflugsbereit leibhaftig in Person auf das Transaqua zukommen sieht.

42

Lara Laremi und Lynn Lou gehen die Treppe hinunter. Lynn Lou vorneweg, mit roten Espadrilles an den Füßen, rot-weißkarierter Dreiviertelhose mit seitlichem Reißverschluss, rotem, an den Schultern geknotetem T-Shirt, ebenfalls rot-weiß kariertem Kopftuch und geschwungener Sonnenbrille à la Brigitte Bardot in den frühen sechziger Jahren. Sie hat gut zwanzig Minuten, mehrere Anproben und unzählige Ratschläge gebraucht, um sich für dieses Outfit zu entscheiden, während Brian von der Terrasse wütende Blicke hereinwarf, aber trotz allem ruhig erscheinen wollte. Lynn Lou ist wirklich die geborene Schauspielerin, sie genießt es, in eine Rolle zu schlüpfen, sich in einer Situation zu präsentieren wie am ausgeleuchteten Set und die Truppe warten zu lassen. Im Vergleich zu ihr fühlt sich Lara zwei Stufen hinter ihr ein wenig ärmlich, ohne Make-up, mit derselben weiten Hose aus grauer indischer Baumwolle, die sie schon gestern anhatte, demselben, etwas verwaschenen lila Hemdchen und denselben chinesischen Schühchen. In ihren Rucksack passt einfach nicht so viel, und außerdem hat sie nicht das Gefühl, mehr zu brauchen; es genügt ihr, jeden Tag die Unterwäsche wechseln zu können, ansonsten zieht sie es vor, mit leichtem Gepäck zu reisen.

Sie wirft einen Blick auf die untere Terrasse, wo Paolo in den vergangenen Tagen arbeitete, aber er ist nicht da, offenbar sind seine zwei Bänke fertig. Vielleicht sucht er an der Küste nach mehr Schwemmholz für die noch fehlenden Möbel. Heute Morgen beim Aufstehen hatte sie noch ihre Gespräche der vergangenen Nacht im Kopf, als sie mit Ramiro in der Küche beim Essen saßen: den Klang der Stimmen, die Blicke, die gedehnte Wahrnehmung, beflügelt vom Wein und von dem Gefühl, eine Insel auf der Insel zu bilden, eine winzige Gruppe von Menschen, die ähnlich empfinden. Während sie redeten, hatte sie nicht den Eindruck gehabt, ihr Hang zur Einsamkeit und ihr beobachtendes Wesen stünden im Widerspruch zur Suche nach Wärme und Nähe, im Gegenteil. Sie hätte nie vermutet, dass sie an einem solchen Ort jemanden so Wesensverwandten treffen könnte, weder hier noch anderswo; sie kann es kaum fassen und ist noch ganz erfüllt von Empfindungen, die sie jetzt nicht genau bestimmen kann.

Das grelle Licht blendet sie durch die Sonnenbrille hindurch, das im Vergleich zu gestern leicht gekräuselte Meer wirft es in tausend Reflexen zurück. Lynn Lou ist sich ihrer Bewegungen superbewusst, während sie vor ihr die Stufen hinabgeht: Vielleicht sieht sie es als Szene eines Musicals, vielleicht hat sie sogar eine spezielle Filmmusik im Ohr. Carmine steht unten auf der Mole neben dem Motorboot und beobachtet sie mit offenem Mund wie eine Erscheinung, was den Effekt natürlich noch verstärkt. Das Ehepaar Cobanni sitzt schon im Achterdeck des Chris Craft, die Signora trägt eine orangefarbene Schwimmweste; selbst von hier aus sieht man, dass sie vom Warten unter der sengenden Sonne im Schaukeln der kleinen Wellen genervt sind. Lara hasst es, zu spät zu kommen, aber diesmal ist es nicht ihre Schuld, es ist schon ein Wunder, dass sie Lynn Lou zum Aufbruch bewegen konnte, bevor sie auf die Idee kam, sich noch einmal umzuziehen.

Als sie die Mole erreichen, kommt Carmine ihnen wie ein Marineoffizier in seiner strahlend weißen Uniform entgegen: »Welcome, Miss Lynn Lou!« Er verbeugt sich knapp, mit ekstatischem Ausdruck.

Lynn Lou ist sichtlich zufrieden mit dem Empfang: Sie lächelt huldvoll, stützt graziös den Unterarm auf die Hand, die Carmine ihr hinhält, um ihr beim Einsteigen zu helfen und sie dann zuvorkommend auf dem Sofa in der zweiten Plicht Platz nehmen zu lassen.

Lara steigt alleine ein, ist ja keine Sache; Carmine macht ein paar rein symbolische Gesten, als sie sich neben Lynn Lou niederlässt.

»*Everything okay, Miss Lynn Lou?*« Forschend sieht Carmine sie an, um sich zu vergewissern, dass sie bequem sitzt, oder vielleicht, weil er einfach kaum glauben kann, dass es wahrhaftig sie ist.

Die Cobannis beobachten die Szene von der hintersten Plicht aus, der Mann trägt eines seiner unvermeidlichen Ferngläser um den Hals. Nach ihren Gesichtern zu urteilen, scheint ihre Verärgerung über das Warten mindestens teilweise der Belustigung über Lynn Lous Gehabe und Carmines Ergebenheit zu weichen.

»Es tut mir leid, dass wir Sie haben warten lassen.« Lara fühlt sich verpflichtet, sich zu entschuldigen, denn Lynn Lou denkt überhaupt nicht daran.

»Keine Sorge, Signorina, es ist immer ein Vergnügen, eine halbe Stunde durchgeschüttelt zu werden, während man auf eine Diva wartet.« Signor Cobanni scheint ein bemerkenswerter Mann zu sein, er hat zwar die Manieren eines Gentlemans früherer Zeiten, aber es fehlt ihm keineswegs an Humor. Seine Frau hält sich die Hand vor den Mund und lacht, versteckt hinter Hutkrempe und Sonnenbrille.

Carmine wirft ihnen einen strengen Blick zu, jede Ironie über das Objekt seiner Verehrung muss ihm lästerlich vorkommen.

Doch Lynn Lou ist viel zu sehr mit sich selbst beschäftigt; sie dreht sich nur kurz um und winkt zart mit den Fingern, wie um noch zwei Fans zu begrüßen. Dann lässt sie den linken Arm auf die glänzenden Mahagoniplanken des Motorboot sinken, neigt den Kopf nach hinten und streckt die Beine aus. Sie spielt ihre Rolle perfekt, wirklich wie im Film.

Carmine startet den großen Motor, der das Boot blubbernd und qualmend erzittern lässt. Er springt auf den Steg, macht das Tau los und springt gewandt wieder an Bord. Prüfend mustert er seine Passagiere, zieht aus einem wasserdichten Fach einige Schwimmwesten heraus, nimmt eine offizielle Haltung an, zu der ihn wahrscheinlich Perusato erzogen hat. »Meine Herrschaften, darf ich kurz um Ihre Aufmerksamkeit bitten. Wir tun hier in der Villa Metaphora alles, um die Sicherheit unserer Gäste zu gewährleisten, und...«

»*Enough bullshit, let's get moving!*« Lynn legt die Hände trichterförmig um den Mund, damit ihre Stimme lauter klingt.

»*Just a moment, Miss Lynn Lou...*« Carmine will weitersprechen, aber man sieht, dass es ihn wahnsinnige Mühe kostet. »Wir bitten alle Passagiere, eine Schwimmweste anzulegen. *We ask all passengers to wear a life jacket...*«

»*Oh, come on, give me a break!*« Ungeduldig beugt Lynn sich zur Seite, fasst mit der linken Hand ins Wasser, bespritzt das Boot.

Verlegen schaut Carmine sich um und stellt fest, dass auch Lara und Signor Cobanni nicht an Schwimmwesten interessiert sind. Ein wenig widerstrebend schiebt er sie wieder in das wasserdichte Fach. Dann legt er den Gang ein, dreht das glänzende, hölzerne Steuerrad und manövriert das Boot langsam vom Steg weg.

»Nun, wohin fahren Sie uns, Carmine?« Signor Cobanni reckt sich vor, graue Haare unter dem Panama, Sonnenbrille mit Schildpattfassung, naturweißes Polohemd, umgehängtes Fernglas. Seine Frau beobachtet ihn mit einer Mischung aus Bewunderung und Besorgnis, die Lara schon am Vortag aufgefallen war.

»Oh, wohin Sie wollen, Ingegnere. Wohin Signorina Lynn

Lou will.« Es ist klar, wem Carmine den Vorrang einräumt. »*Where do you prefer to go, Miss Lynn Lou?*«

Theatralisch breitet Lynn Lou die Arme aus: »*Surprise me!*«

»Warum zeigen Sie uns nicht die Drachenhöhle, von der der Architekt gesprochen hat?« Signor Cobanni deutet vage auf die Küste Richtung Norden.

»Na ja, das ist schwierig, Ingegnere...« Carmine scheint nicht wohl zu sein, er kratzt sich am Kopf. »Es ist zu gefährlich, mit dem Chris Craft hineinzufahren...«

Sofort erregt sein Widerstand Lynns Aufmerksamkeit, denn sie interessiert immer und vor allem das, was sie nicht bekommen kann. »*What, what?*«

»*Nothing, Miss Lynn Lou.*« Carmine dreht sich um und sieht sie ganz verlegen an.

»*What did you say about a dragon?*« Ein bisschen Italienisch versteht Lynn Lou, wenn sie will, sie hat eine gute Auffassungsgabe.

»*The* ingegnere *was asking about the* Grotta del Drago, *but it's too dangerous to go in...*«

»*Who gives a fuck! Let's go!*« Lynn Lou findet es aufregend, wenn von Gefahr die Rede ist, sie macht Carmine ein Zeichen loszufahren.

»*But there are many other things to see, Miss Lynn Lou...*« Carmine wehrt sich weiter, hofft verzweifelt auf Unterstützung durch Lara und die Cobannis. »Es gibt noch viele andere schöne Dinge zu bewundern an der Küste. Zum Beispiel Punta del Corvo, den Rabenfelsen, ganz aus schwarzem Stein. *All black stone, it's wonderful...* Oder der Piccolo Gigante, *the Small Giant...*«

»*Screw the small giants! I wanna see the dragon!*« Mittlerweile hat sich Lynn Lou auf die Drachenhöhle kapriziert, und so, wie Lara sie kennt, wird es praktisch unmöglich sein, sie umzustimmen.

»Aber ja, nur zu, bringen Sie uns zur Grotta del Drago.« Signor Cobanni kommt Lynn überraschend zu Hilfe. »Der Architekt sagte, sie sei eines der schönsten Geheimnisse von Tari.«

»Aber Giulio, wenn Carmine doch sagt, dass es gefährlich ist.« Signora Cobanni macht ein besorgtes Gesicht, presst eine Hand auf ihre Schwimmweste.

»Wir können sie ja auch von außen bewundern.« Lara schlägt einen Kompromiss vor, obwohl sie keine Kompromisse mag und inzwischen selbst auf die Höhle neugierig ist.

»Von außen sieht man nichts, Signorina… Nur die Öffnung…« Carmine ist hin- und hergerissen zwischen seiner Verantwortung als Skipper und dem Wunsch, Lynn Lou zufriedenzustellen, er weiß nicht, was er tun soll.

»*Come on, don't be a party pooper!*« Lynn Lou stampft mit den Füßen auf den Teakholzboden auf.

»*Okay, Miss Lynn Lou.*« Schweren Herzens gibt Carmine Gas, lenkt das große Motorboot aus dem Schutz der Mole ins Offene hinaus.

Der Wind wird stärker, kräuselt die Meeresoberfläche in kleinen silbrigen Wellen, die gegen den Bug und an die Seiten klatschen, ein paar Spritzer treffen die Fahrgäste ins Gesicht. Lynn Lou perfektioniert weiter ihre Pose à la BB in Saint-Tropez in den sechziger Jahren: Arm auf der Seitenwand des Chris Craft, Gesicht mit dem Kinn nach oben der Sonne zugewandt. Wäre der Fotograf, der sich gestern in die Villa Metaphora eingeschlichen hatte, noch hier in der Gegend, könnte er seine Reportage nun im großen Stil abschließen.

Hinten streicht Signor Cobanni anerkennend mit der Hand über die Mahagonibeplankung, über einen spiegelblanken Messingpoller. Er nimmt die Sonnenbrille ab, setzt das Fernglas an und betrachtet die Küste. Er und seine Frau besitzen die gleiche altmodische Eleganz wie das Chris Craft, vielleicht sind sie sogar gleich alt. Auch Carmines weiße Uniform passt perfekt zu dem Boot und zu der Diva der sechziger Jahre, die hinter ihm in den weichen Sofakissen lehnt. Lara stellt sich vor, sie sähe die Szene von außen, und sieht sich selbst als das einzige unpassende Element: Einen Moment lang erfasst sie ein Gefühl von Nichtzugehörigkeit, das sie öfter überkommt. Angestrengt konzentriert sie sich auf den Wind, das Glitzern der Wellen; allmählich lässt das Gefühl nach.

»*Can't you go any faster?*« Lynn Lou legt erneut die Hände um den Mund, damit Carmine sie hört. »Schnelleeeer!«

Carmine dreht sich mit einem schmachtenden Blick zu ihr um und nickt. »*Okay!*« Er gibt noch mehr Gas; der große Motor heult auf, der Bug hebt sich, senkt sich dann mit zunehmender Geschwindigkeit nicht mehr so sehr. Das Chris Craft schießt über das bewegte Meer, *sbam sbam sbam* knallt es auf die Wellen; der Wind wird zum starken, ständigen Luftstrom, lässt die Gischt bei jedem neuen Aufprall höher spritzen.

Lynn Lou hebt die Arme, aufgeregt wie ein Kind auf der Achterbahn. »*Wow! Yeah!*« Sie rückt ihr Kopftuch zurecht, beugt sich zur Seite, damit Wind und Spritzer sie voll ins Gesicht treffen. Die Cobannis hinten wirken eindeutig weniger begeistert, zumindest die Signora. Aber sie sagen nichts, halten mit einer Hand ihre Hüte fest und klammern sich mit der anderen an den Sitz. Auch Lara hält sich am Sofa fest, spannt die Muskeln an und lockert sie wieder, um die Stöße abzufangen, die bei jedem *Sbam* ihre Wirbelsäule erschüttern.

Schnell gelangen sie weiter ins offene Meer hinaus, in das immer tiefere Blau, auf dem silbrige Reflexe tanzen. Carmine manövriert geschickt, durchschneidet schräg die höheren Wellen, die ab und zu anrollen, reißt das Steuerrad herum, um den Kurs zu halten, und dreht sich zu Lynn Lou um.

Sie spielt weiter ihre Rolle für ihn: Sie lehnt sich zurück, streckt die Arme in die Luft, steht irgendwann auf und beugt sich gegen den Wind.

»*Careful, Miss Lynn Lou!*« Carmine ist besorgt, aber auch hingerissen von ihrer Pose, er verschlingt sie mit den Augen.

Die Cobannis wechseln ab und zu Blicke, ansonsten klammern sie sich an den Sitz, halten ihre Hüte fest, betrachten das Meer und den Horizont.

Dann dreht Carmine am Steuerrad, drosselt den Motor und lenkt auf der Höhe eines Kaps direkt auf die Küste zu, die an dieser Stelle eine senkrechte Felswand ist.

»*Hey! Why are you slowing down?*« Kaum hat Lynn Lou bemerkt, dass das Boot langsamer wird, fängt sie an zu quengeln.

»*We're getting close, Miss Lynn Lou.*« Carmine macht ihr ein Zeichen, sich zu gedulden.

Die Windböen und das Plätschern der kleinen Wellen erobern wieder den akustischen Raum, der vorher ganz vom Motorgeheul, vom Dröhnen der Luft und von dem Krachen des Bootes besetzt war. Die senkrechten Felsen kommen bedrohlich näher; auf einmal lassen sie die Küste, wo sich die Anlegestelle der Villa Metaphora befindet, bequem zugänglich erscheinen.

Carmine deutet auf eine Stelle in der rötlichen, schwarzgeäderten Wand. »Da ist sie, die Grotta del Drago. *There it is. The Dragon's Cave.*«

»*Where?*« Lynn Lou steht auf, sieht aber nichts, schüttelt den Kopf.

Auch Lara kann keine Öffnung in der Felswand erkennen, die sich hoch vor ihnen auftürmt. Auch das Ehepaar Cobanni weiter hinten nicht. Der Mann greift wieder zum Fernglas.

»*I don't see any fucking cave.*« Lynn Lou macht schon ein enttäuschtes Gesicht, dreht sich um und blickt aufs offene Meer, als wollte sie sagen, dann doch lieber wieder über die Wellen sausen und sich durchschütteln lassen.

Carmine drosselt die Geschwindigkeit noch mehr, der Motor blubbert nur noch leise. Mit dem Finger zeigt er auf etwas, das aussieht wie ein Schatten oder ein dunklerer, schiefer Felsstreifen. »*There, Miss Lynn Lou.* Da ist der Eingang.«

»Ah, ich sehe ihn!« Signor Cobanni strahlt, dass sein elegantes Fernglas ihm erlaubt, die Realität vorwegzunehmen.

In der Tat stellt sich der Schatten beim Näherkommen als hohe, schmale Öffnung heraus, die schräg in die Gesteinswand geschnitten ist.

»*Let's go in!*« Lynn Lou zeigt sofort wieder Interesse, klatscht in die Hände.

»*It's too dangerous, Miss Lynn Lou.*« Carmine schüttelt den Kopf, legt den Leerlauf ein.

»Schaffen wir es wirklich nicht, Carmine?« Signor Cobanni hebt die Stimme, um am Bug gehört zu werden, seine Abenteuerlust ist geweckt.

»Reinkommen würden wir schon, Ingegnere... aber dann muss man auch wieder raus, Sie sehen ja selbst, wie groß die Öffnung ist. Die einzige Möglichkeit ist, rückwärts herauszufahren...«

»Giulio, siehst du denn nicht, dass der Spalt kaum so breit ist wie das Boot?« Signora Cobanni ist hörbar beunruhigt.

»*Come on, Carmine! What are you waiting for?*« Lynn Lou ist so ungeduldig, als stünden sie vor der Geisterbahn im Vergnügungspark.

»Miss Lynn Lou...« Dass sein Idol ihn mit Namen anspricht, verwirrt Carmine total, dennoch ist es klar, dass ihm der Gedanke, in die Höhle hineinzufahren, überhaupt nicht behagt. »*The sea is moving, and the wind...*«

»*So what? You're a great skipper, you can do it!*« Wenn Lynn Lou etwas wirklich gut kann, außer schauspielern, dann dies: ihre Fans in Bann schlagen und ihre Macht über sie ausnutzen. Und auf einen, der sie so grenzenlos verehrt wie Carmine, wirkt diese Macht unwiderstehlich.

Carmine kratzt sich am Kopf, sieht Lynn Lou an und betrachtet den Höhleneingang. Heiß scheint die Sonne, das Meer gluckert ums Boot, das Chris Craft schaukelt leise vor der Felsenwand.

Signor Cobanni ruft aus dem Achtercockpit: »Hören Sie, Carmine, warum versuchen wir's nicht mal?«

»Giulio, was redest du da?« Seine Frau macht es wütend, dass er nicht lockerlässt. »Hast du nicht gehört, was er gesagt hat?«

»Da geht's nicht um versuchen, Ingegnere.« Carmine zeigt auf die schräge Höhlenöffnung. »Wenn man drin ist, ist man drin...«

»*I wanna go in, I wanna go in, I wanna go in!*« Als sie merkt, dass die Abwehr ins Wanken gerät, drängt Lynn Lou noch mehr.

»Also stimmen wir ab.« Signor Cobanni wirkt hocherfreut, dass er eine demokratische Lösung gefunden hat. »Wer will in die Höhle hinein?«

»*What?*« Lynn Lou schaut von Signor Cobanni zu Carmine, sie kann nicht stillhalten.

»*The ingegnere says, let's take a vote to see who wants to go into the cave.*« Carmine übersetzt widerwillig.

Signor Cobanni lächelt, als wäre sein Vorschlag ganz legitim und unschuldig. Seine Frau beißt sich immer verärgerter auf die Lippen.

»Aber Ingegnere, auf dem Meer kann man nicht über Entscheidungen abstimmen.« Eine Hand auf dem glänzenden Steuerrad, steht Carmine aufrecht da. »Ich trage die Verantwortung für das Boot...«

»Genau, nur der Kommandant kann entscheiden.« Signora Cobanni unterstützt ihn. »Das ist Gesetz.«

»Einverstanden, aber da Sie uns jetzt schon hierhergebracht haben, Carmine...« Signor Cobanni entwickelt einen fast kindlichen Eigensinn, der gar nicht so weit von Lynn Lous Verhalten entfernt ist.

Lara ist fasziniert, sie denkt an die Verwandlungen, die stattfinden können, wenn man sich beinahe ungefiltert der Kraft der Elemente aussetzt. Was sie selbst betrifft, weiß sie nicht, ob sie hinein möchte oder nicht: Sie schwankt zwischen Anziehung und Schrecken.

»*Okay, let's vote! Who wants to go in, raise your hand!*« Begeistert über die Abstimmungsidee hebt Lynn Lou die Hand. »*Let's all vote!*«

Auch Signor Cobanni hebt die Hand, schüttelt seine Frau ab, die ihn daran hindern möchte.

»Lara?« Über die Sonnenbrille hinweg schaut Lynn Lou sie an, als wollte sie ihren Mut testen. »*Come on!*«

Lara ist noch unentschieden, dann hebt sie die Hand. Aus Loyalität? Aus Neugier? Aus Abenteuerlust? Sie versucht gar nicht, es zu verstehen, fühlt ihr Herz schneller schlagen.

»*Three against two! We win! We win!*« Lynn Lou macht mit beiden Händen das Victory-Zeichen, als hätte sie tatsächlich wer weiß was gewonnen. »*Let's go in, Carmine!*«

»Ich bitte vielmals um Entschuldigung, aber wenn der Kommandant sagt, dass es nicht geht...« Signora Cobanni ist erschrocken und wütend auf ihren Mann. »Seid doch ein bisschen vernünftig!«

»Vernünftig waren wir schon lange genug!« Signor Cobanni meint es ernst, man sieht, er fühlt sich wirklich wie befreit.

»*Carmine, pleeease! Take us in! Pretty please, with sugar on top!*« Lynn Lous Tonfall ist halb verführerisch, halb kindlich, mit dem flehenden Ausdruck eines Kätzchens reckt sie sich Carmine entgegen.

An dieser Stelle bricht Carmines Abwehr zusammen. »Okay.« Er legt den Rückwärtsgang ein, korrigiert den Kurs, um die Strömung auszugleichen, die das Boot leicht zur Seite driften lässt, und richtet den Bug des Chris Craft auf den Höhleneingang.

»Yessss! I totally love you, Carmine!« Lynn Lou schnappt schier über vor Begeisterung.

»Okay, Miss Lynn Lou.« Carmine ist sichtlich überwältigt von ihren Worten, aber zum Glück bleiben seine Handgriffe präzise. Er stößt zurück, legt wieder den Vorwärtsgang ein, arbeitet mit Gas und Ruder, alles extrem vorsichtig.

»Verzeihung, was machen Sie da?« Signora Cobanni wagt einen letzten Versuch, um ihn zu stoppen. »Haben Sie nicht gesagt, es ist zu gefährlich?«

Carmine antwortet nicht, ganz auf das Manöver konzentriert. Er dreht mit der Linken ganz zart das Steuerrad, handhabt ebenso behutsam den Gashebel. Der große Motor spuckt Qualmwölkchen aus dem doppelten Auspuff knapp über der Wasseroberfläche. Der Bug nähert sich der Öffnung im Felsen: Schon ist er drin. Wie durch Zauberei verliert die Sonne nach und nach ihre Kraft, ein Schatten gleitet über das Boot und seine Insassen.

Immer noch fühlt Lara ihr Herz schneller klopfen. Die Vorstellung, in eine geheime und gefährliche Höhle einzudringen, erregt sie, doch der Gedanke, dass Carmine wider besseres Wissen Lynn Lous Drängen nachgegeben haben könnte, entsetzt sie. Während der Dreharbeiten in Rom hat sie miterlebt, wie sogar anerkannte Filmer unter dem Einfluss ihres verführerischen Verhaltens oder einfach ihres Eigensinns sich zu Taten haben hinreißen lassen, die sich bald als gravierende Fehler erwiesen. Aber dort waren sie am Set eines Filmstudios in einer Großstadt, nicht an der menschenleeren Küste einer abgelegenen Insel. Sie mustert den Felsen über ihnen, dreht sich nach den Cobannis im Heck um: Der Mann wirkt fasziniert, aber seine Frau ist hochgradig nervös, blickt ständig zurück.

»We are in, we are in!« Lynn Lou springt vor Begeisterung auf, um mehr zu sehen.

»Please stay down, Miss Lynn Lou!« Carmine bedeutet ihr, sich zu setzen. Fast unmerklich dreht er am Steuerrad, gibt ge-

rade genug Gas, um vorwärts zu fahren. Man sieht, dass er weiß, was er tut: Das Chris Craft passt genau zwischen den rauhen Felswänden hindurch, Zentimeter für Zentimeter, Meter für Meter gleitet es in die Dunkelheit.

Der Übergang ist seltsam: In wenigen Augenblicken kommen sie vom gleißenden Licht ins Dunkle, von der Wärme in die Kühle, vom Sausen des Windes in die Stille, die nur vom gedämpften Brummen des großen Motors gestört wird. Carmine stellt ihn ab; nun hört man einzig das Gleiten des Bootes durchs ruhige Wasser.

»*Hey!*« Lynn Lou stößt einen Schrei aus, ihre Stimme hallt vielfach von den Felswänden wider. »*Hey! Hey! Hey!*«

»*Please, Miss Lynn Lou. You don't scream in here.*« Carmine macht eine Handbewegung, ohne sich umzudrehen, sogar sein Flüstern löst ein Echo aus.

Die Lichtreflexe von außen erhellen teilweise die feuchte Felsoberfläche, doch schnell bleibt nur noch hier und da ein Schimmer, ein Glitzern unter Wasser, dann nichts mehr. Die Dunkelheit wird undurchdringlich. Lara stockt der Atem, ihr ist, als komme sie in eine verborgene Dimension, an einen Ort, den man unberührt lassen muss.

Signor Cobanni hustet: Der Ton pflanzt sich von einem Felsen zum anderen fort, vermischt sich mit dem Tropfen, mit dem Aufklatschen des kurzen Ruders, das Carmine benutzt, um das Chris Craft von einer Wand abzustoßen, während es durch die Dunkelheit gleitet. Lara spürt, wie sich ihr Herzschlag verlangsamt: Ein tiefes, namenloses Gefühl überkommt sie.

»*Where's the dragon?*« Lynn Lou geht achtlos über den Zauber des Augenblicks hinweg, doch obwohl sie versucht, witzig zu sein, schwingt echte Angst in ihrer Stimme mit, das hört man.

»*Shhh!*« Signor Cobanni ermahnt sie zu schweigen, wie ein Kind.

Carmine justiert weiter das Steuer, wiegt das kleine Ruder in der Rechten wie eine Verteidigungswaffe. Das große Chris Craft gleitet leise voran, kaum zu hören bei dem zunehmenden Tropfen, Rascheln und Schwappen rundherum.

Sie tasten sich blindlings vorwärts, wie lange und wie weit kann Lara nicht einschätzen, dann plötzlich flackert wie eine Erscheinung ein grünblaues Leuchten unter der Wasseroberfläche auf und wird von den abgeschliffenen Steinen am Grund reflektiert. Rasch folgen andere Lichter, unten, oben, seitlich; sie enthüllen Schattierungen von metallischem Grau, schillerndem Schwarz, schwefeligem Gelb. Ein Gefunkel irrlichtert über die Wände, die sich allmählich rundherum auszudehnen scheinen, und gleich darauf fällt ein unglaublich blauer Lichtstrahl schräg durch den Raum, erhellt ein weites Gewölbe, in dem es smaragdgrün glänzt und glitzert. Man sieht Stalaktiten und Stalagmiten, aus einem Felsen sprudelt direkt über einem Strand mit runden Kieseln ein kleiner Wasserfall, Dämpfe dringen aus einer dunklen Öffnung weiter hinten, außerhalb des Bereichs, den der von oben einfallende Lichtstrahl erhellt.

Der Anblick ist so überwältigend, dass selbst Lynn Lou ein paar Sekunden braucht, um sich zu fangen. »*Wow!*«

Die anderen blicken sprachlos staunend um sich. Lara fühlt sich wie im Traum, weiß aber nicht, ob er schön oder furchterregend ist und wie sie ihn deuten soll.

»Seht ihr?« Carmine spricht sehr, sehr leise, er ist sich seiner Verantwortung als Offenbarer dieser verborgenen Welt zutiefst bewusst.

»Unglaublich.« Signor Cobanni dreht weiter den Kopf von einer Seite zur andern, um möglichst viele Einzelheiten zu erfassen. Seine Frau dagegen sitzt ganz verkrampft und reglos auf dem kleinen Sofa im Heck. Die Luft ist lauer als auf dem Weg hierher, stagniert, riecht nach Schwefel. Das Plätschern des kleinen Wasserfalls hallt auf den unebenen Steinen, sobald man den Kopf ein wenig bewegt, ändert sich die Frequenz, wie der Atem eines großen, geheimnisvollen Tieres. Lara kann verstehen, dass die Bewohner von Tari denken, hier könnte ein Drachen hausen.

»*So, where's the dragon?*« Lynn Lou bemüht sich immer noch forsch aufzutreten, aber sie ist kreidebleich, ihre Pupillen sind so geweitet, dass die Augen dunkel erscheinen.

»*There.* Da hinten wohnt er, der Drache.« Mit dem Finger weist Carmine auf die Dämpfe, die vor dem finstersten Winkel wabern, jenseits des kleinen Kieselstrands und der anschließenden Stalagmiten, als glaubte er tatsächlich ein bisschen daran.

»*Can we go out and have a look?*« Lynn Lou deutet auf den kleinen Strand vor ihnen.

Carmine schüttelt den Kopf. »*No, no. We must go back now.*«

Signor Cobanni schließt sich jedoch Lynn Lous Forderung an. »Ach, lassen Sie uns doch einen Moment aussteigen, Carmine.«

»Giulio, wenn er nein sagt, wird er schon wissen, warum!« Signora Cobannis Stimme bebt. »Wir fahren jetzt sofort wieder raus!«

»Tiziana, wie oft bist du schon an so einem Ort gewesen?« Signor Cobanni lässt nicht locker.

»*Come on! Let's all go!*« Lynn Lou erhebt sich.

»*Please don't scream, Miss Lynn Lou. And stay down*«, fleht Carmine sie an.

»Also? Dürfen wir kurz aussteigen?«, drängt Signor Cobanni.

»Ingegnere, die Dämpfe hier sind sehr ungesund.« Wieder ist Carmine hin- und hergerissen zwischen Verantwortungsgefühl und dem Wunsch, Lynn Lou glücklich zu machen. »*The vapors here are not good, Miss Lynn Lou.*«

»Nur fünf Minuten.« Signor Cobanni steht ebenfalls auf.

»Warten Sie, Ingegnere. Hier kann ich nicht wenden. Dieser Korridor hat gerade die richtige Tiefe, es reicht wirklich nur ganz knapp …« Carmine flüstert immer noch, er fühlt sich wohl sehr in der Klemme.

Lara beugt sich auf ihrer Seite über den Bootsrand: Tatsächlich, im smaragdgrünen durchsichtigen Wasser ragen Felsblöcke auf, die jedes Manöver zur Seite verhindern, es ist wirklich ein Korridor.

Hinten überprüft Signor Cobanni ebenfalls die Lage, ändert aber seine Meinung nicht. »Das macht nichts, wir steigen am Bug aus.« Obwohl seine Frau ihn daran hindern will, zieht er die Schuhe aus und steigt barfuß auf die Verschalung.

Als hätte sie nur auf diese Ermutigung gewartet, schleudert Lynn Lou die Espadrilles weg, klettert aus der mittleren Plicht und krabbelt zum Vorschiff.

»Ingegnere, *Miss Lynn Lou, please*!« Carmine macht einen letzten Versuch des Widerstands, dann gibt er klein bei; er hantiert mit dem Ruder, bis der Bug den kleinen Kieselstrand erreicht, nimmt das Tau, springt vom Boot. Er hält das Tau fest, reicht Lynn Lou die Hand, um ihr und anschließend auch Signor Cobanni beim Aussteigen zu helfen.

Lara streift ihre chinesischen Stoffschühchen ab, klettert ebenfalls auf allen vieren über den glänzenden Mahagoniboden des Chris Craft, erreicht den Bug, springt vom Boot. Glatt sind die Strandkiesel unter den Fußsohlen, feucht und glitschig. Der Schwefelgeruch steigt ihr in die Nase, dringt in die Lunge, verursacht eine seltsame Benommenheit, verstärkt durch die von allen Seiten zurückhallenden Geräusche.

»*This is awesome!*« Lynn Lou hüpft aufgeregt hin und her.

»*Careful, Miss Lynn Lou.*« Carmine beobachtet sie ängstlich, aber er sorgt sich auch um Signora Cobanni, die am anderen Ende des langen Motorboots sitzen bleibt. »Signora, möchten Sie nicht auch aussteigen?«

»Nein, ich bleibe hier!«

»Los, Tiziana, komm schon!« Ihr Mann spornt sie an und winkt ihr, was sie von ihrem Platz aus vielleicht gar nicht sehen kann.

»Ich denke nicht daran!« Signora Cobanni klammert sich stur an das grüne Sofa.

Carmine zögert kurz, dann befestigt er das Tau des Chris Craft an einem Felsblock, überprüft den Knoten. »Aber nur fünf Minuten. *Only five minutes, okay?*«

»Sicher.« Signor Cobanni antwortet zerstreut, völlig versunken in das Schauspiel rundherum. Er mustert die Gesteinsformationen, umkreist sie, um das Spiel von Licht und Schatten zu sehen.

»*I wanna stay here all day!*« Lynn Lous Stimme hallt vielfach nach: *day! day! day!* Sie bewegt sich wie auf einer Theaterbühne, umarmt einen Stalagmiten, wirft ein Bein zurück.

»*Careful, Miss Lynn Lou!*« Mit grenzenloser Geduld folgt Carmine dem Objekt seiner Verehrung. »*And please don't scream.*«

Lara geht leichtfüßig, bemerkt, wie das von oben einfallende Lichtbündel die Formen hervorhebt und die Farben entzündet, das Azur des Wassers und das Schwefelgelb zu schillernden Grüntönen vermischt. Ihr ist, als befinde sie sich in einem imaginären Raum, in einer Dimension, in der die Vergangenheit und die Zukunft, die sie nicht kennt, in eindrucksvoller, aber unbrauchbarer Fülle und Leere verschmelzen – wunderbar und auch schrecklich anzusehen in ihrer mineralischen Erstarrung. Es ist überdeutlich, dass dieser Ort nicht für den Menschen geschaffen ist, und auch nicht für das Leben einer anderer Spezies, abgesehen vielleicht von Molchen oder Salamandern, die sich aber nicht blicken lassen. Es gibt weder Algen noch Miesmuscheln, noch Napfschnecken, noch kleine Krebse an den Felsen, es gibt keine Fische im Wasser; einzig diese von Erosion und jahrhundertelangem Tropfen hervorgebrachten Formen gibt es, und die sind nur deshalb so schön, weil sie an andere, aus ganz anderen Gründen und unter ganz anderen Vorzeichen entstandene Formen erinnern. Einen Augenblick fragt sich Lara, was wohl geschähe, wenn sich das Loch im Gewölbe, durch das der Lichtstrahl hereinfällt, unvermutet schlösse und die Höhle in absoluter Finsternis versänke. Die Idee flößt ihr einen Schrecken ein, wie sie ihn nur von ihren schlimmsten Alpträumen kennt, und lässt sie zum Ausgang hinschauen. Von hier aus sieht man ihn gar nicht, jenseits der schräg abfallenden Felsen ist nur dichter, schwarzer Schatten. »Was meint ihr, sollen wir umkehren?« Doch sie spricht zu leise, und außerdem scheint ihr niemand zuzuhören, auch Carmine nicht.

Lynn Lou ist inzwischen auf einen niederen flachen Felsen genau in der Mitte des von oben kommenden Lichtstrahls gestiegen. »*Hey!*« Ihre Stimme hallt unter dem Gewölbe, »*Heyheyhey!*«

»*Shhh!*«, herrscht Signor Cobanni sie an.

»*Miss Lynn Lou, please don't scream.*« Ihr Verhalten treibt Carmine zur Verzweiflung, er weiß nicht, was er tun soll. »*You make the Dragon angry.*«

»*Hahaha!*« Lynn Lou kreischt außer Rand und Band wie ein eigensinniges Kind. »*Hahahahahahaha!*«

»Schluss jetzt! Aufhören!« Vor Ärger verliert Signor Cobanni seine gewohnte Liebenswürdigkeit. »Wenn ihr der Klang ihrer Stimme so gut gefällt, soll sie wenigstens etwas Interessantes sagen, ein Gedicht rezitieren, ein Lied singen, was weiß ich. Wenn es nur ein bisschen etwas ausdrückt, ein *ganz kleines* bisschen.«

»*What?*« Lynn Lou versteht nicht oder tut jedenfalls so.

»*Mr. Cobanni says, if you want to use your voice, say a poem, or sing a song.*« Carmine übersetzt, schaut gestresst auf die Uhr. »*But don't scream. Please.*«

»*Okay.*« Als hätte Lynn Lou nur auf die Aufforderung gewartet, ihren Überschwang irgendwie zu kanalisieren, richtet sie sich auf dem Felsen auf. Plötzlich wirkt sie nicht mehr wie eine aufsässige Göre: Ihr Gesichtsausdruck wird ernst, konzentriert.

Sie schweigt einige Sekunden, und die anderen können den Blick nicht abwenden. Dann spricht sie so beseelt, wie Lara sie noch nie gehört hat, auch nicht beim Drehen in Rom.

> »*You mystifying, amazing stream of light*
> *Sweet, evanescent optical delight*
> *Whimsical shimmer of a lost meteorite*
> *Uncanny, quick transverser of the sight…*«

Im natürlichen Nachhall der Höhle klingt ihre Stimme überraschend melodisch, das Licht umgibt sie mit einer Aureole, die ihre Gestalt beinahe entmaterialisiert. Alle lauschen gebannt; Cobanni nimmt den Hut ab.

> »*You witty, swift, iridescent fright*
> *Transcendant glint of a past knife fight*
> *Luminous trace of my mind's black kite*
> *You scintillating-titillating, bright*
> *Boundless, fearless trespasser of the night.*«

Lynn Lou verstummt, atmet tief durch, sieht sich um, als erwachte sie aus einer Trance.

»Bravo!« Signor Cobanni klatscht in die Hände: *clap clap clap*, schallt es von den Felsen zurück.

»*Shhh.*« Carmine versucht, die Geräusche in der Höhle zu dämpfen, doch Lynn Lous Gedicht und die Art ihres Vortrags haben ihn völlig durcheinandergebracht. Reglos sieht er sie an, es ist, als zitterte er.

Signor Cobanni tritt mit einem ganz neuen Respekt auf Lynn Lou zu. »*Very beautiful.* Von wem war das?«

»Dennis McLowes.« Lynn Lou wirkt mitgenommen, ihre Augen glänzen.

»Ich kannte es nicht.« Cobanni schüttelt den Kopf.

Auch Lara hat Tränen in den Augen. Sie steigt auf den Felsen, umarmt Lynn Lou, bringt kein Wort heraus. Sie drücken sich fest in der klangvollen Stille.

Lynn Lou weint und schluchzt manchmal leise auf.

»*Hey?*« Lara klopft ihr sacht auf den Rücken.

»*It's okay, it's okay.*« Lynn Lou zieht die Nase hoch, fasst sich wieder. Sie steigt vom Felsen herunter, bedeutet Lara zu bleiben, wo sie ist. »*Your turn.*«

Als Lara allein im Zentrum des Lichtbündels steht, spürt sie, dass etwas zutiefst Geheimnisvolles ihr Innerstes berührt. Die Schwefeldämpfe müssen eine Rolle spielen, der dunkle Schatten hinter den Dämpfen und die Verborgenheit und Abgeschiedenheit des Ortes. Ohne dass sie darüber nachdenken müsste, kommen einige Zeilen eines Gedichts über ihre Lippen, das sie als kleines Mädchen einmal in dem Notizbuch mit schwarzem Umschlag gelesen hatte, das ihre Mutter im Schlafzimmer aufbewahrte.

>*»In nächtlichem Zweifel*
>*trifft mich das Licht*
>*blitzend, zaghaft,*
>*schon verloren.*

An den Rest kann ich mich nicht erinnern.« In Wirklichkeit weiß sie noch ein paar Strophen und einige vereinzelte Wörter.

»Sehr schade!« Signor Cobanni tritt auf sie zu, er wirkt beeindruckt. »Strengen Sie sich an, vielleicht fällt Ihnen doch noch etwas ein.«

»Nein.« Lara schüttelt den Kopf, sie ist schon fassungslos genug, dass ihr dieses Bruchstück eingefallen ist.

»Wer ist der Autor?« Cobanni sieht sie erwartungsvoll, ja geradezu verzweifelt an.

Eigentlich würde Lara es lieber für sich behalten, doch in dieser Höhle scheint niemand Herr darüber zu sein, was er möchte und was nicht. »Mein Vater.«

»Ist Ihr Vater ein Dichter?« Signor Cobanni klingt überrascht. »Wie heißt er?«

»Er lebt nicht mehr. Aber nein, er war kein Dichter.«

»Nun, ein Gedicht hat er jedenfalls geschrieben, nicht wahr? Wie war sein Name?«

»Laremi. Guido Laremi.«

Cobanni sieht sie weiter an; der Name sagt ihm nichts, aber warum sollte er auch?

»*What was that?*« Lynn Lou möchte wissen, worüber sie reden.

Carmine will übersetzen, doch es gelingt ihm nicht, denn die Worte sind in der Höhle verklungen, ihre Schwingung hat sich verloren.

Lara klettert vom Felsen, winkt Signor Cobanni. »Jetzt sind Sie dran.«

Cobanni schüttelt den Kopf, doch ganz abgeneigt wirkt er nicht.

»*Come on!*« Auch Lynn Lou ermuntert ihn.

Schließlich steigt er doch auf den flachen Felsen, tastet mit den Füßen, bis er festen Halt findet. Das schräge Licht von oben entzündet seine grauen Haare, seine schmächtige, aber aufrechte, elegante Gestalt. Als er spricht, klingt seine Stimme voll und tief, gar nicht künstlich; ein fragender Ton durchzieht seine Worte, ein Staunen über ferne und nahe Anklänge.

> *»Licht allmählicher Übergänge,*
> *glühende Überraschungen,*
> *Blitze, Donner,*
> *aufflammende Gegenwart,*
> *Beharrlichkeit,*
> *Geständnisse,*

geblendete Suche,
Betrachtungen,
langsame Annäherungen,
Rückschritte,
Aufleuchten,
Dämpfung,
schwacher Schein.
Aufflammendes Feuer,
rasche Sonnenwende,
einhüllende Schatten
des Anfangs.«

»Und von wem ist das?« Lara ist genauso bewegt wie er zuvor: von den Bildern, dem Ton. Sie könnte nicht erklären, warum, hat aber erneut Tränen in den Augen. Woran liegt es, dass dieser abgeschiedene Ort so unkontrollierbare, unerklärliche Gefühle wachruft?

»Von niemandem.« Signor Cobanni steigt vom Felsen herunter.

»Wie meinen Sie das?« Lara mustert ihn von nahem: Er sieht schon wieder aus wie immer, elegant, ironisch, zerbrechlich.

»Es ist völlig unwichtig.« Er mag nicht darüber sprechen, eindeutig.

»*Er* hat es geschrieben, vor einem Monat!« Signora Cobanni hebt ihre Stimme in der hintersten Plicht des langen Motorboots, kaum sichtbar im Schatten zwischen den farbig schillernden Reflexen auf dem Wasser.

Carmine versucht, Cobannis Gedicht für Lynn Lou zu übersetzen, aber es ist ebenso unwiederbringlich verflogen wie das vorherige.

»Nun gut, Carmine, jetzt sind Sie dran.« Signor Cobanni will die Aufmerksamkeit von sich ablenken.

»Gedichte … ich …« Carmine sträubt sich, zeigt auf das Boot.

»Außerdem müssen wir gehen, wir waren schon zu lange hier, und die Dämpfe...«

»O nein, mein Lieber. So geht das nicht. Wir haben uns alle exponiert.« Cobanni drängt. »Bestimmt kennen Sie doch mindestens eins. Womöglich auf Taresisch, das würde wunderbar zu diesem Ort passen.«

»Auf Taresisch gibt es keine Gedichte, Ingegnere.«

»Nicht schriftlich, aber mündlich wird es doch welche geben, oder?«

»Nein, taresische Gedichte gibt es nicht, Ingegnere. Wir müssen hier raus.«

Lynn Lou tippt ihm auf die Schulter. »*Come on, Carmine, recite a poem.*«

Carmine erstarrt, überwältigt von der körperlichen Vertraulichkeit, vom Tonfall der Bitte.

»*Come on. Do it for me! Pleeease!*«

Angesichts ihres Flehens kann Carmine sich einfach nicht weigern. Er steigt auf den flachen Felsen, legt die Hände an die Nasenflügel, holt tief Luft. Einige Sekunden hört man nur das Tropfen von den Felsen und das Plätschern des kleinen Wasserfalls. Dann räuspert er sich, hebt den Blick zum Höhlengewölbe und beginnt zu deklamieren:

> *»Aufruhr des Meeres, Stimmen der Felsen,*
> *Auge des Drachens in schwarzen Höhlen.*
> *Angst davor, das weite Innere zu betreten,*
> *dich nicht zu finden,*
> *alles zu vergessen,*
> *zurückzufallen in ferne Formen.*
> *Wie grollt die Stimme des Vulkans,*
> *ich vernahm sie von weitem im Schlaf,*
> *verloren, verwirrt, vergrämt,*
> *der Himmel von Trauer umflort,*

zwischen Schlaf und Wachen glaubt' ich zu träumen,
wollt' mich der Müdigkeit ergeben.
Welch argwöhnische, seltsame Nacht,
Lust, sich im Feuermeer zu verlieren,
Lust, an anderem Ort zu wohnen.
O staunendes Licht des gespiegelten Mondes,
Licht, verloren im unbekannten Wasser!
Licht des Drachenauges in dunklem Schlaf!
Licht des Drachenauges in dunklem Schlaf!«

Plötzlich schweigt er, schüttelt den Kopf, auch er wirkt, als erwache er aus einer Hypnose.

»*That was so cool!*« Lynn Lou klatscht begeistert, dann hält sie inne.

Diesmal greift Signor Cobanni nicht ein. »Donnerwetter, Carmine. Woher hast du das?«

»Aus meiner Familie.« Carmine scheint tief bewegt zu sein.

»Aber Taresisch war das nicht.«

Carmine schüttelt den Kopf. »Es ist eine der sieben Muttersprachen.«

»Ein sizilianischer Dialekt, nicht wahr?« Cobanni fixiert ihn. »Eine der sieben Sprachen, aus denen das Taresische entstanden ist.«

Carmine nickt.

»Wer aus Ihrer Familie hat das denn verfasst?« Auf seine höfliche Art lässt Cobanni nicht locker.

»Na ja, mein Urgroßvater, Portato Alcuanti.«

»Portato?«

»Ja, alle bei uns in der Familie haben Namen mit sieben Buchstaben.«

Signor Cobanni zählt die Buchstaben der Namen von Urgroßvater und Urenkel an den Fingern ab. »Hm. Aber *Portato* bedeutet doch ›der *Gebrachte*‹. Könnte es sein, dass Ihr Urgroßvater von woanders nach Tari *gebracht* wurde? Ist er vielleicht auf einem Raubzug von einem Tareser entführt worden? Wissen Sie etwas darüber?«

»Nein. Aber die Tareser haben nie Raubzüge unternommen.« Carmine schaut wieder auf das Chris Craft. »Wir müssen gehen.«

»Aber schön war es.« Auch Lara spricht mit gedämpfter Stimme. »Und auch ein bisschen unheimlich.« Die Atmosphäre dieses Ortes überträgt sich immer mehr auf sie: Die Gefühle dehnen sich, die Reaktionen sind verlangsamt, man spürt länger nach.

»Entschuldigen Sie, ich wollte Ihrer Familie oder den Inselbewohnern in keiner Weise zu nahe treten.« Der einfühlsame Cobanni beeilt sich, jeden Zweifel zu zerstreuen.

Carmine nickt, hat aber keine Lust, darüber zu reden. Er äußert sich mit seltsamer Zurückhaltung über die Vergangenheit, wie auch über den Drachen, die Höhle, die Geheimnisse der Insel.

»Letztlich kommt es darauf an, wie man den Drachen betrachtet.« Signor Cobanni spricht, als sei ihm der Inhalt von Carmines Gedicht sehr vertraut. »Das Licht, das sich in seinem Auge spiegelt, könnte auch eine positive Kraft darstellen, oder?«

»Keine Ahnung, Ingegnere.« Unsicher, ja ängstlich sieht Carmine Lynn Lou an. Er geht zu ihr, zieht etwas aus der Hosentasche und hält es ihr mit der knappen Verbeugung eines altmodischen Marineoffiziers hin. »*Something that belongs to you.*«

Lynn Lou tritt in den Lichtkreis, um besser zu sehen, was sie in der Hand hat. »*Was ist das?*«

»*The photo card.*« Carmine spricht leise, aber es nützt nichts, alle hören mit, denn auch der leiseste Ton wird hier in der Höhle verstärkt. »*With your pictures.*«

Erst ist Lynn Lou kurz verwirrt, mustert das durchsichtige Plastikschächtelchen mit der Speicherkarte. Dann fällt sie Carmine um den Hals, küsst ihn auf die Wangen. »*You're my hero! You saved my life, Carmine!*«

Carmine ist völlig überwältigt von dieser Reaktion: Als Lynn Lou ihn loslässt, schwankt er, weiß nicht mehr, wo er hinschauen, wie er sich bewegen soll.

»Welche Fotos?« Cobanni scheint neugierig zu sein. »Was ist passiert?«

Lynn Lou schiebt sich das Schächtelchen in die schmale Hosentasche, zieht rasch den Reißverschluss zu.

»Nichts, Ingegnere. Etwas Privates.« Carmine kann kaum sprechen.

»Oh, Verzeihung.« Cobanni ist zu sehr Gentleman, um weitere Fragen zu stellen.

Gleich darauf beugt Lynn Lou sich ruckartig vor und übergibt sich. »*Uuuuurrgh!*« Ihr Würgen hallt unter dem Gewölbe wider, dröhnend wie das Fauchen eines Drachen.

»Miss Lynn Lou!« Carmine will zu ihr gehen, aber er ist bestürzt, weiß nicht, was tun.

Auch Lara tritt herbei, falls Lynn Lou Hilfe braucht.

Cobanni reagiert mit äußerster Diskretion. »Mrs. Shaw…«

»Was ist los?«, fragt Signora Cobannis besorgte Stimme aus dem Boot, doch niemand antwortet ihr. »Giuliooo?!«

Lynn Lou hält alle mit einer Handbewegung auf Abstand, übergibt sich erneut und wird so heftig von Krämpfen geschüttelt, dass sie sich an einem Felsen festhalten muss, um nicht Kopf voran hinzufallen.

»Das sind die Dämpfe.« Carmine betrachtet Lynn Lou, sieht sich um. »Ich habe es ja gesagt, wir hätten höchstens fünf Minuten bleiben dürfen, wenn überhaupt.«

»Also fahren wir!« Lara sieht sich in dem Gefühl bestätigt, an einem verbotenen Ort zu sein, sie spürt Panik aufkommen.

»Gut, gehen wir langsam.« Signor Cobanni scheint es gar nicht zu beunruhigen, dass er sich in einer Höhle voller Schwefeldämpfe befindet, mit einem einzigen sehr schwierigen Weg hinaus ins tiefe Wasser vor der unwirtlichen Küste einer entlegenen Insel.

Lynn Lou steht immer noch vorgebeugt da, atemlos, die Hände auf die Knie gestützt.

Carmine nimmt sie vorsichtig am Arm. »*Miss Lynn Lou, we must get out.*«

Lynn Lou hustet, spuckt auf den Boden, richtet sich mühsam auf und lässt sich zum Boot führen.

Lara stützt sie am anderen Arm, tätschelt ihr mit einer Hand tröstend die Schulter, obwohl sie selbst immer verängstigter ist. Ihr ist auch nicht gut, das bildet sie sich bestimmt nicht nur ein: Ihr Kopf ist leer, die Knie sind schwach, gleich fällt sie noch in Ohnmacht.

Carmine nimmt Lynn Lou auf die Arme, hebt sie hoch, watet durchs kniehohe Wasser, setzt sie in die vordere Plicht des Chris Craft. Mit der spärlichen Kraft seiner mageren Arme hilft Signor Cobanni Lara, seitlich ins Boot zu klettern. Dann kommt Carmine zurück und hilft allen beiden, während sie auf allen vieren in die mittlere Plicht kriechen und hineinrutschen.

»O Gott, was ist passiert? Sind das die Dämpfe? Giulio?« Signora Cobanni wird ganz bang hinten im Heck.

»Alles bestens.« Signor Cobanni klingt so distanziert, dass sich seine Frau vermutlich noch mehr Sorgen macht.

Lynn Lou liegt ermattet auf dem Sofa im Vorschiff und versucht wieder zu Atem zu kommen. Lara würde ihr gern beistehen, aber sie fühlt sich zu schwach, und die zwei Plichten sind zu weit auseinander.

Carmine kehrt auf die kleine Insel zurück, löst das Tau, springt auf das Chris Craft, stellt sich ans Steuer, dreht den Zündschlüssel. Der große Motor springt tief tuckernd an, *ftum ftum ftum,* das Geräusch hallt durch die Höhle, die Abgase mischen sich mit den Schwefeldämpfen. Carmine blickt zurück in die nur noch von wenigen Reflexen erhellte Dunkelheit, dreht mit größter Vorsicht am Steuer, bereitet das kleine Ruder vor, um sich, falls nötig, von den Felswänden abzustoßen, legt den Rückwärtsgang ein, gibt ganz schwach Gas. Das lange Motorboot bewegt sich langsam durch die schmale Wasserrinne, die Meter für Meter ihr smaragdgrünes Leuchten verliert und immer schwärzer wird.

Lara hält den Atem an und bemüht sich, nicht an das Stück dichte, gefährliche Dunkelheit zu denken, das sie von der frischen Luft und vom Sonnenlicht trennt.

43

Großartig, wie gewandt dieser Carmine das lange Motorboot im Dunkeln rückwärts durch die Rinne zwischen den scharfkantigen Felswänden lenkt, ohne irgendwo anzuecken oder stecken zu bleiben. Das ist gar nicht so leicht. Noch dazu hat der Wind an Stärke zugenommen, während sie in der Höhle waren, und das Meer ist nun, da sie endlich wieder herauskommen, bewegter, die Wellen springen und schäumen. Draußen am Tageslicht fühlt Tiziana Cobanni sich unendlich erleichtert: Sie nimmt ihren Hut ab, lässt den Blick in die Weite schweifen, atmet tief durch. So können die Gedanken wieder frei fliegen, sich aus den Augen verlieren, anstatt sofort als Echo zurückgeworfen zu werden. Nie hat sie die Höhlenforscher verstanden, die aus purer Entdeckungslust Tag um Tag im Bauch der Erde verbringen, obgleich die Idee auch einen gewissen Reiz auf sie ausübt, wie alles, was ihr Angst macht. Vor einigen Jahren zum Beispiel hat sie sich unbeschreibliche Sorgen um die Gruppe chilenischer Bergarbeiter gemacht, die wochenlang in mehreren hundert Metern Tiefe verschüttet waren, doch zugegebenermaßen hat die Sache sie auch krankhaft fasziniert, sie konnte sich kaum vom Fernseher losreißen und malte sich immer wieder aus, sie selbst säße dort unten im Schacht.

Doch jetzt sind sie zum Glück draußen. Auch die anderen können sich kaum sattsehen am flimmernden Blau, saugen gierig die windbewegte, reine Luft ein. Lara, die seltsame junge Italo-Irin, wendet sich der Sonne zu, schließt die Augen, lehnt ihre schmale Gestalt biegsam zurück. Carmine ist zu Recht stolz darauf, dass er alle heil aus der Höhle herausgebracht hat, sorgt sich aber gleichzeitig sehr um die amerikanische Schauspielerin, die matt und niedergeschlagen neben ihm auf dem Sofa hockt. Zuvorkommend, voller Verehrung fragt er sie, wie es ihr gehe, wagt nicht zu viel Vertraulichkeit. Sie erwidert etwas, ohne ihn anzusehen, vielleicht spielt sie auch jetzt wieder eine Rolle.

Giulio scheint als Einziger nicht sonderlich erleichtert darüber zu sein, dass sie die Höhle verlassen haben, genau wie er auch drinnen als Einziger völlig gelassen blieb. Doch er genießt den Wind: Er nimmt den Panama ab, lässt sich die Haare zerzausen, dreht sich um, winkt Tiziana zu und lächelt.

Sie winkt und lächelt zurück; allein auf dem kleinen Sofa im Heck hat sie es bequemer als auf der Hinfahrt, aber es ist ein merkwürdiges Gefühl, auf dem langen Boot so verloren und von ihrem Mann getrennt dazusitzen.

Carmine manövriert behutsam, damit seine angebetete Lynn Lou nicht noch mehr leidet, richtet den Bug langsam aufs offene Meer, um die großen dunklen Felsen links zu umfahren. Das Boot kreuzt gegen die unablässig anrollenden Wellen, *splaf splaf splaf*.

Lynn Lou erholt sich erstaunlich schnell: Ihr Körper muss wohl daran gewöhnt sein, einiges zu verkraften, und natürlich ist sie noch jung. Schon nach wenigen Minuten wird sie unruhig, steht auf, beugt sich vor, ermuntert Carmine zu beschleunigen. Er zögert, auch weil das Meer viel aufgewühlter ist als auf der Hinfahrt; sie stachelt ihn an, halb im Scherz und halb im Ernst; zuletzt gibt Carmine nach, beschleunigt ein wenig; der Bug hebt sich, die Wellen spritzen allen ins Gesicht.

Aber Lynn Lou Shaw ist noch nicht zufrieden, jetzt, da die frische Luft ihr wieder Leben eingehaucht hat, will sie noch schneller fahren. »*Faster!*« Der Wind trägt ihr Kreischen bis ins Heck. Die unerwartete und auch rührende Schlichtheit, mit der sie in der Höhle das Gedicht vortrug, ist verflogen und hat ihrer gewohnten pubertären Selbstsucht Platz gemacht. Abgesehen von dem, was sie zufällig im Fernsehen gesehen oder beim Friseur in irgendeiner Illustrierten gelesen hat, weiß Tiziana Cobanni nicht viel über Filmstars, doch wahrscheinlich haben sie alle einen recht wankelmütigen Charakter, da sie ständig den Erwartungen des Publikums ausgesetzt im Rampenlicht stehen und die Regenbogenpresse ihnen nichts durchgehen lässt. Je berühmter sie sind, desto wackeliger muss ihr Gleichgewicht sein, das ist nicht schwer zu begreifen. Wenn es sich ergibt, so eine wie Lynn Lou Shaw aus der Nähe zu erleben, merkt man, dass hinter dem übertriebenen Ruhm, hinter dem Mythos, dem Geld und allem Übrigen ein kleines Mädchen steht, das seine Unsicherheit und Verletzlichkeit als frechen Übermut tarnt. Das kann man zwar verstehen, doch ihr Verhalten ist wirklich nervig und könnte gefährliche Folgen haben. Wie vorher, als sie den armen Carmine überredet hat, in die Höhle hineinzufahren (allerdings mit Giulios Unterstützung, darüber müssen sie später noch reden, wenn sie allein sind). Jetzt wird die Diva erneut sehr ungebärdig, hüpft herum, schreit, gestikuliert, drängt Carmine: »*Faster! Faster!*« Sie lässt ihm keine Ruhe, reizt ihn, provoziert ihn, stachelt ihn an, denn sie weiß genau, welch ungeheuren Einfluss sie auf ihn hat.

Carmine ist ein ernsthafter junger Bursche mit ausgeprägtem Verantwortungsgefühl, aber er kann Lynn Lous Forderungen einfach nichts entgegensetzen. Er beschleunigt weiter, der Bug senkt sich, das Motorboot knallt heftig auf die Wellen. Alle klammern sich an ihre Sitze, mit nassgespritzten Gesichtern, eine Hand schützend auf den Haaren. Lynn Lou Shaw dagegen wirkt hochzufrieden: Sie steht im Vorschiff, hält sich am Rahmen der Windschutzscheibe fest, ohne Kopftuch, mit wehenden Haaren, unter Carmines anbetendem Blick: Sie muss das Gefühl haben, dass die Situation zu ihrer Rolle als Star passt.

Nach einer Viertelstunde kommen die hoch oben an den Felsen geschmiegten weißen Gebäude und Terrassen der Villa Metaphora in Sicht. Carmine korrigiert den Kurs; der Wind bläst jetzt vom Heck her anstatt von der Seite, das Boot reitet mit großer Geschwindigkeit auf den Wellen, die auf die noch ferne Küste zurollen.

Lynn Lou Shaw schreit laut, um das Motorengeräusch, den Wind und das Klatschen des Bootes zu übertönen, offenbar will sie das Steuer übernehmen. Aber das Meer ist sehr unruhig, Carmine schüttelt zu Recht den Kopf und rührt sich nicht vom Fleck. Doch sie besteht darauf; wahrscheinlich wird bei ihren Denkstrukturen alles, was ihr verweigert wird, automatisch begehrenswert. Sie streckt die Hände aus, will das Steuer packen, kreischt. Carmine leistet heroisch Widerstand.

Aus der mittleren Plicht versucht Lara einzugreifen: Sie beugt sich zu der Freundin vor, ruft etwas, macht ihr mehrmals Zeichen aufzuhören. Giulio dagegen, der neben Lara sitzt, zuckt nicht mit der Wimper, blickt aufs vorüberfliegende Meer, als ginge ihn die Sache nichts an.

Auch Tiziana würde Carmine gerne den Rücken stärken, aber ihr Platz, auf den sie verbannt ist, liegt zu weit vom Vorschiff entfernt, niemand würde ihre Worte hören, und wenn sie noch so laut schrie.

Jedenfalls bewirken Laras und Carmines Versuche, Lynn Lou zu bändigen, nur das Gegenteil: Sie stößt spitze Schreie aus, schubst Carmine, klammert sich an ihn, legt die Hände aufs Steuer. Carmine will sich losmachen, bringt es aber nicht übers Herz; er lächelt verlegen, drosselt die Geschwindigkeit, versucht trotz der dauernden Störversuche der Schauspielerin die Kontrolle über das Steuer zu behalten.

Unterdessen sind sie ziemlich nah an den Felsen der Küste, wenige hundert Meter von der Mole und der Treppe zur Villa Metaphora entfernt. Carmine dreht bei und fährt noch langsamer, obgleich Lynn Lou pausenlos dazwischenfunkt. Die Wellen schwappen jetzt gegen die Flanke und lassen das Boot unangenehm schlingern. Doch Lynn Lou ist einfach nicht zu bremsen: Sie kichert, drängt Carmine, will erneut das Steuer an sich reißen, nach dem Gashebel greifen. Irgendwann gelingt es ihr offenbar, denn das Motorboot bäumt sich auf und schießt vorwärts, prallt hart gegen die seitlichen Wellen. Carmine bemüht sich sofort, die Kontrolle wiederzuerlangen, aber Lynn Lou funkt ihm ständig dazwischen: Sie hängt sich an ihn, schiebt die Hände zwischen seinen Armen durch, um ans Steuerrad zu kommen, schreit, lacht, droht, albert herum, bringt ihn auf jede nur mögliche Weise durcheinander.

Auch jetzt noch scheint sich Giulio keinerlei Sorgen zu machen, doch Lara neben ihm beugt sich erneut vor und ruft ihrer Freundin etwas zu. Die junge Diva hört gar nicht hin, zu sehr vertieft in ihr blödes, gefährliches, geradezu krampfhaftes Spiel. Immer wieder macht sie Carmine das Steuerrad streitig, er schafft es, den Kurs zu halten und die Fahrt zu verlangsamen, sie beschleunigt wieder; das Boot fährt im Zickzack, der Bug hebt und senkt sich, die Bodenplanken dröhnen beim Anprall der Wellen, es spritzt überall.

Dann plötzlich eine Explosion und ein weißer Blitz, der vom Vorschiff in Sekundenbruchteilen das Heck erreicht, zusammen mit einem ohrenbetäubenden Getöse, SKRAKA-TA-SKRATANG! Sich überlagernde Schreie von Carmine Lynn Lou Lara Tiziana Cobanni, ruckartiger Stillstand, heftiges seitliches Schwanken, Kippen, Loslösen, Luft Wasser Holz Stoff, alles hebt sich, plötzlich Nässe und Kälte überall, alles wird heruntergezogen, wieder nach oben gedrückt.

Verblüfft stellt Tiziana Cobanni fest, dass sie völlig angezogen zwischen allen möglichen Trümmern im Wasser treibt, Lärm in den Ohren, Mund und Nase voller Gischt von den unablässig anrollenden Wellen. In ihr und um sie herum ein einziges Durcheinander, sie begreift nicht, was eigentlich passiert ist, wo das

Boot hingekommen ist, in dem sie saß, wo Giulio ist, warum sie schwimmt, anstatt unterzugehen, obwohl sie weder Arme noch Beine bewegt. Sie braucht eine Weile, bis sie unweit das Motorboot erkennt, es krängt und liegt tiefer im Wasser, als es sollte, und daneben schaukelt ein kleines, halbes weißes Plastikboot, das wer weiß woher kommt. Noch etwas später wird ihr klar, dass die orangefarbene Schwimmweste sie über Wasser hält, die sie beim Einsteigen übergezogen und die ganze Zeit anbehalten hat, obwohl sie sich den anderen gegenüber etwas lächerlich vorkam. Dann entdeckt sie einige Meter entfernt Giulio im Wasser: Er sagt etwas zu ihr, aber ohne die Stimme zu heben und ohne auf sie zuzuschwimmen, ohne zu merken, dass Wind und Wellen alles übertönen. Tiziana Cobanni dreht den Kopf zur anderen Seite und stellt fest, dass sie ziemlich weit von den Küstenfelsen entfernt sind. Schrecken überkommt sie, verkürzt ihren Atem, beschleunigt ihren Herzschlag. Sie ruft laut, wenn sie auch nicht genau weiß, was.

Zwischen den Wellen sieht sie den dunklen Kopf von Carmine, der rückwärts schwimmend Lynn Lous blonden Kopf mitzieht, sie sieht Laras kastanienbraunen Kopf, der den beiden folgt, sieht Giulios Graukopf, der auftaucht und wieder verschwindet. Sie brüllt und strampelt wild mit Armen und Beinen, doch es ist nicht einfach, mit Schwimmweste und allen Kleidern am Leib zu schwimmen, auch wenn sie in all dem Tohuwabohu und der fortwährenden Überlagerung von Ereignissen und Wahrnehmungen die Schuhe verloren hat.

Auf einmal fühlt Tiziana Cobanni, dass sie jemand am Arm zieht, dreht sich entsetzt schreiend um und sieht das Gesicht eines ihr unbekannten blonden jungen Mannes vor sich: »Ich helfe Ihnen, Signora!« Auch seine Stimme klingt fremd, hat einen rauhen Akzent, »*Sigh-noh-rah!*« Er hält sie an der Schwimmweste fest und zieht sie Richtung Küste. Sie lässt sich ziehen, halb auf der Seite, halb auf dem Rücken. In dieser Lage kann sie sich nicht nach Giulio umsehen, es kostet sie schon beträchtliche Anstrengung, die Nase oben zu halten, um zu atmen, ohne allzu viel Wasser zu schlucken.

Der blonde junge Mann schwimmt energisch und entschlossen: Er holt tief Luft, taucht mit dem Kopf unter Wasser, bewegt rhythmisch die Beine und den freien Arm, taucht mit dem Kopf wieder auf, atmet ruckartig aus, taucht wieder unter, reißt sie zwischen den Wellen vorwärts. Nach kurzer Zeit erreicht er die Felsen, schwimmt zu einer Stelle, wo es vielleicht etwas weniger schwierig ist, an Land zu gehen, zieht sie näher heran. »Schaffen Sie es, hier raufzuklettern, Signora?« *(»Sigh-noh-rah?«)*

Tiziana Cobanni stellt den Fuß auf einen halb überspülten Felsen, hält sich weiter oben fest und versucht sich hochzuziehen, rutscht aber auf den Algen und dem glitschigen Stein ab. Rückwärts fällt sie wieder ins Wasser, schluckt, bekommt erneut Panik, schreit laut. Der blonde junge Mann zieht sie noch einmal zu dem niedrigen Felsen, will sie hinaufschieben, schafft es aber nicht. Das Mädchen Lara taucht zwischen den Felsen auf, kommt herunter, streckt ihr helfend die Hand hin. Tiziana Cobanni ergreift sie, und der junge Blonde schiebt mit aller Kraft von unten. Lara zieht erstaunlich energisch für so ein schmales Persönchen. Schon steht Tiziana Cobanni oben, taumelnd, aufgewühlt, mit zitternden Knien, schmerzender Lunge und heftig klopfendem Herzen.

»Alles in Ordnung?« Lara lässt ihren Arm nicht los, behutsam führt sie sie weiter hinauf. An einen Felsen geklammert, beobachtet der Blonde die Szene vom Wasser aus, blass, vor Anstrengung keuchend, mit geröteten Augen.

»Mein Mann!« Tiziana Cobanni blickt aufs Meer und versucht, Giulio zwischen den vielen kleinen Wellen auszumachen: Sie sieht das zur Seite gekippte Chris Craft, zwei kleine weiße Bootshälften, ein grünes Kissen, einen Strohhut. Sie sieht Giulios Kopf, der in der Gischt auftaucht und verschwindet, auftaucht und verschwindet. Tiziana Cobanni bemüht sich mit aller Kraft, das Gefühl von Unwirklichkeit zu verscheuchen, das sie wie eine durchsichtige, klebrige Hülle umgibt, und zeigt mit dem Finger: »Da ist er! Helft ihm!«

Der blonde junge Mann im Wasser dreht sich um, schaut, wohin sie deutet, und schwimmt sofort mit ausholenden Zügen in die Richtung. Es dauert eine Weile, bis er Giulio erreicht, wahrscheinlich, weil er gegen die Strömung schwimmen muss oder weil er müde ist. Doch als die Köpfe der beiden endlich nah beieinander sind, scheint es unerklärlicherweise zu einem Handgemenge zu kommen: Man sieht es spritzen, fuchtelnde Arme, Köpfe, die im schäumenden Wasser untergehen und wieder auftauchen.

»Giulioooo!«, ruft Tiziana auf dem Felsen, so laut sie nur kann, zu den zwei Männern vorgebeugt, die in dem bewegten, weiten Meer kaum sichtbar sind. Lara hält sie fest am Arm, vielleicht fürchtet sie, Tiziana wolle wieder ins Wasser springen.

Doch nach einer Weile hört das Gespritze und Gefuchtel auf, der blonde Kopf des fremden jungen Mannes bewegt sich durch die schwappenden kleinen Wellenkämme langsam Richtung Küste, Giulios Graukopf folgt. Als sie näher herangekommen sind, sieht Tiziana Cobanni, dass der junge Mann den Unterarm um Giulios Kinn gelegt hat und ihn mit der gleichen Technik in Sicherheit bringt wie vorher sie. Der Unterschied ist, dass Giulio nicht nur keine Schwimmweste trägt, sondern auch in keiner Weise zu seiner Rettung beiträgt, im Gegenteil: Er versucht immer noch, Widerstand zu leisten, und will sich aus dem Griff seines Retters herauswinden. Der junge Blonde zieht ihn entschlossen weiter, aber man sieht deutlich, wie erschöpft und atemlos er nun ist. Tiziana Cobanni fängt wieder an zu rufen, obwohl ihr bewusst ist, wie wenig das bringt. Auch Lara ruft, dreht sich suchend nach Carmine um, doch wer weiß, wo Carmine mit seiner angebeteten Lynn Lou Shaw ist, man sieht ihn nirgends. Draußen auf dem Meer braucht der Kopf des Blonden immer länger, bis er wieder auftaucht, um dann erneut unterzutauchen, sein Schwimmrhythmus verlangsamt sich zusehens. »Hilfeeee!« Vor Verzweiflung schreit Tiziana Cobanni so laut, dass ihre Lunge schmerzt.

Plötzlich kommt ein braungebrannter junger Mann rasch den Hang herunter, aber es ist nicht Carmine, sondern Zacomel, der Schreiner. Tiziana sieht, wie er von Fels zu Fels springt, bis er bei ihr und Lara ist, sich das T-Shirt herunterreißt, weitereilt und dann Kopf voran ins Wasser springt. Es dauert eine Weile, bis er zwischen den schäumenden Wellen wiederauftaucht, dann schwimmt er in einem Wahnsinnstempo auf den blonden und den grauen Kopf zu. Schon nach wenigen Sekunden ist er bei ihnen, packt Giulio und zieht ihn gemeinsam mit dem Blonden entschlossen Richtung Ufer. Sehr bald koordinieren die beiden jungen Männer ihre Bewegungen, in einem Wettstreit von bestmöglich verwirklichten guten Absichten, der Tiziana den Atem raubt, ihr Tränen in die Augen treibt. Lara nimmt ebenfalls großen Anteil an dem, was da im Meer passiert, es ist, als wollte sie den beiden Rettern mit ihren Rufen helfen, aber Tizianas Arm lässt sie nicht los.

Zacomel und der junge Blonde erreichen den niedrigen Felsen, ziehen Giulio heran, der jetzt halb ohnmächtig zu sein scheint. Geschickt klammert Zacomel sich an den Ritzen fest und zieht, während der junge Blonde schiebt; im Nu ist Giulio aus dem Wasser draußen. Die beiden Retter springen ebenfalls heraus, nehmen ihn rechts und links am Arm, heben ihn hoch, tragen ihn hinauf und setzen ihn an einer sicheren Stelle ab. Beide keuchen, so unterschiedlich in ihren Farben, wie sie sind, mit klatschnassen Hosen und leuchtenden Augen.

Tropfend lässt sich Giulio auf den Felsen sinken, erschöpft und zum Fürchten blass. Er fixiert die zwei jungen Männer, die ihn beobachten. »Danke, aber ihr hättet mich ruhig da draußen lassen können.« Seine Stimme klingt schwach, aber sein Tonfall ist gar nicht unsicher. »Ihr hättet lieber mein Fernglas herausfischen sollen. Es war ein Cobglass Capri Classico 7x50. Wird längst nicht mehr hergestellt. Einer von euch beiden hätte es bestimmt brauchen können.«

Die beiden jungen Männer sehen von ihm zu Tiziana Cobanni; ihr Brustkorb hebt und senkt sich, in ihren Blicken und ihren Gesichtern steht Ratlosigkeit.

44

Der Lastenaufzug braucht nicht lange, bis er unten an der Mole ankommt, Gianluca Perusato springt heraus, sobald der Korb steht. Reitt und sein Assistent haben ihn gestern grundlos und ohne Schaden benutzt, warum sollte er das in einem solchen Notfall nicht auch tun? Vor fünf Minuten war er mit Lucia auf die Terrasse gegangen und hatte verärgert mit ansehen müssen, wie Carmine mit dem Chris Craft viel zu nahe an der Küste entlangraste, mit Vollgas, trotz seiner strikten Anweisungen, Treibstoff zu sparen. Aber nie hätte er sich träumen lassen, dass sich gleich darauf vor seinen Augen eine solche Katastrophe ereignen würde, ohne dass er sie verhindern konnte. Gewiss, es war schon eine unglaubliche Kombination von Pech und Dummheit, dass das einzige andere Boot im Umkreis von Kilometern genau auf den Kurs des Chris Craft zuhielt. Was zum Teufel machte Reitts Assistent überhaupt noch da in seinem Plastikbötchen, an der gleichen Stelle wie gestern? Und warum kam er zwischen den Felsen herausgeschossen, ohne sich wenigstens umzuschauen? Aber vor allem, warum musste eine derartige Katastrophe ausgerechnet jetzt passieren?

Gianluca Pertusato läuft von Stein zu Stein und stolpert mehrmals, seine Angst und Frustration nehmen mit jedem Schritt zu. Erst der Fotograf, der die Privatsphäre der Shaw-Neckhart verletzt und dessen Nacktaufnahmen der Schauspielerin vielleicht längst wer weiß wo in Umlauf sind, dann die Entdeckung, dass er tot ist, dann die Ankunft dieser aufdringlichen Kanaille von Piero Gomi, der die Reitts belästigt (und außerdem gleich wiederkommt, verdammt noch mal), dann der aufgefrischte Wind und das bewegte Meer, dann der Anruf seiner Frau vor einer Stunde, weil sie unbedingt noch mehr Geld für den Sommersport und die gesellschaftlichen Aktivitäten der Mädchen braucht. Er war eigentlich schon restlos bedient, war wirklich an der äußersten Grenze – dachte er. Aber nein, das hatte noch gefehlt: der Untergang des Chris Craft, und womöglich sind gar ein paar Gäste dabei ertrunken! Jetzt kann er die Villa Metaphora vergessen! Aber warum, in drei Teufels Namen? Warum? Ist es das Karma dieses Ortes, wie Lucia es in einem ihrer pseudo-philosophischen, von abergläubischem taresischem Tiefsinn geprägten Momente ausdrücken würde? Ist es der »polternde« Geist des Barons Canistraterra, wie die Halunken von Bootsleuten am Hafen bei Beginn der Umbauarbeiten sagten, um ihre Feindseligkeit, ihre Vorurteile und ihre Laschheit zu rechtfertigen? Jedenfalls ist es hundsgemeines Pech, das steht fest, ein unannehmbares Zusammentreffen negativer Umstände.

Gianluca Perusato erreicht den Punkt der Küste, von dem aus er dem Unglücksort am nächsten ist: Das Chris Craft ist ganz zur einen Seite geneigt, der Anblick bricht ihm das Herz. Durch das Leck, das entstanden ist, als es das weiße Bötchen entzweigerissen hat, ist viel Wasser eingedrungen, deshalb liegt es so tief. Das einzig Positive ist (wenn es nicht absurd wäre, in so einer Situation von positiv zu sprechen), dass das eingedrungene Wasser als Ballast wirkt und das Abdriften Richtung Felsen verlangsamt. Daher gibt es jetzt zwei Möglichkeiten: Entweder es versinkt in tiefsten Meerestiefen, wo jeder Bergungsversuch unmöglich würde, oder es zerschellt an den Klippen. Das Boot muss schnellstmöglich abgeschleppt und aus dem Wasser herausgehoben werden! Diese Investition an Geld und Zeit samt allen damit verbundenen Plänen und Phantasien darf doch nicht einfach so untergehen. Auch wenn das Chris Craft ihm natürlich nichts mehr nützt, falls bei dem Unglück tatsächlich ein paar Gäste ertrunken sein sollten! Einer der Cobannis, da ist er beinahe sicher, nach dem, was er von der Terrasse aus gesehen hat!

Ängstlich wie ein Hund schaut sich Gianluca Perusato auf den Felsen um und sieht das Ehepaar Cobanni beieinandersitzen, umsorgt von Zacomel, Lara und Reitts Assistenten, die auch alle durchnässt sind. Eine Welle der Erleichterung erfasst ihn: Er kann fühlen, wie sie anschwillt, die inneren Organe mit Sauerstoff versorgt und teilweise die Giftstoffe wegschwemmt, die ihn bedrohen. Er fühlt sich schon unbeschwerter, fast in Sicherheit. Er war überzeugt gewesen, dass mindestens einer der beiden Cobannis ertrunken sei, wenn nicht gar beide. Von der Terrasse oben ließ sich nicht genau erkennen, wer schwamm und wer nicht, aber niemand außer eine echte Spielernatur hätte unter solchen Umständen auf das Überleben eines alten, hinfälligen Ehepaars gewettet.

»Alles in Ordnung, meine Herrschaften?« Er nähert sich vorsichtig, da er weiter unsicher ist, in welchem Zustand sie sind, und immer noch verheerende Überraschungen fürchtet.

Signora Cobanni und die drei jungen Leute sehen ihn fast feindselig an. Der Ingenieur scheint ihn überhaupt nicht wahrzunehmen: Auf dem Felsen liegend, betrachtet er auf den Ellbogen gestützt das Meer. Offenbar hat er keine blutigen Verletzungen, Knochenbrüche oder andere sichtbare Schäden erlitten.

»Wie geht es Ihnen?« Gianluca Perusato bemüht sich, etwas Anteilnahme in seinen besorgten Ton zu mischen.

»Wie soll es uns schon gehen?«, antwortet Signora Cobanni beinahe anklagend. Sie deutet auf die drei jungen Leute, die wie rettende Engel um sie herum stehen. »Wenn sie nicht gewesen wären, wären wir bestimmt ertrunken!«

»Sagen Sie das nicht, Signora, bitte.« Perusato strengt sich an, Haltung zu bewahren, doch unvermittelt wird ihm bewusst, dass Lynn Lou Shaw nicht da ist, und sofort vergiftet die Angst sein Blut noch ärger als zuvor. Er blickt aufs Meer, auf die Felsen, fragt Lara: »Wo ist Signora Shaw?«

»Carmine hat sie an Land gebracht.« Das Mädchen zittert ein wenig, wahrscheinlich wegen des Schocks oder weil sie zu zart gebaut ist, zu dünn.

»Wo?« Gianluca Perusato schaut in verschiedene Richtungen. Von Carmine und der Shaw keine Spur, nirgends, aber diese Küste ist wie die Marsoberfläche, hinter den Felsblöcken könnte eine ganze Armee versteckt sein. Dafür kommt von der Mole her Lucia auf sie zu, obgleich er ihr ausdrücklich gesagt hat, sie solle oben die Stellung halten.

»Da drüben.« Lara zeigt unbestimmt auf die Felsen zu ihrer Rechten. Zacomel, der einem Berufsschiffbrüchigen gleicht, nickt bestätigend und streift mit der Hand leicht ihren Arm. Sieht man sie so vor sich, ist ihre Nähe eindeutig suspekt, die Ähnlichkeiten in Geschmack und Verhalten sind nicht zu übersehen. Sie gehören ein und derselben alternativen Zigeunerkultur an, mit der die Philosophie eines Resorts wie Villa Metaphora grundsätzlich unvereinbar ist. Das hatte er zwar schon lange begriffen, doch in diesem Moment kommen sie ihm vor wie zwei Feinde im eigenen Haus, das verschlechtert seine Stimmung zusätzlich. Reitts Assistent stammt natürlich aus einer ganz anderen Welt, doch er ist mehr oder weniger gleich alt und hat gerade die gleiche traumatische Erfahrung gemacht; seltsam, sie so beieinander zu sehen, alle tropfnass, fast wie Verbündete.

Gianluca Perusato wagt sich ein paar Schritte auf die Felsen vor, in die von dem Mädchen gewiesene Richtung. »*Mrs. Shaw? Where are you?*« Er möchte nicht laut schreien, aus Stilgründen, und auch, um die Cobannis nicht noch mehr zu erschrecken, erhält aber keine Antwort.

»Weiter drüben!« Lara macht eine noch ungenauere Geste als zuvor.

»*Mrs. Shaw?* Carmine?«, versucht Perusato es noch einmal, sieht aber weder die Schauspielerin noch den Bootsmann. Halb ängstlich, halb gereizt kehrt er zu dem Grüppchen Schiffbrüchiger und Retter zurück. »Haben Sie Mrs. Shaw im Wasser gesehen? War sie verletzt, ohnmächtig oder so was?«

»Die blöde Gans.« Signora Cobanni schüttelt den Kopf.

»Wie meinen, Signora?« Gianluca Perusato ist bestürzt über den Ton der Dame.

»Die Diva. Die Schwachsinnige. Die ist an allem schuld.«

»Sprich doch nicht in diesem besserwisserischen Ton, Tiziana, ich bitte dich.« Giulio Cobanni taucht kurz aus seiner Geistesabwesenheit auf, streckt die Hand aus und berührt seine Frau am Bein.

»Was heißt da besserwisserisch!« Die Signora ist außer sich, ihre gewohnte formvollendete Höflichkeit wie weggeblasen. »Ein Wunder, dass du nicht ertrunken bist, Giulio! Ich weiß nicht, ob du dir darüber klar bist!«

Cobanni zuckt die Achseln, er sieht nicht aus, als fühlte er sich auf wunderbare Weise gerettet.

Gianluca Perusato versucht, den Schaden rasch nach neuestem Kenntnisstand zu überschlagen: Das Chris Craft ist sehr übel zugerichtet. Falls man es überhaupt bergen kann, wird es Unmengen Geld kosten, es wiederherzurichten. Doch die Gäste haben alle überlebt, falls Carmine nicht eine Leiche ans Ufer geschleppt hat. Sicherlich ist es ein harter Schlag für das Image der Villa Metaphora, aber kein tödlicher. Vielleicht kann man die Katastrophe als schlimmen Ausgang eines Abenteuers betrachten, vielleicht sogar als Abenteuer *tout court*. Sind nicht viele Leute bereit, eine Menge Geld hinzublättern und durch die halbe Welt zu reisen, um ein paar außerordentliche emotionale Kicks zu erleben? Im ewigen Eis der Antarktis, im Dschungel Neuguineas, bei den wilden Tieren in Südafrika? Wer sagt denn, dass ein Schiffbruch an der Küste Taris unbedingt als schreckliche Erfahrung betrachtet werden muss? Ist der Schock erst überwunden, haben die Gäste sich erst abgetrocknet, umgezogen und eventuell noch einen guten Drink zu sich genommen, werden sie vielleicht bald darüber lachen können, später die Episode gern im Freundeskreis zum Besten geben und sich an langweiligen Abenden wehmütig daran erinnern. Außerdem hat sich der Unfall weder mit einem Dutzendkahn noch an einer gewöhnlichen Küste ereignet: Als Gesprächsstoff gibt das jede Menge her, besonders in Zeiten genormter, steriler, millionenmal identisch wiederholter Sensationsmeldungen. Im Grunde genommen ist das ein Unfall im Stil der dreißiger oder vierziger Jahre, der Epoche des Chris Craft, wenn man es recht bedenkt. Es ist eines jener Ereignisse, die langlebige Legenden begründen und dem Ort, an dem sie stattgefunden haben, eine romantische Aura verleihen. Francis Scott Fitzgerald zum Beispiel hätte die Geschichte sehr gut gefallen. Aus solchem Stoff sind die Romane und Biographien interessanter Leute gemacht.

Doch natürlich kann man das alles sofort vergessen, falls Lynn Lou Shaw etwas zugestoßen sein sollte! Jedes Leben hat seinen Wert etc., klar, aber wenn wir mal brutal ehrlich und praktisch sein wollen, wäre ein gebrochenes Bein von Lynn Lou Shaw unendlich viel schwerwiegender als zum Beispiel ein gebrochenes Bein von Lara Laremi oder Paolo Zacomel. Solche Überlegungen sind nicht sehr nobel, okay, aber schier unvermeidlich in einer Situation wie dieser, wenn man so viel Verantwortung zu tragen hat. Er muss unbedingt herausfinden, wo zum Teufel die Shaw und Carmine abgeblieben sind, noch bevor er sich um die Bergung des Chris Craft kümmert! In ziemlich barschem Ton wendet er sich an das Grüppchen Überlebender und Retter. »Hat denn wirklich keiner von euch gesehen, wie es Signora Shaw ging, als Carmine sie ans Ufer gezogen hat?«

»Nein, ich hatte hier schon genug zu tun.« Zacomel klingt geradezu herausfordernd.

»Probieren Sie doch mal, einen Menschen zu bergen.« Reitts Assistent wirkt genauso polemisch. »Noch dazu auf diesen Felsen.«

»Bravo, Sie sind ein echter Held!« Gianluca Perusato kann sich nicht beherrschen, der Druck ist zu groß. So aufbrausend wie die Tareser ist er zwar nicht, aber auch seine Geduld hat Grenzen. »Schade nur, dass wir diese Katastrophe Ihnen zu verdanken haben, da Sie ohne jede Vorwarnung mit diesem Plastikbötchen zwischen den Felsen herausgeschossen kamen, direkt auf mein Chris Craft zu!«

Der Deutsche wird über und über rot, seine Keckheit ist schon verflogen. »Ich bin nicht herausgeschossen –« Er stottert, die Kleider sind tropfnass, die schütteren blonden Haare kleben an seinem Kopf; sehr vertrauenerweckend sieht er wahrhaftig nicht aus.

Die anderen mustern ihn verblüfft: Durchaus möglich, dass ihnen der Ablauf des Unfalls nicht klar war. Häufig erweisen sich die Protagonisten und die direkten Zeugen eines traumatischen Ereignisses als unfähig, die genaue Abfolge des Geschehens zu rekonstruieren – was auch hier ganz offensichtlich der Fall ist.

»Ich habe leider den Unfall von der Terrasse aus sehr deutlich gesehen.« Gianluca Perusato treibt den deutschen Assistenten in die Enge, nicht aus Bosheit, sondern eher, um in Anwesenheit von Zeugen sofort Recht und Unrecht klarzustellen, bevor die persönlichen Versionen zu Pseudowahrheiten erstarren. »Sie werden Ihr Verhalten erklären müssen, und auch, was Sie schon zum zweiten Mal dort zwischen den Felsen zu suchen hatten!«

»Ich wollte nur –« Der Assistent kann offensichtlich keine überzeugenden Erklärungen liefern, vielleicht verwirrt es ihn zu sehr, so abrupt vom Helden zum Schuldigen avanciert zu sein.

Ganz außer Atem kommt Lucia angelaufen, die Schuhe in der Hand, um nicht auf den Steinen auszurutschen wie gestern. Sie betrachtet die durchnässten, erschütterten Schiffbrüchigen und die Retter, das wenige Meter vor der Küste schräg im Wasser dümpelnde Chris Craft. »O Gott!« Ihre Augen füllen sich mit Tränen, was in diesem Augenblick gar nicht hilfreich ist.

Gianluca Perusato würde sie gern mit einer gewissen Härte daran erinnern, dass er sie gebeten hatte, oben zu bleiben, doch um Szenen vor den Gästen zu vermeiden, begnügt er sich mit einem strengen Blick.

»Wo ist Carmine?« Die Angst um ihren Tareser Cousin steht ihr ins Gesicht geschrieben.

»Den suche ich auch.« Gianluca Perusato kann nicht umhin, sie wenigstens teilweise für die von ihrem Cousin angerichteten Katastrophen mitverantwortlich zu machen, man hört es an seiner Stimme.

»Caaammineee!« Lucia schreit rechts zu den Felsen hinüber, die Hände um den Mund gelegt, um ihre schon beeindruckend laute Stimme noch zu verstärken. »Caaaammineee! Caaaammineee!« Zum Glück ist die Lage objektiv dramatisch, denn ihr Geschrei klingt wirklich wie auf dem Fischmarkt, wie bei einer ländlichen Tragödie.

Am liebsten würde Gianluca Perusato ihr sagen, sie solle den Mund halten, aber er fürchtet, die anderen könnten sich darüber empören, deshalb macht er ein paar Schritte, blickt sich ebenfalls suchend um.

Nun kommt auch noch Brian Neckhart daher, springt in Riesensätzen von Fels zu Fels wie eine Art Kinosamurai, bleibt kaum keuchend mit leicht geblähten Nasenflügeln vor ihnen stehen: *»Where is my wife?«*

»We're looking for her, Mr. Neckhart.« Gianluca Perusato zeigt auf die Küstenfelsen, als habe er alles im Griff.

»Where is she?!« Neckhart betrachtet die Felsen, mustert das sich selbst überlassene Chris Craft, tritt auf ihn zu. Bedrohlich baut er sich vor ihm auf. *»What happened to her?!«*

»There's been an accident, but nobody was hurt, Mr. Neckhart.« Gianluca Perusato kann nur hoffen, dass es tatsächlich so ist, es kostet ihn ungeheure Anstrengung, die Ruhe zu bewahren.

»Caaaammineeee!« Lucia dagegen hält sich kein bisschen zurück mit ihren verzweifelten Rufen.

Plötzlich taucht Carmine hinter einem Felsblock auf, zwanzig Meter von ihnen entfernt, mit einer Lynn Lou Shaw, die recht wackelig auf den Beinen ist. Sie scheint nicht verletzt zu sein, zumindest von hier aus gesehen, doch ihre Bewegungen sind sehr unsicher. Carmine stützt sie ehrfurchtsvoll ganz vorsichtig am Arm, Schritt für Schritt, als transportierte er die Madonna von Tari.

Gianluca Perusato geht sofort auf sie zu, doch Neckhart kommt ihm mit großen Sprüngen zuvor. Es sieht aus, als stritten er und Carmine sich um die Schauspielerin, dann einigen sie sich vorübergehend und stützen Lynn Lou alle beide.

»Are you okay, Mrs. Neckhart?« Gianluca Perusato nähert sich ihr und versucht dabei, mit bloßem Auge ihre körperliche Verfassung zu überprüfen: Beine, Arme, Kopf – offensichtliche Schäden sind nicht zu erkennen.

»Don't fucking call me Mrs. Neckhart!« Die Schauspielerin sieht zwar arg mitgenommen aus, erholt sich aber rasch, nach ihrem Benehmen zu urteilen. *»My name is Lynn Lou Shaw, you dickhead!«*

»I'm sorry, Mrs. Shaw.« Gianluca Perusato ist durchaus bereit, eine Menge Beleidigungen zu schlucken, wenn sie ihm nur beweisen, dass sein berühmtester Gast weder ertrunken noch verletzt ist.

Lynn Lou Shaw schüttelt ihren Mann und Carmine ab. *»Leave me alone!«* Sie schnauft, schüttelt die Haare. Das nasse T-Shirt und die karierte Hose im Stil der sechziger Jahre kleben ihr am Leib, zeichnen perfekt ihre Formen nach: kein hässlicher

Anblick, ehrlich gesagt, auch weil die Signora offenbar keine Unterwäsche zu tragen pflegt.

Neckhart ist bewusst, dass seine Frau ziemlich nackt wirkt, denn er reißt sich sein T-Shirt herunter, wodurch die beunruhigende Muskulatur eines Ringers zum Vorschein kommt. »*Put this on.*« Er versucht, es ihr überzustreifen.

»*Fuck you!*« Seine reizende Gattin hat keine Absicht, die galante Geste anzunehmen, oder will sich der Öffentlichkeit einfach nicht in einem Outfit zeigen, das ihr nicht schmeicheln würde.

Neckhart zieht sein T-Shirt wieder an, was in Lucias Augen ein wenig Enttäuschung aufglimmen lässt, dann wendet er sich erneut an Perusato. »*Can you tell me how anything like this could happen?*« Er deutet auf seine Frau, die übrigen Schiffbrüchigen, das gekippte Motorboot, die zwei Hälften des weißen Bötchens, die auf den Wellen schaukeln.

»*I'd like to know too, Mr. Neckhart!*« Perusato fühlt sich berechtigt, zumindest einen Teil seiner Verbitterung über das Geschehene in seine Stimme zu legen.

»Alles Schuld dieser blöden Gans!« Signora Cobanni zeigt empört auf Lynn Lou Shaw. »*That idiot.*«

»Tiziana, bitte.« Signor Cobanni versucht, seine Frau zu mäßigen, wenn auch in sehr mildem Ton.

Das hindert Carmine allerdings nicht zu reagieren wie auf einen Fluch. »Was erlauben Sie sich, Signora, solche Ausdrücke zu verwenden!«

»Carmine!« Gianluca Perusato sieht sich gezwungen, entschlossen einzugreifen. »Was erlaubst *du* dir, dich in so einem Ton an die Signora zu wenden!«

Die Cobanni lässt sich nicht beirren. »Sie hat diesen Unfall verursacht, wir können uns bei ihr bedanken!«

»*What's she talking about?*« Neckhart blickt Perusato an. Ob er Signora Cobannis Worte verstanden hat, ist unklar.

»Signorina Lynn Lou ist nicht schuld!« Carmine reagiert wie ein Paladin, der bereit ist, sich für seinen Schützling ins Feuer zu werfen. »Ich war am Steuer, ich übernehme alle Verantwortung!«

»Jetzt hören Sie schon auf!« Die Cobanni widerlegt ihn Punkt für Punkt. »Sie hat das Steuer an sich gerissen und Gas gegeben, so ein Kindskopf.«

»Signora, das geht zu weit!« Carmine ist krebsrot im Gesicht, er bebt vor Empörung.

»Carmine! Du gehst zu weit! Ich dulde nicht, dass du so mit der Signora sprichst!« Gianluca Perusato kommt sich vor wie ein Dompteur im Zirkus, der zu viele Raubtiere in Schach halten muss.

»Tiziana, welche Bedeutung hat das schon?« Signor Cobanni sieht seine Frau an, als verstünde er nicht, worüber sie sich so aufregt.

»Welche Bedeutung das hat, Giulio?! Du wärst beinahe ertrunken, da draußen!« Seine Frau wird immer wütender. »Wenn diese Jungs nicht gewesen wären, wärst du jetzt nicht hier!«

»Signora, der da ist schuld!« Carmine wirkt jetzt genauso verstört wie anfangs bei der grässlichen Bescherung mit dem Fotografen. Völlig außer sich zeigt er mit dem Finger auf Reitts Assistenten. »Wenn der uns nicht in die Quere gekommen wäre, wäre überhaupt nichts passiert!«

Reitts Assistent scheint sich wieder nicht rechtfertigen zu können. »Ich bin niemandem in die Quere gekommen –«

»O doch!« Carmine schreit lauter. »Du bist aus den Felsen rausgeschossen, ohne zu schauen, wo du hinfährst!«

Es wirkt so, als wollte Reitts Assistent seine Schuld eingestehen, dann steigt ihm das Blut zu Kopf, und er deutet auf Lynn Lou Shaw. »Es stimmt, was die Signora sagt! Die Blonde da lachte hysterisch, sie wollte das Steuer an sich reißen, das Motorboot war außer Kontrolle!«

Carmine fällt mit aller Wut, die er an Signora Cobanni nicht auslassen durfte, über den Assistenten her. »Du musst dir den Mund mit Seife ausspülen, bevor du von Signorina Lynn Lou sprichst! Ist das klar?!«

»Ihre fälschlichen Schuldzuweisungen akzeptiere ich absolut nicht!« Reitts Assistent hält dagegen; er spricht mit starkem deutschem Akzent, aber sein Italienisch ist tadellos, trotz seiner bebenden Entrüstung. »Die Signorina ist für den Unfall verantwortlich.«

Gianluca Perusato ist hin- und hergerissen: Einerseits empfindet er eine Spur von Erleichterung bei der Vorstellung, dass Carmine vielleicht nicht allein die Verantwortung trägt, andererseits ist es ihm auch nicht recht, dass die Schuld zuletzt den berühmtesten Gast der Villa Metaphora treffen könnte. Doch alles Werner Reitts Assistenten in die Schuhe zu schieben, wäre ebenso peinlich. Die Lage ist verworren und verlangt Fingerspitzengefühl.

»*My wife is the victim here!*« Nun greift Neckhart an. »*She was a passenger on that boat! You were responsible for her safety!*«

»Woher willst *du* wissen, wer die Schuld hat? Für wen hältst du dich eigentlich?!« Carmine hackt weiter auf Reitts Assistenten herum. »Was verstehst du schon von Schifffahrt?! Und was hattest du überhaupt da zwischen den Felsen zu suchen?!«

»Mich schüchterst du bestimmt nicht ein mit diesem Gehabe!« Reitts Assistent gibt nicht nach, er ist genauso zornig. »So was funktioniert vielleicht hier auf der Insel, aber nicht mit mir!«

»*Scondrellu! Sinverguenza! Hmar!*« Carmine schleudert ihm seine schlimmsten taresischen Beleidigungen entgegen.

»*Bleada Depp! Saubua!*« Reitts Assistent kontert mit gleicher Münze auf Bayrisch.

»Schluss jetzt! *Es reicht!*« Gianluca versucht, den Streit zu schlichten, doch die beiden stehen sich schon Stirn an Stirn gegenüber, die Situation eskaliert rasch.

Zum Glück tritt jetzt Zacomel dazwischen, um die Kampfhähne voneinander zu trennen. »Oho! Jetzt beruhigt euch mal, okay?!« Er hat eine praktische Ader, eindeutig, ein Mann, der gewohnt ist, bei der Arbeit die Hände zu gebrauchen. Doch da das nicht genügt, greift nun auch Lara ein, um den Assistenten wegzuziehen, und Lucia packt Carmine am Arm und flüstert ihm etwas auf Taresisch ins Ohr.

Gianluca Perusatos Blick schweift indes aufs Wasser, zu dem zur Seite geneigten Chris Craft, das sich immer mehr mit Wasser füllt, immer tiefer liegt, immer näher an die Klippen getrieben wird. Hier gilt es, keine Zeit zu verlieren, wenn der endgültige Schiffbruch vermieden werden soll. Er wendet sich an die übel zugerichtete, streitsüchtige kleine Gruppe, schlägt seinen gebieterischsten Tonfall an. »Jetzt, meine Herrschaften, begeben Sie sich am besten hinauf, trocknen sich ab und ziehen sich um, während Carmine und ich versuchen, das Motorboot zu bergen. Anschließend rekonstruieren wir dann in aller Ruhe, was passiert ist, seien Sie unbesorgt. *Mr. Neckhart, I think your wife needs some rest.*«

Doch so einfach ist es nicht, weil hier niemand den geringsten Zweifel daran zu hegen scheint, dass er im Recht ist und die anderen im Unrecht. Neckhart zum Beispiel hat ein wesentliches Element in dem Wortgefecht zwischen Carmine und Reitts Assistenten aufgeschnappt: Mit anklagender Miene dreht er sich zu seiner Frau um: »*What kind of game were you playing on that boat?*«

Als Antwort hebt Lynn Lou Shaw bloß den Mittelfinger und wedelt damit vor Neckharts Nase, dreht sich um und geht wiegenden Schrittes auf die Treppe zu.

Ihre Freundin Lara wirft Zacomel einen Blick zu und läuft hinter ihr her. »*Wait, I'm coming with you.*«

Einige Sekunden lang sieht Neckhart regungslos seiner Frau hinterher, dann folgt er ihr über die Felsen mit seinen unfassbar großen Sätzen.

Carmine ist anzusehen, dass er seine Gottheit ebenfalls begleiten möchte. Lucia, die seinen Arm nicht loslässt, kann ihn nur mühsam zurückhalten.

Gianluca Perusato kommt ihm zuvor. »Wir holen jetzt sofort das andere Boot, du und ich, wir müssen das Chris Craft zur Mole schaffen, bevor es untergeht.«

»Aber Architetto…« Carmine dreht den Kopf, äugt in Richtung Treppe. »Signorina Lynn Lou braucht Hilfe, nach allem, was sie durchgemacht hat…«

»Ein für alle Mal, die Signorina ist eine *Signora*, Carmine! Sie hat einen Mann, der ihr bestens helfen kann!« Gianluca Perusato ist nicht bereit, auf die blödsinnigen Bemerkungen eines durchgedrehten Fans einzugehen, während sein aufwendig und kostspielig restauriertes historisches Motorboot im Sinken begriffen ist. »Los, auf, gehen wir zur Mole!«

Der Tareser Götzendiener und mutmaßliche Mörder sieht ihn mit flammenden Augen an, dann holt ihn die Vernunft ein, zumindest zeitweilig: Er senkt den Kopf und schickt sich an, Perusato zu folgen.

Gianluca Perusato gibt Lucia ein Zeichen. »Begleite du die Herrschaften Cobanni hinauf. Sie können den Lastenaufzug nehmen, ich vermute, dass die Treppe ihnen jetzt zu anstrengend ist.« Er zeigt auf Zacomel und Reitts Assistenten. »Lass dir von den beiden jungen Männern hier helfen, dann setzen sie ihre Energie wenigstens für etwas Nützliches ein.«

Zacomel und der Assistent schauen ihn genervt an, können aber natürlich den zwei alten Leuten ihre Hilfe nicht versagen, nachdem sie sie heroisch aus dem Wasser gerettet haben.

Mit Blick auf das Chris Craft, das immer ärger aussieht, geht Gianluca Perusato, so schnell er kann, auf die Mole zu, während

Carmine ihm widerwillig folgt und zweifellos daran denkt, wie viel lieber er sich um seine angebetete Lynn Lou Shaw gekümmert hätte.

45

Informationen über Menschen zu sammeln, die man nicht kennt, mit denen man aber in Berührung gekommen ist, kann leicht zu einem unverzichtbaren gesellschaftlichen Hilfsmittel werden, wenn nicht gar zu einem Sport, denkt Simone Poulanc. Sie hat ihren Laptop auf den wackeligen Tisch gestellt und scrollt die Seiten mit Ergebnissen herunter. Höchstwahrscheinlich, denkt sie, machen es die anderen Gäste der Villa Metaphora genauso, um wenigstens eine Ahnung von dem beruflichen und privaten Background der Leute zu haben, die beim Mittag- und Abendessen zufällig neben ihnen sitzen. Zweifellos nimmt diese Praxis immer mehr zu, auch weil alle ihre Tablets und Smartphones in der Tasche haben. Die Poulanc wäre keineswegs erstaunt, wenn eine Freundin ihr erzählte, sie habe schnell mal – bei einem kurzen Toilettenbesuch – einen interessanten Mann gegoogelt, den sie in der Bar kennengelernt hat, um dann mit einer Fülle an Kenntnissen, die früher monatelangen Umgang erfordert hätten, die Unterhaltung liebenswürdig fortzusetzen und je nachdem die Bekanntschaft zu vertiefen oder die Finger davon zu lassen, falls der ökonomische oder sentimentale Hintergrund des Betreffenden sie wenig überzeugt hatte. Wir bewegen uns also mit Riesenschritten auf die vollkommene Abschaffung der Überraschungen zu, hurra! Sicher sind die Software-Entwickler der halben Welt schon eifrig dabei, die Recherchen immer noch schneller, einfacher und müheloser zu gestalten. Jemand erzählte ihr kürzlich, es gebe schon ein Programm, das ausgehend von irgendeinem anonymen Foto auf die Identität der Person schließen könne, dank eines blitzschnellen Vergleichs in der grenzenlosen Datenbank der Nutzer, die sich bei den Social Networks registriert haben. So macht es übrigens auch die Polizei, mit dem Unterschied, dass in den sozialen Netzwerken die Gesuchten freiwillig ihren Steckbrief abliefern, ohne dass irgendwer sie dazu gezwungen hätte. Sehr bald wird es genügen, das Handy – in einer Bar, im Restaurant, auf der Post, der Bank, im Kaufhaus, im Zug, am Flughafen oder auf der Straße – auf die Person zu richten, die uns interessiert, und dann abzudrücken. *Et voilà*, zwei Sekunden später wissen wir schon Namen, Nachnamen, Alter, Studium, Familienstand, Beruf, Einkommen, Vermögen, eventuelle Krankheiten, Hobbys, Geschmack, Vorlieben und all den anderen Kram, der ein Leben ausmacht und definiert. Schon unglaublich.

Gerade eben hat sie sich zum Beispiel damit amüsiert, ein paar Dinge über diesen Piero Gomi herauszufinden, den italienischen Politiker mit dem dichten Haarschopf und dem blauen maßgeschneiderten Anzug, der gestern hier war und bei der Reitt vorstellig wurde, um einen Termin bei ihrem Mann zu ergattern. Es gibt da etliches Material, auch mehrere Artikel über ein Verfahren gegen ihn – das allerdings schon während der Ermittlungsphase eingestellt wurde – wegen einiger Offshore-Transaktionen, die mit öffentlichen Geldern finanziert wurden. Außerdem über eine Terrassenwohnung – selbstverständlich im Herzen Roms –, die ein undurchsichtiger, stinkreicher Unternehmer ihm überlassen und renoviert hat, wonach der Mann dann, bestimmt aus purem Zufall, gewinnträchtige öffentliche Aufträge erhielt. Auch hier wurden alle Verfahren eingestellt. Das Stärkste ist jedoch zweifellos seine Homepage, wo auf der ersten Seite einige nachdenkliche Fotos des Parlamentariers sein intellektuelles Format und seine menschlichen Qualitäten zum Ausdruck bringen sollen. In einer Ecke rechts sieht man das Symbol der Partei der Modernität, deutlich kleiner als die Fotos des Abgeordneten, und darunter alle Links, die für den modernen Politiker unverzichtbar sind: Facebook, Twitter, YouTube. Auch einige ansprechend aufgemachte Parolen (*Gemeinsam für eine fortschrittliche und menschliche Zukunft* und *Im Hier und Jetzt, ohne unsere Wurzeln zu verleugnen*) fehlen nicht, ein schönes Foto des lächelnden Gomi zusammen mit dem Papst (Untertitel: *Der Abgeordnete Gomi im Gespräch mit Seiner Heiligkeit Papst Benedikt xvi.*, damit ja keine Zweifel aufkommen) und eine eigene Abteilung mit den von Gomi selbst verfassten Büchern (*Mein politisches Credo, Vorwärtsgehen heißt nicht zurückkrebsen* und *Mut zur Achtung*, Letzteres ein Roman – wie es scheint, fühlen sich immer mehr italienische Politiker zur Literatur berufen, eine wahre Epidemie). Offensichtlich ist der Typ sehr auf sein Image bedacht und investiert entsprechend viel: Bestimmt kümmern sich mehrere Assistenten um Graphik, Fotos, Videos, Links und täglich aktualisierte Nachrichten. Der Mann hat die allergrößten Ambitionen, kein Zweifel – dabei hätte man ihn gestern auf der Terrasse, als er so schmächtig und aufdringlich die Reitt anbettelte, glatt für einen armen Teufel halten können.

Apropos Reitt, die Poulanc benutzt jetzt die Browser-Chronik – eine weitere großartige Gedächtnisstütze für Millionen vergesslicher Menschen –, um noch einmal einen Blick auf den Dadakangurblog zu werfen, wo gestern Abend das Foto eines betrunkenen, halbnackten, dem Banker sehr ähnlichen Mannes in Gesellschaft eines sehr jungen, ebenfalls beschwipsten und spärlich bekleideten Mädchens zu sehen war. Sie ist gespannt, denn vielleicht handelt es sich ja doch nicht bloß um einen geschmacklosen Scherz. Und tatsächlich sind es jetzt vier Fotos, die eindeutig zur selben Serie gehören. Besonders auf einem gleicht das Gesicht trotz Überbelichtung durch Blitz und roter Pupillen et cetera wirklich dem von Werner Reitt. Ein groteskes, überaus peinliches Bild – das Flair von bourgeoiser germanischer Dekadenz ist eines Gemäldes von George Grosz würdig. Der große Banker: Augen stark geschminkt, roter Lippenstift, Champagnerkelch in der Hand, benebelter Ausdruck. Auf der Brust prangt, vielleicht mit dem Eyeliner des Mädchens aufgemalt, das Euro-Symbol. Die Unterschriften unter den neuen Fotos sind vielsagend: *Würden Sie diesem Mann die Geschicke des Euros anvertrauen?* und *Der vertrauenswürdige Hüter der PanEuropaBank*. Kurz und gut, sollten sich die Fotos als echt erweisen, steckt der liebe Dr. Reitt ganz schön in der Bredouille, und nicht nur, was seine Frau angeht.

Die Poulanc versucht eins der Fotos zu vergrößern, studiert es aus nächster Nähe, tritt zurück, um es mit Abstand zu betrachten. Donnerwetter, das ist er! Die Nase ist die von Werner Reitt, ja auch die dünne Narbe auf der linken Backe ist unverwechselbar! Gewiss, es könnte sich um eine Fotomontage handeln – mit der digitalen Technologie kann das ja heutzutage jeder Depp – oder um einen ungewöhnlich ähnlichen Doppelgänger. Doch irgendetwas an dem Bild legt nahe, dass es keine Fälschung ist. Die Poulanc vergrößert noch ein Foto, prüft es aus unterschiedlichem Abstand und aus mehreren Blickwinkeln: Der Mann – immer noch halbnackt – kauert auf allen vieren, das Mädchen reitet auf seinem Rücken. Das entscheidende Element liegt im Ausdruck, der so anders ist als auf den wenigen offiziell verfügbaren Aufnahmen. Hier sieht man, wie eine Mischung von Gefühlen – Schwärmerei, Überraschung, Fassungslosigkeit – Reitts Gesichtszüge auf eine Art entspannt, die kein Imitator oder Fälscher je hinbekäme. Etwas, das zu flüchtig, zu unfassbar, zu echt, ja sogar rührend ist, als dass man es durch Manipulation hinkriegen könnte. So unglaublich und bestürzend diese Fotos auch sein mögen, sie sind zweifellos echt. Das sagt der Poulanc ihr journalistischer Instinkt: das, was die Amerikaner *gut feeling* nennen, das Bauchgefühl, das Einzige, worauf man sich in solchen Fällen verlassen kann.

Es dauert gewiss nicht mehr lange, bis andere Blogs und Webseiten sich dieser Leckerbissen bemächtigen und sie mit rasender, unkontrollierbarer Gefräßigkeit aufnehmen und weiterverbreiten. Bald wird niemand mehr – auch nicht die allmächtige PanEuropaBank, der Schreck ganzer Staaten mit zerrütteten Finanzhaushalten – in der Lage sein, die Lawine aufzuhalten, mit der die Bilder des betrunkenen Bankers und seiner unanständigen Göre bis in den hintersten Winkel der Erde vordringen. *Oh, là, là, Herr Direktor,* das tut uns leid!

Nun, seien wir ehrlich, Schadenfreude gilt zwar als unfein et cetera et cetera, doch Mitleid mit einem Werner Reitt wäre genauso unangebracht. Man denke nur an seinen verächtlichen Ausdruck eines ss-Offiziers, seinen preußischen Haarschnitt, seinen steifen Gang, seine kalten Augen: Nein, wirklich, Millionen von Menschen flößen ihr mehr Sympathie ein als der. Und außerdem, was könnte eine recht langweilige Woche Arbeitsferien mehr beleben als ein verheerender Sex-Skandal, der das Leben eines der bedeutendsten Gäste des erlesenen Resorts erschüttert – einer grauen Eminenz der europäischen Finanzwelt? Mal ohne moralistisches Getue, bitte: Hier bietet sich doch Stoff für ein wunderbares Feuilleton, das – wenn sie es so verbreitet, wie sie sich das vorstellt und wünscht – diese kleine versnobte und desillusionierte Gesellschaft ein bisschen aufmischen könnte. Abgesehen davon, dass es ihrem – schon fast fertigen und recht gut gelungenen – Verriss der Villa Metaphora eine brisante Note verleihen würde. Wenn sie ihre ganze subtile, scharfzüngige Ironie ausspielt, wird sie einen Artikel, der sich an eine – zum Glück ziemlich große – Nische von intellektuellen Gourmets und anspruchsvollen Reisenden wendet, in einen Text verwandeln können, nach dem sich auflagenstarke Zeitungen und Illustrierte der ganzen Welt die Finger lecken. Wenn sie es recht bedenkt, könnte etwas Denkwürdiges dabei herauskommen, etwas Pulitzer-Preisverdächtiges. Sieh einer an: Sie war überzeugt, sich an diesem hochedlen und snobistischen Vorposten der Zivilisation auf einer wilden Insel nur zu langweilen, und stattdessen wird ihr die Chance ihres Lebens auf dem silbernen Tablett serviert. Nur zu, ihr peinlichen, halb verwackelten, dilettantischen, schonungslosen Erinnerungsfotos von orgiastischen Augenblicken! Verbreitet und vermehret euch!

Schluss jetzt mit Computer, Schluss mit der Einsamkeit im stillen Kämmerlein; nach all der Aufregung über die sensationelle Entdeckung hat sie Lust hinauszugehen, das Klima zu schnuppern, den Stimmen zu lauschen und die Reaktionen der Reitts auf die sich wahrscheinlich schon überstürzenden Ereignisse jetzt live mitzuverfolgen. Frau Brigitte – die ist allerdings zu bedauern, die Ärmste – wirkte schon gestern Morgen sehr mitgenommen und äußerst kritisch gegenüber ihrem Gatten; wer weiß, wie es ihr heute geht. Simone Poulanc betrachtet sich prüfend im Badezimmerspiegel, greift nach Sonnenbrille und Hut und tritt hinaus. Es ist sowieso gleich Mittag, die Magensäfte fließen, sie hat Hunger.

Sie geht den gepflasterten Weg Richtung Restaurant-Terrasse hinunter, wo die Gäste, was auch immer sie unternehmen, früher oder später unweigerlich zusammentreffen. Doch an der zweiten Biegung kommt ihr die amerikanische Schauspielerin in einem empörenden Aufzug entgegen, die zerknitterten Kleider kleben an ihren angeblich so erotischen Formen, und die gewöhnlich glänzenden weißblonden Haare sind stumpf und strähnig. Sehr gut möglich, dass der junge Star beschlossen hat, mit Kleidern ins Meer zu springen, einfach aus Lust an der Provokation. Und vermutlich hat sie sich dabei auch noch mit dem iPhone fotografiert, damit sie ihre Großtat gleich mit einigen Millionen Fans teilen kann. Sie läuft mit grantiger Miene vorbei – selbstverständlich grußlos –, in kurzem Abstand gefolgt von ihrer Freundin, die es ihr offensichtlich nachgemacht hat, denn auch ihre Kleider sind nass und teilweise in Sonne und Wind wieder getrocknet. Das Mädchen nickt – wenn auch flüchtig – zum Gruß, wirkt aber vor allem bemüht, mit der Diva Schritt zu halten. Zuletzt kommt Mr. Neckhart: Mit seinen Bewegungen wirkt er wie ein superwestlicher Anhänger superöstlicher Kampfkunst, seine Kleider und Haare sind trocken, sein Gesichtsausdruck ist finsterer denn je. Auch er ergeht sich nicht in Bücklingen, bringt aber zumindest ein hörbares »Hi« heraus: besser als nichts, angesichts des Benehmens dieser Exponenten des Jetset.

Die Poulanc schaut ihnen nach und fragt sich, ob zwischen den dreien etwa ein sexuelles Spielchen läuft, das die Verstimmung ausgelöst haben könnte. Aber um das herauszufinden, müsste sie sie länger zusammen beobachten. Im Augenblick ist es auch zweitrangig, verglichen mit den Reitts: Notieren und archivieren wir es.

Die Poulanc betritt die große Terrasse in der Hoffnung, wenigstens Frau Brigitte anzutreffen – die womöglich ein paar noch schmerzlichere Vertraulichkeiten loswerden möchte –, doch außer der mageren Bedienung, die Gläser auf den Tischen anordnet, und dem Hilfskoch, der aus dem Küchenvorraum herausäugt, ist niemand zu sehen. Der Wind weht heute heftiger, zerrt an den weißen, zwischen den Säulen gespannten Sonnensegeln, *flap, flap, flap,* kräuselt unten die Meeresoberfläche. Aber Moment mal: Vor den Küstenfelsen treibt das große amerikanische Motorboot schräg und tiefliegend im Wasser. Hat sich etwa ein Unglück ereignet? Sollten die amerikanische Schauspielerin und ihre Freundin unfreiwillig im Meer gebadet haben – was nicht nur den Zustand ihrer Kleidung, sondern auch ihren missmutigen Ausdruck erklären würde? Vielleicht könnte hier eine weitere schöne Geschichte herausspringen, die zu erzählen sich lohnt – eindeutig leichter verdaulich als die der Reitts, aber auch nicht schlecht. Dieser Ort verwandelt sich plötzlich in eine Fundgrube für Erzählstoff.

Die Poulanc beugt sich vor, um besser zu sehen, was an der

Küste passiert. Das rot-weiße Fischerboot, das jeden Tag das Personal und die Lebensmittel bringt, nähert sich dem halbgesunkenen Motorboot. Am Heck stehen Perusato und Carmine – der Architekt am Steuer, in einer seiner gewohnten Hemd-Hose-Kombinationen, der Fischer rustikaler mit nacktem Oberkörper: Vermutlich wollen sie das große Motorboot ankuppeln und dann abschleppen. Carmine beugt sich über Bord, möchte das Bugseil zu fassen kriegen, fällt beinahe ins Wasser. Die Sache ist schwierig, denn der Wind weht, das Meer ist aufgewühlt, und das Motorboot scheint leck und voll Wasser zu sein, aber zuletzt schafft der kühne Bootsmann es doch und bemüht sich, das Seil zu sichern.

Von der Treppe her hört man Stimmen; die Poulanc dreht sich gespannt um. Außer Atem wegen des Aufstiegs und mit äußerst besorgtem Gesicht erscheint Lucia auf der Terrasse, gefolgt vom Schreiner und Reitts blondem Assistenten, die sorgsam wie zwei Krankenpfleger die Cobannis stützen, alle beide in sehr schlechter Verfassung, bleich und erschöpft. Nach dem Zustand ihrer Kleidung und Haare zu urteilen, muss die ganze Truppe außer Lucia bei dem Schiffbruch ins Wasser gefallen sein, sie sehen echt aus wie Überlebende. Es ist also wahrscheinlich – ja sogar fast sicher –, dass sie zusammen mit der amerikanischen Schauspielerin und deren Freundin eine Bootsfahrt gemacht haben, die eindeutig ein böses Ende genommen hat. Ein Glück, dass sie heute Morgen niemand eingeladen hat, sich zu der fröhlichen Runde zu gesellen – manchmal hat es seine Vorteile, nicht gerade zu den Beliebtesten einer Gruppe zu zählen.

Unter dem äußerst glaubhaften Vorwand spontaner menschlicher Anteilnahme nähert sich die Poulanc dem angeschlagenen Häuflein. Lucia rückt eifrig Stühle an den Tischen zurecht, versichert sich, dass die Cobannis Platz nehmen. Mit wackeligem Gang läuft sie auf ihren hohen Keilabsätzen ins Büro, holt ein paar Decken und versucht sie den beiden umzulegen.

Die Signora lässt sich umsorgen wie ein Luxusflüchtling; ihr Mann dagegen lehnt das Angebot ziemlich schroff ab: »Vielen Dank, noch bin ich nicht vollkommen invalide.«

Der Schreiner verzieht sich in die Küche – er scheint dort zu Hause zu sein – und kommt nach zwei Minuten mit dem spanischen Chefkoch zurück. Beim Anblick der Schiffbrüchigen wirkt *el cocinero* echt erschüttert. »*¡Madre mía! ¡Pobrecitos!*« Er schlägt die Hände vors Gesicht, macht ein bisschen mediterranes Theater. Dann verschwindet er erneut in der Küche, taucht mit einer Flasche Cognac samt einigen Gläschen wieder auf, öffnet sie, schenkt ein, bietet an. Die Poulanc wirft einen Blick auf die Flasche: Nicht schlecht, es ist ein Jean Fillioux *Réserve Familiale* – bei Lavinia an der Place de la Concorde kostet der gut 200 Euro, wie viel dann erst hier. Cobanni kippt seinen Cognac auf einen Zug, die Signora, in ihre Decke gewickelt, beschränkt sich auf einen winzigen Schluck; der Schreiner und Reitts Assistent leeren ihre kleinen Gläser in wenigen Schlucken und lassen sich nachschenken. Lucia bemüht sich weiter um die beiden Alten, fragt, ob alles in Ordnung ist, ob sie nicht gleich ihr Zimmer aufsuchen wollen, um sich umzuziehen. Ist es gemein anzunehmen, dass das Gespenst einer Schadenersatzklage in ihren Gedanken umgeht – und auch in denen des Architekten? Cobanni jedenfalls würde sicher gern noch bleiben und ein zweites Glas trinken, doch seine Frau erhebt sich – die Decke immer noch um die Schultern gewickelt, ein für ihre Rolle als Opfer unverzichtbares Requisit – und zwingt ihn, ihr zu folgen. Lucia begleitet sie, obwohl der Mann mehrfach wiederholt, das sei nicht nötig; das Terzett verschwindet, der Schreiner, der Assistent, der Koch, die Kellnerin und die Journalistin winken zum Abschied.

Da sie nun einmal hier ist, streckt die Poulanc die Hand nach einem der kleinen Gläser aus. »Darf ich?« Schließlich kostet sie jeder Tag hier glatte fünftausend Euro – zur Hälfte durch die

Zeitung gedeckt, aber es bleibt immer noch ein schönes Sümmchen –, es ist nicht so, dass sie um ein Almosen bittet.

»*Claro que sí.*« Der junge spanische Star der techno-emotionalen Küche schenkt ein und reicht ihr das Gläschen – sehr liebenswürdig, muss man sagen.

»Also, was ist passiert?« Gestärkt durch einen schönen Schluck Cognac – reif, vollmundig, befriedigend, der gute Pascal Filloux führt die Familientradition mit viel Stil fort –, wendet sich die Poulanc an den Schreiner und Reitts Assistenten. Einer dunkelhaarig, braungebrannt, bärtig, gekleidet wie ein Landstreicher, der andere blond, blass, in türkisfarbenem Polohemd und weißer Hose, beides durchnässt und nur teilweise wieder getrocknet: zwei gleichaltrige, in Charakter und Haltung grundverschiedene junge Männer, die sich vorübergehend durch eine traumatische Erfahrung nähergekommen sind.

»Ach, nichts, ein Unfall.« Der Schreiner ist kurz angebunden, geht nicht ins Detail. Der Koch verabschiedet sich von dem Grüppchen, geht zurück in die Küche.

»Aber wie ist das denn passiert?« Die Poulanc lässt sich nicht entmutigen. Es ist nun mal so, dass man sich schon etwas bemühen muss, um Informationen aus erster Hand zu bekommen. In solchen Fällen gibt es keine Abkürzungen, meine lieben Cyberspace-Sklaven: Die Suchmaschinen nützen hier gar nichts, zumindest so lange, bis einer der Schiffbrüchigen nicht – grauenhafter Ausdruck – etwas postet.

Reitts Assistent macht eine resignierte Geste, nimmt noch einen Schluck Cognac, schaut woanders hin. Auch er ist keine Quelle, die beim ersten Anstoß zu sprudeln beginnt.

»Waren Lynn Lou Shaw und ihre Freundin mit dabei?« Die Poulanc hakt nach, es geht ja auch darum, Gestik und Mimik zu registrieren und jede merkliche Veränderung bei den Befragten festzuhalten.

»Ich war an Land.« Der Schreiner betont, dass er nicht zu den

Ausflüglern gehörte, wahrscheinlich findet er Bootsfahrten zu frivol für einen Handwerker wie ihn – übrigens täte er besser daran, seine Zeit zu nutzen, um wenigstens einige der vielen fehlenden Möbelstücke fertigzustellen, Sakrament!

Die Poulanc will sich wieder dem Assistenten zuwenden, doch der junge Mann erbleicht, stellt das Glas ab, springt auf mit der Miene eines armen Soldaten, der während der Wache von einem Offizier beim Zechen erwischt wird.

Tatsächlich steht plötzlich hoch aufgerichtet und drohend Werner Reitt vor ihm und fährt ihn an: »*Was zum Teufel machen Sie hier? Ich habe zwei Stunden auf Sie gewartet!*«

»*Ich bitte um Entschuldigung...*«, stottert der Assistent, aber es ist klar, dass er keine wirksame Verteidigungsstrategie hat.

Bebend vor Empörung deutet Reitt mit dem Finger auf das Gläschen mit Cognac – das zweite, doch das weiß er zum Glück nicht –, das der Assistent halbleer auf dem Tisch abgestellt hat. »*Und Sie sitzen hier und trinken!*«

»*Sie irren sich, Herr Reitt...*« Es schneidet einem ins Herz, den armen Jungen so grausam in die Enge getrieben zu sehen. Die Poulanc würde am liebsten aufspringen, ihren Computer holen und die obszönen Fotos aufrufen, um zu sehen, ob dieser abscheuliche Tyrann seine Autorität gegenüber dem unglücklichen Untergebenen dann noch aufrechterhalten kann.

Auch der Schreiner scheint sich über Reitts Benehmen zu ärgern; er mustert ihn mit einem leicht ironischen Lächeln auf den Lippen, aber seine Hände zucken – es würde die Poulanc nicht sonderlich erstaunen, wenn er aufstünde und dem Banker einen Kinnhaken verpasste.

Reitt zeigt auf die nassen, zerdrückten Kleider des Assistenten, als wären sie ein weiterer Beweis für dessen unerträgliche Nachlässigkeit. »*Wie können Sie nur so herumlaufen! Ziehen Sie sich gefälligst sofort um!*«

Der Assistent macht ein ratloses Gesicht: Wie soll er sich umziehen, wenn seine Sachen doch am Hafen sind, wo er übernachtet. Bedrängt von der wütenden Anwesenheit seines Chefs, wendet er sich zuletzt in seiner Verzweiflung an den Schreiner: »Entschuldigen Sie, dürfte ich mir erlauben, Sie zu bitten, mir freundlicherweise ein paar trockene Sachen zum Anziehen zu leihen?«

Den Schreiner scheint die elaborierte Formulierung der Frage zu amüsieren, er lächelt. »Ja. Allerdings fürchte ich, dass ich nichts habe, was deinem Stil entspricht.«

»Das macht nichts.« Der Assistent ist so erleichtert, dass er eine Lösung gefunden hat, ihm ist alles recht.

Der Schreiner trinkt seinen Cognac aus, erhebt sich, nickt der Poulanc zu – ohne Reitt eines Blickes zu würdigen – und steckt den Kopf in den Küchenvorraum: »*¡Hasta luego, Ramiro!*«

»*Ich komme gleich, Herr Reitt.*« Der Assistent macht erst vor Reitt, dann vor der Poulanc eine knappe Verbeugung und eilt dem Schreiner hinterher.

»*Beeilen Sie sich!*« Reitts Miene könnte nicht grimmiger sein. Einen Moment lang kreuzt sein Blick den von der Poulanc – eine eisige Begegnung –, dann dreht sich der Finanztitan – der zum Glück bald keiner mehr sein wird – auf dem Absatz um, verschwindet von der Terrasse.

»Scheißnazi«, brummt die Poulanc mit vor Zorn noch verkrampftem Magen vor sich hin.

»*Exactamente, querida señora.*« An die Tür des Küchenvorraums gelehnt, lächelt der Koch Ramiro sie an.

Die Poulanc nickt ihm zu – leicht verlegen, sie hatte nicht beabsichtigt, gehört zu werden –, geht an den Rand der Terrasse, um noch einmal aufs Meer hinunterzublicken.

Perusato und Carmine versuchen immer noch, das Motorboot mit dem kleineren Boot abzuschleppen, kommen aber kaum vom Fleck – genau genommen gar nicht. Der Qualm, der aus dem Motor steigt, wird vom Wind weggefegt; verbissen geben die beiden Männer immer wieder Gas, aber vergeblich. Ihr Boot wird von den Wellen hin und her geworfen, kämpft dagegen an, qualmt, bleibt aber mehr oder weniger immer an derselben Stelle, angekoppelt an das halbgesunkene Motorboot.

46

Rasch läuft Paolo Zacomel die Treppe hinunter und kichert vor sich hin beim Gedanken an Matthias in dem verwaschenen grünen T-Shirt mit dem Peace-Zeichen darauf und den abgetragenen, ausgebleichten (aber sauberen!) Jeans, die er ihm geliehen hat. Wie diese Hyäne von Chef über ihn herfiel, war allerdings kaum zu ertragen; es bestätigt ihn wieder einmal darin, dass er mit seinem Charakter nie als Angestellter arbeiten könnte. Manchmal fragt er sich, was wohl aus ihm geworden wäre, wenn er nicht seine Begabung für Holz entdeckt hätte: Womöglich würde er als Eremit im Wald oder auf einer abgelegenen Insel wie dieser leben oder durch die Welt vagabundieren. Oder im Gefängnis sitzen. Wer weiß. Sicher ist nur, dass er sich nie in die Lage bringen wird, von jemandem Befehle entgegennehmen oder eine andere Autorität anerkennen zu müssen als sich selbst. Gelegentlich tut es gut, sich an seinen Polarstern zu erinnern; alles andere kann sich bewegen und verändern, kein Problem.

Er erreicht die Mole und springt über die Felsen entlang der Küste bis dorthin, wo Perusato und Carmine versuchen, das havarierte Chris Craft abzuschleppen. Es so zur Seite gekippt und leck zu sehen macht ihn tieftraurig, denn es war ein herrliches Motorboot, von Leuten gebaut, die wirklich mit Holz umzugehen verstanden, und ebenso kundig restauriert. Dennoch betrachtet er all das ultra-abgelagerte, zu einer Zeit, als die Wälder der Welt noch nicht wie heute von der Vernichtung bedroht waren, geschlagene Mahagoni- und Teakholz gleichzeitig auch mit einer gewissen Begierde. In seiner Schreinerphantasie baut er schon Möbel aus dem geborgenen Material, bis ihn der Gedanke bremst, dass Perusato das Motorboot, auf das er so stolz war und in das er so viel Geld investiert hat, bestimmt wieder flottzumachen gedenkt.

Jetzt steht Carmine am Steuer des Bootes und ruft dem Architekten zu, er solle das Seil gespannt halten. Perusato ist wahnsinnig wütend wegen des ganzen Debakels, aber auch weil sie sich nun schon eine ganze Weile erfolglos abarbeiten. »Ich *halte* es gespannt, verdammt!« Carmine zeigt ihm, wie er es machen müsste, und erntet wieder Geschrei. In Wirklichkeit ist das Chris Craft durch das eingedrungene Wasser einfach zu schwer, der Motor des kleineren Bootes schafft es nicht.

Paolo Zacomel macht von seinem Felsen aus Zeichen. »Braucht ihr Unterstützung?«

»Nein, nein, das machen wir allein!«, antwortet Perusato genervt, als hätte Zacomel ihn ausgelacht.

»Na gut, wenn ihr mich braucht, sagt Bescheid!« Paolo Zacomel will schon seit seiner Kindheit immer jedem helfen, doch das macht die Dinge fast immer nur noch komplizierter. Vielleicht hat dieses Bedürfnis mit seiner anarchischen Lebensauffassung zu tun, wonach die Individuen ein Netzwerk spontaner Angebote aufbauen müssten, anstatt von Institutionen abhängig zu sein, die vorgeben, das Gemeinwohl im Auge zu haben, und sich doch nur um ihr eigenes Wohlergehen kümmern.

Apropos Institutionen, da kommt wieder das Patrouillenboot der Küstenwache, das gestern den Politiker Gomi hergebracht hat: Es fährt schnell und ist schon ziemlich nahe. Perusato hat es nicht bemerkt, er ist völlig vom Wrack seines Chris Craft in Anspruch genommen, doch Carmine mit seinem Seemannsauge sieht es und weist ihn darauf hin. »Heilige Scheiße, ausgerechnet jetzt!« Perusato knallt das Seil ins Wasser, er ist außer sich.

Das Patrouillenboot scheint die Mole anzusteuern, korrigiert aber dann seinen Kurs und kommt schnurstracks herüber. Nach wenigen Minuten ist es schon neben dem Chris Craft; der Kommandant übergibt das Steuer dem Ersten Offizier und steigt auf die Brücke. Jung und aufrecht steht er da, in seiner Uniform mit goldenen Epauletten und mit seinen scharfgeschnittenen Gesichtszügen. »Was ist hier passiert?«, fragt er streng und laut.

»Ach, nichts.« Perusato wünscht keine Einmischung.

»Was heißt nichts? Hier hat eine ernsthafte Kollision stattgefunden! Das sieht man doch!« Der Kommandant reagiert ungehalten auf eine so offenkundige Lüge. »Gibt es Verletzte oder Vermisste? Ist jemand ertrunken?«

»Nein ...« Perusato ist kaum zu verstehen.

»Sprechen Sie lauter, bitte!« Herrisch tönt die Stimme des Kommandanten von der Brücke herab. »Also, was ist?!«

»Es hat keine Verletzten gegeben!« Perusato bemüht sich, überzeugend zu klingen. »Nur einen Sachschaden, darum kümmern wir uns!«

Der Politiker Gomi betritt die Brücke in einem dunkelblauen Anzug, das Gesicht leichenblass und bedrückt, vielleicht wegen dem leicht bewegten Meer. Er sieht das beschädigte Chris Craft, die halb untergegangenen Teile des weißen Bötchens, und reißt entsetzt die Augen auf: »O Gott! Was ist passiert?«

»Das versuche ich gerade herauszufinden!« Der Kommandant deutet schroff auf Perusato.

»Nichts, Herr Abgeordneter, wir haben das schon alles im Griff.« Perusato scheint es für eine gute Gelegenheit zu halten, um das Verhör zu beenden.

»Überhaupt nichts habt ihr im Griff!« Der Kommandant ist empört, mit dem Blick sucht er weiter das Meer rundherum ab, zeigt auf die zwei Hälften von Matthias' Boot, die von Wind und Wellen an die Felsen gespült werden. »Nur ein Sachschaden, sagen Sie?! Ich sehe da ein auseinandergebrochenes Boot! Das muss ein sehr heftiger Zusammenstoß gewesen sein!«

»Ja, aber das macht nichts...« Perusato winkt ab.

»Das macht nichts?! Wie meinen Sie das?« Der Kommandant schreit noch lauter. »Wer war in dem anderen Boot?«

Perusato überlegt kurz und zeigt auf Carmine. »Er.« Er will Matthias nicht hineinziehen, weil er der Assistent eines seiner angesehensten Gäste ist. »Er hat dem Motorboot den Weg abgeschnitten.«

Carmine dreht sich um und schaut ihn mit flammenden Augen an, als hätte er eine Ohrfeige bekommen.

Perusato macht ein finsteres Gesicht, um ihn zum Schweigen zu bringen, und sieht dann wieder den Kommandanten an. »Wie Sie sehen, ist er quicklebendig, ohne eine einzige Schramme.«

»Waren Sie das auf dem Boot?« Der Kommandant will Bestätigung.

Carmine zögert, doch dann begegnet sein Blick erneut dem von Perusato. »Ja.«

»Und wer war am Steuer des Motorboots?«, hakt der Kommandant von der Höhe seiner Brücke nach.

Perusato schenkt ihm ein abschließendes Lächeln. »Herr Kapitän, ich danke Ihnen sehr für Ihr Interesse, aber wir brauchen keine Hilfe, das schaffen wir schon allein.«

»Ich bin nicht Kapitän, sondern Kapitänleutnant!« Der Kommandant bebt vor militärischer Spannung. »Und ich habe Sie etwas gefragt! Antworten Sie bitte!«

»Ich habe das Motorboot gesteuert.« Perusato lügt ganz lässig, man merkt, dass er schon Übung hat.

»Wer sind Sie?«

»Ich bin der Besitzer. Des Motorboots und des Resorts hier.« Er zeigt nach oben. »Wir sind uns schon gestern begegnet, als Sie den Herrn Abgeordneten hergebracht haben.«

Obwohl es aussieht, als müsste er sich gleich übergeben, kommt Gomi Perusato zu Hilfe. »Ja, leider hatte ich keine Gelegenheit, Sie einander vorzustellen, Comandante.«

»Und wie heißen Sie?« Der Kommandant bleibt stur.

»Ich bin Gianluca Perusato, Architekt.« Perusato zwingt sich zu lächeln, aber vor Zeugen so behandelt zu werden ärgert ihn bestimmt sehr.

»Perusato ist ein weltberühmter Architekt«, mischt sich Gomi mit Leidensmiene erneut ein. »Hier in Tari hat er hervorragende Arbeit geleistet. Offen gestanden, halte ich weitere Nachforschungen für unnötig. Außerdem müsste ich dringend an Land.«

»Ich will wissen, wie viele Passagiere an Bord der zwei Boote waren!« Der Kommandant lässt sich nicht an der Nase herumführen. »Ich will wissen, wo sie hingekommen sind!«

»Sie sind in ihre Suiten zurückgekehrt.« Perusato deutet erneut nach oben. »Jetzt sitzen sie wahrscheinlich beim Mittagessen. Wie schon gesagt, sind alle wohlauf.«

»Alle?«

»Ja, alle. Es geht ihnen ausgezeichnet, das kann ich Ihnen versichern.«

Der Kommandant wendet sich an Paolo Zacomel, der die Szene von seinem Felsen aus beobachtet. »Waren Sie an Bord eines der beiden Boote?«

Zacomel schüttelt den Kopf. Er hatte schon immer eine Aversion gegen jede Art von Uniform und auch gegen das Verhalten der Uniformträger.

»Sind Sie ein Zeuge? Haben Sie den Zusammenstoß gesehen?«

Paolo Zacomel schüttelt erneut den Kopf.

»Was tun Sie dann hier?«

»Ich schaue. Ist das verboten?« Zacomel macht ein finsteres Gesicht, schiebt die Hände in die Hosentaschen.

»Er ist unser Schreiner.« Perusato will weiteres Konfliktpotential vermeiden. »Wenn Sie uns jetzt entschuldigen wollen, wir versuchen gerade das Motorboot abzuschleppen.«

»Comandante, ich müsste wirklich dringend an Land.« Gomi zeigt auf die klobige pseudosportliche Uhr an seinem Handgelenk, sein Gesicht ist immer gequälter. »Ich habe einen Termin von größter Wichtigkeit, wie Sie ja wissen. Und ehrlich gesagt, fühle ich mich auch nicht besonders gut, bei diesem Wellengang... Wenn Sie mich kurz zur Mole bringen könnten...«

»Entschuldigen Sie.« Der Kommandant dreht sich erneut zu Perusato um, zeigt auf die beiden Teile des Boots von Matthias. »Der Motor dieses Boots liegt am Meeresgrund, vermute ich?«

»Hm, vielleicht...« Perusato versucht vage zu bleiben, er wirkt immer befangener.

»Was soll das heißen, vielleicht? Hatte das Ding einen Motor oder nicht?« Der Kommandant wendet sich an Carmine. »Antworten Sie mir, Sie waren schließlich am Steuer.«

»Klar hatte es einen Motor...« Im Unterschied zu Perusato ist Carmine kein guter Lügner, er schaut weg.

»Aha. Und was machen wir jetzt, lassen wir den Motor da unten liegen?«, fragt der Kommandant drohend. »Und was ist mit dem Tank?«

»Tja, der Tank...« Carmine hasst es natürlich, diese Rolle spielen zu müssen.

»Da war sicher nur wenig Benzin drin.« Perusato will die Sache weiter herunterspielen.

»Machen Sie Witze?« Der Kommandant ist empört. »Hier besteht Verschmutzungsgefahr, diese Gewässer sind geschützt! Das muss alles geborgen werden, ich schicke zwei Froschmänner runter!«

»Wieso denn Froschmänner?« Perusato sieht sich um, als wäre er plötzlich in Panik. »Das kann Carmine später mit Schnorchel und Flossen erledigen. Da brauchen wir doch keine Froschmänner.«

»Comandante, die sind wirklich nicht nötig, wenn der Architekt die Sache übernimmt«, mischt sich Gomi wieder ein, ihn interessiert nur eins: aussteigen. Mittlerweile ist er schon ganz grün im Gesicht.

»Hier entscheide ich, was nötig ist und was nicht!« Der Kommandant schäumt vor Wut. »Ich schicke die Froschmänner runter, sie sollen nachsehen und alles bergen, was geht.«

»Aber das ist doch absurd, entschuldigen Sie mal.« Perusato unternimmt einen letzten Versuch, den Kapitänleutnant von seiner Absicht abzubringen.

»Absurd ist Ihr Verhalten!« Der Kommandant gibt keinen Millimeter nach. »Würden Sie sich bei einem Autounfall genauso verhalten? Würden Sie die Wagen am Straßenrand stehenlassen und die Überlebenden zum Mittagessen schicken, ohne die Polizei zu verständigen?«

Perusato kratzt sich verlegen am Hals.

Aus der Kabine des Patrouillenboots ertönen krächzende Funkgeräusche; der Erste Offizier kommt auf die Brücke, berät sich leise mit dem Kommandanten. Der Kommandant geht hinein, spricht, kommt wieder heraus. »Ich habe einen Notfall in Lampedusa, ich muss sofort zurück.«

»Fahren Sie ruhig, kein Problem.« Perusato ist sichtlich erleichtert, bringt sogar ein Lächeln zustande. »Machen Sie sich um uns keine Sorgen.«

»Was reden Sie da, entlassen Sie mich?« Die Empörung des Kommandanten kennt keine Grenzen; obwohl Zacomel Uniformen hasst, muss er zugeben, dass der Typ ihm schon beinahe sympathisch ist. »Sagen jetzt *Sie* mir, ob ich fahren soll oder nicht?!«

»Aber nein, Leutnant, wie käme ich dazu.« Perusato bemüht sich verzweifelt, Haltung zu bewahren.

»Mit diesem Fischerkahn schaffen Sie das nie.«

Der Kommandant deutet auf das Chris Craft. »Macht das Seil los, wir erledigen das, bevor wir fahren, man kann es nicht da liegen lassen.«

»Danke, Leutnant, das ist nicht nötig. Sie haben Wichtigeres zu tun.« Jetzt gibt Perusato sich besorgt.

»Ich habe gesagt, Sie sollen das Seil abmachen, ich tue Ihnen ja keinen Gefallen!« Die Stimme des Kommandanten klingt heiser vor Wut. »Und gehen Sie mit Ihrem Kahn da aus dem Weg! Sofort, ich habe keine Zeit zu verlieren!«

Gomi stellt sich neben ihn. »Comandante, könnten Sie mich nicht vorher absetzen?«

»Nein, kann ich nicht!« Der Kommandant schafft es nur mit Mühe, nicht ausfällig zu werden. »Wenn Sie so freundlich wären, sich noch fünf Minuten zu gedulden, dann lasse ich Sie aussteigen.«

»Aber wann holen Sie mich denn wieder ab?«

»Das kann ich jetzt noch nicht sagen. Ich habe zwei Migrantenboote vor Lampedusa, die in Schwierigkeiten sind. Ich gebe Ihnen Bescheid.«

»Keine Sorge, Comandante. Wenn ein humanitärer Notstand besteht…« Gomi liegt die professionelle Falschheit des Politikers wirklich im Blut, er kann sie sogar noch einsetzen, wenn er vor Seekrankheit praktisch nicht mehr zurechnungsfähig ist. »Es genügt, wenn Sie vor dem Abend hier sind, ich muss nämlich unbedingt nach Rom zurück. Allerdings sollten Sie ein größeres Boot nehmen, weil ich bei diesem Seegang –«

Der Kommandant schneidet ihm das Wort ab. »Ich gebe Ihnen Bescheid.« Dann erteilt er dem Ersten Offizier und den zwei Matrosen ein paar knappe Befehle. Das Patrouillenboot fährt langsam rückwärts an den Bug des Chris Craft heran.

Carmine hängt das Seil ab, macht mit dem Boot einen weiten Bogen, hält Abstand zu den Manövern. Perusato schaut zu, extrem gestresst, aus welchem Grund auch immer. Der Schaden an seinem herrlichen Motorboot hat ihn erschüttert, klar, aber da steckt noch irgendetwas anderes dahinter.

Ein Matrose steigt gewandt vom Patrouillenboot auf den

schräg geneigten Bug des Chris Craft, lässt sich von seinem Kollegen an der Seilwinde das Metallseil reichen, hängt es ein. Auf der Brücke sieht Gomi erneut auf die Uhr, spricht am Handy, presst es wegen des Motorlärms fest ans Ohr, beugt sich vor, als wollte er sich übergeben, hält sich aber mit einer Willensanstrengung zurück. Der Kapitänleutnant kommt ans Heck, kontrolliert, ob alles startbereit ist, und geht zurück ans Steuer; das Patrouillenboot bewegt sich vorwärts, schleppt energisch das schiefliegende Motorboot ab. Zacomel folgt ihm von Fels zu Fels auf seinem Weg zur Mole.

47

Brigitte Reitt beobachtet ihren Mann, der in der Suite hin und her tigert wie im Käfig. Vor einer Stunde hat er auf seinem BlackBerry entdeckt, dass seine Fotos mit Christiane Drechsler nun auch von einem unbekannten Dadakangurblog veröffentlicht worden sind, hinter dem wer weiß wer steckt und von dem aus sie sich bestimmt unaufhaltsam in der sogenannten Blogosphäre verbreiten. Brigitte Reitt wusste, dass es so kommen würde: Ihr war klar, dass nun keine Schadensbegrenzung mehr möglich war. Auch Werner wusste es, sicherlich hatte er sich keine großen Illusionen gemacht. Doch jetzt, da dieser Dadakangurblog auf der Bildfläche erschienen ist, bildet er sich alle möglichen Verschwörungen ein, seitens seiner Feinde in der PEB, seitens der Bundesbank, seitens des IWF, seitens der Franzosen, der Italiener, der Chinesen. Auch ist er jetzt absolut überzeugt, dass die Idee, ihn auf diese abgelegene Insel zu schicken, Teil eines Komplotts ist, zu dem seine Frau bewusst oder unbewusst Beihilfe leistet. Die Versuche, ihn zur Vernunft zu bringen, haben ihn nur noch mehr aufgebracht und zu noch heftigeren und unbegründeteren Beschuldigungen getrieben.

Da sonst niemand da ist, lässt er seinen Zorn an dem armen Matthias aus, der unbegreiflicherweise in einem absolut unschicklichen Aufzug erschienen ist. Das verwaschene alte T-Shirt mit dem Peace-Zeichen, die ausgeblichene, zerrissene Jeans und die Schlappen an seinen Füßen stehen im krassen Widerspruch zum Gesicht dieses disziplinierten, wohlerzogenen jungen Mannes; es sieht aus, als hätte er sich für einen Kostümball als Landstreicher verkleidet. Außerdem wirkt er irgendwie verlangsamt und stumpf, wie unter Alkohol- oder Rauschgifteinfluss, was die Sache noch schlimmer macht.

»Schauen Sie nur, wie Sie daherkommen!« Werner mustert ihn scharf. »Zugerichtet wie eine Vogelscheuche aus den siebziger Jahren! Sogar mit Gummilatschen!«

»Entschuldigen Sie, Herr Reitt...« Matthias ist bestürzt, er versucht, sein T-Shirt mit den Händen glattzustreichen. »Leider konnte ich nichts Besseres auftreiben.«

»Aber sicher, so können Sie noch einen kleinen Beitrag zu meinem Image leisten! Genau das, was ich jetzt brauche!« Werner geht mit wütenden Schritten zur Terrassentür, dann kehrt er um. »Und Sie kommen *Stunden* zu spät, schon zum zweiten Mal!«

Selten hat Brigitte Matthias so um eine Antwort verlegen gesehen. Gewöhnlich ist er zuverlässig, pünktlich und clever; sein einziger Fehler ist vielleicht sein Übereifer. Nicht umsonst hat Werner ihn unter den sicherlich vielen Anwärtern für diesen Posten als persönlichen Assistenten ausgewählt.

»Wie rechtfertigen Sie Ihre unentschuldbare Verspätung?!« Werners furchterregendes Geschrei hallt zwischen den kahlen Zimmerwänden wider.

»Es tut mir außerordentlich leid, Herr Reitt...« Mit gesenktem Kopf studiert Matthias die Fußbodenkacheln.

»Und wann hätten Sie sich endlich bequemt heraufzukommen, wenn ich Sie nicht auf der Terrasse beim Saufen erwischt hätte?!«

»Ich habe nur versucht, mich zu erholen, Herr Reitt.« Matthias ist in kläglicher Verfassung, aber es ist wahrhaftig unfassbar, dass er sich in einem so dramatischen Augenblick einfach auf die Terrasse setzt und trinkt.

»Erholen?! Wovon denn?! Davon, dass Sie in Kleidern mit Ihren Freunden im Meer gebadet haben?!«

»Ich habe nicht *freiwillig* gebadet, Herr Reitt...«

»Ach nein? Man hat Sie gezwungen? Sie armer Junge! Hat man Sie trotz Ihrer verzweifelten Gegenwehr ins Wasser gezerrt?« Werner überragt ihn um einiges, was das hierarchische Gefälle zwischen ihnen noch verstärkt.

»Das große Motorboot hat mein Bötchen gerammt, es ist auseinandergebrochen... Und dann musste ich die zwei älteren italienischen Gäste aus dem Wasser ziehen, die beinahe ertrunken wären...«

»Oho, da steht also ein wahrer Held vor uns!« Selbst angesichts dieser überraschenden Mitteilungen ändert Werner sein Verhalten um keinen Deut. »Und wir dachten schon, wir hätten es mit einem versoffenen, säumigen Taugenichts zu tun. Dabei war der junge Mann damit beschäftigt, betagte Schiffbrüchige vor dem Ertrinken zu retten! Bravo! Man müsste ihm einen Orden verleihen, anstatt ihm Vorwürfe zu machen!«

»Werner.« Brigitte Reitt fühlt sich moralisch verpflichtet, den Assistenten in Schutz zu nehmen. »Wenn er einen Unfall mit dem Boot hatte, erklärt das doch alles...«

»Überhaupt nichts erklärt das!« Werner schaut von ihr zu Matthias wie von einem Feind zum anderen. »Falls ihn wirklich das Motorboot gerammt hat, dann soll er mir mal erklären, was zum Teufel er da mit seiner Nussschale gemacht hat, anstatt hier zu sein, wo er schon längst erwartet wurde!«

»Ich... äh, ich wollte etwas nachsehen...«, stottert Matthias. Brigitte würde ihn gern in Schutz nehmen, aber das ist wirklich schwierig, solange er sich so verhält.

»Was denn nachsehen? Wo Sie sich am besten in die Sonne legen könnten?« Werner hat sein sarkastischstes Lächeln auf den Lippen. »Übrigens, nebenbei gesagt, Sie glauben doch hoffentlich nicht, dass ich für den Schaden an dem Boot auch noch aufkommen werde?«

»Selbstverständlich nicht, Herr Reitt...« Matthias ist immer geknickter, immer niedergeschlagener. »Ich habe auch das iPad verloren, im Wasser ...«

»Aha, wunderbar, so haben wir jetzt nicht einmal mehr einen Computer!«, explodiert Werner. »Und das Telefon? Das werden Sie ja hoffentlich noch bei sich haben.«

Matthias schüttelt den Kopf. »Das ist auch weg ...«

»Mit sämtlichen wichtigen Nummern, die darauf gespeichert waren?!«

»Ja... Auch mit allen meinen persönlichen Sachen, Fotos, Musik ...«

»Was geht mich Ihre Musik an, Sie Trottel! Es ist unerhört, dass Sie die Dreistigkeit haben, das auch nur erwähnen!«

»Nein, ich meinte ja nur ...« Matthias senkt erneut den Kopf und betrachtet angestrengt den Boden.

»Sie können jetzt also mit niemandem mehr Kontakt aufnehmen?« Werner empfindet nicht das geringste Mitleid mit ihm, er behandelt ihn, als sei es eine unverzeihliche, persönliche Niederträchtigkeit, dass er alle seine Sachen im Meer verloren hat.

»Nein, Herr Reitt, im Augenblick nicht.«

»Dann sind Sie jetzt komplett nutzlos für mich! Sie hätten genauso gut auf der Terrasse sitzen bleiben können, bei Ihren drogensüchtigen Alkoholikerfreunden!«

»Es tut mir außerordentlich leid, Herr Reitt ...« Der arme Matthias ist fix und fertig, er fühlt sich so schlecht, dass er nicht mehr weiß, was für ein Gesicht er machen soll. »Das Motorboot war schuld, es ist mit Vollgas auf mich draufgefahren, ohne zu schauen ... Das beweist schon die Tatsache, dass mein Boot auseinandergebrochen ist, einfach so ...«

»Das interessiert mich nicht im Geringsten!« Werner wird noch ungehaltener. »Ich möchte bloß wissen, was zum Teufel Sie gemacht haben, *bevor* Sie Ihr Boot zu Schrott gefahren haben! Hat Sie diese verdammte Mittelmeerinsel so infiziert, dass sich Ihr Pflichtgefühl und auch Ihr Ehrgefühl komplett verflüchtigt haben? Oder ist da noch etwas Schlimmeres, was ich wissen müsste?«

»Ich verstehe nicht, worauf Sie hinauswollen, Herr Reitt.« Matthias blickt auf seine Füße in den Gummilatschen.

»Ich meine die neuen Chancen, die Sie sich vermutlich ausgerechnet haben!« Werners Ton ist schneidend. »Die neuen Gesprächspartner, die Sie in der PEB gefunden haben! Deren Anweisungen Sie gewissenhaft befolgen, nehme ich an! Ihr Eifer wird zweifellos bald belohnt werden! Ich war ein Vollidiot, dass ich nicht sofort daran gedacht habe! Was hat man Ihnen denn versprochen?! Sagen Sie es mir! Ich verlange eine Antwort von Mann zu Mann, kein kindisches Gestammel!«

»Nichts hat man mir versprochen, Herr Reitt.« Matthias hebt den Kopf, sieht Werner in die Augen. Offenbar ist nun ein Limit erreicht, eine Untergrenze der persönlichen Würde, unter die er sich nicht drücken lässt.

Sogar Werner merkt es, trotz seines aufgeregten Zustands und seiner Wut, denn sein Ausdruck verändert sich. »Wie soll ich Ihnen das glauben, wenn Sie doch in Frankfurt so begeistert waren von der Idee dieser schmachvollen Flucht? Und angesichts Ihres unannehmbaren Verhaltens gestern und heute?«

Matthias fixiert ihn weiter, atmet mit geblähten Nasenflügeln. »Ich war immer auf Ihrer Seite, Herr Reitt. Immer.«

»Und was zum Teufel haben Sie dann da auf dem Boot gemacht, anstatt hier bei mir zu sein?«

Wieder streicht Matthias sein T-Shirt glatt, er ist sichtlich aufgewühlt. »Die Sache ist, Herr Reitt ... Ich glaube, ich habe einen Menschen getötet.«

Brigitte Reitt spürt, wie ihr schwindlig wird; sie stützt sich mit den Händen auf die Sessellehne, um nicht das Gleichgewicht zu verlieren.

Werner wird noch blasser, noch starrer. »Was zum Teufel reden Sie da?«

»Ich habe es für Sie getan, Herr Reitt.« Matthias versagt die Stimme. Er sackt aufs Bett, schlägt die Hände vors Gesicht.

Brigitte Reitt hat das Gefühl, sie sieht den letzten Rest der Welt zusammenbrechen, in der sie sich so viele Jahre mit Gewandtheit und Engagement bewegt hat, mal gelangweilt, mal zufrieden, manchmal mit dem Wunsch nach Abwechslung, aber stets mit der Vorstellung, dies sei der bruchsichere Behälter ihres Lebens. Jetzt bleibt von diesem Behälter nichts mehr übrig; ihr ist, als sei sie in eine Paralleldimension gestürzt, wo nichts mehr so ist, wie es sein sollte, wo der treue, zuverlässige Matthias, der unzählige Male zu ihnen zum Essen gekommen ist und schon beinahe zur Familie gehörte, sich für ihren Mann in einen Mörder verwandelt. Sie geht um den Sessel herum, lässt sich hineinfallen, sieht die beiden Männer fassungslos an, wie zwei Außerirdische.

»Was ist das jetzt für eine Geschichte?« Werner fällt erneut über Matthias her. »Was zum Teufel faseln Sie da? Wo soll das passiert sein? Wann?«

Matthias hält sich weiter die Hände vors Gesicht, als wollte er sich vor zu vielen Erklärungsforderungen schützen.

»Wollen Sie gefälligst antworten, zum Donnerwetter?!« Werner drängt ihn. »Wann soll das passiert sein?!«

Matthias schiebt die Hände hoch zu den Schläfen, wodurch sich seine Gesichtshaut strafft und er aussieht wie ein unschuldiges und zugleich schuldiges großes Kind. »Gestern früh.«

»Wo? Wie?« Werner lässt nicht locker. »Reden Sie, Baumgartner!«

Matthias lässt die Hände sinken, versucht tief zu atmen, aber es gelingt ihm nicht. »Als ich mit meinem Bötchen ankam, habe ich ein graues Schlauchboot gesehen, das vor den Felsen ankerte. An der Küste war ein Mann mit einem Fotoapparat samt riesigem Teleobjektiv.«

Jetzt schweigt Werner, sein Ausdruck ist völlig verkrampft.

»Ich habe sofort gedacht, dass er hergekommen war, um Sie heimlich zu fotografieren.«

»Das ist durchaus möglich.« Werner schaut zum Fenster. »Ein paar schöne Bilder des Flüchtlings, wie er zwischen diesen grässlichen Felsen herumirrt, wären sicher ein Scoop.«

»Werner, du bist kein Flüchtling...« Brigitte Reitt bemüht sich, seine Vehemenz etwas zu dämpfen. Aber warum eigentlich? Ist denn hier noch etwas zu retten?

»Und dann?« Erneut fällt Werner über Matthias her. »Was haben Sie dann gemacht?«

»Ich bin auf die Felsen geklettert.« Matthias' Stimme zittert. »Ich bin dem Fotografen entgegengetreten, habe versucht, mir die Speicherkarte mit den Fotos aushändigen zu lassen. Aber er hat angefangen, mich zu beschimpfen und zu stoßen, da habe ich ihm instinktiv auch einen Stoß gegeben. Er ist ausgerutscht und hingefallen, mit dem Hinterkopf aufgeschlagen und regungslos liegen geblieben.«

»Und dann? Was haben Sie dann gemacht?« Werner sieht ihn an wie ein Raubtier, erbarmungslos.

Matthias nimmt den Kopf zwischen die Hände, starrt auf den Fußboden. »Ich haben ihn da liegen lassen und den Fotoapparat ins Meer geschmissen.«

»Warum?«

»Ich dachte, wenn zufällig irgendjemand die Fotos sieht, könnte er die Sache mit Ihnen in Zusammenhang bringen...«

»Und dann?«

»Dann bin ich zu Ihnen heraufgekommen.«

»Ohne mir ein Wort zu sagen? Ohne mich über das kleine, unbedeutende Detail zu informieren, dass mein Assistent zum Mörder geworden ist?«

»Es war kein Mord, Herr Reitt.« Matthias' Stimme klingt gebrochen. »Es war ein Unfall. Der Fotograf ist ausgerutscht. Ich schwöre es bei meiner Ehre.«

»Und liegt die Leiche noch dort auf den Felsen? Wollten Sie das mit Ihrer Nussschale kontrollieren, als das Motorboot Sie gerammt hat?«

»Nein!« Matthias rauft sich die Haare. »Ich meine, ja, ich bin vorbeigefahren, um nachzusehen, aber der Fotograf war nicht mehr da. Und das Schlauchboot auch nicht.«

Werner gibt einen kehligen Laut von sich, dreht sich um sich selbst. In seinen Augen glimmt ein Licht, das auch Brigitte nur wenige Male an ihm gesehen hat, ein mineralischer Reflex seiner harten Gedanken, unzugänglich für jede Gefühlsregung.

»Könnte er nicht zu sich gekommen und weggefahren sein?« Brigitte Reitt ist bewusst, dass ihre Hoffnung nicht sehr realistisch ist, aber sie liegt immerhin im Bereich des Möglichen. »Wenn auch das Schlauchboot weg ist...«

»In welchem Zustand war denn dieser verdammte Fotograf, als Sie gegangen sind?« Werner lässt Matthias keine Ruhe.

»Er rührte sich nicht...«

»Aber hat er noch geatmet? Das haben Sie doch hoffentlich kontrolliert, bevor Sie ihn da haben liegen lassen!«

»Ich glaube nicht.« Matthias schüttelt den Kopf. »Es war Blut an dem Felsen, wo er mit dem Kopf aufgekommen war. Seine Augen standen weit offen...«

»Er könnte ja auch ohnmächtig geworden sein.« Brigitte Reitt versucht immer noch, einen Hauch Optimismus zu verbreiten, obwohl es sie unendlich viel Kraft kostet. »Vielleicht war er betäubt von dem Aufschlag...«

Matthias sieht sie an, als wollte er sich verzweifelt an ihre Worte klammern, dann schüttelt er langsam den Kopf.

Werner hört gar nicht mehr zu, geht wieder hin und her. »Der Fotograf ist sicher nicht aus eigenem Antrieb hergekommen.«

»Nein?« Brigitte Reitt beobachtet ihn: den kämpferischen, furchterregenden Hüter von Wahrheiten, zu denen sie niemals Zugang hatte in all den Jahren ihrer scheinbar soliden Ehe.

»Das liegt doch auf der Hand! Er ist hergeschickt und dann wieder abgeholt worden, ob lebendig oder tot, spielt für uns keine Rolle.«

»Wer sollte ihn denn hergeschickt haben?« Brigitte Reitt schaudert beim Ton ihres Mannes, bei der Idee, dass aus seiner Sicht der Tod eines Menschen keine Rolle spielt.

»Jemand, der wusste, dass ich hier bin!« Erneut wendet sich Werner an sie wie an eine Feindin. »Der mich hierher *verbannt* hat und dabei auf die Zeit und die Unterstützung von zwei willigen Komplizen wie euch zählen konnte.«

»Herr Reitt, ich habe mir nur erlaubt, Ihnen zuzuraten, weil –«

»Was für ein simpler Plan!«, fällt ihm Werner ins Wort. »Selbst ein Kind könnte ihn durchschauen!« Er kann nicht stillhalten, geht auf und ab, auf und ab. »Schritt eins, unter dem Vorwand, mich dem Druck der Medien entziehen zu wollen, überredet man mich, auf eine abgelegene Insel zu reisen, und nimmt mir so jede Möglichkeit, wirksam zu reagieren. Schritt zwei, unter dem Vorwand, mich zu schützen und die Bank nicht hineinzuziehen, kappt man mir alle Verbindungen. Schritt drei, man vereitelt absichtlich jeden Versuch, die Sache privat zu regeln. Schritt vier, man erfindet einen Dadakangurblog, um den kompromittierenden Bildern die größte Verbreitung zu ermöglichen. Schritt fünf, man lässt mich auf der Insel fotografieren, um der öffentlichen Meinung den sichtbaren Beweis zu liefern, dass ich, anstatt mich energisch und mit Würde zu verteidigen, feige in südlichen Gefilden untergetaucht bin und Sonne und Meer genieße. Das einzige wirklich Erstaunliche an all dem ist, dass ich darauf hereingefallen bin! Dass ich vergessen habe, dass man in jedem Krieg vor allem auf Rückendeckung achten muss!«

»Werner...« Brigitte Reitt hat sogar Mühe, seinen Namen auszusprechen, so fremd ist er ihr. Es macht sie rasend, dass sie dennoch hier ist, wie jedes Mal, und sich um ihn kümmert, die blöde treue Ehefrau, die sich bereitwillig opfert, um die Missetaten ihres Gatten zu decken, dessen Opfer sie selbst geworden ist. »Du redest immer wieder von Verschwörung und Kriegen, dabei ist alles viel banaler! Du bist eineinhalb Jahre mit der besten Freundin unserer Tochter ins Bett gegangen, und sie hat sich am Ende als das erwiesen, was sie ist, eine kindische, verantwortungslose Göre, die aus Rache für dein nachlassendes Interesse eure gemeinsamen Fotos an die Öffentlichkeit bringt. Und diese Fotos werden unweigerlich dein Image zerstören und die PEB zwingen, sich von dir zu distanzieren! Das ist alles! Da gibt es keinerlei Komplott! Keinerlei Krieg! Nur die unendliche, unentschuldbare Abscheulichkeit deines Verhaltens!«

Werner weicht zurück, als hätte sie ihn hinterrücks mit dem Dolch bedroht; in die Enge getrieben, wartet er, dass die kalte Wut in ihm hochsteigt. Das kann er auf Kommando, sie weiß es: Er kann sich einbilden, dass er in allem recht hat und der andere nur unrecht, und dann handeln, als sei er dazu befugt durch eine höhere Macht (die Rationalität, die Regeln der Weltwirtschaft, das Gesetz des Dschungels, der Gott der Nibelungen). Und tatsächlich, schon geht er mit ungebremster Aggression in der Stimme zum Gegenangriff über: »Ich bin mit niemandem ›ins Bett gegangen‹! Ich habe eine hochspirituelle Beziehung zu einer edlen reinen Seele gehabt! Ich bereue nur, dass ich sie abgebrochen habe! Und ganz gewiss nicht aus ›nachlassendem Interesse‹, wie du behauptest! Mein Interesse hat überhaupt nicht nachgelassen! Es war ein Akt unverzeihlicher Feigheit! Begangen im Namen sinnloser Konventionen und in der Vorstellung, eine Ehe zu retten, die längst gestorben ist!«

»Ich verbitte es mir, dass du so in der Öffentlichkeit mit mir redest!« Brigitte Reitt fühlt sich fast mehr von der Konventionalität ihrer eigenen Antwort gedemütigt als von Werners Worten, doch sie ist so erschüttert, dass ihr nichts Besseres einfällt. Sie würde sich gern freier ausdrücken, näher an ihrem Gefühl, aber sie weiß nicht wie.

»Gewöhn dich dran: Alles aus unserem Leben wird an die Öffentlichkeit gezerrt werden!« Werners Stimme ist unerträglich feindselig.

»Das tut es längst! Aber weil *du* dich so verhalten hast, nicht wegen irgendeiner Verschwörung! Ich kann es nicht fassen, dass du das nicht kapierst!«

»Wie absolut hinterhältig du bist!« Werners Groll ist blind und taub, das letzte Bollwerk. »In solchen Augenblicken zeigt sich der wahre Charakter der Menschen!«

»Wie kannst du es wagen, mich als hinterhältig zu bezeichnen?!« Vor Wut und Frust füllen sich ihre Augen mit Tränen: Ihr Verständnis, ihre Loyalität und ihre Hilfsbereitschaft lösen sich in Luft auf; sie beginnt, diesen Mann zu hassen, der ihr Ehemann war, sie hasst ihn schon jetzt!

Matthias erhebt sich vom Bett, er hält es nicht mehr aus.

»Wo wollen Sie hin, Baumgartner?!« Werner stoppt ihn. »Glauben Sie etwa, die Leute, die diese ganze Maschinerie in Gang gesetzt haben, um mich zu zerstören, werden sich die Geschichte mit dem Fotografen entgehen lassen? Der Assistent als Mörder: wirklich der krönende Abschluss! Es wird heißen, dass ich Sie angestiftet habe, da besteht kein Zweifel!«

»Herr Reitt, bitte...« Matthias weiß nicht mehr aus und ein, er steht kurz vor dem endgültigen Zusammenbruch.

»Apropos hinterhältig: Ist es etwa nicht hinterhältig, dass du dich nun mit ihm anlegst?« Brigitte Reitt kann nicht umhin, Matthias erneut zu verteidigen. »Er hat es nur getan, um dich zu schützen, und ich bin sicher, dass er keine Absicht hatte, dem Fotografen etwas anzutun. Es war ein Unfall, siehst du nicht, wie durcheinander er ist?«

»Aber natürlich!« In Werners Ausdruck liegt null Verständnis. »Ein Unfall, der, nebenbei gesagt, nicht einmal angezeigt wurde! So haben wir es jetzt auch noch mit einem Toten zu tun, der im Nichts verschwunden ist! Womit man mich nun noch zusätzlich unter Druck setzen kann!«

Es klopft an der Tür. Matthias zuckt zusammen, wird noch blasser. Werner schaut zum Eingang, als bereite er sich auf sein letztes Gefecht vor. Mit stechendem Blick schaut er von einem zum anderen. »Kein Wort über diese Geschichte. Zu niemandem.«

Brigitte Reitt und Matthias nicken. Was bleibt ihnen schon anderes übrig.

Es klopft immer weiter, immer beharrlicher.

Da die beiden Männer sich nicht rühren, geht schließlich Brigitte öffnen.

Draußen steht sichtlich verlegen Perusatos Assistentin Lucia. »Guten Tag, Signora Reitt. Der Abgeordnete Gomi wäre jetzt da, für Ihren Mann. Er ist soeben eingetroffen.«

Brigitte Reitt übersetzt für Werner, der sie vom anderen Ende des Zimmers fragend ansieht.

»Ich habe nicht die geringste Absicht, irgendwen zu treffen«, knurrt er steif und starr.

»Er ist extra hergekommen, Werner.« Auch Brigitte Reitt ist starr. Sie zittert vor Anspannung. »Ich habe ihm gesagt, dass du ihn empfangen würdest.«

Er wirft ihr einen außerordentlich bösen Blick zu. »Ich weiß wirklich nicht, wie ich dir danken soll.«

»Ja, tatsächlich, das solltest du.« Sie ist nicht mehr in der Stimmung, sich von seinem Benehmen einschüchtern zu lassen: Sie fühlt sich nicht mehr von ihm abhängig, das ist neu. »Besser, du triffst dich mit einem hochrangigen italienischen Politiker, als dass du den Eindruck vermittelst, du seist auf der Flucht. Oder damit beschäftigt, Spuren zu verwischen.«

Werner ist fahl vor Zorn, aber er weiß, dass sie recht hat, und schweigt.

»Sagen Sie ihm, dass mein Mann ihn erwartet, er soll ruhig kommen.« Brigitte ringt sich ein Lächeln ab.

Lucia verabschiedet sich mit einem halben Knicks und eilt davon.

Brigitte Reitt greift nach Sonnenbrille und Hut und geht erneut zur Tür.

»Wo willst du hin?« Werner hat sich in der hintersten Ecke verschanzt, seine Augen funkeln.

»Zum Mittagessen. Matthias, Sie dolmetschen für ihn, nicht wahr?«

Matthias nickt, obwohl man deutlich sieht, dass er tausendmal lieber mit ihr ginge, um hier wegzukommen. »Selbstverständlich, Frau Reitt.«

Werner sagt nichts, er starrt sie an, als erlebte er gerade den soundsovielten unverzeihlichen Verrat.

Brigitte Reitt geht hinaus. Das helle Licht und der Wind, der ihr ins Gesicht weht, sind wie ein unerwarteter Balsam. Sie atmet tief ein und fühlt sich schon etwas erleichtert, trotz aller Verletzungen und Ängste, die sich in ihr angestaut haben.

48

Nun, das zeigt, wie wichtig bescheidene, hartnäckige Ausdauer für einen Politiker ist, wenn er einen Plan umsetzen will. Einige wären an seiner Stelle sofort beleidigt gewesen wegen Werner Reitts Verhalten und hätten ihn ein für alle Mal zum Teufel gejagt. Andere hätten angesichts des unerträglichen physischen und psychischen Unwohlseins auf der Überfahrt von Lampedusa aufgegeben. Natürlich hat er auch seine Schwächen – er ist ja auch nur ein Mensch –, doch eine der Gaben, die ihn, Piero Gomi, auszeichnen, ist sein Weitblick. Den Gedanken über das Hindernis hinausfliegen zu lassen, wie Kardinal Tescari auf der letzten Italienischen Bischofskonferenz gesagt hat. Im ersten Moment ärgert einen die Arroganz eines Plutokraten, der sich für allmächtig hält, klar, aber beim zweiten Hinsehen zuckt man die Achseln, schließlich geht das Projekt weit über solche zufälligen kleinlichen Gefühle hinaus. Es handelt sich nicht um opportunistisches Kalkül oder Machiavellismus; vielmehr um die Fähigkeit, an das eigentliche Ziel zu denken und sich nicht ablenken zu lassen. Piero Gomi hat, in aller Bescheidenheit, eine ansehnliche Reihe von Erfolgen vorzuweisen, die diese Philosophie bestätigen; und auf der anderen Seite ist das Parlament voller Nieten, die wegen ihrer kurzsichtigen Gier nach unmittelbarer Bestätigung dazu verurteilt sind, immer Nieten zu bleiben. Gebt ihnen einen Sitz und einen Titel, womit sie angeben und ihre Brieftaschen füllen können (am besten beides), gebt ihnen den Vorsitz einer Kommission, schickt sie in ein paar Talkshows, und schon sind sie Vollzeit damit beschäftigt, sich selbst zu spielen, und glücklich, dass ihr Name im Programm steht. Jeder mit seiner Rolle: der Dickwanst, der Kahlkopf, der Blonde mit der operierten Nase, die, die keinen einzigen Konjunktiv richtig hinkriegt, selbst wenn man sie dafür bezahlte, der mit dem starken römischen Akzent, der mit dem krassen venezianischen Akzent, der, der schielt, der, der lispelt, die, die bei den Fragen nie zuhört, der, der immer herumschreit, der, der lacht wie ein Zombie, der, der sich fünf Minuten lang ununterbrochen wiederholt. Sie denken, sie hätten es wer weiß wie weit gebracht, weil die Leute sie auf der Straße erkennen, weil ein paar Komiker sie in einigen Kabarettsendungen nachäffen, weil sie in manchen Restaurants die Rechnung nicht bezahlen müssen, weil es einige Juweliere gibt, die ihnen eine Aufmerksamkeit für die Gattin schenken, weil gelegentlich eine kleine Schauspielerin oder angehende Moderatorin zu ihnen ins Bett schlüpft, weil es ein paar Bauunternehmer gibt, die ihnen gratis die Wohnung restaurieren, aber so kommen sie bestimmt nicht vorwärts. Sie reden und reden, zeigen sich selbstzufrieden in der Öffentlichkeit und merken nicht, dass die wirklich wichtigen Entscheidungen über ihre Köpfe hinweg getroffen werden, immer. Erst am nächsten Morgen erfahren sie durch die Presseagenturen etwas davon und müssen dann angestrengt so tun, als wüssten sie schon alles.

Nun, er hat sich, ehrlich gesagt, von Anfang an etwas ehrgeizigere Ziele gesetzt. Nicht dass er aus angeborener moralischer Integrität unempfänglich wäre für die Versuchungen der Politik. Bis jetzt hat er noch niemanden, aber gar niemanden getroffen, der wirklich über alles erhaben wäre. Die Versuchung lauert überall, auch für die aus reichem Haus, auch für Leute, die einen einträglichen Beruf ausgeübt haben, bevor sie in die Politik gegangen sind. Auch für die Mitglieder der Subalpinen Bewegung, die sich als unbestechliche Hardliner aufspielten, bevor sie im Parlament saßen, mit ihren Slogans gegen Rom, das korrupte Zentrum aller Laster. Dann sind sie gewählt worden und ins lasterhafte Rom gekommen, und nach wenigen Monaten hatten sie schon alle ihr Pied-à-terre und ihr TV-Showgirl. Sie haben nicht lange gebraucht, um zu entdecken, dass ein Seebarsch in Folie besser schmeckt als eine gekochte Fleischwurst, ein auf einer herrlichen Piazza geschlürfter Bellini feiner ist als ein in finsteren Spelunken gekippter Grappa, ein edles, maßgeschneidertes Jackett besser sitzt als eines aus dem Kaufhaus und 18 Grad plus im November angenehmer sind als 10 Grad unter null. Nach kürzester Zeit gefiel es ihnen im lasterhaften Rom ausgezeichnet, auch wenn sie das ihren Wählern in den Tälern von Varese und Bergamo oben in der Lombardei natürlich nie gestanden hätten. Doch dass die dämlichen Kinder ihres Parteisekretärs wie die Verwandten von Muammar al-Gaddafi gelebt haben, ist ziemlich eindeutig herausgekommen, so ein Pech, und das hat ihre Glaubwürdigkeit bei der Wählerbasis ein wenig angeknackst. Außerdem gehen diejenigen, die den Versuchungen der Politik nachgeben, ja nicht diskret und in aller Stille vor: Leider erliegen sie dem unwiderstehlichen Bedürfnis, alles zur Schau zu stellen. Sie brüsten sich, geben an mit den Häusern, den Büros, den Autos, dem Begleitschutz, den kostbaren Uhren. Das Offshore-Konto auf den Cayman Islands verschweigen sie vielleicht, aber alles andere dient der Prahlerei, das ist offensichtlich.

Dass die Politik eine Droge ist, weiß jeder, und auch wenn er selbst (um Gottes willen) niemals Drogen genommen hat, zweifelt er nicht daran, dass sie die allerstärkste ist und absolut süchtig macht. Er erinnert sich noch genau daran, wie er zum ersten Mal »Onorevole« – Herr Abgeordneter – genannt wurde: an den Schauer, den er gespürt hat, bis auf die Knochen. Er hatte sich gefühlt wie im Traum, als gehe er fünf Zentimeter über dem Boden. Es war eine Anerkennung, eine Weihe, hundertmal besser als der Hochschulabschluss. Dann kamen allmählich die praktischen Aspekte seiner neuen Lage zum Vorschein, und ehrlich gesagt, war ihm gar nicht bewusst, was das alles bedeutete,

Grundgehalt, Zulagen, Kostenerstattung, Leibrente, Versicherungen, Restaurant, Friseur, Zahnarzt, Züge, Flüge, Autobahn, Museen gratis, Rabatt auf praktisch alles, von den Autos bis zu den Möbeln, ja sogar auf die Wohnungen, die wie durch ein Wunder ein Zehntel von dem kosteten, was normale Menschen bezahlen. Und das war nur der Grundstock, der Sockel, zu dem die zahllosen Gefälligkeiten und Sonderkonditionen hinzukamen, die einem jeder wie auf Zauberkommando einräumte, einfach so. Plötzlich häuften sich die Angebote, man stand zu seiner Verfügung, wartete auf Anweisungen, lud ihn zu Film- und Theaterpremieren ein, machte ihm auch tückische Vorschläge (die er natürlich ablehnte), auch peinliche Geschenke (die er natürlich ebenfalls ablehnte). Man musste nichts verlangen (nie hätte er etwas verlangt!), das Angebot kam immer vor der Nachfrage. Das war berauschend, klar: Die ersten Male, als er zu Parlamentssitzungen nach Rom fuhr, konnte er es kaum glauben, dass er, der einstige lombardische Junge aus ehrlicher, bescheidener Familie (nicht arm, das nicht, aber sagen wir aus dem mittleren Kleinbürgertum), sich in dieser großartigen Szenerie bewegte, mit Säulen, Bögen, Kuppeln, nachts beleuchteten Glockentürmen, majestätischen Höfen und Terrassen, die auf Dächer und Sterne hinausgingen. Die Stadt der Cäsaren, *mamma mia*, die Stadt der Päpste, *Caput Mundi*. Er war voller Ehrfurcht vor der Geschichte, voller Bewunderung für diejenigen, die sich in der Gegenwart sicher und gewandt darin bewegten. Er hätte, wie die meisten seiner Kollegen, auf dieser Stufe stehenbleiben und sich damit begnügen können, sozusagen am Honig der Politik zu saugen, für die Partei und für sich selbst zu arbeiten, ohne sich das Leben sonderlich schwerzumachen, einfach genießen, was ihm der Herrgott und der Präsident Buscaratti gegeben hatten, seinen Dienst leisten, Vermögen anhäufen, sich und seiner Familie ein angenehmes Leben sichern.

Doch der Abgeordnete Piero Gomi, in aller Bescheidenheit,

im vollen Bewusstsein seiner Grenzen, ist in die Politik gegangen, weil er dachte, er könne für sein Land etwas Bedeutenderes tun. Das ist der Unterschied zwischen ihm und den meisten seiner Kollegen: die Fähigkeit, zwischen dem Ei heute und dem Huhn morgen zu wählen, oder besser: zwischen dem Ei heute und der ganzen vorbildlichen Hühnerfarm morgen (keine besonders brillante Metapher, stimmt schon, aber sie bringt doch den Unterschied zwischen dem bloßen Nutzen der unmittelbaren Vorteile und der Fähigkeit, in größeren Zusammenhängen zu denken, zum Ausdruck). Gewiss, um eine politische Vision zu entwickeln, braucht man Geduld, Demut, Methode, Ausdauer. Eine Vision wie Don Sturzo, Alcide De Gasperi oder, wenn wir nach Deutschland blicken wollen (da wir nun schon dabei sind), Helmut Kohl. Ihm ist, als sähe er schon den üblichen Zyniker (aus dem Zentrum, der Rechten, der Linken, das ändert nichts, sie sind alle aus dem gleichen Stoff), der die Hand hebt und sagt: Oho, was für hochfliegende Ambitionen, Piero Gomi vergleicht sich mit Helmut Kohl. Aber Entschuldigung, ist Helmut Kohl vielleicht nicht auch deshalb Helmut Kohl geworden, der Urheber des großen wiedervereinigten Deutschlands, der Schöpfer des Euro und der Europäischen Gemeinschaft, weil auch er sich am Anfang mit einem der Großen verglichen hat?

Was die meisten seiner Kollegen am Weiterkommen hindert, ist nämlich, dass sie nicht fähig sind, sich erhabene Vorbilder zu suchen, und sich damit begnügen, mit ein paar kleinen Schiebereien und Tricks vor sich hin zu leben. Etwa ein neues Parteiensymbol, zum geeigneten Zeitpunkt in einer halben Stunde erfunden, eine lästige Gesetzesänderung, die beantragt und sofort zurückgezogen wird, um sich einen Pluspunkt zu verschaffen, ein plötzlicher Gesinnungswandel am Abend vor einer wichtigen Abstimmung. Immer nach einer kurzsichtigen Logik, von heute auf morgen, man schnappt sich das Stückchen Käse und trägt es eilig in sein Mauseloch zu den anderen, schon dort angehäuften Stückchen. Immer mit dem Risiko, sich das Genick zu brechen, falls zufällig eine der wirklich gefährlichen Fallen zuschnappt. Andererseits ist es besser so, sonst wären jetzt noch Dutzende anderer italienischer Politiker hier auf Tari. Es hätte eine Art Massenlandung gegeben, eine Heuschreckenplage, sozusagen.

Piero Gomi erinnert sich an das erste Mal, als er bei Luigi Buscaratti zum Abendessen eingeladen war, vor wer weiß wie vielen Jahren (ein ganz normales Essen, elegant, freundschaftlich, keine Gelage und keine Orgien zum Abschluss, das wäre ja noch schöner). An die Aufregung, als er an den Autos mit blinkenden Blaulichtern vorüberging, durch den Kordon hünenhafter Bodyguards, die im malerischen Licht der Hoflampen vor dem Eingang standen, die grandiose Freitreppe des alten, perfekt restaurierten Palazzos hinaufschritt in die riesigen Säle mit Spiegeln und Lüstern, zwischen weißbehandschuhten Kellnern. Er erinnert sich an die Herzlichkeit des Präsidenten Buscaratti, wie er ihn gleich gebeten hat, ihn Gigi zu nennen, um ihm zu signalisieren, dass er bereit war, ihm zu vertrauen und ihn in seinen engsten Kreis aufzunehmen. »Du hast ein gutes offenes Gesicht«, sagte er mit seinem unwiderstehlichen Lächeln zu ihm. Das gab Piero Gomi das Gefühl, ein höheres Niveau erreicht zu haben, vom anfänglichen Traum in einen noch größeren, innigeren Traum eingetreten zu sein, der ihn begeisterte und elektrisierte. Es war ein wahrer Seelenhöhenflug, so wie wenn man sich verliebt. Ein bisschen wie damals, als er im dritten Studienjahr seine zukünftige Frau Giovanna kennengelernt hat und nur noch an sie denken konnte, als er dieses permanente Fieber spürte, diese Schmetterlinge im Bauch, die einem den Hunger und auch den Schlaf rauben. Sogar noch stärker (ohne Giovanna irgendwie zu schmälern, aber das weiß sie ja, sie versteht es, sie kennt ihn durch und durch und ist gewiss nicht eifersüchtig auf seine Mission). Tausendmal stärker, um ganz ehrlich zu sein. Er hatte sich rettungslos in die hohe Politik verliebt, in ihre außerordentlichen Möglichkeiten zur persönlichen und öffentlichen Veränderung (und ja, auch in Präsident Buscaratti wegen seiner Freigiebigkeit, seiner Verve, seiner Fähigkeit, sich Dinge vorzustellen und sie zu verwirklichen). Damals, bei diesem ersten Abendessen, hat er begriffen, dass er weit über das hinauswollte, was er bisher gewesen war und getan hatte: Er wollte mehr Verantwortung tragen, größere Herausforderungen annehmen, weiter in die Zukunft blicken. Präsident Buscaratti (trotz seines Drängens hat er es nie geschafft, ihn Gigi zu nennen) hatte ihm von Anfang an signalisiert, dass Platz für ihn war, sozusagen ohne im Voraus festgesetzte Grenzen. Er hatte ihm zu verstehen gegeben, dass er das Kommando früher oder später an einen Jüngeren übergeben wollte, dem er wirklich vertraute, um endlich ohne Sorgen die verdienten Früchte seiner Arbeit zu genießen, und dass durchaus er, Piero Gomi, derjenige sein könnte, warum nicht? Pierino hatte er ihn überschwenglich genannt. »Unser Pierino.« Mit einer ihm ganz neuen Begeisterung (sein Herz klopfte vor Aufregung, seine Handflächen waren verschwitzt) hatte er geantwortet, er sei bereit, sich sofort mit Leib und Seele in die Arbeit für die Partei und das Land zu stürzen, mit aller Kraft, die der Himmel ihm schenken möge.

Nun gut, all dies, um sich zu erinnern, warum er unbedingt Werner Reitt auf Tari treffen will, der vermutlich abgelegensten, unzugänglichsten aller italienischen Inseln. Allein, ohne Begleitschutz, ohne Assistenten, ohne Imageberater, sogar ohne Dolmetscher ist er gekommen (die Frau von Werner Reitt spricht ja zum Glück sehr gut Italienisch), hat noch einmal seine Angst vor dem Wasser überwunden (an das Schauspiel der zwei havarierten Boote mag er gar nicht denken, ihn schaudert beim Gedanken an die Rückfahrt). Aber kein hochrangiger Politiker mit einer weitreichenden Vision kann davon ausgehen, dass es ihm je gelingt, sie ohne die Unterstützung der wahren Machtzentren umzusetzen. Das heißt, ohne die großen Banken, die großen internationalen Institutionen, die großen Medien etc. Das galt schon immer, und heute, in der globalisierten Welt, noch mehr. Das ist nun mal so, da kann man sagen, was man will. Andererseits schreckt ihn das Unterfangen nicht, seine Motivation ist ungebrochen. Etwas zu erreichen ist Teil seiner Arbeit, seines Engagements für das Gemeinwohl, inspiriert und erleuchtet vom Glauben an Gott. Als Sandro Scandrola (kein moralisch sehr integrer Mensch, zugegeben, aber mit einem Kontaktnetz, wie es die wenigsten haben, trotz aller bekannten Affären) ihm gesteckt hatte, dass Werner Reitt sich gerade auf Tari aufhalte, ist er ohne Zögern aktiv geworden, sofort. Kaum war das Telefonat beendet, hat er in aller Eile die Reise organisiert. Hochrangige Politik besteht auch in der Fähigkeit, unmittelbar zu reagieren, kurzfristig einen Plan auf die Beine zu stellen, die Gelegenheiten beim Schopf zu ergreifen. Werner Reitt im Urlaub zu treffen, entspannt, besänftigt durch das mediterrane Flair, ist tausendmal besser, als in Frankfurt untertänig um eine Anhörung im Bunker der PanEuropaBank zu betteln. Denn bei solchen informellen Treffen kann sich ein Einverständnis ergeben, eine gemeinsame Sichtweise, gegenseitige Achtung, vielleicht sogar die Basis für eine persönliche Freundschaft. Nun, auch hierzu braucht man Ausdauer (wie sich gezeigt hat), Bescheidenheit, eine Engelsgeduld, die Fähigkeit, Perspektiven zu sehen (auch das hat sich gezeigt). Aber alle diese Eigenschaften sind für einen Staatsmann unverzichtbar, Punkt.

Im Grund ist es sogar erholsam, sich mal wieder ohne Begleitschutz zu bewegen, wieder der Piero Gomi von einst zu sein, wie am Tag der Disputation seiner Doktorarbeit oder am Tag seines Eintritts in die Partei oder am ersten Tag im Parlament oder beim ersten Abendessen bei Präsident Buscaratti. Den Blick auf ferne Ziele gerichtet, beseelt von dem Bewusstsein, für das Allgemeinwohl zu handeln, für seine Wähler und auch für die, die ihn nicht gewählt haben. Für die Millionen von Menschen, die ehrlich arbeiten, im öffentlichen oder im privaten Dienst, in Nord-, Mittel- oder Süditalien, ob jung oder alt (das spielt alles keine Rolle), die alle den gleichen Wunsch hegen: in einem moderneren, ordentlicheren, effizienteren Land mit einem vernünftigen Verhältnis von Bruttoinlandsprodukt und Staatsverschuldung zu leben, wo dem Thema Familie die gebührende Aufmerksamkeit zukommt, das sich auf seine katholischen Wurzeln besinnt, ins Schulwesen (ob öffentlich oder privat, spielt keine Rolle) investiert, in eine unabhängige Presse, in die Verbreitung von Breitband-Internet (unverzichtbar, um mit den anderen westlichen Ländern Schritt zu halten). Da ist sie *in nuce*, Piero Gomis Vision, sein Programm. Zweifellos gibt es noch Dinge hinzuzufügen, er ist immer offen für konstruktive Vorschläge. Man braucht nur einen Blick auf seine interaktive Homepage zu werfen, wo Wähler oder auch einfache Bürger ihm jederzeit ihre Meinung mitteilen, einen Rat geben oder einen Vorschlag machen können.

Jedenfalls ist es jetzt so weit: Lucia, die Assistentin von Architekt Perusato, hat ihn an die Tür zur Suite des großen Finanzmannes geleitet. »Wenn Sie mich brauchen, sagen Sie Bescheid, Onorevole.« Sie deutet eine Verbeugung an und geht. Angesichts seiner fixen Idee, dass die Privatsphäre seiner Gäste um jeden Preis gewahrt bleiben muss, ist es von Vorteil, dass der Architekt an der Mole geblieben ist, um sein kaputtes Motorboot zu bergen. Piero Gomi klopft an die Tür, blickt sich um. Aufgeregt ist er, klar, aber das legt sich nach ein paar Minuten, und man gewöhnt sich an den Gedanken, endlich mit den starken Mächten auf du und du zu sein.

Die Tür öffnet sich, ein blonder junger Mann erscheint, gekleidet wie ein Hippie, schlabbriges T-Shirt, abgetragene Jeans, Gummischlappen, verwirrter Gesichtsausdruck.

»Entschuldigen Sie, ich muss mich geirrt haben.« Piero Gomi schaut nach rechts und links, sicher hat Lucia ihn aus Versehen zur Suite eines anderen Gastes geführt.

»Möchten Sie Dr. Reitt sprechen?« Überraschenderweise weiß der ungepflegte junge Mann Bescheid und mustert ihn. Ja, er ist Deutscher, so wie er den Namen ausspricht.

Piero Gomi fasst sich rasch: Wahrscheinlich ist das ein Sohn mit alternativen Anwandlungen (einschließlich Drogenkonsum), der gegen seinen bedeutenden Vater aufbegehrt. »Ist Ihre Mutter hier?«

Der junge Mann wirkt sehr erstaunt. »Nein, sie ist in München. Warum?«

Piero Gomi betrachtet ihn, er weiß nicht mehr recht, was hier gespielt wird.

Dem jungen Mann muss das Missverständnis klargeworden sein, denn er streckt die Hand aus: »Matthias Baumgartner, angenehm. Ich bin Dr. Reitts Assistent.«

»Ach so.« Wahrscheinlich, denkt Piero Gomi, ist es derselbe junge Mann, den Reitt gestern an der Mole zusammengestaucht hat. Aber warum hat ein Mann auf diesem Niveau bloß so einen Assistenten? Nun, vielleicht gehört dieser Aufzug ja zu ihrer Art, sich im Urlaub zu entspannen und jede Förmlichkeit abzulegen. Andererseits spricht der junge Mann ausgezeichnet Italienisch, vielleicht hat Reitt ihn deshalb mitgebracht.

»*Kommen Sie herein!*« Reitts heisere Stimme kommt aus dem Inneren der Suite.

Der Assistent macht eine einladende Handbewegung, er wirkt auch etwas wackelig auf den Beinen. Piero Gomi tritt ein: mit leichtem Herzklopfen, ehrlich gesagt, als betrete er die Höhle eines mythischen Drachen. Nur handelt es sich hier um einen modernen Drachen der Hochfinanz, der auch ein wichtiger Bündnispartner werden könnte, natürlich unter der Voraussetzung, dass er, Piero Gomi, keinen falschen Schritt tut, kein falsches Wort sagt, sich nicht an den Flammen verbrennt, die aus dessen Rachen kommen.

Werner Reitt steht kerzengerade in der Mitte des großen, lichtdurchfluteten weißen Zimmers, dessen Einrichtung die Gäste bestimmt exquisit finden wegen der erlesenen Schlichtheit (offenbar handgefertigte Einzelstücke der *arte povera*). Er ist keineswegs so leger wie sein Assistent gekleidet, im Gegenteil, sein Anzug ist von untadeliger Eleganz.

Da der Banker keine Anstalten macht, sich zu bewegen, tritt Piero Gomi vor und reicht ihm die Hand. »Piero Gomi, guten Tag. Sehr erfreut.« Vergessen wir die Unhöflichkeit des Bankers bei der gestrigen Begegnung auf der Treppe; was wirklich zählt, ist etwas ganz anderes, blicken wir nach vorn.

»Puontschohrno.« Reitts Akzent ist außergewöhnlich hart, begleitet von einem eiskalten Blick, ohne jede Wärme. Doch dass er ihm auf Italienisch geantwortet hat, muss zweifellos als Höflichkeit bewertet werden.

»*Danke.*« Piero Gomi versucht, sich in den Grenzen seiner Sprachkenntnisse zu revanchieren. Dann spricht er auf Italienisch weiter. »Danke, dass Sie eingewilligt haben, mich zu empfangen.« Unwillkürlich hebt er die Stimme und artikuliert die Worte möglichst deutlich, wie jedes Mal, wenn er mit einem Ausländer spricht.

Werner Reitt sieht ihn prüfend an, verstanden hat er wahrscheinlich nichts. Groß, aufrecht, militärische Frisur mit ausrasiertem Nacken, das, was man früher Façonschnitt nannte. Er ist einschüchternd, ja, das kann man nicht leugnen.

Zum Glück schaltet sich auf seine etwas schleppende Art sofort der Assistent ein, und übersetzt seinem Chef Gomis Worte.

»*Wollen Sie ein wenig spazieren gehen?*« Reitt zeigt so streng auf die Tür, dass es aussieht, als wolle er ihn rauswerfen.

Hastig dolmetscht der Assistent.

»Ja…« Gomi ist nicht ganz sicher: Soll er verschwinden, oder ist es die Einladung zu einem Gespräch im Gehen? »Gemeinsam?« (Eigentlich müsste er selbstbewusster auftreten, schließlich ist er ein Spitzenvertreter der Partei der Modernität, der schon viele wichtige Leute getroffen und eine Privataudienz bei Seiner Heiligkeit gehabt hat, und kein beliebiger Bittsteller aus den unteren Rängen; doch er spricht die Sprache nicht, und hinzu kommt das leichte Unbehagen, das jeder Italiener seit je vor einem Deutschen empfindet, die Beunruhigung, es mit einem Spitzenvertreter der wahren Machtzentralen zu tun zu haben, die Erinnerung an die keineswegs freundliche Reaktion von gestern: Wer wäre da nicht ein wenig befangen, zumindest am Anfang?)

»Selbstverständlich.« Der Assistent ringt sich ein gequältes Lächeln ab. Er blickt Reitt an und nickt.

Reitt geht schnurstracks zur Tür.

Piero Gomi und der Assistent folgen ihm hinaus und versuchen sich seinen großen Schritten anzupassen. Im blendend grellen Licht gehen sie den gepflasterten Weg hinauf.

»Also, warum wollen Sie mit mir sprechen?«, fragt Reitt, ohne sich zu ihm umzudrehen.

Der Assistent übersetzt rasch.

Piero Gomi räuspert sich, sammelt sich kurz und beginnt zu erklären, warum er sich bis hierher bemüht hat: seine Rolle in der Partei, seine langfristigen Pläne, sein Programm, seine Vision. Nach und nach wird seine Stimme sicherer, überzeugender. Und als er seine Sätze auf Deutsch hört, kommen sie ihm noch gewichtiger vor, einschneidender, unumstößlicher. Staatsmännischer sozusagen (bei aller Bescheidenheit).

Werner Reitt marschiert zügig voraus, dreht nur ab und zu kurz den Kopf zu ihm um für einen raschen Blick, wie ein Raubvogel. Doch offenbar hört er interessiert zu, fragt sogar gelegentlich nach. Vielleicht etwas schroff, aber sehr spezifisch, er verlangt Daten, exakte Informationen. Seine Intelligenz ist beträchtlich, keine Frage. Nicht zufällig hat er es so weit gebracht und ist der Kronprinz des gefürchteten Kunze geworden. Wie der direkt auf den Punkt zusteuert, schnell, knapp, präzise, zielsicher wie ein Scharfschütze, *mamma mia*. So einem kannst du nichts vormachen, der lässt sich nicht mit Allgemeinheiten und schönen Worten abspeisen. Der schaut dir sofort in die Karten, da hat er keinerlei Bedenken, er versteht alles, noch bevor du es ihm zu Ende erklärt hast, weiß er schon genau, worauf du hinauswillst; er kommt dir zuvor, unterbricht dich, treibt dich in die Enge.

Doch auch Piero Gomi ist nicht zufällig zu seinem Posten gekommen (in aller Bescheidenheit): Bringt ihn in Stress, und er reagiert glänzend, erhöht den Druck weiter, und er wird noch tüchtiger, schneller, überzeugender. Sicher, hier stehen sich zwei sehr gegensätzliche Kulturen gegenüber, die aber gerade wegen ihrer radikalen Verschiedenheit doch immer voneinander fasziniert waren. Professor Coriante hat ihm geraten, Goethe und dessen *Italienische Reise* zu zitieren: zu Recht, denn als er es tut, wirkt Reitt ziemlich beeindruckt, soweit man das bei einem solchen Mann erkennen kann. Sie haben auch ein paarmal Krieg gegeneinander geführt, mit Millionen von Toten, das lässt sich nicht leugnen. Die Anziehung und Abstoßung spürt man, und wie. Als Piero Gomi in der Europäischen Kommission war, hat er gesehen, wie sich die Deutschen den Italienern gegenüber verhalten, auch in der Europäischen Volkspartei. Man hat ständig den Eindruck, als fänden sie die Italiener lustig, ja, pittoresk, Liebhaber des guten Weins und der guten Küche und alles, aber grundsätzlich unzuverlässig, unfähig zu konkreten Taten, potentielle Wendehälse. Doch umgekehrt schlägt den Deutschen ebenso viel Misstrauen entgegen, denn es gibt keinen Italiener, der nicht einerseits die großen organisatorischen Fähigkeiten der Deutschen bewundert, ihre Leistungen in der Technik, ihre

Tiefe, ihre Systematik etc., aber andererseits immer auch von einer gewissen Schwerfälligkeit ausgeht, von der fürchterlichen Unerbittlichkeit, von der Arroganz der Klassenbesten in Europa, derjenigen, die allen anderen Zeugnisse ausstellen und ihnen auch auf die Finger klopfen. Mit ihrer fixen Idee vom Haushaltsausgleich, der Reduzierung der Staatsverschuldung, dem Sanierungswahn, *mamma mia*. Na gut, sie sind sozusagen die Mehrheitsaktionäre, aber trotzdem. Das Geschäker ihrer Kanzlerin mit dem französischen Präsidenten hinter Präsident Buscarattis Rücken lässt sich zum Beispiel nicht so leicht vergessen. Wie auch immer, im Augenblick zählt, dass die beiden Kulturen hier auf dieser gottverlassenen Insel einen Dialog miteinander führen. Ein kleines (aber potentiell großes) Wunder, echt. Der Kontakt ist hergestellt, ein interessantes Gespräch bahnt sich an, wenn auch im Rhythmus eines etwas gar zu energischen Spaziergangs.

Reitt verlässt den gepflasterten Weg, um auf dem grässlich dornigen Gelände weiterzugehen, Piero Gomi und der Assistent müssen sich anstrengen, um Schritt zu halten. Noch dazu trägt der Assistent Gummilatschen, wir sind zwar am Meer, aber dass Reitt einen so schlampigen Aufzug toleriert, ist wahrhaftig seltsam, *flip-flop, flip-flop,* trippelt er über die rote Erde, zwischen Steinen und Kakteen voller Stacheln. Auch Piero Gomi trägt natürlich nicht die richtigen Schuhe für eine Wanderung in der Wüste, sondern ein paar leichte Mokassins mit kurzen Söckchen aus feinster Baumwolle, die kaum bis zu den Knöcheln reichen. Und dabei gibt es hier womöglich Skorpione oder sogar irgendeine entsetzliche Sorte von Inselvipern, Gott behüte.

Eine Weile marschieren sie unter der sengenden Sonne auf eine Reihe schroffer, furchterregend gezackter Felsen zu, hinter denen man gerade noch den Gipfel eines Berges erkennt: Das muss der Vulkan sein, denn eine zarte weiße Rauchfahne steigt über ihm auf und wird sofort vom Wind im übertrieben blauen

Himmel zerstreut. Als entspanntes Gespräch kann man es nicht bezeichnen: Piero Gomi redet, der Assistent dolmetscht, Reitt unterbricht, stellt eine knappe Frage, wirft einen strengen Blick, der Assistent übersetzt, Reitt unterbricht ihn erneut, kontert mit einer kategorischen Behauptung. Das Handy in Piero Gomis Innentasche vibriert seit gut zwanzig Minuten ununterbrochen (er hat es auf stumm gestellt, logisch), doch wer immer es ist, wird sich jetzt mal gedulden müssen, er denkt nicht daran, ein Gespräch auf diesem Niveau zu unterbrechen, um womöglich auf die Anfrage einer Talkshow zu antworten. Sollen sich nur seine Mitarbeiter in Rom darum kümmern, dann sind sie wenigstens beschäftigt.

Bei den Felsen angelangt, bleiben sie stehen. Diese natürliche Barriere ist noch schwieriger zu überwinden als die Mauer eines Hochsicherheitsgefängnisses. Reitt macht auf dem Absatz kehrt; jetzt bläst ihnen der Wind ins Gesicht. Piero Gomi ist leicht außer Atem wegen der Hitze und dem raschen Tempo, versucht aber weiterhin, die nationalen und europäischen Perspektiven seines Programms zu erläutern, sowohl falls Präsident Buscaratti persönlich ins Rennen geht, als auch, falls er, Piero Gomi, der Spitzenmann der PdM sein sollte.

Zwar gibt sich der Banker nicht freundlicher und verspricht auch keinerlei Unterstützung für die Zukunft, aber immerhin hört er zu (immer nur wenige Minuten auf einmal), stellt Fragen (immer ziemlich schroff), äußert seine Meinung (immer ziemlich schonungslos). Er ist sehr skeptisch im Hinblick auf das Ausmaß der Staatsverschuldung, die weitverbreitete Steuerhinterziehung, die bürokratischen Fesseln, die jeden Betrieb in seiner Tätigkeit behindern, die unverhältnismäßig hohen Arbeitskosten, die unzeitgemäße Sturheit der Gewerkschaften, die ausufernde Korruption, die nervtötende Langsamkeit der Zivilgerichtsbarkeit, die ausländische Investoren abschreckt, das Rentensystem, das sehr viel radikaler revidiert werden müsste, die

Wahlmüdigkeit der Italiener, die ewigen innerparteilichen Streitereien. Piero Gomi versucht ihm klarzumachen, dass es der italienischen Politik nicht liegt, mit der Axt einzugreifen, dass jede Maßnahme schrittweise umgesetzt werden muss, dass die Absprache zwischen den Sozialpartnern von grundlegender Wichtigkeit ist, dass man sich unbedingt an einen Tisch setzen muss.

»*Tisch? An welchen Tisch?*«, unterbricht Reitt den Assistenten schroff bei der Übersetzung.

Der Assistent übersetzt die Rückfrage.

Geduldig (soweit der stramme Marsch es erlaubt) erklärt Piero Gomi, dass es sich um einen metaphorischen, aber auch konkreten Ausdruck handelt. Wieder unterbricht Reitt den Assistenten – das hat er schon verstanden.

Sein Hauptaugenmerk gelte, erklärt Piero Gomi weiter, dem Schutz des wahren Reichtums Italiens, nämlich der Familie (selbstverständlich der heterosexuellen, die aus der Vereinigung eines Mannes und einer Frau hervorgeht und durch den Bund der Ehe geheiligt ist) mit ihren tiefgründigen Werten, ihrer geringen Verschuldung, ihrer unersetzlichen Rolle als gesellschaftlicher Stoßdämpfer.

Hier hört Reitt aufmerksamer zu (er ist ja auch ein Familienmensch, das weiß Piero Gomi aus den Recherchen, die er vor seiner Abreise hat machen lassen, diese Meinung kann er nur teilen). Er stellt wieder eine Frage, wirft einen seiner Raubvogelblicke über die Schulter, atmet energisch durch die Nase, während er unaufhaltsam auf die weißen Gebäude der Villa Metaphora zustrebt. Ein angespanntes, aber ungetrübtes, bedeutendes, bildendes Gespräch. Dafür haben sich alle Unbequemlichkeiten der Reise weidlich gelohnt, diese Gewalttour Rom-Lampedusa-Tari und zurück.

Dann stehen sie wieder vor der Tür zur Suite. Endlich sieht Werner Reitt Piero Gomi an, um zu sagen, Spaziergang beendet,

Gespräch ebenfalls. Mit steifem Arm reicht er ihm die Hand. »*Gut, auf Wiedersehen.*«

Doch wunderbarerweise mischt sich der Assistent ein. »*Einen Moment, Herr Reitt, wir sollten noch ein paar Fotos machen.*« Er dreht sich zu Piero Gomi um. »Dottor Gomi, dürfen wir noch ein paar Fotos machen für die deutschen Presseagenturen?«

»Aber selbstverständlich!« So viel hatte Piero Gomi gar nicht zu hoffen gewagt, oder besser, gehofft hatte er es, sich aber nicht recht zu fragen getraut, um nicht als Bittsteller dazustehen, der um eine Erinnerung an die Begegnung mit dem großen Mann bettelt, und damit in eine Unterlegenheitsposition zu geraten, nachdem es ihm vorher gelungen war, einen (beinahe) gleichberechtigten Dialog zu führen. Einen Fotobeleg zu haben ist natürlich ungeheuer wichtig, klar, das verleiht diesem Treffen einen greifbaren Wert, den man gleich nutzen kann, jetzt sofort.

Der Banker wirkt gar nicht begeistert über den Vorschlag, doch der Assistent muss einen gewissen Einfluss auf ihn haben (so unglaublich das ist bei diesem Aufzug), denn Reitt reicht ihm widerstrebend seinen BlackBerry und tritt einige Schritte zurück. Stocksteif stellt er sich an die weiße Wand, mit verkrampftem Gesicht, wie vor einem Erschießungskommando.

»Bitte, können Sie sich neben ihn stellen?« Der Assistent nickt Piero Gomi zu und studiert auf dem Display des Handys den Bildausschnitt.

Piero Gomi stellt sich eifrig in Positur, lächelt, rückt näher zu Reitt hin.

Der Assistent knipst ein, zwei Fotos.

»*Das reicht!*« Reitt winkt schroff ab und löst sich von der Wand.

Piero Gomi gestikuliert, um ihn aufzuhalten »*Moment, Moment!*« Er hält dem Assistenten sein Smartphone hin. »Wären Sie so freundlich, damit auch noch ein paar Aufnahmen zu machen?«

»Bitte, Herr Reitt, nur einen Augenblick.« Der Assistent bedeutet seinem Chef, sich wieder hinzustellen.

Ungehalten, mit zusammengekniffenen Augen und noch grimmigerer Miene als zuvor baut Reitt sich wieder vor der Wand auf.

Piero Gomi zieht sein Jackett aus, damit die Situation informeller, gemütlicher wirkt (wenn schon, denn schon), und lächelt offen (wenn schon, denn schon). Dann wagt er es sogar, Reitt kühn den Arm um die Schultern zu legen, drückt ihn in einer Freundschaftsregung an sich. Weniger aus Berechnung (dazu hatte er gar keine Zeit) als aus Erleichterung: ein kurzer Freudenausbruch darüber, dass es ihm gelungen ist, die Hürden zu überwinden und mit den wahren Machtzentralen Kontakt aufzunehmen. Der Deutsche rückt sofort ab, zuckt deutlich wahrnehmbar empört zusammen. Doch das ist vermutlich auf den Nationalcharakter zurückzuführen, die Abneigung gegen Gefühlsduseleien, ein übertrieben strenges Imagebewusstsein. Kurz, lauter Sachen, die längerfristig zu beachten sind. Mittlerweile hat der Assistent abgedrückt, die Fotos müssten im Kasten sein.

Gleich danach schütteln sie sich flüchtig die Hand, das war's, auch wenn der Assistent versucht, die knappe Verabschiedung durch ein paar Höflichkeiten wettzumachen, als er ihm das Samsung zurückgibt. Dann verschwinden Banker und Assistent in der Suite, die Türe schließt sich: Treffen beendet.

Piero Gomi schlendert zur großen Terrasse hinunter, die aufgestaute Anspannung löst sich mit wachsender Entfernung. Doch die Mühe hat sich gelohnt, auf jeden Fall. Ganz klar. Ein bedeutender Schritt auf dem Weg zur Durchsetzung seines Namens auf internationaler Ebene, zur Glaubwürdigkeit in höchsten Zirkeln, zur Akzeptanz in den guten Stuben. Das gilt im Ausland wie im Inland (ein Politiker mit echten staatsmännischen Ambitionen muss immer beide Dimensionen im Auge behalten). Schon bald wird er mit ausdrücklicher Unterstützung, mit Sponsoren und mit maßgeblichen Zusagen und Ermutigungen rechnen können. Wer Ohren hat, der höre (die Großaktionäre von Mediobanca, der Vorsitzende des Industrieverbands, die Herausgeber der großen Tageszeitungen, die Eliten, die Intellektuellen). Es wird nicht mehr lange dauern. Wenn die technische Regierung nächstes Jahr abdankt, muss man schon in den Startlöchern sitzen, entschlossen, die Rivalen gleich mit dem ersten Sprung abzuhängen. Präsident Buscaratti erklärt zwar gelegentlich, er wolle selbst am Ruder bleiben, aber wohl mehr, um sich mit seinem typischen, unvergleichlichen Humor an der Panik unter seinen potentiellen Nachfolgern zu ergötzen. In Wirklichkeit steht ihm die Politik bis obenhin, er wird mit Freuden einen Spitzenkandidaten vorschlagen, dem er Achtung und Vertrauen entgegenbringt, auch wegen dessen Fähigkeit, weitreichende Initiativen zu ergreifen und sich nicht darauf zu beschränken, den braven Parteisoldaten zu geben. Seine innerparteilichen Rivalen sind, gelinde gesagt, kein bisschen geeignet, die Listen anzuführen, wenn man den Vertrauensschwund der Wähler heutzutage betrachtet, die ausufernde Politikverdrossenheit, die besorgniserregenden wirtschaftlichen Aussichten. Wenn wir ganz ehrlich sein wollen, sind seine Rivalen in der Partei nur ein Haufen nicht vorzeigbarer armer Schlucker, lauter Nobodys, die nur dank der geschlossenen Listen im Parlament gelandet sind: professionelle Schmarotzer, ehemalige miese Schläger, Anwälte oder Sekretäre des Präsidenten, Exgespielinnen, unbedeutende kleine Intriganten, Analphabeten, Diebe, Taschenträger ohne jede Qualifikation, die viel mehr Zeit im Restaurant verbringen als bei den Sitzungen. Leute, die in Europa kein Mensch kennt, die vielleicht eine lokale Klientel mitbringen, aber keinerlei internationale Beziehungen, und die nicht einmal in der Lage sind, einen Plan bis zum Jahresende auf die Beine zu stellen, geschweige denn ein politisches Projekt. Kurz und gut, wirkliche Konkurrenz gibt es kaum, und das bedeutet eine einmalige Chance. Was Piero Gomis Loyalität gegenüber Präsident Buscaratti betrifft, die steht außer Frage, wie auch seine Dankbarkeit, die großartige Chance bekommen zu haben, in der ersten Liga Politik zu machen. Wenn es darum gehen wird, den Präsidenten vor den parteiischen Richtern zu schützen, wird man angemessene Möglichkeiten finden, das ist ja klar, der Präsident weiß es. Die Richtung stimmt, jetzt handelt es sich darum, zielsicher den Kurs zu halten.

Piero Gomi setzt sich an einen freien Tisch auf der Terrasse, wo einige der feinen Gäste (einschließlich Frau Reitt) im Schatten der im Wind flatternden Sonnensegel hauchzarte Gerichte verspeisen. Er kann nicht widerstehen und checkt sofort die drei Fotos auf dem Smartphone, die der Assistent von ihm und Reitt gemacht hat. Auf dem ersten macht der Deutsche ein sehr starres Gesicht, dennoch zeigt das Bild zweifellos zwei Persönlichkeiten von internationalem Rang im Gespräch: gegenseitige Hochachtung, gegenseitiges Vertrauen, gegenseitige Aufmerksamkeit. Das zweite ist leider verwackelt. Aber das dritte, das mit der spontanen Umarmung, ist einfach spektakulär! Und zwar, weil Reitt keine solche Geste erwartet hat und der Assistent (Gott sei Dank!) genau im richtigen Moment geknipst hat, direkt bevor der Banker empört zurückgezuckt ist. Das Ergebnis ist eine Art schräges Lächeln (in Wirklichkeit ist es die Ankündigung einer verärgerten Grimasse, doch wenn man das nicht weiß, würde man es nie vermuten), und neben Piero Gomis strahlendem Lächeln erweckt es den Eindruck tiefen Einverständnisses, größter Nähe. Sie sehen aus wie zwei alte Freunde, nicht nur wie zwei Persönlichkeiten höchsten Ranges (jeder in seinem Bereich), die sich kennen und schätzen. Wie zwei Kumpel, die nach dem offiziellen Teil des Treffens zum vertraulichen Teil übergegangen sind. Die sich endlich ein wenig gehenlassen können und sich sogar umarmen. Verschiedener Background, zwei Kulturen, zwei maßgebliche europäische Länder, zwei Führungskräfte (jeder in seinem Bereich), nicht nur durch viele gemeinsame Projekte geeint, sondern auch durch ihre Seelenverwandtschaft. Aufeinander eingespielt, vergnügt, komplizenhaft, froh über das Beisammensein! Eine brüderliche Freundschaft, so wirkt es!

Das sind definitiv zwei phantastische Fotos, die man sofort auf Facebook posten muss: Das kann er sogar allein, seine Assistenten haben es ihm erklärt, dafür muss man kein Computercrack sein. *Tick, tack, tick,* wenige Tasten, schon sind sie reingestellt. Dann noch rasch die Bildlegende hinzufügen: *Der Abgeordnete Piero Gomi im Privatgespräch mit Dr. Werner Reitt von der PanEuropaBank auf der Insel Tari.* Exklusive Location, vertraulicher Dialog unter sichtlich guten Bekannten. *Tick, tack, tick,* schon gesendet, schon auf der Seite, sieht einfach phantastisch aus! Sehr bald wird es (in seiner eigenen und in den anderen Parteien) recht verblüffte Gesichter geben. Es wird (in seiner eigenen und in den anderen Parteien) Leute geben, die maßlos neidisch sind. Nun, meine Herren, ohne überheblich sein zu wollen: Manche haben eine weitreichende politische Vision, manche nicht. Er, Piero Gomi, in aller Bescheidenheit und im vollen Bewusstsein seiner Grenzen, er hat sie.

49

Sie könnte echt Stunden unter dieser verdammten Dusche verbringen, kein Scheiß. Trotz all dem Schrott, den sie da auf das Schild an der Wand geschrieben haben, von wegen Wasser bitte mit Bedacht verwenden, weil es hier ein kostbares Gut ist, *bla bla bla*. So ein Quatsch, wenn sie das Wasser aus dem Meer raufpumpen und entsalzen, wie dieser Arsch von Brian behauptet hat, da werden sie lange brauchen, bis es alle ist. Dieses ganze verfluchte Meer reicht doch für Abermilliarden von Duschen, bei den Fluten von Salzwasser hier draußen, die so tief und aufgewühlt sind, dass sie vorhin beinahe ertrunken wäre, wenn Carmine, der Bootsmann, sie nicht gerettet hätte!

Was ihr am Duschen gefällt, ist, wie das Wasser die Gedanken und Empfindungen wegschwemmt, wie es dich wegträgt von allen Telefonaten, allem Druck, allen Anfragen, den Stimmen all der Wichser da draußen, die dich was fragen wollen, dir was vorschlagen, was von dir erwarten. Wenn du unter der Dusche stehst, kann jeder Blödmann anrufen, der glaubt, über die wichtigste, dringendste Sache der Welt mit dir reden zu müssen, etwa dein bekackter Agent mit dem Angebot für einen Wahnsinnsfilm oder dein megabekackter Regisseur, der dir erklären will, wie du am nächsten Tag eine bestimmte Szene zu spielen hast, oder dein Steuerberater, der einige Belege braucht, ohne die er deine Steuererklärung nicht abschließen kann, und sie müssen ihm antworten: »Bedaure, aber Lynn Lou steht gerade unter der Dusche.« Und selbst dem hartnäckigsten, aufdringlichsten, verficktesten Scheißkerl käme es nie in den Sinn zu verlangen, dass du aus der Dusche rauskommst, um mit ihm zu reden! Da müssen sie Ruhe geben und sich damit abfinden zu warten, diese Scheißkerle, denn wenn sie einmal unter der verfluchten Dusche ist, weiß man nicht, wann sie wieder rauskommt. Vielleicht nie! Wartet nur, ihr aufdringlichen, widerlichen Hurensöhne, wartet ruhig, Lynn Lou steht unter der Dusche und könnte auch für immer drunter bleiben! Tausendmal besser, als sich zum Beispiel im Schlafzimmer einzuschließen, um zu schlafen. Da könnte so ein verfickter Scheißkerl, wenn er schon zwei-, dreimal angerufen hat, durchaus irgendwann sagen: »Wecken Sie sie bitte, es ist dringend.« Das Bad aber ist der privateste aller privaten Räume, kein aufdringlicher Scheißkerl kann wissen, ob du da drin bist und nichts machst oder ob du was machst, was man am Telefon nicht sagen kann, wenn man etwas auf Eleganz hält. Duschen ist elegant (auch sexy, das Wasser, das über den nackten Körper läuft, ihn schimmern lässt, glatt, weiß, rosa, der am Telefon stellt sich womöglich alles genau vor), und auch was Aktives, eine Pflicht, eine Notwendigkeit. Kein aufdringlicher Scheißkerl kann von ihr verlangen, eine derartige Notwendigkeit zu unterbrechen, oder ihr vorschreiben, wie lange sie höchstens dafür brauchen darf. Wenn's nach ihr geht, ewig, okay? Sie könnte auch eine Woche unter der verdammten Dusche verbringen, wenn ihr danach ist, okay? Außerdem ist sie gerade Opfer eines beschissenen Bootsunglücks geworden, falls sie doch eine Rechtfertigung brauchen sollte, sie steht noch unter Schock, an jedem anderen, weniger unzivilisierten Ort hätte man sie zur Kontrolle ins Krankenhaus gebracht. Also soll ihr gefälligst niemand auf den Sack gehen, klar? Es dauert sowieso endlos, bevor dieses ganze verfluchte abgrundtiefe Meer, in dem sie vorher beinahe ertrunken wäre, leer oder auch nur um einen Millimeter gesunken ist. Wie viele verdammte Duschen es wohl braucht, bis es um einen Millimeter sinkt? Wenn sie ein paar Tabletten einwerfen könnte, wäre es noch besser, klar, aber dieser Arsch von

Brian hat ihren Koffer und die Schubladen durchwühlt wie ein verdammter Scheißbulle, er hat ihre Kleider und sogar das Beauty-Case durchsucht, das einzige, was er nicht entdeckt hat, ist das Geheimfach am Boden ihrer Schmuckschatulle, dieser Hurensohn.

Tock! Tock! Tock! Es klopft verdammt hartnäckig an die Tür, das ist dieser Hurensohn von Brian, klar. Man hört seine gottverdammte Stimme durch das Holz. »Lynn Lou?«

Sie tut, als hörte sie nichts, hebt das Gesicht dem strömenden Wasser entgegen, lässt es über die Augen, in die Ohren, in den Mund rinnen. Bei dem Rauschen könnte es ja sein, dass sie ihn tatsächlich nicht hört, diesen Hurensohn.

Tock! Tock! Tock! »Lynn Lou, hörst du mich?!« Er ruft lauter, lässt nicht locker, der Arsch.

»Verdammt, was gibt's?« Sie schreit vor Wut über diese unverschämte Zudringlichkeit. Zum Glück konnte der verfickte Hurensohn hier den Schlüssel nicht abziehen wie zu Hause, weil es hier gar keinen Schlüssel gibt, sondern nur einen übrigens sehr eleganten Riegel.

»Könntest du bitte rauskommen?« Der einzige verfickte Hurensohn auf der Welt, der sich offenbar als Ausnahme fühlt, der einzige verfickte Hurensohn, der sich berechtigt fühlt, sie unter der Dusche zu belästigen, ist ihr Mann, verdammt noch mal.

»Nein, kann ich nicht! Ich bin unter der Dusche!« Sie schreit noch lauter, durch das Wasser, das ihr über den Körper läuft.

»Du bist schon eine halbe Stunde da drin!« Er bleibt stur, der Arsch; er fühlt sich im Recht, er hält sich für eine Ausnahme, weil er sie geheiratet hat, er meint, er spiele in ihrem Leben wer weiß welche Rolle. »Wir müssen reden!«

»Ich muss über gar nichts reden!« Ihre Stimme klingt heiser, als würden die Stimmbänder gleich reißen, sie schäumt vor Wut, dass dieser eingebildete verfickte Hurensohn, bloß weil er ihr Mann ist, sich berechtigt fühlt, ihr zu sagen, sie solle aus der Dusche rauskommen, weil sie reden müssen. Weil sie reden *müssen*!

Bumm! Bumm! Bumm! Der Scheißhurensohn schlägt so stark mit den Fäusten an die Tür, dass er sie gleich aufbricht. »Lynn Lou, ich habe dich gebeten herauszukommen! Du kannst dich nicht ewig da drin verstecken!«

»Ich verstecke mich nicht, du Arsch! Ich nehme eine gottverdammte Dusche, geh mir nicht auf die Eier!«

Wumm! Wumm! Wumm! »Lynn Lou, wenn du nicht aufmachst, trete ich die verfluchte Tür ein!« Wie ein Irrer tritt er zu und rüttelt an der Klinke, trotz all dem Scheiß über die unerschütterliche innere Ruhe, den er in seinen Kursen und seinen Büchern und seinen Werbeprospekten verbreitet, dieser Drecksack!

Lynn Lou dreht die Dusche ab, weil es so keinen Spaß macht; sie wirft sich den Bademantel über, wickelt ein Handtuch um den Kopf, reißt die Tür auf. »Was willst du, verdammt noch mal?!« Wenn sie einen Baseballschläger hätte, würde sie ihm eine über die Rübe ziehen, *peng!* So.

Brian, der Arsch, ist schon ein paar Schritte zurückgewichen, denn irgendeine Reaktion erwartet er, da steht er in seiner verfickten Kampfsportstellung, schafft es aber nicht, den Ausdruck des großen Selbstbeherrschungs-Gurus anzunehmen, wie er gern möchte, der Arsch. »Ich habe deine Fotos gesehen, Kompliment.«

»Wovon zum Teufel redest du?« Lynn Lou schaut sich kurz in der Suite um: ihre nassen Kleider auf dem Fußboden, das Bett, das MacBook Air auf dem Tisch.

»Du weißt genau, wovon ich rede, Lynn Lou. Von den Fotos, die du gestern von dir hast machen lassen.« Nicht einmal ein blödes Kind würde ihm seine angebliche Gelassenheit abnehmen: Er keucht zu sehr, seine Nasenlöcher sind geweitet, die Augen flackern.

Sie hebt ihre Hose auf, fasst in die Tasche: Das Plastikschächtelchen mit der Photocard, das Carmine ihr gegeben hat, ist verschwunden, weg, Scheiße. Stocksauer dreht sie sich um: »Hast du meine Sachen durchwühlt, du Arsch?!«

»Ehrlich gesagt, wollte ich nachschauen, ob Tabletten drin sind.« Der Schweinehund spielt den weisen, unerschütterlichen Selbstbeherrschungs-Guru. »Aber offensichtlich hattest du die schon vor dem schönen Bootsausflug geschluckt. Ich bin nur zufällig auf die Fotos gestoßen, ich hatte echt nicht damit gerechnet.«

Lynn Lou geht zum Schreibtisch, wirft einen Blick auf den Bildschirm des Laptops: Da ist sie, nackt neben dem gottverdammten Pool mit Vulkanwasser, wie sie sich räkelt und streckt, damit der Hintern gut zur Geltung kommt, die Pobacken schön rund, wie dreidimensional. Dieser Scheißkerl von einem Fotografen muss schon eine ganze Weile hinter den Sträuchern und Felsen auf der Lauer gelegen haben, bevor sie ihn bemerkt hat, der Scheißkerl, denn er hat es geschafft, einen großen Teil der Show aufzunehmen, die sie für den Bootsmann inszeniert hat. Vielleicht sogar alles, verdammt.

»Hübsch, was? Und das hier?« Brian tippt auf das Trackpad des Computers, lädt ein anderes Foto, auf dem sie sich tropfend zurücklehnt, Lippen halb geöffnet, eine Hand zwischen den Schenkeln, Finger genau auf der Möse.

»Mach das verfickte Ding aus.« Lynn Lou versucht, an die On/Off-Taste zu kommen, aber er schiebt ihre Hand weg.

»Warum? Es sind doch künstlerische Fotos, oder? Da ist nichts Krankhaftes oder Exhibitionistisches dabei, oder? Das zum Beispiel?« Der verdammte Hurensohn öffnet weiter Foto um Foto. So betrachtet, sieht es aus wie ein verficktes Festival von Ärschen und Mösen und Titten. »Und das? Und das?«

Manche sind besser als andere, und natürlich sind sie noch nicht photoshopiert, da gäbe es noch tausend Kleinigkeiten zu korrigieren und zu verbessern, aber dieser miese Scheißkerl von Fotograf versteht was von seinem Job, wenn man bedenkt, dass er dabei mindestens dreißig Meter entfernt auf dem Boden lag. Vielleicht ist das Sujet doch nicht so übel, wenn es auch ohne Beleuchtung, ohne Make-up, ohne Friseure und alles so gut herauskommt. Ein bisschen was Wahres ist an dem Quatsch von wegen Sexsymbol und so weiter vielleicht doch dran. Auf diesem Foto ist der Hintern zum Beispiel ziemlich spektakulär, da kann man nix dran rumkritteln. Na ja, vielleicht ein bisschen dick, zumindest auf dem anderen hier. Vielleicht hängt es mit dem Teleobjektiv zusammen, oder sie müsste mal ein paar Kilo abnehmen. Die verdammten Kohlehydrate und die verdammten Fette reduzieren! Aber sie isst eigentlich gar nicht so viel, wann isst sie denn schon? Trinken ja, klar, sie weiß selbst, dass jeder Drink Unmengen verfickte Kalorien enthält, aber wann isst sie schon, ehrlich? Wann? Gelegentlich überfällt sie der Heißhunger nach einem verdammten Big Mac, das stimmt schon, und nach einer verdammten Riesenportion Pommes frites, aber höchstens ein- bis zweimal im Monat. Allerhöchstens dreimal, wenn sie ihr jemand schön heiß ans Set bringt. Also woran liegt es dann, zum Teufel? Ist es ihre verfickte Veranlagung, dass sie so einen Riesenhintern gekriegt hat? Ist etwa ihre breitarschige Mutter an allem schuld?

Dieser Arsch von Hurensohn schaut vom Bildschirm zu ihr, mit seinem fiesen, angeblich magnetischen Blick, der sie jetzt nur nervt, so dass sie ihm am liebsten ins Gesicht spucken würde. »Einfach aus Neugier, Lynn Lou, wie hast du es hingekriegt, dich mit ihm abzusprechen? Habt ihr euch in Rom getroffen? Oder hast du ihm von hier aus Bescheid gesagt und ihm die Logistik vor Ort geschildert?«

Lynn Lou nimmt das Handtuch vom Kopf, weil es ihr zu schwer wird, und schleudert es auf den Boden. »Scheiße, von wem redest du?! Wen meinst du?«

»Den Fotografen, Lynn Lou.« Der Arsch strengt sich übermenschlich an, um weiter die bekackte Rolle des über alles erhabenen Mannes zu spielen, schafft es aber nicht, gleich flippt er aus, wetten?

»Ich habe diesen verfickten Fotografen noch nie im Leben gesehen!« Sie fühlt sich zwar nicht verpflichtet, sich zu rechtfertigen, aber es macht sie wahnsinnig wütend, dass der Arsch sich jetzt wer weiß was zusammenreimt, nur damit sie sich noch beschissener fühlt. »Ich habe den verfickten Fotografen erst bemerkt, als ich das verfickte Teleobjektiv blitzen sah!«

»Ach ja?« Brian deutet ein bescheuertes ironisches Lächeln an, aber es misslingt ihm komplett. »Und darf man erfahren, für wen du dann diese ganze Pornoshow abgezogen hast?«

»Für niemanden, verdammt noch mal!« Vor lauter Wut würde sie ihm am liebsten ins Gesicht schreien, dass die Show für den Bootsmann Carmine bestimmt war, der sie garantiert mehr verdient hat als er, denn ihm liegt doch sowieso bloß an seiner verfickten Arbeit und seinen verfickten Theorien und seinen verfickten Klienten.

»Klar, für niemanden.« Der Arsch spielt weiter seine peinliche Rolle. »Es war nur deine instinktive Art, mit der Natur in Kontakt zu sein, oder? Nur die tiefe Wirkung des Vulkanwassers, die Urenergie und so weiter, oder?«

»Leck mich!« Sie hasst ihn, sie hasst ihn, diesen Hurensohn.

»Sag mal, rein aus Neugier, was wolltest du denn mit den Fotos anstellen? Sie auf Facebook posten wie die anderen, zur Freude deiner Fans? Oder sie einem deiner hiesigen Anbeter zeigen, etwa Carmine, dem Bootsmann?«

»Leck mich!« Sie spuckt ihm ins Gesicht, aber der Arsch hat prompte Reflexe und weicht rechtzeitig aus. Dass er mit seinen verdammten Psychotechniken auf Carmine, den Bootsmann, gekommen ist, bringt sie maßlos zur Raserei. Sie hasst ihn; sie spuckt ihn erneut an, er weicht erneut blitzschnell aus.

»Jetzt könntest du es mir doch ruhig sagen.« Er bemüht sich, distanziert und ironisch zu bleiben, aber da ist sein keuchender Atem, dieses teuflische Funkeln in seinen Augen, diese Angst. Vermutlich hasst er sie jetzt mindestens genauso wie sie ihn, nur dass es nie zugeben würde, sonst würde er ja seinen Vorteil als reifer selbstbeherrschter Mann verlieren, der Arsch.

»Einen Scheißdreck sage ich dir!« Lynn Lou greift sich wahllos ein paar Kleider, verschwindet im Bad, zieht sich in zehn Sekunden an, kommt wieder heraus, setzt die Sonnenbrille auf und geht zur Tür.

»Wie lange hat dieser Carmine das Ding eigentlich behalten, bevor er es dir gegeben hat?« Der Hurensohn wedelt mit der Speicherkarte, die er aus dem Computer gezogen hat. »Woher wissen wir, ob er sie nicht kopiert hat, ob er nicht versuchen wird, uns zu erpressen oder die Fotos auf dem Markt zu verkaufen?«

»Das würde er nie tun, du Arsch!« Sie greift sich ein Glas von einem Bord, wirft es mit aller Kraft nach ihm, verfehlt ihn knapp.

»Und woher weißt du das? Kennst du ihn so gut?«

»Ich *weiß* es einfach, du Arsch!« Es juckt sie, ihn noch mal anzuspucken, aber sie geht lieber, sie kann den Kerl nicht mehr sehen.

»Warte, Lynn Lou.« Der Arsch rührt sich nicht vom Fleck, um nicht zu zeigen, wie es ihn erschüttert, dass seine Ehe grade den Bach runtergeht, trotz seines ganzen Blablas von wegen LifeSolving™ und so weiter. »Wir müssen auch noch über das Motorboot reden, das du zerstört hast. Da wird man zigtausend Dollar Schadenersatz leisten müssen.«

»Du kannst ja ein paar von den Fotos verkaufen, du Hurensohn. Damit kannst du so viel Schadenersatz bezahlen, wie du willst, und hast sogar noch was übrig!«

»Lynn Lou, wann hörst du endlich auf, dich wie ein verzogenes Gör zu benehmen?« Er spielt weiter den Ausgeglichenen und Verantwortungsbewussten, der Arsch, obwohl er kapiert haben müsste, dass sie ihm das nicht mehr abnimmt. Aber nein, er ist viel zu sehr von sich eingenommen, um das zu merken, er glaubt, er weiß alles von allen.

»Du kannst mich mal!« Sie reißt die Tür auf, stürmt hinaus, knallt sie mit aller Gewalt hinter sich zu. *Sbam!* Wie auf der Woge einer echt heftigen Explosion saust sie den gepflasterten Weg hinab.

Auf der Hauptterrasse sitzen die anderen Gäste an den Steintischen unter dem Sonnensegel, an dem der Wind zerrt, und beenden gerade ihr Mittagessen. Als sie kommt, drehen sie sich auf diese pseudo-unauffällige Art, die die verdammten Edeleuropäer so an sich haben, nach ihr um. Sie wollen nämlich nicht zeigen, dass sie ganz einfach neugierige, krankhafte beschissene Spanner sind, deshalb rucken sie nur leicht mit dem Kopf, *zick, zack,* und schielen angestrengt zur Seite, bis ihnen schier die Augen rausfallen. Da ist das alte italienische Paar, das mit auf dem Motorboot in der Höhle war, die Französin und die Deutsche, die an einem Tisch sitzen, ein Kerlchen im blauen Anzug allein an einem Tisch, und alle rucken mit den Köpfen, beobachten sie aus dem Augenwinkel und fällen ihr Urteil, als wären sie Mitglieder einer verdammten Jury. Einige Blicke sind auch verdammt anklagend: Wirklich, sie leidet nicht an Verfolgungswahn, die Italienerin beugt sich zu ihrem Mann und flüstert wahrscheinlich: »Das ist die elende alkohol- und drogensüchtige amerikanische Schauspielerin, wegen der wir im Wasser gelandet sind«, oder so ähnlich. Man braucht sie nur anzuschauen, die Ärsche.

Sie geht direkt in die Küche, weil ihr scheißegal ist, was die anderen verdammten Gäste denken, ihr Image ist sowieso am Arsch wegen der Geschichte mit dem Motorboot, dem Fotografen und allem Übrigen. Sie sieht die magere Bedienung und den Hilfskoch an, macht eine Handbewegung, als führte sie ein Glas zum Mund.

Die Bedienung und der Hilfskoch starren sie mit dem gewohnten Ausdruck an, halb bewundernd, halb tadelnd auch sie.

»*De bere?*« Sie wiederholt die Geste. Zwar kann sie kein Italienisch, aber ein bisschen was hat sie in Rom bei den Dreharbeiten zu dem bekackten Film aufgeschnappt. Sie hatten ihr auch eine junge Frau als Coach geschickt, die ihr die Aussprache beibringen sollte, aber die blöde Zicke war eifersüchtig. Sie war fast sofort beleidigt wegen irgendwas, das sie zu ihr gesagt hatte, und wollte nicht wiederkommen, die eifersüchtige blöde Zicke.

Zum Glück erscheint Ramiro, der Chefkoch, der seinen Mitarbeitern um Lichtjahre voraus ist. »Was möchte sie denn trinken, *mi pobre náufraga?*«

»Irgendwas Kaltes mit Alkohol. Jetzt gleich.« Langsam kriegt sie Entzugserscheinungen, verdammt.

»Ich kümmere mich drum, mein Schatz.« Ramiro kapiert alles sofort, du musst ihm nie was zweimal erklären. »Setz dich draußen hin, es kommt gleich.«

Lynn Lou geht wieder auf die Terrasse. Wenigstens trägt sie ihre Sonnenbrille, die sie teilweise vor diesen gemeinen heimlichen Seitenblicken schützt, die keine Blicke sein wollen, denn das wäre nicht cool, es wäre nicht schick, würde nicht zu den verdammten Leuten von Welt passen, die schon alles gesehen haben und durch nichts zu beeindrucken sind. Sie setzt sich an einen Tisch ganz hinten, was die Hälfte der verdammten Anwesenden bestimmt schwer ärgert, da sie wahrscheinlich hofften, sie könnten sie beobachten, aber so ist es genau umgekehrt. Die, die mit dem Gesicht zu ihr sitzen, sehen sie ja sowieso, die anderen aber eben nicht, sie müssten den Kopf ganz umdrehen, um sie zu sehen, und das wäre weder cool noch schick.

Ramiro kommt persönlich mit einer Flasche in einem Eiskübel an ihren Tisch. Er ist ein witziger Typ. Das ganze versnobte

Getue der verdammten Gäste ist ihm ziemlich egal, im Gegenteil, er spielt damit, verarscht sie mit seiner superraffinierten Küche, wie es nicht besser geht. Jedenfalls bringt er ihr eine herrlich beschlagene Flasche Weißwein, öffnet sie mit ein paar supercoolen Bewegungen, gießt ihr einen Fingerhoch ein, damit sie probieren kann.

Sie winkt ihm, weiter einzuschenken, denn dieses Getue mit dem Probeschluck ist wirklich Quatsch, dient nur dazu, dem Trottel, der dich zum Abendessen eingeladen hat, die Gelegenheit zu geben, sich als großer Kenner aufzuspielen, um dich zu beeindrucken. Die Zunge zu rollen, mit den Lippen zu schnalzen wie ein verdammter professioneller Sommelier. Und womöglich zu behaupten, der Wein schmecke nach Korken, sich eine neue Flasche bringen zu lassen vom Kellner, der ihn natürlich hasst und denkt, dieses miese, falsche Schwein will ja bloß Lynn Lou Shaw beeindrucken, die hier neben ihm sitzt und sein Scheißgerede anhört, obwohl er doch, wenn man ihm nicht das Etikett zeigte, keinen verdammten Pinot von einem verdammten Merlot unterscheiden könnte, das falsche Schwein.

Ramiro aber füllt ihr lächelnd das Glas. »Probier mal.«

Lynn Lou nimmt einen sehr großen Schluck, kühl und trocken rinnt der Wein ihre Kehle hinab. »*Aaah!*« Das hat sie jetzt wirklich gebraucht, sie konnte es kaum noch aushalten. Etwas Kaltes, Alkoholisches! Sofort geht es ihr besser. Ihre Augen füllen sich mit Tränen, es ist ihr scheißegal, ob die anderen Gäste herschauen mit ihren verdammten pseudo-unauffälligen Blicken.

»Soll ich dir etwas zu essen bringen lassen, Darling?« Ramiro hat diese Art, ihre Haare zu betrachten, ihre Sonnenbrille, ihre Kleider. Er weiß die Details zu schätzen, er schätzt schöne Frauen, obwohl er schwul ist, oder vielleicht genau deswegen.

»Ach, was du willst, wenn du mir nur die verdammte Flasche nicht wegnimmst.«

»Keine Sorge, *chica*.« Ramiro lächelt und kehrt mit seinem eleganten tänzerischen Schritt zur Küche zurück.

Sie nimmt noch einen großen Schluck, spürt den Wein durch die ganze verdammte Speiseröhre rinnen. *Aaaah,* jetzt geht es schon viel besser, echt, viel viel besser.

50

Lynn Lou Shaw gibt Ramiro einen ziemlichen Kick, die Art von Star, wie sie einer ist, extrem, unvorhersehbar, und unter der Oberfläche auch zerbrechlich, ein kleines Mädchen, das von seiner bescheuerten Mutter auf ein Filmset geschmissen wurde. Gezwungen, unter den Augen der Öffentlichkeit aufzuwachsen, Kommentaren ausgesetzt, benutzt, beurteilt, begehrt, geschmäht. Es ist nicht verwunderlich, wenn sie ein bisschen zum Exzess neigt und nicht sonderlich stabil ist. Vielleicht klingt es lächerlich, aber er sieht gewisse Analogien in ihrer und seiner Situation: sie mit ihrer bescheuerten Mutter, er mit seinem bescheuerten Vater, null Kindheit, ein großes Talent, Geltungsbedürfnis, Labilität, versteckte Empfindsamkeit, Lust an der Provokation. Wenn er die Chance zu einer Geschlechtsumwandlung hätte, würde er gern so wie Lynn Lou Shaw werden. Ja. Er hat sich schon öfter gefragt, welcher Frauentyp er gern wäre, wenn es die Option gäbe. Bestimmt kein hässliches Weib ohne jede Begabung, das ist ja klar. Jedenfalls ist Lynn Lou die einzige amüsante Person unter den Gästen (auch Lara ist entzückend, aber man kann sie nicht als echten Gast betrachten, denn ohne Lynn Lous Einladung hätte sie nie einen Fuß in so ein Resort gesetzt). Die anderen sind ehrlich gesagt zum Kotzen. Der Deutsche, zum Beispiel, der sich nicht einmal herablässt, zum Essen auf der Terrasse zu erscheinen, und seinen armen Assistenten zum Fasten zwingt (gar nicht übel, der Junge, ehrlich gesagt, mit seiner beflissenen Miene und dem blassen, von der Sonne geröteten Gesicht). Und hinterher schickt er Teresa und verlangt ein Kotelett mit Pommes frites oder ein Paar Würstchen. Würstchen! Als würde Ramiro Juarez seine Kühlschränke mit den zerhackten Resten armer ermordeter Tiere verunreinigen! Schon die Fische und Krustentiere tun einem leid, wenn man drüber nachdenkt, vor allem, wenn man ihre Augen sieht. Aber wenigstens triefen sie nicht vor Blut, haben nicht dieses grässliche Fett und das beinahe menschliche Gewebe aus Muskeln und Sehnen wie die abgestochenen und gevierteilten Säugetiere.

Auf jeden Fall hat er Perusato sofort klipp und klar gesagt und auch heute früh wiederholt, dass er keinerlei Absicht hat, sich den Befehlen des erstbesten arroganten Gastes zu beugen, der sich den Bauch vollschlagen will wie zu Hause. Er bietet hier eine kreative Küche, die sich zusammensetzt aus: a) der Ausstrahlung des Ortes; b) den Zutaten des Ortes; c) der Eingebung des Augenblicks. Er ist ein Künstler, und seine Arbeit verdient die gleiche Anerkennung wie jede andere künstlerische Tätigkeit. Sonst kann Perusato sich in Bonarbor einen beliebigen Lammkotelett-Verkohler suchen, daran ist gewiss kein Mangel. Dann werden wir schon sehen, was seine exklusiven Gäste dazu sagen, die von weit her angereist sind, um hier extravagante Erfahrungen zu machen. Etwa die Französin, die sich immer in die Küche einschleichen und ihm pikante Details über Hernán Xara entlocken will, über dessen geheime Zutaten, über dessen schlimmsten Charakterfehler, über damals, als er sich in London mit Gordon Ramsey geprügelt hat, und das andere Mal, als er Jacques Pepin in New York ein Glas Cabernet ins Gesicht geschleudert hat.

Überhaupt, sollten die Leute hier auf dieser bescheuerten einsamen Insel nicht eigentlich Urlaub machen? Nein, es wirkt, als seien sie ununterbrochen in irgendwelche spannungsgeladenen Versammlungen verstrickt, in Diskussionen, Auseinandersetzungen (aber ernsthafte, nicht einfach kleine Wortgeplänkel am Meer), Verfolgungsjagden, Ausflüge. Nie sieht man sie mal entspannt lesend oder plaudernd auf ihren Terrassen in der Sonne liegen; wahrscheinlich finden sie solche Beschäftigungen peinlich, Zeichen gesellschaftlicher Schwäche. Nur das alte italienische Paar lässt es etwas ruhiger angehen, sie genießen die Umgebung und sitzen gern bei Tisch, auch wenn sie heute, nachdem sie bei dem Unfall beinahe ertrunken wären, ziemlich mitgenommen aussehen, die Ärmsten.

Positiv ist, dass seine Inselphobie bei all dem Betrieb etwas zurückgegangen ist im Vergleich zu vorher, als noch niemand da war. Jetzt überfällt sie ihn zumeist nachts, wenn er im Bett liegt, den Kopf zu voll mit Gesten, Gesichtern, Gemüse, Hummern, Tintenfischen, Seebarben und Küchengeräten, um schlafen zu können, und sich der schreckliche grenzenlose Horizont des Meeres vor ihm auftut. Seine Einschlaftechniken sind gewöhnlich: a) rückwärts von fünfhundert bis null zu zählen, oder auch von tausend bis null, je nach dem Grad der Schlaflosigkeit; b) das Licht wieder einzuschalten und ein Inventar aller im Zimmer befindlichen Gegenstände aufzustellen; c) ein paar Seiten in dem Buch über den Zeitbegriff zu lesen, das er mitgebracht hat; d) sich einen hübschen, sensiblen, intelligenten Jungen vorzustellen, mit dem er, zum Beispiel, gern im Cabrio durch Südfrankreich fahren würde. Doch seine Phantasie arbeitet aktiv gegen ihn, belagert ihn mit überdeutlichen Visualisierungen: a) der unermesslichen Weite aus leerer Luft und Salzwasser, die diesen Vulkanfelsen von jedem Zentrum pulsierenden Lebens trennt; b) der Wochen, die er bis zum Ende der Saison noch hier ausharren muss; c) des herzlosen Scheißkerls von Miguel: Was er machen könnte, mit wem und wo; d) des Laufs der Welt (einschließlich des hübschen, sensiblen, intelligenten Jungen, mit dem er den Trip im Cabrio machen könnte), während er hier fern von allem im Exil schmachtet. Er bekommt Herzklopfen, sein Atem wird kürzer, die Gedanken schießen in alle Richtungen wie Fische, die einem Hai zu entkommen versuchen. Im

Morgengrauen kann er dann gewöhnlich einschlafen, vor lauter Erschöpfung.

Zum Glück ist für solche Gedanken tagsüber weder Zeit noch Raum, zum Glück gibt es jemanden wie Lynn Lou, die heute mit dem Schiffsdesaster die Gesellschaft ein bisschen aufgemischt hat. Perusato muss außer sich sein, keine Frage. Er ist noch mit Carmine unten an der Mole und versucht sein geliebtes Chris Craft zu bergen (noch zwei, die die Mahlzeit überspringen und hinterher bestimmt etwas zu essen verlangen). Außerdem weht der Wind heute wirklich heftig, er zerrt an dem weißen Sonnensegel über den Köpfen der Gäste, bläst ihnen ins Gesicht, zwingt sie, die Sonnenbrillen aufzubehalten, wodurch sie die echten Farben der Speisen nicht sehen können. Zum Glück gibt es keine Tischdecken, sonst würden die auch noch in alle Richtungen flattern. Aber ein bisschen Durcheinander kann wirklich nicht schaden. Das mildert die Inselphobie.

Jetzt sitzt da draußen schon wieder dieser bescheuerte Politiker, der auch gestern da war, der sogenannte *Onorevole*, der Ehrenwerte, wie die Abgeordneten hier tituliert werden. Paolo, der Schreiner, hat ihm erklärt, dass sie sich in Wirklichkeit so nennen *lassen,* es ist eine Anrede, die sie selbst erfunden haben. Teresa hat ihm gesagt, dieser hier sei ein Spitzenmann, auch wenn er echt nicht so aussieht, einer, der immerzu im Fernsehen auftritt (wie anscheinend fast alle italienischen Politiker), einer, der ernstlich anstrebt, bei den nächsten Wahlen Ministerpräsident zu werden. Schon zum zweiten Mal kommt er unangemeldet, Perusato hat sich gehütet, ihn anzukündigen. Er ist den anderen Gästen nicht willkommen und dennoch kein bisschen dankbar, dass er sich an einen Tisch setzen und erlesene Gerichte kosten darf. Gestern hat er nur einen Kaffee bestellt und ihn nicht einmal ausgetrunken, weil er wahrscheinlich etwas Traditionelleres erwartet hatte, und heute mustert er die Kreation, die er vor sich hat, als fürchte er, vergiftet zu werden.

Ramiro lugt ab und zu aus dem Vorraum der Küche, um die Reaktionen der Gäste zu studieren, ihre Gesichter zu sehen, wenn die Teller auf den Tisch gestellt werden, sie zu beobachten, während sie den Löffel oder die Gabel zum Mund führen. Einzig anhand der Reaktionen der Essenden kann man herausfinden, ob der Geschmack a) ihren Erwartungen entspricht und sie daher kaltlässt; b) ihnen nicht entspricht und sie daher enttäuscht; c) sie übertrifft und verwirrt und Überraschung, Staunen und Überlegungen auslöst, die in unvorhergesehene Richtungen gehen. Die Kollegen, die sich in der Küche vergraben, weil sie zu selbstsicher oder zu wenig neugierig sind, um in den Saal zu spähen, hat er nie verstanden. Sie begnügen sich mit dem flüchtigen Bericht eines Kellners, damit, zu sehen, dass die Teller leer zurückkommen, und zu wissen, dass ihr Lokal oft ausgebucht ist. Sie spitzen die Ohren bei Besprechungen von Gastrokritikern und orientieren sich daran. Für ihn ist das, als bereitete man mit unendlich viel Sorgfalt, Phantasie und Geduld ein großes Feuerwerk vor und scherte sich nicht darum, am Abend dabei zu sein, weil man denkt, man wisse sowieso genau, was abläuft. Schöne Genugtuung, wirklich. Alles, was er in der Küche erfindet, denkt er sich ja aus, um eine Wirkung zu erzielen, und diese Wirkung will er ganz und gar mitbekommen, wenn auch halb hinter den Kulissen verborgen. Deswegen forscht er, experimentiert, erweitert ständig die Grenzen seiner Technik, wagt sich sogar unablässig vor auf das Gebiet des noch nicht Erprobten.

Der sogenannte *Onorevole* manscht immer noch misstrauisch mit Löffel und Gabel in dem Seebarbenschaum mit Thymian an Mandarinenseim und *Coulis* von Meeresschnecken herum. Dann antwortet er, offen die freundlichen schriftlichen Aufforderungen missachtend, in seinem überaus unangenehmen Ton am Handy, steht auf, dreht sich um, presst es an die Schläfe und hält sich mit der freien Hand das andere Ohr zu. Er kommt zum Küchenvorraum, weniger aus Rücksicht auf die Gäste, die ihn feindselig beobachten, als um sich vor dem Wind zu schützen. Er blickt Ramiro an, macht mit der Linken eine Handbewegung, wie um sich zu entschuldigen, vielleicht aber auch nicht, schreit weiter in sein Handy. »Hallo? Ja, hier höre ich dich etwas besser, der Wind ist unerträglich! Auf Tari, auf Tari, natürlich! Sehr gut, ich erzähle dir dann alles. Was? Ah, das Patrouillenboot musste nach Lampedusa zurück, der Kommandant holt mich später wieder ab.«

Teresa und Amalia, die Bedienungen, und Federico, der Hilfskoch, beäugen ihn neugierig, denn sie haben a) das Gefühl, ihn längst zu kennen, weil sie ihn in zahllosen Talkshows gesehen haben; b) eine berufsbedingte Neigung zu Klatsch; c) ein ganzes Dorf, dem sie erzählen müssen, was sie hier in der Villa Metaphora hören und sehen. Ramiro dagegen weiß nichts über den sogenannten *Onorevole*, aber dessen hemmungslose Frechheit macht ihn irgendwie neugierig, weshalb er ihn genau beobachtet.

»Wie meinst du das, absagen? Ich habe ihn doch schon getroffen! Selbstverständlich! Ausgezeichnet! Es hätte nicht besser laufen können! Wie? Sehr umgänglich!« Die Stimme des Abgeordneten muss ideal sein, um die Gesprächspartner bei Fernsehdebatten zu übertönen, Slogans und Pseudo-Wahrheiten zu wiederholen, bis wenigstens einige Zuschauer daran glauben. »Vorher bin ich nicht drangegangen, weil ich gerade mit ihm geredet habe! Das Vibrieren habe ich gespürt, klar, aber ich konnte das Gespräch doch nicht mittendrin unterbrechen, um mit dir zu telefonieren! Ach, über alles Mögliche! Ein richtig schönes, umfassendes, sehr dynamisches Treffen. Was?«

Ramiro dreht sich zu den beiden Bedienungen und Federico um: Sie lauschen ebenfalls, verpassen kein einiges Wort.

»Aber sicher habe ich Fotos gemacht! Zwei sind ganz wunderbar, ich habe sie schon gepostet! Hast du nicht auf Facebook geschaut?!« Der sogenannte *Onorevole* schreit mit voller Lautstärke weiter, ohne sich darum zu scheren, dass andere mithören;

er ist so in seine Angelegenheiten vertieft, dass er es gar nicht merkt. »Wie? Ja! Na, ungefähr vor einer halben Stunde. Wieso löschen? Wie meinst du das?!«

Ramiro wirft erneut einen Blick in die Küche: Teresa, Amalia und Federico sind gespannt wie ein Grüppchen Zuschauer bei einem Spektakel der Theatertruppe Fura dels Baus, wenn die Schauspieler falsche Motorsägen zücken und echtes Blut auf das Publikum spritzen.

»Welcher Skandal?! Wovon redest du, Giovanni?!« Stimme und Miene des Abgeordneten sind immer besorgter: Er presst das Handy ans Ohr, als wollte er es sich einverleiben, gestikuliert heftig mit der Linken. »Nein, nichts habe ich gehört! Scheint mir logisch, oder? Meinst du, ich hätte ihn sonst getroffen? Was? Wann denn? Wo? Wie? Eine Minderjährige?! Machst du Witze?!«

Die Zuschauer in der Küche halten den Atem an, die Lage wird immer interessanter, während die Beunruhigung des Abgeordneten allmählich in Panik umschlägt.

»Aber natürlich, Giovanni! Lösch sie, sofort! Eine gute halbe Stunde sind sie jetzt online! O Gott!« Der sogenannte *Onorevole* dreht sich um sich selbst, schaut in alle Richtungen, rauft sich mit der Linken die dichten Haare. »Wenn jemand sie gesehen hat, bin ich ruiniert, ist dir das klar, Giovanni?! Bestimmt hat sie jemand gesehen?! Wie meinst du das? Es ist Essenszeit, es ist Sommer, die Sonne scheint! Wer hockt denn an so einem Tag daheim und checkt Facebook?! Haben die Leute nichts Besseres zu tun, Herrgott?! Welche Blogger, Giovanni?! Wie viele?!«

Absurderweise hören sie ihm auch auf der Terrasse zu, trotz des Windes, man sieht es an den Köpfen, die sich herüberdrehen; der Kerl redet so laut, dass die Gäste unvermeidlich mindestens teilweise mithören.

»Was weiß ich, was die Deutschen mit ihnen machen! Sie wollten sie, glaube ich, an die Agenturen schicken! Das hat mir der Assistent gesagt!« Mittlerweile ist der Abgeordnete außer sich vor Angst und Schrecken: Er tritt auf die Terrasse, wo ihn die hinter den Sonnenbrillen verborgenen Blicke der Gäste erwarten, kehrt um und begegnet den Blicken von Ramiro und dem Küchenpersonal, dreht sich schutzsuchend zur Wand des Küchenvorraums, aber das hilft nichts. Dennoch kreischt er weiter ins Telefon, versucht gar nicht, die Stimme zu dämpfen. »Was weiß ich?! Was mache ich jetzt?! Ich kann sie ja nicht zwingen! O Gott, wie kann so was nur passieren, ausgerechnet jetzt? Ich rufe dich wieder an! Ich gehe nachsehen und melde mich! Du löschst inzwischen alles! Los! Jetzt gleich, natürlich, wann sonst?!« Er legt auf, blickt Ramiro, Amalia, Teresa und Federico an, offenbar wird ihm jetzt erst klar, dass er während der ganzen Szene Zuschauer und Zuhörer gehabt hat. Erst will er etwas sagen, dann dreht er sich um und trippelt auf die Terrasse.

Amalia und Teresa folgen ihm unter dem Vorwand, dass sie die Teller abräumen müssen; Federico lehnt sich an die Wand des Küchenvorraums und äugt hinüber mit seiner seltsamen taresischen Mischung aus Trägheit und Eindringlichkeit. Ramiro wartet ein paar Sekunden, dann geht er mit professionellem Gebaren ebenfalls hinaus, die Hände im Schürzenbund.

Der sogenannte *Onorevole* steht am Tisch der deutschen Dame und sagt etwas zu ihr. Die Französin sitzt mit spitzem Gesicht dabei und registriert jedes Wort. Die beiden Italiener, die nach dem Schiffbruch sehr mitgenommen aussahen, wirken belebt und fasziniert von dem Drama, das sich vor ihren Augen abspielt. Die Einzige, die nichts gemerkt hat, ist Lynn Lou vor ihrer mittlerweile leeren Flasche Colomba Platino.

»*Sie* haben doch darauf bestanden, meinen Mann zu treffen!« Die Deutsche ist empört, rot im Gesicht. »Erst haben Sie Signor Perusato genötigt, uns zu belästigen, dann sind Sie direkt zu mir gekommen, um zu betteln!«

»Aber Signora, ich hatte ja keine Ahnung, was los ist!« Der

Politiker ist sichtlich bestürzt, er weiß nicht mehr aus noch ein. »Ich hatte nur die besten Absichten! Niemals hätte ich mir vorstellen können, in so einen Skandal verwickelt zu werden!«

»Dann müssten Sie wohl Ihr Informationsnetz verbessern, Signor Gomi!« Die Deutsche ist nicht der Typ, der sich einschüchtern lässt: Sie sieht ihn stolz und hochmütig an, als habe er sie intellektuell beleidigt.

»Signora, ich bin in eine Falle gelockt worden!« Der sogenannte *Onorevole* bewegt sich ruckartig, dreht sich zu den italienischen Gästen um, zu Ramiro, Amalia und Teresa und Lynn Lou, als suchte er Unterstützung beim Publikum. Aber kein einziges Gesicht drückt Sympathie aus, nur Neugier und Entsetzen.

»Wie können Sie es wagen, so etwas zu sagen?!« Das Italienisch der deutschen Dame wird mit wachsender Empörung noch besser. »Die Grube haben Sie sich ganz allein gegraben, Signor Gomi!«

»Ich wollte nur einen Kontakt herstellen, Signora.« Der Tonfall des Politikers schwankt erbärmlich zwischen Gejammer und Anklage. »Und sehen Sie nur, in welcher Lage ich mich jetzt befinde! Jetzt steht mein Ruf auf dem Spiel, ich weiß nicht, ob Ihnen das klar ist! Meine politische und auch persönliche Integrität!«

»*L'intégrité de la canaille*«, rutscht es der Französin heraus.

Frau Reitt dagegen schüttelt nur leise den Kopf, sie mag vor Abscheu nichts mehr hinzufügen.

»Worum ich Sie bitte, ist, mit Ihrem Mann zu sprechen, Signora Reitt!« Der sogenannte *Onorevole* kennt eindeutig keine Scham, keine persönliche Würde, keinen Deut Achtung vor den anderen. Trotzig wie ein Kind stampft er mit den Füßen auf, wedelt mit den Händen. »Ich bitte Sie, ihm auszurichten, dass er die Fotos, die wir zusammen gemacht haben, nicht verbreiten soll!«

Frau Reitt erhebt sich, sie überragt den Abgeordneten um einiges. Schön kann man sie nicht nennen, aber sie hat Stil, wahre Eleganz, einen leidenden Zug um den Mund, der wahrscheinlich nicht neu ist. »Signor Gomi, Sie sind die Inkarnation einer würdelosen politischen Klasse, die dieses wundervolle Land nicht verdient.«

Der sogenannte *Onorevole* erstarrt zur Salzsäule, sucht vergeblich nach einer passenden Antwort.

»Wenn Sie etwas von meinem Mann wollen, dann sprechen Sie doch direkt mit ihm.« Frau Reitt macht eine abschließende Geste. »Wir haben uns nichts mehr zu sagen.« Sie verlässt den Tisch, überquert die Terrasse. Die Französin steht ebenfalls auf, bedenkt den Politiker mit einem flammenden Blick, bevor sie der Deutschen folgt. »*C'est dégoûtant.*«

Der sogenannte *Onorevole* Gomi ist noch einen Augenblick sprachlos, dann zückt er sein Handy, tippt hektisch eine Nummer. »Hallo? Hallo?! Und?! Wie, du hast es noch nicht gemacht?!« Mit raschen Schritten eilt er über die Terrasse zu dem Weg, der zu den Suiten führt.

Die zwei älteren italienischen Gäste sehen sich ratlos an. Teresa und Amalia ebenso, Federico späht noch aus dem Küchenvorraum. Lynn Lou Shaw dagegen ist noch immer auf einem anderen Stern; mit der Messerspitze kratzt sie auf der Steinplatte ihres Tisches herum, blickt zum Meer, versteckt hinter ihrer sehr dunklen Sonnenbrille.

51

Die Jahre, in denen es Brian Neckhart gelungen ist, die Idee von LifeSolving™ in eine solide Realität zu verwandeln, hat er zu vielem genutzt: um ein blühendes Business auf die Beine zu stellen, Filialen in L.A., New York, Chicago und Miami zu eröffnen, einen Mitarbeiterstab auszubilden, beträchtlichen Profit zu machen, mehrere Bücher zu veröffentlichen und zwei unumstößliche Wahrheiten zu entdecken. Erstens, dass es für jede Situation, so kompliziert, verfahren, konfliktgeladen und unübersichtlich sie auch sein mag, eine Lösung gibt. Man braucht nur den richtigen Angriffswinkel zu finden und Art, Zeit und Intensität des Vorgehens von Fall zu Fall genau abzuwägen. Unterdessen hat er Tausende von Akten in seinem Archiv, die das beweisen. Zweitens, dass man Menschen, im Unterschied zu Situationen, nicht ändern kann. Keine Chance, es geht einfach nicht. Punkt.

Lange wollte er das nicht einsehen, im Gegenteil, er hat mit aller Kraft dafür gekämpft, das Gegenteil zu beweisen. Schließlich kann man jeden Charakter genauso wie eine Situation analysieren. Es gibt kein Verhalten, keine Manie, Phobie, Obsession oder Neigung, keinen Tick, der sich nicht mit einer Ursache in Verbindung bringen lässt. Ein Mensch kann einige Wochen (bei LifeSolving™) oder viele Jahre (bei der Psychoanalyse) damit verbringen, Gründe, Motive, kindliche Traumata, ungelöste Probleme und Einflüsse ausfindig zu machen, und wird am Ende (bei LifeSolving™) eine gut lesbare Graphik erarbeitet haben oder (bei der Psychoanalyse) immer noch weiter darüber nachgrübeln und garantiert wieder da stehen, wo er angefangen hat. Vielleicht fühlt er sich etwas besser (bei LifeSolving™, weil er wenigstens ein klares Bild von seinen Schwächen hat) oder etwas schlechter (bei der Psychoanalyse, weil er ein ausgewiesener Vollzeitlamentierer wird). Aber vom praktischen, wesentlichen, handlungsorientierten Standpunkt her gesehen, wird er sich genau am selben Punkt wiederfinden wie zuvor.

Es gibt einfach keine Ermutigung, keinen Druck, kein Vorbild, keinen Anreiz, kein gutes Zureden, wodurch sich ein Charakter oder eine Veranlagung bleibend ändern ließe. Selbstverständlich ist jeder in der Lage, sich zeitweise anzupassen, um jemandem einen Gefallen zu tun, sich besser in einen Kontext einzufügen, einer Bedrohung zu entgehen, nicht irgendwo hinausgeworfen zu werden. Der andere (häufiger *die* andere, da Frauen viel stärker als Männer zu der Überzeugung neigen, ihren Partner verändern zu können) registriert die Veränderung, freut sich, erzählt es herum, prahlt damit, preist sie. Man fühlt sich auserwählt und glücklich, schreibt die Ergebnisse dem eigenen Einfühlungsvermögen zu, der eigenen Sanftmut oder Entschiedenheit, Geduld oder Ausdauer. Schade nur, dass die Veränderungen gar keine sind, sondern bloß momentane Anpassungen aus opportunistischen Gründen. Schade, dass es mimetische Aktionen sind, so wie das Chamäleon seine Farbe verändert, wenn es erschreckt oder belästigt wird, mit einem Rivalen kämpfen, einer Gefahr ausweichen oder um ein Weibchen werben will. Sobald die Bedrohung vorüber oder das Weibchen erobert ist, sobald die Forderung, freundlicher, aufmerksamer, präsenter, höflicher, ausgeglichener, anregender, phantasievoller, realistischer zu sein, nachlässt, kehrt der Betreffende rasch zu seinen ursprünglichen Mustern zurück. Der Egoist wird wieder egoistisch, der Gewalttätige gewalttätig, der Abwesende abwesend, der Schmutzfink schmutzig, der Fresssack verfressen, der Treulose treulos. Der Prozess dauert je nach Person und Umständen unterschiedlich lange, ist aber absolut unvermeidlich, genauso wie die Enttäuschung bei demjenigen, der dachte, es sei ihm gelungen, eine echte Veränderung herbeizuführen, und der die Rückkehr zum ursprünglichen Muster als Täuschung, Verrat und Betrug interpretiert. Es genügt, diesen Mechanismus mit Hunderten Millionen zwischenmenschlichen Beziehungen zu multiplizieren, um zu ermessen, wie unendlich viel Zeit, Energie und Gefühl jeden Tag auf der Welt verschwendet wird. In Elektrizität umgewandelt, würde es für die Beleuchtung der Großstädte des Planeten reichen, es wäre die erneuerbarste aller alternativen Energien. Das hat er in praktisch jeder LifeSolving™-Publikation geschrieben und wiederholt es auf jedem Seminar und bei jeder Privatkonsultation: Die einzige wahre Möglichkeit, eine Person zu verändern, ist sie *auszutauschen* und durch eine andere zu ersetzen.

Folglich ist es nur logisch, dass er sich im Augenblick fühlt wie ein Idiot. Tatsache ist, dass jeder, auch wenn er es nie zugeben würde, letztendlich glaubt, es gäbe einige sehr seltene Ausnahmen von den erprobtesten Regeln, und diese seltenen Ausnahmen beträfen zufällig wunderbarerweise ihn selbst. Die Leute altern; er nicht. Die Leute sterben; ihm wird das nicht passieren. Liebesbeziehungen verlieren nach und nach an Schwung; seine nicht. In Ehen wissen die Partner im Lauf der Zeit häufig nicht mehr, warum sie eigentlich geheiratet haben; bei ihm ist es genau umgekehrt. Zwei dominante Persönlichkeiten, die zusammenleben, produzieren letztlich einen Dauerkonflikt; nicht hier. Eine Schauspielerin, die ab ihrem fünften Lebensjahr am Filmset aufgewachsen ist, neigt unvermeidlich dazu, krankhaft labil, egozentrisch und exhibitionistisch zu sein, ständig auf der Suche nach Bestätigung für ihre Schönheit und Anziehungskraft; nicht in diesem Fall. Lynn Lou Shaw ist in allen Klatschspalten berühmt für ihre Ausschweifungen jeder Art, doch wenn man ihr echtes Verständnis entgegenbringt, ihr zuhört, ihr Halt und Sicherheit gibt in einer Beziehung gegenseitigen Vertrauens und gegenseitiger Achtung, dann zeigt sie einen gesunden Menschenverstand wie ein Mädchen aus früheren Zeiten, ein inneres Gleichgewicht, das vielen jungen Frauen mit weit gewöhnlicherem Leben fehlt. Als er sie kennenlernte, war sie komplett ausgeflippt, doch jetzt nach zwei Jahren Ehe ist sie ein anderer Mensch. Auch bei der Arbeit hat sie sich völlig verändert: Alle haben es gemerkt, die Regisseure, die Kollegen, die Kritiker. Eine wunderbare Verwandlung, wirklich. Fragt nur ihren römischen Produzenten, der seine Dreharbeiten auf halber Strecke unterbrechen musste und jetzt mit einer Klage in Millionenhöhe droht, wenn Lynn Lou nicht innerhalb weniger Tage in anständiger Verfassung ans Set zurückkehrt.

Es macht ihn schier rasend, dass er sich in der Rolle des Schwachkopfs wiederfindet, der sich einredet, genau er gehöre zu den seltenen Ausnahmen, und noch dazu von einer Regel, mit der der Schwachkopf sich von Berufs wegen seit achtzehn Jahren beschäftigt und auf deren systematischer Kodierung er seinen Ruf und sein Business aufgebaut hat! Die Grundzüge von Lynn Lous Persönlichkeit waren von Anfang an so glasklar, so augenfällig, dass es gar keiner besonderen Nachforschungen bedurfte, dass nicht nur ihr nahestehende Menschen darum wussten, sondern auch Millionen von Illustriertenlesern, Internetbesuchern und Zuschauern von TV-Klatschformaten. Ihre Nervenkrisen am Set, ihre Szenen mit Technikern und Kollegen, ihre Angewohnheit, zur Wonne der schon scharenweise auf der Lauer liegenden Fotografen ohne Slip aus den Limousinen zu steigen oder im Morgengrauen von Freunden oder Bodyguards gestützt von Partys zu kommen, zu betrunken, um sich auf den Beinen zu halten. Es handelte sich nicht um ein paar wenige Episoden, es war Teil eines systematischen Verhaltens, oder anders gesagt, ihres Wesens. Jeder Fan hätte das bestätigen können. Und hatte ihre erste Begegnung nicht stattgefunden, weil ihr Agent ihn in einem verzweifelten Versuch, sie wieder unter Kontrolle zu bringen, angerufen hatte? Ein zehnminütiges Gespräch hätte genügen müssen, um zu begreifen, dass die junge Frau unverbesserlich ist, wie ja alle. Dennoch ist der brillante Brian Neckhart in die Falle getappt, hat gedacht, dank seiner besonderen Begabung, Probleme zu erkennen, seiner außergewöhnlichen Fähigkeit, zu verstehen und anderen verstehen zu helfen, seiner phänomenalen inneren Stabilität könnte er es schaffen. Praxis und Theorie, jahrelange Publikationen und Konferenzen, zum Teil heftige Polemiken mit den sogenannten professionellen Seelenklempnern haben ihm absolut nichts gebracht; seine speziellen Fähigkeiten waren lahmgelegt wie in einem schlechten Science-Fiction-Film.

Natürlich spielte auch seine Eitelkeit eine Rolle, und die unwiderstehliche Vorstellung, dass er in der öffentlichen Meinung als wundertätiger Schamane dastünde, wenn es ihm tatsächlich gelänge, eine wie Lynn Lou Shaw zu verändern. So wie der Pferdeflüsterer, der sich zielsicher das wildeste Tier aus der Herde heraussucht, um sein erstaunliches Können zu beweisen. Doch dass er sie erst verführt und dann zynisch geheiratet hätte, um Werbung für sich selbst und LifeSolving™ zu machen, wie in Hollywood und nicht nur dort viele böse Zungen behauptet haben, ist falsch und auch lächerlich. Es wäre ihm fast lieber gewesen, aber es war nicht so. O nein. Nie hätte ein berechnender Zyniker mitgemacht, was er in den letzten zwei Jahren erdulden musste; nie hätte er so viele geistige und praktische Mühen in den sinnlosen Versuch gesteckt, einen Menschen zu ändern.

Okay, jede Erfahrung kann nützlich sein, wenn man etwas daraus lernt. Das ist einer der Angelpunkte seiner Philosophie: Und am meisten lernt man ja aus den dümmsten Fehlern, aus den peinlichsten Stürzen, aus den schmerzlichsten Demütigungen. Recht wenig lernt man dagegen aus Dingen, die gleich beim ersten Anlauf gut gelingen, fast ohne Nachdenken, als wären es Geschenke eines gütigen Schicksals. Um (relative) Weisheit zu erringen, ist es praktisch unverzichtbar, mindestens einmal böse auf die Nase zu fallen. Wichtig ist, sofort wieder aufzustehen, sich den Staub abzuklopfen, sich den Fehler zu merken und zielstrebig auf dem richtigen Weg weiterzugehen. Über das Geschehene zu jammern nützt gar nichts, es schreckt die anderen bloß ab. Was zählt ist, die Verluste abzutrennen, die Wunden schnellstens zu nähen. Lynn Lou Shaw zu heiraten war eine sehr schlechte Idee, ja: Doch zum Glück kann man sich scheiden lassen. Und der Ehevertrag, den Harvey Rosenthal und Lynn Lous Rechtsanwalt vor der Heirat zusammen aufgesetzt haben, schützt ihn zum Glück vor möglichen Erpressungen finanzieller Art. Lynn Lous Mutter selbst hatte auf diesem Vertrag bestanden, weil sie fürchtete, er könnte der Tochter ihre Millionen abluchsen, um sie in seine Geschäfte zu stecken; er ist außerordentlich froh, ihn unterschrieben zu haben. Noch heute wird er Harvey eine E-Mail schicken, dass er schon mal die Papiere für eine schnellstmögliche Scheidung vorbereiten soll. Lynn Lou willigt bestimmt sofort ein, auch wenn sie später (fast sicher) überall das Opfer spielen und ihn als Ungeheuer hinstellen wird. Zur Freude der Gossip-Webseiten wird sie vielleicht aus kindischer Rache erzählen, er sei ein Kontrollfreak und maße sich sogar an, ihr vorzuschreiben, was sie zum Frühstück essen und wann sie schlafen gehen solle. Oder behaupten, er habe einen kleinen Penis oder etwas Derartiges, was sich nicht überprüfen lässt. Na wenn schon, man muss nur darauf gefasst sein.

Jetzt muss er nur noch drei Tage auf dieser verdammten Insel ausharren und sich beherrschen, Perusato oder seine Assistentin nicht spontan zu bitten, umgehend eine Bootsfahrt zum Hafen, den Hubschrauber von dort nach Lampedusa, den Flug von Lampedusa nach Rom und von Rom nach Los Angeles zu organisieren. Lynn Lou allein hierzulassen hätte allzu katastrophale Folgen für ihr Image, seines und ihres. Denn ihre Ehe ist zu öffentlich, vor den Augen der Welt würde es aussehen, als hätte er sie, ohne mit der Wimper zu zucken, mitten in einer Krise einfach sich selbst überlassen. Eine verheerendere Negativwerbung für LifeSolving™ kann man sich kaum vorstellen, auch wenn man nicht zynisch sein will. Nein, es bleibt ihm nichts anderes übrig, als Lynn Lou für die restliche Zeit so gut wie möglich unter Kontrolle zu halten, sie wieder nach Rom ans Set zu bringen, anschließend nach L.A. zurückzukehren und die Scheidung voranzutreiben. Unter diesen Bedingungen noch drei Tage auszuhalten wird nicht leicht sein, aber es ist machbar, wenn er die gleichen geistigen Abgrenzungstechniken anwendet, die er als Kind hatte erfinden müssen, um die ständigen wüsten Auseinandersetzungen zwischen seinen Eltern zu überleben. In der Zwischenzeit wird er Wege finden, Lynn Lou den Scheidungsantrag als einen Sieg ihrer terroristischen Erpressungstaktiken darzustellen, als die heißersehnte Befreiung von ihrem Unterdrücker.

Anschließend wird er die Verantwortung wieder ihrer Mutter und Artie Goldhaum zurückgeben, die überglücklich sein werden, dass sie nicht mehr mit einem Rivalen konkurrieren müssen, wenn es darum geht, Entscheidungen für Lynn Lous Karriere zu treffen und Rollen oder Presseerklärungen für sie zu bestimmen. Sich um ihre Exzesse zu kümmern wird die beiden natürlich weniger freuen, aber das ist ihre Sache. Er genießt jetzt schon die Ruhe auf dem Flug Rom–L.A., allein mit seinen Gedanken, ohne sich alle zwei Sekunden sorgen zu müssen, dass die Kindfrau an seiner Seite sich mit Alkohol zudröhnt und mit den Stewardessen streitet oder durch den Korridor torkelt und die anderen Fluggäste belästigt oder womöglich durch die Economyclass spaziert, um sich an dem Klicken von Dutzenden von Handys zu ergötzen. Vom Zustand des Daueralarms mit Lynn Lou zu der Gelassenheit des Alleinseins zurückzufinden wird eine gewisse Umstellung erfordern, doch fehlt es ihm keineswegs an Verpflichtungen, um den plötzlichen Freiraum zu füllen, im Gegenteil.

Es klopft an der Tür, zu diskret, als dass es Lynn Lou sein könnte.

Brian Neckhart erhebt sich vom Laptop und geht öffnen.

Es ist der Assistent des deutschen Bankers: blass, in verwaschenen alten Kleidern, die man ihm nach dem Bootsunglück geliehen haben muss, mit Gummischlappen an den Füßen. Neckhart würde gern wissen, was der Banker von der Höhe seiner unbeugsamen preußischen Akkuratesse herab wohl von diesem Aufzug hält. »Guten Tag, Mr. Neckhart, entschuldigen Sie die Störung.« Der Akzent ist eckig, aber seine Englischkenntnisse sind hervorragend. »Wir sind uns noch nicht vorgestellt worden, mein Name ist Matthias Baumgartner.«

»Guten Tag, was wünschen Sie?« Brian Neckhart bemüht sich nicht um einen besonders höflichen Ton. Die Überlegungen zum Ende seiner Ehe haben unvermeidlich sein Gleichgewicht beeinträchtigt, er bräuchte mindestens eine halbe Stunde Meditation, um sie zu verdauen.

Der Assistent des Bankers zögert, deutet auf das Innere der Suite. »Könnte ich kurz unter vier Augen mit Ihnen sprechen?«

»Mhm.« Neckhart lässt ihn eintreten. Ob der ihm jetzt wohl erzählen will, dass Lynn Lou sich ihm nackt unten auf den Felsen gezeigt oder ihm womöglich auf dem Weg Avancen gemacht und ihm mit der Hand in die Hose gelangt hat?

Der Assistent bewegt sich linkisch, weiß nicht, wohin er schauen soll. Die fremden Kleider stehen in beinahe komischem Widerspruch zu seinem Gesicht, er fühlt sich bestimmt unwohl darin, aber die wahren Gründe für seine Verlegenheit liegen deutlich tiefer. Vielleicht hat Lynn Lou wirklich etwas damit zu tun, hat ihn in einen ihrer unverantwortlichen pubertären Streiche verwickelt. »Mr. Neckhart, ich erlaube mir, Sie zu stören, weil ich weiß, welcher Tätigkeit Sie nachgehen ...«

»Ja, und?« In einem anderen Moment würde es ihm vielleicht Spaß machen, den Typen genauer zu studieren, ihn zu verwirren, indem er seine Beweggründe sogleich errät und ihm auf den Kopf zusagt. Doch jetzt will er sofort auf den Punkt kommen und den Eindringling schnell wieder loswerden.

Der junge Baumgartner zeigt auf den Laptop auf dem Tisch. »Ich habe Ihre Website gesehen, äußerst interessant...« Er will Zeit gewinnen, weiß nicht, wie er anfangen soll. Ja, vielleicht hat er tatsächlich eine nähere Begegnung mit Lynn Lou gehabt, will ihn erpressen.

»Danke. Wenn Sie mir gleich sagen könnten, worum es sich handelt, ich bin leider sehr beschäftigt.«

»Das kann ich mir denken, sicher. Entschuldigen Sie noch einmal. Ich wollte fragen...« Der Assistent windet sich weiter; sein Verhalten zeugt von getrübtem Selbstvertrauen, gemischt mit heftiger Unsicherheit.

»Fragen Sie.« Er hat jetzt keine Zeit für diese Ziererei, keinen Nerv für einen emotional aufgelösten dreißigjährigen Deutschen.

»Was ich Sie fragen möchte, ist...« Die Wahrscheinlichkeit, dass dieses Verhalten mit Lynn Lou zu tun hat, wächst: liegt schon bei siebzig/fünfundsiebzig Prozent.

»Wollen Sie fragen, ob ich auf meine Frau eifersüchtig bin?« Brian Neckhart weiß, dass er sich tolldreist exponiert, aber er will endlich etwas Bewegung in die Sache bringen. »Nein, bin ich nicht. Nein, ich habe keine Absicht mehr, das Kindermädchen meiner Frau zu spielen. Nein, ich denke nicht mehr, dass ich der einzige Mensch auf der Welt bin, der sie ändern kann. O ja, von diesem Augenblick an kann sie absolut tun und lassen, was zum Teufel sie will. Auch mit Ihnen, Herr Baumgartner. Beruhigen meine Antworten Sie?«

Der Assistent des Bankers macht ein betroffenes Gesicht, als hätte er gerade ohne jede Provokation eine schallende Ohrfeige bekommen. Vor Verlegenheit stottert er. »Mr. Neckhart, ich würde mir nie erlauben hierherzukommen, um mich über Ihre Frau...«

»Ach nein?« Brian Neckhart erkennt plötzlich, dass er nicht ganz klar im Kopf ist, und das bringt ihn noch mehr aus dem Lot, macht ihn noch aggressiver. »Worüber wollten Sie denn dann mit mir reden? Sie sind schon mehrere Minuten hier und haben mir immer noch nicht die Gründe Ihres Besuchs genannt. Darf ich Sie bitten, auf den Punkt zu kommen, Mr. Baumgartner?«

»Ich bin ganz aus eigenen Stücken hier, ich wollte nur einmal vorfühlen, sozusagen... Ich habe mich gefragt, ob Sie nicht eventuell in Betracht ziehen könnten, sich um die Situation meines Chefs Dr. Reitt zu kümmern...«

»Ich weiß, wer Ihr Chef ist.« Brian Neckhart stoppt die selbstkritischen Gedanken, die scharenweise über ihn herfallen und ihn lächerlich machen wollen. Er konzentriert sich lieber auf den jungen Deutschen, auf den deutlich wahrnehmbaren Konflikt zwischen seinen gewohnten guten Manieren und der Verwirrung wegen eines Notstands.

»Es handelt sich darum, dass...« Der Assistent versucht die Mauern von Diskretion und Respekt vor der Hierarchie zu überwinden, die ihn wer weiß wie viele Jahre gebremst haben müssen, angetrieben von reinem Missionsgeist. »Leider sind einige private Bilder in Umlauf gebracht worden, die sich womöglich sehr schädlich auf Dr. Reitts Position auswirken könnten...«

»Ich habe sie gesehen.« Brian Neckhart hat keine Lust, so zu tun, als wisse er nichts; dazu hat er keine Zeit.

Baumgartner wirkt bestürzt darüber, der Hüter eines Geheimnisses zu sein, das keines mehr ist. »Wann?«

»Vorhin. Ich habe einen Blick auf die Profile der anderen Gäste hier geworfen, nur so aus Neugier.«

»Würden Sie mir gestatten, auch einen Blick darauf zu werfen, nur ganz kurz?« Der Assistent deutet auf das Macbook Air. »Mein iPad und mein iPhone sind auf dem Meeresgrund gelandet, seit heute früh bin ich nicht mehr auf dem Laufenden.«

»Selbstverständlich.« Brian Neckhart führt ihn zum Laptop, tippt *werner reitt scandal* bei Google ein: Auf der ersten Seite der Ergebnisse erscheinen die Online-Editionen deutscher, englischer, französischer, italienischer Tageszeitungen und der wichtigsten Presseagenturen.

Reitts Assistent klickt vorsichtig auf das erste Ergebnis, als fürchte er, der Computer könne explodieren, und in der Tat explodiert auf dem Bildschirm die Überschrift *Sex-Skandal bei der PanEuropaBank,* darunter das Foto von Werner Reitt, sichtlich betrunken und obszön geschminkt, einen Champagnerkelch in der Hand und das Euro-Symbol auf die nackte Brust gemalt. Der junge Deutsche weicht zurück, atmet durch die Nase, beißt die Zähne zusammen, zittert.

»Tja, keine beneidenswerte Lage.« Brian Neckhart lächelt halbherzig. Die Shaw-Neckhart-Ehe dagegen ist beneidenswert, was? Typischer Fall von »Arzt, kuriere dich selbst«, wirklich.

»Ich hätte nicht gedacht, dass es heute schon so groß herauskommt.« Der Assistent ist erschreckend blass, hat geweitete Pupillen; ihm scheint davor zu grausen, wieder auf den Bildschirm zu schauen.

»Dennoch war es ja absehbar.« Neckhart spielt weiter den Enthüller brutaler Wahrheiten, in seinem weidlich erprobten Tonfall. Doch war der Knall in seiner Ehe nicht ebenso absehbar? Auch ein Vollidiot hätte es sich denken können. »Seit gestern macht dieses Zeug in den Blogs die Runde.« Hier drin von Blogs zu reden ist ungefähr so, als würde man im sprichwörtlichen Glashaus sitzen und mit Steinen werfen.

»Wir hatten noch gehofft, die Bank könne bei den Betreibern

etwas erreichen...« Der Assistent blickt mehrmals zwischen dem Bildschirm und Brian Neckhart hin und her, mit einer Miene konzentrierter Erwartung.

»Eine Bank ist in solchen Fällen wie ein Elefant im Porzellanladen.« Brian Neckhart findet die Ergebenheit des jungen Baumgartner für seinen Chef übertrieben, dennoch kann er angesichts der Sachlage nicht umhin, sie zu bewundern.

»Ich weiß.« Die Erwartung im Blick des Assistenten nimmt nicht ab. »Glauben Sie, dass die Situation noch zu retten ist, Mr. Neckhart?«

Neckhart antwortet nicht sofort, weil er plötzlich Lynn Lous Gesichtsausdruck, als sie aus dem Bad trat, wieder so lebendig vor sich sieht, dass er ins Wanken gerät. »Keine Situation lässt sich retten, Mr. Baumgartner.«

Der junge Deutsche wirkt noch verunsicherter als zuvor. »Aber auf der Website von LifeSolving™ steht, dass es für jede Situation eine Lösung gibt...«

»Eine Lösung schon.«

»Ja, und?«

»Eine Lösung bedeutet keineswegs, die Situation zu retten. Ganz im Gegenteil. Es bedeutet, sie zu ändern, zu verbessern. Erinnern Sie sich an die Geschichte von den drei kleinen Schweinchen, Mr. Baumgartner?«

»Ich glaube schon.« Der junge Mann schaut ihn so ratlos an, dass er unter anderen Umständen darüber lachen müsste.

»Was ich meine, ist, dass man das verwüstete Haus aus Stroh verlassen und vergessen und stattdessen ein Backsteinhaus bauen muss.«

Dem Assistenten scheint diese Metapher nicht zu behagen, wahrscheinlich hat er nie das Gefühl gehabt, jahrelang in einem Haus aus Stroh gelebt zu haben: höchstens in einem felsenfesten Granitpalast. »Sie halten das für möglich, in diesem Fall?«

Brian Neckhart hält den Augenkontakt, nickt bedächtig. Sich

mit der Reitt'schen Situation zu beschäftigen könnte in der Tat eine schöne Herausforderung sein, mit breitgestreuten, nicht nur finanziellen Auswirkungen. Es könnte LifeSolving™ Tür und Tor zum europäischen Markt öffnen. Und davon abgesehen wäre es auch eine hervorragende Möglichkeit, den geistigen und emotionalen Raum auszufüllen, der in Kürze durch das Ende der Ehe mit Lynn Lou frei werden wird.

»Aber wie denn?« Der Assistent kämpft gegen eine Flut von pessimistischen Überlegungen an, versucht verzweifelt einzuschätzen, ob es für seinen Chef und ihn wirklich noch einen Ausweg aus der Katastrophe gibt.

»Ich würde eher für einen Stahlbetonbunker plädieren als für ein Backsteinhaus. Ihr Deutschen seid ja sowieso ziemlich gut in so was.«

Baumgartner weiß nicht mehr, was für ein Gesicht er machen soll.

»Natürlich muss Ihr Chef unbedingt davon überzeugt sein und hundert Prozent mitarbeiten. Vermutlich weiß er gar nicht, dass Sie hier sind, nicht wahr?«

»In der Tat, nein. Wie ich Ihnen gleich gesagt habe, handelt es sich um meine ganz persönliche Initiative…«

»Dann sprechen Sie sofort mit ihm. Schnell zu reagieren ist in so einem Fall entscheidend, das brauche ich Ihnen wohl nicht zu sagen.«

»Natürlich, natürlich.« Der Assistent des Bankers ist immer noch sehr durcheinander, aber in seinem Blick glimmt ein Hoffnungsschimmer. »Ich werde gleich mit ihm reden. Vorerst weiß ich gar nicht, wie ich Ihnen danken soll, dass Sie mich angehört haben.«

»Mhm.« Brian Neckhart scheucht ihn zur Tür. »Geben Sie mir Bescheid.«

»Jawohl, Mr. Neckhart, noch einmal vielen Dank.« Der Assistent reicht ihm die Hand, geht hinaus, zögert aber auf der

Schwelle, dreht sich um. »Glauben Sie wirklich, dass es in diesem Stadium noch eine Lösung für die Situation gibt?«

»Für jede Situation gibt es eine Lösung, Mr. Baumgartner. Jede Situation kann man ändern. Man muss nur den richtigen Ansatzpunkt finden. Es sind die *Menschen*, die man nicht ändern kann.« Brian Neckhart schließt die Tür und kehrt an seinen Laptop zurück.

52

Die Großmutter (von Alcuanti-Seite) sagt ab und zu: *En dimora masteri todu die es celebration*, im Herrenhaus ist jeder Tag ein Fest, doch hier trifft eher das Gegenteil zu: Hier überwiegen fast immer die Sorgen. Aber zum Donnerwetter, Lucia Moscatigno ist wirklich stinksauer. Nach jahrelanger Arbeit und monatelangen hektischen Vorbereitungen ist man endlich überzeugt, dass alles in Ordnung ist, die Küche, der Zimmerservice und die Bedienung auf der Restaurantterrasse, die Entsalzungsanlage, die Klimaanlage, die Solaranlage und so weiter, und dann zwei Tage wie diese. Gestern der tote Fotograf auf den Felsen, heute die Katastrophe mit dem Chris Craft, der Kommandant der Küstenwache, der das Meer absuchen lassen will, die Lügen, die Carmine für seinen Onkel über seine vergebliche Suche nach dem Schlauchboot des Fotografen erfinden musste. Dazu noch der Skandal mit den Fotos von Reitt und dem Mädchen im Internet, weshalb wohl Reitt zu Gianluca gesagt hat, er wolle nach Deutschland zurückkehren, der immer stärker werdende Wind und das aufgewühlte Meer. Kein Wunder, dass Gianlucas Gemütszustand ständig zwischen Angst und Resignation schwankt.

Doch wieso muss er sich mit ihr anlegen, ihr vorwerfen, sie habe ihn dazu überredet, ihren Cousin einzustellen, der sich als Mörder und unverantwortlicher Bootsmann erwiesen habe? Da kann sie noch so oft wiederholen, dass Carmine zwar ein Hitzkopf ist wie alle Männer (und ein Gutteil der Frauen) auf Tari, aber nie so weit gehen würde, jemanden umzubringen, und dass ganz gewiss nicht er den Schiffbruch verursacht habe, sondern diese dämliche Lynn Lou Shaw. Da ist sie sich ganz sicher, nach allem, was das Ehepaar Cobanni, Matthias und Paolo Zacomel erzählt haben. Aber nichts zu machen, Gianluca versteift sich darauf, dass Carmine an allem schuld ist. Wie der Großvater (von Moscatigno-Seite) zu sagen pflegte: *Debe tort aliquo ghiva,* irgendwem muss man die Schuld geben.

»Und was machen wir mit dieser Kanaille von Gomi?« Gianluca schaut sie im orangefarbenen Licht des Sonnenuntergangs von der anderen Seite des Zimmers her an – so angespannt, dass sie Angst bekommt.

»Wird er nicht von der Küstenwache abgeholt?« Sie bedauert es, ehrlich gesagt, keineswegs, den Abgeordneten hier in der Villa Metaphora zu haben, denn er ist zwar entsetzlich aufdringlich und unsympathisch, das stimmt, aber doch auch eine weitere berühmte Persönlichkeit im Haus. Selbst wenn Gianluca sagt, das sei die falsche Art von Berühmtheit.

»Aber wann? Und wenn sie es aus irgendeinem Grund nicht schaffen, ihn zu holen?«

»Sie werden schon kommen, wirst sehen.«

»Oder auch nicht!« Gianluca hebt die Stimme, wieder behandelt er sie wie eine dumme, arme Fatalistin, das nervt.

»Na ja, jetzt beruhige dich erst mal, Gian.« Sie muss sich ja selbst beruhigen, denn wenn er anfängt, sie so zu behandeln, wird es schwierig, da braucht man viel Geduld.

»Ich denke nicht daran! Wo sollen wir ihn überhaupt schlafen lassen, wenn sie ihn tatsächlich nicht abholen?«

Lucia seufzt tief (darauf sagt er immer, wenn sie so seufze, wirke sie wie eine alte Thieserin). »Wir werden schon eine Lösung finden.«

»Welche denn?«

»Was weiß ich, wenn's wirklich Probleme gibt, stellen wir ihm ein Bett in den Salon. Aber sie holen ihn bestimmt ab.«

»Und was machen wir bis dahin mit ihm?« Wieder verwandelt sich Gianluca von dem Mann, der alles weiß und alles entscheidet, in den Mann, der bei allem um Rat fragt. »Soll er etwa mit den Gästen zusammen auf der Terrasse zu Abend essen, verdammt noch mal?«

»Tja, etwas anderes kommt wohl kaum in Frage.«

»So wie er dauernd mit seiner verdammten Megaphon-Stimme am Handy hängt, stört er die Gäste fürchterlich!«

»Du könntest es ihm ja sagen, oder? Ihn höflich bitten, beim Essen nicht zu telefonieren. Wir haben es ja auch hingeschrieben, dass man Handys nur in den Privaträumen oder auf der unteren Terrasse benutzen darf.«

»Sag du es ihm, auf eine Frau hört er bestimmt eher.« Nun hat er es geschafft, auch das auf sie abzuwälzen; manchmal hat sie das Gefühl, er halte sie sich bloß, um die Probleme bei ihr abzuladen, echt.

»Ramiro wird jedenfalls gar nicht erfreut sein. Er hat sich heute Mittag schon beklagt und gesagt, ohne Ankündigung dürfen wir ihm nicht noch mehr Leute anschleppen.« Sie will ja nicht noch mehr Spannungen erzeugen, aber jeden Tag muss sie wieder die Vermittlerin spielen, dauernd sagt jemand etwas zu ihr, damit sie es jemand anderem weitersagt. Äußerst heikel, ihre Arbeit, beinahe eine Diplomatentätigkeit.

»Sag dem sehr verehrten Signor Ramiro, er soll sich abregen!« Gianluca ereifert sich, das war ja klar. »Sag ihm, bei allen Problemen, die ich am Hals habe, kann ich mich nicht auch noch um sein hysterisches Primadonnengehabe kümmern! Ehrlich gesagt, zahle ich ihm genug, damit er sich auch mal dazu bequemen kann, einem unvorhergesehenen Gast ein Essen hinzustellen!«

»Gian, reg dich nicht auf.«

»Ich rege mich nicht auf! Und nenne mich nicht Gian, du weißt genau, dass ich das nicht mag!«

»Oh, entschuldige vielmals! Ich will ja nur, dass du keinen Herzinfarkt kriegst.« Sie versteht, dass er empfindlich ist, bei all den Sorgen, die ihn plagen. Aber es nervt sie, wenn er sie anschreit, vielleicht, weil in ihrer Kindheit ihr Vater ihre Mutter auch immer anschrie.

»Ich kriege keinen Infarkt, mein Herz ist perfekt in Form!« Er wird rot vor Wut, aber vielleicht liegt es auch an dem Rot des Sonnenuntergangs, das durchs Fenster auf sein Gesicht fällt.

»Schon gut, entschuldige.« Lucia wendet sich zur Tür; heute Abend kann man wirklich über gar nichts reden.

»Wohin gehst du?!« Gianluca tut, als wollte sie das sinkende Schiff verlassen, die treuloseste Frau der Welt.

»Nachsehen, wie es mit dem Wind steht.« Noch so ein Thema, das sie lieber nicht angeschnitten hätte, aber wie soll das gehen, der Wind weht nun mal.

Gianluca öffnet ein Fenster, und sogleich fährt eine Böe herein und wirbelt die Blätter auf dem Schreibtisch durcheinander. »Der Wind hat gerade noch gefehlt, an so einem grässlichen Tag.«

»Ich lasse den Windschutz um die Terrasse montieren.«

»Der müsste schon seit Stunden montiert sein! Wir brauchen ja nicht zu warten, bis die Gäste weggeweht werden!«

»Ich organisiere das jetzt, okay? Ich sage Carmine sofort Bescheid.«

»Sag diesem Verbrecher, er soll seine Pflicht tun, anstatt durch die Gegend zu laufen, um Fotografen zu überfallen und Motorboote zu Schrott zu fahren!«

»Carmine hat niemanden überfallen, ist das klar?« Lucia will sich wirklich nicht weiter mit ihm streiten, aber wenn er wieder diese Anklagen ihrem Cousin gegenüber hervorbringt, wird sie auch hitzig. Vor zwei Minuten hat er sie noch um Rat gefragt, hing an ihren Lippen auf der Suche nach Bestätigung und Beistand, und jetzt ist es, als sei er der Erfinder des Sprichworts:

Bona mugera mugera qui nou spica, eine gute Frau schweigt. Aber endlos kann sie das auch nicht aushalten, nein. »Und was das Boot angeht, daran ist diese dämliche Lynn Lou Shaw schuld, das habe ich dir schon gesagt!«

»Erstens darfst du niemals so von unseren Gästen sprechen, verstanden?! Außerdem liegt die Verantwortung immer bei demjenigen, der das Kommando über das Schiff hat! So lautet das Gesetz! Carmine hätte niemals erlauben dürfen, dass sie das Steuer anrührt!«

»Er hat es ihr nicht erlaubt! Sie hat einfach danach gegriffen, Carmine konnte sie nicht mehr bändigen!«

»Er hätte sie überhaupt nie zu sich ins Cockpit lassen dürfen! Dieser unverantwortliche Götzenverehrer von deinem Cousin ist schuld, daran gibt es nicht den geringsten Zweifel! Seine Dummheit wird mich wer weiß wie viele zigtausend Euro kosten, ist dir das klar?!«

»Lass doch Lynn Lou Shaw dafür bezahlen! Die hat so viel Geld, dass sie es gar nicht merkt!«

»Red keinen Quatsch, bitte!« Jetzt behandelt er sie schon wieder wie einen Dummkopf; sie könnte platzen vor Wut. »Es ist zwecklos, dass du deinen Cousin mit so einer Sturheit verteidigst! Wie ein Maulesel, wie die taresische Mafia, echt!«

Sie senkt den Kopf, sonst hört das Gezerre ja nie mehr auf; wortlos verlässt sie das Büro, tritt hinaus auf die Terrasse.

53

Aus irgendeinem Grund benutzen die anderen Gäste diesen Salon kaum, vielleicht, weil sie nicht in einem geschlossenen Raum zusammentreffen wollen, wo sie gezwungen wären, sich miteinander zu unterhalten. Es ist, als folgten sie einem ungeschriebenen Gesetz, das nur minimale zwischenmenschliche Kontakte vorsieht, so als könnte ihr Status sonst darunter leiden. Ein kurzes Scherzwort ist erlaubt, auch ein Austausch oberflächlicher Beobachtungen oder ein rasches Lächeln, aber mehr nicht. Sie sitzen lieber auf der Terrasse, wo Gesten und Worte viel eher verfliegen (obwohl heute Abend, trotz der Schutzplane, die Carmine montiert hat, der Wind etwas zu stark ist), oder ziehen sich nach einem kurzen Rundgang auf dem gepflasterten Weg wieder in ihre Suiten zurück. Kuriose Regeln des internationalen Jetsets, wahrhaftig. Tiziana Cobanni hat das auch schon bei anderen Gelegenheiten beobachtet, doch hier fällt es ihr stärker auf, vermutlich, weil die Gäste besonders bedeutend sind oder sich jedenfalls so sehen. Besonders die beiden Deutschen und die beiden Amerikaner stehen unter Dauerspannung, sie kommen nie zur Ruhe. Wenn das für sie Urlaub ist, wie mag es dann bloß in ihrem Alltag zugehen? Sie selbst würde sehr gern ein wenig plaudern, im Grund genommen müsste das zu den Vergnügungen gehören, die ein solcher Ort bietet. Andererseits ist sie nach all dem Schrecken heute froh, in aller Ruhe mit Giulio hier zu sitzen und zu lesen.

Giulio hält den Band von Baron Canistraterra in der Hand, sie das Buch, das ihre Tochter Roberta ihr beim Besuch vor ihrer

Abreise mitgebracht hat. Schade, dass die Geschichte so wenig Gehalt hat, kaum wird man einen Augenblick abgelenkt, verliert man den Faden, vergisst die Personen, sieht keinen Sinn mehr. Den Autor, der offenbar sehr gute Besprechungen bekommen hat, scheinen stilistische Spielereien viel mehr zu interessieren als die Substanz seiner Erzählung. Man könnte sogar sagen, dass die Substanz beinahe gänzlich fehlt in dieser Abfolge kurzer Sätze und einzelner Wörter, die in großer Schrift gedruckt sind, damit sie knapp neunzig Seiten füllen. Wirklich schade, denn um die Gedanken von sich fernzuhalten, die auf sie einstürmen, bräuchte sie einen echten Roman mit einer echten Handlung, lebendigen Personen, Gefühlen, sentimentalen und praktischen Verwicklungen. Die Atmosphäre hier im Salon wäre perfekt, mit dieser dichten Stille, die nur zwischendurch vom Zittern der Fensterscheiben unterbrochen wird. Vielleicht hat Architekt Perusato dünnes Glas gewählt, um den Eindruck eines intensiven Kontakts mit der Außenwelt zu vermitteln oder auch um zu sparen, da die Kosten für den Bau des gesamten Resorts beträchtlich gewesen sein müssen.

Giulio scheint ganz in den dicken, in grünes Leder gebundenen Band vertieft zu sein, den er auf den Knien hält. Ab und zu nimmt er einen kleinen Schluck aus dem Cognacglas auf dem Tischchen rechts neben ihm, schnalzt leise mit den Lippen. Doch jetzt merkt er, dass sie gar nicht liest, und hebt den Blick. »Denk nur, zu Zeiten des Barons Canistraterra gab es hier auf der Insel noch Spuren eines animistischen vorchristlichen Kults um den Vulkan. Die Bewohner nannten ihn Muntagna Matri, genau wie es der Architekt schon bei unserer Ankunft erwähnt hat.«

»Ja, ich erinnere mich.« Tiziana Cobanni denkt daran, wie wenig ihr erster Eindruck des Ortes mit dem übereinstimmt, was sie jetzt empfindet. Es sind zwei getrennte, nebeneinander existierende Ebenen.

»Canistraterra hat Dutzende von Gesprächen mit den alten Taresern geführt, ihre Namen aufgeschrieben, ihre Sitten und Rituale, bis ins kleinste Detail. Niemand hatte sich vor ihm je ernsthaft mit diesen Dingen befasst.« Giulio hat noch immer diese Angewohnheit, ihr zu erzählen, was er gerade liest, vor allem, wenn es ihn begeistert.

»Was ist Animismus denn genau?« Eine Vorstellung hat sie natürlich, aber in ihrer Rollenteilung ist er der Hüter der systematischeren Bildung. Aus irgendeinem Grund findet sie das beruhigend, es gibt ihr das Gefühl, sich gelegentlich eine gewisse weibliche Leichtfertigkeit gestatten zu dürfen.

»Nun, es ist die Vorstellung, dass nichtmenschliche Wesen spirituelle Eigenschaften besitzen.« Die Namen und die richtigen Erklärungen zu kennen muss dagegen Giulio mit männlichem Beschützerglück erfüllen: So ergänzen sie sich noch heute wunderbar, auch nach all den Jahren und Schwierigkeiten.

»Du meinst Tiere, Pflanzen, Berge, das Meer?«

»Ja, und auch verschiedene Naturphänomene. Donner, Blitz, Wind und so.«

»Aha.« Ihr würde es genügen, nur ganz kurz am Brunnen seines Wissens zu nippen.

Ihr gebildeter, neugieriger Mann aber ist jetzt richtig in Fahrt gekommen. »Zwangsläufig mussten die Inselbewohner den Vulkan als ungeheuer vitale Kraft sehen, schöpferisch und zerstörerisch zugleich. Zwar schlummert er in der Mitte der Insel, aber er ist doch auch stets bereit, alle an seine Existenz zu erinnern, mit seinem Grollen, seinen Dämpfen, seinem heißen Schwefelwasser.«

»Gewiss.«

»Für die Tareser bedeutete er sicherlich eine ständige Quelle der Angst und Bewunderung. Das dachte ich heute in der Höhle, als Carmine anfing, das Gedicht über das Auge des Drachen zu rezitieren, nicht wahr?«

»Ja, ich habe eine richtige Gänsehaut bekommen.« Es stimmt: Sie fröstelt gleich wieder, wenn sie daran denkt. »Es zeigte eine so uralte, seltsame Kultur, so weit entfernt von allem, was wir kennen. Und er ging vollkommen darin auf, war so tief bewegt.«

Giulio sieht sie an, nickt. »Ich war mir nicht sicher, ob du ihn hören konntest, weil du hinten im Motorboot gesessen hast.«

»O doch, ganz genau. Diese Höhle war ja wie eine Naturkathedrale, sie verstärkte jeden Ton.«

Sie schweigen einige Sekunden, lauschen dem leisen Klirren der Fensterscheiben.

»Selbstverständlich kann der Animismus auch manchen *Wörtern*, manchen Namen, manchen mythologischen Metaphern einen Lebensgeist zuschreiben.«

»Ja?«

»Ja.« Wenn Giulio erst einmal eingestiegen ist, kann er lange so weitermachen und völlig vergessen, dass auch sie gerade etwas las. »Denk nur, dass das Wort ›Animismus‹ im achtzehnten Jahrhundert von einem Chemiker namens Stahl erfunden wurde, um eine von ihm aufgestellte Theorie zu bezeichnen, wonach die Seele direkt jede einzelne Körperfunktion lenkt.«

»Tatsächlich.« Tiziana Cobanni senkt den Blick wieder auf ihr Buch, um zu signalisieren, dass sie vielleicht gerne weiterlesen würde. Doch vielleicht auch nicht, das Buch ist so ärgerlich, so leer. Bei all dem, worüber man schreiben könnte, all dem, was jeden Tag in der realen Welt passiert. Ehrlich gesagt hört sie viel lieber Giulio zu.

»Dann aber wurde der Terminus im neunzehnten Jahrhundert von einem Anthropologen namens Edward Tylor wiederaufgenommen.« Giulio ist einer der sehr wenigen Erwachsenen, die sie kennt, der nicht bei dem stehengeblieben ist, was er schon mit fünfundzwanzig oder dreißig Jahren wusste, sondern der sich weiterbildet, Informationen sammelt, Dinge dazulernt.

»Du meinst in dem Sinn, den wir ihm jetzt geben?« Auch sie ist immer neugierig geblieben, hat nie aufgehört, unbekannte Gebiete zu erforschen.

»Ja. Unter anderem vertrat Tylor die Idee, der Animismus sei die Ausgangsbasis aller Religionen gewesen. Mit einer Evolution – oder Involution –, die erst jedem beseelten oder unbeseelten Element einen Geist zuschreibt und dann allmählich alle spirituellen Prinzipien auf eine einzige Schöpferfigur konzentriert, einen Gott.«

»Ah, das leuchtet ein.« Es begeistert sie immer noch, ihm durch die Mäander seines Wissens zu folgen: Sie liebt seine Fähigkeit, eine Dichte auszuloten, nichts so anzunehmen, wie es an der Oberfläche erscheint. Doch nun spürt sie eine entsetzliche körperliche und emotionale Müdigkeit wegen der Ereignisse des Tages, eine dunkle Unruhe, die am Grund ihrer Gedanken herrscht.

»Jung hatte eine interessante Position in Bezug auf den Animismus.« In Giulios Augen leuchtet ein warmes Licht, und es ist nicht nur der Widerschein der Lampe. »Er fand es zu simpel, ihn als Gesamtheit des Aberglaubens primitiver Kulturen zu betrachten, und sah darin einen Ausdruck der subjektiven Seiten der Psyche: der Intuition und der Empfindung. Das Unbewusste, das auf die Erscheinungen der Natur projiziert wird und ihnen einen Geist zuschreibt.«

Tiziana Cobanni beschränkt sich auf ein knappes Kopfnicken und senkt die Augen wieder auf ihr Buch.

»Doch eigentlich war das keine große Errungenschaft.«

»Was?« Sie schaut vom Buch auf.

»Von dem Glauben, dass jedes Element der Natur eine Seele habe, zu dem Glauben überzugehen, dass sie gänzlich unbeseelt sei. Zu denken, dass wir mit Bergen, Flüssen und Wäldern anstellen könnten, was uns passt, weil sie sowieso seelenlose, uns unbeschränkt zur Verfügung stehende Gegenstände sind. Zu denken, wir hätten das Recht, alles, was uns in die Finger oder vor die Füße kommt, zu erschüttern, aufzugraben, zu durchbohren, wegzuschaffen, zu kaufen oder zu verkaufen. Ohne den geringsten Respekt, ohne die geringsten Bedenken. Ohne die geringste *Furcht*.«

Tiziana Cobanni nickt, es ist wirklich wahr.

»Nimm die antiken Tareser mit ihrem Vulkan. Sie begegneten ihm mit unendlicher Ehrfurcht.« Giulio bewegt die Hand mit der ihm eigenen Eleganz. »Sie beobachteten ihn aus der Ferne, beteten ihn an, wussten, dass er sie von einem Augenblick zum anderen hätte wegfegen können wie Ameisen. Heute lässt sie das kalt, wie alle anderen. Sie sehen nur noch einen Haufen Felsen, unter denen irgendetwas brodelt.«

Sie nickt erneut, ist aber nicht sicher, ob sie ihm auf dieser Gedankenlinie folgen will.

Giulio möchte noch etwas anfügen, verzichtet darauf, vertieft sich wieder in das Buch von Baron Canistraterra. Sie schweigen lange, jeder mit seinen Gedanken.

Der Gegensatz zwischen dem jetzigen Frieden und dem entsetzlichen, plötzlichen Durcheinander bei dem Unglück heute Morgen könnte nicht größer sein. Während sie komfortabel in trockenen Kleidern in dem schönen, mit nüchterner Eleganz eingerichteten Salon sitzt, kann Tiziana Cobanni kaum noch glauben, dass es wirklich passiert ist. Es kommt ihr vor wie ein absurd lebhafter Traum, der nicht wie andere Träume vergeht, sondern mit einer Unmenge von Einzelheiten, Bildern, Tönen, Empfindungen von Temperatur, Gewicht, Reibung, Angst und Beklemmung in ihr fortbesteht. Es ist alles da, in ihrem Kopf, aber auch in ihrem Körper, unter der Haut, in Bruchstücken, die sich weiter in ihre Gedanken drängen, sie daran hindern, sich länger als ein paar Sekunden auf ihr Buch zu konzentrieren. Doch ein Gedanke übertönt alle anderen, nötigt sie, eine Frage auszusprechen. »Giulio?«

Er hebt die blauen Augen hinter den schmal umrandeten Brillengläsern. »Ja?«

»Als wir ins Wasser geschleudert wurden, nachdem das Motorboot mit dem anderen Boot zusammengestoßen war ...«

»Hm.« Sein Blick ist hell und heiter, ohne Schatten.

»Als der Assistent des Deutschen mich bis zu den Klippen geschleppt und dann zurückgeschwommen ist, um dich zu holen ...«

Giulio schüttelt leise den Kopf, als verstünde er nicht, worauf sie hinauswill. Aber er weiß es genau. Natürlich weiß er es.

»Warum wolltest du nicht, dass er dich rettet?«

»Wer hat denn behauptet, dass ich es nicht wollte?« Giulio trinkt einen kleinen Schluck Cognac, versucht so zu tun, als wäre nichts.

»Ich habe es *gesehen*. Der Junge hat verzweifelt versucht, dich ans Ufer zu ziehen, und du hast ihn weggeschoben. Du hast ihn ernstlich in Schwierigkeiten gebracht, den Ärmsten. Wenn der Schreiner nicht nachgesprungen wäre, hättet ihr alle beide ertrinken können.«

»Es tut mir leid, ich wollte ihn nicht in Schwierigkeiten bringen.« Giulio ignoriert absichtlich den zentralen Punkt der Frage. »Aber ich hatte ihn nicht darum gebeten, mich zu retten.«

»Und was hattest du denn dann vor?« Tiziana Cobanni bohrt weiter nach, sie kann einfach nicht anders. »Unterzugehen?«

Giulio antwortet nicht, nippt erneut an seinem Cognac.

»Könntest du mir bitte antworten? Ich möchte wissen, warum du dir nicht helfen lassen wolltest.«

Giulio schaut woanders hin, als müsste er darüber nachdenken.

»Was hattest du im Sinn?«

»Gar nichts.« Er sieht sie an, schüttelt den Kopf. »Gar nichts hatte ich im Sinn.«

»Hast du unter Schock gestanden?«

»Nein. Mir war einfach, als sei es nicht angebracht, so viel Widerstand zu leisten.«

»Widerstand wogegen, Giulio? Dagegen, dass du am *Ertrinken* warst?« Tiziana Cobanni weiß, dass sie jetzt verzweifelt klingt, aber was soll sie machen?

»Hm.« Die Entschlossenheit in Giulios freundlichem Blick macht ihr Angst. »Ich war noch nie einer, der sich gegen den natürlichen Lauf der Dinge stemmt, das weißt du genau. Und ich habe nie geglaubt, dass irgendetwas Bedeutsames zufällig geschieht.«

»Soll das heißen, du hättest es einfach geschehen lassen, dass du ertrinkst?«

Giulio zuckt die Achseln, als wollte er sagen, warum nicht?

Tiziana Cobanni bringt kein Wort heraus, ihre Augen füllen sich mit Tränen. Es ist nicht so, dass sie es nicht wusste, sie wusste es genau: Sie hatte ihn gesehen, durchnässt und gerettet da auf dem Vulkanfelsen, hatte gesehen, wie er den armen jungen Deutschen wegschob, der ihn unbedingt retten wollte.

»Kein hässliches Ende, fand ich.« Giulio lächelt auf seine sanfte, etwas verstörte Art, die sie so beeindruckt hatte, als sie ihn das erste Mal lächeln sah.

Sie versucht tief durchzuatmen, aber es gelingt ihr nur halb. »Du wärst wirklich lieber ...« Sie schafft es nicht, nein.

»Ich bin ja nicht *absichtlich* ins Meer gesprungen, Tiziana. Du weißt es, du warst doch dabei.« Er hat diese Abgeklärtheit, diesen gleich weiten Abstand zu den Dingen, zu sich selbst, zu ihnen beiden. Dennoch ist er weder gleichgültig noch provozierend; das erschreckt sie vielleicht noch mehr.

»Doch nachdem du schon mal drin warst ...« Sie kann den Satz nicht beenden, ist aber durchaus in der Lage, die Schlussfolgerungen zu ziehen. Wie auch schon vorher, warum also so tun, als wäre nichts? Aus Heuchelei? Aus Angst? Um den Dingen nicht ins Gesicht zu sehen?

»Ich habe gedacht, vielleicht lohnt es sich nicht.« Giulio wirkt erleichtert, dass er es ausgesprochen hat; er nimmt noch einen kleinen Schluck Cognac, blättert eine Seite um.

»Und *ich*?« Tiziana Cobanni steht auf, das Buch gleitet ihr aus den Händen, fällt zu Boden.

Giulio sieht sie erneut fragend an: aufmerksam, freundlich, wirklich Anteil nehmend. »Du, was?«

»An mich hast du nicht gedacht, während du ganz mit der Idee befasst warst, unterzugehen?« Ihr ist bewusst, dass ihre Stimme schrill wird, dass ihre Rolle weder sympathisch noch poetisch ist. Aber sie spürt eine Wut in sich aufsteigen, die stärker ist als die Furcht, die sie noch bis vor einer Sekunde erfüllte, und schwieriger einzudämmen. »Ist dir nicht in den Sinn gekommen, dass du unglaublich egoistisch gehandelt hättest?«

»Warum?« Giulio macht ein ratloses Gesicht, wie angesichts der ungerechtesten Beschuldigung.

»Muss ich dir das wirklich erklären?!« Tiziana Cobanni schreit lauter, und das tut sie sonst nie, wirklich. Es muss eine peinliche, lächerliche Szene sein, aber im Augenblick ist es ihr egal.

Er erhebt sich mühsam, macht einen unbeholfenen Versuch, ihre Wange zu streicheln. »Es passiert sowieso, früher oder später.«

»Was?!«

»Dass ich dich allein lassen muss und so weiter. Es ist nur eine Frage der Zeit, da kann man nichts machen.«

»O doch! O doch!« Sie zittert vor Wut.

»Ganz abgesehen von den unleugbaren Vorzügen, im Meer zu ertrinken.«

Sie begreift nicht, wie Giulio so ruhig bleiben kann, zumindest scheinbar, wie er in so gelassenem Ton über diese Dinge sprechen kann.

»Ach ja, welche denn?«

»Nun, erstens hätte so ein Ende ein gewisses romantisches *Flair*.« Giulio lächelt erneut. »Die Kinder könnten es ihren Freunden erzählen, ohne Angst, sie zu langweilen. Außerdem ist da noch der nicht direkt nebensächliche Umstand, dass meine Versicherung Tod durch Unfall abdeckt, einen natürlichen Tod ganz gewiss nicht.«

»Ich erlaube nicht, dass du so über diese Dinge mit mir sprichst!« Tiziana Cobanni ist in einem Zustand, der ihr gar nicht gefällt, findet aber nicht heraus: Sie fühlt sich blockiert, verkrampft, von einer Gefühlslawine überrollt.

»Es ist ja nicht ganz unwichtig, oder? Bei unserer finanziellen Lage…« Giulio lehnt sich im Sessel zurück, was seine körperliche und emotionale Erschöpfung offenbart, die er gern verbergen möchte. »Vor sechs Monaten habe ich die Klauseln der Police entscheidend verbessert, Tiziana. Es ist eine gute, robuste Versicherung. Sie würde dir ein ausgezeichnetes, sorgloses Leben garantieren.«

»Meine Sorgen wähle *ich* mir selbst aus, Giulio!« Jetzt schreit Tiziana Cobanni wirklich laut, noch schriller und unsicherer als zuvor. Ja, es ist eine peinliche Szene, aber sie kann sich nicht bremsen. »Deine Worte sind unglaublich beleidigend! Für mich, für uns, für alles!«

»Tiziana? Liebste?« Mit größter Vorsicht nähert er sich ihr.

»Lass mich!« Dann plötzlich ist die Wut verebbt, genauso unvermittelt, wie sie sie überfallen hat. »Lass mich, bitte.« Sie senkt die Stimme, zieht ein Papiertaschentuch heraus, um sich die Augen abzutupfen.

Giulio streckt noch einmal die Hand aus, macht erneut einen schüchternen Versuch, sie zu streicheln. Er war nie ein offen sentimentaler Mann, der sich zu Erklärungen hinreißen lässt: Es kostete ihn immer Überwindung, gewisse Themen anzugehen. Vielleicht ist es mehr eine Frage der Kultur als des Charakters und hängt eher damit zusammen, dass er in einer Zeit aufgewachsen ist, in der ein Mann seine Schwächen nicht zeigen durfte. Wenn sie dagegen an ihren Sohn Marco denkt oder an Francesco, den Mann ihrer Tochter Roberta, deren weibliche (Giulio würde sagen, kindliche) Seiten sind viel sichtbarer. Dauernd zeigt sich ihre Unsicherheit, sie brechen bei der ersten Schwierigkeit in Tränen aus, was ihre Frauen manchmal befremdet, weil sie ihnen sozusagen ihre Rolle wegnehmen.

Jemand klopft an die Fenstertür. Tiziana und Giulio Cobanni zucken zusammen wie auf frischer Tat ertappte Diebe und tun so, als interessierten sie sich für verschiedene Ecken des Salons.

Die Fenstertür öffnet sich, ein Windstoß fährt herein, und die französische Signora steht auf der Schwelle und fragt: »*Est-ce que je vous dérange?*«

»*Pas du tout, Madame.*« Giulio fasst sich mit überraschender Geschwindigkeit und lächelt.

Die französische Dame tritt ein, schließt die Fenstertür. »Der Wind ist sehr *énervant* heute Abend.«

»*Très énervant, Madame.*« Giulios Ton ist wunderbar liebenswürdig. Kein Mensch könnte sich vorstellen, dass er vor zwei Minuten noch voller Bedauern davon sprach, dass es ihm heute Morgen nicht gelungen ist, im Meer zu ertrinken.

54

Lara Laremi bleibt neben Lynn Lou stehen, während Paolo und Ramiro die Flaschen und die marokkanische Laterne auf den Beckenrand stellen. Dann warten alle vier schweigend zwischen Licht und tiefem Dunkel, der Wind weht ihnen ins Gesicht, zaust ihre Haare und lässt das Flämmchen hinter den Laternenscheiben flackern. Sie ziehen sich aus, gleiten ins warme, prickelnde Wasser. Am schwarzen Himmel hängt ein Viertelmond, die Sterne funkeln außerordentlich hell. Jeder Windstoß bringt Geruch nach Salz, wilden Sträuchern, Felsenstaub und kräuselt die Wasseroberfläche. Lara fühlt, wie sie in eine geheimnisvolle, unauslotbare Dimension versinkt, so als berührten ihre Füße nicht den Stein am Boden, als wäre sie anstatt ins Wasser in die Nacht selbst eingetaucht. Wortlos schweben alle vier in der flüssigen, schützenden Wärme.

Dann erhebt sich Ramiro mit einem Ruck aus dem Wasser, öffnet eine Flasche und reicht sie Lynn Lou.

Lynn Lou setzt sie an, nimmt einen großen Schluck, dann gibt sie sie an Lara weiter.

Auch Lara trinkt einen Schluck, nimmt den fruchtigen, säuerlichen Geschmack wahr, den Kontrast zwischen der Kälte, die durch ihre Kehle rinnt, und der Temperatur des Wassers, das ihren Körper einhüllt. Sie hält Paolo die Flasche hin. Sie sind einander so seltsam nah, von der Dunkelheit verborgen, vom flackernden Schein der Laterne enthüllt.

»Hey, Lynn Lou, meinst du, hier draußen lauert irgendwo ein Fotograf mit einer Infrarot-Kamera?« Ramiro lacht.

»Sehr witzig, du Blödmann.« Lynn Lou versucht ernst zu bleiben, doch es gelingt ihr nicht. »Gib mir die verdammte Flasche wieder.«

»Du musst wohl einen schweren Tag vergessen, was?« Ramiro behandelt sie mit einer Vertraulichkeit, in der Bewunderung und Beschützergeist anklingen.

»Ich muss zwei verdammte *Jahre* vergessen. Mein Mann, der verdammte Arsch, hat mir gesagt, dass er sich scheiden lassen will.«

»*¡Madre de Dios!* Wann hat er dir das gesagt?«

»Heute Abend.« Lynn Lou nimmt noch einen endlosen Schluck.

Die anderen betrachten den Schimmer der Laterne auf der Flasche, auf dem Blond ihrer Haare. Lara schweigt, sie wusste es schon vor dem Abendessen.

»Nicht zu fassen!« Ramiro spricht in beleidigtem Ton. »Einer, der das unverschämte Glück hat, die unvergleichliche Lynn Lou Shaw ehelichen zu dürfen, und dann will er sich scheiden lassen. Der ist ja wohl komplett *loco*!«

»Wenn dieser Hurensohn mir nicht zuvorgekommen wäre, hätte ich die Scheidung verlangt.« Lynn Lous Stimme klingt rauh, wie immer, wenn sie trinkt oder emotional geschwächt ist, was meistens zusammenfällt. Sie gibt die Flasche an Lara weiter.

»Du konntest ihn nicht mehr ertragen, hm?« Gewöhnlich wirkt Ramiro sehr ungeduldig, aber bei Lynn Lou entwickelt er eine erstaunliche Bereitschaft, zuzuhören, nachzufragen, sich zu informieren.

»Darauf kannst du wetten. Er ist ein totaler Kontrollfreak, der gottverdammte Mr. Neckhart.«

»Ich habe aber nicht den Eindruck, dass du viel auf ihn hörst, oder?« Paolo beugt sich vor, um Lara die Flasche abzunehmen, streift ihren Arm, zieht sich wieder in den Schatten des Pools zurück.

»Nein. Aber er ist und bleibt ein verfickter Scheißkerl.«

»Hattest du das noch nicht bemerkt, als du ihn geheiratet hast?« Lara spricht, den Mund knapp über Wasser, so als wollte sie die Wirkung ihrer Frage dämpfen.

»Na ja, vielleicht schon. Aber ich war so voll daneben, mir schien, als bräuchte ich jemanden, der mir sagt, wo es langgeht.«

»Er ist ja auch ein faszinierender Mann, das muss man ihm lassen. *Muy macho, muy intenso,* so selbstsicher, mit diesem Blick.«

»Wenn du ihn willst, überlasse ich ihn dir gern, den Hurensohn.« Lynn Lou lacht kehlig.

»*No, gracias,* von dem Typ Mann hab ich die Nase voll.«

»Echt? Gib mir die verdammte Flasche wieder. Wie hieß denn dein Hurensohn?«

»Miguel. Er hat mich überredet, den Job hier anzunehmen. Und vorher, bei Hernán Xara aufzuhören. Ich wollte zwar sowieso weg, aber doch nicht so Hals über Kopf. Sein Hauptvergnügen war, für mich zu entscheiden, was ich tun oder lassen sollte.«

»Warum habt ihr ihnen denn überhaupt so viel Macht über euch eingeräumt? Hm?« Paolo spricht eher wenig, aber wenn, klingt seine Stimme eindringlich, fordernd, geradezu heftig.

»Weil wir Stars immer unsicher sind, das ist unsere Achillesferse.« Ramiro muss Lynn Lou als eine Art Spiegelbild sehen, die Idee, etliches mit ihr gemein zu haben, scheint ihm sehr zu gefallen. »Ein superselbstsicherer Hurensohn zieht uns unwiderstehlich an.«

»Und kann man da nichts dagegen tun?« Bei einem mehrstimmigen Gespräch neigt Lara dazu, sich im Zuhören zu verlieren und nur dann eine Frage oder eine Beobachtung einzuwerfen, wenn sie meint, sie habe etwas Wichtiges zu sagen. Nicht, weil sie sich im Hintergrund verstecken will, und auch nicht aus Mangel an Anteilnahme; wahrscheinlich hängt es mit ihrem nachdenklichen Wesen zusammen, wie ihre Mutter es nannte, als sie klein war.

»¡*Claro que sí!*« Offenbar hat sie bei Ramiro einen wunden Punkt erwischt.

»Habt ihr es nicht auch bequem gefunden, jemanden zu haben, der für euch die Entscheidungen trifft?« Paolo spricht weiter in seinem hitzigen Ton. »Ich meine ja nur, also, ich frage, weil ich zum Beispiel noch nie in meinem Leben jemand anderen für mich habe entscheiden lassen.«

»Wie schön für dich.« Ramiro trinkt einen Schluck Wein.

»Nun sagt schon.« Paolo will nicht lockerlassen. »War es euch nicht eigentlich ganz recht, einen bescheuerten Boss zu haben, der euer Leben beherrscht?«

»Keine Ahnung!« Ramiro regt es auf, wenn er sich in die Ecke gedrängt fühlt. »Ich weiß nur, dass es sehr lästig war.«

»Einfach zum Kotzen, verdammte Scheiße!« Lynn Lou achtet nie sonderlich auf Nuancen. »Manchmal denke ich, ich könnte ihn *erschießen*, den Arsch!«

»Solche Kerle sagen immer, sie wollen nur dein Bestes, dabei geht es nur um ihr unerträgliches Ego. Nicht zum Aushalten, diese *arrogancia*!«

»Ja, aber was sucht ihr denn hauptsächlich in diesen Männern?«, hakt Paolo nach. »Eine bescheuerte Vaterfigur?«

»Na, das glaube ich nicht!« Ramiro ist tief getroffen. »Vor meinem Vater hat mir so gegraust!«

»Mein Arsch von einem Vater ist fast sofort davongelaufen, zum Glück.« Lynn Lou rülpst demonstrativ. »Erst als ich berühmt war, kam er wieder angekrochen und wollte Geld, das Schwein.«

»Und wie war dein Vater?« An Lara wendet Paolo sich in einem sanfteren Ton.

»Er war nicht.«

»*¿En qué sentido?*«

»In dem Sinn, dass ich ihn nie gesehen habe.« Wie jedes Mal, wenn sie darüber spricht, fühlt Lara sich unwohl, fast als müsste *sie* sich irgendwie rechtfertigen.

»Und ihr habt euch auch nie geschrieben?« Jetzt schwingt Schmerz in Paolos Stimme mit. »Oder am Telefon gesprochen?«

»Nein.«

»Noch so ein gemeines Schwein.« Unweigerlich vergleicht Lynn Lou ihn mit ihrer eigenen Erfahrung.

»Ich weiß es nicht, wenn er nicht gestorben wäre, hätte er sich vielleicht früher oder später gemeldet.« Wie oft hat Lara sich das gefragt, ohne je zu einem Schluss zu kommen. Hätte es ihr Leben verändert, wenn er sich gemeldet hätte? Inwiefern? In Bezug auf ihre Beziehung zu Männern? Zur Welt? Wäre sie dann jetzt anders? Und wie?

»*Pero qué triste,* du Ärmste.« Ramiro ist gerührt, streckt die Hand aus, streichelt ihre Schulter.

»Alle Väter sind Scheiße.« Lynn Lou hat diesbezüglich keine Zweifel.

»Du weißt also nichts über ihn?« Paolos Neugier hat nichts Zudringliches, sie zeigt eine Anteilnahme, die Lara gar nicht gewöhnt ist.

»Ich weiß das, was meine Mutter mir erzählt hat, und das, was ich gelesen habe.«

»Was hast du denn gelesen?«

»Ein Notizbuch, das er bei meiner Mutter gelassen hatte. Und sein Buch.«

»Welches Buch?«

»*Canemacchina* hieß es. Maschinenhund.«

»*Canemacchina*?« Paolo bewegt sich im Pool, *swooosh*. »Dein Vater war *Guido Laremi*?«

»Ja, warum?« Lara denkt, dass sie eigentlich überhaupt nicht darüber reden mag.

»Ich habe *Canemacchina dreimal* gelesen.« Paolo klingt ungläubig, erschüttert. »Es hat mein Leben verändert. Ohne dieses Buch wäre ich nicht der, der ich bin.«

»Hm.« Lara weiß nicht, was sie sagen soll; es ist nicht ihr Verdienst, und sie hat keine Enthüllungen zu bieten. Sie reden von einem Mann, den sie nie kennengelernt hat, von dem sie fast nichts weiß.

»Absurd.« Paolo ist immer noch fassungslos.

»*De verdad.*«

»Na gut.« Lara denkt, dass selbst ihre Mutter nie gewusst hat, wer dieser Schriftsteller oder Utopist oder wie zum Teufel man ihn nennen will, mit dem sie ein Kind bekommen hat, wirklich war, abgesehen von dem, was er ihr von sich erzählt hat. Die beiden waren drei Wochen zusammen, zu kurz, um zu entdecken, was sich hinter seinen Worten und Verhaltensweisen verbarg. Gerade lange genug, um die Keimzelle einer Person zu erschaffen und ihr einen Haufen zukünftiger Probleme mitzugeben. Aber es ist okay so, es würde ihr nie einfallen, deshalb das arme wehklagende Waisenkind zu spielen.

»Ich habe etwas gespürt, als ich dich gesehen habe.« Paolo trinkt nicht einmal mehr, reicht die Flasche, die Ramiro ihm gegeben hat, an Lynn Lou weiter.

»Was denn?« Auch das hat Lara sich gefragt, wie viele relevante Daten außer den rein körperlichen Merkmalen mit der DNA weitergegeben werden, wenn es keine direkten Einflüsse gibt. Hat sie in ihrem Charakter etwas, das von ihrem Vater stammt? Oder in der Art, wie ihre Vorstellungskraft funktioniert?

»Ich weiß es nicht. Vielleicht ist es die Art, wie du schaust.«

»Warum sagst du das?« Die Idee beunruhigt sie, öffnet einen Riss in ihrem Inneren, den sie nicht wahrnehmen möchte.

»Weil ich es gespürt habe.« Paolo klingt keineswegs leichtfertig, sondern ernst, warm, nah.

Sie schweigen alle vier, eingetaucht in das vulkanische Wasser, das in Wellen abwechselnd Energie zu geben und zu verschlingen scheint. Irgendwann merkt Lara, dass ihr schwindlig wird, steht auf und steigt aus dem Becken. Der Wind streicht über ihre nasse Haut, und sie fröstelt.

»Alles in Ordnung?« Paolo dreht sich so, dass er ihre Bewegungen verfolgen kann.

»Ja, mir war nur etwas schwindlig.«

Er stemmt sich mit den Armen hoch und springt aus dem Wasser. Mit einer Hand berührt er ihren Arm. »Hey, du hast ja Gänsehaut.«

»Im Wind ist mir ein bisschen kalt geworden.« Sie ist nackt, und er auch, tropfnass. Das Dunkel der Nacht beschützt sie nur teilweise, der bernsteinfarbene Widerschein der Laterne huscht spielerisch über ihre Haut.

Er holt ihre Kleider, reicht sie ihr und zieht seine Hose an. Erst will er auch sein T-Shirt überstreifen, dann reicht er es ihr: »Hier, trockne dich damit ab.«

»Oh, wie romantisch!« Ramiro lacht, im Wasser. »*¡Un gusto de antaño!*«

Lynn Lou schweigt, sie hat schon die zweite Flasche in Angriff genommen.

»Danke, nicht nötig, wirklich.« Lara balanciert auf einem Bein, schlüpft in ihr Höschen. Sie setzt sich, zieht die Beine an, fröstelt. Sie ist erstaunt, verunsichert; sie hat kaum Erfahrung mit Männern, die sich um sie sorgen, wirklich.

Wortlos beginnt Paolo, ihr mit seinem T-Shirt den Rücken, die Schultern, die Arme abzureiben. Seine Bewegungen sind energisch, ein Mann, der mit den Händen arbeitet; er könnte ihr nicht näher sein, dennoch hat seine Nähe nichts Klebriges.

»Danke, es geht schon besser.« Ihre Haut glüht, jetzt ist ihr heiß, sein Atem, wenige Zentimeter von ihrem rechten Ohr entfernt, mischt sich mit dem Wind, verwirrt sie. Lara beugt sich vor, um ihre restlichen Kleidungsstücke aufzuheben, sie will sich anziehen, findet aber nicht die richtigen Gesten, ihr Gleichgewichtssinn scheint leicht gestört zu sein.

Paolo weicht zurück, verschwindet im Dunkel gleich hinter dem Flackern der Laterne.

Im Pool hat Ramiro begonnen, Lynn Lou zu beschreiben, warum ihn die Anfangsszene von *The Lame Conversationalist* so unglaublich beeindruckt hat, in der sie aus dem U-Bahnhof kommt, die Straße überquert, den Bürgersteig entlanggeht und die Kunstgalerie betritt. »Unglaublich, wie sich dein Gesichtsausdruck nach und nach verändert, erst ganz neutral, dann immer zielsicherer und entschlossener, bis du hineingehst, um ihm gegenüberzutreten. Einfach phantastisch!«

»Na ja, ich habe diesen Arsch von Phil Roscoe gezwungen, den Take ich weiß nicht wie oft zu wiederholen.« Lynn Lou liebt es, von sich zu sprechen und sprechen zu hören, das ist ganz nach ihrem Geschmack. »Er sagte dauernd, ›es ist wunderbar so‹, und ich: ›Lass mich die verdammte Szene noch mal machen, dann wirst du schon sehen, du Wichser!‹«

Lara ist fertig mit Anziehen, tritt in die Dunkelheit, in der Paolo verschwunden ist, und stößt nach wenigen Schritten mit ihm zusammen. Er schließt sie in die Arme; sie lehnt ihre Stirn an seine Brust.

Warm spürt sie durch das dünne Baumwollhemdchen seine Hände auf ihrem Rücken. Seine Stimme ist eindringlich. »Wer bist du?«

»Ich weiß es nicht.« Sie zittert anders als vorher, von innen nach außen anstatt von außen nach innen. »Und du?«

»Ich weiß es nicht.« Er lacht leise, drückt sie mit beiden Armen fest an sich.

Sie hört zu atmen auf; atmet erneut. Es ist keine einfache Umarmung, es ist eine Verschmelzung zweier Wesen, eine Summe klopfender Herzen. Lara hat den Eindruck, dass sie sich darin verlieren könnte, für einen Augenblick oder vielleicht auch für immer. Oder vielleicht würde sie gerade dadurch zu sich selbst finden und jenen Teil in sich entdecken, der verborgen war, unsichtbar wartete. Sie befreit sich aus der Umschlingung, weicht zurück, dreht den Kopf zum Wind hin. Von hier aus gleicht das von der Laterne beleuchtete Wasser im Becken flüssigem, mit Petroleum vermischtem Kupfer. Die Stimmen von Lynn Lou und Ramiro klingen abgehackt, wie einzelne Töne, die bei jeder Böe mit fortgerissen werden.

Paolo nähert sich ihr, oder vielleicht nähert sie sich ihm, oder sie gehen gleichzeitig aufeinander zu. Er legt ihr die Hände auf die Schultern, ohne sie an sich zu ziehen wie vorher. So verharren sie, können kaum mehr voneinander erkennen als ein paar schwache Reflexe: ein Leuchten der Augen, eine Haarsträhne, einen Wangenknochen, eine Stirn, die im Flackern des Flämmchens der Laterne sogleich wieder verschwindet. Dann wird ihre Umarmung allmählich enger, weil sie es wollen, oder vielleicht nur, weil der geistige und muskuläre Widerstand schwindet, der sie auseinanderhielt. Ihre Lippen berühren sich, öffnen sich, ihre Zungen umschlingen sich. Sie drängen sich aneinander, Atem zu Atem, Herzklopfen zu Herzklopfen, in der tiefen, bewegten Nacht, die sie aufnimmt und verbirgt. Es ist, als ob sie sich wiedererkennten, und das lässt sie beide erzittern, vor Schrecken und grenzenloser Erleichterung.

Fünfter Tag

55

Das Licht überfällt die Poulanc mit der gewohnten Heftigkeit, sobald sie auf die Terrasse ihrer Suite hinaustritt. Der Wind – der unangenehm an ihren Haaren zerrt – hätte die Scheiben der Fenstertür zerbrochen, wenn es ihr nicht rechtzeitig gelungen wäre, die zwei Türflügel festzuhalten. Sie hat miserabel geschlafen, weil das Fensterchen im Bad – das sie dummerweise offen gelassen hatte – ständig hin und her schlug und sie sich nicht dazu aufraffen konnte, aufzustehen und es zu schließen. Die Macht der Elemente, gut und schön, doch offenbart diese Insel Tag für Tag deutlicher, dass sie eigentlich unbewohnbar ist. Baron Canistraterra war wohl mehr als exzentrisch, denn er behauptete – das hat Signor Cobanni gestern aus der Sammlung seiner Schriften vorgelesen –, wenn er hier sei, fühle er sich wie im siebten Himmel. O weh, schon kommen ihr Jean-Émiles Bemerkungen über den siebten Himmel in den Sinn, der in allen monotheistischen Religionen vorkomme. Sie sieht ihn vor sich, an den Türrahmen gelehnt – die erloschene Pfeife in der Hand –, während er ihr erklärt, für die Juden sei es ein Bereich reinen Lichts, in dem Abraham über die anderen sechs Himmel herrsche, für Mohammed eine Region unbeschreiblicher Verklärung, für die christlichen Theologen – Plünderer des ptolemäischen Weltbilds – der höchste der Himmel, die den Bahnen der sieben, mit bloßem Auge erkennbaren Planeten entsprechen. Sie kann ihn hören – seine Stimme klingt ihr deutlich im Ohr –, wie er über den »Esel« Ptolemäus mit seiner dummen geozentrischen Vision herzieht, über die wissenschaftliche und intellektuelle Katastrophe, die es bedeutet, dass es diesem »Schwachsinnigen« – dem »Plagiator des Hipparchos« – gelungen sei, über zweitausend Jahre die wunderbaren Intuitionen eines Aristarchos von Samos über das Sonnensystem in den Schatten zu stellen. »Bis zu *Kopernikus,* ist dir das klar?« Aber Schluss jetzt mit dieser Stimme im Ohr, Schluss mit Jean-Émile!

Die Poulanc geht wieder hinein, schließt sorgfältig die Fenstertür. Sie schaltet den Computer an, gibt »im siebten Himmel sein« bei Google ein. Nur so, zur Bestätigung – wir verlassen uns nämlich nicht mehr auf unser Gedächtnis, und nicht einmal auf unsere *Bildung.* Laut Online-Lexikon handelt es sich um »außergewöhnliche Hochstimmung, unvergleichliches Wohlbefinden«. Na, wenn wir hier im siebten Himmel sind, würde sie sich liebend gern mit dem fünften Himmel begnügen! Oder sogar mit dem vierten!

Die Poulanc klappt den Laptop zu, setzt Sonnenbrille und Hut auf und verlässt die Suite. Heftig knallt die Tür zu, zum Glück kann sie gerade noch die Finger wegziehen. Heute kommt etwas Rauch aus dem Vulkan jenseits der schrägen Felswand, die den Zugang zum Inselinneren versperrt. Dafür wird ihr Artikel über den unrühmlichen Fall Werner Reitts und dessen Flucht ans Mittelmeer ganz ausgezeichnet – mal im Ernst: Das ist Material für den Pulitzer-Preis. Was sie jetzt noch braucht, ist ein langes, freimütiges Gespräch mit Brigitte Reitt samt der Einwilligung, ihre Worte zu veröffentlichen. Sie hat schon eine Menge Rohmaterial, aber die zündende Idee – der Blickwinkel, wie Jean-Émile sagte, o weh, schon wieder! – ist, den Sturz des Finanztitanen aus der Sicht seiner Frau zu erzählen. Gestern hat sich Frau Reitt spontan bei ihr ausgeweint, wenn auch ganz privat; es könnte durchaus sein, dass sie bei Zuspitzung der Lage Lust auf den befreienden – sogar reinigenden – Schritt an die Öffentlichkeit bekommt.

Doch auf der Restaurantterrasse ist sie nicht. Nur dieser

grässliche italienische Politiker – offenbar hat ihn die italienische Marine gestern nicht wieder abgeholt –, der schon um diese Zeit im Schutz der Wand des Küchenvorraums mit seiner unerträglich scheppernden Stimme ins Handy plärrt. Es ist eine Frage der Frequenzen: Dem Abgeordneten Gomi gelingt es sogar, das Lärmen des Windes zu übertönen, der die rund um die Terrasse gespannte weiße Plane und das Sonnensegel über den Tischen bläht und schüttelt. Das aufgepeitschte Meer kräuselt sich in Millionen kleiner Wellen, die schäumend gegen die Felsen klatschen. Unten an der Mole hantieren der Bootsmann Carmine, der Hilfskoch Federico und der Schreiner Zacomel – der Signor Cobanni gestern so heldenhaft aus den Fluten geborgen hat – eifrig an dem Boot, das es geschafft hat, mit dem Personal und den Vorräten vom Hafen herüberzukommen, aber fürchterlich hin und her geworfen wird. Gleich dahinter schwankt das große, beim gestrigen Zusammenstoß schwer beschädigte Oldtimer-Motorboot in seinen Seilen. Von wegen siebter Himmel: Es ist, als hätten sich die Elemente gezielt gegen diesen speziellen Punkt der Insel verschworen, vielleicht, um sich dafür zu rächen, dass dieser eingebildete Halunke von Baron Canistraterra sie herausgefordert hat, indem er ein Haus und Terrassen baute, wo – logischerweise – nur Fels sein sollte.

Ein eingebildeter Halunke ist auch Architekt Perusato, der in diesem Augenblick – sorgfältig rasiert und wie gewohnt elegant lässig gekleidet – aus seinem Büro auftaucht, gefolgt von Lucia, die wie immer bemüht ist, sich dem Stil ihres Chefs und Liebhabers anzupassen. »*Bonjour, Madame.*« Der Architekt lächelt rein mechanisch, die pralle Schwarzhaarige äfft ihn nach. Beide sind sichtlich angespannt und gehen schnurstracks auf den Politiker zu, der sich in den Küchenvorraum geflüchtet hat.

Die Poulanc folgt ihnen, teils aus Neugier, aber auch, weil sie wie jeden Morgen ganz dringend einen Kaffee braucht. Selbstverständlich hat ihre Neugier professionelle Gründe: Für den

Artikel über Reitt benötigt sie alle pikanten Einzelheiten über dieses Resort und seine Bewohner, die sie nur kriegen kann.

Kaum sieht Signor Gomi Perusato mit seiner Angestellten und Geliebten kommen, beendet er das Gespräch, steckt rasch sein Handy ein und hängt sich an die beiden wie eine Klette. »Architetto, die Hafenkommandantur hat mir immer noch kein Patrouillenboot zugesichert, und über den Hubschrauber können sie mir auch nichts sagen. Ich muss aber unbedingt bis heute Nachmittag in Rom sein!«

Hier ist der kleine Leckerbissen, der Farbtupfer, der ein eher düsteres Bild aufhellt: Die Poulanc hätte zu keinem geeigneteren Moment kommen können.

»Tut mir leid, Onorevole.« Perusato bemüht sich, höflich zu bleiben, obwohl er den Abgeordneten wohl am liebsten erwürgen würde. »Das einzige Boot, das wir zur Verfügung haben, ist das, was Sie da unten sehen.«

»Das eignet sich doch überhaupt nicht bei so einem Seegang!« Der Abgeordnete schüttelt den Kopf wie ein verzogenes Kind – zweifellos flößt das Meer ihm größten Schrecken ein.

»Eben. Deswegen hätte ich es Ihnen auch nie vorgeschlagen.« Tja, Perusato kann einfach nicht mehr.

»Was soll ich auch am Hafen von Tari? Ich muss ja zum Flugplatz nach Lampedusa. Heute um sechzehn Uhr habe ich Fraktionssitzung, da darf ich keinesfalls fehlen!«

Zum Zeichen seiner Ohnmacht breitet Perusato die Arme aus, dreht sich um, sieht die Poulanc, die so tut, als würde sie nur zufällig zuhören, und fragt gereizt: »*Est-ce que je peux vous aider, Madame?*«

»Nein, nein, ich wollte einen Kaffee, aber ich bestelle ihn mir direkt in der Küche.« Die Poulanc deutet auf die zwei Bedienungen, die nach draußen spähen und dabei ihre Tracht zurechtzupfen, halb verborgen zwischen Kühlschränken und Abzugshauben aus satiniertem Stahl.

Lucia kommt ihrem Chef und Liebhaber zu Hilfe. »Ich kümmere mich drum, Signora. Setzen Sie sich ruhig hin, Ihr Kaffee kommt sofort.« Mit den Händen scheucht sie sie zurück auf die windgepeitschte Terrasse – ihre Bewegungen sind sehr gemessen, wenn man bedenkt, dass sie wahrscheinlich vor ein paar Jahren noch Fisch an einem Stand unten am Hafen verkaufte.

Die Poulanc ist stocksauer, denn der Wind hindert sie daran, dem Gespräch zwischen Perusato und dem Politiker zu folgen. Wenigstens kann sie ihre Gesten und Mimik beobachten, während sie hinter der Wand des Küchenvorraums weiterreden.

Doch nun kommt Werner Reitts Assistent die Treppe herauf, in einem definitiv gesellschaftsfähigeren Aufzug als gestern – auch das ein hübscher Farbtupfer – nach dem Bootsunglück. Hellgraue Hose, weißes Polohemd, Mokassins, er ist wieder zu dem eilfertigen, ehrgeizigen jungen Mann geworden, der er ja ist. Kaum wagt er sich, von dem Aufstieg schwer atmend, auf die Terrasse, vertritt ihm der Abgeordnete den Weg und hängt sich an ihn. Perusato scheint zu erfassen, dass er die politische Last an jemand anderen abgeben kann, denn er wechselt einen raschen Blick mit seiner Lucia und nickt in die Runde: »Wenn Sie mich bitte entschuldigen wollen.« Hastig überquert er die Terrasse, Lucia eilt ihm nach, und beide verschwinden im Büro.

Die magere Bedienung bringt den Kaffee – einen echten Espresso, der große Küchenchef schläft wahrscheinlich noch, was ihr erspart, sich schon frühmorgens über die techno-emotionale Küche zu ärgern – und zieht sich mit einem plumpen Knicks zurück, den sie im Schnellverfahren gelernt haben muss.

Die Poulanc nippt an ihrem Tässchen, beobachtet, wie der italienische Politiker und der deutsche Assistent reden und gestikulieren. Sie hört kein Wort – hat die Ohren voller Wind –, stellt sich aber zum Spaß vor, was sie, nach ihrem Gesichtsausdruck zu urteilen, gerade sagen, so wie in einem schlecht synchronisierten Film, für den sie selbst die Dialoge schreiben kann.

56

Die teutonische Sturheit ist ja sprichwörtlich, dagegen kommt man nicht an. Nimm nur diesen Assistenten, er gleicht einem Soldaten, der einen Treueschwur auf Leben und Tod geleistet hat. Je mehr Piero Gomi sich anstrengt, ein bisschen Entgegenkommen bei ihm zu erreichen, umso unbeugsamer wird er. »Das ist absolut unmöglich.« Er schüttelt den Kopf. Seine tadellose Kleidung lässt ihn außerdem heute sicherer auftreten im Vergleich zu gestern, als er diese peinlichen Pennerlumpen trug. »Dr. Reitt muss unbedingt nach Frankfurt zurückkehren, wir können den Hubschrauber, den wir bestellt haben, an niemanden abtreten.«

»Ich bitte Sie doch nur darum, einem Abgeordneten den Vortritt zu lassen.« Piero Gomi versucht es mit dem liebenswürdigen, aber drängenden Tonfall, mit dem er schon so oft bei allgemein als unzugänglich geltenden Personen Zugeständnisse erreicht hat. Doch hier kommt er keinen Millimeter weiter, er beißt auf Granit. Mit Werner Reitt zusammen zu fliegen (was dieser höchstwahrscheinlich sowieso ablehnen würde) ist natürlich ausgeschlossen. Nach den furchtbaren Fotos, die ihn und Reitt als dicke Freunde zeigen, hätte das gerade noch gefehlt: eine neue Bilderserie, wie sie am Landeplatz in Lampedusa gemeinsam aus dem Hubschrauber steigen. Das wäre das endgültige Aus.

»Es geht nicht.« Reitts Assistent blickt ihn ungerührt an. »Lassen Sie sich ein Motorboot bestellen.«

»Sehen Sie nicht, wie aufgewühlt das Meer ist? Ich werde

leicht seekrank, sogar wenn es ruhig ist.« Es freut Piero Gomi keineswegs, vor einem Fremden diese Schwäche zuzugeben, aber er hofft, dass die Stimme der Vernunft eine Bresche schlagen kann.

»Es ist nicht aufgewühlt, bloß windig.« Reitts Assistent ist schrecklich verstockt.

»Lassen Sie mich einfach zuerst nach Lampedusa fliegen, danach schicke ich Ihnen den Hubschrauber sofort zurück.« Piero Gomi möchte unbedingt vermeiden, dass seine Forderung wie ein Flehen klingt (das wäre demütigend und schädlich) oder ungebührlichen Druck ausübt (was den Deutschen allzu sehr provozieren könnte). Er setzt vor allem auf Logik und auf das Minimum an Rücksicht, das jeder Ausländer für einen politischen Vertreter seines Gastlandes aufbringen müsste. »Es handelt sich höchstens um eine Stunde, Sie werden Ihren Flug nach Deutschland bequem erreichen. Für Sie ändert sich nichts.«

»Tut mir leid, es geht nicht.« Der Assistent macht eine ungeduldige Handbewegung. »Wenn Sie mich jetzt entschuldigen wollen, ich muss zu Dr. Reitt.« Er verabschiedet sich mit einem Kopfnicken und geht, lässt Gomi einfach stehen wie den Bittsteller aus einem Land der Dritten Welt, der ihn um humanitäre Hilfe angebettelt hat!

Andererseits (aber nur *privatissime*): Solche Assistenten müsste man haben. Solange alles gut läuft, wirken seine eigenen Leute sehr ergeben und begeistert, das wäre ja auch noch schöner, sie genießen das Vorrecht, für einen Spitzenpolitiker zu arbeiten, alle Türen stehen ihnen offen. Doch wenn das Blatt sich plötzlich wenden sollte? Wenn zum Beispiel die Fotos mit Werner Reitt sein Image schwer beschädigen würden? Schon jetzt bei den letzten Telefonaten wirkte Giovanni erschrocken und völlig durcheinander. Luciano hat es nicht einmal geschafft, die Hafenkommandantur in Lampedusa zu überreden, ein Patrouillenboot zu schicken, und seine Bemühungen um einen Hubschrauber bei den Carabinieri von Agrigent waren ebenso vergeblich. Zwar können sie die besten Zeugnisse vorweisen, sie sind alle äußerst beflissen und seriös, gläubig und anständig (dafür würde er die Hand ins Feuer legen), aber viel zu wenig kämpferisch, viel zu verweichlicht. Niemals hätten sie die Standfestigkeit dieses deutschen Assistenten, der eben weggegangen ist, um seinem Chef Bericht zu erstatten. Als Piero Gomi ihn darum bat, die Fotos zu blockieren, die er an die deutschen Presseagenturen geschickt hatte, ist er überhaupt nicht darauf eingegangen. Die Fotos sollten (leider hat Piero Gomi das zu spät begriffen) den Eindruck erwecken, Werner Reitt sei zu einem Treffen auf höchster Ebene nach Italien gekommen und nicht auf der Flucht. Aller Wahrscheinlichkeit nach hat die so höfliche und perfekte Frau Reitt ihn absichtlich in die Falle gelockt, seine Gutgläubigkeit zynisch zum Vorteil ihres Mannes ausgenutzt. Für die Deutschen bestand keinerlei Veranlassung, die Fotos zurückzuziehen, Ende der Diskussion. Piero Gomi hat versucht, nachdrücklich und auch freundschaftlich darauf zu bestehen, und sogar Unterstützungserklärungen für Werner Reitt seitens deutscher Vertreter der EVP versprochen, zu denen er beste Beziehungen hat (hundertprozentig kann er natürlich nicht dafür garantieren, wie könnte er?). Nichts zu machen, null Entgegenkommen. Was hätten seine Assistenten unter solchen Umständen getan, unter Druck gesetzt von einem deutschen Spitzenpolitiker? Die Antwort kennt er schon, leider.

Die Französin mit dem stumpfen Gesicht fixiert ihn von einem Tisch aus. Ihren Espresso hat sie längst ausgetrunken, macht aber keine Anstalten aufzustehen, obwohl der Wind unerträglich ist. Arbeitet sie womöglich als Korrespondentin bei einem Schmierenblatt der französischen Linken? Nein, nach ihrem Schmuck und ihrer Kleidung zu urteilen, wohl kaum (nicht dass sie nicht häufig unverschämt inkonsequent wären, die Linken!). Doch gestern hat sie sich mit erstaunlicher Giftigkeit der bösartigen Reaktion von Frau Reitt angeschlossen, ein sehr unangenehmer Zwischenfall. Nun gut, im Augenblick haben wir größere Probleme als Französinnen mit stumpfem Gesicht.

Sein Telefon vibriert und klingelt in der Jackentasche. Piero Gomi verzieht sich hinter die Wand des Küchenvorraums, um sich vor dem Getöse des Windes zu schützen.

»Onorevole, entschuldigen Sie, wenn ich schon wieder störe...« Giovannis Tonfall verspricht nichts Gutes.

»Wieso solltest du stören, Giovanni? Ich habe dich doch selbst gebeten anzurufen, sobald du gute Nachrichten hast! Also, wie steht's?« Er ist ungeduldig, wie könnte es anders sein? Er presst das Handy ans Ohr, denn der Wind belästigt ihn auch hier.

»Na ja, so richtig gut kann man sie im Moment nicht nennen, Onorevole...« Vermutlich wird Giovanni früher oder später noch ein recht guter Politiker, denn er hat die Gabe, sich wunderbar nichtssagend auszudrücken.

»Würdest du bitte mal Klartext reden?« Piero Gomi ist genervt, denn die Sprache, die er beispielsweise für eine Rede über die Innenpolitik benutzt, wo man sich nicht mit zu eindeutigen Begriffen festlegen darf, um Raum für eventuelle Kurskorrekturen zu lassen, ist seitens seiner Assistenten unangebracht. Vor allem, wenn sie ihn in dringenden Angelegenheiten anrufen und er an einem entsetzlichen Ort an eine Wand gedrückt dasteht, während um ihn herum der Wind tobt. Dass man diesen jungen Leuten aber auch immer alles erklären muss, aber wirklich alles!

»Nein, leider entwickelt sich die Lage in eine andere Richtung als gewünscht.«

»Ach ja?! Tatsächlich?! Warum erstaunt mich das jetzt nicht?!« Allmählich machen sie ihn wirklich rasend, diese Jungs. »Herrgott, wenn alles wie gewünscht verlaufen wäre, hätte ich doch weder dich noch diesen anderen Esel angerufen!«

»Entschuldigen Sie, Onorevole, ich wollte sagen...« Giovanni stottert verlegen herum, aber das ist gewiss nicht die Haltung, die eine solche Situation erfordert, sie enthält keine Spur von Stolz.

»Warte mal, ich gehe nur woanders hin, bleib dran!« So zu reden ist unmöglich, mit einem Assistenten, der sich ausdrückt wie die Sibylle von Cumae, der Französin, die ihn von ihrem Tisch aus bespitzelt, den Bedienungen, die aus der Küche spähen, und dem Wind, der unerträglich in den Ohren heult. Rasch überquert Piero Gomi die Terrasse, betritt den Salon, wo er die Nacht verbracht hat, und schließt mit Mühe die Fenstertür, weil es teuflisch zieht. Erneut presst er das Handy an die Schläfe. »Also, könntest du mir jetzt rundheraus sagen, ob ihr von der Hafenkommandantur oder von den Carabinieri eine Antwort bekommen habt oder nicht?«

»Ach so, wegen Ihrer Abreise ...« Es klingt, als habe Giovanni dieses Problem ganz vergessen, einfach unglaublich!

»Ja, wegen meiner Abreise, Giovanni! Was dachtest du denn?! Sie sollen mich mit dem Hubschrauber abholen! Oder mit einem großen Schiff, denn mit einem kleinen Patrouillenboot fahre ich nicht bei diesem Seegang! Und ich kann ja auch nicht wer weiß wie lang auf dieser Klippe hier hocken bleiben!«

»Ich glaube, Luciano hat schon mehrmals angerufen, er probiert es gerade wieder.« Diese jungen Leute haben kein Rückgrat, ihnen fehlt jeder Kampfgeist. Solange es darum geht, Vergünstigungen einzuheimsen, sind sie eins a, und dann? Sie treiben einen zur Verzweiflung, echt.

»Was soll das heißen, du glaubst? Ihr müsst endlich was tun, Jungs! Und zwar sofort!« Der vorherige Vergleich mit dem deutschen Assistenten macht ihn noch unduldsamer. »Ich musste die Nacht auf einem Notbett verbringen, ist euch das klar?! Ich habe kein Auge zugetan und konnte mich nicht einmal umziehen! Heute Morgen musste ich um einen Rasierapparat betteln, um mich rasieren zu können!«

»Onorevole, in Lampedusa ist es gerade wieder sehr kritisch...«

»Was meinst du mit kritisch, Giovanni? Rede doch, wie dir der Schnabel gewachsen ist, Herrgott!«

»Es ist wieder ein Migrantenboot gekentert, es gibt Dutzende von Vermissten...« In Giovannis Stimme schwingt nicht nur Demütigung mit, weil er ihn getadelt hat: Man hört noch ein dumpferes Gefühl heraus, fast einen verhüllten Vorwurf.

»Oh, das tut mir sehr leid für die Migranten, die Ärmsten, aber ich bin auch in einer sehr, sehr schwierigen Lage! Ihr müsst dafür sorgen, dass ich sofort hier wegkomme! Dass ich nach Rom zurückkomme! Mit einem akzeptablen, den Umständen angemessenen Transportmittel!« Es freut ihn gar nicht, so die Fassung zu verlieren, aber eigentlich müssten ihm seine Assistenten in solchen Situationen beistehen und ihn nicht dazu zwingen, sie anzustacheln und Schritt für Schritt anzuleiten.

»Onorevole, ehrlich gesagt, habe ich Sie hauptsächlich wegen der Fotos mit Reitt angerufen...« Giovanni dehnt die Wörter, erneut fällt es ihm schwer, auf den Punkt zu kommen.

»Welche Fotos? Die, die sie an die deutschen Agenturen geschickt haben?«

»Nein, die, die Sie gestern auf Facebook gepostet haben, Onorevole. Vor allem das eine, auf dem Sie sich lachend umarmen...« Ja, da *ist* ein negativer Unterton in der Stimme dieses wohlerzogenen jungen Römers, ganz ohne Zweifel. Es klingt ganz so, als ob er in naher Zukunft von ihm Abstand nehmen wollte.

»Was haben die Fotos mit meiner Abreise zu tun?! Hast du sie nicht sofort gelöscht? Sofort, hatte ich dir gesagt!« Er ist ernstlich beunruhigt und fühlt sich total ohnmächtig, weil er hier festsitzt.

»Ich habe sie runtergenommen, sobald ich konnte, Onorevole. Das heißt, etwa eine halbe Stunde, nachdem Sie sie upgeloadet hatten.« Ja, eindeutig, Giovanni hat was gegen ihn. Bestimmt wird er bei der erstbesten Schwierigkeit sein Fähnchen nach dem Wind hängen wie alle anderen. Er hat eine echte Begabung für die Politik, wahrhaftig.

»Ja und?! Was zum Teufel willst du damit sagen?!«

»Man hat sie weiterverbreitet, Onorevole. Wie ich es Ihnen schon vorhergesagt habe, falls Sie sich erinnern.« Jetzt schwätzt er altklug daher, wie der Klassenbeste. »Wie vorhergesagt!« *Bäh, bäh, bäh!* Dabei hat er Giovanni hauptsächlich deshalb eingestellt, weil er der Sohn von Rechtsanwalt Trepoletti ist, der viel für die Partei getan hat (allerdings hatte der Junge auch eigene Verdienste, so schien es jedenfalls bis gestern). Schau einer an, wie der sich benimmt bei den ersten Anzeichen einer unerwarteten Krise.

»Verstehe, verstehe! Aber *ihr* müsst euch doch um das Internet kümmern, Giovanni! Du, Luciano, Fabio, Marina! Das gehört mit zu euren Aufgaben!«

»Genau, Onorevole. Warum haben Sie die Fotos bloß selbst online stellen wollen? Und noch dazu sofort? Wir haben verzweifelt versucht, Sie zu erreichen, um Ihnen zu sagen, dass Sie das Treffen mit Reitt abblasen sollen. Auf den deutschen Blogs war schon alles herausgekommen, die Nachricht verbreitete sich wie ein Lauffeuer. Aber Sie sind nicht drangegangen...«

»Weil ich mit Reitt im Gespräch war, Giovanni, das habe ich doch schon gesagt. Ich konnte nicht telefonieren, während so ein Mann mit mir redet! Und außerdem, willst du mir hier eine Strafpredigt halten, oder was?!« Wirklich, er muss ihnen ernsthaft die Leviten lesen, sobald er wieder in Rom ist. Wenn keine Loyalität, keine Bereitschaft besteht, dann raus mit euch, ihr Lieben. Macht anderen Platz, die motivierter und zuverlässiger sind. Für solches Benehmen ist in seinem engsten Kreis kein Platz, auf gar keinen Fall. Wenigstens das müssen wir von den Deutschen lernen!

»Nein, Onorevole. Ich wollte nur erklären, wieso die Fotos weiterverbreitet wurden.«

»Von wem denn? Wo?«

»Na ja, von allen, die bei Facebook reingeschaut haben, Onorevole.«

»Obwohl sie nur eine halbe Stunde da waren?«

»Auf Facebook ist eine halbe Stunde eine Ewigkeit, Onorevole.« Wieder dieses neunmalkluge Getue, nur weil er jung ist und denkt, er kenne sich besser aus mit den neuen Technologien. »Es reicht schon, dass etwas eine Sekunde online ist, es wird sofort aufgenommen. Sie können sich vorstellen, was da eine halbe Stunde ausmacht.«

»Aber das ist doch unakzeptabel. Und auch illegal!«

»Vom juristischen Standpunkt her gesehen, sind die Inhalte Eigentum von Facebook, Onorevole...«

»Hör auf mit deiner Besserwisserei, Giovanni, zum Donnerwetter!« Piero Gomi brüllt, sie machen ihn wahnsinnig mit ihrer Haltung!

»Entschuldigung, Onorevole, nur um Ihnen zu erklären...« Jetzt tut Giovanni so, als sei er zerknirscht, er gibt sich aber nicht einmal Mühe, auch nur ein bisschen überzeugend zu wirken.

»Erklär mir lieber, wo die verflixten Fotos herausgekommen sind! Im Blog von irgendwelchen Fanatikern?!«

»Nein, Onorevole, bei allen großen Agenturen und in allen Online-Ausgaben der italienischen Tageszeitungen, sogar in ein paar deutschen. *Corriere della Sera, Repubblica, Stampa, Messaggero, Libero, Unità*...«

»Du brauchst mir jetzt nicht sämtliche Zeitungsnamen aufzuzählen, Giovanni!« Piero Gomi tigert schnaufend und mit starkem Herzklopfen von einer Wand zur anderen, das Bild seiner Umarmung mit Reitt vervielfacht sich auf perverse Art in seinem Kopf. »Und was schreiben sie?«

»Wie meinen Sie das, Onorevole?«

»Na die Zeitungen, Giovanni! Was steht unter den Fotos?! Wovon reden wir denn nun schon die ganze Zeit, zum Donnerwetter?!« Er fragt sich, wieso er bloß so lange nicht gemerkt hat, dass er so feige Assistenten ausgesucht hatte, opportunistische Muttersöhnchen, die in Wartestellung gehen, sobald die kleinste Hürde auftaucht.

»Möchten Sie wissen, was *La Repubblica* schreibt?«

Nervt er ihn jetzt absichtlich, dieser kleine Scheißer? Will er ihn unbedingt aus der Fassung bringen?

»Lies mir erst mal die Schlagzeilen vor!«

»Also, einen Augenblick ...« Er lässt sich Zeit, als würde er es genießen, ihn auf die Folter zu spannen. Das macht er bewusst, der verwöhnte Schnösel! Vielleicht hält er gerade die Hand auf den Hörer und lacht ihn zusammen mit den anderen aus!

Jetzt öffnet sich auch noch die Fenstertür, und die Französin kommt herein. Einfach so, ganz ungeniert und hochnäsig, die reine Provokation. Sie tut, als schaute sie sich um, dann starrt sie ihn hinter ihrer Sonnenbrille schamlos und frech an (wirklich unglaublich).

»Hören Sie mich, Onorevole?«

»Ja, ja, ich höre, Giovanni, leg los.« Piero Gomi versucht, leiser zu sprechen, seinen Mund mit der Hand zu verdecken, um der Französin kein Live-Spektakel zu bieten.

»Onorevole, jetzt höre ich Sie nicht mehr.« Intelligent ist er auch nicht, dieser kleine opportunistische Schlappschwanz von Giovanni.

»Ich bin da! Jetzt rede endlich, mach schon!« Piero Gomi schreit wieder lauter, obwohl die Französin ihn angafft. Was soll's!

»Also ... Womit fange ich an, Onorevole, mit den schlimmsten?«

»Fang an, womit du willst, aber beeil dich!«

»Gut: ›Der Teufel und das Weihwasser‹, ›Der deutsche Satyr und der fromme Italiener‹, fromm in Anführungszeichen, ›Partykumpel‹, ›Der seltsame Sommer des Piero Gomi‹, ›Die heißen Ferien des Abgeordneten‹… Das hier ist aus der *Frankfurter Allgemeinen*: ›*Orgienbrüder*‹. Das heißt in etwa –«

»Ja was denn, zum Teufel?!« Da gibt es sowieso wenig zu verstehen, Piero Gomis Ohren glühen, eine ätzende Wut verbrennt ihm den Magen, die Leber, alles. »Schluss, genug jetzt!«, schreit er. »Du brauchst gar nicht weiterzulesen! Hier müssen wir sofort haufenweise Anzeige erstatten! Ruf Rechtsanwalt Masone an! Und auch deinen Vater!«

»Wollen Sie nicht noch den Inhalt der Artikel hören, Onorevole?«

»Nein, auf keinen Fall, Giovanni! Das Einzige, was ich von dir will, ist, dass du die Rechtsanwälte anrufst! So-fort! Und dass du mir in spätestens fünf Minuten mitteilst, dass ein Schiff oder ein Hubschrauber unterwegs ist, um mich hier rauszuholen! In spätestens fünf Minuten! Los jetzt, an die Arbeit!«

»Darum kümmert sich schon Luciano…«

»Dann sag dieser Schlafmütze, er soll sich gefälligst beeilen! Ach was, sag ihm, er soll es lassen, ich kümmere mich selber drum!«

»Wie meinen, Onorevole?« Der Blödmann kapiert nicht, schwafelt irgendwas.

Piero Gomi kappt die Verbindung, dreht sich um und fixiert empört die Französin, die ihre Sonnenbrille abgenommen hat, am Regal lehnt und betont lässig in einem Buch blättert. »Brauchen Sie etwas, Signora?«

Die Französin zuckt die Achseln und grinst provozierend.

Am liebsten würde ihr Piero Gomi mal deutlich die Meinung sagen, kann sich aber zum Glück beherrschen. Er tippt die Handynummer von Alvaro Aconardi.

Zum ersten Mal in drei Jahren hebt niemand ab. Ausgeschlossen, dass gerade jetzt eine supergeheime Sitzung mit dem Ministerpräsidenten stattfindet (soweit er weiß, steht heute nichts Derartiges auf dem Programm), Aconardi weicht ihm aus. Er hat die Fotos und Artikel gesehen und will nicht mit ihm in Zusammenhang gebracht werden! Auch wenn er es eigentlich ihm verdankt, dass er Unterstaatssekretär ist. Nun gut, Dankbarkeit existiert nicht in der Politik, aber es müsste doch Grenzen geben!

Piero Gomi wählt die Durchwahl im Innenministerium, alles unter den aufdringlichen Augen der Französin. Nuscante, der Chef des Sekretariats, hebt ab. »Guten Morgen, hier Piero Gomi, kann ich bitte den Minister sprechen? Es ist sehr dringend.«

»Bedaure, Onorevole, der Minister ist in einer Sitzung.« Eine blühende Phantasie, Kompliment, wirklich. Er versucht nicht einmal, die Lüge aus Anstand glaubhaft zu verpacken. O nein, Kälte und Abstand, totale Gleichgültigkeit. So weit sind wir also schon! Da redet dieser Dummkopf von Giovanni von der Schnelligkeit des Internets, aber die Politik ist noch viel schneller, wenn es darum geht, sich von einer möglichen Ansteckungsgefahr fernzuhalten!

»Nuscante, ich befinde mich in einer sehr kritischen Lage.« Er versucht, mit möglichst fester Stimme zu sprechen, um klarzustellen, dass ihm geholfen werden *muss*.

»Das denke ich mir, Onorevole.« Klingt fast wie eine Beileidsbezeugung, der reine Wahnsinn!

»Wovon zum Donnerwetter reden Sie, Nuscante?!« Piero Gomi wird ziemlich laut: Die Französin schert ihn keinen Deut in so einem Zusammenhang.

»Nun, von Ihrer Lage, Onorevole. Wir haben erfahren... Die Agenturen...« Sie halten ihn schon für abgesägt, diese Kerle! Ja, aber da muss jemand dahinterstecken, der sehr aktiv und entschlossen ist, denn in diesem Land ist noch nie einer wegen einem leicht kompromittierenden Foto auf der Strecke geblieben. Wie oft hätte Präsident Buscaratti sonst schon zurücktreten müssen? Oder der liebe Gouverneur Pultra mit seinen Fotos in Bermudashorts und Sonnenbrille auf den Yachten der Geschäftemacher? Hier gibt es eindeutig einen Plan, um ihn kaltzustellen und fertigzumachen. Je höher du aufsteigst, umso mehr Feinde hast du, leider. Das weiß man, aber jetzt geht es zu weit!

»Vergessen Sie die Agenturen, Nuscante! Ich sitze hier auf der Insel Tari fest, in der Villa Metaphora! Man muss mir unbedingt sofort einen Hubschrauber schicken, ein Tragflügelboot, ein Schiff! Es darf bloß kein kleines Boot sein, denn das Meer ist entsetzlich stürmisch! Sprechen Sie unverzüglich mit dem Minister! Die Sache duldet keinen Aufschub! Die Situation ist äußerst kritisch!«

»Nun, sobald ich kann...« In Nuscantes Tonfall schwingt die dreiste Schadenfreude mit, ihn ohnmächtig in der Klemme zu wissen.

»Was heißt hier sobald, entschuldigen Sie mal! *Sofort* müssen Sie mit ihm sprechen! Ich mache Sie persönlich dafür verantwortlich, Nuscante! Ich verlange, dass Sie unverzüglich handeln!«

»In Ordnung, Onorevole, auf Wiederhören.« Dieser süffisante Ton, nicht zu fassen.

»Auf Wiederhören.« Nuscantes »In Ordnung« ist keinen Pfifferling wert, im Ministerium werden sie keinen Finger rühren, um ihn hier rauszuholen. Loyalität ist in der Politik nur ein Wort für das, was gerade vorteilhaft ist, Piero Gomi weiß es nur zu gut. Die Politik ist eine Welt voller »wenn« und »aber«, ein von hypothetischen und adversativen Konjunktionen verpesteter Dschungel. Nicht zufällig lautet eine der Lieblingsredewendungen seiner Kollegen: »ohne Wenn und Aber«; wie ein Dieb, der ständig sagt: »In aller Aufrichtigkeit.«

Der Französin muss es großen Spaß gemacht haben, das Telefonat mitzuhören, sie fixiert ihn weiter mit provokativer Frechheit.

Schön für sie, er hat jetzt andere Sorgen. Im Adressbuch seines Samsung sucht Piero Gomi die Nummer von General Cimascotti und wählt.

Es klingelt ins Leere, keine Antwort. Wunderbar, auch Cimascotti hat vorsichtshalber auf Stand-by geschaltet, um abzuwarten, wie sich die Dinge entwickeln. Auch er, trotz allem, was er ihm verdankt! Sie isolieren ihn, allesamt!

Piero Gomi ruft ein zweites, ein drittes Mal an, nichts, nichts, nichts! Er versucht es bei Cilparo, bei Oberst Schinnapoli, bei Moffa.

Die Antworten sind fast beleidigend vage: »Wir tun unser Bestes«, »Im Augenblick kann ich Ihnen nichts garantieren«, »Leider kann ich Ihnen nicht sagen, wann«. Das sind Leute, die sich bis gestern jeden Morgen zur Verfügung stellten, Himmelherrgott! Die ungefragt ihre Hilfe anboten! Die ihn mit ständigen Bitten um Unterstützung belästigten! Und jetzt schaffen sie es nicht einmal, ihn von einer elenden Vulkaninsel im tiefsten Mittelmeer abzuholen!

Die Französin legt den Kopf schief; bestimmt hat sie im Geist jedes Wort festgehalten, im besten Fall, um alles den anderen Gästen zu erzählen und sich hinter seinem Rücken über ihn zu amüsieren.

Piero Gomi bedenkt sie mit dem bösesten Blick, zu dem er fähig ist, und verlässt den Raum.

Sie schaut ihm nach; hoffentlich ist sie nicht so dreist, ihm noch weiter zu folgen.

Draußen pfeift und braust der Wind, doch das ist im Augenblick das geringste Problem. Unglaublich, dass er die Vermittlung dieses Intriganten von Scandrola in Anspruch genommen hat, denkt Piero Gomi, dass er seine Beziehungen hat spielen lassen, dass er um Gefälligkeiten gebeten, seine Angst vor dem Meer überwunden und Perusato geradezu kniefällig bedrängt hat, und wofür? Das hat er jetzt davon! Doch wer hätte sich so etwas je vorstellen können, ehrlich? Werner Reitt schien eine der unantastbarsten Inkarnationen der wahren Machtzentralen zu sein, ein Mann aus rostfreiem Stahl, ohne Schwächen. Wer hätte es für möglich gehalten, dass er sich mit der minderjährigen Freundin seiner Tochter sexuellen Ausschweifungen hingab? Und sich auch noch dabei fotografieren ließ? Das Timing ist wie im schlimmsten Alptraum. Noch bevor der Skandal ausbricht, in Tari anzukommen und voll in den Schlamassel verwickelt zu werden. Wegen zwei im Unterschied zu den anderen ganz unschuldigen Fotos! Nun ja, vielleicht war von seiner Seite etwas Angeberei im Spiel, der Wunsch, mit einer gar nicht vorhandenen Vertrautheit mit Reitt zu prahlen. Aber das ist die lässlichste aller lässlichen Sünden, dem würde jeder zustimmen: Es ist ungerecht, dass sich das jetzt so grausam gegen ihn wendet. In Deutschland werden diese Fotos recht wenig an Reitts inzwischen aussichtsloser Situation ändern, aber in Italien werden sie als politische Mordwaffe benutzt, wenn es ihm nicht gelingt, rechtzeitig etwas zu unternehmen!

Gottogott, ausgerechnet ihm musste das passieren? Ihm, der stets als sauber wahrgenommen wurde, nicht nur von seinen Wählern, sondern sogar von Leuten, die mit der Partei der Modernität gar nichts am Hut haben! Er hört sie schon, die bissig ironischen Kommentare, die groben Scherze, die hämmernde Verleumdungskampagne, die akribisch konstruierten Lügen. Man wird ihn (so weit ist es bereits) als zwielichtigen Geschäftspartner des verderbten Werner Reitt hinstellen (es genügt ja, die Fotos der Umarmung anzuschauen, das entsetzliche, obszöne, besoffene, perverse Lächeln der beiden, *mamma mia*), sogar als Orgienbruder mit Minderjährigen, wie diese gemeine deutsche Zeitung geschrieben hat. Zum Glück weiß seine Frau, warum er nach Tari gereist ist, sonst stünde auch noch ein Familienkrach zu befürchten. Gerade vorhin hat er sie angerufen, um ihr die neuesten Entwicklungen mitzuteilen, und sehr fröhlich war sie natürlich nicht. Giovannas Ton beunruhigt ihn zutiefst. Ist es denn möglich, dass er sich bei all seinen Problemen auch noch darum Sorgen machen muss?

Diese Geschichte ist der Beweis für die Gefährlichkeit der wahren Machtzentralen und dafür, wie undurchsichtig und unberechenbar das Verhalten ihrer Vertreter ist. Es heißt, ihre Unterstützung sei unverzichtbar für jeden, der eine weitreichende politische Strategie verfolgt. Zweifellos. Man braucht nur die technische Regierung anzuschauen, die von Amts wegen die Regierung Buscaratti abgelöst hat – mitten in einer internationalen Wirtschaftskrise, die Italien aus Europa hinauszudrängen drohte: Wenn das nicht das Werk der Machtzentralen gewesen ist. Beschlossen in geheimen internationalen Kreisen, wo das Gespenst des nationalen Bankrotts an die Wand gemalt wurde, der drohende Absturz Italiens nach griechischem Muster. Täglich drehte sich in Zeitungen und Fernsehnachrichten alles nur noch um den *Spread* zwischen den italienischen Schatzpapieren und den deutschen Bundespapieren, vierhundert, fünfhundert, fünfhundertfünfundsiebzig, jeden Tag wurde es schlimmer. Kein normaler Mensch hatte je zuvor von dieser Sache gehört, die plötzlich die Messziffer für eine tödliche Radioaktivität zu sein schien, für ein Erdbeben, das ganze Städte verschlingen kann. Und wer steckte hinter dieser Schreckenskampagne? Die internationalen Großbanken, die Ratingagenturen, die heimlichen Drahtzieher in den Regierungen Deutschlands, Frankreichs und der Vereinigten Staaten, der *Economist* und die *Financial Times*, sogar *Newsweek*, die ein Foto von Präsident Buscaratti auf die Titelseite geknallt und ihn als größte Gefahr für das gesamte westliche Wirtschaftssystem bezeichnet hatte: Anstatt die Krise anzugehen, tue er so, als gebe es sie nicht, anstatt seine Abende in Sitzungen mit den besten Ökonomen zu verbringen, mache er sich zum Narren mit Dutzenden von jungen Prostituierten. Er verwende seine ganze Energie darauf, die Gesetze zu ändern, um den Richtern zu entgehen, die ihn verfolgten, während das Land auf den Abgrund zusteuere. Also weg mit Buscaratti und der demokratisch gewählten Regierung, her mit der sogenannten technischen Regierung, die sich an den wahren Machtzentralen orientiert. Natürlich erhält die sogenannte technische Regierung dann großen Beifall und wird jeden Tag ermutigt von ebenjenen Kräften, die sie eingesetzt haben, in wenigen Monaten scheint sie Resultate zu erzielen, die die normalen Regierungen über Jahrzehnte nicht hatten erreichen können. In Sachen Renten, Steuern, Liberalisierungen, Arbeitskosten, gewerkschaftlichem Terror und so weiter. Und schon sinkt der *Spread* auf ein vernünftigeres Niveau, schon wird Italien wieder zu den großen internationalen Vereinigungen zugelassen. Und was sollte nun einer, der wie der Abgeordnete Piero Gomi demokratisch gewählt worden ist, nach Meinung dieser Herren tun?

In diesem unerträglichen, politikfeindlichen Klima droht eindeutig die Gefahr, dass die einfachen Leute allmählich denken, die Politiker seien sowieso zu nichts nütze und man könne ruhig auf sie verzichten. In Abgeordnetenkammer und Senat sitzen insgesamt tausend, wenn man alle Ebenen mit einbezieht, sind es eine Million, sie kosten über sechs Milliarden Euro im Jahr an gewöhnlicher Verwaltung einschließlich Diebstählen, genießen jede Menge Privilegien, bringen nichts zustande, sondern schaffen nur Probleme mit ihren ständigen Querelen und Schiebereien, da kann man sie ja gleich nach Hause schicken. Es genügt, sie durch Experten zu ersetzen, die etwas von ihrem Fach verstehen und ohne großes Trara und hohe Kosten ihre Arbeit tun wie gute Hausverwalter. So läuft der Hase doch, oder? Eben deswegen musste er eine riskante Initiative ergreifen und auf diese schreckliche Insel reisen. Wenn du sie nicht schlagen kannst, tu dich mit ihnen zusammen, wie man so sagt. Das ist kein Zynismus, kein Machiavellismus: Das ist Politik.

Ja, aber im Hinblick auf ein wichtiges Ziel bewusst ein Risiko einzugehen ist eine Sache, ahnungslos in eine tödliche Falle zu tappen etwas anderes. Jetzt kann man leicht behaupten, er habe eine unverzeihliche Torheit begangen, habe versucht, jemanden zu benutzen, und sei benutzt worden. Er hatte doch gute, solide Gründe für sein Vorhaben. Die Begeisterung, die Vision, der Plan, die Ungeduld, ihn umzusetzen, nichts hat gefehlt. So ist Piero Gomi übrigens immer gewesen: Er hat immer gewagt, die Latte bei aller gebührenden Vorsicht etwas höher zu legen. Aber nicht wie ein Kamikaze, stets hat er das Für und Wider vernünftig und bescheiden abgewogen, bevor er einen Schachzug getätigt hat. Auf die bisherigen Ergebnisse ist er stolz. Aber nun hat der Herrgott offenbar beschlossen, ihn auf die Probe zu stellen.

Jedenfalls ist es jetzt noch zehn-, ja hundertmal dringender, dass er nach Rom zurückkehrt. Man muss schnellstens eine Pressekonferenz organisieren, ein Kommuniqué herausgeben, sich unmissverständlich von Werner Reitt distanzieren und klären, dass ihr Treffen keineswegs privat war, sondern rein offiziell. Unter den unheilvollen Fotos stand zwar etwas von privatem Gespräch, doch wer kann schon beweisen, dass er das geschrieben hat? Da er ja leider ziemlich schwachsinnige Assistenten hat, kann er wenigstens ihnen die Schuld dafür in die Schuhe schieben. Wenn ein Spitzenpolitiker für das private Verhalten sämtlicher Personen, die er aus politischen Gründen trifft, mitverantwortlich gemacht würde, hätten wir viel zu tun. Wer von seinen Kollegen könnte sich da noch retten? Ohne Übertreibung gibt es (in seiner wie in den anderen Parteien) Dutzende, die regelmäßig in der Grauzone zwischen Politik und Betrug mitmischen, im undurchsichtigen Spiel der Auftragsvergaben, der Großaufträge, der Holdings, der tausend Geschäfte auf Ebene der Region, der Provinz, der Gemeinde. Wollen wir wirklich diese Art von schlechtem Umgang und sein einziges unschuldiges Treffen mit Werner Reitt auf eine Stufe stellen? Sicher, diese Dinge werden in (offensichtlich relativer) Heimlichkeit verhandelt, während es bei ihm leider Fotos gibt. Aber gut, man wird eine deutlichere, nachdrückliche Erklärung brauchen, in der klipp und klar gesagt wird, dass Reitts privates Verhalten nicht nur moralisch verwerflich, sondern auch gänzlich unvereinbar ist mit der Rolle eines Mannes, der an der Spitze einer so bedeutenden Institution wie der PEB steht. Vielleicht könnte Piero Gomi sogar im Rahmen der EVP einen regelrechten Antrag auf Verurteilung initiieren. In einem Augenblick, in dem die Politik unter Beschuss steht, wäre das außerdem auch eine glänzende Gelegenheit, um den moralischen Primat der Politik über die Finanz zu bekräftigen. Das ist so ein Fall, bei dem sich eine ernste Schwierigkeit in eine große Chance verwandeln kann: Das ist die schönste Seite an der Politik auf höchster Ebene. Piero Gomi ist gewiss keiner, der vor Herausforderungen zurückweicht, das hat er noch nie getan, und jetzt erst recht nicht.

Aber hier muss unmittelbar gehandelt werden, bevor das politische und mediale Gemetzel beginnt. Es gibt Leute, die bereits die Klingen wetzen, die Schlammschleuder läuft schon. Da kann man sich nicht auf Assistenten verlassen, die sich im Augenblick der Not als dumm und ungeschickt erwiesen haben. Auf der höchsten (und auch der niedrigsten) Ebene der Politik gilt das Gesetz des Dschungels: Entweder du frisst, oder du wirst gefressen, entweder du verteidigst dein Revier mit Klauen und Zähnen, oder sie entreißen es dir. Ja, man muss den Stier bei den Hörnern packen, ohne weiter Zeit zu verlieren, muss sofort nach Rom zurück und aus der fürchterlichen Falle dieser über dem Abgrund hängenden Klippe herausspringen.

57

Das an einer Winde hochgezogene Chris Craft baumelt hin und her, und es ist nicht leicht, es bei diesem Sturm zu stabilisieren. Paolo Zacomel arbeitet schweigend mit Carmine und Federico zusammen. Sie haben schon zwei Seile um das Boot gelegt, haben sie gespannt und an der Basis der Winde gesichert. Aber der große Rumpf schwankt immer noch in der Halterung wie ein armer, tödlich getroffener Wal; den klaffenden Riss am Vorderschiff und die gesplitterten Planken zu sehen schneidet ins Herz.

Gewandt klettert Carmine auf einen der zwei Eisenpfosten, schiebt ein drittes Seil zwischen den Pollern des Chris Craft hindurch, lässt es hinunter, so dass Federico und Paolo Zacomel es straffziehen können. Als sie es dann in einer Art männlichem Wettstreit, wer mehr Kraft und Geschicklichkeit zeigt, gesichert haben, begutachten alle drei mit gegen die Sonne und den Wind zusammengekniffenen Augen die Wirkung: Der Rumpf schwankt zwar noch, aber etwas weniger.

Auch das daneben vertäute Boot muss besser gesichert werden, denn es wird übel hin und her geworfen, zerrt an den Leinen, die es halten. Carmine springt hinein, Federico und Paolo Zacomel lockern das Bugseil ein wenig, während er ins Heck geht und sich vorbeugt, um ein drittes Seil an der Boje zu befestigen, die zuvor für das Chris Craft benutzt wurde. Die wütenden kleinen Wellen brechen sich in dichten Reihen an der Landebrücke, spritzen in hohem Bogen Kleider und Gesichter nass, schäumen auf den Holzbohlen.

Paolo Zacomel zieht und lässt locker, er mag die körperliche Anstrengung. Aber ihm scheint, dass er nicht zu weitreichenden Gedanken und Taten fähig ist. Sein Geist und sein Körper sind noch völlig erfüllt von den Gefühlen der gestrigen Nacht mit Lara: Sie wollen einfach nicht weichen. Er hat vielleicht eine, höchstens zwei Stunden geschlafen, aber er ist nicht müde; er ist vollkommen verwirrt vom Nachhall dessen, was zwischen ihnen gewesen ist, was immer noch ist. Die überwältigende Nähe, der Austausch von Emotionen, Gedanken, Forderungen, Angeboten, Blicken, Atemzügen. Seine Haut reagiert überempfindlich auf Berührung, sein Herz klopft zerstreut, obwohl alle anderen Muskeln heftig damit beschäftigt sind, an dem Bootsseil zu ziehen. Jedwede Stabilität, die er vielleicht in all den Jahren der Suche und Versuche, der Erfolge und Fehlschläge erlangt hat, ist dahin. Sein Blick ist unkonzentriert, flimmernd, unglaubwürdig. Er hält es kaum aus, mehr als ein paar Sekunden auf den gleichen Punkt zu schauen, sein Kopf dreht sich ständig zu den weißen Terrassen dort oben.

Carmine springt auf den Landesteg, nimmt ihm das Seil aus der Hand, als traute er ihm nicht recht, schlingt es rasch um den Pfosten und sichert es mit einem vorbildlichen Knoten. Mit sorgenvoller Miene betrachtet er das Boot.

Paolo Zacomel deutet aufs Meer, wo der Wind die Wellen peitscht. »Glaubst du, das dauert noch lange?«

Carmine fixiert ihn: Wie kann einer so eine dumme Frage stellen? Er nickt flüchtig. Federico, hinter ihm, nickt bestätigend, ebenfalls ziemlich feindselig.

Es ist nicht leicht, das Vertrauen der Tareser zu gewinnen, das hat Paolo Zacomel mittlerweile kapiert. Manchmal kränkt ihn ihr anhaltendes Misstrauen, aber man kann es auch verstehen, nach Jahrhunderten von Überfällen und Kolonisierungen durch Fremde. Zwar sollte eigentlich klar sein, dass er nicht hergekommen ist, um irgendwen zu kolonisieren, aber er ist und bleibt ein

Fremder, das weiß er. Einer vom Festland, mit einem Akzent, der in ihren Ohren lächerlich klingen muss, der an der Einrichtung einer Art Raumstation mitarbeitet, wo unverständliche Außerirdische verkehren. Dennoch sieht er sich, nachdem er monatelang auf Tari gelebt hat, auch ein bisschen als Tareser; er fühlt sich mit dem Geist des Ortes in Einklang, hat seine Elemente aufgesogen. Schon bevor er herkam, war er gewiss keiner, der gerne schwatzt und sich mit jedem anfreundet, er braucht seit je Raum und Einsamkeit. Doch nach so vielen Tagen und Nächten auf diesen Felsen ist er noch wortkarger geworden, achtet noch aufmerksamer auf Zeichen. Tari ist eine harte Insel, ganz besonders an dieser Westküste. Man kann nicht lange hier leben, ohne irgendwie davon verändert zu werden.

Deswegen hat ihn die gestrige Nacht mit Lara so erschüttert. Er war überzeugt, einen gewissen Abstand gewonnen zu haben, nicht dass er zum Asketen geworden wäre, aber die Vorstellung, dass er sich noch einmal gefühlsmäßig auf jemanden einlassen könnte, lag ihm ziemlich fern. Von hier aus gesehen, waren ihm seine früheren Beziehungen dumm, sinnlos, sogar peinlich vorgekommen. Pathetische Mischungen aus bedingten Reflexen, animalischen Instinkten, Attitüden und Klischees. Er hatte sich geschämt, daran teilgenommen und sogar daran geglaubt zu haben, wie ein Hahn, der den Kamm aufstellt, die Kralle hebt und mit den Schwanzfedern wippt. Er hatte gemeint, darüber sei er endgültig hinaus, und sich erleichtert gefühlt, frei, seinen Weg auf der Suche nach dem wahren Sinn des Lebens allein zu gehen. Dann ist er Lara begegnet, und seine geistige Abwehr hat Risse bekommen. Sofort: gleich nach den ersten Worten und Blicken, die sie getauscht hatten. Und während sie sich dann an den folgenden Tagen und Abenden beschnupperten, wurden die Risse immer tiefer, und der Schutzwall ist zusammengebrochen, die Freude des Wiedererkennens und der tiefen Nähe hat ihn mit einer Heftigkeit und einer Zärtlichkeit überwältigt, auf die er gar nicht gefasst war. Vielleicht wirkt er ja von außen wie immer (Carmine und Federico sehen ihn nicht mit anderen Augen an), aber sein Gleichgewicht ist völlig ins Wanken geraten. Wie kann einem, der absolut nichts dergleichen suchte, nur so etwas passieren? Einem, der überhaupt nicht mehr daran glaubte?

»*Depesciamoce.*« Carmine trocknet sich die Hände an seiner Hose ab, wirft einen letzten Blick auf das vertäute Boot und das in den Seilen hängende Chris Craft, geht eilig auf die Treppe zu. Federico folgt ihm, Paolo Zacomel schließt sich an.

Beim Aufstieg läuft wieder diese Männerkonkurrenz um Kraft und Widerstandsfähigkeit, wie vorher beim Straffen der Seile. Die beiden Tareser fühlen sich verpflichtet, in ihrem Revier körperliche Überlegenheit zu demonstrieren, er fühlt sich verpflichtet, sich als ebenbürtig zu erweisen, obwohl er aus dem Norden kommt, wo es kein Meer und keine Vulkane gibt. Ergebnis: Wortlos stürmen sie hinauf, immer zwei Stufen auf einmal, und strengen Beine und Lungen an bis zum Gehtnichtmehr.

Plötzlich sieht Paolo Zacomel, wie Federico über eine Stufe stolpert, zur Seite kippt, das Knie einknickt; doch seltsamerweise passiert ihm im selben Augenblick das Gleiche, und Carmine ebenso. Nicht sie bewegen sich, nein: Durch die ganze Treppe, den ganzen Hang, die ganze Landschaft geht ein seitlicher Ruck, MMMMRRAAACK! Aus dem Felsen dringt wie aus einem riesigen Spalt ein Grollen und hallt durch die Luft, und gleich darauf folgt die seltsamste, unerklärliche Stille, es ist, als hielte auch der Wind inne, auch das Meer. Einen Augenblick später ist alles wie zuvor, als sei es nur ein vorübergehender Eindruck gewesen, maßlos, ein ungeheurer Zweifel, der sich erst allmählich auflöst.

Sie sehen sich alle drei an, jeder reglos auf seiner Stufe. Der Wind bläst stärker als vorher, fährt in die Ohrmuscheln, hämmert aufs Trommelfell.

»Was war das?« Paolo Zacomel kann kaum seine eigene Stimme hören.

Carmine durchbohrt ihn mit seinem dunklen, flammenden Blick, sagt aber nichts.

»*O tirrimotu.*« Federico ist erschüttert, es wirkt, als zitterte er.

»Ein Erdbeben?« Paolo Zacomel versucht zu begreifen.

Federico nickt. »*O calancuni inferiori.*«

Carmines Gesicht ist erdfarben, er schüttelt langsam den Kopf. »*A raggia dou Dragu.*« Er bewegt kaum die Lippen, als er von der Wut des Drachen spricht.

»*Vàia!*« Federico scheint von nachträglichem Grauen erfasst zu sein, er sieht sich um.

»*Amunì! Cammòn!*« Carmine läuft weiter die Stufen hinauf, noch ungestümer als zuvor. Federico eilt hinterher, als fürchtete er zurückzubleiben.

Paolo Zacomel schaut noch einmal hinunter auf das windgepeitschte, aufgewühlte Meer und die rötlichen Felsen im gleißenden Sonnenlicht. Die Ratlosigkeit angesichts des soeben Geschehenen verwandelt sich in wachsende Sorge um Lara. Hastig läuft er weiter die Treppe hinauf, so schnell ihn die Beine tragen.

58

Sie hat fast gar nicht geschlafen, seit sie mit Paolo kurz vor Sonnenaufgang schwankend an der Tür dieses Zimmers angekommen ist und sie sich noch einen unendlich langen Kuss gegeben haben. Danach hat er sich umgewandt und mit einem Ausdruck grenzenlosen, unendlichen Bedauerns den Rückweg angetreten. Das Zimmer ist nicht das ihre, auch das Bett nicht, doch Lara Laremi war sich dessen kaum bewusst. Tausendmal hat sie sich in der kurzen Zeit, die von der Nacht noch blieb, zwischen den Laken hin und her gewälzt, während ihr immer wieder Fetzen von Wörtern, Gesten, Gedanken, Empfindungen durch den Kopf und durchs Herz und unter die Haut gingen. Seine Stimme, seine Augen, seine Hände, seine Lippen, sein Atem, seine Arme, seine Nähe. Von einer Seite auf die andere hat sie sich gedreht, und jede Stellung war zu statisch im Vergleich zu den Schwingungen in ihr. Irgendwann vor kurzem war ihr, als schwankte das Bett selbst, ja das ganze Zimmer, die ganze Insel. Es muss ein Nerven- oder Muskelkrampf im Körper gewesen sein, der ihr schwer zu entziffernde Signale sandte. Staunen, Ratlosigkeit, Erregung, Angst, Sehnsucht? Was noch? Vielleicht verzichtet sie besser darauf zu verstehen, bis sie wieder klarer sieht und Gedanken und Empfindungen nicht mehr in Myriaden loser kleiner Spiegel zersplittert sind, die das Innen und das Außen in ständigem Wechsel reflektieren.

Durch die Fensterläden strömt Licht herein, der Wind rüttelt an den Scheiben. Lara denkt, dass sie aufstehen sollte, möchte aber eigentlich noch in diesem köstlichen und schmerzlichen

Zustand der Unbestimmtheit verharren, bis sie den Mut findet, sich daraus zu lösen. Sie befürchtet, dass das, was auch immer in der Nacht wirklich geschehen ist, was sie noch in sich spürt, sich auflösen oder sich bis in die kleinsten, schwierigen, komplizierten Einzelheiten bewahrheiten könnte, sobald sie sich Sonne und Wind aussetzt.

Wenige Zentimeter neben ihr liegt Lynn Lou und schnarcht unglaublich laut. Es hört sich fast an wie eine Technik, auf die sie sich spezialisiert hat, Teil ihres Repertoires als Schauspielerin wie der texanische oder britische Akzent oder der der Bronx, die ihr so überraschend glaubwürdig gelingen.

Je wacher Lara wird, umso weniger begreift sie, wie sie mit diesem Geräusch im Ohr überhaupt ein Auge zutun konnte. Die einzige Erklärung ist, dass sie wirklich außerhalb von allem und jenseits aller Müdigkeit war, als sie ins Bett geschlüpft ist. Sie schnalzt mit der Zunge, um Lynn Lou zum Aufhören zu bewegen: »*Tzk, tzk, tzk!*«

Doch Lynn Lou dreht sich nur um und schnarcht noch lauter weiter.

Lara kneift sie in den Arm: nichts zu machen. Sie kneift sie in die Hüfte.

»Scheiße...« Lynn Lou hebt ruckartig den Kopf, wirkt erstaunt, Lara in ihrem Bett zu sehen. »Was zum Teufel machst du denn hier?«

»Ich musste Brian mein Zimmer abtreten, erinnerst du dich nicht mehr?« Allerdings ist auch ihre eigene Erinnerung sehr verschwommen, das Geschehene hat ihr Kurzzeitgedächtnis völlig durcheinandergebracht.

Lynn starrt sie mit geweiteten Pupillen an, das Gesicht vom Schlaf verquollen, als hätte sie keine Ahnung, wer Brian ist.

Lara muss lachen. »Vielleicht warst du zu sehr hinüber, aber er hat mich gefragt, ob ich ihm mein Zimmer überlassen und hier bei dir schlafen könnte.«

»Scheißhurensohn.« Lynn Lou lässt sich aufs Kissen zurückfallen. Dann richtet sie sich mit Mühe wieder auf. »Wie viel Uhr ist es überhaupt?«

»Ich weiß nicht, aber es ist spät.« Lara springt aus dem Bett, schlüpft rasch in ihre Kleider, geht ins Bad. Sie schüttet sich Wasser ins Gesicht, mustert sich im Spiegel über dem Waschbecken. Wer ist diese magere junge Frau mit halb keltischen, halb mediterranen Zügen? Warum hat sie diese Augen voller Fragen? Als hätte sie sich hungrig in der Kälte verirrt? Was will sie genau, was sucht sie? Warum hat sie gestern Nacht zugelassen, dass der Schreiner Paolo ihr so nahekommt? Was hoffte sie in ihm oder durch ihn zu finden? Und hat sie es gefunden, oder schien es ihr zumindest so? Gibt es irgendein winziges Anzeichen, das darauf hinweist? Oder hat das, was geschehen ist, gar keine besondere Bedeutung, ist nur eines von Milliarden nebensächlicher, sofort wieder vergessener Ereignisse, die die Sommernächte erfüllen? Sicher sind einzig die deutlich wahrnehmbaren kurzfristigen Folgen, ihr suchender Blick im Spiegel, ihr unregelmäßig klopfendes Herz, die Unsicherheit ihres Atems. Sie schüttet sich noch mehr Wasser ins Gesicht, tupft es mit einem Handtuch ab, das nach dem unglaublich teuren Parfüm duftet, das Lynn Lou sich nach einem Exklusivrezept in England herstellen lässt.

Als sie aus dem Bad kommt, schnarcht Lynn Lou erneut laut, quer übers Bett gelümmelt. Selbst dem leidenschaftlichsten Fan dürfte es schwerfallen, sie in dieser Lage sexy zu finden. Vielleicht Carmine, okay, aber er betrachtet sie als eine Göttin, der man in jeder Erscheinungsform huldigen muss. Vielleicht hat er tatsächlich den Glauben der alten animistischen Kultur von Tari auf sie übertragen, wie Paolo gestern Nacht meinte (ihr fällt ein, wie er es gesagt hat, der warme, ironische Ton in seiner Stimme). Soll sie Lynn Lou nun noch einmal wecken, damit sie die Situation mit Brian etwas klarer angehen kann und nicht wieder ihm den Vorteil der Initiative überlässt? Schließlich überwiegt ihr

Pflichtgefühl; sie geht hin und rüttelt die Schauspielerin an der Schulter. »Hey, aufwachen.«

Lynn Lou dreht sich grunzend auf die Seite. »Lass mich schlafen, verdammte Scheiße.«

»Willst du nicht mit Brian reden?«

»Dem hab ich nichts zu sagen.«

»Aber du hast doch gestern gesagt, er will sich scheiden lassen. Vielleicht müsstest du mit ihm drüber reden.«

»Soll er doch, dieser Arsch. Der kann mich mal.« Lynn Lou strampelt heftig, zieht sich das Laken über den Kopf.

Lara zögert noch kurz, dann nimmt sie ihre Maltasche, hängt sie um, zieht ihre Sandalen an und geht entschlossen zur Tür.

»Wo willst du hin?« Mit wirren Haaren sitzt Lynn Lou aufrecht im Bett, von einer Sekunde zur anderen übergangslos hellwach.

»Raus.« Lara macht eine unbestimmte Handbewegung.

»Nein, jetzt, wo du mich geweckt hast, bleibst du hier, verdammt noch mal!« Lynn Lou spricht im Ton des Stars, der gewohnt ist, bei allen seinen Willen durchzusetzen, außer vielleicht bei ihrer Mutter, ihrem Manager und Brian.

»Ich bin weder dein Dienstmädchen noch deine Sekretärin!«, stellt Lara wütend klar, doch gleichzeitig ist sie insgeheim erleichtert, dass sie ihre Begegnung mit der nach Erklärungen schreienden Außenwelt noch ein wenig aufschieben kann.

»Na ja, dann hättest du mich eben schlafen lassen müssen.« Lynn Lou verfällt sofort in den quengelnden Ton des ungerecht behandelten Kindes, der den Befehlston von vorher teilweise abmildert. »Du kannst mich nicht wecken und dann einfach gehen!«

Lara kehrt um, öffnet ein Fenster, stößt die Fensterläden auf. Das Licht trifft sie mit solcher Kraft, dass sie zurückprallt, der Wind reißt ihr die Läden aus der Hand, macht den einen weit auf, knallt den anderen zu. Lara muss kämpfen, um auch den zweiten zu öffnen, ihn festzuhaken und das Fenster wieder zu schließen.

»*Aaauuh!*« Lynn Lou presst die Hände auf die Augen und dreht den Kopf weg.

Mit zugekniffenen Augen öffnet Lara auch die anderen Fenster. Der Druck der Außenwelt ist noch stärker als vermutet, sie fühlt sich keineswegs bereit, sich ihm auszusetzen. Zur Kräftigung dreht sie sich mit ausgebreiteten Armen ein paarmal schnell um sich selbst.

»Wie schaffst du es bloß, am frühen Morgen so guter Laune zu sein?« Lynn Lou sieht sie jetzt mit einem komischen Ausdruck an.

»Erstens ist es nicht früher Morgen. Und zweitens ist es ein neuer Tag voll neuer Energie und möglichen Überraschungen.«

»Hat das etwa auch was mit dem hübschen Schreiner Mr. Zacomel zu tun?«

»Hör auf!« Lara spürt, wie sie errötet, das ist ihr am Morgen noch selten passiert, soweit sie sich erinnert.

»Scheiße, jetzt tu doch nicht so!« Lynn Lou bohrt nach, wie es so ihre lästige Art ist.

»Ich tu nicht so.« Eigentlich hat Lara keine Lust, darüber zu reden; oder vielleicht schon ein bisschen, je nachdem.

»Gestern seid ihr in der Dunkelheit verschwunden. Richtig versteckt habt ihr euch.« Diskretion ist Lynn Lou fremd.

»Wir wollten reden, okay?« Alle Gefühle sind noch voll da, auf und unter ihrer Haut.

»Das muss aber ein verflucht intensives Gespräch gewesen sein.« Lynn Lou kichert.

»Allerdings.«

»Ach ja? Worüber habt ihr denn geredet, über Literatur?«

»Auch.« Es stimmt. Sie hatten sich, beide unglaublich nähebedürftig, in die Dunkelheit zurückgezogen, und mit vor Berührungssehnsucht zitternden Händen hat er von Čechovs gesammelten Erzählungen gesprochen, die er im Schein der Taschenlampe gelesen hat, als er monatelang allein auf Tari war.

»Du elende Lügnerin.« Lynn Lou lacht.

»Ich schwöre es.« Sie mag nicht ins Detail gehen, doch sie spürt noch Paolos Atem zwischen ihrer Halsbeuge und ihrem rechten Ohr, während er ihr mit leidenschaftlichen Worten die unfassbare, rasende Schönheit von *Das Haus mit dem Zwischenstock* schilderte.

»Aber sicher, klar doch.« Lynn Lou schneidet wieder eine ihrer Grimassen. »Jedenfalls habe ich es schon seit vorgestern kapiert.«

»Was?« Lara denkt an das, was sie selbst gern kapieren würde, oder auch nicht.

»Dass da diese verdammte elektrische Spannung zwischen euch herrscht.« Lynn Lou ist durchaus einfühlsam, wenn sie will; sie ist ein seltsames Tier, abwechselnd gleichgültig und sensibel, zerstreut und aufmerksam.

»Ach ja?« In Wirklichkeit, denkt Lara, braucht sie etwas Bestätigung von außen, egal, wie glaubhaft.

»So wart ihr.« Lynn Lou hält beide Zeigefinger hoch, lässt sie zittern, nähert sie ganz langsam einander an. Als sie sich berühren, gibt sie einen Ton von sich wie im Videospiel, verdreht die Augen zum Himmel, wirft den Kopf zurück.

59

Hochgradig nervös legt Brigitte die letzten Sachen in ihren Koffer, bekräftigt mit jeder Geste ihre Empörung über die erlittene Beleidigung. Werner Reitts Koffer dagegen liegt unberührt auf dem niedrigen Tisch, damit er ihn selbst packt, auch dies eine symbolische Geste, die das Ende jeder Anteilnahme besiegelt. Die letzten Hilfsangebote sind endgültig zurückgezogen, die letzten schwachen Spuren von Sympathie getilgt: Dass sich die Dinge zwischen ihnen nach ihrer Abreise aus Frankfurt noch verschlechtern könnten, schien unvorstellbar, aber so ist es. Werner Reitt denkt, dass die um sich greifende Verbreitung der Fotos mit Christiane auch das eheliche Ressentiment verstärkt hat, das sich bis vor zwei Tagen auf ihr Privatleben zu beschränken schien. Mittlerweile sind wir weit über verhüllte Anklagen und unausgesprochene Vorwürfe hinaus; wir sind dabei, mit Sack und Pack zu zwei gegnerischen Lagern überzulaufen. Falls es eines weiteren Beweises bedürfte, braucht man nur daran zu denken, wie es vor zehn Minuten bei dem Erdbeben war. Brigitte hat nicht den geringsten Impuls gezeigt, bei ihm Schutz zu suchen: Im Gegenteil, sie hat einen beunruhigten kleinen Schrei ausgestoßen und ist zur Türe gelaufen, als wollte sie sich auf eigene Faust retten und ihn seinem Schicksal überlassen.

Letztendlich ist es besser so: besser zu wissen, dass die eigene Frau eine erbitterte Feindin ist, als weiter in dem aufreibenden Zwiespalt einer Solidarität voller Vorbehalte unter dem Damoklesschwert eines möglichen Meinungsumschwungs zu leben. Besser, er kämpft allein, als übelgesinnte Verbündete mitzuschleifen, die nur aus Gewohnheit oder aus Achtung der gesellschaftlichen Konventionen bei ihm bleiben. Schluss, aus, auf sich gestellt wird er beweglicher und reaktionsfähiger sein, freier seinem Instinkt folgen und gefährliche Schritte wagen können, ohne sich um die möglichen Kollateralschäden sorgen zu müssen. Die Abneigung der nächsten Angehörigen stärkt ihn, anstatt ihn zu schwächen, sie erhöht seine Überlebenschancen: tausend Dank!

Werner Reitt sammelt im Bad und hier und da in der Suite seine wenigen persönlichen Dinge ein, schmeißt sie in den Koffer, drückt sie platt und schließt mit demonstrativer Wut den Reißverschluss. Die Wut tut ihm gut, sie kräftigt ihn und hilft ihm, sich aus dem Sumpf der halbherzigen Gefühle herauszuziehen, in dem er in den letzten Tagen zu versinken drohte. Friedrich Nietzsche hat gesagt, viele Menschen seien nur Pausen in der Symphonie des Lebens. Er nicht! Von nun an kennt er keine Vorsicht mehr, keine aus Rücksicht gebundenen Hände. Wenn sie ihn erledigen wollen, sollen sie es ruhig probieren, aber sie sollen wissen, dass es sie teuer zu stehen kommt!

Es klopft zuerst schüchtern, dann anhaltender an der Tür.

Werner Reitt kommt Brigitte zuvor: »Wer ist da?«

»Herr Reitt, ich bin's, Matthias.«

Werner Reitt öffnet. Der Wind reißt ihm fast die Türe aus der Hand.

Neben Matthias steht der Amerikaner, mit dem er gestern, wie er berichtet hat, aus eigenem Antrieb gesprochen hat.

Werner Reitt findet diese Initiative ziemlich frech, fast an der Grenze zum Ungehorsam, sie entlastet den Assistenten keineswegs von allem, was er sich in jüngster Zeit hat zuschulden kommen lassen, doch sie beweist seine Entschlossenheit, ihn nicht wie alle anderen im Stich zu lassen, sondern an seiner Seite kämpfen zu wollen. Vielleicht hatte er ihn zu hart beurteilt wegen seines Zögerns und seiner Nachgiebigkeit zu Beginn der

Schwierigkeiten, wegen der letztlich belanglosen Episode des zufälligen Todes des herumschnüffelnden Fotografen. Andererseits kann man erst in der Not den wahren Wert der Menschen ermessen: Die derzeitige Lage offenbart, dass der junge Mann nicht zu verachtende Seiten hat.

»Herr Reitt, Mr. Neckhart.« Matthias' Stimme zittert leicht, er scheint sich der Verantwortung, die er übernommen hat, durchaus bewusst zu sein.

»*How do you do?*« Händedruck und Blick des Amerikaners sind demonstrativ eindringlich.

»Angenehm.« Werner Reitt zieht die Hand zurück, winkt die beiden schroff ins Innere der Suite. Er und Neckhart hatten sich in den vergangenen Tagen auf der Restaurant-Terrasse und auf dem gepflasterten Weg schon öfter gegrüßt in dem absurden Urlaubstheater, mit dem Brigitte verzweifelt ihre Flucht zu verschleiern suchte. Jetzt ist jeder Schleier gefallen, die Wirklichkeit drängt sich in aller Rohheit auf; die Zeit für leere Höflichkeit ist abgelaufen.

Auch Brigitte weiß es. Sie beschließt, die Bühne zu verlassen, schenkt Matthias und dem Amerikaner ein schwaches Lächeln und geht hinaus. Besser so, tausendmal besser. Ihr Koffer steht schon neben der Tür bereit, ihre Entscheidung, auf welcher Seite sie steht, ist gefallen; es gibt nichts mehr hinzuzufügen.

Ohne weitere Floskeln wendet sich Werner Reitt dem Amerikaner zu, bietet ihm nicht einmal an, sich hinzusetzen. »Mein Assistent hat mir von Ihrem gestrigen Treffen berichtet, das übrigens ohne mein Wissen zustande kam.«

Reflexartig senkt Matthias den Kopf, hebt ihn aber gleich wieder mit einem gewissen Stolz im Blick. »Ja, ich übernehme die volle Verantwortung.«

»Das ist alles sehr edel.« Ein leicht ironisches Lächeln umspielt Neckharts Lippen.

Werner Reitt hat keine Absicht, sich mit jemandem auf vertraulicher Ebene einzulassen, der vermutlich bloß ein im Umgang mit Marketing-Techniken sehr geschickter Scharlatan ist (dass er mit diesem entsetzlich ungezogenen Filmstar verheiratet ist, spricht auf jeden Fall nicht für ihn). Aber er verfügt auch nicht über eine unbegrenzte Anzahl von Strategien für sein weiteres Vorgehen; also kann er ja mal prüfen, was es so gibt. »Mein Assistent meinte, dass Ihrer Meinung nach eine Möglichkeit besteht, in meiner aktuellen Lage zu intervenieren. Erklären Sie mir, wie. Ich habe sehr wenig Zeit.«

»Ich habe auch sehr wenig Zeit, Mr. Reitt.« Neckhart ist offensichtlich entschlossen, sich nicht in die untergeordnete Position dessen drängen zu lassen, der gekommen ist, um seine Dienste anzubieten. Wahrscheinlich laufen seine Geschäfte hervorragend in einem Land, dessen Bewohner ständig auf der Suche nach einfachen Formeln sind, um ihr Leben zu regeln, und der Erfolg hat sein Selbstvertrauen enorm gestärkt. Er macht kein Geheimnis daraus, dass er mindestens als gleichberechtigt betrachtet werden will, wenn nicht gar eine Stufe höher wegen seiner schamanischen Fähigkeiten.

»Sehr gut, dann kommen wir gleich auf den Punkt.« Noch nie hat Werner Reitt rasche Wortgefechte verachtet, wenn sie ihm Gelegenheit geben, seine Reflexe zu verfeinern und die wichtigen Aspekte einer Frage besser zu erfassen. Abgesehen davon dauert es noch ein paar Stunden, bis der Hubschrauber kommt, er kann ruhig einen Teil dieser Zeit auf eine nicht völlig müßige geistige Übung verwenden.

»Der Punkt ist, ja.« Neckhart steht breitbeinig da und sieht ihn geradezu herausfordernd an.

»Ja, was?« Werner Reitt überragt den Amerikaner um mindestens zehn Zentimeter, er richtet sich auf, um den Größenunterschied noch deutlicher herauszukehren.

»Ihre Situation lässt sich lösen.« Blick und Tonfall voller Sicherheit, ob echt oder gespielt.

»Sind Sie über die neuesten Entwicklungen auf dem Laufenden, Mr. Neckhart?«

»Ich versuche *immer* über die neuesten Entwicklungen auf dem Laufenden zu sein, Mr. Reitt.« Der Amerikaner wandert durchs Zimmer, mit sicherlich einstudierten Bewegungen, die Energie und Kontrolle ausdrücken sollen.

»Und halten Sie mein Problem weiterhin für lösbar?« Auch Werner Reitt bewegt sich; nie hat er die Leute verstanden, die im Stehen oder gar im Sitzen zu denken versuchen.

»*Mhm.*« Es war ja abzusehen, dass Neckhart ein so ärgerliches Phonem benutzt, dieses Minimalpaar untergeordneter Artikulation ohne klar definierte Bedeutung, das seine Landsleute dennoch so gern und leichtfertig benutzten.

»Sie scheinen Ihrer Sache recht sicher zu sein.«

»Ganz sicher.« Neckhart zeigt keine Spur von Bescheidenheit oder Angst, sich lächerlich zu machen.

Matthias bleibt an der Tür stehen, gewiss besorgt wegen der Gegenüberstellung, die er selbst herbeigeführt hat.

»Darf ich Sie fragen, worauf Ihre Sicherheit gründet?« Werner Reitt geht auf und ab. Die Wut treibt ihn immer noch an, wie Brennstoff: Er würde in diesem Augenblick jeden in Stücke reißen, einschließlich des erstbesten Aufschneiders, der ihm Wunderlösungen für eine unmögliche Situation verkaufen will.

»Auf dem, was ich kann.« Neckhart bewegt sich mit gemessenen Bewegungen an der anderen Wand entlang.

»Ich weiß nicht, wie weit Sie sich dessen bewusst sind, Mr. Neckhart, doch meine aktuelle Lage ist alles andere als einfach. Um einen Euphemismus zu benutzen.« Werner Reitt will Neckhart aus der Reserve locken, um dann gnadenlos auf ihn einzuschlagen, zumindest einen Teil der angestauten Frustration an ihm auszulassen, sobald er sich exponiert.

»Das ist mir klar, Mr. Reitt.« Die Überzeugung in Neckharts Blick ist nervtötend, und gleichzeitig, das lässt sich nicht bestreiten, öffnet sie die Tür für einen zweifelhaften, unbegründeten kleinen Hoffnungsschimmer.

»Wie können Sie dann so leichtfertig behaupten, dass Sie in der Lage wären, mein Problem zu lösen?«

»Leichtfertig sind Sie, Mr. Reitt. Nicht ich.« Fester Blick, gerade Schultern, eine herausfordernde Positur: Hinter Neckharts Verhalten erkennt man deutlich eine lange Übung.

»Ich verstehe nicht, wie Sie sich erlauben können, so mit mir zu reden!« Reitt bleibt stehen, am liebsten würde er den Amerikaner am Kragen packen.

»Es sind *Ihre* Worte, Mr. Reitt.« Auch Neckhart hält inne. »Vielleicht müssten Sie sich bewusster sein, was Sie sagen.«

»Ich bin mir immer absolut bewusst, was ich sage!« Fast sofort bereut Werner Reitt seine Unbeherrschtheit, da sie mehr Schwäche als Stärke verraten könnte.

»Verzeihung, aber ich habe dieses Treffen nicht arrangiert, um einem Streit beizuwohnen!« Ohne Vorankündigung kommt Matthias aus seiner Schüchternheit eines Untergebenen heraus, mit einem Nachdruck, der sowohl Reitt wie auch den Amerikaner überrascht. »Ich habe Ihre kostbare Zeit nur deshalb in Anspruch genommen, weil ich der Überzeugung bin, dass Sie beide großen Vorteil aus einer Zusammenarbeit ziehen könnten!«

Werner Reitt ist nicht nur verblüfft, sondern, geben wir es zu, beinahe gerührt über die unerwartete Leidenschaft in der Stimme des jungen Bayern. Er fühlt sich aufgefordert, im Bewusstsein seiner Rolle mehr Höflichkeit und Gleichgewicht an den Tag zu legen. »Es war absolut nicht meine Absicht zu streiten.«

»Meine auch nicht.« Neckhart zuckt mit schwer zu ertragender Ungezwungenheit die Achseln.

Matthias ist ganz rot im Gesicht, es muss ihn beachtliche Anstrengung gekostet haben, die gewohnte respektvolle Diskretion zu überwinden, um so unvermutet einzugreifen. »Darf ich Sie also bitten, die Situation in aller Ruhe durchzusprechen?«

Neckhart breitet die Arme aus, als wolle er sagen: Dazu bin ich ja hier.

Werner Reitt signalisiert seine Bereitschaft mit einer Handbewegung, obwohl er weiter daran zweifelt, dass sein Gesprächspartner wirklich Substanz besitzt. »Sagen Sie mir, wo Sie ansetzen würden.«

Neckhart zeigt auf die Tür. »Macht es Ihnen was aus, wenn wir uns im Gehen unterhalten? Ich kann in Bewegung besser denken.«

»Ich auch.« Werner Reitt geht vor, öffnet die Tür.

Zügig gehen sie den gepflasterten Weg entlang, den Wind im Rücken, beide bemüht, die Sache nicht in einen Wettlauf ausarten, sich aber auch nicht um einen Zentimeter vom anderen überholen zu lassen. Aus Respekt folgt Matthias ihnen mit einem halben Schritt Abstand, aber entschlossen, kein einziges Wort zu verpassen.

Neckhart blickt nach vorn. »Jedes Mal, wenn ich derartige Situationen in Angriff nehme, entdecke ich Folgendes: Je schwieriger sie auf den ersten Blick aussehen, umso einfacher ist die Lösung.«

»Belegen Sie dieses vielversprechende Paradox bitte mit einem konkreten und vor allem überprüfbaren Beispiel.« Nur weil er sich in einer verzweifelten Lage befindet, ist Werner Reitt noch lange nicht bereit, der pragmatischen Überheblichkeit des Amerikaners zu trauen.

»Ich werde Ihnen zwei Beispiele nennen.« Neckhart verlässt den Weg und marschiert mit der gleichen Entschlossenheit auf dem wüstenartigen Grundstück hinter den Gebäuden weiter. »An das erste erinnern Sie sich bestimmt. Der sogenannte Sexgate von Bill Clinton, 1998.«

Werner Reitt nickt stumm, diesen Fall kennen schließlich Milliarden von Menschen.

»Sehr beliebter amerikanischer Präsident mit großem Charisma, zwanzigjährige Praktikantin, die erklärt, sie habe nicht nur Sex mit ihm gehabt, sondern sie besitze auch den Beweis dafür. Okay?«

»Sprechen Sie weiter.« Sie gehen über den rötlichen, vom Wind bewegten Staub zwischen Agaven und dürren Sträuchern auf die Reihe rötlicher Felsen zu, hinter denen man in der Ferne den Gipfel des Vulkans erahnt.

»Die politischen Gegner des Präsidenten bemächtigen sich der Praktikantin und steuern das Geschehen, versorgen die Medien mit immer peinlicheren Einzelheiten. Es kommt sogar heraus, dass es ein mit Präsidentensperma beflecktes Kleid gibt, das als äußerste Waffe in einem Schrank aufbewahrt wird. Der Präsident ist zuerst unsicher und reagiert nicht. Dann meldet er sich unter dem Druck der Gerüchte und sehr schlecht beraten im Fernsehen zu Wort und bestreitet schamlos, je eine sexuelle Beziehung zu der jungen Frau gehabt zu haben. Hunderten Millionen von Menschen wird klar, dass er lügt, vor laufender Kamera.«

»Ich erinnere mich genau, sprechen Sie weiter.« Die Rekonstruktion und die offensichtlichen Analogien zu seinem Fall bringen Werner Reitt auf.

»Gut, das ist das Modell dafür, wie man *nicht* mit so einer Krise umgehen darf.«

»Logisch.« Werner Reitt möchte noch anfügen, dass man keinen Guru braucht, um zu diesem Schluss zu kommen, aber er beherrscht sich.

»*Mhm.*« Schon wieder, das war ja zu erwarten. »Gleich nach Erscheinen der ersten Nachrichten habe ich zum Telefon gegriffen und im Weißen Haus angerufen, denn ich wusste genau, was passieren würde.«

»Sie hatten einen direkten Draht zum Präsidenten der Vereinigten Staaten?« Erneut will Werner Reitt den anderen provozieren, die Sache abschließen, indem er ihn entlarvt.

»Damals leider nicht.« Neckhart schüttelt den Kopf. »1998 hatte ich nur auf mittlerer Ebene einen Kontakt zum Weißen Haus, der nicht genügte, um bis zu Clinton vorzudringen. So hat sein Team Fehler auf Fehler gehäuft, und die Situation hat sich derart verschlechtert, dass es ihn beinahe die Präsidentschaft gekostet hätte.«

»Am Ende ist Clinton aber trotzdem durchgekommen.« Werner Reitt platzt schier vor Ärger, dennoch muss er anerkennen, dass der Amerikaner zwar vielleicht ein Angeber ist, aber einer, der Maß halten kann.

»Das hat er nur geschafft, weil er ein unglaublich ausdauernder Politiker war, weil die Wirtschaft blühte und seine Frau ihm stets zur Seite stand. Drehen Sie die Reihenfolge dieser drei Elemente ruhig um, was ihre Wichtigkeit betrifft.«

»Sie glauben, ich sei weniger ausdauernd als Bill Clinton? Oder meine Frau sei weniger loyal als seine?« Schon beim Sprechen wird Werner Reitt bewusst, dass er voll in Neckharts Falle getappt ist. Doch an diesem Punkt ist es auch egal, was hat er denn noch zu verlieren?

»Ich habe Sie keineswegs verglichen.« Neckharts Ton ist schneidend und brutal. »Außerdem hat Clintons Frau bestimmt nicht aus Loyalität so gehandelt.«

»Sondern?«

»Um ihre zukünftige politische Karriere zu retten. Aber darüber wollte ich eigentlich gar nicht sprechen.«

»Worüber wollten Sie denn sprechen?« Werner Reitt hebt das Handgelenk, um auf die Uhr zu schauen; dieses unerträgliche Gespräch kostet ihn noch den letzten Nerv.

»Erinnern Sie sich an den sogenannten Antennagate 2010?«

»Vage.« Doch er kann sich gut erinnern an den plötzlichen Einbruch der Apple-Aktien an der Börse, die sich dann überraschend schnell wieder erholten.

»Apple verkauft sein iPhone 4, ein absolut großartiges Mobiltelefon, an Millionen von Kunden. Doch einige Nutzer bemerken, dass es Empfangsprobleme hat, wenn man es auf eine bestimmte Weise hält. Es geht um weniger als ein Prozent der Gesamtmenge. Doch Blogs, spezialisierte Webseiten und Konkurrenzfirmen ergreifen sofort die Gelegenheit, blähen die Sache maßlos auf und vermitteln den Eindruck, dass Apple schadhafte Produkte auf den Markt wirft. Die Börsennotierung stürzt ab, der Firma droht nicht nur ein riesiger ökonomischer Verlust, sondern auch ein Imageschaden.«

»An der Stelle greifen Sie zum Telefon und rufen Steve Jobs an, vermute ich?« Werner Reitt möchte eine vernichtende Bemerkung machen, bemerkt aber mit Schrecken, dass in seinem Ton wider seinen Willen eine hörbare Hoffnung mitschwingt.

Neckhart schaut stur geradeaus. »An der Stelle waren das Renommee von LifeSolving™ und die Qualität meiner Kontakte eindeutig besser als zwölf Jahre zuvor.«

»Und wie sah Ihre Strategie für die Lösung dieses Problems aus?« Werner Reitt würde auch gern geradeaus schauen, kann es aber nicht lassen, doch einen raschen Blick auf den Amerikaner zu werfen.

»Jobs organisiert in Cupertino eine Pressekonferenz mit den wichtigsten Fachjournalisten und sagt fünf Sachen: ›Wir sind nicht perfekt. Wir wissen es. Ihr wisst es. Kein Telefon ist perfekt. Doch wir legen großen Wert auf unsere Kunden.‹ Ende der Message. Krise gelöst.«

Alle drei bleiben stehen und schweigen einige Sekunden. Der Wind braust über sie hinweg und füllt allen akustischen Raum aus.

Matthias tritt von hinten zu ihnen. »Ist das die Vorgehensweise, die Sie in unseren Fall vorschlagen?«

»*Mhm.*«

Werner Reitt zügelt seine instinktive Abneigung gegen Imageberater und Manipulatoren. Es gilt jetzt, aus diesem schrecklichen Ohnmachtszustand herauszukommen, um jeden Preis, mit allen Mitteln. Er dreht sich um, sieht Neckhart von Mann zu Mann in die Augen. »Sie wären also bereit, die Sache in die Hand zu nehmen?«

Neckhart lässt zwei, drei Sekunden verstreichen, in solchen Spielchen ist er zu erfahren, um sofort zu antworten. Er nickt verhalten. »Sie werden wissen, dass mein Rat teuer ist, vermute ich.«

»Das spielt keine Rolle.« Werner Reitt macht eine vermeintlich wegwerfende Handbewegung, aber sie verrät seine Aufregung, denn er kann es kaum abwarten.

»Sehr gut.« Neckhart stellt sich breitbeinig hin, wie ein Boxer, der bereit ist, sich in den Ring zu werfen.

»Aber Sie müssen sofort anfangen.«

»Ich habe schon angefangen, Mr. Reitt.«

»Sie müssen gleich heute mit nach Deutschland kommen.«

»Kein Problem.«

Neckhart braucht null Zeit zum Überlegen: Die Wirkung ist verblüffend, was ihm bestimmt bewusst ist.

Werner Reit sieht prüfend auf die Uhr. »Unser Hubschrauber wird um zwölf Uhr hier sein.«

»Mein Koffer ist gepackt.«

Nach und nach mischt sich eine gewisse Bewunderung in Werner Reitts Unmut. In Maßen, natürlich, aber es zeigt die Widersprüchlichkeit seiner Impulse in diesem Augenblick.

»Entschuldigen Sie, Herr Reitt...« Matthias zögert. »Der Hubschrauber hat nur drei Plätze...«

»Ja und?« Werner Reitt versteht den Sinn dieser Einmischung nicht.

»Nein... Ich meine, und Ihre Frau?«

»Was ist mit ihr?«

»Kommt sie nicht mit?«

»Sie wird später abreisen, allein.« Reitt braust auf, beherrscht sich aber sofort wieder. »Frau Reitt wird noch ein paar Tage an diesem wunderbaren Ort Urlaub machen. Uns geht das nichts mehr an.«

Neckhart beobachtet den Wortwechsel mit gespielter Gleichgültigkeit, doch man sieht ihm an, dass er genau abwägt, was in dieser Lage noch möglich ist.

Matthias nickt. Er muss noch viel dazulernen, der Junge, aber so eine Extremsituation ist außerordentlich lehrreich, er macht schon Fortschritte.

Sie kehren um und marschieren hastig zur Villa Metaphora zurück. Werner Reitt hält es kaum noch aus: Wie konnte er nur tagelang zögern, auf Mittelsmänner vertrauen, die seinem Interesse völlig zuwiderhandelten, und die ganze Initiative dem Gegner überlassen? Brigitte hat ihn fatal geschwächt, das wird ihm jetzt absolut klar. Bei ihr kann er sich bedanken: für ihre schmerzvolle Pseudoergebenheit, für ihre Art, mit jedem Blick und jeder Geste Schuldgefühle zu erzeugen, für ihre Zurschaustellung verletzter Moral, ihre unterschwelligen Vorwürfe, ihre Opferhaltung. Es war falsch, ihr so viel Gewicht beizumessen, ihre Miene zu belauern, um Nähe und Verständnis zu betteln. Jetzt ist Schluss. Schluss mit Jammern und Kuschen! Damit ist er fertig! Will nichts mehr davon wissen!

Neckhart marschiert rechts neben ihm: ein Söldner, ja, aber einer, der sein Handwerk versteht und sich vom Kräfteaufgebot des Gegners nicht einschüchtern lässt. Matthias geht zu seiner Linken; er hat vielleicht kein stählernes Temperament, hat aber soeben seine Loyalität und auch eine gewisse Fähigkeit zur Initiative bewiesen. Sie sind ein winziges Heer, einverstanden, doch gilt ihre Entschlossenheit viel mehr als die zahlenmäßige Überlegenheit des Feindes. Werner Reitt kneift die Augen zusammen gegen den südlichen Wind, der ihm rachsüchtig ins Gesicht und in die Ohren bläst; der Kampfgeist bringt sein Blut in Wallung.

60

Lucia Moscatigno ist außer sich vor Aufregung, *mamma mia*. Gleich nach dem Erdbebenstoß sind die Französin, die Deutsche und die Italienerin erschrocken aus dem Salon gerannt. Amalia und Teresa kamen vor Angst zitternd aus der Küche geflitzt. Von dem Abgeordneten Gomi nicht zu reden: Leichenblass ist er zu Gianluca gestürzt und hat immerzu wiederholt: »Ein Erdbeben, ein Erdbeben!« Als wäre die Villa Metaphora dafür verantwortlich, einfach unglaublich! Auch Ramiro war käseweiß im Gesicht und sagte, er habe alle Töpfe und Pfannen wie besessen tanzen sehen.

Sie stand gerade im Bad vor dem Spiegel, als die Erde wackelte. Sie vernahm ein STRAAACK, eher ein hässliches Reißen als ein Stoß, eilte mit klopfendem Herzen hinaus und verstand gar nicht, was Gianluca sagte, der hinter ihr herkam. So fanden sie sich fast alle hier draußen auf der Terrasse ein, im Wind, der jetzt noch stärker bläst, wie um zu zeigen, dass er hier die Hauptrolle spielt. Nur Lynn Lou Shaw, ihre Freundin Lara und Brian Neckhart sind nirgends zu sehen. Auch Dr. Reitt und Matthias nicht.

Jedenfalls ist es, was den Erdbebenstoß betrifft, Gianluca mit seiner gelassenen Art und seiner samtigen Stimme prima gelungen, Gäste wie Personal zu beruhigen, er ist wieder ganz der Mann, der alles weiß und alles erklären kann. In solchen Momenten bewundert sie ihn wieder wie am Anfang, als sein Stil, seine große Klasse sie dahinschmelzen ließen. Er erklärte den Gästen und auch dem Personal, dass sie hier nicht in einem Erdbebengebiet sind, dass der Stoß sicherlich nur die Auswirkung eines Seebebens war, dessen Epizentrum wer weiß wie viele Tausende Kilometer entfernt lag. Er ließ sie alle ins Büro kommen, damit sie sehen, dass im Internet gar nicht davon die Rede ist, was bedeutet, dass es nicht einmal eine Nachricht wert ist, weil unter dem Meer ständig solche Dinge passieren. Außerdem sei es ein Vorteil, so weit oben auf den Felsen zu sitzen, hier sei man selbst vor einem möglichen Tsunami sicher. Es werde zwar sicher keinen geben, aber selbst wenn, da müsste das Meer schon ganz schön steigen, bis es hier heraufkäme.

Carmine war der Einzige, der sich nicht beruhigen ließ, denn er ist fest überzeugt, dass sie jetzt der Zorn des Drachen trifft, nachdem sie ihn gestern mit dem Motorboot in seiner Höhle gestört haben. Er sagt, er sei selber schuld, weil er die Gäste hingefahren habe, aber viel mehr noch Gianluca, der auf die Idee gekommen sei. Er sagt, auch die Katastrophe mit dem Chris Craft sei eine Strafe des Drachen, sie sei ja gleich auf der Rückfahrt von der Höhle passiert. Lucia hat versucht, ihn zur Vernunft zu bringen, aber in diesen Dingen ist Carmine stur. In vieler Hinsicht ist er ein moderner Junge, doch dann auch wieder fürchterlich altmodisch, mit seinem Glauben an die Macht der Muntagna Matri. Das kommt hundert Prozent von der Alcuanti-Seite der Familie. Lucia weiß noch genau, wie Großmutter Rosalia sie als Kinder heimlich mitnahm, wenn sie auf dem schwarzen Vulkanstein einen Hahn opfern ging. Sie mussten mit ihr den Zauberspruch aufsagen und auch die beschwörenden Gesten, die gekreuzten Schritte und alles Übrige mitmachen. Damals hatte sie sogar ihren Spaß daran, denn es war fast wie ein Fest, auch wenn sie im Hause Moscatigno immer gute Christen gewesen sind und die Sache für Aberglauben hielten, für den man sich sogar ein bisschen schämen musste. Aber es lag eben in der Familie, was sollte man da machen?

Es gibt Leute auf der Insel, die immer noch an die Muntagna

Matri und den Drachen, ihren Sohn, glauben, aber meist alte, Carmine muss der einzige junge Mann sein. Natürlich sagen sie es nicht offen, wenn sie wissen, dass du nicht daran glaubst, aber bei so einem Ereignis wie dem Beben von vorhin oder wenn mal Rauch aus dem Vulkan aufsteigt, siehst du sie sofort am Hafen, wie sie miteinander tuscheln und bedeutsame Blicke wechseln. Auch deswegen hat sie Tari verlassen, sobald sie konnte, weil ihr schien, als lebte sie wirklich in einer Welt überkommener Vorstellungen. Wenn sie diese Sachen ihren Studienkolleginnen in Rom erzählte, glaubten sie es entweder nicht, oder sie veräppelten sie: »Woher stammst du bloß, Lucia?« Schließlich hat sie es aufgegeben, basta. Auch Gianluca hat sie immer auf den Arm genommen, wenn sie ihm mal etwas erzählt hat, um ihm die Mentalität von Tari begreiflich zu machen, und dann bei der nächstbesten Gelegenheit zu ihr gesagt, sie als Tareserin gehöre eben auch einer primitiven Kultur an und so weiter. Am besten mit gar niemandem drüber reden, keinen Mucks. Dennoch, wie die Großmutter (von Moscatigno-Seite) immer sagt: *Maxim beni est minor mali,* das höchste Gut ist das geringere Übel, selbst wenn der Drachen (den es nicht gibt, das weiß sie genau) zufällig tatsächlich wütend geworden wäre, konnte sein Zorn so fürchterlich nicht sein, denn im Grunde hat er gestern bloß das Motorboot ruiniert und heute einen hässlichen Erdbebenstoß geschickt. Er hat niemanden umgebracht (der Fotograf ist eine ganz andere Geschichte) und hat nichts einstürzen lassen. Insgesamt kann man eigentlich froh sein.

Ja, aber erklär das mal Gianluca, dass das kaputte Motorboot das geringere Übel ist. Für ihn ist es eine Katastrophe, er sagt, das Chris Craft diene der Villa Metaphora als Botschafter, um den Gästen gleich beim Empfang am Hafen das Gefühl zu geben, in einem exquisiten und eleganten Ambiente angekommen zu sein. Gestern Nacht im Bett hat er gejammert, nun müsse er wieder Unmengen von Zeit und Geld investieren, um das Boot zu reparieren, ausgerechnet jetzt, wo die ersten Einnahmen die laufenden Kosten decken sollten. Sie hat erwidert, dass das andere Boot zwar langsamer, aber letztlich auch nicht schlecht sei und sich prima eigne, um die Gäste abzuholen und wieder zurückzubringen. Statt sich abzuregen, hat er zu ihr gesagt, sie habe ja keine Ahnung vom Wert der Schönheit, sondern sei eine Banausin. Sie ließ sich nicht provozieren und meinte nur, es helfe nichts, sich die Haare zu raufen, man müsse vielmehr gute Miene zum bösen Schicksalsspiel machen. Da ist Gianluca noch wütender geworden: Bei ihr sei Hopfen und Malz verloren, an der Uni habe sie überhaupt nichts gelernt, sie sei sowieso nur nach Rom gegangen, um sich auf Kosten ihrer Eltern herumzutreiben und mit Jungs zu poussieren, und selbst die drei Jahre, die sie mit ihm verbracht habe, hätten ihr gar nichts genutzt. Daraufhin war es bei ihr aus. Er kann so beunruhigt und gestresst sein, wie er will, sie ist die Erste, die das versteht und ihn tröstet, aber sie in diesem Ton derart beleidigen – nein, das geht zu weit. Er kann nicht Aufmerksamkeit, Verständnis und Hilfe verlangen, dauernd fragen, was meinst du hierzu, was meinst du dazu, und ihr dann das Gefühl geben, sie sei der hinterletzte Dreck, ohne dass sie irgendetwas falsch gemacht hat. Das ist einfach zu ungerecht, da könnte sie heulen vor Wut.

Obwohl er wahrhaftig gute Gründe hat, nervös zu sein, der Ärmste. Heute Morgen gleich nach dem Aufwachen war er fürchterlich besorgt wegen dem Skandal von Dr. Reitt mit der Minderjährigen. Wer hätte denn je so was erwartet, bei einem derart distinguierten, wichtigen Mann. Er sagt, das könnte eine Katastrophe für das Image der Villa Metaphora bedeuten, sie als Zuflucht für Halunken abstempeln. Er sagt, es gehe alles schief, was schiefgehen könnte, noch dazu wolle Dr. Reitt sich jetzt mit dem Hubschrauber abholen lassen, nachdem er die anderen Gäste schon bei der Ankunft so belästigt habe mit dem Lärm und seiner Überheblichkeit. Gianluca hat ihm angeboten, ein

Schnellboot aus Lampedusa zu bestellen, aber der Banker wollte nichts davon wissen, weil er fürchtet, am Hafen würden ihm die Fotografen auflauern. Außerdem ist es nicht nur eine Frage der Belästigung, sondern auch der Sicherheit, denn die untere Terrasse ist nicht für Hubschrauber gebaut. Am Anfang hatte Gianluca zwar an einen Landeplatz bei der Villa Metaphora gedacht, doch dann hat er beschlossen, das sei gegen die Philosophie des Hauses, da das ganze Resort im Zeichen der Öko-Kompatibilität und der Harmonie mit der Natur stehen solle. Und dann ist da ja, neben der Sache mit Dr. Reitt, noch diese Lynn Lou Shaw, die ist auch total durchgeknallt, die Katastrophe mit dem Chris Craft ist allein ihre Schuld, doch nun kann man nicht mal mehr von ihr fordern, den Schaden zu bezahlen, weil Gianluca, um Komplikationen zu vermeiden, dem Kommandanten des Patrouillenboots gesagt hat, dass er selbst am Steuer war. Außerdem läuft die Beziehung zwischen der Shaw und Neckhart immer schlechter, womöglich will einer der beiden dann vorzeitig abreisen, oder gleich alle beide. Die Suite haben sie zwar schon bezahlt, aber trotzdem wäre es für das Image katastrophal, weil es aussähe, als hätte es ihnen nicht gut genug gefallen und lohnte sich deshalb gar nicht herzukommen. Dann haben wir noch die Riesenscherereien mit dem Abgeordneten Gomi, der hier festsitzt und unbedingt nach Rom will, aber nicht weiß, wie, weil ihm vor dem Seegang graut. Niemand will seine Forderung nach einem großen Schiff erfüllen, was einen kaum wundert, wer würde schon für eine einzige Person ein Schiff schicken, auch wenn es ein Abgeordneter ist. Also setzt der jetzt Gianluca auch noch zu, hängt sich an ihn mit seinen Forderungen und seinem Gekeife. Kurz und gut, sicher ist nur, dass diese superwichtigen Gäste sehr schwierig sind, jeder mit seinem Problem, das sich mit den Problemen der anderen mischt, bis ein unlösbares Superproblem herauskommt. Gianluca hat also allen Grund, nervös zu sein. Nur dürfte er es nicht an ihr auslassen, das ist alles.

Eben kommen Dr. Reitt, Brian Neckhart und Matthias auf die Terrasse. Wenn man sie so zusammen sieht, kriegt man fast Angst, alle drei mit Sonnenbrille, alle drei mit harten Gesichtern, Männer, die die Welt beherrschen und auf die anderen pfeifen (Matthias ein bisschen weniger, er hat so ein rundes Gesicht). Brian Neckhart hat seinen Koffer dabei, also möchte er auch abreisen, klar. Matthias zieht den Koffer von Dr. Reitt, denn seine eigenen Sachen sind in Bonarbor, wo er ein Zimmer gemietet hat, bei Tante Campana. Sie schauen zur unteren Terrasse hinunter, schauen zum Himmel auf, ob der Hubschrauber in Sicht ist, obwohl Gianluca ihnen tausendmal gesagt hat, sie dürften ihn nicht kommen lassen. Seltsam, Dr. Reitt und Brian Neckhart so zusammen zu sehen, denn bis gestern haben sie sich kaum gegrüßt, sie waren echt wie Hund und Katz. Und auf einmal stehen sie hier Seite an Seite, schauen hierhin und dorthin, schreien sich was ins Ohr, wollen zusammen abreisen.

Gianluca kommt aus dem Büro, er muss die drei durchs Fenster gesehen haben. Er kann einem leidtun, so aufgeregt ist er, auch wenn er es zu verbergen sucht, sie sieht es sofort, kennt ihn einfach zu gut. Die Geschichte mit dem Hubschrauber macht ihn ganz verrückt vor Sorge, und Dr. Reitt hört ihm überhaupt nicht zu. Aber an einem solchen Tag und bei dem Wind ist die Idee wirklich der reine Wahnsinn.

Dr. Reitt und Brian Neckhart unterhalten sich, als ob nichts sei, obwohl der Wind ihre Haare zerzaust und an ihren Kleidern zerrt, *flap, flap, flap*. Die Sonnensegel über der Terrasse knattern und krachen, *ftank, ftank, ftank*, ein ohrenbetäubendes Getöse. Aber die arroganten Kerle tun so, als merkten sie gar nichts, sie sind über alles erhaben, auch wenn sie den Hals recken und sich ins Ohr schreien müssen, weil sie sonst kein Wort verstehen. Matthias kontrolliert derweil mit der Hand über den Augen den Himmel, total in Anspruch genommen von seiner Aufgabe als Wachposten.

Gianluca geht auf sie zu, ganz Mann von Welt und guten Manieren, obwohl er vor Anspannung beinahe zittert. Lucia schneidet es ins Herz, ihn in dieser Verfassung zu sehen, auch wenn er gestern Nacht und heute Morgen so gemein zu ihr war. Sie müsste verärgert sein, doch wie kann man dem Mann, den man liebt, in einem so schwierigen Moment die kalte Schulter zeigen? Wenn man genau weiß, wie er mit sich kämpft und sich quält, der Ärmste, weil er es einerseits kaum erwarten kann, Dr. Reitt loszuwerden nach diesem Skandal mit dem jungen Mädchen, andererseits aber einen so wichtigen Gast (zwei, mit Neckhart) nicht beleidigen will und sich außerdem noch furchtbare Sorgen macht wegen der Sache mit dem Hubschrauber. Sie hat ihm gesagt, er solle Reitt klipp und klar erklären, dass es nicht geht, da kann er ein noch so wichtiger Gast sein, und außerdem bleibt er nach dem Skandal vielleicht nicht mehr lange so wichtig. Doch Gianluca will diesbezüglich nichts hören, ihm sind die Gäste der Villa Metaphora heilig, und einen gewissen Stil muss man um jeden Preis wahren, und einen Mann wie Werner Reitt kann man vor den anderen nicht unter Druck setzen und so weiter. Daher weiß er jetzt nicht recht, was tun, doch irgendetwas muss geschehen, das ist klar, denn das Problem ist riesig, und er trägt die ganze Verantwortung. Bei all den Sorgen, die er schon hat, hätte es das jetzt echt nicht gebraucht. Lucia folgt ihm, aber mit ein paar Schritten Abstand, sonst legt er sich bestimmt wieder mit ihr an.

»*Entschuldigen Sie? Excuse me?*« Mit einer Handbewegung wendet Gianluca sich an Dr. Reitt und Brian Neckhart.

Sie tun so, als hörten und sähen sie ihn nicht, schreien sich weiter in die Ohren und nicken, obwohl Gianluca kaum einen Meter von ihnen entfernt steht und ihnen eindeutig etwas sagen will. Schutzsuchend ziehen sie sich an die Wand des Küchenvorraums zurück, die zwei superwichtigen Männer, die ganz mit Höherem beschäftigt sind.

»*Entschuldigen Sie?*« Gianluca weiß nicht, an wen der beiden er sich wenden und ob er Deutsch oder Englisch sprechen soll. »*I'm sorry?*«

Dr. Reitt dreht sich einen Augenblick um, sieht ihn nur kurz verärgert an und wendet sich gleich wieder ab.

Neckhart zeigt mit dem Finger an den Himmel.

»*There's no way a helicopter can land on this terrace with this wind!*« Gianluca hebt die Stimme, teils wegen des Windes, teils wegen der Aufregung.

Brian Neckhart zuckt die Achseln, als wollte er sagen: Was geht mich das an! Dr. Reitt beugt sich vor, sagt ihm etwas ins Ohr, sie tun, als wäre Gianluca Luft.

Das regt Gianluca natürlich noch mehr auf, in so einem Zustand hat Lucia ihn wirklich nur gesehen, wenn er seine Anfälle bekam, weil die Bauarbeiten blockiert waren oder seine Frau ihn besonders übel unter Druck setzte. »*Es tut mir sehr leid, aber der Hubschrauber kann nicht auf der Terrasse landen!*«

An die Wand des Küchenvorraums gelehnt, unterhalten sich Dr. Reitt und Brian Neckhart ungerührt weiter.

Gianluca wendet sich an Brian Neckhart, schreit noch lauter gegen den Wind an: »*There's no way it can land on that terrace!*«

Brian Neckhart reckt sich, sagt Dr. Reitt etwas ins Ohr, der nickt zustimmend.

Gianluca ist außer sich, dreht sich nach allen Seiten, entdeckt Lucia und herrscht sie an (sie wusste es, sie wusste es ja): »Was machst du hier? Scher dich ins Büro!«

Sie zieht sich ein paar Schritte zurück, aber sobald er wegschaut, kommt sie wieder näher. Sie versteht es vollkommen, dass es ihm, wenn sie danebensteht, noch unangenehmer ist, dem Ärmsten, dass zwei so wichtige Gäste sich erlauben, einfach so zu tun, als sähen sie ihn nicht. Sie kriegt so eine Wut, dass sie die zwei Männer am liebsten anschreien würde, für wen sie sich eigentlich halten, aber dann würde Gianluca bloß noch zorniger. Also geht sie zu Matthias, stupst ihn am Arm. »Hör mal, da unten auf der Terrasse kann man nicht landen!«

Wohlerzogen wendet sich Matthias ihr zu und sieht sie an. »Der Pilot hat uns aber heute Morgen bestätigt, dass es kein Problem ist!«

»Der Pilot kennt die Windsituation auf dieser Seite der Insel nicht!« Gianluca kommt schreiend von hinten angelaufen. »Und jedenfalls trägt diese Terrasse das Gewicht nicht, Wind hin oder her!«

Matthias dreht sich nach Dr. Reitt um, der an der Wand des Küchenvorraums weiter mit Brian Neckhart spricht, legt dann die Hand an die Stirn und schaut erneut forschend zum Himmel.

»Sie müssen sofort anrufen und den Flug abbestellen!« Gianluca versucht erneut, ihn zur Vernunft zu bringen, so höflich er kann, auch wenn er gegen den Wind anschreien muss. »Ich kümmere mich drum, dass Sie von einem Schnellboot abgeholt werden!« Heftig gestikulierend wie sonst nie, geht er noch einmal zu Dr. Reitt und Brian Neckhart. *»Ich werde ein Schnellboot aus Lampedusa oder Linosa rufen!«*

Dr. Reitt und Neckhart tun weiter so, als bemerkten sie ihn nicht, Matthias blickt weiter forschend zum Himmel.

Während sie alle in dieser unerträglichen Spannung im heulenden Wind stehen, kommen Frau Reitt und Madame Poulanc, die seit zwei Tagen immer zusammen zu sehen sind. Frau Reitt stockt und sieht ihren Mann an, der ganz in sein Gespräch mit Neckhart vertieft ist, so als erwarte sie, dass er etwas zu ihr sagte. Madame Poulanc steht neben ihr, eine Hand auf dem Hut, damit er nicht wegfliegt, auch sie fixiert Dr. Reitt mit ihrem unangenehmen Blick. Dr. Reitt macht eine Bewegung, doch dann sieht er Brian Neckhart an und hält inne, winkt nur kurz mit der Hand, wie einer Bekannten, die ihm gar nicht sympathisch ist. Daraufhin macht Frau Reitt auf dem Absatz kehrt, Madame Poulanc folgt ihr. Sie überqueren die Terrasse und verschwinden im Salon. Noch so ein reizendes Paar, diese Reitts. Schon bei der Ankunft waren sie kein bisschen nett zueinander, aber jetzt, mein Gott. Wenn man sie und das Ehepaar Neckhart-Shaw sieht, könnte man meinen, dass dieser Ort keine romantischen Gefühle weckt, sondern genau das Gegenteil. Nur schnell auf Holz klopfen, was sie und Gianluca betrifft, echt.

Doch jetzt hört man den Lärm des Hubschraubers, der tatsächlich im Anflug ist, dieses lauter werdende FTAP FTAP FTAP in der Luft, vom Wind herübergetragen, der immer heftiger an den weißen Planen reißt, das Meer unten immer höher aufspritzen lässt.

Dr. Reitt und Brian Neckhart gehen zu Matthias, sie schauen alle drei nach oben, laufen grußlos auf die Treppe zu, die zur untersten Terrasse führt. Gianluca eilt hinterher, versucht immer noch, sie zur Vernunft zu bringen, aber sie hören nicht auf ihn, drehen sich nicht einmal um. Amalia, Teresa und Federico kommen aus der Küche; der Abgeordnete Gomi tritt aus dem Salon, blickt ebenfalls nach oben.

Der Hubschrauber taucht über den hohen Felsen auf, weiß, mit roten Zahlen und der Aufschrift ELI VIP. Mit im Wind dröhnenden Propellern überfliegt er die große Terrasse, FTRAP FRAP FTRAP. Auf halbem Weg zur unteren Terrasse stellt Matthias den Koffer ab, wedelt mit den Armen, zeigt auf Dr. Reitt und Brian Neckhart, zeigt auf die untere Terrasse und macht Zeichen: Komm runter, komm runter. Der Hubschrauber dreht seitwärts, neigt sich leicht, vielleicht versucht er zu berechnen, wie er das letzte Mal gelandet ist, als er die Reitts hergebracht hat, aber wer weiß, ob es überhaupt derselbe Pilot ist oder ein anderer.

Auch der Abgeordnete Gomi hastet in seinem blauen Anzug die Stufen hinunter, will mit Reitt und Neckhart reden, aber wenn die schon Gianluca nicht zuhören, kann der es schlicht vergessen. Unterdessen kommt auch Ramiro auf die große Terrasse, dann Carmine. Frau Reitt und Madame Poulanc treten aus dem Salon, gehen zum Terrassenrand, schauen hinunter. Weiter unten auf dem Weg steht Paolo Zacomel und schaut nach oben.

Lucia geht ebenfalls die Treppe hinunter, im Wind, der ihr die Ohren füllt, die Haare ins Gesicht bläst, durch ihre Kleider fährt und ihr Staub zwischen die Zähne weht. Kurz vor der unteren Terrasse bleibt sie da stehen, wo sich schon alle anderen zusammendrängen wie große, böse Schulkinder und dem Hubschrauber widersprüchliche Zeichen machen: herunterkommen, nicht herunterkommen, sofort landen, sofort umkehren.

Der Hubschrauber kreist am Himmel, sucht nach dem richtigen Winkel, sinkt etwas, aber man sieht genau, welche Mühe es ihm bereitet, das Gleichgewicht zu halten. Die Luft ist erfüllt von Heulen, Pfeifen, Dröhnen, Schlagen, ein Wettstreit von Geräuschen, eines schlimmer als das andere, einschließlich des Geschreis der Umstehenden. »*Hey, land here!*«, »*Hier landen!*«, »*Ich bin Parlamentarier!*«, »*Halt die Klappe, Dummkopf!*« Matthias und der Abgeordnete Gomi hüpfen am meisten herum, wedeln mit den Armen und brüllen unglaublich beharrlich gegen den heulenden Wind und den Propellerkrach an. »*Hierher, hierher!*«, »*Komm runteeer!*«

Doch der Hubschrauber oben in der Luft kann sich kaum gerade halten, von der Seite schiebt der Wind ihn mit aller Gewalt auf die Felsen der Steilküste zu. FTRAP FTRAP FTRAP setzt er erneut zur Landung an, aber zu schräg, er muss noch einmal aufsteigen und von vorn beginnen. Wieder kommt er vibrierend und schräg herunter, flatternd wie ein halb wildgewordenes, halb panisches Rieseninsekt.

Der Abgeordnete Gomi will die anderen überholen, um direkt auf die Terrasse zu gelangen, aber wo soll der Hubschrauber dann aufsetzen, wenn ihm jemand im Weg steht? Daran denkt Gomi eindeutig nicht, er will unbedingt vorbei, zieht einen Ausweis aus der Tasche und schwenkt ihn wie verrückt. »Italienischer Parlamentarier! Vortritt!« Sie schnappt nur ein, zwei Wörter auf, die der Wind dem großen Getöse entreißt. Dr. Reitt wird fuchsteufelswild, als er sieht, dass der Abgeordnete ihm den Hubschrauber wegschnappen will. *»Weg da, du Schlingel!«* Er schubst ihn zurück. »Lassen Sie mich los! Was erlauben Sie sich?!« Gomi kreischt wie ein Adler, geht sofort wieder zum Angriff über, denn *er* gibt nicht so schnell auf. Doch Brian Neckhart packt ihn an der Schulter und versetzt ihm einen Stoß. *»Get back!«* – »Lassen Sie mich sofort los! Ich zeige Sie an!« Gomi kreischt noch lauter, puterrot im Gesicht. Gianluca will dazwischentreten, aber das ist nicht so einfach, weil sich alle auf wenigen Stufen zusammendrängen und schreien und herumfuchteln und sich die Ellbogen in die Rippen stoßen.

Mittlerweile ist der Hubschrauber ziemlich weit heruntergekommen; bebend und lärmend, dass es im Trommelfell schmerzt, mischt sich der Wind der Propeller mit dem echten Wind. Jetzt erkennt man durch die gewölbte Scheibe den Piloten, es ist Ciro Spanò. Der, der mit ihr in der Grundschule war und später nach Rom gegangen ist, um einen Kurs als Hubschrauberpilot zu machen; er war auch ein paar Monate hinter ihr her, aber damals hatte er noch nicht die Stellung, die es ihm erlaubte, ihr ernstlich einen Antrag zu machen, die Familie hätte nicht eingewilligt, und außerdem wollte sie echt keinen Mann aus Tari heiraten und dann wieder hier festsitzen wie vorher. Lucia wusste, dass er in Lampedusa Dienst tat, aber ihn so vor sich zu sehen, hatte sie nicht erwartet, sie trifft schier der Schlag, als sie ihn erkennt, obwohl er eine verspiegelte Sonnenbrille trägt, erkennt sie sofort sein langes Gesicht und den Schnurrbart, sieht ihn von unten nach oben, mit abgewinkelten Knien in der cremefarbenen Hose, superkonzentriert auf sein Manöver.

Hier unten schubsen sie unterdessen immer weiter und brüllen und gestikulieren durcheinander, so dass man wirklich überhaupt nichts mehr kapiert.

Ciro Spanò macht durch die gewölbte Scheibe ein Zeichen, dass man unter diesen Bedingungen nicht landen könne. Aber Matthias fuchtelt jetzt direkt unter ihm mit den Armen und schreit wie besessen, auch wenn Ciro ihn bei diesem Krach bestimmt nicht hören kann. Ciro schüttelt den Kopf, unmöglich, nein, nein, zeigt in die Richtung, aus der der Wind kommt, nein, nein. Dabei schaut er herunter und sieht Lucia, erkennt sie mitten in diesem unglaublichen Gewühl und macht ein merkwürdiges Gesicht. Er wusste, dass sie hier arbeitet, hatte aber ebenso wenig wie sie erwartet, sie unvermutet vor sich zu sehen. Jedenfalls zuckt er zusammen, geht genau in dem Moment, als er sie erkennt, mit dem Kopf etwas zurück, macht dieses seltsame Gesicht. Nun springt auch Gianluca auf die Terrasse, um ihm mit beredten Gesten zu bedeuten, dass er nicht landen soll, er kreuzt richtig die Arme, um zu sagen, probier's nicht, flieg zurück. Matthias dagegen winkt immer weiter, er solle runterkommen, hebt und senkt wie besessen die Hände. Und auch Brian Neckhart springt auf die Terrasse, zieht ein Bündel Banknoten aus der Tasche, ein schönes dickes Bündel Scheine, und schwenkt es, damit Ciro es sieht und weiß, die sind für ihn, wenn er landet und sie an Bord nimmt. Der Abgeordnete Gomi wedelt wie ein Verrückter mit seinem Ausweis, schreit und schreit, auch wenn man nichts versteht. Gianluca macht immer noch Zeichen, Ciro solle wieder aufsteigen und zurückfliegen, er deutet auf den Steilhang, der zum Fürchten nah ist. Brian Neckhart brüllt ihn so laut an: »*STOP IT!*«, dass man es deutlich aus dem Stimmengewirr heraushört, von dem man nur einzelne Fetzen versteht: »*What?!*« »Gesagt!« »Aufhören!« »Schnell!« »Jetzt!« »*Dammit!*« Sonst hört man nur Lärm, einen unglaublichen, ohrenbetäubenden Lärm. Dann plötzlich kommt ein Windstoß, der Hubschrauber dreht sich und berührt mit dem Heckrotor einen Felsen, SKRAAAMM, und noch einmal SKRAAAFR-CRAMMM, er steigt ein wenig, stößt aber erneut und noch schlimmer an, FRRCRSBRASKRAAAMMM, Staub und Splitter fliegen in alle Richtungen, schwarz, grau, Metall, Plastik, einfach fürchterlich. Reitt, Neckhart, Matthias, Gomi, Gianluca und Lucia ducken sich, gehen in die Knie, hocken sich nieder, halten sich die Hände vor die Augen, über den Kopf, es ist wie im Krieg, als wäre man in einem Film von der Sorte, die sie nie sehen will. FRRSSPRRACKTFRASKRRMMM, kratzt, schabt, splittert, schleudert, spritzt, raucht der Heckrotor, der Hubschrauber mit Ciro Spanò darin versucht zum Himmel aufzusteigen, und tatsächlich steigt er ein bisschen, gerät jedoch sofort ins Trudeln, die Propeller drehen den Hubschrauber herum und nicht umgekehrt. Lucia kann nicht gut sehen, weil sie wie alle anderen mit den Händen über dem Kopf auf der Terrasse hockt, während rundherum Staub und Splitter fliegen, aber der Hubschrauber mit Ciro Spanò dreht sich echt gemein um sich selbst, steigt echt schlimm und ganz verkehrt mit dem Heck nach oben, die Propeller drehen ihn herum anstatt umgekehrt! Sie hält sich die Ohren und die Augen zu wie alle und denkt, dass der Hubschrauber am Schluss auf die Terrasse stürzen und sie alle lärmend erschlagen wird, ein Horror, doch der Hubschrauber dreht und dreht sich, gleitet abwärts Richtung Küste wie ein kaputtes Spielzeug, die Propeller drehen ihn herum anstatt umgekehrt, nur dass jemand in dem kaputten Spielzeug drin ist, Ciro Spanò in Fleisch und Blut, ein normaler, sogar ziemlich großer Mann, der ihr in ihrer Kindheit hier auf Tari Liebesbriefchen schickte und sie später, als sie erwachsen und beide in Rom waren, zum Essen einlud, obwohl sie nichts von ihm wissen wollte. Vor zwei Minuten hat sie ihn sofort hinter der gewölbten Scheibe wiedererkannt, und auch er hat sie erkannt und ist zusammengezuckt, vielleicht ist er deshalb mit dem Heckpropeller an den Felsen gekommen, und jetzt sitzt er in diesem kaputten Spielzeug, das sich über der Küste und über dem Meer in der Luft dreht und dreht, FTRAPP-FTRAPP-

FTRAPP, auch von hier aus klingt das Geräusch einfach verkehrt, zu laut, er dreht sich und dreht sich, es sind die Propeller, die den Hubschrauber drehen und nicht umgekehrt, so klein und weit weg und lärmend, ein armes kaputtes Spielzeug, das am Himmel hin und her geschleudert wird. Dann plötzlich kippt der Hubschrauber und stürzt ab, schwirrend und vibrierend kracht er ins Meer, dass die Wellen hoch aufspritzen, SPAM-TAMSPAMFFF, wirklich mit solcher Wucht, dass es schon beim Zuschauen weh tut, vor allem, wenn man weiß, dass innen drin, obwohl er so winzig aussieht, Ciro Spanò an den Hebeln sitzt! Da schwimmt er, der Heli, die Schnauze leicht nach unten, während sich die Propeller noch drehen und einen teuflischen Lärm veranstalten, will sich mit aller Gewalt wieder aufrichten, ein bisschen schafft er es auch, doch dann macht er einen Satz nach vorn, die Schnauze sinkt, das Heck steigt nach oben, SMA-FRRRRRAKSWAARRFRRBRRSFRAKSPAWSK, der Propeller durchpflügt die Wellen, durchpflügt das Wasser, produziert einen entsetzlichen Schaum, drückt den Hubschrauber mit dem Kopf nach unten, dreht ihn um, Bauch nach oben, mit Ciro Spanò innen drin!

Lucia bleibt schier das Herz stehen, weil es zu viel ist, einfach zu viel. Sie wendet sich um und blickt die anderen an, Neckhart, Gianluca, Reitt, Matthias, Gomi, alle starren wie versteinert aufs Meer, wo eben noch der Hubschrauber in der Luft schwebte, bevor er vibrierend, dröhnend, krachend abgestürzt ist. So halb schwimmt er da noch, mit dem Bauch nach oben, aber jetzt sieht man ihn bald nicht mehr, weil er ins Wasser sinkt, nur der flache Bauch mit den schmalen Kufen ragt noch zwischen den Wellen heraus. All diese überheblichen, aufdringlichen Männer stehen dicht nebeneinander, und jetzt sagt keiner mehr ein Wort. Auch Lucia Moscatigno schweigt, denn sie kann einfach nicht glauben, was sie eben mit eigenen Augen gesehen hat. Erneut dreht sie sich zu den anderen um, weil sie ihren eigenen Augen nicht traut, sie weiß nicht, ob wirklich passiert ist, was sie gesehen hat, doch ein Blick in ihre Gesichter genügt, um zu begreifen, dass es tatsächlich geschehen ist, wirklich und wahrhaftig.

61

Das übertrifft entschieden jeden Horror, es ist so irre, dass Ramiro, gäbe es nicht noch mehr Zeugen, denken könnte, es handele sich um eine Halluzination, ein Produkt seines von der Inselphobie schwer zerrütteten Nervensystems. Doch Zeugen gibt es genug. Auf der großen Terrasse mit den weißen, im Wind knatternden Planen haben alle das Unglück beobachtet: a) die Reitt; b) die Poulanc; c) die Cobannis; d) Carmine; e) Amalia; f) Teresa; g) Federico; h) Lynn Lou und i) Lara. Diese beiden sind zuletzt gekommen, kurz bevor der Hubschrauber mit dem Heck gegen die Felsen stieß und anfing, sich um sich selbst zu drehen wie eine verrückt gewordene Libelle. Leere Gesichter – die unannehmbare Absurdität dessen, was sie soeben gesehen haben, hat jeden möglichen Ausdruck schlagartig ausgelöscht. Sie können nur auf den Punkt im Meer starren, wo der Hubschrauber noch halb gesunken mit dem Bauch nach oben zwischen den wütenden Wellen herausschaut.

Unterdessen steigen die Verbrecher, die das Unglück verursacht haben, die Treppe herauf, ungeheuerlicherweise hat das soeben Geschehene ihre Haltung kaum beeinträchtigt. Höchstens ein paar Minuten waren sie betroffen, doch ihre Verunsicherung verliert sich von Stufe zu Stufe, und sie werden wieder die Alten. Wollte man eine Rangordnung der Abgebrühtheit erstellen: a) Reitt und Gomi punktgleich; b) Neckhart; c) Matthias; d) Perusato; e) Lucia. Eigentlich kann man Lucia gar nicht dazuzählen, denn sie trifft keine Schuld, sie ist verstört, schluchzt, bleibt mehrmals stehen, schafft es kaum bis zur Terrasse. Und ehrlich gesagt, ist dieses eine Mal auch Perusato auf der Seite der Vernunft, denn er hat mit allen Mitteln versucht, den Piloten von der Landung abzuhalten. Vielleicht fürchtete er einfach um seine Terrasse, oder dass der Frieden der anderen Gäste gestört würde, aber schließlich ist er auch als Einziger dafür verantwortlich, einige grässliche Menschen als Gäste aufgenommen zu haben. Er wirkt ziemlich erschüttert, sein Gesicht ist verzerrt, sein Hemd ungewöhnlich zerknittert. Die Verbrecher dagegen sind wirklich kriminell: Es schaudert einen, wenn man sie mit ihrem Pokerface vorbeigehen sieht, ohne eine Spur von Gewissensbissen.

Carmine befreit sich als Erster aus dem Schockzustand, der die Gruppe lähmt, geht Lucia entgegen und hilft ihr die letzten Stufen hinauf. Sie sprechen aufgeregt, Lucia lehnt sich an ihn. Er führt sie auf die Terrasse, sorgt dafür, dass sie sich hinsetzt, läuft zu Federico, der noch weggetretener ist als gewöhnlich, und schüttelt ihn am Arm: »*Amunì! O pilotu Ciro Spanò es! Curri, fasta! Mox!*«

Federico erwacht überraschend schnell aus seinem Zustand, als er hört, dass es sich um Ciro Spanò handelt, und folgt Carmine zur Treppe.

Auch Perusato fasst sich wieder, wenn auch mit Verspätung, deutet hektisch auf den Punkt im Meer, wo man den Bauch des Hubschraubers zwischen den Wellen auftauchen sieht. »Nehmt sofort das Boot und schaut nach, ob ihr den Piloten herausholen könnt!«

Carmine und Federico laufen schon, so schnell sie können, in ebendieser Absicht die Stufen hinunter und drehen sich gar nicht mehr um.

Weiter unten rennt Paolo Zacomel den gepflasterten Weg bergab und erreicht eine Sekunde nach den anderen beiden die Treppe. Hintereinander stürmen sie in halsbrecherischem Tempo zum Meer hinunter.

Die anderen Zuschauer, die sich auf der Hauptterrasse versammelt haben, schütteln endlich die Starre ab, in die das Unglück sie gestürzt hat. Alle gestikulieren und reden aufgeregt durcheinander: a) *»Vous êtes des criminels!«* (die Poulanc); b) *»Alles deine Schuld!«* (die Reitt zu ihrem Mann); c) »Sie sollten sich schämen!« (die Cobanni zum wenig ehrenwerten Gomi); d) »Signora, ich bin gewiss nicht daran schuld!« (Gomi zur Cobanni); e) »Und ob Sie schuld sind, Sie und die anderen Herren da!« (der Cobanni zu Gomi, aber auch zu Reitt, Matthias und Neckhart); f) *»You're a piece of shit!«* (Lynn Lou Shaw zu Neckhart); g) »Ihr seid Ungeheuer ohne Herz und Seele!« (Ramiro Juarez zur Gruppe der Verbrecher). Lara sagt nichts, doch ihr Ausdruck moralischer Entrüstung ist mehr wert als tausend Worte. Auch Amalia und Teresa schweigen, aus ihrem Blick spricht tiefstes Entsetzen.

»Ich rufe den Rettungsdienst! Jetzt will ich mal sehen, ob sie nicht sofort kommen!« Der wenig ehrenwerte Gomi tippt hektisch auf seinem Handy herum, als könnte er die Katastrophe mit ein, zwei Telefonaten wiedergutmachen. Aber er bekommt keine Verbindung, läuft verzweifelt von einem Ende der Terrasse zum anderen. Neckhart und Reitt wiederum machen nicht die geringsten Anstalten, sich zu rechtfertigen oder zumindest ein förmliches Bedauern zu äußern; wie ein kleiner Trupp überqueren sie mit blinder Arroganz die Terrasse und verschwinden im Salon. Wenigstens Matthias bleibt einige Schritte zurück, sieht sich benommen um. Doch es genügt, dass Reitt an der Fenstertür erscheint, und schon folgt er ihm wie ein strammer Soldat, allzeit bereit, den Befehlen des Kommandanten zu gehorchen.

Alle, die noch hier draußen sind, geben weiter empörte und entsetzte Kommentare von sich, während sie von der Terrasse aus nach dem im Meer treibenden Hubschrauber Ausschau halten. Carmine, Federico und Zacomel sind mittlerweile unten angekommen und laufen auf das Boot zu.

Carmine springt an Bord, lässt den Motor an: Man sieht den Rauch des dieselbetriebenen Innenborders im Wind verwehen. Zacomel und Federico machen vorne die Leinen los, springen ins Boot und lösen auch die Heckleinen. Carmine manövriert im Rückwärtsgang, um sich vom Landesteg und von den Felsen zu entfernen, lenkt den Bug in die Richtung, wo der Bauch des Hubschraubers mit seinen Kufen aus dem Wasser ragt, von hier oben kaum sichtbar und vom Meer aus sicher noch viel weniger.

Lucia erhebt sich von dem Stuhl, wo ihr Cousin sie zurückgelassen hat, und verfolgt die Szene vom Terrassenrand aus, immer noch schluchzend an das Mäuerchen geklammert. El Perusón macht keine Anstalten, sie zu trösten, im Gegenteil: Er sieht sie ein paarmal unwirsch an, als empfände er ihre Verzweiflung als ästhetisches Ärgernis. Er macht den dreien unten auf dem Boot ausladende Zeichen, auch wenn die ganz woandershin schauen und ihn sowieso nicht sehen würden, selbst wenn sie wollten. Doch der Architekt muss zeigen, dass er noch Herr der Lage ist, muss den Koordinator der Rettungsaktionen spielen, obwohl allen klar ist, dass er gar nichts koordiniert. Er eilt ins Büro, kommt mit dem Handy zurück, drückt auf die Tasten, presst es ans Ohr, schüttelt den Kopf, wählt erneut, müht sich ab.

»Architetto, ich kriege keine Verbindung!« Gomi tippt hektisch irgendwelche Nummern auf seinem Handy und blickt sich um. »Wieso hat man hier keinen Empfang?!«

»Das weiß ich doch nicht! Mir geht es genauso!« Perusato ist außer sich.

»Ich versuche, den Rettungsdienst zu holen!« Gomi kräht mit seiner blechernen Stimme, wedelt mit der Hand, geht auf und ab, ohne etwas zu erreichen.

Derweil fährt das Boot draußen aufs offene Meer hinaus, eine weiße, zwischen den Wellen schaukelnde Nussschale mit drei Gestalten darin. Es dauert ewig, bis sie zu dem abgestürzten Hubschrauber gelangen, und noch länger, um ihn einmal zu umrunden, vielleicht auf der Suche nach einem Halt. Die winzigen Gestalten von Paolo und Federico beugen sich abwechselnd zu einer der schwarzen Kufen vor, bis es Paolo gelingt, das Vorderseil daran festzumachen. Doch auch aus dieser Entfernung begreift man rasch, welch verzweifeltes Unterfangen es ist, ohne geeignetes Werkzeug die Kabine öffnen und den Piloten herausziehen zu wollen, falls er nicht sowieso schon bei dem Aufprall umgekommen oder gleich danach ertrunken ist. Carmine winkt Federico, übergibt ihm das Steuer, geht nach vorne, streckt den Fuß aus und klettert auf den Bauch des Hubschraubers.

»*Santa Madre, Cammine!*« Lucia zuckt vor Schreck zusammen, als sie ihren Cousin im Meer stehen sieht, ein weißgekleidetes Männchen mitten in der grenzenlosen, düster-blauen, schäumenden Weite. Schade, dass er nicht tatsächlich auf dem Wasser gehen kann, denn die Bergungsaktion verlangt wirklich übermenschliche Kräfte: Diese Überlegung steht allen, die von der Terrasse aus zusehen, ins Gesicht geschrieben.

Das winzige Menschlein Carmine kniet nieder, taucht die Hände ins Wasser, beugt sich noch tiefer hinunter, vielleicht um die Öffnung der Tür des Hubschraubers zu ertasten. Doch es gelingt ihm nicht, es ist sichtlich unmöglich. Paolo steigt auch aus dem Boot, im Meer stehend sprechen die beiden miteinander. Carmine legt sich bäuchlings in die Wellen, Paolo geht in die Hocke und hält seine Beine fest, damit er nicht abrutscht. Carmine taucht mit dem Kopf unter, versucht etwas zu sehen oder zu erreichen.

Lara wirkt so angespannt, dass es ihm im Herz weh tut; im Unterschied zu Lucia sagt sie nichts, dennoch erkennt man unschwer, wie sehr es sie ängstigt, Paolo so weit weg, so gefährlich und verletzlich den Elementen ausgesetzt zu sehen.

Spontan geht Ramiro zu ihr, legt ihr den Arm um die Schultern, drückt sie an sich, beobachtet gemeinsam mit ihr die Szene, und auch er hält den Atem an, sein Herz klopft wie wild.

Auch die anderen Personen auf der Terrasse beobachten gebannt die zwei winzigen Gestalten auf dem Bauch des Hubschraubers, eine liegend, eine in der Hocke, die winzige Bewegungen ausführen. Es herrscht ein Klima kollektiver Spannung, die unausgesprochene Erwartung, gleich ein Wunder zu erleben: a) der Pilot wird quicklebendig aus dem Wasser gezogen; b) der Pilot ringt nach Luft, ist aber noch in der Lage, sich kurz darauf aufzurappeln; c) der scheinbar tot herausgezogene Pilot ist in Wirklichkeit nur ohnmächtig, wie sich nach einer Mund-zu-Mund-Beatmung und einer kräftigen Herzmassage an Bord des Bootes herausstellt. Alles ist schon vorbereitet, die Seufzer der Erleichterung, die Tränen der Rührung, Applaus, dass die Hände schmerzen. Doch die zwei winzigen Gestalten Paolo und Carmine machen weiter dort unten im blauen Meer ihre winzigen Anstrengungen, und das Wunder geschieht immer noch nicht, die Wellen schäumen weiter rundherum, der Wind bläst grimmig.

Signor Cobanni geht in den Salon und kommt mit einem seiner Ferngläser zurück, richtet es auf das Geschehen, reguliert die Schärfe. Er murmelt etwas, schaut noch einmal und ruft laut: »Er geht unter!«

»Was soll das heißen, er geht unter?« Lucias Stimme klingt herzzerreißend.

Ein Zittern geht durch Laras Körper: Ramiro spürt, wie es seinen Arm durchläuft und drückt sie fester an sich.

»Der Hubschrauber sinkt!« Cobanni schreit noch lauter, um den Wind zu übertönen.

»Hallo? Hallo?!« Gomi presst das Handy ans Ohr, betrachtet es, schüttelt es, will sich nicht damit abfinden, dass er keine Verbindung bekommt.

Perusato dagegen gibt seine fieberhaften Telefonversuche auf, streckt die Hand nach Cobannis Fernglas aus. »Darf ich mal sehen, bitte?«

Der Ingenieur reicht es ihm und blickt mit bloßem Auge aufs Meer.

Perusato sucht den Punkt, beobachtet, wirkt wie gelähmt.

»Was siehst du, Gian?!« Lucia ist in einem schrecklichen Zustand. »Sag mir, was du siehst!«

»Der Ingegnere hat recht, der Hubschrauber sinkt!« Perusatos Stimme klingt heiser, er kann sich nicht vom Fernglas lösen.

»Aber sie scheinen es nicht zu merken!« Signor Cobanni zeigt aufgeregt auf die winzigen Gestalten im Meer.

»*Oh my God! The fucking copter's going down!*« Lynn Lou begreift auch ohne Fernglas, was passiert, und dreht sich zu den anderen um. »*It's fucking sinking!*«

»*Mon Dieu!*« Die Poulanc fasst sich mit der Hand an die Stirn. »*Ils vont se noyer!*«

»*Caaammineee!*« Lucia stößt einen ohrenbetäubenden Schrei aus und gestikuliert verzweifelt. »*Caaaammineeeeee!*«

»Geht aufs Boot zurück!« Auch die Reitt schreit gegen den Wind an, obwohl ihr sicherlich klar ist, dass man sie da draußen auf keinen Fall hören kann.

Lara hüpft mit wedelnden Armen herum wie verrückt. »Schneeeell! Zurück aufs Booooot!«

»*Do something, goddammit! You've gotta fucking do something!*« Mit erstaunlicher Stimmgewalt brüllt Lynn Lou Perusato an.

»*What can I do, Mrs. Shaw?*« El Perusón ist dem Zusammenbruch nahe.

»O Gott, man sieht es auch mit bloßem Auge, dass er untergeht!« Signora Cobanni deutet hinunter.

In der Tat braucht man kein Fernglas, um zu erkennen, dass der Hubschrauber sinkt: Der weiße Rumpf taucht nicht mehr wie vorher zwischen den Wellen auf, Carmine und Paolo sind schon halb im Wasser. Außerdem zieht das an der Hubschrauberkufe befestigte Seil allmählich den Bootsbug abwärts. Der winzige Federico richtet sich im Heck auf, wahrscheinlich ruft er den zwei anderen winzigen Gestalten etwas zu, dann setzt er sich wieder, um das Gleichgewicht des Bootes nicht noch mehr zu gefährden. Carmine und Paolo scheinen als Letzte zu bemerken, was geschieht, denn vermutlich: sind sie a) zu sehr mit ihren Rettungsversuchen beschäftigt; wollen sie b) ihr Vorhaben nicht aufgeben; schaffen sie es c) nicht, prompt auf die sich verändernde Situation zu reagieren. Wie auch immer, es ist schrecklich, sie da mitten im Meer zu sehen, klein und unbedeutend in dieser grenzenlosen, brodelnden, flüssigen Masse.

»Geht wieder an Booord!« Verzweifelt und gestikulierend schreit Lucia gegen den Wind an.

»Heeeyyyy!« Lara hüpft und fuchtelt mit den Armen.

»*Come on, guys! Get out of there!*« Lynn Lou brüllt mit ihrer unerwarteten Stimmkraft.

»Looos, sofort zurück aufs Booot!« Die Reitt reißt sich den Schal vom Hals und wedelt hektisch damit.

Ramiro ist sich bewusst, dass er ebenso unsinnig handelt wie alle anderen, dennoch nimmt er die Schürze ab und schwenkt sie mit aller Kraft. Das Gefühl der Ohnmacht ist unerträglich, lieber etwas Nutzloses tun als gar nichts.

Draußen auf dem Meer scheint Paolo endlich klarzuwerden, was passiert, denn er beugt sich über Carmine, der noch mit dem Gesicht im Wasser daliegt, und zieht ihn mit Gewalt hoch. Stehend ringen die beiden winzigen Gestalten miteinander, während das Meer schon ihre Waden umspült.

Auf der Terrasse ist der Teufel los: Abgesehen von dem wenig ehrenwerten Gomi, der immer noch vergeblich versucht, jemanden auf dem Handy anzurufen, und Perusato, der am Fernglas hängt, schreien alle durcheinander, beugen sich vor, schwenken die Arme und wedeln mit allem, was sie finden können. Von außen gesehen, könnte man meinen, es handele sich um eine Gruppe ausgeflippter Irrer.

Dann gelingt es Paolo, Carmine zum Boot hin zu schleppen. Die beiden ziehen und stoßen sich gegenseitig, klettern die Bootswand hoch; Federico bleibt am Steuer, um das Boot möglichst im Gleichgewicht zu halten, denn das Heck hebt sich immer mehr.

»Zuerst müssen sie aber das Seil losmachen!« Cobanni schreit mit seiner brüchigen Stimme. »Wenn sie das Seil nicht losmachen, zieht der Hubschrauber das Boot mit runter!«

»*Faites quelque chose, Monsieur!*« Die Poulanc faucht Perusato an.

»*Mais quoi, Madame?!*« Perusato hat recht, er kann wirklich nichts tun, genau wie alle anderen auf der Terrasse, aber es regt einen doch auf, ihn dauernd da am Fernglas kleben zu sehen.

Draußen auf dem Meer klettert der winzige Carmine erneut auf den inzwischen überfluteten Bauch des Hubschraubers, um den Knoten zu lösen, mit dem das Boot an der Kufe hängt, aber es gelingt ihm nicht, weil das Seil jetzt wahrscheinlich zum Zerreißen gespannt ist: Hinuntergebeugt zerrt er verbittert, während die andere winzige Gestalt, also Paolo, probiert, das Seil am Bug zu lösen, da der sinkende Hubschrauber das Boot sonst unweigerlich mit in den Abgrund zieht, selbst wenn Federico, die dritte winzige Gestalt, verzweifelt ein Gegengewicht zu bilden versucht, indem er sich ohne die geringste Wirkung im Heck zurücklehnt.

»Los! Beeilt euuuch!« Lara schreit in höchsten Tönen, und sie ist nicht die Einzige, auf der Terrasse schreien alle durcheinander und versuchen abzuschätzen, ob die drei kleinen Gestalten bis ans Ufer schwimmen könnten, falls das Boot wirklich mit dem Hubschrauber untergeht. Wahrscheinlich schon, aber das Meer ist aufgewühlt, und der Wind wird immer ärger, und Paolo und Carmine müssen inzwischen total erschöpft sein von ihren Anstrengungen. Ganz abgesehen davon, dass kein Transportmittel mehr übrigbliebe, um von dieser verfluchten Villa

Metaphora wegzukommen. Der bloße Gedanke löst bei Ramiro eine unerträgliche Angst aus, das Herz klopft ihm bis zum Hals, er schwitzt trotz Wind, inselphobiebedingtes Adrenalin schießt ihm ins Blut!

Dort draußen scheint es der winzigen Gestalt Paolo gelungen zu sein, das Bugseil durchzuschneiden, denn plötzlich richtet sich das Boot unvermutet auf. Carmine steht allein auf dem unsichtbaren Bauch des sinkenden Hubschraubers, soweit man es erkennen kann, reicht ihm das Wasser jetzt schon bis an die Knie, dann wirft er sich Paolo entgegen, der sich vorbeugt, ihn packt und an Bord zerrt; alle beide fallen ins Boot. Gleich darauf verschwindet der nur noch gelegentlich weiß durchschimmernde Bauch des Hubschraubers ganz, und an seiner Stelle steigen Blasen und Schaum auf, die bald von den wütend anrollenden Wellen verschluckt werden.

»Neiiiin!« Lucia heult auf wie ein verwundetes Tier und sinkt zu Boden.

»*Mari santu!*« Auch Teresa schreit laut.

»*Muntagna Matri!*« Amalia rauft sich die Haare.

Perusato betrachtet Lucia, rührt sich aber nicht, sichtlich schwankend zwischen seiner Rolle als Arbeitgeber und der als Liebhaber. Er hebt erneut das Fernglas, lässt es wieder sinken, schaut sich um, wahrscheinlich ist seine Aufmerksamkeit gespalten zwischen: a) dem endgültigen Desaster mit dem Hubschrauber; b) der Rückkehr des Bootes; c) dem kriminellen Trio im Salon; d) der Gruppe von entsetzten Augenzeugen auf der Terrasse.

Die Reitt nähert sich Lucia, zögert, überwindet ihre natürliche Zurückhaltung und streichelt sie, wenn auch vorsichtig, am Kopf. Lucia schluchzt, ganz in sich zusammengesunken.

Die Poulanc baut sich wutentbrannt vor dem wenig ehrenwerten Gomi auf: »*C'est de votre faute! Vous êtes un assassin! Vous, et les autres!*«

»Signora, Sie irren sich gewaltig, wenn Sie mir die Schuld geben!« Gomi macht ein verletztes Gesicht, breitet zum Zeichen seiner Unschuld die Arme aus wie ein beflissener Schüler, dem vorgeworfen wird, eine weit über seine Kräfte gehende Missetat begangen zu haben. »Ich habe den Hubschrauber nicht bestellt!«

»Trotzdem haben Sie mit allen Mitteln versucht, ihn zur Landung zu bewegen!« Die Poulanc kennt keine Gnade. »*Misérable! Canaille!*«

»Entschuldigen Sie, Onorevole, aber Sie hätten auf mich hören sollen!« Perusato kann sich nicht zurückhalten. »Ich habe ja nicht ohne Grund gesagt, dass er unmöglich auf der Terrasse landen kann!«

»Architetto, ich wiederhole es, ich habe ihn nicht bestellt, diesen Hubschrauber!« Gomi kräht mit seiner Megaphonstimme. »Die Deutschen und der Amerikaner haben ihn geordert!«

»Sie Heuchler, Sie!« Die Reitt droht ihm mit dem Zeigefinger. »Sie wollten unbedingt anstelle meines Mannes fliegen! Sie standen da und haben wie ein Irrer mit Ihrem Abgeordnetenausweis gewedelt! Sie haben den armen Piloten mehr aus dem Konzept gebracht als alle anderen!«

»Aber Signora, ich wollte mich nur zu erkennen geben!« Jetzt, da es Kritik hagelt und die Anklagen schwerwiegender werden, erschrickt Gomi allmählich. »Außerdem war das unter diesen Umständen nur meine Pflicht!«

»*You're a fucking pig!*« Lynn Lou spuckt ihn an, auch wenn sie vermutlich nicht viel von dem Wortwechsel verstanden hat.

Gomi dreht sich ruckartig um, weiß aber nicht, wie er reagieren soll. Er hängt sich wieder ans Handy, versucht eine Nummer zu wählen, presst es ans Ohr, blickt auf das Display, geht hin und her, bewegt den Arm immer krampfhafter in alle Richtungen auf der Suche nach Empfang.

Draußen auf dem Meer steuert das winzige weiße Boot mit

den drei winzigen Gestalten Carmine, Paolo und Federico darin heftig schaukelnd auf die Mole zu.

Die Poulanc legt sich auch mit Perusato an, da sie nun schon mal dabei ist. »*Vous êtes responsable aussi! Vous auriez dû empêcher ça!*«

»*Madame, ce n'est pas ma faute! J'ai tout essayé pour l'empêcher!* Die Herrschaften haben mich bestimmt gesehen! Ich habe alles getan, um den Piloten von der Landung abzuhalten!«

Die beiden Cobannis nicken, doch die anderen scheinen weniger geneigt, die Sache objektiv zu betrachten.

»Ich habe mich auf jede Weise bemüht, die Beteiligten zur Vernunft zu bringen.« Perusato scheint sich noch weiter rechtfertigen zu wollen, doch dann lässt er es sein, geht zu der schluchzenden Lucia, packt sie am Arm und versucht sie hochzuziehen. »Komm! Die Handys funktionieren nicht! Wir müssen sofort per E-Mail den Hubschrauberlandeplatz alarmieren! Und auch den Hafen von Linosa und Bonarbor!«

»Lass mich los! Mach es selber!« Lucia sucht sich aus seinem Griff zu befreien.

»Lassen Sie sie in Ruhe!« Die Reitt verteidigt sie sofort.

»*Let her go, you asshole!*« Lynn Lou schließt sich vehement an.

Wortlos lässt Perusato Lucias Arm los, blickt sich mit Opfermiene um, überquert allein die Terrasse und schließt sich in seinem Büro ein.

Ramiro verharrt noch in dem Gewirr von Stimmen und Gesten und schaut mit den anderen aufs Meer, bis das Boot mit Carmine, Paolo und Federico wieder eine normalere Größe annimmt und am Anlegesteg festmacht, was wegen der seitlich anrollenden Wellen nicht so einfach ist. Lara läuft die Treppe hinunter, doch ihm fehlt die Kraft dazu: Die Ereignisse haben ihn zu sehr mitgenommen, die Inselphobie beutelt ihn schlimmer denn je.

62

Dass der Hubschrauber vor ihren Augen ins Meer gestürzt und dann gesunken ist, löst in Brigitte Reitt ein Gefühl der Unwirklichkeit aus, gleichzeitig aber auch Schuldgefühle, die auf sie einstürmen wie der Wind auf die Terrasse. Hätte es etwas geändert, wenn sie ihre Rückreise nach Deutschland mit Werner besprochen hätte, anstatt beleidigt eine unüberwindliche Mauer zu errichten? Wenn sie im Zimmer geblieben wäre, als Brian Neckhart kam, um mit ihm zu reden? Wenn sie versucht hätte, ihn im letzten Moment zur Vernunft zu bringen, als der Hubschrauber über den Gebäuden der Villa Metaphora erschien? Wenn sie wenigstens auf Matthias eingewirkt hätte, der ihr immer ehrerbietigen Respekt zollt? Vermutlich nicht, sie ist ziemlich sicher, dass Werner jede Einmischung abgelehnt und stur seine Pläne verfolgt hätte, wie schon bei tausend anderen Gelegenheiten. Doch dieses Wissen erleichtert die Last auf ihrem Gewissen nicht. Ist sie durch die Tatsache, Werner Reitts Frau zu sein, nicht sowieso mitschuldig? Ist es etwa keine Schuld, sich seinem Verhalten angepasst, einen Modus vivendi mit ihm gefunden und akzeptiert zu haben, bei ihm zu bleiben und ihn hierher zu begleiten? Und warum überhaupt? Im Namen der ehelichen Loyalität, im gegenwärtigen und zukünftigen Interesse ihrer Kinder, wie sie sich selbst weismachen wollte? Oder kann man die wahren Gründe etwa viel weniger eingestehen, nämlich das bequeme Leben im Wohlstand, die Sicherheit des Bekannten, die Wiederholung, die jede Reaktion dämpft und abschwächt? War sie eine heroische Ehefrau, die ihren Mann in einem schwierigen Moment unterstützt, oder war sie bloß feige und wollte nicht auf alles verzichten, was sie hatte, Häuser, Möbel, Bilder, Gewohnheiten, Freunde, Kleider, Kreditkarten, Weihnachtsgeschenke, Assistenten, Friseure, Geschäfte, Kontakte, Namen? Wäre das immer so weitergegangen, wenn die Geschichte mit den Fotos nicht herausgekommen wäre, wenn der drohende Skandal nicht schon angefangen hätte, ihr alles zu nehmen? Sie weiß es nicht, will es nicht wissen. Dennoch kann sie nicht umhin, daran zu denken, während sie auf der Terrasse mit den knatternden Planen zwischen den anderen verstörten Gästen herumgeht.

Werner hat sich mit Matthias und Brian Neckhart, seinem neuesten Verbündeten, im Salon eingeschlossen. Im Licht der jüngsten Ereignisse analysieren sie die Lage, suchen eine Möglichkeit, jede Verantwortung für das, was geschehen ist, abzulehnen, und schmieden zweifellos neue Pläne.

Federico, Carmine, der Schreiner Paolo und Lara, die Letzterem entgegengeeilt war, stehen jetzt keuchend und erschüttert wieder auf der Terrasse. Besonders Carmine und Paolo wirken erschöpft, mit durchnässten Kleidern und triefenden Haaren, mit niedergeschlagenem Blick und geknickter Haltung.

Der Koch Ramiro läuft in die Küche und kommt mit einer Flasche Cognac und Gläsern wieder heraus. Doch alle drei schütteln verneinend den Kopf: Keiner mag trinken.

Lynn Lou Shaw tritt zu Carmine, fällt ihm um den Hals: »*You're a hero! You risked your life to try and save that pilot!*« Ihre Rührung wirkt echt, wenn auch ein wenig theatralisch.

»*But I did'nt save him.*« Carmine senkt den Blick, überwältigt vom emotionalen Überschwang seines Idols, von der Enttäuschung über die misslungene Rettung des Piloten, vom Schmerz über das tragische Ereignis.

»*It doesn't matter, you tried!*« Die Shaw drückt ihm beide Hände und weint unfassbar viele Tränen.

Brian Neckhart beobachtet sie an der Fenstertür des Salons mit einem distanzierten Gesichtsausdruck, unter dem man unschwer ganz andere Gefühle erkennt. Dann geht er wieder hinein, schließt die Tür.

Die Menschen auf der Terrasse stehen im Halbkreis um die drei zurückgekehrten Helfer herum. Sie fragen nichts und sagen nichts, haben schon alles gesehen, was es zu sehen gab.

»Draußen hat das Boot arg geschaukelt, nicht wahr?« Der unsägliche Gomi ist der Einzige, der sich traut, etwas zu sagen.

Keiner der drei würdigt ihn einer Antwort; der Schreiner Paolo sieht ihn an, als wollte er ihm einen Kinnhaken verpassen.

Gomi begreift, dass es nicht angebracht ist, weiterzufragen, entfernt sich, versucht zum soundsovielten Mal, mit seinem Handy zu telefonieren, schüttelt den Kopf. Verzweifelt schwenkt er den Arm, sucht ein Signal zu erhaschen, kann es nicht fassen, dass es keines gibt.

Auch Perusato kommt mit dem Handy in der Hand aus seinem Büro, hat ebenfalls kein Glück.

Nach einer Weile taucht Matthias mit Werners BlackBerry aus dem Salon auf. Er schüttelt es in der Luft, schreit gegen den Wind an, damit Perusato ihn hört. »Wir haben keinen Empfang!«

Perusato beugt sich über den Terrassenrand, schaut auf eine Stelle am unteren Abhang, rauft sich die Haare.

»Was ist los?« Matthias stellt sich neben ihn, sieht hinunter.

»Die Relaisstation ist zerstört! Weg!« Perusato ist mehr als bestürzt, seine Stimme hat jede Farbe verloren.

»Deswegen kriege ich keine Verbindung!« Der unsägliche Signor Gomi zuckt ärgerlich. »Seit einer halben Stunde versuche ich zu telefonieren!«

Entsetzt wischt sich Matthias mit der Hand über die Stirn. »Der Hubschrauber hat ihn abrasiert.«

»O Gott, und jetzt?« Gomi ist einem echten Panikanfall nahe. »Wie sollen wir mit dem Festland kommunizieren, Architetto?!«

»Keine Ahnung!« Perusato wendet sich nach Carmine um und gibt ihm herrisch ein Zeichen. »Komm her!«

Nur ungern trennt sich Carmine von der Shaw und geht zum Rapport, in seinem vom Meer nassen und teilweise schon vom Wind getrockneten weißen Anzug. Perusato deutet auf den Hang, dann steigen beide die Treppe hinunter bis zur zweiten Terrasse. Sie inspizieren die Stelle, wo der Heckrotor des Hubschraubers alles zertrümmert hat, womit er in Berührung gekommen ist, bevor er sich selbst zerstört hat. Gomi folgt ihnen, da er sich schwer von den Umständen bedroht fühlt, und was er sieht, entmutigt ihn noch mehr. Die anderen schauen von oben zu, was das praktisch zur Folge hat, wollen sie sich gar nicht vorstellen.

Auch Werner und Brian Neckhart kommen aus dem Salon, Neckhart mit seinem iPhone in der Hand, und schauen nach, was auf der unteren Terrasse passiert. Matthias bemerkt sie, zeigt auf den Hang, schwenkt Werners BlackBerry, macht eine Geste, um zu sagen: *kaputt*. Die Zerstörung der Relaisstation scheint Werner und Neckhart viel mehr zu erschüttern als der Absturz des Hubschraubers: Keine Verbindung zur Außenwelt aufnehmen zu können trifft sie zweifellos härter als der Tod eines Piloten.

Brigitte Reitt erträgt es nicht, sie auch nur anzusehen. Empört dreht sie sich weg, und ihr Blick fällt auf Lara, die dem Schreiner Paolo etwas zuflüstert, ihm über die vom Salzwasser verklebten Haare streicht. Wie gern wäre sie an ihrer Stelle, anstatt in dieser grässlichen, pathetischen Rolle des Opfers und zugleich Komplizin eines verabscheuungswürdigen Mannes, die jahrelang immer wieder Kompromisse gemacht hat. Zwei oder drei Bilder schießen ihr durch den Kopf, aus der Zeit, als sie wenig älter als Lara war und in einer winzigen Dachkammer in der Langstraße mit Rudi hauste, der an der Kunstakademie studierte und abends mit seiner Blues-Band in verschiedenen Lokalen Elektrobass spielte: die kurzen, fernen Monate, in denen sie sich frei und leicht gefühlt hatte wie nie mehr im Leben (weder vorher noch nachher). Könnte es sein, dass wenigstens ein Teil ihres damaligen Selbst in ihr überlebt hat? Oder ist alles, was davon übrig geblieben ist, nur eine vage Erinnerung an die Frau, die sie mal war, die sie im Dunkeln des Tunnels der Zeit zurückgelassen hat, um sie durch eine viel realistischere, vernünftigere, organisiertere, abgestumpftere Person zu ersetzen?

Jetzt kommen Perusato, Carmine und Matthias mit Gomi im Gefolge die Stufen wieder herauf, alle vier mit erdfahlen Gesichtern. Oben angekommen, erstattet Matthias Werner sofort Bericht, zeigt hierhin und dorthin. Werner antwortet mit schroffen Handbewegungen, dann quetscht er Perusato aus, während Neckhart noch zusätzliche Fragen einwirft, alle beide darauf bedacht, Gomi auszuschließen, der sich zwischen sie zu drängen versucht. Es ist eine surreale Situation: Die Gäste stehen sich auf der windgepeitschten Terrasse in zwei Lager gespalten gegenüber und beäugen sich feindselig. Nur Amalia, Teresa und Federico haben sich in den Küchenvorraum zurückgezogen, wo sie sich gestikulierend leise miteinander unterhalten, bis sie irgendwohin verschwinden.

Werner und Neckhart kümmern sich keinen Deut um die Reaktionen, die sie bei der anderen Gruppe hervorrufen, im Gegenteil, während ihres Gesprächs werfen sie beinahe herausfordernde Blicke herüber. Gomi ist offenbar unschlüssig, auf welcher Seite der Terrasse ihm weniger Aversion entgegenschlägt: Er hält sich ungefähr in der Mitte, versucht in beiden Lagern zu horchen, was geredet wird.

Irgendwann kommt Perusato herüber und redet auf Lucia ein. Lucia scheint es kaum zu registrieren; sie sieht fix und fertig aus, ihre Wangen sind von Wimperntusche und Tränen verschmiert, die Augen geschwollen, die Nase gerötet.

Gleich darauf erscheint der unsägliche Gomi und macht ein Gesicht wie ein eifriges, braves Kind. »Entschuldigen Sie, Architetto, aber irgendjemand muss unbedingt mit dem Boot zum Hafen fahren, um Hilfe zu holen!«

»Da gibt's nichts mehr zu helfen!« Lucias Stimme ist kraftlos vor Schmerz.

»Ich spreche nicht von dem armen Piloten, Signorina.« Gomi macht eine verlegene Handbewegung. »Ich verstehe Ihre Trauer und alles, aber es ist unerlässlich, dass jemand kommt, um einen Bericht zu verfassen und uns beizustehen!«

»Bei diesem Seegang dürfte das im Augenblick schwierig sein…« Es ist überdeutlich, dass Perusato gar nicht scharf darauf ist, jemanden für Untersuchungen und Berichte herzuholen.

»Entschuldigen Sie, Architetto, aber ich bin verpflichtet, den Vorfall zu melden!« Gomi ereifert sich, von einem verspäteten, falschen Missionseifer erfüllt. »Außerdem muss ich unbedingt noch heute Abend in Rom sein!«

»Mal sehen, was wir tun können…« Perusato versucht Zeit zu schinden, er leistet passiven Widerstand. Sein Glanz als internationaler Architekt und ausgezeichneter Gastgeber ist völlig verblasst, auch er hat wohl einen ziemlichen Schock erlitten.

Matthias tritt zwischen die beiden, zweifellos von Werner und Neckhart geschickt, die ihn von weitem beobachten und wahrscheinlich verhindern wollen, dass Gomi sie erneut auszutricksen versucht. »Wir möchten sofort mit Carmine im Boot zum Hafen fahren.«

»Na, ob das sofort geht, weiß ich nicht.« Perusato schaut Carmine an, der beim Küchenvorraum mit Lynn Lou Shaw, Lara und Paolo spricht.

»Verzeihen Sie, wenn ich darauf bestehe, doch wir können uns nicht erlauben, Zeit zu verlieren.« Matthias hat weder seine höflichen Umgangsformen noch seinen Diensteifer verloren. »Bevor sich die Wetterlage noch weiter verschlechtert.«

»Dann müsst ihr aber bei der Ankunft sofort das Hafenamt verständigen.« Gomi spielt sich weiter halb als Vertreter der Öffentlichkeit auf, und halb verfolgt er unbeirrbar seine persönlichen Interessen. »Sie müssen mir garantieren, dass Sie den Unfall des Hubschraubers den Behörden melden und mir ein Boot schicken lassen, das mich hier rausholt. Aber kein zu kleines!«

Matthias nickt, auch wenn er keinerlei Absicht hat, eine bindende Verpflichtung einzugehen.

»Entschuldigen Sie, aber Sie müssen mir Ihr Wort geben, dass Sie in diesem Sinne tätig werden!« Gomis Penetranz kennt keine Grenzen. »Ich spreche als Abgeordneter der italienischen Republik!«

»Natürlich.« Matthias nickt, wirft aber Werner und Neckhart am anderen Ende der Terrasse einen Blick zu.

»Ich verlange eine formale Garantie!« Gomi verliert die Nerven. »Ich muss heute Abend wegen mehrerer unaufschiebbarer institutioneller Termine in Rom sein! Hören Sie mir überhaupt zu?!«

»Ja.« Matthias schaut wieder zu Werner und Neckhart hinüber, die ihm Zeichen machen, das Gespräch zu beenden.

Perusato wiederum winkt Carmine, der völlig in seinen Austausch mit der Shaw und den anderen beiden vertieft zu sein scheint.

Carmine merkt es nicht, doch dafür tritt Signor Cobanni mit einem Fernglas in der Hand auf Perusato zu. »Architetto, was ist da unten an der Mole los?«

Perusato zuckt zusammen, schaut hinunter und stößt einen markerschütternden Schrei aus. »Heeeeeeyyy!«

Alle Anwesenden laufen zum Terrassenrand und schauen, auch Brigitte Reitt.

An der Mole hilft Federico Amalia und Teresa in aller Eile ins Boot. Er macht die Bugleine los, springt an Bord, lässt hastig den Motor an.

Alle hier oben fangen an, zu schreien und zu gestikulieren, was das Zeug hält, obwohl feststeht, dass keiner dieser Laute zu dem Terzett dort unten durchdringen kann. »Das Booooot!«; »*Hey, you bastards!*«; »Sie stehlen das Booot!«; »*Les voleurs!*«; »Stooopp!«; »Halt-Haaalt!«; »*¡Bandidos!*«; »Kommt zurüüück!«; »*Come back here!*« Das Durcheinander ist unbeschreiblich, alle rennen hin und her, brüllen verzweifelt Befehle, Forderungen, obwohl sie genau wissen, dass es nichts nützt. Ohne sich zu verständigen, stürzen Carmine und Neckhart zur Treppe, Paolo hinterher: Mit beeindruckender Geschwindigkeit stürmen sie die Stufen hinunter, aber man merkt sofort, dass auch dieser Versuch zwecklos ist, sie werden es nie rechtzeitig schaffen.

Unten hat Federico inzwischen auch die Heckleinen losgemacht, manövriert schon vom Steg weg.

Noch schneller springen Carmine, Neckhart und Paolo von Stufe zu Stufe, während alle, die auf der Terrasse geblieben sind, sie mit lauten Rufen anfeuern, natürlich vergeblich. Irgendwann stolpert Carmine, fliegt zwischen die Kakteen am Hang: Man sieht eine kleine Staubwolke aufwirbeln, die der Wind sofort wegfegt. »*Oh my God!*« Lynn Lou Shaw schlägt Alarm, doch Carmine steht sofort wieder auf, rennt hinter den anderen her, die im wütenden Wettlauf gegen die Zeit die Stufen abwärtsstürmen, ohne innezuhalten.

Als sie unten ankommen, ist es zu spät, was man ja schon vorher wusste: Das Boot hat sich schon weit von der Mole entfernt, Federico steuert bereits auf das Felsenkap am anderen Ende der stürmischen Bucht zu.

Paolo, Carmine und Neckhart fuchteln dennoch mit den Armen in dem Versuch, ihn zum Umkehren zu bewegen, rennen den Landesteg und die Mole entlang, springen und schreien wahrscheinlich aus vollem Hals. Zuletzt geben sie es auf; Carmine macht noch ein paar Drohgesten, Paolo stützt zum Verschnaufen die Hände auf die Knie, Neckhart holt aus und versetzt einem Stützpfeiler des Stegs einen Tritt.

Das Boot mit Federico, Amalia und Teresa entfernt sich immer weiter, eine weiße, auf den schäumenden Wellen schaukelnde Nussschale in der grenzenlosen Weite des kobaltblauen, unaufhörlich wogenden Meeres.

63

Durch sein Fernglas San Marco 10 × 56 beobachtet Giulio Cobanni Carmine, Paolo und Neckhart unten auf der Mole. Die ergebnislose Verfolgungsjagd hat sie sichtlich mitgenommen, ihr Verhalten geht von Enttäuschung über Wut bis zur Erschöpfung. Carmine hat sich bei seinem Sturz auch aufgeschürft und zerkratzt: An seinem rechten Arm sind rote Striemen, sein weißer Anzug ist von der rötlichen Erde am Hang ganz schmutzig.

»Was sehen Sie?« Frau Reitt tritt zu ihm, die vornehmen Gesichtszüge starr vor Besorgnis.

Giulio Cobanni reicht ihr das Fernglas, beobachtet sie, während sie es auf die Mole und den Landesteg richtet, aufs Meer und auf das weiße Boot, das sich immer weiter zwischen den Wellen entfernt, mit den beiden Dienstmädchen und dem Hilfskoch, die sich an die Seitenwände klammern, um dem Meer und dem ständigen Geschüttel standzuhalten.

Madame Poulanc steht neben ihrer neuen Freundin, verfolgt ihre Bewegungen, als könnte auch sie durch das Fernglas blicken. Nach einigen Minuten reicht die Reitt es ihr; die Französin nimmt die Sonnenbrille ab und betrachtet mit konzentrierter Miene das Meer.

Die anderen Personen auf der Terrasse schauen sich weiter um; wenige Worte werden gewechselt, das überwiegende Gefühl scheint Bestürzung zu sein.

»Architetto, entschuldigen Sie...« Piero Gomi ist entschlossen, trotz allem gezielt seine Absichten zu verfolgen.

»Hä?« Architekt Perusato sieht sehr abgehärmt aus; vermutlich überschlägt er gerade im Geist den nicht wiedergutzumachenden Gesamtschaden.

»Glauben Sie nicht, dass die vom Kontrollturm in Lampedusa einen zweiten Hubschrauber schicken werden?« Gomi benutzt einen den Umständen angemessenen Tonfall. »Um herauszufinden, was mit dem ersten passiert ist?«

»Schon möglich.« Perusato scheint nicht interessiert zu sein, ihn beschäftigen sicher ganz andere Gedanken.

»Ich meine nur…« Gomis kleine dunkle Augen glänzen, während er mit seinen Berechnungen fortfährt. »Sie haben doch bestimmt Alarm geschlagen, nachdem der Funkkontakt abgebrochen ist. Auch bei der Hubschraubergesellschaft werden sie sich Sorgen machen, weil ihr Kollege nicht zurückkehrt, leider.«

Perusato dreht sich um und sieht den Abgeordneten an, vergisst kurz seine guten Manieren: »Lassen Sie sich bloß nicht einfallen, von einem weiteren Hubschrauber zu fordern, dass er hier landen soll.«

»Um Gottes willen, Architetto! Ich weiß doch, dass die Voraussetzungen nicht gegeben sind! Ich meine nur, sie werden den Notfall bemerken und uns Hilfe schicken…«

Giulio Cobanni dreht sich zu seiner Frau um; nach Tizianas Miene zu urteilen, denkt sie über den unsäglichen Politiker ebenso wie er.

»*Hé! Qu'est-ce que c'est, là-bas?!*« Die Poulanc zeigt hektisch auf das Meer an der Mole.

»*Quoi, Madame?*« Architekt Perusato tritt sofort zu ihr, streckt die Hand nach dem Fernglas aus.

»*C'est un corps! C'est le pilote!*« Madame Poulancs Aufregung wirkt ansteckend, alle laufen zu ihr hin, beugen sich über den Terrassenrand, schauen in die angegebene Richtung.

Architekt Perusato redet auf die Poulanc ein, sie solle ihm das Fernglas weiterreichen, denn sie will es nicht hergeben. Schließlich ergattert er es, richtet es auf die Stelle, auf die Madame gezeigt hat, sucht lange.

»O Gott, er ist es!« Zitternd drängt sich Lucia an ihn.

»Ist es der Pilot?« Auch die Reitt will es wissen. »Bewegt er sich?«

»Nein, Signora.« Perusato lässt das Fernglas sinken und schüttelt den Kopf. »Es muss ein Sack sein, der aus einem Boot gefallen ist. *Ce n'est pas un corps, Madame.*«

»Zeig her!« Lucia entreißt ihm das Fernglas, richtet es auf die Küste, aber sie ist zu erschüttert, ihre Hände zittern, sie kann nichts sehen.

»*C'est un corps, je vous dis!*« Die Poulanc ist empört, dass ihr Wort in Zweifel gezogen wird. »*J'en suis sûre!*«

Mit sanftem Druck gelingt es Giulio Cobanni, sich von Lucia das Fernglas geben zu lassen, er richtet es auf das Stück Meer rund um die Mole.

»Es lohnt sich gar nicht zu schauen, Ingegnere.« Architekt Perusato will ihn eindeutig ablenken. »Es ist kein Körper. Den hätten die Jungs unten doch gesehen.«

Doch Giulio Cobanni sucht weiter den von der Poulanc angegebenen Bereich ab und sieht etwas zwischen den Wellen im Wasser schwimmen: Es handelt sich keineswegs um einen Sack, wie der Architekt behauptet, sondern scheint tatsächlich ein menschlicher Körper zu sein. Die Formen und Farben sprechen für sich, je länger er hinschaut, umso weniger zweifelt er: Es ist ein Körper, der auftaucht und verschwindet, vom Meer hochgehoben und wieder überflutet wird.

»Würden Sie es mir bitte noch einmal leihen?« Der Architekt versucht, Cobanni das Fernglas zu entreißen, damit er nicht länger hinschauen kann.

»Warten Sie, Architetto.« Giulio Cobanni geht ein Stück am Terrassenrand entlang, um das Fernglas zu behalten und den Punkt nicht aus den Augen zu verlieren. Jedes Mal, wenn er durch ein System von Linsen in der Ferne einen Gegenstand ausmacht, ist er beeindruckt, wie lange es dauert, bis man den Formen eine Bedeutung zuweisen kann: je unerwarteter die Form, umso später die Erkenntnis der Bedeutung, umso stärker die Wirkung, wenn die beiden Wahrnehmungsebenen sich endlich überlagern. »Kein Zweifel, es ist ein Körper. Von da unten können ihn die Jungs nicht sehen.«

»*Je vous l'ai dit!*« Die Poulanc triumphiert, als ihre Entdeckung bestätigt wird. »*C'est le pilote.*«

Lucia bäumt sich auf vor Verzweiflung und beginnt wieder zu weinen. »Neiiiin!«

Die Reitt legt ihr schüchtern die Hand auf die Schulter, bestimmt plagen sie Schuldgefühle wegen der Rolle ihres Mannes bei der Katastrophe.

»Wie ist das möglich, Architetto?« Gomi will natürlich nicht darauf verzichten, weiter im Mittelpunkt der Ereignisse zu stehen. »War der Pilot nicht in der Kabine eingeklemmt?«

»Da draußen ist das Meer fast tausend Meter tief, der Druck wird die Kabine eingedrückt haben, und dann ist der Körper nach oben geschwemmt worden.« Mit verblüffender Promptheit liefert Perusato eine Darstellung der Fakten, die der vorherigen diametral widerspricht. Aus irgendeinem Grund wirkt er beinahe erfreut darüber, fehlt bloß noch, dass er lächelt.

Giulio Cobanni ist ziemlich ratlos; durchs Fernglas sucht er das Meer weiter nach Bruchstücken des Hubschraubers ab, sieht aber keine. »Außerdem war der Pilot mit den Sicherheitsgurten am Sitz angeschnallt.«

»Er wird sie abgemacht haben, Ingegnere.« Architekt Perusato ist anscheinend nicht mehr bereit, eine andere Hypothese in Betracht zu ziehen. »Jedenfalls gehe ich jetzt hinunter.«

Lucia mustert ihn mit schmerzverzerrter Miene und murmelt etwas Unverständliches.

Der Architekt streicht ihr über die Wange, eher irritiert als zärtlich. »Versuche dich wieder zu fassen, bitte. Und kümmere dich um die Gäste.«

»Aber sie ist doch völlig verstört, die Ärmste.« Die Reitt nimmt sie sofort in Schutz.

»*Das weiß ich, Frau Reitt, aber hier muss man etwas tun.*« Perusato spricht selbst unter diesen Umständen hartnäckig Deutsch mit ihr, obwohl längst alle wissen, dass sie ausgezeichnet Italienisch kann.

Matthias tritt vor. »Ich komme mit.«

»Nein, nein, nicht nötig, bleiben Sie hier.« Rasch geht Perusato auf die Treppe zu.

Matthias schaut zu Werner Reitt hinüber, der zustimmend nickt, und folgt dem Architekten.

»Ich habe Ihnen doch gesagt, dass es nicht nötig ist, es schafft nur Durcheinander!« Perusato dreht sich verärgert um. »Es sind schon drei Leute unten!«

Matthias antwortet nicht, lässt ihn vorausgehen und schließt sich mit zehn Metern Abstand an.

Auch die Poulanc bewegt sich Richtung Treppe und wirft der Reitt einen fragenden Blick zu, ob sie mitkommen will. Die Reitt verneint, sie bleibt bei Lucia. Lara und die Shaw trösten Ramiro, der sich mit den Händen den Kopf hält, die Sichtung der Leiche hat ihn offenbar völlig fertiggemacht. Werner Reitt verzieht sich wieder in den Salon.

An diesem Punkt würde Giulio Cobanni gern selbst hintergehen und nachsehen, auch wenn der Abstieg, der vor ihm liegt, ihn nicht gerade begeistert. Doch dadurch, dass die Sichtung mit seinem Fernglas erfolgte, fühlt er sich persönlich betroffen, und auch die Art, wie die Leiche aufgetaucht ist, macht ihn irgendwie misstrauisch. Er dreht sich zu seiner Frau um, die tief erschüttert ist. »Möchtest du mit hinunterkommen?«

Tiziana schüttelt den Kopf.

»Ich gehe.« Giulio Cobanni bereitet sich im Geist auf das Unternehmen vor. Der Abstieg besorgt ihn weniger, das Problem ist natürlich der Aufstieg. Seit dem Bootsunglück hat sich seine Verfassung entschieden verschlechtert, das lässt sich nicht verbergen.

»Das kann doch nicht dein Ernst sein, Giulio! Bist du verrückt? Denk an die Treppe!« Sofort macht Tiziana sich Sorgen, zusätzlich zu der Angst um den armen Hubschrauberpiloten.

»Ich will es sehen.« Giulio Cobanni versucht, so beruhigend wie möglich zu klingen.

Tiziana weiß genau, dass es unmöglich ist, ihn von seiner Idee abzubringen. »Geh langsam, bitte.«

»Mir bleibt ja nichts anderes übrig, Tiziana, oder?« Wenn es nicht um einen Toten ginge, müsste er beinahe lachen. Er geht auf die Treppe zu, wo die Poulanc wartet. Gleich darauf hören sie Schritte hinter sich. »Einen Augenblick, ich komme mit.« Das ist der widerwärtige Gomi, der sich anhängt.

»*Il est insupportable, cet homme.*« Die Poulanc gibt sich keine Mühe, die Stimme zu dämpfen.

Im Wind hat Gomi es vielleicht nicht gehört oder nichts verstanden, oder er ist völlig unempfindlich gegen jede Kritik, denn als sie am Lastenaufzug vorbeikommen, weist er eifrig die Französin darauf hin: »Möchten Sie nicht lieber damit fahren, Signora? Und Sie, Ingegnere? Statt alle diese Stufen gehen zu müssen?«

Der Poulanc liegt schon eine ihrer bissigen Bemerkungen auf der Zunge, doch der Lastenaufzug hat eindeutig ihr Interesse geweckt. »Meinen Sie, dass er für Personen geeignet ist?«

»Aber sicher, Signora.« Gomi beruhigt sie bereitwillig. »Die Deutschen haben ihn auch genommen, vor ein paar Tagen.«

Die Poulanc ist stark in Versuchung, wie übrigens auch Giulio Cobanni, denn von hier aus gesehen wirkt die Treppe wirklich endlos. Perusato und Matthias haben noch nicht einmal die Hälfte geschafft, und sie bewegen sich doch sehr entschieden.

Gomi öffnet das niedrige Törchen, als wolle er zwei Menschen einen Freundschaftsdienst erweisen, die ihm keinerlei Sympathie entgegenbringen, was ganz auf Gegenseitigkeit beruht.

Die Poulanc steigt entschlossen ein.

»Kommen Sie, Ingegnere, fahren Sie mit der Signora mit.« Gomi spielt weiter den Kavalier.

Giulio Cobanni ist hin und her gerissen: Einerseits möchte er das Theater dieser widerwärtigen Person nicht mitmachen, andererseits ist ihm bewusst, dass die Treppe zu anstrengend für seine Beine ist; schließlich steigt er ein.

Ungeniert folgt ihm Gomi, schließt die Tür, drückt auf einen Knopf; mit einem Ruck schwebt der Lastenaufzug langsam auf seinem Gleis abwärts. Die Poulanc klammert sich an den Metallrand, halb über das steile Gefälle erschrocken, halb fasziniert von dem Blick auf Felsen und Meer. Das Boot mit den beiden Dienstmädchen und dem Hilfskoch ist inzwischen hinter der Spitze des gegenüberliegenden Kaps verschwunden, der Hubschrauber ist schon längst untergegangen; die unbezwingbaren Kräfte der Natur beherrschen die Szene, wie Baron Canistraterra schrieb. Giulio Cobanni sieht sich um, im außerordentlich klaren Bewusstsein der eigenen Bedeutungslosigkeit. Gomi und die Poulanc schweigen zum Glück, das Pfeifen des Windes mischt sich mit dem elektrischen Rattern des Lastenaufzugs.

Sobald der Korb am Ende des Geleises anhält, steigen alle drei vorsichtig aus, um nicht auf den Felsen auszurutschen.

Perusato kommt soeben die letzten Stufen herunter, gefolgt von Matthias. Verärgert, aber auch besorgt, schaut er sie an: »Entschuldigen Sie, aber der Lastenaufzug ist nicht für den Personentransport zugelassen. Er ist nur für Waren da, außer im absoluten Notfall.«

»Ich weiß, Architetto, aber der Signora war nicht danach, zu Fuß herunterzusteigen.« In der Haltung des barmherzigen Samariters zeigt Gomi auf die Poulanc.

Sie reagiert wütend. »*C'était vous qui l'aviez suggéré!*«

Gomi breitet die Arme aus, als wollte er sagen, er sei ja nur auf ihre Wünsche eingegangen, auch wenn sie sie nicht deutlich ausgesprochen habe. Die Leichtigkeit, mit der er alles manipuliert, ist eine echte Naturbegabung, verfeinert in Jahren der politischen Arbeit.

Doch das spielt im Moment keine Rolle. Giulio Cobanni geht mit der Poulanc, Gomi und Matthias hinter dem Architekten her die Mole entlang. Sie treten zu Neckhart, Carmine und Paolo, die noch immer zu dem Felsenkap hinüberschauen, hinter dem das Boot mit Federico und den beiden Dienstmädchen verschwunden ist.

Der Architekt nimmt Carmine beiseite, flüstert ihm etwas ins Ohr.

Carmine nickt, funkelt die anderen mit dunklen Augen an. Sein rechter Arm ist von dem Sturz nicht nur aufgeschürft und zerkratzt, sondern auch bis zur Schulter mit den Stacheln der Kaktusfeigen gespickt.

Giulio Cobanni denkt an die außergewöhnliche optische Qualität des Capri 10 x 56 und daran, wie schade es ist, es nicht mehr herstellen zu können.

Perusato ist extrem aufgeregt, bemüht sich aber dennoch, Haltung zu bewahren. »Meine Herrschaften, ich bitte Sie, wieder hinaufzugehen. Ich werde mit Carmine nachsehen und Ihnen später alles berichten.« Er wendet sich an die Poulanc und an Neckhart für eine rasche, unnötige Übersetzung: »*Madame, je vous prie de remonter. Please go up, we'll inform you of any developments.*«

»*I'm not going anywhere.*« Da der Architekt ihn wieder hinaufschicken will, möchte Neckhart erst recht hier unten bleiben.

»*Je veux voir le corps!*« Die Poulanc ist ebenso stur, sie deutet aufs Meer. »Ich will die Leiche sehen!«

Paolo und Neckhart starren sie verwundert an.

»Welche Leiche?« Paolo legt den Kopf schräg.

Neckhart schaut von der Poulanc zum Architekten. *»What is she talking about?«*

»Ach, nichts.« Verzweifelt versucht Perusato abzuwiegeln. *»Madame here thinks she saw something in the water.«*

»Entschuldigen Sie vielmals, Architetto, aber es ist nicht nur Madame!« Giulio Cobanni hat nicht die Absicht, dieses Spiel von Lüge und Heuchelei weiter zu dulden. »Ich habe sie auch genau gesehen, die Leiche!«

»Wo?« Paolo dreht sich zum Meer um.

»Where?« Neckhart ist gespannt wie eine Feder.

»Da.« Cobanni zeigt ans Ende des Landestegs.

»Warten Sie einen Augenblick, meine Herrschaften!« Der Architekt macht einen letzten Versuch, sie aufzuhalten, doch Neckhart ist schon losgespurtet, und Zacomel und Carmine hinterher.

Die Poulanc, Gomi, Matthias und Giulio Cobanni folgen. Als sie ans Ende der Mole gelangen, stehen die anderen schon auf den von den spritzenden Wellen nassen Bohlen des Stegs und starren ins Wasser.

Auch Perusato blickt mit verzerrter Miene hinunter. »Bitte, begleiten Sie die Dame wieder nach oben, es ist ein entsetzlicher Anblick! *Madame, vous ne voulez pas voir ça!«*

»Monsieur, je demande à le voir!« Herrisch besteht die Poulanc auf ihrem Recht. Sie lässt sich nicht einschüchtern.

»Wir sind hier nicht im Theater!« Der Architekt ist außer sich, er versucht, den anderen den Durchgang zu versperren. »Ein bisschen Achtung vor dem Toten, wenn ich bitten darf! Gehen Sie ruhig wieder hinauf! Ich kümmere mich mit Carmine um alles!«

Neckhart hört gar nicht hin, sondern bückt sich, um seine Schuhe aufzuschnüren.

»Je demande à voir le corps!« Die Poulanc versucht, den Architekten beiseitezuschieben, um näher heranzukommen.

»*Ce n'est pas possible, Madame!* Auch Sie, meine Herren, treten Sie zurück!« Der Architekt bemüht sich immer noch krampfhaft, eine Schranke aus Gesten und Wörtern zu errichten.

»*Monsieur, je suis journaliste!*« Aus einem Lederetui zieht die Poulanc einen roten Ausweis mit der Aufschrift *International Press Card*, schwenkt ihn vor seiner Nase.

Perusato reagiert, als hätte man ihm die Pistole auf die Brust gesetzt: Er reißt die Augen auf, weicht zurück, rutscht auf den nassen Bohlen des Stegs beinahe aus. »*Mais comment? Vous ne nous avez pas dit que vous…*«

»*A freaking journalist! I can't believe this!*« Neckhart explodiert. »*This is a joke!*«

»Die Dame ist Journalistin?« Gomi ist vielleicht sogar noch schockierter über die Enthüllung. Er wendet sich an Giulio Cobanni, um sich zu versichern, dass er richtig verstanden hat. »Sie als Sprachenkenner, hat sie gerade gesagt, sie ist Journalistin?«

»Ja«, sagt Giulio Cobanni und verspürt dabei eine gewisse Schadenfreude.

»Aber wie kann das sein?!« Voller Entsetzen schaut Gomi auf die Poulanc, die mittlerweile den vom Wasser überspülten Steg betreten hat, und dreht sich dann mit anklagender Miene zu Perusato um: »Sollte das hier nicht ein superabgeschirmter Ort sein, wo den Gästen hundertprozentige Sicherung der Privatsphäre garantiert wird und so weiter, Architetto?«

»Ich kann es selbst nicht fassen, Onorevole, glauben Sie mir!« Man braucht den Architekten nur anzusehen, um zu wissen, dass er wenigstens jetzt völlig aufrichtig ist. »Die Dame hat sich gehütet, uns darüber in Kenntnis zu setzen, sonst hätten wir sie nie als Gast aufgenommen!«

»*First the photographer, now the journalist!*« Neckhart schleudert seine Schuhe auf die dunkle steinerne Mole, krempelt seine Hose bis über die Waden auf. »*This is a freaking circus!*«

Neben ihm schaut Matthias aufs Wasser. »*Mein Gott!*« Er zieht sich sofort zurück, bleich, mit zitternden Lippen.

Nun steigt Giulio Cobanni ebenfalls von der Mole auf den Steg: Da ist sie, die von oben gesichtete Leiche, obszön dreidimensional, durch keine Entfernung oder Linse abstrahiert. Die Wellen schieben sie auf den Steg zu und ziehen sie wieder hinaus, überfluten sie und geben sie wieder frei, bewegen die Augenlider, die Haare, den khakifarbenen Stoff der kurzen Hose und des Hemdes. Wenn man sie so sieht, gleicht sie einem treibenden, großen, toten Fisch, aufgedunsen, bleich und faulig; es ist kaum zu glauben, dass sie noch vor einer halben Stunde ein Mensch im Vollbesitz seiner körperlichen und geistigen Vitalität am Steuer eines Hubschraubers war, der die Luft mit mechanischem Lärm und Bewegung erfüllte.

Auch Gomi hat sich genähert, um zu schauen. »O Gott!« Er weicht zurück, dann beugt er sich erneut vor, krankhaft angezogen von dem grauenvollen Anblick. Er bekreuzigt sich rasch, küsst abschließend seine Fingerspitzen. »Unglaublich, wie sich ein Mensch in so kurzer Zeit so verwandeln kann.«

»*Ce n'est pas le pilote, idiot!*« Die Poulanc dreht sich um und schreit ihn an. »*Cet homme a été dans l'eau depuis des jours!*«

»Idiot? Was erlauben Sie sich, Signora?!« Gomi macht ein beleidigtes Gesicht. »Nehmen Sie sich in Acht, ich habe Sie genau verstanden!«

»Madame, sind Sie etwa nicht nur Journalistin, sondern auch Arzt?« Auch Perusato ist wütend, er verzichtet beinahe vollkommen auf seine entnervende, förmliche Höflichkeit.

»Man braucht hier keinen Arzt, um das zu kapieren!« Die Poulanc schlägt bissig zurück, auf Italienisch, das sie ganz gut spricht, wenn sie will. »Es ist völlig klar, dass diese Leiche seit Tagen im Wasser liegt! Das sieht doch jedes Kind!«

»Signora, was reden Sie? Wir haben doch alle gesehen, was passiert ist!« Der Architekt wendet sich Bestätigung heischend an die Umstehenden. »Es besteht kein Zweifel, dass es der Pilot ist!«

Unterdessen bückt sich Neckhart, hält sich am Stegrand fest, dreht sich mit einem Ruck, taucht die Beine ins Wasser, umklammert damit ein Bein der Leiche und versucht, sie heranzuziehen. Aber sie ist zu weich und glitschig und entgleitet ihm wieder.

»So geht's nicht!« Carmine missbilligt seine Vorgehensweise total.

»*Help me then, you moron!*«, brüllt Neckhart aufgebracht.

»Was hast du gesagt?!« Carmine sieht aus, als wollte er sich gleich auf ihn stürzen. »Sag das noch mal!«

»Hör auf, Carmine! Das ist wirklich nicht der Moment! *And you, Mr. Neckhart, please let us take care of this!*« Perusato macht einen erneuten Versuch, die Kontrolle zurückzugewinnen, doch sein Ton ist vor Besorgnis verzerrt.

Auf dem Steg ist nicht viel Platz, alle drängen sich aneinander, jede neue Welle spritzt sie nass.

Carmine legt sich auf den Bauch, streckt sich so weit wie möglich vor, um die Leiche zu packen, wenn sie von den Wellen hochgehoben wird, aber es gelingt ihm nicht.

Kurz entschlossen, springt Neckhart in Kleidern ins Wasser, taucht zwischen den schäumenden Wellen auf und wieder unter. Er schiebt und zieht die Leiche Richtung Steg, mit den Füßen voraus, einer mit einem Wüstenschuh bekleidet, der andere nackt und weiß wie ein gekochter Tintenfisch. Diesmal gelingt es Carmine, eine Fessel zu ergreifen, dann die andere, er richtet sich auf, zieht mit aller Kraft. Die Leiche muss furchtbar schwer sein, denn auch unter größter Anstrengung schafft der Bootsmann es nicht, sie allein auf den Steg zu hieven. Wütend dreht er sich zu den anderen um. »Los, helft mir!«

Doch die anderen, einschließlich Giulio Cobanni, sind starr vor Entsetzen, sie rühren sich nicht, schauen bloß zu.

Neckhart schiebt weiter vom Wasser aus, immer wieder schwappen die Wellen über ihn weg. »*Come on, dammit! Give us a hand! All of you!*« Mit größter Überwindung ergreift der Architekt nach kurzem Zögern den Fuß mit dem Schuh. Auch Giulio Cobanni trägt bei, was er kann, legt die Hände um eine kalte, glitschige Wade und zieht. Sofort kriegt er eine Wut auf die, die bloß herumstehen. Empört dreht er sich zu Matthias, Gomi und der Poulanc um: »Fassen Sie doch endlich mit an!« Zuletzt kommt Matthias, umklammert ein Bein des Toten, zieht, ohne hinzusehen, als hätte er Angst, es vom Rest des Körpers abzureißen.

»*Oh issa!*« Ohne großen Erfolg versucht Carmine, die zähneknirschenden, keuchenden Anstrengungen der Gruppe zu koordinieren. Gomi und die Poulanc, die nichts tun, aber alles sehen wollen, stehen nur im Weg, der Wind heult in den Ohren, jede neue Welle macht den Steg noch glitschiger. Minutenlang wirkt es, als sei die Bergung unmöglich, dann gibt der tote Körper plötzlich den Widerstand auf, und die Leiche klatscht auf das nasse Holz.

Neckhart wartet auf die nächste Welle, stemmt sich mit den Armen hoch und springt aus dem Wasser. Tropfend blickt er mit allen anderen auf den Toten. »*This is not the pilot. This guy is totally rotting!*«

»*Ce n'est pas le pilote!*« Der Tonfall der Poulanc klingt abschließend. »Ich habe es ja gleich gesagt.«

»*Bien sûr que c'est le pilote! Who else could it be?!*« Perusato versucht verzweifelt, sie zu überzeugen. »Es hat nur einen Toten gegeben, also ist es der Pilot!«

»*Architetto*, es ist klar, dass es nicht der Pilot sein kann!« Giulio Cobanni fühlt sich verpflichtet einzugreifen. »Dieser Körper ist schon halb verwest! Schauen Sie ihn an!«

»Das wird der Aufprall gewesen sein!« Gequält leugnet der Architekt das Offensichtliche, aus welchem Grund auch immer.

»Wir haben alle gesehen, mit welcher Wucht der Hubschrauber ins Meer gestürzt ist.«

Doch seine Behauptung ist absurd, denn eine Leiche, die kaum mehr als eine halbe Stunde im Wasser war, wäre niemals so aufgedunsen, blutleer, entstellt, ja sogar von den Fischen angeknabbert.

Gomi blickt sich erschrocken um. »O Gott! Und wer könnte das dann sein?!«

Endlich begreift Architekt Perusato, wie unhaltbar seine These ist, denn er vollzieht erneut einen interpretatorischen Sprung. »Es wird ein Migrant sein. Gestern ist vor Lampedusa wieder ein gestopft volles Boot gekentert, wer weiß, wie viele dabei im Meer ertrunken sind!«

»*Les pauvres!*« Eine Sekunde lang ist die Poulanc betroffen, dann dreht sie sich sofort rabiat zu Gomi um: »*Voyez le résultat de votre politique d'immigration!*«

»Was sagen Sie da, Signora?!« Gomi braust auf. »Sprechen Sie bitte Italienisch!«

»Das Ergebnis Ihrer Immigrationspolitik!« Bebend vor Entrüstung deutet die Poulanc auf die Leiche.

»Was hat denn das mit unserer Immigrationspolitik zu tun?!« Gomi kreischt wie ein Adler. »Außerdem ist es nicht *unsere* Politik, da gerade eine technische Regierung im Amt ist, die uns von der sogenannten internationalen Gemeinschaft aufgezwungen wurde! Um nicht zu sagen, von den wahren Machtzentren!«

»Bitte, meine Herrschaften! Wir stehen hier vor einem Toten!« Perusato macht beschwichtigende Gesten, auch wenn seine Autorität durch die Umstände stark angegriffen ist.

»*Vous êtes un hypocrite, Monsieur!*«, faucht die Poulanc ihn an. »*Vous devriez avoir honte!*«

»*Et vous alors, Madame?!*« Perusato kann sich nicht zurückhalten. »*Vous nous avez menti! Vous nous n'avez pas dit que vous étiez journaliste!*«

»Wirklich!« Ein paar Bocken Französisch kann Gomi offenbar verstehen, denn er pflichtet dem Angriff des Architekten blitzschnell bei. »Eine Journalistin, die herkommt, um die Gäste auszuspionieren! Und so eine will uns Moral predigen, einfach unglaublich!«

»Buscarattis Spießgeselle, hört, hört!« Die Poulanc ist krebsrot im Gesicht. »*Le gangster et ses trafiquants!*«

»Signora, ich verbiete Ihnen, das Land zu beleidigen, dessen Gast Sie sind!« Gomi brüllt, dass einem schier das Trommelfell platzt.

»Bastaaaaa!« Giulio Cobannis überraschend lauter Aufschrei bringt alle zum Schweigen. »Haben Sie doch wenigstens ein bisschen Anstand! Einen Funken Respekt!« Er zeigt auf die schwammige durchweichte Leiche auf den nassen Bohlen des Stegs, die entstellten Gesichtszüge, die fahlen Augenlider, den geöffnete Mund, aus dem jetzt ein kleiner Krebs hervorkriecht.

Die Poulanc wendet den Blick ab, Gomi hält sich mit einer Hand die Augen zu. Selbst Carmine zuckt zusammen, und Perusato ist kreidebleich. Matthias geht zur Seite, beugt sich vor und übergibt sich in die Wellen, die sich am Steg brechen.

Neckhart dagegen mustert die Leiche mit beinahe klinischer Distanziertheit. »*This sure doesn't look like an immigrant to me.*« Er weist auf eine Tag-Heuer-Uhr am linken Handgelenk des Toten.

»Carmine, geh und hol eine Plane aus dem Schuppen!«, ruft Perusato laut, als wollte er um jeden Preis erneute Mutmaßungen über Identität und Herkunft des Toten vermeiden.

Ungern geht Carmine ans andere Ende der Mole, öffnet die Metalltür eines in den Felsen eingelassenen Magazins, kramt eine Weile, zieht eine zusammengerollte dunkelblaue Plastikplane heraus. Er kommt damit zurück, löst den Riemen und lässt sie im Wind entrollen. Neckhart und Perusato helfen, sie auf dem Steg auszubreiten, dann bitten sie Cobanni, sie festzuhalten, damit sie nicht wegfliegt, während sie die Leiche zusammen mit Carmine an den schlaffen Armen daraufhieven. Scheußlich anzusehen, schleift die Leiche holpernd über die Bohlen. Als sie endlich auf der Plane liegt, wickelt Carmine sie energisch ein, bindet auf der Höhe des Halses und an den Beinen je eine Nylonschnur darum. Dann koordiniert er mit Rufen und Gesten alle außer Gomi und der Poulanc um das große Bündel herum, um es mit vereinten Kräften ans äußerste Ende der Mole zum Fuß der Treppe zu schleppen.

Als sie es fast geschafft haben, hört man durch den Lärm des Windes und des Meeres das Geräusch eines Propellers. Alle erstarren, blicken zum Himmel. Giulio Cobanni schaut durch sein Fernglas nach oben, erkennt einen Hubschrauber mit einem roten Streifen und der Aufschrift »Küstenwache«.

»Können Sie die Schrift lesen, Ingegnere?« Gomi steht sofort aufgeregt neben ihm.

»Er ist von der Küstenwache.« Giulio Cobanni verfolgt die Bewegungen des Hubschraubers.

»Ich habe es ja gleich gesagt, dass sie jemanden schicken würden, Architetto!« Gomi wird immer hektischer. »Vielleicht versuchen sie, hier zu landen!«

»Machen Sie Witze? Wie sollen sie hier landen, bei diesem Wind?!« Der Architekt ist entsetzt.

Der Hubschrauber kreist über der Bucht, senkt sich, folgt der Küste, der Mole. Das Getöse des Propellers übertönt jetzt das Heulen des Windes, hallt vom Felshang wider, erinnert an die schrecklichen Geräusche der Katastrophe des anderen Hubschraubers.

»Heeeey!« Gomi fuchtelt wie wild mit den Armen, zieht ein weißes Taschentuch heraus, schwenkt es wie eine Fahne, hüpft vor und zurück.

Neckhart macht mit beiden Händen Zeichen, vielleicht benutzt er einen Code, den Giulio Cobanni nicht kennt.

Doch offensichtlich macht die Stärke des Windes dem Piloten Probleme, denn der Hubschrauber geht in Schräglage und steigt wieder auf, dreht weiter oben noch eine Runde, verschwindet hinter dem Kap, und sein Geratter geht immer mehr im Lärmen des Windes und des Meeres unter, das nun wieder allen Raum einnimmt.

Gomi hängt sich erneut an Perusato. »Meinen Sie, dass die Küstenwache ein den Umständen angemessenes Schiff schickt, Architetto?«

»Keine Ahnung.« Perusato hat andere Sorgen und auch keine Lust zu antworten.

»Aber das müssten sie eigentlich, oder? Da sie ja den anderen Hubschrauber nicht gefunden haben?«

»Was soll ich Ihnen denn noch sagen, ich weiß es nicht!« Der Architekt ist völlig entnervt.

Carmine und Neckhart schleppen das schwere Bündel mit der Leiche dicht an die Felsen am Hang und sehen sich wortlos an.

Dann geht jeder für sich auf die Treppe zu, angeschoben vom Wind, der unaufhaltsam vom Meer her weht.

64

Diese verfickten Kaktusstacheln herauszuziehen ist gar nicht leicht, Lynn Lou wird allmählich echt sauer. Sie meint, sie sähe sie ganz genau, dann bewegt sie sich ein wenig im Verhältnis zum Licht, und schon werden die Scheißdinger unsichtbar! Carmine sitzt regungslos auf einem Stuhl am Fenster, während sie sie einzeln entfernt. Immer wieder dankt er ihr, sagt, sie solle sich keine Mühe machen, er schaffe das auch allein.

»*Shhh.*« Sie sieht ihn streng an, Typ Kriegskrankenschwester, die den schwerverwundeten, heldenhaften Soldaten verarztet. Die Rolle der Henrietta in *Hearts Over The Trenches* kommt ihr jetzt sehr zupass, auch wenn es beim Dreh megaöde war (wie bei allen verdammten Kostümfilmen mit den elenden Miedern, in denen du keine Luft kriegst, den Röcken und Unterröcken, die dich jedes Mal zu einem irren Gefummel zwingen, wenn du pinkeln willst, den verdammten Frisuren, für die du jeden Morgen schon vor den Aufnahmen eine Stunde in der Maske stillsitzen musst). Andererseits hat sie sich dabei den Berufshabitus angeeignet: leicht barscher Gesichtsausdruck, sichere Bewegungen, entschieden gehandhabte Pinzette. Sie nimmt einen Schluck aus der Wodkaflasche, die sie sich von Ramiro hat geben lassen. Es ist ein polnischer Ultimat, sechsmal destilliert, Ramiro behauptet, der Absolut sei besser, aber er kostet die Hälfte, und die verdammten Gäste hier fänden ihn zu gewöhnlich. Wie auch immer, der Wodka ist der einzige anachronistische Touch an der Szene, tut jedoch der Gesamtwirkung keinen Abbruch. Außerdem sind wir ja nicht wirklich in der Zeit des Ersten Weltkriegs, oder?

Carmines Arm ist vom Handgelenk bis zur Schulter aufgeschürft und zerkratzt. Jedes Mal, wenn sie ihn berührt, merkt sie, wie er zittert, bestimmt nicht vor Schmerz oder vor Kälte. Denn obwohl die meerwassergekühlte Klimaanlage gut funktioniert, ist ihnen heiß, sie schwitzen beide. Sie mit ihrem exklusiv von Floris in London für sie kreierten Parfüm, das Noten von Ylang-Ylang, Jasmin, Vanille, Kokos, weißer Bergamotte und geheimen Essenzen aus Tahiti, die sie nicht verraten wollen, verströmt, er mit seinem Geruch eines Wilden, männlich, moosig, salzig, gar nicht übel, ehrlich gesagt.

»Du warst echt ein Held, weißt du?« *Pick, pick, pick,* fasst sie mit der Pinzette die verdammten, halb durchsichtigen kleinen Stacheln, die wie aufgerichtete blonde Härchen auf seinem Arm wirken, und zieht sie einzeln heraus.

»Warum, Miss Lynn Lou?« Carmine spricht gedämpft, atmet tief, Schweiß perlt ihm von der Stirn.

»Als du runtergerannt bist, um das verdammte Boot aufzuhalten.« Auch sie klingt heiser, sieht ihm nicht ins Gesicht.

»Ich habe es aber nicht geschafft.« Sein Arm zittert, sobald sie ihn berührt, *brrr,* der Schauer läuft unter der glühenden Haut entlang.

»Aber du hast mich bei dem Bootsunglück gerettet, oder?« *Pick, pick, pick,* weg mit den winzigen Kaktusstacheln. »Also bist du ein Held.«

»Ich habe nur meine Pflicht getan, Miss Lynn Lou.« Carmine schluckt, seine Brustmuskeln heben und senken sich bei jedem Atemzug.

Schweißgebadet sitzen sie eng nebeneinander auf den Stühlen, näher geht's nicht. Ab und zu muss sie sich ganz dicht über ihn beugen, um besser zu sehen, muss ihm fast den Busen ins Gesicht drücken, um *pick* einen verdammten Stachel zu entfernen, und *pick* noch einen. »Gefalle ich dir?«

»Wie meinen Sie das, Miss Lynn Lou?« Carmine legt ein wenig den Kopf zurück, er sieht erschrocken aus, seine Pupillen sind geweitet.

»Was glaubst du?« Sie muss lachen, doch aus irgendeinem seltsamen, unverständlichen Grund ist sie auch verdammt ernst. »Ich meine, ob ich dir gefalle.«

»Viel mehr als das, Miss Lynn Lou.« Der Schweiß rinnt ihm über die Schläfen auf den Hals, unter den Achseln und in der Mitte der Brust ist sein Hemd durchnässt.

»Viel mehr als was?« Sie genießt es einfach, ihn zu bedrängen, ihm keine Pause zu gönnen.

»Viel mehr.« Wieder das Zittern, *brrr. Brrrrrr.*

»Viel mehr als was?« Sie lässt nicht locker. Sie sind sich ganz nah, Atem an Atem, Schweiß an Schweiß, Geruch an Geruch, Hitze an Hitze.

»Dafür gibt's keine Worte, Miss Lynn Lou…« Carmine windet sich auf dem Stuhl, als folterte sie ihn. »So etwas Großes kann man nicht sagen.«

»Halt still.« Sie sieht ihn mit einem strengen Krankenschwesternblick an, damit ihr der verwundete Held gehorcht, denn als solcher hat er schließlich die verdammte Neigung, nur heroischen Blödsinn zu machen.

Er traut sich nichts mehr zu sagen, rührt sich nicht; er atmet tief, folgt ihren Bewegungen mit dunklen, feurigen Augen.

Sie steht auf, um die Nagelschere aus dem Beauty-Case zu holen, und spürt durch die dünnen Baumwollshorts ein Kitzeln, weil er bestimmt ihren Hintern betrachtet. Sie drückt den Rücken ein wenig durch, um den Po besser zur Geltung zu bringen (sie hat nicht einmal ein Höschen drunter), wackelt ein bisschen mit den Hüften. Dann setzt sie sich wieder, nimmt noch einen Schluck Wodka. Die Flasche erwärmt sich allmählich in ihren glühenden Händen, vorhin war sie noch eiskalt, jetzt ist sie schon beinahe lauwarm, nur durch ihre verdammte Körperhitze. Sie hält sie Carmine an die Lippen. »Trink.«

Er öffnet den Mund, legt den Kopf zurück, während sie die Flasche kippt. *Gluck, gluck,* schluckt er mit Märtyrermiene den Wodka hinunter, sein Adamsapfel hüpft auf und ab.

Lynn Lou stellt die Flasche ab, schiebt die kleine gekrümmte Schneide des Scherchens direkt über dem muskulösen Bizeps unter den Baumwollstoff des schweißgetränkten, staub- und blutverschmierten T-Shirts. »Das muss ich aufschneiden.«

Carmine nickt, atmet mit offenem Mund. Wieder, *brrr,* den Arm hinauf, den sie umfasst hält.

Sie zerschneidet das T-Shirt, *zack, zack, zack.* Es ist nicht leicht, denn die Nagelschere ist klein, und der Stoff klebt an der Haut des Arms. Sie legt das Scherchen weg, streckt die Hand nach der Wodkaflasche am Boden aus (wieder muss sie sich fast auf ihn lehnen). Sie trinkt einen Schluck, dann nähert sie die Flasche erneut seinem Mund.

Carmine hebt abwehrend die linke Hand, doch Lynn Lou drückt sie mit Gewalt wieder hinunter an die Hüfte. Es macht ihr Spaß, ihn so festzuhalten, echt, es gefällt ihr!

Ihm muss es aber auch gefallen, denn er gibt sofort nach, versucht nicht mehr, die Hand hochzuheben oder zu bewegen. Gehorsam sitzt er mit halbgeöffnetem Mund da, atmet, schwitzt.

Sie presst ihm die Flasche zwischen die Lippen, zwingt ihn, den Wodka zu schlucken. Der Adamsapfel hüpft auf und ab: Mit der Zunge leckt er die versprengten Tropfen ab. Gar nicht übel, diese Lippen, fleischig und feucht, nicht wie die scheißtrockenen, schmalen Lippen mancher ihrer Scheißkollegen, die sie am Set küssen muss. Obwohl sie als Sexsymbole gelten samt dem ganzen Quatsch, interessieren sie sich für keine einzige Frau auf der Welt, für sie natürlich auch nicht. Manchmal bedauert sie all die albernen armen Gören, die in Ohnmacht fallen, wenn sie diese Kerle im Fernsehen oder im Internet oder in den Illustrierten sehen, die beim Masturbieren an sie denken und davon träumen, in einer Bar oder auf einem Fest von ihnen aufgerissen, auch nur ein einziges Mal von ihnen gevögelt zu werden. Die Ärmsten haben ja keine Ahnung, dass diese Scheißtypen beim Vögeln ganz auf sich konzentriert sind: ahhh, schau, wie cool ich bin, ahhh, fühl mal meine Bauchmuskeln, aaah, sag mir, dass du verrückt nach mir bist, aaah, hast du ein Glück. Null Aufmerksamkeit für dich, null Neugier. Du könntest jede andere sein, und sie würden es gar nicht merken. Sie fragen dich nichts, wissen überhaupt nicht, wer du wirklich bist, was du magst oder nicht magst, wo du herkommst. Null. Und wenn sie dann fertig sind und daliegen auf ihrer Matratze E. S. Kluft Beyond Luxury Sublime für vierundvierzigtausend Dollar, erzählen sie dir womöglich auch noch von ihrer unglücklichen Kindheit! Sie jammern, wie sehr sie als Kind unter ihrem verdammten Vater gelitten haben, der Alkoholiker oder arbeitslos oder chronisch krank oder wer weiß was war. Als hätten sie als Einzige auf der Welt eine scheißunglückliche Kindheit oder einen Scheißvater gehabt! Dreckskerle! Eingebildete Ärsche!

Dieser Bootsmann dagegen schenkt ihr so viel Aufmerksamkeit, dass sich die Luft mit magnetischen Schwingungen füllt, dass sich ihre Augen verschleiern von all den Blicken. Seine Nähe verursacht ihr eine Art Fieber, eine Art Rausch, der ihre Haut zum Brennen, ihr Blut zum Kochen bringt. Ja, jedes Mal, wenn sie nach Italien kommt, stehen schon bei ihrer Ankunft diese ganzen Wichser am Flughafen herum, diese verfickten Journalisten, Agenturbesitzer, Unternehmer, Manager, diese verfickten reichen Erben, die zu allem bereit sind, nur um sich einmal mit ihr zu zeigen, mit ihr zu einer Premiere oder einer Vernissage oder einer Party zu gehen und mit ihr fotografiert zu werden. Mit ihrem scheißperfekten Lächeln, ihren scheißperfekten Manieren, den scheißperfekten Anzügen, ihren scheißperfekten maßgeschneiderten Hemden, ihrem scheißperfekten Porsche oder Lamborghini, ihren bekackten Häusern in Sardinien und St. Moritz, den bekackten Superrestaurants, den bekackten Austern, von denen sie sowieso kotzen muss, dem endlosen Affentheater um den Wein, bloß um ihr zu zeigen, dass sie Männer von Welt sind. Ohne zu kapieren, dass ihr das sowieso scheißegal ist, Jahrgang, Cru, Terroir, Bouquet und der ganze andere Scheiß, den sie erzählen. Ihr genügt es, dass Alkohol drin ist und dass das Zeug nicht giftig ist, das verdammte Geschwätz, das diese Wichser von ihren Vätern und Großvätern übernommen oder sich angelesen haben, geht ihr echt am Arsch vorbei! Genau wie wenn sie damit prahlen, dass sie Golf spielen, die Wichser! Einmal ist sie darauf hereingefallen, bei einem gewissen Marchese Mascurbioni oder so ähnlich, zweiunddreißig Jahre war er alt und wirkte wie zweiundsiebzig, so sehr bemühte er sich, wie sein Vater und sein Großvater zu sein, der Wichser, sie musste ihm stundenlang auf dem *Green* folgen, während er mit dem Caddy den tollen Hecht mimte und mit Fachausdrücken wie *backspin* und *backswing* und *birdie* und *blaster* und *bogey* und *bounce* und *bunker* um sich warf. Zuletzt hat er sie gefragt, ob sie sich langweilt, und sie hat gesagt: »Nein, ich *sterbe* vor Langeweile! Bring mich sofort in mein verdammtes Hotel zurück, du Arsch!« Denen ist sie natürlich auch scheißegal, das Einzige, was die interessiert, ist, sich mit Lynn Lou in der Öffentlichkeit zu zeigen, ein paar bekackte Fotos mit Lynn Lou zu knipsen, die sie dann auf Facebook posten können, damit alle ihre miesen Freunde und Kollegen es sehen und denken, sie hätten Lynn Lou Shaw gevögelt, auch wenn es überhaupt nicht stimmt, diese Schweine!

Carmine hat mit all diesen Scheißkerlen nichts gemein, er ist der Anstand selbst, nie ein Wort zu viel, nie eine Geste zu viel. Er gehört auch nicht zu den Fans, die ständig was von dir wollen, die was erreichen, dich überzeugen, sich irgendwie reindrängen wollen. Er ist sehr männlich, aber keiner von diesen zudringlichen, klebrigen Schleimern und auch keiner von denen, die die ganze Zeit sagen, oh, bin ich cool, blas mir einen vor dem Spiegel, so kann ich zuschauen und genießen, ich würd's mir ja am liebsten selber machen, komm aber leider nicht hin. Sie könnte sie allesamt in den Arsch treten, echt, die Wichser! Carmine ist von einem anderen Planeten, ein völlig anderer Typ von Mann. Vom alten Schlag, ritterlich, aber nicht nur für fünf Minuten. Er hat seinen Stolz, seine Zurückhaltung, ist engagiert bei seiner Arbeit, ja mehr als das. Er vollbringt auch Heldentaten, rettet zum Beispiel junge Frauen, wenn sich ein Bootsunglück ereignet, aber immer ohne Angeberei, ohne sich zu spreizen wie ein Pfau, mit dem Beschützergeist eines Märchenritters. Ansonsten bewundert er dich aus tiefstem Herzen, mit größter Überzeugung und Ausdauer. Er tut nicht bloß so, bis er dich im Bett hat, er glaubt wirklich daran, immer und immerzu. Du machst ihm ein Zeichen, und es ist, als würdest du Kohle im Ofen nachlegen, du blickst ihn an, und er entflammt, du zeigst ihm etwas, und er fängt voll Feuer! Du beschäftigst dich ein winziges bisschen mit ihm, wie jetzt, um seinen Arm in Ordnung zu bringen, widmest ihm ein winziges bisschen Aufmerksamkeit, und er zittert am ganzen Leib, seine Haut glüht, Wahnsinn.

Zack, zack, zack zerschneidet sie sein T-Shirt über dem geschwollenen, schweißglänzenden Bizeps, auf dem die Ader hervortritt. *Zack, zack, zack,* hinauf bis zum Hals, *zack, zack, zack,* die Seite runter bis ganz unten. Das T-Shirt öffnet sich, man muss nur ein wenig am linken Ärmel ziehen (wieder muss sie mit dem Busen fast sein Gesicht streifen, was kann sie dafür), und schon ist es ganz weg.

Ahhh, er atmet auf, stößt die Luft aus, lehnt sich etwas zurück. Der ganze Oberkörper ist schweißnass, braungebrannt, die Brustmuskeln wie gemeißelt, auch die Bauchmuskeln stehen denen ihrer narzisstischen Kollegen aus Hollywood in nichts nach, aufgeblasene Wichser.

»Danke, Miss Lynn Lou.« Jetzt klingt seine Stimme wirklich rauh, man sieht, dass ihm das Sprechen schwerfällt.

Sie zieht ihm die letzten Kaktusstacheln heraus, fährt ihm mit der Hand von der Schulter bis zum Handgelenk über den Arm, um zu fühlen, ob welche übrig geblieben sind, die man nicht sieht, aber nein, es fühlt sich glatt an, *brrr* spürt sie wieder den Schauder, der ihn überläuft. Sie entfernt den letzten verfluchten, fast unsichtbaren kleinen Stachel, pustet über die Haut. »Fertig.«

»Danke, Miss Lynn Lou. Das wäre nicht nötig gewesen.« Carmine sieht wahrhaftig aus wie ein Märtyrer der Bewunderung, ein Märtyrer der Anbetung, wenn man seine Stirn, seine Augen, seinen Mund betrachtet. Er sieht aus wie einer, der für sie sterben könnte, aber in echt, nicht nur als Redensart, er könnte wie vom Blitz getroffen tot umfallen vor Bewunderung, vor Anbetung, einfach so.

»Halt still, ich bin noch nicht fertig.« Viel fester als nötig packt sie ihn am Handgelenk, damit er nicht aufstehen kann. Denn gerade überkommt sie diese Lust, ihn zu beherrschen, ihn festzunageln, keine Bewegung zuzulassen.

Er sitzt reglos auf dem Stuhl, atmet tief.

Sie holt ein paar Abschminkpads aus dem Badezimmer (wieder fühlt sie beim Gehen den Kitzel am Hintern, an den Beinen, am Rücken, im Nacken). Als sie zurückkommt, setzt sie sich neben ihn, tränkt die Watte mit Wodka, nimmt einen Schluck, da sie schon mal dabei ist, und gibt ihm auch einen. Wieder packt sie sein Handgelenk, um ihn festzuhalten, obwohl er sich nicht rührt, abgesehen vom Zittern. Es gibt ihr einen unglaublichen Kick, befriedigt sie maßlos, nicht so einen bekackten Arsch vor sich zu haben, der sich anmaßt, ihr zu sagen, was sie tun oder lassen soll, sondern diesen schönen mediterranen Mann mit seiner intensiven Ausstrahlung, der schweigt, sie verzückt ansieht, schwitzt und tief atmet. Je fester sie sein Handgelenk drückt, umso mehr zittert und glüht er, umso mehr fühlt sie, wie sie dahinschmilzt, wie sie zwischen den Beinen feucht wird, ja, richtig nass.

Es ist heiß, verdammt noch mal, trotz der verfickten, superraffinierten Meerwasser-Klimaanlage hat sich die Luft durch die Nähe ihrer glühenden Körper erwärmt, auch der Wodka ist warm, draußen ist dieses gleißende Licht, dieser Wind, der gegen die Fensterscheiben drückt, *frrram, fram, frrram.* Carmine lässt erneut den Kopf nach hinten sinken, so sieht sein starker, gebräunter Hals aus wie der Hals eines antiken Gottes, einer Statue, aber lebendig, warm, atmend. Der Schweiß rinnt ihm den Hals runter in die Rinne zwischen den Brustmuskeln, die sich bei jedem Atemzug heben und senken. *Hhhh, hhhh, hhhh.* Auch die Bauchmuskeln heben und senken sich, ziehen sich zusammen und entspannen sich wieder, bleiben aber immer schön wie gemeißelt, sie ist versucht, die Hand darauf zu legen, sie zu fühlen, aber dieser Schwebezustand ist so verdammt unglaublich, ein Delirium der Erwartung, das immer noch zunimmt, das Blut rauscht in allen Adern und Äderchen, dröhnt in den Ohren wie eine hawaiianische Surfwelle, eine von denen, die sie in der Honolua Bay in Maui gesehen hat, die Welle steigt höher und höher und höher, und sie ist obendrauf, lässt sich tragen, hat keine Absicht herunterzukommen, verdammt.

Tap, tap, tap tupft sie mit dem wodkagetränkten Wattepad den muskulösen, von den Felsen am Hang zerkratzten und aufgeschürften Arm ab, tupft das Blut ab, säubert das hellere Fleisch mit den roten Striemen unter der braungebrannten Haut. Sie nimmt einen weiteren Schluck Wodka aus der Flasche, kippt auch Carmine noch ein bisschen zwischen die Lippen. Er schluckt es runter, er würde alles trinken, wenn nur sie es ihm in den Mund gießt, er würde ihren Schweiß trinken, ihren Speichel, ihr Parfüm direkt aus dem Kristallflakon, wenn sie es ihm zwischen die fleischigen feuchten Lippen gießen würde, sogar ihr Pipi. »Danke, Miss Lynn Lou.« Seine bebende Stimme mit der tiefen Schwingung lässt sie dahinschmelzen, noch mehr als zuvor, alle Nerven spannen sich, von den Zehen aufwärts, in die

Höhe und in die Breite, ihr Herz schlägt immer schneller, *tum, tum, tum*, ihr Trommelfell dröhnt immer lauter, ihre Haut glüht immer mehr, ihr Atem wird immer kürzer. Sie nimmt noch einen Schluck, gießt Carmine noch ein bisschen in den Mund, tränkt erneut die Watte. Inzwischen ist der Wodka kochend heiß, brennt auf den Lippen und im Hals, auch wenn sie innerlich so glüht, dass sie die Luft erwärmt, in diesem verfluchten Zimmer gibt es keinen Temperaturunterschied mehr zwischen innen und außen. Sie umklammert Carmines Handgelenk, wischt ihm mit dem tropfenden, nach Wodka riechenden Wattepad über den Hals, die Brust und die kleinen Brustwarzen, und dabei zerfließt sie immer mehr vor Hitze innen und außen, sein Atem, *hmmm*, ihr Atem, *hmmm*, ihr Blut kocht, die Luft, die aus ihrem Mund und ihrer Nase kommt, glüht. Sie lehnt sich über ihn, um seine Schulter oben besser zu erreichen, klettert richtig auf ihn, setzt sich rittlings auf seine Beine, ihr Herz klopft wie wild, während sie ihr Becken vorwärtsschiebt bis zu der Stelle, wo er härter ist, sie fühlt es durch die dünnen Baumwollshorts, als ob sie nackt wäre und sogar besser, durch den immer feuchteren Stoff fühlt sie die Härte genau da, während sie sich an ihm reibt, vor und zurück, fühlt sein Herz klopfen, *tum, tum, tum*. Sie fährt ihm mit dem Wattepad über die Brust, den Hals, den zerkratzten Arm und reibt sich unterdessen an ihm, rittlings vor und zurück wie bei einem verdammten Rodeo, umklammert ihn mit ihren, im Vergleich zu seinem Oberkörper und seinen Armen milchweißen Schenkeln, sie sind wie Sahne und Kaffee, die weiße Amerikanerin und der dunkle Tareser, blaue Augen, die in schwarze Augen blicken, bis auf den Grund und darüber hinaus, was immer dort sein mag, Aufmerksamkeit, Anbetung, Besitz, alle beide erfasst vom selben Schauer, der dauernden Schwingung, der hawaiianischen Welle, die anschwillt und anschwillt, flüssiges Gold, kochendes Blut, das saust und braust und schmilzt und sie verwirrt und drängt und drückt, immer weiter, weiter, weiter.

»*Muntagna Matri!*« Carmine gibt eine Art Röcheln von sich, schiebt ruckartig Beine, Bauch, Brustkorb, Hals und Kopf mit den Füßen rückwärts, er hat jetzt wirklich Augen wie ein verzückter Märtyrer, man sieht das Weiße, er zittert am ganzen Leib, nicht nur am Arm, er versucht, noch weiter abzurücken, kann aber nicht, denn sie reitet auf ihm wie bei einem Rodeo, echt, wie auf einem Hengst, auf einem Stier, der ganz Muskeln, Nerven und Temperament ist, bloß dass sie auf ihrem ergebensten Anbeter reitet, ihrem dunklen, knackigen, starken, romantischen, ritterlichen, feurigen, schweißgebadeten Tareser, sich an ihn presst und an ihm reibt, ihn mit den Schenkeln umklammert mit nasser Möse, die so glüht, dass es beinahe schmerzt, während sie sich mit dem Becken vor und zurück bewegt, vor und zurück in der Reibung, die von hier aus wächst und wächst, sich überallhin ausdehnt, bis zum Herzen, zum Bauch, zu den Füßen, den Händen, dem Nacken und den Haaren, sie hört nicht auf zu wachsen, verdammt, ein Rausch hemmungsloser Leidenschaft, Nähe, Reibung, purer Anbetung, kochender Säfte, die unaufhaltsam fließen, niemand kann sie mehr stoppen, echt niemand, der reine Wahnsinn, ah-ah-aah-aaah-haaaaaaaaaa!

65

Nicht einmal während der letzten Monate vor Eröffnung der Villa Metaphora, als er sich mal optimistischer, mal pessimistischer alle möglichen positiven oder negativen Entwicklungen des Unternehmens ausmalte, hatte Gianluca Perusato sich je eine solche Alptraumsituation vorstellen können. Es ist buchstäblich unglaublich, zum Haareausreißen: Chris Craft schwer beschädigt, Hubschrauber abgestürzt und Pilot ertrunken, Telefon- und Internetverbindungen unterbrochen, Fotograf von einem seiner Angestellten getötet, vor aller Augen wieder aus dem Meer aufgetaucht und genau in dem Moment unten an der Mole in eine Plane gewickelt, als ein weiterer Hubschrauber die Bucht überfliegt, Küstenwache, die zweimal Verdacht geschöpft hat und bestimmt mit den Carabinieri zur Kontrolle zurückkommt, französische, sowieso schon unsympathische Kundin, die sich als Journalistin undercover entpuppt, Personal im einzigen verfügbaren Boot abgehauen, die zwei prominentesten Kunden, die vorzeitig abreisen wollen, aber nicht wissen, wie, unerwünschter Politiker, der unbedingt nach Rom zurückmuss, aber ebenfalls hier festsitzt, Wind und Meer, die toben. Als wäre das noch nicht genug, Lucia am Boden zerstört vom Schmerz um den Piloten des Hubschraubers. In ihre archaische Trauer gehüllt, hockt sie jetzt hier auf dem Sofa. Unbrauchbar. Er unternimmt den soundsovielten Versuch, sie aus diesem Zustand aufzurütteln. »Jetzt hör bitte auf. Fass dich wieder.«

Lucia schluchzt weiter, gebeugt, Arme auf dem Bauch verschränkt, winselnd wie ein verletztes Tier.

»Hör zu, es tut mir sehr leid für deinen Freund, den Piloten, aber im Augenblick haben wir gravierendere Probleme, um die wir uns kümmern müssen.« Vielleicht klingt das etwas brutal, einverstanden, aber was sollte er sonst sagen? Jetzt ist einfach nicht die Zeit für Trauerarbeit, wie die Psychologen es nennen: Hier muss man auf die Umstände reagieren, und zwar sofort.

»Es ist nicht wahr, dass es dir leidtut, es ist dir völlig egal!« Endlich hebt Lucia den Kopf, aber es wäre fast besser, wenn sie es nicht täte, denn der Schmerz verzerrt ihre Züge, lässt sie aussehen wie eine junge taresische Witwe. Durchdrungen von einer uralten Kultur, die außerhalb der Zeit, außerhalb der bekannten Welt angesiedelt ist.

»Nimm dich doch zusammen, bitte.« Gianluca Perusato probiert es mit einem gelasseneren Ton, mehr um sich selbst zu beruhigen als sie. »Versuch dich wie ein Mensch des *einundzwanzigsten Jahrhunderts* zu verhalten.«

»Lass mich in Ruhe!« Wieder klappt sie schluchzend zusammen.

Nicht dass er nicht wüsste, mit welchem Hintergrund er es zu tun hat. Er wusste es schon seit Beginn ihrer Beziehung, seit er zum ersten Mal mit ihr ins Bett gegangen ist. Er hat es (sich selbst) schon mehr als einmal eingestanden: Ihn erregte die Vorstellung, eine sexuelle Beziehung zu einer jungen Frau einzugehen, deren natürliche Sinnlichkeit durch jahrhundertealte Inseltabus eingedämmt war. Es reizte ihn, den Verführer aus dem Norden zu spielen, der sie auf Abwege bringt, den abgeklärten Libertin, der im naiven Sprössling einer Dynastie von Fischern und Feigenzüchtern aus dem tiefsten Süden die geheimen Saiten anzuschlagen versteht. Auch ihr gedrungener Körper zog ihn an, als Kontrast zu den nur allzu vornehm gestreckten Formen seiner Frau. Die extreme Festigkeit ihrer Glieder, die niedrige Körpermitte, das ausladende Gesäß, die prallen Schenkel, die außergewöhnlich dichten, schwarzen Haare, die Augen, die so dunkel sind, dass man die Iris nicht von der Pupille unterscheiden kann. Das waren für ihn lauter exotische Merkmale, sie entzündeten seine Phantasie ebenso stark wie ihre sexuelle Reaktion, die manchmal schon fast zu anspruchsvoll war. Doch auch ihre abgründige Eifersucht faszinierte ihn, ihre beinahe hündische Treue, die Hartnäckigkeit, mit der sie an seiner Seite bleiben wollte; sogar ihre stammesähnlichen Familienbeziehungen. Die Folklore des Clans Moscatigno/Alcuanti hatte ihn lange amüsiert, er hatte sich beinahe gefühlt wie ein Anthropologe, der sich ungeschützt in sein Forschungsfeld vorwagt. Er kann es unumwunden zugeben (vor sich selbst): Die Vertreterin einer halb primitiven Kultur zu seiner Bettgenossin zu machen und sie zu erziehen, hat seine erotischen Triebe neu angefacht, nachdem sie durch eine Reihe von Beziehungen zu blutleeren, kopflastigen, depressiven, neurotischen, snobistischen und unnötig komplizierten Großstadtfrauen etwas angeschlagen waren. Doch nun kommt die dunkle Seite zum Vorschein, ausgerechnet in dem Moment, in dem er dringend eine scharfsinnige, rationale, illusionslose, reaktionsfähige und verlässliche Partnerin bräuchte. Stattdessen ist da nur abgrundtiefe Trauer, die reine griechische Tragödie, die maßlose Dramatisierung eines Vorfalls, der zwar traurig ist, was den Piloten betrifft, aber unendlich viel besorgniserregender, was die möglichen Auswirkungen auf Finanzen und Image angeht.

»Dass Ciro mit dem Propeller angestoßen ist, war meine Schuld.« Lucia bekommt kaum Luft, so verstopft ist ihre Nase. »Als er mich erkannt hat, war er verwirrt. Ich habe sein Gesicht genau gesehen. Er hatte es nicht erwartet.«

»Machst du Witze, oder was?« Gianluca Perusato ist bestürzt, es kostet ihn riesige Anstrengung, sie auf den Boden der Tatsachen zurückzuholen. »Auf der Terrasse standen vier oder fünf Personen, die wie verrückt gestikulierten! Gomi mit seinem dämlichen Parlamentsausweis, Reitts Assistent, der wie wild herumsprang und mit den Armen fuchtelte, Neckhart, der an einem bestimmten Punkt sogar mit diesem verfluchten Dollarbündel gewedelt hat!«

»Du hast selber auch Zeichen gemacht!« Lucia mustert ihn mit ihren unergründlichen Augen, in denen düstere Gedanken nisten. Die geheimnisvollen, unterschwelligen Überzeugungen der Tareserin, die hinter der Fassade der emanzipierten jungen Frau, die in Rom studiert und dank ihm ein bisschen von der Welt gesehen hat, seit je vorhanden war.

»Ich habe ihm Zeichen gemacht, dass er nicht landen, sondern umkehren soll!« Perusato ist nicht bereit, sich eine Schuld zuschieben zu lassen, die er objektiv nicht hat, und dadurch die sowieso schon komplizierte Situation noch undurchschaubarer zu machen. Doch am meisten ängstigt ihn, dass Lucias Denkfähigkeit getrübt ist, dass sie nicht die ist, die er jetzt bräuchte. Am liebsten würde er in seiner Verzweiflung spontan zum Telefon greifen und seine Frau in Cortina anrufen, ihr alles erzählen und sich von ihr beraten lassen. Er wäre sogar bereit, ihre Szenen zu ertragen, sich in Entschuldigungen zu ergehen, feierliche Versprechen abzulegen, sich demütig zu geben, um dafür die Unterstützung einer Frau zu erlangen, die demselben Hintergrund entstammt wie er. Vor Ludovica hat er sich nie geschämt, unsicher, erschrocken oder unzulänglich zu wirken. Wollte er ihr gegenüber auch nur eine Sekunde lang die Rolle spielen, die er seit drei Jahren bei Lucia spielt, würde sie ihn auslachen und auch die Mädchen dazu anstacheln. Ludovica hat Schritt für Schritt seine Entwicklung als Mann und als Architekt verfolgt, seit er mit einem Hungerlohn im Büro ihres Vaters angefangen hatte. Der frischgebackene Architekt, geboren und aufgewachsen in Pavia, aus bester Familie, ja, aber eingeschüchtert von der Welt der großen Freischaffenden und Intellektuellen in Mailand, befangen vor einem so feinen, snobistischen Mädchen, die noch dazu die Tochter seines Chefs war. Meter für Meter kennt Ludovica den Weg, den er zurückgelegt hat, um seine Unsicherheiten zu überwinden und sich allmählich die nötigen Verhaltensweisen, Akzente und Bezugspunkte anzueignen. Sie kennt seine Schwächen, seine Eigentümlichkeiten, seine psychosomatischen Krankheiten. Ihr gegenüber wäre es ihm nie eingefallen, in die Rolle des Mannes zu schlüpfen, der alles weiß, sich in jeder Situation wohl fühlt, auf jede Frage eine Antwort parat hat. Ihr gegenüber könnte er zugeben, dass er nicht weiß, was er machen soll, dass er sich verloren fühlt und Angst hat; er könnte sogar zu weinen anfangen, sich gehenlassen. Doch die Telefonverbindungen sind unterbrochen, und selbst wenn es nicht so wäre, müsste man über zu viele Gräben springen, zu viele Brücken wieder aufbauen. Die Kluft zwischen ihm und Ludovica ist inzwischen schier unüberwindlich geworden, ein Bereich, in dem man sich nur mit größter Vorsicht bewegen darf. Es ist nun einmal so: Er steckt bis zum Hals in der Grube, die er sich selbst gegraben hat, Hilfe von außen zu erwarten ist zwecklos.

Auf das Sofa gekauert, schluchzt Lucia weiter. Ihr fehlt nur noch das schwarze Kleid, das schwarze Kopftuch, und sie könnte unten in Bonarbor auf einem Stuhl in einer Gasse sitzen und sich von Nachbarn und Verwandten trösten lassen.

»Der Pilot ist nicht deinetwegen an den Felsen gestoßen, willst du das endlich kapieren?!« Mehr aus Verzweiflung hebt Gianluca die Stimme. »Schlag dir das aus dem Kopf! Bitte!«

»Ich habe gesehen, was er für ein Gesicht gemacht hat, als er mich erkannt hat.« Wie ein taresischer Maulesel beharrt sie in blinder Sturheit auf ihrem atavistischen Schmerz, auf ihrem masochistischen Genuss am Leiden.

»HÖR AAAUF!!!« Jetzt brüllt er wie ein Irrer. »Ich weiß nicht, ob dir bewusst ist, dass hier gerade Jahre schwerer Arbeit und Millionen von Euro an Investitionen den Bach runtergehen! Ich verstehe deinen Schmerz und alles, was du willst, aber in diesem Augenblick brauche ich eine Assistentin, die mir beisteht! Eine, die *da* ist, Herrgott!«

Als Antwort senkt Lucia den Kopf noch tiefer, schluchzt noch lauter, krümmt sich noch mehr zusammen.

»Was würdest du denn tun, wenn ich dich schon zur Leiterin ernannt hätte und du hier alleine wärst?!« Er fragt es sich wirklich, auch wenn er sich nicht traut, es zu Ende zu denken. »Würdest du dich so gehenlassen? Mitten in einer Notlage?!«

Nichts: Es ist, als hörte sie ihn gar nicht.

»AAAAARGH!« Gianluca Perusato schreit so laut, dass seine Stimme einen Moment lang den Lärm des Windes übertönt, der die Fensterscheiben klirren lässt. »Wir leben nicht mehr im Mittelalter! Wir können nicht in Trauerkleidung herumlaufen und Kerzen für den armen Ciro anzünden! Wir müssen eine Lösung für die Probleme suchen, die vor uns liegen, bevor der Schaden nicht wiedergutzumachen ist!«

Es hat alles keinen Zweck; sie benimmt sich weiter so, als trüge sie allen Schmerz auf den Schultern, der sich in Jahrtausenden des Lebens auf den von einem feindseligen Meer umschlossenen Vulkanfelsen abgelagert hat, Generation um Generation von unheilbarer existentieller Dumpfheit.

In wilder Wut fegt er Bücher, Zeitschriften, Papiere, Stifte, Notizblöcke, Bleistifte und Taschenrechner vom Schreibtisch. Aber es genügt nicht, es nützt nichts, ändert nichts. Er öffnet die Tür, knallt sie hinter sich zu, tritt auf die Terrasse.

Draußen weht der Wind noch erbitterter, zerrt unentwegt an den Schutzplanen, verursacht einen Heidenlärm. Ein gemeiner Wind, es scheint ihm Spaß zu machen, zur Unzeit zu wüten, alles zu erschüttern. Die Gäste sind vermutlich im Salon, wo Ramiro ihnen etwas zu essen serviert hat, oder in ihren Suiten; man sieht niemanden weit und breit. Die Zerstörung der Relaisstation verhindert zumindest, dass sie sich ans Handy hängen oder ins Internet gehen, um der halben Welt verheerende Nachrichten über die Villa Metaphora mitzuteilen. Im Moment ist ein totaler Kommunikationsstopp besser, bis es gelingt, die Dinge irgendwie wieder ins Lot zu bringen. Doch so sehr er sich auch das Hirn zermartert, ihm scheint, die Lage ist hoffnungslos, ohne jeden Ausweg. Dass er keine direkte Schuld an dem, was geschehen ist, trägt, hat keine Bedeutung, da macht er sich nichts vor; als Planer und Besitzer wird man ihn auf jeden Fall dafür verantwortlich machen. Zweifellos werden alle mit besonderer Grausamkeit über ihn herfallen, wie immer bei Ereignissen, die man nicht rechtfertigen kann. Journalisten und Richter werden sich auf die Sache stürzen wie die Fliegen auf den Honig, werden verzerrte Informationen an eine öffentliche Meinung weitergeben, die sich schon beim Gedanken an das exklusive Resort und die berühmten und mächtigen Gäste die Hände reibt. Er sieht schon die Überschriften vor sich, die miesen Vergleiche, die plumpe Ironie, die eingängigen Moralpredigten über den Kontrast zwischen den Schwierigkeiten der einfachen Leute, in einer Wirtschaftskrise über die Runden zu kommen, und der dekadenten Arroganz von superprivilegierten Urlaubern, die mit ihrem Egoismus zuletzt entsetzliche Tragödien anrichten. Sie werden die schluchzende alte Mutter des armen Hubschrauberpiloten interviewen und sie auf Dialekt die Reichen vom Festland verfluchen lassen, die ihren Sohn getötet haben. Es wird ihnen sogar gelingen, diesen Halunken von Fotografen als hochanständigen Menschen hinzustellen, sie werden erfinden, dass er mit großer Zivilcourage das Leiden der Migranten in Lampedusa dokumentiert habe, und ihn in einen Märtyrer der Information verwandeln. Ab sofort werden jedes Mal, wenn jemand »Villa Metaphora« bei Google eingibt, Gesichter toter Piloten, perverser Banker und drogensüchtiger Schauspielerinnen erscheinen, und natürlich Bilder des Stararchitekten Gianluca Perusato, wie er mit gesenktem Kopf und womöglich in Handschellen zu einem Verhör bei der Staatsanwaltschaft geht oder gerade herauskommt. Wie immer man es dreht und wendet, die Lage ist verzweifelt. Am besten stürzt er sich gleich von der Terrasse, und Schluss. Oder er verpfändet alles, was ihm noch bleibt, um Brian Neckhart zu engagieren und zu prüfen, ob sein LifeSolving™ wirklich funktioniert. Aber den hat ihm ja schon Werner Reitt weggeschnappt, und die Geschichte mit dem Fotografen hat ihn ihm zum Feind gemacht. Und außerdem, wo sollte er das Geld hernehmen, um Neckhart zu bezahlen? Lassen wir das. Lieber ein Sturz auf die Klippen, entschieden würdevoller. So wie Baron Canistraterra, auch wenn diese Tat heute im Vergleich zu damals bestimmt viel weniger Eindruck machen und statt einer Legende nur dreckigen Klatsch hervorrufen würde. Welche Alternativen gibt es denn, realistisch gesehen? Mehr oder weniger null.

Gianluca Perusato geht zum Rand der Terrasse, kämpft gegen den Wind, der ihm in Haare und Ohren fährt und an seinen Kleidern zerrt. Mit halbgeschlossenen Augen betrachtet er die Felsen unten, das aufgewühlte, schäumende Meer. Im Grunde genommen muss er nur auf das Einfassungsmäuerchen steigen, tief durchatmen, an nichts anderes mehr denken und springen. Wahrscheinlich ist es das gleiche Gefühl, wie wenn man von einem hohen Felsen ins Meer springt, abgesehen natürlich von dem Aufprall am Ende. Ob einem wohl die Zeit bleibt zu spüren, wie die Knochen zersplittern und die inneren Organe bersten? Oder geschieht alles so unmittelbar, dass man es gar nicht merkt? *Trrrack*, Ende. Totale Auslöschung. Genau wissen kann man es nicht, keiner von denen, die es getan haben, ist je zurückgekehrt, um es zu erzählen. Braucht man, um es zu schaffen, eine außergewöhnliche Portion Mut oder eine außergewöhnliche Portion Feigheit? Oder ist auch der normalste Mensch dazu fähig, wenn er nur genug Gründe dafür hat? Der schwierigste Moment muss jedenfalls der sein, wenn du zum Sprung ansetzt, der Augenblick, in dem du die Füße vom Boden löst. Wahrscheinlich muss man den Punkt erreichen, an dem man sich schämt, noch weiter zu zögern, und sich vor sich selber ekelt, sich als würdelos empfindet. Dann entschließt man sich wahrscheinlich schlagartig, *zack*. Ist man erst gesprungen, gibt es kein Zurück, selbst wenn man es bereuen sollte, die Schwerkraft übernimmt den Rest. Der Körper wird dann gewiss nicht in bester Verfassung geborgen, doch was macht das schon? Ekelerregender als die Leiche des aufgeschwemmten Fotografen, der zwei Tage im Wasser gelegen hat, kann er kaum sein. Wird seine Frau Ludovica es bedauern? Nun, ehrlich gesagt bezweifelt er es. Zwischen ihnen hat sich so viel Groll angehäuft, mit so vielen unerhörten harschen Forderungen, so viel Distanz. Und die Töchter? Ihnen würde es höchstens leidtun, auf ihre Privatschule, auf ihre Tennisstunden, ihre Kleider, ihre Smartphones und ihre unzähligen Gadgets verzichten zu müssen. Doch da werden die Schwiegereltern einspringen, und zwar sehr gern, wenn er endlich aus ihrem Leben verschwunden ist. Lucia? Sie ist schon dermaßen in Trauer wegen ihres Piloten, dass sie sich dann mit noch größerer Überzeugung in die Rolle des untröstlichen Opfers hineinbegeben kann. Doppeltes Leid ist doppelte masochistische Freud.

Im Gegenwind kneift Gianluca Perusato die Augen zusammen, setzt einen Fuß auf das Mäuerchen, holt tief Luft. Aber ja, mach schon. Er hat jede Menge berufliche Anerkennung bekommen, viel Geld verdient, tolle Autos und gute Kleidung gehabt, und auch Sex und gutes Essen. Sicherlich wäre es nicht übel gewesen, immer so weiterzumachen, mit prestigeträchtigen Aufträgen, neuen beruflichen Herausforderungen, neuen Veröffentlichungen, vielleicht sogar noch ein paar Preisen, einigen neuen, interessanten und befriedigenden Liebesgeschichten. Das war die Idee, eine schöne, ununterbrochen ansteigende Linie. Allerdings wusste er von vornherein, dass er mit der Villa Metaphora eine riskante Wette eingegangen war, die auch böse enden konnte, *sehr* böse. Je mehr er investierte, umso mehr wuchs das Risiko und umso unwahrscheinlicher wurde es, dass er das Ganze unbeschadet überstehen würde. Ludovica hatte es ihm deutlich gesagt, es war der Hauptgrund dafür, dass der Graben, der sie schon trennte, noch breiter geworden war. Und zwar lange vor der Geschichte mit Lucia, von der sie vermutlich etwas ahnte, die er aber nie eingestanden hat. Es ist nun einmal so, dass das Leben, nüchtern betrachtet, im Grund ein Reinfall ist. Solange du noch nichts darüber weißt, erzählen dir die anderen eine Menge Blödsinn, welche Wunder dich erwarten, welche herrlichen Freuden und so weiter. Und sobald du eine Ahnung bekommst, wie es wirklich ist, fängst du selber an, dir und den anderen was vorzumachen. Es passiert automatisch, ob du willst oder nicht. Du druckst dir deine eigene Hochglanz-Broschüre mit paradiesischen Fotos, die Trauminsel, das Traumresort, die Traumgäste, die exquisiten Gespräche, das Gastmahl der Erwählten. Die Realität dagegen sind diese unter fürchterlichen Schwierigkeiten entstandenen, gemauerten Schachteln, die an diesem schauderhaften Steilhang kleben, diese unerträglichen, hochnäsigen Leute mit ihren ewigen Ansprüchen, diese grässlichen rötlichen Felsen, die aussehen wie von einem außerirdischen Planeten, dieser verfluchte Wind, der mit einer eigenen, perversen Intelligenz begabt zu sein scheint. Na, lassen wir das: Jetzt geht es darum, auf dieses bescheuerte Mäuerchen zu steigen, das von diesem bescheuerten Windschutz umgeben ist, der überhaupt nichts bringt, und diesen bescheuerten Sprung zu wagen. Fertig, aus!

Gianluca Perusato stellt den anderen Fuß auf das Mäuerchen, öffnet im Gegenwind die Augen, um den Moment mit männlicher Würde anzugehen, und sieht etwas Weißes auf dem welligen Meer schaukeln. Er reißt die Augen noch weiter auf, schaut genauer hin: Einige hundert Meter entfernt fährt eine große Motorjacht auf die Mole zu. Der unerwartete Anblick löscht schlagartig alle Gedanken in seinem Kopf, er schwankt auf dem Mäuerchen und weiß nicht mehr, nach welcher Seite er fallen möchte.

Doch die Yacht ist ganz real, ebenso wie ihre umsichtigen Manöver, um den Bug quer zu den Wellen zu drehen und in der Bucht zu ankern.

Gianluca Perusato überlegt fieberhaft, warum sie wohl hergekommen ist: Suche nach dem Hubschrauber? Ausgeschlossen (sie haben schon einen zweiten Hubschrauber geschickt, um die Bucht zu überfliegen, und die Yacht ist bestimmt kein Schiff des Rettungsdienstes); Suche nach dem Fotografen? Ausgeschlossen (wer würde für einen so lausigen Kerl ein solches Luxusgefährt schicken); Transportmittel für Reitt und Neckhart? Ausgeschlossen (sie waren überzeugt, sie könnten im Hubschrauber abreisen, und nach dem Unglück konnten sie keine weiteren Telefonate führen); Abholung Gomi? Möglich, aber unwahrscheinlich (er erwartete ein Patrouillenboot der Küstenwache, kein ziviles Schiff); Reicher auf Kreuzfahrt, der in der Bucht schwimmen oder einen Ausflug an Land unternehmen will? Möglich, aber unwahrscheinlich (das Meer ist viel zu aufgewühlt, trotz ihrer Größe schlingert die Yacht, es ist bestimmt unangenehm für die, die an Bord sind). Was dann? Es ist unklar, und folglich weiß er nicht, wie er reagieren soll. Muss er es als zusätzliches negatives Ereignis werten, oder im Gegenteil als mögliche wunderbare Rettung? Widersprüchliche Gedanken und Empfindungen durchzucken ihn, beschleunigen seinen Herzschlag und den Atemrhythmus, versetzen ihn in größte Aufregung.

Gianluca Perusato steigt vom Mäuerchen, überquert rasch die Terrasse, betritt das Büro.

Lucia sitzt mehr oder weniger genauso da wie vorher, auch wenn sie zumindest aufgehört hat zu schluchzen.

»Da draußen ist eine Yacht!« Perusato hat Mühe zu sprechen, er gestikuliert krampfhaft.

»Wo, draußen?« Lucia sieht ihn mit verweinten Augen an, die Schminke ist zerlaufen, die gerötete Nase tropft noch.

»In der Bucht! Eine große Motoryacht!« Perusatos Bewegungen werden noch zittriger. Er versucht zu entscheiden, welche Vorgehensweise die beste wäre, aber es gelingt ihm nicht, er hat nicht genügend Anhaltspunkte.

»Wem gehört sie?« Lucia wischt sich mit dem Handrücken die Nase ab und schnieft.

»Keine Ahnung! Ich habe sie eben erst gesehen!« Diese nutzlose Fragerei macht ihn rasend. »Wir müssen runtergehen, bevor die Gäste sie sehen, und herausfinden, wer die Leute sind und warum sie hier sind!«

»Was meinst du?« Lucia reibt sich die Augen. Wenigstens ist sie aus ihrer taresischen Trauerstarre erwacht, ihr Blick ist ein bisschen wacher.

»Wie zum Teufel soll ich das wissen?« Aus Angst, dass die Gäste im Salon durch die Wand etwas hören könnten, möchte Gianluca Perusto die Stimme senken, aber der Wind übertönt sowieso alles, und außerdem ist er zu ungeduldig, kann nicht stillhalten. »Wir müssen sofort runtergehen! Los, komm!«

Endlich erhebt sich Lucia vom Sofa, trocknet sich noch einmal die Augen, zieht mit der Nase hoch, glättet ihre von der Trauer zerknitterten Kleider.

Er nimmt sie am Arm, schüttelt sie, will ihr damit die Dringlichkeit mitteilen. »Gehen wir!«

»Warte.« Sie versucht immer noch, Widerstand zu leisten, zögert, aus ihrem Jammerzustand herauszukommen.

»Wir haben keine Zeit zu verlieren, jetzt komm schon!« Er zieht sie zur Tür. »Falls wir zufällig einem Gast begegnen, sag bitte nichts von der Yacht!«

»Warum?« Zum Glück haben sich ihre Züge wieder etwas gestrafft: Wenigstens reagiert sie allmählich normal.

»Vielleicht, weil sie dann versuchen würden, um jeden Preis

mitzufahren!?« Es nervt ihn, das erklären zu müssen, es nervt! »Wir müssen sie alle hierbehalten, bis wir eine Strategie zur Schadensbegrenzung haben!«

»Und wenn sie die Yacht schon gesichtet haben?« Nun hat sie ihre Spannung zurückgewonnen, bewegt sich wieder mit akzeptabler Geschwindigkeit, und auch ihre Augen sind viel lebhafter.

»Sag trotzdem nichts. Auf, lass uns gehen!« Er öffnet die Tür, zerrt sie hinaus.

Wie zwei Diebe schleichen sie an den Fenstern des Salons vorbei, überqueren die windige Terrasse, erreichen die Treppe und springen, *hopp, hopp, hopp,* rasch die Stufen hinab. Die Yacht unten in der Bucht hat schon den Anker geworfen, sie schaukelt heftig in den unablässig anrollenden Wellen, die um den Schiffsrumpf schäumen. Auf der Kommandobrücke steht ein Typ, nach seiner Körperhaltung zu urteilen, hat er ein Fernglas in der Hand und schaut hinauf zur Villa Metaphora.

»Aus welchem Land kommt sie?« Lucia zeigt auf die Flagge am Heck. Sie ist beinahe wieder im Vollbesitz ihrer Fähigkeiten, zum Glück hält sie ihn beim Abstieg nicht auf.

»Keine Ahnung!« Perusato weiß gar nicht mehr, wie oft er diese Treppe heute schon rauf- und runtergegangen ist; seine Knie schmerzen, aber in seinem Gefühlsaufruhr bemerkt er es kaum. Und wenn sie von der Yacht aus die zusammengerollte Plane mit dem Piloten sehen, die unten an der Mole liegt? Und wenn sie anfangen, Fragen zu stellen?

»Bisschen Gelb und irgendwas Grünes!« Lucia steigt die Stufen hinab und mustert weiter die Flagge der Yacht. »Vermutlich sind es Araber!«

Er strengt seine Augen an, erkennt eine kupferfarbene Zeichnung mit Olivenzweigen auf weißem Grund. »Nein, von Zypern!« Was natürlich nichts bedeutet, aber rein gar nichts.

So schnell sie können, eilen sie ein weiteres Stück abwärts,

Lucia eine Stufe hinter ihm, ganz »Hey« und »Aua«, jedes Mal, wenn er sie am Arm zieht. Dann verlangsamt sie den Schritt, zeigt erneut auf die Yacht.

»Was ist denn jetzt schon wieder?« Am liebsten würde er sie gewaltsam weiterzerren, aber er möchte auch nicht, dass sie ausrutscht und er sich anstatt um die Eindringlinge um sie kümmern muss.

»Sie kommen an Land!«

Tatsächlich, links von der Yacht taucht eine Motorschaluppe zwischen den Wellen auf, mit einer weißgekleideten Person am Steuer. Zwischen hohen Spritzern fährt sie nur allzu schnell auf die Mole zu.

»Los, gehen wir!« Gianluca Perusato zieht Lucia am Arm, während tausend Sorgen gleichzeitig auf ihn einstürmen. Was zum Teufel wollen diese Leute? Wer sind sie? Freunde von Scandrola, die Gomi retten wollen? Männer der Finanzwache, die sich als Kreuzfahrttouristen getarnt haben? Söldner der PanEuropaBank, die Werner Reitt beseitigen sollen? Abgesandte der internationalen Freimaurerloge, mit der Neckhart via GPS in Kontakt steht? Ein reicher Verwandter des Fotografen auf den Spuren des schäbigen Abkömmlings? Vertreter der sizilianischen Mafia, die es ihn büßen lassen wollen, dass er sich hier auf Tari angesiedelt hat, ohne sie um Erlaubnis zu fragen? Jede noch zu bewältigende Stufe kommt ihm vor wie ein unerträgliches Hindernis, das ihn von der Wahrheit trennt; ungeduldig prescht er vorwärts.

»Aua, Gian, du tust mir weh!« Lucia protestiert erneut, lässt sich aber bis ans Ende der Treppe ziehen.

Als sie unten angekommen sind, zupft er ihr den Blusenkragen zurecht, versucht, auch seine eigene Kleidung zu ordnen, was bei dem wilden Wind und dem Stress wirklich nicht leicht ist. Er mustert die zusammengerollte Plane am Hang, die die Leiche des Fotografen enthält: Für einen Außenstehenden dürfte sie nicht allzu verdächtig sein, falls er nicht schon irgendetwas weiß oder besonders bösartig ist. Andererseits ist das an der Seilwinde schwankende Chris Craft gewiss kein Zeichen von Normalität. Perusato geht auf den Steg zu, bemüht, seine Schritte zu zügeln und Herzschlag und Atem wieder unter Kontrolle zu bekommen. Er sieht Lucia an. »Ruhe und Gelassenheit, nicht vergessen.«

»Was sagen wir denen?« Lucia keucht, bewegt sich fahrig; ihre körperliche und geistige Koordination scheint unter dem abrupten Übergang vom Trauern zum Handeln gelitten zu haben.

»So wenig wie möglich. Wir müssen herausfinden, was zum Teufel sie wollen.« Gianluca Perusato dreht sich um und betrachtet den Steilhang: Ein Segen, dass der Hubschrauber nicht an den Felsen zerschellt, sondern im Meer versunken ist. Die Geschehnisse haben keine Spuren hinterlassen; gäbe es nicht so viele Zeugen, die alle gute Gründe haben, die Wahrheit zu sagen oder zu verdrehen, könnte man auch behaupten, dass hier gar kein tragischer Unfall stattgefunden hat.

Inzwischen hat die Schaluppe den Steg fast erreicht. Der Typ am Steuer manövriert kühn zwischen den Brechern, als wäre es ihm ein Genuss, das Meer herauszufordern. Bestätigt diese Tolldreistigkeit die Hypothese der kriminellen Organisation? Doch warum ist dann nur eine einzige Person im Boot, anstatt ein Team von Killern? Der Mann am Steuer drosselt den Motor erst wenige Meter vor dem Steg, läuft rasch an den Bug, nimmt das Seil in die Hand. Der Bug stößt ziemlich heftig gegen die Puffer aus Gummi, aber der Typ springt im richtigen Moment, landet wie ein Zirkusakrobat auf dem Steg.

Gianluca Perusato bleibt ein paar Meter entfernt stehen und bedeutet Lucia, sich einen Schritt hinter ihm zu halten. Es geht ihm jetzt vorwiegend darum, das Revier zu verteidigen, ein Instinkt, der zweifellos durch die auf dieser wilden Insel verbrachte Zeit und durch die Schwierigkeiten, sein Anwesen zu schützen, verstärkt wird. Er schiebt die Hände in die Taschen, festigt seinen Stand, bemüht sich, keine Angst zu zeigen.

Der weißgekleidete Typ vertäut das Boot mit beträchtlicher Geschwindigkeit und Kompetenz und kommt entschlossen auf sie zu. Breiter Brustkorb, starke Arme und Beine, energisches Kinn, an den Schläfen und im Nacken ausrasierte Haare, gelbliche Augen. Selbstbewusst, aber mit einem Schuss Misstrauen schaut er sich um, als wollte er sichergehen, nicht in eine Falle zu tappen. Er macht eine grüßende Kopfbewegung. »*Buongiuornuo.*« Russischer Akzent, was auch dem allgemeinen Erscheinungsbild entspricht: ja, zweifellos. Wer hat denn den geschickt?

»Guten Tag.« Gianluca Perusato hütet sich, ihm ein unverdientes (und potentiell gefährliches) Lächeln zu schenken, spannt nur ganz leicht die Lippen an. »Das hier ist Privatbesitz.« *Sfrapp, sfrapp, sfrapp,* der Wind fällt über alles her, was geht, Kleider, Haare, Sträucher, Wasser, die Wellen erschüttern die Holzplanken des Stegs.

Der Russe wirkt nicht sehr beeindruckt, deutet nach oben. »Villa Metaphora?« *Mietafuora,* spricht er es aus. Angezogen ist er wie ein Matrose, doch entweder handelt es sich um einen besonders kecken Matrosen, oder er hat doch eine bedeutendere Rolle an Bord. Sicherheitsbeauftragter? Verkleideter Auftragskiller?

Gianluca Perusato nickt nur knapp, seine Gesichtsmuskeln sind starr. »Entschuldigen Sie, mit wem habe ich die Ehre?«

»Ach so, Dimitri.« Der russische Matrose lächelt, streckt mit einer Verlegenheit, die durchaus auch gespielt sein könnte, die Hand aus.

»Gianluca Perusato.« Er achtet darauf, nicht zu viel Energie in seinen Händedruck zu legen, denn wer immer der andere sein mag, es ist gewiss keine Begegnung unter Gleichen. »Womit kann ich dienen?«

Der Matrose dreht sich nach der Yacht um, als wollte er sich versichern, dass sie noch da ist. Er richtet sich auf, hebt die Stimme, um durch den Lärm des Windes gehört zu werden. »Signor Malakhov möchte wissen, ob es stimmt, dass der Chefkoch Ramiro Juarez hier arbeitet!«

»Signor Malakhov wäre der Besitzer?« Auch Gianluca Perusato spricht lauter, mustert die etwa zweihundert Meter entfernte Yacht, auf deren Oberdeck ihn der Typ mit dem Fernglas beobachtet.

Der Matrose nickt mit seinem großen rasierten Kopf mit Stiernacken. Er scheint einen Blick auf die zusammengerollte Plane mit der Leiche des Fotografen zu werfen, aber vielleicht ist es bloß Einbildung.

Gianluca Perusato ist nicht gewillt, Unbekannten Auskunft über seinen Koch zu geben; zum Teil ist er erleichtert, dass die Yacht offenbar nicht wegen Gomi, Neckhart oder Reitt gekommen ist, aber doch immer noch beunruhigt. Hat sich Ramiro etwa mit irgendeinem spanischen Verbrecher eingelassen? Oder handelt es sich um eine schmutzige Angelegenheit der Schwulenmafia?

Doch Lucia hinter ihm nickt energisch mit dem Kopf. »Ja, Ramiro Juarez arbeitet hier!«

»Ah, sehr gut!« Der Matrose zwinkert ihr vertraulich zu. »Signor Malakhov möchte heute Abend hier speisen!«

»Es tut mir leid, aber das Restaurant ist ausschließlich für die Gäste da!« Gianluca Perusato antwortet barsch, an zwei Fronten gleichzeitig verärgert.

Das Gesicht des Matrosen wird wieder misstrauischer, während er den Blick von Perusato zu Lucia wandern lässt. »Aber Signor Malakhov ist doch extra hergekommen, und das bei diesem Unwetter!«

»Er hätte sich vorher informieren sollen! Unser Restaurant ist nicht für Laufkundschaft geöffnet!« Perusato macht eine schroffe ablehnende Handbewegung, schaut Lucia wütend an, will jedem möglichen Missverständnis sofort einen Riegel vorschieben. Denn seine Hauptsorge ist, dass einer der Gäste die Yacht bemerkt und herunterkommt, um die Russen zu fragen, ob sie ihn mitnehmen. Womöglich verfallen sie in einen Kollektivwahn und setzen sich in den Kopf, den Ort *en bloc* zu verlassen. So etwas wirkt ansteckend. Es reicht, dass einer ans Fenster tritt und sagt, er habe eine Möglichkeit gefunden, hier wegzukommen.

Der Matrose schaut sich wieder nach der Yacht um, von der aus sein Boss oder Teilhaber oder Chef ihn von weitem überwacht. Er zwinkert erneut. »Ein Abendessen für nur vier Personen ist doch kein Problem.« *Pruobliem*, pah.

»Doch, das ist es, tut mir leid! Das sind die Regeln des Hauses!« Angesichts der Beharrlichkeit des Russen nimmt Perusatos Gereiztheit deutlich kämpferische Züge an, er spürt es; am liebsten würde er diesen barbarischen Abgesandten handgreiflich zurückdrängen und wieder aufs Boot scheuchen.

Der Matrose kratzt sich am Kopf, steht linkisch und doch standfest auf seinen kräftigen Beinen da, sagt etwas, aber zu leise. Wieder scheint er nach der zusammengerollten Plane vor den Felsen am Abhang zu schielen. Was zum Teufel führt er im Sinn?

»Wie meinen?« Gianluca Perusato hat zu viel Wind in den Ohren, was ihn noch mehr aufbringt.

»Signor Malakhov kann gut bezahlen!« Der Matrose zeigt mit dem Daumen hinter sich und grinst.

»Hören Sie, es ist keine Frage von viel oder wenig Geld!« Gianluca Perusato verteidigt jetzt nicht nur die Villa Metaphora und die Privatsphäre seiner Gäste; er fühlt sich dazu berufen, ein ganzes System von Grundsätzen zu schützen, das Geflecht aus sichtbaren und unsichtbaren Werten, das eine kulturelle Identität ausmacht. »Das Restaurant ist nur für die Gäste unseres Resorts da! Punkt!«

Der Matrose zuckt die Achseln, die Absage scheint ihn gar nicht zu treffen.

»Wir müssen jetzt gehen, guten Tag! Bitte lassen Sie Ihr Boot von meinem Steg verschwinden!« Gianluca Perusato dreht sich um, will sich auf den Rückweg machen, winkt Lucia.

Doch Lucia geht unerwartet entschlossen auf den Matrosen zu. »Wie viel ist Ihr Chef bereit zu zahlen?«

Perusato schaut sie sprachlos an. »Ich habe gerade erklärt, dass es nicht darum geht, wie viel sie zahlen können!«

»Ich will es aber wissen, in Ordnung?!« Sie antwortet entschieden, mit flammendem Blick, ohne sich im Geringsten darum zu scheren, dass er dadurch dasteht wie ein Idiot, der nicht einmal seine Assistentin im Griff hat. Sie baut sich vor dem Matrosen auf. »Wie viel ist Signor Malakhov bereit zu zahlen?«

Der Matrose lächelt erneut auf seine zweideutige Weise (und diesmal zu Recht, verdammt!). »So viel ihr wollt.«

»Hör zu, ich dachte, ich hätte mich klar genug ausgedrückt!« Perusato zerrt Lucia grob am Arm. »Tu mir den Gefallen und halte dich zurück mit solchen Vorschlägen!« Das fehlte gerade noch, dass der Ehrgeiz der zukünftigen Managerin ausgerechnet jetzt erwacht.

Lucia schüttelt ihn ab, packt ihn ihrerseits mit unerwarteter Kraft am Arm und zwingt ihn, ihr Richtung Abhang zu folgen.

»Lass mich los, bist du verrückt?!« Gianluca Perusato versucht sie abzuschütteln, ohne lächerlich zu wirken in den Augen des Matrosen und seines Freundes auf der Yacht, der sie ohne Zweifel weiter mit dem Fernglas beobachtet.

»Du, du kapierst überhaupt nichts!« Es ist absurd, kaum ist sie aus ihrer primitiven Trauer erwacht, muss sie sich wie eine Furie mit derart unerhörter Anmaßung auf die verkehrteste Weise einmischen, die man sich vorstellen kann. Sie wirkt sogar größer, beweglicher, energischer als vor ihrem Heulkrampf wegen des ertrunkenen Piloten.

»Jetzt hör mir mal gut zu!« Gianluca Perusato reißt sich zusammen, um sie nicht zu beschimpfen, aber er ist außer sich, stampft wütend mit dem Fuß auf. »Wenn wir diese Yacht nicht sofort wegschicken, sind in fünf Minuten alle Gäste hier unten, weil sie eine Mitfahrgelegenheit nach Bonarbor ergattern wollen!«

»Genauuu!« Lucia ist wie besessen, nicht zu bremsen, einfach fürchterlich. »Wenn die hier bereit sind, uns einen Haufen Geld für ein Abendessen zu bezahlen, dann lassen wir sie mitessen! So reisen sie nicht ab und nehmen auch niemanden mit!«

»Auf keinen Fall! Wir können die Villa Metaphora doch nicht zum Treffpunkt für die Russenmafia machen!« Gianluca Perusato schreit gegen den Wind an, aber es ist unwahrscheinlich, dass der Matrose ihn hören kann, und wenn, ist es sein Pech!

»Was weißt du schon von der Russenmafia?!« Lucia sieht ihn schief an und verzieht einen Mundwinkel zu einer Art ironischem Lächeln. Unfassbar, ihre Veränderung, wirklich.

»Das sieht man doch auf den ersten Blick, zum Donnerwetter!« Er muss sich schwer bremsen, um sie nicht an den Schultern zu packen und sie zu schütteln, diese sturköpfige Tareserin!

»Meinst du, unsere Gäste hier sind so viel besser?!« Ihr Blick ist provozierend, wie auch ihre Stimme. Bestimmt will sie sich rächen und nutzt den schwierigen Moment.

»Allerdings!« Gianluca Perusato kann es nicht glauben, dass er ihr das erklären muss, nach allem, was er versucht hat, ihr einzutrichtern. »*Unendlich* viel besser sind sie!«

»Warum? Erklär mir, warum!« Ja, eindeutig, sie fordert ihn heraus! Sie zieht die Grundlage all dessen in Zweifel, was er in sieben Jahren mit größter Aufmerksamkeit und Mühe Stück für Stück geplant und errichtet hat! Der Aufstand der Sklavin, sinnlos und brutal! Ihr Mangel an Bildung führt dazu, dass sie den Unterschied zwischen radikal verschiedenen Kulturen, ja entgegengesetzten Weltanschauungen nicht erkennt!

»Unsere Gäste sind bekannte, geschätzte, anerkannte Leute, außerdem haben sie gebucht und sind registriert!« Es gäbe natürlich noch viel mehr zu ihren Gunsten zu sagen, aber der Schock über diese Auseinandersetzung lässt alle Gedanken aus seinem Kopf verdampfen! »Nicht irgendwelche Typen, über die wir nichts wissen und die hier ohne Vorankündigung reinplatzen, weil sie glauben, sie könnten alles haben, was sie wollen, bloß weil sie Geld haben! Und wer weiß, wo es herstammt, ihr Geld!«

»Geld ist Geld!!!« Lucia schreit aus vollem Hals, bebt und hüpft auf der Stelle. »Und wir haben keins mehr, falls du das zufällig noch nicht gemerkt hat! Wir haben kein Geld, um die Bedienungen zu bezahlen, wir können weder den Hilfskoch noch die Lieferungen bezahlen, wir haben kein Geld für Möbelholz und auch nicht, um das hier wieder herrichten zu lassen!« Abrupt zeigt sie auf das aufgeschlitzte Chris Craft, das im Wind an der Seilwinde baumelt.

»Aha, und was sollten wir deiner Ansicht nach tun?!« Gianluca Perusato versucht, ebenso vehement zu antworten, doch er ist zu erschüttert von ihren Worten, zu überwältigt von ihrer gnadenlosen Wahrheit.

»Lass mich mit dem Matrosen reden!« Lucias Blick ist schrecklich, glühend vor Überlebenswillen. »In Ordnung?!«

»Nein, auf keinen Fall!« Gianluca Perusato schaut sich prüfend um, ob die Rolle mit der Leiche des Fotografen auch gut verschnürt ist. Ja, ist sie, auch wenn die Körperformen leider besser zu erahnen sind, als er vorher meinte. Da muss kein Sherlock Holmes kommen, um sich etwas Abwegiges vorzustellen.

Lucia hört ihm gar nicht mehr zu, sondern geht mit gesenktem Kopf auf den Matrosen zu. Energisch, eigensinnig, mit ihrer Strategie im Kopf, getrieben von unglaublicher weiblicher Entschlossenheit. Auf ihre Weise attraktiv, und jung, das kann man nicht leugnen. Seiner Kontrolle entzogen, ohne die Fesseln eines gehobenen gesellschaftlichen Hintergrunds, ohne die Zügel der guten Manieren. Sie und der Matrose stehen etwa auf gleicher Höhe, während sie sich im tobenden Wind unterhalten, hinauf und auf die Yacht und auf ihn deuten, sich entfernen, sich nähern, tuscheln, sich verschwören, sogar lachen!

Gianluca Perusato ist versucht, sich auf sie zu stürzen, sie anzubrüllen, zu trennen und in entgegengesetzte Richtungen zu scheuchen, den Matrosen unerwartet brutal zu bedrohen und Lucia an den Haaren fortzuziehen, ohne auf ihr Protestgeschrei zu achten. Doch ihm ist klar, dass er nicht die Kraft dazu hat: Er ist so lasch wie noch nie in seinem Leben, im Innersten enttäuscht, erschöpft bis ins Mark. Er sieht sich von außen und kommt sich jämmerlich vor, wie er dasteht und Lucia und dem russischen Matrosen zuschaut, die zwanzig Meter von ihm entfernt ungeachtet seiner Autorität und seiner Prinzipien verhandeln, im Schutz des heulenden Windes und der tosenden Wellen, die sich unablässig an der Mole brechen.

Irgendwann drückt der Matrose Lucia die Hand, zieht einen blauen Umschlag aus der Hosentasche und hält ihn ihr hin. Sie nimmt ihn, nickt bekräftigend, dann reden sie erneut. Der Matrose lächelt noch einmal mit unerträglicher Zweideutigkeit, dann springt er von der Mole auf den Steg, macht die Leinen los, springt mit seiner Zirkusgelenkigkeit auf die Schaluppe, lässt den Motor an, setzt waghalsig zurück, als wäre es ein Riesenspaß und kein Problem, bei solch einem Wellengang unterwegs zu sein. Er richtet den Bug auf die Yacht und beschleunigt, lässt das Boot zwischen den Wellenkämmen hüpfen, *paff, paff, paff*, das Boot fliegt und klatscht und durchquert das wütende, schäumende Wasser der Bucht.

Anscheinend voll Bewunderung für so viel sorglosen Übermut schaut Lucia ihm von der Mole aus nach, mit einer Hand hält sie ihren Rock fest. Sie wartet, bis das Boot die Yacht fast erreicht hat, bevor sie sich umdreht und beschließt herüberzukommen.

Am liebsten würde Gianluca Perusato sie gar nicht fragen, was sie mit dem Matrosen besprochen hat oder was sich in dem blauen Umschlag befindet, den er ihr gegeben hat und den sie fest an sich drückt. Er möchte überhaupt nicht drüber reden, sich in vielsagendes, würdevolles Schweigen hüllen. Ihr wenigstens eine Lektion in stilvollem Verhalten erteilen. Aber nicht einmal das gelingt ihm, er hält die Ungewissheit einfach nicht aus. »Und?!«

»Die Russen kommen zum Abendessen, zu viert!« Lucia wirkt sehr zufrieden mit sich, stolz auf das Resultat.

»Ich hatte ausdrücklich nein gesagt!« Es klingt kein bisschen elegant, wie er schreit, aber er kann es nicht ändern.

»Ich weiß!« Provozierend sieht sie ihm in die Augen.

»Und du hast trotzdem zugesagt! Sehr gut! Kompliment!« Gianluca ist sich bewusst, wie absolut unpassend, kindisch und daneben seine Reaktion ist, aber ihm fällt nichts Besseres ein. »In wenigen Minuten hast du zerstört, was ich in Jahren aufgebaut habe!«

»Interessiert es dich gar nicht, wie viel sie für das Essen bezahlen?« Triumphierend schwenkt Lucia den blauen Plastikumschlag, wie eine Siegerin im Wettbewerb des freien Willens, eine Athletin im Übergehen kultureller Vorurteile.

»Nein!« Gianluca Perusato ist außer sich vor Empörung, aber trotzdem fällt es ihm schwer, der Neugier zu widerstehen.

»Willst du es wirklich nicht wissen?« Lucia streicht sich die Haare aus dem Gesicht, ihre Augen blitzen geradezu boshaft. Wahrscheinlich rächt sie sich nun, weil er sie vorher beschuldigt hat, sich in ihrer atavistischen Trauer zu suhlen. Alle ihre Gesten scheinen zu sagen: Du wolltest, dass ich reagiere? Mich wie eine moderne Frau verhalte? Rational bleibe? Bist du jetzt zufrieden?

»Nein!« Gianluca Perusato will seine Überlegenheit zeigen,

ihr beweisen, das man Klasse weder kaufen noch verkaufen kann, um keinen Preis. Doch es kostet ihn zunehmend Mühe, ja verursacht sogar Schmerzen: Sein Magen brennt, die Lungen schwächeln, er meint zu ersticken.

»Okay! Dann sag ich's dir nicht!« Lucia hebt das Kinn und geht auf die Treppe zu.

Er folgt ihr so trotzig, wie er es, soweit er sich erinnern kann, zuletzt als Kind gewesen war, vielleicht auch mal bei Ludovica. Hätte er den Mut gehabt, sich von der Terrasse zu stürzen, befände er sich jetzt nicht in dieser Lage, gedemütigt von einer Göre, der er zu viel Raum gegeben hat, ohne über die möglichen Folgen nachzudenken.

Demonstrativ elastisch steigt sie die Treppe hinauf, nutzt ihre Kompaktheit, ihre kräftigen Muskeln, Waden, Schenkel und Pobacken bewegen sich rhythmisch auf und ab.

Er bemüht sich, ihr auf den Fersen zu bleiben, ihr nicht auch noch diese Genugtuung zu gönnen. Im Kopf sieht er sie noch, wie sie auf der Mole steht und mit dem russischen Matrosen tuschelt; schlagartig gibt er der Neugier nach. »Wie viel bezahlen sie?«

Lucia steigt unbeirrt weiter die Stufen hinauf, dreht kaum den Kopf. »Du hast doch gesagt, es interessiert dich nicht!«

»Na ja, jetzt will ich es aber wissen!« Auf diese Weise büßt er auch noch die letzte Spur von Autorität ein, klar, aber er kann es nicht ändern, es ist stärker als er.

Das weiß sie natürlich, denn sie geht voraus, als hätte sie keine Absicht mehr, es ihm zu sagen, Stufe um Stufe, *hopp, hopp, hopp*. Mit diesem Schritt könnte sie auf den Everest steigen, sie könnte die Leiter zum Mond hochklettern.

Gianluca Perusato macht einen ungeschickten Sprung, stolpert und kullert beinahe die Treppe hinunter, er kann Lucia gerade noch am Arm packen, will ihr den blauen Umschlag entreißen, schafft es aber nicht. »Sag mir, wie viel da drin ist!«

Sie bleibt stehen, sieht ihm in die Augen und versteckt den Umschlag hinter dem Rücken, damit er ihn nicht erwischt.

»Wie viel hat er dir gegeben?! Sag's mir!« Perusato spürt, dass wider seinen Willen ein Hoffnungsschimmer seine Züge erhellt, und das verschärft die Demütigung; er schämt sich für sich selbst, hasst sich.

»Fünfzigtausend Euro!« Der Kampfgeist, der Triumph der befreiten Sklavin steht Lucia ins Gesicht geschrieben.

»Für ein Abendessen für vier Personen?!« Perusato ist bewusst, dass er viel zu viel Staunen, Habgier und wer weiß welche anderen verwerflichen Gefühle im Zusammenhang mit dem Geld zumindest zweifelhafter Provenienz zeigt, aber er kann sich nicht beherrschen.

»Ja, und es ist nur eine Anzahlung!« Lucia strahlt. Dass sie ihn so verblüffen kann, muss ihr ein berauschendes Machtgefühl verleihen.

»Wie meinst du das?« Der Wind reißt ihnen jedes Wort von den Lippen, zwingt sie zu schreien, sich ständig umzudrehen.

»Den Rest bringen sie mit, wenn sie zum Essen raufkommen!«

»Welchen Rest?!« Perusato weiß, dass er unbedingt aus diesem Spiel aussteigen muss, falls er einen letzten Funken an Glaubwürdigkeit bewahren will. Doch er hat ja schon das Gesicht verloren, die Würde verloren, seine Rolle verloren, was hat er denn noch zu verteidigen?

»Der Matrose hat gesagt, sie können so viel zahlen, wie wir wollen! Also habe ich hunderttausend Euro verlangt!« Lucia wirft ihm die Information im Gegenwind hin, dreht sich wieder um und marschiert weiter die Stufen hinauf.

»Was?!« Er verfolgt sie wie ein Bettler, wie ein Hund, der von seiner unberechenbaren Herrin einen Knochen haben will.

»Hunderttausend Euro!« Lucia wendet sich nur kurz um und wiederholt die Zahl, ohne langsamer zu werden.

Plötzlich kommt ihm der Zweifel, es könnte sich um einen Scherz handeln, und das bringt ihn völlig durcheinander, macht ihn rasend. Doch der Triumph in Lucias Ausdruck ist zu echt. Gianluca Perusato keucht die Treppe hinauf und holt sie erneut ein. »Und er?!«

»Er hat gelacht!« Mit einem Lächeln blickt Lucia auf die ankernde Yacht hinunter.

»Und dann?! Was hat er gesagt?!« Es verbittert ihn, dass jetzt er derjenige ist, der alle Fragen stellen muss, dass er sie allein hat verhandeln lassen, während er im Hintergrund abwartete. Wahrscheinlich aus Feigheit, getarnt als Verachtung, ein Grund mehr, um sich zu schämen.

»Dass Signor Malakhov ihn ermächtigt hat, bis höchstens *achtzigtausend* zu gehen, mehr nicht!«

Gianluca Perusato hat das Gefühl, dass er überall zu spät kommt und hinterherhinkt.

»Für ein Abendessen für vier Personen?!«

»Ja!« Jetzt lacht Lucia ganz offen hemmungslos. »In bar! Ohne Quittung oder sonst was!« Die taresische Trauer ist wie weggeblasen, als habe es die Inseldüsterkeit nie gegeben: Sie gleicht einer jungen, ehrgeizigen Managerin, angriffslustig und entschlossen, es weit zu bringen. Bedenkenlos und ohne Hemmungen. Im Habitus einer Retterin des Vaterlandes steigt sie weiter die Treppe hinauf, mit ihrem ausladenden Hintern und den kräftigen Beinen.

Gianluca Perusato folgt ihr, von widersprüchlichen Gefühlen erregt: Er weiß nicht, ob er sich freuen soll über die unerwartete Bargeldspritze, die gewiss sehr nützlich sein wird, oder verzweifeln, dass alle seine Grundsätze so einfach weggefegt wurden. Doch die Erleichterung überwiegt von Minute zu Minute, das lässt sich nicht leugnen. Vielleicht ist nicht alles verloren, wenn man es recht bedenkt, vielleicht ist das Unternehmen noch nicht unwiederbringlich kompromittiert. Selbst wenn das Image der

Villa Metaphora in den Augen der schicksten Klientel durch die jüngsten Ereignisse getrübt sein sollte, so fühlen sich womöglich eine Menge Leute gerade von der skandalumwitterten Aura angezogen, die um das Resort entstehen wird. Man könnte sich überlegen, ein paar Gäste zuzulassen, die vielleicht weniger exquisit sind, dafür aber eine pralle Brieftasche haben, so wie diesen Signor Malakhov. Vielleicht wäre es angebracht, die Aufnahmekriterien in einem etwas realistischeren Licht zu betrachten, das die laufenden Veränderungen und die international aufstrebenden Kräfte berücksichtigt. Früher oder später wird man sich sowieso mit den neuen Gegebenheiten auseinandersetzen müssen, man kann die Realität nicht für immer ausblenden. Im Grunde war sein ursprüngliches Konzept für das Resort vielleicht doch zu sehr dem neunzehnten Jahrhundert verpflichtet und das unternehmerische Potential durch einen übermäßigen Snobismus begrenzt. Wer sagt denn, dass ein russischer Magnat die Annehmlichkeiten eines außergewöhnlichen Ortes nicht schätzen kann, selbst wenn die Herkunft seines Vermögens nicht ganz sauber ist? Leute, die Wind und Meer herausfordern, nur um Ramiro Juarez' Küche zu kosten, müssen zumindest eine Ahnung von Qualität haben, und nicht unbedingt nur vom Hörensagen. Sie investieren damit in ihre Bildung, um nicht als Banausen ohne Sinn für Stil und Geschmack abgestempelt zu werden, aber hat ein Ort wie die Villa Metaphora nicht sowieso die Aufgabe, über den guten Geschmack zu wachen? Und geht das nicht auch, indem man seine Prinzipien verbreitet und ausweitet, anstatt sich damit zu begnügen, unüberwindliche Barrieren um diejenigen zu errichten, die schon Geschmack haben? Darin hat Lucia in ihrem taresischen Pragmatismus gar nicht Unrecht, das muss man zugeben. Man könnte es durchaus als eine besondere Herausforderung sehen, den Neureichen aus den östlichen Ländern zu helfen, wahre Schönheit schätzen zu lernen. Wenn sie es nur wirklich wollen und nicht denken, wenn sie die Eintrittskarte für den Club bezahlen, sei die Sache erledigt. Wenn sie begreifen, dass es Zeit und Mühe kostet, seine Messlatte höherzulegen und sehen und fühlen zu lernen. Schon bald werden hier vielleicht einige chinesische oder indische oder indonesische Gäste auftauchen, warum denn nicht? Baron Canistraterra würde es gewiss nicht missfallen, ihn würde die Vielfalt der Stimmen, Physiognomien und Farben freuen.

»Was ist, schaffst du's?« Lucia ist auf den letzten Stufen angekommen und dreht sich ungeduldig um.

»Ich komme!« Ja, Gianluca Perusato fühlt sich etwas schlapp, doch er wird sich rasch erholen, er ist aus bestem Holz geschnitzt, das noch für mehr als eine Saison taugt.

66

Die Planen hier auf der Terrasse abzuhakeln und einzurollen ist das Letzte, was ihm in den Sinn gekommen wäre, nichtsdestotrotz stimmt es, dass der Wind so heftig daran zerrt, dass er sie womöglich wegreißt. Der Architekt hat ein Riesenbohei gemacht, weil er sich nicht sofort darum gekümmert hat, wie es seine Pflicht gewesen wäre, doch wie soll ihn überhaupt irgendetwas kümmern nach dem, was sich mit der Lynn Lou Shaw manifestiert hat? Alles kommt ihm strange vor, die Gedanken düsen auf und davon. Aber im Moment reißt er sich zusammen. Mit dem Schreiner Paolo, der raufgekommen ist, um ihm zu helfen, pullt er, löst, faltet und rollt ein. Trotz aller körperlicher Anstrengung ist ihm, als schwebe er fünf Zentimeter über dem Boden. Ab und zu lässt er eine kratzige Schnur durch seine Hände gleiten, bis die Haut brennt, um sicherzugehen, dass er wach ist und nicht dreamt. Aber es ist kein Dream, oder wenn doch, ist es ein Dream ohne Ende, der Herz und Hirn immer noch elektrisiert, weiter, immer weiter. Wie kann es sein, dass sich das, was ihn erfüllt, wirklich eventet hat? Dass die ultraherrlichste aller Göttinnen sich ausgerechnet an ihm, Carmine Alcuanti, reiben und ihn mit dem lieblichen Nektar ihres unendlichen Wohlwollens benetzen wollte? Was mag er an sich haben, um das zu verdienen, außer dass er Sie über alles Lebende und Unbelebte anbetet, außer dass er Sie sich bei jedem Atemzug imaginiert und bereit ist, sich für Sie dem Drachen in den Rachen zu werfen? Es ist eine Wundergabe der Muntagna Matri, eine Wahrwerdung, die sprachlos und namenlos macht.

»Hey, Carmine?!« Der Schreiner Paolo skriemt, um durch den Wind gehört zu werden, zeigt auf die letzte, schon doppelt gefaltete Plane, und wartet, dass er die andere Hälfte faltet, um sie dann gemeinsam einzurollen.

Carmine Alcuanti zwickt sich fest ins rechte Ohrläppchen, um aufzuwachen, falls es sein muss, und wieder auf den Boden zu kommen. Nichtsdestotrotz wacht er nicht auf, also muss alles wahr sein, auch wenn es unbegreiflich, unermessbar ist.

Um die Wette beenden er und Paolo im Kampf gegen den Wind die Arbeit mit den Planen, befördern sie allesamt eingerollt in den Schuppen neben seiner Unterkunft, verstauen sie sorgfältig. Danach begeben sie sich ins Büro des Architekten, der ihnen befohlen hat, sogleich nach Erledigung des Taskus zu erscheinen.

Doch im Büro sitzt nur Lucia einsam und allein am Tisch und rechnet mit dem Taschenrechner, so versunken, dass sie sie gar nicht spektiert.

»*Luci'?*«

»*Shhh!*« Lucia tippt weiter auf den Tasten herum, *tick, tick, tick*. Der Schmerz um Ciro Spanò ist weg, jedenfalls steht er ihr nicht mehr ins Gesicht geschrieben, so in ihre Kalkulierung vertieft, wie sie ist.

Schlagplötzlich kommt der Architekt, öffnet und schließt unter größter Anstrengung die Tür, damit der Wind sie ihm nicht aus der Hand snäppt. »Ach, hier seid ihr.«

»Mit den Planen sind wir fertig.« Carmine zeigt nach draußen.

»Ich hab's gesehen.« Nie würde der Architekt dich mal loben, wenn du was gut machst, das wissen wir schon, Komplimente für das Personal kriegt er ums Verrecken nicht über die Lippen. Nichtsdestotrotz, wer wäre denn ohne den Architekten je auf Lynn Lou Shaw in Person gestoßen? Allein dafür muss er ihm jeden Tag des Lebens dankbar sein!

»Dann müsst ihr Tische und Stühle aus den Zimmern holen.«

Einen Herzschlag lang taucht Lucia aus ihrer Rechnerei auf.
»Und sie in den Salon tragen.«

»Das wollte ich gerade sagen.« Der Architekt ist eingeschnappt, weil sie ihm zuvorgekommen ist. »Nicht dass ich es vergessen hätte.«

Lucia givt ihm einen schiefen Blick, tippt weiter auf dem Taschenrechner herum.

»Okay.« Der Schreiner Paolo wendet sich zur Tür.

»Noch einen Augenblick, bitte.« Der Architekt spricht in schmeichelndem Tonfall, was mit Untergebenen rarament der Fall ist, auch wenn der Schreiner Paolo kein echter Untergebener ist, denn er besitzt die Unabhängigkeit des Künstlers, gemischt mit der Armut des Einzelgängers. Nichtsdestotrotz, gewöhnlich zieht der Architekt den schmeichelnden (und auch superschmeichelnden) Ton nur bei den Gästen raus (auch bei Ramiro, weil der einen schwierigen Charakter und eine importante Rolle hat).

Paolo schaut den Architekten leicht skeptisch an. Auch er wie im Dream, da er nämlich für Lara schwärmt, seit sie in der Küche stehen und reden, bis es stockfinster ist, und zusammen durch die Nacht promenieren und bis zum Morgen plauschen und so weiter. Sicher lässt es sich nicht mit der maßlosen Leidenschaft vergleichen, die er für Lynn Lou Shaw hegt, denn da geht es ja um eine Göttin, nichtsdestotrotz dreamt er, man braucht ihn nur zu spektieren.

»Wie sieht es mit Ihren Kochkünsten aus?« Der Architekt sieht den Schreiner checkend an.

»Na ja, eine Pasta oder zwei Spiegeleier kriege ich schon hin. Warum?« Nie verhält sich der Schreiner Paolo wie einer, der sich an den Chef wendet, nie senkt er ein wenig den Kopf oder zeigt sich nachgiebig. Faktament bilievt er, dass niemand niemandes Chef ist, das hat er ihm einmal deklariert, wenn auch auf kompliziertere Weise. Jedenfalls, wenn er mit dem Architekten spricht, streckt er immer das Kinn vor, um klarzumachen, dass man ihn nicht kommandieren kann, wenn man ihn höflich bittet, vielleicht, und sonst eben nicht.

»Wir brauchen jemanden, der Ramiro hilft, weil Federico heute Abend nicht da ist.« Der Architekt observiert ihn, als wollte er herausfinden, wie tüchtig der Schreiner ist.

»Ah nein, Küche auf diesem Niveau ist nichts für mich.« Der Schreiner Paolo shaket den Kopf.

»Sehen Sie, Paolo, ehrlich gesagt, haben wir keine andere Wahl.« Der Architekt macht ernste Miene zum tragischen Spiel. »Außerdem handelt es sich bloß darum, ein paar Sachen kleinzuschneiden und zu mischen.«

»Aber der ist doch in der kulinarischen Stratosphäre unterwegs!« Der Schreiner Paolo lacht, mager, wie er ist, mit dem blassblonden Bart und den ausgeblichenen Locken, weil er sich von früh bis spät die Sonne auf den Pelz brennen lässt.

»Sie werden die Sache schon schaukeln, da bin ich ganz sicher.« Der Architekt hat jede Zweifelei aus Gesicht und Stimme getilgt. »Natürlich werden Sie dafür extra bezahlt.« Er winkt Lucia, los, komm schon.

Lucia öffnet die Schreibtischschublade, zieht einen Fünfzig-Euro-Schein heraus.

Der Architekt observiert den Schreiner Paolo, ob er eine Miene verzieht, aber nichts. Darauf noch ein Zeichen an Lucia, los, komm schon.

Lucia holt einen zweiten Fünfziger heraus, givt ihn dem Architekten, der ihn an den Schreiner weitergivt.

»Ich bitte Sie, uns diesen großen Gefallen zu tun, nur heute Abend.« Der Architekt benutzt den Superschmeichelton. »Ich selbst werde heute Abend im Salon sein und das Essen beaufsichtigen, da können Sie sich ja vorstellen, wie wir dran sind. Aber wir müssen alle alles geben, um diesen Ausnahmezustand zu meistern.«

Mit den Geldscheinen in der Hand steht der Schreiner Paolo etwas unschlüssig da, denn seit er hier arbeitet, hat er noch nie Geld gesehen, und es sind schon einige Monate verflossen. Er lebt mit nichts, wahrlich, aber alles hat seine Limits. Schließlich steckt er die Scheine in die Hosentasche und noddet mit dem Kopf.

»Danke für Ihre Mitarbeit, wirklich.« Der Architekt törnt sich zu Carmine, sieht Lucia an, los, mach schon.

Lucia holt noch zwei Fünfzig-Euro-Scheine heraus, givt sie dem Architekten, der sie Carmine givt.

Carmine hat sich mittlerweile ebenfalls daran gewöhnt, gar nicht entlohnt zu werden, das hätte er jetzt nicht erwartet.

»Du musst Lucia beim Bedienen helfen.« Mit ihm spricht der Architekt im Normalschmeichelton, der proportional dem Superschmeichelton gegenüber dem Schreiner Paolo entspricht. »Da unsere reizenden Mitarbeiterinnen vorsorglich abgehauen sind, als ob wir nicht schon genug Probleme hätten.«

Der Schreiner Paolo lacht, was dem Architekten gar nicht gustet, er verfinstert sich komplettament.

Schlagplötzlich lässt er den superschmeichelnden und auch den schmeichelnden Ton fallen, macht eine choppende Handbewegung. »Kommt mit in die Küche, bevor ihr die Tische und Stühle aus den Zimmern holt.«

Draußen tobt der Wind über alle Maßen, ein Glück, dass die Planen aufgerollt und verstaut sind, aliter hätte der Wind sie bestimmt abgerissen und bis rauf auf die Muntagna entführt. Carmine Alcuanti und der Schreiner Paolo folgen dem Architekten, der schnell geht, weil er wahrscheinlich nicht von den Gästen im Salon gesehen werden will. Sie huschen in die Küche.

Ramiro ist gerade dabei, mit einem seiner Mixer etwas zu schäumen und zu mischen. Er gleicht dem Künstler, der das Werk komponiert, dem Wissenschaftler, der ganz andächtig die rare Materie untersucht.

»Salve, Ramiro.« Die Stimme des Architekten ist zuckersüß. »Arbeiten Sie an einer neuen Création?«

Durch solche Schmeicheleien lässt Ramiro sich nicht einwickeln, er platzt sofort raus: »*¡Hay poco que crear, en esta situación! ¡Sin asistente, sin camareras, sin nada!*«

»Die Schwierigkeit ist mir durchaus bewusst, so ohne Hilfspersonal.« Der Architekt tätschelt Hand auf Hand, als wollte er ein unberechenbares, aber superunverzichtbares Tier besänftigen. »Wir sind alle in Not, wie Sie sicher gesehen haben.«

»*¡Sí, pero siempre es una emergencia, aquí!*« Anstatt sich zu beruhigen, enerviert sich Ramiro noch mehr. »*¡Siempre! ¡Desde el primer día!*«

»*Lo sé, lo sé, Ramiro*, ich weiß es.« Der Architekt tut noch mehr Zucker in die Stimme, rührt Honig rein. »Paolo wird Ihnen für heute Abend in der Küche helfen. Carmine und Lucia bedienen an den Tischen. Jeder leistet seinen Beitrag zum Gemeinwohl.«

»*¡Yo no puedo trabajar en estas condiciones!*« Ramiro pusht die Stimme nach oben, fuchtelt schwulenmäßig fahrig mit den Händen.

»*Lo entiendo perfectamente, Ramiro.*« Der Architekt benutzt die spanischen Wörter, um ultrahöflich, ultraaufmerksam zu acten, auch wenn er innerlich zum Zerplatzen angespannt ist. »Es geht doch nur darum, sich für heute Abend anzupassen.«

»Anpasen, anpasen, immer soll ich mich anpasen!« Ramiro schnaubt ungehalten, wandert anteretro.

Der Schreiner Paolo wirft ihm ein halbes Lächeln zu, will sagen, dass er ihn auf alle Fälle unterstützt, sein Freund bleibt, schwul hin oder her.

»*Hay otro problema, Ramiro…*« Der Architekt redet weiter Spanisch, um ihm so weit wie möglich entgegenzukommen.

»*¿Qué problema?*« Ramiro zuckt, als er das Wort hört, komplettament elektrisiert. »*¡Tengo ya millones de problemas, aquí!*«

»Wir haben vier weitere Gäste zum Essen da, nur heute Abend...« Um ihm die Nachricht schonend beizubringen, flötet der Architekt ultrasanft. »*Cuatro personas más, solo por esta noche...*«

»*¿Qué?*« Ramiro geht in die Luft, als hätte er Sprungfedern an den Füßen. »*¿Es una broma, o qué?*«

»Ramiro, ich bitte Sie, verstehen Sie doch die Situation...« Man könnte den Architekten beinahe bedauern, wenn man ihn so angespannt spektiert.

»*¡Esta es una locura!*« Ramiro nimmt die schwarze Kochmütze ab und schleudert sie durch die Küche.

»Ramiro, mir ist bewusst, dass ich viel von Ihnen verlange...« Der Architekt schmiert weiter Honig, ist aber verzweifelt: zum Steinerweichen, wenn man ihn nicht kennen würde.

Ramiro stellt sich auf die Zehenspitzen, er ist so geladen, dass man einen elektrischen Schlag bekäme, wenn man ihn berührte. »*¿Usted sabe lo qué necesitaría, un chef como yo?*« Er törnt sich auch zu Carmine und dem Schreiner Paolo, um sie auf seine Seite zu ziehen.

»Ramiro, ich verstehe Sie vollkommen, aber auch Sie müssen verstehen...« Erneut bemüht sich der Architekt, ihn zur Vernunft zu moderieren.

»Nein, nein, nein!« Ramiro spuckt richtig Feuer. »*¡Usted no tiene idea!*«

»Ich habe keine Ahnung?! Oh, doch!« Die Halsstarrigkeit des Kochs bringt den Architekten piano piano auch in Rage.

»Wissen Sie überhaupt, wie viele Leute in der Küche sein müssen, unter einem Drei-Sterne-Koch?« Ramiro greift aufs Italienische zurück, das Spanische benutzt er hauptsächlich, damit sich die anderen anstrengen müssen, um ihn zu verstehen. »Eine ganze Armee!«

»Das brauchen Sie mir nicht zu erklären, Ramiro!« Der Architekt spuckt jetzt ebenfalls Feuer, als er sich so unter Druck gesetzt fühlt. »Ich habe in einigen der besten Restaurants der Welt gegessen! Sogar praktisch in *allen,* wenn Sie es genau wissen wollen! Und nebenbei gesagt sind Sie bisher noch kein Drei-Sterne-Koch!«

»Dann wissen Sie also, dass es unter dem Chef einen qualifizierten *Sous-chef* braucht!« Ramiro tut, als hätte er nicht verstanden. »Außerdem braucht man einen *Chef de partie,* einen *Cuisinier,* einen *Commis*…« Er zählt sie an den Fingern auf. »Diverse *Apprentis,* einen *Plongeur,* einen *Marmiton,* einen *Saucier,* einen *Rôtisseur,* einen *Grillardin,* einen *Friturier,* einen *Poissonier,* einen *Entremetier,* einen *Potager,* einen *Legumier,* einen *Garde manger,* einen *Tourant,* einen *Pâtissier,* einen *Confiseur,* einen *Glacier,* einen *Decorateur,* einen *Boulanger* und einen *Boucher*! So war das bei Laclan, in Paris!«

»Ja, aber hier sind wir nicht bei Laclan! Und das hier ist nicht Paris, oder?!« Der Architekt pusht die Stimme auf höchste Lautstärke.

»Und im Speisesaal braucht es einen *Aboyeur*.« Ramiro zählt weiter an den Fingern auf. »Einen *Communard,* mehrere *Garçons de cuisine,* einen *Chef de salle,* einen *Chef de rang,* einen *Demichef de rang,* einen *Commis de rang,* einen *Commis débarasseur,* einen *Commis de suite,* einen *Chef de vin,* einen *Chef sommelier,* einen *Chef caviste,* diverse *Serveurs de restaurant,* einen *Responsable du bar,* einen *Chef de bar,* einen *Barman,* eine *Dame du vestiaire.* So sieht das Personal eines echten Restaurant *de nivel* aus!«

»Hören Sie, Ramiro, hier haben wir normalerweise *zehn* Gäste zu versorgen, nicht *Hunderte*!« Der Architekt ringt taff um Beherrschung, denn den Koch darf er nicht verlieren, wenn er nicht in der Katastrophe enden will, auch wenn er untendrunter kocht, muss er vorsichtig sein und sich bremsen.

»Zehn sind auch schon zu viel, ohne Personal!« Ramiro kreischt in höchsten Tönen. »*¡Es inconcebible!*«

»Hören Sie, Ramiro.« Jetzt gießt der Architekt Öl aufs Water. »Basiert Ihre Küche nicht ganz auf essentieller Qualität? Auf schlichter Perfektion, entstofflicht und verfeinert?«

»Si, pero, ¿cómo puedo alcanzar la perfeccíon sin staff?«

»Hören Sie auf mich, dies ist Ihr internationales Schaufenster als Chef.« Jetzt schmiert der Architekt ihm wieder Honig ums Maul, auch wenn er untendrunter Feuer spuckt. »Das habe ich Ihnen von Anfang an erklärt, als ich Ihnen das Arbeitsangebot gemacht habe. Vergessen Sie es nicht, bloß wegen dieser bedauerlichen Panne. Sie haben hier in der Villa Metaphora die einzigartige Gelegenheit, für die verwöhntesten Gaumen der Welt zu kochen. Die vier neuen Gäste sind extra hergekommen, um Ihre Küche zu kosten, trotz des rauhen Seegangs. Das will doch etwas heißen, glauben Sie nicht? Ich bin sicher, dass Sie sie ganz und gar begeistern werden.«

»¿Sin staff?« Ramiro kann Hände und Füße nicht stoppen. Er wandert anteretro, anteretro.

»Die echten Genies brauchen keine Armee, um ihre Meisterwerke hervorzubringen, Ramiro, das wissen Sie besser als ich.« Auch der Architekt kann nicht stillhalten, er spektiert Ramiro, spektiert auf die Uhr, spektiert zur Tür. »Brauchte Mozart etwa eine Armee? Oder Leonardo?«

»Sie hatten wenigstens Gehilfen! *¡Varios asistentes!«*

»Mozart nicht!«, schlägt der Architekt zurück. »Außer Sie wissen etwas, das noch kein Musikwissenschaftler des Planeten entdeckt hat!«

»Leonardo hatte welche!« Ramiro haut auf die metallene Arbeitsfläche, *sbam!* *»¡Es en todos los libros de historia!«*

»Einen, höchstens zwei. Und Sie haben heute Abend Paolo, hier steht er.« Der Architekt zeigt mit dem Finger auf den Schreiner Paolo, der nicht mehr weiß, was für ein Gesicht er machen soll. »Morgen suchen wir dann gemeinsam eine adäquatere Lösung, das verspreche ich Ihnen.«

»¡Mañana, mañana!« Ramiro gestikuliert immer noch, nichtsdestotrotz beginnt er, sich piano piano zu beruhigen.

»Ich gebe Ihnen mein Wort, Ramiro.« Der Architekt geht zu einem feierlichen Ton über. »Wir werden alles tun, um Ihnen das in jeder Hinsicht geeignete Personal zu beschaffen. Ich verspreche es Ihnen vor diesen Zeugen hier. *Ante de estos testigos.*«

Ramiro schnaubt, verdreht die Augen, aber er scheint sich doch moderat zu beruhigen.

»Also, einverstanden?« Der Architekt geht hin, shaket ihm die Hand, und klopft ihm auch auf die Schulter. »*Muchísimas gracias, Ramiro.*«

»*Sólo por esta noche.*« Ramiro schnaubt noch einmal, törnt den Blick weg.

»Selbstverständlich, nur für heute Abend!« Der Architekt winkt dem Schreiner Paolo und Carmine, mit ihm zu kommen. »Ihr holt jetzt die Tische und Stühle, Beeilung!«

Sie steppen auf die Terrasse. Der Wind wütet noch ärger als vor zehn Minuten, kennt kein Maß und keine Limiten.

»Architetto, entschuldigen Sie?« Eine Chose muss Carmine ihn asken, denn in der turbinösen Luft wirbeln auch die Gedanken und die Gefühle wieder durcheinander.

»Was gibt's?« Der Gesichtsausdruck des Architekten sagt deutlich, fertig Fragen, er hält die Belastung einfach nicht mehr aus.

»Müssen wir auch den Tisch und die Stühle bei Signorina Lynn Lou Shaw holen?« Voll Scheu spricht er den Namen aus, vor allem vor anderen, dass Stimme und Herz ihm tremblen.

»Ja, freilich.« Der Architekt ist entnervt. »Ich habe sie schon informiert. Los jetzt, ab mit euch!«

Carmine geht schnell über die Terrasse und den Weg entlang, leider mit Paolo im Schlepp, aber so ist es eben. Er kann es kaum erwarten, Lynn Lou Shaw wegen der Geschichte mit dem Tisch und den Stühlen noch vor dem Abendessen wiederzu-

spektieren, Ihre göttliche Stimme zu hören, mit einem neuen mächtigen Stromstoß seine Seele aufzuladen, die sowieso schon flittert und flattert.

67

Hätte ihr jemand vor ein paar Tagen prophezeit, dass sie ihr Zimmer mit Brigitte Reitt würde teilen müssen, hätte die Poulanc schallend gelacht. Und doch ist es genau so gekommen, da die Deutsche sie gestern Abend beim Essen um Asyl gebeten hat – ihr Ton war herzzerreißend, man konnte es ihr nicht abschlagen –, um bloß keine weitere Nacht mit ihrem abscheulichen Ehemann verbringen zu müssen. Der wiederum war gezwungen, seinen Assistenten zu beherbergen, was ihn bestimmt nicht gefreut hat.

Obwohl sie beide Opfer der misslichen Umstände sind, gelingt es ihnen, aus der Not eine Tugend zu machen. Seit Stunden unterhalten sie sich so angeregt, bringen sich gegenseitig so viel Verständnis und Sympathie entgegen, dass es schon fast an Freundschaft grenzt. Man kann sich kaum eine geeignetere Situation vorstellen, um an sonst unzugängliche Informationen über das Privatleben eines Titans der Hochfinanz heranzukommen – höchstwahrscheinlich eines Ex-Titans, auch wenn angesichts des Charakters der Person das letzte Wort noch nicht gesprochen ist. Es besteht auch kein Grund zu Schuldgefühlen, denn sie muss der Reitt ihre Geschichten gewiss nicht durch Täuschung entlocken, indem sie ihre momentane Verunsicherung ausnützt. Ganz im Gegenteil, die Dame verspürt ein wahrhaft dringliches Bedürfnis, alles auszubreiten, was sie zwei Jahrzehnte für sich behalten hat, es ist wie ein befreiender Rausch. Die Poulanc ihrerseits verhält sich ethisch superkorrekt, da sie von Anfang an – na ja, *fast* von Anfang an – erklärt hat, dass sie einen brisanten Artikel über Aufstieg und Fall des großmächtigen Gatten zu schreiben beabsichtigt. Die Reitt hat es jedoch nicht für nötig befunden, Barrieren des Anstands und der ehelichen Loyalität bis zum bitteren Ende zu errichten – eine in solchen Fällen beinahe automatische Reaktion –, sondern sich mit ausnehmender Offenheit in den Dienst der Wahrheit gestellt, sie geht sogar erstaunlich bereitwillig ins Detail. Gewohnheiten, Manien, Rituale, Eigenheiten, Umgang, Rollen, Namen, Orte, Aussagen, das Bild wird von Stunde zu Stunde lebendiger und umfassender. Eine solche Chance bekommt man nur einmal im Leben, und sie entscheidet über eine ganze journalistische Karriere: So viele begeisterte Leser die Poulanc mit ihrer Rezensionskolumne in *Libération* auch haben mag, an sie erinnern wird man sich wegen dieses Scoops. Je länger sie plaudern, umso mehr wächst diese Überzeugung. Gesegnet sei die verdammte Insel, wirklich.

Sie und die Reitt haben sich – in instinktiver, sehr weiblicher Eintracht – auf eine einfache, effiziente Vorgehensweise geeinigt: informelles Vorbereitungsgespräch, dann Umzug an Poulancs Tisch, detaillierte Rekonstruktion bestimmter Episoden und gleichzeitiges Niederschreiben am Laptop. Die Unmöglichkeit, ins Internet zu gelangen oder Mobiltelefone zu benutzen, schließt Störungen aus und erleichtert die Konzentration enorm; auf diese Weise könnte man in wenigen Tagen ein ganzes Buch schreiben. Das ist gar keine schlechte Idee: Das Thema – mit all seinen Implikationen und Verzweigungen – lohnt sich auf jeden Fall, das Material ist unveröffentlicht und sehr schmackhaft, mit saftigen Auswirkungen, und die erhellenden Einzelheiten häufen sich. Wenn man ein anspruchsvolles Thema mit einem Stoff kombiniert, der auch eine nicht sonderlich an Politik oder Wirtschaft interessierte – aber doch auf die Vorgänge in den verborgenen Sphären der Macht sehr neugierige – Leserschaft anspricht, könnte ein Bestseller mit einer Auflage von mehreren

Hunderttausend dabei herauskommen. Den sie unter ihrem richtigen Namen veröffentlichen wird, ja. Simone du Jardin muss in diesem Fall Simone Poulanc den Vortritt lassen. Die Zutaten für einen breiten Publikumserfolg sind alle vorhanden: schändliche Pläne, hinter geschlossenen Türen gesponnene Intrigen, erbarmungslose Rechnungen auf Kosten wehrloser gesellschaftlicher Gruppierungen, Entscheidungen zu Lasten ahnungsloser Sparer, Erpressung ganzer Nationen, tödliche Duelle auf Fluren und in gedämpften Konferenzsälen, perverse Interessenverflechtungen, Mittäterschaft der Politik, Anhäufung von Geldsummen, die jede menschliche Vorstellungskraft übersteigen, Machtrausch auf höchster Ebene, ausufernder persönlicher Ehrgeiz, Sex mit einer Minderjährigen, Traumhäuser, Gefühl absoluter Straffreiheit, eiskalter Zynismus, unfassbare Arroganz, gänzlicher Realitätsverlust, was die normalen Menschen angeht. Tausendmal besser als ein Roman! Es wäre ein Verbrechen, eine solche Chance für einen Artikel zu verschwenden – selbst wenn er in der angesehensten Zeitschrift erscheint! Außerdem wäre sie gezwungen zu kürzen, zu verdichten, zu vereinfachen, um ihn für eine voraussichtlich fünfzehn, höchstens zwanzig Minuten dauernde, zerstreute, gelegentlich unterbrochene, oberflächliche Lektüre aufzubereiten!

Das Problem bei dieser Form von Berichterstattung ist, dass man dauernd krampfhaft irgendwelchen Fakten nachjagt – noch dazu in Konkurrenz zum Fernsehen, zu Onlinezeitungen, Blogs, agileren und schnelleren, wenn auch minderwertigen Kommunikationsmitteln –, ohne sie je wirklich zu erfassen. Wie oft hat sie das Gefühl gehabt, mit ihren Artikeln für die *Libération* auf Sand zu zeichnen: verbissene Recherchen, unerbittliches Feilen am Stil, Reaktionen der Leser – im ersten Augenblick schmeichelhaft, natürlich –, dann kommt die Welle, und zack, alles ausgelöscht, überholt, unbedeutend. Ein Buch zu schreiben dauert unendlich viel länger – das hat sie ja bei Jean-Émile gesehen, Monate und Jahre der Qual und Ekstase –, es ist aber auch viel beständiger. Wenn man etwas allseitig Interessantes erzählt – und dazu gehört Werner Reitts Geschichte allemal –, kann das Buch über Jahrzehnte gelesen werden, es wird sogar zum Bezugspunkt für zukünftige Generationen. Hier hängen wir die Latte höher, meine Herrschaften, nicht etwa niedriger!

Entsprechend gestaltet, füllt das bisherige Material schon mehrere Kapitel. Und ein Ende des erzwungenen Zusammenlebens mit der direkten Informationsquelle ist nicht abzusehen, wenn Wind und Meer noch einige Tage weiterwüten. Es wird ein Buch, das steht fest. Die möglichen Titel – sie müssen in der Buchhandlung auffallen, das ist entscheidend – drängen sich förmlich auf: *Die Rolle meines Mannes in der Weltwirtschaft,* oder: *Werner Reitt, private Laster und öffentliche Tugenden,* oder: *Aufstieg und Fall eines Finanztitans, erzählt von seiner Gattin.* Vielleicht ein bisschen lang, ja, aber sie hat noch genug Zeit, um darüber nachzudenken. Was den Verlag betrifft, denkt sie schon an drei oder vier Häuser – Gallimard, Grasset, Denoël, Laffont, aber sicherlich müsste sie auch Robert Bernard und Nathalie Franbol fragen –, denen bei so einem Thema das Wasser im Mund zusammenlaufen wird. Selbstverständlich wird sie auch einen Agenten suchen müssen, der seiner Aufgabe gewachsen ist, am besten lässt sie dieses Salon-Weichei von Jacques Delman fallen. Sie braucht einen kämpferischen Typ – einen Bluthund, der Türen sprengt –, um das Buch in Frankreich beim Meistbietenden zu platzieren und dann in die ganze Welt zu verkaufen. Den Amerikanern, den Deutschen, den Russen, den Chinesen! Bestimmt kommen auch Anfragen für die Filmrechte, wetten? Man muss eine Versteigerung unter den *Majors* veranstalten, denn der Stoff hat das Zeug zu einem *Wall Street* unserer Tage, nur tausendmal spannender und komplexer. Der richtige Regisseur – letztlich sicher ein Amerikaner, wichtig ist nur, dass er die europäischen Nuancen begreift – kann einen *Blockbuster* daraus machen, der Kopf und Bauch gleichermaßen anspricht, ein fesselndes Abenteuer und zugleich eine keineswegs banale Reflexion über unsere Gegenwart.

Es klopft an der Tür. Brigitte Reitt zuckt zusammen, als würde sie verfolgt. Seit sie beschlossen hat, sich von ihrem Mann loszusagen, ist sie so schreckhaft und angespannt wie nach einem Verrat. Sie will es nicht zugeben, aber sie fühlt sich schuldig, denn Reitt hat ihr heftige Vorwürfe wegen ihrer Illoyalität gemacht. Irre, wie manche Persönlichkeiten – sagen wir ruhig: manche Männer – blitzschnell alles umdrehen und sich als Opfer aufspielen, obwohl sie eindeutig die Henker sind. Zum Glück arbeitet hier jemand daran, Recht und Unrecht geradezurücken und Millionen von Menschen zu zeigen, wer die Bösen sind und wer die Guten.

Es klopft erneut. »Was ist los?!« Zur Vorbeugung und Abwehr benutzt die Poulanc ihren schärfsten Ton.

Die Reitt zieht sich vorsorglich in den hinteren Teil des Zimmers zurück, als befürchtete sie einen Überfall ihres Gatten und seiner Anhänger.

Von draußen klingen unverständliche Wortfetzen herein. Die Poulanc geht und öffnet vorsichtig einen Spalt: Der Wind reißt ihr die Türe aus der Hand, sie fliegt sperrangelweit auf, knallt gegen die Wand. Draußen stehen der Bootsmann Carmine und der Schreiner Paolo mit wirren Haaren und ratlosen Gesichtern. »Wir sollen den Tisch und den Stuhl abholen, fürs Abendessen… Der Architekt hat gesagt, er habe es Ihnen schon erklärt…« Der Bootsmann spricht mit gesenktem Kopf, zu Recht verlegen.

»Ja, der Architekt war da, und ich habe ihm erklärt, dass ich meinen Tisch und meinen Stuhl brauche.« Die Poulanc antwortet grimmig, auch wenn diese armen Kerle gewiss nicht an dem allgemeinen Desaster schuld sind, das ist ihr klar.

Die beiden schauen sie an und wechseln einen Blick, sichtlich verunsichert, was sie tun sollen. Der Wind faucht besorgniserregend, wirbelt Staub und Steinchen auf, einfach alles, was er findet.

Die Poulanc versucht, den beiden Bittstellern die Tür vor der Nase zuzuschlagen, doch der Schreiner kommt ihr zuvor, betritt die Suite, gefolgt vom Bootsmann. »Es ist einfach so, dass das Essen ohne Ihren Tisch und Ihren Stuhl nicht stattfinden kann.« Mit geschmeidigen Bewegungen nähert er sich dem Tisch und will den Laptop herunternehmen.

»Wenn Sie meinen Computer anrühren, zeige ich Sie an!« Die Poulanc brüllt, so laut sie kann, auch um den Krach des Windes zu übertönen, der durch die offene Tür hereinkommt.

Der Schreiner sieht sie mit seinen nachdenklichen Augen an, dann nimmt er den Laptop, stellt ihn auf den Boden und legt die Bücher, die Papiere und die anderen Gegenstände daneben. Der Bootsmann überlässt ihm die Initiative – vielleicht möchte er keine Verantwortung dafür übernehmen –, fasst aber bereitwillig am anderen Ende mit an, als der Schreiner den Tisch vorne hochhebt.

»Lasst sofort meinen Tisch los!« Die Poulanc ist außer sich vor Wut, doch gleichzeitig ist ihr bewusst, dass das Ganze prima Treibstoff für die Sache ist, an der sie gerade arbeitet. »Und den Stuhl auch!«

»Keine Sorge, nach dem Essen bringen wir Ihnen alles zurück.« Der Schreiner macht ein geistesabwesendes, vielleicht auch ein wenig melancholisches Gesicht, während er mit der Linken die Tischkante festhält, greift mit der Rechten nach dem Stuhl und geht Richtung Tür. Der Bootsmann folgt ihm, verabschiedet sich mit einem Kopfnicken.

Die Poulanc fragt sich, ob es angebracht wäre, lauter zu schreien, hinterherzulaufen, sich an den Tisch zu klammern, die Beschlagnahmung des sowieso schon kargen Mobiliars in einen *casus belli* zu verwandeln. Dann wechselt sie einen Blick mit der

Reitt: Die Deutsche verzieht die Lippen zu einem schmalen Lächeln, ein bewundernswerter Beweis für ihre Distanziertheit. Aber ja, sollen sie die Lage ruhig verschlimmern, dem Werk, das gerade in diesem Zimmer entsteht, wird es letztlich nur guttun. »Sagt Signor Perusato, dass das eine unerhörte Zumutung ist! Eine von *tausend* unerhörten Zumutungen in diesem Resort!« Eine geringe Genugtuung – wirklich winzig angesichts der hierarchischen Bedeutungslosigkeit der Gesprächspartner –, aber besser als nichts, ab und zu tut es ihr gut, laut zu werden.

Die beiden kühnen jungen Männer nicken kommentarlos, gehen mit Tisch und Stuhl hinaus und schließen die Tür. Der Lärm des Windes wird schlagartig gedämpft – auch wenn die Fensterscheiben weiter zittern und die Rahmen klappern.

Die Poulanc hebt den Laptop vom Boden auf und setzt sich im Lotussitz auf das Bett – glücklicherweise ist es gemauert und kann nicht weggetragen werden. Sie überfliegt auf dem Bildschirm die Datei mit dem Text, an dem sie vor dem Überfall schrieb. »Wir sind beim Beginn der Krise in Griechenland stehengeblieben, als Werner nach der Presseerklärung zu seinem unerbittlich harten Kurs davongeeilt ist, um Christiane in ihrem Liebesnest in der Goethestraße zu treffen.«

Brigitte Reitt geht erneut im Zimmer auf und ab und fährt mit ihrer minutiösen Schilderung fort, die bei der Poulanc Bestürzung, Ungläubigkeit, Empörung und – das muss sie zugeben – auch diebische Schadenfreude über die vielen heimlichen Schattenseiten hervorruft, die hier ans Licht gezerrt werden.

68

Giulio kehrt von der Terrasse in die Suite zurück, schließt sorgsam die Fenstertür, damit sie nicht der Wind zuschlägt, der an seinen Haaren und Kleidern zerrt. »Sie kommen herauf, zu viert.« Er hebt das Fernglas, mit dem er die ankernde Yacht und dann die sich nähernde Schaluppe beobachtet hat, wobei er gelegentlich zu ihr hereintrat, um Bericht zu erstatten. »Zwei Männer und zwei Frauen.«

»Meinst du, da kommen noch mehr?« Tiziana Cobanni sieht ihn forschend an. Seit sich die Tragödie mit dem Hubschrauber ereignet hat, die Leiche eines Unbekannten im Wasser gefunden wurde, die Telefonverbindungen unterbrochen sind und Wind und Meer unablässig wüten, ist ihr Spiel der Vermutungen längst nicht mehr nur ein Spiel.

»Keine Ahnung.« Giulio legt das Fernglas weg, streicht sich mit der Hand über die Haare. »Der Matrose fährt mit der Schaluppe zur Yacht zurück.«

»Wenn noch mehr kämen, würden die anderen unten auf sie warten, oder?« Tiziana Cobanni versucht, sich das Verhalten von Menschen vorzustellen, über die sie nichts weiß, außer dass sie eine große Motoryacht unter zypriotischer Flagge besitzen.

»Vielleicht.« Giulio presst die Hände auf den unteren Rücken, wo er Schmerzen hat. »Aber vielleicht haben sie ja keine Lust, noch zwanzig Minuten in Wind und Gischt herumzustehen, bis die anderen eintreffen.«

»Wer sind sie überhaupt, deiner Ansicht nach? Zypriotische Millionäre?«

»Arm sind sie sicher nicht, mit so einer Yacht.« Giulio lacht. »Aber Zyprioten wohl kaum, es ist eine Deckflagge. Die Yacht ist so vulgär wie die Frisuren und die Kleider der beiden Frauen. Du solltest sehen, wie sie die Treppe raufhinken mit ihren hohen Absätzen und den hautengen Röcken.«

»Waffenhändler? Ölmagnaten?« Die gewöhnlichsten Fangfragen im Spiel der Vermutungen sind die Stereotypen, doch manchmal grenzen die ersten verfügbaren Daten das Feld schon stark ein und führen fast wie von selbst zur richtigen Lösung.

»Vielleicht beides.« Giulio setzt sich auf die Bettkante, um über die Eindrücke nachzudenken, die er durchs Fernglas gesammelt hat, oder vielleicht auch über etwas anderes.

»Jedenfalls zahlen sie gut, sonst hätte der Architekt sie bestimmt nicht zum Abendessen zugelassen.«

»Der Mann ist im Augenblick ziemlich verzweifelt.« Giulios zunehmende Distanz zu Menschen und Situationen verleiht ihm eine Nachsichtigkeit, die er nicht immer hatte.

Tiziana Cobanni fragt sich, ob irgendjemand keinen Grund zur Verzweiflung hat.

»Wenn wir ihre Ankunft miterleben wollen, sollten wir auf die Terrasse gehen.« Giulio deutet zur Tür. Ohne den Tisch und die Stühle, die von Carmine und Paolo für das Abendessen entführt wurden, wirkt die Suite noch größer und leerer.

Tiziana Cobanni schaut auf die Uhr. »Es ist doch erst halb acht.«

»Ja, und?« Giulio legt den Kopf schräg. »Hast du etwas Besseres vor?«

Tiziana Cobanni zieht Schuhe und Jacke an, macht vor dem Spiegel im Bad ihr Gesicht zurecht und folgt ihm nach draußen.

Der Wind tobt jetzt noch wilder: Er fällt über sie her, dröhnt ihr in den Ohren, zwingt sie, den Kopf zu senken. Sie gehen Arm in Arm den gepflasterten Weg entlang, atmen salzige Luft und Vulkanstaub ein, schmiegen sich Schutz suchend aneinander, um vorwärtszukommen.

Im Salon empfängt sie eine wohltuende Ruhe, sie können Muskeln und Gedanken entspannen und durchatmen. Lucia und Lara decken die in den verschiedenen Zimmern eingesammelten, in gebührendem Abstand aufgestellten Tische plus einen niedrigeren, der schon hier stand. Sie sind fast fertig und grüßen, Lara mit ihrem offenen Lächeln, Lucia entschieden nervöser.

Auf einem Sofa sitzt Piero Gomi in seinem zerknitterten blauen Anzug, den er seit zwei Tagen nicht wechseln konnte. »Guten Abend.« Er bewegt kaum die Lippen, schaut sofort wieder weg, hat seine unerträgliche Aufdringlichkeit im Moment scheinbar abgelegt.

Giulio und Tiziana Cobanni erwidern die Grüße und nehmen auf einem anderen Sofa Platz. Dann steht Giulio noch einmal auf, holt den Band mit den Schriften des Barons Canistraterra aus dem Regal, setzt sich wieder. Schon während der letzten Tagen und Abende hat er eifrig darin geschmökert, doch sein Interesse ist noch nicht erschöpft. Außerdem gehört es zu seinen Lieblingstechniken, in einem Buch zu blättern, um unauffällig die Menschen rundherum zu beobachten: Ab und zu hebt er wie geistesabwesend den Blick und registriert dabei Gesten, Wörter, signifikante Details. Jetzt zum Beispiel nimmt er sicher den Unterschied zwischen Laras lockeren und Lucias angespannten Bewegungen wahr, Gomis entnervte Haltung auf dem Sofa, da er sich offensichtlich als Gefangener im Feindesland fühlt, grausam eingeschränkt durch die Unmöglichkeit, sein Handy zu benutzen.

Doch selbst in dieser Situation liest Giulio tatsächlich: Wenn er ein Buch in Händen hält, gelingt es ihm immer und überall, sich in die Lektüre zu vertiefen. Die Widersprüche des Barons faszinieren ihn, die Art, wie ein so analytischer Geist eine wahre numerologische Besessenheit für die Zahl Sieben entwickeln konnte und einen beträchtlichen Teil seines Lebens damit verbrachte, auf der Suche nach Querverbindungen und Übereinstimmungen unendlich viele heilige Schriften verschiedener Religionen, wissenschaftliche Aufsätze und esoterische Handbücher zu konsultieren. Giulio beugt sich zu ihr. »Kennst du die sieben Gottesnamen der antiken Juden?«

»Jehova...« Tiziana weiß nicht weiter, auch weil sie durch eine gewisse Unruhe abgelenkt ist, die sie durch die Fenstertür auf der Terrasse wahrnimmt.

»Ja, und dann El, Elohim, Adonai, Ehyeh-asher-Ehyer, Shaddai und Zebaot. Und die sieben Helden der Christenheit?«

»Hm, der heilige Georg...« Ja, die Typen von der Yacht müssen angekommen sein; es scheint, als sähen sie sich auf der Terrasse um, oder vielleicht führt Architekt Perusato sie gerade durch die Anlage.

»Der heilige Georg von England, der sieben Jahre von Almidor, dem schwarzen König von Marokko, gefangengehalten wurde.« Giulio spricht weiter, doch auch er blickt mehrmals zur Fenstertür. »Der heilige Dionysius von Frankreich, der sieben Jahre in der Gestalt eines Hirschs lebte. Der heilige Andreas von Schottland, der sechs Edelfrauen befreite, die sieben Jahre als weiße Schwäne gelebt hatten. Der heilige Jakob von Spanien, der sieben Jahre lang umnachtet war, weil er sich in eine schöne Jüdin verliebt hatte. Der heilige David von Wales, der sieben Jahre im Zaubergarten von Ormandine schlief...«

»Und der heilige Antonius von Padua?« Piero Gomi kann der Versuchung, sich einzumischen, einfach nicht widerstehen. »Wenigstens ein Italiener muss doch dabei sein, bei den Helden der Christenheit...«

»Eigentlich war er Portugiese.« Giulio wirkt eher belustigt als verärgert.

»Entschuldigen Sie, aber der Name spricht für sich.« Piero Gomi erträgt es nicht, verbessert zu werden, sofort bekommt er wieder seinen anmaßenden Ton. »Von Padua bedeutet von Padua, meinen Sie nicht?«

»In Portugal heißt er Santo António de Lisboa.« Giulio hebt das aufgeschlagene Buch, um es ihm zu zeigen. »Sein weltlicher Name war Fernando Martim de Bulhões e Taveira Azevedo.«

»Ehrlich gesagt, glaube ich nicht, dass Sie mir in Sachen Heilige etwas beizubringen haben, wenn Sie gestatten...« Piero Gomi versucht, von der eigentlichen Frage abzulenken, wie ein besserwisserischer Schüler, der bei einem Irrtum ertappt wird. »Antonius wurde in weniger als einem Jahr heiliggesprochen, die kürzeste Kanonisierung der gesamten Kirchengeschichte.«

Giulio geht nicht darauf ein, doch seine Augen glitzern spöttisch. »Jedenfalls fiel der heilige Antonius im Schwarzen Schloss in einen tiefen Schlaf und wurde von den drei Söhnen des heiligen Georg befreit, die mit dem Wasser des Zauberbrunnens die sieben Lampen löschten...«

»Das sind doch alles Legenden, reiner Aberglauben!« Erneut kann Gomi sich nicht bremsen. »Absurde Geschichten ohne Hand und Fuß!«

»Das hätten Sie Baron Canistraterra sagen müssen.« Giulio lacht.

Auch Lara lacht; Lucia dagegen wirft einen Blick auf die Fenstertür und durchquert rasch den Raum.

»Den Baron habe ich gerade nicht präsent.« Gomi ist so gestresst, dass ihn jede ironische Äußerung noch mehr verwirrt. »Aber der heilige Antonius gehört zu unseren wichtigsten Heiligen, ich sehe nicht, warum man ihn in Geschichten hineinziehen sollte, die nichts zu tun haben mit –«

Lucia öffnet die Salontür, um mit einem wütenden Windstoß Architekt Perusato hereinzulassen, gefolgt von zwei Männern und zwei Frauen. Der eine Mann ist lang und dünn, mit rundem, kahlrasiertem Kopf, Jeans und silberglänzendem Jackett, der andere ist groß und korpulent, trägt ein aus der Hose hängendes Hemd mit breitem, offenem Kragen und einen weißen Anzug. Eine Frau hat aggressiv blondierte Haare, die andere ist rabenschwarz gefärbt; beide sind langbeinig, tragen Schuhe mit schwindelerregenden Absätzen, die Giulio schon durchs Fernglas bemerkt hatte, als sie die Treppe heraufkamen, enge Röcke und tief ausgeschnittene Blusen über dem prächtigen Busen. Alle vier protzen mit einer Fülle von Uhren, Halsketten, Armreifen und Ringen. Sie blicken sich um, lachen, reden miteinander.

Architekt Perusato zeigt vorstellend in die Runde, doch seine offensichtliche Verlegenheit vermasselt ihm die beabsichtigte Feierlichkeit. »*Madame et Monsieur Cobanni, Monsieur Gomi...*«

Giulio und Tiziana Cobanni nicken zum Gruß und erheben sich nicht, denn die Neuankömmlinge betrachten sie unaufmerksam, ohne näher zu treten. Piero Gomi bewegt kaum die Lippen, das Misstrauen steht ihm ins Gesicht geschrieben.

Dann deutet Perusato auf die vier neuen Gäste: »Signor Malachow, Signora Tanja, Signor... *Pardonnez-moi, Monsieur, votre nom, encore une fois?*«

»*Burskin.*« Der bullige Mann im weißen Anzug braucht ein paar Sekunden, bis er antwortet, vielleicht versteht er kein Französisch. Er dreht sich zu der Schwarzhaarigen um, pikst sie mit dem Zeigefinger in die Rippen, bringt sie zum Lachen.

»Und Signorina Irina, richtig?«

»*Sí*«, bestätigt die Frau mit den rabenschwarzen Haaren auf Italienisch. Sie dreht sich zu ihrer blondierten Freundin um. »Бот надоели!« Beide lachen schallend.

»Die Herrschaften sind ausnahmsweise heute Abend beim Essen unsere Gäste.« Man begreift unschwer, wie sehr die Ankunft dieser Leute den Architekten unter der Oberfläche seiner untadeligen Manieren verunsichert. Fragend sieht er Lucia an, die die vier Russen eilig zu dem für sie reservierten Tisch auf der rechten Seite des Raumes führt.

Die Russen setzen sich unter neuem Gelächter, blicken in die Runde, wechseln rasch laute Sätze.

»*Très bien, Lucia va s'occuper de vous.* Lucia wird sich um Sie kümmern.« Der Architekt wiederholt es auf Italienisch, unsicher, welche Sprache am ehesten geeignet ist. Er gibt Lucia ein anspornendes Zeichen, obwohl sie durchaus schon recht aktiv ist. »Frag die Herrschaften, was sie trinken möchten.«

Die schwarzhaarige Frau namens Irina übersetzt, vor allem an den Typen namens Malachow mit dem kahlrasierten Kopf in der Glitzerjacke gewandt.

»Champagner.« Malachow macht eine Handbewegung, als wolle er sagen, was sonst? Er beugt sich zu Irina: »Спросите его, какое у них шампанское.«

»Was für Champagner da?« Irina übersetzt.

»Ah, wir haben eine stattliche Auswahl.« Perusato schwankt zwischen Stolz und Misstrauen.

»А какие?« Malachow scheint zu zweifeln, ob das Angebot wirklich seinen Ansprüchen genügt.

»Welche?« Irinas Haltung ist wie einstudiert, Ellbogen aufgestützt, Finger der rechten Hand abgespreizt, Nägel acrylblau lackiert.

»Nun, wir haben einen Pol Roger *Cuvée Sir Winston Churchill*, der, glaube ich, keiner Vorstellung bedarf.« Trotz aller Anspannung ist der Architekt gut vorbereitet und in Sachen Champagner sichtlich kompetent. »Einen sehr interessanten Bollinger *Blanc de Noirs Vieilles Vignes*, einen ziemlich außergewöhnlichen Krug *Clos du Mesnil* ...«

»Auch einen Perrier-Jouët in limitierter Auflage, sehr blumig.« Lucia legt noch zu. »Oder einen klassischen Dom Pérignon *White Gold*.«

»Самое дорогое!« Der Typ im weißen Anzug beugt sich vor, um Malachow auf die Schulter zu klopfen, und beide lachen dröhnend.

»Конечно, самое дорогое.« Malachow macht Irina ein Zeichen, eine Art Prankenhieb in der Luft.

»Welches ist teuerste?« Irina gibt sich noch blasierter, die Karikatur einer Jetset-Frau.

»Der Krug.« Lucia antwortet ohne Zögern.

»Ja, der ist etwas ganz Besonderes.« Architekt Perusato strengt sich sichtlich an, weltmännische Größe zu bewahren. »Ein Mono-Cru, was in der Welt der Champagner ziemlich einzigartig ist, sehr langer, runder Geschmack mit Aromen von Honig, Marzipan, Mandeln …«

Signorina Irina beginnt zu übersetzen, bricht aber nach der Hälfte ab.

»Две бутылки, прямо сейчас!« Malachow macht eine ungeduldige Handbewegung.

»Zwei Flaschen, sofort!«, übersetzt Irina.

»Ausgezeichnet.« Perusato nickt, nicht gerade begeistert von diesem Benehmen. Er sieht Lucia an, die vor ihm her zur Fenstertür geht; gemeinsam treten sie hinaus.

Die Russen lachen weiter, reden laut, klopfen sich gegenseitig auf die Schultern, knabbern Ramiros winzige Reisfladen und die superdünnen Grissini.

»Ich würde sagen, Ölmagnaten *und* Waffenhändler.« Mit einem jungenhaften Lächeln hebt Giulio den Blick zu Tiziana.

»Ja.« Sie lächelt zurück, obwohl sie sich fühlt, als scherzten sie auf der untergehenden Titanic.

Piero Gomi dagegen sitzt immer verdrossener mit verschränkten Armen da, weiß nicht, was er tun und mit wem er reden soll.

»Jedenfalls ist diese Geschichte mit der Sieben absurd, wenn Sie gestatten.« Er schaut Giulio an, vielleicht tröstet es ihn irgendwie, das Streitgespräch mit ihm wieder anzufachen.

»Diese Zahl fasziniert die Menschen schon seit Jahrtausenden.« Giulio antwortet in dem mondänen Ton, den er annimmt, wenn er mit jemandem spricht, der ihm völlig egal ist.

»Mich beeindruckt sie, ehrlich gesagt, gar nicht.« Gomi hat seine sonore Stimme, seine irritierend leutselige Art wiedergefunden.

»Beeindruckt es Sie gar nicht, dass die Todsünden sieben sind?« Giulio legt den Kopf leicht schräg, wie es seine Art ist.

»Das eine hat doch nichts mit dem anderen zu tun...«

»Dass die letzten Worte Jesu Christi sieben sind?«

»Um Himmels willen, vermischen wir nicht das Heilige mit dem Profanen!« Piero Gomi verhaspelt sich ein wenig, vielleicht befürchtet er, sich auf potentiell blasphemische Betrachtungen eingelassen zu haben. »Ich meine nur, wie kann man denn behaupten, dass eine Zahl *als solche* eine Bedeutung hat...«

»Und die sieben Tage der Schöpfung?« Es macht Giulio Spaß, ihn zu provozieren. »Halten Sie es für wahrscheinlicher, dass es fünf waren? Oder womöglich acht?«

»Jetzt hören Sie doch auf damit!« Piero Gomi wird immer unwirscher. »Ich weiß nicht, worauf Sie hinauswollen...«

Die Fenstertür des Salons öffnet sich erneut, mit einem weiteren Windstoß treten die Poulanc und die Reitt ein und mustern ziemlich überrascht die vier Russen, die so mit Reden und Lachen beschäftigt sind, dass sie die Ankunft der beiden kaum zur Kenntnis nehmen.

Giulio legt das Buch des Barons aufs Sofa und erhebt sich, um die Damen zu begrüßen, wie es sich gehört.

Unterdessen kommt der Architekt mit einer Flasche Champagner zurück, gefolgt von Lucia mit der zweiten Flasche und Carmine mit zwei Eiskühlern. Sachkundig öffnet er die erste Flasche, riecht am Korken, gießt zwei Fingerhoch in eine Flûte, reicht sie Malachow und wartet höflich.

Malachow führt die Flûte an die Lippen, kippt sie schwungvoll und laut schlürfend, ohne überhaupt zu kosten.

Der Architekt ist sichtlich verärgert über den Mangel an Feingefühl, übergibt die Flasche Lucia, damit sie weitermacht, und kommt ans andere Ende des Raums. »Wenn die Herrschaften allmählich Platz nehmen wollen, ich glaube, dieser hier ist Ihr Tisch.« Er deutet auf einen Tisch mit vier Gedecken, rückt Tiziana Cobanni, der Reitt und der Poulanc die Stühle zurecht. Giulio setzt sich ohne Hilfe, wirft einen schrägen Blick auf Piero Gomi, der ebenfalls aufgestanden ist, aber nicht recht weiß, was er tun soll.

»Sie sitzen hier.« Perusato deutet auf das niedrige Tischchen, das nur für eine Person gedeckt ist.

»Hier?« Gomi wirkt gar nicht überzeugt.

»Ja, tut mir leid, aber heute Abend sind wir in einer echten Notlage, wie Sie sicher selbst sehen können.« Der Architekt winkt Carmine, der soeben den Champagner der Russen in die Eiskübel gestellt hat.

Carmine wartet, bis Gomi sich mürrisch wieder aufs Sofa gesetzt hat, und rückt ihm das Tischchen hin. In der Tat ist der Platz ein wenig erniedrigend: Der Abgeordnete sieht aus wie ein Kind, das zur Strafe allein am Katzentisch essen muss, seine gekränkte Miene ist durchaus verständlich.

Wieder öffnet sich die Fenstertür, herein kommen Reitt, Neckhart und Matthias. Sie wechseln misstrauische Blicke, mustern die Russen, die erstarren, als sie sich von drei Männern mit kämpferischem Äußeren beobachtet sehen. Perusato führt sie zu einem Tisch auf der anderen Seite des Salons, wartet, bis sie sich gesetzt haben, fragt, welchen Wein sie möchten. Alle drei winken ab, tuscheln miteinander, blicken erneut zu den Russen hinüber.

Brigitte Reitt schaut ihren Mann mehrmals an, doch er weicht ihrem Blick geschickt aus. Perusato kommt wieder an ihren Tisch zurück. Dass die dramatischen Ereignisse des Tages, die Spannungen unter den Gästen, das Benehmen der Russen und der draußen wütende Wind seiner zeremoniellen Art fast nichts anhaben konnten, verleiht jeder seiner Gesten, jedem seiner Worte eine leicht absurde Note, wie bei einer Theateraufführung in Kriegszeiten. »Was wünschen die Herrschaften zu trinken?« Er deutet eine Verbeugung an, doch seine Augen flackern unstet.

»Den teuersten natürlich.« Giulio kann es nicht lassen.

Der Architekt ist kein bisschen belustigt. »Dann kann ich Ihnen einen Château Lafite-Rothschild Jahrgang 1954 anbieten, Ingegnere –«

»Ich habe nur Spaß gemacht«, unterbricht ihn Giulio, denn die Poulanc hat sofort besorgt aufgeblickt. »Ich würde sagen, an diesem Tisch müssen wir niemandem etwas beweisen, oder?« Er sieht die Poulanc, die Reitt und Tiziana an.

Unterschiedlich überzeugt, schütteln die drei Frauen den Kopf.

»Uns genügt ein angenehmer Tropfen.« Giulio schlägt einen versöhnlichen Ton an. »Er muss weder jahrzehntelang gereift sein, noch Tausende von Kilometern zurückgelegt haben.«

Der Architekt ist einfach nicht zum Scherzen aufgelegt; er dreht sich um, kontrolliert die anderen Tische und räuspert sich. »Wir haben einen Etna Rosso, produziert von Johann Kaufmann auf nur vier Hektar Nerello Mascalese ...«

»Ja, er ist vom Restaurantführer des *Espresso* prämiert worden.« Hilfsbereit lächelnd taucht Lucia hinter Perusato auf. »Und vom Gambero Rosso hat er drei Gläser bekommen. Die Weinberge sind durchschnittlich siebzig Jahre alt ...«

»Gut, übernimm du das. Wenn die Herrschaften mich entschuldigen wollen.« Brüsk überlässt der Architekt Lucia das Feld, durchquert den Salon und verlässt nach kurzem Kampf mit der Fenstertür den Raum.

»Seid ihr einverstanden?« Giulio sieht Tiziana und die zwei anderen Damen an.

Alle drei nicken; Lucia zieht sich eilig zurück.

An der Fenstertür begegnet ihr Carmine, der ein Tablett für die Russen hereinbringt; er verteilt die Tellerchen mit von weitem undefinierbaren Gerichten in lebhaften Farben auf den Platztellern. Die Russen beäugen sie aus der Nähe, geben Kommentare ab, probieren, kommentieren erneut, trinken noch mehr Champagner, essen, lachen.

Reitt, Neckhart und Matthias reden an ihrem Tisch mit leiser Stimme, werfen abschätzende Blicke. Die Spannung zwischen den entgegengesetzten Ecken des Raums wächst spürbar.

»Hahahaha!« Der breite Russe im weißen Anzug bricht in lautes Gelächter aus und steckt seine Freunde an. Die Blondine trällert misstönend die Strophe eines Lieds, der Russe mit dem Glatzkopf namens Malachow schlägt mit der Faust auf den Tisch.

»*Quelle vulgarité, mon Dieu.*« Die Poulanc zeigt mit einer kleinen Kopfbewegung hinüber.

»Daran sind aber großenteils wir schuld.« Giulio lächelt.

»Wie das?« Die Poulanc und die Reitt sehen ihn fragend an.

»Ihr kultureller Bezugsrahmen ist das italienische Privatfernsehen.« Giulios Ausdruck wirkt eher ermüdet als scharfsinnig. »Das ist mir auf meinen Reisen nach Moskau in den letzten Jahren bewusst geworden. Es ist die Welt von Canale 5, in die Realität umgesetzt.«

»Was meinen Sie damit?« Brigitte Reitt bemüht sich, die Anwesenheit ihres Mannes in wenigen Metern Entfernung geflissentlich zu ignorieren.

»Alles Show, alles käuflich.« Beim Sprechen blüht Giulio wieder auf. »Vollkommener Mangel an gutem Geschmack, Aufmerksamkeit, Mäßigung, Scham, Gefühl.«

»Und Tolstoi, Dostojewskij, Čechov?« Die Poulanc macht ein dramatisches Gesicht.

»Auf der Straße bemerkt man jedenfalls nichts von ihnen.« Giulio schüttelt den Kopf. »Es wird sie schon noch geben, aber gut versteckt. Was man sieht, sind riesenlange Autos, Luxusrestaurants voller sehr junger, sehr reicher Gäste, Mädchen mit unglaublich hohen Absätzen, gekleidet wie Soubretten aus dem Varieté, alle immer mit ihrem Smartphone in der Hand. Keine Armen, keine Alten, keine Behinderten weit und breit, um keinen Preis. Haushohe Werbeplakate, auf Hochtouren arbeitende Bauunternehmen, irrwitziger, rund um die Uhr lahmliegender Verkehr.«

»*Quelle horreur.*« Die Poulanc schaudert.

Giulio zuckt die Schultern. »Nun, als nach dem Mauerfall ihr entsetzliches totalitäres System zusammengebrochen ist, haben sie sich umgeschaut, und was haben sie gesehen? Das Fernsehen von Herrn Buscaratti.«

Wie zur Bestätigung seiner Worte tönt vom Tisch der Russen erneut unflätiges Gelächter, Grölen und Gläserklirren herüber.

»Entschuldigen Sie, aber was wollen Sie damit behaupten?« Um von seinem niedrigen Tischchen aus gehört zu werden, hebt Piero Gomi seine blecherne Stimme. »Ist es unsere Schuld, dass sie nach Jahrzehnten schrecklicher kommunistischer Diktatur in eine Wertekrise geraten sind?«

»Nein, es ist unsere Schuld, dass *wir* uns in einer Wertekrise befinden.« Giulio lässt sich in seiner Polemik nicht bremsen. »Dass wir nur noch Vulgarität, Gemeinheit und Oberflächlichkeit exportieren können.«

»Und dafür wollen Sie den Onorevole Buscaratti verantwortlich machen, entschuldigen Sie mal?!« Piero Gomi ereifert sich wie in den Talkshows, seine kleinen dunklen Augen funkeln vor gespielter politischer Leidenschaft.

»*Bien sûr, nous pouvons le remercier pour tout ça!*« Die Poulanc erhebt ihre schrille Stimme.

»So einfach ist es nicht.« Mit trostloser Miene schüttelt Giulio den Kopf. »Es war alles schon da, die reißerischste und peinlichste Seite der italienischen Mentalität. Buscaratti hat sich darauf beschränkt, sie nach Kräften zu verstärken, zu legitimieren und zu verbreiten.«

»Das sind ungerechte, grundlose Beschuldigungen, die unserem Land schaden!« Jetzt mimt Gomi ganz den Verteidiger des Vaterlands. »Und ich kann es nicht dulden, dass die französische Dame uns eine Lektion erteilen will, wo es bei ihr zu Hause genug zu sagen gäbe!«

Das lässt die Poulanc nicht auf sich sitzen. »*Écoutez-le, l'associé du gangster!*«

»*Bitte, Simone.*« Die Reitt legt ihr die Hand auf den Arm, sie möchte verhindern, dass zu den Konflikten, die schon in der Luft liegen, noch neue hinzukommen.

»Wie haben Sie mich genannt?« Piero Gomi stemmt sich mit den Händen ab, als wollte er aufstehen, aber er ist eingeklemmt zwischen dem Sofa und dem niedrigen Tischchen. »Wie haben Sie mich genannt, Signora?«

»Den Komplizen des Gangsters!« Die Poulanc lässt sich gewiss nicht einschüchtern.

Zum Glück erscheinen Carmine und Lucia mit neuen Tabletts, verteilen kleine Teller mit einer einzigen Meeresfrucht in der Mitte, umgeben von einer roten Flüssigkeit und angerichtet auf einer halb durchsichtigen feingehackten Masse, die mit grünem Schaum in Form eines Blattes dekoriert ist. Wie alle Kreationen Ramiros ist auch diese von rätselhafter Pseudoeinfachheit.

»Ramiro hat es *El sueño del mejillón* genannt.« Eifrig erläutert Lucia das kulinarische Kunstwerk. »Das heißt: der Traum der Muschel.«

»Was aber längst nicht so aufregend klingt.« Giulio setzt sein jungenhaftes Lächeln auf. Dem kann Tiziana Cobanni nicht widerstehen, sie lacht.

»Die Muscheln sind in Meerwasser gekocht, *en escabeche* mariniert, mit Soße von Seeigeleiern und Preiselbeeren und auf einem Tatar von Aloe vera mit schottischem Wacholder angerichtet.« Lucia ist genauso unruhig wie der Architekt, bemüht sich aber, ihre Nervosität in professionelle Effizienz umzuwandeln. »Der Geleeschaum dagegen ist …«

»Nein, bitte sagen Sie uns nicht, woraus der Schaum besteht.« Giulio unterbricht sie. »Lassen Sie uns raten.«

Lucia zögert kurz, doch als sie sieht, dass die Damen am Tisch einverstanden sind, nickt sie und wendet sich Piero Gomi zu, der ungeduldig von seinem niedrigen Tischchen herüberlinst.

Die Reitt, die Poulanc, Giulio und Tiziana studieren das Arrangement auf ihren Tellern. Ihre Vorsicht steht in größtem Widerspruch zum Ungestüm der Russen, die schon alles weggeputzt haben, was man ihnen gebracht hat, und jetzt mit großer Geste Lucia herbeiwinken, damit sie ihnen die zweite Flasche Champagner öffnet.

Nun greift die Poulanc entschlossen zu dem langstieligen Löffelchen, das neben ihrem Teller liegt, nimmt ein Häppchen von der Muschel, führt es zum Mund. Die anderen tun es ihr nach, kosten das zarte lauwarme Muschelfleisch mit seinem leicht säuerlichen Nachgeschmack und blicken sich an.

»Interessant …« Tiziana spricht als Erste.

»*Pas mal.*« Poulanc nickt wohlwollend, erstaunlicherweise ist ihre Skepsis verflogen.

»Ich würde sagen, genial.« Giulio klingt versonnen. »Wisst ihr, was Ramiro mit solchen Gerichten gelingt?«

»Was denn?« Tiziana Cobanni, die Poulanc und die Reitt sehen ihn alle drei gleichzeitig fragend an.

»En miniature die Unverständlichkeit der Welt darzustellen.« Giulio deutet auf die kleine, gekochte, verstümmelte Form von Leben vor ihm mit der roten Lache rundherum, die einer Blutspur gleicht. »Er zeigt uns, dass es keinen Sinn gibt außer dem gänzlich relativen, den wir zu unserer kurzfristigen Beruhigung selbst erfunden haben.«

Die Poulanc und die Reitt machen ratlose, beinahe erschrockene Gesichter. Tiziana Cobanni kennt ihren Mann zu gut, als dass seine Bemerkunmg sie zusätzlich erschüttern könnte.

»Probiert den mal.« Giulio lächelt besänftigend, taucht das Löffelchen in den grünen, blattförmigen Schaum.

Tiziana Cobanni schließt sich an: Der Geschmack ist salzig und gleichzeitig irgendwie süß, mit einem Hauch Schärfe, der sich erst im Nachhinein entfaltet. »Was ist das?« Sie versucht es herauszufinden, die Grundsubstanz des Schaums stammt jedenfalls zweifellos aus dem Meer.

»Algen, würde ich sagen.« Giulio nimmt noch ein Löffelchen voll.

»*Algues au gingembre.*« Die Poulanc ist sich sicher.

»Ja, Ingwer ist bestimmt dabei. Aber noch etwas anderes…« Giulio wirft einen verstohlenen Blick auf Piero Gomi, der an seinem Tischchen extrem misstrauisch mit dem Löffelchen hantiert, den Kopf senkt und mit der Zungenspitze den Schaum berührt.

»Dill vielleicht?« Tiziana Cobanni versucht, der flüchtigen Geschmackskomponente nachzuspüren.

»*Estragon, peut-être?*« Die Poulanc überlegt.

»Majoran?« Auch die Reitt wagt eine Hypothese. »Ich weiß nicht, wie das auf Italienisch heißt.«

»*Maggiorana.* Ja, aber es ist nicht Majoran.« Nachdenklich probiert Giulio den Schaum noch einmal.

Doch was ist denn Majoran, abgesehen von einem Namen?, fragt sich Tiziana Cobanni unwillkürlich. Und was sind Algen? Was ist Ingwer? Was wird mit Giulio passieren? Und mit ihr selbst? Was wird aus all dem, was sie kennen, werden?

»Хорошо, но слишком мало!« Am Tisch der Russen hebt Malachow die Stimme und winkt gebieterisch.

»Gut, aber zu wenig!« Auch Irina macht Carmine Zeichen, widerstrebend begibt er sich in ihre Richtung. Erneut stoßen die

Russen klingend mit ihren Flûtes an und kippen den Champagner auf Ex.

Auf einmal bleibt Carmine stehen und dreht sich um, als würde er von einem außerordentlich starken Magneten angezogen.

Architekt Perusato öffnet die Fenstertür, um Lynn Lou Shaw und ihre Freundin Lara hereinzulassen. Neben Lara in ihrem gewohnten minimalistischen, orientalisch angehauchten Stil ist Lynn Lou Shaw heute Abend spektakulär: enganliegendes, kurzes weißes Kleid, das ihre weichen Formen unterstreicht, duftig gewellte blonde Haare, effektvoll wie in den *Sixties* geschminkte, große blaue Augen, hochhackige rote Lackschuhe. Wirklich ein Star, der im bernsteinfarbenen Schein der Laternen und Kerzen einen eigenen Glanz auszustrahlen scheint; kaum zu glauben, dass es sich um dieselbe flegelhafte Göre handelt, die gestern mit unverantwortlicher Leichtfertigkeit den Bootsunfall verursacht hat.

»*Définitivement Hollywood, hein?*« Die ironische Bemerkung der Poulanc wird neutralisiert durch die rückhaltlose Bewunderung, die ihr Gesicht ausdrückt.

Giulio betrachtet die Shaw mit hingerissenem Lächeln und wirft einen Seitenblick auf Brian Neckhart, um dessen Reaktion zu sehen. Tiziana kann nicht widerstehen und folgt seinem Beispiel, ebenso die Poulanc. Nur die Reitt starrt unverwandt auf ihren Teller, um ja nicht dem Blick ihres Mannes zu begegnen.

Neckharts Züge sind verkrampft, mit zusammengekniffenen Lidern beobachtet er die Bewegungen seiner Frau und die Reaktionen der anderen Anwesenden.

Architekt Perusato führt die Shaw und ihre Freundin zu dem noch freien Tisch, der sich zwischen Tiziana Cobannis Tisch und dem der Russen befindet. Er will der Shaw den Stuhl zurechtrücken, doch Carmine kommt ihm mit beinahe aggressivem Eifer zuvor. Er zwingt den Architekten, das Feld zu räumen, hilft der Schauspielerin mit religiöser Ergebenheit, Platz zu nehmen. Sehr rasch kommt Lucia mit einem Tablett und serviert den beiden jungen Frauen die Tellerchen mit Ramiros Meereskreation.

Malachow, dem die anderen Gästen bisher gleichgültig waren, ist überaus beeindruckt vom Auftritt der Shaw: Er starrt sie unverwandt an, beugt sich zu Irina. »Спросите – это Линн Лу Шоу?«

»Конечно, это Линн Лу Шоу!« Die blonde Russin nickt.

»Entschuldigung, ist das Lynn Lou Shaw?« Irina, die Dolmetscherin des Quartetts, wendet sich an Perusato.

»*Miss* Lynn Lou Shaw!« Carmine fährt wütend dazwischen, wie ein Paladin, der zu allem bereit ist, um den Gegenstand seiner Verehrung zu verteidigen.

»Meine Herrschaften, bitte essen Sie weiter.« Der Architekt schaut die Russen beinahe flehentlich an. »Wie ich schon Gelegenheit hatte, Ihnen zu erklären, gehört es zu den Grundsätzen des Hauses, dass die Privatsphäre der Gäste gewahrt bleibt…«

»Что делает этот идиот?« Malachow sieht Irina ungeduldig an.

»Гость имеет право на прайвеси.« Automatisch übersetzt Irina ihm die Worte des Architekten, ohne den Blick von der Schauspielerin abzuwenden.

»Плевал я на его прайвеси!« Malachow lacht, füllt sein Glas mit Champagner, erhebt sich. Die anderen Russen tun es ihm mit lautem Stühlerücken nach.

»Meine Herrschaften, wirklich, ich bitte Sie…« Hastig bemüht sich Architekt Perusato, sie zu beschwichtigen, und fuchtelt mit beiden Händen.

»Твое здоровье, Линн Лу Шоу!« Malachow ignoriert ihn vollkommen und bringt einen Toast aus.

»Auf Gesundheit von Lynn Lou Shaw!« Irina übersetzt begeistert.

»Ура!« Die Russen grölen im Chor, kippen den Champagner, setzen sich wieder und sehen die Schauspielerin weiter mit breitem Lächeln an.

»*Les barbares.*« Die Poulanc verdreht die Augen zur Decke.

Giulio dreht sich zu Tiziana hin, deutet mit einer Bewegung der Augen auf die Französin: »Der Snob.«

Tiziana tritt ihm gegen das Schienbein; sie bereut es sofort, auch wenn es nicht sehr fest war.

Giulio lächelt unverändert weiter. Die Poulanc hat nichts gehört, weil die Russen immer noch lärmen.

Lynn Lou Shaw wirkt hin- und hergerissen zwischen Verlegenheit und Genugtuung. Zuletzt steht sie auf, verneigt sich leicht vor den Russen, und da sie schon mal dabei ist, wendet sie sich um und verneigt sich auch vor den anderen Gästen, als wäre sie bei der Verleihung irgendeines Filmpreises. Sie setzt sich wieder, ein wenig erhitzt, aber insgesamt zufrieden. Entschlossen spießt sie mit ihrer Gabel die Muschel auf ihrem Tellerchen auf und verschlingt sie auf einen Satz.

Die Russen klatschen lachend. Malachow schwenkt die zweite, mittlerweile leere Champagnerflasche in Richtung Lucia. »Эй! Еще шампанского!«

»Noch eine Flasche!« Irina gibt seinen Wunsch weiter.

»*Mon Dieu, s'ils boivent.*« Die Poulanc verdreht erneut die Augen zum Himmel.

»Da bleibt uns nichts, als mitzuhalten, *chère Madame.*« Giulio füllt ihr Glas.

Malachow gestikuliert und zeigt auf Lynn Lou Shaw. »Да, лучше две бутылки! Одну отнесите Линн Лу Шоу! Быстро!«

»Noch zwei!« Irina erfüllt ihre Rolle als Dolmetscherin, ohne deshalb aufzuhören, mit den anderen zu lachen und zu scherzen. »Eine für Lynn Lou Shaw! Eine Huldigung von Signor Malachow!«

Lynn Lou Shaw bedankt sich mit einem strahlenden Lächeln

und schiebt sich eine gehäufte Gabel Aloe-Tatar in den Mund. Lara neben ihr isst viel maßvoller und aufmerksamer; gleichzeitig lässt sie sich kein einziges Detail des Geschehens rundum entgehen.

Architekt Perusato weiß nicht mehr, wie er den Anstand im Salon wahren soll, und wendet sich in verzweifeltem Ton an Signorina Irina. »Bitte mäßigen Sie sich. Sagen Sie doch Ihren Freunden, sie möchten nicht so herumschreien.«

»Что он хочет?« Malachow muss den Sinn von Perusatos Worten ahnen, denn er schneidet eine Grimasse und beugt sich zu Irina, um eine genaue Übersetzung zu bekommen.

»Он говорит, чтобымы перестали кричать.« Irina klärt ihn auf.

»Кретин!« Malachows Kommentar ist offenbar eher unhöflich, denn Irina übersetzt ihn nicht, sondern lacht zusammen mit der Blondine und dem dicken Mann im weißen Anzug laut auf.

Der Architekt erwägt kurz, ob er etwas erwidern soll oder lieber nicht, dann zischt er Lucia etwas ins Ohr und schreitet demonstrativ würdevoll zur Tür.

Lucia berührt Carmine, der in Beschützerhaltung neben Lynn Lou Shaws Tisch stehen bleibt, am Arm und fordert ihn zum Abräumen auf. *Kamon, grabba li platti, quo waiti?* « Sie nimmt die leeren Champagnerflaschen und verlässt eilig den Salon.

Carmine gibt sich einen Ruck, sammelt die Teller der Russen ein, mustert sie feindselig. Die reden und lachen ungerührt weiter, bestaunen Lynn Lou Shaw, der diese Aufmerksamkeit keineswegs zu missfallen scheint, und tauschen giftige Blicke mit Neckhart, Reitt und Matthias am anderen Ende des Raums. Der Wind rüttelt weiter an den Fensterscheiben, pfeift durch alle Ritzen, fegt in den Salon, sobald jemand die Fenstertür öffnet, um hinein- oder hinauszugehen.

Die Poulanc versucht, eine Diskussion über einen Roman von Roland Lemoine anzuregen, der in Frankreich in den letzten Monaten heftige Kontroversen ausgelöst hat, doch in Italien und Deutschland hat ihn niemand gelesen.

69

Jedes Mal, wenn Lucia und Carmine wieder die Küche betreten, um neue Teller zu holen oder leere zurückzubringen, sind ihre Gesichter verkrampfter, ihre Bewegungen fahriger. Sie schütteln den Kopf, schnaufen, lassen sich über die letzten Ungezogenheiten der Russen aus, über Piero Gomis Aufdringlichkeit, Brigitte Reitts Appetitlosigkeit, Werner Reitts Arroganz. Wenn Perusato sie hört, ruft er sie lasch zur Ordnung, denn eigentlich treiben ihn ganz andere Sorgen um.

Paolo Zacomel erfüllt seine Rolle, so gut er kann, obwohl ihm deutlich bewusst wird, dass er keine große Hilfe ist, wenn Ramiro ihn auf Fehler beim Aufschneiden hinweist, auf die mangelhafte Homogenität einer Mixtur oder die ungleichmäßige Bräunung einiger Cannoli aus peruanischer Quinoa, die Paolo behutsam frittieren sollte, bevor sie noch rasch in den Backofen kamen. Auch Ramiro ist kurz vor dem Ausflippen, gebeutelt von seinem üblichen Perfektionismus, dem Mangel an Personal, der Notwendigkeit, fünf Personen zusätzlich zu verköstigen, der wachsenden Aufregung des Architekten, seiner taresischen Assistentin und ihres Cousins.

Als Lucia noch zwei Portionen Hummermousse in krokantem Pastetchen aus schwarzem Wildreis an Zucchini-Charlotte mit Thymian und Koriander für die Russen verlangt, platzt er: »¡Esto no es un fast food!«

»Sie sagen aber, es hätte ihnen nicht gereicht!« Lucia ist den Tränen nahe. »Auch Dr. Reitt hat sich beklagt! Sie behaupten, die Portionen seien zu klein, man könne nur eben probieren!«

»*¡Es precisamente esto el punto!*« Ramiro kann es kaum glauben, dass sie nicht selber merken, dass genau das diese Art von Küche auszeichnet. »*¡Es por esto que mi cocina se llama tecnoemocional!*«

»Erkläre ihnen doch, dass es noch vier Gänge gibt«, wirft Paolo Zacomel ein.

»Aber die sind doch genauso klein wie die anderen!« Lucia zeigt auf die winzigen Bötchen aus Avocado mit Meeresschnecken an wildem Fenchel, Mangogelee und rosa Salz vom Himalaya, die soeben fertig geworden sind, auf die mikroskopischen Törtchen aus zerstoßenem bolivianischen Maniok und Krebsfleisch mit Himbeeren und weißem Muntok-Pfeffer, die sich noch in Arbeit befinden. »Die Leute haben Hunger!«

Eilig verteilt Paolo Zacomel die Avocado-Bötchen auf kleine Teller und stellt sie auf ein Tablett.

»*¡Yo no puedo cocinar de esta manera!*« Ramiro schreit, für solche Ignoranten könne er nicht kochen, und stampft mit dem Fuß auf. »*¡Para personas que ni siquiera saben qué es la calidad!*«

Carmine kommt mit einem Tablett voll leerer Teller herein und knallt es auf eine Arbeitsfläche, abgehetzt, als käme er vom Schlachtfeld.

Ramiro deutet auf das Tablett mit den Avocado-Bötchen. »Los, bring ihnen die!«

»He, sprich nicht in so einem Ton mit mir!« Carmine ist bereit, sich mit jedem anzulegen. »Ist das klar?!«

»Sie werden kalt!« Ramiro wird noch lauter.

»Moment mal, was geht hier vor?« Perusato betritt völlig entnervt die Küche.

»Der Kerl soll gefälligst höflich mit mir reden!« Carmine fuchtelt kriegerisch in Richtung Ramiro. »Ich habe ihm schon mal gesagt, dass ich nicht sein Diener bin!«

»Carmine, die Situation ist schon schwierig genug!« Perusato ist wirklich am Ende.

»Ich habe ihm bloß gesagt, er soll die servieren, bevor sie kalt werden.« Hektisch deutet Ramiro auf die Avocadobötchen.

Perusato macht übermenschliche Anstrengungen, um die Nerven zu behalten. »Bitte, Carmine, servier sie, bevor sie kalt werden. Tu mir den Gefallen, bitte!«

Carmine überlegt ein paar Sekunden, dann senkt er den Kopf, nimmt das Tablett, geht hinaus.

»Und Sie, Ramiro, bitte beruhigen auch Sie sich.« Allerdings ist Perusato selbst so gestresst, dass er wenig glaubhaft klingt.

»¡Esta es una situación imposible!« Ramiro schiebt die Schüssel mit Mus aus weißen Pfirsichen mit Wildrosenessenz beiseite, die Paolo Zacomel nach seinen Anweisungen leicht erwärmt hat und ihm jetzt übergeben möchte. »Yo soy un artista, exijo respeto!«

»Ramiro, ich verstehe Sie vollkommen.« Perusato gestikuliert bedächtiger, doch sein Ausdruck zeigt tiefe Besorgnis.

»Ach ja, volkomen, volkomen!« Ramiro ist knallrot im Gesicht. »¡Volkomen *su madre*!«

»Ramiro, bitte, was erlauben Sie sich…« Perusato sieht sich hilfesuchend um.

»Ich muss mich auf meine Kreationen konzentrieren können.« Ramiro hebt die Pfanne mit den Quinoaröllchen, knallt sie auf das Elektrokochfeld. »¡Tengo que respirar!«

»Ich dachte, dass Ihnen klar sei, in welcher Notlage wir uns befinden!« Es fällt Perusato immer schwerer, die Rolle dessen zu spielen, der die Krise meistert, ohne auszurasten.

»An dieser Notlage sind Sie selber schuld.« Ramiro bewegt sich sprunghaft. »Sie haben den Russen erlaubt, hier zu essen.«

»Hätte ich die Leute etwa wegschicken sollen, Ihrer Meinung nach?!« Auch Perusato wird lauter. »In unserer Situation?! Die Kosten laufen völlig aus dem Ruder, die Schäden häufen sich! Die Russen verschaffen uns wenigstens ein bisschen Spielraum, sie zahlen cash!«

»Nennen Sie das Spielraum?«

»Hören Sie, Ramiro, glauben Sie etwa, mir macht es Spaß, hier den Oberkellner machen zu müssen?!« Jetzt brüllt Perusato richtig. »Glauben Sie wirklich, ich wünschte mir nichts mehr als das, nachdem ich ein paar Dutzend nicht direkt unerhebliche, in den bedeutendsten Architekturzeitschriften der Welt veröffentlichte Projekte realisiert und fünf oder sechs ziemlich angesehene internationale Preise gewonnen habe?!«

Offenbar haben seine Worte zumindest eine gewisse Wirkung auf Ramiro, denn als Paolo Zacomel erneut versucht, ihm die Schüssel mit Pfirsichmus in die Hand zu drücken, nimmt er sie. Pikiert beginnt er, mit einem schmalen, langen Löffel, das Mus in kleinsten Portionen auf die Mikrotörtchen aus Maniok und Krebsfleisch zu verteilen.

Perusato wendet sich auch an Lucia und Paolo Zacomel. »Was ich verlange, ist ein kleines bisschen Opferbereitschaft, zum Nutzen aller! Einen Hauch Solidarität! Dass jeder seinen Teil beiträgt! Es handelt sich ja nur darum, diesen einen Abend durchzustehen, das Essen zu Ende zu bringen! Dann kehren die Russen auf ihre Yacht zurück und Schluss! Ich verspreche euch, dass ab morgen alles besser läuft!«

Paolo Zacomel zuckt die Achseln: Er hat große Zweifel, was das Morgen angeht, sieht aber keinen Grund, eine schon derart zerrüttete Situation noch weiter zu verschärfen.

»Also kann ich mich auf Sie verlassen, Ramiro?« Perusato wendet sich an den Koch. »¡Por favor!«

Ramiro nickt knapp, nimmt die goldbraun gebackenen Quinoaröllchen aus der Pfanne, legt sie zum Abtropfen auf ein doppeltes Blatt Küchenpapier und frittiert langsam die nächste Ladung. Er macht es automatisch, wie ein Geigenvirtuose, der mit verbundenen Augen spielt. Doch braucht man nur die zuckenden Muskeln rund um seine Augen anzuschauen, um seinen Zustand zu erraten.

Perusato wendet sich Lucia zu, die mit erschöpfter Miene am Weißweinkühlschrank lehnt. »Du auch, Lucia, bitte. Wir dürfen uns nicht gehenlassen.«

»Ich will doch nur ein paar Flaschen holen.« Lucia richtet sich auf, öffnet die Tür und sucht zwei Flaschen Champagner heraus.

»Wieder für die Russen?«

Lucia nickt bejahend. »Sie wollen eine für sich und eine für Lynn Lou Shaw!«

»Noch mal?!« Perusato ist erneut kurz davor, die Nerven zu verlieren. »Sie hatten doch schon *fünf*, eine für Signora Shaw inbegriffen!«

»Ich weiß, aber sie trinken eben weiter, was kann ich dafür? Und die Shaw schluckt auch nicht schlecht! Die erste hat sie fast ganz allein weggeputzt!«

»Dieser Krug kostet zweitausend Euro pro Flasche!« Perusato hampelt herum und gestikuliert wie wild. »Und die Leute merken nicht einmal, was sie da trinken!«

»Stimmt, aber sie zahlen achtzigtausend Euro für das Essen!«

Ramiro und Paolo Zacomel drehen sich um und starren Lucia beide gleich fassungslos an.

»Ehrlich gesagt, hatte ich gehofft, dieses Detail könnte unter uns bleiben!« Perusato ist stinksauer wegen der Enthüllung. »Aber auf dieser Insel ist selbst das geringste Maß an Diskretion schon zu viel verlangt!«

»Entschuldige mal, es ist doch so!« Lucia schlägt im gleichen Ton zurück. »Ich sehe nicht, was daran verwerflich sein soll!«

»Na ja, es ist nicht das Einzige, was du nicht siehst!« Perusato schnauzt sie an.

»Was gäbe es denn noch, was ich nicht sehe?!« Lucias Stimme ist so schrill, dass die an der Wand hängenden Töpfe klirren.

»Ach, lassen wir das, bitte!«

»Nein, sag es mir! Erklär mir, was ich noch alles nicht sehe!«

»Vergiss es, okay?« In manchen Momenten begreift man nicht, ob Perusato eine Krise bewältigen oder eine neue schüren möchte. »Wie viel sie für das Essen bezahlen, ist jedenfalls Nebensache! Was ich nicht akzeptieren kann, ist, dass sie so einen Champagner saufen, als ob es Limonade wäre! Den teuersten, den teuersten, das ist das Einzige, was sie interessiert! Der einzige Maßstab, den sie kennen!«

»*Bueno, no sólo los rusos.*« Ramiro schüttelt den Kopf.

»Bloß keine Betrachtungen über den Zustand der Welt jetzt, bitte!« Perusato weist ihn schroff zurecht. »Sie wissen ganz genau, wovon ich rede!«

»Und Sie wissen genau, wovon *ich* rede!« Ramiro lässt sich nicht so leicht den Mund verbieten.

»Ja, aber was soll ich jetzt machen?!« Lucia ist schon wieder zum Heulen. »Sagen, dass sie nichts mehr trinken dürfen?!«

»Keine Ahnung, bring ihnen doch einfach was anderes!« Perusato weist auf den Kühlschrank. »Bring ihnen zwei banale Veuve Cliquot mit einer Serviette drum herum, damit sie das Etikett nicht sehen!«

»Und wenn sie es merken?«

»Die merken bestimmt nichts! Denen könntest du einen Schaumwein für zwei Euro fünfzig pro Flasche geben, und sie würden den Unterschied nicht schmecken!«

»Lynn Lou Shaw aber schon!« Lucia bebt am ganzen Körper.

»Ach was! Diese ausgeflippte drogenabhängige Alkoholikerin, die mit Coca-Cola groß geworden ist!«

»*No digas eso, Lynn Lou es una amiga.*« Ramiro verteidigt sie.

Carmine, der gerade mit einem Tablett voll leerer Teller in der Hand in die Küche gekommen ist, baut sich mit verzerrter Miene vor Perusato auf. »Architetto, es reicht! Bestimmte Dinge kann ich nicht dulden!«

»Bist du verrückt geworden?« Perusato weicht zurück.

»Ich sage Ihnen, Architetto, ich dulde es nicht, dass man so respektlos über Miss Lynn Lou redet!« Geblähte Nasenflügel, verkrampfte Muskeln, geballte Fäuste, Carmine sieht aus, als wollte er ihn gleich umbringen.

»*¡Madre de Dios!*« Ramiro zieht sich vom Herd zurück.

»Carmine!« Auch Lucia wirkt erschrocken.

»Hey! Immer mit der Ruhe!« Paolo Zacomel versucht sich vorsorglich zwischen Carmine und Perusato zu schieben, damit es nicht zu einer Handgreiflichkeit kommt.

»Wie kannst du es wagen, so mit mir zu sprechen, du!« Perusato klammert sich an einen autoritären Ton, aber man sieht, dass er Angst hat. »Außerdem waren das ganz allgemeine Betrachtungen, weiter nichts!«

Carmine kann mit den Worten des Architekten nichts anfangen, er runzelt die Stirn. Doch gleich darauf packt ihn wieder die Wut, und er knallt das Tablett mit den leeren Tellern auf die Ablage. »Wenn die so weitermachen, dann werden sie was erleben, ich schmeiße sie runter ins Meer!«

Flüchtig huscht Erleichterung über Perusatos Gesicht, bevor sich die nächste Angst breitmacht. »Wer denn, die?«

»Die Russen, Architetto!« Mit zornigen Schritten stapft Carmine zum Küchenvorraum und wieder zurück. »Sie glotzen unentwegt und stören Signorina Lynn Lou! Sie haben sogar behauptet, dieses hässliche blondgefärbte Scheusal, das bei ihnen sitzt, würde ihr ähnlich sehen! Und dass die und Signorina Lynn Lou die gleiche Arbeit machten!«

»Nun, vielleicht stimmt es.« Perusato versucht, zumindest diese Bemerkung etwas zu relativieren.

»Was sagen Sie da, Architetto?!« Carmine ereifert sich sofort, als hätte der Architekt geflucht, und baut sich erneut drohend vor ihm auf.

»Ich meine, dass diese Frau in Russland vielleicht ebenfalls eine bekannte Schauspielerin ist.« Perusato bemüht sich um einen gelassenen Ton, aber mit wenig Erfolg. »Es kann ja gut sein, dass dieser Malachow auch bei irgendeiner Fernsehkette die Hände im Spiel hat.«

»Das ist doch völlig hirnrissig, so eine mit Miss Lynn Lou Shaw zu vergleichen!« Carmine ist empört. »Auch nur eine Sekunde lang!«

»Einverstanden, Carmine.« Perusato ist bleich. »Doch jetzt musst du dich zuallererst mal beruhigen!«

»Ich beruhige mich bestimmt nicht, wenn die nicht aufhören! Ich drehe ihnen den Hals um!«

»Du tust nichts dergleichen, Carmine!« Wundersamerweise gelingt es Perusato, aus seiner Verzweiflung heraus eine gewisse Sicherheit zu markieren. »Ich komme jetzt mit in den Salon und sage ihnen, sie möchten sich bitte etwas mäßigen.«

Plötzlich wird es in der Küche stockfinster. Von einem Moment zum anderen verschwinden Gesichter, Mienen, Haltungen und Absichten, das Surren der Abzugshaube verstummt, das Brummen der Kühlschränke bricht mit einem Ruck ab. Paolo Zacomel hat das Gefühl, dass die ganze Welt abgeschaltet wurde, wie ein zu lautes, zu dummes Fernsehprogramm, das schließlich auch die stumpfsinnigsten Zuschauer genervt hat. Er steht reglos in der tiefen Dunkelheit, in der nur vom fernen Brausen des Windes durchzogenen Stille.

»O Gott, ich sehe nichts!« In Lucias Stimme zittert eine uralte Furcht.

»*¡No veo nada!*« Auch Ramiros Stimme klingt erschrocken.

»Was zum Teufel ist hier los?« Perusatos Tonfall passt wieder gar nicht zu den Umständen.

»Der Generator ist ausgefallen!« Carmines Stimme ist noch immer zornig.

»Was soll das heißen, ausgefallen?!« Perusatos Stimme wird wieder kleinlaut.

»Wegen dem starken Wind! Ich wusste es!«

»Warum hast du mir denn nichts gesagt?« Perusato gerät in Panik.

»Architetto, ich hab's versucht, aber Sie haben gesagt, später, ich habe jetzt keine Zeit...«

»Wovon redest du? Offenbar hast du dich nicht klar genug ausgedrückt!«

Paolo Zacomel schweigt und atmet ruhig. Er denkt an Lara im Salon, im warmen Schein der Laternen und Kerzen.

»*¿Dónde están las luces de emergencia?*«

»Ja genau, warum gehen die Notlampen nicht an?« Perusato tastet sich durch die Küche, seine Stimme bewegt sich im Dunkeln.

»Wir haben keine, Architetto.« Auch Carmines Stimme bewegt sich durch den Raum.

»Wie meinst du das?«

»Sie haben doch beschlossen, damit zu warten, es ist Ihnen sogar gelungen, die Inspektion verschieben zu lassen, erinnern Sie sich nicht?«

»Ach so, na gut. Los, hol eine Taschenlampe!« Perusato hat keine Lust, auf diese Einzelheiten einzugehen. »Zum Glück werden sie mit den Laternen im Salon nichts mitkriegen.«

»Tu was, Gian!« Lucias Stimme klingt immer verzagter. »Ich habe Angst!«

»Sei nicht kindisch, bitte!« *Stonk!* Perusato stößt an irgendeine Küchenmaschine, während er im Dunkeln herumtappt. »Carmine, wo bleibt die Taschenlampe?!«

»Augenblick, Architetto, gleich hab ich sie!«

Ein weißer Lichtstrahl zuckt in verschiedenen Richtungen durch die Küche, Paolo Zacomel ist geblendet.

»Lauf rasch zum Technikraum und stell auf den anderen Generator um!« Zum Ausgleich für alles, was er nicht rechtzeitig getan hat, formuliert Perusato seine Anweisungen jetzt mit besonderer Dringlichkeit.

»Bin schon unterwegs, Architetto.« Carmine geht hinter seinem Lichtstrahl hinaus, die Küche versinkt wieder im Dunkeln.

»Und was machen wir?« Lucias Stimme bebt weiter.

»Wir warten, bis Carmine im Technikraum ankommt.«

Sie atmen in der Finsternis, jeder für die anderen unsichtbar. Paolo fällt eine Szene aus einem Kriegsfilm ein, den er als Junge gesehen hat, wo die Besatzung eines U-Boots gebannt auf die Explosion der Wasserbomben in der Tiefe wartet. Auch jetzt überkommt ihn das Gefühl, dass die Zeit sich dehnt und in die Länge zieht, wie vor dem Knall.

Plötzlich flammt das Licht wieder auf, offenbart Gesichter, Mienen, Haltungen, Absichten. Die Kühlschränke beginnen wieder zu brummen, die Abzugshaube surrt; die kleinen roten, grünen und gelben Kontrolllämpchen der verschiedenen Küchenmaschinen blinken wieder.

Paolo Zacomel fühlt sich eher ausgesetzt als gerettet, er muss wieder in eine Rolle schlüpfen, eine Maske aufsetzen. Anstatt sich von der Dunkelheit hypnotisieren zu lassen, hätte er sie nutzen können, um hinauszuschlüpfen und Lara aus dem Salon zu holen, denkt er, um gemeinsam weit weg zu laufen von diesem Knäuel von Interessen, die weder ihn noch sie betreffen. Doch wie kommt man überhaupt hier weg? Und noch dazu in einer Nacht wie dieser?

Die anderen Menschen in der Küche scheinen jedoch alle entschlossen zu sein, sofort zu dem zurückzukehren, was sie vor fünf Minuten waren und taten: Die Blicke und Gesten beschleunigen sich wieder.

Carmine kommt zurück. »Der Windgenerator ist ausgefallen, genau wie ich dachte, Architetto.«

»Na gut, wir kontrollieren ihn morgen früh.« Klar, dass Perusato jetzt keinen Kopf für so was hat. »Nun bringen wir zuerst mal die fertigen Teller in den Salon. Los!«

»*¡Los pasteles se quemaron!*« Ramiro stürzt hin, um die

Pfanne mit den neuen Quinoaröllchen vom Feuer zu nehmen, die in der Tat schon leicht verbrannt aussehen.

»Ich finde, die gehen noch prima.« Perusato wirft einen flüchtigen Blick darauf, er will darin nicht auch noch eine Katastrophe sehen.

»¡*Están arruinados!*« Ramiro dreht ein Röllchen mit einem Pfannenwender um, als handelte es sich um einen kleinen Kadaver.

»Hören Sie, Ramiro, im Augenblick haben wir, ehrlich gesagt, ernstere Probleme als Ihre frittierten Röllchen!« Mit größter Mühe hangelt sich Perusato an der feinen Linie entlang, die ihn vor der endgültigen Explosion trennt.

»Und ich, was mache ich mit dem Champagner?« Neben dem Weinkühlschrank stehend, schaut Lucia ihn fragend an.

»Bring ihnen, was du willst! Hauptsache bald! Schluss jetzt mit dem Getrödel!« Auch Carmine treibt er wütend mit Gesten an. »Und du, servier endlich diese verdammten Mikrotörtchen, los, Beeilung!«

Äußerst unwillig greift Carmine nach dem Tablett, während Lucia schließlich noch zwei Flaschen Krug à zweitausend Euro herausholt. Besorgt eskortiert Perusato Cousin und Cousine zur Tür und geht hinter ihnen hinaus.

Ramiro und Paolo Zacomel sehen sich an, während die aufgeregten Stimmen und Gesten noch nachklingen.

»¡*Qué hermosa situación!*« Ramiro macht ein undefinierbares Gesicht.

»Echt.« Auch Paolo Zacomel weiß nicht, wie er dreinschauen soll. Sie müssen lachen, wissen aber beide genau, wie zerbrechlich ihr momentanes Gleichgewicht ist.

70

Immer wieder schaut Brian Neckhart zu seiner zukünftigen Exfrau am anderen Ende des Salons hinüber, um sich zu bestätigen, was er nur zu gut schon weiß. Zusätzliches Publikum treibt Lynn Lous krankhaften Exhibitionismus auf die Spitze: Die Blicke und Kommentare der Russen sind wie Öl ins Feuer, regen sie an, jede Pose, jede Haltung noch zu betonen. Sie ist angezogen, als müsste sie bei der Premiere eines ihrer Filme über den roten Teppich schreiten, nachdem sie vorher tagelang wie ein schlampiger, ungezogener Teenager in Gummilatschen und drei Nummern zu großen Shorts herumgelaufen ist. Bestimmt hat sie das extra gemacht, als sie von den neuen Gästen zum Abendessen gehört hat, um ihren Marktwert zu behaupten, Bestätigung zu bekommen, sich zu rächen und die morbide Aufmerksamkeit zu genießen. Man braucht ja nur zuzusehen, wie sie lacht oder sich mit der Hand durchs Haar fährt, den Kopf zurückwirft, ihr Profil erst von der einen, dann von der anderen Seite darbietet, wie sie sich unter dem Vorwand, Lara etwas ins Ohr zu flüstern, streckt, um etwas Bein zu zeigen, oder wie sie sich vorbeugt, um die Serviette aufzuheben, und so den Blick auf ihr Dekolletee frei gibt. Dass ihre Bewunderer unterdessen völlig betrunken sind, stört sie nicht, im Gegenteil. Lieber grölende, begeisterte Zuschauer als die überkritischen, kühlen Blicke der Gäste der Villa Metaphora!

Er muss sich immer wieder bremsen, um nicht hinzugehen, sie am Arm zu packen, sie draußen den gepflasterten Weg hinaufzuschleifen und in die Suite einzusperren, bis die Wirkung des Champagners nachlässt, den ihr die russischen Fans freundlicherweise spendiert haben. Für Lynn Lou wäre das eine wunderbare Gelegenheit für einen hochdramatischen Auftritt, bei dem ihm die Rolle des Unmenschen zufiele und ihr selbst die Rolle des armen Opfers. Die Zuschauer wären sicher alle auf ihrer Seite und bereit, den Bösewicht auszupfeifen oder gar auf die Bühne zu springen, um ihn zu verprügeln. Doch solche Gedanken sind völlig müßig: In den letzten zwei Jahren hat er ihre ganze Palette von Szenen miterlebt, hat sich viel mehr Rollen zuweisen lassen, als er je spielen wollte. Was ihn betrifft, ist die Vorstellung aus, die Theatertruppe Neckhart-Shaw gibt es nicht mehr. Ende.

Das Wichtigste ist jetzt, von dieser verfluchten entlegenen Insel wegzukommen. Er muss so schnell wie möglich die unterbrochenen Verbindungen wiederherstellen, sein lebenswichtiges Beziehungsnetz neu knüpfen und die keineswegs einfachen Probleme eines bedeutenden, soeben akquirierten Kunden wie Werner Reitt in Angriff nehmen, ohne noch mehr kostbare Zeit zu vergeuden.

Werner Reitt selbst ist sich der Dringlichkeit der Situation mehr als bewusst. Man braucht ihm nicht zu erklären, wie entscheidend es ist zu reagieren, bevor alle Würfel gefallen sind, solange noch ein Spielraum besteht, um die Haltung der Finanzkreise und der öffentlichen Meinung zu beeinflussen. Die größte Schwierigkeit ist eher, ihn zu bremsen, zu verhindern, dass er in seiner Ungeduld weitere Katastrophen wie das Debakel mit dem Hubschrauber herbeiführt.

»Meinen Sie, dass mir auch der heutige Unfall angelastet wird, sobald die Nachricht nach Deutschland gelangt?« Über diesen speziellen Punkt haben sie schon mindestens fünfmal diskutiert, aber der Banker kommt immer wieder darauf zurück.

»Nein, nicht, wenn wir vor der Nachricht nach Deutschland gelangen.« Brian Neckhart weiß genau, wie wichtig es bei dieser

Art von Kunden ist, Zweifeln keinen Raum zu lassen. Obgleich Supermanager vom Kaliber Werner Reitts für ihre autokratische Entscheidungsfähigkeit gerühmt (oder verabscheut) werden, umgeben sie sich in Wirklichkeit mit Scharen von Beratern, denen sie nie ganz vertrauen, deren Meinungen sie je nach Umständen und Laune des Augenblicks Glauben schenken oder nicht. Anstatt die Eintracht in ihrem Team zu fördern, neigen sie dazu, Konkurrenz und Konflikte zu schüren, weil sie glauben, auf diese Weise einen natürlichen Ausleseprozess anzuregen, bei dem zum Schluss die besten Ideen herauskämen. Heraus kommt jedoch ein gordischer Knoten aus widersprüchlichen Meinungen und Ratschlägen, den der Supermanager mit oft impulsiven, ja beinah irrationalen Entscheidungen durchhaut. Dass die Außenwelt das dann als luzides, konsequentes Resultat komplexer Strategien ansieht, ist einzig dem politischen oder ökonomischen Gewicht der von den fraglichen Persönlichkeiten geführten Organisationen geschuldet. (Ein typischer Fall von »automatischer kollektiver Überzeugung«, wie er es im Handbuch LifeSolving™ Nummer drei genannt hat.) Mit anderen Worten, diese Sorte Kunden sind allem Anschein zum Trotz instabiler als viele andere. Man darf ihnen nie mehrere Optionen anbieten, sondern muss ihnen einen einzigen, möglichst linearen Weg aufzeigen.

»Sie hätten aber in diesem Augenblick leichtes Spiel.« Immer wieder stellt Werner Reitt die Überzeugung seines Beraters auf die Probe. »Sie könnten behaupten, meine Arroganz sei an allem schuld, meine Eile, hier wegzukommen und so weiter.«

»Mr. Reitt, wenn ein Hubschrauber abstürzt, ist ein mechanischer Defekt oder ein Fehler des Piloten daran schuld. Sonst nichts.« Brian Neckhart spricht mit ihm wie mit einem Kind, mag dieser Mann mit seinem eisigen Blick auch noch so groß und anmaßend sein. »Und da es sich beim Piloten außerdem um einen Italiener handelt, steigt die Wahrscheinlichkeit, dass er selber schuld ist, ungeheuer, vor allem in den Augen der öffentlichen Meinung in Deutschland.«

Reitt nickt, doch in seinen Augen glimmt weiterhin ein schwer zu besiegendes Misstrauen.

»Köstlich.« Matthias probiert einen Bissen von dem kleinen, mit warmem Aprikosenschaum und Kardamom gefüllten Cannolo und versucht den Geschmack des hauchdünnen Veilchenbaisers und des kalten Schweifs aus Erdbeerbaumhonig und dunkler Schokolade aus Ecuador herauszuspüren, den Lucia mit so vielen bereits wieder vergessenen Details präsentiert hat.

»Wie können Sie jetzt nur ans Essen denken!« Brutal fällt Werner Reitt seinem Assistenten ins Wort.

»Entschuldigen Sie, Herr Reitt.« Hastig tilgt Matthias die schwache Spur kulinarischer Begeisterung aus seinem Gesicht, wischt sich mit der Serviette den Mund ab.

Brian Neckhart und Werner Reitt haben ihre Cannoli mit zwei Bissen vertilgt, genau wie alle vorherigen Gerichte. Beide bekunden demonstrativ ihr Desinteresse am Essen, besonders in dieser affektierten Form, die ihrem männlichen Wesen zuwiderläuft. Es herrscht ein andauernder Wettstreit zwischen ihnen, beide sind Alphatiere, die sich ununterbrochen beweisen wollen, wer hier der Stärkere ist.

Am anderen Ende des Raums steigt Lynn Lou jetzt auf ihren Stuhl und deutet Tanzbewegungen an, während die Russen sie händeklatschend anfeuern.

Perusato geht zu ihnen, um sie etwas zur Räson zu bringen, ohne den geringsten Erfolg. Er spricht auch mit Lynn Lou, doch sie sieht ihn nicht einmal an. Sogar ihre Freundin Lara ist verlegen, bemüht sich mehrmals vergeblich, die Schauspielerin zum Herunterkommen zu bewegen.

Am anderen Tisch beobachten das alte italienische Ehepaar, die französische Journalistin und Frau Reitt die Szene mit einer Mischung aus Abscheu und Faszination, als wären sie unversehens in ein Lokal geraten, in das sie normalerweise nie einen Fuß setzen würden.

Der Bootsmann Carmine dagegen steht wie gelähmt mit dem Tablett in der Hand da, einen ekstatischen Ausdruck auf dem Gesicht. Er nimmt nicht einmal wahr, dass Lucia ihn auf die leeren, abzuräumenden Teller hinweist, und erwacht erst aus seiner Starre, als Perusato kommt, ihn am Arm schüttelt und zur Ordnung ruft.

Der Einzige, der sich überhaupt nicht für Lynn Lou zu interessieren scheint, ist der Parlamentarier, der auf seinem Sofa vor dem niedrigen Tischchen sitzt. Er klopft sich gerade die Krümel vom blauen Anzug, wirft immer wieder Blicke zum Russentisch hinüber. Es ist unschwer zu erraten, was in seinem berechnenden Hirn vorgeht, und deshalb muss man dringend handeln.

»Meinen Sie, es ist so weit?« Werner Reitt sondiert mit Blicken die Lage im Salon, spricht mit zusammengekniffenen Lippen.

»Bald.« Brian Neckhart nickt. Um den richtigen Moment zu erkennen, braucht man einen guten Riecher und prompte Reflexe, dennoch bleibt es stets eine willkürliche Einschätzung. Die Erfahrung hat ihn gelehrt, die Zeichen zu erkennen, und auch, wie leicht einem ein Fehler unterlaufen kann. An einem bestimmten Punkt muss man die rationalen Überlegungen beiseiteschieben und spontan handeln, als gäbe es nur diese eine Möglichkeit.

Der italienische Politiker macht Anstalten, von seinem Sofa aufstehen, und schaut immer wieder zum Tisch der Russen.

Brian Neckhart erhebt sich, so gewandt er kann, durchquert den Salon, ihm ist bewusst, dass Werner Reitts und Matthias' Blicke ihm folgen. Auch der Politiker, das alte italienische Ehepaar, die Französin, Frau Reitt, Perusato, Lucia und Carmine beobachten ihn mehr oder weniger neugierig, als er an ihnen vorbeigeht. Unter den Assoziationen, die automatisch in seinem

Kopf auftauchen, sind auch die Szenen eines Western, den er als Kind häufig angeschaut (und sich dann als Erwachsener als DVD gekauft) hat und in dem sich der Held mit einer unglaublichen Mischung aus Entschlossenheit und Gleichgültigkeit quer durch den Saloon an den Tisch der Schurken begibt.

Lynn Lous Bewegungen auf dem Stuhl gehen mittlerweile über die angedeutete Sinnlichkeit im Stil der achtziger Jahre, mit denen sie begonnen hatte, weit hinaus und grenzen an plumpe Anmache. Der Champagner, die Zurufe und der Beifall der Russen, sogar die verblüfften Blicke der übrigen Tischgenossen haben ihr sowieso schon karges Gefühl fürs rechte Maß gänzlich ausgelöscht. Da ist sie, die Kindfrau, die ihn schier zum Wahnsinn getrieben hat, seit er die sehr schlechte Idee hatte, sie zu heiraten: gespielt naiv, gespielt ahnungslos, unersättlich in ihrer Gier nach Aufmerksamkeit. Erfreut nimmt sie die nächste Flasche Champagner an, die ihr die Russen spendieren (die dritte), hebt sie hoch wie eine Trophäe, trinkt, wiegt sich in den Hüften, blickt kokett um sich, lässt langsam die Hand an ihrer Seite hinaufgleiten bis unter die Brust, öffnet leicht die Lippen, wirft den Kopf zurück, schließt halb die Augenlider, lässt die Hand wieder abwärtsgleiten, Richtung Schamhügel.

Die Russen lachen, trinken, klatschen, beugen sich einander zu und reden, machen Fotos mit dem Handy, betrachten prüfend die Displays, knipsen weiter, lachen noch lauter. Der Glatzkopf namens Malachow, eindeutig der Chef der Bande, zieht die Glitzerjacke aus und schwenkt sie, als wollte er Lynn Lou Luft zufächeln. Dann lässt er sich von seinem beleibten Freund eine Zigarre reichen, zündet sie an, raucht, trinkt, lacht. Perusato tritt zu ihm, wahrscheinlich um zu sagen, dass man hier nicht rauchen darf, aber der Russe ignoriert ihn. Perusato besteht darauf, spricht mit der Schwarzhaarigen, bleibt ungehört. Die blonde Russin steigt nun ihrerseits auf den Stuhl, äfft Lynn Lou nach und wird mühelos noch vulgärer als diese. Ihre schwarzhaarige

Freundin feuert sie an, aber die beiden Männer winken ab, sie solle aufhören und die Darbietung des Stars nicht stören. Schweren Herzens steigt die Blondine vom Stuhl, trinkt wieder, klopft gemeinsam mit den anderen mit den Händen rhythmisch auf den Tisch.

Brian Neckhart versucht angestrengt, seine zukünftige Exfrau zu übersehen, auch wenn es ihm schwerfällt. Er erreicht den Tisch der Russen, bleibt vor Malachow stehen. »Entschuldigen Sie, sprechen Sie Englisch?«

»*No.*« Der Russe macht ihm ein Zeichen, ihm nicht die Sicht auf Lynn Lou zu versperren, die immer lasziver auf ihrem Stuhl tanzt, man muss sich nicht umdrehen, um das zu wissen.

Brian Neckhart wendet sich an die schwarzhaarige Russin. »Sprechen Sie Englisch?«

Die Russin wirft ihm einen trägen Blick zu, nickt kaum merklich.

»Zwei weitere Personen und ich bräuchten eine Mitfahrgelegenheit auf Ihrer Yacht.«

Die Russin zieht die sorgfältig gezupften Augenbrauen hoch, als verstünde sie nicht. »Das ist eine Privatyacht.«

»Ich weiß.« Brian Neckhart versucht, einen neutralen Gesichtsausdruck zu wahren, der keine von der Not diktierte Anspannung verrät. »Aber wir müssen noch heute Abend abreisen und haben kein Transportmittel zur Verfügung.«

»Чего вам надо?« Der dicke Russe beugt sich über den Tisch, macht eine fragende Handbewegung.

Die Schwarzhaarige übersetzt kichernd.

»Nur bis Bonarbor.« Brian Neckhart deutet ein Lächeln an, als teilte er den Spaß an der Situation. »Mit Ihrer Yacht brauchen Sie dazu keine zwanzig Minuten.«

»Молодец! Умница!« Malachow klatscht mit den Händen den Rhythmus für Lynn Lou, unterbricht kurz, um an der Zigarre zu ziehen, stößt den Rauch aus, klatscht weiter.

»Ausgeschlossen.« Die schwarzhaarige Russin schüttelt den Kopf.

Die Blonde knipst mit ihrem Handy noch ein Foto von Lynn Lou, der dicke Russe ebenfalls.

Carmine stellt das Tablett, das er in Händen hält, auf dem Nebentisch ab, gestikuliert wütend, brüllt: »Keine Fotos, das sagte ich schon! Achten Sie gefälligst die Privatsphäre von Signorina Lynn Lou!«

Brian Neckhart gibt sich alle Mühe, den Paladin seiner zukünftigen Exfrau zu ignorieren, sieht die schwarzhaarige Russin an und zeigt auf ihren kahlköpfigen Freund. »Könnten Sie mein Anliegen wenigstens an Mr. Malachow weitergeben, bitte?«

Unwillig beugt sich die Russin vor: »Они просят, чтобы мы их подвезли на яхте.«

Malachow dreht sich mit verächtlichem Ausdruck um. »Скажи им, чтобы шли к черту!« Er kippt den Rest Champagner in seinem Glas, macht der Blonden ein Zeichen, ihm erneut einzuschenken, und konzentriert sich wieder auf Lynn Lou.

Die schwarzhaarige Russin schaut von ihrem Platz zu Brian Neckhart auf, schüttelt den Kopf. »Unmöglich.«

Brian Neckhart muss gleichzeitig den Ärger über die Russen niederhalten und der Versuchung widerstehen, sich nach Lynn Lou umzusehen. Ersteres ist schwierig genug, das Zweite aber noch viel mehr, denn aller Augen sind so gebannt auf Lynn Lou gerichtet, dass ein Sog entsteht wie bei einem Schwarm Fische, die alle in die gleiche Richtung schwimmen. Sich nicht umzudrehen kostet ihn genau die Konzentration, die er dringend für seine Annäherung an die Russen bräuchte; dass er sich dessen bewusst ist, ändert nichts an der Sache.

»Давай, давай, давай!« Die vier betrunkenen Russen grölen im Chor für Lynn Lou, klatschen im Takt in die Hände.

Brian Neckhart ist klar, dass er bei seiner Kontaktaufnahme alles falsch gemacht hat: Haltung, Worte, Tonfall. Eines der

Prinzipien von LifeSolving™ lautet, dass es keine erbetene oder gewährte Gefälligkeit gibt, es gibt nur Machttransfer oder -erwerb. Je größer der Gefallen, um den man bittet, umso größer die Macht, die man dem anderen überträgt (zuallererst natürlich die, dir die Bitte abzuschlagen). Das gehört wirklich zu den Basics, die er seinen Kunden jeden Tag erklärt; er kann es nicht fassen, dass er sich so von Lynn Lou hat verwirren lassen, dass er das vergessen hat. Er versucht erneut, den Blick der schwarzhaarigen Russin zu erhaschen. »Ich möchte klarstellen, dass ich Sie nicht um einen Gefallen bitte.«

»Ach nein, und was wäre es dann?« Die Augen der Russin blitzen ironisch.

»Die Chance, etwas Bedeutendes zu tun.« Ja, aber in diesem allgemeinen Durcheinander verlieren seine Worte unweigerlich jede Schlagkraft. Sie klingen lächerlich, wie ein Witz. Malachow, der sein Gesprächspartner sein müsste, würdigt ihn keines Blickes, die Russin, die für ihn übersetzen müsste, nimmt ihn überhaupt nicht ernst.

»Ach, eine Chance!« Sie mustert ihn unverfroren. »Also müssten wir Ihnen für Ihr Ersuchen dankbar sein, vermute ich?«

Brian Neckhart ringt sich erneut ein Lächeln ab, obgleich er am liebsten etwas ganz anderes tun würde, nämlich Lynn Lou von ihrem Stuhl herunterzerren, um ihrem obszönen Affentheater ein Ende zu machen. »Angesichts der Umstände würde ich sagen, dass Sie moralisch verpflichtet sind, uns zu helfen.«

»Oh, wirklich?« Die schwarzhaarige Russin verhöhnt ihn ganz offen.

»Natürlich sind wir bereit, dafür zu bezahlen.« Noch so ein Anfängerfehler, das merkt er sofort. Nicht nur, weil die Russen ganz bestimmt kein Geld brauchen, sondern vor allem, weil es seinem Anliegen eine weitere Option hinzufügt.

»Какого ему черта надо?« Der dickere Russe beugt sich streitlustig über den Tisch.

»Ничего.« Die Schwarzhaarige tätschelt seinen Unterarm, als wollte sie sagen, lass es gut sein, dann sieht sie Brian Neckhart an. »Es geht nicht, wie schon gesagt.«

»Самая сексуальная еншина в мире!« Malachow klatscht Lynn Lou Beifall, sein Glatzkopf glänzt im Laternenlicht, und die Augen leuchten vor Begeisterung. Er nimmt sein großes Smartphone, das er auf den Tisch gelegt hat, knipst weitere Fotos, die er wahrscheinlich noch heute Nacht auf Facebook postet, oder spätestens morgen früh.

Brian Neckhart sucht in seinem Kopf nach einer neuen Herangehensweise, aber er weiß genau, dass die Gelegenheit verspielt ist. Peinlicher könnte es nicht sein: Der Gründer von LifeSolving™, der nicht in der Lage ist, von einem Grüppchen betrunkener Russen für ein paar Dutzend Meilen eine Passage auf ihrer Yacht zu bekommen. Das Ganze unter den Augen eines extrem schwierigen Kunden, der am anderen Ende des Raums sitzt, und den genervten Blicken der übrigen Tischgäste, die das Spektakel seiner ordinär auf ihrem Stuhl tanzenden, zukünftigen Exfrau ohne Ablenkung genießen möchten. In solchen Fällen gibt es nur eine Lösung: Sofort den Plan wechseln, anstatt sich eine noch tiefere Grube zu graben. Neckhart nickt der schwarzhaarigen Russin zu, dreht sich um und tritt den Rückweg an, immer bemüht, Lynn Lou aus seinem Gesichtsfeld auszuschließen.

»*Jistmellu!*« Im gleichen Moment stürmt Carmine wie eine Furie an den Tisch der Russen, stößt dagegen, wirft ein Glas um und beugt sich vor, um Malachow zu packen. »Schluss jetzt mit den Fotos, ich hab's dir schon gesagt! *Smatricatu!*«

»Что, черт возьми...« Malachow weicht leicht verlangsamt auf dem Stuhl zurück, der dicke Russe steht auf, ebenfalls ziemlich plump, die beiden Frauen kreischen.

»Carmine, bist du verrückt geworden?« Perusato kommt von rechts. »Hör sofort auf!«

Carmine ist außer sich, schreit unzusammenhängende Wörter, streckt erneut die Hände nach Malachow aus.

»Ich habe gesagt, du sollst aufhören! Geh sofort zurück in die Küche!« Ziemlich wirkungslos versucht Perusato, seinen Angestellten festzuhalten, wahrscheinlich hat er Angst, sich weh zu tun.

Unbeirrt beschimpft Carmine weiter Malachow. »*Blasfemator! Drecksack! Kotzbrocken!*«

»*Cammine, modera te!*« Aufgeregt kommt Lucia gerannt, packt ihn am Arm.

Carmine windet sich, versucht erneut, auf Malachow loszugehen, der in Verteidigungsstellung mit dem Rücken an der Wand lehnt und die Fäuste ballt.

»Я убью тебя!« Der dickere Russe schreit drohend, steht auf, will sich auf Carmine stürzen, aber seine Bewegungen sind extrem unpräzise, und die beiden Russinnen klammern sich an ihn, um ihn zu bremsen.

Das Tohuwabohu wird immer extremer und lauter, Perusato und Lucia halten Carmine zurück, die zwei Russinnen halten den dicken Russen zurück, und Carmine und Malachow überhäufen sich gegenseitig mit Beschimpfungen in unverständlichen Sprachen. »*Defilator! Sinrespecto!*«; »Скатина, сволочь!«

Doch plötzlich gelingt es Carmine, sich loszureißen, er wirft sich auf Malachow, packt ihn am Jackett, schlägt mit der Faust zu. Malachow weicht aus, schlägt zurück, verfehlt Carmine ebenfalls. Der dicke Russe schüttelt die beiden Frauen ab, trifft Carmine mit Wucht an der Schulter. Blitzschnell klammert sich Carmine an seinen Arm und beißt zu. »Эй! Ублюдок! Отстань от меня!« Der dicke Russe brüllt, versucht sich zu befreien, prügelt mit der Linken auf Carmines Kopf und Schultern ein, doch der lässt nicht locker. Perusato, Lucia, die beiden Russinnen und die anderen Tischgäste schreien durcheinander, noch mehr Gläser kippen um, ein Teller fällt zu Boden und zerbricht.

Entschlossen tritt Brian Neckhart zwischen die beiden Streitenden, aufmerksam den Schlägen von beiden Seiten ausweichend: Mit der Linken drückt er auf Carmines Halsansatz, stößt ihn zurück, packt den Russen mit der Rechten am Handgelenk und drängt ihn ab. Er setzt Schultern, Ellbogen und Beine ein, tritt dem einen gegen das Schienbein, dem anderen gegen das Fußgelenk, arbeitet mit maximaler Kraft und maximaler Präzision, schützt seine Lendengegend und seinen Kopf, hält sich im Gleichgewicht; zuletzt gelingt es ihm, sie zu trennen.

Einen Augenblick staunen die beiden, dass sie plötzlich getrennt sind, und Brian Neckhart nutzt den Moment, um sie noch weiter auseinanderzuschieben. Dann wollen sie sich erneut wütend aufeinander und auf ihn stürzen, doch in einem unglaublichen Durcheinander von Stimmen und Bewegungen greifen nun, außer Werner Reitt und dem italienischen Politiker, fast alle im Salon anwesenden Personen ein. Lara, die französische Journalistin, Frau Reitt, Matthias, der alte Italiener, seine Frau, Perusato, Lucia, die beiden Russinnen. Alle versuchen die zwei zu halten und zu trennen, alle mischen sich lauthals ein und schreien.

Selbst Lynn Lou steigt endlich von ihrem verdammten Stuhl herunter und nähert sich auf ihren Absätzen schwankend den Streithähnen. »Hey! Hört jetzt auf, Jungs!« Sie sieht sich schon als friedensstiftende Heldin, als ob nicht sie der Grund für die Schlägerei wäre. Ihr Eingreifen bewirkt allerdings, dass Carmine sich sofort beruhigt, sogar zerknirscht den Kopf senkt und sich von Lucia an der Hand vom Tisch der Russen wegführen lässt.

Perusato wendet sich in gequältem Ton an die schwarzhaarige Russin. »Signorina, bitte erklären Sie Ihren Freunden, dass das Essen beendet ist. Ab jetzt ist der Salon für die Gäste unseres Resorts reserviert.«

»Чего вы пристали? Чего вам надо?« Malachow fragt seine Freundin, was er gesagt hat.

Die Schwarzhaarige übersetzt oder liefert vielleicht ihre eigene Version von Perusatos Worten.

»*Désolé, Monsieur. La soirée est terminée, vous devriez partir.*« Perusato greift aufs Französische zurück, um die Sache offiziell zu bestätigen, kreuzt zur Verdeutlichung die Hände.

Die übrigen Gäste stehen alle mitten im Salon und beobachten mit unterschiedlich besorgten Mienen die Entwicklung der Lage. Der Politiker reckt den Hals, um zu kapieren, was Sache ist, ohne sich zu nahe heranzuwagen. Auch Werner Reitt hat sich erhoben, beobachtet die Szene aus sicherer Entfernung.

Brian Neckhart macht Matthias ein Zeichen, ihm zu folgen, und durchquert rasch den Salon.

»Und?« Werner Reitt ist noch steifer als gewöhnlich. »Mir schien, sie haben nicht die geringste Absicht, uns mitzunehmen.«

»In der Tat.« Brian Neckhart achtet streng darauf, keine Enttäuschung durchsickern zu lassen. »Genau wie ich vorhergesehen hatte.«

»Warum sind Sie dann überhaupt fragen gegangen, wenn Sie es vorhergesehen hatten?« Der Banker möchte ihm das gewährte Vertrauen wieder entziehen, zu seinem anfänglichen Misstrauen zurückkehren.

Brian Neckhart sieht ihm in die Augen, ohne mit der Wimper zu zucken. »Ich wollte in einer moralisch unangreifbaren Position sein.«

»Wozu?« Reitts Benehmen kann leicht abstoßend wirken, aber auch das macht die Herausforderung reizvoll.

»Um den Matrosen zu bestechen.« Brian Neckhart antwortet wie aus der Pistole geschossen, denn die Überzeugungskraft hängt großenteils von der Schnelligkeit ab, mit der die Antwort kommt.

Werner Reitt beschränkt sich darauf, die Augen zusammenzukneifen.

»Und die Yacht zu kapern?« Matthias ist schockiert.

»Aber nein!« In so einem Moment kann Brian Neckhart keine Interpretationsverzögerung dulden. »Was fällt Ihnen ein? Wir sind doch keine Piraten!«

»Entschuldigung, ich wusste einfach nicht...« Matthias windet sich vor Verlegenheit, auch weil sein Chef ihm einen giftigen Blick zuwirft.

»Ich will bloß den Matrosen bezahlen, damit er uns mit der Schaluppe nach Bonarbor bringt.« Brian Neckhart sucht nach einem neutralen Ton und vertraut darauf, dass der Klang seiner Worte die Dringlichkeit vermittelt. »Danach kommt er zurück und holt die Russen ab. Das halte ich für völlig legitim, angesichts der Umstände und der Weigerung, uns zu helfen.«

Werner Reitt bedeutet seinem Assistenten zu schweigen, fixiert Brian Neckhart mit einer Mischung aus Aufmerksamkeit und Misstrauen. »Und wie wollen Sie konkret vorgehen?«

»Wir gehen runter auf die Mole, und sobald der Matrose mit der Schaluppe kommt, mache ich ihm den Vorschlag.«

»Und wenn er ihn ablehnt?« Reitt bewegt beim Sprechen kaum die Lippen, obwohl es bei dem Durcheinander auf der anderen Seite des Salons sehr unwahrscheinlich ist, dass ihn jemand hört.

»Ich glaube wirklich nicht, dass er das tun wird.« Wieder tilgt Brian Neckhart jeden Zweifel aus seiner Stimme und seinem Ausdruck. »Wenn er bei fünfhundert Dollar nicht einschlägt, dann gewiss bei tausend.«

»Und wenn die Russen vor uns unten sind?«

»Eben deswegen müssen wir gleich handeln.« Brian Neckhart will das Unternehmen nicht zu dramatisch erscheinen lassen, aber auch nicht die Vorstellung wecken, dass es gar kein Risiko berge.

Werner Reitt blickt zum Tisch der Russen, an dem immer noch laut geredet und gestikuliert wird.

»Sie sind betrunken, ihre Reflexe sind extrem verlangsamt.« Brian Neckhart hat gerade einen klaren Beweis dafür erhalten.
»Wir sind bestimmt vor ihnen da.«
Werner Reitt spannt die Kiefermuskeln an, offensichtlich bereitet er sich im Geist auf die Aktion vor.
»Wir müssen rasch und koordiniert vorgehen.« Brian Neckhart betont das Wort »koordiniert«.
Werner Reitt nickt, schaut erneut zu den Russen hinüber. »Wie verständigen sie sich wohl mit der Yacht, um das Beiboot anzufordern?«
»Über Funk oder Lichtsignale mit einer Taschenlampe. Oder sie haben eine Zeit ausgemacht, als der Matrose sie hier abgesetzt hat.«
Reitt deutet mit dem Kinn auf die Fenstertür. »Meinen Sie, dass wir bei diesen Wetterverhältnissen überhaupt mit der Schaluppe bis zum Hafen kommen?«
Brian Neckhart schüttelt bedächtig den Kopf. »Ein Spaziergang wird es nicht, aber wir werden es schaffen.«
Werner Reitt nickt erneut, mittlerweile wirkt er überzeugt. Matthias bewegt den Kopf mit mehr Nachdruck, wahrscheinlich, um seinen inneren Widerstand zu überwinden.
Brian Neckhart lässt die Augen vom einen zum anderen wandern, versucht einzuschätzen, wer von beiden das schwächste Glied der kurzen Kette ist. Reitt hat die Zähigkeit eines Läufers, eine bemerkenswerte Skrupellosigkeit und den festen Willen, hier wegzukommen, aber ob er die nächtliche Seefahrt bei schlechtesten Wetterverhältnissen durchhält? Matthias ist zwar jung und seinem Chef überaus ergeben, doch körperlich wirkt er nicht sehr fit, und außerdem stellt er zu viele juristische Überlegungen an. Kurz und gut, nicht gerade ein Kommando der Navy Seals. Doch wie man es auch dreht und wendet, die Schaluppe der Russen ist im Moment die einzige Chance, nach Bonarbor zu gelangen. Ein weiteres Grundprinzip von LifeSol-

ving™ lautet, dass die Wahrscheinlichkeit, ein Problem zu lösen, umgekehrt proportional zur Anzahl der vorhandenen Optionen ist. Erhöhe die Optionen, und du weißt bald gar nicht mehr, was das eigentliche Problem ist. Reduziere sie auf eine einzige, und schon löst sich das Problem ganz wie von selbst.

»Also gehen wir gleich zur Mole hinunter?« Matthias scheint begierig, seine Bereitschaft zu beweisen.

»Ja. Aber bleiben Sie am Fuß der Treppe stehen. Man darf Sie nicht sehen, falls die Schaluppe zufällig vor mir ankommen sollte.«

»Warum, wo sind Sie denn?« Reitt mustert ihn fragend.

»Ich überwache die Lage hier oben und komme nach, sobald die Russen aufbrechen.«

Reitt überlegt noch kurz, dann steuert er auf die Fenstertüre zu. Matthias eilt hinterher; beide gehen hinaus in den Wind.

Brian Neckhart kehrt zum Russentisch zurück, wo sich Perusato bemüht, nach der Schlägerei wieder für ein wenig Anstand und Ordnung zu sorgen. In einer entfernten Ecke des Salons lauscht Carmine Lynn Lou, die unterdessen voll in die Rolle des Friedensengels geschlüpft ist; er nickt und setzt sich gehorsam auf ein Sofa. Lynn Lou beschwichtigt ihn mit sanften Gesten, gewiss sind auch ihre Worte zuckersüß. Welch wunderbares Beispiel für Bewusstseinsspaltung.

Am Russentisch wird der dicke Typ noch von seiner blonden Freundin beruhigt, während Malachow ungerührt danebensitzt, zerstreut der Schwarzhaarigen zuhört, die Perusatos Worte übersetzt und trotz allem immer mal wieder lüsterne Blicke in Richtung Lynn Lou wirft.

Auch das alte italienische Ehepaar, die Reitt und der italienische Politiker haben sich in den hinteren Teil des Salons verzogen, wiewohl sie ab und zu mit krankhafter Neugier den Kopf nach den Russen umdrehen. Nur die Französin beobachtet die Szene weiter aus wenigen Metern Abstand. Lara dagegen steht noch direkt neben dem Tisch, aus Neugier oder vielleicht, weil sie etwas zur Lösung des Konflikts beitragen möchte.

Das ärgert Perusato ebenso wie die Beharrlichkeit der Französin. »Entschuldigen Sie, meine Damen, dürfte ich Sie bitten, sich zu den anderen Gästen zu gesellen?«

»*Je reste ici aussi longtemps que je veux!*« Die Französin reagiert gereizt. Lara bleibt einfach stehen.

Perusato gibt es auf, nimmt Lucia am Arm und spricht leise mit ihr, vermutlich denkt er, dass so niemand mithören kann. »Für mich heißt morgen früh nie, bei diesen Typen.«

»Ja, aber was soll ich ihnen denn sagen?« Lucia ist deutlich unter Druck: Vermutlich reden sie über die Bezahlung des Abendessens.

»Sag, sie müssen es uns jetzt geben.« Perusato blickt um sich, als befürchte er, dass die Französin oder Lara oder Brian Neckhart zuhören, was sie auch tun.

»Aber sie haben es nicht dabei.«

»Sag ihnen, sie sollen es sich von ihrem Matrosen mitbringen lassen.«

»Ich? Ich soll ihnen das sagen?« Lucia legt die Hand auf die Brust.

»Du hast doch die Verhandlungen geführt, oder?« Perusato drängt sie. »Du hast den Preis ausgehandelt und alles. Du warst fabelhaft. Jetzt brauchst du ihnen nur noch zu sagen, dass wir das Geld sofort wollen. Mehr nicht.«

»Wie sollen sie denn dem Matrosen Bescheid geben?«

»Was weiß ich, irgendwie halt! Das ist nicht unser Problem!« Perusato verliert die Geduld. »Wichtig ist nur, dass sie heute Abend bezahlen, nicht morgen früh!«

Die Französin hat offenbar alles gehört, denn sie lächelt ironisch.

»*Madame, un peu de discrétion, s'il vous plaît!*« Perusato kann sich nicht zurückhalten.

»*Je vous trouve très agité, Monsieur!*« Die Französin schlägt sofort zurück. »*Comme si vous cachiez quelque chose!*«

»Ich habe nichts zu verbergen, Madame!« Perusato ist wütend. »Aber es geht nicht, dass Sie hier rumspionieren!«

Die Französin will sichtlich noch bissiger reagieren, doch Lara flüstert ihr etwas ins Ohr, hakt sie unter und geht mit ihr zu den anderen Gästen.

Lucia zögert kurz, dann entschließt sie sich, geht hin und teilt der schwarzhaarigen Russin Perusatos Forderung mit. Die Russin übersetzt für Malachow, der nur widerstrebend zuhört und zuletzt zornig aufbraust. »Они должны подождать до эавтра, просто!«

Die schwarzhaarige Russin dreht sich zu Lucia um und schüttelt den Kopf; Lucia dreht sich zu Perusato um und breitet machtlos die Arme aus.

Perusato ist jedoch fest entschlossen, sich das Geld noch heute Abend geben zu lassen, er ist sichtlich verzweifelt. »Sag ihm, wir bestehen darauf, Ende der Diskussion! Morgen sehen wir die Kerle nicht wieder, darauf kannst du Gift nehmen!«

Mit größter Überwindung probiert Lucia es noch einmal; die Schwarzhaarige übersetzt.

»Это стоит намного больше!« Wütend zeigt Malachow auf seine goldene Armbanduhr, nimmt sie ab und knallt sie auf den Tisch.

»Das ist eine Beleidigung!« Perusato ereifert sich. »Wir sind doch nicht auf einem Bazar! Sag ihm das!«

Lucia schüttelt den Kopf, sie ist zu nichts mehr bereit.

Perusato wiederum nimmt die Uhr in Augenschein: Seine Empörung schwindet rasch, sobald er erkennt, dass es sich um eine Baume & Mercier Flying Tourbillon handelt, die gewiss mehr wert ist als das, was die Russen ihm für das Abendessen schulden. Das noch dazu so böse geendet hat.

Malachow betrachtet die Angelegenheit wohl als erledigt,

und nach seiner Miene zu urteilen, fühlt er sich vollkommen im Recht. Ruckartig zieht er seine Jacke an, geht mit schwankenden Schritten zum Ausgang, gefolgt von seinem dicken Freund und den beiden Frauen. »Пошли они к дьяволу! Мы уходим! Ужин гадость!« Wahrscheinlich kommentieren sie die Geschehnisse beim Abendessen, aber sie lachen schon darüber, klopfen sich gegenseitig auf die Schultern. »Спокойной ночи, Линн Лу! До свидания!« Sie winken Lynn Lou, die noch mit Carmine auf dem Sofa spricht, werfen ihr weitere Komplimente zu. Carmine sieht sie mit flammenden Augen an, doch die Nähe seiner Göttin hindert ihn zu reagieren.

Brian Neckhart nutzt den Moment, um hinauszuschlüpfen in den Wind, der ihm beinahe die Tür aus der Hand reißt. Er geht an den Rand der Terrasse, schaut auf die Bucht hinunter. Die Yacht liegt dort draußen, schaukelt mit all ihren Lichtern in der schwach von einem armseligen Viertelmond erhellten Nacht. Rasch begibt sich Neckhart in die dichteste Dunkelheit, hinter die Kakteen oben an der Treppe, und wartet. Er hat sich immer für einen Mann der Tat gehalten, schon seit er als schmächtiger, unzufriedener Junge im Garten hinter dem Haus in Plainfield, dreißig Meilen von Chicago entfernt, ganze Nachmittage damit verbrachte, sich spannende Abenteuer auszudenken. Er fragt sich, ob die Idee für LifeSolving™ nicht nur aus seinem Leiden unter den wüsten Konflikte seiner Eltern, sondern auch aus seinem Bedürfnis entstand, die aggressiven Triebe zu zähmen, die sich damals in ihm regten. Das kann durchaus sein, ja vielleicht schlummern diese Triebe immer noch in ihm. Jetzt zum Beispiel ist ihm, als spürte er sie deutlich unter der so lange und so methodisch eingeübten Ruhe. Ihr neuerliches Erwachen verdankt er sicherlich Lynn Lou, aber es hilft nichts: Sie sind da.

Regungslos steht er an einem Felsen, atmet langsam, achtet auf seinen gleichmäßigen Herzschlag, schärft Ohr und Auge, um bereit zu sein, wenn die Russen auftauchen. Schon hört er ihre betrunkenen Stimmen, das abgehackte Gelächter, das Geklapper der Highheels der Frauen auf den Steinen. Die vier kommen näher, bleiben stehen, knicken ein, richten sich wieder auf, stützen sich gegenseitig.

Brian Neckhart steht kaltblütig da, Bein- und Armmuskeln sind sprungbereit. Er fühlt sich auf einmal gelenkig und leichtfüßig wie früher als Kind, ist geradezu süchtig danach, seinen Körper nach all den Jahren verbissener täglicher Wartung voll einzusetzen.

Die Russen bleiben erneut stehen, ziehen ein Funkgerät heraus, man hört das elektrostatische Rauschen. »Дмитрий! Плыви сюда! Быстро!« Eine der zwei Frauen spricht, wahrscheinlich, weil sie weniger betrunken ist als die Männer; sicherlich benachrichtigt sie den Matrosen, dass er sie wieder abholen soll.

Möglichst lautlos bewegt sich Brian Neckhart rasch auf die Treppe zu. Mitte der neunziger Jahre hat er in La Jolla einen Ninjutsu-Kurs bei einem Lehrer mitgemacht, der keine Intelligenzbestie war, was auch bei respektableren Kampfsportarten häufig vorkommt, umso mehr aber im Ninjutsu, das im Wesentlichen aus Mordtechniken besteht. Was ihn dabei besonders fasziniert hatte, war die Vorstellung, mit dem Hintergrund zu verschmelzen, sich wie ein Schatten im Schatten bewegen zu können. Der heulende Wind hilft eine Menge, was die Geräusche betrifft, doch auf die Strahler zu beiden Seiten der Treppe muss er achten, wenn er in ihre Nähe gerät.

Immer zwei Stufen auf einmal saust er abwärts, genießt die Geschwindigkeit und die Quasi-Unsichtbarkeit, dann hört er ein Summen zu seiner Rechten und braucht ein paar Sekunden, bis er begreift, dass sich die Seile des Lastenaufzugs in Bewegung gesetzt haben. Offenbar haben die Russen beschlossen runterzufahren, entweder aus einer besoffenen Laune heraus, oder weil sie nicht mehr in der Lage sind, die Treppe zu gehen. Das gefährdet seinen ganzen Plan: Er hat kalkuliert, dass sie in ihrem

Zustand mindestens eine Viertelstunde brauchen würden, um zur Mole zu gelangen, vielleicht sogar länger. So dagegen werden sie in wenigen Minuten unten sein. Brian Neckhart läuft noch schneller, erfüllt von einer Erregung, die dunkel ist wie die Nacht und beinahe ebenso alt.

Als er schon auf dem letzten Treppenabschnitt ist, gehen die Strahler plötzlich aus, das Surren des Lastenaufzugs verstummt. Auch die Lichter der Villa Metaphora weiter oben sind verschwunden, auf dem ganzen Felsen herrscht Dunkelheit. Brian Neckhart schärft den Blick und spitzt die Ohren. Beinahe sofort hört er etwa ein Dutzend Meter über ihm undeutlich die Stimmen der Russen. Offenbar ist der Strom ausgefallen, und der Lastenaufzug muss an einer Stelle des Steilhangs stehen geblieben sein, an der es schwierig ist auszusteigen, besonders bei dieser Finsternis.

Brian Neckhart springt die letzten Stufen hinab. Er geht die Mole entlang, wo Meer und Wind sich einen dröhnenden Wettkampf liefern.

Reitt und Matthias sind zwei Schatten im Schatten und stehen in der aufsprühenden Gischt, unweit der Stelle, wo in die Plane gewickelt die Leiche des Fotografen liegt. Wenige Meter daneben schwankt der Schatten des Chris Craft in seinen ächzenden Seilen. Die Brandung klatscht mit aller Wucht gegen die Mole, donnert auf die Holzbohlen des Stegs, spritzt in alle Richtungen.

»Die Schaluppe!« Reitt fasst Brian Neckhart an der Schulter, deutet auf das schwarze, aufgewühlte Meer.

In der Tat sieht man ein Licht, das immer wieder zwischen den dunklen Wellentälern verschwindet und jedes Mal ein bisschen näher wieder auftaucht.

»Wo sind die Russen?« Reitts Stimme ist heiser, schneidend.

»Im Lastenaufzug stecken geblieben, als der Strom ausgefallen ist!« Brian Neckhart zeigt mit der Hand nach oben, überflüssigerweise, weil man nur mehr oder weniger dichte Schattierungen von Dunkelheit sieht.

»Dann werden sie den Rest laufen!«

»Ja, aber das dauert!« Brian Neckhart versucht zu kalkulieren, wie lange: ziemlich lange, falls sie sich nicht trotz ihrem betrunkenen Zustand als außerordentlich sportlich erweisen.

»Wie sieht der Plan aus?« Matthias' Stimme zittert vor Verunsicherung, obwohl er sich krampfhaft bemüht, entschlossen zu wirken.

Ehrlich gesagt, ist die Angelegenheit, von hier unten betrachtet, angesichts der Ereignisse und der bedrohlichen Finsternis viel gefährlicher, als Brian Neckhart im Salon oder auch noch auf der Terrasse angenommen hatte. »Wir müssen mit äußerster Entschlossenheit vorgehen!« Er versucht, den anderen höchste Dringlichkeit zu vermitteln und seine eigenen Zweifel auszublenden.

»Das heißt?« Reitt bleibt weiter skeptisch, immer nah an der Feindseligkeit und bereit, ihm sein Vertrauen auch in letzter Minute noch zu entziehen.

»Sobald der Matrose da ist, biete ich ihm das Geld an!« Brian Neckhart will verhindern, dass den Deutschen noch ein anderer Plan einfällt. »Danach gehen wir an Bord und fahren los!«

»Und wenn die Russen kommen, bevor wir eingestiegen sind?« Matthias dreht sich zum Hang um, woher man durch das Getöse von Wind und Meer einige Schreie zu vernehmen meint, wenn auch nicht erkennbar ist, ob sie vom Lastenaufzug oder schon von der Treppe herübertönen.

»Ich übernehme es, sie aufzuhalten, und komme dann nach!« Brian Neckhart erwägt kurz, ob Matthias und Reitt, wenn sie erst an Bord sind, fähig wären, allein loszufahren, ohne auf ihn zu warten. Aber zum Grübeln ist keine Zeit, Handeln ist angesagt. »Steigen Sie einfach unverzüglich in die Schaluppe, sobald Sie können!«

»Einverstanden!« Jetzt klingt Werner Reitts Stimme entschlossen.

Plötzlich ist das Licht der Schaluppe nur noch wenige Meter vom Steg entfernt, der Bug stößt an die Holzbohlen. Das Licht hüpft auf und ab, zusammen mit einer weißgekleideten Gestalt, die im schwachen Mondschein vage erkennbar ist. »Эй, г-н Малахов!«

Brian Neckart spürt, wie ihm das Adrenalin ins Blut schießt, sein Herz klopft schneller; er holt tief Luft und marschiert auf das Lichtbündel zu.

»Г-н Малахов!« Der russische Matrose schreit erneut, leuchtet mit der Taschenlampe in die Runde, springt vom Steg auf die Mole. »Я здесь на пирсе!«

Um seine friedliche Absicht kundzutun, streckt Brian Neckhart, als er vor ihm steht, die offenen Handflächen vor: »Salve!«

»Кто это?« Der Matrose ist überrascht, weicht zurück, richtet den Lichtstrahl auf Neckharts Gesicht.

»Wir sind zu dritt und benötigen eine Fahrgelegenheit nach Bonarbor!« Brian Neckart ist geblendet, versucht aber zu lächeln und macht eine Geste Richtung Hafen. »Wir geben Ihnen fünfhundert Euro! Danach fahren Sie zurück und holen Ihre Freunde!«

»Где Малахов?« Offenbar versteht der russische Matrose ihn nicht oder macht sich vielleicht Sorgen um seinen Chef. Er schreit, schwenkt suchend die Taschenlampe.

»Sprechen Sie Englisch? *¿Habla español?*« Brian Neckart testet rasch die wenigen Sprachoptionen, über die er verfügt, während die Zeit verrinnt und sich das in seinem Kopf anhört wie ein ständig beschleunigendes Metronom. Die Russen können jeden Augenblick hier sein, und Reitt und Matthias warten wenige Meter hinter ihm angespannt in der Dunkelheit.

Der Matrose antwortet nicht, ruft weiter laut: »Г-н Малахов! Г-н Малахов!«

Brian Neckhart zieht die zehn Fünfzig-Euro-Scheine aus der Hosentasche, die er oben schon vorbereitet hat. »Fünfhundert Euro! Nur bis Bonarbor! Okay? Hier, nimm schon!«

Der Matrose leuchtet die Scheine an, dann leuchtet er Neckhart wieder ins Gesicht. »Я не хочу, ваши деньги!«

Seine Mimik kann Brian Neckhart nicht erkennen, aber das Hämmern des Metronoms wird von Sekunde zu Sekunde unerträglicher. »Hier, nimm tausend!« Er zieht das zweite Geldbündel heraus, hält es ins Licht der Taschenlampe, damit der Matrose es sieht. »Tausend Euro! Für dich! Du bringst uns nach Bonarbor und kommst zurück! Okay? Kapiert?«

»Neckhart, was ist?!« Reitt bellt aus dem Schatten, er will endlich aus dieser unsicheren Lage heraus.

»Geben Sie mir die Zeit, die ich brauche, Reitt!« Brian Neckhart bellt ebenso zurück, als hinge es von dem Deutschen ab, wie viel Zeit ihm noch bleibt. Erneut versucht er, dem Matrosen das Geld aufzudrängen, auch wenn ihm bewusst ist, dass die Verständigungsbedingungen äußerst ungünstig sind: ohne Augenkontakt, ohne auf Stimmlagen oder Gesten setzen zu können. Es ist wie ein Treffen zweier Unsichtbarer, die sich nicht ins Gesicht schauen können, während sie im Dunkeln und im Lärm hin und her laufen, zwischen dem heulenden Wind und den tosenden Wellen.

»Г-н Малахооов!« Der Matrose brüllt noch lauter, geht Richtung Hang, um gehört zu werden. »Г-н Малахооов!«

»Jetzt hör mir mal zu!« Brian Neckhart packt den Matrosen an der Schulter. »Malachow ist dort oben! Stockbesoffen! Er braucht mindestens eine Stunde, um herunterzukommen! Du nimmst inzwischen das verdammte Geld und bringst uns nach Bonarbor! Okay?!«

»Оставьте меня в покое!« Als der Matrose sich festgenagelt fühlt, dreht er sich um, schlägt blind zu und erwischt Brian Neckhart zwischen Unterkiefer und Hals.

Neckhart reagiert blitzschnell und unüberlegt, mehr vom Tastsinn geleitet als vom Auge: Mit der Rechten greift er nach dem Handgelenk des Matrosen, zieht es mit einem Ruck nach vorn und drückt mit der Linken fest auf den Ellbogen.

»Отпусти меня, сволочь!« Der Matrose windet sich, blockiert durch die Hebelwirkung. Die Taschenlampe fällt ihm aus der Hand, das Lichtbündel irrt über die nassen Steine der Mole.

Voller Wut verdreht Brian Neckhart ihm weiter den Arm auf dem Rücken, instinktiv und hemmungslos.

Der Matrose erholt sich von der anfänglichen Überraschung, explodiert in einem gewaltigen Muskelrausch, brüllt, schüttelt sich, stößt mit den Ellbogen, tritt um sich, beugt sich vor, richtet sich wieder auf, dreht sich um sich selbst. Brian Neckhart lockert den Griff nicht, er hängt an dem Russen wie in einem absurden Match ohne Zuschauer. Grunzend und keuchend umkreisen sie sich, rutschen auf den nassen Steinen aus, ziehen und schieben in die eine oder andere Richtung, knirschen mit den Zähnen.

Der wüste Kampf beansprucht Brian Neckhart so, dass er kaum noch verfolgen kann, was rundherum geschieht, doch ganz kurz gelingt es ihm, einen Blick zurückzuwerfen, und er meint zu erkennen, dass Reitt und Matthias sich ihrerseits mit den Russen prügeln. Da überkommt ihn mitten im Eifer des Gefechts eine plötzlich aufflammende Hast, und er röhrt: »Los, steigt in die Schaluppeee! Beeiluuung!«

Der Matrose nutzt die kurze Ablenkung, um sich mit einer raschen Drehung des Oberkörpers aus dem Griff zu befreien und mit gesenktem Kopf zu einem brutalen Stoß auszuholen. Ganz knapp kann Neckhart ihm noch ausweichen, doch er spürt den Luftzug, die brennende Reibung an der Schläfe und am linken Ohr. Nun wird ihm klar, dass er und der Matrose sich kräftemäßig ungefähr ebenbürtig sind und der Ausgang ihrer Schlägerei keineswegs von vornherein feststeht. Jahrelange Theorie und Praxis der Kampfsportarten verschaffen ihm keinen eindeutigen Vorteil über die Straßenerfahrung des anderen. Zudem erscheinen Reitt und Matthias noch immer nicht auf der Mole, so als würden sie am Fuß der Treppe aufgehalten. Brian Neckhart spürt, dass die Situation ihm entgleitet, dass seine Kontrolle über die Ereignisse illusorisch ist. Er zielt zweimal hintereinander mit der Faust aufs Gesicht des Matrosen, und als dieser zurückweicht, duckt er sich rasch, umfasst mit beiden Händen das Bein oberhalb des Fußgelenks und zieht mit aller Kraft. Der Matrose fliegt rückwärts auf die nassen Steine, kurz beleuchtet vom Strahl seiner heruntergefallenen Taschenlampe. Sofort versucht er, sich wieder hochzurappeln, doch Brian Neckhart stürzt sich auf ihn, packt seinen Arm, biegt ihn um, schafft es, ihn mit dem Gesicht nach unten zu drehen und blockiert ihn erneut mit einem Hebel aus dem Jiu-Jitsu. Der Matrose bemüht sich verzweifelt loszukommen, aber der Schmerz bei jeder Bewegung nagelt ihn am Boden fest. »Я убью тебя, ублюдок!« Er brüllt, tritt um sich, bebt am ganzen Körper vor Frustration.

Ja, gut, aber Brian Neckhart kann nicht ewig so auf dem bebenden und zuckenden Matrosen liegen bleiben, mit dem Geruch des nassen Vulkangesteins in der Nase, den vor Anstrengung brennenden Muskeln, dem keuchendem Atem, den immer gleichen elementaren Impulsen, die ihm durch den Kopf jagen. Hier braucht es einen entscheidenden Schachzug, um aus dem Patt herauszukommen und in die verdammte Schaluppe zu steigen, die weiter gegen den Steg prallt und Gefahr läuft, beschädigt und unbrauchbar zu werden. »Reitt, Beeiluuung!« Er schreit, so laut er kann.

»Не держи меня, скотина!« Der russische Matrose brüllt aus vollem Hals, er tobt wie ein Wildschwein, das in der Falle sitzt.

Doch statt dass Reitt und Matthias ihm zu Hilfe eilen oder sich wenigstens rasch zur Schaluppe begeben, bekommt Brian Neckhart einen harten Schlag auf den Kopf, einen auf die Schulter, einen noch härteren an die Schläfe und einen Hagel von Schlägen in die Seite. Er hört auch Schreie, die nicht von dem Matrosen stammen, obwohl der weiter tobt. Es sind andere, aufgeregte russische Stimmen, die unterschiedlich hoch durcheinanderkreischen. »Я убью тебя!«, »Оставьте его!«, »Оставьте его!«

Brian Neckhart dreht sich um, um zu sehen, was los ist: Die beiden Russinnen sind über ihm und hämmern mit den spitzen Absätzen ihrer Schuhe und den schweren Schnallen ihrer Handtaschen auf ihn ein. Weiter drüben hört man im Dunkeln weitere Schreie, vermutlich von Reitt, Matthias und den beiden russischen Männern. Unwillkürlich lockert Brian Neckhart den Griff, und der Matrose befreit sich blitzschnell, schüttelt ihn wütend ab, springt auf und verpasst ihm mit aller Gewalt einen Tritt in den Bauch. Brian Neckhart rollt auf den nassen Steinen zur Seite, versucht den stechenden Schmerz zu verkraften, der ihm die Luft abschneidet.

Der Matrose stürzt sich in das Handgemenge mit Reitt, Matthias und den Russen im dichtesten Dunkel an der Treppe. »*Lass mich los!*«, »Держите!«, »*Schwein!*«, »Убейте его!«, »*Verbrecher!*« Die Stimmen vermischen sich, Gekläff und Gebell im Brausen des Windes und dem Tosen der Wellen.

Brian Neckhart rollt zur Seite, so schnell er kann, um sich vor weiteren Schlägen der zwei Frauen zu retten, packt eine Handtasche und dann ein Bein, die Frau fällt hin, versucht sich aufzurappeln, er fällt auf sie.

Mit verblüffender Geschwindigkeit kommen zwei Männer auf die Mole, die nicht Reitt und Matthias sind, ziehen die Frau mit, die noch steht, springen auf den Steg und von dort auf die Schaluppe.

»Эй! Помоги мне!« Die Russin am Boden brüllt hinter ihren Freunden her und bemüht sich freizukommen. Brian Neckhart hält sie unter sich fest, obwohl er keinen Grund dazu hat, außer vielleicht den, sich an die Ereignisse zu klammern, die sich überstürzen und sich nicht mehr anhalten lassen.

Man hört den Bootsmotor anspringen, riecht die Abgase, die Silhouette der Schaluppe mit drei dunklen Gestalten an Bord entfernt sich zwischen den Wellen.

Brian Neckhart lässt die Russin los, die sich wütend schüttelt, aufspringt und zum Steg rennt. »Эйййй!!! Вернитесь!!« Sie schreit und schreit, doch ihre Freunde können sie gewiss nicht hören, außerdem scheinen sie nur eins im Sinn zu haben: die Lichter auf der Yacht zu erreichen, weshalb sie bereits in der Dunkelheit verschwunden sind.

Hustend und keuchend kommt Werner Reitt auf die Mole.

»Darf man erfahren, warum zum Teufel Sie nicht in die Schaluppe gestiegen sind?!« Brian Neckhart versucht, seinen Grimm in stimmliche Energie umzuwandeln. »Sie hätten doch Zeit genug gehabt, als ich den Matrosen festgehalten habe!«

»Wollten Sie mich zu allem Übrigen auch noch zum Bootsdieb machen?!« Reitt brüllt wie ein Stier.

»Wir hätten es am Hafen gelassen!« Neckhart brüllt ebenso heftig zurück, doch er weiß, wie unhaltbar seine Position ist.

»Und außerdem sind die über uns hergefallen, bevor wir irgendetwas tun konnten!« Reitts Stimme spiegelt seine maßlose Enttäuschung. »Derweil haben Sie mit Ihren tollen Überredungskünsten hier mit dem Matrosen gekämpft!«

Brian Neckhart beugt sich herunter und hebt die Taschenlampe des Matrosen vom Boden auf, spürt einen stechenden Schmerz in der Magengrube, richtet den Lichtstrahl auf das Gesicht des Deutschen.

Reitt legt schützend die Hand über die Augen; er sieht völlig fertig aus, an seinem Hemd sind bei der Schlägerei mit den Russen zwei oder drei Knöpfe abgerissen. »Wir haben versucht, sie aufzuhalten, aber der Glatzkopf und die beiden Frauen sind handgreiflich geworden!«

Brian Neckhart leuchtet mit der Taschenlampe in die Runde. »Wo ist der andere Russe?! Ich habe nur drei Personen in die Schaluppe einsteigen sehen! Wo ist Matthias?!«

»Wo der Russe ist, weiß ich nicht! Aber Matthias ist übel zugerichtet, dank ihrer glänzenden Strategie, Neckhart!«

Brian Neckhart geht fürs Erste nicht auf die Anklage ein; er richtet die Taschenlampe auf den hinteren Teil der Mole.

Der Lichtstrahl fällt auf die blaue Plastikrolle mit der Leiche des Fotografen und dann auf Matthias, der mit blutbefleckten T-Shirt auf dem Boden sitzt und sich die geschwollene, gerötete Nase hält. Als er angeleuchtet wird, versucht er aufzustehen und verzieht vor Schmerz das Gesicht.

Brian Neckhart reicht ihm helfend die Hand und zieht ihn hoch. »Wie geht's?«

»Ich glaube, mein einer Zeh ist gebrochen!« Matthias bemüht sich, gerade zu stehen, doch es kostet ihn sichtlich Mühe, er kippt immer wieder leicht zur Seite. »Eine der Russinnen hat mir mit aller Gewalt mit dem Absatz draufgetreten, ich habe den Knochen knacken gehört!«

»Und die Nase?« Brian Neckhart richtet die Taschenlampe auf sein blutiges Gesicht.

»Das war der russische Glatzkopf!« Reitt mischt sich ein. »Er hatte mich angegriffen, Matthias wollte ihn aufhalten, und der Kerl hat ihm voll mit der Faust ins Gesicht geschlagen! Die reine Katastrophe, Neckhart! Kompliment, gratuliere!«

Erneut tut Brian Neckhart so, als habe er nichts gehört, obwohl er schäumt vor Wut über die Demütigung. Er leuchtet Reitt an, kann aber, abgesehen von den fehlenden Hemdknöpfen, keine besonderen Schäden feststellen.

Die Russin kommt vom Steg mit nur einem Schuh hinkend zu ihnen herüber: Es ist die Schwarzhaarige, die für die anderen dolmetschte. Instinktiv weicht Matthias zurück, als fürchtete er einen neuen Angriff.

Brian Neckhart richtet die Taschenlampe auf sie, auch er auf alles gefasst.

»Ihr seid Verbrecher!« Sie ist ganz zerzaust, ihre Kleidung verrutscht, die Bluse offen. Sie beugt sich hinunter, hebt ihre Handtasche auf. »Kriminell seid ihr!«

»Wir hatten keine Absicht, mit Ihnen aneinanderzugeraten!« Brian Neckhart bemüht sich, einen gleichmäßig festen Ton zu wahren, aber die Zweifel stürmen von allen Seiten auf ihn ein, zusammen mit den vielfältigen Schmerzen, die sich in mehreren Körperteilen regen.

»Tatsachen und Absichten sind zwei Kräfte, die in verschiedene Richtungen streben, und die daraus entstehende Diagonale ist unser Leben, sagte Schopenhauer!« Werner Reitts Stimme ist voller Wut. »Nur dass die Linie in diesem Fall senkrecht nach unten verläuft!«

»Reitt, darüber reden wir später, okay?« Neckhart bemüht sich verzweifelt um Schadensbegrenzung.

»Ihr wolltet unser Boot stehlen und habt uns in einen Hinterhalt gelockt!« Die Russin scheint den Tränen nahe, doch ihre Empörung ist stärker.

»Wir wollten es nicht stehlen! Wir wollten Ihren Matrosen dafür bezahlen, dass er uns an den Hafen bringt!« Während er spricht, kommt Brian Neckhart sein eigener Plan kindisch und anmaßend vor, ohne die geringste Chance. Ziellos leuchtet er hierhin und dorthin.

»Und als er sich geweigert hat, haben Sie ihn angegriffen?!« Die Russin versucht, sich die Bluse zuzuknöpfen, aber ihre Hände zittern zu stark.

»Wir haben ihn nicht angegriffen, wie schon gesagt!« Brian Neckhart erkennt, dass er in eine Rechtfertigungsspirale geraten ist, aber die Russin so verstört zu sehen macht ihn fertig.

»Ihr seid ekelhaft! Zum Kotzen!« Die Russin blickt sich in der Dunkelheit um, wahrscheinlich sucht sie ihren fehlenden Schuh.

Brian Neckhart leuchtet mit der Taschenlampe über die Steine der Mole, bis er ihn sieht, und holt ihn ihr.

Die Russin reißt ihm den Schuh aus der Hand, aber der Absatz ist abgebrochen, liegt wer weiß wo. Sie schlüpft trotzdem hinein, hinkt herum. »Kriminell seid ihr!«

»Und Sie waren unglaublich brutal!« Werner Reitt brüllt sie an, als ob er im Recht wäre. »Schauen Sie nur, wie Sie meinen Assistenten zugerichtet haben!«

»Ihr habt uns den Weg versperrt!« Die Russin schreit mit schrillerer Stimme, die besser durch das Getöse der Elemente dringt. »Ihr wolltet uns nicht auf unser Boot lassen! Ihr habt geschubst und getreten, zwei Männer gegen einen Mann und zwei Frauen!«

»Der Mann war ein Verbrecher!« Reitt schlägt giftig zurück. »Und die Frauen außerordentlich aggressiv!«

»Die Frauen haben sich verteidigt! Sie sollten sich schämen!« Jetzt ist die Stimme der Russin brüchig.

Brian Neckhart ist erschüttert, wie sich die Situation gewandelt hat: Er begreift nicht, wie er im Verlauf weniger Minuten von dem Mann, der konfliktfrei Probleme löst, zum Bösewicht werden konnte, zum Bootsklauer und Frauenmisshandler. Gewiss ist Lynn Lou daran schuld, die ihn mit ihren endlosen Provokationen, ihrer ständigen Feindseligkeit, ihrem Hüftgewackel zermürbt hat. Wie auch immer, er fühlt sich moralisch angreifbar, beruflich als Loser. Außerdem hält er es durchaus für möglich, dass die Lage sich noch verschlechtern könnte, etwa, wenn es den Russen einfällt, mit ein paar Kalaschnikows zurückzukommen. Er leuchtet der Russin mit der Taschenlampe ins Gesicht. »Wo ist der Dicke, der bei Ihnen war?«

»Er ist tot!« Die Russin fasst sich schluchzend mit der Hand an die Stirn.

»Was soll das heißen, er ist tot?!« Matthias ist in dem Lichtstrahl leichenblass.

»Er ist aus dem Lastenaufzug gefallen und mit dem Kopf auf den Felsen aufgeschlagen!«

»Woher wollen Sie wissen, dass er tot ist?!« Brian Neckhart richtet die Taschenlampe auf den Steilhang, doch von hier aus sieht man nur ein paar Kakteen und Sträucher.

»Malachow hat kontrolliert! Er hat nicht mehr geatmet, das Herz schlug nicht mehr!« Die Russin zieht beide Schuhe aus, drückt sie an die Brust, weint hemmungslos.

»Hören Sie, das tut mir leid!« Brian Neckhart sucht nach einem tröstlichen Ton, findet aber keinen. Wie in seinen schlimmsten Alpträumen wuchern die Zweifel in seinem Kopf und lassen ihm keine Ruhe.

»Es ist ja nicht unsere Schuld, wenn er da rausgefallen ist!« Reitt bellt gegen den Lärm der Elemente an. »Wir haben Ihnen bestimmt nicht gesagt, dass Sie den Lastenaufzug nehmen sollen! Außerdem ist er nicht für Personentransport geeignet, das steht deutlich dran!«

»Ihr seid Mörder! Ungeheuer seid ihr!« Die Russin schluchzt lauter und krümmt sich.

»Reitt, bitte, lassen Sie es gut sein!« Brian Neckhart möchte jetzt nur noch weg von dieser höllischen Mole, wo ständig Salzwasser hochspritzt, das in den Augen und auf den Abschürfungen an Händen und Gesicht brennt. »Gehen wir nach oben! Matthias, können Sie überhaupt laufen?«

Im Licht der Taschenlampe sieht Matthias aus wie ein Zombie, aber er nickt.

»Und Sie, was wollen Sie tun?!« Brian Neckhart richtet die Taschenlampe auf die Russin. »Warten, bis die von der Yacht Sie hier abholen?!«

Die Russin antwortet nicht, doch danach zu urteilen, wie sie zu den Lichtern hinblickt, die da draußen im stürmischen Dunkel der Bucht schwanken, geht sie wohl davon aus, dass ihre Freunde nicht mehr wiederkommen.

Alle schauen in ihre Richtung, die Augen zusammengekniffen wegen der Dunkelheit und der Gischtfontänen: Es sieht aus, als seien die Lichter der Yacht weiter weg als noch vor wenigen Minuten. Ja, ganz eindeutig.

»Sie fahren!« Brian Neckhart merkt, dass er seine Stimme kaum noch kontrollieren kann, wie viele andere wesentliche Dinge auch.

»Aha, dann bin ich jetzt hier ausgesetzt! Vielen Dank!« Die Russin wendet das Gesicht vom Meer ab, die Augen voller Tränen.

»Sie hätten sich Ihre Freunde besser aussuchen sollen, mein Fräulein!« Reitt hat nicht das geringste Mitgefühl mit ihr.

»Bitte, Reitt!« Brian Neckhart zeigt mit der Taschenlampe auf die Treppe und sieht die Russin an. »In dem Fall kommen Sie am besten mit hinauf!«

»Neckhart, was reden Sie da?!« Reitts Stimme bebt vor Entrüstung, wie bei einem Versuch der Verbrüderung mit dem Feind.

»Wollen Sie sie die ganze Nacht hier unten lassen, bei diesem Wetter?!« Brian Neckhart denkt, dass er so einen Menschen niemals als Klienten hätte annehmen dürfen; er hätte der Anziehungskraft eines fast unmöglichen Falles widerstehen und sich stattdessen um seine eigenen Probleme kümmern sollen.

»Ich komme nicht mit, vielen Dank!« Die Russin dreht sich um, wie um ans Ende der Mole zu gehen.

»Seien Sie doch nicht so!« Brian Neckhart nimmt sie am Arm.

»Lass mich los!« Wütend schüttelt die Russin ihn ab, hebt drohend die Handtasche.

»Gut, ich lasse Sie los, aber kommen Sie mit!«

»Ich denke nicht daran!«

»Neckhart, diese Frau mit hinaufzunehmen ist absurd!« Wieder mischt Reitt sich ein, mit der Arroganz dessen, der gewohnt ist zu befehlen.

»Hören Sie auf dazwischenzufunken, Reitt!« Brian Neckharts Ton entspricht seiner innerlichen Zerrüttung. Er wendet sich an die Russin. »Und Sie kommen jetzt mit, los!«

»Nein! Geht nur! Vielen Dank für das, was ihr getan habt! Ihr könnt wirklich stolz auf euch sein!« Die Russin dreht sich erneut um, bewegt sich aber nicht, schluchzt im Dunkeln.

»Hören Sie, wenn Sie nicht mitkommen, bleiben wir alle die ganze Nacht hier!« Brian Neckhart fragt sich, ob sein Verhalten richtig ist: wohl kaum, aber wer weiß? Es gibt nichts mehr, was er mit Sicherheit weiß.

71

Ihre Großmutter (von Moscatigno-Seite) wiederholt oft: *Boni de furtuna transeanu simil luna*, die Gaben des Glücks ziehen vorüber wie der Mond, und: *Contra furtuna nou uorta sapiri*, Wissen schützt vor (Un-)Glück nicht. Aber wie soll sie das Gianluca beibringen, in so einem Moment? Während er im Licht der Laterne vor den zitternden und klirrenden Fenstern auf und ab geht, zerzaust, verschwitzt, barfuß, Hemd über der Hose? Das würde ihn nur noch mehr aufregen und eine seiner Tiraden gegen den atavistischen taresischen Fatalismus auslösen.

»Ich glaube nicht, dass dir die Lage wirklich klar ist!« Er möchte einfach mit ihr streiten, damit er seine Anspannung abreagieren kann. »Ohne Klimaanlage ersticken die Gäste vor Hitze! Sie können nicht einmal die Fenster offen lassen, weil der Wind sie zerschmettern würde!«

»Ja, das ist mir klar.« Auf dem Bettrand sitzend, sucht Lucia nach einem möglichst gelassenen Ton.

»Das glaube ich kaum! Wenn es dir wirklich klar wäre, würdest du nicht so ruhig dasitzen!«

»Ich bin nicht so ruhig.« Natürlich könnte sie ihm etwas Ermutigenderes sagen, zum Beispiel: *Cori forti uerauta mala sorti*, ein starkes Herz siegt über das böse Schicksal (ein Lieblingsmotto ihres Vaters), aber die Gefahr ist immer, das Gegenteil zu erreichen.

»Besonders besorgt wirkst du aber auch nicht!« Er stichelt und stichelt, sucht einen passenden Vorwand, um über sie herzufallen.

»Würde das denn was nützen?« Ihre Besorgnis offen zu zeigen würde ihm keineswegs helfen, sich besser zu fühlen. Wenn sie bloß daran denkt, wie er reagiert hat, als sie sich um Ciro Spanò sorgte: Er hat sie beinahe beschuldigt, eine für ihn schon schwierige Situation absichtlich noch komplizierter machen zu wollen. Aber Ciro Spanò lässt sie lieber beiseite, wenn sie nicht wieder losheulen will. Der Tag war einfach so voller schrecklicher Ereignisse, dass sie gar nicht wüsste, wo sie mit einer Aufzählung beginnen sollte.

»Na ja, ein bisschen Anteilnahme wäre schon angebracht!« Er redet, als wäre sie nicht anteilnehmend genug. »Als die Sache mit dem Hubschrauber passiert ist, hast du Stunden gebraucht, bis du dich wieder eingekriegt hast!«

»Aber nicht wegen der ›Sache mit dem Hubschrauber‹!« Jetzt wird es ihr zu viel, auch sie hebt unwillkürlich die Stimme. »Da war gerade ein lieber Freund von mir umgekommen, kapiert?!«

»Wohl eher ein Ex-Verehrer als ein Freund, oder?« Gianluca schaut sie mit seinem norditalienischen, kalten und unbarmherzigen Blick an.

Lucia hütet sich auszusprechen, was ihr auf der Zunge liegt, aber leicht ist es nicht. Wie kann er nur so sein, manchmal? Ist das Mailänder Blut mit Eiskörnern versetzt? Sie bemüht sich, den Kopf nicht zu bewegen, macht ein möglichst strenges Gesicht.

»Und die Russen beim Abendessen haben uns gerade noch gefehlt!« Na, sie wusste es ja, jetzt klagt er sie auch noch wegen der Russen an. »Als wären wir nicht sowieso schon am Rand der totalen Katastrophe! Ich hab's dir ja gleich gesagt, dass wir sie wegschicken sollten!«

»Als du erfahren hast, wie viel sie zahlen, warst du aber nicht mehr so strikt dagegen!« Sie will gewiss keinen Streit, aber dass er ihr alle Schuld der Welt in die Schuhe schiebt, nein, das geht auch nicht.

»Was sie hätten *zahlen müssen*! Die restlichen dreißigtausend Euro haben wir nicht gesehen und werden sie auch nie sehen!«

»Aber hör mal, sie haben dir doch die Uhr gegeben!« Lucia erhebt sich, tritt an den Tisch, um die schwarz-goldene Baume & Mercier in die Hand zu nehmen. Es schaudert sie beim Gedanken, dass der glatzköpfige Russe sie vor kaum drei Stunden noch am Handgelenk trug, während er lachte und trank und Lynn Lou Shaw auf ihrem Stuhl Komplimente zuschrie. »Du hast doch selbst gesagt, dass sie mindestens fünfundsiebzigtausend Euro wert ist, oder?«

»Ja, im Geschäft, wenn sie neu ist! Was soll ich denn tun, Anzeigen im Internet aufgeben? Oder versuchen, sie an die Gäste zu verkaufen? ›Meine Herrschaften, möchten Sie eine phantastische gebrauchte Uhr, die einem russischen Mafioso gehört hat?‹«

»Ach, komm.«

»Ach, komm! Ach, komm! Warum kommst du jetzt nicht mit einer deiner typisch taresischen fatalistischen Redensarten? Von der Art: Wir sind alle in der Hand des Schicksals? Oder gar der Muntagna Matri?«

»Hör auf, Gian!« Er ist einfach zu ungerecht. Zu ungerecht, zu kalt, zu fremd.

»Hör du doch auf! Immer alle in Schutz zu nehmen, alle zu rechtfertigen, allen so viel Verständnis entgegenzubringen!«

»Na, wenn ich *dir* Verständnis entgegenbringe, hast du aber nichts dagegen, scheint mir.«

»Na, ich bin auch kein russischer Mafioso!« Er schreit, um sich abzureagieren, mit hochrotem Kopf, das kennt sie schon.

»Woher willst du wissen, dass dieser Malachow ein Mafioso ist? Bloß weil er Russe ist?« Sie legt die Uhr wieder hin, ihr Anblick macht sie traurig, auch wenn eine solche Uhr niemanden traurig machen dürfte. Aber vorhin war sie noch an seinem Handgelenk und jetzt nicht mehr, sie sieht so verwaist aus mit ihrem gebogenen Armband, verlassen tickt sie leise auf dem Tisch vor sich hin.

»Was ist er denn sonst, deiner Meinung nach?« Er blickt ihr ins Gesicht, ganz der Norditaliener, der mit der armen unwissenden Inselbewohnerin aus dem Süden spricht. »Ein echter Gentleman, ein großer Intellektueller?«

»Vielleicht einfach nur ein Reicher, so wie unsere Gäste.«

»Na hör mal, hast du ihn dir nicht angeschaut? Hast du nicht gesehen, wie vulgär er sich aufführt? Wirklich nicht wie unsere Gäste!«

»Ach nein?« Nicht dass sie auf Reibereien aus wäre, sie weiß, dass sie im Augenblick viele Probleme haben, aber sich als Dummkopf behandeln lassen, das nicht.

»Nein, Lucia! Da liegen Welten dazwischen!« Jetzt benutzt er diesen distanzierten Ton, sagt »Lucia«, als wäre es ein unfeiner Name, dessen man sich schämen müsste. »Keine Kultiviertheit, keine Bildung, keine Werte, weder Eleganz noch Klasse! Und wenn du das nicht siehst, dann ist es wirklich schlimm, sehr schlimm!«

»Ich sehe es, ich sehe es!« Das sagt sie nur, um ihn zu beschwichtigen, denn eine wie Lynn Lou Shaw, die volltrunken auf ihren Stuhl steigt und so aufreizend herumtanzt, wo hätte die ihre Eleganz? Oder einer wie Werner Reitt, der an einem Tag wie heute verlangt, dass ein Hubschrauber hier landet, und der den armen Ciro Spanò auf dem Gewissen hat und sich einen Dreck darum schert, ja nicht einmal aus Anstand sagt, dass es ihm leidtut? Wo hätte der seine Werte? Und welche?

»Hoffentlich!« Gianluca wandert wieder auf und ab, auf und ab.

»Na jedenfalls, was passiert ist, ist passiert.« Sie weiß, dass sie ihn lieber reden lassen sollte, damit er sich beruhigt, aber wie macht man das? Sie schafft es nicht.

»Großartig, wieder eine Perle der Volksweisheit!« Klar, das

konnte er ihr nicht durchgehen lassen. »Was passiert ist, ist aber rein zufällig eine Katastrophe mit unabsehbaren Folgen!«

Sie denkt, dass sie vielleicht erwidern könnte: *Biss qui nou hace nili nou trompa nili,* nur wer nichts tut, irrt sich nicht, wie ihre Großmutter sagt (von Moscatigno-Seite). Oder auch: *Si por firua corvi nou soua linusa, nou potes qatt aviri cammisa,* wenn du kein Leinen säst aus Angst vor den Raben, wirst du nie ein Hemd haben (die Großmutter von Alcuanti-Seite). Aber es ist wohl besser zu schweigen, Verständnis zu mimen, zuzuhören, die Einfältige zu spielen, die immer ein bisschen unterwürfig ist.

»Was ich dir zu verstehen geben will, ist, dass es nicht schlimmer kommen konnte!« Gianluca rauft sich die Haare, sieht sie mit den Augen des Mannes an, der alles von oben herab betrachtet, doch sie weiß, dass diese Augen sich im Nu in die eines Kindes verwandeln können, das alles aus seiner niedrigen Perspektive sieht. »Der Windgenerator ist ausgefallen, der Solargenerator ebenfalls, und jetzt liegt auch noch der dicke Russe tot am Hang! Wer weiß, was aus dem geworden ist!«

»Carmine hat gesagt, sobald es morgen früh hell wird, schafft er ihn weg.« Sie kann es überhaupt nicht fassen, der dicke Russe tot am Hang, nachdem sie ihn gesehen hat, wie er den ganzen Abend Champagner für zweitausend Euro pro Flasche trinkt, in zwei Bissen die Gerichte verschlingt, für die Ramiro wer weiß wie lange gebraucht hat, sich beklagt, dass die Portionen zu klein waren, Zigarre raucht, mit dem Handy Fotos macht, Lynn Lou Shaw Beifall klatscht, ihr Komplimente zuruft. Wenn einer lebendig, aber echt lebendig war, dann der dicke Russe, *madre santa,* er machte ein solches Geschrei, ein solches Gehampel, stopfte sich dermaßen voll, man kann sich einfach nicht vorstellen, dass er tot ist. Und Ciro Spanò erst, der mit seinem Helm auf dem Kopf, seinem Schnauzbart, seiner Sonnenbrille am Kommando saß und den Hubschrauber flog, als wäre es das Natürlichste auf der Welt, wie soll man glauben, dass dieser Mann jetzt unten im Abgrund des Meeres liegt? Bei dem Gedanken spürt sie wieder den Knoten im Hals, hat Mühe zu atmen, ihr kommen die Tränen, unwillkürlich fängt sie wieder an zu schluchzen.

»Jetzt sei nicht so!« Gianluca ist halb verärgert, halb erschrocken.

»Ich mache ja gar nichts.« Es stimmt, sie weint nicht auf Kommando, das Weinen kommt von allein.

»O doch, du sitzt da und weinst!« Gianluca tritt zu ihr, kniet sich hin, nimmt ihre Hand. Ganz bedürftig nach Aufmerksamkeit, nach Ermutigung. »Du darfst mir nicht wieder zusammenbrechen in so einem Augenblick, Lucia! Ich brauche dich!«

Schniefend trocknet sie sich mit dem Handrücken die Tränen. »Ich bin doch da, Gian.«

»Es tut mir leid, dass ich dich angeschrien habe, aber ist dir klar, in welcher Lage wir sind?« Gianluca sieht sie mit seinen blauen Augen an, die ihr so gut gefallen, manchmal wirken sie hart und kalt, aber eigentlich sind sie sehr sanft.

»Ja, Gian.« Lucia streichelt ihm sacht übers Haar.

»Alle Gäste werden nur noch Negativpropaganda gegen das Resort machen!« Gianluca hat wieder Atemnot, seine Stimme ist schon ganz zittrig. »Die Medien werden die Villa Metaphora als einen mörderischen Katastrophenort hinstellen!«

»Es waren nur Unfälle, Gian. Dich trifft keine Schuld.«

»Ja, aber wer glaubt das?« Seine Stimme bricht. »Sie werden bestimmt alles mit allem in Zusammenhang bringen und die grässlichsten Hypothesen aufstellen! Sie werden mich als Verbrecher abstempeln!«

»Wir werden schon eine Lösung finden. Verzweiflung hilft jetzt nichts.«

»Was für eine Lösung denn? Wie soll die aussehen?« Gianluca hat Tränen in den Augen, er zittert. Doch welche Männer werden früher oder später eigentlich nicht von einem Moment zum anderen zu Kindern? Selbst ihr Vater, der die dunkelsten Augen hat, die es gibt – hat sie nicht auch ihn zum Kind werden sehen, gleich nach den wüsten Szenen, in denen es aussah, als wollte er ihre Mutter oder einen Cousin oder womöglich den Schwiegervater umbringen, einem Rivalen bei der Arbeit die Kehle durchschneiden, die Welt in Stücke hacken? Wenn es wirklich hart auf hart kommt, sind die Männer eben doch nie so stark, wie sie tun. Wenn es ein *bisschen* schwierig wird, ja, da können sie gut herumschreien, den Gegner packen und schütteln, ihn verfolgen, mit den Füßen aufstampfen, die Fäuste ballen, sich aufblasen, drohen, das Feuer schüren, Kriege anzetteln, so dass du Angst bekommst und sie auch bewunderst dafür, wie viel stärker sie zu sein scheinen, wie viel besser ausgerüstet als die Frauen. Dann aber kommt ein wirklich ernstes Problem, ein echter Hammer, und *woshhh* sind ihre ganze Kraft, ihre Sicherheit, ihr Mut wie weggeblasen. Plötzlich wissen sie nicht mehr, was sie tun sollen: Sie klammern sich an dich, schauen dich flehend an, betteln um Hilfe und Zärtlichkeiten.

»Hör zu, Gian, jetzt schlafen wir drüber, und morgen früh sehen wir weiter. Einverstanden?« Sie hört nicht auf, ihm übers Haar zu streicheln, spricht sanft.

»Ich kann bestimmt nicht schlafen!« Er zittert am ganzen Körper, atmet stoßweise, schaut sie mit geweiteten Augen an.

»Geh dir die Zähne putzen und komm ins Bett, du wirst sehen, dass du doch schläfst.« Sie redet wie die gute Mutter, die verständnisvolle Frau, die hilft und beschützt.

Gianluca bleibt noch eine Weile zusammengekauert auf dem Boden hocken, dann steht er auf, geht schlurfend zum Zähneputzen.

Die Fensterscheiben zittern und klirren weiter, dass einem angst und bang werden kann. In so einer Nacht kann man wirklich froh sein, ein Dach über dem Kopf zu haben.

Sechster Tag

72

Herrgott, dieser Wind ist wirklich unerträglich, echt zum Wahnsinnigwerden. Die ganze Nacht hat er an den verflixten Fenstern gerüttelt, während Piero Gomi sich in dem unbequemen Notbett gewälzt hat, das sie ihm im Salon beziehungsweise Speisesaal aufgeschlagen haben. Von wegen Privilegien der politischen Kaste: Schade, dass es hier drin keine Videokamera gibt, sonst hätten die Wähler sehen können, welchen Unbilden sich ein hochrangiger Parlamentarier manchmal aussetzen muss, wenn er sich für etwas engagiert.

Als wäre das noch nicht genug, kamen mitten in der Nacht Architekt Perusato und Lucia hereingetrampelt und haben unter dem Vorwand, ihre Freunde hätten sie auf der Insel zurückgelassen und irgendwo müsse sie ja schließlich schlafen, noch eine der Russinnen auf einem Sofa hier einquartiert. Er hat sofort erklärt, dass er nicht beabsichtige, seine Unterkunft mit einer Unbekannten zu teilen, noch dazu einer Russin von ausgesprochen ordinärem Aussehen. Bei dem herrschenden antipolitischen Klima braucht nur irgendwer irgendwo zu schreiben, dass Piero Gomi von der PdM sich auf Kosten des Steuerzahlers mit Russinnen im Super-Luxusresort verlustiert, während die Bürger gezwungen sind, den Gürtel enger zu schnallen etc. Ganz abgesehen davon, dass er seit wer weiß wie vielen Stunden keine Verbindung mehr zu seiner Frau (und auch zum Rest der Welt) hat, was ja auch zu ernsten privaten Konflikten führen kann. Perusato erging sich in seinem üblichen High-Society-Geflöte, selbstverständlich, Herr Abgeordneter, das hätte gerade noch gefehlt, doch um eine alternative Lösung hat er sich gar nicht erst bemüht, angeblich, weil es zu spät war und alle Suiten besetzt. Daher musste er sich mit der Russin abfinden, die sich dann auch noch die ganze Nacht wenige Meter neben seinem Bett wimmernd, schniefend und strampelnd auf ihrem Sofa hin und her gewälzt hat. In der klebrigen, lästigen Hitze, jetzt, wo die Klimaanlage ausgefallen ist, und im Gestank der Zigarren, die ihre russischen Freunde ohne jede Rücksicht auf die westlichen Gäste mit geradezu genießerischer Missachtung geraucht haben. Kurz, ein Alptraum, eine schlimmere Nacht hätte Piero Gomi sich nicht vorstellen können, wirklich.

Allerdings ist der Alptraum jetzt, da dieses zudringliche Licht zum Fenster hereinfällt, keineswegs zu Ende, im Gegenteil. Danach zu urteilen, wie die Scheiben zittern, muss der Wind noch ärger sein als gestern. Ans Meer will er gar nicht denken, es war schon auf der ersten Herfahrt fürchterlich, als es ganz ruhig war. Bei so einer Wetterlage bräuchte es eine Rettungsaktion im großen Stil, organisiert vom Innenministerium, mit einem großen, soliden Schiff wie für Polarexpeditionen. Aber dieses vertrocknete Aas von Scarfiati oder auch dieser Fettwanst von Mottola mit seiner falschen Bescheidenheit würden bestimmt keinen Finger für ihn rühren, jetzt, wo sie wissen, wie angreifbar er ist durch die unheilvollen Fotos mit Werner Reitt. Und seine lieben Assistenten schlafen um diese Zeit wahrscheinlich noch selig in ihren bequemen Betten im Haus ihrer Eltern, es wird noch dauern, bis sie sich herablassen, ins Büro zu gehen, um ein paar Telefonate zu erledigen. Da er sie ja jetzt nicht wecken, anspornen und ihnen erklären kann, was sie tun sollen. Wer wird ihn rechtzeitig nach Rom zurückbringen, um dieses Desaster wiedergutzumachen?

Piero Gomi setzt sich auf den Bettrand, in Unterhose und Unterhemd, die er seit Tagen nicht mehr gewechselt hat. Er kann es nicht fassen, dass er immer noch auf dieser Klippe festsitzt, während seine Feinde (in und außerhalb der Partei) die Messer wetzen, um ihn *in absentia* zu Hackfleisch zu machen. Selbst wenn er es gestern geschafft hätte, den Hubschrauber zu nehmen, wäre er schon spät dran gewesen, aber wer weiß wie viele Bilder der Umarmung mit dem infamen deutschen Banker heute erst im Umlauf sind, mit wer weiß welchen bösartigen Kommentaren und Interpretationen, die nur darauf abzielen, den größtmöglichen Schaden anzurichten. Verrückt, im Verlauf weniger Stunden gleich zweimal ein Opfer von Facebook zu werden, zum Ersten, weil er es zu impulsiv benutzt hat, und zum Zweiten, weil er es nicht benutzen kann. Noch nie hat er sich in einer solchen Lage befunden, ohne eine Erklärung posten, eine Richtigstellung twittern, anrufen oder einfach rasch eine SMS schicken zu können!

Er zieht das Handy aus der Tasche, sieht es an. Ein einfacher kleiner flacher Gegenstand aus Glas und Plastik, plötzlich völlig unbrauchbar, ohne Stimme, ohne Töne, ohne Vibrationen. Die Anzeige des Akkus steht schon auf Gelb, bald sinkt sie auf Rot, und ohne Strom kann man es auch nicht aufladen. In diesem technologisch hochentwickelten Kästchen spielte sich bis gestern sein ganzes Leben ab, jede Minute jedes gottgefälligen Tages, von morgens früh bis abends spät, mit einer unaufhörlichen Flut von Informationen, Aktualisierungen, Anweisungen, Verordnungen, Forderungen, Drohungen, Verhandlungen, Kompromissen, Intuitionen, Vorwegnahmen und Bestätigungen. Es war die Erweiterung seiner selbst, sein Wachposten, seine Antenne, sein Kundschafter, sein Fernglas, sein Bote, sein Sonderbeauftragter, sein Zeuge, sein Berater, seine Verteidigungs- und Angriffswaffe, sein Gedächtnis, sein einziger, wirklich verlässlicher Mitarbeiter, sein einziger Freund, der keine Gegenleistung verlangte, außer nachts ans Ladegerät gehängt zu werden! Es bricht ihm das Herz, es so zu sehen, stumm und taub, wie ein armes Wesen von einem anderen Planeten, das nicht mehr die richtige Luft zum Atmen hat. Ein unerträglich grausamer Gedanke, wirklich.

Noch schrecklicher ist die Vorstellung, dass der Rest der Welt sich fröhlich weiter im Internet tummelt, sich hinter seinem Rücken austauscht und alle möglichen Abmachungen, Strategien, Bündnisse und Verschwörungen anzettelt! Seine Feinde (in und außerhalb der Partei) werden begeistert sein, ihn tagelang völlig abgeschnitten und mundtot gemacht zu haben! Schlimmer als Garibaldi auf Caprera, schlimmer als Silvio Pellico als Gefangener in Spielberg! In der Parlamentsfraktion sind sie bestimmt schon eifrig dabei, die Linie an entscheidenden Stellen zu ändern, ihre Kandidaten in den Kommissionen der Abgeordnetenkammer und des Senats vorzuschieben, ihre Leute in der Region, in den Provinzen, den Gemeinden und den von ihnen kontrollierten Unternehmen zu begünstigen, sich die Informationsräume neu aufzuteilen, die Vergabe von Aufträgen zu sponsern, Finanzierungen zu ergattern, den Journalisten am Ausgang des Parlamentsgebäudes Erklärungen abzugeben, sich in den Talkshows zu sonnen. Als ob sie die neuen unbestrittenen Protagonisten wären! Er kann sich genau vorstellen, wie sie geschniegelt und gebügelt in ihre Dienstwagen steigen, um zu den Studios der öffentlich-rechtlichen Fernsehanstalten, von Mediaset und La7 zu fahren und sich in den Vormittagsprogrammen zur Schau zu stellen. Fein zu lächeln, wenn der Moderator sie fragt, ob ihre Positionen nicht zufällig ein wenig zu sehr mit denen von Piero Gomi im Widerspruch stehen, so als wollten sie sagen: »Ja, und? Wer ist denn Piero Gomi noch? Wo treibt er sich herum? Als wir das letzte Mal von ihm gehört haben, befand er sich in einem Super-Luxusresort auf einer abgelegenen Insel, zusammen mit seinem besten Freund, diesem pädophilen Werner Reitt!« Herrgott, möge ihm jemand helfen, aus diesem Alptraum zu erwachen! Und zwar bald, solange noch Zeit ist, den Schaden zu beheben! Aber wie, wie, wie?

Darüber hinaus ist da immer noch die Russin, die auf dem Sofa wimmert und schnieft, sie treibt einen vollends zum Wahnsinn.

Piero Gomi hält es nicht mehr aus, er platzt. »Was haben Sie bloß, Signorina? Sie haben mich die ganze Nacht nicht schlafen lassen!« Ehrlich gesagt, waren es auch der Wind, die Angst, der Hunger, bei diesen gehaltlosen Miniportionen des spanischen Starkochs, aber jemandem die Schuld geben zu können ist schon eine kleine Erleichterung.

»Entschuldigung.« Die Russin hebt den Kopf, stützt sich auf den Ellbogen, die Augen geschwollen, das schwere Make-up vom Weinen zerlaufen, die pechschwarzen Haare zerrauft.

»Ich verstehe durchaus, dass es schlimm für Sie ist, dass Ihre Freunde Sie an Land zurückgelassen haben.« Piero Gomi hätte zwar Wichtigeres zu tun, als hier irgendwelchen Russinnen gegenüber Verständnis zu zeigen, aber gut, wenn nur dieses Gejammer aufhört. »Aber Sie sind nicht die Einzige, die hier festsitzt.«

Die Russin zieht mit der Nase hoch, trocknet sich mit der Hand die Augen, verschmiert das Make-up noch mehr. »Mein Freund auch tot.«

»Wie denn, tot?« Piero Gomi wird eiskalt. »Wann ist er gestorben?«

»Berg runtergefallen. Gestern Nacht.«

»Was sagen Sie da, Signorina?«

Ihn schaudert bis ins Mark, trotz der klebrigen Hitze in diesem Salon.

»Ist tot. Burskin hieß er. Malachow sagte bester Freund, bester Freund, dann nimmt er ihn nicht mal mit. Lässt ihn tot daliegen.« Die Russin putzt sich die Nase, setzt sich auf. Halb entblößt, mit offener Bluse, aus der ihr mehr als üppige Busen herausquillt.

»Signorina, es hat jetzt keinen Sinn, sich zu quälen.« Piero

Gomi zieht das Laken über sich, angelt mit der Hand nach seiner Hose, die auf einem Hocker aus lauter krummen Hölzern liegt. »Die Behörden werden das in die Hand nehmen, wenn es ihnen endlich gelingt hierherzukommen.«

»Behörden…« Die Russin trocknet sich die Augen mit dem Saum des Lakens. »Aber Burskin tot.«

»Mein aufrichtiges Beileid, Signorina. Eine tragische Geschichte.« Das muss er einfach sagen, auch wenn die Frau ziemlich sicher kein Wahlrecht in Italien hat. Denn wenn sie bis hierher gekommen ist, hat sie eindeutig Kontakte auf einem gewissen Niveau, also besser vermeiden, dass sie später überall herumerzählt, dass Piero Gomi der Verlust eines Menschenlebens kaltgelassen hat.

»Und jetzt ich sitze hier.« Die Russin kratzt sich am Kopf. »Wie im Gefängnis.«

»Sie sind nicht die Einzige, die sich wie im Gefängnis fühlt, Signorina, glauben Sie mir.« Piero Gomi legt die Hose auf den Schoß und überlegt, wie er sie anziehen könnte, ohne die Beine zu entblößen. »Diese Insel ist schrecklich. Man muss schon ziemlich perverse Vorstellungen von Urlaub haben, um sie als Ferienziel zu sehen.«

»Arbeitest du beim Fernsehen?« Der Blick der Russin verliert auf einmal seine Trauer, wird aufdringlich und lästig.

»Nein, Signorina, ich arbeite nicht beim Fernsehen.« Piero Gomi versucht, unter dem Laken in die Hose zu schlüpfen; vor so indiskreten Augen ist das gar nicht leicht.

»O doch. Ich haben dich in *Magnifico Stivale* gesehen.« Die Russin lässt nicht locker, ihren toten Freund und die Angst, hier hängenzubleiben, scheint sie schon fast vergessen zu haben. »Und auch in *Buongiorno Penisola*.«

»Ich dagegen habe Sie nirgends gesehen, Signorina, deshalb sollten Sie aufhören, mich zu duzen!« Endlich gelingt es Piero Gomi, die Hose hochzuziehen, er knöpft sie zu, so schnell er kann. Man stelle sich vor, wenn zufällig jemand von den Gästen hereinkommen sollte, ohne zu wissen, dass ihm die Anwesenheit der Russin aufgezwungen wurde, könnte die Situation zweideutig und sehr unangenehm wirken.

»Aber du bist Schauspieler.« Die Russin mustert ihn weiter, mit einem lauernden Ausdruck. »Komiker, oder?«

»Nein, Signorina, ein Komiker bin ich wahrhaftig nicht!« Seine Geduld stößt rasch an ihre Grenzen: So will er den Tag wirklich nicht beginnen, nach dieser grässlichen Nacht. »Ich bin Abgeordneter der Republik, nur zu Ihrer Information!«

Die Russin macht eine unverschämt abwägende Handbewegung, als wollte sie sagen, dass zwischen den beiden Berufen im Grund kein großer Unterschied bestehe, dass der zweite vielleicht sogar weniger respektabel sei als der erste. Auch das ist das wunderbare Resultat der Politikfeindlichkeit, der jahrelangen Delegitimierung, der aus der Luft gegriffenen Anschuldigungen, der lautstarken Medienkampagnen gegen diejenigen, die ihr ganzes Leben dem Gemeinwohl widmen. Sie können stolz sein, die Herren Moralisten: schöner Erfolg, wenn sich sogar eine Russin wie die hier dazu erdreistet, so mit ihm zu reden.

»Ich bitte Sie, der Rolle, die ich bekleide, ein Minimum an Respekt entgegenzubringen!« Piero Gomi schnappt sich das Hemd vom Hocker, schlüpft hastig hinein, knöpft es in wenigen Sekunden zu, obwohl sich seine Finger vor Nervosität verhaspeln. »Noch dazu in Anbetracht des Landes, aus dem Sie kommen, entschuldigen Sie mal!« Präsident Buscaratti pflegt zwar, sagen wir, besondere Beziehungen zu dem russischen Premierminister, aber ehrlich, dass eine exsowjetische Göre sich erlaubt, ironische Bemerkungen über einen Abgeordneten der allerersten Liga zu machen, anstatt dankbar zu sein, dass man sie in Italien aufgenommen hat, nein, das geht zu weit.

»Ich habe Gesicht gleich erkannt.« Die Russin insistiert mit unerhörter Frechheit. »Raff-raff-Gesicht.«

»Signorina, wenn Sie nicht sofort aufhören, verklage ich Sie!« Lohnen würde sich das nicht, klar, bei dem Arbeitstempo der italienischen Justiz, ganz abgesehen von dem Vorurteil gewisser Teile der Behörde gegenüber der PdM. Manche Richter wären sogar fähig, der Russin recht zu geben. Jedenfalls spiegeln diese Verhaltensweisen die feindselige Einstellung zur Politik, die immer gefährlicher wird, das lässt sich nicht leugnen. Kurz und gut, wir sind an dem Punkt, an dem ein Abgeordneter nicht mehr ins Restaurant gehen oder zwei Schritte auf der Straße tun kann, ohne Gefahr zu laufen, dass ihn jemand beschimpft, als Dieb oder Clown oder noch Schlimmeres! Zum Glück sind da die Jungs vom Personenschutz, die einen abschirmen und falls nötig die ärgsten Schreihälse identifizieren, aber eigentlich ist das doch eine Frechheit! Furlan erzählte ihm letzte Woche, dass in einigen Eisdielen in Rom im Schaufenster ein Schild angebracht wurde, auf dem steht: *Für Abgeordnete kostet die mittlere Eisportion fünfzig Euro.* Und die Kunden applaudieren! Es vergeht kein Tag, ohne dass man irgendwo die Forderung liest, die Anzahl der Parlamentsmitglieder zu halbieren, obligatorische Quittungen für Zahlungen an Mitarbeiter einzuführen, die Anschaffung von Dienstwagen auszusetzen, den Begleitschutz zu verringern, die Vergünstigungen zu beschränken, die Leibrenten abzuschaffen und so weiter und so fort! Alle regen sich auf, dass die Politiker in Italien mehr kosten als in jedem anderen Land, dass sie nichts arbeiten, dass sie schlecht ausgebildet und inkompetent sind, dass sie nur Schaden anrichten, und wenn man von ihnen fordere, sich selbst zu reformieren, sei es, als verlange man von einer Diebesbande, etwas weniger zu stehlen. Da rackert man sich ab, um so weit zu kommen, wie man gekommen ist, führt jahrelange Kämpfe in den Korridoren, nimmt an Sitzungen teil, bei denen man sich noch mehr langweilt als früher in der Schule, tätigt Millionen Anrufe, leistet mühsamste Überzeugungsarbeit, führt zähe, im letzten Augenblick geplatzte Verhandlungen, reibt sich im Alltag auf, ärger als im Dschungel, ohne einen Verbündeten, dem man vertrauen kann, denn in der Politik sind die Verbündeten unzuverlässiger als die Feinde, und dann wacht so ein Moralist eines Morgens auf und will dir alles wegnehmen? Sogar den Respekt vor dem Amt, das du bekleidest? Und hetzt die öffentliche Meinung auf mit den einfachsten Slogans, die immer gut greifen, zieht Zahlen raus, um die Privilegien nachzuweisen, die Privilegien! Begreifen die Leute denn wirklich nicht, dass das kein Angriff auf die Politik mehr ist, sondern auf die Demokratie selbst? Zuletzt werden sie alle die Folgen zu tragen haben, auch die Herren Moralisten, die heute das Feuer anfachen!

»Bitte verklagen.« Die Russin will ihn eindeutig aus der Fassung bringen. Jetzt kramt sie in ihrer Handtasche herum, zieht ein Handy heraus und richtet es auf ihn.

»Was machen Sie da?!« Sie hat es geschafft, seine Sicherungen brennen durch. Piero Gomi springt auf, stürzt zum Sofa. »Signorina, legen Sie sofort das Ding da weg!«

»Dokument von Arbeit von Abgeordnetem der Republik.« Die Russin drückt auf den Auslöser, als er gerade die Hände ausstreckt, um ihr das Handy abzunehmen: Man hört das *click*, kein Zweifel, die Aufnahme ist im Kasten.

»Geben Sie sofort her! Lassen Sie mich das Foto löschen!« Piero Gomi brüllt, aber wer könnte denn in so einer Lage ruhig bleiben, mal ehrlich? Noch dazu nach der Katastrophe von gestern, an der auch Fotos schuld waren?

»Nein.« Die Russin weicht auf dem Sofa zurück, entzieht sich, knipst noch ein Foto.

Piero Gomi stürzt hin, versucht ihr das Handy aus der Hand zu reißen. Er sollte vernünftig sein, er weiß es, ist aber wie von Sinnen. Von außen hat man leicht reden, man muss erst mal drinstecken, in so einer Situation!

Doch plötzlich sind Stimmen im Raum, *woosh*, fährt ein

Windstoß herein, man hört, wie sich die Fenstertür krachend schließt, da ist jemand hinter ihm, jetzt.

Piero Gomi dreht sich ruckartig um, das Herz klopft ihm bis zum Hals.

»*Buscaratti n'est pas le seul, alors! C'est l'un des vices de votre parti!*« Die hässliche französische Journalistin mit dem Bulldoggengesicht nimmt die Sonnenbrille ab, um ihn genauer zu betrachten. Hinter ihr steht die Reitt, groß und streng, eine echte Calvinistin, und nimmt ebenfalls die Brille ab. Beide machen angeekelte Gesichter, als hätten sie ihn bei einer niederträchtigen Schandtat erwischt.

»Politikerschwein!« Die Russin macht ein entrüstetes Gesicht, was für eine verblüffende, unvorstellbare Gemeinheit!

»Was sagen Sie da?! Was erlauben Sie sich?!« Piero Gomi dreht sich zu der Französin um. »Und auch Sie, Signora?! Was wollen Sie mir unterstellen?!« Seine Stimme wird schrill, etwas, das er auch im Fernsehen immer vermeiden möchte, weil es sofort klingt, als sei man im Unrecht, auch wenn man tausendmal recht hat.

Die Reitt zieht die Augenbrauen hoch, bewegt lautlos die Lippen, als fehlten ihr die Worte.

Ihm ist bewusst, dass der Schein trügt, nicht dass er es nicht wüsste: das Hemd über der Hose, weil er keine Zeit hatte, es hineinzustecken, barfuß, weil er seine Mokassins noch nicht angezogen hat, das Gesicht sicherlich verzerrt. Außerdem liegt die Russin mit offener Bluse aufs Sofa gefläzt. Das Bild kann durchaus falsch gedeutet werden, aber nur von jemandem, der ihn wirklich nicht kennt, der nicht die geringste Ahnung von seiner moralischen Integrität hat und nicht weiß, welche Schlachten er seit Jahren zur Verteidigung der Familie, der Heiligkeit der Ehe, der Unverzichtbarkeit der christlichen Wurzeln und der Werte Europas führt!

Als reichte das noch nicht, öffnet sich die Fenstertür erneut, *woosh*, und Perusato kommt herein, samt seiner Assistentin Lucia. In der Mitte des Salons bleiben sie abrupt stehen, blicken von ihm zu der Russin, der Französin, der Deutschen, als suchten sie nach Bestätigung.

»*Eh bien, c'est ça!*« Die Französin hat schon die Rolle der Augenzeugin an sich gerissen, noch dazu als ausländische Journalistin!

Die Reitt schweigt, doch ihr Ausdruck spricht Bände.

»Schwein.« Die ordinäre Russin schürt das Missverständnis immer weiter.

Piero Gomi reagiert mit unentschuldbarer Verspätung, ja, doch der Schock ist zu groß, er braucht einen Moment, um seine Fassung wiederzugewinnen. »Ich weiß nicht, was die Damen mir unterstellen, ich hatte bloß die Absicht, die Fotos zu löschen, die diese Signorina von mir gemacht hat!«

Perusato, Lucia, die Reitt und die Französin sehen ihn mit einer Mischung aus Verlegenheit und Ekel an, als wollten sie sagen: Wir wissen, wie ihr Politiker seid, wir wissen, dass euer unwürdiges Benehmen alle Grenzen des Anstands überschreitet.

»Welche Fotos?« Kerzengrade steht Perusato da, in Richterhaltung. Seine Assistentin unterstützt ihn in ähnlicher Haltung.

»Architetto, ich dulde es nicht, dass Sie unlautere Schlüsse ziehen!« Wieder wird seine Stimme schrill, aber wie soll man den richtigen Ton treffen, wenn man so ungerecht angeklagt wird?

»Und ich kann so ein Verhalten in der Villa Metaphora nicht dulden.« Der Architekt spielt sich als Moralapostel auf, flankiert von seiner Mitarbeiterin und beinahe sicherlich auch Geliebten. Und das trotz der krummen Dinger, die er mit Sandro Scandrola gedreht haben muss, um in einem Naturschutzgebiet wie diesem eine Baugenehmigung zu erhalten.

»Ich weiß nicht, worauf Sie anspielen, Architetto?!« Piero Gomi brüllt, aber die Stimme kommt von allein heraus, er kann nichts dagegen tun. »Welches Verhalten unterstellen Sie mir?!«

»*Le comportement d'un cochon!*« Die Französin verpasst keine Gelegenheit, ihm einen gemeinen Hieb zu versetzen.

Architekt Perusato nickt knapp, als gäbe es nichts hinzuzufügen, als sprächen die Fakten für sich.

»Signora, sobald ich nach Rom zurückkomme, zeige ich Sie an, da können Sie sicher sein!« Piero Gomi schreit so laut, dass seine Stimmbänder schmerzen. »Und Sie auch, Architetto! Ihre Anschuldigungen sind völlig aus der Luft gegriffen! Und außerdem haben Sie mir die Anwesenheit der Signorina gestern Nacht aufgezwungen, Architetto, ich hatte Ihnen klipp und klar gesagt, dass ich sie hier drin nicht wollte!«

»Ja, dann du über mich herfallen!« Die Russin hält ihm mit unsäglich feindseligem Gesichtsausdruck das Handy entgegen. »Habe Foto, hier!«

»Die Frau redet dummes Zeug! Sie steht unter Drogen!« Piero Gomi wendet sich an die anderen, obwohl man ihren Mienen deutlich entnehmen kann, dass es gar nichts nützt, sie sind schon alle gegen ihn, von vornherein.

»*Vous êtes ignoble!*« Die Französin wird immer giftiger.

»Sieht man, auf Foto!« Die Russin schwenkt das Handy.

Na gut, jetzt sind wir jenseits von allem, der reine Wahnsinn. So weit ist es mit der politischen Klasse gekommen: Da kann irgendeine hergelaufene betrügerische Dritte-Welt-Göre einer der bedeutendsten Führungspersönlichkeiten der Mehrheitspartei (die Zahlen im Parlament sprechen immer noch für sich, ob es einem passt oder nicht) die übelste Schandtat anhängen, und alle sind bereit, ihr zu glauben! Einfach so! Es steht Wort gegen Wort, aber sie geben ihr recht! Man braucht Perusato, seine Assistentin, die Reitt und die Französin ja nur anzusehen: Wenn sie einem Schwurgericht angehörten, hätten sie ihn schon verurteilt! Ohne den geringsten Beweis! In letzter Instanz! Sie wären bereit, ihn der öffentlichen Meinung zum Fraß vorzuwerfen wie einen beliebigen Verbrecher!

Die Reitt geht wie eine Samariterin auf die Russin zu und tröstet sie mit leiser Stimme. Auch Lucia flüstert freundliche Worte. Die Französin steht mit finsterer Miene daneben und registriert alles, sicher denkt sie sich schon eine grässliche, falsche, verleumderische Rekonstruktion der Fakten aus, um sie gleich nach ihrer Heimkehr in ihrer Zeitung zu veröffentlichen. Perusato bleibt bei seiner missbilligenden Haltung des Mannes von Welt, des internationalen Architekten, der nur für erlesene Leute arbeitet, ausgerechnet er, der gestern Abend nicht gezögert hat, eine zumindest fragwürdige Gruppe Russen zum Essen zuzulassen, bloß weil sie offenbar bereit waren, ihm einen Haufen Geld dafür zu geben.

»Architetto, ich verlange unverzüglich eine Entschuldigung!« Sein Ton bessert sich etwas, er klingt immer noch blechern, aber doch weniger schrill, vielleicht weil die wachsende Empörung kälter ist als die anfängliche Wut. »Von Ihnen, von der französischen Dame und von der russischen Signorina! Zudem behalte ich mir weiter vor, zur Verteidigung meiner Ehre den Rechtsweg zu beschreiten, sobald ich dazu in der Lage bin.«

»Nur zu, *je vous en prie*! *Nous allons nous amuser, au tribunal!*« Die Französin lässt nicht locker: Die Bösartigkeit dieser schicken, hochnäsigen Linken ist wirklich grenzenlos.

Woosh! Nun kommt auch noch der Bootsmann herein, das Faktotum in seiner weißen Uniform, und auch er schenkt ihm gleich einen bösen Blick, nur so, um sich dem Gesichtsausdruck der anderen anzupassen. Er spricht gedämpft mit Perusato, der Architekt nickt, flüstert ihm auch etwas ins Ohr. Sie entfernen sich ein paar Schritte, um weiter hinten im Salon miteinander zu tuscheln, und kehren dann zur Fenstertür zurück.

»*Un instant, Monsieur!*« Die Französin versucht, Perusatos Aufmerksamkeit auf sich zu lenken. »*Il n'y a pas d'eau dans notre chambre!*«

Die Reitt lässt einen Augenblick von der Russin ab und

pflichtet ihrer widerwärtigen Freundin bei. »Ja, aus dem Hahn kommt kein Wasser mehr! Wir mussten uns das Gesicht mit Mineralwasser waschen!«

»Wir werden das Problem schnellstmöglich beheben, meine Damen, keine Sorge.« Perusato zeigt nach draußen, legt die Hand auf den Türgriff und *woosh*, tritt er mit Carmine auf die Terrasse hinaus. Ohne sich verpflichtet zu fühlen, Piero Gomi auch nur eine vorläufige Antwort auf seine Forderungen zu geben, nicht einmal einen ganz allgemeinen Vertrauensbeweis gegenüber einem Abgeordneten der Republik.

Piero Gomi schüttelt den Kopf, allmählich verwandelt sich die Empörung in Verbitterung. Er steckt das Hemd in die Hose, zieht vorsorglich die Füßlinge an (*fantasmini*, die Unsichtbaren, nennen sie sie im Geschäft), schlüpft in die Mokassins. Wäre nicht der Wind da draußen, würde er diesen inzwischen unerträglichen Salon ja gerne verlassen, doch wo sollte er hin? Die vier Frauen sind immer noch ums Sofa gruppiert, werfen ihm feindselige Blicke zu, sobald er in ihre Richtung schaut. Kaum zu glauben, aber es ist so: Alles kann immer noch schlimmer werden, man kann endlos von Alptraum zu Alptraum zu Alptraum schlittern.

73

Der Architekt hat es ultraübel aufgenommen, als er erfuhr, dass die Propeller der Windkraftanlage nicht mehr zu finden waren, weil der wütende Wind sie weggewirbelt hatte. Carmine Alcuanti forschte eine gute halbe Stunde rundum zwischen Steinen und Planten, fand jedoch nur ein abgebrochenes Eckchen. Gäbe es nur dies eine Problem, wäre ja alles paletti. Doch auch das Backup-System der Photovoltaikanlage hat seinen Geist aufgegeben, da der Architekt die billigsten Batterien erwerben wollte, obwohl der Techniker klipp und clear gesayt hatte, die könnten den ultramassiven Verbrauch von Küche, Lampen, Entsalzungsmaschine, mehreren Pumpen und Lastenaufzug nicht aushalten. Allerdings besaß der Architekt, wie er hinterher, aber erst hinterher gestand, keine Gelder mehr. Und solange Wind und Meer sich nicht beruhigen und es nicht gelingt, ein Transwater vom Hafen kommen zu lassen, haben wir hier deshalb null Strom. Damit wird man sich abfinden müssen, mit einem Lächeln im Herzen. Einfach wird es sicher nicht, angenehm auch nicht, ohne einen Tropfen fließendes Water in Suiten und Küche. Nur noch das Mineralwater in den Flaschen ist da, aber das reicht auch nicht ewig, logo. Weiß der Drache, was Ramiro den Gästen offerieren wird, wo doch in der Küche alles elektrisch fungiert, die vielen Öfen, Herdplatten und all der Schnickschnack, und die Vorräte in den Kühlschränken werden zu rotten anfangen, ohne dass man was Neues akquirieren oder wenigstens ein paar Seeigel von den Felsen kratzen kann bei den Wellen, die noch mehr als gestern spratzen und sprayen. Ramiro wird's nicht gut verkraften, so viel steht fest, ihm gehen bestimmt die Nerven durch. Schon gestern schäumte er vor Wut über die beleidigenden Nachforderungen der Russen und des Deutschen, das warf ihn regelrecht aus der Fahrrinne. Ganz abgesehen von den Gästen, die schon meuterten, als es noch Strom gab, weil sie sich nicht waschen, nicht telefonieren und nicht einmal promenieren konnten. Wie soll das jetzt erst werden? Mittlerweile explodieren alle gleich beim ersten Funken. Einen nach dem anderen erwischt der Maximalstress. Bleibt nur zu hoffen, dass Wind und Meer moderater werden, denn so ist es sogar für ihn hart, der auf Tari geboren ist, wenn auch nicht auf dieser Seite. *Occidens Tari, meor scurdari,* Taris Westen kannst du vergessen, berichten die Alten. Es wird schon ein Motiv geben, warum jahrhundertelang niemand hier bauen wollte, nicht mal eine steinerne Schäferhütte oder ein Schelterchen für die Transwater. Da musste erst ein Baron Canistraterra kommen, der so verrückt war wie eine wildgewordene Ziege. Allein die Art, wie er das Zeitliche segnete ... Möge seine Seele für immer fliegen.

Apropos Seele, jetzt müssen sie den toten Russen zur Mole verbringen, faktament ein schöner Taskus, um den Tag zu initiieren. Dass es einen weiteren Toten gab, enthüllte dem Architekten gestern die Russin dem Abgeordneten Gomi, nachdem Neckhart, Reitt und Matthias mit ihrem Ansinnen, das Beiboot zu kapern, gescheitert waren. Hätten sie ihn in ihre Pläne eingeweiht, hätten ihre Chancen eventuell ein bisschen besser gestanden, er hätte ihnen schon geholfen, bloß damit Neckhart rascher von Tari wegkommt. Unter der Bedingung, dass sie es sofort zurückschicken, um die russischen Profanatoren zu transmarieren, damit die sich mit ihrem Pott ins offene Meer verdünnisieren. Aber nein, sie wollten alles klammheimlich machen. Schöne Bescherung, und wer soll Neckhart jetzt fortschaffen? Jedenfalls sayte die Russin dem Architekten, der Russe sei vom Lastenaufzug gepurzelt und habe sich an einem Felsen den Schädel zerschmettert. Kein Wunder, bei der Dunkelheit, dem Stromausfall und dem vielen Champagner in seinem massigen Körper. Sobald er gestern Nacht davon erfuhr, suchte er mit der Taschenlampe die Felsen ab, spektierte den Mann auf dem Hang, wo er wie ein schlaffes Wildschwein lag, aber solo konnte er ihn unmöglich tragen. Deshalb musste er sich nun an Paolo den Schreiner wenden, denn der Russe wiegt gut hundertzwanzig Kilo, und wie die Alten sayen, zählt bei den Toten jedes Kilo doppelt. Sie bemühen sich, behutsam vorzugehen, damit er trotz seiner Freundschaft zu dem benebelten Glatzkopf, der Lynn Lou Shaw respektlos behandelt hatte, nicht zu grob über die Stufen rumpelt. Immerhin ist er tot, und etwas Feingefühl ist bei Toten doch angebracht. Ein bisschen heben sie ihn, ein bisschen schleifen sie ihn, lassen ihn die Treppe runterrutschen, aber wenigstens den Schädel lassen sie nicht aufschlagen, wo er doch schon gestern Nacht bei seinem Sturzflug vom Lastenaufzug schrecklich zerschmettert worden ist. Da war echt viel Blut auf die Felsen geflossen. Weil die Verbringung des Toten außerdem streng geheim ist, ließ der Architekt sie schwören, vor den Gästen kein Wort darüber zu verlieren, wenngleich Carmine Geheimnisse auch ohne Schwur für sich behält und auch Paolo der Schreiner gewiss kein Schwätzer ist, der alles weitertratscht.

»Langsam wird das Herumtragen von Toten hier zur Gewohnheit!« Paolo der Schreiner skriemt, um sich im Wind verständlich zu machen. Er lacht, aber nicht aus fehlender Achtung vor dem Toten, sondern nur, um die Stimmung etwas aufzuheitern, denn Tote durch die Gegend zu schleifen ist nicht unbedingt der lachendste Taskus des Morgens, vor allem im wütenden Gegenwind, der auf jeder Stufe versucht, einen wegzupushen.

»Hoffentlich ist das der Letzte!« Carmine antwortet im gleichen Tenor. Das Gewicht des Russen zerrt an seinen Armen, dieses Riesenpaket aus Muskeln, Fett, Eingeweiden, Knochen und Champagner, den der Russe so unmoderat runtergekippt hat. Noch dazu trägt er zwei dicke Ringe an den Fingern, einer mit einem rubinroten Stein, ein protziges, goldenes Armband und eine massive Uhr, was ihn noch schwerer macht. Der Architekt hat befohlen zu checken, ob der Russe nicht zufällig noch andere Wertgegenstände bei sich hat, die für zukünftige Ermittlungen sichergestellt werden müssen, doch Carmine Alcuanti will nichts davon wissen, einem Toten seine Sachen zu entwenden, das hat er nur bei den Fotos von Lynn Lou Shaw geschafft, aber das war ja auch etwas komplettament anderes. Paolo den Schreiner interessieren Gold und Edelsteine nicht im Minimum, daher kann er dem Architekten berichten, sie hätten nichts bei dem Toten gefunden.

»Ja, hoffentlich!« Paolo der Schreiner klemmt sich die Fußgelenke des Toten unter die Achseln und pullt mit aller Kraft, so dass sie ihn halb angehoben die Treppe hinunterschleppen und nur Rücken und Hintern auf den Stufen aufkommen, ansonsten heben sie ihn an, so weit menschenmöglich.

Dass diese Kette schlimmer Events nicht dem Zorn des Drachen zu verdanken ist, weil sie als Touristen großspurig in seine Tana eingedrungen sind, kann ihm niemand weismachen. Das hat er Lucia gleich nach der Katastrophe mit dem Transaqua mitgeteilt, aber sie bestritt es kopfschüttelnd, da die Moscatigno-Seite der Familie sich über die Traditionen erhaben fühlt, nicht umsonst sei sie zum Studieren nach Rom abgehauen, und dann habe sie zusammen mit dem Architekten Norditalien und halb Europa bereist und so weiter. Deshalb forciert sie sich zu behaupten, sie bilieve nicht an diese Dinge, Punktum, aber ein bisschen bilievt sie wahrscheinlich doch daran (zumindest nachdem Ciro Spanò ertrunken ist, zum Beispiel). Allerdings ist es nicht leicht nachzuweisen, denn mit Touristen in die Tana des Drachen einzudringen war sicherlich eine Profanation, jedoch dürfte die Anwesenheit der Göttin Lynn Lou Shaw diesen Übergriff komplettament wiedergutgemacht haben. Ohne Sie hätte er die Gäste nie in die Tana gebracht, nicht mal, wenn man gedroht hätte, ihn zu feuern. Er hat es nur getan, weil er wusste, dass er eine alles überstrahlende Göttin einließ. Ist der Drache, als er eine Göttin seine Tana betreten sah, etwa aus Eifersucht und nicht wegen der Beleidigung so in Rage geraten? Hat ihn ein flammender Zorn gepackt, als er sich vor den Augen der Muntagna Matri so herabgesetzt sah, dass ihm schwarz vor Augen wurde und er blindlings seine Vendetta startete? Möglich ist es, da der Drache nun mal nicht wie ein Mensch denkt, was für ein Drache wäre er sonst? Wir sprechen hier von Gefühlen, so deep und dunkel wie der Meeresgrund, und kaum rührst du auch nur ein klein wenig daran, trifft dich dieser wütende Wind, der dich wegfegt, und das Meer kommt mit berghohen Wellen daher, eine steiler und erboster als die andere. Im Zorn kümmert es sie auch nicht, dass sie an den Felsen zerschellen oder dass der Wind sie als Schaum davonsprayt, wo doch der Wind perpetament eifersüchtig auf das Meer ist: Sobald er eine Möglichkeit wittert, dagegenzuhalten, ergreift er sie.

Jedenfalls haben sie nun die letzten Stufen erreicht, zum Glück, denn den Russen zu tragen ist wahrlich rückenbrecherisch. Sie stehen auf den meerüberspülten Steinen der Mole. Paolo der Schreiner hat nichts, das nass werden kann, da er perpetament barfuß promeniert, Carmines Schossüren hingegen sind sogleich durchweicht, so dass nun der Ruin final ist, nachdem schon das Weiß flötenging, als er die Leiche des Russen am Hang zwischen Felsen und Erde suchte. Das Meer ist so aufgewühlt, dass es gestern im Vergleich zu heute platt wirkte, ein einziges Slammen, Splaschen, Quirlen, Sprayen, so furios reiten die Wellen heran, dass einen beim Observieren die heilige Furcht überkommt, sie klatschen gegen die Felsen, platschen gegen den Landungssteg, um so viel Schaden wie möglich anzurichten.

»Wohin mit ihm?!« Paolo der Schreiner schaut sich um, auf der Suche nach einer halbwegs vor dem Meer geschützten Stelle.

»Der Architekt meinte, neben den anderen!« Carmine Alcuanti pointet auf die Rückseite des Felsens, wo die in eine Plane gewickelte Leiche des Fotografen liegt.

»Ist das eine gute Idee?! Die Wellen kommen bis hier!« Paolo der Schreiner gestet zum tosenden Meer hin, das sich Welle um Welle an den Quadern der Mole bricht.

»Was sonst?!« Er weiß auch, dass dies nicht der ideale Ort ist, um Tote zu lagern, aber wo sollten sie sie sonst verstauen? »Wir können sie ja nicht nach oben zu den Gästen bringen! Und noch dazu ohne den Lastenaufzug!«

Paolo der Schreiner noddet mit dem Haupt.

Carmine Alcuanti betrachtet noch einmal die Rolle mit dem toten Fotografen, versucht zu intuieren, wo sie den Russen am besten hinlegen könnten, ohne dass die Wellen ihn wegreißen. Das Chris Craft hingegen kann er kaum spektieren, es bricht ihm schier das Herz, wie es so zerschmettert und verheddert dort in der Luft baumelt, die Tragseile, die verzweifelt versuchen, es zu halten, und der Wind, der es ohne Unterlass shakert, um ihm so viel Schaden zuzufügen wie irgend möglich, nach allem, was das Meer ihm bereits angetan hat. Perpetament rivalisieren sie, diese zwei, hören nie auf, sich zu messen, zu vergleichen, wer der Stärkere ist. Paolo der Schreiner pullt den toten Russen an den Füßen, Carmine fasst ihn unter den Achseln, vollgesogen und durchweicht, wie er ist, ist es echt harte Arbeit, zum Glück slippt er hier über die nassen und glitschigen Steine. Sie pullen ihn neben den Fotografen, der so gut verpackt ist, dass der Wind ihn bis jetzt nicht öffnen konnte, nicht mal seine Füße konnte er entblößen.

Carmine Alcuanti holt die Plane aus dem im Fels verborgenen Schuppen, findet auch ein Seil. Bei diesem rabiaten Wind ist es ein weiterer Maximaleffort, die Plane auszurollen, den toten Russen draufzulegen und ihn einzuwickeln, sie müssen die Ecken mit Steinen beschweren, und nichtsdestotrotz sneakt der

Wind unter die Plane, lüpft sie und lässt sie so knattern, dass die beiden sich schließlich mit allen vier Füßen draufstellen, damit er sie nicht bis oben auf die Muntagna Matri wirbelt.

Eine gute halbe Stunde brauchen sie zu zweit, ein Glück, dass auch Paolo sich mit Knoten auskennt und mit Hand und Fuß geschickt ist, andernfalls hätten sie das nie hingekriegt. Allerdings ist diese Plane kürzer als die andere, und zudem ist der Russe noch größer und korpulenter als der Fotograf, so dass er in finis zwar verpackt ist, ja, seine Füße aber hervorlugen, nicht sehr weit, aber in perfecto bedeckt sind sie nicht. Jedenfalls liegen nun zwei eingewickelte Tote unten neben der Treppe, und wäre der arme Ciro Spanò nicht im Abgrund ertrunken, lägen da jetzt drei. Wenigstens vertreibt der wütende Wind alles, Gerüche, Insekten, komplettament alles, sonst würde der Fotograf schon so heftig nach verwestem Aas stinken, dass man sich ihm nicht auf mehr als zwanzig Schritte nexen könnte, zudem wäre er über und über mit Fliegen und Ameisen bedeckt. Auch der Russe würde schon von sich aus schrecklich odorieren, wenn man mit der Nase nexer kommt, riecht man es schon jetzt, was wäre dann erst nach ein, zwei Stunden Sonne. Deshalb muss man sich eigentlich beim Wind bedanken, aber dem darf man niemals danken, aus welchem Motiv auch immer, er könnte es krummnehmen und noch rabiater blasen.

Nun klimben sie die Treppe wieder hinauf, der Wind pusht sie mit aller Kraft vorwärts, anstatt sie zurückzupullen, auch wenn die Stufen sich nach rechts oder links wenden, er droht maximal, sie vom Felsen zu pusten, damit sie wie der Russe enden. Sprechen tun sie nicht, wegen der Geheimheit des Unterfangens, dem Gedröhn in den Ohren, und weil Paolo der Schreiner noch nie viel geschwätzt hat, umso weniger jetzt, wo sie soeben einen Toten weggeräumt haben.

Besser so, da kann Carmine Alcuanti ungestört von Lynn Lou Shaw dreamen, sie sich wirklicher als in der Wirklichkeit vor seinem inneren Auge ausmalen, während sie sich harmonisch, wie gestern Nacht im Salon, auf dem Stuhl wiegt. Ein Lapdance, wie die ketzerischen Russen in ihrer ignoranten Profanation behaupteten, war das gewiss nicht, die Muntagna Matri hat ihnen prompt die Strafe geschickt. Lynn Lou Shaws Bewegungen gestern Nacht waren von unendlicher Anmut, der Tanz des unermesslichen Weibes, so leicht und majestätisch und verwirrend, dass die Erinnerung daran fast beängstigend ist, jede Bewegung die Offenbarung einer göttlichen Wahrheit, eine Bedeutung, die direkt die Seele trifft, das Herz durchbohrt und ihm diese unerschöpfliche Strömung einflößt, die voller Gefühl durch die Adern rinnt.

Das sind Dinge, die man nicht in Worte fassen kann, man sollte es gar nicht erst probieren, und doch sucht man nach Worten, fälschlicherweise, da die Bewegungen der Göttin nicht in Worte zu fassen sind, nur wahrnehmen kann man sie. Mit Sinn und von Sinnen, wie es heißt. Besser also, auch die Gedanken nicht zu translatieren, besser, sich hier vorzustellen, wie Sie mit ihm die Treppen hinaufsteigt, besser, zu phantasieren, wie man kaum merklich Ihre Hand streift, den Kopf ein wenig törnt, um Ihr Lächeln zu admirieren, das Haar, das im wütenden Wind wellt und weht. Oder man kann Sie sich auch mit dem Tuch ausmalen, das Sie neulich bei der Exkursion mit dem Chris Craft trug, als sie den Drachen in Rage brachten, der sich im Vergleich zu Ihr ausgerechnet vor den Augen der Muntagna Matri kleingemacht fühlte, so dass er Vendetta suchte. Und wenn schon der Drache sich unbedeutend fühlte, wie dann erst der Wind! Doch kann er so zornig werden, wie er mag, kann Fenster und Türen ausreißen, kann stäuben, föhnen, schleudern und heulen, so viel er mag, Lynn Lou Shaw wird es nicht einmal merken und allerhöchstens darüber lächeln. Was kann ein bisschen eifersüchtiger Wind schon Derjenigen anhaben, Die so jenseits ist, Die so hoch über allen anderen Dingen dieser heutigen Welt steht?

74

Dieser Arsch von Brian schüttelt nicht nur sie, damit sie aufwacht, sondern das ganze Bett, verdammt! Er schüttelt das ganze verfickte Zimmer, *shake-shake-shake*, mit aller Gewalt, um sie aus dem Schlaf zu reißen und ihr keine Ruhe zu lassen, der Arsch! »Hör auf damit, verdammt noch maaal!« Lynn Lou Shaw schreit, so laut sie kann, setzt sich ruckartig auf, ihr Herz rast vor Wut, aber dieser Hurensohn von Brian ist gar nicht da, er muss hinausgerannt sein, denn im Zimmer ist er nicht zu sehen. Geile Scheißaktion, kann er echt stolz drauf sein, sie auf diese beschissene Art zu wecken und dann abzuhauen, Arsch von einem Hurensohn!

Ihr Mund ist widerlich pappig, die Nase zu, der Magen verkrampft, Wellen von Übelkeit überkommen sie, die Augen triefen und sind vom Make-up verklebt, weil sie ihr Gesicht in das Scheißkissen gedrückt hat, der Schädel zerspringt ihr schier vor Kopfweh. Der Champagner, den ihr die Russen spendiert haben, ist bestimmt nicht dran schuld, von dem hat sie höchstens zwei Flaschen getrunken, es liegt an dem Wodka (oder war es Gin?) und dem Campari, den sie hinterher getrunken hat, um nicht senkrecht in eine Scheißdepression zu fallen. Deswegen trinkst du doch, oder?, um wenigstens ein paar Meter über dem Boden zu schweben, um nicht wie ein Käfer von der Schwerkraft niedergedrückt zu werden. Doch kaum hast du es geschafft, dich ein bisschen hochzuziehen (und Alkohol allein genügt nicht, man braucht auch Energie, Humor, den einen oder anderen Song und die richtigen Bewegungen – und dazu lächeln, immer lächeln), musst du weiter mit den Flügeln schlagen wie eine arme lahme Ente, um nicht abzustürzen. Und nie macht sich irgendjemand klar, was für eine Anstrengung dich das kostet. Sie denken, du würdest leicht wie ein Schmetterling in der Luft herumtanzen, dich als arme lahme Ente zu sehen, die draufgeht, wenn sie abstürzt, fällt ihnen gar nicht ein. Am Morgen danach präsentiert dir dann natürlich das verfickte Gesetz der unerbittlichen Trostlosigkeit die verfickte Rechnung, den pappigen Mund, die Übelkeit, die verklebten Augen und das entsetzliche Kopfweh. Und dank diesem Scheißkerl von Brian gibt es kein einziges Advil mehr, das sie einwerfen könnte, nicht einmal ein verficktes Aspirin, Scheißeeee!

Lynn Lou Shaw steigt aus dem Bett, und es haut sie beinahe mit dem Hintern auf den Boden, weil sie so wenig Halt hat. Sie muss sich auf die Bettkante setzen, damit ihr Kopf etwas klarer wird, auch wenn dieses teuflische Licht, das durch alle Fensterritzen dringt, gewiss nichts hilft. Wenigstens erinnert sie sich, dass Brian nicht da ist, Gott sei Dank, der Arsch hat sich ja Laras Zimmer genommen und sie schon letzte Nacht zum Schlafen hierher zu ihr geschickt, nachdem er erklärt hat, infolge der unendlichen, sinnlosen Versuche und angesichts der letzten Vorkommnisse *bla, bla, bla* betrachte er ihre Eheerfahrung als abgeschlossen. Allerdings hätte er ihre verdammte Eheerfahrung doch als abgeschlossen betrachten können, *bevor* er alle ihre Pillen weggeschmissen hat, und nicht hinterher, der Wichser! So dagegen ist ihm eine echte Scheißaktion gelungen, und bestimmt wird er noch in aller Welt herumposaunen, wie er bis zuletzt versucht hat, sie zu retten, aber es war einfach nichts zu machen, weil sie ein hoffungsloser Fall ist, eine, die um keinen Preis Hilfe annehmen will und so weiter. Einstweilen hat er es jedenfalls geschafft, ihr diesen Scheißmorgen noch mehr zu vermiesen, der Arsch, zusammen mit ihren Pillen hat er ja auch die Möglichkeit weggeschmissen, wenigstens das Kopfweh loszuwerden.

Lara hat auf ihrer Seite des Bettes keine einzige Falte hinterlassen, nicht einmal auf dem Kissen, das ist absurd. Wie eine Katze geht sie zwischen den Dingen durch, ohne sie zu verrücken oder in Unordnung zu bringen, das genaue Gegenteil von ihr selbst. Sie erwacht mehr oder weniger im Morgengrauen, geht raus, um auf irgendeinem Felsen Yoga zu machen, auch wenn der Wind stürmt, du siehst, wie sie sich leichtfüßig bewegt. Sie besitzt die Anmut einer Katze, wie Viktor Podgornji, ihr Schauspiellehrer in New York, es nannte. Er trieb sie zum Wahnsinn mit seinen Versuchen, ihr diese Art Anmut beizubringen, schüttelte immerzu den Kopf und rief: »Lynn Lou, du begreifst es nicht, ich sehe keinerlei Katzenanmut!« Und nun, da Lara ein bisschen mit Paolo angebändelt hat, siehst du sie irgendwo, und eine Sekunde später ist sie weg, huscht davon zu einer geheimen Verabredung, und du weißt nie, wann sie wiederauftaucht.

Wie auch immer, jetzt ist ihr Hirn vernebelt, und dieses Scheißkopfweh macht sie fertig, aber schon komisch, sie hat eigentlich nie eine echte Freundin gehabt, wenn sie drüber nachdenkt, nein. Weil sie eben nie auf eine normale Schule gegangen ist, weil sie gleich mit dem ersten Film berühmt wurde und so weiter. Jahrelang hat sie in Interviews behauptet, ihre beste Freundin sei ihre Mutter, bis sie gecheckt hat, was das für ein unglaublicher Schwachsinn ist. Mit ihren Kolleginnen war sie nie befreundet, auch wenn es vorkommt, dass sie mit manchen in der Öffentlichkeit eine Show abzieht, etwa weil sie auf einer Party sind und trinken, bis sie sich vollpissen und nicht mehr stehen können, und die Fotografen draußen mit den Blitzlichtern lauern, wenn sie rauskommen. Einer oder zweien hat sie sogar bei den Grammy Awards oder den MTV-Preisverleihungen einen Zungenkuss gegeben, man weiß ja, dass ein Kuss zwischen zwei berühmten Frauen am nächsten Tag um die ganze Welt geht wegen all der dreckigen Wichser, die sich daran aufgeilen. Aber das sind bloß bescheuerte Werbetricks, die sich diese Ärsche von Agenten und Presseleuten ausdenken. Dahinter steckte nie irgendetwas Echtes, echt ist bloß der Neid, wenn eine der anderen zufällig eine schöne Rolle in einem Film klaut, der dann Millionen einspielt, oder die Eifersucht, wenn eine der anderen einen geilen Schauspieler wegschnappt, sobald sie die Gelegenheit hat, ein paar intimere Szenen mit ihm zu drehen oder einige Wochen in einer exotischen Location mit ihm zu verbringen. Mist, jetzt hat sie den Faden verloren wegen dem Nebel im Kopf, aber was sie sagen will, ist, dass sie gar nicht genau weiß, wie eine echte Freundin sein oder nicht sein sollte. Lara ist jedenfalls bestimmt weder eifersüchtig noch neidisch auf sie, manchmal hört sie ihr wirklich zu und tut nicht nur so, zumindest wenn sie sich verständlich ausdrückt, und scheut sich auch nicht, ihr die Meinung zu sagen, selbst wenn sie weiß, dass sie dann wütend wird. Manchmal scheint sie sich sogar ein bisschen Sorgen um sie zu machen, zum Beispiel, wenn sie ein bisschen zu viel trinkt oder einen Absturz hat, aber sie versucht nicht, ihr eine Lektion zu verpassen oder sie einzusperren, und sie verpetzt sie nicht bei diesem Arsch von Brian. Kurz und gut, vielleicht ist Lara ja eine Freundin. Wenigstens ein bisschen, vielleicht. Keine Ahnung, wer weiß schon, was eine Freundin überhaupt ist.

Jetzt muss sie aber dringend zum Pinkeln ins Bad. Sie muss aufpassen, dass sie nicht ausrutscht und mit dem Hintern aufknallt, denn es ist, als ginge man auf einem Schiffsdeck, man muss einen Scheißfuß vor den anderen setzen und die Arme leicht ausstrecken, um das Gleichgewicht zu halten. Bis ins Bad schafft sie es und kriegt es auch hin, sich mit dem Hintern aufs Klo zu setzen, das ist ja auch schon was bei diesem entsetzlichen Kopfweh, diesem Nebel, der ihre Gedanken trübt, dieser Übelkeit, die in Wellen anrollt und wieder verebbt. Sie steht auf, aber der Brechreiz kommt hoch, sie kniet sich hin und legt die Arme um die Kloschüssel, und natürlich ist er jetzt verschwunden, sie steht wieder auf, und die Übelkeit kehrt zurück, sie geht wieder in die Hocke, und weg ist sie, die Schlampe, als würde sie es extra machen! Na, dann eben nicht, Scheiße, da kann sie ja gleich die Spülung betätigen. Aber es kommt nichts, vielleicht sind ihre Hände schuld, und sie kann in diesem Zustand nicht mal die Taste richtig drücken, das ist ja lächerlich, fuck. Sie sieht ihr Beauty-Case auf der Ablage unter dem Spiegel, geht hin, dreht es um und schüttelt, *shake-shake-shake*, aber bloß nicht in den Spiegel schauen, damit ihr nicht wieder schlecht wird. Eyeliner, Lidschatten, Rouge, Pinzetten, Nagelscherchen und alles Mögliche purzeln auf den Boden, aber Tabletten null, nicht eine, die sich zufällig unten in irgendeinem Fach oder Täschchen verkrochen hätte. Null, klar, solche schönen Überraschungen gibt es nicht. Wer weiß, wie viel Spaß es diesem Arsch von Brian gemacht hat, sie alle wegzuschmeißen, wie verdienstvoll er sich bei dieser verfickten guten Tat vorgekommen ist. Er muss sich echt wie ein Held aus *Hellbound* gefühlt haben, wie einer, der das Laster mit der Wurzel ausreißt und die Welt wieder in Ordnung bringt, dieser Arsch von Hurensohn!

Sie geht zum Waschbecken, richtig gierig, sich mit beiden Händen Wasser ins Gesicht zu schütten, *splash, splash, splash*, Unmengen von Wasser, doch aus dem Hahn kommen nur drei, vier verfickte Tropfen. Sie dreht den Hebel mit aller Kraft von einer Seite zur anderen, hämmert drauf rum, bis ihre Hand schmerzt, noch dazu sieht sie sich im Spiegel, es lässt sich nicht vermeiden. Ihr Gesicht ist wirklich brutal aufgedunsen, ekelhaft, mit der zerlaufenen Schminke um die Augen sieht sie aus wie ein verfickter Pandabär, ihr wird wieder schlecht, aber aus dem Hahn kommt nichts. Sie kann sich nicht erinnern, ob es gestern, als sie zurückkam, noch Wasser gab, ehrlich gesagt, erinnert sie sich an überhaupt nichts von gestern Nacht, zumindest ab einem bestimmten Punkt, nachdem sie auf dem Stuhl zu tanzen begonnen hatte und diese dämlichen, Zigarre rauchenden Russen dazu klatschten. Sie hat es hauptsächlich gemacht, um Brian zu ärgern, diesen Arsch, denn auf dem Stuhl tanzen gehört zu den Sachen, die ihn zur Weißglut bringen. Wie sie wieder hierhergekommen ist, weiß sie auch nicht mehr, das Letzte, woran sie sich erinnert, ist, dass ihr schien, sie könne nirgendwo mehr hingehen. Lara wird sie begleitet haben, oder womöglich dieser Arsch von Brian, um allen zu zeigen, dass er nicht der Mann ist, der die Verantwortung scheut, auch wenn ihre verfickte Eheerfahrung abgeschlossen ist. Jetzt wird er sich freuen, dass es kein Wasser gibt, dieser Arsch, denn er hat ja immerzu die Dauer ihrer Duschen gemessen und alle fünf Minuten gerufen, sie solle aufhören und rauskommen, sie könne nicht Stunden da drin verbringen. Was, wenn sie ihr Leben unter der Scheißdusche hätte verbringen wollen? Doch nein, er fühlte sich verpflichtet, ihr die ganze verfickte Zeit zu sagen, wo es langgeht. Sogar heute Morgen musste er mit aller Kraft an ihrem Bett rütteln, um sie aufzuwecken, dieser Megaarsch!

Lynn Lou Shaw balanciert wieder wie auf einem schwankenden Schiffsdeck ins Zimmer zurück, wobei sie einen Finger mit Spucke befeuchtet, um ihre verklebten Augen ein wenig zu säubern. Aber sie hat fast keine Spucke, totale Ebbe, sie bräuchte was zu trinken, aber es gibt nichts. Was zum Teufel hat sie bloß an so einem wie Brian gefunden, das möchte sie mal wissen. Hat sie nicht sofort gemerkt, was für ein mieser Kontrollfreak und Manipulator er ist? Suchte sie eine Vaterfigur, wie der Analytiker zu ihr gesagt hat? Vielleicht hat der Arsch auch deswegen eine Hetzkampagne gestartet, bis sie schließlich nicht mehr hingegangen ist, zum Analytiker? Suchte sie Schutz und Sicherheit, auch wenn das bedeutete, sich in einen verdammten goldenen Käfig sperren zu lassen? Jetzt schmerzt ihr Kopf noch ärger als zuvor, die Übelkeit kommt wieder, geht und kommt. Zuletzt kommt ein Riesenrülpser, *burrrp*, gleich danach ist ihr wenigstens nicht mehr schlecht, auch wenn sie sich ansonsten immer noch hundeelend fühlt. Was für ein Scheißmorgen, echt!

Jetzt klopft seit wer weiß wann auch noch irgend so ein Hurensohn an die Tür. Sie dachte, es wäre der hämmernde Kopfschmerz, dabei haut wirklich jemand mit der Hand an die verfickte Tür und hört einfach nicht auf. Lara kann es nicht sein, die ist kein so aufdringlicher Typ, sie wäre schon längst wieder gegangen, um mit ihrer Katzenanmut eine kleine Runde zu drehen. Also ist es sicher dieser Arsch von Brian, dieser Profi für systematische Einmischung, dieser abgefuckte Gehirnwäscher. Schade, dass er gestern Abend nicht mit den Russen verduftet ist. Wer hat ihr das gestern Abend gesagt, dass er es nicht geschafft hat, der Loser? Dass die Russen ihn nicht wollten und es unten an der Mole eine üble Schlägerei gegeben hat und die Russen abgehauen sind? Es fällt ihr nicht mehr ein, und sie will ihr Gedächtnis nicht überstrapazieren, sonst wird ihr wieder schlecht, sie spürt es schon. Sie tut, als wäre nichts, mal sehen, ob der Arsch von Brian es irgendwann satthat und zu klopfen aufhört, aber Nervereien hören nie von selber auf, das weiß sie längst, nur die guten Dinge gehen schnell vorbei, das ist das verdammte Gesetz der unerbittlichen Trostlosigkeit.

Schließlich zieht sie ihren kurzen Seidenmorgenrock an, auch wenn sie mindestens fünf Minuten braucht, um in die Ärmel zu schlüpfen. Sie setzt die Sonnenbrille auf, um diesem Arsch nicht die Genugtuung zu gönnen, sie mit tiefen Ringen unter den verklebten Augen zu sehen und meckern zu können, siehst du, wie du dich zurichtest, sobald ich aufhöre, dir zu sagen, was du verdammt noch mal tun und lassen sollst? Siehst du, wie krankhaft egozentrisch und unberechenbar du bist? Sie würde dem Hurensohn eine Flasche über die Rübe hauen, wenn sie eine hätte, aber es gibt keine, fuck! Die Pantoffeln zieht sie lieber nicht an, denn die entwischen ihr, sobald sie einen Fuß reinschieben will, *swish*, wie zwei verdammte weiße Hasen, *swish*, bloß um auch einen kleinen Beitrag zu leisten zu diesem Scheißvormittag, verfickte Pantoffeln.

Sie geht zur Tür mit der Absicht, sie gerade weit genug zu öffnen, um den Arsch von Brian anzubrüllen, er solle sich ja nie mehr erlauben, sich ihr gegenüber als Prediger, Überredungskünstler und Manipulator aufzuspielen, jetzt, wo ihre verfickte Eheerfahrung abgeschlossen ist. Sie hat sich schon alle Wörter zurechtgelegt, sie muss nur den Mund aufmachen, um sie laut herauszuschreien, damit der Arsch vor Schreck zurückweicht. Doch kaum öffnet sie, reißt der Wind ihr die Tür gewaltsam aus der Hand, *slam!*, und knallt sie gegen die Wand, *peng!*, wie ein Pistolenschuss. Und im gleichen Moment flutet das ganze Licht von draußen herein, *wham!*, dringt durch ihre Sonnenbrille, so wie wenn die verdammten Paparazzi dich unvermittelt mit ihren Blitzlichtern überfallen, bloß dass dieses Licht ungefähr eine Million Mal stärker ist als jeder Flash und dich schier umhaut. Doch vor ihr steht keineswegs Brian, der Arsch, sondern Carmine, der Bootsmann, der nicht vor Schreck über ihr Geschrei zurückweicht (sie schreit gar nicht), sondern nur, weil er sie in der aufgerissenen Türe sieht.

»Miss Lynn Lou.« Da steht er in seiner weißen Uniform, die in diesem irren Licht noch weißer strahlt, wie unter einem dieser Dreitausendfünfhundert-Watt-Scheinwerfer am Set, die dich mit einem ultrahellen Glanz umgeben, wenn der Kameramann die Wirkung einer Szene mal so richtig übertreiben will.

Außerdem tobt der verfluchte Wind wie verrückt, der von gestern war nichts dagegen, er weht ihr die Haare ins Gesicht, möchte ihren Seidenmorgenrock öffnen, sie muss ihn mit den Händen an die Brust und an die Hüften pressen, damit er zubleibt, damit er unten bleibt.

»Sind Sie vorhin erschrocken?!« Carmine hebt die Stimme, damit sie ihn versteht. »Bei dem Gerüttel?!« Seltsam, denn als die Tür aufgegangen ist und er »Miss Lynn Lou« gesagt hat, hat er ganz normal gesprochen, sogar nur gemurmelt, und doch hat sie ihn genau gehört. Das muss eins dieser unerklärlichen Phänomene sein, eine seltsame, halb telepathische Kommunikation, keine Ahnung. Jetzt dagegen muss er laut schreien, was beweist, wie merkwürdig es vorher war. Seine Haare flattern jedenfalls nicht, weil sie kurz geschnitten sind und er immer Gel reinschmiert und sie sorgfältig zurückkämmt, aber seine frischgebügelte Hose macht *flap, flap, flap.*

»Nein, aber ich war stinksauer! Ich stehe auf, wann ich will, es passt mir nicht, dass irgendein Arsch kommt und mich schüttelt, um mich zu wecken!« Auch sie muss schreien und den Morgenrock zuhalten, da sie ja nichts drunter anhat.

»Natürlich, Miss Lynn Lou.« Carmine sieht sie mit grenzenloser Bewunderung an, so als wäre es ein Zeichen unendlicher Überlegenheit, genervt zu sein anstatt zu erschrecken, wenn dieser Arsch von Brian kommt und an deinem Bett rüttelt. Dann zeigt er auf den Boden, auf eine Kiste isländisches Mineralwasser, die er auf der Stufe abgestellt hat. »Ich habe mir erlaubt, Ihnen ein paar Flaschen Wasser zu bringen!«

Sie schweigt, denn sie weiß nicht, ob sie ihm danken oder beleidigt sein soll, sie weiß nicht, ob es ein Zeichen der Freundlichkeit ist oder ob er sie gestern Nacht so stockbesoffen gesehen hat, dass er ihr Wasser bringt, wie man es mit einer verdammten chronischen Alkoholikerin machen würde, die einem leidtut.

»Weil die Pumpe nicht funktioniert!« Carmine deutet über seine Schulter. »Falls Sie sich waschen möchten oder so, Miss Lynn Lou!«

»Ah, danke!« Also hält er sie nicht für eine verdammte Alkoholikerin, das ist ja auch schon was.

Carmine zeigt auf den Wasserkasten und dann ins Zimmer. »Wenn Sie wollen, trage ich ihn rein, er ist ziemlich schwer, Miss Lynn Lou!«

Sie nickt, hält ihren kurzen Morgenrock zu, wartet, dass er den Kasten hochhebt und hereinkommt.

Carmine stellt den Kasten hinten im Zimmer auf den Boden,

denn der Tisch ist weg, aber wieso eigentlich? Ach ja, den haben sie gestern in den Salon getragen, weil sie alle drinnen essen mussten oder so ähnlich, jetzt fällt es ihr wieder ein.

Aus zwei oder drei Schritten Abstand sehen sie sich an und auch wieder nicht, während der Wind draußen vor der aufgerissenen Tür heult wie ein rasender Güterzug, *roarrrrrrrrrrrr*! Keiner von beiden weiß, was er sagen oder tun soll, Scheiße, die Wasserübergabe ist vorbei, und eigentlich gibt es nichts hinzuzufügen, außer man wollte über die peinliche Scheißfigur reden, die sie gestern vor allen Leuten abgegeben hat. Oder über das verfickte Sex-Rodeo von gestern Nachmittag, aber lieber nicht, verdammt.

»Ich dachte, ich bringe Ihnen das mal, weil nicht sehr viel da ist.« Erneut deutet Carmine auf den Wasserkasten, vielleicht meint er, das sei das einzig sichere Thema hier drinnen. »Bevor die anderen Gäste es nehmen.«

»Danke!« Sie sucht nach einem weicheren Tonfall, aber sie hat heute früh einfach eine Quäkstimme wie ein Frosch, der in der Nacht zuvor zu viel getrunken hat. Also will sie sich zumindest ein bisschen anmutig bewegen, aber auch ihr Gleichgewicht geht gegen null. Zur Sicherheit lehnt sie sich lieber an die Wand. Die Sonnenbrille nimmt sie nicht ab, ums Verrecken nicht.

Carmine betrachtet die Fenster mit den noch geschlossenen Läden, die offene Tür, den Fußboden.

Sie kratzt sich an der juckenden Nasenspitze, dann unter der dunklen Brille am Augenwinkel, um ihn zu säubern.

Es sieht aus, als wollte Carmine sich verabschieden und gehen, aber stattdessen zieht er einen Flaschenöffner aus der Tasche, holt ein Glas vom Nachttisch, macht eine Mineralwasserflasche auf, füllt das Glas. »Miss Lynn Lou.« Mit einer altmodischen ritterlichen Verbeugung hält er es ihr hin.

Gluck, gluck, gluck, sie leert es auf einen Zug. Aber das genügt längst nicht. Sie reißt Carmine die Flasche aus der Hand, wirft den Kopf in den Nacken und trinkt gierig, *gluck, gluck, gluck,* wie ein verdammtes, halb verdurstetes Kamel in der Wüste. Als die Flasche leer ist, gibt sie sie Carmine zurück. Mit dem Handrücken trocknet sie sich die Lippen, *burrrp,* kommt ein neuer Rülpser hoch, wenn auch weniger stark als vorher.

Carmine steht da und sieht sie an, die leere Flasche in der Hand, das Gesicht wie gelähmt, man weiß nicht, ob vor Staunen, weil sie auf einen Schlag so verdammt viel Wasser trinkt, oder vor Ekel wegen dem Rülpser oder ganz allgemein vor Abscheu, sie in diesem Zustand zu sehen, der maßlos enttäuschte Fan, der seinen verdammten Mythos zusammenbrechen sieht und so weiter.

»Verzeih mir. Auch für gestern Nacht.« Die Wörter kommen von allein, auch die Tränen, als ihr klar wird, wie schrecklich sie den Bootsmann enttäuscht hat, genauso wie den Regisseur in Rom und die Kollegen vom Cast und ihre Mutter und ihren Agenten und ihren Manager und diesen Arsch von Brian und die Filmkritiker, die sie in ihren letzten beiden Rollen verrissen haben, und all ihre sogenannten Freunde von Facebook, Twitter und Flickr, die Zehntausenden von Leuten, die sie zur schönsten Frau der Welt gewählt haben, ohne eine verdammte Ahnung davon zu haben, was für ein elendes armes Würstchen sie an so einem Morgen sein kann mit dieser Froschstimme und einem so aufgedunsenen Gesicht, dass ihr selber kotzübel wird, wenn sie in den Spiegel schaut.

»Miss Lynn Lou!« Carmine hat eine unerklärliche Inbrunst in der Stimme.

»Hm?« Unter Tränen sieht Lynn Lou Shaw ihn durch die dunkle Sonnenbrille an, halb aufmerksam, halb benebelt, Herz und Magen wie Blei, von der verfickten Schwerkraft niedergedrückt und nicht mehr fähig, mit den Flügeln zu schlagen, um sich in der Luft zu halten. Sie schluchzt, die Tränen laufen ihr über die Wangen, die Nase tropft.

Carmine stellt die Wasserflasche auf den Boden, kommt auf sie zu, als wollte er sie küssen oder umarmen, doch stattdessen wirft er sich plötzlich vor ihr auf die Knie!

Sie begreift nicht, was da abgeht, die Situation ist so fucking absurd.

»Miss Lynn Lou, Sie sind eine Märtyrerin!« Carmine spricht voller Glut, seine feurigen schwarzen Augen funkeln vor Leidenschaft. »Sie sind das Licht der Welt, das sich opfert, um die Seelen der abgestumpften, grauen Menschen zu erhellen!«

»Oh …« Sie weiß nicht, was sie antworten soll, Scheiße, was antwortest du denn, wenn einer dir solche Sachen sagt? Sie schnieft, versucht sich den Rotz mit dem Handrücken abzuwischen, fühlt sich sehr unsicher auf den Beinen.

Carmine kniet vor ihr, schaut zu ihr auf, streckt ihr die Arme entgegen, nimmt ihre Hand und drückt sie mit seinen warmen, zitternden Händen. »Sie sind die Weisheit, die Harmonie und die unendliche Anmut! In jeder Minute des Tages und der Nacht segne ich den Augenblick, in dem Sie den Fuß auf das Chris Craft gesetzt haben!«

»Ja, um es zu zerstören …« Sie versucht, sich unter der dunklen Brille die Augen zu trocknen, zieht noch einmal mit der Nase hoch. Sie hat weiche Knie, immer noch schwankt der Boden unter ihren Füßen, der Wind draußen vor der weit offenen Tür heult weiter, *roarrr*.

»Aber das Chris Craft ist noch da unten, Miss Lynn Lou!« Carmine macht keine Anstalten, seinen Ton zu ändern. »Es wurde geheiligt, als Sie Ihren Fuß daraufgesetzt haben!«

»Na gut …« Wie soll sie bloß reagieren, was soll sie denken, verdammt? Eins ist sicher, sie kann bald nicht mehr stehen, noch dazu, wenn er ihr weiter die Hand hält. Sie rutscht mit dem Rücken an der Wand hinunter, setzt sich auf den Boden, schwankt ein wenig vor und zurück.

»Miss Lynn Lou, Sie sind eine Göttin!« Carmine drückt ihre

Hand fester. »Alles, was Sie mit Ihren Augen ansehen, wird schön, alles, was Sie mit Ihren Händen berühren, wird gesegnet!«

»Wirklich?« Lynn Lou Shaw fragt sich weiterhin, ob das alles wirklich geschieht, oder ob es eine verfickte Halluzination ist wegen dem Zeug, das sie gestern getrunken hat. Doch es scheint echt wahr zu sein, wenn auch ziemlich strange.

»Auch der Stuhl, auf den Sie mich gesetzt haben, um meine Kratzer zu verarzten, ist nun heilig!« Carmine meint es völlig ernst, ja, man muss ihn nur anschauen. »Und doppelt heilig, nachdem Sie selbst auch draufgestiegen sind! Dreifach heilig! Ich habe ihn im Schuppen versteckt, niemand darf sich je wieder daraufsetzen!«

Sie spürt, wie eine leichte Gänsehaut ihren Körper überläuft, eigentlich angenehm, sogar in diesem benebelten Zustand. Sie schwankt vor und zurück, versucht, aufrecht zu bleiben, streckt den Arm aus, damit Carmine ihre Hand besser halten kann.

Er küsst ihre Hand, *smack, smack, smack*. Seine Lippen glühen, die Augen brennen, als er zu ihr aufsieht. »Für Sie würde ich mich vom Felsen stürzen, Miss Lynn Lou! Ins Feuer würde ich mich stürzen! Verlangen Sie von mir, was Sie wollen, ich werde mich Ihren Befehlen keinen Augenblick widersetzen!«

Sie fühlt, wie sie zwischen den Beinen feucht wird, weil Carmine so nah und so total entflammt ist, das macht sie heiß und bringt sie innerlich zum Schmelzen, auch wenn eine Göttin wahrscheinlich gegenüber einem Anbeter nicht so reagieren dürfte. Aber was müsste eine Göttin denn genau tun? Zwischen ihren gespreizten Schenkeln ist bloß die Seide des Morgenrocks, und obwohl er nur ihre Hand und ihr Gesicht ansieht, spürt sie diese Vibration aufsteigen, dieses innerliche Dahinschmelzen, ganz heiß und flüssig ist sie.

»Ich werde für immer Ihr Diener sein!« Carmine küsst weiter ihre Hand, sieht ihr feurig in die Augen. »Ich werde immer um

Sie sein, Sie beschützen und verteidigen, Miss Lynn Lou! Sie von morgens bis abends bis morgens anbeten! Sommers wie winters! Im Dunklen und im Licht! Zu Wasser und zu Lande!«

Sie beginnt ihre Hand an sich zu ziehen, die von Carmines glühenden Händen umschlossen ist und von seinen glühenden Lippen geküsst wird. Er kniet, und je stärker sie zieht, umso mehr neigt er sich zu ihr, umso größer wird das Bedürfnis, ihn auf sich zu fühlen, seine Hände auf der Haut zu spüren, bis er tiefer und keuchender atmet.

»*Cammine?!*« Eine gottverdammte Frauenstimme dringt durch das röhrende Fauchen des Windes bis in diesen Winkel des Zimmers, auch wenn niemand sie hören möchte. Aber sie ist da, beharrlich, wie ein verdammtes Störgeräusch, das einfach nicht weggeht. »*Cammine?! Quo haci hemm?!*«

Carmine springt auf, dreht sich zu Lucia um, die durch die offene Tür hereingekommen ist. »*Quo vui?*«

»*L'archititu ti inquiera de pezza!*«

»*Mante vingu, Matri Santa!*« Carmine wendet sich wieder Lynn Lou Shaw zu, die reglos auf dem Boden sitzen geblieben ist, beugt sich in Beschützerhaltung hinunter und reicht ihr die Hand, um ihr beim Aufstehen zu helfen.

Lucia bemerkt sie erst jetzt und ist äußerst verlegen. »Entschuldigen Sie, ich wollte nicht stören, ich habe die offene Tür gesehen … Hat die Erschütterung Sie erschreckt?«

»Nein, ich war bloß stocksauer.« Lynn Lou richtet sich an der Wand auf, zupft den Morgenrock zurecht, fährt sich mit der Hand durch die Haare. Auch über diese Störung jetzt ist sie sauer, verdammt.

Lucia sieht sie erstaunt an, wer weiß, warum, und legt den Kopf leicht schräg.

Lynn Lou bemüht sich, so wenig wie möglich zu schwanken, regelmäßiger zu atmen, sich wieder zu fassen.

»Der Architekt hat nach Carmine gefragt, doch wenn Sie ihn

noch brauchen...« Lucia weiß nicht mehr, wie sie sich verhalten soll, weicht Richtung Tür zurück.

»Ich brauche ihn nicht.« Lynn Lou Shaw gibt Carmine, der sie gebannt anstarrt, einen Wink.

»Na gut, dann einen schönen Tag noch.« Lucia wendet die Augen ab, um zu zeigen, wie verdammt diskret sie ist, streift Carmine mit einem Seitenblick und verlässt das Zimmer.

»Miss Lynn Lou, wenn Sie wollen, bleibe ich.« Carmine sieht sie absolut unterwürfig an.

»Danke, geh nur.« Mit königlicher Geste entlässt sie ihn aus seiner Verpflichtung. Aber nicht wie eine hartherzige, arrogante Königin, nein, wie eine huldvolle, verflucht romantische Königin.

Carmine zögert noch, dann geht er rückwärts zum Ausgang, löst sich beinahe auf in dem grellen Licht und im Wind, der wie ein Güterzug heult, und schließt die Tür hinter sich.

Lynn Lou Shaw bleibt mit einem Gefühl von Enttäuschung und Vergeblichkeit in dem plötzlich stillen, halbdunklen Zimmer stehen. Aber sie hätte von Anfang an drauf gefasst sein müssen, denn das verfickte Gesetz der unerbittlichen Trostlosigkeit kennt sie ja nur zu gut.

75

Das hat uns gerade noch gefehlt, denkt Gianluca Perusato, ein weiterer Erdbebenstoß, als wäre die Lage nicht schon verzweifelt genug. Auf diese Art kommt zu dem Haufen negativer Gefühle der Gäste jetzt auch noch die Angst hinzu, das ergibt wirklich ein schönes Bild. Wahnsinn, wie alles schiefgehen kann, wenn es erst mal angefangen hat, und wie lange es *immer weiter* schiefgehen kann. Pech und Unglück kennen kein Maß, das ist offensichtlich. Man müsste Murphys Gesetz mit einem Zusatz versehen, nämlich dass alles, was schiefgehen könnte, nicht nur schiefgehen wird, sondern auch genau in dem Moment schiefgeht, in dem es den größten Schaden anrichtet. Angesichts einer solch perversen Beharrlichkeit von Pech und Unglück kann man sogar den barbarischen, animistischen Aberglauben der Tareser verstehen, die den Naturgewalten und den unbeseelten Dingen einen eigenen Willen zuschreiben.

Perusato blickt sich in dem wahnwitzig wütenden Wind auf der Terrasse um und empfindet eine Niedergeschlagenheit, die gefährlich an Gleichgültigkeit grenzt. Das Meer ist eine unablässige Folge anrollender Brecher, von den Kämmen lösen sich Gischtfontänen. Das Chris Craft dort unten schwankt beängstigend in seinen Halteseilen, von den Wellen beleckt, die die Mole mit weißem Schaum überschwemmen. Am liebsten würde er nur noch lachen und das Handtuch schmeißen. Aber das darf er nicht, um jeden Preis muss er dieser Versuchung widerstehen und den Schaden nach Möglichkeit begrenzen. Gianluca Perusato nimmt eine Bewegung hinter sich wahr und dreht sich um, ob vielleicht Lucia Carmine gefunden hat, der zur Abwechslung wieder einmal genau dann verschwunden war, als man ihn am meisten brauchte.

Doch es ist Ingenieur Cobanni mit einem seiner herrlichen Ferngläser um den Hals und einem Messinginstrument in der Hand, das in der Mitte einen kleinen Rotor hat. »Architetto, das Anemometer zeigt siebenundvierzig Knoten Windgeschwindigkeit an!« Er schreit laut. Seltsamerweise scheint ihn die Vorstellung zu begeistern. Vielleicht eine Auswirkung der Verzweiflung, die letzten Zuckungen vor dem Zusammenbruch. »Das sind siebenundachtzig Stundenkilometer! Die neunte Stufe auf der Beaufort-Skala, an der Grenze zur zehnten!«

»Was soll ich Ihnen sagen, Ingegnere?!« Perusato ist sprachlos. »Auch der Erdbebenstoß vorhin, ich weiß nicht mehr, wie –« Der Wind übertönt seine Stimme, und das ist auch besser so.

»Aber es ist doch phantastisch, Architetto! Auch das Erdbeben! Es ist Teil der Erfahrung! Unglaublich faszinierend!«

»Finden Sie?« Gianluca Perusato ist vollauf damit beschäftigt, seine ausufernde Angst einzudämmen, er sieht den Ingenieur verständnislos an.

»Auf jeden Fall!« Cobanni tritt neben ihn an den Rand der Terrasse, zeigt hinunter. »Sehen Sie nur, was für ein Schauspiel! Wie ein Wolkenmeer!« Ja, er ist richtig aufgeregt.

»Genau!« Unvermittelt zeigt sich in den Trümmern seines durch Murphys Gesetz verwüsteten Unternehmens ein Hoffnungsschimmer.

»Sehen Sie nur die schäumenden Strudel rund um die Felsen!« Cobanni deutet hierhin und dorthin, reicht Perusato sein Fernglas. »Schauen Sie, wie sich die Wellenkämme einrollen! Ich verstehe, dass dieser Ort den Baron fasziniert hat!«

»Allerdings!« Durch die Linsen des wertvollen Fernglases betrachtet der Architekt das tosende Meer, und je länger er es betrachtet, umso greifbarer wird der Hoffnungsschimmer, er wird zum Seil, an das man sich klammern kann.

»Es ist das erhabene Schauspiel der Elemente, wie der Baron es nannte!« Ingenieur Cobanni bebt vor Begeisterung, wie bei einer wundervollen Theateraufführung.

»Sie haben recht, Ingegnere!« Gianluca Perusato gibt ihm das Fernglas zurück, sieht sich um, und unterdessen verwandelt sich die Hoffnung in stetig wachsendes Vertrauen. Entscheiden sich die Gäste (nicht die Reitts oder Neckharts, einverstanden, aber die sind ja auch aus ungewöhnlichen Gründen hier und kommen bestimmt nicht wieder, die kann man vergessen) denn nicht gerade deshalb für so einen Ort, weil sie hoffen, hier Eindrücke zu sammeln, die sie anderswo nicht finden können? Sind sie nicht alle verzweifelt auf der Suche nach Emotionen und Anregungen, die in ihrem zu bequemen, zu sicheren und zu durchorganisierten Leben längst fehlen? War das nicht die eigentliche, ursprüngliche Idee der Villa Metaphora? Sicher, auf die Toten hätte man verzichten können, doch schließlich hat nicht er sie umgebracht, um den Gästen einen zusätzlichen Nervenkitzel zu verschaffen (auch wenn es dann so gekommen ist). Es waren Unfälle, ganz unabhängig von seinem Willen. Kein Wasser in den Zimmern und keinen Strom für die Klimaanlage und die Küche zu haben ist natürlich ein Problem, doch wenn irgendein zivilisierter Ort es einen oder zwei Tage ohne Strom aushalten kann, dann dieser hier! Die Entscheidung für die Laternen und die Kerzen erweist sich jetzt als Volltreffer und macht die Atmosphäre noch authentischer. Was die auf der Homepage und in der Broschüre versprochene Suggestivkraft der Naturelemente betrifft, so könnte sie nicht stärker sein als jetzt, wie auch der reizende und sympathische Ingenieur Cobanni bestätigt!

Cobanni steckt das Anemometer in die Hosentasche, sucht mit seinem eleganten Fernglas das Meer ab. »Eine solche Aussicht gibt es sonst nirgendwo auf der Welt!«

»Genau! Sie ist absolut einzigartig!« Gianluca Perusato pflichtet ihm mit lauter Stimme bei, trunken vor tiefempfundenem wiedergekehrten Vertrauen.

»In der Tat, Architetto!«

Der liebe Ingenieur! Er ist der lebendige Beweis, dass eine kultivierte Seele das Schöne zu schätzen weiß, ohne sich von den damit verbundenen Unbequemlichkeiten abschrecken zu lassen, weil sie diese als wesentlichen Bestandteil der Erfahrung betrachtet. Wie viele hochgebildete, reiche und neugierige Lords haben im neunzehnten Jahrhundert unbeschreibliche Mühen auf sich genommen und auf der Suche nach der Quelle des Blauen Nils oder den vom südamerikanischen Dschungel überwucherten Tempeln feindselige Kontinente bereist? Wie viele von ihnen haben auf Feldbetten oder sogar auf der Erde geschlafen, zwischen dem bedrohlichen Gebrüll wilder Tiere, anstatt lässig auf weichen Federkissen ruhend in ihren herrschaftlichen Residenzen in Kent oder Yorkshire zu bleiben? Und auch heute noch geben wohlhabende, abenteuerlustige Leute ein kleines Vermögen aus, um sich durch die Steppen der Mongolei, die Wüsten des Yemen oder die äußersten Ausläufer Patagoniens begleiten zu lassen, erwarten die etwa fließendes Wasser und einen heißen Cappuccino wie zu Hause? O nein, der zeitweilige Verzicht verstärkt sogar den Reiz der Expeditionen, die sonst steril wirken und kaum starke Gefühle wecken könnten. Das ist letztlich die *Mission* der Villa Metaphora, um einen abgedroschenen, aber treffenden Ausdruck zu verwenden: wenigen, ausgewählten Gästen die einzigartige Erfahrung zu bieten, das erhabene Schauspiel der Elemente, wie es der Baron Canistraterra nannte, zu erleben. Je entfesselter die Elemente, umso spektakulärer die Vorstellung und umso intensiver die Emotionen. Das war ihm von Anfang an klar; er begreift nicht, wie er es vergessen und sich von den organisatorischen Schwierigkeiten und einer Reihe unangenehmer Ereignisse überwältigen lassen konnte, die das Projekt doch überhaupt nicht in Frage zu stellen vermögen. Lucia mit ihrem ängstlichen, abergläubischen Wesen an der Seite zu haben hat ihm wahrscheinlich nicht geholfen, sondern eher dazu beigetragen, dass er zeitweise aus der Fassung geraten ist. Darin besteht der Unterschied zwischen einer Persönlichkeit mit internationalem Background und einer Inselbewohnerin, die sich noch nicht ganz vom Irrglauben ihrer Vorfahren befreit hat: in der weitgefassten Perspektive und der Möglichkeit, sie, wenn nötig, den Umständen anzupassen. Wie auch immer, jetzt muss man die Situation mit Optimismus angehen, sie den Gästen im besten Licht schildern, energisch und überzeugt weitermachen.

Gegen den Wind ankämpfend, kommt Signora Cobanni in einer blauen Segeljacke mit fest zugebundener Kapuze auf sie zu. In der Hand hält sie eine zweite, die sie ihrem Mann reicht. »Wenn du unbedingt draußen sein willst, dann zieh wenigstens die hier an!«

Cobanni protestiert schwach, dann gehorcht er, schlüpft hinein, hält seiner Frau das Fernglas hin, zeigt ihr einige Stellen entlang der Küste, die es seiner Meinung nach verdienen, betrachtet zu werden. Mit ihrer wind- und wetterfesten Ausrüstung sind beide in der Lage, sich mit heiterer, leidenschaftlicher Abenteuerlust der theatralischen taresischen Landschaft auszusetzen. Der greifbare Beweis, dass die Zukunft der Villa Metaphora keineswegs schwarz ist und die Grundidee keineswegs ausgedient hat.

»Ich lasse Sie das Schauspiel genießen, meine Herrschaften!« Perusato deutet auf sein Büro. »Leider habe ich zu tun, sonst würde ich auch hier draußen bleiben!«

»Bitte sehr, Architetto!« Cobanni antwortet mit einer höflichen Geste.

»Auf Wiedersehen!« Einen Augenblick lang lässt Signora Cobanni das Fernglas sinken und lächelt liebenswürdig trotz der Böen, die an ihrem Anorak zerren und sie schier umzuwerfen drohen.

In wenigen Sekunden überquert Gianluca Perusato die Terrasse, geschoben vom Wind wie von einem Riesen, der ihm die Hände in die linke Seite drückt. Mit Mühe öffnet er die Bürotür und schließt sie hinter sich.

Lucia sitzt am Schreibtisch, vermutlich noch nicht lange, denn ihre Haare sind noch zerzaust, und die atavistische taresische Angst steht ihr ins Gesicht geschrieben.

»Was ist los?« Gianluca Perusato wird sofort wieder nervös. »Warum machst du so ein Gesicht?«

»Warum? Kannst du dir das nicht denken, Gian?« Lucias Ausdruck nimmt melodramatische Züge an. »Bei allem, was passiert ist?! Die Toten, die Boote, das Personal, kein Strom und kein Wasser, die Gäste wollen weg und können nicht, das Erdbeben – was für ein Gesicht sollte ich denn sonst machen?!«

»Das Gesicht einer Frau, die *reagiert*!« Gianluca Perusato ist sich bewusst, dass er einen harten Ton anschlägt, aber der Gedanke, dass sie zumindest teilweise für seine Verzagtheit verantwortlich war, bringt ihn auf die Palme. »Die nicht den Mut verliert! Die nicht resigniert, wenn alles schiefgeht, sondern sich bemüht, *die Dinge zum Besseren zu wenden*!«

Lucia wirkt bestürzt, schaut ihn mit aufgerissenen Augen an. Klar, diese Veränderung hat sie nicht erwartet, sie dachte, sie würde ihn genauso niedergeschlagen wiedersehen wie gestern Nacht und heute Morgen, wie vor einer halben Stunde. Wahrscheinlich missfällt es ihr im Grunde gar nicht, wenn er mehr den ohnmächtigen, apathischen Männern ähnelt, die sie hier von Tari kennt.

»Schluss mit dem Katastrophengetue!« Spontan hebt er die Stimme, denn er hat viel aufzuholen und sehr wenig Zeit dafür. »Schluss mit der Opferrolle! Schluss mit dem Gejammer! Schluss, Schluss, Schluss! Kapiert?!«

Lucias Unterlippe zittert, ein Zeichen für einen bevorstehenden Weinkrampf.

»O nein, bloß das nicht! Wehe, du fängst jetzt an zu heulen!« Perusato kommt ihr mit größter Geistesgegenwart zuvor, die Vorstellung, ausgerechnet jetzt wieder von Gejammer und Mitleid gebremst zu werden, erträgt er nicht. »Auf, lass uns was tun! Wir nehmen jetzt einfach ein Problem nach dem anderen in Angriff!«

»Und wie soll das gehen?« Auf dem Drehstuhl sitzend, sieht Lucia ihn an, so fassungslos, dass sie sogar das Weinen vergisst.

»Man *macht* es und fertig!« Gianluca Perusato stachelt sie an, damit sie ja nicht wieder schwach wird. »Welche Probleme haben wir gerade? Einige Gäste wollen abreisen? Ganz einfach, sie bleiben da! Der Strom ist ausgefallen? Brauchen wir nicht, unser Lampen- und Kerzenvorrat reicht mindestens für zwei Monate, falls nötig! Kein fließendes Wasser? Dann putzen sie sich die Zähne eben mit Mineralwasser, und wenn sie baden wollen, steht ihnen das Becken mit dem herrlichsten Vulkanwasser der Welt zur Verfügung! Das Küchenpersonal fehlt? Wir können prima so weitermachen wie gestern Abend, mit dir, deinem Cousin und Zacomel!«

»Aber was ist mit den Lebensmitteln?« Die Schocktherapie scheint zu wirken, denn in Lucias Blick glimmt schon ein wenig Zuversicht, ihre Gesichtszüge entspannen sich langsam. »Ramiro kann nichts kochen, und das Zeug im Kühlschrank hält sich nicht mehr lange.«

»Ramiro ist ja nicht dumm!« Gianluca Perusato lässt nicht locker, niemand kann ihn mehr aufhalten. »Er weiß genau, dass hier auch sein Ruf auf dem Spiel steht, nicht nur unserer! Er kann unmöglich hoffen, unbeschadet hier herauszukommen, wenn der ganze Laden den Bach runtergeht!«

»Das heißt?« Nun schaut Lucia ihn an wie am Anfang, als er ihr das Projekt Villa Metaphora erläuterte und sie seinen Worten mit einem Ausdruck lauschte, in dem sich Staunen und Bewunderung mit einer entzückenden Dosis Schrecken mischten.

»Das heißt, dass er sich was ganz Erlesenes ausdenken wird, wart's ab! Rohe Algen in Meerschaum, was weiß ich! Not macht erfinderisch! Und die Gäste werden zufrieden sein, sie sind ja nicht zum Zunehmen hergekommen!« Kurz fühlt Gianluca Perusato wieder die gleiche Erregung wie bei ihren ersten Gesprächen, als ihm schien, die glänzenden dunklen Augen der jungen Tareserin zeigten ihm einen Mann höherer Kategorie, der die feindselige Insel, auf der sie geboren ist, für seine Zwecke umformen und in eine faszinierende Szenerie für einmalige hochkultivierte menschliche Begegnungen verwandeln kann.

Lucia nickt, erst langsam, dann immer überzeugter.

»So ist's recht! So gefällst du mir!« Gianluca Perusato ist derart vom Enthusiasmus erfüllt, dass er sie spontan auf die Stirn küsst. »Aktiv, energisch, zupackend! Das Erdbeben kann uns nichts anhaben! Wind und Meer sind uns egal! Wir lassen uns nicht so leicht abschrecken!«

Lucia erhebt sich von dem Drehstuhl, fährt sich durch die Haare, scheint endlich bereit zu sein, der Welt als modern denkende Frau entgegenzutreten.

»Husch rüber in den Salon und sieh nach, ob die Gäste irgendetwas brauchen!« Gianluca Perusato gibt ihr einen Klaps auf den schönen festen Po, schiebt sie zur Fenstertür. Er kann es kaum erwarten, ebenfalls wieder hinauszugehen, etwas zu tun, die Notlage zu meistern. »Ich rede derweil mit Ramiro!«

Gemeinsam treten sie in den Wind hinaus, der zwar wild braust, aber doch ein einfaches atmosphärisches Phänomen ist und gewiss kein übernatürliches, bewusst zerstörerisches Wesen.

76

Paolo sieht sie mit diesem Ausdruck an, der immer ein wenig Staunen verrät: über sie, darüber, dass sie im gleichen Zimmer sind, über alles. »Was gedenkst du zu tun, wenn du Tari verlässt?«

»Es kommt darauf an.« Lara Laremi bemüht sich, einen klaren Gedanken zu fassen, doch ihre Vorstellungen sind noch zu vage. Sie kritzelt mit dem Bleistift auf den Zeichenblock, verstärkt die Linien eines eben skizzierten Stuhls.

»Worauf?« Paolos Stimme klingt offen und neugierig, ohne eine Spur von Hintergedanken oder Besitzanspruch.

»Wenn die Dreharbeiten zu dem Film mit Lynn Lou weitergehen, fahre ich nach Rom und arbeite.« Von hier aus scheint ihr diese Möglichkeit weit weg, fast absurd zu sein. Das Tempo, der Anlass, die Beziehungen, die Personen, das Studio, die nachgebauten Innenräume, die künstliche Beleuchtung, die wiederholten Szenen, das mit nutzlosen Wörtern angefüllte Warten.

»Und wenn nicht?« Paolo schaut weg, vielleicht, damit sie sich nicht bedrängt fühlt, auch wenn seine Fragen keineswegs zudringlich sind.

»Keine Ahnung.« Lara schüttelt den Kopf. Sie versucht sich ihre mittelfristige Zukunft auszumalen wie eine Reise mit vielleicht nur zwei, drei Etappen auf einer veränderbaren Route, aber es kommt nichts dabei heraus. Nicht einmal eine allgemeine Richtung, ein Bezugspunkt, an dem sie sich orientieren könnte.

»Und du?«

»Keine Ahnung.« Paolo zuckt die Achseln, betrachtet den

Fußboden seiner kleinen Unterkunft. Der Raum steht voll mit Schachteln, Kisten, Werkzeug, es ist kaum Platz für das Bett, auf dem sie sitzt. Der Wind draußen rüttelt an den Scheiben und dem Rahmen des kleinen Fensters hoch oben an der Wand, rüttelt an der Tür. Wenn sie hinausgingen, könnten sie kaum reden, ohne wie verrückt zu schreien.

»Wir sind echt großartig im Plänemachen, du und ich.« Lara lacht, aber so richtig lustig findet sie es nicht, dass sie nicht weiß, wo sie in zwei Tagen oder in einem Monat sein wird. Sie fühlt sich bei dieser Vorstellung weder besonders frei noch kreativ, nur ziellos.

»Stimmt.« Auch Paolo lacht, auch er nicht wirklich belustigt. Sie sind in einem seltsamen Zustand, verloren im Niemandsland zwischen dem, was geschehen ist, und dem, was geschehen könnte.

»Musst du hierbleiben, um die noch fehlenden Möbel zu bauen?« Ihre Frage soll nicht fordernd klingen, nicht den Eindruck von Bedürftigkeit vermitteln.

Er sieht sie an, die Hände in den Taschen seiner schlabbrigen leichten Leinenhose vergraben, immer derselben. »Wahrscheinlich lässt Perusato das Holz nicht vor Ende des Sommers liefern und wurstelt sich, so lange es geht, so durch.«

»Und du? Willst du so lange warten? Und einstweilen weiter Möbel aus Schwemmholz bauen?«

Er schüttelt den Kopf. »Ich glaube nicht.«

»Aber das hast du doch bis jetzt gemacht, oder?«

»Ja. Es gefiel mir auch sehr. Tag und Nacht draußen zu sein, nie eine Menschenseele zu sehen. Ohne jeden Komfort zu leben.« Er blickt auf seine sonnenverbrannten, von der vielen Kletterei über die Felsen abgehärteten nackten Füße.

»Als ich dich zum ersten Mal gesehen habe, dachte ich, du wärst eine Art Asket.« Lara weiß, dass sie ihm das in diesen Tagen und Nächten schon zwei- oder dreimal gesagt hat, mit anderen Worten, doch sie befinden sich in der Phase, in der es schön ist, Dinge zu wiederholen.

»Ich habe gedacht, du wärst eine *Fata Morgana*.« Paolo lächelt. Sein offenes Lächeln passt perfekt zu seinem Blick und seiner Magerkeit. Nach fast einem Monat am Filmset in Rom mit all dem gespielten oder falschen Gelächel kam ihr sein Lächeln von Anfang an so wunderbar unverfälscht vor, dass es sie beinahe erschreckte.

»Ach was.« Lara erinnert sich nur zu lebhaft an den Augenblick, in dem sich ihre Blicke zum ersten Mal gekreuzt haben. Sie hat auf ihrem Zeichenblock auch mehrere Skizzen davon angefertigt, um ihrer beider Stellung auf den Terrassen und ihren jeweiligen Blickwinkel zu rekonstruieren, um irgendwie festzuhalten, was geschehen ist, oder es vielleicht zu erklären.

»Doch, wirklich.« Paolo hält den Blick gesenkt, bewegt sich durch den kleinen, vollgestopften Raum.

»Vielleicht, weil du zu lange allein warst?« Lara fragt sich, ob der Grund für ihre Annäherung wirklich so einfach ist oder ob etwas Tieferes und keineswegs Zufälliges dahintersteckt, das zu benennen sie sich fürchtet.

»Es war herrlich, allein zu sein. Mir schien, als könnte ich endlos so weitermachen, losgelöst vom Rest der Welt, von allem.«

»Und dann?« Was erwartet sie von ihm? Was sucht sie? Was will sie?

»Dann kamst du mit deiner Zeichentasche.« Zu den vielen einzigartigen Merkmalen Paolos gehört auch, dass er nie versucht, sich in den Mittelpunkt zu stellen. Im Unterschied zu allen Männern mit ein bisschen Charakter (und auch vielen ohne Charakter), die Lara gekannt hat und die ununterbrochen von sich, von ihren künstlerischen Anstrengungen, ihren beruflichen Erfolgen und ihren beharrlich verfolgten Zielen sprechen, jammert er nicht, brüstet sich nicht, fordert nicht. Anstatt immerzu

Aufmerksamkeit zu heischen, ohne je selbst welche zu geben (wie Seamus), hört er zu, was sie oder auch die anderen zu sagen haben, oder er schweigt. Wenn man etwas über ihn erfahren will, muss man ihm Fragen stellen und nachhaken. Dieses Verhalten ist sie gar nicht gewöhnt, es überrascht sie immer wieder.

»Also möchtest du weg von Tari?« Lara weiß nicht, wie sie darüber reden soll, denn was zwischen ihnen geschehen ist, ist noch so frisch, so ungefestigt.

»Erst müssen wir mal sehen, ob es überhaupt *möglich* ist, Tari zu verlassen.« Paolo lächelt erneut, zeigt auf die Tür, die noch stärker wackelt als zuvor.

Lara schaudert vor Angst; dennoch hat es vorher bei dem Erdbebenstoß genügt, dass er sie umarmte, um sie zu beruhigen. Sie saß hier auf dem Bett und zeichnete, und als das ganze Zimmer zu beben begann, sprang sie auf und rannte in blinder Panik hinaus in den wahnsinnigen Wind. Paolo kam den Weg herauf, eilte ihr entgegen, umarmte sie ganz fest, und sie fühlte, wie die Angst augenblicklich verflog. Das ist noch so etwas, was sie überhaupt nicht kennt, ein beruhigender Mann, der weder überheblich noch langweilig ist und nicht so tut, als wüsste er auf alle Fragen der Welt eine Antwort. »Und wenn es unmöglich ist?«

»Dann bleiben wir eben hier.« Paolo zuckt die Achseln und lächelt.

77

Werner Reitt ärgert es maßlos, dass der Amerikaner trotz des Debakels gestern Nacht an seinem programmatischen Optimismus festhält. Niederlagen scheinen ihn nicht kleinzukriegen, das muss man ihm lassen, doch nach den jüngsten Ergebnissen zu urteilen, kann seine patentierte Problemlösungsmethode eigentlich nur Betrug sein. Genau wie die Heldentat, auf dem Boden der Suite zu schlafen und heute früh zu behaupten, er fühle sich vollkommen ausgeruht. Wahrscheinlich handelt es sich um einen der vielen Tricks, mit denen er versucht, seine beeindruckende Ausstrahlung zu pflegen; selbst wenn er die ganze Nacht wachgelegen hätte, würde er es niemals zugeben.

»Reitt, ich möchte, dass Sie sich ein für alle Mal klarmachen, dass die Reaktion des russischen Matrosen nicht vorhersehbar war.« Neckharts dreister Ton ist äußerst lästig, genau wie sein einstudiertes Vokabular, das Kampfgeist und Entschlossenheit signalisieren soll.

»*Sie* müssen sich klarmachen, dass Ihnen eine grobe Fehleinschätzung unterlaufen ist!« Werner Reitt hat nicht die Absicht, sich wie irgendein ahnungsloser Kunde aus Kalifornien von diesem Getue beeindrucken zu lassen.

Brian Neckhart spaziert in der bei geschlossenen Fenstern und ohne Klimaanlage stickigen Suite auf und ab wie ein Jongleur auf einem Dorfjahrmarkt, der vor seinem improvisierten Zelt den Passanten etwas vorgaukelt. »Erklären Sie mir, warum.«

»Wie käme ich dazu!« Dass jemand seine Fehler nicht eingesteht, regt Werner Reitt maßlos auf. »Es ist doch offensichtlich, warum! Schauen Sie nur, wie der arme Matthias zugerichtet ist!«

In der Tat ist Matthias der lebendige Beweis dafür, dass Neckharts Plan gründlich in die Hose gegangen ist: Seine Nase ist rot und geschwollen, sein Gang hinkend wegen des gebrochenen Zehs, sein Gesicht verstört. Werner Reitt hat sich sogar bemüßigt gefühlt, ihm die Hälfte des Bettes zu überlassen, obwohl er damit keine Chance mehr hatte, auch nur ein paar Stunden zu schlafen. Eine ganze Nacht lang seinen eigenen Assistenten neben sich zu haben, und noch dazu mit ernstlichen Atembeschwerden, diese Erfahrung würde er nicht einmal seinen ärgsten Feinden in der PEB wünschen, es ist das Letzte, was sein Nervensystem gebraucht hätte.

»Sie würden es heute als Erster bereuen, wenn wir es gestern nicht probiert hätten.« Neckhart will um keinen Preis zugeben, dass er einen fehlerhaften Plan entworfen hat, obwohl auch er im Gesicht (und wahrscheinlich auch am Körper, wenngleich er wie ein stoischer Western-Held nicht darüber reden will) die Spuren der Fußtritte und Handtaschenschläge der Russinnen trägt.

»Erklären Sie mir gefälligst nicht, was ich bedauern würde und was nicht!« Die Überheblichkeit des Amerikaners treibt Werner Reitt das Blut in den Kopf. »Ich weiß nur, dass Sie mich einen Haufen Zeit gekostet und meinen Assistenten unbrauchbar gemacht haben!«

»Daran bin ich selber schuld.« Matthias schüttelt den Kopf. »In der Dunkelheit konnte ich nichts sehen und habe nicht gemerkt, dass der Kerl zuschlägt.«

»Darum geht es nicht! Wir hätten einfach nie in eine solche Lage geraten dürfen!« Die Loyalität des jungen Bayern, mit der er unbewusst ihre Position gegenüber dem Amerikaner unterminiert, erbittert Werner Reitt noch mehr.

»Hören Sie, Reitt, anstatt über Vergangenes zu diskutieren und Schuldige zu suchen, sollten wir unsere Kräfte lieber darauf verwenden, unsere Lage zu verbessern, damit wir uns später die Verdienste streitig machen können.« Neckhart benutzt eine der Maximen, mit denen er bei seiner Klientel vermutlich gut ankommt. »Gestern Nacht war gestern, heute ist heute!«

»Von Ihnen kann man wirklich jeden Tag etwas lernen!« Werner Reitt erträgt es nicht, sich auch noch Pseudo-New-Age-Lektionen anzuhören. »Was haben Sie denn nun vor, da heute heute ist? Im Lotussitz meditieren, während mich meine Feinde in Deutschland restlos vernichten?«

»Nein.« Neckhart zieht unerschütterlich seine Show ab: Er öffnet seinen Hightech-Carbonkoffer, holt ein Paar Schuhe mit Federn in den transparenten Sohlen und Atmungslöchern an den Seiten heraus und schlüpft hinein. »Ich habe vor, an den Hafen zu gehen, ein Schnellboot zu finden, das diesen Seegang aushält, Sie abzuholen, nach Lampedusa zu fahren und von dort einen Flug nach Deutschland zu organisieren.«

»Und wie geruhen Sie von hier zum Hafen zu kommen?« Für grundlose Angeberei hat Werner Reitt keinen Nerv mehr. »Wollen Sie schwimmen?«

»Nein.« Neckhart antwortet, als wäre die Frage ernst gemeint. »Zu hohe Wellen, zu viel Wind, da käme ich nicht weit.«

»Merkwürdig, so ein Supermann wie Sie.« Reitt kann es nicht lassen, auch wenn er es entwürdigend findet, dieses Gespräch überhaupt fortzusetzen. »Und welche brillante Idee ist Ihnen stattdessen gekommen?«

»Ich nehme den Landweg.« Einen Moment lang schaut Neckhart von seinen Schnürsenkeln auf, um mit seinem Gesichtsausdruck die überraschende, geniale Einfachheit seines neuen Plans zu unterstreichen.

»Daran habe ich auch schon gedacht.« Werner Reitt beabsichtigt nicht, sich eine weitere nichtsnutzige Idee andrehen zu lassen, ohne sie sofort zu zerpflücken. »Leider fehlt uns die Ausrüstung, um über die Felsschuppen da hinten zu klettern.«

»Nicht nötig. Gestern habe ich sie mir angeschaut, wenn ich auch nicht genau gesehen habe, wie viele es überhaupt sind. Carmine behauptet, vier oder fünf. Sobald ich sie überwunden habe, bin ich in ungefähr einer Stunde in Bonarbor.«

»Ich komme mit.« Werner Reitt fragt sich, warum er das sagt: weil er nicht weniger forsch wirken will? Weil er bezweifelt, dass der Amerikaner zurückkommt, um sie abzuholen? Um ihn herauszufordern? Aus lauter Ungeduld?

Jedenfalls sieht Neckhart ihn unerträglich ironisch an. »Das ist ein Scherz, nicht wahr?«

»Keineswegs, das scheint mir in diesem Augenblick wirklich nicht angebracht!« Je mehr sich die Sache in eine Herausforderung verwandelt, umso weniger ist Werner Reitt gewillt nachzugeben. »Wenn Sie diese Felsen überwinden können, kann ich es auch! Ich gehe zum Bergsteigen, seit ich sechs Jahre alt bin!«

Das ironische Lächeln verschwindet nicht von Neckharts Gesicht, doch nun betrachtet er ihn, als schätze er seine Kletterfähigkeiten ab. »Ausgeschlossen, Reitt.«

»Erstens haben Sie kein Recht zu entscheiden, ob ich mitgehen kann oder nicht!« Werner Reitt ist außer sich. »Und zweitens bin ich auf dem Matterhorn gewesen! Viertausendvierhundertachtundsiebzig Meter!«

»Mit einer gut ausgerüsteten Mannschaft, vermute ich.« Neckhart will nicht zeigen, dass er beeindruckt ist, aber man sieht, dass er keine wirkliche Bergsteigererfahrung erwartet hatte. »Bergführer, Bodyguards, professionelle Alpinisten, die schieben und ziehen, oder?«

»Wir waren zu *viert,* nur damit Sie es wissen!« Werner Reitt hebt erbost die Stimme. »Und das war nicht meine einzige Gipfelbesteigung! Ich war auf dem Eiger! Auf dem Petit Dru! Auf den Grandes Jorasses! Fragen Sie Matthias, er hat mich auf den zwei letzten Touren begleitet!«

»Ja, das stimmt.« Matthias nickt eifrig, aber es ist demütigend, dem Amerikaner auf diese Art beweisen zu müssen, dass man der Sache gewachsen ist.

»Auf welchem Gipfel der Grandes Jorasses genau?« Neckhart lässt den Blick von Werner Reitt zu Matthias wandern, als wolle er sie prüfen. »Der Pointe Croz?«

»Der Pointe Young.« Es ärgert Werner Reitt, dass er nicht den höchsten Gipfel nennen kann. »Aber das sind immerhin auch dreitausendneunhundertsechsundneunzig Meter, alles andere als einfach!«

Neckhart ist zumindest teilweise beeindruckt, aber er will sich noch nicht geschlagen geben. »Sie haben noch nicht mal das passende Schuhwerk.«

Werner Reitt betrachtet seine edlen italienischen Schuhe und kann seinen Ärger kaum verhehlen. »Natürlich gehe ich nicht damit!« Er öffnet den Wandschrank, holt ein Paar Segelmokassins mit weißen Gummisohlen heraus und knallt sie auf den Boden.

»Die sind auch nicht geeignet.« Neckhart schüttelt den Kopf. »Darin haben Sie seitlich gar keinen Halt!«

»Dass sie nicht ideal sind, weiß ich selber, das brauchen Sie mir nicht zu sagen!« Die Vorstellung, auch in solchen Details geprüft zu werden, ist Werner Reitt unerträglich. »Geoffrey Young hat 1928 das Matterhorn mit *nur einem Bein* bestiegen, nachdem er das andere im Ersten Weltkrieg verloren hatte!«

»Geoffrey Young war ein außerordentlich erfahrener Alpinist!« Neckharts Ton ist unverschämt. »Ich hoffe, Sie wollen sich nicht mit ihm vergleichen, Reitt!«

»Geoffrey Young war außerordentlich *entschlossen*, Neckhart.« Werner Reitt hat einen metallischen, rostigen Geschmack im Mund. »In dieser Hinsicht kann ich mich durchaus mit ihm vergleichen.«

Neckhart zuckt die Achseln, doch er scheint endlich etwas begriffen zu haben. Er kratzt sich am Kinn, mustert Reitt. »Sie übernehmen aber die ganze Verantwortung für Ihre Entscheidung.«

»Ich übernehme *immer* die ganze Verantwortung für meine Entscheidungen!« Werner Reitt bemüht sich, mehr auf die Eindringlichkeit seines Tonfalls als auf die Lautstärke seiner Stimme zu vertrauen. Solche Tricks kennt er natürlich seit Jahrzehnten, aber diese perverse Insel lässt einen sogar die elementarsten Spielregeln vergessen.

»Nur dass das von Anfang an klar ist: Wenn Sie es nicht schaffen, gehe ich auf jeden Fall weiter.« Neckhart zieht einen kleinen Rucksack aus seinem Koffer, packt seinen Laptop und noch ein paar Sachen ein.

»Sehr gut, abgemacht.« Werner Reitt ist bewusst, dass es hier nur noch ums Prinzip geht, doch Prinzipienfragen haben oft die Entscheidungen seines Lebens gelenkt.

»Der Weg führt nur in eine Richtung, wegen der Neigung der Felsen.« Neckharts Ton wird drohend. »Es gibt kein Zurück.«

»Ich habe gesagt, abgemacht.«

Neckhart nickt unwillig. Andererseits kann er dem Deutschen nicht verbieten mitzukommen, er besitzt ja kein Monopol auf diese verdammten Felsbrocken. »Also gut, gehen wir.«

Werner Reitt dreht sich zu Matthias um, der ihn ängstlich beobachtet. »Ich glaube kaum, dass wir Sie mit einem Boot abholen können, es würde zu viel Zeit kosten. Folgen Sie mir nach Frankfurt, sobald hier die Verbindungen wiederhergestellt sind.«

»Aber ich komme doch mit!« In Matthias' kläglichem Ton mischen sich Treue und die Angst, allein zurückzubleiben.

»In Ihrem Zustand wären Sie uns nur ein Klotz am Bein.« Werner Reitt hat weder Lust, erneut mit Neckhart zu streiten, noch so einen Ballast mitzuschleppen, so willig er auch sein mag.

»Ich kann sehr wohl auf diese Felsen klettern!« Der junge

Baumgartner macht ein paar demonstrative Bewegungen, die ihn wegen des gebrochenen Zehs bestimmt ordentlich schmerzen.

»Das Einzige, was du tun kannst, ist, still hier abzuwarten.« Neckhart sieht ihn flüchtig an.

»Ich habe auch die geeigneten Sohlen!« Demonstrativ hebt Matthias einen Fuß: Die Sache wird langsam peinlich.

Neckhart schüttelt den Kopf. »Es tut mir leid, aber du bist nicht in der Verfassung mitzukommen.«

»Doch, doch, Mr. Neckhart, ich schwöre es!« Matthias protestiert mit rührender Heftigkeit. »Ich darf den Fuß nur nicht zu sehr belasten.«

»Das wäre aber unvermeidlich.« Neckhart setzt den Rucksack auf. »Du bleibst hier.«

»Mr. Neckhart, bitte überlegen Sie es sich doch noch einmal! Herr Reitt...« Matthias blick flehend von einem zum anderen.

»Hören Sie endlich auf, Baumgartner.« Werner Reitt ist klar, dass er einen rauhen Ton anschlägt, aber das muss er, damit das immer peinlichere Verhalten seines Assistenten nicht auf ihn abfärbt.

Neckhart geht zur Tür, öffnet sie und hält sie mit beiden Händen fest, damit sie nicht zuschlägt. »Los, Reitt, wir gehen.«

Mit dem Gesicht eines Menschen, der zum Sterben allein gelassen wird, folgt Matthias ihnen bis an die Schwelle.

»Kopf hoch, lassen Sie sich nicht so gehen. Wir sehen uns in Frankfurt.« Werner Reitt macht ihm die Tür vor der Nase zu. Ja, es tut ihm leid, aber für Sentimentalitäten ist jetzt kein Platz. Die Zeit drängt, man muss Prioritäten setzen. Mit seinen langen Beinen eilt er dem Amerikaner nach, der einen Vorsprung zu wahren versucht. Er geht neben ihm her, nach Kräften bemüht, Neckharts Bestreben entgegenzuwirken, die unbestrittene Führung der Expedition an sich zu reißen.

78

Da sitzen sie nun wie ein Grüppchen Flüchtlinge – das Theater des Luxusresorts lässt sich immer schwieriger aufrechterhalten – hier im Salon und Speisesaal, dem einzigen Raum, in dem man sich, außer in den Suiten, noch aufhalten kann. Draußen heult der Wind immer heftiger, das Meer ist so aufgewühlt wie auf den Gemälden von Turner, was durchaus faszinierend sein könnte, wenn es nicht so furchterregend wäre. Man kann nicht duschen, es gibt keinen heißen Kaffee – auch nicht in der frustrierenden Version, die Ramiro darunter versteht –, keine Möglichkeit, irgendeine Verbindung zur Außenwelt herzustellen. Für das Buch, das die Poulanc unbedingt schreiben will, könnte die Situation nicht besser sein.

Der Ausnahmezustand – das wissen die als *embedded* bezeichneten, mit den Truppen an vorderster Front lebenden Kriegsberichterstatter genau – fördert die Aufrichtigkeit, erhöht die Vertraulichkeit, erleichtert die Kommunikation. Schon vergangene Nacht hat Brigitte Reitt ihr eine Menge Hintergrundgeschichten erzählt, Intrigen, Episoden, Anekdoten, Einzelheiten aus dem Leben ihres Mannes, die unter normalen Umständen wochenlange Gespräche erfordert hätten. Auch wenn die Batterie ihres Laptops schon leer ist – was gäbe sie darum, ihre gute alte Reiseolivetti dabeizuhaben –, das kleine digitale Aufnahmegerät läuft noch, und zum Glück fehlt es auch nicht an Papier und Kugelschreibern. Erneut drängen sich Gedanken über unsere Abhängigkeit von technologischen Hilfsmitteln auf und darüber, wie diese künstlichen Erweiterungen unserer Gehirne, unserer Hände, ja sogar unserer Herzen wiederum vom Vorhandensein eines funktionierenden Stromnetzes abhängen. Fällt der Strom aus, ist es in kürzester Zeit – wir reden von Stunden, nicht von Tagen – vorbei mit Informationen, Speichern, Kontaktnetzen, Fernbeziehungen. Ende der täuschenden Geschwindigkeit, Ende der virtuellen Allgegenwart, Ende der permanenten Erreichbarkeit. Plötzlich gilt und zählt nur das, was man vor Augen hat, in der Hand hält, zu Fuß erreichen kann. Und apropos Hände, unsere Finger, die so leicht über Tasten, Knöpfe und *Touchscreens* tanzen – gewandte Diener unserer Gedanken –, sind für die nun anfallenden Aufgaben plötzlich peinlich unbrauchbar. Kraftlos und ohne Hornhaut eignen sie sich weder zum Fischen noch zum Holzhacken oder um schwere Gegenstände zu schleppen, alles Dinge, die notwendig werden, sobald das Stromnetz, aus dem sich ihre Macht speist, wegfällt. Schlagartig scheint einer wie Carmine oder Zacomel sehr viel besser für das Überleben gerüstet zu sein als der bis vorgestern allmächtige Banker oder der brillante, etwas verweichlichte internationale Stararchitekt. Natürlich sind das banale Überlegungen – schon tausendmal angestellt, begleitet von den ungeduldigen Seufzern derjenigen, die sie für Äußerungen einer altmodischen, moralistischen Welt- und Lebensanschauung halten, aber deswegen nicht weniger begründet. Zudem ist es etwas vollkommen anderes, sie in einem bequemen, voll elektrifizierten Pariser Salon anzustellen als in dieser Situation hier, ohne automatisch eingestellte *Backups,* ohne kommunalen Bereitschaftsdienst, sogar ohne zu wissen, ob dort draußen überhaupt jemand von der Notlage weiß, in der man sich hier befindet.

Der unehrenwerte Signor Gomi – der Russinnengrabscher –, der noch vor zwei Minuten absolut fassungslos sein nun totes Mobiltelefon betrachtete, ist sich dessen voll bewusst. Mit wie viel arroganter und ungezogener Rücksichtslosigkeit hat er es bis gestern benutzt, um zahllose Gesprächspartner mit seiner unangenehmen, blechernen Stimme zu verfolgen. Wer weiß, wie viele Stunden – alles in allem wahrscheinlich Monate oder sogar Jahre – er schon damit verbracht hat, Anweisungen zu geben, Tipps zu ergattern, Pläne einzufädeln, Geschäfte zu organisieren, erpresserischen Druck auszuüben, Erklärungen abzugeben. Bequem mit Chauffeur im Auto sitzend, in seinem Parteibüro, in den Werbepausen in einem Fernsehstudio, mit vor den Mund gehaltener Hand auf seinem Platz im Parlament, damit man nichts von seinen Lippen ablesen kann, falls ihn eine Fernsehkamera aufnimmt. Da ist er nun mit seinem kaputten Spielzeug in der Hand, ungläubig wie ein verwöhntes Kind, unfähig, etwas mit seiner Zeit anzufangen – außer Russinnen anzufallen. Was für ein trauriger Anblick, der Ärmste.

Auch die Russin hat mindestens zwei- bis dreimal prüfend auf ihr Handy geschaut – natürlich ein Smartphone der jüngsten Generation –, seit die Poulanc sie im Auge hat, obwohl doch seit gestern Abend klar ist, dass es keinen Empfang gibt. Bald wird die Batterie leer sein, das weiß sie, doch solange das Display leuchtet, meint sie offenbar, es gebe noch Hoffnung. Die Gewohnheit ist zu stark, die Abhängigkeit zu tief verwurzelt; und auch für sie stellt sich die Frage, was tun mit den Händen, was tun mit dem Kopf? Ohne den Fluchtweg in drei oder vier parallele Dimensionen – so frivol und verschwommen sie auch sein mögen – ist sie in einer raum-zeitlichen Dimension gefangen, in der sie nicht mehr weiß, wie sie sich verhalten, welche Rolle sie einnehmen soll. Gezwungen, ausschließlich sie selbst zu sein, ohne den Anschluss, der auf interessantere Verbindungen und komplexere Zusammenhänge in ihrem Leben hinweisen könnte, ist das, was bleibt – und was die anderen sehen können –, eine arme junge Frau, Opfer gemeiner falscher Freunde, die nicht gezögert haben, sie hier zurückzulassen, und eines schweinischen Politikers, der geglaubt hat, er könnte ihre Lage ausnützen.

Brigitte Reitt dagegen scheint gar nicht unter fehlenden Telefonverbindungen zu leiden; im Gegenteil, wahrscheinlich erleichtert sie der Gedanke, dass die Nachrichten über ihren abscheulichen Ehemann, die sie in den letzten Tagen verfolgt haben, sie nicht erreichen können. Im Sofa zurückgelehnt, den Ellbogen anmutig aufgestützt – sie besitzt eine in Jahren des Umgangs auf höchstem gesellschaftlichen Niveau perfektionierte Eleganz –, blättert sie in dem Band mit den müßigen Gedanken und theoretischen Exkursen des absolut nutzlosen Barons Canistraterra. Die Enthüllungen, die sie Poulanc gestern den ganzen Tag – und auch am Abend und in der Nacht – anvertraut hat, haben sie verständlicherweise erschöpft, doch ist der Fluss der Erinnerungen und Rekonstruktionen noch längst nicht versiegt. Zweifellos ist es für sie eine Befreiung nach all den Jahren, in denen sie zunehmend wichtige Geheimnisse gehütet hat, mit immer schwerwiegenderen Auswirkungen und daraus folgender moralischer Mitverantwortung. Die Geschichte der geheimen Drahtzieher der internationalen Finanz ist ein Gleichnis über die Verirrung des westlichen Denkens, wo scheinbar logische Absichten formal einwandfreie Prozeduren hervorbringen, die in eine ethisch fragwürdige Praxis münden, welche nach und nach immer perversere Auswirkungen hat, auf ihrem Weg vom Olymp der Herrschenden in die Welt der normalen Menschen mit einer normalen Arbeit, einer normalen Wohnung und einer normalen Familie. Das Buch, das aus Brigitte Reitts Berichten entstehen soll, wird ein *Pageturner,* wie die Amerikaner es nennen, das merkt man schon jetzt: Die Zutaten, die beim Leser Ungläubigkeit, Ekel, Empörung und Wut wecken, sind alle vorhanden. Und dass die Poulanc sich kaum in Wirtschaftsdingen auskennt – schon die Investition in Anlagefonds, zu der ihr der Steuerberater geraten hat, stößt an die Grenzen ihrer Verständnisfähigkeit –, wird ihren Ansatz für das allgemeine Lesepublikum umso zugänglicher machen, da sie auf diese Weise die

Falle des Fachsimpelns vermeidet, in die sie unweigerlich tappen würde, wenn sie kompetenter wäre. Außerdem liegt die beste Strategie wie schon gesagt darin, aus der Perspektive der Ehefrau zu berichten, die danebensteht und schweigt, bis es einfach zu viel wird und der Finanztitan endlich strauchelt und fällt. Ein überaus menschlicher Standpunkt also, keineswegs nur für Insider geeignet.

Auch das Ehepaar Cobanni lässt die Unmöglichkeit zu telefonieren eher kalt: Soeben betreten die beiden den Salon und achten darauf, dass der Wind die Fenstertür nicht zuschlägt. Mit ihren altmodischen Segeljacken angetan – er natürlich mit einem seiner exquisiten Ferngläser um den Hals –, wirken sie geradezu begeistert, so extreme Bedingungen zu erleben. Vermutlich hängt es damit zusammen, dass sie – nach Alter und Kultur – einer Welt angehören, in der die soziale Interaktion noch in erster Person stattfindet und nicht mittels hyperaktiver *Avatare* in virtuellen Beziehungsnetzen. Einer Welt, in der man noch in aller Ruhe Bücher liest, seine Gedanken ordnet und überlegt, bevor man etwas sagt, und auch nach den geeigneten Wörtern sucht. Es ist schwer vorstellbar, dass der elegante Ingenieur Cobanni danach gieren könnte, seine frischen Eindrücke grob und kindisch formuliert bei Twitter zu posten – grässliches Wort –, im Wissen, dass sie zwei Sekunden später in die telematische Vergangenheit abgeschoben werden von Dutzenden ebenso nebensächlichen Eindrücken (aber auch im Wissen, dass alles für immer im Zentralarchiv gespeichert bleibt). Schwer vorstellbar, dass die liebenswürdige Signora Cobanni es kaum erwarten könnte, mit Hunderten von Pseudofreunden auf Facebook die Fotos zu teilen, die sie mit dem Handy gemacht hat, als sie von der Terrasse aus die wildbewegte Landschaft betrachtete. Dieses freundliche Paar aus einer anderen Zeit bezeugt unbewusst – oder vielleicht auch mit vollem Bewusstsein –, wie wir vor der Mutation waren, die uns von aufmerksamen Informationsdestillateuren zu Massenkonsumenten gemacht hat, immer gieriger, zerstreuter und oberflächlicher. Mein Gott, da scheint sich die Poulanc schon wieder nach einer Vergangenheit zu sehnen, der sie in Wirklichkeit kein bisschen, aber echt kein bisschen nachtrauert – einer der Vorteile, nie schön und nie glücklich gewesen zu sein. Doch das fortschreitende Nachlassen – die Devitalisierung, möchte man beinahe sagen – der Aufmerksamkeit ist eine unbestreitbare Tatsache. Natürlich hat das sehr viele Folgen – unter anderem den auffälligen Wertverlust der Wörter. Es gab eine Zeit, da konnte ein Mensch aufgrund dessen, was er sagte, eine große Rolle spielen – oder umgebracht werden. Heute kann – zumindest in der westlichen Welt – jeder zu jeder Tages- und Nachtzeit sagen, was ihm passt, und es wieder zurücknehmen – man braucht nur die Politiker anzusehen –, und niemand wird es sich träumen lassen, ihm dafür länger als fünf Minuten Vorwürfe zu machen. Niemand wird sich überhaupt daran erinnern, vor allem. Die Wörter sind zu Einweginstrumenten par excellence geworden: Kaum hat man sie ausgesprochen und sein Ziel erreicht, wirft man sie weg (auch wenn sie für immer im Zentralarchiv gespeichert bleiben).

Jedenfalls wirken die beiden Cobannis – nachdem sie ihre Windjacken ausgezogen und sorgfältig gefaltet und das elegante Fernglas auf dem Tisch abgelegt haben – sehr zufrieden. »Ein großartiges Schauspiel, wirklich, es lohnt sich.« Die hellen Augen des betagten Ingenieurs glitzern vor Begeisterung – obwohl er sichtlich angestrengt und ein wenig außer Atem ist.

»Nachher gehe ich auch mal hinaus.« Brigitte Reitt legt den Band mit den Schriften des Barons Canistraterra beiseite.

»Wenn Sie einen Anorak möchten, bitte sehr.« Signora Cobannis Freundlichkeit macht sie zu einer wunderbaren Gefährtin im Unglück.

»Danke!« Wann immer sie kann – es ist eine Art Mission, der sie sich verschrieben hat –, gleicht Brigitte Reitt die Arroganz und Gleichgültigkeit ihres Mannes durch ihre Fähigkeit aus, Wertschätzung für die Dinge zu äußern, die es verdienen.

»Keine Ursache.« Signora Cobanni beugt sich vor, um ihrem Mann die windzerzausten Haare glattzustreichen.

79

Auf den ersten Blick ist Frau Reitts Sensibilität kaum wahrnehmbar, verborgen hinter der hölzernen Förmlichkeit der Frau des großen Bankers, doch wenn sie lächelt, tritt überraschend ein freierer, beinahe unschuldiger Zug ihres Charakters zutage. In einer früheren (ihm will scheinen, unendlich fernen) Phase seines Lebens hätte Giulio Cobanni sich gerne bemüht, noch mehr ungewöhnliche Seiten an ihr hervorzulocken. Vielleicht hätte ihn die zusätzliche Herausforderung gereizt, die kulturelle Barriere einer Sprache überwinden zu müssen, die er nur zu Studienzwecken gelernt hatte; doch vielleicht wäre auch alles auf der Ebene eines *Divertissements* zwischen zwei Menschen mit komplizierten Leben stehengeblieben. Bei seinen Frauenbeziehungen fühlte er sich stets mehr von den verborgenen als von den bewusst gezeigten Eigenschaften angezogen, mehr von den unvorhergesehenen Offenbarungen als von den absichtlichen Darstellungen. Allerdings sprechen wir beinahe von einer anderen geologischen Ära. Nun ist die Zeit der ehelichen Harmonie, die bei Außenstehenden Bewunderung weckt, der höflichen Neutralität, des Blicks, der nicht verweilt, nicht beunruhigt. Würde er zurückkehren, wenn er könnte? Wahrscheinlich nicht. Die Frage ist allerdings nicht nur müßig, sondern auch grausam. Es ist, als fragte man jemanden, der Tausende von Kilometern durch Urwälder, Wüsten, Salzseen, hohe Berge, Sümpfe, Gräben, Hügel und endlose Ebenen gewandert ist, unterwegs Löwen, Alligatoren, Hyänen, Schakale und Flusspferde angetroffen hat und nun endlich sein Ziel vor sich sieht, ob er von vorne beginnen möchte. Vielleicht in einigen Jahrzehnten oder Jahrhunderten, aber nicht jetzt. In einer anderen Gestalt: gerne als Hund, Katze, Delphin. Oder auch in menschlicher Gestalt, wenn es denn sein muss, wenn nur Gesicht und Name anders sind.

Lange hat er auf der Terrasse mit dem Fernglas das Schauspiel der Elemente betrachtet, in dieser Urszenerie, in der die menschliche Präsenz ganz unbedeutend und vergänglich ist, und dabei weder Beunruhigung noch Angst, sondern ganz im Gegenteil eine wachsende Leichtigkeit empfunden. Als er Tizianas Vorschlag annahm, nach Tari mitzukommen, erwartete er nichts dergleichen; falls doch, war es nur eine flüchtige Ahnung. Andererseits hat er noch nie an den Zufall geglaubt, nicht einmal in seiner Jugend, um wie viel weniger erst jetzt. Er musste hierherkommen, das ist ihm nun klar. Musste heraus aus dem Geflecht von Tätigkeiten, Abläufen, Verbindungen, die uns so überzeugend die Illusion der Kontrolle vermitteln, weit fort von den vertrauten Orten und Handlungen, die uns ein so kläglich täuschendes Gefühl von Beständigkeit einflößen. Hier verlieren die Namen nach und nach ihre Bedeutung, die Erklärungen ihren Sinn, und die Absichten verdampfen wie Meerwasser auf einem glühenden Felsen. Keines der Ferngläser und Feldstecher in seinem Gepäck hat noch den geringsten Nutzen, nicht einmal das Elba 8x20, nicht einmal das Giglio 8x32. Zum Beweis hat er fast eine Stunde lang draußen auf der Terrasse die Landschaft unter die Lupe genommen. Doch Einzelheiten heranzuholen und zu studieren interessiert ihn nicht mehr. Was ihn jetzt beschäftigt, ist das Gegenteil, eine Gesamtsicht ohne Multiplikatoren und Grenzen der Brennweite: Und dafür eignet sich sein geistiges Auge weit besser als jedes System von Kristalllinsen.

»Geht es dir gut, Giulio?« Tizianas feine Gesichtszüge sind vor Sorge verkrampft.

»Ausgezeichnet.« Dass das nicht stimmt, weiß seine Frau besser als er; dennoch kann sie nicht auf diese längst sinnlos gewordene Frage verzichten.

»Bist du sicher?« Jedes Mal, wenn sie fühlt, dass er ihr entgleitet, versucht sie ihn zurückzuhalten, obwohl sie weiß, dass sie nicht immer so weitermachen kann. Manchmal wird sie wütend, wie vor einigen Tagen, als sie bei dem Unfall mit dem Chris Craft im Wasser gelandet sind. Es ist ja eine sehr verständliche, schwer kontrollierbare, zärtlich menschliche Reaktion.

Doch es ist auch ein Sog, dem er sich um jeden Preis entziehen muss, wenn er wirklich eine Gesamtsicht erlangen, sie festhalten und erweitern will. Er muss sich aus der schmerzlichen Beschränkung durch Gefühle lösen, sie von ihren allzu spezifischen Merkmalen befreien, das Wesentliche daran bewahren und weitergehen. Er darf weder der Angst vor dem Unbekannten noch den Verlockungen des Bekannten nachgeben; muss sich von der Urenergie durchströmen lassen, das Licht hereinlassen. Ja, aber einstweilen ist er noch hier, noch präsent und zu einem guten Teil mit alltäglichen Verrichtungen beschäftigt. Was verlangt er von Tiziana, wie soll sie ihn denn sehen, was erwartet er?

»Draußen wird es immer schlimmer!« Frau Reitt zeigt auf die Fenster und die Fenstertür, an denen der Wind immer heftiger rüttelt.

»Wollen Sie nicht hinausgehen, um sich das Schauspiel anzusehen, Signora?« Giulio Cobanni deutet auf das Fernglas auf dem Tisch. »Es lohnt sich garantiert.«

»Ich habe Angst!« Wieder ein spontanes Gefühl, das sich aus dem Käfig der förmlichen Verhaltensweisen befreit, ihr kurz einen beinahe kindlichen Ausdruck verleiht.

»Angst wovor?« Nicht dass Giulio Cobanni mit seinem sowieso noch unvollständigen Abstand prahlen will, den er mindestens ebenso sehr unfreiwilligen Einsichten wie einer bewussten Suche danach verdankt. Aber er wird doch das Recht haben, sich wenigstens ein bisschen an den Vorteilen seiner Lage zu erfreuen, oder nicht?

»Davor, dass es mich wegweht.« Instinktiv verschränkt Frau Reitt die Arme schützend vor der Brust.

»*Mais bien sûr!*« Madame Poulanc mischt sich in ihrem üblichen polemischen Ton ein, hinter dem sich vermutlich eine uneingestandene Empfindsamkeit verbirgt. »*Vous n'avez pas peur, Monsieur?*«

»Wovor sollte ich denn Angst haben, Signora?« Er antwortet auf Italienisch, da unterdessen alle wissen, dass sie es fließend spricht und das Französische nur benutzt, um sich nicht zu sehr zu exponieren.

»Vor der ganzen Situation!« Frau Reitt ist ganz aufgebracht. »Vor dem Wind, dem Meer, davor, dass wir vollkommen abgeschnitten sind!«

Giulio Cobanni schüttelt den Kopf. »Es ist doch nur vorübergehend, verehrteste Dame.« Welche Situation wäre das nicht? Ein wenig spielt er damit, nun gut, aber er möchte auch zu gern etwas von der Leichtigkeit mit ihnen teilen, die er empfindet, von dem Licht.

»Vorübergehend, und was kommt dann?« Erneut zeigt Frau Reitt ihre Verletzlichkeit, was bei ihren Manieren ungewöhnlich und daher umso reizender ist.

»*C'est terrifiant, Monsieur! Vous n'allez pas le nier!*« Die Poulanc verschäft ihre Feindseligkeit; ja, sie hat Angst.

»Natürlich ist es beängstigend, Giulio.« Tiziana stimmt den beiden Damen zu, als wollte sie ihm beweisen, dass er die falsche Einstellung hat.

»Was soll denn passieren? Seien Sie doch vernünftig.« Giulio Cobanni benutzt eine noch sanftere Version des Tonfalls, den er zu Hilfe nahm, um seine Optiker zu überzeugen, eine bestimmte Anordnung von Linsen und Prismen trotz aller damit verbundenen Probleme in den Entwurf eines Fernglases einzupassen, in das er sich verliebt hatte. »Schlimmstenfalls müssen Sie einige Tage auf ein paar Annehmlichkeiten verzichten, etwas weniger essen, sich etwas weniger waschen. Das ist alles.«

»*C'est facile, pour vous!*« Die Poulanc wirft einen furchtsamen Blick auf die bebenden Fenster.

»*Pourquoi, Madame?*« Er schaut sie unschuldig an (er hat einen provozierenden Unterton, das kann er nicht leugnen). »Weil ich mehr jenseits als diesseits bin?«

»Giulio!« In Tizianas Blick mischen sich Beunruhigung und Unbehagen über die Unschicklichkeit einer solchen Bemerkung.

»Was sagen Sie da?« Frau Reitt ist erschüttert, wieder kann sie ihre Gefühle nicht verhehlen.

Madame Poulanc dagegen wirkt verlegen: Sie greift nach ihrem Notizblock auf dem Sofa, legt ihn wieder hin, nimmt ihn wieder an sich.

»So ist es, meine Damen.« Giulio Cobanni fühlt sich wunderbar erleichtert, dass er in diesem kleinen Kreis von Frauen darüber sprechen kann und nicht nur mit Tiziana, die das so mitnimmt.

»Wie meinen Sie das?« Wirklich, Frau Reitt zeigt eine ungewöhnliche Sensibilität, die vermutlich noch dadurch verstärkt wurde, dass sie in den langen Jahren ihrer Ehe mit dem Banker in einem Käfig aus Konventionen und Heuchelei eingesperrt war. Ja, vielleicht hätte es einst zu interessanten geistigen und emotionalen Erkundungen zwischen ihnen kommen können.

»Ich möchte Sie nicht mit Einzelheiten langweilen.« Giulio will die Aufmerksamkeit der Damen keinesfalls mit medizinischen Ausdrücken überstrapazieren, die an diesem Punkt gänzlich bedeutungslos sind. »Es genügt, wenn ich sage, dass mir die Ärzte vor etwa fünfzehn Jahren nur noch ein paar Monate gegeben haben.«

»Giulio…« Tiziana berührt seine Hand, doch vielleicht hat diese Mitteilung auch für sie etwas Befreiendes.

Madame Poulanc legt den Kopf schief, als wollte sie sagen: Und wieso sind Sie dann noch hier?

Auf seinem Sofa reckt Piero Gomi den Hals, obwohl er wahrscheinlich die erste Hälfte des Gesprächs verpasst hat.

»Und Sie? Wie haben Sie es aufgenommen?« Frau Reitt sieht ihn mit vornehm konzentrierter Miene an.

Giulio Cobanni lächelt (auch hier ist ihm, als spräche er von einer anderen Epoche; ihm ist, als spräche er von vorgestern). »Ich habe ein Testament gemacht, die Kinder zusammengerufen, um ihnen die Nachricht mitzuteilen, die Freunde informiert, die Mitarbeiter benachrichtigt, alle nötigen praktischen Anordnungen getroffen.«

»Aber dann?« Frau Reitt wartet, regungslos.

»Ich habe mich einer Reihe von Behandlungen unterzogen, die schlimmer zu sein schienen als die Krankheit.« Er sieht Tiziana an: Nur zu gut erinnert er sich daran, was diese langen, ständig an seiner Seite verbrachten Monate von ihr abverlangt haben. »Und zuletzt bin ich doch nicht gestorben. Vielleicht waren die Ärzte zu pessimistisch. Oder ich hatte Glück. Doch ich würde beide Hypothesen ausschließen.«

»Was soll das heißen?« Mit ihren hellen Augen sieht Frau Reitt ihn forschend an.

»Ich glaube einfach, dass mein Weg noch nicht zu Ende war. Das ist alles.« Dieses Gefühl hatte er damals: dass es sich nicht um ein Wunder handelte, sondern in der Natur der Sache lag.

Die drei Frauen beobachten ihn stumm, jede in ihre Gedanken versunken, die man mehr oder weniger an ihrem Mienenspiel ablesen kann. Auf seinem Sofa wendet Piero Gomi den Blick ab und tut, als hätte er nichts gehört.

»Auf diese Weise wurden mir fünfzehn Jahre geschenkt, die ich gar nicht erwartet hatte.« Cobanni macht eine Handbewegung. »Und obwohl sie auch eine endgültige Enttäuschung hinsichtlich meiner Kinder und kürzlich die Schließung meines

Betriebs umfassten, waren es zweifellos die besten Jahre meines Lebens.«

Tiziana wirft ihm einen schmerzlichen Blick zu wegen der Bemerkung über die Kinder (die hätte er sich auch sparen können, aber warum eigentlich?), doch gleich darauf muss sie unwillkürlich lächeln.

Er nimmt ihre Hand und drückt sie.

Madame Poulanc macht ein undefinierbares Gesicht, da ihr gewohnter Zynismus unwillkürlich aussetzt.

»Und jetzt?« Frau Reitt klingt verwirrt.

»Die Ärzte sind erneut pessimistisch, doch diesmal haben sie bestimmt recht.« An diesem Punkt haben die Ärzte wenig damit zu tun, sie sind einfach nur Zeugen, wie übrigens auch vor fünfzehn Jahren.

»Das ist nicht wahr!« Wie zu erwarten war, begehrt Tiziana auf. Seit Monaten weigert sie sich, ihn zu verstehen (obwohl sie ihn versteht, und wie gut) oder gar zu unterstützen. »Die Ärzte sagen, es gibt diverse, durchaus vielversprechende Behandlungsmöglichkeiten.«

»Und was versprechen sie, diese vielversprechenden Behandlungen?« Er liebt sie einfach abgöttisch, diese Frau, ihren Charakter, ihre Intelligenz, ihre Verhaltensweisen. Sie war das schönste Geschenk dieser fünfzehn Jahre, er braucht keine Sekunde nachzudenken, um das zu wissen. Die Frau, die ihm in der letzten Zeit vor der Krankheit so langweilig vorgekommen war, Sklavin der Kinder, der Familienrituale, der Gewohnheiten, der Alltagssorgen, der gesellschaftlichen Konventionen. Und es war so, wirklich! Am Ende hat er sie sogar ohne größere Schuldgefühle mit Frauen betrogen, die ihm vorübergehend interessanter vorkamen. Doch welche lebendige, pulsierende Nähe hat sie dann offenbart, als er erkrankte, welch tiefes, einfühlsames Verständnis, welch wunderbaren Humor, welche Fähigkeit, den Augenblick mit ihm zu teilen, zuzuhören, zu sehen, überrascht zu sein, sich an jeder Kleinigkeit zu freuen, die sie vorher alle beide für bedeutungslos gehalten hatten.

»Dass du weiterlebst!« Tiziana ist jetzt wütend, empört über das, was sie hartnäckig für die reine Sturheit eines Mannes hält, der gewohnt ist, seine eigenen Regeln aufzustellen. Auch wenn sie genau weiß, was in ihm vorgeht.

»Nun, ich habe einfach keine Lust mehr!« Auch er hebt die Stimme, aber nur, damit man ihn besser hört. »Was ich gehabt habe, reicht mir. Ich brauche nichts mehr.«

»*C'est un point de vue respectable, Monsieur.*« Madame Poulanc äußert überraschend ihre Hochachtung.

»*Non, Madame*, das kann ich überhaupt nicht respektieren!« Jetzt legt Tiziana sich mit ihr an. »Es ist nur schrecklich egoistisch!«

Frau Reitt will etwas sagen, bewegt dann aber nur lautlos die Lippen.

»Das Wichtigste ist, den richtigen Augenblick für seinen Abgang zu finden.« So gewandt, wie es seine Rückenschmerzen gestatten, erhebt sich Giulio Cobanni aus dem Sessel. »Und die Bühne möglichst auf eigenen Beinen zu verlassen.«

Die drei Frauen sehen ihn schweigend an, sehen einander an. Gomi auf seinem Sofa macht ein äußerst missbilligendes, verängstigtes Gesicht. Der Wind rüttelt weiter an den Fensterscheiben, pfeift durch alle Ritzen.

80

Klettern hat Brian Neckhart schon immer Spaß gemacht, schon seit er mit seinem Cousin Greg Ast für Ast auf die großen Eichen hinter dem verwilderten Garten von Onkel Harvey stieg, dem Bruder seiner Mutter, der Alkoholiker und spielsüchtig war. Es hat viele Jahre gedauert, bis er herausfand, dass dieser Trieb von einer Veranlagung der ersten, auf Bäumen lebenden Menschenaffen herrührte, die in der DNA jedes heutigen Menschen noch latent vorhanden ist. Der schmächtige, verschreckte Junge von damals wusste davon nichts, doch das Gefühl von Freiheit, das er ein paar Meter über dem Boden empfand, war großartig. Genau wie die Freude, die Regeln der Erwachsenen zu übertreten und Unternehmungen zu wagen, für die er streng hätte getadelt und bestraft werden können. Mit fünfundzwanzig hatte er dann bei einem kurzen Urlaub in Colorado den Rausch der Felsklettertouren kennengelernt, und seitdem besteigt er jedes Mal, wenn sich die Gelegenheit bietet, mit Begeisterung Bergwände oder Wüstenfelsen, zur Not auch die Kletterwand in einem Fitnessstudio. Obwohl er in Europa, Südamerika und Asien etliche anspruchsvolle Klettertouren gemacht hat, ist er nie zum Bergsteiger geworden, denn er hasst Gruppenaufstiege, Strickleitern, Seile, Haken und Klettereisen. Er hasst auch Eis und Schnee, davon hat er in seiner Kindheit und Jugend genug gehabt. Was ihm gefällt, ist, sich beim freien, einsamen Klettern mit der Kraft seiner Arme und Beine hinaufzuziehen, allein in der Sonne, im Licht, in der Stille. Griffe für die Hände, Stützen für die Füße zu finden, Meter für Meter voranzukommen, ohne technische Hilfsmittel oder Sicherungssysteme, ohne dass er von jemandem oder jemand von ihm abhängig ist. Alles eine Frage von Gleichgewicht, Muskelspannung, Selbstbeherrschung, Risikobewusstsein, absoluter Autonomie. Jedes Mal, wenn er allein eine Wand in Angriff nimmt, fühlt er sich wie damals mit sieben oder acht Jahren: ein wildes, unabhängiges Wesen, das sich den todlangweiligen Gesetzen der flachen Welt entzieht, um ein Gefühl zu genießen, das nicht im Fernziel des Gipfels besteht, sondern sich schon zu Beginn des Aufstiegs einstellt.

Hätte er nicht überall diese Schmerzen wegen der Schlägerei mit den Russen gestern Nacht, wäre es natürlich besser. Und noch besser wäre es, wenn er seine leichten Kletterschuhe trüge und seinen Magnesiabeutel am Gürtel hätte, um die Finger schön trocken zu halten, wenn sie sich in einer Spalte oder an einem Vorsprung festhalten müssen. Am allerbesten aber wäre es, wenn er nicht diesen deutschen Banker mitschleppen müsste, sondern ganz allein wäre. Andererseits hat er die Herausforderung angenommen, dessen keineswegs einfaches Problem zu lösen, also bleibt ihm jetzt nichts anderes übrig, als ihn über diese Felswände und durch das Inselinnere zum Hafen zu bringen, schnellstmöglich mit ihm nach Frankfurt zu reisen und den Stier bei den Hörnern zu packen.

Die vulkanischen Felsschuppen, die vor ihnen liegen, sind an und für sich nicht schwer zu besteigen: wenige Meter hoch, ein Gefälle von etwa siebzig Grad, nichts im Vergleich zu manchen senkrechten Wänden, die er in Kalifornien, Arizona und Utah bezwungen hat. Darüber hinaus bieten sie reichlich Spalten, Nischen und Einschnitte, die Händen und Füßen Halt geben. Das Problem ist, dass es viel mehr als die vier oder fünf sind, von denen Carmine gesprochen hatte, auch wenn man kaum einschätzen kann, wie viele. Vielleicht ein Dutzend, mindestens. Außerdem ist der Wind so stark, dass er einen beim Aufsteigen gegen den Felsen drückt und einen dann oben auf der Spitze einer Schuppe wegzuwehen droht. Ganz zu schweigen von den Staubwolken, die einem in die Augen und Lungen dringen, und von dem Getöse, das in den Ohren rauscht und einen zwingt zu schreien, um gehört zu werden.

Wäre er allein, würde sich Brian Neckhart sicherlich auf seine Muskelkräfte und seinen Gleichgewichtssinn verlassen und von einem Kamm zum anderen springen, anstatt wer weiß wie oft auf- und absteigen zu müssen. Wenn er den Antrieb des Windes nutzte, würde ihm der Sprung höchstwahrscheinlich gelingen, und in wenigen Minuten hätte er alle Hindernisse überwunden. Doch mit Reitt bleibt ihm nichts anderes übrig, als sich in Geduld zu üben und eine Schuppe nach der anderen zu besteigen, sich in den Zwischenraum hinunterzulassen und die nächste in Angriff zu nehmen. Es ist ein langer, mühsamer Weg, doch es gibt keinen anderen. Reitt ist zwar auf seine Weise athletisch gebaut, mit langen Beinen und Armen, aber er ist auch außerordentlich steif und unfähig, sich elastisch den Unebenheiten des Felsens anzupassen. Kann sein, dass das bei den hochalpinen Touren, mit denen er geprahlt hat, in der Seilschaft mit einem guten Bergführer nicht so wichtig war, doch hier, im direkten Kontakt mit der Wand, tritt es deutlich zutage. Seinem Mangel an körperlicher Flexibilität entspricht seine geistige Starre; was wovon abhängt, ist schwer zu sagen, die Folge ist jedenfalls, dass man ihm zeigen muss, wo er Hände und Füße aufsetzen soll, ihm Schritt für Schritt folgen und gegen seinen Eigensinn ankämpfen muss.

Jetzt sind sie oben auf der zweiten Felsschuppe angelangt, was schon etwas weniger Mühe gekostet hat als bei der ersten. Mit mehr Übung wird es sicherlich jedes Mal einfacher, wodurch sie Zeit und Anstrengung sparen können.

Damit der Wind sie nicht wegfegt, klammern sie sich mit Händen und Füßen fest, und in dem Moment sehen beide Matthias' Kopf über dem Rand der ersten Schuppe auftauchen. Mit vor Anstrengung rotem Gesicht, geschwollener Nase und zerrausten feinen Haaren deutet er ein schüchternes Lächeln an.

»Was zum Teufel machen Sie hier?!« Gegen den Wind brüllt Reitt ihn wütend an.

»Ich komme mit!« Der Assistent wirft ihm einen so absolut ergebenen Blick zu, dass es beinahe rührend wirkt, doch der Zorn überwiegt.

»Kehr sofort um!« Brian Neckhart schreit sich die Lunge aus dem Leib, damit seine Stimme streng genug klingt.

Matthias hört gar nicht hin, wahrscheinlich will er sie einfach vor vollendete Tatsachen stellen, denn er klettert über den Kamm und lässt die Beine in den Raum zwischen den zwei schrägen Wänden hinunter.

»Nicht runterlassen!« Neckhart brüllt noch lauter. »Sonst kannst du nicht mehr umkehren!«

Matthias antwortet nicht, er ist völlig besessen von seiner fixen Idee, sie einzuholen, nicht allein gelassen zu werden, sondern an der Seite seines Chefs zu bleiben.

Zwar scheint Reitt erbost über den Ungehorsam zu sein, aber auch eine gewisse Genugtuung über diesen Treuebeweis zu empfinden, denn er macht keine weiteren Anstalten, seinen Assistenten aufzuhalten, und beschränkt sich darauf, dessen Bewegungen zu beobachten.

Es gelingt Matthias, sich von Griff zu Griff eineinhalb oder zwei Meter abwärtszuhangeln, während die Beine im Leeren baumeln. Dann lässt er los, federt den Sturz ab, obwohl ihm das Aufkommen mit dem verletzten Fuß bestimmt beträchtliche Schmerzen bereitet. Mit einer Grimasse, die vielleicht noch ein Versuch zu lächeln sein soll, schaut er herauf. »Sehen Sie, ich kann es doch schaffen!«

»Idiot!« Brian Neckhart ist außer sich vor Wut. Man muss kein Genie sein, um zu begreifen, dass diese Tat blinder Ergebenheit die gesamte Expedition ungeheuer kompliziert, ja gefährdet. Das ist einer der Gründe, warum er Gruppentouren nie gemocht hat: Die Stärke der Kette entspricht immer der des schwächsten Glieds. Er hätte große Lust, den Blödmann da zu lassen, wo er ist; einfach weiterzugehen und Schluss. »Ihr Assistent ist ein Idiot, Reitt!«

»Ich weiß!« Allmählich dämmert es Reitt, welche Folgen es hat, seinen Mitarbeiter in so viel unkritischer Abhängigkeit gehalten zu haben. »*Sie sind ein Idiot! Ich hatte Ihnen befohlen, im Resort zu bleiben!*«

»Jetzt zu diskutieren hat keinen Sinn!« Bloß kein Streit unter Deutschen, das hätte ihm gerade noch gefehlt, denkt Neckhart. Er fragt sich, ob er Matthias nicht besser zurückbringen sollte, doch dann müsste er ihn gegen seinen Willen dazu bringen, das Negativgefälle wieder hinaufzuklettern, was ohne Seil schier unmöglich ist. Je länger er die Lage analysiert, umso deutlicher erkennt er, dass es nur einen Ausweg gibt, nach vorne. Er beobachtet den Assistenten, der Griffe sucht, um die zweite Schuppe heraufzuklettern, und ermutigt ihn mit zornigen Gesten.

Doch Matthias kommt kaum vorwärts, da er die linke Fußspitze wegen des gebrochenen Zehs nicht ohne Schmerz aufsetzen kann. Obwohl er seinen Zustand mit aller Gewalt zu verbergen sucht, schneidet er jedes Mal eine Grimasse, stöhnt, schwitzt, die Hände gleiten ab, und er verliert den Halt.

»Looos! Mach schooon!«, brüllt Brian Neckhart oben auf dem Kamm, die Langsamkeit zermürbt ihn.

»*Schnell!*« Reitt schließt sich an, auch wenn es nichts nützt.

»*Houuu waah haaa?!*« Matthias klammert sich an den Felsen, die Füße kaum einen Meter über dem Boden; man versteht kein Wort von dem, was er sagt.

»Was?!« Brian Neckhart muss sich mit aller Kraft festhalten, um der Gewalt des Windes zu trotzen, und außerdem aufpassen, dass Reitt nicht vom Kamm hinuntergefegt wird.

»*Houuu waah wooh?*« Matthias ist schon ganz rot im Gesicht vor Schreien, aber es ist zwecklos. Erneut versucht er, weiter oben Halt zu finden, er kommt nicht vom Fleck.

»Ich höre nichts!« Es macht Brian Neckhart rasend, dass der Assistent nicht begreift, wie laut es hier oben ist, und immer mehr Zeit und Energie verschwendet.

»*Houuu waah wooh weah?!*« Matthias brüllt und brüllt: nichts zu machen.

Zuletzt verliert Brian Neckhart die Geduld, hangelt sich am Felsen hinunter. In wenigen Sekunden ist er unten, wo es windstill ist. Doch man hört das Brausen in der Höhe und sieht Staubwolken vorbeirasen. »Was zum Teufel wolltest du sagen?«

»Ich wollte wissen, wie viele Kämme man von da oben noch sieht!« Mit der Kraft der Verzweiflung hält Matthias sich am Felsen fest, aber er ist eindeutig an der Grenze seiner Kräfte, schwitzt und keucht.

»Ziemlich viele.« Am liebsten würde Neckhart ihm sagen, wie viele, um ihm das Ausmaß seiner Dummheit vor Augen zu führen, aber das bringt natürlich gar nichts.

»Wie viele? Bitte seien Sie deutlicher!« Matthias hat einen trotzigen Ausdruck, aber man sieht ihm die Verzweiflung nur zu gut an.

»Die Anzahl ist nebensächlich. Was zählt ist, einen nach dem anderen zu bewältigen, als ob es der Erste und auch der Letzte wäre.«

»Neckhart, bitte ersparen Sie mir dieses Wischiwaschi!« Matthias merkt, dass er sich in einer schwierigen Lage befindet, und zum Ausgleich greift er auf eine mildere (aber doch ärgerliche) Version der Arroganz seines Bosses zurück. »Die Anzahl ist auf jeden Fall wichtig! Ich habe Sie gefragt, wie viele Felskämme nach diesen beiden noch kommen!«

»Ein Dutzend mindestens. Da du unbedingt die Wahrheit

wissen willst.« Brian Neckharts Genugtuung geht schnell vorüber; das Problem dagegen bleibt, unübersehbar.

Matthias beißt die Zähne zusammen. »Hatten Sie nicht behauptet, es wären bloß vier oder fünf?«

»Das hatte Carmine mir gesagt.« Diesbezüglich hat Brian Neckhart kein ganz reines Gewissen, denn er hätte es vor der Unternehmung persönlich überprüfen müssen. Aber wann? Außerdem hatte er sich nicht vorgestellt, diese zwei mitschleppen zu müssen. Er fragt sich auch, ob Carmine ihm absichtlich eine falsche Zahl angegeben hat, aus Eifersucht auf Lynn Lou oder sonst einem obskuren Grund.

»Ich kann es schaffen.« An den Felsen geklammert, sieht Matthias ihn Beistand heischend mit erschrockenen Augen an.

Neckhart versucht zu berechnen, wie wahrscheinlich es ist, dass es ihm gelingt, den Assistenten bei sämtlichen Aufstiegen und Abstiegen mitzuschleifen, die sie noch vom Inselinneren trennen: So viele sind es ja nicht. Hat er die Lage falsch eingeschätzt, als er Reitts Drängen, ihn zu begleiten, nachgab? Vielleicht ja, doch ist nicht gesagt, dass er, wenn er allein am Hafen angekommen wäre, ein passendes Boot gefunden hätte, samt einem ausreichend erfahrenen oder geldgierigen Bootsmann, der sich bei diesem Sturm eine Landung am Steg der Villa Metaphora zugetraut hätte. Außerdem hatte er ja nicht eingerechnet, dass Matthias ihnen wie ein streunender Hund folgen und so die Dinge unendlich verschlimmern würde.

SKRRROOOUMMM! Plötzlich bebt alles, Matthias lässt los, fällt zu Boden. Alle beide werden sie zwischen den Felswänden hin und her geworfen wie Popcorn in einer fast leeren Schachtel.

»*Scheiße!*« Matthias schlottert vor Entsetzen.

Oben auf dem Kamm klammert sich Reitt wie ein Gecko fest, Steinbrocken rollen herunter.

Als das Beben vorbei ist, husten Neckhart und Matthias, wischen sich den Staub aus den Augen, der Sehen und Atmen erschwert. Einige Sekunden warten sie reglos auf den nächsten Stoß, bemüht, sich von den beiden Felsenschrägen fernzuhalten, auch wenn der freie Raum recht eng ist.

Doch der nächste Stoß kommt nicht, der Staub lichtet sich nach und nach.

»O Gott!« Matthias blickt nach oben, wo Staubwirbel den blauen Himmel verdunkeln, vor dem Werner Reitt aufragt wie angewurzelt.

»Ganz ruhig, Matthias.« Brian Neckhart legt ihm eine Hand auf die Schulter und drückt sie fest.

»*Waaa haaa hooo?!*« Von oben schreit Reitt unverständliche Worte, die der Wind sofort wegfegt.

»Los, steigen wir rauf!« Brian Neckhart legt alle Überzeugungskraft in seine Stimme, die er aufbringen kann. Dass er sich entschieden hat, den Assistenten nicht zurückzubringen, hat alle seine Zweifel beseitigt und seine Zielstrebigkeit wieder gestärkt.

»Ich bin bereit.« Matthias Gesicht spiegelt seinen krampfhaften guten Willen.

»Dann mach genau, was ich dir sage. Okay?«

»Okay.« Matthias nickt mit Nachdruck.

»Die rechte Hand hierhin.« Brian Neckhart zeigt ihm eine Felsspalte. »Den rechten Fuß hierhin...«

Matthias gehorcht, klettert ein kurzes Stück ziemlich schnell, doch sobald er die linke Fußspitze aufsetzen muss, stockt er.

Brian Neckhart stützt seine Ferse, damit er die Spitze nicht belasten muss. »Nur zu! Los!« Während er hinter ihm aufsteigt, ermutigt er ihn, zeigt ihm Griff auf Griff.

Teils zieht Matthias sich mit der Kraft seiner Arme hoch, teils lässt er sich schieben; er hustet wegen des Staubs, der noch in der Luft liegt, und auch, weil Reitt über ihm mit jeder kleinsten Bewegung neuen Staub aufwirbelt.

Brian Neckhart klettert hinter ihm, stützt ihn, zeigt ihm, wo er sich festhalten kann. Je näher sie der Spitze kommen, umso stärker bläst der Wind, übertönt die Wörter mit seinem ohrenbetäubenden Lärm.

Reitt steht immer noch festgeklammert auf dem Grat, doch anstatt herunterzuschauen und seine Hilfe anzubieten, blickt er begehrlich auf die folgenden Grate.

»Reiiitt, zum Donnerwetter! Helfen Sie iiihm!« Brian Neckhart brüllt wie ein Irrer vor Wut, dass der Banker sich nicht um seinen Assistenten kümmert, der nun kaum noch einen Meter vom Grat entfernt ist. »Ziehen Sie ihn hoooch! Looos!«

Reitt sieht ihn äußerst ungehalten an. Schließlich streckt er die Hand aus, packt Matthias' Linke und reißt seinen Assistenten gewaltsam nach oben, als Brian Neckhart ihn gerade kräftig von unten am linken Fuß schiebt. Als wäre er plötzlich schwerelos, erreicht Matthias den Kamm, wird von einem Windstoß erfasst, fliegt direkt auf die andere Seite.

Mit einem Ruck zieht Neckhart sich auf den Grat hoch. Er blickt in den Spalt zwischen den beiden Felswänden: Vier oder fünf Meter unterhalb liegt Matthias, mit dem Gesicht nach unten, mit weißen Socken unter den blassen Waden, die aus den hellbeigen Hosen herausschauen. Er rührt sich nicht.

Reitt ist wie versteinert, starrt Brian Neckhart eiskalt an, ohne eine Miene zu verziehen. Der Wind bläst so heftig, dass jeder Versuch zu reden zwecklos ist. Beide bleiben stumm, an den Felsen geklammert, um nicht ebenfalls weggefegt zu werden.

Dann lässt Brian Neckhart sich vorsichtig auf der anderen Seite hinunter. Wegen des Negativgefälles hangelt er sich wieder mit den Händen hinab. Etwa zwei Meter über dem Boden lässt er los und fängt den Aufprall mit federnden Knien ab.

Matthias liegt bäuchlings zwischen den Felsen, reglos, der Kopf tiefer als die Füße. Die Arme sind unnatürlich angewinkelt, das Blut, das aus seinem Kopf geflossen ist, hat einen Steinblock dunkler gefärbt.

Brian Neckhart kniet nieder und berührt mit Zeige- und Mittelfinger knapp unter dem rechten Ohr die Halsschlagader: kein Puls. Die schütteren blonden Haare sind blutverklebt, das brave Hemd schweißnass. Es ist absurd, einen Körper, der bis vor zwei Minuten atmete, pulsierte, schwitzte, von Pflichtgefühl, Angst, Hoffnung, Bildern, Bedürfnissen und Absichten erfüllt war, so leblos zu sehen. Den gutwilligen, ein wenig linkischen Jungen, der vorgestern wegen seines Chefs mit ihm Kontakt aufgenommen hat und den er misstrauisch, gereizt, ungeduldig und doch verständnisvoll behandelt und dann bis vor wenigen Sekunden angetrieben, ermutigt und angespornt hat. Jetzt ist er nur noch eine schlaffe, leere Hülle. Alles, was ihn beseelte, ist fortgeflogen, aber wohin? Es ist ein Problem, das nicht gelöst werden kann, sondern im Gegenteil eine Kette weiterer Probleme nach sich zieht. Ein ganzes Netz von unlösbaren Problemen. Ist seine wer weiß wie oft wiederholte und in den Handbüchern von LifeSolving™ nachgedruckte Behauptung demnach falsch? Bräuchte es zumindest einen relativierenden Zusatz?

Brian Neckhart kauert sich auf den Boden, hält sich mit je einem Finger rechts und links die Nase zu, atmet abwechselnd durch das eine, dann das andere Nasenloch tief ein und aus, versucht, seine Gedanken zu ordnen. Dieser junge Mann (der er bis vor zwei Minuten *war*, denn das hier ist nichts als eine Hülle, wenn auch eine sehr schwere, als er probiert, den Körper an den Füßen wegzuziehen, schafft er es nicht) hatte seine Aura eines Problemlösers für bare Münze genommen und sich ihm anvertraut. Und er hatte dem Jungen gegenüber eine Verantwortung übernommen, noch vor der gegenüber Werner Reitt. Es ist schrecklich, Matthias' Erwartungen enttäuscht, sein Vertrauen verraten und zugelassen zu haben, dass er auf diese absurde Weise zu Tode kommt. Brian Neckhart steht auf, so schnell er kann, denn er hat aus dem Augenwinkel wahrgenommen, dass Reitt versucht, sich ebenfalls herunterzulassen. »Stooop!«

Zu spät: Reitt hat schon die Beine über den Felsen geschwungen, hat schon losgelassen oder den Halt verloren, fliegt schon senkrecht herunter. Er landet auf dem steinigen Grund wie eine hölzerne Marionette, beinahe ohne die Knie zu beugen. Das Geräusch des Aufpralls klingt unheimlich, genau wie das »*Autsch!*«, das er ausstößt, als er mit schmerzverzerrtem Gesicht zu Boden plumpst.

Brian Neckhart ist sofort neben ihm, betrachtet seine Beine. »Wo tut es Ihnen weh?«

»Am Knöchel!« Seine Stimme klingt wie ein Bellen; Reitt beugt sich vor, deutet mit zitternder Hand auf sein rechtes Fußgelenk.

Vorsichtig zieht Brian Neckhart ihm den Mokassin aus, schiebt Socke und Hosenbein beiseite und achtet darauf, keinen Druck auszuüben: Der Knöchel schwillt rasch an, unter der Haut breiten sich rote Flecken aus.

»Rühren Sie mich nicht an!« Reitt brüllt so gellend, dass es in den Ohren schmerzt. »Sagen Sie mir, was ich habe!«

»Eine Distorsion zweiten, vielleicht sogar dritten Grades.« Brian Neckhart muss sich beherrschen, um das Fußgelenk des Bankers vor Feindseligkeit nicht mit beiden Händen zusammenzupressen, damit es noch ärger schmerzt.

»Verschonen Sie mich bitte mit Ihrem pseudomedizinischen Jargon!« Reitt bekommt kaum Luft wegen des Stechens, das sein Bein durchzuckt, seine Stirn ist schweißgebadet. »Drücken Sie sich verständlich aus!«

»Die Bänder sind verletzt, sicherlich sind Blutgefäße beschädigt, auch ein Knochenbruch ist wahrscheinlich.« Brian Neckhart kann nicht glauben, dass er in so kurzer Zeit so viele Fehler mit so gravierenden Folgen gemacht hat.

»Was bedeutet das praktisch?!« Reitt gerät in Panik, atmet keuchend. »Dass ich nicht mehr diese verfluchten Felsen hinaufkomme?!«

»Sie kommen überhaupt nirgends mehr hin, Reitt.« Neckhart deutet auf das Fußgelenk, das von Sekunde zu Sekunde weiter anschwillt.

Ruckartig stützt Reitt sich auf einen Arm und das andere Bein, will aufstehen, fällt aber mit einem unterdrückten Schmerzensschrei wieder auf den Rücken.

»Interessiert Sie Ihr Assistent überhaupt nicht, Reitt?« Brian Neckhart zeigt auf Matthias' reglosen Körper in etwa drei Metern Abstand.

Reitt wirft kaum einen Blick darauf und schaut sofort weg.

»Er ist *tot*, Reitt! Ist Ihnen das bewusst?!«

»Ich verbitte mir diesen Ton! Es ist nicht meine Schuld, dass er abgestürzt ist!«

»Es ist *auch* Ihre Schuld!« Brian Neckhart tobt vor Wut. »Außerdem habe ich nicht von Schuld gesprochen, sondern von der Tatsache, dass er *tot* ist!«

»Das war der Wind! Und Sie haben ihn von unten angeschoben!« Auch Reitt schreit wie verrückt, mit verzerrtem Gesicht.

»Sie sind ein Schwein! Ein niederträchtiges Wesen!« Brian Neckhart erinnert sich nicht, wann er zum letzten Mal derart die Beherrschung verloren hat, aber er kann es nicht ändern, er befindet sich in einem emotionalen Ausnahmezustand.

KRRAKASKRRRUMMM! Wieder ein heftiges Beben, das sie hin und her wirft, weitere Gesteinsbrocken fallen herunter, die Felsspalte füllt sich mit Staub.

»*Verdammt!*« Reitt fasst sich an den Kopf, mustert seine Hand, hebt einen Stein vom Boden auf, der ihn getroffen hat, schleudert ihn ungelenk weg und hustet. »Hier stürzt alles über uns zusammen!«

Brian Neckhart steht auf, betrachtet die schräge Wand vor ihm, dann die, an der er sich eben heruntergelassen hat.

»Was haben Sie vor?!« Man hört das wachsende Entsetzen in Reitts Stimme.

Wenn er die dritte Schuppe hinaufklettern, von Grat zu Grat springen und dabei die Schubkraft des Windes ausnützen würde, denkt Brian Neckhart, hätte er das Felsenhindernis in wenigen Minuten überwunden und könnte das Inselinnere durchqueren.

»Wollen Sie mich hier sterben lassen?!« Reitts Gesicht ist aschfahl, von der gleichen Farbe wie der Staub, der seine Haare und Kleider bedeckt.

»Sie hätten es verdient!« Brian Neckhart schaut erneut hinauf, nach beiden Seiten.

Reitt presst die Lippen aufeinander, kneift die Augen zusammen, strengt sich sichtbar an, nicht ebenso feindselig zu antworten.

Brian Neckhart nimmt ihn unter den Achseln und zieht ihn rückwärts. Reitt bleibt starr, leistet beinahe Widerstand; mühsam schleppt Neckhart ihn bis zu der Wand, damit er sich anlehnen kann. »Rühren Sie sich nicht vom Fleck, Reitt.«

»Sie haben die moralische Pflicht, mich hier rauszuholen! Wenn Sie mich einfach sitzenlassen, begehen Sie ein Verbrechen, über das Sie später Rechenschaft ablegen müssen!« Trotz seines kläglichen Zustands versucht Reitt, seine Angst in eine Drohung umzumünzen.

Brian Neckhart sieht ihn verächtlich an, reibt sich die Hände an der Hose trocken. »Zu Ihrem Glück bin ich nicht so ein Ungeheuer wie Sie!« Er geht zu Matthias, der mit dem Gesicht nach unten daliegt, schafft es unter großer Anstrengung, ihn wenigstens umzudrehen und ihm eine etwas würdevollere Haltung zu geben.

Reitt weigert sich, den Kopf zu wenden, um hinzusehen, kontrolliert aber ab und zu aus dem Augenwinkel das Geschehen.

Brian Neckhart trocknet sich erneut die Hände, sucht nach einem Griff für die linke Hand, bohrt die rechte Fußspitze in einen Spalt, schiebt mit dem Bein und zieht mit dem Arm, klammert sich an den nächsten Vorsprung. Er hangelt sich an dem

Negativgefälle empor, indem er mit Körperschwung nachhilft, und erreicht in wenigen Minuten den Kamm. Der Wind überfällt ihn noch heftiger als zuvor, droht ihn rückwärts wieder hinunterzuschleudern. Mit aller Kraft hält er sich fest und klettert mit den Beinen über den Grat. Als sein Körper auf der anderen Seite am Felsen anliegt, schaut er hinunter: Reitt beobachtet ihn im Gegenlicht, die Hand quer über die Stirn gelegt, um sich vor dem herunterrieselnden Geröll zu schützen. Er schreit etwas, doch von hier oben hört man nichts. Wenn man ihn so sieht, ist schwer vorstellbar, dass er bis vor wenigen Tagen von seinem Frankfurter Büro aus eiskalt die geheimen Hebel der Weltwirtschaft betätigte, ohne im Geringsten an die praktischen Auswirkungen seiner Entscheidungen auf das Leben von Millionen von Menschen zu denken. Andererseits ist er ja nicht der Einzige, der sich in einer anderen Lage befindet als bei der Abreise.

Gewandt und schnell rutscht Brian Neckhart die Schräge der zweiten Felswand hinunter. Unten angekommen, wischt er sich erneut die Hände an der Hose ab, atmet tief durch und nimmt mit Schwung das Negativgefälle der ersten Felsschuppe in Angriff.

81

Ever pena et ever incresce pani et vinu li mitesce, jedes Leid und jede Pein wird gemildert durch Brot und Wein, sagt die Großmutter (von Moscatigno-Seite) manchmal. An Brot gibt es allerdings nur noch ein paar dünne kleine Fladen von gestern, die Gäste müssen sich hauptsächlich mit Wein trösten. Ramiro hat mit der Hand eine Mousse aus Wildkräutern und Schafskäse zubereitet, da die Mixer und sonstigen Geräte ohne Strom natürlich nicht funktionieren. Wie alle seine Gerichte macht auch dieses nicht wirklich satt. Gianluca wollte ihn überreden, den Fisch zu nehmen, der noch im Kühlschrank lag, da er sich ziemlich gut gehalten hatte, doch Ramiro hat erwidert, das gehe gegen seine Grundsätze. Gianluca hat ihn beschuldigt, die Lage der Gäste noch verschlimmern zu wollen, anstatt ihnen zu helfen, beim Essen die Schwierigkeiten zu vergessen, Ramiro hat gebrüllt, dass es gewiss keine große Hilfe wäre, sie mit verdorbenem Fisch zu vergiften. Es hätte böse ausgehen können, aber zuletzt hat Ramiro dann doch hauchdünne Seebarbenfilets mit einer Sauce aus Zitrone, Myrte und Dill zubereitet, was sie angeblich etwas sicherer macht, behauptet er.

Auf jeden Fall gibt es jetzt jede Menge Spannungen im Salon. Lucia Moscatigno betrachtet die Gäste, die alle sprungbereit auf dem Stuhlrand sitzen, falls ein weiteres Beben erfolgen sollte. Ihre Gesichter sind wie im Flugzeug bei einer schlimmen Turbulenz (das hat sie einmal nachts mit Gianluca erlebt, auf dem Rückflug von Paris), wenn die Leute nicht zeigen wollen, dass sie erschrocken sind, und man nur warten kann, bis es vorbeigeht. Der wütende Wind rüttelt an den Scheiben, fährt in den Salon wie der Atem des Drachen, sobald Carmine die Fenstertür öffnet, um Teller herein- oder hinauszutragen oder Lynn Lou Shaw zu fragen, ob sie etwas braucht. Dr. Reitt, Matthias und Brian Neckhart fehlen, keiner weiß, wo sie hin sind. Gianluca hat Lucia in der Suite der Deutschen und auf dem Weg rundherum nachschauen lassen. Den Wind im Rücken, ist sie bergauf schier geflogen, während sie auf dem Rückweg gegen ihn ankämpfen musste, aber gefunden hat sie sie nirgends. Das ist wirklich mysteriös, denn hier in der Villa Metaphora gibt es nicht viele Möglichkeiten zu verschwinden, außer man stürzt in einen Abgrund oder ins Meer. Und alle drei sind doch bestimmt nicht im Abgrund oder auf dem Meeresboden gelandet.

»*Pardon, Mademoiselle...?*« Die Poulanc hebt die Hand in ihrer üblichen Art, die besagt, dass sie mehr, Besseres oder anderes erwartet, auch oder gerade in einer Situation wie dieser.

Lucia tritt an den Tisch, wo auch die Reitt sitzt, die fürchterlich blass ist und alle paar Minuten zur Fenstertür schaut. »Sie wünschen?«

»*Nous aimerions nous resservir de poisson.*« Die Poulanc zeigt auf den leeren Teller, auf dem die hauchdünnen Seebarbenfilets lagen. »*La première assiette était vraiment minuscule! Un rien du tout!*«

»Entschuldigen Sie, ich verstehe nicht.« Zwar kann Lucia kein Französisch, aber es braucht ja nicht viel, um zu begreifen, wovon die Rede ist, nur kann sie im Augenblick keine weiteren Forderungen ertragen.

»Sie möchte bitte noch ein wenig Fisch, wenn möglich.« Die Reitt übersetzt, stets darauf bedacht, zu allen freundlich zu sein, doch sie ist gerade so aufgeregt, dass es sie bestimmt Mühe kostet. Sie schaut wieder zur Fenstertür, dann zu den Cobannis am Nebentisch.

»Signorina, für mich auch, bitte!« Der Abgeordnete Gomi

hebt an seinem niedrigen Tischchen die Hand. »Es war wirklich eine sehr knappe Portion!«

Lucia breitet die Arme aus. »Tja, der Fisch ist leider alle.« Sie bedauert es wegen der enttäuschten Gesichter, doch wo sollte sie noch mehr hernehmen? Es ist schon ein Wunder, dass es ein bisschen was gab.

Von draußen öffnet Gianluca die Fenstertür und hält sie mit aller Kraft offen, während Carmine mit dem Tablett hereinkommt. Dann tritt auch er ein und schließt sie vorsichtig, damit die Scheiben nicht zerbrechen.

Natürlich bedient Carmine zuerst Lynn Lou Shaw, verbeugt sich, sagt ihr wer weiß welche anbetenden Worte. Wahrscheinlich kann er es kaum fassen, dass Neckhart verschwunden ist. Danach bedient er Lara, die Russin, den Abgeordneten und die Cobannis. Er tritt an den Tisch, wo die Poulanc und die Reitt sitzen, und stellt zwei Teller vor sie hin, die aussehen wie Gemälde, mit einer kleinen, gelb-orangen Kuppel und einem lila Schnörkel rundherum. Auch wenn sie nicht sättigen, ist es phantastisch, dass es Ramiro gelingt, in so einer Situation solche Sachen zu zaubern. Sprichwörtlich der Künstler, der in der Not Wunder vollbringt, wie Gianluca sagt.

»*Qu'est-ce que c'est, ça?*« Misstrauisch mustert die Poulanc ihren Teller, rümpft ihre Kartoffelnase.

Carmine versucht sich an Ramiros Beschreibung zu erinnern. »Also, es ist ein Schaum von *melone di Stromboli* mit *culi di fico nero* –«

»Was zum Teufel redest du da?« Verärgert stürzt Gianluca auf ihn zu, wenn die Gäste nicht wären, würde er ihn beschimpfen. »Meine Damen, bitte verzeihen Sie ihm. Es ist ein Schaum von Stromboli-Melone mit *Coulis* von schwarzen Feigen aus Tari. Wenn Sie gestatten, empfehle ich Ihnen dazu den Moscato Passito aus Pantelleria, den die Damen schon vorgestern Abend gekostet haben...«

Signor Cobanni krümmt sich vor Lachen, seine Frau ebenso. Gewiss ist es die Anspannung, die beiden sind gewöhnlich sehr höflich, doch jetzt können sie gar nicht mehr aufhören.

Auch Lucia Moscatigno muss über Carmines Gesicht lachen. Aber es liegt hauptsächlich am Stress.

Carmine weiß vor Verlegenheit nicht mehr, wo er hinschauen soll. »Architetto, das hat Ramiro gesagt. Es kam mir ja schon komisch vor –«

»Schluss jetzt, nimm die Teller und verschwinde!« Gianluca schnauzt ihn an, aber man muss ihn auch verstehen, bei all den Sorgen, die er im Augenblick hat.

Carmine nimmt es krumm, er ist immer sehr stolz, aber in Anwesenheit von Lynn Lou Shaw kann er es erst recht nicht ertragen, schlecht behandelt zu werden. »Architetto, in so einem Ton dürfen Sie nicht mit mir reden, das habe ich Ihnen schon öfter gesagt!«

»Was ist, willst du jetzt auch noch recht haben?« Gianluca bemüht sich, leise zu sprechen, die Gäste sollen ihn nicht hören. Doch natürlich haben die Gäste es mitbekommen: Sie lachen wie die Cobannis, oder sie recken den Hals wie Piero Gomi.

Erneut öffnet sich die Fenstertür, und der Wind fährt wie der Atem des Drachens in jeden Winkel. Es ist Brian Neckhart; nach dem gewohnten Kampf beim Zumachen sieht er sich um. Fix und fertig, Staub im Gesicht, in den Haaren, auf T-Shirt und Hose. Von einer Kredenz nimmt er eine Flasche Mineralwasser, *glu, glu, glu,* trinkt er sie zur Hälfte aus, ohne Atem zu holen. Außer den Zeichen der Schlägerei mit den Russen an der Mole gestern Nacht hat er nun auch zerkratzte Hände und eine Schürfwunde an der Stirn. »Carmine?« Er schnauft heftig, dabei ist er eigentlich keiner, der schnell in Atemnot gerät.

Carmine blickt ihn an. Auch alle anderen haben sich zu ihm umgedreht: Lynn Lou Shaw, Lara, die Russin, der Abgeordnete Gomi, die Cobannis, Frau Reitt, die Poulanc, Gianluca.

Lucia nähert sich, um besser zu sehen und zu verstehen.

»What happened?« Als er Neckhart so zugerichtet sieht, regt Gianluca sich noch mehr auf. *»We've been looking for you all over the place.«*

Brian Neckhart antwortet nicht, er konzentriert sich ganz auf Carmine. *»What the hell, man! You said, there were only five of those rock slabs, but there's at least a dozen!«*

Carmine erwidert nichts, schaut ihn nur halb wütend, halb schuldbewusst an.

»What rock slabs?« Gianluca sieht Neckhart an, dreht sich zu Carmine um. »Von welchen Felsen redet er?«

»Na, von den Felsschuppen hier hinten...« Carmine hat das gleiche Gesicht wie als Kind, wenn er etwas ausgefressen hatte und sein Vater oder Lucia ihm Vorwürfe machten.

Neckhart bedrängt ihn. *»Anyway,* nesesìto help, aora!«

»Where's my husband?« Frau Reitt steht auf, kreidebleich.

»Your husband is okay. More or less.« Da er sieht, wie sehr sie sich ängstigt, fühlt Brian Neckhart sich verpflichtet, wenigstens ihr zu antworten.

»What do you mean? Where is he? What happened? Where is Matthias?« Frau Reitt zittert vor Sorge wie Espenlaub. Die Poulanc steht auf, drückt ihr den Arm, flüstert ihr etwas ins Ohr, doch die Reitt hört gar nicht hin.

»Matthias is dead.« Brian Neckhart senkt den Blick.

Lucia Moscatigno rauschen die Ohren, und ihr Herz bebt bei dem Wort *dead,* aber sie versucht es herunterzuspielen, das Verstandene zu verdrängen. Doch man braucht nur Gianlucas Gesicht anzusehen, um zu kapieren, dass es da nichts zu verdrängen gibt, *mamma mia:* Matthias ist tot!

»What do you mean, dead?« Gianluca weiß nicht mehr, was er denken soll.

Frau Reitt ist erschüttert, gleich fällt sie noch in Ohnmacht. Zwar gab es in den letzten Tagen zwischen ihr und ihrem Mann wahrhaftig keine Herzlichkeit, doch wenn so etwas passiert, vergisst man alles, das ist klar. Und Matthias schien ja fast zur Familie zu gehören, ein so ernsthafter und ergebener junger Mann.

»*Yes. I'm sorry.*« Brian Neckhart macht ein bedauerndes Gesicht, hält den Blick gesenkt, aber nur kurz. Sofort dreht er sich wieder zu Carmine um. »Du komm con migo, por favor!«

Carmine wird ganz starr, als er den Befehl hört; er blickt Lynn Lou an, als wollte er fragen, was er tun soll.

Lucia Moscatigno braucht noch einige Sekunden, bis sie begreift, dass Matthias tatsächlich tot ist; sie fühlt eine Welle uferloser Trauer in sich aufsteigen. Bis vor wenigen Tagen war Urgroßvater Rimasto (von Alcuanti-Seite) der Einzige, der bisher in ihrem näheren Umkreis gestorben war, und jetzt in den letzten Tagen waren es schon vier, einer nach dem anderen. Einschließlich des armen Ciro Spanò, der vielleicht ihretwegen in seinem Hubschrauber gefangen auf dem Meeresgrund ruht! Wie ist es möglich, dass auf einmal so viele schlimme Dinge hintereinander passieren? Warum?

»Wie ist er gestorben?« Auch Lara wirkt verstört und erhebt sich aus ihrem Sessel.

Lynn Lou Shaw, die immer auf einem anderen Planeten lebt, sieht sie verständnislos an und dann zu ihnen herüber.

»*Matthias est mort?*« Die Poulanc dreht sich zu Frau Reitt um, die wie gelähmt ist und kein Wort herausbringt.

»*Yes, mort! Dead! Muerto! Kaputt! Okay?!*« Brian Neckhart hat nicht mehr die geschmeidigen, kontrollierten Bewegungen eines Jaguars. Er ist wohl sehr aufgeregt, und wie.

»O Gott, wie ist er denn gestorben, der arme Matthias?« Signora Cobanni schaut fassungslos von Neckhart zu ihrem Mann. Der Ingenieur drückt ihr den Arm auf die zugewandte Weise, die er ihr gegenüber immer hat.

»Wer ist gestorben?« Piero Gomi reagiert als Letzter, an sein

Tischchen verbannt, das Löffelchen wenige Zentimeter über seiner Nachspeise. »Was ist passiert? Wann?«

Niemand antwortet ihm, sie sehen ihn gar nicht an.

»*Fuerza, let's go!*« Mr. Neckhart treibt Carmine zur Eile an, fuchtelt herum wie verrückt. »*I donde Paolo? Nesesìto him too!*«

»*Just a moment, could you tell me what's going on, exactly?*« Gianluca will irgendeine Erklärung, doch Brian Neckhart würdigt ihn keines Blickes und marschiert geradewegs zur Fenstertür.

Carmine folgt ihm, schaut noch einmal zu Lynn Lou Shaw hinüber, die stumm an ihrem Tisch sitzt, winkt ihr zu, geht mit Brian Neckhart auf die Terrasse hinaus und macht hinter sich zu.

SKOUWBAMMM-SKRRRAMMM! Genau in dem Moment wackelt alles, als hätte Carmine die Fenstertür wie ein Riese zugeknallt. Aber es ist das Zimmer, das sich auf und ab bewegt, es ist die ganze Insel, wie vorher und noch schlimmer, man spürt richtig, wie die Wände hin und her schwanken, wie der Boden unter den Füßen wegrutscht und zurückkommt.

Wieder springen alle Gäste auf, einige schreien, andere werfen ihren Stuhl um, lassen ihr Glas oder ihr Besteck fallen, klammern sich fest, sind schon mitten im Salon, schon an der Fenstertür. Auch Lucia Moscatigno läuft hin, das Herz klopft ihr bis zum Hals, der Instinkt überwältigt sie, bloß raus, so schnell sie nur kann.

Dann jedoch drängeln sich alle vor der Fenstertür und niemand öffnet, denn man hört und sieht nur zu gut, wie der Wind draußen wütet, heult, pfeift, rüttelt und gnadenlos Staub vor sich hertreibt. Außerdem ist ja auch die Terrasse ein an die Felsen geklebtes Gebäude und kann genauso bröckeln und in den Abgrund stürzen wie der Salon. Und selbst wenn man den Weg oder die Treppen rauflläuft, wo kann man hin, wenn alles runterkommt?

Also bleiben sie aufgeregt dicht beieinander an der Fenstertür stehen und wissen nicht, was sie tun sollen.

»Nichts passiert, meine Herrschaften.« Als der Stoß kam, hat auch Gianluca einen Satz gemacht, doch jetzt versucht er, gelassen zu erscheinen und die Gäste zu besänftigen. Zwar schaut auch er sich um, ob womöglich Risse an den Wänden oder an der Decke zu erkennen sind, aber man sieht nichts, nur die umgeworfenen Stühle und ein paar zerbrochene Teller und Gläser. »Kein Grund zur Sorge. Bitte nehmen Sie wieder Platz!«

»Wie können Sie uns garantieren, dass nicht noch ein Stoß kommt?« Der Abgeordnete Gomi starrt ihn mit seinen Knopfaugen an.

»Selbstverständlich kann ich das nicht.« Bestimmt würde Gianluca ihm gerne einen Fußtritt verpassen, wenn er könnte. »Aber höchstwahrscheinlich war das nur noch das letzte Nachbeben.«

»Sie sind also auch ein Experte in Sachen Erdbeben?« Die Poulanc macht ein verbiestertes Gesicht, als ob Gianluca an den Stößen schuld wäre.

»*Non, Madame*, aber setzen Sie sich doch wieder hin.« Auch ihr gegenüber muss sich Gianluca schwer beherrschen, um nicht unhöflich zu werden.

»Das tue ich garantiert nicht!« Die Poulanc bleibt natürlich misstrauisch, wie immer.

»Я боюсь!« Die Russin ist echt erschrocken, fährt sich an den Schläfen mit ihren falschen, mittlerweile halbruinierten Fingernägeln durch die Haare.

»Ich dagegen will jetzt dieses Meisterwerk von Ramiro probieren.« Ingenieur Cobanni reicht seiner Frau den Arm und führt sie zurück an ihren Tisch, obwohl sie ein wenig Widerstand leistet. »Und wenn Sie uns noch ein Gläschen von dem Passito bringen könnten, Architetto, von dem Sie vorhin den Damen erzählt haben…«

»Aber gewiss doch, Ingegnere!« Dass unter den Gästen zum Glück doch jemand ruhig und wohlgesinnt ist, ermutigt Gianluca. »Wirklich, meine Herrschaften. Es ist sinnlos, dass Sie hier stehen bleiben, bitte setzen Sie sich wieder. *Please sit down again. Je vous en prie.*«

Auch Lucia Moscatigno atmet auf. Ein bisschen jedenfalls, denn jetzt muss sie dauernd an den armen toten Matthias denken und sorgt sich auch um Carmine, den Brian Neckhart zu den Felsenkämmen geschleppt hat. Doch den Ingenieur so gelassen lächeln zu sehen tut schon seine Wirkung, ja.

»*Oh, what the fuck, we might as well!*« Auch Lynn Lou Shaw kehrt an ihren Tisch zurück, Lara folgt ihr. »*Bring us a bottle of that fucking wine!*« Sie macht eine ihrer ungezogenen Gesten, deutet auf das Tischchen mit den Dessertweinen.

Lucia Moscatigno weiß nicht recht, was sie antworten soll, Gianluca hat ihr tausendmal erklärt, wie kostbar dieser Passito ist, deshalb kommt es ihr vor wie ein Verbrechen, ihn einer zu geben, die ihn dann runterkippt wie Coca-Cola. Aber es handelt sich auch darum, die Gäste möglichst ruhig zu halten, wie Gianluca es gerade tunlichst versucht.

Nach einer Weile sitzen sie wieder alle, auch die Russin, auch die Reitt, auch die Poulanc, die wirklich bis zuletzt gewartet hat. Doch abgesehen von Signor Cobanni und Lynn Lou Shaw sitzen sie alle auf dem Stuhlrand, um beim nächsten Stoß prompt wieder aufzuspringen, zu schreien, zu rennen, aber was bleibt ihnen schon anderes übrig?

Ab und zu sehen sie sie forschend an wie die Flugpassagiere bei einer heftigen Turbulenz die Stewardess, um herauszufinden, ob sie wohl auch Angst hat. Deshalb bemüht sich Lucia, Gelassenheit auszustrahlen, auch wenn ihre Knie zittern, weil sie immer noch spürt, dass der Boden sich unter ihr bewegt, obwohl er sich jetzt gar nicht bewegt.

Gianluca dagegen gelingt es sehr gut, gelassen zu wirken, beschwichtigende Gesten zu machen, Passito Moscato aus Pantelleria einzuschenken und dabei zu erklären, warum dieser Wein so rar und besonders ist, wie schwierig es war, dem Erzeuger sechs Flaschen davon abzuringen, da er insgesamt nur dreihundertvierzig Flaschen pro Jahr produziert, ein echter, kompromissloser Künstler. Schließlich essen dann alle Gäste außer der Reitt Ramiros Nachspeise und trinken Passito, wenn auch darauf gefasst, gleich wieder aufzuspringen und das Löffelchen fallen zu lassen, und mit wer weiß welchen anderen Gedanken im Kopf. Alle schweigen, man hört nur das Klappern des Bestecks auf den Tellern, das Heulen des Windes, der an den Scheiben rüttelt.

Lucia bewundert Gianluca. Sie weiß genau, wie beunruhigt er in Wirklichkeit ist wegen der heftigen Erdbebenstöße, Matthias' Tod, Dr. Reitts vermutlich schlimmer Lage, Brian Neckhart, der Carmine und Paolo Zacomel mitgenommen hat: Die beiden sind ja im Notfall die einzigen wirklich nützlichen Männer. Dennoch es gelingt ihm, ruhig und sicher zu wirken. Das hat sie von Anfang an so beeindruckt, seine nordische Art, auch in den kritischsten Situationen kalt und kontrolliert zu wirken. Später bricht er wahrscheinlich zusammen wegen der Anspannung, ganz bestimmt sogar, doch jetzt ist es für die Gäste sehr wichtig, ihn so souverän zu sehen. Wie Tante Assunta (von Alcuanti-Seite) zu sagen pflegt, *ever cauni es lioni en su casa,* jeder Hund ist seiner Hütte Löwe. In dem Sinn, dass er sich für einen Löwen hält, weil er sich im Innern des Hauses sicher fühlt, oder sich zwar nicht so fühlt, aber den Löwen spielen muss, weil ihn die anderen sonst für den Hund halten, der er ist. Zum Teil bewundert sie das, zum Teil macht es ihr Angst, und zum Teil findet sie es so rührend, dass sie Gianluca mit Zärtlichkeiten überhäufen möchte.

Doch jetzt muss sie in den tobenden Wind hinaus, um Schaufel und Besen zu holen und die Glasscherben aufzukehren. Aber vorher geht sie zu Gianluca und drückt fest sein Handgelenk, um ihm zu verstehen zu geben, dass sie bei ihm ist, auch wenn man in dieser schwierigen Situation nicht viel tun kann, außer zu hoffen, dass es besser wird. Er erstarrt, weil er vor den Gästen keine Zärtlichkeiten mit ihr austauschen will. Sollen die Gäste es doch ruhig sehen, wen juckt das noch, bei all dem, was passiert, das Handgelenk drückt sie ihm trotzdem.

82

Das ist echt so ein klassischer Konkurrenzkampf unter Alphatieren, wie Konrad Lorenz es beschrieben hat, denkt Paolo Zacomel. Von Anfang an hat sich das Unternehmen, über die schrägen Felsen zu klettern, zwischen Neckhart und Carmine zu einem gnadenlosen Wettkampf entwickelt, noch verschärft durch den gewaltigen Wind, den Schwefelgeruch in der Luft, die Vorstellung, dass jeden Augenblick ein weiteres Beben Reitt das Leben kosten könnte. Darüber hinaus hat Carmine zwar den Charakter eines Alphamannes, aber eine untergeordnete soziale Stellung, was seine Aggressivität gegenüber Neckhart verstärkt, der sich unverzeihlicherweise erdreistet hat, Lynn Lou Shaw zu ehelichen. Und jetzt, da die ersten zwei Felsschuppen überwunden sind und sie Reitt erreicht haben, der unten im Zwischenraum zwischen der zweiten und der dritten Wand sitzt, staubbedeckt und mit geschwollenem, unbrauchbarem Fußgelenk, ist da noch ein *dritter* Alphamann, der wild entschlossen ist, nicht auf seinen Status zu verzichten. Obwohl er sich nicht auf den Beinen halten kann, schlägt er wutentbrannt um sich, während Neckhart und Carmine ihm das Seil, das sie mitgebracht haben, unter den Achseln und zwischen den Beinen durchschlingen; er will seine Rettung selber dirigieren. Die anderen beiden kämpfen mit ihm, um ihn zu unterwerfen, und gegeneinander, um die Kontrolle an sich zu reißen. Um den armen Matthias, ein wenige Meter neben dem Banker liegengelassenes, untergeordnetes Betamännchen, kümmert sich niemand, mit der Ausrede, dass er sowieso tot und jede Minute kostbar ist.

Paolo Zacomel schleift Matthias an eine ebenere Stelle, schließt ihm die Augen, legt die Arme gerade neben den Körper. Er kann nicht behaupten, dass er ihn wirklich gekannt hat, nach dem Bootsunfall und der Rettung der Passagiere haben sie nur ein paar Worte gewechselt. Aber sie waren doch miteinander in Kontakt, er hat ihm seine Kleider geliehen, was trotz aller Unterschiede eine gewisse Gemeinsamkeit hergestellt hat. Ihn so endgültig leblos und von den anderen unbeachtet hier liegen zu sehen schmerzt und empört Paolo Zacomel zutiefst. Hat Reitt ihn wenigstens angeschaut, während er hier festsaß und auf Hilfe wartete? Hat er sich wenigstens irgendwie verantwortlich gefühlt? Hat er ihn wenigstens ein bisschen bedauert? Paolo Zacomel würde die Leiche gern mit irgendetwas zudecken, doch hier zwischen den überhängenden Felsen gibt es nur Steinbrocken, Splitter und Staub, daher lässt er ihn, wie er ist.

Dann hilft er Neckhart und Carmine, so gut er kann, bei der Bergung des Bankers, auch wenn es ihn nervt, dass sie sich ständig anknurren und so viele negative Gefühle in eine Unternehmung stecken, die von außen gesehen zweifellos Bewunderung verdiente. Genau deshalb hat er seit Jahren beschlossen, sich möglichst fernzuhalten von der organisierten Gesellschaft und ihren ständigen zwischenmenschlichen Reibereien. Das entspricht zwar seinem Wesen, ja, aber auch seinen Überlegungen: Er ist einfach kein Herdentier. Es interessiert ihn nicht, jemanden zu erobern oder zu unterwerfen, und er will auch von niemandem erobert oder unterworfen werden. Er strebt nach keiner Autorität außer der seiner handwerklichen Fähigkeiten und erkennt keine Autorität an, die nicht den gleichen Ursprung hat. Er will weder oben noch unten sein, und auch nicht in der Mitte; er will für sich sein, oder noch besser mit Lara, denn sie hat wie er nicht den Charakter eines Hundes, der um seine Stellung in der Rangordnung kämpft, sondern eher den einer freien unabhängigen Katze.

Sieht man diese drei Männer an, brodelt gleich unter ihren sehr verschiedenen kulturellen Masken eine gnadenlose, uralte Konkurrenz. Jede Bewegung ist ein Versuch, das Revier des anderen zu beschneiden und die eigene Überlegenheit zu beweisen. Sogar die Entscheidung, was man mit dem Seil macht, an dem Reitt nun endlich gesichert ist, wird zum Streitpunkt. Carmine nimmt das Ende und wirft es nach oben. »*Hey, wait!*« Sofort versucht Neckhart ihn aufzuhalten. Das Seilende fällt wieder herunter. Neckhart brüllt, dass ihm die Adern am Hals anschwellen: »*I said wait, dammit!*«

»*Wäita tu, beccutu! Deame hacere!*« Carmine giftet in unverständlichstem Taresisch zurück. Anstatt seine Strategie zu ändern, wirft er das Seilende wutentbrannt noch zweimal, aber gerade weil er unbedingt beweisen will, wie gut seine Idee ist, fällt es immer wieder auf dieser Seite herunter.

Nach dem dritten Versuch reißt Neckhart es ihm aus der Hand, knotet es sich rasch um die Taille, bevor Carmine noch einmal dazwischenfunken kann, und nimmt das überhängende Gefälle in Angriff.

Sieht man, wie er sich mit der Sicherheit und Gewandtheit eines Solokletterers hinaufhangelt, muss man zugeben, dass er seine Sache versteht, was Carmine noch mehr aufbringt, weil er sich übergangen fühlt. Als das Seil an einem Vorsprung hängenbleibt, schaut er tatenlos zu und hofft vermutlich, dass Neckhart rückwärts abstürzt. Paolo Zacomel muss hineilen, um das Seil loszumachen, was ihm einen bösen Blick von Carmine einträgt, und auch von Neckhart, da dieser nicht versteht, ob Zacomel ihm helfen, seine Strategie vereiteln oder die Verdienste teilweise sich selbst zuschreiben will. Es ist die Hölle.

Als Paolo Zacomel und Carmine Reitt dann mühsam aufrichten und stützen, zeigt sich dieser kein bisschen kooperativ, auch wenn es in seinem Interesse wäre. Obwohl er den rechten Fuß nicht aufsetzen kann, bellt er ununterbrochen: »*Don't push me!*

Wait! Stop it! Verdammt! Idioten!« Paolo Zacomel und Carmine sehen sich ein paarmal an, wahrscheinlich unterdrücken beide den gleichen Impuls, ihm zu sagen, dass sie ihn gleich hier liegen lassen.

Neckhart hat unterdessen den Felskamm erreicht, klettert darüber, winkt ihnen nachzukommen.

Paolo Zacomel lässt Carmine den Vortritt, aber Carmine schüttelt den Kopf, als Zweiter will er nicht hochsteigen, dann lieber als Letzter. Paolo klettert voraus: Zwar hat er nicht die raffinierte Technik von Neckhart, doch nach monatelangem Leben auf den Felsen von Tari kommt er ziemlich gut zurecht. Er erreicht den Kamm, klettert hinüber und kämpft dabei mit dem dröhnenden Wind, der ihn beinahe hinunterfegt. Neben Neckhart an ein Stück Seil geklammert, die Füße auf den schrägen Felsen gestemmt, schaut er hinunter zu Carmine, der ihnen mit herrischen Gesten bedeutet, dass sie anfangen sollen, Reitt hochzuziehen.

Vielleicht ist Neckhart sauer, weil er meint, das Kommando über die Operation solle ihm entrissen werden, oder Carmine schiebt von unten nicht, so gut er könnte, um Neckhart in Schwierigkeiten zu bringen; vielleicht ist es auch einfach nicht so leicht, einen Neunzig-Kilo-Mann, der noch dazu Widerstand leistet, mit bloßen Händen hinaufzuziehen. Jedenfalls können sie, so sehr sie sich auch anstrengen, Reitt kaum mehr als ein paar Meter über den Boden hieven. Der Banker baumelt im Leeren und brüllt etwas, was man hier oben nicht versteht, aber freundlich ist es bestimmt nicht.

Neckhart will Carmine kein Zeichen geben heraufzukommen, um mitzuziehen, weil er es vielleicht für ein Eingeständnis von Schwäche hält; und Carmine bietet es nicht von sich aus an, weil er keinesfalls nachgeben will, sondern schiebt Reitt weiterhin am angeseilten Hintern an. Neckhart und Zacomel ziehen mit aller Kraft, gewinnen aber höchstens einige Zentimeter, danach müssen sie sich erneut besser abstützen, damit sie nicht über den Kamm gezogen werden oder den Halt verlieren. Reitt brüllt wie am Spieß, auch wenn man im Wind kein Wort verstehen kann. Außerdem ist der Felsen, auf dem das Seil aufliegt, gesplittert, bei längerer Reibung besteht die Gefahr, dass es schließlich reißt.

Alle vier sind in dieser Situation gefangen, und SKRRRA-TAPRATANNNG! wackeln die Felswände hin und her, oder besser gesagt, die ganze Insel wackelt. Paolo Zacomel fühlt sich wie auf einer Welle im Ozean, die ihn vorwärts- und wieder zurückzieht und dann innehält und ihn mit klopfendem Herzen liegen lässt, während er sich fragt, wie lange es wohl noch dauert, bis er fortgerissen wird. Der von unten aufwirbelnde Staub verbirgt Reitt, der fürchterlich am Seil hin und her baumelt und an den Felsen stößt, Carmine, der versucht, ihn festzuhalten, und den armen Matthias, der tot ein wenig weiter drüben liegt. Paolo Zacomel denkt an Lara im Salon bei den anderen, fragt sich, welche Folgen der Stoß dort gehabt hat. Er muss sich beherrschen, um nicht das Seil samt Reitt und den anderen beiden ihrem Schicksal zu überlassen, die Schräge hinunterzurutschen, dann die erste Wand hinter sich zu bringen und wie verrückt loszurennen, um nachzusehen, wie es Lara geht, sie in die Arme zu nehmen, zu beruhigen. Doch er befindet sich hier mitten in einer Rettungsaktion, er kann nur unter Aufbietung aller Kräfte helfen, sie zu Ende zu bringen.

Neckhart wirft ihm einen raschen Seitenblick zu, das Gesicht verkrampft vor Anstrengung, den Deutschen zu halten. Er bewegt die Lippen im dröhnenden Wind, der alles übertönt, fragt wahrscheinlich: *»Okay?«*

Paolo Zacomel nickt, obwohl er denkt, dass nichts okay ist, dass dies keine einfachen Erdbebenstöße sind, dass Tari ein Vulkan ist, auch wenn sich unglaublicherweise niemand daran zu erinnern scheint, dass noch mehr weißer Rauch über dem Gipfel der sogenannten Muntagna Matri zu sehen ist als heute Morgen, wenn man ihn nur sehen will.

Sobald sich der Staub lichtet, schauen sie hinunter und sehen, dass Carmine mit demonstrativer Hast heraufklettert. Gleich darauf erreicht er den Kamm, Neckhart hält ihm nicht die Hand hin, die er sowieso ausschlagen würde. Gegen den Wind ankämpfend bugsiert er seine Beine auf die andere Seite und schaut ebenfalls hinunter: Reitt hängt auf halber Höhe, brüllt unverständliche Worte, wedelt mit den Armen, zappelt mit dem gesunden Fuß.

Wieder befinden sie sich in einer Pattsituation, denn weder Carmine noch Neckhart will die Felswand nun hinunterklettern, um von unten am Seil zu ziehen. Neckhart hält seine Stellung ganz oben auf dem Kamm, Carmine steht finster entschlossen daneben. Zuletzt übergibt Paolo ihm seinen Seilabschnitt, nimmt das Ende und steigt das Gefälle hinunter. Endlich ziehen alle drei mit vereinten Kräften; Zentimeter für Zentimeter steigt die menschliche Last auf der anderen Seite nach oben, auch wenn Paolo Zacomel es nicht sehen kann, er sieht nur, dass das Seil länger wird.

Plötzlich taucht Reitt auf dem Kamm auf, noch staubiger als zuvor, wie versteinert, einfach zum Fürchten. Zacomel wird klar, dass der Banker zur einen oder anderen Seite abstürzen und unten zerschellen könnte wie der arme Matthias, weil Neckhart und Carmine wahrscheinlich nicht in der Lage sind, ihn zu halten. So schnell er kann, klettert er hinauf, stemmt die Füße gegen den Stein und klammert sich mit den Händen fest, um den Deutschen zu stützen, falls er fallen sollte, während Neckhart und Carmine versuchen, ihn langsam hinunterzulassen.

Es dauert mehrere Minuten, bis Reitt ohne weiteren Schaden unten zwischen den ersten beiden Felswänden ankommt, doch als sie es endlich geschafft haben, ist Reitt keineswegs dankbar. »*Verdammt, das hat ja eine Ewigkeit gedauert!*«, poltert er barsch, als sie ihn hier im Windschutz endlich hören können.

Sie ignorieren ihn alle drei: Neckhart und Carmine, weil sie zu sehr mit ihrer Rivalität beschäftigt sind, Paolo Zacomel, weil er weiter an Lara im Salon der Villa Metaphora denkt. Gemeinsam ist ihnen nur das Bestreben, Reitt so schnell wie möglich über die erste Wand zu hieven, um endlich von diesen Felsen wegzukommen.

83

Tiziana Cobanni mustert die anderen Gäste, die auf den Sofas und in den Sesseln des Salons Platz genommen haben. Sie versuchen so zu tun, als sei alles normal, auch wenn das immer schwieriger wird. Da die Fenster wegen des Windes zu sind und die Klimaanlage nicht funktioniert, ist die Luft stickig, klebrig, aufgeladen mit einer Spannung, die sich bei jeder Geste, jedem Blick verschärft. Frau Reitt schaut immer wieder zur Fenstertür, aber auf der Terrasse ist niemand zu sehen; Madame Poulanc berührt sie am Arm, spricht mit leiser Stimme auf sie ein, macht sich rasch Notizen in ein Heftchen. Lynn Lou Shaw lümmelt mit einem Glas Passito in der Hand auf einem Sofa, trällert vor sich hin, ahmt mit dem Mund ein Schlagzeug nach, beugt sich vor, um die Skizzen auf Laras Zeichenblock zu betrachten. Auch Lara wirft ab und zu einen Blick auf die Fenstertür, steht ein paarmal auf, um hinauszusehen, kommt leichtfüßig zurück, mit besorgtem Gesicht. Piero Gomi blättert fahrig und unaufmerksam mit seinen plumpen Händen in einem Band über die griechische Insel Santorin. Er blickt sich um, zieht sein Handy mit der nun leeren Batterie aus der Tasche, betrachtet es untröstlich, brummt etwas, lässt die Augen schweifen auf der Suche nach irgendeinem Halt, findet aber keinen. Die Russin, die er angeblich heute Morgen angefallen hat, steht auf der anderen Seite des Salons am Regal und studiert die Buchrücken. Perusato ist vermutlich mit Lucia im Büro, auch wenn er eigentlich lieber hier sein sollte wie der Kapitän eines Schiffes in Seenot, der sich unter die Passagiere mischt, um sie zu beruhigen.

Doch vielleicht bleibt er extra im Büro, damit sie den Eindruck haben, dass er auf seinem Posten auf der Kommandobrücke ist, obwohl es ja wenig zu kommandieren gibt, wenn alle Verbindungen gekappt sind.

Tiziana Cobanni versucht in dem Buch weiterzulesen, das ihre Tochter ihr gegeben hat, doch mittlerweile findet sie es beinahe beleidigend inhaltslos. Sie geniert sich, dass sie anfangs noch ein schwaches Interesse empfunden hat, und ist peinlich berührt, dass ihre Tochter es ihr überhaupt geschenkt hat. Sieht sie in ihr tatsächlich die alte Mutter, die so verblödet ist, dass sie ihre freie Zeit damit verbringt, das Geschwätz eines eingebildeten kleinen Intellektuellen zu lesen, der in seine Worte verliebt ist und noch mehr in die Abstände zwischen den Zeilen? Sie legt das Buch weg, blickt sich erneut um; sie fragt sich, ob sie im Regal nach etwas Besserem suchen oder sich von diesem kollektiven Versuch, die Situation zu überspielen, absetzen und darüber sprechen sollte, damit auch die anderen dazu gezwungen sind. Doch würde es etwas nützen, da es doch keinerlei Ausweg gibt und keinerlei Hilfe von außen zu erhoffen ist? Sollte man nicht lieber ruhig abwarten, bis die Erdbebenstöße aufhören, Wind und Meer sich beruhigen und jemand sie abholen kommt?

Der Einzige, der ganz unbesorgt wirkt, ist Giulio. Völlig versunken hält er noch immer den Band mit den Schriften des Barons Canistraterra in Händen, trinkt ab und zu einen Schluck Passito und vertieft sich wieder in die Lektüre. Nach einer Weile merkt er, dass sie ihn beobachtet, und hebt den Blick. »Interessiert dich dein Buch nicht mehr?«

»Nein, es ist dummes Zeug.« Eigentlich müsste sie sich darüber wundern, dass ihr Mann die allgemeine Angst nicht im Geringsten teilt; aber seine Verhaltensweisen erstaunen sie schon lange nicht mehr, oder besser gesagt, ihr Erstaunen ist meist so groß, dass es schwer zu fassen ist.

»Das hier dagegen ist eine Goldgrube.« Giulio klopft mit der

Hand auf die aufgeschlagenen Seiten. »Der Baron war grenzenlos neugierig, nie wurde er es müde, sich umzusehen, zu forschen, zuzuhören, Geschichten aufzuschreiben.«

»Zum Beispiel?« Tiziana fragt sich, ob er lieber weiterlesen würde oder ob es ihn wirklich freut, sich mit ihr darüber zu unterhalten.

»Hör zu, die hier ist wunderbar.« Ja, es freut ihn: Sein leuchtender Blick, seine Stimme haben etwas Ansteckendes. »Im Jahr 1831 begab es sich, dass dreißig Kilometer vor der Küste Siziliens, nicht allzu weit vom windigen Tari entfernt, eine erstaunliche Insel aus dem Meer auftauchte.«

»Auftauchte?«

»Ja.« Giulio schenkt sich noch etwas Passito ein. »Allerdings scheint das im Lauf der bekannten Geschichte schon mindestens viermal vorgekommen zu sein.«

»Wie soll das gehen?« Tiziana Cobanni überlegt, ob es sich dabei wohl um eine der vielen einheimischen Legenden handelt, die der Baron voll Leidenschaft sammelte.

»Ein römischer Historiker hatte schon zur Zeit des ersten Punischen Krieges über eine Insel in derselben Gegend berichtet. Dann wurde sie nie mehr erwähnt, bis sie im fünfzehnten Jahrhundert erneut gesichtet wurde. Anschließend folgte wieder Schweigen bis zum siebzehnten Jahrhundert, als ein weiteres Schiff die Insel sichtete. Sie tauchte auf und verschwand wieder, immer im Abstand von ein bis zwei Jahrhunderten.«

»Haben sich die Matrosen auf dem Meer nicht schon immer Dinge ausgedacht, die gar nicht da waren?« Tiziana Cobanni spürt, dass sich eine neue Beunruhigung in ihre vielen, schon vorhandenen Ängste einschleicht. »Sind Geschichte und Literatur nicht voller Erzählungen über Sirenen, Zyklopen und Seeungeheuer, angefangen bei Homer?«

»Ja, doch dieser Fall liegt ganz anders.« Giulio trinkt noch einen Schluck Passito.

»Warum?«

»Weil er nur einhunderteinundachtzig Jahre zurückliegt, von Tausenden von Menschen bezeugt wurde und beinahe zu einem Krieg zwischen vier Nationen geführt hätte.«

Tiziana Cobanni legt den Kopf schief. Von den anderen Sesseln und Sofas wandern halb neugierige, halb beunruhigte Blicke in ihre Richtung. Sie fragt sich, ob sie Giulio bitten sollte, leiser zu sprechen, tut es aber nicht.

»Hör zu.« Giulio liest Baron Canistraterras Worte mit ganz leicht sizilianisch gefärbtem Akzent laut vor. »›Die erstaunliche Erscheinung fand im Juli des Jahres 1831 statt. Ein erstes Zeichen dafür, dass sich etwas Außerordentliches anbahnte, war eine Reihe sehr heftiger Erdbebenstöße, die die Bewohner von Sciacca in Angst und Schrecken versetzten und bis nach Palermo zu spüren waren, vom achtundzwanzigsten Juni bis zum zehnten Juli. Am vierten Juli erreichte dann ein so starker Schwefelgeruch den Ort, dass sich zum verständlichen Entsetzen der Damen das Silber in den Häusern schwarz färbte.‹«

»Schwefel macht Silber schwarz?«

»Ja, es oxydiert, wenn es mit Schwefel in Berührung kommt.« Giulio greift automatisch auf seine Chemiekenntnisse zurück. »Aber hör zu. ›Am dreizehnten Juli sah man von der Piazza San Domenico aus eine schwärzliche Säule aus dem Meer aufsteigen, was die Bewohner von Sciacca für Rauch aus dem Schlot eines Dampfers hielten. Als sich Lapilli in den Rauch mischten, die beinahe fünfhundert Meter himmelwärts geschleudert wurden, meinten sie, der Dampfer stehe in Flammen. Das Meer begann zu rumoren, und am nächsten Tag berichtete Kapitän Trafiletti, der mit seiner Brigg *Gustavo* von Malta kam, vom schäumenden Aufwallen des Wassers inmitten der tosenden Wellen bei 37°10' nördlicher Breite und 12°43' östlicher Länge, was seiner Meinung nach von einem riesigen Wal oder einem noch furchterregenderen Meeresungeheuer herrührte.‹«

Alle Gäste im Raum sind verstummt und hängen gebannt an Giulios Lippen.

Er fährt mit der gleichen Begeisterung fort wie früher, als Roberta und Marco noch Kinder waren und er beim Essen plötzlich vom Tisch aufstand, um die Enzyklopädie aufzuschlagen und ein Stichwort vorzulesen oder im Lexikon eine Definition zu suchen. (Einer der Gründe für Giulios Enttäuschung über die Kinder ist, dass sie als Erwachsene, außer in ihren spezifischen Arbeitsgebieten, wenig Neugier zeigen. Das Thema führt häufig zu Diskussionen zwischen ihnen, die bei ihr unendliche Bitterkeit, Schuldgefühle und Verwirrung auslösen.) »›Am folgenden Tag berichtete der Kommandant eines weiteren Schiffes von einer Vielzahl toter und sterbender Fische, die mit dem Bauch nach oben um eine gewaltige, etwa zwanzig Meter aus dem Meer quellende Rauchsäule herumschwammen.‹«

»*C'était un volcan sous-marin, évidemment.*« Madame Poulanc kann sich nicht zurückhalten.

Giulio bedeutet ihr zu warten, ohne den Blick vom Buch abzuwenden. »›Bis dann am siebzehnten Juli in der klaren Luft und der herrlich strahlenden Sonne des Morgens aus den grummelnden Gewässern ein Inselchen auftauchte.‹«

Tiziana Cobanni bemerkt den Blick des Abgeordneten Gomi, der auf seinem Sofa den Hals reckt. Mittlerweile lauschen alle ganz unverhohlen, außer Lynn Lou Shaw, die wahrscheinlich nichts versteht und auf jeden Fall zu viel getrunken hat.

Giulio liest ein wenig lauter, damit sie ihn besser hören können. »›Im Verlauf weniger Wochen wuchs die Insel unter fortlaufenden Beben und Eruptionen in die Länge und in die Breite, bis sie einen Umfang von drei Meilen erreichte, mit zwei Erhebungen, einer im Osten und einer im Westen, wobei die größere am höchsten Punkt dreiundsechzig Meter maß.‹«

»Drei Meilen wären?« Sogar Gomi mischt sich wider Willen ein, mit einem besorgten Flackern in den kleinen flinken Augen.

»Etwa vier Komma acht Kilometer.« Wieder antwortet Giulio, fast ohne zu überlegen.

»*Et après?*« Madame Poulancs Miene ist wie immer misstrauisch, doch nun will sie unbedingt alles wissen.

Auch Frau Reitt ist fasziniert, trotz der Sorge um ihren Mann und der Trauer um den armen toten Assistenten.

»Jetzt kommt der interessanteste Abschnitt.« Giulio trinkt genüsslich einen Schluck Passito.

»Lies weiter.« Tiziana Cobanni treibt ihn an.

»O ja, bitte.« Auch die Russin will den Rest der Geschichte hören.

Giulio beginnt wieder zu lesen. »›Kurz darauf entbrannte ein Streit zwischen vier Nationen, was die Oberherrschaft über das neu aufgetauchte Gebiet anging. Da die Insel so günstig an der Route nach Malta lag und ein idealer Stützpunkt für die Kontrolle über das südliche Mittelmeer zu sein schien, sandten die Engländer sogleich Kapitän Sanhouse auf dem Kutter Hind aus, der bei seiner Ankunft keck den Union Jack auf eine Anhöhe pflanzte und die Insel Graham Island taufte, zu Ehren von Sir James Graham, dem Ersten Lord der Admiralität.‹«

»Aber lag die Insel nicht in sizilianischen Gewässern?« Tiziana Cobanni beugt sich vor und mustert die schräge Schrift des Barons Canistraterra.

»Genau.« Giulio nickt. »Da es sich aber um eine *insula in mari nata* handelte, konnte nach den im neunzehnten Jahrhundert allgemein anerkannten Grundsätzen der Erste Anspruch darauf erheben, der dort an Land ging, abgesehen von der Territorialität der Gewässer.«

SKWARRRKWASQUARRRKASHAM! Mit schrecklichem Getöse, das direkt aus dem Innersten der Erde zu kommen scheint, erschüttert ein weiterer gewaltiger Stoß den Salon. Tiziana Cobanni springt in heller Angst auf. Alle schreien, halten sich irgendwo fest, rennen durcheinander, betrachten den

Fußboden, die Fenster. Der Salon zuckt, es ist, als drehte er sich um sich selbst, dann steht er still. Zwischen den Wänden schwingt noch eine Art Nachhall, man weiß nicht, ob wirklich oder nur eingebildet, es gleicht dem allmählichen Nachlassen eines Schocks.

Obwohl mehrere Personen zur Fenstertür geeilt sind, ist wieder niemand auf die Terrasse geflüchtet. Vielleicht, weil es dort auch nicht sicherer wäre oder weil instinktiv jeder die Gesellschaft der anderen vorzieht, anstatt allein draußen herumzuirren? Wie auch immer, alle sehen sich prüfend um, ob Wände und Decke noch heil und die Gegenstände noch an ihrem Platz sind, und was die Gesichter der anderen ausdrücken.

Auch diesmal ist Giulio der Einzige, der völlig gelassen bleibt. In seinem Sessel liest er weiter in dem Buch von Baron Canistraterra auf seinen Knien, trinkt ab und zu ein Schlückchen Passito. Seine Gleichgültigkeit ist geradezu provozierend, wirkt aber auf die anderen seltsam beruhigend: Sobald sich die Nachwirkung des Stoßes gelegt hat und die Stille nur noch vom Klirren der Scheiben gestört wird, wenden sich alle wieder ihm zu.

»*Continuez, s'il vous plaît.*« Frau Reitt kommt näher, gefolgt von Madame Poulanc. Auch Lara ist zwei Schritte entfernt, auch die Russin.

»Ja, Ingegnere, lesen Sie doch weiter.« Gomi beugt sich weit vor, in seinen kleinen Augen funkelt die Angst.

»Gern.« Giulio findet die Stelle, an der er aufgehört hat, und fährt fort. »»Verständlicherweise erboste dies Ferdinand II., König beider Sizilien, über die Maßen, und er schickte die Korvette *Etna* zu der Insel. Um keinen Zweifel an seinen Rechten aufkommen zu lassen, gab er der Insel den Namen Ferdinandea.‹«

»Lächerlich.« Die Poulanc rümpft die Nase.

Giulio lächelt und liest weiter. »»Doch die Franzosen, die gewiss nicht zurückstehen mochten, entsandten eiligst die Korvette *La Flèche* unter dem Kommando des Kapitäns Jean La Pierre, mit dem Mitgründer der Französischen Geologischen Gesellschaft Constant Prévost und dem tüchtigen Maler Edmond Joinville an Bord. Da die Insel im Monat Juli aus dem Meer aufgetaucht war, nannte Prévost sie mit nüchterner Logik Julia. Daraufhin bekamen auch die Spanier Appetit auf die strategisch so ideal gelegene Insel in fremder Hand, weshalb sie mit Landung und Invasion drohten. So entbrannte in kurzer Zeit ein wütender diplomatischer Disput, der beinahe das internationale Gleichgewicht gefährdete. Halb Europa raufte sich um die Insel und gab ihr in rascher Folge verschiedenste Namen: Sciacca, Nerita, Graham, Julia, Ferdinandea, Corrao, Hotham.‹«

»Sieben Namen!« Lara zählt sie an den Fingern ab: eins zwei drei vier fünf sechs sieben.

Tiziana Cobanni denkt, dass gerade solche simplen, kindlichen Gesten einem in Augenblicken wie diesem ein wenig Gleichmut schenken können.

»Genau. Baron Canistraterra war die Zahl natürlich nicht entgangen.« Giulio nimmt noch einen kleinen Schluck Passito.

»Weiter, weiter.« Die Russin ermuntert ihn, presst ihr Ohrläppchen zwischen Zeigefinger und Daumen.

»›Fünf Monate lang beherrschte der Konflikt zwischen den vier Nationen die Zeitungen und Gazetten.‹« Giulio liest entschlossen, wenn auch ein wenig schwer atmend weiter. »›Er raubte Botschaftern und Admirälen den Schlaf und entflammte die öffentliche Meinung. Es folgten Proklamationen, Warnungen und Drohungen, während allerorts mit wehenden Fahnen und Trommelwirbeln zu Demonstrationen auf der Straße aufgerufen wurde. Unterdessen kamen von allen Seiten Touristen, um die Wunderinsel zu bestaunen und ihre zwei kleinen brodelnden Seen zu besichtigen, einer rötlich und eisenhaltig, der andere gelb und schwefelig. Während Edelleute aus dem Hause Bourbon schon einen eleganten Urlaubsort planten, reisten mit ganz unterschiedlichen Booten Scharen von Geologen und Wissenschaftlern an, um diesen interessanten Fall zu studieren. Brillante Köpfe wie Hoffmann, Schultz, Wilkinson Smyth, Scinà oder Gemmellaro wollten es sich nicht nehmen lassen, das Phänomen zu besichtigen. Auch hervorragende Künstler und Intellektuelle wie Anatolij Myschkin, Constant de Saint Cyprien und der große Sir Walter Scott kamen. Doch selbst etliche derjenigen, die keine Gelegenheit fanden, die Insel mit eigenen Augen zu sehen, ließen sich für ihre Werke davon inspirieren, unter anderem James Fenimore Cooper, Alexandre Dumas und Jules Verne.‹«

»*Même Dumas?* Das wusste ich nicht…« Madame Poulanc schüttelt den Kopf, als könnte sie ihre Bildungslücke nicht fassen.

»Anatolij Myschkin auf Insel gewäsn?« Auch die Russin scheint beeindruckt zu sein.

»Ja. Kennen Sie ihn, Signorina?« Die Reaktion der jungen Frau lässt Giulio aufhorchen.

Die Russin nickt. »An Universität Doktorarbeit über ihn geschrieben.«

»Tatsächlich?« Giulio legt das Buch auf die Knie und mustert die Russin neugierig.

»Über Verhältnis zwischen Idealismus von Myschkin und Schelling, ausgehend von Plotin und neuplatonische Mystiker. Besonders über Verhältnis zwischen Естественный принцип Человеческой свободы, das heißt, *Le principe naturel de la liberté humaine* von Myschkin und *Philosophie der Mythologie* von Schelling.«

Madame Poulanc sieht sie sprachlos an, doch auch Frau Reitt ist ziemlich erstaunt, denn beide hatten die Russin für ein armes kopfloses Ding im Dienste eines Gangsters gehalten. Gomi wirkt geradezu erschrocken, er sieht sie an, als wäre sie noch gefährlicher, als er dachte.

Giulio dagegen ist entzückt. »Nein, so was! Von Myschkin

habe ich leider nur die *Considérations sur la philosophie de la nature* gelesen, sehr interessant.«

»Repräsentiert gut erste Phase von Myschkin.« Die Russin bestätigt die Bedeutung des Werks.

»Ich fand es unglaublich faszinierend, wie er einerseits Schelling folgte, andererseits aber auch auf Distanz zu ihm ging, nicht wahr?« Giulios Augen leuchten, er spricht mit der Begeisterung, die solche geistigen Entdeckungsreisen bei ihm auslösen.

»Stimmt.« Die Russin nickt, sichtlich glücklich, dass sie einen kundigen Gesprächspartner gefunden hat.

»Dieser kuriose Abstand von etwa zwanzig Jahren, als gäbe es zwischen den beiden Kulturen eine Zeitblende.«

»Achtzehn Jahre.« Die Russin verbessert ihn liebenswürdig.

»Ja, sicher.« Giulio beugt sich mühsam vor, reicht ihr die Hand. »Verzeihen Sie, wir sind uns ja, gelinde gesagt, recht oberflächlich vorgestellt worden. Giulio Cobanni.«

»Irina Lwowna.« Die Russin wirkt beeindruckt von der Höflichkeit und Aufmerksamkeit, denn bisher war ihr von den anderen Gästen nur Misstrauen entgegengebracht worden.

Giulio küsst ihr formvollendet die Hand.

Irina lächelt. »Dan musst lesen Октровение миру. Auf Französisch *La révélation du monde*. Zeigt Einfluss von *Die Weltalter* von Schelling.«

»Das würde mich bestimmt interessieren.« Giulio nickt ein wenig melancholisch. »Doch ich weiß nicht, ob mir noch genug Zeit bleibt.«

»Einstweilen hast du uns die Geschichte der aus dem Nichts aufgetauchten Insel noch nicht bis zum Ende vorgelesen.« Tiziana Cobanni greift ein, bevor ihr Mann sich weiteren Betrachtungen über die fehlende Zeit hingeben kann.

»Ja, bitte, lesen Sie.« Frau Reitt ist ganz begierig.

»Los.« Auch Irina will wissen, wie es ausgeht.

Giulio lächelt. »»Während die Menschen noch eifrig kämpften

und planten, begann das Meer die Insel, die aus recht losem Material bestand, Welle für Welle abzutragen. Am siebten November berichtete der britische Kapitän Walker, Kommandant des Schiffes Ihrer Majestät *Alban*, dass die Insel auf eine Viertelmeile geschrumpft war und ihre Höhe zwanzig Meter nicht überschritt. Am achten Dezember, als Kapitän Allotta mit der Brigg *Achille* dort vorbeikam, war nur noch eine Vulkansteinbank übrig. Und am siebzehnten Dezember fand Kapitän Lecompte mit seiner Korvette *Fortitude* nur noch einen heißen Strudel und starken Teergestank vor. Fünf Monate nach ihrem erstaunlichen Erscheinen war die Insel wieder verschwunden und hatte alle Begierden, die sie erregt, und alle Namen, die man ihr gegeben hatte, mit auf den Meeresgrund genommen.«"

Im Salon herrscht allgemeines Schweigen, in das sich nur das Klirren der Scheiben mischt. Tiziana Cobanni könnte schwören, dass die anderen ähnliche Gedanken wie sie haben, doch niemand spricht sie aus. Die Reitt und die Poulanc wechseln einen Blick und setzen sich wieder auf ihr Sofa. Piero Gomi kontrolliert noch einmal sein nicht funktionierendes Handy. Die Russin seufzt tief auf, sieht Giulio an, als wollte sie etwas fragen, sagt aber nichts. Lara geht zu Lynn Lou Shaw, vielleicht fasst sie ihr den Inhalt der Geschichte zusammen.

Giulio trinkt noch einen Schluck Passito, wendet in dem Buch des Barons Canistratterra, das einige recht schöne, vage an Leonardo gemahnende Zeichnungen enthält, die Seite um.

Plötzlich öffnet sich die Fenstertür: Brian Neckhart stapft in den Raum, gefolgt von Carmine und Paolo, die halb stützend, halb ziehend einen hinkenden, staubbedeckten Werner Reitt mit Kratzern im Gesicht und Schürfwunden an Armen und Händen hereinschleppen.

Frau Reitt springt auf, zögert, sieht sich um, geht auf ihn zu. Es gelingt Brian Neckhart nicht, die Fenstertür sofort wieder zu schließen, weil er eindeutig erschöpft ist und wie die zwei jungen Männer, die sich um den Deutschen kümmern, von Husten geschüttelt wird. Der Wind knallt die Türflügel hin und her, man hört ein splitterndes Geräusch. Lara läuft hin, um Neckhart zu helfen, zu zweit schaffen sie es endlich zuzumachen, doch an dem einen Flügel sind zwei Scheiben zerbrochen. Der Wind fährt hindurch, wirbelt durch den bis eben noch stickigen Salon und erfüllt den Raum mit beißendem Schwefelgeruch.

»*Wo ist Matthias?*« Frau Reitt blickt ihren Mann an, der keine Antwort gibt, dann Neckhart. »*Where is he?*«

»*We had to leave him.*« Brian Neckhart klingt erschöpft von der Anstrengung, die es gekostet hat, Reitt zu bergen.

Frau Reitts Pupillen sind geweitet, sie ist extrem blass.

Neckhart schaut woanders hin.

Sie dreht sich zu Carmine und Paolo um.

Die beiden weichen ihrem Blick aus, führen Werner Reitt zu einem Sofa. Sie folgt ihnen, mischt sich aber nicht ein, es sieht aus, als wüsste sie nicht mehr, wie sie sich ihrem Mann gegenüber verhalten soll. Den Deutschen zum Hinsetzen zu bewegen ist gar nicht so einfach, denn sein rechter Knöchel ist dramatisch geschwollen, den Fuß aufzusetzen, egal wie, schmerzt ihn fürchterlich. Sobald sie es geschafft haben und versuchen, sein linkes Bein hochzuheben, stößt er einen Schrei aus, weist die helfenden Hände wütend zurück. Carmine, Paolo und Neckhart betten ihn dennoch aufs Sofa, mit zwei Kissen unter dem Kopf und einem unter der rechten Wade, damit der Fuß höher liegt.

Sobald sie fertig sind, geht Paolo zu Lara und umarmt sie. Dann tuscheln die beiden miteinander, und sie fällt ihm noch einmal um den Hals, drückt ihn ganz fest, betrachtet seine aufgeschürften Hände, die Arme, gibt ihm einen Kuss.

Tiziana Cobanni denkt, dass es doch seltsam ist, wie in einer dramatischen Situation manche Dinge auf einmal unwichtig und andere bedeutungsvoll werden. Die Prioritäten ändern sich, aber auf unvorhergesehene Weise.

Carmine geht zu Lynn Lou Shaw, verneigt sich vor ihr mit ritterlicher Ehrerbietung, was in anderen Momenten absurd wirkte, jetzt aber seine Berechtigung hat. »*Everything okay, Miss Lynn Lou?*«

»*Yeah, how about you?*« Lynn Lou Shaw zeigt sich um ihn besorgt, was für eine so egozentrische junge Frau wirklich ungewöhnlich ist. Sie erhebt sich sogar aus dem Sessel, stellt das Glas ab, schüttelt dem Bootsmann mit der Hand ein wenig Staub aus den Haaren.

Carmine weicht zurück, als fühlte er sich solcher Ehre nicht würdig, schaut sie anhimmelnd an.

Aus der anderen Ecke des Salons beobachtet Brian Neckhart die Szene, doch hat er im Augenblick vermutlich anderes im Kopf, so erschöpft, voller Kratzer und Schürfungen, wie er ist. Er sieht sich um. »Kann man etwas Wasser bekommen?«

»Für ihn auch, bitte!« Frau Reitt zeigt auf ihren Mann auf dem Sofa, der mit schmerzverzerrtem Gesicht vor sich hinmurrt.

Lara holt rasch von einem Tisch zwei Flaschen Mineralwasser, bringt eine der Reitt und gibt Neckhart die andere.

Großzügig reicht Neckhart sie an Paolo weiter, der sie, ohne zu trinken, an Carmine weiterreicht, welcher sie Neckhart sofort zurückgibt. Nach dieser kleinen Pantomime edelmütiger, uneigennütziger Gesten unter Männern setzt Neckhart die Flasche an und trinkt mit großen Schlucken, reicht sie danach den anderen beiden, die es ebenso machen.

»Ich gehe in die Küche und hole noch mehr.« Lara eilt zur Fenstertür. Paolo folgt ihr. Da nun zwei Scheiben kaputt sind, ist das Öffnen und Schließen viel leichter, nützt aber viel weniger.

Frau Reitt gibt ihrem Mann ein Glas Wasser zu trinken, befeuchtet ein Papiertaschentuch und will ihm das Gesicht säubern. Dass ihre Gesten eher gezwungen sind, erstaunt Tiziana

Cobanni kaum angesichts des Abstands zwischen den beiden, der von Tag zu Tag größer wurde. Kümmert sie sich nur aus Pflichtgefühl um ihn, oder um vor den anderen die Form zu wahren, oder stellt sich in solchen Gefahrenmomenten eine instinktive Solidarität ein?

Werner Reitt freut es jedenfalls gar nicht, umsorgt zu werden, er versucht sich auf jede Weise zu entziehen. *»Hör auf! Lass mich in Ruhe!«*

»Lassen Sie ihn doch!« Die Poulanc ärgert sich über die laschen Versuche ehelicher Fürsorge ihrer Freundin.

Frau Reitt fährt ihrem Mann jedoch noch einmal mit dem Taschentuch übers Gesicht.

»Ich sagte, lass mich in Ruhe!« Der Banker brüllt sie an, es sieht sogar aus, als wollte er vom Sofa aufstehen.

Endlich gibt Frau Reitt auf, wendet sich unsicher zur Poulanc um. Diese macht eine wegwerfende Handbewegung und kommt näher, um ihre Freundin zu trösten.

Frau Reitt hört aber kaum zu, dreht sich nach Paolo und Carmine um. »Könntet ihr mir bitte sagen, wie Matthias gestorben ist?!«

»Er ist von einem Felsen gestürzt.« Paolo hat Tränen in den Augen, er ist sichtlich verstört.

»Hhhhhmhhh!« Frau Reitt stößt einen unartikulierten Laut aus, krümmt sich zusammen. Die Poulanc drückt ihren Arm, flüstert ihr etwas ins Ohr.

Die anderen Menschen im Salon sind ebenso erschüttert, auch wenn sie unterschiedlich reagieren: Manche nähern sich, andere sondern sich ab, rufen etwas oder verstummen, je nach Temperament.

»Warum hast du mir das nicht gesagt?« Schluchzend wendet Frau Reitt sich an ihren Mann.

»Weil ich verletzt bin! Siehst du das nicht?« Er reagiert wütend.

»Morgen gehen wir ihn holen, Signora.« Carmine spricht feierlich, wie bei einem Begräbnis.

Alle anderen schweigen, man vernimmt nur das Zittern der noch heilen Scheiben und den Wind, der durch die kaputte Fenstertür pfeift.

Zehn Minuten später scheint schon niemand mehr an Matthias zu denken. Tiziana Cobanni fragt sich, ob es sich um einen Verdrängungsprozess handelt, der in Extremsituationen auftritt, da in der allgemeinen Verunsicherung alles an Bedeutung verliert, was uns nicht direkt betrifft. Davon hatte ihre Mutter mehrmals gesprochen, wenn sie von der Kriegszeit erzählte, als Norditalien bombardiert wurde und niemand wusste, ob er den nächsten Tag noch erleben würde.

Giulio dreht sich zu ihr um, blickt sie an, lächelt und zeigt mit den Augen auf Irina, die versunken in einer alten, im Regal aufgestöberten, ledergebundenen Ausgabe von Hölderlins *Hyperion* blättert.

Tiziana Cobanni lächelt zurück: Das ist die Macht von Giulios Blick und all dem, was sie mühelos darin liest.

84

Ramiro Juarez blickt sich in der Küche um und versucht, sich von dem Schock des schrecklichen Bebens zu erholen. Verzweifelt bemüht er sich, seine Gedanken zu ordnen, die in alle Richtungen davonrasen, gefolgt von unkontrollierbaren Gefühlen. Die Lage kann sich nun folgendermaßen entwickeln: a) die Stöße werden immer schlimmer, und alles bricht zusammen, Gebäude, Terrassen, Treppen, und gute Nacht all denen, die auf diesem furchtbaren Felsvorsprung dieser teuflischen, einsamen Insel mitten im Meer festsitzen; b) die Stöße gehen so weiter wie bisher, und man kann nichts tun, als auf diesem furchtbaren Felsvorsprung dieser teuflischen, einsamen Insel mitten im Meer auszuharren; c) die Stöße hören auf, und alles bleibt, wie es ist, das heißt, null Strom zum Kochen, null Wasser aus den Hähnen, null Boote, um vielleicht an den Hafen zu gelangen, null Chance, von hier wegzukommen; d) Schluss, aus. Phantastisch, es gibt nicht einmal eine Option d). Recht geschieht es uns! Ramiro Juarez, Juarezito, du leichtgläubiger Esel, was hätte es dich denn gekostet, erst mal genau nachzudenken, bevor du das Angebot von Perusón annimmst? Eventuell mal bei Wikipedia reinzuschauen, in einem Atlas zu blättern, herumzufragen, dir eine Vorstellung davon zu machen, was für eine Ungeheuerlichkeit so eine Klippe ist, mitten im abgrundtiefen Meer, vom Rest der Welt gnadenlos abgeschnitten. *Aaaaaaaaaaaa!*

»Ramiro, alles in Ordnung?« Lara fixiert ihn mit ihren klugen Augen, in den Händen zwei Flaschen Wasser, die sie in den Salon mitnehmen will.

»Was meinst du denn?« Ramiro kichert vor lauter Verzweiflung, seine Inselphobie macht ihn ganz kirre.

»Hey, sich aufzuregen hat keinen Sinn.« Der Schreiner Paolo drückt ihm auf seine sehr männliche, aber auch feinfühlige, aufmerksame Art den Arm. »Kapiert?«

»Aber dann ist man wenigstens beschäftigt! Wenn man schon sonst nichts tun kann, um aus diesem Alptraum herauszukommen!«

»Na, als Erstes kannst du ja mal aus der Küche rauskommen! Was willst du noch hier drin, wenn sowieso nichts mehr geht?« Lara zeigt auf die nicht funktionierenden Kühlschränke, Backröhren, Induktionsfelder, Abzugshauben und Mixer.

»Hier ist mein Platz, hier belästigt mich niemand!« Mit der Schürze trocknet sich Ramiro Juarez den Schweiß von der Stirn. Er könnte sie natürlich auch ablegen, aber sie anzuhaben ist irgendwie tröstlich, wie bei den Soldaten, die ihre Uniform anbehalten, auch wenn sie längst in die Etappe verbannt sind. *»¡Y luego estoy estudiando platos que no requieren electricidad!«*

»Gerichte, für die man keinen Strom braucht?« Lara ist halb neugierig, halb skeptisch.

»Grenzen gibt es nur in der Phantasie des Kochs!« Ganz so stimmt das aber nicht, jedenfalls nicht hier, wo es a) keinen Gemüsegarten gibt, b) keinen Hühnerstall, c) keine erreichbaren Lieferanten, d) keine Möglichkeit, etwas aus dem Meer zu holen, weil es zu aufgewühlt ist. Also ist er aufgeschmissen mit seiner Phantasie, und zwar komplett.

»Vergiss es, Ramiro.« Paolo hat manchmal diese schroffe Art, Dinge ganz unverblümt zu sagen. »Gibt es nichts, was man einfach so essen kann, wie es ist? Ich sterbe vor Hunger, und Carmine und Neckhart bestimmt auch!« Er öffnet einen Kühlschrank, die Esswaren müffeln schon leicht. Er stöbert darin, holt einen großen Weichkäse aus Schafmilch und einen schönen geräucherten Provolone mit bernsteinfarbener Rinde heraus.

»*¡Espera!* Die brauche ich!« Ramiro will ihn bremsen, merkt aber, dass es ein automatischer Reflex ist, der mindestens einen Tag hinter der Entwicklung der Geschehnisse herhinkt.

»Ich glaube kaum, dass du jetzt noch eine großartige Mousse oder Soufflés daraus machen kannst.« Paolo findet auch noch Tomaten und legt alles auf ein Tablett.

Ramiro seufzt, geht zu dem Weinschrank, der vorher auch kühlte, und sucht einige gute Flaschen Weißwein heraus. »Die Temperatur ist zwar nicht ideal, *pero todavía es potable.*«

»Brot hast du keines?« Paolo sieht sich um.

Ramiro reicht ihm einen Korb mit kleinen Khorasan-Weizen-Rhabarber-Fladen von gestern.

Im Wind, der ihnen alles aus den Händen reißen würde, wenn sie es nicht festhielten, überqueren sie die Terrasse. Vor lauter schäumenden Wellen, Strudeln und spritzender Gischt ist das Meer unten eher weiß als blau, von weit, weit oben aus dem Flugzeug gesehen, könnte der Anblick durchaus malerisch sein. Es riecht nach Schwefel, Ramiro hustet.

Jetzt sind alle im Salon: die Gäste, Perusato, Lucia, Carmine, die Russin, der Politiker, manche sitzen auf den Sesseln und Sofas, andere stehen. Angespannt drehen sie sich um, nur Signor Cobanni scheint ganz in ein dickes Buch vertieft, hebt kaum den Blick und liest weiter.

Paolo stellt das Tablett ab, öffnet sein Klappmesser, das er stets am Gürtel trägt, und beginnt Käse und Tomaten in Scheiben zu schneiden.

»Entschuldigen Sie, Paolo.« Beunruhigt wie ein Pfarrer, der seine Kirche geschändet sieht, eilt Perusato herbei. »Aber wenn Sie Hunger haben, möchte ich Sie bitten, in der Küche oder in Ihrer Unterkunft zu essen, nicht hier.«

»*Me too, nesesìto mangiare.*« Mit dem hungrigen Blick eines Raubtiers tritt Neckhart an den Tisch.

»Ramiro kann Ihnen bestimmt etwas Besseres zubereiten,

Mr. Neckhart.« Perusato versucht, alles wieder auf den Standard des Hauses zu heben, doch er ist zu verstört, um die nötige Überzeugungskraft aufzubringen.

»*Screw Ramiro, I'm starving!*« Neckhart packt eine Scheibe Schafskäse, stopft sie in den Mund, ohne die Rinde abzuschneiden, und kaut wie wild.

Ramiro hebt die Hände zum Zeichen der Kapitulation. »*Ramiro gives up!* Ramiro ist nicht mehr für die Küche verantwortlich, basta!«

»Nun warten Sie doch einen Augenblick, die Gäste...« El Perusón weiß nicht mehr, was er machen soll, und sieht sich hektisch um, er könnte einem beinahe leidtun.

Von der anderen Seite des Salons her blickt auch Carmine auf die Käsescheiben, zeigt sie Lynn Lou, die ihm winkt, er solle ruhig hingehen und essen. Er schaut sie verzaubert an, zögert, doch schließlich nähert er sich.

Auch Paolo ist hungrig, sobald er mit Aufschneiden fertig ist, nimmt er sich ein Stück Provolone und eine Tomate. Wie immer kaut er bedächtig, doch seine Augen tränen beinahe vor Erleichterung. Carmine dagegen angelt sich schon die zweite Scheibe, dazu eine Handvoll kleine Fladen und eine Tomate. Sie grapschen mit den Händen, beißen gierig zu, kauen wie die Wilden, schlingen die Bissen hinunter und kippen in großen Schlucken das Wasser hinterher, das Lara ihnen freundlicherweise eingeschenkt hat.

Die anderen Gäste sehen halb entsetzt, halb fasziniert zu.

Ramiros einziger Beitrag zu diesem kleinen barbarischen Mahl ist das Entkorken von zwei Flaschen Firmiello di Badica 2009, die er mitgebracht hat.

Je länger sich die drei Männer dort im Stehen den Bauch vollschlagen, umso mehr siegt in den Gesichtern der anderen die Faszination über das Grauen, das ist das Unglaubliche. In kürzester Zeit findet ein seltsamer Ansteckungsprozess statt: a) die

Blicke zu dem Tisch, auf dem der Käse steht, werden immer häufiger, b) sie verweilen immer länger, c) die Menschen werden auf ihren Sesseln und Sofas immer unruhiger. Plötzlich steht Lynn Lou auf, tritt näher und lässt sich von Carmine, der sich fast dafür hinkniet, eine Scheibe Schafskäse reichen. Die Russin Irina zögert, dann nähert sie sich, nimmt eine Scheibe Provolone und zwei kleine Fladen. Signora Cobanni tuschelt mit ihrem Mann, der den Kopf schüttelt, bedient sich dann ebenfalls und kaut energisch. Lara nimmt eine besonders dünne Scheibe Schafskäse, beißt aber genüsslich hinein, lächelt Paolo an, der auch noch kaut. Der unehrenwerte Gomi pirscht sich auf seine gemeine Art an, grapscht sich zwei Scheiben Provolone und mehrere Fladen und starrt, während er sie verschlingt, mit seinen kleinen Glitzeraugen schon auf das, was er sich anschließend noch unter den Nagel reißen kann.

Wie bei einer verlorenen Schlacht bricht schließlich auch der letzte Widerstand zusammen, und rasch hintereinander kommen die Reitt (die ihrem Mann eine Scheibe bringt, aber grob zurückgewiesen wird), Lucia und el Perusón zum Essen an den Tisch, sogar die Poulanc, die sich ihr Glas füllen lässt, Käse, Tomate und Fladen in den Mund stopft, hemmungslos kaut, schlingt und schlürft.

Die allgemeine Regression sprengt jede Form, überschreitet jedes Maß, elementarste Instinkte bestimmen das Verhalten. Wenn man sie so sieht, könnte man meinen, sie hätten wer weiß wie viele Tage unerträglich hungern müssen und ihre Mägen brüllten vor Verzweiflung. Die Einzigen, die nicht an dem großen Fressen teilnehmen, sind: a) Signor Cobanni, zu tief in seine Lektüre versunken; b) Reitt, zu grimmig und zu schmerzgebeutelt; c) Ramiro Juarez, zu erschüttert, weil er gerade erlebt, dass die Recherche, die er in den letzten fünfzehn Jahren mit Leib und Seele betrieben hat, gänzlich umsonst gewesen ist. Überwindung der bestialischen Fresserei, *adiós*, feinsinnige Überlegungen anstelle von Gier, *adiós,* stufenweise Würdigung anstelle brutaler Sofortbefriedigung, *adiós,* schier ungreifbare Vieldeutigkeit anstelle alberner Genugtuung, *adiós.*

Der einzige Trost ist, dass sie zumindest nicht blutiges Fleisch oder Schweinswürste oder fette Soßen verschlingen, sonst würde er sich wirklich fühlen wie damals bei den entsetzlichen Mahlzeiten seines Vaters. Wollte man es unbedingt positiv sehen, könnte man auch sagen, dass es sich um einfache, unverfälschte Lebensmittel handelt, für die kein Tier abgestochen wurde. Doch wo bleibt da die Komplexität? Die ununterbrochene Weiterentwicklung von Geräten und Techniken, die Verfeinerung der Wahrnehmungsfähigkeit? Die Herausforderung der Selbstverständlichkeit und Vorhersehbarkeit? Die Erforschung der unendlichen Nuancen? Heißt das wirklich, dass wir zur Schäferhütte, zum Gemüsegarten der Großmutter zurückkehren sollten? Dass uns das genügen würde? Dass man lieber zurückgehen sollte als vorwärts? Und angenommen, es wäre so, würde es uns denn gelingen? Wüssten wir überhaupt, was tun, wenn es ums nackte Überleben geht? Ein Mann wie Paolo vielleicht, obwohl er intelligent ist, braucht er wenig und ist überaus geschickt mit den Händen. Vielleicht auch so eine wie Lara mit ihren Minimalbedürfnissen, ihrer Fähigkeit, von Luft und Licht zu leben. Ziemlich sicher auch einer wie Carmine, selbst wenn sein aufbrausender Charakter mindestens ebenso viele Gefahren wie Vorteile birgt. Wahrscheinlich auch einer wie Neckhart, allerdings müsste er sich viel mehr auf seine schnellen Reflexe als auf seine patentierten Formeln eines professionellen Problemlösers verlassen. Doch einer wie Ramiro Juarez? Welche Chancen hätte der in einer Welt, die wieder in die Urzeit zurückfällt, im Ernst? Wie groß wäre die Wahrscheinlichkeit, dass er mit einer Steinaxt in der Hand zurechtkommt?

Jetzt sind Schafskäse, geräucherter Provolone, Tomaten, Fladen, Firmiello di Badica und Wasser vertilgt: Auf dem Tablett liegen nur noch ein paar Brösel, die Gläser sind ausgetrunken, die Flaschen leer. Gäste und sonstige Anwesende sehen sich an, und ihre Haltung drückt verschiedene Dinge aus: a) vorübergehende Befriedigung; b) Verlegenheit; c) wiederaufkommende Angst; d) Fragen ohne Antwort, vielleicht ähnlich denen, die sich Ramiro Juarez gerade stellt.

85

WRRACKTRAMMMBRRRKRACKT! Der ganze Salon wackelt, als würde er mit plumpen Fingern von einem Riesen geschüttelt, der sich einen Spaß daraus macht, die Leute von einer Ecke in die andere schlittern zu lassen, sie schreien zu hören, zu sehen, wie sie sich festklammern, und sie maßlos zu erschrecken. Brigitte Reitt springt auf. Wirklich, es könnte Ymir sein, der Welterzeuger, das Riesenwesen, geboren aus den Wassertropfen, die sich bildeten, als das Gletschereis von Niflheim auf die Glut von Muspellsheim traf. Der Vater aller Riesen, genährt von vier Milchströmen aus den Eutern der Urkuh Auðhumbla. Diese wiederum ernährte sich von einem salzigen Rauhreif auf den Felsen, und vor lauter Lecken gab sie einem Stein die Gestalt von Buri, dem ersten Menschen, dem späteren Großvater des Gottes Odin und seiner Brüder, die Ymir töteten, seinen Körper in die Kluft der Klüfte Ginnungagap schoben und aus seinem Fleisch die Erde formten, aus seinen Knochen die Gebirge, aus seinen Haaren die Bäume, aus seinen Zähnen die Steine, aus seinem Schädel den Himmel und aus seinem Gehirn die Wolken.

Brigitte Reitt sieht auf einmal die Bilder aus dem Kurs in Religion und germanischer Mythologie wieder vor sich, den sie vor fünfundzwanzig Jahren an der Universität besucht hatte. Die Angst bewirkt offensichtlich, dass die Zeit stehenbleibt, Wirklichkeit und Einbildung sich vermischen, Erinnerungen, Gestalten und Namen das Gehirn überfluten und keinen Raum für rationale Gedanken lassen.

Auch den anderen Menschen im Salon steht die Angst ins Gesicht geschrieben. Dass sie sich bis vor wenigen Minuten mit schwer zu rechtfertigender Hektik mit Essen vollgestopft haben, macht sie noch verletzlicher, fehlerhafter und menschlicher. Die Einzigen, die nicht die Fassung verlieren, sind Werner, der mit Leidensmiene auf dem Sofa liegt, und Signor Cobanni, der sich im Sessel zurechtrückt und einfach in seinem Buch weiterliest. Die anderen tauschen Blicke, bewegen sich wie auf dünnem Eis. Simone Poulanc schaut sie ungewohnt ängstlich an und beißt sich auf die Lippen. Lara klammert sich an Paolo, der ihr übers Haar streicht. Lynn Lou Shaw torkelt auf den Likörschrank zu, füllt ihr Glas mit Rum und nimmt einen großen Schluck. Der Koch Ramiro beobachtet sie von weitem, dann folgt er ihrem Beispiel. Signora Cobanni sucht Trost bei ihrem Mann; er lächelt sie freundlich an, streicht ihr über die Schläfe und vertieft sich wieder in seine Lektüre. Die junge Russin fährt sich mehrmals mit der Hand durch die Haare, mustert die Decke, die Wände. Der miese Politiker, der sie heute Morgen angegriffen hat, bewegt die Lippen, als ob er betete oder zumindest so täte. Lucia und Carmine flüstern auf Taresisch miteinander und spähen durch die Fenstertür. Auch Brian Neckhart schaut mit prüfender Miene hinaus, als wollte er gleich etwas unternehmen.

»Meine Herrschaften, ich bitte Sie noch einmal, entspannen Sie sich. Es gibt keinen Grund zur Sorge.« Signor Perusato versucht erneut, Gelassenheit zu verbreiten, sieht aber selber so besorgt aus, dass er nur das Gegenteil erreicht. Dennoch wiederholt er, vielleicht zu seiner eigenen Beruhigung, den Satz in mehreren Sprachen: »*Don't worry. Kein Grund zur Sorge. Aucune raison de s'inquieter.*«

»*Pah! Vous êtes ridicule, Monsieur! Il y a* un million *de raisons de s'inquieter.*« Simone Poulanc faucht ihn giftig an, auch weil es wahrscheinlich nur natürlich ist, sich in solchen Momenten mit jemandem anzulegen. Auch Werner hat das immer gemacht, mit seinen Untergebenen, mit Matthias, mit den Kindern, mit ihr.

»*Sure, we can totally relax!*« Lynn Lou Shaw hebt ihr Glas mit Rum.

»*¡Hurra! ¡Qué buena diversión!*« Auch Ramiro, der Koch, hebt sein Glas zu einem ironischen, verzweifelten Toast, wirft den Kopf zurück und nimmt einen großen Schluck.

Diese Reaktionen scheinen Signor Perusato zu kränken, hilfesuchend sieht er Lucia an, doch sie tuschelt weiter mit Carmine. Es herrscht ein Klima absoluter Ungewissheit, die Stimmung kippt, und die Angst ist allgegenwärtig.

Brigitte Reitt schweigt, sie ist es gewohnt, ihre Befürchtungen für sich zu behalten und ihre Gefühle unter Kontrolle zu haben. Sie bleibt in Werners Nähe, aber mehr, weil die Umstände es zu erfordern scheinen. Will sie den anderen Gästen etwas vormachen, die trotz der schrecklichen Lage immer noch jede Geste beobachten und beurteilen? Mag sein. Oder will sie Werner vielleicht nicht die Genugtuung gönnen, sie später beschuldigen zu können, dass sie im schlimmsten Moment nicht zu ihm gehalten habe? Schon so viele Jahre zeigt sie nun ihm und der Welt gegenüber ein untadeliges Verhalten, da kommt es auf die paar Stunden auch nicht an. Trotz seiner grunzenden Schmerzäußerungen und seinem Befehl, ihn in Ruhe zu lassen, rückt sie das Kissen unter seinem Fußgelenk zurecht und füllt sein leeres Glas mit Wasser.

Simone Poulanc betrachtet sie mit einer Mischung aus Missbilligung, Angst und Argwohn. »Alles in Ordnung?«

»Ja, ja.« Es gelingt Brigitte Reitt sogar, den Mund zu einem kleinen Lächeln zu verziehen. Doch vor ihrem inneren Auge sieht sie noch immer den wütenden Ymir, der zurückkehrt, um sich an der Menschheit zu rächen, die elenden, arroganten und unfähigen Winzlinge durchschüttelt und erschreckt, bevor er sie in den gähnenden Abgrund des Ginnungagap schleudert.

86

Die objektive Machtlosigkeit, der sich Werner Reitt ausgeliefert sieht, ist unerträglich. Er kann sich nichts vorstellen, was seinem Charakter mehr widerstrebt, was in schrecklicherem Gegensatz steht zu seiner Art, wie er der Welt entgegentritt, seit er erwachsen ist. Nein, sogar schon vorher, auf dem Gymnasium. Um in der Erinnerung auf eine gefühlsmäßig vergleichbare Frustration zu stoßen, eine ähnlich demütigende Unfähigkeit, sein Schicksal in die gewünschte Richtung zu lenken, muss er zu der Zeit zurückkehren, als er neun oder zehn Jahre alt war. Er hatte damals keinerlei Erbarmen mit sich selbst, und jetzt erst recht nicht. Seine momentane Ohnmacht hat nichts Rührendes, weckt kein Mitgefühl; sie ist nur die jüngste Folge einer Kette unverzeihlicher Fehler, für die er ganz allein verantwortlich ist. Das Missverhältnis zwischen dem Ausmaß des Schadens (nämlich dem völligen Verlust der Handlungsfreiheit) und der Banalität des Anlasses (dem grässlich angeschwollenen, pochenden dummen Fußgelenk) könnte nicht gewaltiger sein.

Auch deshalb erträgt er Brigittes aufdringliche Fürsorge nicht: weil sie die Handlungsunfähigkeit unterstreicht, zu der er verurteilt ist, und sie womöglich noch grotesker macht. Zudem hat sich Brigitte vorgestern auf die Seite der Feinde geschlagen; es ist unannehmbar, dass sie das jetzt rückgängig machen will, aus echtem oder geheucheltem Mitleid oder vielleicht auch aus einer Aufwallung ehelicher Loyalität, die jedoch entschieden zu spät kommt.

Dann ist da noch die unausgesprochene Verurteilung, die im

Raum schwebt, seit die anderen Gäste ihn ohne Matthias haben zurückkommen sehen. Ausnahmslos alle (und Neckhart als Allererster, natürlich) machen eindeutig ihn für den Tod seines Assistenten verantwortlich. Niemand braucht es ihm ausdrücklich zu sagen, die Ächtung liegt in jedem Blick, der ihn streift. Als seine sogenannten Retter ihn in den Salon schleiften, sprachen ihre Gesichter Bände. In aller Augen ist er längst der unmenschliche Chef, der den Assistenten seinen persönlichen Interessen opfert und nicht einmal Gewissensbisse oder Bedauern empfindet. Wenigstens führt die allgemeine Verachtung dazu, dass ihn niemand bemitleidet, immerhin. Doch wie viel leichtfertiger, unbegründeter, hassenswerter Moralismus!

Warum sollte er denn wegen Baumgartners Tod Gewissensbisse oder Bedauern empfinden, abgesehen von der automatischen Rhetorik beim Gedanken an das junge Leben, das plötzlich ausgelöscht wird et cetera? Er hatte ihn ja nicht darum gebeten, ihn auf der Klettertour über die Felsen zu begleiten, sondern ihm im Gegenteil klipp und klar gesagt, er solle im Resort bleiben! Wenn der arme Irre ihm trotzdem gefolgt ist, dann ganz aus eigenem Willen und gegen seinen ausdrücklichen Befehl! Er hatte ihn gewiss nicht gedrängt, sich hervorzutun unter den Dutzenden von Bewerbern für die Stelle seines persönlichen Assistenten, als er sich vor fünf Jahren gezwungen sah, Haas, diesen anderen Dummkopf, zu ersetzen. Er hatte sogar alles getan, um Baumgartner zu entmutigen, weil ihn das pausbäckige Gesicht des jungen Mannes irritierte. Er hätte einen schmaleren, agileren, aufgeweckteren Mitarbeiter mit schnelleren Reflexen vorgezogen. Doch Matthias hatte hartnäckig um den Posten gekämpft, mit bemerkenswerter Entschlossenheit und Kenntnis Gespräche und Tests bestanden und eine Ergebenheit gezeigt, die manche (nicht zuletzt Brigitte) rührend fanden. Zweifellos hatten ihn heute Morgen gerade sein Herdentrieb und sein sozusagen angeborener Diensteifer veranlasst, sich ungebeten an ihn und Neckhart anzuhängen. Seine Anwesenheit war nicht nur kein Vorteil, sondern hat das Unternehmen sofort ernstlich beeinträchtigt, bis hin zu den jetzigen katastrophalen Folgen. Hätte Baumgartner ihnen nicht um jeden Preis folgen wollen und sich dann nicht auf diese dumme Weise umgebracht, wären er und Neckhart um diese Zeit sicher längst am Hafen, ja vielleicht schon weit weg von dieser entsetzlichen Insel. Wie oberflächlich doch das moralistische Urteil der nutzlosen Kanaillen ist, die in diesem Salon herumsitzen und keine Ahnung haben vom Leben der anderen! Nichts als ein bedingter Reflex und außerdem eine willkommene Ablenkung von dem furchtbaren Erdbeben!

Er hat sich in Sachen Moral immer strikt an Kants kategorischen Imperativ gehalten, *Handle nur nach derjenigen Maxime, durch die du zugleich wollen kannst, dass sie ein allgemeines Gesetz werde.* Kant selbst war in seiner Jugend von den Moralauffassungen der englischen Sensualisten angezogen gewesen, doch sehr bald hatte er ihre Untersuchungsmethoden für unbefriedigend und ihren Optimismus für gänzlich fehl am Platz befunden. Wie konnte sich Moral auf etwas so Impulsives und Unbeständiges wie das Gefühl gründen? Werner Reitt kann die kristallklaren Kant'schen Überlegungen Wort für Wort zitieren: *Eine gewisse Weichmütigkeit, die leichtlich in ein warmes Gefühl des Mitleidens gesetzt wird, ist schön und liebenswürdig; denn es zeigt eine gütige Teilnehmung an dem Schicksale anderer Menschen an. Allein diese gutartige Leidenschaft ist gleichwohl schwach und jederzeit blind.* Genau so ist es, Schluss, aus! Man soll aufhören, ihn mit nutzlosen billigen Sentimentalitäten zu behelligen!

KRAAAMMMSSSWRRRAAAMMM! Wieder lässt ein heftiger Stoß den Salon erzittern, schüttelt die Menschen, weckt unkontrollierte Gefühle, alle schreien durcheinander, laufen hin und her, kauern sich nieder, rücken zusammen auf der Suche nach jämmerlich illusorischem Trost. Sollen ruhig noch mehr Beben kommen, nur zu. Sollen sie diese elende Bude nur zum Einsturz bringen und in den Trümmern alle moralistischen Halunken begraben! Werner Reitt hat keine Angst vor Erdbeben, schlimmer kann es sowieso nicht mehr kommen!

87

Scheiße noch mal, hier kommt man sich ja vor wie auf einer verdammten Achterbahn! Wenn Carmine sie nicht mit unglaublicher Geistesgegenwart gerade noch aufgefangen hätte, *wooom,* dann hätte dieser verfickte Stoß sie bestimmt mit dem Arsch auf den Boden geschmissen! Schon auch lustig, ehrlich gesagt, wenigstens mal ein kleiner Kitzel nach diesen endlos öden Tagen. Schließlich gibt es haufenweise Wichser, die stundenlang Schlange stehen und dafür bezahlen, sich in einem Vergnügungspark von einer verdammten Maschine durchschütteln zu lassen. Da sie Lynn Lou Shaw ist, konnte sie natürlich nie wie jeder verfickte Normalo in einen Vergnügungspark gehen, weder als Kind noch als Erwachsene (und das ist nur eine von einer Milliarde Normalo-Sachen, die sie nicht machen konnte). Auch nicht, wenn sie sich mit einer verfickten, tief in die Stirn gezogenen Baseballkappe und Riesensonnenbrille und allem tarnte, denn da ist immer irgendein Arsch von Fan, der dich erkennt und Alarm schlägt, der Scheißkerl, und zwei Minuten später ist man schon umringt von einer verdammten Menschenmenge, und das Fest ist vorbei. Aber zwei oder drei Runden auf den besten Achterbahnen Amerikas hat sie trotzdem geschafft, trotz aller Scheißfans. Zum Beispiel vor zwei Jahren, als sie zu einer VIP-Party im Six Flags von Arlington, Texas, eingeladen war und sie sich zusammen mit Laureen und KitMo in die verfickte Titan gesetzt hat, die Fotografen sie in den spektakulärsten Kurven knipsten, und KitMo dann angefangen hat, bei den schwindelerregenden Volten der Bahn *uuaaargh!* die Teleobjektive vollzukotzen! Als sie zwischen den Dampfwolken zur Kühlung der überhitzten Räder und so weiter am Ende ankamen, hatten Laureen und KitMo rausquellende Augen wie Zombies, aber sie nicht, zum Beweis braucht man sich nur die Fotos anzusehen. Oder voriges Jahr, als Ron und Deanna eine Promo-Veranstaltung im Great Adventure in Jackson, New Jersey, organisiert haben und sie mit diesem Arsch von Justin ein Video auf der verfickten Kingda Ka drehen ließen, die als *number one* auf der Welt gilt. Das verfluchte Ding schießt senkrecht in die Höhe, danach geht es vierhundertsechzehn Fuß senkrecht abwärts, du saust hinauf und fliegst runter wie in einem abstürzenden Aufzug, so was hat man noch nie gesehen, verdammt! Dieser Arsch von Justin hat sich in die Hose gemacht, sie dagegen null Angst, zum Teil auch, weil sie vorher im Hotelzimmer die Minibar geleert und ein paar Joints geraucht hatte. Aber der knallharte senkrechte Fall war echt nicht schlecht, ein megabrutales Gefühl, von null auf hundertachtundzwanzig Meilen in dreieinhalb Sekunden, so dass dein verdammter Magen noch oben hängt, wenn du schon unten angekommen bist!

Okay, in Ordnung, der Unterschied ist, dass diese Situation hier real ist und es keine Kontrollen oder Sicherheitssysteme gibt, keine Notbremsen, um irgendwas zu blockieren, keine Glaskabine mit lauter Blinklämpchen und Schaltern und Computern, wo sie überwachen, ob alles gutgeht, und wenn es zufällig mal schlechtgeht, die ganze Chose blockieren und dich rausholen. Hier kann man nie wissen, wann die verdammten Stöße kommen, meist genau dann, wenn sich alles beruhigt zu haben scheint und du nicht mehr drauf gefasst bist, als machten sie es extra! Aber es stimmt auch, dass letztlich alles davon abhängt, wie viel du trinkst, denn wenn du genug trinkst, kann dich kein noch so heftiger Stoß wirklich erschrecken. Und wenn du dann zufällig doch ein bisschen Angst kriegst, brauchst du nur zu denken, dass es haufenweise Scheißtypen gibt, die bereit sind, in den Vergnügungsparks zu bezahlen und stundenlang Schlange zu stehen für diesen Quatsch. Echt.

Wenn man die anderen so anschaut, wirken sie ehrlich gesagt alles andere als cool. Die machen ein Gesicht… Zum Beispiel dieser miese kleine Wichser, laut Lara ein Mitglied des italienischen Parlaments, das heißt, das Gegenstück zu einem beschissenen Kongressmitglied in Amerika, eigentlich unvorstellbar, wenn man ihn so sieht. Halb zusammengekauert sitzt er in einer Ecke und mümmelt vor sich hin wie ein verdammtes Eichhörnchen in den letzten Zügen, *mmmb mmmb mmmb*, der könnte einem geradezu leidtun. Oder diese fürchterliche Kuh aus Frankreich, snobistisch bis zum Gehtnichtmehr, die sie jedes Mal mit Blicken abkanzelt, wenn sie sie vorbeigehen sieht, der quellen jetzt die Augen raus wie KitMo auf der verfickten Titan. Doch nicht nur sie schaut um sich, alle tun das, schleichen die Wände entlang, auch Mr. Perusato ist leichenblass, dieser falsche Fuchs, der immer herumschleimt wie ein verdammter Botschafter. Auch die Russin, auch die Deutsche, die in der Nähe des Sofas ihres ultrafiesen Mannes herumsteht. Vielleicht befürchten sie, dass dieser ganze Scheißfelsen runterkracht, aber das Ding hängt da doch schon seit wer weiß wie vielen Millionen Jahren, es wird doch nicht ausgerechnet jetzt runterfallen, bloß wegen ein paar verdammten Erdbebenstößen, oder? Auch in L.A. reden alle davon, dass früher oder später der *Big One* kommt, der Riesenstoß, der die Lasterstadt mit sämtlichen Einwohnern verschlingen wird, aber das ist doch nur Quatsch, oder? Wer hat ihn denn je gesehen, den *Big One*, außer in irgendwelchen verdammten Filmen?

Carmine dagegen wirkt zum Glück gar nicht erschrocken. Angespannt vielleicht, ja, ganz bestimmt sogar, aber immer auf seine ritterliche Art, ganz *An Officer and a Gentleman*. Auch wenn sein T-Shirt und die weiße Hose jetzt ein bisschen verdreckt und zerrissen sind nach der Bergungsaktion (hätten sie ihn doch lieber zwischen den Felsen liegengelassen, den Reitt, diesen Scheißkerl). Man sieht, dass er darunter leidet, er ist sonst immer tipp topp, wie aus der Werbung für ein Waschmittel, Hose und T-Shirt strahlend weiß, noch dazu bei diesem Licht hier. Er hat sich bemüht, den Staub abzuklopfen, der Ärmste, aber da ist wenig zu machen bei diesem verfluchten roten Vulkangestein. Jedenfalls redet er jetzt mit Lucia in dem verfickten Dialekt, den sie hier auf der Insel sprechen, das ist nicht mal Italienisch, sondern was ganz Eigenes, man versteht kein Wort. Aber auch während er mit seiner Cousine redet, bleibt er in ihrer Nähe und dreht sich zwischendurch mit Beschützermiene nach ihr um, als wollte er fragen: Alles in Ordnung? Wie ein Bodyguard, aber nicht mit so einem leblosen Blick wie die verfickten Bodyguards, sein Blick ist lebendig und aufmerksam, echt.

Doch jetzt kommt dieser Arsch von Brian, dieser Hurensohn, mit der fiesesten Miene überhaupt quer durch den Salon, bleibt vor Carmine stehen und sucht offensichtlich Streit. »Ich möchte mit meiner Frau reden, wenn's dir nichts ausmacht.«

Carmine sträuben sich die Haare, als er das hört. »Nur zu, aber ich bleibe hier.« Echt ritterlich, nein, mit Beschützermiene, wie um zu sagen, keine Bange.

Daraufhin wird Brian natürlich noch ekelhafter. »Entschuldige vielmals, aber ich möchte allein mit ihr sprechen, wenn das nicht zu viel verlangt ist.«

»Es *ist* zu viel verlangt.« Carmines Augen funkeln kampfbereit, jeder Muskel ist gespannt.

»Ich sage es jetzt zum letzten Mal, geh mir aus dem Weg.« Der Arsch von Brian verlagert das Gleichgewicht von einem Bein aufs andere wie ein verfickter MMA-Kämpfer, der seinen Gegner taxiert.

»Carmine, lass ihn.« Lynn Lou muss sich mächtig überwinden, um vernünftig zu sein, denn natürlich wäre es verlockend zu sehen, wie er diesem verfickten Hurensohn von Brian eins in die Fresse haut, verdammt. »Mal sehen, was das Aas mir zu sagen hat.«

Carmine gehorcht widerwillig. Man kann an seinem Gesicht ablesen, wie viel es ihn kostet, doch wenn sie von ihm verlangte, von der Terrasse zu springen, würde er bestimmt auch keine Sekunde zögern. Er entfernt sich einige Schritte, bemüht sich wegzuschauen. Der würde echt alles für sie tun, dieser Bootsmann, wow!

»Also, was zum Teufel willst du mir sagen?« Lynn Lou nimmt noch einen Schluck von dem dreißig oder vierzig Jahre alten Rum. Sie müsste mal genau aufs Etikett schauen, aber jedenfalls haben sie ihn verdammt lange gelagert. Grauenhaft. Als würde das was ändern, es ist und bleibt doch einfach ein verdammter Rum, oder?

»Ich wollte dir sagen, dass ich gehe.« Der Arsch von Brian schaut sie mit seinem Ausdruck eines Oberarschs an, der eine Million Sachen weiß, die sie nicht weiß, und zwar nicht nur über das ganze verfickte Universum, sondern auch über sie, verdammt noch mal.

»Wohin?« Sie fühlt sich dermaßen bescheuert, dass sie so einen Arsch geheiratet hat, dass sie die Heulsuse gespielt hat, die einen Scheißersatzpapa suchte, weil sie nie einen echten Papa gehabt hat. Dass sie so getan hat, als wollte sie beraten und geführt werden, ihm die Zügel anvertrauen und sich hierhin und dorthin lenken lassen, je nachdem, was der Arsch, dieser Hurensohn, gerade richtig oder falsch findet. Sie bekommt Lust, ihm selber eine reinzuhauen, diesem Dreckskerl. Ihn in die Eier zu treten für alles, was er ihr gesagt hat, was sie tun und lassen soll, für seine endlose Nerverei, für sämtliche verfickten Erklärungen und Lektiönchen, die sie sich in diesen zwei miesen Jahren anhören musste, die sie zusammen verbracht haben.

»Ich gehe auf dem Landweg zum Hafen.« Der Arsch macht

eine beschissene Geste. »Allein kann ich es in einer, höchstens zwei Stunden schaffen.«

»Gute Reise.« Was will er denn hören, der Arsch? Komplimente? Ich vergehe vor Bewunderung für deinen Machomut, es noch einmal zu wagen, nachdem der arme Matthias draufgegangen ist und der verfickte Reitt beinahe?

»Dann suche ich ein passendes Boot und hole dich hier raus.« Na klar, der konnte ja nicht die Fliege machen, ohne noch einen verdammten Beweis für sein immenses Verantwortungsgefühl zu liefern, auch wenn sie es gar nicht verdient hätte, der Wichser!

»Danke vielmals, mich brauchst du echt nicht zu retten.« Lynn Lou trinkt einen Schluck Rum. Es geht ihr überhaupt nicht darum, mit großer Geste jede verdammte Hilfe zurückzuweisen, aber bevor sie sich von diesem Arsch retten lässt, sitzt sie lieber noch eine verdammte Woche hier oben fest, ehrlich.

»Okay, klar.« Wieder macht der Arsch sein verfluchtes Gesicht nach dem Motto, sag, was du willst, ich weiß schon, was besser für dich ist. »Hör mir gut zu, Lynn Lou.« Er senkt die Stimme, sieht sich um, auch wenn die anderen eindeutig mit ihrem eigenen Scheiß beschäftigt sind, bis auf Carmine, der sich ab und zu umdreht, um ihr einen beschützenden Blick zuzuwerfen. »Ich weiß nicht, was für ein Boot ich auftreiben werde, aber bestimmt haben nicht alle darauf Platz, außerdem würde die Hälfte dieser Leute es gar nicht schaffen einzusteigen. Sag also nichts davon, behalte die Mole im Auge und halte dich bereit, so schnell wie möglich allein runterzukommen.«

»Ich behalte überhaupt nichts im Auge, du Arsch.« Sie hasst ihn, diesen Scheißtyp, sie hasst ihn!

»Hast du verstanden, was ich gesagt habe, oder nicht?« Jetzt redet er wie mit einem schwachsinnigen Kind und deutet auf ihr Glas mit Rum. »Und hör auf zu trinken! Wenn du eine Chance haben willst, hier wegzukommen, brauchst du einen klaren Kopf, kapiert?«

»Fick dich.« Aus Trotz will sie gleich noch einen Schluck nehmen.

»Gib sofort das Glas her!« Der Arsch versucht ihr das Glas aus der Hand zu reißen, sie umklammert es, der Rum spritzt auf ihre Bluse, das verdammte Glas fällt zu Boden und zerbricht.

Sofort ist Carmine da und versetzt Brian einen Stoß mit der Schulter. »Hey, wag ja nicht, sie anzurühren!«

Der Arsch von Brian reagiert mit einem seiner verdammten Kampfkunstgriffe, packt Carmine blitzschnell am Handgelenk, reißt ihn nach vorn und versetzt ihm gleichzeitig einen verdammten Handkantenschlag am Halsansatz.

Carmine gerät aus dem Gleichgewicht, weicht zurück, weil er dieses gemeine Manöver nicht erwartet hat und der Schlag verdammt fest war, wirklich wie von einem verfickten Killer. Doch er fasst sich wieder und schlägt mit aller Gewalt zurück, erst mit der Rechten, dann mit der Linken. Dem ersten Schlag kann der Arsch ausweichen, der zweite trifft ihn am Kinn, er schwankt, man sieht richtig, dass es ihn bös erwischt hat, aber man sieht auch die Wut in seinen Augen aufsteigen, wie pures Gift. Er macht eine verfluchte Drehung, versetzt Carmine dabei gezielt einen brutalen Tritt in den Bauch. Carmine wird nach hinten geschleudert, prallt gegen ein Tischchen, so dass es zersplittert, richtet sich auf, stürmt wie ein wildgewordener Stier wieder vorwärts, verpasst Brian drei oder vier Faustschläge hintereinander und mindestens zwei Tritte, der Arsch geht in Abwehrstellung, schlägt und tritt zurück, es ist ein einziger verdammter Wirbel von Armen und Beinen, unentwirrbar, man begreift nur, dass es verdammt hart zugeht, wie bei den brutalen Hahnenkämpfen, die sie ausgerechnet mit diesem Arsch von Brian in Panama gesehen hat, wo sich die zwei Hähne anfangs beäugen und sich zur Probe ein paar Schnabel- und Krallenhiebe versetzen, bevor es richtig losgeht und man nichts mehr erkennt in dem Knäuel von hackenden Schnäbeln und Krallen, bloß dass sie versuchen, sich umzubringen, und zwar im Ernst, nicht nur so dahingesagt.

Der Unterschied ist, dass die Leute hier nicht den einen oder den anderen anfeuern und Wetten abschließen und schreiend mit den Armen fuchteln, um den Kampf anzuheizen, sondern alles versuchen, um die beiden aufzuhalten, zu trennen und auseinanderzuziehen. Lucia schreit »Cammineee!« Paolo schreit »He, Schluss jetzt!« Perusato sagt »Bitte, meine Herren!« Die Reitt sagt »Aufhören!« Ramiro brüllt »¡*Basta ya!*«

SKARRRSQUARRRMMMQUAMMMBRAAASK! Dieser verdammte Stoß ist noch schlimmer als die verfickten Stöße von vorher, alles zittert wie verrückt von innen heraus, der verfickte Fußboden, die verfickten Mauern, der ganze verfickte Felsen, ein Stoß von tief unten, bebend und rüttelnd und schüttelnd wie in den beschissenen Katastrophenfilmen, die zwar einen Haufen Millionen einbringen, aber öder und nerviger sind als jedes andere Genre, wenn du darin mitspielst, weil sie aus lauter verdammten Spezialeffekten in Postproduktion bestehen und du so tun musst, als wärst du fürchterlich entsetzt oder verstört oder sonst was, dabei würdest du dir am liebsten die Kugel geben, weil es nicht zum Aushalten ist mit all diesen Scheißnerds von Technikern, die das Set beherrschen und einschließlich dem Regisseur allen vorschreiben wollen, was sie tun sollen und was nicht. Nur ist hier alles verfickt echt, ein verficktes, fürchterliches, echtes Erdbeben, das alles erschüttert und durcheinanderschmeißt, Personen, Möbel, Gegenstände, auch die Flasche mit dreißig oder vierzig Jahre altem Rum, die sie am Rand des Schränkchens hatte stehen lassen, zerspringt, und Rum und Glassplitter spritzen nach allen Seiten, verdammt, schade drum, auch Carmine und der Arsch von Brian fallen einer zur einen Seite und einer zur anderen, auch die Französin, die sich an ein Sofa klammert, knallt trotzdem auf den Hintern und bleibt benommen sitzen.

Brian, der Arsch, springt sehr schnell mit wutverzerrtem Gesicht wieder auf, Carmine ebenso, mit zornig flammenden Augen, es sieht aus, als wollten sie sich wirklich umbringen, genau wie die Hähne in Panama. Doch Paolo wirft sich dazwischen und auch Ramiro, auch Lara, sogar die Reitt. Die zwei Kampfhähne schieben die Leute weg, versuchen erneut mit Tritten und Fäusten aufeinander loszugehen, auch wenn der Abstand zu groß ist und zu viele Menschen im Weg stehen.

An diesem Punkt fühlt Lynn Lou sich verpflichtet einzugreifen, weil ja eigentlich sie schuld ist, wenn Carmine und dieser Arsch von Brian sich umbringen wollen. Also wirft sie sich ins Getümmel und schreit, dass ihr schier die Lungen platzen: »Carmine, stooopp!«

Carmine hält augenblicklich inne, es ist echt unglaublich, denn vor einer Sekunde stand er noch sprungbereit da wie vor der endgültigen Abrechnung, tief atmend, mit flammenden Augen, geweiteten Nasenflügeln, zuckenden Muskeln, und nun lässt er die Arme sinken, richtet sich auf, sieht sie mit dem sanftesten Blick der Welt an. Scheiße, das nennt sich Ergebenheit.

Auch die anderen rundherum blicken sprachlos von Carmine zu ihr und fragen sich, wie zum Teufel sie dieses Wunder vollbracht hat, und unterdessen schleicht sich der Arsch von Brian an und schlägt noch einmal zu, obwohl Carmine mit hängenden Armen dasteht, nur um die verdammte Genugtuung zu haben, als Letzter zugeschlagen zu haben, der miese Scheißkerl! Doch Carmine kann zum Glück rechtzeitig ausweichen, deshalb trifft ihn der Schlag zwischen Hals und Schulter, aber nicht verheerend. Er schwankt nur ein wenig. Danach wird Brian, der Arsch, von Paolo und Ramiro gepackt und zurückgestoßen, aber jetzt hebt der Hurensohn die Hände, »okay, okay«. Scheinheilig spielt er den Gentleman, nachdem er sich die verfickte Genugtuung verschafft hat, Carmine hinterrücks eine reinzuwürgen, der miese Macker. Dann schaut er aus einigen Metern Abstand

Lynn Lou an und macht ihr ein Zeichen, wie um zu sagen: Wir sehen uns später.

Am liebsten würde sie ihn anbrüllen, was für ein verdammter Arsch er ist, aber es lohnt sich nicht, der Arsch ist sowieso auf dem Rückzug, ordnet nur kurz seine Kleidung, öffnet die Fenstertür, schreitet mit verdammten Heldenschritten hinaus und geht.

Carmine steht vor ihr, mit einer Schramme unter dem Auge und roten Flecken an den Armen, auf der Stirn und am Halsansatz, noch keuchend und erregt von dem Kampf, aber sein Blick ist immer noch anbetend. Sogar mehr als zuvor. »Miss Lynn Lou, sobald Sie gesagt haben, ich soll aufhören, habe ich aufgehört, Sie haben es selbst gesehen.«

»Bravo.« Lynn Lou streichelt ihm seitlich über die Haare, weil er es verdient hat, weil es ihr in ihrem ganzen verfickten Leben wahrhaftig noch nie passiert ist, jemanden mit so einem Blick zu finden. Aber wirklich nie, verdammt.

88

Jetzt sind wir beim typischen Sittenverfall in krassen Stresssituationen angelangt, denkt die Poulanc. Alle Hemmungen fallen, und die Uraggression explodiert ungebremst. Fast schon wie auf dem *Floß der Medusa*, mein Gott. Géricaults schreckliches Gemälde verfolgt sie, seit sie es als Vierzehnjährige zum ersten Mal mit ihrem Vater zusammen im Louvre gesehen hat. Wie viele Alpträume hat dieses Bild der jungen – und dann nicht mehr so jungen – Simone Poulanc beschert. Man könnte ihn wegen seelischer Ruhestörung verklagen – Beweise gäbe es genug –, wenn der Maler nicht schon vor mehr als einhundertfünfzig Jahren gestorben wäre. Es kommt selten vor, dass man einer einzelnen Person – die man noch dazu nie getroffen hat – die Verantwortung dafür zuschreiben kann, den eigenen Urängsten Form gegeben zu haben. Jean-Émile behauptete immer, der Plasmator – dieses Wort gebrauchte er – seiner Ängste sei Sergei Prokofjew mit *Peter und der Wolf,* einem Werk, das die meisten Hörer für ganz unschuldig halten. Er schwor – und sie hatte keinen Grund, an seiner Aufrichtigkeit zu zweifeln –, dass die Oboe der Ente auf unerträgliche Weise einen abgrundtiefen Schrecken vor der Dummheit in ihm weckte und dass die drei Hörner des Wolfs das Wesen seiner entsetzlichsten Befürchtungen ausdrückten. Jean-Émile hasste Prokofjew, er machte ihn für zahllose Alpträume verantwortlich. Nicht die *Erschaffung* seiner Ängste schrieb er ihm zu, sondern ihre Umwandlung in eine erkennbare Form, ja.

Für die Poulanc trifft das auf Géricault zu, ganz ohne Zweifel.

Der durchtriebene und unternehmungslustige Théodore Géricault nutzte mit achtundzwanzig – kurz nach einem Abenteuer mit der Frau seines Onkels – die Einladung, ein Werk im Pariser Salon auszustellen, und wählte dafür ein Sujet, das garantiert die krankhafte Phantasie des Publikums anregte, noch dazu, da er es auf beinahe fünf mal sieben Metern ausbreitete, dem damaligen Cinemascope. So konnten die braven Pariser Bürger in den Abgrund der Auflösung der gesellschaftlichen Regeln und des Verfalls der menschlichen Beziehungen blicken – die verabscheuenswerte Regression – und danach in ihre gemütlichen Wohnungen zu ihren blankpolierten Messingbeschlägen und ihren saubergebürsteten Samtpolstern zurückkehren. Er legte eine erstaunliche Akribie und Kälte an den Tag, der ehrgeizige verbissene Théodore, eines heutigen *Pulp*-Regisseurs würdig, der seine Karriere und sein Bankkonto auf einem von Blut und Eingeweiden triefenden Film aufbaut. Nur dass hier eine wahre Begebenheit dargestellt wird und der junge Maler – zur besseren Einstimmung ließ er sich zu Beginn der Arbeit sogar den Kopf kahlscheren – den Horror methodisch angehen wollte: Er baute Modelle, fertigte zahllose vorbereitende Zeichnungen an, befragte zwei Überlebende des Schiffbruchs, besuchte Leichenschauhäuser und lieh sich sogar von einer Irrenanstalt einen abgetrennten Kopf und mehrere amputierte Gliedmaßen aus, um sie nach der Natur malen zu können! Wie viel Recherche, wie viel Eifer hat er darauf verwandt, um mehr als eineinhalb Jahrhunderte später ein unbeschwertes junges Mädchen für immer zu verstören! Zugegeben, Géricault hat die Episode oder ihre Protagonisten nicht erfunden: Er hat sie nur – aus reiner Sucht nach Ruhm und Anerkennung und gewiss nicht mit irgendwelchen moralischen Absichten – mit unerträglicher, selbstgefälliger, erbarmungsloser Genauigkeit rekonstruiert und unvergänglich gemacht. Manche bemühen sich, die Welt mit ihrer Kunst als einen besseren Ort darzustellen, die anderen zeigen sie so, wie sie ist, das heißt, verschlechtern sie noch ein bisschen, so weit möglich.

Doch nun ist es genug, Schluss damit, schlagen wir uns diese grauenhaften Bilder aus dem Kopf! Hier geht es darum, sich nicht überwältigen zu lassen, einen Schutzwall der Intelligenz gegen die Angst zu errichten, mit den Mitteln der Vernunft auf die Umstände zu reagieren. Schließlich gibt es Völker, die es seit je gewohnt sind, mit Erdbeben zu leben – nimm die Japaner –, und kaum noch die Fassung verlieren. Die Poulanc erinnert sich gut an eine Reise auf die Insel Hokkaido 2003 – sie arbeitete noch für *Paris Match,* oje, das Klima in der Redaktion war der reine Alptraum – nach einem Beben der Stärke acht oder so. Trotz beträchtlicher Schäden schien niemand ein Drama daraus zu machen, man hatte eher das Gefühl, dass dem Unglück mit Gleichmut begegnet wurde. Gewiss, das Erdbeben 2011 war sogar für die phlegmatischen Japaner etwas zu viel, aber da kam auch noch der schreckliche Tsunami dazu und machte alles noch viel schlimmer – von dem Gespenst der Atomkatastrophe zu schweigen.

Hier ist das Unangenehmste, dass das Beben einfach nicht aufhören will, sondern jedes Mal ein bisschen schlimmer zu werden scheint – auch wenn man zugeben muss, dass es bisher, abgesehen von einigen zerbrochenen Scheiben, keine materiellen Schäden angerichtet hat. Eine besonders harte Probe stellt allerdings die totale Abgeschnittenheit vom Rest der Welt dar. Das ist der Grund, weshalb sich die Spannungen verschärfen und die Nerven zerrüttet sind, was letztlich auch zu der widerlichen Schlägerei von vorhin geführt hat: dass sie keine Informationen über das Geschehen erhalten oder senden können, von keinem Hilfsversprechen, keiner Stimme am Telefon, im Radio oder sonst wo getröstet werden. Wir sind so daran gewöhnt, in einer Gemeinschaft zu leben, die sich in jeder Phase unseres Daseins – praktisch von der Geburt bis zum Tod – um uns sorgt – uns *ver*sorgt –, so dass wir es sehr schnell als unerträglich empfinden, wenn wir keine Signale von außen mehr erhalten. Im Grunde messen wir den Grad an Zivilisation unserer Gesellschaften an ihrer Fähigkeit, keines ihrer Mitglieder seinem Schicksal zu überlassen, sondern ihm bei Bedarf ärztliche Behandlung und Pflege, ja sogar Mitgefühl, Solidarität und Zuneigung zu gewähren. Wenn wir einen Autounfall haben oder unser Haus bei Hochwasser überschwemmt wird – selbst wenn unsere Katze auf einen Baum klettert und nicht mehr herunterkann –, gehen wir davon aus, dass uns früher oder später jemand zu Hilfe kommt. Am Straßenrand oder auf dem Dach oder nach oben zwischen die Zweige spähend warten wir auf die Rettung: Das ist normal. Trifft die Hilfe mit Verspätung ein oder erweist sich als ungenügend, zögern wir nicht, uns zu beklagen, schreiben an Zeitungen und protestieren energisch. Um bei Bedarf diese unerlässliche Hilfe in Anspruch nehmen zu können, liefern wir übrigens dem Staat die Hälfte unserer Einkünfte ab. Im Gegenzug erwarten und fordern wir Beistand und Versorgung; finden wir sie nicht oder nur mangelhaft, sprechen wir von Verfall des Lebensstandards, von Zusammenbruch, Korruption, überhandnehmenden Übelständen, vom Vormarsch der Barbarei.

Kurios – oder eher grauenhaft als kurios – ist, dass gerade jene, denen es dank der Existenz eines funktionierenden sozialen Netzes gelungen ist, Reichtum und Macht anzuhäufen, versuchen, ebendieses Netz zu zerstören, sobald sie eine Führungsposition erreicht haben. Die furchtbare Gleichmacherei der kommunistischen und die Kostspieligkeit der sozialdemokratischen Ideen bieten diesen Halunken das nötige Alibi, um zum Angriff auf die grundlegendste Aufgabe jedes modernen Staates, nämlich den Schutz seiner Bürger, überzugehen. Dann proklamieren die *Tycoons* lauthals die Nutzlosigkeit des öffentlichen Gesundheitswesens, der öffentlichen Schulen, der geringsten Unterstützung von Bedürftigen. Ihr Ziel ist nicht – wie sie manchmal ohne große Überzeugung behaupten – die Beseitigung der unfassbaren Verschwendung in der öffentlichen Verwaltung, die Verschlankung der Bürokratie, die Abschaffung der ungerechten Privilegien für Scharen von Dieben, die vom Steuerzahler finanziert werden. Nein, denn da gibt es Millionen von Wählern und Supermarkt-Konsumenten – lieber die Hände davon lassen. Zum Ausgleich jedoch sind sie sofort bereit, Schulen, Krankenhäuser und Forschungseinrichtungen abzubauen, am besten gleich morgen! Je leichter sie die Steuern zahlen könnten – sie könnten sich erlauben, es wohlwollend zu tun, was ihr Prestige in aller Augen nur steigern würde –, umso weniger wollen sie sie zahlen. Die Dienstleistungen einer fortschrittlichen Gesellschaft interessieren sie nicht, sie nutzen sie sowieso nicht. Sie haben ihre Privatkliniken, die öffentlichen Krankenhäuser kann man ruhig schließen; sie schicken ihre Kinder auf teure Privatschulen, wen jucken die öffentlichen Bildungsanstalten; sie reisen im Hubschrauber, zum Teufel auch mit den Straßen. Unter dem Deckmantel ihrer Slogans und liberalistischen Floskeln streben der russische Oligarch, der texanische Ölmagnat, der italienische Fernsehmogul, der große deutsche Banker eine im Wesentlichen *mittelalterliche* Gesellschaft an. Die einzige moderne Ressource, auf die sie nicht verzichten möchten – um keinen Preis, da geht es um ihr Leben –, ist die Promotion und der Vertrieb ihrer Produkte, ob es sich nun um Erdöl, riskante Finanzprodukte oder Quiz-Sendungen handelt. Da spielen die Kosten keine Rolle, alles andere kann ruhig vor die Hunde gehen. Und bald haben sie es geschafft. Man braucht sich nur umzusehen: An Errungenschaften, für die Jahrhunderte oder Jahrtausende langsamen Fortschritts erforderlich waren – so unvollkommen sie sein mögen –, wird jeden Tag gerüttelt, die Gebäude sind schon erschreckend ins Wanken geraten.

Dann findet man sich hier wieder, in diesem wundervollen, unerreichbaren Resort, das auf eine unendlich reizvolle Landschaft hinausblickt – Abgeschiedenheit und Schutz der Privatsphäre vertraglich absolut garantiert –, und keine Menschenseele ist in der Lage, einen aus diesem Gerüttel und Gedonner herauszuholen, das hier gerade alles in die Luft zu sprengen droht und einen vor Angst halb wahnsinnig macht und noch dazu – so sehr man sich auch bemüht, nicht daran zu denken – immer wieder an Géricaults grauenhaftes Gemälde erinnert.

89

Das Buch des Barons ist sehr viel interessanter, als Giulio anfangs dachte, man kann es kaum aus der Hand legen. Er bedauert nur, dass ihm nicht genug Zeit bleibt, um es fertigzulesen, doch im Grunde hat er schon eine Menge Betrachtungen, Anregungen und Ideen daraus gezogen. Was wird wohl aus ihnen, letztlich? Werden sie im Nichts verschwinden? Zu jemand anderem werden? In der Luft flattern? Wer weiß. Nun klappt er es aber lieber zu, damit es nicht aussieht, als berührten die Sorgen der anderen ihn gar nicht. Tiziana scheint schon recht aufgebracht zu sein über seine Beharrlichkeit und erschrocken über die wiederholten Stöße; von der allgemeinen Stimmung im Salon ganz abgesehen, der Zusammenstoß zwischen Neckhart und Carmine war nur ein Symptom. (Ob Neckhart jetzt schon über die Felskämme hinweg ist? Schon fast am Hafen?) Giulio Cobanni legt das Buch auf das Tischchen, beugt sich vor und berührt die Hand seiner Frau.

»Oh, zurück in der Realität?« Tiziana klingt polemisch: Sie muss sich wirklich ein wenig verlassen gefühlt haben.

»Entschuldige, ich wollte nur die paar Seiten zu Ende lesen.« Giulio Cobanni lächelt ihr zu, drückt ihr weiter die Hand, bis auch sie die Lippen leicht entspannt.

Der Wind rüttelt an den Scheiben, fährt mit seinem Schwefelgeruch durch die Löcher der Fenstertür in den Salon.

»Wollen wir ein Gesellschaftsspiel spielen?« Vielleicht, weil er als Einziger keine Angst hat, vielleicht auch, um den zu erwartenden Fragen seiner Frau auszuweichen, fühlt sich Giulio Cobanni zu dem Versuch verpflichtet, die kollektive Laune etwas aufzuheitern.

Alle wirken ziemlich ratlos über seinen Vorschlag und reagieren teils befremdet, teils beunruhigt, teils verständnislos.

»Ingegnere, ehrlich gesagt, glaube ich nicht, dass dies im Moment...« Architekt Perusato spricht noch in seinem Botschafterton, aber sein Blick ist ziemlich verstört.

»Hätten Sie etwas Besseres auf Lager, Architetto?« Giulio Cobanni möchte nicht taktlos sein; er findet einfach seine Idee angesichts der Umstände gar nicht so schlecht.

Tiziana sieht ihn an, als wollte sie sagen, lass es gut sein. Doch der Architekt ist verstummt, wirft nur Lucia nervöse Blicke zu. Lara zeigt eine gewisse Neugier, ebenso Paolo und Ramiro, der Koch; auch die Russin Irina. Piero Gomi dagegen ist sichtlich verärgert, Carmine misstrauisch, Lucia unsicher, Brigitte Reitt verlegen, Werner Reitt vor Feindseligkeit verkrampft. Lynn Lou Shaw hat wahrscheinlich nichts verstanden, in ihrem Sessel lümmelnd gießt sie sich noch etwas zu trinken ein.

»*À quel jeu pensez-vous?*« Die Poulanc zeigt sich überraschend zugänglich.

»Ich weiß nicht.« Giulio Cobanni hat kein bestimmtes Spiel im Sinn, also muss er improvisieren. »Jeder könnte einen Satz sagen, der für ihn oder sie alles zusammenfasst.«

»Was, alles?« Die Poulanc mustert ihn misstrauisch.

»Das, was er bisher verstanden hat oder verstanden zu haben meint.«

»Vom Leben?« Irinas Ausdruck ist konzentriert. »Oder von uns?«

»Vom Leben, von uns, von der Welt.« Giulio Cobanni folgt weiter seiner Eingebung.

»Muss der Satz von uns sein oder von jemand Berühmtem?« Lara kneift die Augen zusammen, wie um die Idee schärfer zu sehen.

»Das steht jedem frei, würde ich sagen.«

Alle schweigen, vielleicht, weil die Wahlfreiheit das Risiko, sich zu exponieren, erhöht, anstatt es zu verringern. Unter andern Umständen könnte so eine Haltung auch irritierend wirken, aber nun ist sie beinahe rührend.

»¿*Quién va primero?*« Ramiro sieht sich um.

»Vermutlich sollte ich den Anfang machen.« Giulio Cobanni kommen mehrere Sätze in den Sinn, doch er kann sich nicht entscheiden.

Nun schauen alle auf ihn, angespannt vor Angst, dass gleich ein neuer, noch schlimmerer Erdbebenstoß kommen könnte.

Giulio Cobanni überlegt noch einen Augenblick, aber nichts. Peinlich, nachdem er die anderen angeregt und Erwartungen geweckt hat. Er gibt auf, macht eine Geste, um zu sagen: Ich passe.

»*Mais enfin, Monsieur, vous avez lancé l'idée!*« Die Poulanc ereifert sich, wie es vorauszusehen war. »*Nous allions commencer à jouer!*«

»*Et alors, allez-y, Madame!*« Giulio Cobanni ermuntert sie. »Sagen Sie einen Satz, nur zu.«

Die Poulanc zögert, will aber nicht die Erste sein, schüttelt den Kopf.

Leicht unsicher hebt Ramiro die Hand. »*El miedo tiene muchos ojos.*«

»Entschuldigung, aber was heißt das?« Gomi ist eingeschnappt wie ein Kind.

»Die Angst hat viele Augen.« Architekt Perusato übersetzt eilig, mit offensichtlichem Unbehagen.

Das Unbehagen zeigt sich auch in der allgemeinen Reaktion: den umherwandernden Blicken.

»Es ist aus *Don Quixote,* von Cervantes…« Ramiro wirkt verlegen.

»Drückt deine Weltanschauung aus?« Irina schaut ihn an.

»Mehr die gegenwärtige Situation...« Ramiro kratzt sich am Kinn.

»Sollte es nicht ein Satz sein, mit dem man sich identifiziert?« Lara sieht Giulio Cobanni fragend an.

»Ja.« Er denkt, dass Tiziana vielleicht recht hatte und es besser gewesen wäre, das Spiel sein zu lassen.

Die Poulanc verzieht die Lippen zu einem nervösen Lächeln, dann verzichtet sie vorübergehend auf ihr schützendes Französisch. »*Man muss im Leben wählen zwischen Langeweile und Leid.* Madame de Staël.«

Niemand sagt etwas, doch die unsteten Blicke zeugen weiter von allgemeinem Unbehagen.

Giulio Cobanni bereut seinen Einfall jetzt wirklich. Kein Wunder, dass das Spiel in einer so angstbesetzten Situation nicht gut läuft, oder? Sein Anspruch, die eigene Distanziertheit auf die anderen zu übertragen, war absurd, das muss er zugeben.

Doch Paolo hebt die Hand. »*Achte auf deine Worte, denn mit deinen Worten erschaffst du die Welt um dich herum.*« Er sieht sich mit seiner Miene eines schiffbrüchigen Idealisten und pragmatischen Träumers um. »Ein Spruch der Navajo-Indianer.«

»Schön.« Brigitte Reitt steht neben dem Sofa, auf dem ihr Mann liegt, und nickt.

»Und *wahr*.« Lara streckt sich ihm entgegen: Es ist, als tauchten sie einer in den Blick des anderen ein.

Giulio Cobanni ist sicher, dass auch er das gekannt hat, das Eintauchen in den Blick des anderen. Doch für Wehmut ist jetzt wirklich kein Platz.

»Sehr schön und sehr wahr.« Tiziana nickt. Mit ihr hat er es kennengelernt, dieses Eintauchen. Später verlor es sich, aber sie haben es wiedergefunden, wenn es auch nicht mehr dasselbe war. Hätten sie den zeitweiligen Verlust vermeiden können, wenn sie sorgsamer damit umgegangen wären? Oder hätte die Zeit es sowieso verwandelt?

»Darf ich?« Irina räuspert sich.

»Bitte sehr, Signorina, nur zu.« Giulio Cobanni macht eine ermutigende Geste, er möchte weg von der Grübelei, zurück zu seiner Distanziertheit, zumindest annäherungsweise.

Irina sucht nach den richtigen italienischen Wörtern. »*Wenn du Katze Milch verweigerst, musst du Maus später Sahne geben.*«

»Von wem ist das?« Lucia wirkt ratlos, denkt aber drüber nach.

Irina breitet die Hände aus. »Russisches Sprichwort.«

»Ach, ich kenne auch ein russisches Sprichwort, wenn Sie gestatten.« Architekt Perusato strengt sich an, um sein Image als brillanter Besucher internationaler Salons aufzupolieren. »*Die Bärin tanzt, der Zigeuner kassiert das Geld.*«

Niemand wirkt sehr beeindruckt; insbesondere Irina sieht ihn böse an.

»Soll heißen, es gibt immer einen, der sich bemüht, und einen anderen, der das ausnützt…« Der Architekt beendet den Satz nicht, ihm wird offenbar bewusst, dass man Sprichwörter niemals erklären sollte.

»Der Nächste?« Giulio Cobanni meint, dass das Spiel zumindest ein bisschen Tempo bräuchte, um zu funktionieren. »Wir müssten spontaner sein, ohne jedes Mal lange zu überlegen.«

Lara hebt die Hand. »*Ich liebe die Klippen sowie das Wissen, weil sie auf tiefe Abgründe blicken.* Das ist von Elias Canetti, wenn mich nicht alles täuscht.«

Paolo betrachtet sie tief bewegt, drückt ihren Arm.

Perusato streicht sich die Haare glatt, wahrscheinlich denkt er an die Klippen, über denen jetzt das Relikt seines wunderbaren Motorboots baumelt, zusammen mit der Zukunft seines Resorts.

»Der Nächste?« Giulio sieht sich um.

Tiziana überwindet sich und hebt die Hand. »*Oftmals er-*

kennt man die Mutigen eher an den kleinen als an den großen Dingen. Das stammt von Baldassarre Castiglione, glaube ich.«

Giulio tut so, als überlegte er, doch die Botschaft seiner Frau könnte nicht deutlicher sein.

»Jetzt sind aber Sie dran, Ingegnere.« Vermutlich will sich Perusato für den geringen Erfolg seines Sprichworts rächen.

»Nun, es gibt da ein paar Sätze von Leonardo da Vinci…« Giulio weiß, dass er sich endlich entscheiden muss. »*Erwirb in deiner Jugend, was die Beeinträchtigung deines Alters erquickt. Und wenn du meinst, das Alter solle sich von Weisheit nähren, sorge in der Jugend dafür, dass diesem Alter die Nahrung nicht fehle.*«

Lara nickt, Paolo, Irina und Ramiro ebenso. Tiziana sieht ihn lange einfühlsam an. Der Wind faucht und rüttelt immer weiter, fährt durch die Öffnungen in der Fenstertür herein, und der Schwefelgeruch reizt die Lungen, lässt die Augen tränen.

»Wollen Sie nicht auch etwas sagen?« Giulio Cobanni wendet sich an Piero Gomi, der so verängstigt allein in seinem Winkel hockt, dass er einem beinahe leidtut.

»Ich wüsste nicht, was, Ingegnere…« Nervös zupft Gomi am Sofarand. »Ehrlich gesagt, frage ich mich auch, ob es angebracht ist…«

»Sehr merkwürdig«, triezt ihn Paolo. »Der Abgeordnete der Republik ist verstummt.«

»Ich bin nicht verstummt.« Gomi fühlt sich auf den Schlips getreten. »Wenn Sie unbedingt einen Satz hören wollen, in der Bibel gibt es einen, der immer mein Maßstab war. *Nur Tugend bringt ewigen Ruhm und wird bei Gott und den Menschen anerkannt.*«

»Vermutlich hängt alles von Ihrer Definition von Tugend ab.« Paolo lächelt.

»Was wollen Sie damit unterstellen?« Der Abgeordnete ärgert sich, wenn auch leicht verspätet und ohne viel Nachdruck.

»Dass Sie und Ihre Kollegen immer wenig Tugend und Ehrlichkeit bewiesen haben.« Paolo schüttelt den Kopf.

»Ich erlaube Ihnen nicht, derartige Behauptungen aufzustellen!« Gomi versucht empört zu wirken, doch in seinem Tonfall liegt Angst, in seinem Blick Unsicherheit.

»Es lässt sich aber kaum bestreiten, scheint mir.« Giulio Cobanni fragt sich, ob es angebracht ist, hier und jetzt darüber zu reden. Alles in allem vielleicht ja.

»Wie meinen Sie das?« Gomi sieht ihn beunruhigt an.

»Nun, ich war immer ein konservativer Wähler.« Giulio Cobanni wirft einen Blick auf seine Frau, die ihn angespannt beobachtet. »Ich hatte einen Betrieb, in den ich alles investiert habe. Ich stellte hochwertige Produkte her, halb handwerklich gefertigt, nach allen Regeln der Kunst, wie man so sagt. Jahrelang habe ich sie mit großem Erfolg in alle Welt verkauft. Jedes Mal, wenn ich ins Ausland reiste, begegnete mir die Wertschätzung der Qualitätsarbeit von Firmen wie der meinen und das verbreitete Misstrauen gegenüber Ihrer Politik. Das war mir peinlich, wunderte mich aber nicht, da Sie ja nie daran interessiert waren, sich ernsthaft um dieses Land zu kümmern, sondern alles daransetzten, es auf jede mögliche Weise auszuplündern und zu diskreditieren.«

»Ingegnere, ich begreife nicht, wie Sie so etwas sagen können, ausgerechnet Sie...« Gomi wirkt überrumpelt und weiß nicht, wie er reagieren soll.

»Vielleicht könnten Sie es auch einfach mal zugeben, glauben Sie nicht?« Giulio Cobanni hat den Eindruck, ganz objektiv zu sprechen, ohne Groll, den er auch nicht empfindet: Was er sagt, ist wie ein Merkzettel, den man an die Türe heftet, bevor man das Haus verlässt.

»Ihre Verallgemeinerungen sind unannehmbar.«

»Es hat sich doch gezeigt, dass Sie nicht nur unehrlich, sondern auch total *unfähig* sind.« Giulio Cobanni möchte gar nicht mehr darauf zurückkommen, aber die Erinnerungen sind da: die endlosen Versuche, das Schlimmste durch das Beste auszugleichen, die immer wieder neuerstellten Budgets, die unzähligen bürokratischen Fallstricke, die einem die Luft nehmen, der unerträgliche steuerliche Druck, das Dickicht von Gesetzen, die zumeist nicht angewandt, aber zur Erpressung genutzt werden, die korrupte Zweideutigkeit der Beamten, die absurde Verschwendung, der allgemeine Missbrauch, die unerledigten Anträge, das endlose Warten, die tausendmal im Fernsehen gesehenen, anmaßenden Gesichter, die wieder und wieder gehörten leeren Worte. »Sie haben sich als so kurzsichtig erwiesen, so provinziell, so ignorant. So *dumm*, verzeihen Sie, wenn ich das sage.«

»Das ist eine Beleidigung, Ingegnere!« Gomi bemüht sich verzweifelt, aber ohne rechten Erfolg, seine Megaphonstimme wiederzufinden. »Wenn Ihr Betrieb in Schwierigkeiten geraten ist, sind gewiss nicht ich oder meine Partei daran schuld!«

»Vielleicht nicht direkt.« Auch nur einen Teil der Verantwortung abzuwälzen, interessiert Giulio Cobanni längst nicht mehr. »Bestimmt haben auch die Veränderungen des Marktes dazu beigetragen, die wachsenden Kosten, die chinesische Konkurrenz, das will ich nicht bestreiten. Auch meine Entscheidung, Steuern und Abgaben bis auf den letzten Cent zu bezahlen, niemanden schwarz einzustellen, keine doppelte Buchhaltung zu führen. Den Steuerinspektoren und der Finanzpolizei keine Schmiergelder zu zahlen, im Unterschied zu vielen meiner Unternehmer-Kollegen, denen es gelingt, bis zu siebzig Prozent ihrer Einnahmen zu verschleiern. Ehrlich zu sein ist fürchterlich teuer in einem korrupten Land. Und Sie haben nie ernsthaft versucht, das Land auf den richtigen Weg zu bringen, weil Sie zu sehr davon in Anspruch genommen sind, sich alles unter den Nagel zu reißen, sich widerrechtlich auszubreiten, unter der Hand zu paktieren, sich zur Schau zu stellen, Lügenmärchen zu erzählen.«

»Ingegnere, ich kann es nicht glauben! Das sind nur die Gemeinplätze der Antipolitik!« Einen Augenblick scheint Gomi sogar das Erdbeben, die unterbrochene Verbindung, die Angst zu vergessen und wieder ganz er selbst zu werden. »Und außerdem scheren Sie alles über einen Kamm! In diesen Jahrzehnten hat es viele Regierungen gegeben, auch solche von Ihrer Seite!«

»Welches wäre denn meine Seite, Entschuldigung?« Giulio Cobanni wird die traurige Vergeblichkeit dieses Gesprächs klar. »Und Ihre? Könnten Sie mir das mal sagen?«

»Uns hat das Volk gewählt!« Gomi antwortet nicht, er schreit.

»Ja, aber warum? Weil Sie seine schlimmsten Fehler so gut verkörpern und verstärken?« Giulio Cobanni fragt es sich nicht zum ersten Mal: Ist die garantierte Mittelmäßigkeit aufmunternder als der Ansporn zur Besserung? Besteht Demokratie wirklich darin, den gemeinsamen Nenner möglichst tief anzusetzen? Muss Freiheit unbedingt das Äquivalent eines erwachsenen Mannes in kurzen Hosen sein, der ganz ungeniert in der Nase bohrt, ohne dass irgendjemand es wenigstens peinlich findet? Oder nicht doch eher eine gewisse Weiterentwicklung anstreben, auch wenn diese sich nicht so leicht verwirklichen lässt?

»Ich verstehe nicht, wovon Sie reden!« Man muss Gomi nur anschauen, um zu wissen, dass er ganz ehrlich ist, leider: Er versteht es wirklich nicht.

»Sie sind doch allesamt Leute ohne Eigenschaften.« Giulio Cobanni sagt es beinahe ohne Tadel, voller Traurigkeit. »Ohne Sachverstand, ungebildet, ohne Ideen, ohne Träume. Ohne alles. Abgesehen von der Veranlagung zur Raffsucht natürlich.«

»Es interessiert sie doch nur der Schlüssel zum großen Supermarkt.« Paolos Stimme ist entschieden zorniger, wenn auch nicht ohne Ironie. »Damit sie sich nehmen können, was ihnen passt. Auch mehr, als sie brauchen, aus reiner Gier. Obwohl das Zeug da drinnen eigentlich *uns* gehören würde. Es reicht ihnen nicht, uns das Geld für ihr Gehalt und ihre Vergünstigungen aus der Tasche zu ziehen, es reicht ihnen auch nicht, sich eine Wohnung zu erschleichen, nein, *zehn* müssen es sein. Ihre Habgier kennt keine Grenzen!«

»Das ist doch dummes Gerede!« Gomi kreischt lauter, aber das nützt nichts, und er weiß es. »Ich bin aus Berufung in die Politik gegangen. Um Gutes für mein Land zu tun!«

»Das haben Sie dann aber sehr schnell vergessen, nehme ich an.« Erneut empfindet Giulio Cobanni eine Art Mitleid für ihn.

»Vous êtes la vulgarité, l'avidité, l'impunité personnifiée!« Die Poulanc nutzt die Gelegenheit, um noch krasser zu werden.

»Signora, ich verstehe keine Fremdsprachen, das habe ich Ihnen schon gesagt!« Gomis Stimme wird immer schriller. »Außerdem ist es einfach, den Politikern an allem die Schuld zu geben! Warum legen Sie sich nicht lieber mit den wahren Machtzentralen an?! Mit den Bossen der Hochfinanz, die verdeckt operieren, wie Dr. Reitt da drüben?!«

»Was sagt der Esel?« Als Reitt sieht, dass mit dem Finger auf ihn gezeigt wird, fühlt er sich wohl angesprochen und dreht sich zu seiner Frau um.

Sie übersetzt widerwillig.

»Die sind doch die wahren Herren der Welt, im Gegensatz zu den Politikern!« Gomi brüllt, als hätte er endlich einen Ausweg gefunden. »Sie machen, was sie wollen, und niemand sagt etwas dagegen!«

»Vor allem ihr nicht!« Paolo weist ihn sofort in die Schranken. »Und wenn die entsprechenden Banken dann vor der Pleite stehen, rennt ihr hin, um sie zu retten! Mit unserem Geld natürlich!«

»Was für peinliche Aussagen!« Reitt reagiert schroff auf das, was seine Frau ihm übersetzt hat. *»Banken sind Banken, keine Staaten! Ihr Zweck ist, Geld zu verwalten, nicht das Wohl des Volkes!«*

»Was sagt er?« Gomi schaut zu Frau Reitt, dann zu Tiziana. »Ich verstehe nicht, was er da brüllt!«

Frau Reitt übersetzt es ihm, sehr verlegen.

»Ihr Mann hat kein Recht mitzureden, Signora!« Jetzt schmerzt Gomis blecherne Stimme fast in den Ohren. »Bei all dem Schaden, den er angerichtet hat, auf öffentlicher und privater Ebene!«

»Am besten haltet ihr alle beide den Mund!« Paolo ereifert sich voller Wut. »Ihr habt den Kuchen immer unter euch aufgeteilt, zwischen Politikerschweinen und Geldschweinen!«

»Das ist nicht wahr! Das ist nicht wahr! Das ist nicht wahr!« Gomi klingt wie eine gesprungene Schallplatte.

»*Was sagt er?*« Reitt dreht sich zu seiner Frau um, damit sie übersetzt.

Brigitte Reitt schaut schweigend weg.

»Hören Sie, kehren wir zu unserem Spiel zurück.« Giulio Cobanni versucht, die Wogen zu glätten, obwohl er sich für den Aufruhr mitverantwortlich fühlt.

»Nein! Ich verlange eine Entschuldigung!« Gomi bewegt sich ruckartig, fuchtelt herum, ist völlig außer sich.

»Du, du müsstest dich entschuldigen, samt deiner Betrüger-Kollegen! Für alles, bei allen!« Auch Paolo hat Mühe, sich zu beruhigen; Lara muss ihn am Arm ziehen, um ihn zum Schweigen zu bringen.

Wahrscheinlich sucht Gomi nach einer wirkungsvollen Phrase aus seinem Repertoire, doch dann fängt er an zu husten wegen des Schwefelgeruchs im Salon, oder weil er nicht mehr weiß, was er sagen soll. Er trocknet sich die Stirn mit dem Taschentuch und bewegt lautlos die Lippen.

»Lucia, wollen Sie uns nicht einen Satz sagen?« Giulio Cobanni ermuntert sie mit Gesten und Blicken.

Lucia denkt kurz nach, dann entschließt sie sich. »*Dos sunt person potenti, qui have todo et qui have nienti.*«

»Es gibt zwei Arten von Mächtigen, die, die alles haben, und die, die nichts haben.« Giulio Cobanni übersetzt, obwohl es wahrscheinlich nicht nötig gewesen wäre. »Sehr schön. Genau so ist es.«

»Ja, absolut.« Paolo nickt bekräftigend.

Lara hebt die Hand. »Ich habe einen von Bob Dylan. *You don't need a weatherman to know which way the wind blows.* Du brauchst keinen Meteorologen, um zu wissen, woher der Wind weht.«

»Der große Bob.« Paolo sieht sie an, umarmt sie erneut.

»Und Sie, Carmine?« Giulio Cobanni schaut den Bootsmann an, der aufrecht und still neben Lynn Lou Shaw steht.

»Nein, Ingegnere …« Carmine wehrt ab.

»Los, Carmine, mach schon!« Auch Paolo drängt ihn.

Unsicher wirft der Bootsmann Lynn Lou Shaw einen Blick zu. Die Schauspielerin prostet ihm ermutigend zu.

Carmine holt tief Luft. »Eine Frau fragte einen Priester, wem sie ihre Sünden beichten solle, Gott oder den Menschen. ›Gott natürlich‹, erwiderte der Priester. ›Dann geh aus dem Weg, Mensch‹, sagte die Frau.«

Gomi schüttelt den Kopf. »Das ist beleidigend gegenüber der Kirche …«

»Das ist Plutarch! Aus den *Sprüchen der Spartaner*!« Giulio Cobanni ist beeindruckt, auch wenn ihn allmählich gar nichts mehr überrascht.

Carmine zuckt die Achseln, als wollte er sagen, das wusste ich nicht. Doch stimmt das? Diese Tareser sind solche Geheimniskrämer, sie hüten ihre Schatten so eifersüchtig.

Jetzt möchte Architekt Perusato wohl sein unwillkommenes Zitat von vorher wiedergutmachen. »Ich habe einen schönen Satz von François de La Rochefoucauld.«

»*Nous voilà!*« Die Poulanc reagiert reflexhaft. »Jetzt sind wir bei den Pralinensprüchen angelangt.«

»Madame, ich begreife nicht, wie Sie das sagen können.« Der Architekt ist entrüstet. »Noch dazu über eine Persönlichkeit, die Frankreich zur Ehre gereicht.«

»La Rochefoucauld war ein Höfling, mein Herr.« Die Poulanc nickt verächtlich. »*Un courtisan ancien régime, cynique et désabusé.*«

»Nicht nur.« Irina schüttelt den Kopf. »Er hat in den folgenden Jahrhunderten wichtige Denker beeinflusst. Auch Friedrich Nietzsche.«

Die Poulanc braust auf. »*Je ne suis pas du tout surprise!* Verabscheuungswürdige Geister beeinflussen verabscheuungswürdige Geister!«

»Architetto, sagen Sie uns bitte Ihren Satz.« Wieder versucht Giulio Cobanni zu schlichten, auch wenn das bei dieser aufgeheizten Stimmung schwierig ist.

»Einverstanden.« Perusato sucht nach dem richtigen Ton. »*Niemandem erscheint das Glück so blind wie denen, die es nicht begünstigt.*«

»*Voilà.*« Die Poulanc macht eine Geste, als halte sie den vollkommenen Beweis ihrer These in beiden Händen.

»Ich bedaure, dass Sie mein Zitat nicht schätzen, Madame.« Der Architekt ist sichtlich beleidigt. »Ich finde es außerordentlich treffend.«

Die Poulanc schnauft hörbar, kräuselt ironisch die Lippen.

»Doch ich habe noch eines parat, ebenfalls von La Rochefoucauld.« Jetzt geht es Perusato ums Prinzip. »*Was die Eitelkeit der anderen unerträglich macht, ist, dass sie die eigene verletzt.*«

Vielleicht hat er ins Schwarze getroffen, denn die Poulanc strafft sich. »Gut, da Sie La Rochefoucauld so lieben, wird Ihnen dies hier gefallen. *Wir können den Menschen verzeihen, die uns langweilen, aber niemals den Menschen, die wir langweilen.*«

»Und Ihnen das hier, Madame.« In einem Gesellschaftsspiel gibt sich der Architekt nicht so leicht geschlagen. »*Wenn wir selbst keine Fehler hätten, würden wir sie nicht mit so großem Vergnügen an anderen entdecken.«*

»*Wir sind so gewohnt, uns vor anderen zu verstellen, dass wir uns schließlich auch vor uns selber verstellen.*« Die Poulanc kontert bissig.

»*Wir vergessen leicht unsere Schuld, wenn wir die Einzigen sind, die sie kennen.*« Perusato schlägt zurück.

»*Lächerlichkeit entehrt mehr als Schande.*« Poulanc pariert gewandt.

»*Jeder klagt über sein mangelhaftes Gedächtnis, aber niemand über seinen mangelhaften Verstand.*« Der Architekt betont jede Silbe.

»Gut, ich würde sagen, wir können jetzt zu jemand anderen übergehen. Es sollte kein Zwei-Personen-Spiel sein.« Nach einem Ausweg aus diesem Duell suchend, sieht Giulio Cobanni sich um.

Irina hebt die Hand. »Ich weiß auch noch was von La Rochefoucauld: *On ne doit pas juger du mérite d'un homme par ses grandes qualités, mais par l'usage qu'il en sait faire.*«

»Was heißt das?« Gomi reckt sich misstrauisch vor.

»Man soll einen Menschen nicht nach seinen großen Qualitäten beurteilen, sondern nach dem Gebrauch, den er davon macht.« Giulio Cobanni übersetzt rasch.

Gomi denkt darüber nach, wer weiß, was ihm durch den runden Kopf geht. »Ich kannte doch auch was von La Rochefoucauld. *Die Leidenschaften sind die einzigen Redner, die immer überzeugen.*«

»Oje, ein Glück, dass du keine Leidenschaften hast.« Paolo lacht.

»Tun Sie mir endlich den Gefallen, mich zu siezen!« Gomi begehrt auf. »Und außerdem verbitte ich mir diese Pöbeleien!«

»Dieb!« Paolo beugt sich zu dem Politiker hinüber. »Betrüger!«

»Moment mal, mir fällt auch noch was ein.« Lara ruft dazwischen, damit der Streit nicht noch mehr ausartet. »*Die Schwäche steht der Tugend mehr entgegen als das Laster.*«

Paolo geht darauf ein, sieht Gomi aber weiterhin zornig an. »*Der vollendete Mut ist, ohne Zeugen das zu tun, wozu wir in der Öffentlichkeit fähig wären.*«

»Das bedeutet gar nichts, es ist nur ein Paradoxon.« Gomi schüttelt den Kopf. »Ein intellektuelles Spielchen, das keinerlei Bedeutung hat.«

Brigitte Reitt hebt schüchtern die Hand. »*Wenn man die Liebe nach ihren Folgen beurteilen muss, ähnelt sie mehr dem Hass als der Freundschaft.*«

Ihr Mann schaut sie verständnislos an, doch sein Ausdruck könnte nicht feindseliger sein.

»*Eh bien.*« Die Poulanc holt noch einen Satz des Mannes heraus, den sie zu verachten behauptet. »*Die Scheinheiligkeit ist das Loblied des Lasters an die Tugend.*«

Brigitte Reitt ist rot im Gesicht, ihre Lippen zittern. »*Der Eigennutz spricht alle Sprachen und spielt jede Rolle, auch die des Uneigennützigen.*«

»*Der Unglückliche findet Trost darin, im Unglück zu schwelgen.*« Die Poulanc lässt nicht locker.

»*Alle haben wir genug Kraft, um das Übel der anderen zu ertragen.*« Brigitte Reitt bietet ihr die Stirn.

»*Die Tugend käme nicht sehr weit, wäre sie nicht von der Eitelkeit begleitet.*« Die Poulanc ist gnadenlos.

»Verzeihung! Wenn Sie gestatten, ich hätte da auch noch etwas.« Tiziana wedelt mit den Händen, wunderbarerweise gelingt es ihr, die beiden zu unterbrechen. »*Lob zurückzuweisen enthüllt den Wunsch, zweimal gelobt zu werden.*«

Giulio Cobanni lächelt sie an: Wie viel Wahrheit in dem Satz seiner Frau liegt. Er fragt sich, wie oft er wohl in der Öffentlichkeit und privat falsche Bescheidenheit vorgeschützt hat. Vielleicht gar nicht so häufig, scheint ihm, und eher in der Öffentlichkeit als privat. Jedenfalls, soweit er sich erinnern kann. Doch erlaubt ihm der Abstand, den er jetzt empfindet, tatsächlich, beinahe objektiv zu sein? »Gut, ich finde, wir könnten uns nun von La Rochefoucauld verabschieden und zu anderen Quellen übergehen. Wer fängt an?«

Lara hebt mit ihrer natürlichen Eleganz die Hand. »Ich hätte ein Zitat von Lao Tse.« Sie konzentriert sich, um sich genau zu erinnern.

»Wahre Worte sind nicht gewandt;
gewandte Worte sind nicht wahr.
Der Weise muss nicht beweisen, dass er recht hat;
wer beweisen muss, dass er recht hat, ist nicht weise.«

»Sehr schön.« Giulio Cobanni klatscht leise Beifall, obwohl er in seiner Rolle als Spielleiter vielleicht unparteiischer sein sollte.

Paolo wirkt schwer beeindruckt, er sieht Lara verblüfft an. »Mit zwanzig habe ich *monatelang* Lao Tse gelesen.«

Lara streichelt ihm lächelnd die Wange.

Paolo nimmt ihre Hand und küsst sie. Dann schaut er vor sich hin, besinnt sich auf die Worte, die er im Kopf hat.

»Um Wissen zu erlangen,
füge täglich etwas hinzu.
Um Weisheit zu erlangen,
nimm täglich etwas weg.«

Die Poulanc macht erneut ein skeptisches Gesicht, sagt aber nichts. Piero Gomi ist völlig verkrampft, im Geist läuft er Sturm gegen das, was in diesem Salon gesagt wird.

Brigitte Reitt dagegen hört auf ihre feinfühlige starre Weise aufmerksam zu. Zögernd wendet sie sich an Giulio Cobanni. »Darf ich auch etwas von Lao Tse beitragen?«

»Aber sicher, bitte sehr.« Giulio Cobanni macht eine einladende Geste.

Brigitte Reitt räuspert sich und schluckt.

»Achte auf deine Gedanken, sie werden Worte.
Achte auf deine Worte, sie werden Taten.
Achte auf deine Taten, sie werden Gewohnheiten.
Achte auf deine Gewohnheiten, sie werden dein Charakter.
Achte auf deinen Charakter, er wird dein Schicksal.«

Frau Reitt spricht so sichtlich bewegt, dass hinterher alle eine Weile schweigen, ohne sich anzusehen.

Dann hebt Lucia die Hand. »Ich weiß auch eins. Aber ich dachte, der Name sei *Laozi*.«

»Ach, machen Sie sich keine Sorgen, es gibt unendlich viele verschiedene Transliterationen.« Giulio Cobanni beruhigt sie eilfertig, denn er hat bemerkt, dass Perusato ihr sofort einen kritischen Blick zugeworfen hat. »Laozi, Lao Tzu, Lao Tse, Laotse, Laodse, Lao-tzu … Bitte sehr, wir hören.«

»Suche die Bestätigung der anderen,
und du wirst immer ihr Gefangener sein.«

Lucia spricht ungestüm, während ihr die Röte ins Gesicht steigt.

Der Architekt scheint sich noch mehr zu ärgern, sagt aber nichts.

Carmine hebt einen Finger. »Darf ich?«

»Ja selbstverständlich, schießen Sie los.« Die unerwarteten Kenntnisse des jungen Taresers haben Giulio Cobanni neugierig gemacht.

»Die Zeit ist eine Erfindung.
Zu sagen ›Ich habe keine Zeit‹ ist, als sagte man
›Ich habe keine Lust‹.

»Sehr wahr.« Tiziana pflichtet ihm demonstrativ und nachdrücklich bei, nicht ohne ihrem Mann einen schrägen Blick zuzuwerfen.

»Ja.« Giulio Cobanni nickt, sogar in seinem Fall ist das Gefühl, keine Zeit mehr zu haben, subjektiver, als man meinen möchte, und entspricht im Wesentlichen dem Gefühl, keine Lust zu haben. »Einverstanden, und hier kommt mein Laozi.«

Die anderen sehen ihn erwartungsvoll an.

»Wenn ich loslasse, was ich bin,
werde ich, was ich sein könnte.«

Nein, das gefällt Tiziana nicht, oder sie ist nicht bereit es zuzugeben. Die anderen wirken beeindruckt, wenn auch auf unterschiedliche Art. Doch jeder Einzelne ist zu sehr mit zu vielen Empfindungen und persönlichen Betrachtungen befasst, um sich länger auf die von den anderen offenbarten Wahrheiten einzulassen.

Werner Reitt zum Beispiel wechselt halblaut einige Sätze mit seiner Frau, dann brüllt er wutschnaubend mit Blick auf die Poulanc: *»Wie kann sie sagen, dass Nietzsche ein verabscheuungswürdiger Geist war!«*

»Was bellt der Herr da?« Gereizt wendet sich die Poulanc an Brigitte Reitt.

»Ihre Definition von Nietzsche empört ihn.«

»Ach ja?« Die Poulanc schaut sie herausfordernd an. »Warum fragen Sie Ihren Mann nicht, ob er uns auch nur einen Satz von Nietzsche zitieren kann, der nicht verabscheuungswürdig ist? Nur einen!«

Brigitte Reitt übersetzt. Ihr Mann antwortet auf Deutsch, sein Ton ist wirklich unangenehm. Brigitte Reitt übersetzt. »*Männer, die straucheln, sind bewundernswert, denn sie haben sich immerhin auf den Weg gemacht.* So ungefähr.«

»Dann hören Sie mal das hier, auch von Ihrem Nietzsche!« Die Poulanc hebt die Stimme. »*Die Folgen eurer Taten werden euch einholen, auch wenn ihr euch gebessert habt.*«

Frau Reitt übersetzt für ihren Mann, der noch schroffer reagiert. »*Das ist zu hoch für Sie, gnädige Frau! Sie sollten Nietzsche ganz einfach nicht zitieren!*«

»Was sagt dieser Nazi?« Bebend vor Wut wendet sich die Poulanc an Brigitte Reitt.

»Nicht, ich bitte Sie!« Leicht verspätet versucht Giulio Cobanni einzugreifen.

»Dass Sie nichts von Nietzsche verstehen.« Auch Frau Reitt ist sehr erregt. »Aber Sie können meinen Mann nicht als Nazi bezeichnen!«

»*Ah non?*« Die Poulanc ist außer sich. »Jetzt ergreifen Sie für ihn Partei, nach allem, was Sie mir über ihn erzählt haben?!«

»Meine Damen, bitte!« Der Architekt macht ebenfalls einen völlig wirkungslosen Schlichtungsversuch.

»Ich war erschüttert über die Ereignisse und nicht objektiv!« Frau Reitt hat Tränen in den Augen. »Außerdem war alles, was ich Ihnen gesagt habe, streng vertraulich!«

»Ich habe Ihnen meine Absicht, ein Buch zu schreiben, sofort mitgeteilt!« Die Poulanc widerspricht vehement.

»Ja, aber erst nach zwei Tagen sehr persönlicher Gespräche!« Frau Reitt ist schockiert.

»Sie haben so einen Mann wirklich verdient!« Poulancs Stimme klingt noch heiserer als gewöhnlich.

»Entschuldigen Sie, Madame, aber Ihre Bemerkungen sind kleinlich und fehl am Platz.« Giulio Cobanni mahnt zur Mäßigung, doch keine der beiden Frauen hört überhaupt zu.

»Sie haben mein Vertrauen missbraucht!« Brigitte Reitt schreit die Poulanc verzweifelt an. »Sie haben meine Schwäche ausgenutzt!«

»*Sie sind eine Klatschtante!*« Werner Reitt poltert auf seinem Sofa los, doch diesmal übersetzt seine Frau nicht.

»*Et vous, vous êtes un infâme, Monsieur! Vous avez détruit les vies de millions de personnes!*« Die Poulanc sprüht Speichel aus dem Mund, sie gestikuliert wie wild.

»*Sie verkörpert die schlimmste journalistische Ignoranz!*« Werner Reitt knurrt genervt.

»*Quoi?*« Die Poulanc schüttelt den Kopf. »Was sagt er?«

Frau Reitt übersetzt mit hochrotem Kopf.

»Und Sie sind nur eine feige Komplizin dieses Ungeheuers!« Poulancs Stimme überschlägt sich fast. »Sie sind ein abscheuliches Beispiel für die Scheinheiligkeit der Ehe.«

»Meine Damen, ich bitte Sie noch einmal, sich etwas kultivierter zu benehmen!« Diesmal greift Perusato energischer ein. »In dieser schwierigen Lage sind solche Töne nicht angebracht!«

»Ja, da bin ich ganz Ihrer Meinung.« Giulio Cobanni bemüht sich, dem Architekten den Rücken zu stärken. »Betrachten wir unser Spiel als abgeschlossen, es war einfach keine gute Idee. Ich bedaure, es erfunden zu haben.«

»Nein, nein, *espera*! Ich habe noch etwas.« Ramiro macht ein Zeichen, dass sie warten sollen. »*It is better to be beautiful than to be good, but it is better to be good than to be ugly.*«

Surreale Stille breitet sich aus, angefüllt von kleinen Veränderungen der Körperhaltungen und von Blicken, die von Gesicht zu Gesicht wandern.

»Besser schön sein als gut, aber besser gut sein als hässlich.« Lara übersetzt schüchtern.

»*Très superficielle.*« Die Poulanc ist äußerst gereizt. »Typisch Oscar Wilde, diese frivole Brillanz.«

In der Tat steht der Satz dem Anschein nach in krassem Widerspruch zu der herrschenden Situation, das lässt sich nicht leugnen. Doch Giulio Cobanni hat den Eindruck, dass alles davon abhängt, was man wirklich unter schön und hässlich versteht.

»Oscar Wilde war ein Genie, Señora!« Ramiro ereifert sich.

»*Il était un brillant frivole! C'est tout!*« Poulancs Strenge scheint komplexere Gründe zu haben als ein bloßes intellektuelles Vorurteil.

»Warum frivol? Weil er schwul war?« Ramiro blickt ihr herausfordernd ins Gesicht.

»*Oh, ne commencez pas, vous!*« Poulanc giftet ihn an. »*Il était frivole, c'est tout!*«

»Sie irren sich! *Completamente!* Hören Sie zu!« Ramiro geht es ums Prinzip, er konzentriert sich auf einen neuen Satz. »*The error of youth is to believe that intelligence is a substitute for experience, while the error of age is to believe that experience is a substitute for intelligence.*«

»Der Fehler der Jugend ist zu glauben, Intelligenz ersetze die Erfahrung« – Lara übersetzt mit einfühlsamer Genauigkeit –, »während der Fehler des Alters ist zu glauben, Erfahrung ersetze die Intelligenz.«

»*Très brillant, et très frivole.*« Die Poulanc ist deutlich entschlossen, ihre Meinung über Wilde nicht zu ändern.

»Sie sind aber voreingenommen.« Lara verlässt ihre Rolle als Übersetzerin, schlägt einen lebhaften Ton an. »Hinter der brillanten Frivolität steckte ein außergewöhnlicher Geist.«

»*Ah oui?* Sagen Sie das, weil er auch aus Irland stammte?« Die Poulanc reagiert mit ungerechtfertigtem Groll. »Oder sind Sie etwa eine profunde Kennerin der Literatur des neunzehnten Jahrhunderts, Mademoiselle?«

»Man muss kein Literaturwissenschaftler sein, um lesen zu können!« Betrachtet man die junge Lara in diesem Augenblick, erkennt man, dass sich unter ihrer freundlichen Zurückhaltung und ihrer natürlichen Eleganz ein leidenschaftlicher Charakter verbirgt. »Und auch keine blasierte, zynische, verbitterte Intellektuelle!«

»*Comment osez-vous me parler comme ça, gamine?*« Die Poulanc tobt.

»Entschuldigen Sie, aber Ihr Urteil ist wirklich sehr oberflächlich, Madame.« Giulio Cobanni kann nicht an sich halten. »Sowohl über Wilde als auch über Signorina Lara.«

»*Ah oui?*« Die Poulanc traut ihren Ohren nicht. »*Et qui êtes-vous pour dire cela?*«

»Ich bin einfach jemand, der liest und denkt, Madame. Und der zuhört, der sieht.«

»*Oui*, mit Ihren schönen Luxusferngläsern!« Die Poulanc keift heiser.

»Madame, ich fürchte, Sie dagegen betrachten alles durch ein Teleskop der Überheblichkeit und der Gemeinplätze.« Giulio Cobanni fängt Tizianas bösen Blick auf: Es ist wahr, er hätte auch schweigen können, doch an diesem Punkt ist ihm, als habe er gewissermaßen die moralische Pflicht, ehrlich zu sein, zu sich selbst und den anderen.

»Sie haben hier gar nichts zu sagen, Monsieur! Sie haben Ihre Firma in den Ruin getrieben und Ihre Angestellten auf die Straße gesetzt.« Die Poulanc versucht, ihn da zu treffen, wo sie ihn vermeintlich am meisten verletzen kann.

»Sie wissen nichts über meine Firma und meine Angestellten, gnädige Frau.« Giulio Cobanni hält es für nötig, sehr bestimmt zu antworten. Doch innerlich fühlt er sich unendlich erleichtert bei dem Gedanken, dass ihm die Bösartigkeit der Menschen, ihre falschen Vorstellungen und die Aggressivität, mit der sie sie vorbringen, nichts mehr anhaben kann.

»Madame, ich bitte Sie, sich zu mäßigen.« Perusato fühlt sich erneut verpflichtet einzugreifen.

»*Vous êtes un hypocrite, Monsieur!*« Die Poulanc faucht ihn sofort an. »Und Sie sind verantwortlich dafür, dass wir uns hier in dieser schrecklichen Situation befinden.«

»Wie können Sie mich dafür verantwortlich machen, Signora?!« Perusato blickt sich konsterniert um. »Ich habe diese Situation gewiss nicht gewollt!«

»*Eh bien,* Sie haben diesen Ort entworfen, *Monsieur l'architecte*!« Die Poulanc trumpft auf. »Trotz Ihrer Ortskenntnis haben Sie nicht im Geringsten an einen Fluchtweg gedacht, *en cas d'urgence*!«

»Signora, ich weise Ihre Anschuldigungen aufs Schärfste zurück!« Der Architekt verteidigt sich energisch, dreht sich verzweifelt zu den anderen Gästen um. »Normalerweise wäre der Fluchtweg per Schiff, doch leider hatten wir die Katastrophe mit dem Chris Craft, und dann ist das Personal mit dem Motorboot geflüchtet...«

»Architetto, sonst bin ich ja in allem uneins mit der Signora, aber hier hat sie recht!« Piero Gomi quäkt dazwischen. »Sie hätten unbedingt die Möglichkeit einer solchen Notlage berücksichtigen müssen! Man kann die Gäste in so einer kritischen Situation nicht einfach sich selbst überlassen!«

»Entschuldigen Sie vielmals, wie Sie genau wissen, hat es eine Reihe gänzlich unvorhersehbarer Umstände gegeben...« Perusato fühlt sich in die Falle getrieben, er dreht sich instinktiv zu Lucia um.

»Und außerdem sind Sie nicht einmal Gast der Villa Metaphora, Onorevole!« Lucia war schon geladen, bevor der Architekt sie angesehen hat, jetzt platzt sie heraus, um ihn zu verteidigen. »Sie dürften gar nicht hier sein!«

»Ich hatte sehr gute Gründe, hier zu sein, Signorina! Und mit Ihren schwerwiegenden Versäumnissen hat meine Anwesenheit nichts zu tun!« Gomi spricht noch lauter. »Ich frage mich, wie es Ihnen überhaupt gelungen ist, alle Genehmigungen zu erhalten! Hier sollte man mal eine Überprüfung seitens der zuständigen Behörden beantragen!«

»Ausgezeichnet, dann informieren wir als Erstes Ihren Freund Scandrola!« Der Architekt ist aschfahl, es klingt, als machte er chiffrierte Andeutungen.

Offenbar ist die Botschaft angekommen, denn Gomi horcht auf. »Was ist das, Architetto, Erpressung?!«

»Sie haben damit angefangen zu drohen!« Perusato schäumt vor Wut.

»Ich sage nur, dass es grauenvoll ist, so hilflos einer Gefahr ausgesetzt zu sein!« Gomi kreischt. »Auf diesen Felsen über dem abgrundtiefen Meer!«

Die Poulanc möchte keinesfalls hinter dem Politiker zurückstehen. »Ihr Luxusresort weist wirklich gravierende Mängel auf.«

»Sie halten besser Ihren Mund, Sie Schnüfflerin!« Lucia beschimpft sie mit beachtlicher Lautstärke. »Sie haben sich hier eingeschlichen, ohne uns zu mitzuteilen, dass Sie Journalistin sind!«

»Ja, eine Schande!« Piero Gomi wechselt rasch die Zielscheibe. »Ein wahrhaft kriminelles Verhalten, man kann es nicht anders sagen!«

»Und das aus dem Mund des Ungeheuers, das dieses arme Wesen angefallen hat! *Cochon!*« Die Poulanc deutet auf Irina, droht dem Politiker mit dem Zeigefinger.

»Ich habe niemanden angefallen, Signora!« Gomi brüllt aus vollem Hals. »Meine religiösen und ethischen Überzeugungen sprechen für mich, im Gegensatz zu Ihnen!«

»Bitte, ersparen wir uns solche Töne.« Wieder möchte Giulio Cobanni die Gemüter beschwichtigen, doch das Geschrei der anderen ist so laut, dass sie ihn gar nicht hören.

»Ha, die Überzeugungen eines Halunken! Eines Diebes!« Paolo brüllt Gomi an, selbst Lara kann ihn kaum bremsen.

»Du bloß Esel, der schreit!« Auch Irina attackiert den Politiker.

»Ich zeige Sie an! Alle beide!« Gomi kreischt, ganz rot im Gesicht.

»Und du, selber armes Wesen, du!« Jetzt geht Irina auf die Poulanc los.

»Und Sie sind eine Nutte!« Die Poulanc hat keine Bedenken, den verbalen Schlagabtausch auf unterstes Niveau zu senken. *Au service d'un gangster!«*

»Und du, Madame, bist dumme Kuh. Ich im Dienst von niemand!« Irina regt sich noch mehr auf. »Meine Freundin hat mich für Urlaub eingeladen!«

»*Oh, bien sûr, vous êtes bien naïve, Mademoiselle!*« Nun wird die Poulanc ironisch. »Fährt mit einer Freundin in Urlaub und merkt nicht, dass sie sich auf der Yacht eines Verbrechers befindet! *La pauvre!*«

»Malachow ist kein Verbrecher!« Irina kreischt regelrecht.

»Ach nein? Was denn dann?« Die Poulanc sieht in die Runde, um die allgemeine Ungläubigkeit zu ernten. »*Dites-moi! Je suis curieuse!*«

»Unternehmer ist er! Schwein, ja, aber genau wie hier italienische Schweine, oder französische! Genauso!« Nach ihrer selbst bei höchster Lautstärke noch reinen Stimme zu urteilen, könnte Irina Opernsängerin sein.

»*Pute!*« Die Poulanc lässt nicht locker, sucht schon nach neuen Opfern und zeigt mit dem Finger auf Lynn Lou Shaw. »Ganz abgesehen von dieser schwachsinnigen Alkoholikerin! Sie ist schuld, dass das große Motorboot zerstört ist! Und auch das Bötchen des Assistenten des niederträchtigen Herrn dort hinten! *Autrement nous aurions pu sortir de cette prison!*«

»Was fällt Ihnen ein?!« Carmine reagiert wie von der Tarantel gestochen, als er hört, dass das Objekt seiner Verehrung beleidigt wird. »Sie müssten sich den Mund mit Seife spülen, bevor

Sie von Miss Lynn Lou sprechen! Sie sind es nicht wert, sie auch nur von weitem anzusehen!«

»*Écoutez-le!* Der Götzendiener, der wie ein Mafioso spricht.« Die Poulanc schaut um sich, als hoffe sie auf die Unterstützung der anderen, doch niemand springt ihr bei.

»Sie *sind niederträchtig!*« Nachdem seine Frau ihm übersetzt hat, dass die Französin ihn als niederträchtig bezeichnet hat, brüllt Werner Reitt sie an. »*Sie verdrehen die Fakten, wie es Ihnen passt, einfach widerlich!*«

»Meine Herrschaften, bitte!« Perusato wedelt mit den Armen, geht auf und ab, verzweifelt bemüht, die Wogen zu glätten. »*S'il vous plaît! Bitte beruhigen Sie sich!*«

Doch das Geschrei geht weiter, ein wüstes Durcheinander von Sprachen, Akzenten, Stimmlagen, Meinungen, Absichten, Überzeugungen. Form, Maß und Beherrschung sind dahin, im Salon dröhnt es wie in einem Hundezwinger, wie in einer Stadt außer Rand und Band, in der zu viele Autos in zu viele verschiedene Richtungen wollen und nirgendwohin kommen.

»*Whoa! Whoa!*« Das Glas in der Hand, erhebt sich Lynn Lou Shaw unerwartet aus ihrem Sessel. Mit der freien Hand gestikuliert sie. »*I've got something, too. If you'd fucking shut up a minute.*«

»Ruhe! Miss Lynn Lou will auch etwas sagen!« Sofort übernimmt Carmine diensteifrig die Rolle des Dolmetschers, Bodyguards, bedingungslosen Anbeters. Er schreit laut, fuchtelt mit beiden Händen, sieht sich drohend um. Überraschend verstummen die Poulanc, Gomi, die Reitts und alle anderen, um zuzuhören.

»*It's from* Macbeth.« Lynn Lou Shaw räuspert sich, stützt die Hände auf die Rückenlehne des Sessels, um sich aufrecht zu halten.

> *»Life's but a walking shadow, a poor player*
> *That struts and frets his hour upon the stage*
> *And then is heard no more; it is a tale*
> *Told by an idiot, full of sound and fury,*
> *Signifying nothing.«*

Noch überraschender ist Lynn Lous wunderbare Interpretation, kein bisschen gekünstelt oder prätentiös, ohne jede Selbstgefälligkeit, ohne jedes schultheaterhafte Klischee. Die Stimme der betrunken schwankenden, jungen amerikanischen Schauspielerin verleiht Shakespeares Worten einen Hauch von Zweifel, der sich auf geheimnisvolle Weise offenbart, aber dennoch ungreifbar und bestürzend bleibt.

Niemand sagt etwas, niemand rührt sich; Staunen liegt in der Luft, Gefühle und Gedanken stocken. Giulio Cobanni kommt noch ein Satz von Friedrich Nietzsche in den Sinn, *Gedanken sind die Schatten unserer Empfindungen, stets dunkler, vergeblicher, einfacher als diese.* Er ist sich des genauen Wortlauts nicht sicher, strengt sich aber nicht mehr an, um sich zu erinnern, denn das Spiel ist aus, und Wörter sind nichts als Schatten unserer Gedanken.

90

Jetzt ist das Spiel vorbei, mit dem Ingenieur Cobanni versuchen wollte, die Gemüter von der Angst vor den Erdbebenstößen und allem Übrigen abzulenken. Lucia betrachtet die Gäste, die sich ratlos hierhin und dorthin wenden. Nachdem sie sich ausgiebig angebrüllt haben, sind ihnen die Wörter ausgegangen. Ihre Gesichter sind mitgenommen wie nach einer großen Anstrengung, ihre Körper atemlos.

Plötzlich macht Carmine »*Shhh!*« und legt den Finger auf den Mund, als wollte er sagen, still, still, obwohl niemand spricht. Er schaut sich um, macht zwei Schritte zur Fenstertür.

Alle anderen folgen ihm gespannt mit dem Blick.

Lucia Moscatigno sieht zu Gianluca hin, spitzt die Ohren, ob sich wieder irgendein schreckliches Geräusch ankündigt. Dann merkt sie, dass sich der Wind gelegt hat. Vollkommen: Die Fensterscheiben zittern nicht mehr, durch die Öffnungen der Fenstertür fährt kein Windstoß mehr herein.

»Der Wind!« Auch Gianluca ist so überrascht, dass er lauter spricht als nötig, denn nun ist das Schweigen im Salon so abgrundtief wie das Meer. Lucia blickt um sich, wie um es zu sehen, das Schweigen, es mit Händen zu greifen.

Allmählich bemerken es auch alle anderen, bewegen sich, wechseln Blicke, aber niemand sagt etwas. Nach tage- und nächtelangem ununterbrochenem Pfeifen, Rütteln und Reißen wirkt es geradezu seltsam, echt unglaublich.

Carmine geht zu Lynn Lou Shaw, die nach ihrem kurzen Auftritt wieder mit dem Glas in der Hand im Sessel versunken ist und die Veränderung scheinbar als Einzige nicht mitgekriegt hat. »*Miss Lynn Lou, the wind has gone.*«

Sie sieht ihn verwirrt an, ihr war wirklich nichts aufgefallen. Sie stellt das Glas ab, steht auf, schaut sich um, den Blick nach oben gewandt. »*Fuck! The fucking wind has fucking died!*«

»*Was ist los?*« Dr. Reitt dreht sich fragend zu seiner Frau um.

Sie antwortet nicht, sondern beobachtet fasziniert, wie Carmine zur Fenstertür geht, erst einen, dann den anderen Flügel weit öffnet, zu Lynn Lou zurückkehrt und sie auf die Terrasse hinaus begleitet.

Auch die anderen gehen hinaus, außer Dr. Reitt, der mit griesgrämiger, scheinbar desinteressierter Miene auf dem Sofa ausharrt. Seine Frau allerdings läuft hinaus, ebenso wie Gomi. Paolo und Lara sind schon draußen, mit Ramiro, Irina und den Cobannis.

Lucia tritt zusammen mit Gianluca hinaus, sie sehen sich um wie alle anderen. Gianluca fehlen die Worte, er schüttelt leise den Kopf. In der Tat, wenn man bedenkt, dass man sich bis vor kurzem mit halb zusammengekniffenen Augen, wehenden Haaren und flatternden Kleidern vorwärtskämpfen musste, während einem im Getöse Staub, Salz, Blättchen, Zweiglein und Steinchen um die Ohren flogen, scheint es unmöglich zu sein, dass der Wind sich gelegt hat. Vollkommen, kein Lüftchen regt sich mehr. Nichts. Als hätte ein riesiger Staubsauger alle Bewegung und allen Lärm aus der Luft abgesaugt und sie leer hinterlassen. Das Laub der Eukalyptusbäume dort hinten rührt sich nicht, die Sträucher am Hang stehen still, selbst das Meer unten ist besänftigt, zwar nicht ganz ruhig, doch die Wellen, die bis vor kurzem heftig schäumten und sich überschlugen, sind nun viel weicher und länger. Um die Küstenfelsen wabert ein seltsamer Dunst.

Lucia Moscatigno denkt, dass sie erleichtert sein müsste nach all dem Brausen, Zerren, Schütteln und Reißen, aber so ist es nicht. Den anderen geht es genau wie ihr, man muss sie nur ansehen, *mamma mia*. Vielleicht, weil die Veränderung einfach zu groß, zu unvermittelt ist oder weil gewiss niemand die Stöße von vorhin vergessen hat, weil der Schwefelgeruch jetzt noch stärker geworden ist oder weil auf einmal so eine Art Aschenregen vom Himmel fällt, auf die Haare, auf die Kleider, auf die Schuhe, auf die Steinplatten der Terrasse.

Gianluca hält die rechte Hand auf, betrachtet die kleinen grauen Flocken, die auf seine Handfläche schweben. »Was zum Donnerwetter ist das?« Er blickt zur Muntagna Matri, die über den Felsschuppen in den Himmel ragt, und die anderen tun es ihm gleich. Eine geballte, dunkle Wolke steigt vom Gipfel auf und breitet sich ganz langsam überallhin aus.

SKA-SKA-SKA-SKATABRAMMMCRACKSHAMMMSSS-MMMBRACK! Plötzlich wackelt alles rundherum, die Terrasse, die Gebäude, die Felsen werden von einer Folge tiefer Stöße erschüttert, viel schlimmer, viel stärker als die Beben vorher, alles fliegt läuft fällt durcheinander, Schreie Gesten Wiederaufstehen Wiederumfallen, Signora Cobanni fliegt auf den Boden der Ingenieur hilft ihr fällt aber selber um Lynn Lou Shaw fliegt doch Carmine hält sie fest der Abgeordnete Gomi fällt knallt mit dem Hintern auf rollt brüllt klammert sich an Frau Reitts Bein sie schreit schüttelt ihn ab fällt zieht sich wieder hoch die Poulanc klammert sich ans Mäuerchen rutscht zur Seite Lara und Paolo halten sich gegenseitig aufrecht fliegen zusammen vorwärts fliegen rückwärts Ramiro fällt zieht sich hoch schreit Gianluca schreit dreht sich nach allen Seiten Lucia klammert sich mit aller Kraft an ihn mit grenzenlosem Schrecken einem Schrecken den sie sich nicht vorstellen konnte Gianluca bewegt sich sie rutscht fällt schreit rappelt sich hoch und unterdessen gehen die Stöße immer weiter halten nicht inne halten nicht inne SKA-SKA-SKA-SKATASTRAAACKABRACKMMM-SBRAMMSC-KAAACK!

Dann auf einmal ist es vorbei, auch wenn eine Art MMMM-MMMMMMMMM in der Luft bleibt, das aus der Tiefe der Erde kommt, direkt aus dem Bauch der Muntagna Matri. Das Grummeln geht weiter, alles andere ist still, aber das Grummeln hält an, tief unten.

»O Gott, Gian!« Von grenzenlosem Schrecken erfüllt, auch wenn jetzt alles stillsteht, klammert sich Lucia erneut an Gianlucas Arm in der irren Hoffnung, er, der Mann aus dem Norden, könne sie wie durch ein Wunder hier herausholen, durch etwas, das er weiß und sie nicht, durch ein Geheimnis, eine Kenntnis, eine Fähigkeit, die sie sich gar nicht vorstellen kann und die er für sich behalten hat für äußerste Notfälle, denn ein Mann aus dem Norden wie er lässt sich bestimmt nicht von so einem äußersten Notfall wie diesem überwältigen, nicht umsonst ist er von so weit hergekommen, hat Himmel und Meere überquert, weiß so viele Dinge, die sie nicht weiß, hat nie wirklich über Dinge gestaunt, die sie erstaunen, hat immer für alles eine Erklärung, immer die richtigen Worte, um die Dinge beim Namen zu nennen, und nicht nur in einer, sondern in vielen Sprachen, auch wenn er jetzt ein wenig niedergeschlagen und durchgeschüttelt ist, auch wenn er blass und durcheinander ist, bleibt er doch ein Mann aus dem Norden, ein internationaler Architekt, der baut, was er will, und viele wichtige, berühmte Leute kennt, einer, der weiß, was zu tun ist, auch wenn sie sich im Augenblick gar nicht vorstellen kann, was.

Doch Gianluca schließt sie nicht in die Arme, wie sie es sich erhofft, er sieht sie nicht einmal an. Er schaut zum Gipfel der Muntagna Matri, der über den Felsen aufragt. Auch alle anderen schauen dorthin, selbst der Abgeordnete Gomi, der immer noch auf dem Boden sitzt. Nur Lynn Lou blickt zur anderen Seite, aufs Meer.

Auch Lucia Moscatigno schaut zum Gipfel der Muntagna Matri, von dieser grenzenlosen Angst erfüllt, in dieser leeren

Luft, und der Aschenregen geht immer weiter, das MMMMMM-MMMMMMM tönt immer weiter aus der Tiefe.

Dann SKRRRAAACK-TRRRAAACK-SFRRRAAAAAPPP! Der Gipfel der Muntagna Matri löst sich ab, man sieht richtig, wie sich ein Stückchen ablöst, von hier aus wirkt es klein, aber bestimmt ist es in Wirklichkeit ziemlich groß, man sieht genau, wie es sich löst und durch die Luft fliegt, man sieht, wie es bricht und in der Luft zerbröselt, aber auch das müssen ziemlich große, schwere Brocken sein, die einen Esel oder einen Menschen erschlagen können, vielleicht wirklich jemanden töten, wer weiß, ob dort auf der anderen Seite gerade jemand vorbeigeht, denn sie fallen auf die Steilhänge der Muntagna Matri, auch wenn man das von hier aus nicht sehen kann, weil die Felsschuppen die Sicht versperren, wer weiß, ob sie nicht vielleicht auch auf den Hafen fallen, unten in Bonarbor, auf das Haus der Moscatignos, *mamma mia*, hoffentlich nicht, und wenn doch, sind hoffentlich alle rechtzeitig zu den Booten gelaufen, jedenfalls kann man den Staub sehen, der sich erhebt und in der Luft hängen bleibt, da jetzt kein Wind mehr weht, der alles wegfegt.

Wie gelähmt stehen sie alle auf der Terrasse, dann drehen sie sich um und sehen einander an, Gianluca, Ingenieur Cobanni, seine Frau, Ramiro, Lara, Paolo, Irina, Carmine, Lynn Lou Shaw, die Poulanc, Frau Reitt, der Abgeordnete Gomi, immer noch auf dem Boden sitzend, da sind alle diese Augen, die hierhin und dorthin huschen wie erschrockene Fische, es ist wirklich so wie in dem Satz, den Ramiro gesagt hatte, dass die Angst viele Augen hat, und das hat ja auch echt niemandem gefallen, weil es genau so ist, da sind alle diese Angst-Augen, auch ihre eigenen, es ist eine grenzenlose Angst, wie sie sie noch nie, aber wirklich nie empfunden hat, nicht einmal als Kind in ihren schlimmsten Träumen, auch das könnte ein schlimmer Traum sein, ist es aber nicht, denn das würde ja bedeuten, dass alle hier im selben Moment denselben Traum träumten, und noch dazu einen viel zu wahren Traum, der schon zu lange dauert, auch wenn man sich schüttelt und schreit, hört der Traum nicht auf, also ist es kein Traum, also ist sie wach, und alles, was sie sieht und hört, geschieht tatsächlich, die Spitze der Muntagna Matri hat sich wirklich abgelöst, ist wirklich in tausend Stücke gesprungen, in der Ferne steigt wirklich Staub auf, da oben, wo die Spitze war, hängt wirklich eine immer dichtere, dunkle Wolke, und dieser Aschenregen fällt weiter auf die Haare, die Stirnen, die Kleider, die Schuhe, die Steinplatten der Terrasse.

Da sind alle diese angstvollen Augen, diese fragenden Blicke, und auch wenn niemand etwas sagt, würden sie alle gerne fragen, alle gerne Antworten bekommen wie keine Sorge, alles in Ordnung, es hat nichts zu bedeuten, wenn die Spitze der Muntagna Matri abplatzt, dabei wissen sie genau, dass das nicht stimmt, sie wissen, dass es etwas ungeheuer Schlimmes bedeutet, alle haben diese Furcht im Blick, fragen aber nichts, denn welche Fragen kann man stellen, wenn man schon weiß, dass es keine Antwort gibt, oder falls doch, dass man sie keinesfalls hören möchte?

Immer noch sind alle auf der Terrasse, sehen einander an und schauen auf die immer dunklere und dichtere graue Wolke, dort, wo die Spitze der Muntagna Matri war, auch Lynn Lou Shaw hat sich endlich zur richtigen Seite umgedreht, und von unten tönt dieses Geräusch herauf, nur dass es jetzt nicht mehr nur MMM-MMMMMMMMMM macht, sondern eher MMMBRRRMMM-BRRRMMMMM. Irgendetwas kratzt und rollt, es klingt wie das Brummen einer Riesenfliege unter der Erde, wie das Dröhnen des Hubschraubers mit dem armen Ciro Spanò, nur tausendmal tiefer, wie die Stimme der Muntagna Matri, wenn sie in uralten Zeiten zu den Menschen sprach, jedenfalls haben die Großeltern das immer erzählt (von Moscatigno- *und* Alcuanti-Seite). Alle schauen und schauen, und das Geräusch aus der Tiefe hält an, wird lauter und lauter, immer lauter, es ist keine Einbildung, es ist kein Traum, es ist tatsächlich so, es hört nicht auf, wenn du aufwachst, es verstummt nicht und verschwindet nicht, wenn du so tust, als würdest du es nicht hören. Auch wenn du echt mit aller Kraft versuchst, es nicht zu hören, es abzustellen, es zum Verschwinden zu bringen, es ist da unten: Es ist da.

Gianluca dreht sich zu ihr um, endlich kann sie ihm in die Augen sehen. Doch er sagt nicht, dass er, der Mann aus dem Norden, eine wunderbare Lösung hat, um sie in Sicherheit zu bringen, er sagt nicht, dass er eine Erklärung für das Geschehen hat, auch wenn er vielleicht eine hat (genau wie sie selbst), er sagt nicht, dass sie keine Angst zu haben braucht, weil er da ist, er nimmt sie nicht fest in den Arm, streichelt ihr nicht leise über die Haare. Er macht wieder dieses Gesicht eines kleinen Jungen, das immer in wirklich schlimmen Situationen herauskommt, genau dann, wenn sie es bräuchte, ihn sicherer zu sehen, nachdem sie ihn in so vielen Situationen erlebt hat, wo er sich echt in allem sicher war, auch in den unwichtigsten Dingen, wann und warum man etwas tut, wie man in einem Geschäft einkauft, in einem Restaurant bestellt, welche Gerichte, welchen Wein, wie man das Glas schwenkt, wie man kostet, wie man sich anzieht, wie man sich auszieht, wie man Sex macht, wie man Sex nicht macht, was ihn am meisten erregt, wie man sich schminkt, um sexy zu sein, wie man sich nicht schminkt, wenn man elegant sein will, wo man hingeht, wie man grüßt, wie man jemandem die Hand drückt, wie man lächelt oder auch nicht, wie man nur den Vornamen oder auch den Nachnamen sagt, wie man spricht, wann man spricht, wie viel man spricht, wie man schaut, wie man nicht schaut, wie man schaut, aber so tut, als würde man nicht schauen. Doch jetzt hat er dieses Flackern in den Augen, diese Falte um den Mund, dieses Benehmen, er fühlt sich verloren. Sie kennt das schon, diese Schwäche, die ihn plötzlich überfällt, gerade wenn er besonders stark sein müsste, die in seinen hellen Augen aufscheint, auf seiner Haut, die unter der Bräune auch hell ist, und seinen Körper durchläuft, denn obwohl er groß und kräftig ist, ist er doch nicht so standfest und kompakt wie zum Beispiel Carmine, es ist der Körper eines Mannes aus dem Norden, langgestreckt und mit breiten Schultern, ja, aber empfindlich auf eine Art, die sie vorher nicht kannte, ein Körper, der jeden Augenblick zusammenbrechen kann genau wie seine Sicherheit.

Daher drückt sie ihm fest den Arm, auch wenn sie wollte, dass er sie drückt, sieht ihn an, um zu sagen, mach dir keine Sorgen, auch wenn sie wollte, dass er das zu ihr sagt, dass er sagt, er kriegt das hin, er hat schon alles organisiert, er findet das mit der Muntagna Matri eine lächerliche Geschichte, typisch für den Aberglauben auf Tari, als Mann aus dem Norden lacht er darüber, es ist eine primitive Geschichte, die vielleicht die alten und von allem abgeschnittenen Inselbewohner umzutreiben vermag, aber bestimmt nicht sie, eine Frau von heute, die studiert hat, und sei es auch an der Universität Rom, denn trotzdem müsste sie ja kapiert haben, dass Aberglauben eben Aberglauben ist und die Wirklichkeit die Wirklichkeit, dass wir im Jahr 2012 leben und nicht im Mittelalter, dass wir die Naturgewalten im Griff haben, dass sie höchstens Ressourcen sind, aber bestimmt keine Gottheiten, die die Menschen bedrohen und ängstigen, wenn diese ihnen Unrecht tun, wie die alten Tareser ja noch immer glauben, auch wenn sie es vor einem Fremden nie zugeben würden, am allerwenigsten vor einem aus dem Norden, doch er weiß, dass sie im Grund immer noch daran glauben und dass auch sie ein bisschen daran glaubt, auch wenn sie es nie zugeben würde.

»Was sollen wir tun, Gian?« Sie fragt ihn, obwohl sie schon an seinem Blick erkennt, dass er ihr keine Antwort geben kann, aus seinem Blick ist jede Sicherheit gewichen, jede Erklärung, jede Absicht, er drückt nur noch Schrecken aus vor der Muntagna Matri dort oben und dem abgrundtiefen Meer dort unten.

91

O Herr, das ist wahrhaftig eine Lektion, die man nicht vergisst. Gelegenheit zu einer gründlichen Gewissensprüfung, zum ehrlichen Nachdenken und auch dazu, ein bisschen Asche auf sein Haupt zu streuen (die fällt vom Himmel, daran fehlt es nicht). Ein Anstoß, über die oberflächlicheren Gründe des politischen Kampfes, die Fehden auf dem Flur, die Zusammenstöße mit den Kollegen und die strategischen Manöver hinauszuschauen. Es kann jedem passieren, sich in letztlich nebensächliche Scharmützel zu verstricken (das ist menschlich) und dumme Alltagsquerelen überzubewerten, womöglich mit jemandem, der versucht, uns ein Bein zu stellen, uns hinterrücks zu erdolchen, oder der sich als treuer Bündnispartner gibt und dann plötzlich das Hemd wechselt und uns in Schwierigkeiten bringt, wenn wir nicht schnell genug reagieren.

Der Abgeordnete Piero Gomi sieht es durchaus ein, dass es nützlich sein kann, ab und zu ein *Reset* vorzunehmen, wie sein älterer Sohn das nennt, der schon mit fünf Jahren einen Computer hatte. Zu dem Gefühl einer Mission zurückzukehren, von dem er vorhin zu sprechen versucht hat, leider vor einem wenig geneigten Publikum. Doch zugegeben, es war eine gute Übung in Bescheidenheit, man muss es in dem Geiste annehmen, den Kardinal Sommariva letzten Sonntag in Assisi predigte. Legen wir den übermäßigen Stolz und den blinden persönlichen Ehrgeiz ab, um seine Worte zu benutzen, und erinnern wir uns daran, dass das Wohl unseres Nächsten immer Vorrang hat. Da wir ständig mit tausend Verpflichtungen überlastet sind, muss uns vielleicht manchmal von oben jemand auf die Schulter klopfen, um uns daran zu erinnern. Die Mahnung ist absolut berechtigt und muss beherzigt werden, ja. Von nun an wird Piero Gomi viel mehr auf das Gemeinwohl achten und weniger auf sein eigenes (falls es Gottes Wille ist, dass er noch einmal davonkommt, wird es so sein, die nötigen Grundlagen sind vorhanden). Das verspricht er hiermit feierlich. Man kann sich Tag und Stunde notieren, von nun an wird Piero Gomi ein besserer Mensch (und Politiker) sein.

Doch jetzt ist die Botschaft angekommen, Herr. Keine weiteren Zeichen nötig. Ein schöner Schrecken kann heilsam sein (war er auch), aber wenn der Zuhörer aufmerksam ist (ist er), genügt es so. Ihm übermäßiges Grauen einzujagen könnte sogar das Gegenteil auslösen: Bestürzung und Verwirrung. Wirklich. Betrachtet man die Reihe der kurz aufeinanderfolgenden Stöße und dann die Explosion der Bergspitze, so waren die Zeichen wahrlich gewaltig. Dabei kann man es bewenden lassen und allmählich wieder zur Normalität übergehen. Die positiven Auswirkungen auf die Gemüter werden gewiss bald sichtbar, wahrscheinlich sogar sofort. Dass sich der Wind gelegt hat, ist schon großartig, auch das Meer scheint ruhiger zu sein; jetzt muss nur noch das Erdbeben abgestellt und dafür gesorgt werden, dass sich diese hässliche dunkle Wolke über dem Berg verzieht. Das beabsichtigte Ergebnis ist hundert Prozent erreicht. Nicht nur Piero Gomi ist schon ein besserer Mensch (und Politiker) geworden, sondern auch die anderen hier draußen auf der Terrasse, trotz aller Fehler, die sie immer noch haben. (Dass auch Werner Reitt ein besserer Mensch wird, können wir nicht garantieren, einverstanden, auch weil er sich da im Salon verkriecht, doch das Wirken der Vorsehung ist gewiss so allmächtig, dass auch er den Klaps auf die Schulter gespürt hat.)

Daher ist es angebracht, jetzt demütig zu sein. Piero Gomi steht auf, nun ja, etwas angeschlagen, aber ohne ernste körperliche Schäden. Vor allem der Herzschlag normalisiert sich nur mühsam, aber das schaffen wir auch noch. Wenn nur alles ruhig bleibt, ohne weitere Stöße und sonstige Scherze, sind wir in einer Viertelstunde bestimmt wieder auf dem Damm. Heute Abend wird man schon darüber lächeln können, am liebsten in einem Hubschrauber des Zivilschutzes oder auf einem Schiff angemessener Größe. Lächeln im guten Sinn natürlich, aus Erleichterung, aus wiedergefundener Gelassenheit, gewiss nicht aus Schadenfreude.

Das Erdbeben und der halbe Vulkanausbruch waren zweifellos positiv, nicht nur hinsichtlich der moralischen Läuterung, die sie bewirkt haben, sondern auch ganz praktisch, weil nun unvermeidlich Bergungsaktionen folgen müssen. Es kann sich nur noch um Stunden handeln, dann kommt jemand, wetten? In Rom tun sie bestimmt schon alles, um seine Rückkehr zu beschleunigen, sowohl die Assistenten (es sind Goldjungen, es tut ihm leid, dass er etwas hart gegen sie war) als auch die Kollegen der Partei (zum größten Teil hochanständige Leute, alle sogar, lauter Freunde, die seinen politischen Traum mit ihm teilen). Hier sieht man den Gesinnungswandel schon ganz deutlich: Sein (durchaus berechtigter) Verdacht und Groll von vorhin ist verraucht. Wie auch die Rivalität gegenüber Männern und Frauen, die seine Werte und seine Vision teilen. Es geht ja darum, gemeinsam einen Weg zu finden, um dieses außerordentliche Land besser zu regieren als in der Vergangenheit, indem man persönliche Interessen und Egoismus hintanstellt. Es gibt wahrhaftig viel zu tun für Piero Gomi, jetzt, wo er ein deutlich besserer Mensch (und Politiker) geworden ist. Er kann viel zur Eintracht in der Partei beitragen. Auch sich zu Verhandlungen mit der Gegenseite an einen Tisch setzen, auf jeden Fall. Im Grunde sitzen wir doch alle im selben Boot (eine hässliche Metapher, vor allem von hier aus, doch sie verdeutlicht, worum es ihm geht), also rudern wir gemeinsam, um das Land aus der Krise zu steuern.

Substantielle Unterschiede hat er, ehrlich gesagt, sowieso nie gesehen, das Menschenmaterial hinter den Parteisymbolen ist überall gleich. Wenn man dieselben Restaurants besucht oder Maßnahmen diskutiert, die der Kategorie der Politiker zugutekommen, wird einem klar, dass die meisten Absichten in eine Richtung gehen, warum soll man das dann später, etwa bei Wahlen, vergessen? Danke, Herr, ehrlich, fürs Wachrütteln, man musste mir wohl mal die Ohren langziehen, sozusagen; letztlich wird das ganze Land davon profitieren.

Jetzt könnte sich diese drohende Wolke über dem Berg wirklich langsam auflösen, obwohl das Schauspiel durchaus grandios ist. Und auch diese Vibration von unten, dieses MMMMMM-MBRRRMMMM, das weiter in der regungslosen Luft brummt. Piero Gomi sagt es nicht nur seinetwegen, sondern auch im Namen aller anderen, denn sie wirken sehr verschreckt, auch wenn sie sich vorher noch so aufgespielt haben. Im Ernst. Die Nerven liegen blank, die geringste Kleinigkeit könnte eine Panik auslösen, mit gefährlichen Folgen. Vor allem für die zwei alten Herrschaften, der Ingenieur ist hochbetagt und in keiner guten Verfassung. Zwar hat er vorher ihm und allgemein der Politik gegenüber harte Worte gebraucht, doch Piero Gomi hat ihm schon verziehen (ein weiterer Beweis für die erfolgte Besserung), er trägt ihm nichts nach. Auch nicht den jungen Leuten, dem Schreiner (wegen seiner üblen Anwürfe), der Französin (mit ihrer bemerkenswerten Bissigkeit), der Russin (aber ja, trotz ihres ungezogenen Benehmens, wofür man sie anzeigen könnte, echt), dem Koch (er ist homosexuell, und seine Küche ist der blanke Hohn, doch vielleicht hat ja nach dieser Erfahrung auch er ein Einsehen). Wir können also die Drohungen ruhig aussetzen und zur Normalität zurückkehren, Herr. Die Peitsche hat schon ihre Pflicht getan, jetzt ist es Zeit für Zuckerbrot. Sowieso wirkt Zuckerbrot fast immer besser als die Peitsche, wenn man es recht bedenkt. Die Schreckensoffenbarungen der Himmlischen Macht waren (bei allem Respekt) angemessener für andere Kulturen und zu anderen Zeiten. Hier und heute, im Jahr 2012, für dieses Menschenmaterial, gibt es nichts Besseres als einen schönen heiteren Himmel, eine friedvolle Stille (ohne diese Vibration), um die Anwesenheit Gottes zu beweisen. Je schneller die bedrohlichen Zeichen verschwinden, umso eindeutiger die Botschaft. Wirklich.

Diesen verheerenden Tsunami in Südostasien im Jahr 2004 zum Beispiel, mit all den unschuldigen Toten und den grauenhaften Zerstörungen, haben viele nicht als Strafe Gottes gesehen, sondern als Beweis für die Abwesenheit Gottes. Paradox, wirklich. Nur um (bei allem Respekt) die Gefahr bei zu unversöhnlichen Botschaften aufzuzeigen, nicht wahr? Gewiss, im Alten Testament steht geschrieben: *Feuer, Hagel, Hunger und Pest, auch sie sind für das Gericht erschaffen,* Sirach, 39, 29. Doch es steht auch geschrieben: *Wenn ihr diese Rechtsvorschriften hört, auf sie achtet und sie haltet, wird der Herr, dein Gott, dafür auf den Bund achten und dir die Huld bewahren, die er deinen Vätern geschworen hat,* Deuteronomium 7, 12. Das ist es, Herr, bewahren wir die Huld, bitte.

Die Vibration von unten scheint nämlich nicht nachzulassen und allmählich zu verschwinden, sondern wird von Minute zu Minute stärker. Das ist nicht nur ein Eindruck, es ist so. Es klingt wie einer dieser riesigen Lastwagen, eine Art gigantischer biblischer Dieselmotor, der da unten eingebaut wurde, um die Erde zu erschüttern und Furcht zu erregen.

In der Tat sind sie alle fürchterlich erschrocken, und wie, die französische Journalistin hat ihren Snobismus verloren, die deutsche Dame hat ihre eisige Steifheit abgelegt, der spanische Koch denkt nicht mehr daran, geistreiche Sprüche zu bringen, der Architekt hat aufgehört, sich als unfehlbarer Gastgeber aufzuspielen, und blickt sich ratlos um. Am besorgniserregendsten ist allerdings die Reaktion der zwei Einheimischen, des Bootsmanns und der Assistant-Managerin. Die sind auf der Insel geboren und aufgewachsen, sie müssten zeit ihres Lebens an die Besonderheiten Taris gewöhnt sein, und doch wirken sie nicht weniger erschrocken als die anderen, im Gegenteil. Aufgeregt und schwitzend wechseln sie Blicke, als wäre die Lage noch viel schlimmer als vermutet (und es sieht schon übel aus, sehr übel). Der Bootsmann schreit in seinem unverständlichen Dialekt: »*O Dragu have defaiatu a Muntagna Matri, a Muntagna Matri va spurtar o igne encima o Dragu!*« Auch wenn man kein Wort versteht, genügen der Tonfall, die Blicke und die Gesten, um zu ahnen, dass die beiden das Schlimmste befürchten! Dass sie es erwarten!

Und tatsächlich, die Vibration von unten nimmt noch zu, MMMMMMMBRRRRRRRRAAAMMMMM! Der biblische Dieselmotor läuft auf Hochtouren, es ist keine akustische Täuschung oder nur ein leichtes Zittern unter den Füßen, jetzt bewegen sich die Steinplatten der Terrasse, die ganze Terrasse bewegt sich, das Gebäude an der Terrasse bewegt sich, die Felsen hinter dem Gebäude bewegen sich, die ganze Insel bewegt sich! Die Französin kreischt, die Deutsche sucht Halt, der Koch läuft zur Küche und wird zurückgeworfen, die Russin stolpert zur Fenstertür und wird ebenfalls zurückgeworfen, der Schreiner umarmt das Mädchen, der Architekt klammert sich an seine Assistentin, der Bootsmann stützt die Amerikanerin, der nicht klar zu sein scheint, was passiert, am Arm.

Okay, Herr, es ist ja gut möglich (beinahe sicher), dass in dieser Gruppe Menschen dabei sind, die so schwere Sünden begangen haben, dass sie eine exemplarische Strafe verdienen. Vielleicht auch alle sieben Todsünden, Hochmut, Geiz, Wollust, Zorn, Völlerei, Neid und Faulheit. Vermutlich haben sie keine einzige ausgelassen, diese Leute hier. Doch es wäre wirklich ungerecht (bei allem Respekt), wenn auch Piero Gomi mit verwickelt würde, der echt nie irgendeine Todsünde begangen hat. In aller Bescheidenheit, es wäre unmoralisch, stünde in offenem Widerspruch zum Alten Testament, wo es ganz klar heißt: *Denn die Schöpfung, die dir, ihrem Schöpfer, dient, steigert ihre Kräfte, um die Schuldigen zu bestrafen, und hält sie zurück, um denen Gutes zu tun, die auf dich vertrauen*, Weisheit 16, 24. Und ehrlich, wer könnte Piero Gomi als Schuldigen bezeichnen? Falls er je gesündigt hat, waren es immer nur lässliche Sünden, aus übergroßer Nachsicht begangen, um diesem oder jenem entgegenzukommen, damit keiner unzufrieden ist. Wie letztes Jahr, als der Kollege Murganti den Gesetzesentwurf Gomi-Murganti eingebracht hat, um durch Änderungen der Paragraphen 4 und 5 des Gesetzes Nr. 75/58 die Straftat der Anstiftung zur Prostitution zu entkriminalisieren. Von allen Seiten hat es Anschuldigungen gehagelt, von rechts, von links, ein maßloses Trara, völlig übertrieben. Manche Gegner haben sogar behauptet, er wolle die moralischen Grundlagen der Gesellschaft zerstören, ausgerechnet er! In Wirklichkeit hatte er es nur Präsident Buscaratti zuliebe getan, der sich wegen der Verbissenheit gewisser Richter gerade in arger Verlegenheit befand. Man muss den Bedürftigen helfen, steht das nicht schon im Evangelium? Bei dem ganzen Rummel, der in den Massenmedien gegen ihn veranstaltet wurde, war jedenfalls kein einziger Kardinal dabei, der ihm sein Vorgehen vorgeworfen hätte. Priester schon (auch da gibt es leider fanatische Fundamentalisten, fast wie die Ayatollahs), aber kein Kardinal, ein Zeichen dafür, dass sie den Geist und die Gründe seiner Initiative genau erfasst hatten. Außerdem pflegt er mehr als herzliche Beziehungen zu Kardinal Toma, Kardinal Suffoni, Kardinal Smirnella, selbst zu Kardinal Kulmar. Sie wissen, dass sie immer auf ihn zählen können, die Achtung ist gegenseitig, gefestigt durch jahrelangen Umgang miteinander. Gleiches gilt für Seine Heiligkeit, der ihn mit der ganzen Familie zu einer Privataudienz empfangen hat, als die Polemik noch nicht abgeflaut war, und ihm Sympathie und Verständnis entgegengebracht hat.

Und wenn Seine Heiligkeit es erfasst hat, der sozusagen das offizielle Sprachrohr ist, dann wird es ja auch der Herr erfasst haben, oder? Stimmt das nicht? Hm?

KRRRMMMBRRRMMMMMMMSKRRRMMMM! Die Vibration wird immer stärker, ein einziges rasendes Geschüttel, man kann sich kaum auf den Beinen halten! Und die Wolke dort über dem Berg ist nun noch dunkler und bedrohlicher! Die Leute hier drehen allmählich durch, schreien und zucken zusammen, schauen nach oben, nach unten, zur Seite, doch es gibt einfach keinen Fluchtweg, denn das Inselinnere ist durch die Felsen abgeriegelt, unten ist das abgrundtiefe Meer, hier draußen auf der Terrasse ist man schutzlos ausgesetzt, und geht man zurück in den Salon, fällt einem womöglich die Decke auf den Kopf, und die Mauern stürzen ein!

Herr, jetzt ist es wirklich genug! Was kann man noch verlangen, wenn einer schon ein besserer Mensch (und Politiker) geworden ist, ehrlich? In diesen Tagen hat er mehrmals sein Gewissen geprüft, und er hat sich kaum etwas vorzuwerfen, im Ernst. Auch eingedenk der Lektüre der Heilgen Schrift als Junge und der erhellenden Gespräche mit Don Sulas und Kardinal Sommariva. Gewiss, es gibt unendlich viele Sünden, abgesehen von den sieben Todsünden. In der Schrift finden sich mehrere Aufzählungen, doch nehmen wir nur den Brief des Paulus an die Galater, den Don Sulas ihm vor einigen Monaten vorgelesen hat (er erinnert sich genau, kann ihn auswendig zitieren), dort ist die Rede von Unzucht, Unsittlichkeit, Ausschweifung, Götzendienst, Zauberei, Feindschaften, Streit, Eifersucht, Jähzorn, Eigennutz, Zwietracht, Parteiungen, Neid und Missgunst, Trink- und Essgelagen. Und er kann hundert Prozent garantieren, dass er sich nichts davon hat zuschulden kommen lassen. Außer man wollte ihm Streit zur Last legen, der ja fester Bestandteil jeder politischen Tätigkeit oder des angeborenen Ehrgeizes jeden Politikers ist, der einen weitreichenden Plan verfolgt. Dennoch hat er auch dafür um Vergebung gebeten, er hat sich schon gebessert, sogar sehr! Geld unter der Hand hat er, im Gegensatz zu praktisch allen seinen Kollegen, nie angenommen, weder für sich noch für seine Familie. Nie ein Schmiergeld, nie eine fingierte Transaktion, nie eine Überweisung auf ein Auslandskonto (na gut, zwei im Jahr 2006 und eine 2008, aber das hing mit der Stiftung zusammen, danach war absolut Schluss). Ja, ein paar Geschenke von Sympathisanten hat er bekommen, um Himmels willen, etwa einen ausgezeichneten emilianischen Schinken oder eine Kiste Jahrgangsbarolo, ein Gemälde, einen antiquarischen Prachtband, eine Sammleruhr, eine Skiwoche mit der Familie, wo du am letzten Morgen zum Bezahlen an die Rezeption gehst und erfährst, dass schon alles geregelt ist, oder auch einen Mercedes der B-Klasse mit vielen Extras für die Ehefrau, die ihn übrigens für die Arbeit nutzt, und außerdem handelt es sich nicht um ein Geschenk, es ist ein kostenloses Leasing, das ist etwas ganz anderes. Doch was zählt, ist, dass man dafür nie eine Gegenleistung von ihm verlangt (und er auch nie eine angeboten) hat. Wie kann man andererseits ein Geschenk zurückweisen, ohne den Geber zu beleidigen? Wenn man später so einem Sympathisanten mal unter die Arme greifen muss, etwa bei einer Auftragsvergabe, nun gut, wenn das Unternehmen verlässlich und solide ist, was ist dann schon dabei? Lieber jemanden bevorzugen, den man kennt und schätzt, als zigtausend Millionen öffentlicher Gelder wer weiß wem in die Hand geben. Wir reden hier von angesehenen Leuten, nicht von diesem hirnverbrannten Reigen von Hühnerdieben, die in den Regionen und Provinzen zu Königen ihres Hühnerhofs geworden sind. Die Habgier und Plumpheit dieser Räte würden manche afrikanischen Regierungschefs erblassen lassen, doch der Durchschnittswähler weiß davon nichts, weil die Journalisten immer nur die Parlamentsabgeordneten und Senatoren unter die Lupe nehmen. Absurd, wie ungleich man behandelt wird. Und bitte, sprechen wir jetzt nicht wieder von dem Vorzugspreis und der kostenlosen Renovierung der Wohnung in der Via dei Coronari in Rom. Die Schlammschleuder hat schon genug gearbeitet, was diesen gar nicht existenten Vorfall betrifft! Wenn es Signora Francisculli Freude gemacht hat, einem Politiker, den sie bewundert, einen Gefallen zu tun, so war es ihr gutes Recht, nach Belieben über ihr Eigentum zu verfügen, es gibt kein Gesetz, das das verbietet. Dass ihr Mann danach mit dem Auftrag für die Autobahnen belohnt wurde, ist eine echte Falschmeldung: Er hat die Ausschreibung des Ministeriums gewonnen, Schluss, aus. Er, Gomi, hat es gleich gesagt, als einige Journalisten ihn bedrängten: »Ich bin unbesorgt, ich vertraue auf die Justiz« (auch wenn man manchen Gerichten unmöglich vertrauen kann, klar). Kurzum, nicht dass ich dich mit zu vielen Details langweilen wollte, o Herr, doch Medienkampagnen darf man nie vorbehaltlos glauben, weil in diesem Land parteiische Richter und aufwieglerische Journalisten immer versuchen, kurzen Prozess zu machen. Bei allem Respekt muss man sich das vor Augen halten.

SKRRRAMMMBRRRAAASKRRRAASKRAAKT! O Gott, es wird immer schlimmer hier, die Geräusche sind immer unheimlicher, man schwankt, man fällt! Der Schwefelgeruch ist unerträglich! Die Wolke über dem Berg wird immer dichter und dunkler, sieht fast aus wie ein Atompilz! Und die Damen schreien! Auch die Herren schreien! Alles klammert sich fest, fällt, steht wieder auf, fällt wieder hin, verletzt sich an den Beinen, an den Armen! Genug, um Himmels willen, Herr, allmählich wird es unerträglich! Da fallen einem die schrecklichen Worte aus dem Buch Jeremia ein, die Don Niri einmal in drohendem Ton vorgelesen hat (leider gehört er zu den radikalen Priestern, von denen vorhin schon die Rede war): *Sie haben das Joch zerbrochen, die Stricke zerrissen. Darum schlägt sie der Löwe des Waldes, der Steppenwolf überwältigt sie. Vor ihren Städten lauert der Panther, alle, die herauskommen, werden zer-*

fleischt. Denn zahlreich sind ihre Verbrechen, schwer wiegt ihre Abtrünnigkeit. Seht, ich lasse über euch herfallen ein Volk aus der Ferne, es frisst deine Ernte und dein Brot, es frisst deine Söhne und Töchter!

Achtung, Herr, selbst wenn die anderen auf dieser Terrasse noch so viel Schuld auf sich geladen haben, kann man doch nicht einfach blind in die Menge schießen! Das wäre ja (bei allem Respekt) beinahe eine Form von göttlicher Gleichgültigkeit, so wie alles über einen Kamm scheren, den Weizen nicht von der Spreu trennen können! Zumindest von außen gesehen, nicht wahr? Vom Standpunkt des Durchschnittsbürgers gesehen, der morgen den Fernseher einschaltet und vernimmt, dass bei dem Vulkanausbruch auf der Insel Tari Hunderte von Menschen umgekommen sind, unter anderem der Abgeordnete Piero Gomi, die amerikanische Schauspielerin Lynn Lou Shaw, der deutsche Banker Werner Reitt und seine Frau, der VIP-Architekt Gianluca Perusato, seine Assistentin und Geliebte Lucia, ein schwuler spanischer Sternekoch, ein Schreiner, ein einheimischer Bootsmann, dazu alle Bewohner unten am Hafen, darunter sicherlich Dutzende von Kindern und Müttern und andere unschuldige Menschen! Welche Botschaft würde da die öffentliche Meinung erreichen, Herr? Zumindest wäre sie konfus, verstörend! Sie könnte sogar eine allgemeine Antireligiosität schüren, nicht unähnlich der unerträglichen Antipolitik, die in diesen Zeiten ungerechterweise grassiert! Wenn wir wirklich ein starkes Zeichen setzen wollen, wäre ein gezielter, sozusagen chirurgischer Eingriff unendlich viel wirksamer, zum Beispiel ein Vulkanfelsen, der direkt auf Werner Reitt niedersaust. Das wäre eine unmissverständliche Botschaft! Keine Verwüstung, die alles und alle vernichtet, ohne zwischen Schuldigen und Unschuldigen zu unterscheiden! Kein blindes, alttestamentarisches Gemetzel! Im Ernst! Herr! Hallo?! Herr?! Heeeeeeeeeerr?!

92

Muntagna Matri! Es war sofort klaro, was geschehen würde, er begriff es im Anfang! Die Matri erzürnte über den Bubenstreich ihres Sohnes, des Drachen, der eifersüchtelte, weil die Göttin die Höhle geentert hatte, und los ging's mit den ersten Beben. Nichtsdestotrotz hätten der Matri, wäre es nur darum gegangen, dem Drachen einen Dämpfer zu verpassen, zwei Rüttler gereicht, er hätte sehr schnell den Kopf eingezogen, wäre ganz zahm, still und leise in seine Höhle regressiert. Die Gründe liegen hier viel tiefer! Hier tobte die Matri wegen all dem Gebuddel, Gehacke, Gebaue und Geprotze der Tareser im Winter und dem Gepaddel, Gesegel, Geröhre, Geplansche, Gemuffe, Geschlemme, dem Motorgedröhne, Gekreische und Radiogeplärre der Kontinentalen im Sommer. Es erboste sie, dass die Inselbewohner sich einbildeten, sie könnten schalten und walten, wie sie wollten, fast als gehörte die Insel ihnen, immerzu sich bedienen, schlau sein wollen, verhökern und verschleudern, und alles nur, um Profit herauszuschlagen und in ihr Haus zu tragen, obwohl sie sicherlich kein Recht darauf hatten, wer hatte ihnen das jemals gegiven? Auch sind nicht nur die heutigen Bewohner schuld, seit Jahrhunderten richten diese Menschen, die eigentlich dankbar sein sollten, trockenen Fußes auf die Insel gesetzt worden zu sein, nichts als Schaden an, mit der emsigen Ausdauer von Ameisen, mit dem kahlschlagenden Nagen von Wanderratten. Die Johannisbrotbäume gehörten zu den größten Geschenken der Matri, und sie choppten sie komplettament ab, weil sie das Holz begehrten, anstatt die Schönheit zu enjoyen, den Schatten, das Futter für die Esel, die heißen Getränke und die Kuchen aus dem feingemahlenen Mehl, ganz abgesehen davon, dass die Bäume mit ihren Wurzeln den Boden festigen. Die Feigenbäume ebenso, statt für das Grün der Blätter zu danken, für die zu Tränen rührende Süße der Früchte, zack zack, weg damit. In null Komma nichts haben sie alles plattgemacht, den weichen Boden martoriert, ihn von Wind und Regen wegschleifen lassen, bis nur noch der nackte Fels übrig blieb und immer rauher wurde und in die Fußsohlen schnitt. Sie verschwendeten das Süßwasser tausendmal mehr als nötig, während sie aus dem Salzwasser alle Fische holten, die sie kriegen konnten, große, mittlere, kleine, komplett egal. In der Folge war alles ein Skrimmen, Skruppen, Skrofanieren von Erde, von Felsen, von allem, was man auf den Markt werfen konnte, und das nicht mal mit heiterer Miene, weil sie nie genug bekamen, nein, nie waren sie kontentiert. Tari war der Wundergarden und hätte es bleiben können, hätte nicht die Gier die Herzen erobert, wäre nicht die Dummheit in die Köpfe eingezogen. Jetzt reicht es der Matri, sie möchte kein Quentchen Ausbeutung, keinen Raubbau, keine Habsucht seitens der Menschen mehr hinnehmen. Jetzt kann niemand mehr ihre Rage bremsen!

Carmine Alcuanti denkt unwillkürlich, dass alle Kraft des Seienden kreisförmig ist, der Himmel rund, rund die Erde, rund die Sterne. Auch die Sonne ist rund, geht im Kreis auf und unter, auch der Mond. Der Wind bläst in ständiger Krümmung, die Welle rollt und rollt, rundherum. Die Vögel bauen ihr gerundetes Nest auf den Felsen, biegen Strohhalme und Ästchen, hergeholt aus Luft und Water. Auch das menschliche Leben törnt im Kreis, vom ersten bis zum finalen Schnaufer, hilflos am Anfang wie am Ende, mit dem Unterschied, dass man am Anfang eine Zukunft vor sich hat, die am Ende hinter einem liegt. Nichtsdestotrotz versteifen sich die Menschen darauf, die ganze Zeit gerade Linien zu ziehen, lange Linien, und so lang sie auch sein mögen, es genügt ihnen nie. Wie besessen bauen sie Kanten und Ecken, wollen ihre geraden Linien schräg nach oben ziehen, höher und höher und höher, es ist nie genug. Die ganze Zeit tönen und dröhnen sie von nötigem Wachstum, unverzichtbarem Wachstum. Wie beim Zauberspruch der Urgroßmutter Trovata, die ein Wort wiederholte und wiederholte, bis sie dich ganz blöde machte und du dir einbildetest, überzeugt zu sein. Aber Wachstum wo, Wachstum wie, Wachstum bis wann, da doch diese Erde ein abgemessenes Rund ist und kein Quentchen wachsen kann? Von was faseln wir da? Die Fläche ist nicht ausdehnbar, das Aussaugen kann nicht ewig so weitergehen! Sehen die Raubroder ihre kolossale Tromperie nicht, dass die gekrümmte Linie naturgemäß aufsteigt und ebenso bogenförmig wieder abfällt, wohingegen ihre geraden Linien nur brechen können wie die Stalagmiten und Stalaktiten in der Höhle, und was nützt einem das dann? Kann man sich trösten mit den Bruchstücken der geraden Linien? So spitz, dass sie dir das Herz durchbohren?

Hier auf der Terrasse festzukleben ist jedenfalls keine Rettung, keine Milderung, keine Hilfe. Man muss rasant das Felsgetürm verlassen, muss transmarieren, denn die Matri lässt sich nun nicht mehr besänftigen, und der Drache, ihr Sohn, wird bloß noch wütender, weil er den Kopf einziehen musste. Einzig das Meer kann man noch um Hilfe bitten, falls es zufällig noch dazu bereit sein sollte. Denn die Göttin muss in Sicherheit gebracht werden, um den Preis, sich ultramäßig zu zerschinden, zu zerschleißen, zu zerschürfen! Die Zeit verfliegt zusammen mit allem Übrigen, folgt wie ein Sturzbach der Eile im Blutkreis! Auch dies lauter gekrümmte Linien hin und zurück, wenn man es nur wissen und sehen will!

93

Wie oft hatte Gianluca Perusato in seinem Leben schon die Metapher verwendet, er fühle sich, als werde ihm der Boden unter den Füßen weggezogen? Oft, und fast immer, um ein Gefühl der Verwirrung, des Kontaktverlusts auszudrücken, häufig auch, um Mitleid zu erregen bei Frauen, die sehr gute Gründe hatten, um ihn aus ihrem Leben hinauszudrängen. Niemals hätte er gedacht, dass diesem Bild eine greifbare Realität entsprechen könnte, dass ihm *buchstäblich* der Boden unter den Füßen weggezogen werden könnte! Er schlittert mit den anderen, klammert sich fest, fällt, zieht sich hoch, zappelt, ist bis ins Mark, bis in die Lungenwand und die Herzwand, bis in den allerletzten Gedanken von einer nie gekannten Angst erfüllt. »Angst« genügt nicht, um diesen Zustand zu beschreiben: Es gibt keine Worte für die verheerende Gewalt der Empfindungen, die ihn bei jedem Stoß durchzucken. Von wegen Kontaktverlust, das hier ist der Totalverlust von Halt und Sinn: Senkrecht verschwimmt mit Waagrecht, Westen mit Osten, Oben mit Unten, alles ist aus den Fugen. Es gibt keinen übertragenen Sinn mehr hier! Es ist die Erde, dein Planet, der dir plötzlich keinen Halt mehr bietet, dich einem Spiel furchtbarer, maßloser Kräfte aussetzt, unbegreiflich und jenseits jeder Illusion von Kontrolle.

BRRRAAAMMMMMMMMMMMBRRRRAAAAAAAAMMMMMMMM! Die Vibration und das Geräusch sind schon schrecklich genug, doch was ihm das Blut stocken lässt, ist der Eindruck, dass sich damit etwas noch Schlimmeres ankündigt. Gianluca Perusato spürt es tief in sich drin wie die Angst, er weiß es, ist sich ganz sicher! Sein Kopf füllt sich mit chaotisch aufeinanderfolgenden Momentaufnahmen: seine Frau Ludovica, die ihn zärtlich, ratlos, wie einen Fremden anschaut, seine Töchter, die wegschauen, er als Kind, als Jugendlicher, beim Staatsexamen vor den Kommissionsmitgliedern mit ihren Marsmenschgesichtern, er mit seinen Mitarbeitern in seinem Büro in Mailand, er mit einem Auftraggeber, er im Auto, er im Boot, er beim Sex mit Lucia. Doch es ist nicht so, dass er die wichtigsten Augenblicke seines Lebens noch mal rückwärts an sich vorüberziehen sähe, wie das angeblich manchmal in Bruchteilen von Sekunden kurz vor dem Tod geschehen soll: Die Bilder tauchen ungeordnet auf, enthalten keine letzten Offenbarungen. Ebenso widersprüchlich sind auch seine Impulse, sie führen zu keiner präzisen, nützlichen, praktikablen Entscheidung. Er wäre gern im Zimmer hinter dem Büro mit Lucia im Bett, er würde gern davonfliegen, sich einen Tunnel graben, um unter die Erde zu flüchten, er wäre gern bei seiner Frau und seinen Töchtern in den Bergen, wäre gern ein einfacherer, besserer, altruistischerer Mensch, er hätte gern noch eine Chance, wäre gern in irgendeiner Stadt in der Poebene, umgeben von Millionen seinesgleichen und allen Errungenschaften der modernen Zivilisation, Krankenwagen, Hubschrauber, Feuerwehr, Polizisten, Ärzte, Krankenhäuser, Gesundheits- und Versorgungssysteme, anstatt hier sich selbst überlassen zu sein, ohne jeden Schutz vor dem grenzenlosen Schrecken, der ihn überfällt!

Die anderen Menschen auf der Terrasse müssen ähnlich empfinden, denn niemand von ihnen wirkt bloß erschrocken. Ihre Blicke sind wie die der Kälber im letzten Gehege vor der Schlachtbank (er hat sie nie gesehen, stellt sie sich aber so vor): Sie laufen hierhin und dorthin, ohne einen Ausweg zu sehen, und in ihren geweiteten Pupillen spiegelt sich das Grauen vor dem unauslotbaren Abgrund, in den sie nicht stürzen wollen. Auch die mit intellektuellem Hintergrund wie die Poulanc oder mit strengem Verhaltenskodex wie die Reitt oder mit unerschütterlichem gesunden Menschenverstand wie die Cobanni oder mit subversivem Geist wie Ramiro oder mit Sinn fürs Praktische wie Lucia haben keine Reserven, keinen Halt mehr. Dennoch versuchen sie alle verzweifelt, sich festzuhalten: aneinander, an den Säulen der Terrasse, an der Fenstertür zum Salon, auch nur am Anblick des Himmels, um bloß nicht die bebenden Gebäude und Felsen anzusehen. Sie schreien bei jedem Stoß, ringen um ihr Gleichgewicht, schreien erneut. Die einzigen Ausnahmen bilden Lynn Lou Shaw, die eindeutig zu betrunken ist, um sich klarzumachen, was geschieht, und Ingenieur Cobanni, der nun schon seit Tagen eine zunehmende Abgeklärtheit demonstriert. Doch keiner von beiden kann den anderen eine Beruhigung sein; höchstens eine Bestätigung für die entsetzliche Lage der Dinge.

Ja, da ist noch Carmine, in seinen Augen leuchtet ein anderes Licht, eher flammend als entsetzt, und gewiss nicht abgeklärt. Vielmehr führt er sich auf wie besessen: Er brüllt unverständliche Worte, gestikuliert, rennt auf der Terrasse hin und her, drängt alle zur Treppe hin. Vorwiegend gelten seine Bemühungen Lynn Lou Shaw, die eine Art passiven Widerstand leistet, aber auch Lucia, dem Schreiner Paolo, Lara, der Russin, jetzt auch Gianluca Perusato. »Ans Meeeeer!« Carmine brüllt sich die Seele aus dem Leib, mit angeschwollenen Halsadern.

Gianluca Perusato begreift nicht.

Carmine kommt näher, mit entschlossen funkelnden dunklen Augen und verzerrtem Gesicht. Er wedelt mit den Armen, schreit noch lauter, deutet über den Rand der Terrasse, die wie ein Floß im Sturm schwankt. »Los, runter ans Meeeer!« Gianluca Perusato schüttelt den Kopf, das hat doch gar keinen Sinn. Wenn das Erdbeben noch ärger wird, ist es bestimmt keine Lösung, an die Küste hinunterzulaufen, im Gegenteil! Bestimmt werden Steinbrocken jeder Größe bergab rollen! Und was sollten sie denn überhaupt tun, wenn sie unten wären: ins Wasser springen und schwimmen? Womöglich bricht noch ein Tsunami los, mit zehn Meter hohen Wellen! Besser hier bleiben, da ist man wenigstens oben, falls nicht die Terrasse und die Gebäude selbst abstürzen!

MMMMMMMMMMMMMMMMMMBRAAAAAAAAA-KRRRAAAASSSKRRRAMMMMMMMM! Das Beben nimmt zu, das Geräusch schwillt an, die Terrasse wackelt, die Leute können sich kaum noch auf den Beinen halten; die Poulanc fällt hin, die Reitt will sie hochziehen, fällt aber selbst, rappelt sich mühsam wieder auf, jetzt fällt die Russin, erhebt sich wieder, dann fällt Ingenieur Cobanni, dem der Schreiner Paolo wieder auf die Beine hilft. Alle schreien, wanken hierhin und dorthin, drehen sich um, blicken in alle Richtungen, aber da ist kein Ort, an den man gehen kann, nirgends! Warum hören diese furchtbaren Stöße nicht auf? Warum lassen sie einen nicht wenigstens kurz Atem schöpfen? Warum löst sich diese schwarzgraue Wolke, die aus dem Berg herauszukommen scheint, nicht auf, anstatt immer dichter und dunkler zu werden?

Carmine brüllt und gestikuliert immer noch wie ein Rasender, mit typisch taresischer Heftigkeit, die auch Lucia manchmal überkommt, doch seine Version ist noch urtümlicher, barbarischer, beinahe aberwitzig. Er packt die Leute am Arm oder an der Schulter, schüttelt sie, brüllt ihnen ins Ohr. Lucia wiederum zeigt auf die schwarze Wolke, die über dem Berg aufsteigt, zeigt aufs Meer, zeigt auf die Treppe, sie scheint dem absurden, unsinnigen Fluchtplan ihres Cousins zuzustimmen.

Gianluca Perusato schüttelt energischer den Kopf, macht ihr Zeichen, dass er nicht beabsichtigt, hier wegzugehen. Jetzt wird es ihm bewusst: Die irre Angst, die ihn bis vor wenigen Augenblicken beherrschte, verwandelt sich auf einmal in ein kälteres Gefühl, das ihn nicht mehr am Denken hindert, sondern erstaunlicherweise die Klarheit sogar fördert. Es könnte sich um eine dieser außergewöhnlichen Reaktionen handeln, zu denen Menschen in extremen Situationen fähig sind und von denen man manchmal hört. Vor einigen Monaten zum Beispiel hat er im Internet Fotos von einem Inder gesehen, der auf der Straße von einem aus dem Zoo entlaufenen Leoparden angegriffen wurde (wahrscheinlich sind sie sogar noch zu finden). Die Bildfolge dokumentierte, wie er sich mit Fäusten und Fußtritten gegen die Raubkatze wehrte und dabei eine verblüffende Entschlossenheit und Koordinationsfähigkeit bewies, die fast sicher nichts oder nur wenig mit Mut zu tun hatten. Und vor einigen Jahren hat ihm eine Freundin aus New York ein Video von einem Finanzberater gezeigt, der achtundvierzig Stunden im Lift eines am Wochenende geschlossenen Büroturms gefangen war. Es hat ihn schwer beeindruckt, dass dieser Herr nach anfänglicher Panik und Verzweiflung, nach Toben und Schreien und Weinkrämpfen, plötzlich ganz ruhig wurde und es sogar schaffte, sich auf den Boden zu legen und bis zur Ankunft des Rettungswagens selig zu schlafen. Vielleicht erlebt er ja gerade etwas Ähnliches: Dass der schier unerträgliche Schrecken, das Gefühl der Ohnmacht angesichts unkontrollierbarer Ereignisse und das Fehlen von Fluchtwegen zum Ausgleich den Verstand ungewöhnlich schärfen. Dank dieser wunderbaren Gabe konnten sich über die Jahrtausende einige Menschen in scheinbar ausweglosen Situationen retten, während andere untergingen. Es ist das Gegenteil des blinden Instinkts, der einen dazu verleitet, sich kopfüber ins Unglück zu stürzen, die ungetrübte Klarheit des Geistes, die es gestattet, einen Schritt zurückzutreten von dem Wirrwarr der Ereignisse, den realen Stand der Dinge zu analysieren und sich für das sinnvollste und nützlichste Verhalten zu entscheiden. Die Tatsache, dass das andauernde Beben und das Geräusch jetzt merklich nachgelassen haben, trägt zweifellos dazu bei, doch auch wenn die Stöße wieder so stark wie vorher werden sollten, würde er sich wahrscheinlich nicht mehr von Panik überwältigen lassen. Er sieht wieder eine Perspektive, das ist enorm viel wert.

»Giaaaaaaaan! Wir müssen runter ans Meeeeeeeer!« Lucia kreischt und gestikuliert wenige Zentimeter vor seinem Gesicht, während Carmine weiter auf der Terrasse hin und her läuft, drängt, zieht und alle um sich zu versammeln versucht wie ein verrückt gewordener Hirte seine widerspenstige Herde.

Gianluca Perusato schüttelt erneut den Kopf, er ist ziemlich sicher, dass er beherrscht wirkt. »Und was machen wir dann unten am Meer? Wir bleiben besser hier.« Man muss nicht mehr brüllen, das unerträgliche Gerüttel hat sich beruhigt, da ist nur noch ein leises Grummeln. Ja, die Wolke, die aus dem Berg aufsteigt, ähnelt jetzt einer schwarzen Säule, die Sonne wirkt noch trüber, ein Staub wie von Bimsstein geht zusammen mit der Asche nieder, der Schwefelgeruch ist noch stärker geworden. Doch könnten das gut auch Zeichen für das Ende der Katastrophe sein, dafür, dass der Berg sich nun ausgetobt hat.

»Los, looos! Gehen wiiir! Architettoooo, Sie auuuuch!« Carmine brüllt und fuchtelt, von seinen taresischen Instinkten überwältigt, und es gelingt ihm, Paolo, Lara und die Russin zur Treppe zu scheuchen. Er probiert, auch die Poulanc, die Reitt, die Cobannis und Gomi dazu zu bewegen, schafft es aber nicht. Dann nimmt er Lynn Lou Shaw, die ganz verträumt aufs Meer schaut, am Arm und schleift sie mit, während er lauthals seine Cousine bedrängt. »*Luciiiiii'! Camòn! Quo waiti?! Moves! Amoniiiii'!*«

»Giaaan! Komm miiit! Jetzt gleiiich!« Lucia kreischt ihrerseits wie ein Adler, packt Gianluca am Handgelenk, zieht, dass es ihm weh tut, so außer sich ist sie vor Angst und Aufregung.

»Beruhige dich, bitte.« Gianluca Perusato nimmt eine gerade Haltung an (ihm wird bewusst, dass er vor Schreck ein wenig zusammengesackt war), macht ein beruhigendes Gesicht. Das bildet er sich nicht nur ein, er weiß es, er spürt es, könnte es schwören, auch wenn er sich nicht im Spiegel betrachten kann, um ganz sicherzugehen.

Noch immer zitternd schaut ihm Lucia in die Augen. »Giaaaan! Los jetzt! Wir müssen geheeeen!«

»Wohin denn? Warum?« Gianluca legt alle Gelassenheit in seine Stimme, die er aufbringen kann. »Hier oben sind wir viel sicherer, siehst du das nicht?« In der Tat, trotz der Gewalt der Erdbebenstöße haben die Mauern keine Risse. Die Renovierung der Gebäude und der Terrassen wurde nach allen Regeln der Kunst ausgeführt, ohne an Material zu sparen, und das Resultat steht allen vor Augen.

»Wie kannst du sagen, dass wir hier sicher sind, Gian?!« Lucia spricht noch immer laut, doch ihr Ton ist entschieden weniger schrill, ihr Atem weniger gepresst. Eine Art Ratlosigkeit schleicht sich in ihre Aufregung ein, was zumindest teilweise beruhigend wirkt.

»Siehst du irgendwo strukturelle Schäden?« Gianluca umfasst mit einer Geste die Hauptterrasse, die Küche, den Salon, das Büro, die Suiten, die übrigen Terrassen, den gesamten Komplex der Villa Metaphora. »Und spürst du nicht, dass die Stöße vorbei sind? Der Erdbebenschwarm klingt jetzt ab, ganz bestimmt. Es wird vielleicht noch ein paar kleine Nachbeben geben, aber dann ist Schluss.«

Lucia mustert die dunkle Rauchsäule über dem Berg, den mit Asche vermischten Staub, der vom Himmel fällt. Würde Carmine nicht immer noch oben an der Treppe, wo er sein unsicheres Grüppchen versammelt hat, herumschreien und winken, hätte sie sich wahrscheinlich schon beruhigt.

»Sie meinen doch auch, dass man sich keine Sorgen machen muss, nicht wahr, Ingegnere?« Gianluca Perusato sieht Ingenieur Cobanni an, der gerade ein intensives Gespräch mit seiner Frau führt, aber dennoch ganz entspannt wirkt.

»O nein, Architetto. Worüber denn?« Der gute Cobanni lächelt liebenswürdig wie immer, nur ein bisschen eingestaubt, weil er bei den heftigeren Stößen ein paarmal hingefallen ist.

»Gerade habe ich zu meiner Frau gesagt, dass ich jetzt wirklich gern ein Bad in dem wunderbaren Becken mit Vulkanwasser nehmen würde.«

»Siehst du?« Gianluca Perusato dreht sich zu Lucia um, auch wenn die Idee, in so einem Augenblick oben im Pool zu baden, geradezu exzentrisch anmutet.

Erneut beunruhigt mustert Lucia den Ingenieur, dann wendet sie sich wieder zu Carmine, der immer noch wie ein Besessener schreit und gestikuliert, um die Poulanc, die Reitt und den Abgeordneten Gomi zu überzeugen, ihm zu folgen.

Auch Signora Cobanni wirkt extrem erregt, obwohl sie unverwandt ihren Mann ansieht und auf nichts sonst achtet. »Giulio, bitte, sei doch vernünftig!«

»Ich bin vernünftig, Tiziana.« Signor Cobanni lächelt sie an wie ein Gentleman aus alten Zeiten. »Bleib du ruhig auf der Terrasse bei dem Architekten oder im Salon bei dem Deutschen oder steig mit den jungen Leuten ans Meer hinunter, wenn dir danach ist. Ich gehe.«

»Architetto, sagen Sie ihm doch auch, dass er nicht gehen soll!« Mit Tränen in den Augen und flehentlichem Ausdruck wendet sich Signora Cobanni an ihn.

»Signora, ich wüsste nicht, wie... Wenn der Ingenieur gern ein Bad im Vulkanbecken nehmen möchte...« Gianluca Perusato fühlt sich, ehrlich gesagt, außerstande, sich auch noch um die Entscheidungen anderer zu kümmern. Es ist kein Egoismus; auch in den bestorganisierten Militäreinrichtungen ist ein Moment vorgesehen, in dem es heißt, rührt euch, rette sich, wer kann. *Every man for himself,* wie die Engländer sagen.

Der Ingenieur versucht, seine Frau zu umarmen, doch sie weist ihn zurück, worauf er sich mit höflichem Kopfnicken umdreht. »Architetto, Signorina, es war mir eine Freude, wirklich.« Damit geht er in Richtung des Pools mit Vulkanwasser.

Signora Cobanni bleibt stehen und sieht zu, wie er sich einige Meter entfernt, dann läuft sie ihm nach. »Giulio, warte! Ich komme mit!«

Gianluca Perusato beobachtet Lucia, die zweifellos wegen dieser leicht melodramatischen Szene sowie wegen der Hektik ihres Cousins wieder völlig verstört wirkt. Er nimmt ihre Hand und sucht ihren Blick. »Bitte, Lucia, beruhige dich jetzt.«

Sie schaut ihn an, mit diesem Ausdruck, der so entnervend und im Grunde auch rührend das jahrhundertealte Misstrauen der Inselbewohner spiegelt.

SKRAAASTRAAACKAAAAAMMMBRAAASKAAASTRAAAAAAAAACK! Wenn das Beben vorher schon stark war, was ist das dann jetzt?! Es ist, als würde die ganze Insel von einer ungeheuren Kraft nach oben gedrückt: Sie hebt sich und fällt mit einem Schlag zurück, hebt sich, senkt sich. Das Geräusch ist unerträglich, die Erschütterung grauenhaft, man hat das Gefühl, dass innere Strukturen zerbrechen, verborgene Gewölbe einstürzen, Felsen unter den Felsen bersten, Festgefügtes zu Bruch geht, in der Tiefe Flüssigkeiten und Gase freigesetzt werden, die nun ungehindert an die Oberfläche drängen.

SKAAATAAASPRAAASKARAAATASMABSTRAAASCRACKSTASMBAM! Die Terrasse und das Gebäude fliegen in die Luft, die Fenster gehen auf, die Scheiben splittern, eine Säule in der Ecke wankt, fällt, zerschellt, ein Teil des Gesimses löst sich ab, kommt herunter, zerspringt ebenfalls in tausend Stücke, Menschen schreien und fallen, Carmine gestikuliert wie ein Irrer, schiebt und zieht sein Grüppchen die Treppe hinunter, die auf und nieder schwankt wie alles andere, vielleicht sogar heftiger, die obersten Stufen heben sich wie eine Welle, hüpfen davon wie Dominosteine, obwohl es schwere Steinplatten sind, Carmine und sein Grüppchen verschwinden, man sieht sie nicht mehr, überall ist Staub, dichte Wolken aus Staub und Asche, der Lärm wird ohrenbetäubend, alle brüllen und suchen Halt, die Poulanc klammert sich an den Abgeordneten Gomi, Gomi klammert sich an Frau Reitt, Lucia klammert sich an Gianluca Perusato, es ist ein einziges Geklammer, Geschrei, Getöse und wieder Getöse.

Dann ist es plötzlich still, nichts rührt sich mehr. Einen Augenblick lang sind alle Sinne völlig überfordert vom Übermaß an Signalen, im nächsten wissen sie nicht mehr, was sie registrieren sollen. Gianluca Perusato fühlt sich wie ein Radio, das keinen Empfang hat, wie eine leere Garage, wie eine verlassene Stadt. Teils ist er erleichtert, teils bestürzt. In der Luft klingt noch eine Art IIIIIIIIIIIIIIIIIRRRRRRRRRRRRRRRRRRR nach, nicht angenehm, aber auch nicht zu bedrohlich. Alle blicken auf die schwärzliche Säule dort oben, der schwebende Staub verdunkelt die Sonne, die Terrasse ist mit Glassplittern, Holzstücken, Stein- und Putzbrocken übersät. Die Reitt, die Poulanc und Gomi klammern sich noch immer aneinander, Lucia ist noch hier, an ihn geklammert, mit schreckgeweiteten Augen und klappernden Zähnen. Noch nie hatte Gianluca Perusato jemanden mit den Zähnen klappern hören; er war überzeugt gewesen, dass auch dies ein bildlicher Ausdruck sei.

Erstaunlich ist, dass er sich trotz allem schon wieder ganz ruhig fühlt. Kaum zu glauben, aber so ist es. Sogar bei der irren Erschütterung von vorhin war er nicht völlig durcheinandergeraten, hatte nicht ganz die mühsam gewonnene Klarsicht verloren. Ein bisschen schon, das ist unvermeidlich, aber nicht ganz. Sein Herzschlag ist beschleunigt, ebenso wie der Atem, der kalte Schweiß steht ihm auf der Stirn, ihn fröstelt, und er fühlt einen dumpfen Druck auf den inneren Organen. Wie könnte es auch anders sein? Seine Klarsicht verleiht ihm weder übernatürliche Kräfte noch die Art von Abgehobenheit, die Signor Cobanni an den Tag legt. Doch sein Blick hat sich nicht getrübt, sein Gehör ist perfekt, sein Denken nüchtern, seine Urteilsfähigkeit intakt.

Von dem Abgeordneten Gomi, der sich langsam von der Poulanc löst, aufschaut und wie ein vom Blitz getroffener Mystiker etwas zum Himmel murmelt, kann man das gewiss nicht behaupten. Auch nicht von der Poulanc, die sich zu Boden gleiten lässt und dabei wie ein Hund jault. Oder von der Reitt, die leichenblass mit ungelenken Schritten in den Salon zu ihrem Mann zurückgeht. Was die Leute betrifft, die Carmine die Treppe hinuntergedrängt hat, so sind sie offenbar nicht alle abgestürzt, denn man hört Stimmen von unten. Lucia erkennt die ihres Cousins, geht zum Rand der Terrasse und stößt einen ihrer taresischen Schreie aus: »*Caaammineeeee!*«

Gianluca Perusato folgt ihr und schaut ebenfalls hinunter.

Carmine steht etwa fünfzehn Meter weiter unten mit Lynn Lou Shaw, Paolo, Lara, Ramiro und der Russin, alle sehr gebeutelt und eingestaubt, aber lebendig. Die Treppe ist nur oben zerstört, der Rest scheint noch intakt zu sein. »*Luciiiiii'! Descenni! Immediateeeee!*« Carmine brüllt sich die Lunge aus dem Leib, wedelt mit den Armen.

Lucia zögert, sieht sich um, betrachtet den Cousin weiter unten. Doch selbst wenn sie hinunterwollte (was absurd wäre), gibt es da einen mehrere Meter tiefen Abhang voller Gesteinsbrocken, er wüsste nicht, wie sie den überwinden sollte, ohne sich zu verletzen. Zweifellos wird das auch ihr klar, denn sie dreht sich ratlos und hilfesuchend zu Gianluca Perusato um.

Auch Carmine merkt es: Er versucht hinaufzuklettern, um seiner Cousine entgegenzukommen, aber nichts zu machen, das Geröll gibt nach, er findet keinen sicheren Halt. Der junge Bootsmann schaut verzweifelt nach oben, wendet sich dann den Personen zu, die er um sich gesammelt hat und die nun sichtlich ungeduldig darauf warten, dass er sie ans Meer hinunterführt. Heftig im Zwiespalt, schaut er immer wieder nach oben und nach unten, bis Lynn Lou etwas zu ihm sagt und er sich endlich entscheidet, das Grüppchen weiter die Stufen hinabzuscheuchen. Ein paarmal dreht er sich noch um und brüllt mit der typischen Theatralik eines aufgebrachten Taresers seiner Cousine unverständliche Worte zu, danach treibt er nur noch seine kleine Herde an und widmet sich mit besonderer Fürsorge seiner angebeteten Lynn Lou Shaw.

Lucia lässt sich über die Terrasse zurückführen, zwar jammert sie noch über die Trennung von ihrem Cousin, aber sie wirkt doch insgesamt ruhiger als zuvor.

»Mach dir keine Sorgen, sie kommen bald wieder rauf.« Jetzt ist sich Gianluca Perusato sicher, den angemessenen Tonfall, den angemessenen Blick und angemessene Bewegungen gefunden zu haben. In Anbetracht der Situation scheint ihm die Glaubwürdigkeit seiner privaten und öffentlichen Rolle zu achtzig Prozent wiederhergestellt zu sein, vielleicht sogar etwas mehr.

»Meinst du?« Lucia sieht ihn schon wieder etwas vertrauensvoller an.

»Aber gewiss doch.« Je selbstsicherer er ist, umso mehr verlässt sie sich auf ihn, je mehr sie sich auf ihn verlässt, umso selbstsicherer wird er, wie zu ihren besten Zeiten. Natürlich wirkt sich das auch auf die Gäste wohltuend aus, denn solange sie ihn von den Ereignissen überwältigt sahen, unfähig, seine Rolle zu spielen, fühlten sie sich verständlicherweise sich selbst überlassen, dem Risiko ausgesetzt, den irrationalsten Ängsten und potentiell gefährlichsten Verhaltensimpulsen nachzugeben. Einige von ihnen sind zwar dort unten mit Carmine, doch was soll's, die, die noch hier sind, haben die richtige Entscheidung getroffen, sie orientieren sich an ihm, um die Lage zu begreifen, und verhalten sich entsprechend.

Die Poulanc zum Beispiel steht da und starrt ihn an wie ein großes erschrockenes Kind.

Er geht hin und reicht ihr ritterlich elegant die Hand. »*Madame, tout est sous contrôle.*«

»*Vraiment?*« Die Poulanc schwankt zwischen natürlichem Misstrauen und dem dringenden Bedürfnis, beruhigt zu werden. »*Mais la fumée là?*« Sie zeigt auf die dunkle Rauchsäule über dem Berg, die sich zu verbreitern scheint, ohne an Dichte zu verlieren.

»*C'est rien, Madame. C'est tout fini.*« Ohne Eile führt Gianluca Perusto sie lächelnd Richtung Salon.

Die Poulanc klopft sich den Staub von den Kleidern, streicht ihre Haare glatt. Sie spitzt die Ohren, weil immer noch dieses IIIIIIIIIIIIIIIIIIIIRRRRRRRRRRRRRRRRRRRR in der Luft liegt, doch auch sie kommt ihm schon ruhiger vor.

Lucia ist jetzt deutlich gelassener: Die Poulanc entspannter zu sehen wirkt auch auf sie entspannend. Endlich eine wahrhaft positive Kettenreaktion, nach all den ansteckenden Negativreaktionen der letzten Tage.

Auch der Abgeordnete Gomi hört nun auch auf, mit Blick zum Himmel vor sich hinzumurmeln, und kommt mit leicht unsicheren Schritten näher. »Architetto, glauben Sie wirklich, dass sich die Lage etwas stabilisiert?«

»Ja, absolut, Onorevole.« Gianluca Perusato fühlt sich schon fast wieder ganz im Vollbesitz seiner Kräfte.

»Und dieser Staub?« Gomi zeigt in die Luft, versucht sich die weiter herabregnende Mischung aus Bimsstein und Asche von den Schultern seines mittlerweile ziemlich zerknitterten Anzugs zu klopfen.

»Ach, das ist nichts.« Gianluca Perusato ist äußerst zufrieden mit dem Timbre seiner Stimme.

»Und die Rauchsäule dort über dem Berg?«

»Die verzieht sich bestimmt bald, Onorevole.«

»Da sind Sie sich doch sicher, oder, Architetto?« Gomi braucht noch mehr Bestätigung. »Ich meine, als Bauexperte, bei allen Ihren Studien, Ihrem Beruf… Außerdem kennen Sie die Insel seit Jahren, nicht wahr?«

»Ich bin zwar kein Geologe, aber ich würde doch sagen, ja.« Gianluca Perusato lächelt: Nun ist er zu neunzig Prozent wieder Herr seiner selbst, wenn nicht mehr. Lucia drückt ihm den Arm, bleibt ganz nah bei ihm; nichts könnte ihm deutlicher zeigen, dass er begonnen hat, wieder Vertrauen einzuflößen.

»Na ja, gelobt sei der Herr.« Allmählich bekommt Gomi wieder Farbe, nach und nach weicht die Angst aus seinen Augen. »Aber das war ein ganz schöner Schrecken. Nicht so sehr für mich, selbstverständlich. Vor allem für die Damen, die jungen Leute, die alten Herrschaften. Außerdem dachte ich natürlich an die Bevölkerung am Hafen unten, an die Unannehmlichkeiten...«

»Genau, Onorevole.« Gianluca Perusato nickt. Das IIIIIIII-IIIIIIIIIIIRRRRRRRRRRRRRRRRRRRR ist noch da, aber vielleicht schon etwas schwächer. Doch, ganz bestimmt. Es lässt sich nicht so leicht sagen, da sich das Trommelfell von dem unerträglichen Krachen vorher noch nicht ganz erholt hat. Sicher ist, dass es nicht anschwillt, das ist schon viel. Was die schwarzgraue Rauchsäule über dem Berg betrifft, ist sie vielleicht ein wenig breiter geworden, ja, aber kaum höher, noch ein äußerst positives Zeichen.

»Denn Erdbeben sind ja wahrhaftig schrecklich, Architetto.« Gomi klopft sich noch einmal den Staub vom Anzug, seine Augen sind wieder fast so flink wie vorher. »Ganz abgesehen von den wirtschaftlichen Schäden, das Furchtbarste ist doch die Panik unter der Bevölkerung. Vor allem das Gefühl, von den Institutionen alleingelassen zu werden, kann zu entsetzlicher Mutlosigkeit führen.«

»Gewiss, Onorevole.« Gianluca Perusato nickt, stolz, dass er nicht zu dieser Sorte Mensch gehört.

»Ich spreche aus persönlicher Erfahrung, Architetto.« Gomi wagt ein Lächeln, klopft den Staub aus seinen dichten Haaren. »Nach dem Erdbeben in der Emilia Romagna vorigen Monat war ich zwei Tage später schon vor Ort. Mir schien, das sei wichtig. Besonders heutzutage, bei all dem Gerede, von wegen wie realitätsfern die Politik sei. Da muss man unbedingt ein konkretes Zeichen setzen, dass das nicht stimmt, dass die Politik an der Seite der Bürger ist. Verstehen Sie mich, Architetto?«

»Sicher, Onorevole.« Gianluca Perusato dreht sich um und wirft einen Blick auf die unvergleichliche Aussicht, die man von der Terrasse des wundervollen Resorts aus genießt, welches er unter tausend Schwierigkeiten und Komplikationen realisieren konnte, indem er all seine Kompetenz und Erfahrung aufgeboten hat. Es ist ein Meisterwerk der Landschaftsarchitektur und verdient es, in den besten internationalen Architekturzeitschriften zu erscheinen, eine einzigartige Synthese von Tradition und Kontemporaneität, mit ultramodernen ökokompatiblen Lösungen (augenblicklich außer Betrieb, ja, doch die Gültigkeit des Projekts ist dadurch keineswegs in Frage gestellt). An seiner Seite steht eine dralle, bereitwillige junge Tareserin, die auch unglaublich sexy sein kann, wenige Meter weiter einige sehr prestigeträchtige Gäste, die wissen, dass das hier eine der spektakulärsten Landschaften der Welt ist. Er denkt, dass der Tag anstrengend war, aber auch reich an Anregungen, so viel interessanter, als wenn er ihn in seinem Büro in Mailand damit verbracht hätte, mit irgendwelchen Auftraggebern zu telefonieren, mit dem Steuerberater zu diskutieren und die AutoCAD-Zeichnungen seiner Mitarbeiter zu kontrollieren. Er denkt, dass er sich im Grund nicht beklagen kann: Es hätte viel, viel schlimmer ausgehen können.

94

Sie laufen die Treppe hinunter, so schnell sie können, aber doch vorsichtig, um in der Hast nicht auszurutschen, über den Rand einer Stufe zu stolpern, den felsigen Hang hinunterzustürzen, sich zu verletzen, sich nicht mehr bewegen zu können, ausgerechnet jetzt, da Bewegung die einzig praktikable Strategie ist. Paolo Zacomel hat den Eindruck, dass die Gewalt der Stöße vorher seinen Gleichgewichtssinn beeinträchtigt hat: Seine Beine zittern, die Kniegelenke haben ihre Elastizität verloren, er muss andauernd mit den Armen balancieren, um nicht hinzufallen. Ein paar Stufen weiter unten, an der Spitze der kleinen Gruppe, schleppt und stützt Carmine Lynn Lou mit jeder erdenklichen Aufmerksamkeit. Irgendwann bleibt er stehen, damit die anderen aufholen können, und feuert sie an. »Forzaaaa! Kommt schon!« Lynn Lou nutzt die Pause, um die Schuhe auszuziehen, und schleudert sie weg, wegen des Alkohols, den sie getrunken hat, sind ihre Bewegungen sehr unbeholfen.

Sie laufen noch schneller, springen von Stufe zu Stufe. Paolo Zacomels Besorgnis gilt besonders Lara, die einen Meter hinter ihm geht: Obwohl sie ihre Bewegungen besser koordinieren kann als er, ruft sie eine so starke und ungewohnte Fürsorglichkeit in ihm hervor, dass er ganz durcheinanderkommt. Er verspürt den dringenden Wunsch, sie zu beschützen, dreht sich andauernd um und passt auf, dass sie nicht zurückbleibt, reicht ihr die Hand, um sie zu stützen, auch wenn sie nicht darauf angewiesen ist, und sagt alle paar Schritte: »Pass auf!« Doch begreift er nicht, ob er ihr bei einer Flucht ins Nichts hilft oder bei dem einzig möglichen Versuch, dem, was geschieht, zu entkommen. Was werden sie tun, wenn sie einmal am Meer angekommen sind? Gibt es für Carmines Eingebung irgendeinen vernünftigen Grund, oder folgt er nur dem verzweifelten Drang, bloß nicht auf der Terrasse ausharren und auf das Schlimmste warten zu müssen? Wenn sie ins Wasser springen, können sie ja nicht für immer im Wasser bleiben, ohne sich irgendwo festhalten zu können. Hilfe käme jedenfalls sicher zu spät, wenn überhaupt. Die schrecklichen Bilder des Terrorangriffs auf die Twin Towers in New York im September 2001 fallen ihm ein, Bilder von Menschen, die aus den Fenstern springen, um sich nicht von den Flammen auffressen zu lassen. Oft hat er sich gefragt, was er an ihrer Stelle getan hätte, und jedes Mal kam er zu dem Schluss, dass auch er sich höchstwahrscheinlich ins Leere gestürzt hätte. Ist diese Flucht zum Meer eine ebenso selbstmörderische Entscheidung? Ist es eine dieser Entscheidungen, die man trifft, wenn keine Zeit bleibt nachzudenken? Ja, doch welche anderen Optionen hätten sie gehabt? Er hat ganz instinktiv gehandelt, und dies war die einzige Möglichkeit, die sich ihm bot.

Und doch, hätte Lara gesagt, sie wolle nicht hinunter zum Meer, wäre auch er oben geblieben. Das ist das Einzige, woran er nicht im Geringsten zweifelt. Gegen seinen Instinkt, oder vielleicht aus einem noch stärkeren, noch tieferen Instinkt heraus. Es erscheint ihm unglaublich, aber so ist es. Paolo Zacomel steigt schnell die Treppe hinunter, ohne auch nur einen Augenblick aufzuhören, Laras Bewegungen unmittelbar hinter ihm wahrzunehmen. Sobald er den Eindruck hat, sie sei in Schwierigkeiten, streckt er ihr die Hand hin, obwohl sie sich geschickt und leichtfüßig bewegt. Irgendwann lächelt er ihr sogar zu, so absurd es ist. Und sie lächelt zurück, wenn auch nur für einen Augenblick, doppelt absurd.

Carmine führt die kleine Gruppe weiterhin an, hilft Lynn Lou bei jedem Schritt, ab und zu sieht er nach oben, feuert erneut alle an. Ramiro und Irina kommen als Letzte, aus Angst, einen Fehler zu machen. Irgendwann stößt Irina einen gellenden Schrei aus. Im selben Moment schiebt sich ein Schatten über die Landschaft, verdunkelt alles, verwischt die Umrisse der Felsen, dämpft die Farbe des Meeres.

Alle bleiben wie angewurzelt stehen, schauen nach oben. Der schwarze Rauch, der aus dem Gipfel des Berges quoll, hat sich noch weiter ausgebreitet und verdeckt den Himmel. Da, wo die rußige Masse am dichtesten ist, sieht man ein Funkeln, ein flackerndes Blitzen, begleitet von prasselndem Geknister.

»*Holy shit!*« Lynn Lou klammert sich an Carmines Arm.

»*Muntagna Matri…*« Carmine ist wie hypnotisiert, er kann die Augen nicht von den Blitzen abzuwenden.

»*Боже! Я боюсь!*« Weiter hinten schreit Irina erneut, sie klammert sich an Ramiro fest. »*¿Qué es, el neón del cataclismo?*« Ramiro sieht erschrocken aus, er bewegt sich stockend.

»Was passiert auf Berg?« Irina sieht die anderen ratlos und verzweifelt an.

»Es ist kein Berg, es ist ein *Vulkan*!« Paolo Zacomel schreit, er kann es kaum glauben, dass alle, auch er selbst, bis zu diesem Augenblick immer vom Berg gesprochen hatten.

»*¿Y luego, el terremoto no es un terremoto?*« Ramiro beugt sich zur Seite, mit verzerrtem Gesicht.

»Aber das wussten wir doch alle, oder?« Paolo Zacomel legt Lara den Arm um die Schultern und drückt sie. »*Schon die ganze Zeit!*«

Lara schmiegt sich an ihn, er spürt ihr schnell schlagendes Herz. »Ja.«

Er drückt sie fester. Ihm wird klar, dass ihre extreme Nähe ein im Gesamtbild unsichtbares Detail ist, und doch scheint es ihm, von hier aus, bei null Abstand, bedeutender als jede Ballung von Tatsachen, so ungeheuerlich sie auch sein mögen. Eine grenzenlose Zärtlichkeit durchströmt ihn, treibt ihm die Tränen in die

Augen. Es ist ein unbekanntes Gefühl, das bewirkt, dass ihm die Gefahr ganz nebensächlich vorkommt, ausgerechnet jetzt, da er sich seiner totalen Verwundbarkeit am stärksten bewusst ist.

»Los, schneller!« Carmine erwacht weiter unten aus seiner Trance, schreit wie wahnsinnig: Seine Stimme hallt von den Felsen des Hangs wider, übertönt sogar das Knistern der vulkanischen Blitze und das Rauschen des Meeres. Er nimmt Lynn Lou am Arm und zieht sie mit sich.

Alle hasten mit unwirklicher Geschwindigkeit abwärts, von einer inneren Kraft angetrieben, fast wie im Flug. Im Nu sind sie am Gleisende des kaputten Lastenaufzugs vorbei und auf den nassen Steinen der Mole, von der die beiden in Planen gewickelten Leichen verschwunden sind, weggespült von den Wellen. Sie rennen an dem zerschmetterten Chris Craft vorbei, das schief an seinen Halteseilen baumelt, und springen über die rötlichen Felsen der Küste. Die schwarze Wolke am Himmel wird immer größer, der Schatten auf den Felsen und dem Meer immer dichter.

Carmine zieht die Schuhe aus, schleudert sie weg, zerrt Lynn Lou weiter, stützt sie von Fels zu Fels, bietet all seine Kraft auf. Auch Paolo Zacomel, Lara und Ramiro ziehen die Schuhe aus, werfen sie fort, wie um sich von allem zivilisatorischen Ballast zu befreien, der die Bewegung in ihrer elementarsten Form einschränkt. Irina ist schon barfuß, rennt und springt mit den anderen. Oben am Himmel blitzt und knistert es weiter wie in einer riesigen kaputten Neonröhre, dazu kommt ein tieferes Geräusch, das nun von unten herauftönt und bis zur Spitze des rechts von ihnen aufragenden Felsvorsprungs hallt.

»*Come on Miss Lynn Lou! Come on, Miss Lynn Lou!*« Wie ein Mantra wiederholt Carmine immer wieder die gleichen Worte, während er Lynn Lou hilft, von Fels zu Fels zu springen. Ab und zu rutscht sie aus, aber er fängt sie jedes Mal auf, zerrt sie vorwärts, so schnell er kann, dreht sich immer wieder um und schreit denen hinter ihnen zu: »Los, looos!«

Niemand schaut mehr nach oben, aber die schwarze Wolke erzeugt eine Art künstliche Dämmerung: Es ist, als laufe man durch einen Abend, an dem es ungewöhnlich schnell Nacht wird. Alle sechs springen und klettern die Küstenfelsen hinunter und wieder hinauf, alle gleich erschrocken und gleich erstaunt darüber, wie schnell sie vorwärtskommen.

Aber wohin? Paolo Zacomel fragt sich immer noch, ob Carmines besessene Entschlossenheit nicht dem blinden Antrieb folgt, sich ins Meer zu stürzen, oder ob er von irgendeinem geheimen Unterschlupf weiß, wo man abwarten kann, bis das Schlimmste vorüber ist. Vielleicht eine dieser Höhlen, die Paolo Zacomel gesehen hat, als er auf der Suche nach Holz im Boot die Küste entlangfuhr? Aber selbst wenn Carmine so einen Unterschlupf im Kopf hätte, wer sagt, dass dieser nicht von Lavaströmen oder Meerwasser überschwemmt wird, wenn der Vulkan erst mal ausbricht? Denn am baldigen Ausbruch des Vulkans zweifelt Paolo Zacomel nicht mehr. Auch das ist eine Frage des Instinkts: Er spürt es, er weiß es. Er wusste es bereits zuvor, obwohl er es nicht einmal sich selbst eingestehen wollte. Er weiß es seit Tagen. Nur dass sich die Gewissheit jetzt einfach nicht mehr von der Hand weisen lässt. Auch die anderen wussten, dass es so kommen würde. Und jetzt ist es so weit, es zeigt sich im Vibrieren, das wieder stärker wird, im fortschreitenden Schwinden des Lichts, das sich immer schneller in Dunkelheit verwandelt.

Carmine ist auf einem Felsen stehen geblieben, der an den Höcker eines Kamels erinnert und wie eine Rutsche schräg ins Meer abfällt. »Kommt schooon! Hierheeer! Schnellll!« Er schreit, schwenkt die Arme, um die anderen zu noch größerer Eile anzutreiben.

Nach wenigen Sekunden drängen sich alle keuchend auf dem Felsen, mit wild klopfenden Herzen, schmerzenden Fußsohlen und Handflächen, die Augen auf die immer dunkleren Wellen gerichtet, die sich einige Meter entfernt brechen. Was nun? Weit und breit keine Höhle, in der sie Zuflucht suchen könnten, links eine Reihe von Steinblöcken wie der, auf dem sie stehen, rechts eine fast senkrechte Felswand, dunkel wie mittlerweile alles andere auch. Carmine betrachtet das Meer, die Küste, wendet sich dem Grüppchen von Leuten zu, die sich an den Felsen klammern, und wirkt plötzlich ratlos. In der Tat ist ihre Situation prekär: Zwischen Fels und Wasser sind sie völlig schutzlos, sie werden weggefegt werden ohne die geringste Chance zu überleben. Das ist allen klar, sie sehen sich an und sehen sich um, mit wachsender Angst und im schwindenden Licht.

»*¿Y ahora qué?*« Ramiro klingt verzweifelt.

»*Now what?*« Es scheint Lynn Lou zu überraschen, dass auf dem Meer keine Rettungsschiffe zu sehen sind.

»*Что теперь?*« Man muss nicht Russisch können, um sich vorzustellen, was Irina denkt.

»Und jetzt?« Laras Frage geht weit über die geballte Ungewissheit des Augenblicks hinaus.

Paolo Zacomel drückt sie fest an sich und küsst sie auf die Schläfe. Vielleicht war es falsch, denkt er, sich dieser kleinen Gruppe anzuschließen, Carmine zu folgen, nur weil er von hier ist und besonders tatkräftig wirkte. Er hätte seiner individualistischen Natur treu bleiben und sich eine eigene Strategie überlegen sollen, denkt er. Warum hat er das nicht getan? Weil er sich für einen anderen Menschen verantwortlich fühlt? Hat das seine Reserven erschöpft, ihn in eine Sackgasse getrieben? Er sieht Carmine zornig an, auch wenn seine Gesichtszüge bei der zunehmenden Dunkelheit nicht leicht zu erkennen sind.

»Ruheeeeeee!« Carmine schreit so laut, dass alle verstummen, aber wahrscheinlich täten sie das sowieso.

Das unterirdische Vibrieren, das sie die ganze Zeit begleitet hat, nimmt weiter zu, aber anders als vor den Erdstößen, die sie auf der Terrasse erlebt haben. Es ist wie ein langer Anlauf, ein durch die Langsamkeit noch bedrohlicher wirkendes Anschwellen. Der Himmel ist nun völlig bedeckt, die zuckenden Blitze sind die einzige Lichtquelle, das Meer peitscht die Felsen, sein salziger Atem ist fürchterlich.

»*Santa Matri!*« Carmine blickt nach oben, während die Vibrationen weiter aufsteigen, so dass der Felsen, auf dem sie kauern, zittert, die gesamte Insel zittert.

WRRRAAAAGGGMMMAAAGRRRRRRRRAWSHHHHHGRRRAAAMMMSBRRRAAAAAMMMM!

Die Vibration explodiert mit solchem Getöse, dass man es nur als erschütternden, zerrüttenden, dröhnenden akustischen Schock empfinden kann. Im selben Augenblick reißt der schwarze Himmel auf, verwandelt sich in flammend rote, orange, gelbe, weiße Glut, die aufsteigt, sich ausbreitet und in roten, orangen, gelben, weißen Streifen wieder herunterfällt, gefolgt von einem FFFZZZKKKZZZFFFFZZZZZZZZZ, das sich rundherum ausdehnt wie das Zischen einer riesigen Pfanne.

Alle schreien, mit ihrer ganzen Kraft an den Felsen geklammert, und seltsamerweise hören sie trotz des ohrenbetäubenden Getöses ihre Stimmen, auch wenn sie unmöglich verstehen können, was sie schreien, doch angesichts der Ereignisse ist das sowieso völlig unwichtig.

Dann tritt eine unerträglich tiefe Stille ein, eine akustische Leere, die neuen Lärm verheißt. Sie klammern sich immer noch an den Felsen, machen sich ganz flach; wenn sie könnten, würden sie in den Stein hineinkriechen. Aber ist es nicht genau das, was sie bisher in ihrem Leben gemacht haben? Sich festklammern, mit aller Kraft versuchen dazubleiben in der Erwartung, früher oder später abgeschüttelt zu werden? Und sich dabei vorzumachen, dass man sich nur entschlossen genug festhalten muss, um die Vergänglichkeit in Beständigkeit zu verwandeln?

Carmine wendet sich zu Lynn Lou. »*Miss Lynn Lou, you wait here, okay?! You don't move, Miss Lynn Lou! Please listen to me! Please promise, Miss Lynn Lou!*«

In der wachsenden Dunkelheit kann man nun fast nichts mehr sehen, aber man erkennt an der Bewegung der Schatten, dass Lynn Lou mit dem Kopf nickt.

Paolo Zacomel strengt seine Augen an, um nach vorn zu blicken. Was sieht er da eigentlich? Ein Chaos ohne Form und Sinn? Eine vollkommene, höhere Harmonie? Das Nichts? Was bedeuten dieses Feuer und dieser Rauch über dem Vulkan in Wirklichkeit? Steckt eine zerstörerische Wut hinter den Ausbrüchen, oder sind es völlig neutrale, chemische und physikalische Prozesse, unendlich fern jeglicher menschlicher Betrachtung? Und dieses schwarze Meer vor ihnen? Ist es der definitive Verlust von allem oder der Übergang in eine weitere, unendlich viel beweglichere und freiere Dimension? Und Lara? Was bedeutet sie ihm wirklich? Vorausgesetzt, es gibt ein Wirklich? Ist sie die Reisegefährtin für eine sehr kurze Strecke? Oder die unentbehrliche Ergänzung, die er sein ganzes Leben lang gesucht hat? Was bedeutet sein Gefühl, sie beschützen zu wollen? Ist es Teil eines dummen Rollenspiels, das nun zu Ende geht? Oder ist es der Drang, beide Hälften eines Ganzen zu bewahren, das geteilt weder vollständig ist, noch einen Grund hat? Ist es überhaupt sinnvoll, in einem solchen Augenblick von Gründen zu sprechen? Oder von Sinn? Oder gar von Augenblick?

Mit einem Sprung ist Carmine bei Paolo Zacomel. Keuchend, spannungsgeladen, zitternd. »Du behältst Miss Lynn Lou im Auge, ja?! Wenn du nicht auf sie aufpasst, bringe ich dich um!«

»Schon gut, ich tu's ja!« Paolo Zacomel findet seine Versicherung genauso absurd wie Carmines Drohung, aber im Moment ist es sowieso beinahe unmöglich zu sagen, was absurd ist und was nicht.

»Bleibt alle hier, okay?! Rührt euch nicht vom Fleck!« Carmine schreit noch lauter, geht rückwärts auf das Meer zu.

»*Hey, where are you going?*« Lynn Lou klingt entsetzt bei dem Gedanken, dass ihr Beschützer sie allein lässt.

»Stay there, Miss Lynn Lou!!! You promised!!!« Carmine schreit herzzerreißend.

»Hey!« Auch Lara beugt sich vor, als wollte sie ihn zurückhalten, aber Paolo Zacomel packt sie fest am Arm.

»*¿Adónde vas, hombre?*«, schreit auch Ramiro.

»Wo gehst du?« Irinas Stimme ist voller Angst.

Paolo Zacomel fragt sich, ob er etwas tun sollte, um ihn aufzuhalten, aber es erscheint ihm sinnlos.

SSSSSKA-SSSKAAAPOWWW-SKA-SKA-SKAPOKAPO-WWW! Eine Reihe schrecklicher Explosionen lässt alles erzittern, neue Blitze erleuchten die Dunkelheit, FFFZZZKKKZZZ-FFFFZZZZZZZZZ, wieder ist da dieses Zischen wie von einer Riesenpfanne, das sich rundherum ausbreitet. Wieder schreien alle und klammern sich aneinander. Paolo Zacomel legt den Arm auf Laras Rücken, versucht sie an den schwankenden Felsen zu pressen. Seine Gedanken haben aufgehört, hin und her zu schießen, sind blockiert im Hier und Jetzt, an den Stein geklammert wie er. Doch das Jetzt schwindet unaufhaltsam schnell.

»*Oh Mari, entendimeee! Aideme contra o Draguuu!*« Trotz der Erschütterungen gelingt es Carmine, auf dem schrägen Felsen stehen zu bleiben. Hin und wieder sieht man ihn, erhellt von den zuckenden Blitzen über dem Vulkan. Er wirkt wie in Trance, schreit, als spräche er zum Meer, zur Felswand, die rechts von ihnen aufragt. »*Deam ingredere in tua rocaaa!*« Er steigt zum Meer hinunter, wirft sich kopfüber in eine schwarze Welle und verschwindet in der Dunkelheit.

»*Heeeeyyy! Carmine! Come back here! You can't leave me like this!*« Lynn Lou stößt einen verzweifelten Schrei aus, steht auf, als wollte sie sich ebenfalls ins Wasser stürzen. Paolo Zacomel macht einen Satz, packt sie, drückt sie wieder runter. SSSS-SSSKARAAPOWWW-KAAAPOWW-SKAAAASKRRRAA-AMMM! Erneut erschüttert eine Reihe von Stößen und Explosionen mit entsetzlicher Gewalt die Dunkelheit, begleitet von weiteren grellen Blitzen, roten Feuerfontänen, weißen und gelben Kaskaden, wie bei einem außer Kontrolle geratenen Feuerwerk, dann hört man ein weiteres FFFZZZKKKZZZFFFF-ZZZZZZZZZZZZ, gefolgt von STUMP! SKONK! STRANK! SPLUMF! Felsbrocken prasseln auf den Hang hinter ihnen, auf die Steinblöcke um sie herum, ins Meer. Auch sie könnten getroffen und zerschmettert werden, wo sie sind. Man sieht die Brocken nicht kommen, kann ihnen nicht ausweichen.

Sie klammern sich aneinander und an den Felsen wie primitive Tiere, ihre Beobachtungs- und Verarbeitungsfähigkeit ist auf null geschrumpft, sie können die Ereignisse nur noch passiv registrieren. Paolo Zacomel fragt sich, ob sie nicht lieber wie Carmine ins Meer springen sollten, schwimmen, so lange sie können, und dann einfach ertrinken, anstatt als zerquetschte oder gegrillte Ameisen zu enden. Doch diese Gedanken sind von kurzer Dauer, werden sofort unterbrochen von neuen Explosionen, Blitzen und Vibrationen im Hier und Jetzt, das alle Sinne mit lähmender Gewalt besetzt. Vielleicht ist das so, wenn alle Reserven aufgebraucht und die Grenzen der Vorstellungskraft erreicht sind. Vielleicht ist es gar nicht schlecht, wenn einen diese überhandnehmende Gleichgültigkeit erfasst und Absichten, Gründe und Namen auslöscht. Vielleicht existiert eine höhere Glückseligkeit, sobald man sich nicht mehr bemüht, weiter gegen den Strom zu schwimmen. Vielleicht muss man einfach die Muskeln des Körpers und die Widerstände des Geistes lockern, sich gehenlassen, das Netz aus unnützen, winzig kleinen, relativen Bedeutungen loslassen. Vielleicht ist es einfacher, als man meinen könnte, einfacher, als unser Überlebensinstinkt uns glauben macht. Vielleicht muss man aufhören, sich festzuklammern. Einfach aufhören.

Als vier- oder fünfjähriges Kind hatte er unter immer wiederkehrenden Alpträumen gelitten, bei denen er nachts schreiend und voller Angst aus dem Schlaf fuhr. In diesen Horrorbildern gab es weder Menschen noch Tiere, noch Pflanzen. Da waren nur große steinerne Zylinder, die durch eine wüste Landschaft rollten, unerklärlich, schrecklich. Später, als er elf oder zwölf Jahre alt war, kam es vor, dass er mitten in der Nacht aufwachte und den Sinn der Gegenstände nicht mehr erkennen konnte. Er blickte sich in seinem Zimmer um, bemüht, das, was er sah, wieder zu benennen, wieder mit Form und Verwendung der Dinge vertraut zu werden. Nach einer Weile gelang es ihm, jedoch blieb stets die Befürchtung, diese Vertrautheit könnte doch falsch sein, eine Täuschung. Ja, wir geben allem um uns herum einen Namen und eine Bedeutung, aber ist das nur Konvention, ein Code, den wir zum Leben brauchen? Und die Menschen? Und die Gefühle, die wir für sie empfinden? Dienen auch die nur unserem Überleben auf dieser Welt? Oder haben sie einen höheren Sinn, der die Grenzen der Materie und der Zeit überschreitet?

Und doch, von allen Vibrationen, die Paolo Zacomels Körper und Geist erschüttern, ist die, die von Lara links neben ihm herrührt, die stärkste. Stetig pflanzt sie sich seinen Arm hinauf fort bis zum Herzen und hat nichts damit zu tun, an sinnlosen Absichten, Gründen und Namen festhalten zu wollen. Diese Vibration entspringt der Nähe zwischen ihnen, der pulsierenden Wärme ihrer Existenz. Im Vergleich zu den anderen Vibrationen, die rundherum alles beherrschen, mag sie von außen kaum wahrnehmbar sein, doch sie erfüllt ihn mit einer unauslöschlichen Sehnsucht, zu bleiben, da zu sein, den Fluss nicht zu unterbrechen.

SSSSSSSSKAAAKRRRAAAPO-KATOW-KATOW-SKAA-ARRRAAAKATO-KAAATOWWW! Der Vulkan bricht erneut aus, mit einer Gewalt, die alle Grenzen sprengt, die Luft zerreißt und sie mit Donner und Blitzen erfüllt, Lava, Lapilli, Felssplitter in alle Richtungen schleudert. Die kleine Gruppe duckt sich wieder an den schwankenden Felsen, lässt sich durchschütteln und plagen. Unterdessen sind sie über die Angst hinaus, niemand schreit mehr. Das Jetzt schwindet weiterhin mit unglaublicher Geschwindigkeit: Es bleibt wenig, fast nichts.

Paolo Zacomel springt auf, zieht Lara mit einer Hand hoch. »Gehen wir!«

»*¿Adónde ir?*«, schreit Ramiro. »*¿Qué quieres hacer?*«

»Ins Wasser!« Paolo Zacomel zögert nicht mehr, eine unaufhaltsame Kraft treibt ihn an. Ist es ein falscher, selbstzerstörerischer Instinkt? Egal, es ist das, was in ihm aufsteigt, ihn vorantreibt. Er hilft auch Lynn Lou aufzustehen, auch Irina, auch Ramiro.

»*What do you wanna do?*« Zusammengekauert hockt Lynn Lou da, jederzeit bereit, sich wieder flach auszustrecken, aber sie hebt den Kopf, um das herabfallende Feuer des Vulkans zu betrachten, dreht sich um und beobachtet, wie es sich in den schwarzen Wellen spiegelt.

»Wir schwimmen!« Paolo Zacomel schleift Lara und Lynn Lou den schräg abfallenden Felsblock hinab, klettert wieder hoch, um auch Irina und Ramiro zu holen.

»*¡Oye, tú estás loco!*« Ramiro protestiert, lässt sich aber zum Wasser zerren, das schwarz wie Tinte ist.

Sie stehen ganz am Rand, wo sich die dunklen Wellen brechen, als GRRROOOAAARRRRR! rechts von ihnen ein fürchterliches Grollen ertönt, das nicht vom Vulkan, sondern von der Felswand kommt, aus der schwankenden Dunkelheit zwischen Wasser und Küste.

»*Oh my God, the dragon!*« Lynn Lou stößt einen verzweifelten Schrei aus, aber auch die anderen schreien und setzen sich auf den schrägen Felsblock. GRRROOOOAAAARRRRMMM! Das Grollen wird heftiger, kommt näher.

Paolo Zacomel zögert, halb vorgebeugt, dann wird die Dringlichkeit, die von ihm Besitz ergriffen hat, so stark, dass er eine ungeheure Kraft in sich spürt und meint, er könne jeden Drachen herausfordern, der ihn daran hindern will, mit Lara ins

Meer zu springen. Zitternd neigt er sich vor in die Dunkelheit, wild entschlossen, provozierend, anmaßend. »AAAAAAAAA-AAAAAAAAAAAAAAA!« Er schreit so laut, dass er einen Augenblick lang glaubt, er könne es mit dem Grollen des Drachen aufnehmen, sogar mit dem furchtbaren Getöse des Vulkans.

Dann, genau als er sich dem gestaltlosen Feind, der aus dem Dunkeln naht, entgegenwerfen will, enthüllt ein greller Lichtblitz den grauen Schwimmkörper eines Schlauchboots, im Heck sitzt Carmine und umklammert den Motor. Dieser Anblick ist so anders als das, was Paolo Zacomel erwartet hat, so unglaublich viel menschlicher: geradezu enttäuschend, würde nicht eine Welle der Erleichterung in ihm aufsteigen, die ihn mit solcher Kraft direkt in die Lunge, ins Herz und ins Hirn trifft, dass er wie geblendet ist. Eigentlich hat er keine Zeit, darüber nachzudenken, aber im Bruchteil einer Sekunde fällt ihm der Fotograf ein, der mit dem grauen Schlauchboot gekommen war, und dass Carmine es versteckt hatte, wahrscheinlich in einer Höhle. Es ist nur ein plötzlicher, durch ein flüchtiges Bild ausgelöster Gedanke, der sofort verdrängt wird von dem unaufhaltsamen Bedürfnis, sich umzudrehen, zu schreien, die Arme auszustrecken, zuzupacken wie eine Furie.

SSSKAAARAAA-SKAKRRAK-STAKRAK-SQWAARRRT-OWKO-WARRRSTRAAACKAAAKRRR! Der Vulkan spuckt erneut, sein rötliches oranges gelbliches weißliches Licht überflutet den Himmel, erleuchtet die Menschen, die auf dem Stein waren und jetzt zwischen Felsen und Luft und Wasser sind, während Carmine und Paolo Zacomel sie hochheben, stützen, ziehen und schieben, bis alle an Bord sind, auch Paolo Zacomel, der sich, die Beine noch im Wasser, am Schlauchboot festklammert und schreit: »Los los looooos!«, sich dann hochzieht und hineinfällt, während Carmine den Motor aufheulen lässt und die Schraube sich wie wild zu drehen beginnt. Das Schlauchboot reißt sich von der bebenden, schwankenden Küste los, oder vielleicht stößt auch die bebende und schwankende Küste es weg, vielleicht schleudert eine Welle es aufs offene Meer hinaus, oder die Schraube treibt es an, doch die scheint über der Welle im Leeren zu drehen, der Motor heult, doch das ist nichts im Vergleich zum Brüllen des Vulkans, der die Insel schüttelt und das Schlauchboot verfolgt, während es übers Meer fliegt, von der Welle getragen, die es hochhebt und fast zum Kentern bringt, die sie alle ins Meer werfen würde, wenn sie sich nicht mit der Kraft der Verzweiflung fest aneinander und ans Boot klammerten in dem rötlich orange gelblich weißlich flackernden Leuchten, im Explodieren im Zischen im dichten flüssigen schwankenden bebenden flackernden Dunkel, hinein in eine endgültige, namenlose Abgehobenheit, hinein in die vollkommene, endgültige Finsternis.

Siebter Tag

95

Da ist ein Licht, oder zumindest sieht es so aus. Ja, es *ist* ein Licht, aber sehr schwach und blass. Ein kaum wahrnehmbarer Schimmer, der wie eine Ahnung am Horizont heraufzieht, kaum wahrnehmbar einen schmalen Streifen Himmel erhellt, genau über dem Meer, das sich beinahe beruhigt zu haben scheint. Lange bleibt das schwache Anzeichen von Licht in der Schwebe zwischen Sein und Nichtsein, bereit, sich wieder ins Dunkel zurückzuziehen und aufzugeben. Doch es bleibt und nimmt sogar zu, wenn auch mit nervenaufreibender Langsamkeit, bis es sich allmählich wie ein durchsichtiger feiner Staub ausbreitet.

Lara Laremi lehnt mit dem Rücken an der Seitenwand des Schlauchboots und weiß nicht, ob sie gerade in der ihr bekannten Welt aufwacht oder sich in einer anderen, ihr bisher unbekannten Dimension befindet. Ihr Körper ist da, wenn auch nass und schmerzend: Es scheint wirklich ihrer zu sein. Ja, er ist da, ganz unversehrt, ihre äußeren Gliedmaßen funktionieren offenbar. So kann sie zum Beispiel das Wasser, das ihre Hose durchnässt, auf dem Boden des Boots wahrnehmen und die salzverkrustete Gummihaut des Schwimmkörpers gegenüber, gegen den sie ihre Füße stemmt. Sich zu bewegen kostet sie unglaubliche Anstrengung; allein schon den Kopf zu drehen, um sich umzusehen. Außerdem ist das Licht so schwach, dass ihre Augen sich nur mit Mühe ein Gesamtbild machen können.

Abgesehen von dem undeutlichen Schimmer am Horizont und der körnigen Dunkelheit des restlichen Himmels ist weit und breit nichts zu sehen. Keine Umrisse einer Küste, keine Landzunge, keine dunkel in der Dunkelheit erkennbaren Felsen. Nichts. Nur Meer. Besser abwarten. Wir haben es ja nicht eilig. Das hier ist das Gegenteil von Eile, alles ist in der Schwebe. Lara atmet langsam, den Nachhall des maßlosen, vergangenen, aber doch immer noch präsenten Lärms im Ohr.

Und in nächster Nähe? Da liegt eine dunkle Gestalt, den Arm auf etwas gestützt, was die Ruderpinne sein muss. Ja, es ist die Pinne. Der andere Arm umschlingt eine weitere Person. Der Motor ist aus, die zwei Gestalten rühren sich nicht. Lara braucht ewig, bis sie Carmine und Lynn Lou, die sich wie ein Kind an ihn geschmiegt hat, erkennt. Noch mehr Zeit braucht sie, um den Blick weiterwandern zu lassen, noch eine Gestalt zu erkennen, nämlich Ramiro, der an der gegenüberliegenden Bootswand lehnt, die Arme unter die Halteseile geschoben, den Kopf in den Nacken gelegt. Daneben ist noch jemand, Irina, halb kniend auf dem nassen und weichen Boden, mit offenen Haaren, die über den grauen Rand des Bootes fallen und das Wasser berühren.

Schlafen sie oder was? Lara Laremi fragt es sich lange, oder vielleicht auch nicht lange. Sie hat kein Zeitgefühl mehr, falls die Zeit überhaupt vergeht und nicht stillsteht. Zwar scheint sich der milchige Schimmer am Horizont von Osten her über einen größeren Teil des Himmels auszubreiten, das schon, aber es geschieht so allmählich, dass man auch bei öfterem Hinsehen keine wesentlichen Veränderungen feststellen kann. Ist das der Sonnenaufgang? Vielleicht, aber so zögerlich, so unsicher. Es ist mehr die Ahnung eines Sonnenaufgangs. Das Meer ist nicht so ruhig, wie es wirkte, aber auch nicht aufgewühlt. Das Boot schaukelt schlaff, in den Schwimmkörpern fehlt ein wenig Luft, und hier und da bilden sich Falten. Nein, nirgends ist der Umriss einer Insel zu erkennen, keine schattenhafte Masse ragt aus dem Meer, in dem sich, kaum wahrnehmbar, das zunehmende Licht des Himmels zu spiegeln beginnt.

Lara Laremi zögert minutenlang, vielleicht auch nur einige Sekunden, dann streckt sie den linken Fuß aus, berührt mit dem Zeh Ramiros Bauch. Ramiro liegt rücklings da, er bewegt sich nicht. Sie tippt ihn noch einmal an. Ramiro zuckt zusammen, sinkt aber gleich wieder zurück. Dabei streift er mit der linken Hand Irina, die ein wenig den Kopf hebt und wieder nach vorne fällt, in die gleiche Position wie zuvor.

Lara Laremi muss sich noch mehr anstrengen, um endlich den Blick zum Bug zu wenden: Sie muss sich richtig überwinden. Sie schaut in die Ferne, da sie noch nicht näher hinsehen kann. Dann tut sie es doch. Paolo sitzt im Nassen, die Knie angezogen, die Arme ausgestreckt, das Seil ums Handgelenk gewickelt. Er schläft nicht. Er ist wach, schaut sie an. Ihre Blicke treffen sich; ihr Herz schlägt langsamer. Mit unglaublicher Langsamkeit streckt er die Hand aus, seine Finger berühren ihr Gesicht. Sie umfasst sein Handgelenk, lässt es nicht mehr los.

Das blaue Pulver am Himmel breitet sich immer weiter aus, mehr und mehr von Licht durchwoben. Am Horizont ist jetzt ein warmes Leuchten, es scheint die Meereslinie von unten emporzuheben.

Im Heck öffnet Carmine die Augen, dreht sich zu Lynn Lou, die an seiner Brust lehnt, weicht mit ungläubigem Gesicht ein paar Zentimeter zurück. Auch Lynn Lou erwacht, blickt sich um. »*What the fuck?*« Ihre Stimme ist schwach, rauh. Sie sieht Carmine, schmiegt sich an ihn, er lehnt sich zurück.

Irina schreckt auf. »Что там случилось?«

»*¿Oye, qué pasa? ¿Estamos vivos?*« Ramiro betrachtet seine Beine, seine Hände, Lara, die anderen im Boot, und dreht sich zum Horizont um.

Paolo rutscht langsam zu Lara hin, bedacht, das Gleichgewicht des Bootes zu wahren. Er legt ihr den Arm um die Schultern, drückt sie fest an sich. Gemeinsam schauen sie wortlos in dieselbe Richtung.

Am Horizont leuchtet ein weißer Lichtstrahl, der allmählich höher steigt und stärker wird, er scheint direkt auf sie zuzukommen.

Ja, sie sind hier, im Moment.